Die Mädchen
von St. Bernadette

Jürgen Lill

INHALT

DANKSAGUNG

Bedanken möchte ich mich vor allem bei Simone, die während aller Phasen des Schreibens zu mir stand und mir nicht nur in organisatorischen Angelegenheiten eine unentbehrliche Hilfe war und ist.

1 DAS ENDE

Josh öffnete langsam die Augen. In seinem Kopf hämmerten schreckliche Schmerzen. Einen solchen Rausch hatte er seit seiner Jugend nicht mehr gehabt. Jetzt war er das Trinken einfach nicht mehr gewöhnt.

Es war schon fast Mittag. Zumindest wäre in der Schule die große Pause fast vorbei. Danach würde die Sportstunde für die 9b anfangen; seine Sportstunde. Aber er war nicht mehr Lehrer für Kunst und Sport im städtischen Gymnasium. Er war gar nichts mehr. Er hatte alles verloren, seinen Job, seine Wohnung, seine Freunde, seine Zukunft.

Warum? fragte er sich. *Warum ausgerechnet ich?*

Er war nicht eitel, aber er hielt sich fit, nicht nur durch den täglichen Sport in der Schule, sondern auch noch durch eine ganze Reihe anderer sportlicher Aktivitäten. Dann trug er auch die Haare länger, als die anderen Lehrer es taten. Und so war er in seiner Gesamterscheinung und in seiner freundlichen und frischen Art ein absolut jugendlicher Typ, auch wenn er sich heute uralt fühlte. Es war ihm nicht entgangen, dass viele Mädchen für ihn schwärmten. Und es war ihm auch nicht entgangen, dass ihn viele Schüler und einige Kollegen darum beneideten. Aber er hatte sich immer korrekt verhalten, hatte allen Verführungskünsten der Mädchen widerstanden, damit er nur ja keinen Ärger bekommen konnte.

Aber mit dem Ärger, den ein Mädchen machen kann, das zurückgewiesen wird, hatte er nicht gerechnet. Erst eine Woche war es her, seit ihn die Polizei direkt aus dem Klassenzimmer geholt hatte. Er hätte angeblich Melanie aus der 8a vergewaltigt, hatten sie ihm vorgeworfen. Aber er hatte Melanie nicht einmal angefasst. Eines Nachts war sie plötzlich vor seiner Tür gestanden, völlig aufgelöst, mit verheultem Gesicht und hatte ihn angefleht, bei ihm bleiben zu dürfen, weil sie nicht mehr nach Hause zu ihren Eltern konnte oder wollte. Lange hatte er mit ihr geredet und versucht, ihr klarzumachen, dass das nicht geht, auch nicht für eine

Nacht. Melanie hatte sich an ihm festgeklammert, hatte ihren jungen Körper an seinen gepresst und ihn unter Tränen angefleht, sie nicht wieder heimzuschicken. Aber Josh hatte sich mit sanfter Gewalt losgemacht, sie ins Bad geschickt, damit sie sich die Tränen aus dem Gesicht waschen konnte und dann ihre Eltern angerufen. Er hatte das nicht gerne getan und hätte sich wirklich gewünscht, Melanie helfen zu können; ganz abgesehen davon, dass ihm auch nicht entgangen war, wie gut sich ihr jugendlicher Körper angefühlt hatte. Aber er hatte Prinzipien, beziehungsweise einen Selbsterhaltungstrieb, der ihm zu keinem Zeitpunkt gestattet hätte, sich mit einer Schülerin einzulassen. Am nächsten Tag war Melanie nicht in der Schule erschienen. Dafür war dann aber in der dritten Stunde die Polizei gekommen. Die Nachricht hatte sich wie ein Lauffeuer verbreitet. Als Josh mit den Polizisten ging, wusste es schon die ganze Schule. Er, Josh, hatte Melanie vergewaltigt! Der Weg vom Klassenzimmer bis zum Streifenwagen war wie ein Spießrutenlauf. Schülerinnen, die ihn abgöttisch verehrt hatten, spuckten ihn an, Lehrer beschimpften ihn in übelster Weise und die Biologielehrerin, mit der er seit über einem Jahr gelegentlich romantische Abende und manchmal sogar Nächte verbracht hatte, gab ihm eine schallende Ohrfeige, ohne dass er auch nur ein einziges Wort zu seiner Verteidigung hätte sagen können. Auf der Polizeistation stürzte sich Melanies Vater blind vor Hass und Wut auf ihn, ungeachtet der Tatsache, dass Josh ihm körperlich eigentlich weit überlegen gewesen wäre. Aber der Angriff kam so plötzlich und überraschend, dass Josh überhaupt nicht wusste, wie ihm geschah, als ihn die Faust mitten ins Gesicht traf. Für einen Moment wurde es schwarz. Doch er blieb auf den Beinen. Als er seine Fäuste hob, nur um weitere Schläge abzuwehren, packten ihn mehrere Polizisten an den Armen, um den armen, unschuldigen Vater vor seinen Angriffen zu schützen. Und erst nachdem Melanies Vater dem jetzt völlig Wehrlosen noch mal in den Bauch geschlagen hatte, wurde er von Josh getrennt und man sprach beruhigend auf ihn ein, während niemand darauf achtete, wie Josh nach Luft rang und Blut aus seiner Nase lief.

Immer wieder erzählte er bei dem Verhör, was an dem Abend passiert war, als Melanie plötzlich vor seiner Tür gestanden war, bzw. was eben nicht passiert war. Aber niemand schenkte ihm Glauben. Seine Kollegen und die Schüler, die in den nächsten Tagen befragt wurden, waren sich irgendwie auch ziemlich einig, dass sie ihn schon immer im Verdacht gehabt hätten, dass er was mit den Mädchen machen würde. Aber zumindest konnte kein einziges Mädchen irgendetwas Konkretes in Bezug auf irgendeinen Übergriff seinerseits sagen. Und hätten die Polizisten genauer zugehört, wäre ihnen auch aufgefallen, wieviel Bedauern in vielen dieser Aussagen lag.

Josh wurde bis zur Verhandlung auf freien Fuß gesetzt, was ihn eigentlich sehr verwunderte. Als er sich aber wieder in der Schule meldete, wurde er vom Direktor 'bis auf Weiteres' beurlaubt. Bis auf Weiteres: Das hieß wohl, bis seine Unschuld bewiesen war. Aber er war sich nicht sicher, ob er seine Unschuld beweisen konnte. Alles hing an Melanies Aussage. Josh versuchte, ihre Eltern anzurufen, um sie dazu zu bewegen, von Melanie zu verlangen, die Wahrheit zu sagen. Aber sie waren nicht bereit, ihn auch nur anzuhören. Josh erfuhr, dass Melanie von einem Arzt untersucht worden war, der festgestellt hatte, dass sie keine Jungfrau mehr war. Aber was bewies das denn? Gar nichts! Denn er kannte die Wahrheit. Und wie, wann und wo Melanie ihre Unschuld auch verloren haben mochte; Er, Josh, hatte nichts damit zu tun.

Josh saß zuhause und wartete auf den Tag der Verhandlung. Auf die Straße wollte er schon gar nicht mehr gehen. Schließlich waren alle Zeitungen voll mit Berichten und Fotos von dem 'Kinderschänder'. Der Anwalt, der ihm gestellt worden war, schien ebenso wie alle anderen von seiner Schuld überzeugt zu sein. Sein Vermieter hatte ihm fristlos gekündigt. Aber zumindest dem machte der Anwalt klar, dass eine Kündigung frühestens zum Quartalsende ausgesprochen werden konnte. Als es dann an diesem Nachmittag an seiner Tür klopfte, krampfte sich alles in ihm zusammen. Was immer dort vor der Tür war, konnte nur etwas Schlechtes für ihn bedeuten. Nur sehr zögernd entschloss er sich, zu öffnen. Er wollte ja auch nicht, dass wieder vor der Tür gebrüllt wurde: „Aufmachen! Polizei!", wie es schon einmal vor zwei Tagen der Fall gewesen war, als ihm mitgeteilt worden war, dass Melanie laut Untersuchung keine Jungfrau mehr war. Das ganze Haus war daraufhin im Treppenhaus zusammengelaufen und Josh wäre es zu diesem Zeitpunkt wirklich lieber gewesen, die Polizisten hätten ihn mitgenommen und eingesperrt, als dass er weiter den Anfeindungen und dem Hass seiner Mitmenschen ausgesetzt blieb.

Als er diesmal öffnete, stand kein Polizeitrupp vor seiner Tür, auch nicht ihn verfluchende und beschimpfende Nachbarn oder der bullige Metzger von um die Ecke, der ihn ganz offen mit einem riesigen Messer bedroht hatte, dann aber mit einem Veilchen kleinlaut abgezogen war. Nein, da standen drei Mädchen aus der Parallelklasse, die er nicht einmal unterrichtete. Josh erkannte sie auf den ersten Blick. Zwar kannte er ihre Namen nicht, aber sie waren ihm in der Schule schon öfter aufgefallen und sie hatten sich gegenseitig auch immer gegrüßt, wenn sie sich begegnet waren. Josh wusste nicht viel von den Mädchen, außer dass sie fast immer zusammen waren und dass sie die besten sportlichen Leistungen der ganzen Schule erzielten, wie er beim letzten Sportfest gesehen hatte. Alle drei waren ausnehmend schön. Die eine war blond, die anderen beiden hatten schwarze Haare, eine davon war ein asiatischer Typ und die andere hatte er immer für eine Indianerin gehalten, was sie auch war, wie er später erfuhr. Was in diesem einen Augenblick, in diesem Sekundenbruchteil, als Josh die

Tür öffnete und die drei Mädchen sah, alles durch seinen Kopf schoss, lässt sich kaum wiedergeben. Er erkannte die drei, registrierte – wieder einmal – ihre jugendliche Anmut und Schönheit, erinnerte sich daran, dass er nicht einmal ihre Namen wusste und wurde sich klar darüber, dass, wenn er sich überhaupt jemals mit einer Schülerin eingelassen hätte, es diese drei gewesen wären. Alle drei! Sie hatten nicht dieses kindische Gegacker, das er bei den anderen Schülerinnen immer als ziemlich nervtötend angesehen hatte. Und sie strahlten in seinen Augen irgendwie etwas sehr Würdevolles aus, etwas das er nicht beschreiben konnte, das ihn aber schon immer fasziniert hatte. Und da wurde er sich plötzlich seiner Schuld bewusst. Er hätte sich mit jeder dieser drei Schülerinnen eingelassen, hätte dafür alles riskiert, was ihm jetzt geschah, obwohl er nichts getan hatte. Er erinnerte sich an Träume, von denen er bisher nichts gewusst hatte, weil sie niemals sein Aufwachen überdauert hatten. Träume von diesen drei Mädchen, von ihren schlanken jugendlichen Körpern, die er berührte und die ihn berührten, von den Gerüchen ihrer Haut, die er in Wahrheit gar nicht kannte. Aber in seinem Bewusstsein, in seinem normalen, geordneten Leben, das er bisher geführt hatte, hatte er solche Gedanken niemals zugelassen. Er hatte nur für den Sport und für die Kunst gelebt, und dafür, ein guter Lehrer zu sein, der zu seinen Schülern ein gutes, kameradschaftliches Verhältnis hatte, dem seine Schüler vertrauten, zu dem sie kamen, wenn sie jemanden zum Reden brauchten, der ihnen half, wenn sie Mist gebaut hatten, usw. Sexuell hatte er sich damit zufrieden gegeben, wenn er alle paar Wochen mal eine Nacht mit der gutaussehenden, wenn auch ansonsten ziemlich eingebildeten Biologielehrerin verbrachte. Gedanken sexueller Natur an Schülerinnen, auch an diese drei, hätte und hatte er niemals zugelassen. Und jetzt standen sie plötzlich da, vor seiner Tür. Und obwohl dies alles in diesem einen kurzen Augenblick, als er die Tür öffnete, für ihn klar wurde, freute er sich in keiner Weise, sie zu sehen. Ganz im Gegenteil: Er glaubte auf der einen Seite, nur wieder neuen Beschimpfungen ausgesetzt zu sein und litt auf der anderen Seite plötzlich darunter, dass es genau diese Mädchen waren, die ihn beschimpfen würden. Josh öffnete die Tür nur einen schmalen Spalt. Er sagte kein Wort, grüßte nicht einmal, was normalerweise undenkbar für ihn gewesen wäre. Es war für ihn nur dieser Augenblick der Erkenntnis und die Erwartung des folgenden Angriffs. Der kam aber nicht. War es nur eine Sekunde oder war es länger? Ihm kam es wie eine Ewigkeit vor, dass die Mädchen ihn nur schweigend ansahen. Und er glaubte Mitleid, nein, Leid in ihren Augen zu sehen, was ihm beinahe Tränen in seine Augen getrieben hätte. Warum litten sie? Warum für ihn? Er konnte nicht verhindern, dass ihm doch Tränen in die Augen stiegen. Was war er doch für ein Weichei, er der harte Kerl, dem keiner in Leichtathletik, Boxen, Fechten und Bogenschießen gleichkam? Er verachtete sich für seine Schwäche. Warum litten sie? Er

4

atmete tief durch und konnte so verhindern, dass seine Tränen flossen. Er wollte fragen, was sie hier wollten, aber ein Kloß steckte ihm im Hals und er brachte kein Wort heraus. Marijana, die Blonde, sagte schließlich: „Sie sehen echt scheiße aus, Barker."

Das wusste er selbst. Aber er hatte nicht gewusst, wie angenehm, wie samtweich ihre Stimme klang.

„Es tut uns leid, wenn wir Sie stören, ..." fuhr die Indianerin in einer noch weicheren Stimme fort, und Josh sah, dass auch sie Tränen in den Augen hatte, „aber wir wollten Ihnen sagen, dass wir an Sie glauben."

„Wir wissen, dass Sie Melanie nichts angetan haben", fuhr die Blonde jetzt wieder fort, „und wenn es sonst niemand tut, dann werden wir das beweisen!"

Josh konnte nicht verhindern, dass seine Tränen jetzt doch über sein Gesicht liefen. Er war der Starke. Er war immer für alle da und half, wo er konnte. Und jetzt, als alle Welt ihn aufgab und verurteilte, da setzte sich plötzlich jemand für ihn ein; jemand, den er bisher nicht beachtet hatte, um nicht schwach zu werden.

„Vertrauen Sie uns!" sagte die Asiatin, während sie zaghaft nach seiner Hand griff, und die Berührung seinen ganzen Körper durchflutete. Nur ein kurzer Druck, dann wendeten die Mädchen sich wieder ab und gingen. Josh stand wie gelähmt in seiner Tür und blickte den Dreien nach. Nach ein paar Schritten drehte sich die Indianerin noch einmal nach ihm um. Auch die anderen beiden blieben stehen und wendeten sich noch einmal zu Josh um.

„Wir holen Sie da raus!" versicherte die Indianerin noch einmal und Josh konnte den Kloß, den auch sie im Hals hatte, selbst körperlich spüren. Den Mädchen fiel es schwer, Josh so zurückzulassen. Sie hatten diese Reaktion von ihm nicht erwartet, diese Menschlichkeit, diese Verletzlichkeit, all das, was sie jetzt in seinen Augen hatten sehen und erkennen können. Umso mehr war ihnen jetzt klar, dass sie ihr Versprechen ihm gegenüber einhalten mussten und auch würden! Sie sprachen lange Zeit kein Wort miteinander. Jede von ihnen hing ihren eigenen Gedanken nach, auch wenn es bei allen Dreien die gleichen waren.

„Habt ihr das gesehen?" fragte Marijana, als sie auf ihrer Lieblingsparkbank bei dem großen Brunnen saßen.

„Er hat geweint." sagte die Indianerin und konnte nichts dagegen tun, dass ihr wieder dicke Tränen aus den Augen schossen. Lian, die Chinesin, nahm Victoria oder Shadowcat, wie ihre beiden Freundinnen sie oft nannten, in ihre Arme und ließ auch ihren Tränen freien Lauf.

„Ihr seid unmöglich", sagte Marijana, umarmte die beiden und weinte mit ihnen.

Die drei waren wirklich nicht so, wie andere Mädchen ihres Alters. Sie lebten alle drei schon seit frühester Kindheit miteinander im städtischen Waisenhaus. Als Marijana mit vier Jahren adoptiert werden sollte, schrie und tobte und weinte sie so lange, bis ihre Pflegeeltern sie wieder zurück ins Heim, und zurück zu Lian und Victoria brachten und von einer Adoption wieder Abstand nahmen. Marijana, Lian und Victoria hatten nur sich selbst. Sie waren sich seit sie denken konnten ihre einzige Familie. Die Heimleitung und wer immer dort im Laufe der Jahre für sie zuständig war, war ihnen niemals Familie gewesen. Ein paarmal hatte es Versuche gegeben, sie zu trennen. Aber je älter die Mädchen wurden, je mehr sie sich bewusst wurden, wie wichtig sie füreinander waren, weil sie sonst niemand auf dieser Welt hatten, umso mehr kämpften sie für ihre Gemeinschaft. Und irgendwann hatte es auch die Heimleitung eingesehen, dass die drei zusammengehörten und dass sie im wahrsten Sinne des Wortes sterben würden, wenn man sie trennte. Vielleicht lag es daran, dass sie im Waisenhaus lebten, dass sie sonst keine Freundinnen und Freunde hatten. Sie hatten auch nie nach einer Zugehörigkeit zu ihren Mitschülerinnen gesucht. Sie wussten, dass sie anders waren, nicht weil sie im Waisenhaus lebten, sondern weil ihr ganzes Denken und Fühlen einfach anders war. Sie hatten bei anderen Mädchen niemals, wirklich kein einziges mal, echte Freundschaften gesehen. Bei den geringsten Meinungsverschiedenheiten hatten sie Freundschaften zerbrechen sehen, die jahrelang gehalten hatten. Besonders jetzt, in ihrem Alter, wo Jungen anfingen, sich für die Mädchen zu interessieren und wo auch die Mädchen ihre nicht mal mehr ersten Erfahrungen sammelten, zerbrachen täglich Freundschaften und Beziehungen aus Eifersucht. Nichts war konstant in der Welt in der sie lebten, nur die Beziehung die sie verband. Und noch etwas: Ihr ausgeprägter Gerechtigkeitssinn. Und genau der hatte sich gemeldet, als sie erfuhren, was Josh Barker, dem Sportlehrer aus der Parallelklasse, der zu allen Schülern ein gutes Verhältnis hatte und der immer freundlich und hilfsbereit war, vorgeworfen wurde. Sie hatten sich nie Gedanken darüber gemacht, ob sie gute oder schlechte Menschenkenner waren. Eigentlich hatten sie sich sogar angewöhnt, niemandem ganz zu vertrauen. Aber obwohl sie Barker nur vom Sehen und Hörensagen her kannten, waren sie sich einig, dass er niemals eine Schülerin vergewaltigt hätte. Da waren sie sich hundertprozentig sicher. Sie konnten überhaupt nicht verstehen, wie plötzlich alle Menschen aus seinem Umfeld, zu denen er immer ein gutes Verhältnis gehabt hatte, nur aufgrund einer nicht bewiesenen Anschuldigung, die keiner, der Barker auch nur ein wenig kannte, glauben konnte, sich von ihm ab- und gegen ihn wenden konnten.

„Also was machen wir?", fragte Marijana schließlich, als sie sich wieder aus der Umarmung löste und ihre Tränen trocknete. „Wie bringen wir Melanie dazu, die Wahrheit zu sagen?"

„Wir könnten versuchen, so ganz im Vertrauen mit ihr zu reden und das Gespräch aufnehmen", meinte Shadowcat. Aber sie widersprach sich selbst gleich, als sie fortfuhr: „Aber dafür kennen wir sie zu wenig, beziehungsweise sie uns. Sie hätte keinen Grund, ausgerechnet uns anzuvertrauen, dass sie lügt."

„Das stimmt", meinte Lian. „Und wir haben auch nicht genügend Zeit, erst eine Freundschaft zu ihr aufzubauen; Erstens, weil die Verhandlung schon in ein paar Tagen ist und zweitens, weil wir auch gar nicht mehr viel länger da sein werden. Wenn ich das Schreiben richtig verstanden habe, werden wir schon nächste Woche abgeholt und müssen nicht bis zum Ende des Schuljahres hier bleiben."

Die drei hatten sich vor einiger Zeit in St. Bernadette beworben, einer privaten Institution, die vor allem Kunst und Sport förderte und waren nach Durchsicht ihrer Zeugnisse und anscheinend vor allem auch aufgrund der Tatsache, dass sie Heimkinder ohne Anhang waren, angenommen worden. Jetzt hatten sie ein Schreiben bekommen, in dem ihnen angekündigt wurde, dass sie im Laufe der nächsten Woche schon abgeholt werden würden, also schon während des Schuljahres wechseln konnten. Sowohl mit der Schule, als auch mit der Heimleitung war dieser Wechsel schon geregelt worden, ohne dass sich die Mädchen selbst um etwas hatten kümmern müssen.

Die drei freuten sich zwar sehr darauf, aus dieser Schule und ihrer Klasse, und vor allem auch, aus dem Heim rauszukommen und einen neuen Lebensabschnitt in eine neue, interessante Zukunft zu beginnen. Aber jetzt hatten sie hier noch eine Aufgabe. Und sie wussten alle drei: Bevor sie die nicht gelöst hatten, würden sie nirgendwo hingehen.

„Roswitha!", sagte plötzlich Shadowcat.

„Roswitha?" fragte Marijana.

„Aber natürlich!" meinte Lian. „Sie ist doch ständig mit Melanie zusammen."

„Genau!", erwiderte Shadowcat. „Ihr würde Melanie sicher sagen, was wirklich passiert ist. Wahrscheinlich hat sie das schon."

„Genau", griff Marijana jetzt den Gedanken auf. „Roswitha ist das schwache Glied in der Kette. Sie wird uns helfen, ob sie will oder nicht."

Voller Tatendrang sprang Marijana auf und auch Lian erhob sich.

„Jetzt hör auf zum Heulen und komm endlich." sagte Marijana in einem Ton, der energisch klingen sollte, zu Shadowcat.

„Ich heule doch gar nicht." antwortete Shadowcat und zwang sich zu einem Lächeln, während sie sich eine letzte Träne aus den Augen wischte.

Marijana zog ihr kleines Diktiergerät aus der Tasche. Sie hatte es immer bei sich. Oft wenn sie mit Shadowcat und Lian zusammen war, erzählten sie sich gegenseitig kleine Geschichten, die sich eine von ihnen spontan ausdachte. Oder sie dichteten kleine, naive Gedichte, wie es kleine Mädchen halt so tun, oder sie sangen und musizierten gemeinsam in reiner Improvisation. Und um ihre Geschichten, Gedichte und Lieder nicht wieder zu vergessen, nahmen sie sie auf, bis sie die Geschichten und Gedichte aufgeschrieben und die Lieder auf ihren PC übertragen hatten, um sie irgendwann auf CDs zu brennen. Doch heute war es anders. Heute diente das Diktiergerät nicht der Kunst, sondern der Gerechtigkeit. Als sie auf Roswitha zuging, schaltete sie das Diktiergerät ein und verbarg es wieder in der Tasche. Das Mikrofon hatte sie unauffällig an ihrem Kragen befestigt.

„Hallo Rosi" grüßte sie das andere Mädchen, das im Kaufhaus vor dem Regal mit Lippenstiften stand und sich einen nach dem anderen genau betrachtete. Roswitha zuckte zusammen.

„Was tust Du denn hier?" fragte sie als Erwiderung auf den Gruß.

„Ein bisschen bummeln. Und Du?" antwortete Marijana so unbefangen wie nur möglich. Roswitha blickte von den Lippenstiften zu Marijana.

„Was meinst Du?" fragte sie plötzlich. „Welcher passt besser zu mir, der hier, oder der?"

Marijana schaute die Lippenstifte, die Roswitha ihr entgegenhielt gar nicht an, sondern fragte nur zurück: „Was ist mit dem, den Du schon in der Tasche hast?"

Für einen Moment verschlug es Roswitha die Sprache und eine tiefe Röte überzog ihr Gesicht. Dann lächelte sie Marijana verlegen an und antwortete mit einer gezwungenen Unbefangenheit: „Du verrätst mich doch nicht, oder?"

Marijana hätte am liebsten geantwortet, dass Roswitha den Lippenstift wieder zurücklegen soll. Sie hatte gesehen, wie Roswitha ihn in die Tasche gleiten ließ, als sie auf sie zuging. Und sie hatte nicht nur etwas gegen Diebstahl, sondern viel mehr noch dagegen, sich als Mitwisserin mitschuldig zu machen. Aber sie wusste, dass das für das, was sie vorhatte, die falsche Taktik gewesen wäre. Also machte sie einen Kompromiss mit sich selbst und antwortete: „Ich finde es nicht gut, wenn Du klaust. Aber das ist Deine Sache."

Roswitha war anzusehen, wie ihr ein Stein vom Herzen fiel und die Spannung in ihrem ganzen Körper sich wieder legte. So etwas wie ‚Danke' kam aber trotzdem nicht über ihre Lippen. Marijana betrachtete sich jetzt auch die Lippenstifte im Regal und fragte wie nebenbei: „Sag mal, was ist eigentlich dran, dass Barker Melanie vergewaltigt haben soll? Stimmt das?"

„Ja", antwortete Roswitha knapp. Damit hatte Marijana nicht gerechnet. Sie blickte von den Lippenstiften auf.

„Hat sie es Dir erzählt?" Roswitha schlenderte langsam los. Nachdem sie wusste, dass Marijana beobachtet hatte, wie sie den Lippenstift eingesteckt hatte, befürchtete sie, dass es vielleicht auch ein Kaufhausdetektiv gesehen haben könnte. Und deswegen wollte sie das Geschäft möglichst schnell und unauffällig verlassen. Auf die Idee, den Lippenstift einfach wieder zurückzulegen, kam sie gar nicht. Marijana spazierte mit ihr mit. Und als die beiden Mädchen das Kaufhaus verlassen hatten und Roswitha zum zweiten Mal erleichtert aufatmete, weil sie nicht erwischt worden war, antwortete sie auf Marijanas Frage: „Melanie hatte doch mit mir gewettet, dass sie Barker an dem Tag rumkriegt. Sie macht ihm ja schon ewig schöne Augen. Die Jungs in unserer Klasse hat sie ja schon fast alle durch. Und sie wollte endlich mal einen richtigen Mann."

„Aber wenn sie ihn rumkriegen wollte", wandte Marijana ein, „warum läuft sie dann plötzlich rum und erzählt, dass er sie vergewaltigt hat? Das macht doch gar keinen Sinn."

„Ich hab… das ist…" Roswitha blickte Marijana einfältig an. Und man konnte ihr ansehen, dass sie sich noch nie Gedanken darüber gemacht hatte.

„Ich hab ihr 20 Euro bezahlt" platzte es plötzlich aus ihr heraus. Marijana blickte Roswitha mitleidig an.

Ein zerstörtes Leben für 20 Euro, für eine gewonnene oder verlorene Wette, dachte sie. Aber sie sagte nichts. Und Roswitha fuhr von selbst fort: „Das möchte ich jetzt aber auch wissen."

Und damit ließ sie Marijana stehen und marschierte los.

„Wo willst Du hin?" rief ihr Marijana hinterher und Roswitha drehte sich noch mal zu ihr um: „Ich knöpfe sie mir vor. Und wenn sie mich angelogen hat, will ich meine 20 Euro zurück."

Marijana wäre am liebsten mitgegangen. Aber sie wusste, dass Melanie in ihrer Gegenwart niemals eingestanden hätte, gelogen zu haben. Jetzt konnte sie nur darauf hoffen, dass Roswitha die Wahrheit aus ihr herausbekommen würde und dass sie diese Wahrheit schließlich von Roswitha erfahren würde. Sie griff in ihre Tasche und schaltete das Diktiergerät aus.

Shadowcat und Lian hatten voll Ungeduld auf Marijanas Rückkehr gewartet. Es war ihnen nicht leicht gefallen, sie allein gehen zu lassen. Aber es war ihnen klar gewesen, dass es unauffälliger sein würde, wenn nur eine von ihnen mit Roswitha sprach. Und sie mussten sich eingestehen, dass Marijana die größten Chancen hatte, etwas aus ihr herauszubekommen. Sie beide, Shadowcat und Lian, waren in der Schule ja doch nur die Exoten, die von ihren Mitschülerinnen oft verspottet und verlacht wurden, während mehr Schüler in sie verknallt waren, als in all die Mädchen, die für jeden zu haben waren. Als Marijana ihnen erzählt hatte, wie es gelaufen war und ihnen die Aufnahme vom Diktiergerät vorgespielt hatte, steigerte das aber nur noch die Spannung. Jetzt mussten sie wieder bis morgen warten. Vielleicht konnte Marijana schon vor der Schule mit Roswitha reden. Vielleicht mussten sie aber auch bis zur Pause, oder möglicherweise sogar bis nach der Schule warten. Die Spannung war unerträglich für die drei.

Es war noch früh am Abend, als Lian Musik anstellte und anfing, sich auszuziehen.

„Ich muss was tun", beantwortete sie die unausgesprochene Frage von Marijana und Victoria, „sonst werde ich wahnsinnig."

Die drei hatten im Heim ein Zimmer für sich mit eigenem Bad. Sie hatten es sich so gemütlich und zweckmäßig eingerichtet, wie es ihnen möglich gewesen war. Neben ihren schmalen Heimbetten, einem Tisch mit drei Holzstühlen und dem gemeinsamen Kleiderschrank hatten sie sich auch einige Sportgeräte zugelegt, auf die sie lange hatten sparen müssen. Ein Trimmrad, mehrere Hanteln, eine Stange für Klimmzüge, die im Rahmen der Badezimmertür angebracht war, Sportmatten und sogar ein Sandsack bildeten so eine für Mädchen sehr untypische Einrichtung. Zwar verbrachen sie ihre Zeit am liebsten draußen in der Natur, aber sie trainierten fast jeden Abend auch in ihrem Zimmer. Und sie hatten sich angewöhnt, nackt zu trainieren, wenn sie allein waren. Und allein waren sie in ihrem Heimzimmer immer.

„Ja" stimmte Marijana zu, während sie aufstand. Und im nächsten Moment entkleideten sie und Shadowcat sich auch schon. Marijana und Lian waren schon siebzehn, Shadowcat noch sechzehn. Alle drei waren sehr schlank und hatten durch das regelmäßige und intensive Training gut definierte Muskelpartien, die aber in sehr anmutiger und geschmeidiger Weise nur ihre jugendliche Weiblichkeit unterstrichen.

Marijana war mit hundertzweiundsechzig Zentimeter die größte von ihnen. Dichte blonde, nur leicht gewellte Haare umrahmten ihr Gesicht und fielen ihr schwer auf den Rücken. Während des letzten Jahres war ihr Körper zu voller, jugendlicher Pracht erblüht. Ihre Brüste waren prall und rund geworden, ohne dass die Schwerkraft ihnen etwas anhaben konnte. Und ihre kleinen Knospen reagierten auf jeden Lufthauch, zogen sich zusammen, wurden hart und jagten wohlige Schauer durch Marijanas Körper bis in die Haarwurzeln und in die Zehen. Aber vor allem in ihrer Vagina vereinten sich alle diese Ströme und ließen ihre Klitoris eine so intensive, bisher unbekannte Erregung erleben, dass sie sich oftmals schon eine Erlösung aus dieser fast schmerzhaften und wie sie wohl wusste, unbefriedigten Lust wünschte. So sehr sie aber auch gerade dabei war, ihren Körper völlig neu wahrzunehmen und zu entdecken, so wenig hatte sie Interesse an den Jungs, die sie kannte. Abgesehen vom Hausarzt des Heimes waren Lian und Shadowcat die einzigen, die sie nackt kannten, die sie ohne Scheu berührten und die auch sie berühren konnte, ohne dass eine von ihnen dabei das Gefühl gehabt hätte, etwas Schlechtes oder Verbotenes zu tun. Es war einfach normal. Das war es immer gewesen. Sie waren ihre Familie. Sie konnten sich gegenseitig nicht nur alle ihre Geheimnisse anvertrauen, sondern sich auch berühren, ohne sich von scheinheiligen Moralvorstellungen ein Schuldgefühl einimpfen zu lassen. Trotzdem waren sie nicht lesbisch, auch wenn sie schon oft dafür gehalten waren.

Sie gehörten einfach nur zusammen. Und es war für einen Mann, oder Jungen kaum möglich, die Barriere, die sie um sich errichtet hatten, zu überwinden. Bis jetzt wollte sich auch keine von ihnen Gedanken darüber machen, wie es sein würde, wenn eine von ihnen einmal einen Freund haben würde. Ihre Gemeinschaft war so stark, dass es für sie unvorstellbar war, dass es irgendjemand geben könnte, der sich zwischen sie drängen könnte. Trotzdem war da ein Gefühl, eine Erregung am Entstehen, die nach Erlösung schrie.

Victoria war nur knapp hundertsechsundfünfzig cm groß und lag damit in der Mitte. Ihre samtene Haut schimmerte wie Bronze. Ihr Körper war gerade am Erblühen. Ihre Brüste waren weder zu klein, noch besonders groß. Um sie durchschnittlich zu nennen, waren sie aber viel zu perfekt geformt. Sie waren fest und ihre dunklen Knospen begannen auch schon, als Barometer ihrer Gefühle und Empfindungen zu dienen. Shadowcats schwarz schimmerndes Haar fiel wie ein seidener Schleier bis über ihren kleinen, festen Hintern. Und in ihren dunklen, braunen Augen lag immer ein Hauch von zarter Traurigkeit.

Lian war mit nur hundertfünfzig cm die kleinste von ihnen. Aber sie war auch die athletischste von den dreien. Das lag sicherlich daran, dass sie den Kraft- und Kampfsport am intensivsten betrieb, während Shadowcat ungeschlagen in Leichtathletik war und weder im Sprint, noch auf lange Distanzen einen Gegner gefunden hatte, der mit ihr mithalten konnte. Lian war zwar der Inbegriff anmutiger Kraft und Ausdauer. Aber es war ihr nicht möglich, sich im Laufen mit Shadowcat zu messen. Sie blieb die ewige zweite, während Marijana sich eingestehen musste, dass sie zwar auch schneller als die meisten anderen Mitschülerinnen und sogar Mitschüler war, aber sich im Vergleich mit Shadowcat oder Lian nur so schnell wie eine Schildkröte fortbewegte. Weil es niemanden gab, der für Shadowcat bisher eine Herausforderung gewesen wäre, hatte sie sich insgeheim schon gewünscht, einmal gegen Barker antreten zu dürfen. Aber der war ja leider der Lehrer der Parallelklasse. Zu Marijanas bevorzugten Sportarten gehörten vor allem Bodenturnen, Geräteturnen und rhythmische Sportgymnastik. Aber für sie alle drei war das gemeinsame Training in ihrem Zimmer eine Basis für jeden anderen Sport und vor allem für ihr eigenes Körpergefühl. Lian war zwar athletisch gebaut, wirkte dabei aber trotzdem sehr zierlich. Alles an ihr war hart und sehnig und wirkte dabei trotzdem weiblich und weich. Vor allem ihr Gesicht war völlige Harmonie. Und ihre Mandelaugen konnten jeden in ihren Bann ziehen, auch wenn sie das gar nicht beabsichtigte. Ihre Brüste waren klein und fest. Unter ihrer Kleidung nahm man sie kaum wahr. Aber wenn man sie so betrachtete, waren sie pure, weibliche Verführung. Auch Lian hatte seidiges, schwarzes Haar, das ihr bis auf den schmalen Rücken fiel.

Sie setzte sich auf das Trimmrad und begann auf der höchsten Stufe, kraftvoll zu treten, wobei ihr Körper kaum merklich im Takt wippte. Marijana und Shadowcat setzten sich auf ihren Matten mit gespreizten Beinen gegenüber, legten ihre Füße aneinander und nahmen sich bei den Händen. Abwechselnd zogen sie sich jetzt gegenseitig nach vorne, was eine gute Streckübung für die Beine ist und auch den Rücken stärkt. Natürlich waren sich die Mädchen ihrer Nacktheit bewusst und natürlich betrachteten sie sich auch gegenseitig und nahmen die Geschmeidigkeit ihrer sich bewegenden Körper wahr. Und sie genossen diese Anblicke auch. Als Shadowcat von Marijana gerade wieder nach vorne gezogen wurde und sie mit dem Oberkörper so flach auf den Boden zu liegen kam, dass ihre zarten Brustwarzen die Matte berührten, blickte sie gerade zwischen die weit geöffneten Schenkel von Marijana und bemerkte auch die sich im Rhythmus der Übung bewegenden, leicht geöffneten, rosigen Schamlippen. Alle drei Mädchen legten großen Wert auf Hygiene, Sauberkeit und Ästhetik. Deswegen entfernten sie sich schon seit Jahren auch ihre Schambehaarung.

„Wenn ich ein Junge wäre", begann Shadowcat, „dann würde mich dieser Anblick wahnsinnig vor Verlangen machen."

Marijana musste lachen. Ein leises Lachen nur, aber ein sehr ehrliches.

„Und wenn ich ein Junge wäre", erwiderte sie, während sie von Shadowcat gezogen wurde, „würde ich sofort über Dich herfallen und Dich hier auf der Stelle vernaschen."

Im selben Moment, in dem sie das sagte, nutze sie den Schwung, mit dem sie von Shadowcat gezogen wurde, kam auf die Knie und stürzte sich auf Shadowcat, drückte ihre Hände auf den Boden und biss ihr mit einem Knurren, das gefährlich klingen sollte zärtlich in den Hals. Shadowcat musste über den Überfall kichern, vor allem weil sie der Biss in ihren Hals kitzelte. Marijana saß auf Shadowcat. Sie ließ von ihrem Hals ab, gab ihr aber die Hände noch nicht frei. Ihre Haare fielen über Shadowcats Gesicht.

„Du nimmst mich nicht ernst!" sagte sie zugleich spielerisch, als auch zärtlich. Shadowcat antwortete nicht darauf und fragte nur: „Und was würdest Du weiter tun, wenn Du ein Junge wärst?"

„Ich würde Dich küssen!" antwortete Marijana so leise, dass es fast nur ein Hauch war. In ihrer Stimme war plötzlich alles Spielerische verschwunden. Es hatte einem Gefühl reiner Zärtlichkeit Platz gemacht. Sie beugte sich über Shadowcat und berührte ihre leicht geöffneten, fein geschwungenen Lippen mit den ihren. Shadowcat schloss die Augen und genoss den zarten Kuss. Ganz zärtlich glitten Marijanas Lippen jetzt wieder über Shadowcats Hals, den sie ihr jetzt genüsslich darbot. Immer tiefer bedeckte Marijana sie mit zärtlichen Küssen, bis sie schließlich eine harte Knospe zwischen ihren Lippen spürte, die sich ihr verlangend entgegenstreckte. Marijana spürte das feste Fleisch von Shadowcats Brüsten auf ihren Lippen und schmeckte die harte Knospe, die sie einsog, und mit ihrer warmen Zunge ertastete. Sie vergaß sich in dem Rausch, den ihr der Geruch und der Geschmack von Shadowcats erwachendem Körper bereitete. Und sie konnte diese Liebkosung, die sie Shadowcat gab, in ihren eigenen, kleinen Brustwarzen spüren. Wieder breitete sich diese Erregung zwischen ihren Beinen aus und verlangte nach Befriedigung. Plötzlich überkam sie eine unendliche Traurigkeit. Sie gab Shadowcats Hände frei und setzte sich auf. Shadowcat öffnete langsam die Augen.

„Das war schön!" sagte sie leise, während sie bemerkte, dass eine Träne aus Marijanas Augen quoll. Zärtlich strich sie ihr die Träne aus dem Gesicht, richtete ihren Oberkörper so weit auf, um mit ihren Lippen Marijanas Brüste berühren zu können und drückte ihr einen so zarten Kuss auf die linke Brustwarze, dass er fast nicht zu spüren war. Eigentlich wollte sie auch Marijanas rechter Brustwarze noch die gleiche Liebkosung schenken. Aber schon der erste Kuss war für Marijana ein so intensiv erlebtes Gefühl, das sich so explosionsartig in ihrem Körper ausbreitete, dass sie einen so heftigen und erregenden Orgasmus erlebte, wie sie es nie für möglich gehalten hätte, dass es überhaupt möglich sein könnte. Sie zitterte und bebte am ganzen Körper und heiße Tränen liefen ungebremst über ihr schönes Gesicht. Shadowcat hätte sie gerne tröstend in ihre Arme genommen. Aber sie lag noch immer unter Marijana und konnte nichts tun. Allerdings war jetzt sofort Lian heran, setzte sich hinter Marijana auf Shadowcat und schloss ihre Arme beschützend um Marijanas bebenden Körper, während sie ihr zärtlich den Nacken küsste. Diese Berührung und die Küsse verstärkten zwar zuerst noch Marijanas Orgasmus, wirkten dann aber doch so beruhigend, dass sich ihr Körper nach mehreren Minuten langsam wieder entspannte. Schniefend wischte sie sich die Tränen aus dem Gesicht. Shadowcat, die sich unter ihr nicht zu rühren gewagt hatte, sah sie mit großen, schuldbewussten Augen an.

„Es tut mir leid. Das …" Eigentlich wollte sie den Satz noch beenden mit „… wollte ich nicht." Aber Marijana legte zärtlich ihre Finger auf Shadowcats Lippen und erwiderte: „Wenn Du ein Junge wärst, würde ich mich von keinem anderen als Dir berühren lassen wollen."

Und nachdem sie noch einmal herzhaft geschnieft hatte, sagte sie: „Ich muss grad ziemlich lächerlich gewirkt haben, oder?"

„Eher verletzlich und zart", antwortete Lian, die noch immer ihre Arme um sie geschlossen hatte. „Wenn ich ein Junge wäre", fuhr sie fort, „dann würde ich euch beide und mich in Ruhe lassen um unsere Gemeinschaft nicht zu zerstören. Ich könnte nicht ertragen, wenn jemand einer von euch beiden wehtut."

Damit drückte sie ihre Lippen noch einmal zärtlich auf Marijanas Nacken. Marijana legte ihren Kopf zur Seite, um die Liebkosung zu genießen und antwortete: „Niemand wird unsere Gemeinschaft jemals zerstören!"

An diesem Abend lagen alle drei in Gedanken versunken lange wach in ihren Betten. Marijana und Shadowcat hatten heute zum ersten mal erlebt, wie es ist, wenn ihr Körper in sexueller Weise zärtlich berührt wird. Das war neu für sie. Für Shadowcat war es zwar nicht diese Explosion, angestauter Wünsche gewesen. Aber das Gefühl, als Marijana ihre Brustwarze liebkost hatte, war so angenehm erregend gewesen, so voller Zärtlichkeit und Vertrauen, dass es noch immer in ihrem Körper nachklang und sie am liebsten zu Marijana ins Bett gekrochen wäre, um sich wieder von ihr auf diese Weise berühren zu lassen. Und um ehrlich zu ein, musste sie sich sogar eingestehen, dass sie am liebsten Lian auch gerne dabei gehabt hätte. Und sie fragte sich, wie sich Lians Liebkosung wohl im Vergleich zu Marijanas anfühlen würde. Mit dieser Vorstellung glitt sie schließlich langsam ins Reich der Träume. Doch als sich plötzlich das Bild des Lehrers, das Bild des Mannes, dessen Unschuld sie beweisen mussten, das Bild Barkers in diesen wohligen Traum einschlich, saß sie mit einem Ruck wieder kerzengerade in ihrem Bett. Lian und Marijana waren beide noch wach gewesen und sahen zu ihrer aus dem Schlaf gerissenen Freundin.

„Was ist los?" fragte Lian. Und Victoria antwortete: „Barker!"

Nur dieses eine Wort sagte sie. Aber die Art, wie sie den Namen ausgesprochen hatte, ließen Marijana und Lian aufhorchen. Verwunderung, Neugier, aber auch Zärtlichkeit lagen im Klang von Victorias Stimme. Marijana setzte sich in ihrem Bett auf.

„Er ist fast so alt, wie wir drei zusammen", sagte sie und verriet damit, dass auch sie über Josh Barker nachgedacht hatte.

„Er ist schon über vierzig." stimmte Lian zu, fuhr aber sofort, fast entschuldigend fort: „Aber man sieht es ihm nicht an."

„Er ist auf jeden Fall interessanter, als die pubertierenden Pickelgesichter oder die ganzen halbstarken Möchtegerns in der Schule", stimmte Marijana bei. Und Victoria erwiderte mit einem Anflug von Melancholie: „In einer Woche sind wir hier weg. Dann sehen wir ihn nie wieder."

Marijana setzte sich zu Victoria auf die Bettkante. Und während ihre Finger mit Victorias Haaren spielten, die ihre nackten Brüste wie ein Schleier bedeckten, meinte sie in einem so energischen Ton, der in völliger Disharmonie zu ihrer zärtlichen Spielerei stand: „Auf jeden Fall werden wir seine Unschuld beweisen, bevor wir von hier verschwinden."

Und mit einer weicheren Stimme, in der ein Hauch Traurigkeit mitschwang, fuhr sie fort: „Vielleicht wird er sich dann hin und wieder mal an uns erinnern."

Auch Lian schlüpfte jetzt geschmeidig zu Victoria ins Bett, ließ ihren Kopf in Victorias Schoß fallen und sinnierte vor sich hin, während sie die Haare Victorias von ihren Brüsten pustete und diese zärtlich zu streicheln begann: „Wir sollten uns da nicht so reinsteigern. Barker macht sich nichts aus kleinen Mädchen. Und ich würde ihm auch nicht den Ärger machen wollen, den er jetzt ohne Schuld schon hat."

Lian lag auf dem Rücken, nackt, ihren Kopf in Victorias Schoß. Marijana betrachtete sich den kleinen, geschmeidigen Körper, nahm Lians kleine Brustwarzen zwischen ihre Finger und fing an, sie ganz zärtlich zu zwirbeln und an ihnen zu ziehen während sie fragte: „Habt ihr euch jemals vorgestellt, wie es wäre, von ihm berührt zu werden?"

Durch Marijanas Liebkosung erregt, schlossen sich Lians Hände fester um Victorias Brüste und beide stöhnten gleichzeitig leise auf. Victoria nahm Lians Hände und presste sie noch fester an ihre Brüste. Zwischen ihrem leisen, unterdrückten Stöhnen antwortete sie auf Marijanas Frage: "Nicht vor heute."

Und nach einer weiteren Pause des Genießens ergänzte sie: „Aber ich glaube nicht, dass er so zärtlich und gefühlvoll sein könnte, wie ihr beiden."

„Das glaube ich auch nicht", entgegnete Marijana, während sie sich so über Lian beugte, dass ihre hart gewordenen, kleinen Brustwarzen, Lians erregte Knospen streiften und ein prickelnder Strom ihre beiden Körper von ihren Brustwarzen ausgehend durchflutete. Lian bäumte sich auf und streckte ihre kleinen festen Brüste Marijanas Liebkosung entgegen, während Victoria noch immer ihre Hände auf ihre eigenen, erregten Brüste presste. Marijana wanderte langsam tiefer, ließ ihre empfindlichen Brustwarzen über Lians Körper streicheln und küsste schließlich sehr zärtlich Lians erregte und geschwollene Knospen, sog sie ein und fing an, ganz zärtlich an ihnen zu knabbern. Alle drei konnten spüren, wie sich die Leidenschaft in ihren Körpern steigerte. Und sie genossen diese neue, unbekannte Empfindung. Marijanas Lippen wanderten weiter nach unten, über Lians schlanken Bauch, auf dem sich durch die Anspannung der Erregung deutlich ihre Bauchmuskeln unter der weichen Haut abzeichneten. Sie küsste ihren kleinen Nabel und ließ ihre Lippen unendlich langsam weiter nach unten wandern, tastete sich Millimeter für Millimeter über den glatten und weichen Venushügel und nahm den angenehmen Duft von Lians vor Erwartung vibrierender, bisher unberührter, kleiner Scheide wahr und sog ihn tief in sich ein, während sich Lians Finger so fest in Victorias zarte Brüste gruben, dass die vor Schmerz leise stöhnte. Aber es war ein angenehmer und sehr erregender Schmerz, von dem Victoria mehr haben wollte. Und so ließ sie Lians Finger gewähren, die sich wie ein Schraubstock, wenn auch ein sehr kleiner Schraubstock, um ihre Brüste schlossen und vor Erregung so sehr zuckten, dass sie so fest und ruckartig an ihren Brüsten anrissen, dass Victoria nach vorne kippte und sich auf Lians bebenden Brüsten abstützen musste. Dabei hob sie aber ihr Becken und öffnete ihre Schenkel, dass Lians Kopf dazwischen auf das Bett zurückfiel. Als Marianas Lippen Lians Schamlippen so zart wie ein

Lufthauch berührten, ließ Lian Victorias Brüste, auf denen sich jetzt weiße Linien von den bisher in sie gekrallten Fingern abzeichneten, los, griff nach hinten und schob, oder besser, zog Victorias Becken nach vorne. So kniete Victoria mit gespreizten Beinen über Lians Gesicht, während sich deren Finger jetzt in die Rundungen ihres kleinen, schmalen Hinterns gruben. Marijana ließ ihre Lippen ganz zärtlich über Lians rosige Spalte gleiten und fühlte das zarte, warme und weiche Fleisch der winzigen Schamlippen. Mit ihren Fingerspitzen öffnete Marijana ganz vorsichtig die winzigen Hautfalten und berührte sie mit unendlicher Zärtlichkeit mit ihrer Zungenspitze. Der leicht salzige Geschmack erregte Marijana nur noch mehr. Von der zärtlichen, intimen Berührung wie elektrisiert biss Lian mit einer Heftigkeit in Victorias winzige, leicht geöffnete Schamlippen, die sich über ihrem Mund befunden hatten und deren berauschender Duft ihr so angenehm in die Nase gestiegen war, dass er ihr fast die Sinne geraubt hätte, dass Victoria von dieser ungestümen Attacke überrascht, vor Schmerz zurückzucken wollte. Aber Lians Zähne hatten sich in dem zarten Fleisch so fest verbissen, dass Victoria sich nicht von ihr lösen konnte. Und nach der ersten Schrecksekunde erkannte sie zu ihrem Erstaunen, dass auch dieser Schmerz ihr pure Lust bereitete. Während sie selbst durch Marijanas zärtliche Liebkosungen am ganzen Körper zitterte, sog Lian in wilder Leidenschaft Victorias Schamlippen in ihren Mund, stieß mit ihrer kleinen, neugierig forschenden Zunge in diese unberührte, enge und bebende Höhle vor und biss immer wieder in das zarte Fleisch, bis Victoria sich nicht mehr auf ihren Knien halten konnte und sich trotz der in ihre erregten und geschwollenen inneren Schamlippen verbissenen Zähne von Lian losriss und sich neben ihr auf das Bett fallen ließ.

In dem Moment klopfte es energisch und die Aufseherin rief durch die geschlossene Tür: „Licht aus Mädchen. Es ist schon längst Bettruhe!"

Für ein paar Sekunden wagten die Mädchen nicht zu atmen. Nur Victoria zitterte noch so stark, dass sie sich an Lians Arm klammern musste und in die Bettdecke biss, um sich nicht durch einen Laut zu verraten. Marijana löschte schnell die Lampe. Und als sie hörten, wie sich die Schritte im Gang wieder entfernten, atmeten sie erleichtert auf. In gespielter Empörung boxte Victoria jetzt Lian gegen die Schulter, während sie ihr im Flüsterton vorwarf: „Du bist ja wohl total …!?"

Sie beendete den Satz nicht, weil sie selbst nicht wusste, was sie eigentlich sagen wollte. Lian, die sich selbst noch kaum in der Gewalt hatte, nahm sie in die Arme und küsste zärtlich überall ihr Gesicht.

„Es tut mir leid", sagte sie mit aufrichtiger Reue ebenso leise, damit man sie vom Gang aus nicht hören konnte.

„Ich wollte nicht so grob sein."

Auf Victorias Brüsten konnte man noch immer die Abdrücke von Lians Fingern sehen. Und als sie sich aus Lians lustvollem Biss befreit hatte, war sogar ein Tropfen Blut geflossen, so fest hatte sich Lian in ihre zarten, kleinen und jetzt geschwollenen und angenehm schmerzenden und pulsierenden Schamlippen verbissen gehabt.

„Du musst Dich nicht entschuldigen", antwortete Victoria jetzt mit einem versöhnlicheren Ton. „Du kannst Dir gar nicht vorstellen, wie schön das war. Es kam nur so überraschend und plötzlich."

„Für mich auch", gestand Lian ein und Victoria versuchte weiter, das eben Erlebte in Worte zu fassen: „Die Heftigkeit hat mich so überrascht. Ich konnte mir so etwas überhaupt nicht vorstellen. Es war so intensiv, aber so unendlich schön, so …"

Sie sprach das Wort *erregend* nicht aus, sondern machte einen Gedankensprung und erklärte schließlich: "Wenn man jemand absolut vertraut, dann kann man sich ihm auch total hingeben und es genießen, … alles genießen."

Sie grübelte kurz über ihre eigenen Worte und fügte dann noch hinzu: „… wenn das, was derjenige tut, mit Liebe und die Heftigkeit, wie stark und ungezügelt sie auch sein mag, mit Gefühl gegeben und erlebt wird!"

Alle drei hatten sich in ihre Gedanken zu Victorias Erkenntnis ergeben. Und Marijana resümierte plötzlich wie als Antwort auf Victorias Gedanken: „Gestern waren wir noch Kinder."

„Und morgen retten wir die Welt!" spann Lian den Gedanken weiter und lockerte die Atmosphäre damit wieder etwas auf. Victoria griff den Gedankengang ebenfalls auf und ergänzte: „Zumindest retten wir Barker."

Dann machte sie aber wieder einen Gedankensprung und fragte Lian anscheinend ohne Zusammenhang: „Würdest Du einen Mann auch so beißen?"

Lian musste kurz kichern. Darüber hatte sie noch nicht nachgedacht. Sie hatte sich ja überhaupt noch keine großen Gedanken über Sexualität oder ihre eigene Veranlagung gemacht. Theoretisch wussten sie so gut wie alles über Sexualität. Nur sie selbst hatten bisher noch kaum eine Rolle in dieser Gedankenwelt gespielt. Das, was vor ein paar Minuten zwischen den drei Mädchen passiert war, das war ja nicht geplant gewesen. Keine von ihnen hatte sich vorher Gedanken darüber gemacht, was sie selbst aktiv machen würden. Es war nur diese Sehnsucht nach Nähe, nach Berührungen, nach dem Erleben und Entdecken des eigenen Körpers und der eigenen Sexualität. Und wie es war, selbst zu berühren, einen fremden Körper zu riechen, zu schmecken und mit allen seinen Sinnen wahrzunehmen, also selbst aktiv etwas zu geben, das war noch viel fremder und neuer für sie. Sie hatten sich gegenseitig schon immer nackt gekannt, sich gegenseitig, ohne Gedanken an irgendeine noch fremde Sexualität berührt, hatten sich massiert oder eingecremt. Und plötzlich brach das Bewusstsein des eigenen Körpers und auch der Körper der jeweils beiden anderen wie ein Orkan über sie herein. Nein, sie waren nicht lesbisch. Das waren sie nie gewesen.

Und doch … Jetzt war etwas mit ihnen passiert, das plötzlich alles in einem anderen Licht zeigte. Prinzipiell hatten sie ja nichts gegen Männer. Aber sie vertrauten ihnen nicht, so wie sie überhaupt niemandem außerhalb ihrer kleinen Gemeinschaft ganz vertrauten. Wer im Waisenhaus aufwächst, der gewöhnt sich irgendwann ab, noch irgendjemand zu vertrauen. Außerdem waren Männer schmutzig. Sie stanken fast alle nach Schweiß. Nur Barker hatte immer gut gerochen. Das war ihnen allen dreien aufgefallen, obwohl sie ihn bisher immer nur flüchtig gesehen hatten, wenn sie zufällig im Gang an ihm vorbeigekommen waren, oder als er ihnen beim Sportfest ihre Urkunden mit ehrlicher und aufrichtiger Anerkennung ihrer Leistungen überreicht hatte. Er war immer sauber und duschte sich auch nach jeder Sportstunde. Nur heute morgen, da hatte er wirklich scheiße ausgesehen, wie Marijana ihm ganz unverblümt ins Gesicht gesagt hatte. Und dafür hätte sie sich am liebsten die Zunge abgebissen. Das war ihr einfach so rausgerutscht, ohne dass sie darüber nachgedacht hatte. Jedenfalls fiel Lian jetzt nur Barker ein, als sie versuchte, sich auszumalen, wie ein nackter Mann aussieht.

„Du meinst, in sein bestes Stück?" fragte sie zurück. Victoria nickte und Lian versuchte sich jetzt den in ihren Gedanken nackten Barker mit einer Erektion vorzustellen. Aber es wollte ihr nicht gelingen, dieses Bild in ihrer Vorstellung lebendig werden zu lassen. Sie wusste natürlich, wie ein erigierter Penis aussah. Sie hatte doch schon genug Fotos davon gesehen. Aber ein erigierter Penis auf Papier oder dem Bildschirm des PCs war etwas anderes als eine lebendige Vorstellung.

„Ich weiß ja nicht mal, wie er aussieht." sagte sie resignierend und wurde sich im selben Augenblick bewusst, dass sie sich damit schon verraten hatte.

„Du denkst an Barker, oder?" fragte Victoria. Aber es war eigentlich nur eine rhetorische Frage. Sie wusste, dass Lian an ihn gedacht hatte. Und Lian wusste, dass Shadowcat, die kleine Indianerin mit der Gabe die Gedanken anderer zu lesen, es wusste.

„Wüsstest Du jemand besseren, an den ich denken könnte, um mir über Deine Frage klar zu werden?" fragte sie sie deshalb und Victoria schüttelte den Kopf.

„Hat er einen Großen, oder vielleicht nur ein ganz winziges Stummelschwänzchen? Ist er rasiert oder vielleicht beschnitten?" fragte Lian und wollte damit die Unmöglichkeit der Beantwortung von Victorias Frage demonstrieren. Die fragte aber so plötzlich und spontan noch einmal, ohne Lian Zeit für weitere Überlegungen zu lassen: „Würdest Du ihn beißen?"

Und wirklich kam die Antwort jetzt ganz spontan, ohne dass Lian sich vorher noch einmal bewusst weitere Gedanken gemacht hätte: „Wenn es sich ergeben würde und wenn er es mögen würde!"

„Oh, er würde es mögen!" erwiderte Victoria in ehrlicher Überzeugung. Aber Lian dachte den Gedanken noch zu Ende und ergänzte noch: „… und falls ich es mögen würde."

„Hauptsache, Du machst ihn nicht kaputt." mischte sich jetzt Marijana in das Gespräch. Und Victoria bestätigte: „Den Antrag unterstütze ich!"

Lian blickte von einer zu anderen und erwiderte, wieder etwas ernster und nachdenklicher: „Ihr seid albern! Jetzt müssen wir ihm erst mal aus der Patsche helfen. Und wenn wir das geschafft haben, dann müssen wir von hier weg."

Die drei kuschelten sich in Victorias Bett ganz dicht aneinander und schliefen schließlich friedlich ein.

Am nächsten Morgen gelang es Marijana wirklich schon vor Schulbeginn Roswitha auf dem Schulweg abzufangen. Bewaffnet mit ihrem Diktiergerät fragte sie sie schließlich was bei dem Gespräch mit Melanie herausgekommen ist.

„Ich habe meine 20 Euro wieder", antwortete Roswitha nicht ohne Stolz. Und Marijana bohrte weiter: „Also hat sie gelogen und Barker hat ihr nichts getan!?"

„Natürlich hat sie gelogen", gab Roswitha in einem Ton zurück, der wohl ausdrücken sollte, dass sie das ja schon immer wusste. Als Marijana aber forderte: „Das musst Du der Polizei erzählen!", blieb Roswitha stehen und blickte sie empört an.

„Spinnst Du?" fragte sie. „Ich verpetze doch nicht meine beste Freundin."

„Und dafür soll ein Unschuldiger in den Knast gehen? Ist Dir überhaupt klar, was Melanie Barker antut?" fragte Marijana mit ungespielter Empörung über diese Kaltschnäuzigkeit. Aber Roswitha machte sich darüber keine Gedanken. Sie hatte ihre 20 Euro wieder. Und damit war die Welt für sie wieder in Ordnung. Also antwortete sie gleichgültig: „Das geht mich nichts an."

Jetzt platzte Marijana der Kragen. Sie gab Roswitha eine schallende Ohrfeige und schrie sie fast an: „ Das geht Dich nichts an? Ich werde Dir zeigen, wie Dich das was angeht. Entweder Du gehst zur Polizei oder ich werde es tun. Dann kann ich denen auch gleich von Deinem geklauten Lippenstift erzählen."

Roswitha starrte Marijana ein paar Sekunden mit offenem Mund sprachlos an. Die ihr entgegen geschleuderte Drohung erschütterte sie mehr, als die erhaltene Ohrfeige. Und als sie ihre Sprache wieder gefunden hatte, da fiel ihr nicht mehr ein, als nur: „Das glaubt Dir eh keiner. Du kannst ja nix beweisen!"

„Was kann ich nicht beweisen?" fragte Marijana provozierend, „dass Du Dir den billigsten Lippenstift klaust, wo gleich daneben die ganz teueren gelegen haben?"

„Es war der teuerste, den sie hatten!" gab Roswitha schnippisch zurück und wollte einen Kussmund machen, um zu demonstrieren, wie gut ihr der neue Lippenstift stand. Aber während sie schon ansetzte, fiel ihr plötzlich die Ohrfeige wieder ein. Und aus Angst vor einem neuen Angriff dieser Art verkniff sie sich diese Demonstration, was dazu führte, dass sie nur eine sehr lächerliche Grimasse machte. Marijana griff in ihre Tasche, drückte kurz hintereinander zwei Knöpfe und spulte Roswitha die letzten Sätze auf dem Band des Diktiergerätes vor. *Das glaubt Dir eh keiner. Du kannst ja nix beweisen! - Was kann ich nicht beweisen? Dass Du Dir den billigsten Lippenstift klaust, wo gleich daneben die ganz teuren gelegen haben? - Es war der teuerste, den sie hatten!* Wieder war Roswitha für ein paar Sekunden sprachlos. Dann sprang sie plötzlich ohne Vorwarnung auf Marijana zu und wollte ihr das Diktiergerät aus der Tasche reißen, während sie sie anschrie: „Gib das her, Du miese, kleine Schlampe."

Aber Marijana reagierte instinktiv, sprang zurück und gab Roswitha zum zweiten Mal eine schallende Ohrfeige, dass sie benommen zurücktaumelte. „Damit kommst du nicht durch!" drohte Roswitha Marijana und lief mit den deutlich sichtbaren Spuren der Ohrfeigen voraus in Richtung Schule. Dabei wäre sie fast noch mit Lian und Victoria zusammengestoßen, die aus sicherer Distanz die Szene beobachtet hatten.

„Wie ist es gelaufen?" fragte Lian, als Marijana sie erreichte. Und Marijana spielte ihnen das Band vor, nachdem sie geantwortet hatte: „Perfekt!"

Als sie bei der Schule ankamen, baute sich vor ihnen eine undurchdringliche Wand von Schülerinnen und Schülern auf, die deutlich demonstrierten, dass sie die drei nicht kampflos in die Schule gehen oder abziehen lassen würden. An vorderster Front stand Melanie. An deren Seite hatte sich Roswitha aufgebaut, die sich aber wie ein Aal wand und sich hündisch hinter Melanie versteckte, als Marijana, Lian und Victoria noch einen Schritt näher kamen. Die drei Freundinnen hätten jetzt fragen können, was die anderen von ihnen wollten. Aber wozu hätte das gut sein sollen? Sie wussten es ja. Sie wollten das Band vom Diktiergerät. Also gingen sie weiter, bis sie direkt vor Melanie standen, während sie merkten, dass die anderen einen Kreis um sie schlossen.

„Gib mir das Band!" zischte Melanie Marijana feindselig an.

„Und warum?" entgegnete diese. „Was ist denn auf dem Band, dass Du es unbedingt haben willst?"

Melanie antwortete nicht und deswegen fuhr Marijana fort: „Wissen die anderen hier, dass Du Barker zu Unrecht beschuldigt hast?"

In dem Kreis der sie Umringenden machte sich eine ungläubige Unruhe breit. Melanie schrie, „Das ist gelogen!" während sie auf Marijana lossprang. Aber sie hatte sie noch nicht erreicht, da lag sie auch schon benommen vor

Marijanas Füßen. Lians Fuß war so schnell in ihrem Gesicht gewesen, dass sie ihn nicht einmal hatte kommen sehen.

„Was glaubt ihr, warum Melanie mein Diktiergerät haben will?" fragte Marijana in die Runde. Und einer der ältesten Jungs kämpfte sich nach vorne durch und antwortete für alle anderen: „Weil Du es ihr gestohlen hast!"

„Hat sie das behauptet?" fragte Marijana weiter. „Ja? Dann lasst uns doch alle zum Rektor gehen und ihm das Band vorspielen!"

„Einverstanden!" antwortete der Junge. Aber Melanie kam wieder auf ihre Füße und sprang wie eine Furie auf Marijana zu, um ihr das Diktiergerät zu entreißen und das Band zu zerstören. Aber wieder machte sie mit Lians Fuß eine nähere Bekanntschaft und wurde für mehrere Minuten von ihr ausgeknockt.

Als Melanie wieder zu sich kam, lag sie auf einer Liege im Büro des Rektors, der ihr ein Fläschchen Riechsalz unter die Nase hielt, was ihr Aufwachen nicht gerade angenehmer machte. Ruckartig kam sie hoch. Und sie deutete die vorwurfsvollen Ausdrücke in den sie anstarrenden Gesichtern absolut richtig. Trotzdem fragte sie frech: „Was hab ich denn gemacht? Ein kleiner Spaß mit Barker. Er hat doch sowieso jede Schülerin flachgelegt."

„Ein Wort noch", raunte ihr Lian, die hinter ihr stand, ins Ohr „und ich prügle Dich windelweich!"

Melanie hatte einen gehörigen Respekt vor Lian. Sie rutschte so plötzlich von Lian weg, als sie sie so dicht hinter sich hörte, dass sie von der Liege auf den Boden fiel und sich das Handgelenk brach.

Josh hatte fast den ganzen letzten Tag zuhause verbracht. Nachdem Marijana, Lian und Victoria bei ihm gewesen waren, hatte er sich nur noch übler gefühlt. Und als er in den Spiegel geblickt hatte, war ihm auf drastische Weise vor Augen geführt worden, was für einen erbärmlichen Eindruck er auf die Mädchen gemacht haben musste. Also legte er sich in die Badewanne, machte sich entspannende Musik an, rasierte sich und fühlte sich, als er wieder aus der Wanne stieg, doch nicht besser als vorher. Also zog er seinen Trainingsanzug an, ging raus und lief mehrere Stunden so schnell durch den Wald, bis er an die Grenzen seiner Kondition gelangte. Und erst dann stellte sich ein innerer Friede bei ihm ein, der anhielt, solange er in Bewegung blieb. Als er wieder zuhause war, duschte er sich noch einmal lange ab und ging dann bald ins Bett. Diesen Abend trank er keinen Alkohol.

Am nächsten Morgen blieb er lange im Bett. Er versuchte etwas zu lesen, aber seine Gedanken glitten immer wieder ab. Seine Situation war so verfahren und so aussichtslos, dass er keinen klaren Gedanken fassen konnte und immer wieder in dumpfe Grübelei verfiel. Aber in seine trüben

Gedanken mischte sich immer wieder auch das Bild der drei Mädchen, die ihn gestern besucht hatten, die ihm beteuert hatten, dass sie an seine Unschuld glaubten und die ihm versprochen hatten, seine Unschuld auch zu beweisen. Er gestand sich ein, dass es ihm sehr viel bedeutete, dass ausgerechnet diese Mädchen an ihn glaubten und er versuchte sich zu erinnern, ob und wann er ihre Namen vielleicht schon einmal gehört hatte. Aber er konnte sich nicht erinnern und musste schließlich leise lachen über die Naivität dieser Mädchen. Wie wollten sie denn seine Unschuld beweisen? Wenn Melanie, diese kleine, falsche Schlange bei ihrer Aussage blieb, konnten sie gar nichts machen. Wahrscheinlich hatten sie einfach zu viele Detektivromane gelesen und stellten es sich sehr abenteuerlich vor, einen Fall zu lösen. Nein, es war alles Unsinn. Er konnte von niemandem irgendeine Hilfe erwarten. Wenn er doch nur das Bild dieser Mädchen aus dem Kopf bekommen würde, das ihm so deutlich vor Augen führte, dass er sehr wohl für die Reize von Schülerinnen empfänglich war. Zornig über sich selbst warf er das Buch in die Ecke und stand auf. Und nein: Er würde kein Bier frühstücken. Er würde sich ganz ordentlich einen Kaffee machen. Aber erst ging er ins Bad und erledigte seine Morgentoilette. Und dann trainierte er. Jetzt, wo er nicht in die Schule musste, hatte er am Morgen ja mehr als genug Zeit, um sich auszupowern. Er trainierte am liebsten am Morgen, vor dem Frühstück, auch wenn das bei ihm ohnehin nur aus Kaffee bestand. Aber trotzdem: Training tat ihm am besten, wenn er es mit leerem Magen absolvierte. Und auch er trainierte zuhause immer nackt. Das hatte er schon getan, als er selbst noch ein Schüler war. Er fühlte sich so einfach am wohlsten, zumindest, wenn er alleine zuhause trainierte. In der Schule, oder sonst irgendwo in der Öffentlichkeit wäre das undenkbar für ihn gewesen. Mit Seilspringen, Liegestütze, Sit-ups, Klimmzügen, Kniebeugen, verschiedenen Hantelübungen für Bizeps-, Trizeps-, Schulter- und Brustmuskulatur, sowie auch mit Boxtraining am Sandsack hielt er sich zuhause fit. Und nachdem er sich während der letzten Tage ziemlich hatte gehen lassen, bis auf seinen Waldlauf am letzten Abend, zog er das volle Programm durch und spürte wieder die Geschmeidigkeit der Jugend in seinen Muskeln. Er war schon völlig durchgeschwitzt, als es an der Tür klopfte. Augenblicklich krampfte sich sein Magen wieder zusammen. Er ging zur Tür und wollte gerade fragen, wer da ist, weil es in dieser Wohnung keinen Türspion gab, durch den er das hätte feststellen können, als er auch schon Marijanas Stimme vor der Tür hörte: „Barker, sind sie da?"

Er wunderte sich darüber, dass er ihre Stimme sofort erkannte und antwortete: „Augenblick."

Schnell wickelte er sich ein Handtuch um die Hüften und öffnete, nicht ohne eine gewisse Spannung, die Tür.

„Ich hab grad ..." begann er, unterbrach sich aber, als er registrierte, wie alle drei Mädchen, ihn anstarrten.

„Ich hab grad trainiert." setzte er zum zweiten Mal an. Lians Lippen entschlüpfte ein geflüstertes „Wow!", während sie den schweißnassen, braungebrannten und muskulösen Körper wie hypnotisiert anstarrte. Victoria stieß sie mit dem Ellenbogen an, konnte aber selbst ihren Blick nicht von einem Schweißtropfen wenden, der von Barkers Hals in die deutlich sichtbare Einbuchtung zwischen seinen Brustmuskeln und von dort langsam weiter nach unten rann. Und Marijana wünschte sich noch, der Knoten im Handtuch, das um Barkers Hüften gewickelt war, würde sich lösen, während sie stotternd anfing: „Wir, ... wir wollten die ersten sein."

Sie riss ihren Blick vom Handtuch los und blickte Barker mit einem nicht zu überhörenden Seufzer an. Der schaute die drei Mädchen stirnrunzelnd und fragend an und gewahrte, wie sich unter Marijanas und Victorias Blusen deutlich die kleinen, vorwitzigen Brustwarzen abzeichneten. Waren die eben schon zu sehen gewesen? Er glaubte nicht. Unwillkürlich schaute er, ob er auch bei Lian die Konturen ihrer jugendlichen Knospen entdecken konnte. Und tatsächlich, da waren sie, zwei kleine Punkte, an denen die Bluse auflag und kaum sichtbare Falten warf. Lian spürte Barkers Blick auf ihrem Körper und hatte das Gefühl, ihre erregten Knospen würden explodieren oder in Flammen aufgehen. Und sie lief so rot an, wie noch nie in ihrem Leben, obwohl sie sich am liebsten ihre Bluse vom Leib gerissen und sich diesem Lehrer, diesem Mann, diesem antiken Helden hingegeben hätte, um seine Hände und seine Lippen auf ihren Brüsten zu spüren. Nur einen Sekundenbruchteil hatte Josh auf Lians Brüste geschaut, nur für die Dauer eines Wimpernschlags, und trotzdem spürte er, dass Lian seinen Blick bemerkt hatte.

Jetzt nur nicht schwach werden, dachte er sich und hatte Angst, sein Handtuch könnte sich bewegen und seine aufsteigende Erregung verraten.

Konzentriere Dich auf was anderes, hämmerte es durch seinen Kopf. Es fiel ihm schwer, seinen Blick nicht nach unterhalb der Gesichter der drei Mädchen gleiten zu lassen. Aber selbst der Anblick dieser Gesichter erregte ihn. Sie waren alle drei so wunderschön, so rein, so zart, so perfekt, jedes auf seine Art! Sollte er sich bedauern, oder sollte er dankbar dafür sein, dass diese Mädchen nicht in seiner Klasse waren? Er entschloss sich dafür, dankbar sein zu müssen, denn diese Mädchen wären wohl imstande gewesen, ihn um den Verstand zu bringen. Gott sei Dank griff Victoria Marijanas Einleitung auf und erklärte ohne weitere Umschweife: „Melanie hat gestanden, dass sie gelogen hat!"

Das war ‚*etwas Anderes*'. Augenblicklich hatte Josh sich wieder unter Kontrolle. Er sah Victoria in die Augen. Aber was waren das nur für Augen? Er spürte, wie er in ihnen versank, so wunderschön waren sie und so tief, hatte er das Gefühl, durch sie in eine reine Seele blicken zu können.

Das ist etwas anderes! wiederholte er in Gedanken und verfluchte sich dafür, dass er seinen Blick nicht abwenden konnte.

Ich könnte mich nicht einmal aus diesem Blick befreien, wenn ich jetzt mein Handtuch verlieren und völlig nackt vor diesen Mädchen dastehen würde, dachte er mit Entsetzen und spürte wieder eine Erregung aufsteigen, die drohte, das Handtuch auszubeulen. Irgendetwas musste er tun. Er verlagerte das Gewicht von einem Bein aufs andere, damit die Bewegung im Handtuch natürlich wirkte und glitt dabei wie zufällig etwas weiter hinter die nur halb geöffnete Tür. Jetzt hatte er sich unter Kontrolle! Hatte er doch!? Oder? Natürlich hatte er! Er war doch schließlich all die Jahre immun gegen Schülerinnen gewesen. Und ausgerechnet jetzt, wo er nichts weniger gebrauchen konnte, als Schülerinnen, da sollte er schwach werden? Nein. … Nein! Das würde er nicht! Das würde er niemals!

Verdammt, was ist nur mit mir los? Was ist an diesen Mädchen denn schon besonderes? – Alles! Und das weißt Du auch! – Blödsinn! Es sind nur Mädchen! – Du willst sie! – Nein! … Warum nur komme ich nicht von diesen Augen los? - Mach sie zu! – Natürlich. Es ist doch ganz einfach. … Die Augen zumachen, wie geht das? Verdammt, denk an was Anderes! … Aber an was? Mir fällt nichts ein.

„Sie hat gestanden?" fragte er, nachdem er es mit unglaublicher Willensstärke geschafft hatte, für einen Moment die Augen zu schließen, um sich aus Victorias Blick zu befreien.

„Ja", antwortete jetzt wieder Marijana, die sehr wohl die entstehende Beule in Barkers Handtuch registriert hatte und ihren Blick erst hatte abwenden können, als diese Beule hinter der Tür verschwunden war. „Und wir wollten die ersten sein, die ihnen gratulieren."

Irgendwie war sich Josh nicht sicher, ob er den Mädchen glauben konnte. Weder die Polizei, noch der Schuldirektor oder sein Anwalt hatten sich bei ihm gemeldet. Und so klang eine leise Skepsis mit, als er schlicht antwortete: „Danke."

„Dürfen wir reinkommen?" fragte Marijana und fuhr fort, „Dann erzählen wir es Ihnen."

„Ja", antwortete Josh spontan und wollte die Tür schon weiter aufmachen, um die Mädchen an sich vorbei in die Wohnung zu lassen. Aber sofort verbesserte er sich und sagte: „Nein."

Und als Erklärung fügte er hinzu: „Es tut mir leid. Es ist sicher lieb von euch gemeint. Aber ich hab noch keine Bestätigung von irgendeiner offiziellen Seite, dass das stimmt. Offiziell bin ich also immer noch ein Kinderschänder. Und da draußen wartet der Mob nur darauf, mich lynchen zu können."

Er blickte von einer zur anderen und fragte: „Könnt ihr das verstehen?"

Die drei nickten stumm. Jetzt ergriff Lian das Wort, indem sie sagte: „Sie haben sicher recht. Es wäre bestimmt schon peinlich für Sie, wenn man uns hier miteinander im Treppenhaus sehen würde."

Vielleicht hatte sie gehofft, dass Barker sie durch diese Vorstellung doch noch in seine Wohnung bitten würde. Sie wusste es selbst nicht genau und fuhr fort: „Wir wollten uns noch von Ihnen verabschieden." „Verabschieden?" fragte Josh. „Wir sehen uns doch sicher in der Schule wieder."

„Wir wechseln nächste Woche in ein Internat", widersprach Lian.

„Ihr verlasst unsere Schule?" fragte Josh mit einem Anflug von Panik, die er aber so weit verbergen konnte, dass es nur nach ehrlichem Bedauern klang.

„Ja", antwortete Lian und Marijana erklärte weiter: „Und der Rektor hat uns schon ab heute frei gegeben, weil wir Aufrührer und Unruhestifter sind."

„Wer? Ihr?" fragte Josh mit ungläubigem Staunen. Victoria, die ihm noch immer voll ins Gesicht blickte und es als körperlichen Schmerz empfunden hatte, als Josh seinen Blick, der ihren ganzen Körper wie ein wärmendes Feuer durchströmt hatte, von ihr losgerissen hatte, konnte nicht mehr an sich halten. Dicke Tränen liefen plötzlich ungehemmt aus ihren Augen und sie lief schluchzend davon, in dem Bewusstsein, dass sie diesen Mann nie wieder sehen würde, diesen Mann, den sie schon seit Jahren vom Sehen kannte, der nie etwas anderes war, als ein Lehrer und ein Sportler, mit dem sie sich gerne gemessen hätte und der erst seit gestern, als sie seine Verletzlichkeit wie ein körperliches Wesen hatte spüren können, wie ein Orkan ihr Denken und Fühlen auszufüllen begonnen hatte. Josh blickte ihr ohnmächtig hinterher. Er ahnte zwar nicht annähernd, was in Victoria vorging. Aber er wäre ihr am liebsten nachgelaufen, hätte sie tröstend in seine Arme genommen und ihre Tränen aus ihrem Gesicht geküsst.

„Was …?" setzte er an, unfähig, die Frage, die er stellen wollte, zu formulieren.

„Leben sie wohl, Barker!" sagte Marijana hastig und rannte im nächsten Augenblick Victoria hinterher. Lian war auch schon im Loslaufen begriffen, wendete sich aber noch einmal zu Josh und griff zaghaft nach seiner Hand, die auf dem Türgriff lag. Die zarte Berührung ging Josh durch Mark und Bein und er spürte, wie ihm die Knie weich werden wollten. Auch Lian traf die Berührung wie ein elektrischer Schlag und sie hätte ihre Hand fast im selben Moment wieder zurück gezogen, in dem ihre schlanken Finger auf Joshs Hand zu liegen kamen. Aber sie beherrschte sich und ließ die Hand für den Moment liegen, in dem sie mit zitternder Stimme sagte: „Es tut uns leid, dass wir Sie erst seit gestern und durch diese gemeine Verleumdung wirklich wahrgenommen haben. Wir alle drei hätten sie gerne besser kennen gelernt. Bitte vergessen Sie uns nicht. Wir werden Sie auch nicht vergessen."

Sie schaffte es sogar noch seine Hand kaum merklich zu drücken, bevor sie sich abwendete und Victoria und Marijana hinterherlief. Josh stand noch immer sprachlos in der offenen Tür, als Lian schon längst aus dem Treppenhaus verschwunden war. Dann schloss er die Tür, ging wie ferngesteuert ins Bad und betrachtete sich im Spiegel, ohne einen klaren Gedanken fassen zu können oder auch nur annähernd zu verstehen, was mit seinen Gefühlen los war. Dann löste er den Knoten von seinem Handtuch, blickte nach unten und sagte: „Und Du bist alt genug, um Dich benehmen zu können. Du bist ja sonst auch nicht so peinlich."

Er ging ins Schlafzimmer und ließ sich auf sein Bett fallen.

Wenn meine Unschuld wirklich bewiesen ist, fragte er sich, *warum bekomme ich dann keine offizielle Bestätigung von der Polizei oder aus der Schule? ... Ich rufe an!* entschloss er sich, ließ den Hörer aber gleich wieder auf die Gabel fallen, als er ihn in die Hand genommen hatte.

Und wenn es nicht stimmt? fragte er sich. *Wie soll ich erklären, dass ich diese Information von drei Schülerinnen bekommen habe, während ich fast nackt in der Tür stand?... Und was sollte ich antworten, wenn sie mich fragen, wie ich zu diesen Schülerinnen stehe? ... Ich könnte sagen, dass ich sie nicht mal kenne, dass es Schülerinnen aus der Nachbarklasse sind, deren Namen ich nicht einmal kenne. Verdammt, warum habe ich sie nicht gefragt, wie sie heißen?... Sie kommen nicht mehr in die Schule. In ein Internat gehen sie. Wie soll ich nur erfahren, in welches? Ich kann doch niemand nach ihnen fragen, ohne dass man mir sofort wieder etwas unterstellen würde.* Mit einer kaum zu bezwingenden Verzweiflung stand er wieder auf, wollte wieder trainieren. Aber nicht einmal darauf konnte er sich jetzt konzentrieren. Er bemerkte den kalten Schweiß auf seinem Körper und zwang sich dazu, wenigstens zu duschen. Und dann wartete er auf den Anruf aus der Schule oder vom Gericht oder von sonst irgendjemand, der sich unterwürfig bei ihm entschuldigen würde.

Marijana, Lian und Victoria saßen wie am Tag zuvor auf ihrer Parkbank. Aber anstatt froh darüber zu sein, ihr Ziel erreicht und Barkers Unschuld bewiesen zu haben, waren sie voller schmerzender Traurigkeit.

„Ich will nicht von ihm weg!" sagte Victoria schließlich ohne Umschweife und noch immer weinend. Lian sah sie traurig an und streichelte ihr sanft durchs Haar, während sie versuchte, den Kloß, den sie im Hals hatte, hinunterzuschlucken. Marijana blickte ausdruckslos auf das leise plätschernde Wasser des Brunnens, ohne es überhaupt wahrzunehmen und sagte mit tonloser Stimme: „Zu spät!"

Heiße Tränen brannten auf ihren Wangen und röteten ihre Augen, obwohl sie aufgehört hatten zu fließen.

„Gestern waren wir noch Kinder." kam ihr wieder ihre Erkenntnis von gestern Abend in den Sinn. Und sie dachte diesen Gedanken weiter, als sie jetzt fortfuhr: „Deswegen konnten wir ihn noch nicht sehen; deswegen konnten wir ihn noch nicht spüren, seine Aura, seine ... Kraft ... seine ...?"

Das Wort, das sie suchte, fiel ihr nicht ein. Aber Victoria und Lian hatten sie schon verstanden. Lian blickte langsam zu ihr auf und fragte zaghaft: „Habt ihr es auch gespürt?"

Obwohl Victoria niemals ihre indianischen Eltern gekannt hatte, obwohl sie im Waisenhaus aufgewachsen und erzogen worden war und indianische Kulturen nur aus Büchern kannte, hatte sie von ihren Ahnen doch eine tiefe und heilige Spiritualität ererbt, die außer Marijana und Lian niemand kannte, oder besser gesagt, erkannte. Von anderen war sie immer nur belächelt und verspottet worden. Deswegen zeigte Victoria in der Öffentlichkeit nichts mehr von dieser Gabe. Zu Marijana und Lian sprach sie aber ganz offen darüber und so sagte sie auch jetzt mit heiligem Ernst: „Sein Geist hat in meine Seele geblickt und sich dabei auch mir selbst geöffnet!"

Und während Marijana und Lian noch den Sinn dieser Worte in sich nachklingen ließen und zu ergründen versuchten, fuhr sie an die beiden gewandt fort: „Und ich weiß, dass er auch Euch berührt hat."

Sie musste nicht erklären, warum sie das wusste. Marijana und Lian hatten zwar nicht diese Gabe in dem Maß wie Shadowcat. Aber dass ihre drei Seelen miteinander verbunden waren, das wussten und spürten auch sie. Und dass die Atmosphäre zwischen ihnen und Barker mit einer unbekannten Energie geladen gewesen war, als sie ihm gerade gegenübergestanden hatten, das hatten sie alle drei gefühlt. Das war mehr als nur das kindische Schwärmen von ein paar Teenagern für irgendein Idol. Da war eine Anziehungskraft gewesen, die keine von ihnen nur auf sich allein projiziert hatte. Obwohl sie sich überhaupt nicht über Barkers Gefühle im Klaren waren und eher vermutet hätten, dass er sie eben nur für alberne Teenys hielt, hatten sie gespürt, dass da eine Energie geflossen war, die nicht nur von ihnen ausging, sondern auch von ihm, und die sie alle drei umfasst hatte. Sie versanken wieder in tiefe Traurigkeit und Grübelei. Lian konnte noch immer Barkers Blick wie eine körperliche Liebkosung auf ihren Brüsten spüren und ihre Knospen zogen sich fast schmerzhaft zusammen. Und Marijana ging das Bild der entstehenden Beule in seinem Handtuch nicht aus dem Kopf, das ihr einen prickelnden Schauer durch den Körper jagte und ihre Hand unbewusst zwischen ihre Schenkel gleiten ließ. Plötzlich kam ihr ein Gedanke, den sie auch sofort aussprach: „Vielleicht war er nicht allein."

Lian sah sie groß an und wollte fragen ‚warum?' Aber noch bevor sie ihren Mund öffnen konnte, antwortete schon Victoria mit einer Ruhe und Selbstverständlichkeit, die Marijana in Momenten wie diesen fast unheimlich war: „Er war allein! Wenn sich da wirklich etwas unter seinem Handtuch geregt hat, dann haben das tatsächlich wir bewirkt."

Es wäre sinnlos gewesen, Shadowcat danach zu fragen, woher sie das wusste. Sie wusste es einfach. Und wenn sie etwas wusste, dann war es auch so. Sie hatte die Bewegung unter dem Handtuch selbst nicht einmal registriert. Aber ohne dass sie es bewusst veranlasst hatte und ohne, dass sie es selbst auch nur zu erklären vermocht hätte, war ihr Geist in die Tiefen ihrer Seele hinab gestiegen, während sie vor sich hin grübelte und war von dort mit den Seelen Marijanas und Lians in Kontakt gekommen, so dass sie selbst ein Teil in den Gedanken und Gefühlen ihrer Freundinnen wurde. Das war schon öfter passiert. Und hätten die Mädchen Geheimnisse voreinander gehabt, wäre es für Marijana und Lian sicher schon oft unangenehm gewesen zu wissen, dass Shadowcat immer wieder ihre Gedanken las. Was diesmal anders war und selbst Shadowcat überraschte war, dass diesmal auch irgendein Funke auf das Bewusstsein oder das Unterbewusstsein Barkers übergesprungen war. Es spielte letztendlich auch gar keine Rolle, ob die Bewegung unter Barkers Handtuch von ihm bewusst oder unbewusst passiert war. Wichtig war nur die Erkenntnis, dass Barker körperlich auf sie reagiert hatte. Und diese Erkenntnis traf selbst Victoria wie ein Schlag.

„Er empfindet etwas für uns!" stellte sie fest. Aber diese Feststellung war für sie selbst mehr eine Frage.

„Er empfindet etwas für uns!" wiederholte sie noch einmal bekräftigend, aber in einem sehr nachdenklichen Ton. Aber erst als sie fort fuhr und das, was sie an dieser Erkenntnis verunsicherte, auch in Worte fasste, „Ich weiß nur nicht ob es nur eine körperliche Empfindung oder Regung war, oder ob er uns als denkende und fühlende Wesen gesehen hat", da verstanden die anderen beiden die Verunsicherung in Victorias Stimme. Jetzt war es Lian, die mit ihrer Feststellung: „Doch, das weißt Du!" die anderen beiden überraschte.

Victoria sah sie, aus ihren Gedanken gerissen, fragend an. Und Lian erklärte: „Du weißt, wie er uns angesehen hat! Du weißt es am allerbesten, weil in Deinen Augen ist er versunken. Und Du hast vorhin selbst gesagt, dass sein Geist Deine Seele berührt hat!"

Lian ließ ihre Worte einige Sekunden lang wirken und bekräftigte dann noch einmal: „Du weißt es!"

Victorias Augen füllten sich wieder mit Tränen, als sie die Wahrheit in Lians Worten erkannte. Sie nahm Lians Gesicht zwischen ihre kleinen Hände und küsste es immer wieder.

Josh lag den ganzen Tag auf seinem Bett und wartete. Und das Warten wurde zur unerträglichen Qual. Der Sekundenzeiger auf seinem Wecker schien eingerostet zu sein und sich nur noch widerwillig hin und wieder einen Schritt vorwärts zu quälen. Und so wurden aus Minuten Stunden und aus Stunden wurden Tage und Wochen. Warum nur kam niemand, der ihn aus seiner Pein erlöste? Warum nur kam niemand, der ihm endlich offiziell bestätigte: *Sie sind unschuldig!?*

Den Gedanken, dass die Mädchen ihn angelogen haben könnten, hatte er völlig aufgegeben. Er wusste zwar nicht warum, aber er war sich jetzt absolut sicher, dass die drei ehrlich zu ihm gewesen waren. Es musste endlich irgendjemand kommen und ihm bestätigen, dass er rehabilitiert war. Er konnte nicht hier Monate und Jahre auf seinem Bett liegen, wenn er wusste, dass diese Mädchen, die er, so wie sie auch ihn, erst seit gestern wirklich wahrgenommen hatte ... Nein, das war nicht wahr. Er erinnerte sich wieder daran, dass sie ihm schon immer aufgefallen waren und dass er sich seit gestern an Träume von ihnen erinnern konnte, die er tief in seinem Unterbewusstsein vergraben hatte. Er konnte nicht tatenlos hier rum liegen, wenn er wusste, dass diese Mädchen nie wieder in die Schule kommen würden, dass er sie nie wieder sehen sollte. Die Frage, wohin sie gehen würden, ob sie vielleicht sogar die Stadt verlassen würden, ohne dass er jemals erfahren würde, wo er sie finden könnte, quälte ihn mehr, als die Anfeindungen seiner Kollegen und Schüler und all der lieben Mitmenschen, die ihm gezeigt hatten, dass niemandem etwas an ihm lag, seit Melanie ihre Lügen über ihn verbreitet hatte. Für einen kurzen Moment dachte er an die Biologielehrerin. Und er wusste, dass er nie wieder einen romantischen Abend mit ihr haben würde. Wieder blickte er zu seinem Wecker. Was war nur mit dem Sekundenzeiger nicht in Ordnung?

Er sprang von seinem Bett auf und ging wie ein gefangener Tiger in seinem Käfig auf und ab, immer darauf gefasst, jederzeit ans Telefon oder an die Tür springen zu können. Aber es klingelte nicht. Er fragte sich, warum die Mädchen nicht geklingelt, sondern geklopft hatten.

Vielleicht, dachte er sich, *weil ein leises Klopfen nicht so aggressiv und bedrohlich wirkt, wie eine schrille Türglocke.*

Er wollte über den Gedanken selbst schon wieder lächeln, schluckte das Lächeln aber sofort wieder runter, und blieb ruckartig mit der Erkenntnis stehen, dass diese Mädchen, tatsächlich sehr viel intuitives Zartgefühl und Einfühlungsvermögen besitzen mussten. Hatten sie nicht schließlich gestern auch schon geklopft? Und nein: Sie hatten es nicht aus Gedankenlosigkeit getan oder weil sie ohne ihre Brillen den Klingelknopf nicht gefunden hatten. Sie glaubten an ihn, sie waren gekommen, um ihm das zu sagen, um ihm Mut zu machen und um ihm zu versichern, dass sie die Wahrheit herausfinden würden. Und heute waren sie wieder gekommen und hatten ihm gesagt, dass Melanie ihre Lüge eingestanden hatte. Aber warum hatte sie das? Hatten diese drei Mädchen sie dazu gebracht?

Es ist eine Schande, dachte er sich, *dass ich Melanies Namen kenne, aber nicht den dieser Mädchen.*

Als Josh am Abend todmüde ins Bad schlurfte und in den Spiegel sah, erwartete er, sich darin mit einem langen, wallenden Bart zu sehen, so lang war ihm der Tag vorgekommen. Aber er sah nur todmüde und erschöpft aus.

Heute hatte er gewartet. Morgen würde er etwas unternehmen.

Er schlief nicht gut in dieser Nacht. Aber wenn er schlief, dann träumte er. Er träumte von Marijana, Lian und Victoria, denen er Urkunden für ihre Courage, für ihren Charakter und für ihren Liebreiz überreichte. Er versuchte, auf den Urkunden die Namen der Mädchen zu lesen, konnte sie aber nicht entziffern. Dann küsste er sie, eine nach der anderen auf beide Wangen, auf Wangen, die so weich und samtig waren. Und er nahm die Konturen ihrer leicht geöffneten Lippen wahr und wollte sie mit seinen Lippen bedecken. Aber plötzlich wurde er von zwei Polizisten gepackt, von den Mädchen weggerissen und verhaftet. Und in dem Moment schreckte er wieder aus seinem Traum hoch; schweißgebadet, aber doch mit der Erkenntnis, dass er eine pulsierende Erektion hatte.

Der nächste Tag brach an. Josh war früh wach, wenn auch nicht erholt. Der Traum ging ihm nicht aus dem Kopf. Er hatte den ganzen Rest der Nacht mit dem Versuch verbracht, wieder einzuschlafen, um den Traum weiterträumen zu können. Und er hatte dabei darauf gehofft, dass er vor dem Eintreffen der Polizisten wieder in den Traum einsteigen könnte und dass er dann mit den Mädchen irgendwo allein sein konnte. Aber der Schlaf wollte sich nicht mehr einstellen und damit auch nicht der Traum. Noch immer hatte Josh seine Erektion. Und der Überdruck fing an, schmerzhaft zu werden. Josh hatte kein schlechtes Gewissen oder falsches Schamgefühl dabei, wenn er onanierte. Er wusste, dass es die normalste Sache der Welt war. Und wenn ein Mann, so wie er allein lebte und nur sehr selten in den Genuss eines erotischen Erlebnisses mit einer Frau kam, dann musste er nun mal selbst hin und wieder Hand anlegen. Aber heute wollte er das nicht. Und er ärgerte sich darüber, dass er keinen plausiblen Grund dafür hätte angeben können. Dass er mit der Biologielehrerin keinen Sex mehr haben würde, das wusste er, denn selbst wenn sie es gewollt hätte; er hätte es nicht mehr gewollt. Sie hatte ihn verurteilt und fallengelassen, als er unschuldig war. Und jetzt wurden seine Gedanken und Gefühle beherrscht von drei Mädchen, deren Namen er nicht kannte, die er, so wie es aussah, nie wieder sehen würde und die abgesehen davon noch so jung waren, zu jung! Er konnte sich nicht eingestehen, dass er sich einen Orgasmus für sie hätte aufsparen wollen, weil es einfach eine Unmöglichkeit war. Aber er wollte das Bild, das er von ihnen in sich trug auch nicht damit besudeln, dass er mit dem Gedanken daran onanierte.

Auf die Toilette zu gehen, war in dem Zustand auch nicht einfach. Selbst im Sitzen musste er seinen hartnäckig steif bleibenden Freund mit Gewalt nach unten drücken. Und nicht einmal eine kalte Dusche verhalf ihm zu einer Erleichterung. Das war ihm bisher noch nie passiert. Warum nur konnte er nicht aufhören, an die drei Mädchen zu denken. *Sport* dachte er. *Ich muss Sport treiben, um das Blut wieder woanders hin zu bringen.* Also trainierte er wieder so eisern, bis ihn seine Muskeln schmerzten und sein Schweiß in Strömen floss. Aber die Erektion blieb. Er wusste, dass er so nicht rausgehen konnte. In dem Zustand, konnte er keinen klaren Gedanken fassen. Und wenn er zufällig den Mädchen begegnen würde, würde er sich bei ihrem Anblick wahrscheinlich ohne jedes weitere Zutun entladen. Nein, so weit durfte er es nicht kommen lassen, auch wenn er sich nichts sehnlicher wünschte, als den Mädchen zufällig zu begegnen. Er kramte aus seiner Schublade ein Erotikheft heraus, schlug das Foto eines hübschen, nackten Models auf, um nicht das Bild der Mädchen vor Augen zu haben und begann zu onanieren. Dass er das Foto in dem Magazin dabei überhaupt nicht wahrnahm und vor seinem geistigen Auge dann doch nur die drei Mädchen sah, wie sie gestern mit ihren erregten, kleinen Brustwarzen, die sich so deutlich durch ihre Blusen abgezeichnet hatten, vor seiner Tür gestanden hatten, das konnte er nicht verhindern. Und in Wahrheit wollte er es auch nicht verhindern. Sein Orgasmus kam mit einer Heftigkeit, die ihn selbst überraschte und ihm für mehrere Minuten weiche Knie bereitete. Normalerweise war es keine große Sache, wenn er sich selbst befriedigte. Aber heute war das anders und er versuchte, sich einzureden, dass er einfach schon zu lange keinen Sex mehr gehabt hatte und dass sich deshalb ein plötzlicher Überdruck eingestellt hatte, der ihm diese unerwartet starke Reaktion bescherte. Aber tief in seinem Inneren wusste er, dass das eine Ausrede war, um sich nicht eingestehen zu müssen, dass erst in den letzten zwei Tagen ein Verlangen in ihm entstanden war, das er bisher in dieser Art noch nicht gekannt hatte und das sich rein auf diese drei Mädchen bezog, die ihm nicht mehr aus dem Kopf gehen wollten. Dabei hatte er nicht einmal wirklich erotische Fantasien, sondern er wollte diese Mädchen nur ansehen, ihre warmen und weichen Stimmen hören, die ihn so vollkommen durchdrungen hatten und: Ja, doch; Er wollte sie auch nackt sehen, wollte sehen, wie sich ihre geschmeidigen, jungen Körper bewegten, wollte ihre Haut auf seinen Lippen spüren und ihren Geruch in sich einatmen. Nein, Schluss jetzt! Wenn er jetzt wieder anfing, sich darüber Gedanken zu machen und wenn er zuließ, dass solche Wünsche und Vorstellungen in seinem Geist lebendig wurden, dann hätte er in wenigen Momenten die nächste Erektion zu bekämpfen gehabt. Jetzt, nachdem er diesen erleichternden Orgasmus gehabt hatte, war er auch in der Lage, seine Gedanken wieder auf wichtigere Dinge zu konzentrieren. Er war so weit, dass er noch einmal duschen und danach mit freiem Kopf in den Tag starten konnte.

Zuerst rief er seinen Anwalt an. Der wusste noch nichts davon, dass Melanie gelogen haben sollte. Aber er wollte sich informieren. Josh wusste inzwischen, dass sein Anwalt sich für jeden Handgriff unendlich lange Zeit ließ. Also wartete er nicht ab, bis der ihn zurückrief, sondern rief selbst in seiner Schule an. Der Direktor war peinlich berührt, als er Joshs Stimme am

Apparat hörte und gestand nur widerwillig ein, dass Melanie ihre Lüge eingestanden hatte.

„Und?" fragte Josh. „Warum hat mich noch niemand davon unterrichtet? Und warum weiß noch nicht einmal mein Anwalt etwas davon?"

„Nun ja", gab der Direktor kleinlaut zurück „die Aussage des Mädchens ist ja noch nicht überprüft worden."

Josh war für einen Moment sprachlos. Dann sagte er in einem Ton, der nichts Gutes verhieß: „Ich komme ins Büro!"

Der Direktor wollte noch widersprechen. Aber Josh hatte den Hörer schon auf die Gabel geknallt und war auf dem Weg nach draußen. Er schwang sich auf sein Fahrrad und stieß zwanzig Minuten später gegen den Widerstand der Vorzimmerdame so energisch die Tür zum Büro des Direktors auf, dass der vor Schreck zusammenzuckte und sich ängstlich tief in seinen Sessel kauerte.

„Sie können hier nicht so einfach hereinstürmen, Barker!" warf er ihm mit einer abwehrenden Handbewegung entgegen. Barker blieb vor dem Schreibtisch stehen und stützte seine Hände auf der Tischplatte auf.

„Was hat Melanie gesagt?" fragte Barker sehr leise. Aber der Direktor konnte den drohenden Unterton deutlich hören. Er schluckte krampfhaft und schickte seine Vorzimmerdame wieder nach draußen. Dann antwortete er mit verlegenen Gebärden: „Sie hat gesagt, dass sie sich nur einen Spaß mit Ihnen gemacht hat."

„Und Sie denken nicht, dass das Grund genug ist, um die Behörden zu informieren, dass ich unschuldig bin?" fragte Barker in dem gleichen, ruhigen Ton, der dem Direktor die Schweißperlen auf die Stirn trieb. Während er nervös Papiere auf seinem Schreibtisch zu sortieren vorgab und damit vermitteln wollte, dass er sehr beschäftigt wäre, antwortete er: „Ich sagte Ihnen doch schon am Telefon, dass diese Aussage noch nicht überprüft worden ist."

Barker ließ sich von der Geschäftigkeit des Direktors nicht täuschen. Er packte blitzschnell zu, zog den Direktor am Kragen seines teuren Sakkos aus seinem Sessel auf den Tisch. Vom Schmerz- oder viel eher Angstschrei des Direktors und dem Gepolter alarmiert, stürmte die Vorzimmerdame wieder ins Büro und stieß ebenfalls einen schrillen Schrei aus, als sie den Direktor auf seinem Schreibtisch knien sah, Auge in Auge mit dem aufgebrachten Sportlehrer, den sie schon immer gerne mal vernaschen wollte, der ihr aber jetzt wie ein wildes, ungebändigtes Tier vorkam.

„Lassen Sie ihn sofort los", schrie sie, „sonst rufe ich die Polizei!"

Barker beachtete sie nicht, sondern fragte den Direktor in einem Flüsterton, der seine Erregung nicht verbergen konnte und der die Luft vibrieren ließ: „Warum haben Sie keine Überprüfung verlangt, als diese Schülerin mich beschuldigt hat?"

Der Direktor wollte etwas erwidern, konnte aber nur ein paar unverständliche Laute stammeln. Und so fragte Barker weiter, während er ihn immer noch am Kragen gepackt hielt und die Vorzimmerdame unschlüssig in der Tür stand: „Wie ist es zu dem Geständnis des Mädchens gekommen?"

Der Direktor war vor Angst unfähig zu antworten. Barker verstärkte seinen Griff noch mehr.

„Sagen Sie's mir!" forderte er den kurz vor einem Zusammenbruch stehenden Schulleiter auf. Schließlich war es die Vorzimmerdame, die antwortete und damit bewirkte, dass Barker den Direktor freigab.

„Die drei Waisenmädchen aus der 9a", sagte sie, „sie haben Melanies Freundin ausgehorcht und das Gespräch auf Band aufgenommen. Als sie es gestern hier vorgespielt haben, musste Melanie zugeben, dass die Anschuldigung gegen Sie eine Lüge war."

„Und warum" begann Barker, sich wieder an den Direktor wendend, „brauchen Sie eine Bestätigung für etwas, wofür sie schon einen Beweis haben?"

Der Direktor, der inzwischen wieder von seinem Schreibtisch runter gekrochen war, und mit fahrigen Bewegungen versuchte, sich seine Krawatte zu richten, hatte sich wieder so weit gefangen, dass er in der Lage war, zu antworten.

„Die Aufzeichnung" stotterte er, „könnte doch auch eine Fälschung sein!"

Selbst der Vorzimmerdame war diese Antwort zu fadenscheinig. Und so erwiderte sie mit unverhohlener Verwunderung über das Argument ihres Chefs: „Aber Herr Direktor!? Melanie hat doch gestanden dass sie gelogen hat und ihre Freundin Roswitha, die kleine Ladendiebin hat auch zugegeben, dass die Aufnahme echt ist!"

„Na ja, es scheint so, als …" begann der Direktor händeringend. Aber Barker fiel ihm ins Wort und fragte ihn, wieder einen Schritt auf ihn zugehend: „Was haben Sie bisher unternommen?"

„Nun ja, ich … äh, …", stammelte der Direktor „ … ich hab zu Melanie gesagt, sie soll mit ihren Eltern reden."

„Haben sie die Polizei verständigt, das Gericht, oder wenigstens die Zeitungen?" bohrte Barker weiter. Der Direktor schüttelte den Kopf.

„Nein, weil …" Er unterbrach sich, weil ihm klar war, dass seine Erklärung, dass die Aussage von Melanie noch nicht bewiesen wäre, Barker nur wieder dazu hätte verleiten können, handgreiflich gegen ihn zu werden. „Warum haben Sie mich nicht angerufen?" fragte Barker in einem Ton, der allen Zorn verloren hatte und nur noch Enttäuschung ausdrückte. Der Direktor konnte die Frage nicht beantworten. Er zuckte nur verlegen mit den Schultern. Barker kam ihm noch einmal ganz nahe und sagte: „Bringen Sie das in Ordnung!"

Diese Aufforderung war mit aller Ruhe und Gefasstheit gemacht worden, die Barker aufbringen konnte. Trotzdem war dem Direktor klar, dass da eine unausgesprochene Drohung dahinter stand, die sagte, *sonst würde er Barker kennen lernen!* Und eines wusste er genau: Wenn Barker einmal richtig wütend wäre, dann würde er ihm nicht als Ziel seiner Wut gegenüberstehen wollen. Also antwortete er schnell: „Selbstverständlich Barker!" und griff mit schweißnassen Händen zum Telefon, um alle Stellen von Melanies Geständnis zu unterrichten.

Josh verließ hinter der Vorzimmerdame das Büro, ohne sich noch vom Direktor zu verabschieden und schloss die Tür hinter sich. Trotz seiner angestauten Wut auf die Unfähigkeit oder was auch immer es war, das den Direktor bisher daran gehindert hatte, seine Unschuld der Welt mitzuteilen, war er doch erleichtert darüber, jetzt selbst offiziell gehört zu haben, dass Melanie gestanden hatte, gelogen zu haben. Er wendete sich an die Vorzimmerdame und sagte: „Danke für Ihre Unterstützung eben."

Und sie antwortete ihm mit aufrichtiger Anteilnahme: „Ihnen ist jetzt wohl lange genug Unrecht getan worden. Ich verstehe die Einstellung vom Direktor selbst nicht"

„Die drei Waisenmädchen", fragte Josh „wie heißen die?"

Die Vorzimmerdame lächelte und antwortete: „Ich wusste, dass Sie nach ihnen fragen würden."

Irgendwie beunruhigte Josh dieser Satz. Aber die Vorzimmerdame fuhr im gleichen, freundlichen Ton fort: „Sie haben schließlich ganz allein Ihre Unschuld bewiesen!"

„Ja." antwortete Josh. Und die Dankbarkeit in seiner Stimme war nicht zu überhören.

„Marijana, Lian und Victoria" sagte die Vorzimmerdame jetzt und Josh fragte weiter: „Und die Nachnamen?"

„Sie haben im Waisenhaus den Namen der damaligen Schwester aus der Kinderstation bekommen. Sie heißen Lara, alle drei!"

„Dann", meinte Josh nachdenklich, „sind sie Schwestern!" und die Vorzimmerdame antwortete: „Leibliche Schwestern könnten auf jeden Fall nicht enger miteinander verbunden sein, als die drei. Hier haben Sie die Adresse vom Waisenhaus. Der Direktor hat sie gestern nach Hause geschickt, nachdem es einen ziemlichen Tumult wegen dem Diktiergerät gegeben hatte, mit dem sie Melanies Lüge entlarven konnten."

„Aber warum denn?" fragte Josh.

„Weil", erklärte die Vorzimmerdame, „der Direktor den dreien die Schuld an dem Tumult zuschreibt. Und nachdem sie nächste Woche ohnehin unsere Schule verlassen und in ein privates Internat irgendwo am Ende der Welt wechseln, hielt er es für sinnvoll, wenn er sie für die Zeit, die sie noch hier sind, vom Unterricht befreit, um nicht zu sagen, ausschließt."

Josh bedankte sich, nahm den Notizzettel mit der Adresse vom Waisenhaus und verließ die Vorzimmerdame.

Am Ende der Welt ging es ihm immer wieder durch den Kopf. Er würde sie also nie wieder sehen, wenn sie gingen; Und das jetzt, wo er endlich ihre Namen kannte. *Marijana, Lian, Victoria!* Die Namen tanzten vor seinen Augen. Er musste zum Waisenhaus. Jetzt!

Also schwang er sich auf sein Fahrrad und fuhr los.

Marijana, Lian und Victoria waren heute schon früh aufgestanden, obwohl sie nicht mehr in die Schule mussten. Sie hatten sich eine Zeitung besorgt und nach dem Artikel gesucht, der die Unschuld Barkers in die Welt schreien würde. Aber sie fanden keinen solchen Artikel. Auch in den anderen Zeitungen, die sie noch kauften, konnten sie nicht ein Wort darüber finden. Ganz im Gegenteil: In einem billigen Revolverblatt wurde sogar noch gefordert, den Kinderschänder endlich wegzusperren, um die Kinder dieser Stadt zu schützen. Sie mussten sich nicht lange beratschlagen, um sich einig zu werden, dass sie das nicht akzeptieren würden. Also würden sie es selbst in die Hand nehmen. In der Schule hatten sie sich geweigert, das Band vom Diktiergerät aus der Hand zu geben. Sie hatten nur der Vorzimmerdame gestattet, eine Kopie davon anzufertigen. Jetzt waren sie froh über diese Vorsichtsmaßnahme, legten sich eine Route zurecht und machten sich auf den Weg zum Gericht, zur Polizeistation und zu sämtlichen Zeitungsverlagen der Stadt, um dem Recht und Barker zum Sieg zu verhelfen.

Als der Direktor des Gymnasiums beim Gericht anrief musste er feststellen, dass die lästigen drei Waisenmädchen ihm zuvorgekommen waren. Und es war ihm sehr unangenehm, dass man ihm einen Vorwurf wegen seiner Unterlassung machte. Oh, wie er diese Mädchen hasste, sie und Barker, die ihm alle plötzlich nur noch Ärger machten. Als Melanie Barker beschuldigt hatte, da konnte er sich noch verantwortungsbewusst und stolz profilieren, wie er doch sofort reagiert hatte und dem Lehrer, der eine Gefahr für seine Schülerinnen darstellte, die Tür wies, wie er die schändliche Tat verurteilt und die schärfste Strafe gefordert hatte. Und jetzt plötzlich sollte das ein Irrtum sein? Jetzt plötzlich sollte er Barker Unrecht getan haben? Und er, der Direktor des Gymnasiums sollte sich jetzt auch noch dafür einsetzen, dass Barker rehabilitiert wird und sich vielleicht sogar noch bei ihm entschuldigen? Nein: Einmal schuldig, immer schuldig! So lautete seine Devise. Und dabei dachte er keine Sekunde darüber nach, dass im Schreibtisch seines Büros ein Ordner lag, in dem er Aktfotos von einigen Schülerinnen aufbewahrte; Aktfotos, die er selbst hier in seinem Büro angefertigt hatte; Aktfotos von Schülerinnen aus zerrütteten Familien, die mit ihren Eltern nicht sprechen konnten, und die, wenn ihre Noten so schlecht waren, dass sie befürchten mussten, das Klassenziel nicht zu erreichen, zu ihm, dem Direktor zitiert wurden, um über das Problem zu reden. Und wenn sich die Mädchen willig zeigten und er sicher sein konnte, dass sie nichts verraten würden, dann mussten sie sich ausziehen, mussten sich von seinen dicken Fingern überall anfassen lassen, mussten seine kalten, schmalen Lippen auf ihrem Körper erdulden und schließlich auch ertragen, dass er mit seinem kurzen, aber dicken Glied in jede nur erdenkliche Öffnung ihrer jungfräulichen Körper eindrang. Einigen hatte es gefallen. Die meisten aber hatten nichts als Ekel dabei empfunden. Ihm war das gleichgültig. Für ihn war es ein Geschäft; Sein Vergnügen für die Versetzung der Mädchen in die nächste Jahrgangsstufe. Und um sich nicht nur dieses kurze Vergnügen zu bereiten, machte er von den Mädchen auch noch Fotos, an denen er sich auch später noch erfreuen konnte. Das einzige, was er dabei bedauerte, war die Tatsache, dass er niemandem erzählen konnte, was für erotische Erlebnisse er mit sechzehnjährigen, fünfzehnjährigen, dreizehn-, zwölf- und einmal sogar mit einer zehnjährigen Schülerin gehabt hatte. Es gibt Erfahrungen im Leben, die so einzigartig sind, die einen Mann so weit über den Durchschnitt der Normalsterblichen anhebt, dass es fast unerträglich ist, wenn man ihnen, diesen Normalsterblichen nicht sagen kann, was man selbst erlebt hat, was man jederzeit wieder erleben kann und auch wird und was sie selbst niemals erleben werden.

Nein, er dachte nicht daran, was für ein Schwein er war, als er bereit war, Barker wie ein tollwütiges und gefährliches Tier zur Treibjagd freizugeben, um als aufrechter und pflichtbewusster Schulleiter seine Empörung über das unentschuldbare, das unfassbare Vergehen des ihm untergeordneten Lehrers zum Ausdruck zu bringen.

Marijana, Lian und Victoria hatten ihre Tour noch nicht beendet, als Victoria eine innere Unruhe in sich zu spüren begann. Sie blieb stehen und lauschte, ob in die Ferne oder in die Tiefe ihrer eigenen Seele, hätte sie selbst nicht zu sagen vermocht. Jetzt war sie wieder ganz Shadowcat, jetzt war sie wieder ganz die kleine Indianerin mit der großen spirituellen Kraft. Marijana und Lian blieben stehen und blickten sie fragend an. Sie kannten diesen Ausdruck bei Shadowcat, wenn sie mit weit offenen Augen in die Ferne blickte und nichts mehr um sich herum wahrnahm. Der Zustand dauerte nie lange, zumindest nicht, wenn Shadowcat irgendwo in der Öffentlichkeit zuließ, dass er sich einstellte. Als sie vier Jahre alt war, war sie einmal für volle zwei Wochen in diesen Zustand verfallen. Und die Ärzte, die nicht in der Lage waren, eine vernünftige Erklärung dafür zu finden, hatten schon fast die Hoffnung aufgegeben, dass das kleine Mädchen noch einmal aus ihrem ‚Wachkoma', wie sie es genannt hatten, aufwachen würde. Aber plötzlich war das Mädchen aufgestanden, hatte gelacht und erzählt, dass es bei seiner Familie gewesen war, bei seinem Stamm. Das Merkwürdige dabei war, dass Victoria die ersten Sätze, als sie wieder zu sich gekommen war, in einer Sprache gesprochen hatte, die niemand hatte verstehen können. Als Victoria die Gesichter der Ärzte und Heimschwestern gesehen hatte und, obwohl sie erst vier Jahre alt gewesen war, erkannt hatte, dass ihr niemand glaubte, hatte sie sich geweigert, noch irgendetwas von ihrem Erlebnis zu erzählen. Und als die Ärzte weiter in sie dringen wollten, erklärte sie, sie hätte doch nur geträumt. Die Ärzte und die Heimleitung akzeptierten diese Erklärung und ließen sie dann endlich in Ruhe, nachdem sie keine körperliche oder geistige Störung bei ihr diagnostizieren konnten. Als Victoria dann aber endlich mit Marijana und Lian allein war, platzte die ganze Geschichte ihrer Vision wie ein Sturzbach nach einem heftigen Regenfall in der Wüste aus ihr heraus. Marijana und Lian hingen mit offenen Mündern staunend an ihren Lippen. Sie hatten damals, in der Naivität ihrer Kindheit nicht an Victorias Worten gezweifelt. Und sie hatten auch später immer gewusst, dass es die Wahrheit gewesen war, was Victoria ihnen aus einem anderen Leben und aus einer anderen Zeit erzählt hatte, aus einer Zeit, als Victoria als junge Arapaho Indianerin den Namen Shadowcat trug und mit den Tieren sprach. Und seit diesem Moment war Victoria für sie nur noch Shadowcat gewesen. In ihrem Heimzimmer war sie noch oft in diesen Zustand der Trance verfallen. Aber es war nie mehr so lange und so tief, wie dieses erste mal. Marijana und Lian wachten dabei über sie und später waren sie auch in der Lage, Shadowcat aus ihren Traumreisen aufzuwecken, oder zurückzurufen, wenn die Gefahr einer Entdeckung drohte. Die Welt ihrer früheren Existenz hatte Shadowcat nur noch zweimal besucht. Und wenn sie daraus zurückkehrt war, war sie voll von lebendigen Bildern gewesen. Nur an die Sprache, in der sie nach dem Aufwachen aus ihrem ersten, zweiwöchigem Ausflug gesprochen hatte, konnte sie sich im Wachen nicht mehr erinnern. Im Laufe der Jahre entwickelte sie immer mehr ein Gespür für positive, wie auch negative Schwingungen, so wie ein Tier, das schon Stunden vor einem Erdbeben und lange bevor das feinste Messgerät auch nur im geringsten ausschlägt, unruhig wird. Und so war es auch jetzt. Ohne dass sie wusste warum, zog es sie plötzlich zum Heim zurück.

„Was ist los?" fragte Marijana, als Victorias Blick sich wieder klärte und Victoria erwiderte auf die Frage: „Ich weiß nicht. Könnt ihr die letzten zwei Verlage ohne mich abklappern?"

„Natürlich." antwortete Marijana und Lian fügte noch hinzu: „Wir machen das schon!"

Die drei umarmten sich kurz und trennten sich. Während Marijana und Lian auf dem Weg zum nächsten Zeitungsverlag waren, um die Redakteure auch dort von Barkers Unschuld zu überzeugen und sie dazu zu bewegen, einen Artikel zu schreiben, der die Wahrheit über Melanies verleumderische

Lüge aufdeckte, lief Victoria von irgend einer unbekannten Macht getrieben eilig zum Heim zurück. Obwohl sie selbst nicht wusste, was sie vorwärts trieb, zögerte sie keinen Augenblick, diesem Drang zu folgen. Sie hatte gelernt, auf ihre Eingebungen zu vertrauen, auch wenn sie sie selbst nicht deuten konnte. Wenn es sie mit solcher Macht irgendwohin trieb oder zog, dann gab es auch einen Grund dafür! Und je eher sie ankam, um so eher würde sie diesen Grund erfahren. Als sie jedoch nur noch zwei Straßen vom Heim entfernt war, wurden ihre Schritte wieder langsamer. Die Spannung und die Unsicherheit über das, was sie erwartete, lähmten immer mehr ihre Entschlossenheit. Und ihre Füße schienen schwer wie Blei zu werden. Als sie schließlich auf der Straßenseite gegenüber vom Haupteingang des Heimes anlangte, blieb sie mit dem Wissen, dass irgendetwas passieren würde, stehen. Im selben Moment öffnete sich die Tür des Heimes und Barker trat heraus. Die beiden bemerkten sich im selben Augenblick. Eine lange Sekunde, die Josh wie eine Ewigkeit vorkam, sahen sie sich über die Straße nur an. Dann rannten sie aufeinander zu. Victoria warf sich an Barkers Brust und er schloss seine starken Arme um sie und drückte sie an sich. Für den Moment hatte er alles vergessen, was um ihn herum geschah. Es gab keine Schule mehr, es gab kein Heim mehr, keine Lügen und keine Angst davor, etwas zu tun, das den Lügen neue Nahrung verschaffen könnte. Es gab nur noch Victoria und ihn, Victoria, deren Namen er endlich kannte, Victoria, die mit Marijana und Lian allen Widerständen zum Trotz seine Unschuld bewiesen hatte, die jetzt an seine Brust geschmiegt war und ihren jugendlichen Körper an ihn presste. Am liebsten hätte er sie hier auf der Straße geküsst, so wie ein Mann eine Frau küsst, auf den Mund, auf diese wunderschönen, fein geschwungenen, festen und vollendeten Lippen. Aber er tat es nicht. Er hatte sich weit genug unter Kontrolle, um ihr nur einen zarten Kuss auf ihre seidigen Haare zu geben.

Die Heimleiterin, bei der Barker eben nach den drei Mädchen gefragt hatte, beobachtete diesen ungewöhnlichen und sehr zärtlichen Hergang auf der Straße vor dem Heim durch das Fenster ihres Büros. Und sie war in keiner Weise empört darüber. Ganz im Gegenteil: Die drei Mädchen hatten ihr gestern Nachmittag den Brief der Schulleitung übergeben, in dem stand, dass sie die Unschuld des zu Unrecht beschuldigten Lehrers bewiesen hatten und als Resultat daraus für die Woche, die sie noch hier waren, von der Schule verwiesen worden waren.

Zwar war dieses Schreiben in schöne Worte gepackt und so formuliert, dass es den Anschein erwecken sollte, die Mädchen wären Unruhestifterinnen. Aber die Heimleiterin hatte genug Lebenserfahrung und Menschenkenntnis, um zu erkennen, dass den Mädchen ihre Courage und Aufrichtigkeit sehr schlecht gedankt wurde. In all den Jahren, in denen sie Victoria kannte, und das war, seit Victoria als kaum drei Wochen altes Baby vor die Tür des Heimes gelegt worden war, hatte sie niemals erlebt, dass das Mädchen von einer anderen Person, als von ihren Freundinnen und Zimmergenossinnen, Marijana und Lian, eine so zärtliche und innige Umarmung geduldet hätte. Und sie duldete es nicht nur, sie schmiegte sich selbst mit aller herzzerreißender Sehnsucht und Zärtlichkeit an diesen Mann, dass der Heimleiterin vor Überraschung und Rührung die Tränen in die Augen schossen. Sie selbst hatte nie besonders viel Kontakt zu den Mädchen gehabt. Als Heimleiterin hatte sie einfach zu viel um die Ohren, um sich selbst um alle Kinder kümmern zu können. Aber sie war über jedes einzelne, ihrer ihr anvertrauten Schäfchen jederzeit unterrichtet und wachte mit der Fürsorge einer Mutter über sie, auch wenn sie diese Fürsorge an die Schwestern der einzelnen Stationen übertragen hatte.

Was für ein schönes Paar! dachte sie, als sie Barker und Victoria in ihrer innigen Umarmung auf der Straße stehen sah. Auf den Gedanken, dass Barker eigentlich in einem Alter war, in dem er das Mädchen hätte adoptieren können, kam sie erst viel später. Und sie verdrängte diesen Gedanken auch sofort wieder, als sie sich das Bild dieses schönen Paares, das wie füreinander geschaffen zu sein schien, ins Gedächtnis zurückrief.

Victoria hob ihren Blick zu Josh, als sie die sanfte Berührung seiner Lippen auf ihren Haaren spürte und flüsterte mit tränenerstickter Stimme: „Ich bin so froh!"

Dabei hätte sie nicht einmal sagen können, worüber sie so froh war. Es war ihr in dem Moment selbst nicht bewusst, dass in Barkers Armen zu liegen und das ruhige Heben und Senken seiner starken Brust zu fühlen, an die sie ihren Kopf geschmiegt hatte, dieses Glücksgefühl in ihr auslöste. Josh fragte sie auch nicht, worüber sie froh war, denn er war es ebenso. Und kein Wort hätte auszudrücken vermocht, was er empfand, als er Victoria in seinen Armen hielt. Er nahm sie bei den Schultern und löste sich trotz aller Anziehungskraft wieder von ihrem Körper. Aber als sich dabei ihre Blicke trafen, lähmte das seine Bemühung, ihre Körper vollständig voneinander zu trennen und ihre Lippen schienen sich mit einer derartigen Macht gegenseitig anzuziehen, dass er sich kaum dagegen wehren konnte. Und wirklich kamen sie sich so nahe, dass sie schon den Atem des anderen auf ihren Lippen spüren konnten. Josh riss sich mit einem Ruck, der ihn übermenschliche Kraftanstrengung kostete, aus diesem Sog, der ihn nicht freigeben wollte.

„Was hast Du nur für eine Macht über mich, Victoria?" fragte er mit einer Offenheit, die nicht mehr leugnen konnte, was er für dieses Mädchen empfand. Victoria schüttelte zitternd ihren Kopf. Barker hatte ihren Namen ausgesprochen. Und der Klang seiner Stimme war dabei so voller verzweifelter Liebe gewesen, dass es ihr den Hals zuschnürte und sie nichts tun konnte, als nur den Kopf zu schütteln. Sie versuchte, ihre aufsteigenden Tränen zu unterdrücken. Aber sie konnte diesen Kampf gegen die Urgewalt ihrer Emotionen nicht gewinnen. Und als sie wieder in der Lage war, zu sprechen, da fragte sie ungläubig und unter Tränen: „Ich habe Macht?"

Josh wandte sich nervös ab. Wie sollte er erklären, was er für dieses Mädchen und seine Freundinnen empfand? Er konnte es nicht. Und er durfte es nicht. Er war doch jetzt schon zu weit gegangen. Aber er konnte nicht mehr zurück. Ohne zu wissen, was er sich erhoffte oder davon versprach, sagte er: „Bitte sieh mich nicht so an, sonst bringe ich kein Wort mehr raus."

Und so war es wirklich. Er fühlte sich wie ein kleiner Junge, der zum ersten mal verliebt ist. Victoria schlug schüchtern die Augen nieder und Josh fuhr fort: „Danke."

Als ein Auto die Straße entlang kam, gingen sie zur Seite und setzten sich auf eine Bank gegenüber vom Heim. Als Josh wieder ansetzten wollte, weiter zu sprechen und dabei durch Victorias Blick wieder so aus dem Gleichgewicht gebracht wurde, dass er sich einfach nicht darauf konzentrieren konnte, was er sagen wollte, stammelte er nur ein flehendes „Bitte!"

Und wieder schlug Victoria die Augen nieder, konnte aber dem Drang nicht widerstehen, ihren Blick doch immer wieder in Barkers Augen zu lenken, womit sie ihn aber jedes Mal den Faden verlieren ließ.

„Ich weiß", begann Josh, „was Marijana, Lian und Du für mich getan habt. Außer Euch gab es niemanden, der an mich geglaubt hat, obwohl ich immer der Meinung gewesen bin, dass ich ein ziemlich beliebter Lehrer und Kollege in der Schule gewesen bin. Niemand außer euch hat auch nur versucht, die Wahrheit herauszufinden. Und dafür bin ich Euch unendlich dankbar. Das ist das eine! Das andere, das mich aber viel mehr beschäftigt und mir keine Ruhe lässt, ist das, was ..."

Er unterbrach sich, weil er einfach nicht wusste, wie er formulieren sollte, was er selbst nicht verstand. Victoria legte zaghaft ihre kleine Hand auf Barkers Hand.

„Ich weiß, was Sie meinen." sagte sie leise. „Wir haben es alle drei gespürt."

„Was habt ihr gespürt?" fragte Josh mit nicht zu unterdrückender Neugier und einem leisen Beben in der Stimme. Auch Victoria überlegte, wie sie es am besten in Worte fassen sollte und antwortete schließlich: „Dass es eine Verbindung zwischen Ihnen und uns gibt!"

Eine Verbindung, dachte Josh. *Was für eine Verbindung? Verdammt, ich bin der Lehrer! Zu mir kommen Schüler, wenn sie etwas nicht verstanden haben, damit ich es ihnen noch einmal erkläre. Warum verstehe ich jetzt überhaupt nichts?*

"Wie lange seid ihr noch da?" fragte er unvermittelt und Victoria antwortete: „Nächsten Dienstag werden wir abgeholt."

Nächsten Dienstag schon. Das war nicht einmal mehr eine Woche.

„Ich ...", begann er, wieder krampfhaft nach Worten suchend. „Ich würde Euch vorher gerne noch einmal sehen. Ist es möglich, dass wir uns irgendwo treffen? Irgendwo, wo man in Ruhe reden kann. Also nach Möglichkeit nicht in einer Disco oder so was."

„Haben Sie noch Angst, wenn wir Sie besuchen, jetzt wo sie von jedem Verdacht befreit sind?"

„Um ehrlich zu sein:" antwortete Josh „Ja! Ich habe Angst vor den Menschen, die es nicht glauben werden. Sie würden bestimmt doch wieder die Polizei rufen."

Victoria nickte. Sie konnte Barkers Befürchtungen nur zu gut verstehen. Er war wie sie. Auch er vertraute den Menschen nicht mehr. Und das mit gutem Grund.

„Wie wäre es mit einem Picknick?" fragte sie. Es war Anfang Mai. Die Sonne schickte in den letzten Tagen schon viele warme Strahlen zur Erde und ließ die Natur erblühen. Josh gefiel der Vorschlag und er fragte: „Darf ich Euch morgen nach der Schule abholen?"

Vielleicht klingt es kitschig. Aber Victorias Herz hüpfte wirklich vor Freude, als der Mann, der ihr seit zwei Tagen nicht mehr aus dem Sinn ging, sie fragte, ob er sie am nächsten Tag zu einem Picknick abholen dürfte. Und sie wusste, dass Marijana und Lian diese Freude in gleichem Maße teilen würden, wenn sie es ihnen erzählte.

„Ja!" antwortete sie und war dabei so glücklich, wie ein Mädchen, dem ihr Angebeteter endlich den ersehnten Heiratsantrag gemacht hat.

„Dann bin ich so gegen zwei da. Ich bringe dann alles mit, was man für ein Picknick braucht."

„Packen sie auch eine Badehose ein." sagte Victoria schnell. „Wir kennen einen wunderschönen Platz an einem See, wo nie jemand hinkommt."

„Einverstanden", willigte Josh ein, als er sich erhob. Auch Victoria stand schnell auf.

„Also dann, bis morgen", sagte Josh und versuchte seiner Stimme etwas Kraft zu verleihen, was ihm aber nicht sonderlich gut gelang. Er streckte Victoria die Hand entgegen. Aber die stellte sich auf die Zehenspitzen, gab ihm einen schnellen, trotzdem aber sehr zärtlichen Kuss und lief dann schnell ins Heim.

Josh sank noch einmal auf die Bank. So kurz dieser Kuss auch gewesen war und obwohl er ihn selbst auch gar nicht erwidert hatte, war er doch so intensiv gewesen, dass es ihm die Beine unter den Füßen wegzog. Für einen Moment schloss er die Augen und genoss das Gefühl, das Victorias Lippen auf seinen hinterlassen hatte. Was hatte dieses Mädchen doch für eine Macht über ihn? Josh schwang sich auf sein Fahrrad und fuhr ziellos los.

Als er weg war, kam Victoria wieder hinter der Tür des Heimes hervor, setzte sich auf die Bank, auf der sie eben noch mit Barker gesessen hatte und wartete mit geschlossenen Augen und einem glückseligen Lächeln auf den Lippen auf die Ankunft von Marijana und Lian. Es dauerte noch über eine Stunde, bis die beiden ankamen. Aber Victoria wurde die Zeit nicht lang. Sie konnte noch immer diese unwiderstehliche Anziehungskraft spüren, die Barker und sie aufeinander zulaufen und in die Arme hatte fallen lassen, ohne dass sich einer von ihnen dagegen hatte wehren können oder es auch nur gewollt hätte. Und sie konnte noch immer die Kraft seiner sehnigen Arme spüren, mit der er ihren Körper umschlossen hielt. Irgendwie schämte sie sich für den Kuss, den sie ihm in einer wie es ihr schien, sehr kindlichen oder schlimmer noch, kindischen Anwandlung gegeben hatte. Und doch: Es war so schön, seine Lippen auf ihren zu spüren, auch wenn sie ihn damit überfallen hatte. Diese kleine, unschuldige Berührung ihrer Lippen durchflutete ihren ganzen Körper und sie wünschte sich, Barker hätte sich nicht nur von ihrem Kuss überraschen lassen, sondern sie von sich aus geküsst, ihre Lippen, ihren Hals und … Nein, weiter durfte sie nicht denken, zumindest nicht jetzt, oder hier. Wenn er sie küsste, dann dürfte das nicht in der Öffentlichkeit, nicht auf der Straße passieren. Es müsste im Geheimen geschehen.

Vielleicht morgen, vielleicht beim Picknick , dacht sie. Warum war alles nur so kompliziert? Warum durfte sie einen Mann nicht lieben und viel schlimmer noch; Warum durfte er sie nicht lieben, wenn es eine so starke Anziehungskraft zwischen ihnen gab, dass die Sehnsucht nach ihm und seiner Berührung ihr schon körperliche Schmerzen bereitete? Sie war erst sechzehn und damit vor dem Gesetz noch ein Kind, das vor Männern geschützt werden musste. Aber sie wollte diesen Schutz nicht. Sie wollte diesen Mann. Sie erinnerte sich an die Visionen ihrer früheren Existenz, als sie als junge Prärieindianerin im Alter von dreizehn Jahren an einen weißen Mountain Man verkauft worden war, der sie auf seine Reisen durch die Rockys mitnahm. Sie konnte sich zwar nicht an das Gesicht dieses weißen Mannes erinnern. Aber ihr gefiel die Vorstellung, dass es Barker gewesen sein musste. Was zusammengehört, findet irgendwann auch wieder zusammen, egal wie viele Jahre oder Leben vergehen. Jedenfalls traf sie die Erkenntnis, dass Volljährigkeit nur eine Frage der Kultur, der Zeit und des Ortes ist. Vielleicht gab es ja einen Ort, an dem sie Barker lieben und von ihm geliebt werden durfte. Aber wie sollte sie diesen Ort finden? In weniger als einer Woche würde sie auf irgendeine Insel vor der afrikanischen Westküste, irgendwo vor Senegal fliegen, um dort ein Internat zu besuchen. Und wenn sie von dort zurückkam, dann wäre sie ohnehin schon volljährig vor dem Gesetz. Und wer weiß, ob Barker sich dann überhaupt noch an sie erinnern würde. Aber morgen war erst einmal das Picknick mit ihm. Und das war im Moment das einzige, was wichtig war.

Nachdem sie gestern bei Barker gewesen waren und danach auf ihrer Parkbank beim Brunnen versucht hatten, ihre Emotionen wieder unter Kontrolle zu bringen, hatten sich Victoria, Lian und Marijana ihre Fahrräder geschnappt und waren zu dem Platz an dem See gefahren, an den Victoria jetzt gedacht hatte, als Barker das Picknick vorgeschlagen hatte. Sie hatten sich nackt ausgezogen und im Wasser geplanscht.

Warum nur, fragte sich Victoria, bei dem Gedanken daran, *hab ich gesagt, er soll eine Badehose mitnehmen?*

Das kalte Wasser hatte ihren erregten Körpern gestern gut getan. Sie hatten nur gespielt und miteinander geredet und obwohl ihre Körper sich so sehr nach Berührungen, Zärtlichkeiten und Liebkosungen gesehnt hatten, hatten sie sich gegenseitig nur sehr wenig und wenn, dann eher zufällig berührt. Und auch am Abend in ihrem Zimmer war es zu keinen neuen erotischen Erlebnissen zwischen ihnen gekommen, obwohl sich jede von ihnen auch körperlich sehr zu den anderen beiden hingezogen fühlte. Erst als sie ins Bett gegangen waren, hatten sie sich alle gemeinsam in Marijanas Bett ganz dicht aneinander gekuschelt und ihre kleinen, zarten Finger neugierig die Konturen der jeweils anderen beiden Körper ertasten lassen. Und so waren sie schließlich glücklich und mit einer angenehmen Erregung, die sie alle drei durchströmt hatte, eingeschlafen.

Victoria wurde sanft aus ihren Träumen gerissen, als Marijana und Lian endlich auf sie zukamen. Sie hatte die Nähe der beiden schon gespürt, als die sie noch nicht einmal entdeckt hatten und öffnete ihre Augen, in denen ein Strahlen war, das Lian und Marijana nicht entgehen konnte. Victoria lud die beiden ein, sich zu ihr auf die Bank zu setzen und erzählte ihnen jedes Detail ihrer Begegnung mit Barker. Und die beiden hingen mit einer derartigen Spannung an ihren Lippen, dass sie am liebsten das Ende zuerst gehört hätten. Als Victoria dann endlich erzählte, dass Barker sie alle drei am nächsten Tag zum Picknick abholen wollte, da fielen sie ihr vor Freude schluchzend um den Hals und küssten derart überschwänglich ihr Gesicht, dass die Bank mit ihnen rückwärts umkippte und die drei sich glücklich und lachend überschlugen. Sofort stellten sie die Bank wieder auf und Marijana sagte schnell: „Lasst uns erst mal reingehen."

Also liefen sie schnell über die Straße und betraten das Heim. Im Gang wurden sie aber von der Heimleiterin aufgehalten, die sich mit den Worten an Victoria wandte: „Victoria, kommst Du bitte mal in mein Büro!"

„Geht schon vor." sagte Victoria zu Marijana und Lian und folgte der Heimleiterin ins Büro.

„Setz Dich!" forderte die Heimleiterin Victoria auf und bemerkte, als diese sich mit einer zaghaften Scheu auf den Sessel niederließ, mit ehrlicher Bewunderung: „Wie anmutig!"

Victoria schlug errötend die Augen nieder und die Heimleiterin fuhr fort: „Ich hab vorhin aus dem Fenster gesehen, nachdem Herr Barker bei mir gewesen ist um nach euch zu fragen."

Victoria blickte wieder auf und die Heimleiterin bemerkte einen Ausdruck von Besorgnis in ihrem schönen Gesicht.

„Keine Angst mein Kind", sagte sie in beruhigendem Ton. „Ich habe

Dich nicht hereingebeten, um Dir einen Vorwurf zu machen."

Der Ausdruck von Besorgnis in Victorias Gesicht wich langsam einer staunenden Neugier, während die Heimleiterin weiter sprach: „Eigentlich müsste ich Dich warnen. Genau genommen bin ich dazu sogar verpflichtet. Ich muss Dir nicht sagen, wie alt Du bist. Und Herrn Barker würde ich grob geschätzt für zweiunddreißig, dreiunddreißig ansehen."

„Er ist über vierzig." gestand Victoria mit leiser Stimme ein. Die Heimleiterin nickte.

„Dafür hat er sich wirklich gut gehalten."

Sie machte eine kurze Pause, um auf das zurückzukommen, was sie eigentlich hatte sagen wollen und fuhr fort: „Ich kenne Dich schon Dein ganzes Leben. Und es tut mir leid, dass ich niemals wirklich Zugang zu Dir und Deinen Schwestern gefunden habe."

Vielleicht, weil Sie es nie wirklich versucht haben, dachte Victoria, sprach den Gedanken aber nicht aus und wartete gespannt, worauf die Heimleiterin hinauswollte, als diese weiter sprach.

„Ich glaube, man findet in seinem Leben nicht oft eine Person, von der man sagen kann, dass man zu ihr gehört. Und auch wenn ich mit allen mir zur Verfügung stehenden Mitteln versuchen müsste, Dich davon abzubringen, sagt mir mein bisschen Menschenverstand, dass Du und Herr Barker füreinander geschaffen seid!"

Damit hatte Victoria nicht gerechnet. Sie sah die Heimleiterin mit großen Augen an und dachte dabei: *Die ist ja gar nicht so ... hölzern, wie wir immer gedacht haben. Aber was würde sie wohl sagen, wenn sie wüsste, dass Marijana und Lian Barker ebenso sehr lieben wie ich? ... Liebe?*

„Was denkst Du jetzt wohl?" fragte die Heimleiterin, die Victorias Gesicht studierte und sie mit dieser Frage aus ihren Gedanken riss. Und Victoria antwortete: „Dass sie gar nicht so ..."

Wieder stockte sie an der Stelle. Weiterdenken hatte sie den Gedanken gekonnt. Aber aussprechen? Die Heimleiterin nahm ihr die die Suche nach einem passenden Wort ab, indem sie fragte: „Hölzern sind?"

Victoria schluckte. Sie fühlte sich ertappt und die Heimleiterin erklärte lächelnd: „Meinst Du, ich weiß nicht, was ihr Kinder über mich so denkt?"

Dann fuhr sie in ernstem Ton fort: „Wenn es Dir wirklich ernst ist, dann lass Herrn Barker das wissen. Ich bin sicher, dass er auf Dich warten wird, bis Du vom Internat zurückkommst, wenn Du ihn darum bittest."

Victoria kam aus dem Staunen über ihre Heimleiterin gar nicht mehr heraus und antwortete schließlich mit einem nicht zu überhörbaren Bedauern in der Stimme: „Wir kennen ihn ja kaum. Ich glaube nicht, dass Herr Barker ein Interesse daran hätte, ..."

Die Heimleiterin erhob sich von ihrem Stuhl hinter dem Schreibtisch und blickte aus dem Fenster, wie um sich das Bild von Victoria und Barker, die sie in zärtlicher Umarmung da unten auf der Straße hatte stehen sehen, ins Gedächtnis zurück zu rufen und unterbrach Victoria in sehr bestimmtem Ton: "Ich habe da unten etwas anderes gesehen!"

Dann wandte sie sich wieder Victoria zu und sagte: „Das ist der Rat, den ich Dir gebe. Und jetzt geh. Deine Schwestern haben sicher schon Angst, dass ich Dir den Kopf abreiße."

„Danke." sagte Victoria, nachdem sie sich aus dem Sessel erhoben hatte und verließ daraufhin das Büro, um Marijana und Lian sofort diese Unterhaltung mitzuteilen.

Am nächsten Morgen war Josh schon vor Schulbeginn im Büro des Direktors erschienen. Unterwegs hatte er sich Zeitungen gekauft. Aber nur zwei Verlage hatten auf seine wiederhergestellte Ehre reagiert. Bei einer war auf der dritten Seite eine schmale Spalte zu finden, in der es hieß, dass der Verdacht gegen ihn sich anscheinend als Irrtum herausgestellt hat. Das Wort *anscheinend* fiel ihm dabei sofort ins Auge.

Anscheinend: Das hieß nichts anderes als *vielleicht* und konnte genauso bedeuten *vielleicht auch nicht!*

Und eine andere Zeitung schrieb auf der letzten Seite ihrer heutigen Ausgabe in nur einem Satz, dass sie die falschen Anschuldigungen gegen ihn bedauere.

Josh hatte alles dabei, was er für seine heutigen Unterrichtsstunden in Kunst und Sport benötigte und er erwartete vom Direktor eigentlich, dass der vor der versammelten Schule den zu Unrecht Verstoßenen reumütig wieder in die Reihe seiner Lehrer aufnehmen würde. Der Direktor aber fasste sich kurz und antwortete Barker, nachdem der die Tür hinter sich geschlossen hatte, auf die Frage, ob der Stundenplan heute eingehalten werden würde: „Es tut mir leid Barker. Ich hatte gestern noch eine Besprechung mit den anderen Lehrern. Und wir sind uns alle einig, dass wir Sie nicht mehr an dieser Schule weiter führen können. Die öffentliche Meinung könnte sonst dazu führen, dass die Eltern ihre Kinder von diesem Gymnasium nehmen. Und das kann ich nicht verantworten."

Dass noch vier andere Lehrer mit im Büro waren, um die Worte des Direktors zu bestätigen, verstand Josh sofort richtig. Der Direktor hatte Angst vor ihm. Und ohne dass jemand dabei gewesen wäre, der ihn vor seiner möglicherweise handgreiflichen Reaktion hätte beschützen können, hätte der Direktor niemals die Courage gehabt, diese Unverschämtheit Josh ins Gesicht zu sagen. Josh ließ sich von der Anwesenheit dieser Lehrer aber nicht einschüchtern. Er ging wieder bis zur Kante des Schreibtisches, hinter dem der Direktor mit seinem Sessel instinktiv ein Stück weiter zurückrutschte und erwiderte nach außen hin gelassen, innerlich jedoch vor Wut und Abscheu kochend: „Sie wissen, dass ich unschuldig bin! Heute steht es sogar in der Zeitung."

Auch der Direktor gab sich mit der Sicherheit der anderen Lehrer im

Rücken ruhig und souverän, als er antwortete: „Natürlich Barker. Aber seien Sie doch ehrlich; Die Öffentlichkeit wird es nicht so schnell erkennen. Die Eltern der Kinder, die auf dieses Gymnasium gehen, könnten Zweifel haben, ...‟

„Ich bin unschuldig, Huber!‟ bekräftigte Josh noch einmal. Aber der Direktor blieb unnachgiebig und sagte energisch: „Es tut mir leid Barker. Gehen Sie in eine andere Stadt, wo Sie niemand kennt. Sie sind noch jung und finden sicher wieder ein Lehramt in einer anderen guten Schule. Bis zum Ende des Schuljahres sind Sie beurlaubt. Lassen Sie sich draußen von Frau Monz ihre Papiere geben.‟

Josh konnte diese Ungerechtigkeit nicht fassen. Er richtete sich auf und fragte mit mehr Erstaunen, als Wut: „Ist das Ihr Ernst?‟

Und ohne auf eine Antwort vom Direktor zu warten wendete er sich an die anderen vier Lehrer, die er allesamt gut kannte: „Und Eurer auch?‟

„Na ja, weißt Du, ...‟ fing einer, sich wie ein Aal windend, an. Aber Josh hatte keine Lust mehr, sich irgendwelche Ausflüchte und aus den Fingern gesogene Argumente anzuhören. Irgendwo war er ein Kämpfer. Er stand immer auf, wenn ein Unrecht passierte und setzte sich für die Schwachen ein, die sich nicht selbst verteidigen konnten. Aber er hatte auch ein altmodisches Ehrgefühl und einen Stolz, der ihn daran hinderte, zu betteln. Er wollte nirgendwo arbeiten, wo man ihn nicht haben wollte. Seit sechs Jahren unterrichtete er an dieser Schule. Und in jedem dieser Jahre war er von den Schülern zum beliebtesten Lehrer der Klassen gewählt worden, die er unterrichtet hatte. Natürlich war ihm klar, dass er mit seinen Fächern, Sport und Kunst einen Vorteil gegenüber Mathe- oder Chemielehrern hatte, weil sein Unterricht nicht mit so viel Pauken verbunden war. Aber er war auch immer eine Vertrauensperson für die Schüler gewesen. Und jetzt wollte man ihn nicht mehr haben, weil eine Schülerin eine falsche Anschuldigung gegen ihn erhoben hatte und obwohl jetzt jeder wusste, dass die Anschuldigung falsch gewesen war.

„Wisst ihr was?‟ unterbrach er seinen Kollegen. „Ihr könnt mich alle mal!‟

Damit wendete er sich um und ging ruhig zur Tür hinaus. Die Vorzimmerdame gab ihm seine Papiere und sagte noch in aufrichtigem Ton: „Es tut mir leid.‟

Dann verabschiedete er sich und trat in den langen Flur des Schulgebäudes. Am Rand des Ganges hatten sich die Schüler sämtlicher Klassen, auch derjenigen, die er nicht unterrichtet hatte, dicht gedrängt aufgereiht. Und als Josh durch diese Reihen schritt, hörte er plötzlich ein einzelnes Klatschen. Er wusste nicht, von wem es gekommen war. Aber ein zweites Klatschen setzte ein und noch eines, bis fast alle Schüler dem Lehrer, der ihnen so lange Vorbild und Beistand gewesen war, auf diese Weise ihre Achtung zollten. Im Vorbeischreiten erkannte Josh auch einige derjenigen Schülerinnen, die ihn angespuckt und aufs übelste beschimpft hatten, als die Polizisten ihn vor knapp eineinhalb Wochen in Handschellen durch diesen Gang geführt hatten. Und er bemerkte auch, wie sie beschämt ihre Blicke senkten. Josh blieb nicht stehen, sondern ging mit einem eigenartigen Gemisch von Trauer und Stolz durch die Reihe der Schüler, ohne noch einem einzigen von ihnen ins Gesicht zu blicken. Als er draußen war, atmete er tief durch. Die Enttäuschung hatte ihm zwar einen bitteren Geschmack im Mund beschert, aber er fühlte sich jetzt sonderbar frei. Ohne sich noch einmal umzudrehen, schwang er sich auf sein Fahrrad und fuhr los.

2 ZÄRTLICHKEITEN UND EKSTASE

Marijana, Lian und Shadowcat waren schon den ganzen Tag in heller Aufregung. Die Vorfreude auf das Picknick mit Barker hatte sie für den Moment fast vergessen lassen, dass sie in weniger als einer Woche von hier abgeholt werden und Barker möglicherweise nie wieder sehen würden. Aber nur fast!

Josh hatte schon gestern, als er sich von Victoria verabschiedet und auf sein Fahrrad geschwungen hatte, in einem Kaufhaus das eingekauft, wovon er dachte, dass es für ein Picknick passen könnte: ein paar Putensteaks, Eier, Salate, Schinken und Käse. Knoblauch und Wein hatte er auch gekauft. Aber als er an das Alter der Mädchen dachte, entschloss er sich, den Wein zuhause zu lassen und stattdessen einen Schwarztee mit Kokosraspeln darin zu machen. Und in Anbetracht des Atems und der Ausdünstungen, denn er hatte wirklich Angst davor, dass ihm in Gegenwart dieser drei Mädchen mehr als nur heiß werden könnte, verzichtete er auch auf den Knoblauch. An dieser Stelle sollte vielleicht auch noch erwähnt werden, dass Josh das Kaufhaus, in dem er eingekauft hatte, nicht kannte. Als er sich von Victoria verabschiedet hatte und auf seinem Fahrrad träumend losgefahren war, hatte er sich so verirrt, wie noch nie in seinem Leben. Er hatte keine Ahnung, in welchem Teil der Stadt er sich befand, als er sich irgendwann bewusst wurde, dass er die Straßen, durch die er fuhr, nicht kannte. Und als er dann ein Kaufhaus entdeckte, war es eigentlich nur seine Absicht gewesen, darin in einem Stadtplan zu blättern, um herauszufinden, wo er sich augenblicklich befand. Als er dieses Problem gelöst hatte und durch die Lebensmittelabteilung spazierte, war ihm dann aber der Gedanke gekommen, dass er gleich hier für das Picknick einkaufen könnte.

Heute wäre laut Stundenplan um zwölf Uhr fünfzehn seine letzte Stunde vorbei gewesen. Er hätte also genug Zeit gehabt, nach Hause zu radeln, alles vorzubereiten und noch zu duschen, um pünktlich um zwei beim Waisenhaus zu sein. Nachdem er jetzt schon um kurz nach acht wieder aus der Schule kam, wäre er am liebsten sofort zu den Mädchen gefahren. Aber dafür war er zu korrekt. Er hatte um zwei Uhr nachmittags vereinbart. Und zu der Zeit würde er auch dort auftauchen. Also quälte er sich noch durch den Vormittag, schnitt dann, als es langsam Zeit wurde, die Putensteaks in schmale Streifen und grillte sie, kochte die Eier, bereitete die Salate zu und packte alles in Tupperdosen. Dann füllte er noch den frischen Tee in seine zwei Liter fassende Thermoskanne, packte eine Decke, seine Badehose und eine Frisbeescheibe ein und fuhr so beladen mit seinem Fahrrad zum Waisenhaus.

Auch die Mädchen hatten sich Gedanken gemacht, wie das Picknick wohl verlaufen könnte. Barker hatte zu Victoria gesagt, dass er alles mitbringen würde. Aber sie wollten auch ihren Teil dazu beitragen, dass dieses Picknick und die Zeit, die sie mit Barker verbringen würden, für ihn und auch für sie eine angenehme Ablenkung aus den Problemen des Alltags werden würde. Nur wollte ihnen einfach nichts einfallen, was sie dazu tun konnten. Alles was sie sich wünschten und von diesem Nachmittag erhofften war, in der Nähe Barkers zu sein; mit ihm reden zu können, ohne dass der Druck von Lügen, die über ihn verbreitet worden waren, weiter auf seiner Seele lastete und … Ja, da war noch dieses *und!*

Das, was sie sich sonst noch wünschten, wonach sie sich so sehr verzehrten, war die Liebe Barkers. Aber wie sollte das möglich sein? Er war ein durch und durch aufrichtiger und aufrechter Mann. Und auch wenn er gestern Victoria in seine Arme genommen und auf ihre Haare geküsst hatte; wie konnten sie erwarten, dass es mehr, als nur Dankbarkeit gewesen war und dass diese Dankbarkeit auch Lian und Marijana in zumindest dieser Art erleben würden?

Ihnen war klar, dass sie Barker auf keinen Fall zu irgendetwas drängen durften und wollten. Aber sie hatten alle drei gespürt, dass da eine ungeheure Anziehungskraft zwischen ihnen und ihm bestand. Und das hatte auch er gestern gegenüber Victoria unumwunden zugegeben. Auf der einen Seite wussten sie, dass ein Zugeständnis eines Erwachsenen meist am nächsten Tag nichts mehr galt. Aber auf der anderen Seite glaubten sie so fest an Barker, dass sie sich sicher waren, dass das bei ihm nicht so war. Was auch immer das Picknick für sie und ihn bedeuten mochte; Es musste ihnen Klarheit über seine und ihre Gefühle bringen.

Sie kramten ihr bisschen Taschengeld zusammen und kauften im Laden um die Ecke zwei Flaschen Spumante. Zuerst hatten auch sie an einen Rotwein gedacht. Aber mit Wein kannten sie sich nicht aus. Und mehr noch, als dass der Wein zu sauer sein könnte, hatten sie Angst davor, dass er ihnen möglicherweise zu sehr zu Kopf steigen würde. Mit Spumante hatten sie bei der letzten Silvesterfeier auf das neue Jahr angestoßen. Und abgesehen davon, dass er ihnen allen dreien gut geschmeckt hatte, dachten sie jetzt, dass das Picknick mit dem Mann, den sie in den letzten Tagen zu lieben begonnen hatten, eine gute Gelegenheit wäre, erneut mit diesem Getränk anzustoßen. Sie hatten ihre Bikinis und Badetücher eingepackt und wohl mehr Zeit als jemals damit verbracht, darüber nachzudenken, wie sie wohl aussahen, während sie ungeduldig darauf warteten, dass die Zeit verging. Irgendwann meinte plötzlich Victoria: „Wir sehen so aus, wie wir aussehen. Wenn Barker uns mag, dann mag er uns, weil wir so sind, wie wir sind und nicht, weil wir versuchen, irgendetwas oder -jemand zu sein."

Marijana und Lian waren tief beeindruckt von dieser Erkenntnis und mussten Shadowcat vollkommen zustimmen. Außer, dass sie frisch gewaschen und frisiert waren und saubere Wäsche trugen, konnten sie nichts tun, als nur sie selbst zu sein. Und jemand anderes wollten sie schließlich auch gar nicht sein. Es war zehn vor zwei, als sie Barker schließlich durch ihr Fenster sein bepacktes Fahrrad draußen parken sahen. Voller Unruhe und ungeduldiger Vorfreude warteten sie, dass er jeden Moment an die Tür ihres Zimmers klopfen würde. Aber Josh sprach erst bei der Heimleiterin vor und teilte ihr mir, dass er die Mädchen zu einem Picknick abholen wollte. Die Heimleiterin, die schon gestern sehr verständig gewesen war, sagte ihm nur mit einem geheimnisvollen Lächeln, das er nicht zu deuten wusste, die Zimmernummer, wo er die drei Schwestern finden konnte. *Schwestern!* hatte sie gesagt. Das war ihm sofort aufgefallen. Auch er hatte durch die Umstände ihrs selben Nachnamens und durch ihre Verbundenheit Schwestern in ihnen gesehen; vielleicht mehr noch: Sie waren irgendwie Eins! Aber das war kein Thema, worüber er mit der Heimleiterin sprechen wollte. Sie sagte ihm noch, dass die Mädchen um zweiundzwanzig Uhr wieder im Haus sein müssten und wünschte ihnen einen schönen Nachmittag. Es war 13:54 Uhr, als Josh das Büro der Heimleiterin wieder verließ. Er blickte auf seine Uhr. Noch sechs Minuten. Er las die Aushänge am schwarzen Brett, ohne ihren Inhalt zu erfassen, ging in der Toilette am Gang noch einmal zum Waschbecken, betrachtete sich mit laut pochendem Herzen unsicher im Spiegel und wusch sich die Hände und das Gesicht.

Marijana, Lian und Victoria warteten mit einer unerträglichen Spannung in ihrem Zimmer und lauschten an der Tür. Aber sie hörten Barkers Schritte im Gang nicht.

„Wo bleibt er denn?" fragte Marijana mit einer an Furcht grenzenden Ungeduld. Und Lian sah aus dem Fenster, um sich zu vergewissern, dass Barkers Fahrrad noch da und er nicht wieder weggefahren war. Victoria saß mit gefalteten Händen auf dem Bett, das am nächsten an der Tür stand, beobachtete den Sekundenzeiger der Uhr, die über der Tür hing und antwortete mit absoluter Überzeugung auf Marijanas Frage und Lians Geste: „Er kommt!"

Die beiden sahen Shadowcat an und konnten erkennen, dass sie ebenso wie sie in verzweifelter Ungeduld auf Barker wartete. Aber sie folgten ihrem Blick und als Marijana die Zeiger der Uhr erfasst hatte, stimmte sie mit der selben Überzeugung, die sie bei Shadowcat gehört hatte, bei: „Ja, in drei Minuten ist er da!"

Barkers Herz klopfte immer lauter als er eine Minute vor zwei schließlich vor der Tür zum Zimmer der drei Mädchen stand. Er war so leise den Gang entlang gekommen, dass die gespannt lauschenden Mädchen ihn nicht gehört hatten. Trotzdem sagte Shadowcat jetzt: „Er ist da!"

Marijana und Lian wussten, dass es die Wahrheit war. Selbst sie konnten es diesmal spüren. Josh stand vor der Tür und beobachtete den Sekundenzeiger seiner altmodischen Taschenuhr. Noch vier Sekunden, noch drei, noch zwei … Sein Herz schien vor Aufregung fast zerspringen zu wollen. Noch eine Sekunde. Josh hob die Hand, um sacht gegen die Tür zu klopfen und hoffte dabei fast, dass die Mädchen nicht da wären. Aber kaum hatte der Knöchel seines Fingers die Tür so zaghaft berührt, wie man es einem so kräftigen Mann kaum zutrauen würde, da öffnete sich auch schon die Tür und er stand Marijana, Lian und Victoria gegenüber. Ein paar Sekunden lang stand er nur da, unfähig ein Wort heraus zu bringen. Dann sagte er, und es kam ihm ziemlich albern vor, als er es sich sagen hörte: „Da bin ich also."

Und irgendwie war es eine Erleichterung für ihn, Marijana ebenso albern darauf antworten zu hören: „Da sind Sie also!"

Josh versuchte sich aus seiner Erstarrung zu lösen und fragte: „Können wir? Oder habt ihr keine Lust auf ein Picknick?"

„Wir haben auf Sie gewartet." antwortete Lian auf Barkers Frage und warf sich ihre Tasche über die Schulter. Auch die anderen beiden waren aufbruchbereit. Victoria nahm Barker bei der Hand und zog ihn hinter sich her den Gang entlang, während sie zu ihm sagte: „Kommen Sie. Es ist ein Stück zum Fahren bis zum See."

Barker ließ sich ohne Gegenwehr von Victoria mitziehen. Und Lian und Marijana folgten ihnen in dem Bewusstsein, aber ohne dass sie es ihr übel genommen hätten, dass Victoria ihnen einen Schritt voraus war. Die Fahrräder der Mädchen standen auch schon vor der Tür. Sie stiegen auf und fuhren los.

Mal war die eine vorne, dann übernahm eine andere wieder die Spitze. Josh wusste nicht, wohin die Mädchen ihn führten. Aber er sah und genoss während der Fahrt die Geschmeidigkeit der Bewegungen der drei. Ihm fielen die kleinen Details in ihren Gemeinsamkeiten und Unterschieden auf. Die kraftvolle Art der kleinen, zierlichen Lian, die auf eine gute Sprinterin schließen ließ, und die sich auch noch voneinander unterscheidenden, anmutigen Bewegungsabläufe von Marijana und Victoria. Marijana war pure, weibliche Grazie, was sich auch noch durch ihre, sich deutlich unter ihrer Bluse abhebenden, und sich leicht im Takt der Bewegung wiegenden, vollen Brüste, verdeutlichte. Und Victoria trat ohne jede Kraftanstrengung mit solcher Gleichmäßigkeit in die Pedale, dass er in der Harmonie ihrer Bewegung deutlich die ausdauernde Sportlerin erkennen konnte. Es war ihm nicht möglich, während der Fahrt seinen Blick von den dreien abzuwenden. Und so kam es, dass er heute zum zweiten mal an zwei Tagen nicht den Schimmer einer Ahnung hatte, wohin er auf seinem Fahrrad fuhr. Am Ende der Fahrt, waren sie einem schmalen Waldweg gefolgt, der es ihnen nur noch erlaubt hatte, hintereinander zu fahren. Josh bildete den Schluss. Und seine ganze Aufmerksamkeit war auf den schmalen Rücken und den zierlichen Hintern von Lian gerichtet die mit offenen und wehenden Haaren vor ihm fuhr. Als der Weg sich vor ihm plötzlich wieder öffnete und er schließlich einen wunderschönen, einsamen Waldsee erblickte, an dessen Ufer romantische, kleine Buchten zum Sonnenbaden einluden, da hätte er im Traum nicht daran geglaubt, dass sie schon seit einer Stunde unterwegs waren.

„Wir sind da!" erklärte Marijana, die für die letzte Etappe die Führung übernommen hatte. Und sie setzte gleich die Frage nach: „Gefällt es Ihnen?"

Josh ließ noch seinen Blick über die Idylle des abgeschiedenen Sees gleiten, während er antwortete: „Es ist wunderschön!"

Ob er damit aber nur den Ort, oder aber auch den Anblick der drei Mädchen, den er während der Fahrt schweigend genossen hatte, meinte, darüber schwieg er.

„Kommen sie, hier entlang." forderte Marijana ihn weiter auf, während sie ihr Fahrrad schon durch einen Schilfgürtel schob. Und Lian erklärte ihm, auch schon im Weitergehen: „ Da vorne ist unser geheimer, kleiner Platz. Sie werden ihn bestimmt mögen."

Und wirklich: Josh war fasziniert von dem Zauber und der Ruhe, die dieser Ort ausstrahlte und davon, dass die Mädchen dieses Geheimnis mit ihm teilten. Sie lehnten ihre Fahrräder aneinander und Josh breitete die große Decke aus, auf der sie alle vier Platz hatten. Die Mädchen fürchteten ebenso wie Josh, dass die fühlbare Spannung, die zwischen ihnen herrschte, wieder zu einem lähmenden Schweigen führen konnte, aus dem sie sich nur schwer wieder hätten befreien können. Sie waren aber auch nicht die Mädchen, die mit albernem, oberflächlichem und nichts sagendem Geschnatter versucht hätten, die Aufmerksamkeit Barkers auf sich zu ziehen. Das Beste, was Marijana einfiel, war Normalität herzustellen, um zu vermeiden, dass die Spannung sich wie ein bedrückendes Tuch über sie alle breitete. Also fragte sie, noch bevor sie sich auf die Decke niedergelassen hatte, so ungezwungen, wie es ihr möglich war: „Wollen Sie schwimmen, Barker? Das Wasser ist herrlich, besonders nach so einer kleinen Radtour."

„Gerne." antwortete Josh und freute sich über die Natürlichkeit des Mädchens und darüber, dass sie ihm fürs erste die Qual genommen hatte, nach passenden Worten zu suchen, um ein Gespräch zu beginnen, vor dem er doch so viel Angst hatte. Als er sah, dass die Mädchen Bikinis aus ihren Taschen holten, drehte er sich verlegen mit einem spontanen „Oh!" um. Es gab nichts auf der Welt, was er sich mehr zu sehen gewünscht hätte, als diese drei Mädchen - nackt. Aber er wagte nicht, sich umzudrehen. Er selbst hatte schon zuhause seine Badehose unter der leichten Leinenhose angezogen. Er hatte sich nur eine frische Unterhose mit eingepackt, falls seine Badehose noch nass sein sollte, wenn sie den Rückweg antraten. Den Mädchen entging nicht, dass Barker sich mit der Schüchternheit eines kleinen Jungen abgewendet hatte. Jede von ihnen hatte sich gewünscht Barkers Blick auf sich zu spüren. Aber er war zu anständig, zu korrekt, zu schüchtern! Victoria machte sich insgeheim wieder Vorwürfe, dass sie Barker aufgefordert hatte, eine Badehose einzupacken. Wenn sie das nicht getan hätte, dann hätten sie auch keine Bikinis einpacken müssen. Und wenn sie ihn dann gefragt hätten, ob er schwimmen will, dann hätte er das wohl oder übel nackt tun müssen, so wie sie es sonst auch taten und auch mit ihm gerne getan hätten. Aber dann dachte sie sich, dass es doch besser so war, weil sie ihn auf keinen Fall irgendwie kompromittieren oder überrumpeln wollten. Also sagte sie ihm auch nicht, dass sie sonst nackt badeten. Das konnte sie immer noch tun, wenn sich eine bessere Gelegenheit ergäbe. Ohne sich Gedanken darüber zu machen, schenkten sich die Mädchen wie zufällig gegenseitig zarte Berührungen, während sie sich nackt auszogen und im Bewusstsein der Anwesenheit Barkers ihre eigenen Körper so intensiv spürten und erlebten, wie sie es bisher nur von ihren ersten, gemeinsamen erotischen Erlebnissen her kannten. Aber sie ließen sich keine Zeit, dieses verzehrende Gefühl übermächtig werden zu lassen, sondern schlüpften sofort in ihre Bikinis.

„Sie können sich schon umdrehen." sagte Marijana zu Josh, der sich inzwischen auch bis auf die Badehose ausgezogen hatte. Und Barker drehte sich um. Unwillkürlich entschlüpfte ihm ein „Wow!" beim Anblick der drei Mädchen in ihren Bikinis. Die Mädchen hatten Barker neulich ja schon nur mit einem Handtuch bekleidet gesehen. Aber auch sein Anblick überwältigte die Mädchen wieder. Zwar war er nicht so braungebrannt, wie es bei dem Licht in Barkers Treppenhaus gewirkt hatte. Aber das tat seiner Erscheinung und der Wirkung auf die Mädchen keinen Abbruch. Seine klar definierten Muskeln waren massig und voll. Trotzdem wirkte er nicht wie ein aufgepumpter Bodybuilder, sondern hatte die Geschmeidigkeit eines Pumas. Victoria war bei dem Anblick einen Augenblick zurückgetaumelt. Für den Bruchteil einer Sekunde hatte sie ein Bild vor Augen gehabt, ein Bild von sich, als sie in einem anderen Leben dem weißen Mann verkauft worden war, dem Mann, dem die Männer ihres Stammes wegen der Kraft und Geschmeidigkeit seiner Bewegungen den Namen Cougar gegeben hatten, Cougar, der Puma! Und er hatte Barkers Gesicht! Endlich, endlich hatte sie es gesehen. Für einen Moment kam ihr der Gedanke, dass das vielleicht nur Wunschdenken war. Aber diesen Gedanken verwarf sie sofort wieder. Sie wusste, dass ihre Visionen sie nicht belogen.

Josh hatte nicht sehr viel Ahnung von Maßen oder Kleidergrößen. Aber natürlich hatte er als Mann auch einen Begriff von 90-60-90. Keines dieser drei Mädchen, die ihm gegenüberstanden, hatte diese Maße. Marijana, deren Brüste sich im letzten Jahr so außergewöhnlich entwickelt hatten, kam diesen Maßen noch am nähesten, obwohl ihre Brüste jetzt vermutlich sogar noch größer, Taille und Hüfte aber schmaler waren. Josh war fasziniert und gefesselt vom Anblick dieser Differenz der so festen, großen Brüste, über denen sich der zarte, weiße Stoff mit den roten Blüten ihres Bikinioberteils so straff spannte und diesen schmalen Hüften. Oh mein Gott, wie gern würde er dieses Mädchen ohne ihren Bikini sehen, so wie ein sehr wohlwollender Gott sie geschaffen hatte.

Victoria, war etwas kleiner und zierlicher als Marijana. Sie bot ein Bild vollkommenen Ebenmaßes. Taille und Hüfte waren noch eine Spur schmaler, als bei Marijana, doch die kleinen, festen Halbkugeln ihrer Brüste fügten sich ganz natürlich in dieses Bild vollendeter Harmonie.

Lian war die kleinste von ihnen. Ihr Bikinioberteil lag sehr locker über ihren so wenig ausgeprägten Brüsten. Doch mit ihren ebenso schmalen Hüften wie Victoria und den sich unter ihrer samtigen Haut deutlich abzeichnenden, sehnigen Muskeln war auch sie in Joshs Augen ein Bild einzigartiger und perfekter Schönheit. Josh biss sich auf die Lippen. Wenn er doch nur den Mund aufbringen und etwas sagen könnte. Diese Mädchen, hatte er den Eindruck, waren nur für ihn geschaffen worden. Die einzige andere Erklärung für den Anblick, den sie ihm boten, war die, dass sie seiner Phantasie, seinen Träumen, seinen Wunschvorstellungen entsprungen waren. Er wusste schon immer, dass es kein Ideal gibt, zumindest nicht für ihn. Ihm war es gleich, ob eine Frau kleine oder große Brüste hatte. Wichtig für seine Beurteilung, ob ihm eine Frau gefiel, war für ihn nur die Harmonie des Gesamtbildes. Und eine solche Harmonie, wie in den Erscheinungen dieser drei Mädchen, die jede auf ihre Art in seinen Augen perfekt waren, hatte er noch niemals gesehen. Alles an diesen Mädchen war fest und straff. Und doch strahlten sie so unendlich viel zarte, weibliche Anmut aus. Josh war sich auch bewusst, dass es nicht nur die Körper der Mädchen waren, die sein Interesse fesselten, sondern, dass vor allem etwas in ihrem Wesen lag, das ihn mit einer solchen Macht in ihren Bann zog, dass er nicht in der Lage war, sich dieser Macht zu entziehen. Er fühlte wieder diese Beklemmung in sich aufsteigen. Aber Marijana ließ ihm und sich und ihren beiden Schwestern keine Zeit, diese Beklemmung sich ausbreiten zu lassen, sondern forderte ihn lächelnd auf: „Kommen Sie!"

Damit nahm sie ihn bei der Hand und zog ihn mit sich mit in den See. Und Lian und Victoria sprangen fröhlich hinter ihnen her. Das kalte Wasser tat ihnen allen gut. Josh tauchte unter und schwamm unter Wasser bis ans gegenüberliegende Ufer des Sees. Als er wieder auftauchte, sah er die erleichterten Blicke der Mädchen, die sich schon große Sorgen um ihn gemacht und ihn gesucht hatten, als er so lange nicht mehr aufgetaucht war. Sofort schämte er sich für diese angeberische Demonstration seiner Sportlichkeit, obwohl er sich beim Tauchen gar keine Gedanken darüber gemacht hatte. In ruhigen, gleichmäßigen Zügen kraulte er zu den Mädchen zurück. Und Marijana machte ihm auch gleich den verdienten Vorwurf, als sie sagte: „Tun Sie das nie wieder, Barker. Wir hatten eine Todesangst um Sie!"

Josh entschuldigte sich mit ehrlicher Reue: „Es tut mir leid. Es war gedankenlos von mir."

Aber Marijana legte schon ihre schlanken Finger auf seine Lippen und entgegnete verlegen: „Bitte entschuldigen Sie sich nicht. Wir sollten uns nicht wie alberne Gören benehmen."

Josh nahm Marijanas kleine Hand in seine starke Hand und gab ihr einen zärtlichen Kuss auf die Finger, die ihm nicht erlauben wollten, sich zu entschuldigen. Ob es am kalten Wasser lag, oder am Zauber des Augenblicks, der ihm so wie gestern, als er Victoria in seine Arme geschlossen hatte, den Mut zu dieser Zärtlichkeit gab, konnte er nicht sagen. Aber er war froh und glücklich, diese kleine Hand halten und auf seinen Lippen spüren zu dürfen und sagte: "Ich würde euch um nichts auf der Welt Angst machen wollen!"

Marijana war ihm dabei so nahe gekommen, dass ihre Brüste, nur getrennt vom Stoff ihres Bikinis Joshs Körper berührten. Und sofort zuckte er wieder zurück. Warum nur konnte er es nicht einfach genießen? Warum nur konnte er nicht einfach so tun, als ob er die Berührung nicht bemerkt hätte?

Weil Du niemals unehrlich zu ihnen sein kannst, beantwortete er sich selbst in Gedanken seine unausgesprochenen Fragen.

„Wollt ihr Frisbee spielen?" fragte er plötzlich in die Runde und alle drei Mädchen stimmten gerne zu. Sie verteilten sich so weit in einem Kreis, dass Josh und Victoria im Wasser schwimmen mussten, während Marijana und Lian im Uferbereich noch stehen konnten. Josh war von der Geschmeidigkeit der Bewegungen der Mädchen ebenso sehr fasziniert, wie sie von seiner. Als sie nach einer halben oder dreiviertel Stunde etwas durchgefroren aus dem Wasser kamen und sich ausgelassen auf die Decke fallen ließen, fragte Josh: „Habt ihr Hunger?" Eigentlich hatten sie das nicht; Nicht auf Nahrung. Aber die Höflichkeit verbot es ihnen, das einfach so zu sagen. Also antwortete Marijana: „Was haben sie denn?"

Josh packte die gegrillten Putenstreifen, die Salate, und alles andere aus und breitete es auf einem Holzbrett aus. Er hatte ehrlich gesagt selbst keinen Hunger. Aber als sie anfingen, die Häppchen mit dem frischen Brot zu essen, da schmeckte es ihnen doch allen, auch wenn sie nicht einmal die Hälfte der mitgebrachten Speisen aufaßen.

„Wie war es heute in der Schule?" fragte Lian während des Essens. Und Josh antwortete in völliger Entspannung und sogar mit einem Lächeln auf den Lippen: „Sehr kurz."

Und auf die fragenden Blicke der Mädchen erklärte er: „Sie wollen mich nicht mehr."

„Und was werden Sie dann jetzt machen?" fragte Marijana nicht ohne Besorgnis. Josh überlegte kurz, bevor er mit den Schultern zuckte und antwortete: „Keine Ahnung. Bis zum Ende vom Schuljahr habe ich Urlaub. Ich muss halt wieder mal Bewerbungen schreiben."

Victoria war bei Joshs Erklärung der Appetit vergangen. Sie legte das eben angebrochene Stück Brot wieder auf das Brett und sagte: „Es ist eine Schande, wie die mit Ihnen umgehen!"

Josh blickte auf und blieb wieder an diesen Augen hängen, die jetzt eine so tiefe Traurigkeit zeigten.

„Mach Dir keine Gedanken, Victoria. Es ist nicht schlimm. Und mit euch sind sie ja außerdem auch nicht besser umgegangen."

Victoria! Wieder hatte er ihren Namen ausgesprochen.

„Shadowcat!" sagte sie unvermittelt und Josh fragte verwundert: „Was?"

Victoria vertiefte unbewusst ihren Blick in Joshs Augen und fragte: „Würde es Ihnen etwas ausmachen, mich Shadowcat zu nennen?"

„Shadowcat," wiederholte Josh den Namen „ein schöner Name. Er passt zu Dir."

Eigentlich wollte er noch fragen, wie sie zu dem Namen gekommen war, aber Shadowcat sagte fast flüsternd und mit einer verträumten Stimme, die von sehr weit weg zu kommen schien: „Shadowcat und Cougar!"

Josh überlief ein Schauer und ein Blitz schien in seinen Kopf einzuschlagen, als er das hörte.

Was war das denn? fragte er sich in dem Bewusstsein, von irgendetwas berührt worden zu sein, ohne dass dieses Etwas aber greifbar für ihn geworden wäre. In dem Moment, als er von dem Blitz getroffen worden war, hatte er sich aus dem Blick Shadowcats gelöst, weil er sich wie durch eine Explosion zurückgeschleudert gefühlt hatte. In Wahrheit hatte er sich dabei aber nicht einen Millimeter bewegt. Jetzt sah er Shadowcat fragend an und sagte: „Irgendwann musst Du es mir erzählen."

Und Shadowcat antwortete darauf: „Irgendwann wirst Du es sehen!"

Hätten Marijana und Lian Shadowcat nicht so lange und so gut gekannt, wären sie über diesen Dialog sicher verwundert gewesen. So aber nahmen sie es mit einer gewissen Ehrfurcht als etwas Normales hin. Marijana fing an, die Reste des Essens wieder einzupacken und fragte dabei: „Möchten sie was trinken?"

Josh wurde dadurch wieder völlig in die Realität der Gegenwart zurückgeholt und entschuldigte sich sofort dafür, den Mädchen noch nichts angeboten zu haben.

„Ich habe Tee." erklärte er und fragte weiter: „Möchte jemand eine Tasse?"

Marijana hatte eigentlich an den Spumante gedacht. Aber ein warmer Tee war jetzt auch sehr verlockend. Zu seinem Bedauern stellte Josh fest, dass er keine Becher eingepackt hatte. Und so ging der Deckel der Thermoskanne reihum.

„Möchten sie …" begann Lian. Aber Josh unterbrach sie, indem er sagte: „Ich finde es ziemlich unpassend, dass ihr mich noch immer siezt. Ich bin Josh!"

Er steckte Lian die Hand entgegen. Diese zögerte einen Moment überrascht. Aber es war eine freudige Überraschung. Sie richtete sich von ihrer sitzenden in eine kniende Haltung auf, nahm die ihr dargebotene Hand in ihre kleinen Hände und drückte sie an ihr Herz. Josh spürte ihre feste, kleine Brust unter seiner Hand. Aber noch bevor er sie zurückziehen konnte, noch bevor er sich überhaupt klar darüber geworden war, dass er die Hand zurückziehen wollte und musste, hatte ihn Lian schon mit einer Zärtlichkeit und Wärme und mit der Gegenvorstellung, die eigentlich nicht nötig gewesen wäre, weil Josh ihre Namen ja inzwischen kannte „Lian!" auf beide Wangen geküsst, dass Josh für einen Moment die Luft weg blieb. Noch benommen von dieser Vorstellung wandte er sich weiter an Victoria. Auch die nahm seine Hand in ihre, ahmte Lians Geste nach und drückte die Hand an ihr Herz, das Josh unter dieser festen und ach, doch so weichen Brust zu spüren glaubte.

„Shadowcat." flüsterte sie, während auch sie ihn zärtlich auf beide Wangen küsste. Auch an Marijana wandte er sich noch. Und auch sie nahm seine Hand, küsste sie jedoch, womit sie ihm die Zärtlichkeit zurückerstattete, die er ihr im See zuteil hatte werden lassen. Und dann küsste auch sie ihn mit der Vorstellung „Marijana" noch auf beide Wangen.

Ihr macht es mir nicht leicht, einen klaren Kopf zu behalten, dachte er bei sich. Und er glaubte in seinem Kopf Shadowcats Antwort darauf zu hören: *Willst Du denn, dass wir es Dir leicht machen?*

Er wusste, dass sie das nicht gesagt hatte, dass die Antwort nur in seinem Kopf gewesen war. Aber als er sie ansah, konnte er trotzdem diese Frage in ihren Augen lesen. Und wie um sich selbst zu prüfen, antwortete er wieder in Gedanken, die er aber bewusst an Shadowcat richtete, *Nein!*

Shadowcat lächelte ihn dankbar an. Und während Josh sich noch fragte, ob das Zufall war, stellte Lian noch einmal die bereits begonnene Frage: „Möchtest Du etwas spielen, Josh?"

Josh sah sie an und bemerkte, dass sich, ebenso wie in Shadowcats

Augen, eine unendlich tiefe Seele hinter ihrem Blick verbarg.

„Was", fragte er, sich diesem Blick mit der Neugier eines Archäologen stellend, der dabei war, die Überreste einer versunkenen Kultur auszugraben, „Was für ein Spiel?"

Und Lian antwortete, selbst in Joshs Augen versinkend: „Sag die Wahrheit!"

„Sag die Wahrheit!" wiederholte Josh den Vorschlag für eine harmlose Vergnügung. Aber er empfand es nicht als harmlos. Und so erwiderte er, noch in Lians Blick gefangen: „Ein sehr gefährliches Spiel!"

Aber da stand Marijana auf und fragte ihn: „Waren Sie es nicht,…" Sie unterbrach sich kurz und setzte von neuem an: „Warst Du es nicht, der bei der letzten Schulversammlung vor allen Schülern und der versammelten Lehrerschaft aufgestanden ist und gesagt hat: Wie, meine sehr verehrten Kollegen," und dabei versuchte sie die energische Körpersprache und die Überzeugung in Joshs Stimme nachzuahmen, als er diese Ansprache gehalten hatte. „Wie können wir von unseren Schülern erwarten, ihnen noch irgendwelche Werte, wie Ehrlichkeit, Ehre und Moral, und ich spreche hier nicht von einer verlogenen und aufgesetzten Scheinmoral, wie können wir erwarten, ihnen außerhalb eines toten Lehrstoffes noch diese Werte vermitteln zu können, wenn wir selbst nicht aufrichtig zu ihnen sind? Die Basis zu jedem respektvollem Umgang unter Menschen ist Aufrichtigkeit und Ehrlichkeit! Und solange wir als Lehrer glauben, so weit über den Schülern zu stehen, dass wir das nicht nötig haben, solange können wir auch nicht erwarten, den uns anvertrauten Schülern mehr als nur das einmaleins mit auf den Weg zu geben ohne ihnen dabei menschlich, seelisch und moralisch Vorbild zu sein!"

Josh war verblüfft, dass Marijana sich diesen, von ihm spontan vorgetragenen Text gemerkt hatte. Und während er noch über diese von ihm gehaltene Rede nachdachte, sagte Lian: „Sie haben tosenden Applaus für diese Rede erhalten!"

Josh musste lachen und erwiderte darauf: „Von den Schülern! Die Lehrer hatten doch sehr verhalten darauf reagiert. Und ich habe nach dieser Ansprache meine erste Abmahnung bekommen!"

„Und", fragte Lian erneut, „wollen Sie spielen?"

Und Josh, der wusste, dass dieses Spiel etwas bedeuten konnte, dass es für ihn etwas bedeuten würde, antwortete mit weniger Gleichgültigkeit, als er gehofft hatte, mit dieser Antwort vortäuschen zu können: „Warum nicht?"

„Okay", sagte Lian gedehnt, „Bist Du verheiratet?"

Und Josh antwortete ganz entspannt und ehrlich: „Nein!", während er sich auf der Decke zurücklegte und die Hände hinter dem Kopf verschränkte.

„Sie sind dran!" sagte Marijana nach einer Weile, als Josh keine

Anstalten machte, nun seinerseits eine Frage zu stellen. Und sofort verbesserte sie sich und sagte: "Du bist dran!", wobei sie eine besondere Betonung auf das Wort Du legte. Josh entfuhr ein überrasches "Oh!"

Dann richtete er sich wieder auf seine Ellenbogen auf und fragte in die Runde: „Wer ist die älteste von euch?"

Marijana antwortete sofort: „Ich!"

Und Josh fragte weiter: „Und wie alt bist Du?"

Marijana schüttelte aber den Kopf und erwiderte darauf: „Oh nein. Jetzt sind wir wieder dran!" „Entschuldigung!" entschuldigte sich Josh und nahm sich vor, nicht mehr so ungeduldig zu sein.

„Wie alt bis Du?" fragte Marijana als Gegenfrage auf seine Frage. Die Frage traf Josh sehr hart. Im Vergleich zu den Mädchen war er uralt. Und das drückte er auch mit seiner Gegenfrage aus, als er sich an Marijana wandte: „Willst Du das wirklich wissen?"

„Natürlich!" antwortete sie. Und als sie sah, dass er noch immer zögerte, sagte sie beruhigend: „Du musst keine Angst haben. Wir wissen, dass Du über vierzig bist. Und das, was wir für Dich empfinden hängt nicht an einer Zahl, sondern nur am Menschen!"

Josh nickte, über diese für ein so junges Mädchen doch recht ungewöhnliche Einstellung grübelnd, und antwortete schließlich: „Fünfundvierzig!"

Keines der Mädchen zeigte das Entsetzten das Josh bei der Nennung seines Alters zu ernten befürchtete. Und Marijana beantwortete jetzt in völlig natürlichem Ton die vorher von Josh gestellte Frage: „Siebzehn!"

Oh, Scheiße! dachte sich Josh, sagte aber laut: „Genau das meine ich!"

Shadowcat nahm behutsam seine Hand und sagte: „Es ist nicht wichtig, Josh! Weder Marijana, noch Lian oder ich lassen uns in vorgefertigte Passformen oder Schemen zwängen. Wenn der Mensch selbst, sein Wesen, seine Seele das Wichtige an ihm sind, wie könnte sich ein denkender und fühlender Mensch dann von dem Tag der Geburt dieses Menschen dahingehend beeinflussen lassen, ein anderes Bild von ihm zu haben, als das, das seine Seele zeigt?"

Josh drehte sich der Kopf.

Wie nur, fragte er sich, *können so junge Mädchen zu solchen Ansichten gelangen?*

Und wieder vermeinte er in seinem Kopf Shadowcats Stimme antworten zu hören: *Indem sie alte Seelen haben!*

„Nichts an euch ist alt!" sagte er als Erwiderung auf diese Intuition. Und wie um ihm einen Spiegel vorzuhalten gab Shadowcat im selben Tonfall zurück: „Nichts an Dir ist alt!"

Er sah in ihre unergründlichen Augen und fragte: „Wer ist dran?"

Shadowcat antwortete ihm: „Wir."

Und dann stellte sie ihm ganz unvermittelt die verhängnisvolle Frage: „Möchtest Du uns nackt sehen?"

Josh biss sich auf die Unterlippe. Er wusste, dass die Beantwortung dieser Frage für ihn selbst der Punkt war, an dem er sich eingestehen musste, was er wirklich wollte. Mit einem flehenden Blick, der die drei Mädchen darum bat, ihm die Beantwortung dieser Frage zu erlassen, sah er von Shadowcat zu Lian, von Lian zu Marijana und von Marijana schließlich wieder zu Shadowcat. In allen drei Gesichtern konnte er nur die Neugier auf die Antwort auf diese Frage lesen. Sie hatten kein Erbarmen. Josh schlug die Augen nieder und antwortete leise: „Ja!"

Als er aufblickte, hatte Shadowcat schon das Oberteil ihres Bikinis in der Hand. Er sah sie mit flehendem Blick an und sagte: „Aber es darf nicht sein!"

Shadowcat rührte sich nicht. Und Josh sah von ihren, ihn aufmerksam musternden Augen auf ihre sich langsam hebenden und senkenden Brüste, auf diese zwei festen Halbkugeln, auf denen die kleinen, festen Erhebungen, sich ihm in einladender Weise entgegenstreckten.

„Warum tust Du das?" fragte er, ohne den Blick von ihrem Körper wenden zu können. Und Shadowcat antwortete ihm leise und traurig: „Weil wir es, so wie auch Du, wollen. Bitte liebe uns, wenn Du uns liebenswert findest! Bitte berühre uns!"

Shadowcat war vor seinen Augen aufgestanden und zog sich jetzt auch die Hose ihres Bikinis aus. Josh, der sich inzwischen aufgesetzt hatte, sah die kleine, jungfräuliche Spalte nur wenige Zentimeter vor seinen Augen. Unfähig, sich zu bewegen, ließ er es geschehen, dass Shadowcat auf ihn zukam. Sie schmiegte ihren Schoß an sein Gesicht. Josh sog den Geruch ihrer Haut in sich ein und fühlte ihre weichen Schamlippen auf seinen Lippen.

Zu spät! dachte er sich und er wusste, dass er keinen Widerstand mehr leisten konnte. Dass sein Penis dabei schon fast seine Badehose sprengte, registrierte sein Kopf noch nicht einmal. Er schloss seine Arme um Shadowcats schmalen Hintern, spürte das feste Fleisch unter seinen Händen und flüsterte zwischen zärtlichen Küssen, mit denen er die zarte Haut ihrer Schamlippen bedeckte und sich an ihrem Geruch berauschte: „Shadowcat!"

Ob es daran lag, wie er ihren Namen geflüstert hatte, oder an der zärtlichen, intimen Liebkosung, war ihr nicht bewusst. Eben noch hatte sie begonnen, sanft durch seine vom Baden noch nassen Haare zu streichen, als sie den Boden unter den Füßen zu verlieren schien und in eine ihrer Visionen aus ihrem früheren Leben eintauchte.

Sie sah sich mit Josh, mit Cougar, dem Puma in einer Blockhütte, nackt und eng aneinander geschmiegt auf einem Bärenfell vor einem lodernden Kaminfeuer, während draußen ein Schneesturm tobte. Und da waren auch Marijana und Lian. Shadowcat konnte die beiden nicht sehen. Aber sie spürte, dass auch sie mit in der Hütte waren. Und sie glaubte sogar, die

Anwesenheit von noch jemandem zu spüren. Plötzlich wurde die Tür aufgerissen. Das Feuer flackerte auf und unter vom Wind herein gewehten Schneeflocken stürmten indianische Krieger in wilder Kriegsbemalung herein. Und der vorderste von ihnen, ein großer, stolzer Krieger mit einem Wolfskopf auf dem Haupt, hob eine Enfield Rifle und schoss. Shadowcat sah das Mündungsfeuer, konnte aber keinen Knall hören.

In dem Moment kam sie mit einem leisen, aber entsetzten Aufschrei wieder zu sich. Sie lag am Boden und Josh hatte sich über sie gebeugt. Er streichelte ihr über die Wange und flüsterte besorgt immer wieder ihren Namen.

„Ich bin okay!" flüsterte sie mit einem Lächeln auf den Lippen und sah, dass auch Marijana und Lian, die ebenfalls nackt waren, sich über sie beugten.

„Wie lange war ich weg?" fragte sie und Josh antwortete: „Du bist nur umgekippt und hast gleich wieder die Augen aufgemacht."

„Es ist so schön, Deine Hände und Lippen auf meinem Körper zu spüren! Es ist so, als ob ich mein ganzes Leben nur auf Deine Berührung gewartet hätte."

Damit erklärte Shadowcat ihren Schwächeanfall, forderte Josh dann aber auf: „Aber Du wolltest auch Marijana und Lian sehen. Also darf ich nicht so egoistisch sein, Dich ganz allein mit Beschlag zu belegen."

Josh war es in diesem Moment nicht möglich, seinen Blick von Shadowcat abzuwenden. Er beugte sich zu ihr nieder, bis ihre Lippen sich ganz zärtlich berührten. Shadowcat legte ihre Arme um Joshs muskulösen Rücken und sie verschmolzen in diesem ersten, sich gegenseitig geschenktem Kuss. Keine Forderung lag in diesem Kuss und nichts Ungestümes verriet die brennende Leidenschaft, die sie verzehrte. Sie gaben sich nur der Zärtlichkeit und Innigkeit des sich gegenseitigen Spürens und mit allen Sinnen Wahrnehmens hin und ließen mit einem Gefühl der Schwerelosigkeit und des Schwebens, in dem Bewusstsein, dass die Welt um sie herum aufgehört hatte zu existieren, und in dem Vertrauen, vom anderen gehalten und aufgefangen zu werden, alles los, bis sie nur noch Seele zu sein schienen und Eins miteinander waren.

Josh hatte in seinem Leben schon einiges erlebt. Die Biologielehrerin war ja nicht die einzige Frau, die es für ihn gegeben hatte. Seine erste Liebe lag schon ewig zurück. Dann, als junger Mann, als er die gröbste Schüchternheit überwunden hatte – besiegt hatte er sie nie ganz – kam seine Sturm- und Drangzeit. Er hatte im Laufe der Jahre mehrere Beziehungen gehabt, mache nur flüchtig, manche für mehrere Jahre. Aber wie erotisch, wild und leidenschaftlich auch einige dieser Beziehungen gewesen waren, er hatte noch nie das gefühlt, was er jetzt fühlte, als seine Lippen auf Victorias, auf Shadowcats Lippen lagen, als etwas seinen Körper und seine Seele durchströmte, für das er keine Worte fand – außer: Liebe!

Aber was konnte ein so junges Mädchen, wie Shadowcat schon von Liebe wissen?

Alles! Wer, außer einem so reinen und vom Leben unverdorbenen Wesen, könnte ehrlicher, aufrichtiger und tiefer lieben? Plötzlich hatte er das Gefühl, dass er, der Mann mit einer Lebenserfahrung, die ihn schon zum Zyniker gemacht hatte, dieses reine Wesen nicht berühren dürfte, dass er es mit seinen Händen und den Lippen eines gierigen, alten Mannes beschmutzen würde. Aber als er, noch mit geschlossenen Augen seine Lippen von Shadowcats Lippen löste, spürte er plötzlich, wie Shadowcat sein Gesicht zwischen ihre kleinen Hände nahm. Und als er die Augen aufschlug, konnte er sehen, wie sie ihn mit großen Augen, in denen Tränen schimmerten, ansah und hörte sie in seinem Kopf sagen: *Denke das nicht. Denke das niemals. Du bist der einzige Mann, dessen Hände und Lippen ich auf mir spüren möchte!*

Josh schlug die Augen nieder. Aber Shadowcat sprach weiter in seinem Kopf: *Sieh mich an, Josh. Bitte, sieh mich an!*

Und Josh öffnete wieder seine Augen und ließ seinen Blick von Shadowcats Gesicht über ihren Körper wandern. Ihre perfekten Brüste, mit den zarten kleinen, erregten und erregenden Brustwarzen, hoben und senkten sich im gleichmäßigen Rhythmus ihres ruhigen Atems. Ganz behutsam bedeckte er diese zarten Knospen mit seinen Lippen, während er versuchte, seine Selbstvorwürfe aus seinem Kopf zu verbannen. Dann ließ er seinen Finger so leicht wie eine Feder von ihren Brüsten, über ihren Nabel und ihren fein geschwungenen Venushügel gleiten. Shadowcat hatte die Augen wieder geschlossen. Schon als Josh ihre Brüste geküsst hatte, hatte sie sich mit einem leisen Stöhnen aufgebäumt. Jetzt begann sie am ganzen Körper zu zittern. Wieder beugte sich Josh über Shadowcat und ließ seine Lippen den Punkt berühren, den sein Finger gerade erreicht hatte. Shadowcats Finger krallten sich in die Decke. Weder sie, noch Josh fühlten sich während dieser Zärtlichkeiten von der Anwesenheit Marijanas und Lians gestört. Joshs Finger folgte weiter den Linien von Shadowcats schlanken Beinen, bis er schließlich ihre winzigen Füße in seine Hände nahm. Selbst diese Berührung erregte Shadowcat und sie wurde sich zum ersten mal bewusst, wie empfindlich und für Zärtlichkeiten empfänglich ihre Füße waren.

„So klein!" murmelte Josh mehr zu sich selbst. Und obwohl er sich noch nie aus Füßen etwas gemacht hatte, küsste er diese zierlichen, kleinen Füßchen.

Jeder Zenitmeter, dachte er sich, *an Deinem Körper ist wunderschön und perfekt!*

Dann legte er ihre Füße wieder sacht auf die Decke.

„Eigentlich war die Frage nur, ob ich euch nackt sehen möchte", sagte er in einem neuen Anflug von Selbstvorwürfen. Shadowcat setzte sich mit einem Ruck lächelnd auf und Josh beobachtete dabei das leichte Wippen ihrer festen Brüste.

„Dann sieh uns an!" forderte sie ihn auf und lenkte seinen Blick auf Lian und Marijana. Die hatten beim Beobachten von Joshs Zärtlichkeiten, vom Spiel seiner sehnigen Muskeln während seiner Bewegungen und auch durch den Anblick des zarten, schlanken Körpers von Shadowcat selbst eine prickelnde Erregung in sich aufsteigen spüren. Als sie jetzt seinen Blick auf ihre Körper gelenkt und die ehrliche Bewunderung und Ehrfurcht in seinen Augen sahen, wurde diese Erregung noch gesteigert, ohne dass sie wussten, was sie hätten tun oder wie sie sich hätten bewegen sollen. Also standen sie nur da und ließen seine Blicke, die sie wie Liebkosungen zu spüren glaubten, geduldig ihre Körper erforschen. Josh hatte sich in kniende Haltung aufgerichtet. Er war überwältigt von der Perspektive, aus der er die zwei so unterschiedlichen Mädchen nackt vor sich stehen sah. Die kleine, zierliche und doch so anmutig athletische Lian sah ihn aus ihren geheimnisvollen, fragenden Augen an. Sie schien in seinen Augen lesen zu wollen, was er dachte, was er empfand, als er ihren kleinen, nackten Körper betrachtete.

Sie ist fast noch ein Kind, dachte er sich, als er ihre kleinen, flachen, aber in seinen Augen trotzdem perfekt geformten, festen Brüste betrachtete. Alles an ihr war so klein. Deswegen wurde es Josh bei ihrem Anblick am meisten bewusst, wie jung die Mädchen waren, obwohl Lian älter war, als Shadowcat.

Sie sind alle noch Kinder! dachte er weiter und wollte schon wieder seinen Blick senken, spürte in dem Moment aber Shadowcats Körper sich an seinen Rücken schmiegen und hörte, wie sie ihm ins Ohr flüsterte: „Sie ist wunderschön! Nicht wahr?"

„Sie ist ein Traum!" bestätigte Josh und wandte sich dann direkt an Lian, als er weiter sprach: „Du bist wunderschön, Lian!"

Sein Blick suchte wieder ihre Augen und er fragte sie mit soviel Dankbarkeit in seiner Stimme, dass Lian und auch den anderen beiden Mädchen die Tränen in die Augen stiegen: „Womit habe ich nur verdient, Dich ansehen zu dürfen?"

Lian kam auf ihn zu und nahm ihn in ihre Arme. Sie streichelte durch seine wirren Haare, während er seinen Kopf an ihre Brüste legte und antwortete ihm mit einer Gegenfrage: „Womit haben wir es verdient, dass Du uns ansiehst?"

Josh musste leise lachen. Diese Frage kam ihm irgendwie sehr naiv vor und er antwortete darauf: „Jeder Mann würde euch ansehen! Jeder Mann würde sich nach Dir, Marijana und Shadowcat verzehren, wenn er euch so sehen würde!"

„Aber Du siehst uns anders an!" erwiderte Lian. „Du siehst auch unsere Körper an. Und das ist so schön, wie Deine Berührung auf der Haut zu spüren. Aber Du siehst mehr. Du spürst wie wir, dass uns ein unsichtbares

Band verbindet. Shadowcat, Marijana und ich gehören zusammen. Das wissen wir, seit wir denken können. Und wir haben alle drei in der selben Sekunde erkannt, dass Du ein Teil von uns bist. Wir haben nicht danach gesucht. Wir haben nichts vermisst. Wir haben Dich nur gefunden! Und wir wissen, dass Du es auch spürst, auch wenn Du es vor Dir selber noch verleugnen willst."

Wieder war Josh erstaunt, was für Gedanken diese Mädchen hatten, die in einem Alter waren, in dem Mädchen seiner Erfahrung nach, meist unerträglich, eingebildet, zickig und selbstsüchtig sind. Das beste Beispiel dafür war Melanie gewesen. Und doch konnte er nicht wirklich leugnen, dass er etwas in der Gegenwart dieser Mädchen spürte, das weit über körperliche Anziehungskraft hinausging, auch wenn die zugegebenermaßen ganz außergewöhnlich war und sein erigiertes Glied gewaltsam einen Ausweg aus seiner Badehose suchte. Josh öffnete die Augen, die er geschlossen gehabt hatte, als er Lians weicher Stimme gelauscht hatte. Er hatte ihre feste Brust an seiner Wange gespürt. Jetzt sah er sie an. Zumindest Lians Brustwarzen waren nicht die kleinsten der drei Mädchen. Sie waren zwar auch nicht ungewöhnlich groß, streckten sich ihm aber doch ein kleinwenig weiter und dicker entgegen, als die von Shadowcat und Marijana. Er küsste sie ganz zärtlich und konnte spüren, wie sich Lians Hände vor Erregung unwillkürlich in seinen Haaren verkrallten. Sehr lange ließ er seine Lippen nur ganz langsam und behutsam über diese harten Knospen gleiten, während er den betörenden Geruch von Lians Haut in sich einsog. Dann nahm er sie zwischen seine Lippen und zog, ohne die Lippen anzuspannen ganz sanft an ihnen. Lians Hände verkrallten sich immer mehr in seinen Haaren und sie presste ihre jungen Knospen fest an seinen Mund, so dass er sie schließlich zwischen seine Zähne nahm, liebevoll an ihnen zu knabbern begann und sie tief in sich einsog. Lian musste sich schließlich aus dieser Liebkosung befreien, die sie so sehr erregte, dass es eine unerträgliche, lustvolle Qual für sie wurde. Sie wollte über diesen Punkt hinauskommen, wollte die Erregung sich ins Unendliche steigern lassen. Aber sie konnte es nicht und sank Josh gegenüber auf die Knie. Als sie wieder zu Atem kam und noch ihre bebenden, überreizten Brustwarzen mit ihren Armen bedeckte, sagte sie in ehrlicher Überzeugung: „Du musst mich festbinden, wenn Du das noch mal machst! Ich kann nicht mehr. Aber ich hätte mir so sehr gewünscht, dass es weitergeht."

Josh sah sie lächelnd an und nahm ihren bebenden Körper schützend in seine Arme. Aber Lians Augen suchten seine Augen und sie forderte ihn auf, ohne daran zu denken, dass sie selbst in wenigen Tagen von hier abgeholt werden würde: „Bitte versprich es mir! Ich möchte es einmal bis zum Ende erleben. Bitte!"

Josh sah die Unmöglichkeit der Erfüllung dieser Bitte mit aller Deutlichkeit vor sich und antwortete daher: „Dafür werden wir keine Zeit mehr haben."

Abgesehen davon hatte er noch nie eine Frau gefesselt, nur einmal einen Taschendieb, den er auf der Straße überwältigt und dann der Polizei übergeben hatte. Aber das war ja doch etwas anderes gewesen. Lian akzeptierte Joshs Einwand aber nicht und bat ihn noch einmal: „Bitte versprich es."

Wieder wehrte Josh ab: „Ich kann so was gar nicht."

Lian machte einen letzten, flehenden Versuch: „Bitte!"

Josh hob ihr Gesicht sanft zu sich an, gab ihr einen zärtlichen Kuss und antwortete schließlich: „Wenn Du es mir tatsächlich noch einmal erlaubst, Dich so zu berühren und wenn sich die Gelegenheit ergibt, verspreche ich es Dir!"

Lian bedankte sich mit einem so innigen und liebevollen Kuss, dass Josh sich fragte, wie es überhaupt möglich sein konnte, eben noch Shadowcat geküsst zu haben und jetzt mit den selben intensiven Gefühlen an Lians Lippen zu hängen. Er wollte dieses kleine Geschöpf überhaupt nicht wieder loslassen. Und Lian schmiegte sich auch so fest an seine Brust, dass er im Moment auch keine Angst hatte, das tun zu müssen. Wenn nur nicht dieser drohende Abreisetermin der drei Mädchen so unaufhaltsam näher rücken würde. Während Lian an seine Brust gelehnt zärtlich den Konturen seiner Muskeln mit ihren kleinen Fingern folgte, versprach sie ihm: „Ich erlaube es Dir, wann immer Du es tun möchtest und wo immer Du es tun möchtest, ob hier, in der Abgeschiedenheit dieses Sees, in der Fußgängerzone vor allen Leuten, oder am Ende der Welt. Irgendwann und irgendwo wird sich die Gelegenheit ergeben!"

Josh lächelte mit verträumtem Ausdruck über dieses Versprechen. Die Vorstellung, Lian in der Öffentlichkeit zu berühren und zu liebkosen, war sehr prickelnd, auch wenn er wusste, dass es eine Unmöglichkeit war, solange sie noch nicht volljährig war. Und selbst wenn sie es wäre, würde er vermutlich eine Anzeige wegen Erregung öffentlichen Ärgernisses bekommen. Während er noch so mit Lian in seinen Armen und Shadowcat an seinem Rücken, auf der Decke kniete und den Blick hob, entdeckte er Marijana, die noch immer in erwartungsvoller Haltung vor ihm stand. Marijana musste unwillkürlich lächeln, als sie in Joshs Augen lesen konnte, wie sehr er von der Situation überfordert war. Und das war er wirklich. Er war noch nie ein Frauenheld gewesen. Klar, als Mann hatte er sich natürlich schon immer gewünscht, einmal Sex mit mehreren Frauen gleichzeitig zu haben. Bisher war ihm das verwehrt geblieben. Und als er jetzt mit diesen drei nackten Traumgeschöpfen allein an diesem idyllischen See war, kam ihm ein so profaner Ausdruck wie Sex nicht einmal in den Sinn. Alles, was er jetzt empfand, was die Situation, die doch so überaus erotischen und erregenden Berührungen und Gedanken in ihm auslösten, schien einen sakralen, einen heiligen Hintergrund oder Grund zu haben.

Josh sah in Marijanas lächelndes Gesicht. Und er war fasziniert von diesem gleichzeitig schüchternen, wie auch strahlenden Lächeln. Marijanas Augen schienen ebenso zu fragen, wie auch zu erklären. Josh bemerkte die Reihe strahlend weißer Zähne, die ebenmäßig und ohne jeden Schönheitsfehler zwischen ihren leicht geöffneten Lippen sichtbar wurden. Er wollte Marijanas Lächeln erwidern, war aber wie gelähmt und zu keiner Regung seiner Gesichtsmuskeln fähig.

Wie nur, fragte er sich, *können drei Mädchen, die unterschiedlicher und sich auf andere Weise doch auch wieder ähnlicher nicht sein könnten, wie nur können mich alle diese drei Mädchen so aus dem Gleichgewicht bringen, dass ich beim Anblick von jeder von ihnen so absolut die Kontrolle über mich verliere?*

Er schluckte den Kloß, der sich ihm im Hals bilden wollte, runter und ließ seinen Blick an Marijana weiter nach unten wandern.

Diese Brüste, dachte er, *diese Brüste! Welcher liebende Gott hat die nur entworfen?*

Josh war nie ein Liebhaber großer Brüste gewesen. Wie schon erwähnt, war ihm die Harmonie des Gesamtbildes wichtig. Aber ein solches Gesamtbild und eben auch solche Brüste, wie bei Marijana hatte er noch nie gesehen.

Für solche Brüste, dachte er sich, *würden Frauen Tausende, reiche Frauen Millionen bezahlen und Morde begehen! Aber kein Chirurg dieser Welt könnte etwas so Schönes, etwas so Perfektes schaffen, wie diese Brüste!*

Groß und fest waren sie und ließen ihre anbetungswürdigen Rundungen in diesen kleinen, sich in Erregung zusammengezogenen Knospen enden, als ob es keine Schwerkraft gäbe.

Nein, dachte er sich und bemerkte, dass er sehr viel bei Marijanas Anblick dachte. *Nein, ich kann diese Brüste nicht berühren.*

Er hätte es so gern getan, hätte sein Gesicht so gern zwischen diesen Brüsten vergraben. Aber er wollte nicht diese drei Mädchen, die er erkannte, aus tiefstem Herzen zu lieben, eine nach der anderen abfertigen, wie ein Fließbandarbeiter, der so wie Chaplin in ‚Moderne Zeiten' eine Schraube nach der anderen anzog, ohne die einzelnen Schrauben noch zu sehen, als reine Routinearbeit, die ein System aus den Fugen werfen konnte, wenn er aus dem Rhythmus käme. Was immer er Shadowcat, Lian und Marijana auch geben konnte, falls er überhaupt in der Lage war, ihnen etwas zu geben; Er wollte es ihnen in dem Bewusstsein geben, dass es in diesem Moment nichts anderes für ihn gäbe. Und hier gab es diese drei Mädchen, die nicht zu trennen waren, die er auch um nichts in der Welt hätte trennen wollen, und die er alle drei mit denselben heiligen Gefühlen liebte.

Das war es! erkannte er, was ihm so ein Problem bereitete. Zumindest war es eines der Probleme, die sich ihm aufdrängten. Er wusste nicht, wie er drei Mädchen gleichzeitig lieben sollte. Liebe war für ihn immer etwas Heiliges gewesen. Als er noch an sie geglaubt und darauf vertraut hatte, irgendwann der einen, der richtigen Frau zu begegnen, bei der er spüren würde, dass sie diese eine, richtige ist und mit der er den Rest seines Lebens hätte verbringen wollen, da war er sich ganz sicher gewesen, dass es keine andere Frau mehr für ihn gegeben hätte und dass er dieser einen Frau bis an sein Lebensende treu geblieben wäre. Aber diese eine Frau war nie gekommen und er musste in seinem aufkommenden Zynismus erkennen, dass diese Liebe, von der er geträumt hatte, nur eine Illusion war, in einer kalten und herzlosen Welt, in der nichts so vergänglich ist, wie ewige, geschworene Liebe.

Und jetzt, wo eine Frau plötzlich aus dem Nichts aufgetaucht war, und ihm zeigte, dass diese eine Frau existierte, da war es nicht eine Frau, sondern gleich drei. Und unabhängig davon, dass das Gesetz ihm verbot, diese drei zu lieben, wusste er nicht, wie er drei Frauen oder Mädchen auf einmal lieben konnte, wenn er der Frau, die er wirklich liebte, doch treu sein musste, um sich selbst nicht untreu zu werden. Das Problem breitete sich übermächtig in seinem Kopf aus und alles schien sich um ihn zu drehen, während er nicht in der Lage war, seinen Blick aus Marijanas Bann zu lösen. Mit zaghaften Bewegungen löste er sich von Lian und Shadowcat und trat ein paar Schritte von ihnen zurück. Dann sank er wieder auf die Knie und sagte resigniert zu ihnen: „Es geht nicht!"

Aber Shadowcat widersprach ihm mit den Worten: „Doch, das tut es, wenn Du über Deinen Schatten springen kannst und das tust, was Dein Herz Dir sagt!"

„Niemand kann über seinen Schatten springen! Die Gesetze der Natur lassen das nicht zu." antwortete Josh ihr in der Überzeugung, eine unumstößliche Wahrheit auszusprechen. Shadowcat stand auf und drehte sich zur schon ziemlich tief stehenden Sonne, die sie über den silbern glänzenden See beschien. Ihre schlanke Gestalt warf einen langen Schatten. Sie wendete sich an Josh und forderte ihn auf: „Dann spring über meinen Schatten!"

Josh musste lächeln. Aber auch wenn es ein ehrliches Lächeln war, kam es doch sehr gequält über seine Lippen. Was sollte das bringen? Shadowcat sah, dass er keine Anstalten machte, sich zu erheben und sagte: „Na gut, dann springe ich selbst über meinen Schatten und beweise Dir, dass alles möglich ist, wenn man es will!"

Josh hatte keine Ahnung, was Shadowcat vorhatte. Über ihren Schatten konnte sie nicht springen. Das war unmöglich. Sobald sie sich vom Boden lösen würde, musste sie sich zwangsläufig von ihrem Schatten entfernen und konnte ihn erst wieder berühren, sobald sie mit ihren Füßen wieder auf den Boden aufkam. Aber über den eigenen Schatten drüberspringen, das konnte niemand, nicht einmal der beste Zauberkünstler. Shadowcat hatte sich Josh wieder ab- und der Sonne zugewandt. Er sah, wie die Strahlen der Sonne durch ihre seidigen Haare schimmerten, die über ihren schlanken

Rücken bis auf ihren kleinen, festen Po nieder flossen. Noch einmal drehte Shadowcat ihr schönes Gesicht zu Josh und fragte ihn über ihre Schuler: „Und wenn ich es tue?"

„Dann kannst Du alles von mir verlangen", antwortete Josh und fühlte sich dabei schuldig wie ein Profizocker, der beim Hütchenspiel ein argloses Opfer ausnimmt. Shadowcat wandte sich wieder der Sonne zu. Als sie zum Sprung ansetzte, etwas in die Knie ging und ihr Gewicht nach vorne verlagerte, verkürzte sie damit ihren Schatten. Dann sprang sie mit der Geschmeidigkeit einer Pantherkatze mit einer Hechtrolle nach vorne, so dass ihr Schatten unter sie wanderte. Und als sie mit den Händen wieder den Boden berührte, erreichte auch ihr Schatten diesen Punkt. Shadowcat rollte sich über ihre Schulter ab und kam wieder auf die Füße. Dann wandte sie sich mit einem herausfordernden Blick an Josh. Der war so perplex, dass er in Gedanken den Sprung noch einmal nachvollzog. Jahrhundertelang hatten sich Physiker, Illusionisten und sonstige kluge Köpfe genau diese über der Frage zerbrochen, wie man über den eigenen Schatten springen konnte. Und Shadowcat, löste dieses Problem mit einer Selbstverständlichkeit, als wenn es das einfachste von der Welt wäre, mit einer Hechtrolle! Wenn die Sonne noch höher gestanden hätte, wäre diese Demonstration noch deutlicher sichtbar gewesen. Aber Josh erkannte auch so, dass sie das getan hatte, was sie versprochen hatte zu tun. Sie war über ihren Schatten gesprungen. Im Geist sah er noch einmal die anmutige Kraft, mit der sie vorwärts geschnellt war. Und er dachte dabei wieder an die stolze, geschmeidige Erscheinung einer Pantherkatze. Unwillkürlich murmelte er: „Shadowcat!"

Plötzlich hatte der Name eine Bedeutung bekommen. Sie war das Mädchen, das wie eine Katze über seinen eigenen Schatten gesprungen war. Auch Lian und Marijana waren über Shadowcats kleine, aber imponierende Demonstration sehr erstaunt. Und als Josh jetzt ihren Namen *Shadowcat* in diesem eigentümlichen Ton aussprach, da erkannten auch sie diese Bedeutung des Namens und Marijana dachte bei sich: *In einem anderen Leben war sie Shadowcat. In diesem Leben hat sie sich diesen Namen erst jetzt verdient. Wir hätten sie bis jetzt noch gar nicht so nennen dürfen!*

Marijana musste sich eingestehen, dass sie sich nie wirklich Gedanken über den Namen gemacht hatte. Sie hatte es akzeptiert, dass Victoria ihre Wurzeln in einem anderen Leben suchte und damit war sie einfach Shadowcat. Lian hatte den Namen eher immer so gedeutet, dass Victoria sich so leise und unsichtbar wie eine Katze bewegen konnte, die sich auf Samtpfoten und im Schatten anschlich. Diese Erklärung behielt sie zwar auch für sich bei. Aber sie erkannte ebenfalls, dass auch das eben Demonstrierte eine Erklärung für den Namen Shadowcat lieferte. Josh hatte bisher noch nicht viel Zeit gehabt, über die Bitte Victorias, sie Shadowcat zu nennen, nachzudenken. Er hatte nur diesen Blitz in seinen

Kopf einschlagen spüren, als Victoria gesagt hatte: *Shadowcat und Cougar.* Noch immer sah Shadowcat Josh herausfordernd an und wartete. Josh hob schließlich seinen Blick, sah ihr in die Augen und nickte kaum merklich aber voller Anerkennung.

Alles, hatte er zu ihr gesagt; sie könnte alles von ihm verlangen. Und er war Ehrenmann genug, zu seinem Wort zu stehen. Das war er immer gewesen.

„Und?" fragte er, nicht ohne Angst vor dieser Konsequenz und wurde sich dabei erst bewusst, wie deutlich sichtbar sich seine Erektion durch die Badehose abzeichnete. Er schämte sich für diese Demonstration seiner Erregung, die er so unbewusst zur Schau gestellt hatte und hockte sich so hin, dass er diese nur allzu natürliche, aber für ihn doch so peinliche Reaktion seines Körpers mit seinen Oberschenkeln den Blicken der Mädchen entzog.

„Ich verlange von Dir", begann Shadowcat jetzt, „gar nichts!"

Josh fiel ein Stein vom Herzen.

„Aber ich bitte Dich", fuhr sie mit flehender Stimme fort, „zu akzeptieren, was Du fühlst. Ich weiß, dass Du es fühlst! Bitte nimm es an. Bitte nimm uns an."

Josh ließ seinen Blick über die drei Mädchen wandern. Er wollte es ja. Er wollte es mehr, als alles auf der Welt. Aber wenn es doch nicht möglich war. Schließlich antwortete er aber: „Ich nehme es an; für das bisschen Zeit, das uns noch bleibt, für die paar Tage, die ihr noch da seid, nehme ich es an!"

Die drei Mädchen liefen freudestrahlend auf ihn zu und nahmen ihn in ihre Arme. Josh spürte ihre festen Körper sich an seinen Körper schmiegen und wehrte sich auch nicht mehr dagegen, dass auch *Marijanas* Brüste sich an ihn pressten. Die Mädchen küssten sein Gesicht, suchten seine Lippen und streichelten mit solcher Zärtlichkeit über die Linien seiner Muskeln, dass er sich bewusst wurde, solche Zärtlichkeit noch nie in seinem Leben gespürt zu haben. Wie zufällig berührten die kleinen, streichelnden Hände dabei auch den Stoff seiner Badehose unter dem sein erigiertes Glied schon schmerzhaft zu pochen begann. Und als Marijanas Finger schließlich unter den Bund der Badehose glitt und ganz sanft die glatte, gespannte Haut seiner pochenden und zum Platzen prallen Eichel berührte, da fürchtete er, im selben Moment zu explodieren. Die Berührung dieses zärtlichen, neugierig forschenden Fingers war intensiver für ihn, als jeder Orgasmus, den er bisher erlebt hatte. Alles an diesen Mädchen war anders. Alles an ihnen war neu. Ihre Berührungen waren nicht nur einfach Berührungen und normale, sexuelle Stimulation, sondern sie durchströmten seinen ganzen Körper und erfüllten seine Seele mit einem unendlichen Glücksgefühl und Frieden. Vorsichtig tastete Marijanas Hand weiter unter seine Badehose. Das Ertasten der Formen seines harten Gliedes, das eine

Größe erreicht hatte, die Josh noch nicht an ihm erlebt hatte, war auch für sie eine unbekannte, erregende Erfahrung. Von seinem pulsierenden Glied ausgehend schienen elektrische Stromstöße durch ihre Fingerspitzen ihren ganzen Körper zu durchdringen. Sie ließen ihre kleinen Knospen sich hart zusammenziehen und ihre erregte Klitoris erbebte in unkontrollierten Zuckungen. Josh konnte sich nicht mehr auf den Knien halten und ließ sich auf den Rücken fallen. Die Erregung ließ auch seinen ganzen Körper erbeben. Für einen Moment, als er sich zurückgelegt hatte, hatte er die Augen geschlossen. Als er sie jetzt wieder öffnete, sah er Marijana sich über ihn beugen, während ihre Hand sich weiter forschend in seine Badehose schob. Er sah ihre unirdisch schönen Brüste und tastete behutsam nach ihnen. Als er sie mit seinen Fingerspitzen erreichte, schien sich ein Stromkreislauf zu schließen, der Marijana unwillkürlich zupacken ließ. Ihre kleine Faust umschloss zitternd Joshs pulsierendes Glied, das er ihr unbewusst entgegen streckte, indem er sein Becken leicht anhob. Shadowcat und Lian nutzten diese Gelegenheit, und zogen Joshs Badehose nach unten. Sie sahen, dass auch er im Intimbereich rasiert war und verschlangen seinen prallen Penis, dessen dunkelrote, pralle und runde Eichel aus Marijanas fest geschlossener Faust hervorlugte, mit ihren Augen. Unwillkürlich ließen auch sie ihre neugierigen, kleinen Finger diese wunderschöne, zum Bersten pralle Eichel tastend erforschen. Das war für Josh fast zuviel. Am ganzen Körper zitternd kam er auf die Ellenbogen hoch und sah, wie diese drei Mädchen mit ihren schlanken Fingern ganz zärtlich die Formen seines erregten, kleinen Freundes entlangfuhren. So zart und vorsichtig diese Berührungen aber auch waren: Josh spürte, dass er ihnen nicht länger Widerstand bieten konnte. Sein Orgasmus kam in einer solchen Heftigkeit, dass er sich mehrere Sekunden lang in etlichen Stößen über die faszinierten Mädchen ergoss, deren Erregung sich dadurch selbst ins unendliche steigerte. Josh glaubte, dass alles Sein jetzt enden müsste und dass er an diesem Punkt seines Lebens glücklich ins Nirwana eingehen würde. Mehr konnte ihm das Leben nicht mehr bieten. Als er mit geschlossenen Augen dalag und darauf wartete, von irgendwoher Harfenmusik oder sonst irgendeine sphärische Musik zu hören, die ihn im Paradies begrüßte, fand er nur sehr langsam wieder in die Realität zurück. Als er sich bewusst wurde, dass er noch immer in seinem irdischen Körper gefangen war, bemerkte er auch, dass sich die Körper der drei Mädchen an ihn schmiegten. Shadowcat hatte sich an seine linke Seite gelegt und seinen Arm um sich gezogen. Ihr Kopf ruhte auf seiner Schulter, ihre Brüste und ihre Schenkel pressten sich an ihn und ihre kleine Hand ruhte auf seiner Brust. Lian lag in ähnlicher Haltung an seiner rechten Seite und Marijana lag zwischen seinen Beinen und hatte ihren Kopf auf seinem Bauch liegen, während ihre Finger verträumt um seinen Nabel spielten. Er spürte ihre vollen Brüste schwer auf seinem Penis liegen, dessen Erektion sich trotz dieser Explosion noch kaum verringert hatte. Und als er anfing, diese Brüste bewusst wahrzunehmen, schoss ihm sofort neues Blut in sein Glied. Marijana fühlte, wie Joshs Penis sich wieder regte und sich zwischen ihre Brüste bohrte. Sofort erwachten auch wieder ihre kleinen Knospen und pressten sich an Joshs Körper. Mehrere Minuten ließ Josh es geschehen, dass Marijana sich mit ihrem Oberkörper fast unmerklich auf und ab bewegte. Er spürte den Druck ihrer festen Brüste, die sein Glied gefangen hielten und es durch diese langsame Bewegung erneut zu voller Größe anschwellen ließen.

„Wollt ihr noch mal ins Wasser?" fragte er schließlich mit einer Stimme, die er erst nach einem Räuspern wieder fand. Er spürte die klebrige Masse seines Spermas zwischen sich und den Körpern der Mädchen. Die Sonne war kurz davor Unterzugehen. Und der Boden, auf dem sie lagen, fing langsam an, kühl zu werden.

„Ja", flüsterte Lian ihm zärtlich ins Ohr. Aber Marijana, die durch Joshs erregten Penis zwischen ihren Brüsten selbst in eine neue Ekstase versetzt wurde, flehte mit leiser Stimme und obwohl sie selbst es war, die sich bewegte und nicht Josh: „Bitte hör jetzt nicht auf."

Lian und Shadowcat bemerkten erst jetzt das neue, erotische Spiel, das zwischen Marijana und Josh begonnen hatte und registrierten auch erst durch diese Erkenntnis, dass Joshs Atem nicht mehr so gleichmäßig ging. Sie sahen sich über seine Brust hinweg lächelnd an. Lian erhob sich in kniende Haltung und ließ ihren Blick über Josh, Shadowcat und Marijana gleiten. Langsam rutschte sie nach unten und begann zärtlich, über Marijanas Rücken zu streicheln, was dazu führte, dass Marijana ihre Brüste noch fester gegen Joshs Penis presste und an ihm rieb. Dadurch presste Josh Shadowcat noch fester an sich. Und seine und Shadowcats Lippen fanden sich in einem zarten, sich langsam steigernden Kuss wieder. Zuerst berührten sich nur ganz leicht ihre Lippen, dann legten sie sich fester und forschender aufeinander, und schließlich begann Shadowcats kleine Zunge zaghaft nach Josh Zunge zu suchen. Und Josh erwiderte diesen Kuss mit derselben, sich immer mehr steigernden Leidenschaft. Lian streichelte weiter über Marijanas Rücken. Sie ließ ihre kleinen Hände seitlich an den festen Rundungen von Marijanas erregten Brüsten entlang gleiten, streichelte ihr dann wieder den Rücken entlang, bis sie die zarten Erhebungen ihrer strammen Pobacken erreichte und massierte diese zuerst mit beiden Händen, dann mit ihren eigenen, kleinen Brüsten. Marijanas Ekstase steigerte sich immer weiter, als sie Lians harte Knospen auf ihren Pobacken spürte, die sie mit leichtem Druck liebkosten. Lian richtete sich wieder etwas auf und bedeckte diese wundervollen, kleinen Pobacken mit ihren Lippen, während ihre Finger sich in der Kerbe zwischen diesen Pobacken langsam zwischen Marijanas Schenkel tasteten. Unwillkürlich öffnete Marijana ihre Schenkel etwas weiter. Lian tastete sich ganz langsam vorwärts, bis sie die kleine, warme Spalte erreichte. Marijana zuckte bei dieser Berührung so zusammen, dass die pralle Eichel von Joshs pulsierendem Penis oben zwischen ihren Brüsten herausschoss. Und während sie Lians Zärtlichkeiten weiter zum Beben brachte, drückte sie ihre Lippen mit einer Innigkeit auf diese Eichel über der die Haut schon zum Zerreißen gespannt war, dass Josh das Gefühl hatte, durch diesen Kuss erneut zum Orgasmus zu kommen. Sein überreizter Penis zuckte so stark, dass es ihm unmöglich erschien, diesen Rausch der Erregung noch länger ertragen zu können. Aber er ertrug es und erlebte dadurch immer neue, unbekannte Stufen der Ekstase, während seine Lippen sich nicht mehr von denen Shadowcats trennen konnten und seine Hände einen irdischen Halt an ihrem Körper suchten und doch nicht finden konnten. In seiner linken Hand hielt er Shadowcats Pobacken, während sein Mittelfinger zwischen sie geglitten war und mit sanftem Druck zwischen ihren winzigen, warmen und weichen Schamlippen ruhte. Seine rechte Hand hatte nach ihren Brüsten getastet und massierte jetzt mit einer Zärtlichkeit, die man so starken Händen niemals zutrauen würde, die straffe Rundung ihrer linken Brust. Als Marijana die dünne Haut, die sich so stramm über Joshs Eichel spannte, auf ihren Lippen spürte, wurde das Verlangen, diese Eichel auch zu schmecken in ihr geweckt. Ganz vorsichtig ließ sie ihre Zungenspitze über die Vertiefung seiner Penisöffnung gleiten, aus der sie vorhin noch seinen Samenerguss beobachtet hatte, der mit solchem Druck aus ihm hervor geschossen war, dass er bis über ihre Köpfe gespritzt hatte. Sie nahm den angenehmen, leicht salzigen Geschmack wahr und ließ ihre Zunge weiter mit sanfter Leidenschaft über Joshs Eichel, die immer noch weiter anzuschwellen schien, gleiten. Josh warf seinen Kopf zurück und musste sich damit von Shadowcats Lippen lösen. Unwillkürlich gruben sich seine Finger fester in Shadowcats Brust und Po. Und trotz der schon fast unerträglichen Erregung seines Gliedes, spürte er, wie der Mittelfinger seiner linken Hand in die jungfräuliche, enge Spalte in Shadowcats Schoß eindrang. Shadowcat bäumte sich gegen den Widerstand, mit dem Josh ihre empfindliche Brust in seiner starken Hand gefangen hielt, ruckartig auf und rutschte damit noch weiter auf seinen in sie eingedrungenen Finger. Tief nahm sie ihn in sich auf und umschloss ihn mit so starken Muskeln, wie man sie nie in einer so kleinen, zarten Scheide vermuten würde. Josh wusste nicht, wie lange er diese Erregung noch würde ertragen können. Lians Finger glitten zärtlich über Marijanas Schamlippen. Und als sie schließlich einen Finger vorsichtig dazwischen gleiten ließ, sog Marijana Joshs Eichel so plötzlich in ihren Mund ein, dass er im selben Moment seinen zweiten Orgasmus erlebte. So fest und so anhaltend hielt ihn dieser saugende Mund gefangen, dass Joshs Orgasmus nicht mehr enden zu wollen schien. Marijana war selbst durch die Reizung ihrer empfindlichen, kleinen Brustwarzen und durch Lians Finger, der vorsichtig in sie eingedrungen war, zu einem Orgasmus gelangt, der Ihren Körper in unkontrollierbare Zuckungen versetzte und es ihr nicht ermöglichte, Joshs in ihrem Mund gefangene, pulsierende Eichel wieder freizugeben. Sie sog bis zum letzten Tropfen alles aus ihm heraus und sog auch dann noch mit unverminderter Stärke weiter.

Shadowcat, die durch Joshs Finger, der so wie sein ganzer Körper zitterte, ebenfalls einen ekstatischen, nicht enden wollenden Orgasmus erlebte, legte sich mit ihrem bebenden Oberkörper auf Josh. Und Lian legte sich schützend auf Marijanas Rücken, während ihr Finger sich weiter, kaum merklich in Marijanas enger, zuckender Scheide bewegte und sie dadurch in einem multiplen Orgasmus gefangen hielt. Und solange dieser Orgasmus dauerte, sog sie sich weiter an Joshs Eichel fest und entließ auch ihn nicht aus seinem Orgasmus. Für Shadowcat wurde diese neue Erfahrung, diese Überreizung ihrer noch so jungen und unerfahrenen sexuellen Gefühle so unerträglich, so unerträglich schön, dass sie sich am ganzen Körper zuckend von Joshs Finger herunterschnellte und sich vor Glück weinend, wieder auf Joshs Brust fallen ließ. Und Josh nahm sie in seine zitternden Arme und hielt sie ganz fest.

Da Lian auf ihrem Rücken lag, konnte sich Marijana, so sehr ihr Körper auch bebte, nicht befreien. Und es dauerte über eine halbe Stunde, während der Lian auf diese Weise Marijana und Josh mit ihrem kleinen, schlanken Finger völlig die Kontrolle über sich verlieren ließ.

Die Sonne war inzwischen untergegangen. Während der letzten Minuten hatte Lian schon die Bewegung ihres Fingers eingestellt. Aber Marijana bebte noch so sehr, dass die Reizung ihrer empfindlichen Scheide trotzdem unvermindert weiterging. Langsam und vorsichtig zog Lian ihren Finger aus dieser zuckenden, warmen Höhle zurück, die sich so eng um diesen geschlossen hatte. Und noch immer dauerte es mehrere Minuten, bis sich Marijanas Körper wieder beruhigen und sie Joshs Eichel, die durch den Unterdruck in ihrem beständig saugenden Mund noch einmal gewaltig angeschwollen war, freigeben konnte.

Auch Josh brauchte mehrere Minuten, um wieder auf die Erde zurückzukommen. Er hatte bisher nicht gewusst, dass er multiple Orgasmen erleben konnte. Und er hätte niemals geglaubt, dass er dazu in der Lage sein könnte. Als er nach unten blickte und die völlig erschöpfte Marijana auf seinem Bauch liegen sah, hätte er seinen eigenen Penis fast nicht erkannt, so dick war seine Eichel angeschwollen. Nur mit Mühe schaffte er es, sich aufzurichten. Er zog Marijana an sich und nahm die glücklich Weinende in seine selbst noch zitternden Arme. Shadowcat, deren Körper sich inzwischen etwas erholt hatte und Lian ließen die beiden alleine und sprangen in das inzwischen sehr kalt gewordene Wasser des in Dunkelheit versinkenden Sees. Auch ihre Körper waren von der anhaltenden Erregung schweißnass. Nach dem erfrischenden Bad, kamen sie schnell angelaufen und trockneten sich ab. Dann breiteten sie die Decke um Josh und Marijana.

„Danke", flüsterte Josh mit unendlicher Zärtlichkeit in der Stimme. Dann sagte er: „Wickelt ihr euch lieber in die Decke. Euch muss kalt sein." Damit stand er, Marijana auf seinen Armen tragend, auf.

„Willst Du Dich auch noch erfrischen?" fragte er sie, während er sich über sie beugte und mit zitternden Lippen küsste. Und als ihre Lippen sich wieder trennten und Marijana noch immer glücklich weinend ihre schönen Augen aufschlug, nickte sie. Josh versuchte, sie auf den Boden zu stellen. Aber Marijanas Beine versagten ihren Dienst und sofort hob Josh sie wieder hoch und ging, selbst noch mit wackligen Beinen, mit ihr in den See. Er ging, bis das Wasser ihm bis zur Brust reichte und er Marijana so, auf seinen Armen tragend, baden konnte. Sie ließ es geschehen und genoss die Behutsamkeit und Zärtlichkeit seiner Bewegungen. Josh sah im Dämmerlicht, wie das Wasser Marijanas wunderschöne, volle Brüste umspülte Sein Blick folgte den Linien ihres schlanken Körpers, den er auf seinen Armen trug. Er spürte, dass sein Penis trotz des kalten Wassers zwar nicht mehr so hart, aber immer noch groß war. Für einen Moment blieb sein Blick auf Marijanas zart geschwungenem, glatten Venushügel hängen.

Wie kann es nur so viel Schönheit geben? fragte er sich. Alles an Marijana war so unbeschreiblich schön. Jeder Zentimeter ihres Körpers war einzigartig und perfekt. Wieder sah er in ihr Gesicht, sah diese scheuen, braunen Rehaugen, die sich zärtlich und so, als ob sie von innen strahlen würden, voller Liebe auf sein Gesicht geheftet hatten. Er sah ihre kleine, gerade Nase und den feinen Schwung ihrer vollen Lippen, die nur dafür gemacht zu sein schienen, geküsst zu werden; geküsst zu werden mit aller Zärtlichkeit, die ein Mensch nur aufbringen konnte. Und Josh küsste sie. Er versank in diesem Kuss, den Marijana mit der gleichen, unendlichen Zärtlichkeit erwiderte, während ihre feingliedrigen Arme sich um seinen Nacken legten. Josh vergaß alles um sich. Er vergaß das kalte Wasser, das seinen Körper einhüllte und die sich immer weiter ausbreitende Dunkelheit. Und so, wie er sich selbst in diesem Kuss verlor, so verlor er auch das Bewusstsein für Zeit und Raum. Es gab nichts mehr außer Marijana und ihm und dem Kuss, in dem sie verschmolzen. Erst als ihre Lippen sich wieder trennten, kam das Bewusstsein wieder zurück und Josh bemerkte, wie die Kälte des Wassers seinen Körper durchflutete. Und er sah auch die Gänsehaut, die sich über Marijanas Körper ausgebreitet hatte, er sah ihre kleinen Knospen, die sich wieder hart zusammengezogen hatten und sich ihm unbewusst provozierend entgegenstreckten. Josh konnte nicht widerstehen. Er beugte sich über Marijanas Brüste und bedeckte ihre erregten, kleinen Brustwarzen mit zarten Küssen! Irgendwie konnte er immer noch nicht fassen, dass er das tun durfte und dass er mit diesem Mädchen und mit Shadowcat und Lian eine Erotik erlebt hatte, die er nicht gekannt hatte, von der er nicht einmal gewusst hatte, dass es sie überhaupt gab. Einmal tauchten sie kurz unter, um auch ihre erhitzten Köpfe zu erfrischen, dann trug Josh Marijana wieder auf die Decke. Und Lian war sofort mit ihrem Handtuch heran und trocknete Marijana behutsam ab, während Shadowcat dabei war, ein kleines Feuer anzufachen. Auch Josh trocknete sich ab und setzte sich dann mit seinem Handtuch um der Hüfte zu Lian und Marijana auf die Decke. Lian legte sofort auch den Rand der Decke um seine Schultern.

Als das Feuer brannte holte Shadowcat eine Flasche Spumante aus dem flachen Wasser am Rand des Sees und reichte sie Josh.

„Kannst Du die bitte aufmachen?" fragte sie ihn und Josh entkorkte die Flasche, ohne ein Wort darüber zu verlieren, dass er gedacht hatte, die Mädchen wären zu jung für Alkohol. Sie saßen zu viert, ganz eng aneinander gekuschelt und in die Decke gewickelt vor dem kleinen Feuer und spürten, wie sich ihre Körper gegenseitig Wärme gaben. Josh reichte Shadowcat die Flasche wieder. Die gab sie mit der Aufforderung: „Marijana" an diese weiter. Marijana nahm die Flasche, ließ den Blick aus ihren schönen Augen über Josh, Lian und Shadowcat schweifen und sagte schließlich:

„Ich trinke auf den heutigen Tag, ich trinke auf eine Liebe, die älter ist, als das Leben und reiner als der Himmel selbst. Und ich trinke auf euch, Shadowcat", dabei gab sie Shadowcat einen zärtlichen Kuss.

„Lian" Dabei küsste sie die Lippen Lians.

„Und Josh!" Jetzt berührte sie Joshs Lippen ganz zart mit ihren. Dann trank sie einen großen Schluck aus der Flasche und ließ das prickelnde Getränk langsam ihren Hals hinunterlaufen. Sie wendete sich an Lian und gab die Flasche mit der Ermunterung „Lian!" an sie weiter. Lian nahm die Flasche zaghaft aus Marijanas Händen. Und auch sie wendete sich an die anderen drei, bevor sie trank.

„Ich weiß nicht, was ich sagen soll", begann sie. „Marijana hat vor ein paar Tagen einen schönen Satz gesagt. Sie sagte: Gestern waren wir noch Kinder! Heute trifft dieser Satz noch mehr zu, als damals."

Sie wendete sich an Josh.

„Danke Josh! Danke, dass wir etwas mit Dir erleben dürfen, von dem wir erst zu ahnen beginnen, was es bedeutet! Ich bin so froh, dass wir Dich gefunden haben. Ich bin so froh, dass wir nach all den Jahren in der Schule, in denen wir Dich einfach nur sympathisch fanden, plötzlich etwas in uns selbst zu spüren begonnen haben, was uns mit Dir verbindet, etwas das …"

Sie stockte und suchte nach Worten, um auszudrücken, was sie doch nicht ausdrücken konnte.

„Ich kenne Dich erst so wenig", setzte sie von neuem an. „Und doch kennt meine Seele Dich, als ob Du tausend Leben mit mir verbracht hättest! Ich liebe Dich, Josh! Ich liebe Dich, wie ich Marijana und

Shadowcat liebe!"

Und damit küsste sie nacheinander Josh, Marijana und Shadowcat, trank einen Schluck, den sie langsam genoss und gab die Flasche an Shadowcat weiter. Auch Shadowcat nahm die Flasche zaghaft entgegen und überlegte, was sie sagen konnte. Schließlich begann sie an Lian gewandt: „Mir geht es wie Dir. Ich weiß auch nicht, was ich sagen soll."

Dann fuhr sie, alle ansprechend, fort: „Es gibt so unendlich viel, was ich gerne sagen würde. Aber es gibt nicht die Worte, es zu sagen."

Sich an Josh wendend, sagte sie plötzlich: „*Normalen* Menschen könnte ich so was nie sagen. Man würde mich nur auslachen und für verrückt erklären. Aber ich weiß, dass Du es schon irgendwie gespürt hast."

Sie machte eine kurze Pause und überlegte, wie sie am besten erklären konnte, was ihr am Herzen lag.

„Wir kennen uns schon aus einem früheren Leben!" formulierte sie schließlich den Satz und fürchtete dabei doch, dass auch Josh ihr nicht glauben würde, obwohl sie wusste, dass ihre Vision bis zu ihm durchgedrungen war. Aber sie wusste auch, dass vernünftige Menschen solche außerkörperlichen Erlebnisse, während denen ihnen Blicke in frühere Inkarnationen ihrer Seele gewährt werden, meist nur als Träume oder Fantasien abtun. Aber als sie jetzt ängstlich in Joshs Gesicht zu lesen versuchte, was er jetzt wohl dachte, sagte er mit einer ruhigen Überzeugung: „Ich weiß!"

Dieses Wissen war zwar erst in diesem Moment zu ihm durchgedrungen. Aber er erkannte es als unumstößliche Wahrheit, auch wenn er sie noch nicht begreifen konnte. Shadowcat hatte ein unglaublich feines Gehör und Gespür dafür, ob jemand die Wahrheit sagte. Und sie lächelte Josh dankbar an, weil sie wusste, dass er die Wahrheit gesprochen hatte. Und damit hatte er einen sehr großen Schritt in ihre Welt getan.

„Als Kind", setzte Shadowcat jetzt ihre Erklärung fort, „bin ich zum ersten mal in eine frühere Form meines Ich gereist. Ich war ein kleines Arapaho-Mädchen mit dem Namen Shadowcat. Marijana und Lian kennen die Geschichte. Deswegen bin ich für sie seit damals Shadowcat. Später hatte ich andere Visionen, konnte aber kaum noch einen Blick in dieses frühere Leben werfen. Erst durch Dich sind diese Erinnerungen meiner Seele wieder geweckt worden. Ich hab uns beide zusammen gesehen."

„Shadowcat und Cougar", sagt jetzt Josh, der durch Shadowcats Erzählung in ihre Erinnerung eingetaucht war.

„Wir waren in einem Blockhaus. Und Marijana und Lian und noch irgendjemand waren auch dabei", erklärte er, als ob es seine eigene Vision gewesen wäre.

„Ja", bestätigte Shadowcat, verschwieg aber den Krieger mit dem Wolfskopf auf seinem Haupt, der sein Gewehr auf sie oder ihn abgeschossen hatte.

„Wir waren dabei?" fragte Marijana mit nicht zu unterdrückender Spannung. Shadowcat nickte. Und Marijana sagte, plötzlich sehr nachdenklich geworden: „Ich wünschte, ich könnte meine Seele auch auf solche Reisen schicken."

„Vielleicht hast Du das sogar schon", mutmaßte Shadowcat und erklärte diesen Gedanken mit der Frage: „Hast Du nicht vorhin selbst auf eine Liebe getrunken, die älter ist als das Leben?"

Diese Worte waren Marijana in den Sinn gekommen, ohne dass sie sich bewusst Gedanken über ihre Bedeutung gemacht hatte. Jetzt begann sie darüber zu grübeln, was ihr diesen Gedanken wohl eingegeben haben konnte.

„Ich kann es nicht steuern." erklärte Shadowcat.

„Wenn es kommt, dann kommt es von alleine. Jedenfalls", fuhr sie neu ansetzend fort, „weiß ich, dass ich Euch alle drei aus einem früheren Leben kenne. Und ich weiß, dass unsere Seelen und …"

Einen Augenblick zögerte sie, sprach es dann aber doch aus: „Und auch unsere Körper zusammengehören!"

Sie hob die Flasche, ließ sie aber noch mal sinken und setzte noch hinzu: „Ich weiß nicht, wie oft meine Seele schon über diese Erde gewandelt ist. Ich kann mich nur an dieses eine frühere Leben erinnern. Aber wenn ich nach diesem Leben noch einmal auf diese Welt zurückkehren sollte, dann weiß ich, dass unsere Seelen sich wieder finden werden! Auf unsere Liebe, die älter ist, als das Leben!" griff sie Marijanas Trinkspruch auf, küsste der Reihe nach Marijana, Lian und Josh, nippte zaghaft an der Flasche und trank, nachdem es ihr schmeckte noch einen zweiten kleinen Schluck, bevor sie die Flasche an Josh weiterreichte.

Josh stand auf und legte ein paar Äste ins Feuer, das auszugehen drohte. Marijana, Shadowcat und Lian sahen ihm gebannt zu und beobachteten das Spiel seiner Muskeln im flackernden Licht des kleinen Feuers. Sein Penis hing jetzt entspannt nach unten, war aber immer noch groß und voll. Und Marijana war fasziniert von den Lichtreflexen, die auf der glatten Haut seiner Eichel tanzten, über die sich die Vorhaut noch nicht wieder gestülpt hatte. Josh spürte die Blicke der Mädchen auf seinem Körper. Und er merkte, wie sein Penis auf diese liebkosenden Blicke reagierte und leicht zuckte. Er lächelte die Mädchen an. Er schämte sich nicht mehr vor ihnen und genoss ihre Blicke. Als das Feuer wieder höher brannte und nachdem er noch ein paar Äste daneben gelegt hatte, kroch er wieder zu den Mädchen unter die Decke. Kurz sah er die Flasche an, dann wendete er sich mit den Worten an die Mädchen: „Dann muss ich wohl auch irgendetwas sagen."

Er überlegte kurz. Dann begann er: „Ich habe Angst. Ich habe Angst morgen früh aufzuwachen und einen riesen Kater zu haben. Ich wollte euch noch mal sehen, bevor ihr fliegt, um mich bei euch zu bedanken und..."

Er zögerte und ließ seinen Blick über die jungen, schönen Gesichter schweifen. Dann sprach er weiter: „Und weil mich irgendein Feuer, das ich weder verstehen konnte, noch akzeptieren wollte, innerlich verbrannt hat. Ich konnte in den letzten Tagen kaum noch an etwas anderes denken, als an euch. Ich hatte ständig eure Gesichter in meinem Kopf. Und nicht nur eure Gesichter", räumte er wieder etwas schüchtern klingend ein.

„Mein Leben ist bisher sehr geradlinig verlaufen. Ich habe niemals etwas getan, was mich in ernsthafte Schwierigkeiten hätte bringen können. Ich habe niemals etwas Verbotenes getan. Und jetzt sitze ich hier mit euch, nackt in eine Decke gewickelt und weiß, dass ich vor dem Gesetz zu einem Verbrecher geworden bin. Nichts ist mehr so, wie es vorher war. Und ich frage mich, was ich sehe, wenn ich zuhause in den Spiegel schaue."

„Ich hoffe, Du wirst einen Mann sehen, der ein wenig glücklicher ist, als er es vorher war", erwiderte Marijana auf seine Gedanken und legte unter der Decke ganz sacht ihre kleine Hand auf seinen Penis, der sofort auf diese zärtliche Geste reagierte. Josh sah ihr dankbar in ihre schönen Augen und antwortete: „Genau das ist es ja. Ihr habt mir heute etwas geschenkt, etwas so Einzigartiges, etwas so unbeschreiblich Schönes, dass ich Angst habe, es wieder zu verlieren, dass ich Angst davor habe, euch wieder zu verlieren."

Sein Blick wanderte von Marijana weiter zu Shadowcat und suchte schließlich Lians Augen. Sie verstanden ihn alle drei. Und der Schmerz, den sie selbst verspürten, wenn sie daran dachten, dass sie in wenigen Tagen für mehrere Jahre in ein Internat auf irgend einer Insel gehen würden, ließ sie alle drei traurig die Augen senken.

„Ich möchte so vieles mit euch erleben", begann Josh von neuem.

„Ich möchte mit euch aufwachen, ich möchte mit euch frühstücken, ganz offen mit euch spazieren gehen, euch vor aller Augen küssen und Lian in der Fußgängerzone fesseln, um ihre Brüste so lange zu küssen, bis sie mich bittet, aufzuhören."

Lian durchlief bei dieser Vorstellung ein erregender Schauer, den sie Josh mit einem zärtlichen Kuss dankte.

„Ich möchte", begann Josh von neuem, „mit euch all die alltäglichen Dinge machen, wie einkaufen, gemeinsam kochen, gemeinsam in der Badewanne sitzen. Ich möchte mit euch einschlafen, in dem Bewusstsein, auch wieder mit euch aufzuwachen! Ihr habt mich wie eine Büffelherde überrannt. Ich wollte stark bleiben, ich wollte anständig bleiben. Und jetzt bin ich euch doch vollkommen verfallen. Ja, ich hab es gespürt, dass wir uns aus einem früheren Leben kennen. Ich konnte einen winzigen Blick durch dieses schmale Fenster in der Erinnerung unserer Seelen werfen. Aber ich habe Angst davor, dass diese seit damals bestehende Liebe uns in diesem Leben zerstören könnte. Ich habe Angst davor, Euch weh zu tun.

Was auch immer passiert, ich möchte, dass ihr wisst, dass ich euch wirklich liebe. Ich weiß das selbst erst seit …"

Er überlegte kurz. „Gestern? Oder vorgestern? Eingestanden habe ich es mir erst heute."

Josh hob die Flasche und trank. Marijana, die noch immer ihre Hand auf seinem wieder erigierten Glied liegen hatte, packe kurz zu. Josh sah sie aus großen Augen an und fragte sich, ob er etwas Falsches gesagt hatte. Aber Marijana beugte sich zu ihm, flüsterte ihm leise „Danke!" ins Ohr und gab ihm einen zärtlichen Kuss. Und Lian und Shadowcat folgten Marijana Beispiel und küssten ihn ebenfalls.

Sie saßen noch eine Weile eng umschlungen unter der Decke am Feuer, redeten und tranken auch noch die zweite Flasche Spumante, bis es schließlich vollkommen dunkel war. Dann drängte Josh langsam zum Aufbruch.

„Ich muss euch spätestens um zehn im Heim abliefern", sagte er, „und wir haben noch einen weiten Weg."

Schweren Herzens zogen sie sich wieder an und machten sich schweigend auf den Heimweg. Sie alle fürchteten das Ende dieses Abends. Sie alle fürchteten, dass es der einzige solche Abend sein könnte, den sie miteinander erleben könnten. Aber sie alle wussten auch, dass sie den Lauf der Dinge nicht aufhalten konnten. Heute mussten sie um zweiundzwanzig Uhr wieder im Heim sein. Und am nächsten Dienstag mussten die Mädchen in ein Flugzeug steigen, das sie für drei Jahre in unerreichbare Ferne von Josh bringen würde.

Drei Jahre, dachte sich Josh. *In drei Jahren kann die Welt untergegangen sein.*

Und wieder wurde ihm sein Alter bewusst und er dachte mit Schrecken, dass er mit großen Schritten auf die fünfzig zuging. In dem Alter, in dem die Mädchen waren, da bedeuteten drei Jahre nichts. In seinem Alter konnten drei Jahre alles verändern. Jetzt sah er noch jugendlich frisch, sportlich und muskulös aus. Aber in drei Jahren konnte er ein alter Mann sein. Und als solcher hätte er diesen Mädchen nicht zur Last fallen wollen. Sie würden sich bestimmt noch an diesen Abend erinnern. Und sie würden bestimmt auch noch zu dem stehen, was heute Abend zwischen ihnen gesprochen worden war. Aber würden sie ihn als alten Mann noch ebenso lieben und begehren können, wie sie es heute getan hatten? Josh beantwortete die Frage für sich mit einem klaren ‚Nein'. Er liebte diese Mädchen. Und deswegen wollte er ihnen diese ernüchternde Erfahrung ersparen. Er musste sie gehen lassen. Und wenn sie zurück kämen, dürfte er nicht mehr da sein. Jetzt, wo er sich ein neues Lehramt suchen musste, würde es ihm auch nicht schwer fallen, in eine andere Stadt zu gehen. Und irgendwann würden die Mädchen ihn vergessen. Irgendwann würden sie junge Männer kennen lernen, würden sich verlieben, heiraten, Kinder bekommen. Das war der Lauf der Dinge. Und daran, da war er sich ganz sicher, konnte auch eine Liebe aus einem früheren Leben nichts ändern. Josh hatte heute den glücklichsten Tag seines Lebens erlebt. Eigentlich wäre er jetzt bereit gewesen, zu sterben. Er wollte nicht auf den Tag warten, an dem die Mädchen in ein Flugzeug steigen würden und ihnen aus der Ferne zuwinken. Nein, es war besser, sie jetzt loszulassen, bevor diese unbarmherzige Liebe ihn oder sie zerstören konnte. Und so fasste er den Entschluss, Marijana, Lian und Shadowcat, wenn sie jetzt am Waisenhaus ankämen, Lebewohl zu sagen und sie nicht mehr zu sehen.

Für Marijana war die Rückfahrt eine ziemliche Tortur. In ihren kleinen, geschwollenen inneren Schamlippen hatte sie einen so starken Muskelkater, dass sie vor Schmerzen kaum auf dem Fahrradsattel sitzen konnte. Und trotzdem war sie unbeschreiblich glücklich über das erotische Abenteuer, das sie an diesem Nachmittag erlebt hatte. Sie war Lian unendlich dankbar für ihren kleinen, forschen Finger, mit dem sie so lange in Ekstase versetzt worden war. Und so lächelte sie tapfer über sich selbst, wenn die Schmerzen dieses Muskelkaters sie während der Fahrt immer wieder zusammenzucken ließen und dachte sehnsuchtsvoll an den Geschmack von Joshs geschwollener Eichel in ihrem Mund. Shadowcat hatte, während sie in die Pedale trat, das Gefühl, Joshs Finger wieder in ihrer engen Scheide zu spüren. Und dieses Gefühl versetzte sie erneut in eine andauernde und kaum zu beherrschende Erregung. Joshs Finger war im Verhältnis viel größer als der von Lian, auch wenn Joshs Hände nicht besonders groß und für die Kraft, mit der sie zupacken konnten, sehr zart und feingliedrig waren.

Er hat schöne Hände, dachte Shadowcat, während sie sich an Joshs Finger erinnerte, den ihre Vagina heute so fest umschlossen gehabt hatte, als ob sie ihn nie mehr hätte loslassen wollen. Sie fragte sich, wie sich wohl Joshs Penis in ihrer Scheide anfühlen würde. Und die Vorstellung jagte ihr einen wohligen Schauer durch den Körper. Joshs Penis war sicherlich keine Ausgeburt an Größe. Aber er war doch sehr stattlich und im Verhältnis zu seinem Finger war er riesig. Shadowcat wusste natürlich nicht, dass Joshs Penis in Joshs ganzem Leben noch niemals zu solcher Größe angeschwollen war wie heute. Sie fragte sich, ob dieser gewaltige Penis, denn in ihren Augen war er gewaltig, überhaupt in ihre Scheide, die so eng war, dass sie kaum Joshs Finger hatte aufnehmen können, passen würde. Aber allein die Vorstellung bescherte ihr einen kleinen Orgasmus, der sie fast mit dem Fahrrad hätte stürzen lassen.

Als sie das Waisenhaus erreichten, suchte Josh schon verzweifelt nach Worten, mit denen er sich von den Mädchen verabschieden konnte. Aber noch bevor er ansetzen konnte, sprang Lian vom Fahrrad und lief mit den Worten „Ich sag nur schnell bescheid, dass wir zurück sind" ins Haus.

Also musste der Abschied noch so lange warten, bis sie wieder raus kam. Josh hasste es, auf etwas Unangenehmes warten zu müssen. Er hätte es lieber gleich, schnell und schmerzlos hinter sich gebracht, obwohl er genau wusste, dass es auch nicht schmerzloser gewesen wäre, wenn er sich sofort verabschiedet hätte. Nur jetzt spürte er, und er hatte schon vorher gewusst, dass das passieren würde, wie sich eine verzweifelte Nervosität in ihm ausbreitete. Je länger er warten musste, umso schwerer würde er noch Worte finden, um das zu sagen, was er sagen wollte; was er sagen musste. Als Lian wieder aus dem Haus gelaufen kam, wischte er sich seine schwitzenden Hände an den Hosenbeinen ab und holte tief Luft, um zu dem unausweichlichen Abschied anzusetzen. Marijana und Shadowcat hatten schon die Fahrräder von sich und Lian abgestellt und ihre Taschen in den Händen. Bevor Josh einen Ton sagen konnte, sagte aber schon Lian: „Es ist alles klar. Josh, stell' Dein Fahrrad ab. Der Gang ist grad frei."

Josh verstand gar nicht so schnell, wovon Lian sprach. Aber noch bevor er sich dagegen wehren konnte, hatte sie seine Tasche vom Gepäckträger genommen und ihm in die Hand gedrückt. Dann hatte sie ihm das Rad aus der anderen Hand genommen und es in den Fahrradständer zu den anderen Fahrrädern gestellt. Dann nahm sie ihn bei der Hand und zog ihn mit der Mahnung „Leise!" hinter sich her in das Waisenhaus.

Marijana lief den Gang entlang voraus und schloss schnell die Tür zu ihrem Zimmer auf. Von irgendwo hörten sie hallende Schritte im Gang auf sie zukommen. Aber genau in dem Moment, als die Nachtschwester um die Ecke bog, zog Lian Josh in ihr Zimmer. Josh hielt den Atem an, als er hinter der offenen Tür des Zimmers stand und die Schwester noch ihren Kopf hereinstreckte, um den Mädchen eine gute Nacht zu wünschen. Dann schloss Shadowcat die Tür. Und die Schritte im Gang entfernten sich wieder. Josh Herz schlug schneller. Er fühlte sich selbst wieder wie ein Schüler, der etwas Verbotenes tat und Angst hatte, dabei erwischt zu werden. Erleichtert atmete er aus, als die Schritte schließlich irgendwo in der Ferne wieder verklungen waren.

„Und was soll ich jetzt hier?" fragte er, sprach aber weiter, bevor eines der Mädchen antworten konnte. „Ihr werdet nur Ärger bekommen."

„Das Risiko gehe ich gerne ein!" antwortete Lian und zog ihn weiter ins Zimmer. Dann zog sie schnell die Vorhänge zu, damit von der Straße aus niemand in das hell erleuchtete Zimmer schauen konnte.

„Ich weiß", sagte sie schließlich, sich wieder an Josh wendend, „dass Du Dich von uns verabschieden wolltest. Aber Du hast uns ein Versprechen gegeben. Für das bisschen Zeit, das uns bleibt, wolltest Du uns und das was uns verbindet annehmen."

Josh konnte Lian nicht widersprechen. Er nickte, beugte sich zu Lian nieder und küsste dankbar und zärtlich ihre Lippen. Und Lian schlang ihre schlanken Arme um Josh. Josh nahm sie schließlich schwungvoll auf seine Arme und merkte dabei, dass er ihr Gewicht kaum spürte.

„Ihr seid so verrückt, so leichtsinnig, so …" Er unterbrach sich und sah

Lian tief in ihre wunderschönen und unergründlichen Augen.

„Liebenswert!" vervollständigte er den begonnenen Satz und küsste noch einmal Lians junge, feste und doch so weiche Lippen. Nach diesen Lippen, wurde ihm bewusst, hatte er sich sein ganzes Leben lang gesehnt. Fest und gleichzeitig empfindsam weich und voll, ohne dabei aber besonders dick zu sein, waren sie der Inbegriff weiblicher Sinnlichkeit.

„Begehrenswert!" ergänzte Josh nach diesem Kuss noch seine Beschreibung.

„Darf ich mich umsehen?" fragte er, ohne Lian abzusetzen. Und Lian antwortete: „Natürlich."

Das Zimmer war sehr karg eingerichtet. Josh fielen neben den alten Möbeln als erstes die Sportgeräte ins Auge. Für ihn wären die Hanteln zu leicht gewesen. Aber für die Mädchen waren die acht Kilo pro Hantel doch ein gutes Gewicht, das man ihnen bei ihren zierlichen Körpern kaum zutrauen würde, heben zu können. Die Wände waren sehr kahl. Keine Poster von irgendwelchen Jugendidolen hingen da, nur ein paar von den Mädchen gefertigte Zeichnungen und Skizzen.

„Darf ich?" fragte Josh, während er näher an die Bilder herantrat und Lian absetzte.

„Ja", nickte Lian und Josh betrachtete sich eingehender die Zeichnungen. Die Mädchen hatten sich darauf gegenseitig gezeichnet. Und Josh erkannte, wie gut sie die Physiognomie ihrer Gesichter getroffen hatten.

„Das ist gut!" bemerkte Josh mit aufrichtiger Anerkennung. Und Marijana, die ihm dabei über die Schulter geschaut hatte, bedankte sich für dieses Lob und erklärte Josh, wer welches Bild gezeichnet hatte und wer auf welchem Bild zu sehen war, obwohl zweiteres nicht nötig gewesen wäre. Es waren zwar keine Akte unter den Zeichnungen, außer einer Rückenansicht von Lian, die Marijana gezeichnet hatte. Aber auch mit den Kleidern, die mit ausgezeichnetem Faltenwurf aufs Papier gebracht worden waren, waren die sich unterscheidenden Körperformen der Mädchen gut zu erkennen. Josh fiel auf, dass Marijanas Brüste auf einer Zeichnung, die Shadowcat vor etwas mehr als einem halben Jahr von ihr angefertigt hatte, noch viel kleiner abgebildet waren, als sie jetzt waren. Er war fasziniert von den vielen kleinen Details, die er auf den Bildern entdecken konnte. Sogar die sich unmerklich durch den Body abzeichnenden Brustwarzen auf einem Bild, das Lian beim Sport auf dem Schulgelände zeigte, konnte er entdecken.

„Schade", sagte Josh nachdenklich werdend, „dass ich nie die Möglichkeit hatte, euch zu zeichnen. Ich könnte euch nichts mehr beibringen, was das Zeichnen betrifft. Aber es wäre schön gewesen, wenn ich euch einmal als Modelle gehabt hätte."

„Wir könnten morgen am See zeichnen!" schlug Lian spontan vor. Und

Shadowcat bestätigte: „Ja. Wir würden Dir gerne Modell stehen."
Josh gefiel der Vorschlag. Fotos von den Mädchen zu machen hätte er
sich nicht getraut. Das hätte sehr leicht verhängnisvoll für ihn werden
können. Als Melanie ihn beschuldigt hatte, sie vergewaltigt zu haben, hatte
die Polizei schon einmal seine Wohnung durchsucht und auch für drei Tage
seinen PC mitgenommen, um zu überprüfen, ob er Aktfotos von
Schülerinnen darauf gespeichert hätte. Zeichnungen waren da etwas ganz
anderes. Und außerdem liebte er es, Bilder, die er in seinem Kopf hatte,
aufs Papier zu bringen. Mit Modellen hatte noch gar nicht so viel gearbeitet.
Er war nur selbst vor Jahren, bevor er sein Lehramt am Gymnasium
erhalten hatte, und er sich noch mit anderen Jobs über Wasser halten
musste, auf einer Kunstschule gelegentlich Modell gestanden. Aber
Marijana, Lian und Shadowcat würde er gerne nach Vorlage der Natur
zeichnen.

„Könnt ihr denn", fragte er, „jeden Tag hier raus?"

„Wir müssen uns nur ab- und wieder anmelden und bescheid sagen, ob
wir zum Essen da sind", antwortete Marijana und erklärte weiter:
„Ansonsten lassen sie uns hier ziemlich in Ruhe. Besonders jetzt, wo sie
wissen, dass wir nur noch bis Dienstag da sind und auch nicht mehr in die
Schule müssen!"

„Na gut", meinte Josh erfreut. „Dann hole ich euch morgen Vormittag
wieder ab."

Damit wollte er sich der Tür zuwenden. Aber die Mädchen hielten ihn
zurück und Lian erklärte: „Das wird nicht gehen. Die Nachtschwester hat
inzwischen bestimmt schon die Tür abgesperrt."

„Und wie komme ich dann wieder raus?" fragte Josh und wollte schon
überprüfen, ob eine Flucht durchs Fenster möglich wäre. Aber als er dabei
an Lian vorbei kam, lenkte die seinen Blick auf ihr Bett.

„Verrückt und liebenswert!" resümierte Josh noch einmal, hob Lian
wieder hoch, machte eine schwungvolle Drehung mit ihr und legte sie unter
liebevollen Küssen schließlich auf ihr Bett. Und während Lians Kopf auf
seinem rechten Arm lag und er ihre Lippen immer weiter mit Küssen
bedeckte, knöpfte er schon mit der linken Hand langsam und ungeschickt
aber unaufhaltsam die Knöpfe von Lians Bluse auf und legte ihre kleinen
Brüste mit den erregten braunen Knospen frei. Ganz zärtlich streichelte er
über Lians Brüste und spürte, wie die kleinen, harten Knospen unter dem
Druck seiner Hände nachgaben. Leise stöhnte Lian auf.

„Habt ihr zufällig Seile da?" wandte Josh sich an Shadowcat, die dem
zärtlichen Spiel gebannt zusah.

„Seile nicht", antwortete Shadowcat. „Aber Tücher!"

„Perfekt!" meinte Josh, während er den Reißverschluss von Lians Jeans
öffnete und feststellte, dass sie sich am See keinen Slip drunter angezogen
hatte. Vorsichtig drückte Josh seine Lippen zwischen den

auseinandergezogenen Zähnen des Reißverschlusses auf Lians Venushügel. Er spürte die Wärme der weichen Haut auf seinen Lippen und nahm ihren angenehmen Geruch wahr. Josh zog Lian zuerst die Schuhe aus, um ihr dann die Hose von den Beinen ziehen zu können. Ihre Bluse zog sie sich selbst schnell aus. Dann lag sie nackt auf ihrem Bett. Josh ließ seinen Blick über sie gleiten und bemerkte wieder, dass sie fast noch den Körper eines Kindes hatte. Sie war so klein, so schlank, wenn auch sportlich und hatte so kleine, feste Brüste. Shadowcat reichte Josh ein paar Tücher. Vorsichtig und mit sehr viel Zartgefühl band Josh die Tücher um Lians Hand- und Fußgelenke und knotete die Enden der Tücher dann an den Ecken des Bettgestells fest. Der Anblick Lians, wie sie da nackt und ans Bett gefesselt mit gespreizten Armen und Beinen lag, faszinierte und erregte Josh. Lian hatte die Augen geschlossen und erwartete, ebenfalls voller sich ins unerträgliche steigernder Erregung, was Josh jetzt tun würde. Josh beugte sich über Lian und küsste ihre geschlossenen Augenlider. Seine Lippen wanderten weiter über Lians kleine Nase und umspielten ihre leicht geöffneten, sinnlichen Lippen. Weiter wanderten Joshs Lippen über Lians kleines Kinn und ihren schmalen Hals, während der Geruch ihrer Haut ihn berauschte. Schließlich erreichte er ihre Brüste.

Als seine Lippen ganz sanft ihre kleinen, harten Knospen ertasteten, stöhnte Lian leise auf.

So kleine Brüste! dachte Josh, während er registrierte, wie gut sie sich auf seinen empfindsamen Lippen anfühlten und wie dieser zarte Geruch von Lians Haut ihn in seinen Bann zog. Eigentlich hatte Josh vorgehabt, Lians Körper noch weiter Zentimeter für Zentimeter mit Küssen zu bedecken. Aber er verlor sich in diesem Rausch, Lians Brustwarzen nur ganz leicht über seine Lippen gleiten zu lassen und ihre Haut zu riechen. Als Marijana und Shadowcat anfingen, ihm vorsichtig das Hemd aufzuknöpfen, ließ er es einfach geschehen. Er war von Lian so berauscht, dass diese Aktion kaum bis in sein Gehirn durchdrang. Dann öffneten Marijana und Shadowcat Joshs Gürtel und den Reißverschluss seiner Hose und von beiden Seiten tasteten sie in seiner Hose nach seinem von neuem erwachten Glied und umfassten es mit ihren kleinen, neugierigen Händen. Lian begann immer mehr zu stöhnen, nicht laut, aber in einer Erregung, dass sich schon erstickte Tränen in ihr Stöhnen mischten. Sie zitterte am ganzen Körper. Josh musste sich etwas aufrichten, damit Marijana und Shadowcat ihm die Hose ausziehen konnten. Und er ließ auch das geschehen, ohne sich dessen wirklich bewusst zu werden. Oh wie schön es war, einfach nur Lians Brüste und ihre erregten Knospen auf seinen Lippen zu spüren und ihren Geruch zu trinken. Der wildeste und leidenschaftlichste Sex könnte nicht schöner und intensiver sein. Nichts konnte diese innige und zärtliche Hingabe überbieten. Josh wurde sich seiner eigenen Nacktheit nicht einmal bewusst. Er bestand nur noch aus der Wahrnehmung Lians durch seine Lippen und seine Nase. Und obwohl die Berührung seiner Lippen so unendlich zart war, dass er mit ihnen die feinen Fältchen auf Lians erigierten Brustwarzen ertastete, wurde ihr durch diese Zärtlichkeit und Joshs Atem, den sie auf ihren Brüsten spürte ein intensiver Orgasmus beschert. Nicht mehr in der Lage, sich zu beherrschen, bäumte sie sich unter glücklich geweinten Tränen auf und zerrte mit aller Kraft an ihren Fesseln. Ausgehend von ihren Brustwarzen schienen sich ihre ganzen Brüste zusammenzuziehen. Die Erregung durchströmte ihren Körper. Ihre winzige Scheide zuckte vor Erregung, obwohl Josh sie nicht einmal berührte. Immer weiter küsste er nur ihre überreizten Knospen. Lian begann so heftig zu zucken, dass Marijana und Shadowcat schon Angst bekamen, dass man das Quietschen und Klappern des Bettes auf dem Gang hören würde. Und als sie schließlich die Schritte der Nachtschwester auf dem Gang hörten, hielten sie Lian mit aller Kraft, die sie aufbringen konnten fest, hielten ihr den Mund zu und drückten sie auf das Bett, bis die Schritte sich wieder entfernt hatten.

Nur durch die Liebkosung ihrer Brustwarzen war Lian in eine Ekstase geraten, die sie nicht zu überleben glaubte. Sie wollte Josh anflehen, aufzuhören. Aber sie wollte auch nicht, dass dieser Zustand aufhörte. Ihr Körper war überzogen von glänzenden Linien ihres Schweißes. Josh schmeckte das Salz auf seinen Lippen. Und erst jetzt fing er an, seine Zunge um Lians Brustwarzen spielen zu lassen. Lian hätte am liebsten aufgeschrieen. Sie hatte nicht für möglich gehalten, dass es noch eine Steigerung geben könnte. Die Erregung wurde unerträglich. Und doch war sie so schön, dass sie nicht zu Ende gehen durfte. Josh sog ihre linke Brustwarze liebevoll in seinen Mund ein. Als Lian unwillkürlich zu einem Schrei ansetzen wollte, legte Shadowcat ihr sofort wieder ihre Hand auf die Lippen.

Josh begann an Lians Brustwarze zu saugen, wechselte von einer zur anderen Knospe, zog mit seinen Zähnen sacht an ihnen und begann in zärtlicher Leidenschaft an ihnen zu knabbern. Lian wollte schreien. Aber Shadowcat hielt ihr den Mund zu. Sie wollte Josh anflehen, aufzuhören, konnte es aber nicht. Und als Joshs leidenschaftliche Liebkosung ihrer Knospen sich noch immer steigerte, verlor sie in einer Ekstase, die ihre Kräfte überschritten, das Bewusstsein. Sie zitterte noch immer so stark, dass Marijana und Shadowcat sie weiter festhalten mussten. Aber Shadowcat musste ihr den Mund nicht mehr zuhalten. Josh brauchte noch ein paar Sekunden, bevor er bemerkte, dass Lian den Bereich des Bewusstseins vollkommen verlassen hatte. Er beendete seine Liebkosungen nicht abrupt, sondern ganz langsam, bis er wieder nur noch ganz zarte Küsse auf Lians nichts mehr wahrnehmende, kleine Knospen drückte. Dann küsste er noch einmal Lians leicht geöffnete Lippen, durch die sie jetzt ruhig und tief atmete.

„Ich liebe Dich, Lian!" flüsterte er und berührte noch einmal ihre Lippen ganz zärtlich mit seinen. Dann öffnete er die Knoten in den Tüchern und rieb die Striemen, die sich durch die Gewalt, mit der Lian an ihren Fesseln gezogen hatte, in ihre Haut geschnitten hatten. Erst jetzt registrierte Josh, dass auch er nackt war. Während er Lian losgebunden hatte, hatte Marijana ihm leise zugeflüstert: "Wir sind nebenan im Bad."

Josh kniete neben Lian und betrachtete schweigend die jetzt friedlich Schlafende, während er ihr sanft über die Wange streichelte. Als Marijana und Shadowcat aus dem Bad kamen, stand er leise auf und fragte: „Kann ich die Zahnbürste von einer von euch benutzen?"

„Natürlich!" antwortete sofort Shadowcat. Und Marijana ergänzte noch: „Es ist egal, welche Du nimmst. Sie stehen über dem Waschbecken."

Josh bedankte sich und deckte Lian behutsam zu. Dann ging er ins Bad, putzte sich die Zähne und wusch sich. Als er wieder ins Zimmer zurückkehrte, saßen Shadowcat und Marijana an Lians Bett.

„Du möchtest Dich sicher zu ihr legen." sagte Shadowcat mit weicher Stimme, während sie, so wie vorher Josh, Lian zärtlich streichelte. Josh nickte mit einem schüchternen Lächeln. Irgendwie machte er sich ja sogar Sorgen über Lians Zustand. Und nachdem er für diesen Zustand verantwortlich war, wollte er Lian wenigstens schützend in seinen Arme halten, während sie jetzt schlief. Marijana hob Lians Decke an, um Josh in ihr Bett zu lassen.

„Schlaf gut, Josh!" flüsterte sie und gab ihm einen zärtlichen Kuss, wobei sich ihre vollen Brüste an ihn schmiegten und ihre Hand wie zufällig noch einmal sein noch immer erigiertes Glied streifte.

„Schlaf gut, Marijana!" erwiderte Josh, nachdem sich ihre Lippen wieder getrennt hatten. Auch Shadowcat küsste ihn noch und flüsterte ihm dann ins Ohr: „Danke für alles!"

„Danke?" fragte Josh. „Ich muss mich bedanken!"

Und noch einmal berührten seine Lippen die Lippen Shadowcats. Dann wünschte er ihr auch noch eine gute Nacht und Shadowcat erwiderte mit einem Blick auf Lian: „Schlaf Du auch gut und halte sie ganz fest!"

„Das tue ich." versicherte Josh, stieg vorsichtig zu Lian ins Bett, schmiegte sich an sie und nahm sie in seine Arme. Shadowcat löschte das Licht und setzte sich, in Gedanken versunken, auf ihre Bettkante, erhob sich dann aber wieder und legte sich zu Marijana, schlang ihre Arme um sie und wünschte auch ihr eine gute Nacht, während sie zärtlich Marijanas volle Brüste streichelte und ihren Nacken küsste.

Als Lian das Bewusstsein verloren hatte, und aufgehört hatte, Körper zu sein, schien sie nur noch eine Seele aus Licht und Glückseligkeit zu sein; Ein strahlendes Licht, das nur aus sich selbst heraus leuchtet und eine Glückseligkeit, die ohne Bewusstsein und ohne Gedanken so rein und klar ist, wie der Himmel selbst. Alles Irdische hatte für Lian aufgehört zu sein.

Und dann sah sie sich plötzlich von oben, sah sich in den Armen von Josh in ihrem Bett liegen, eingehüllt in ein unwirkliches Licht, das nicht von dieser Welt zu sein schien. In dem Bewusstsein gestorben zu sein, aber trotzdem durchdrungen von dieser unendlichen Glückseligkeit und grenzenloser Dankbarkeit und Liebe, betrachtete sie den ruhig schlafenden Josh.

Wie schön er war! Das Licht, das ihre tote Hülle erstrahlen ließ, durchdrang auch ihn. Sein Atem ging ruhig und gleichmäßig. Wie liebevoll er sie in seinen Armen hielt. Und da sah sie plötzlich, dass sie nicht tot war. Ihre kleine Brust hob und senkte sich kaum merklich unter Joshs auf ihr ruhender Hand. Sie wusste nicht, wie lange sie Josh und sich so betrachtet hatte. Irgendetwas zog plötzlich ihre Aufmerksamkeit auf sich. Sie blickte sich im Zimmer um und war fasziniert, alles aus dieser erhöhten Position zu sehen. Es war dunkel im Zimmer. Trotzdem konnte sie jedes Detail erkennen. Sie blickte zu Marijana und Shadowcat, die eng umschlungen glücklich schliefen. Und dann sah sie plötzlich, wie sich aus Shadowcat eine Gestalt löste, eine Seele aus Licht, so wie sie selbst. Und Shadowcats strahlende Seele lächelte sie an, legte ihren Zeigefinger auf ihre Lippen und streckte ihr ihre kleine Hand entgegen. Lian schwebte ihr entgegen, nahm die körperlose Hand in ihre und wurde im selben Moment mit Shadowcat fortgerissen. Durch die Wand des Zimmers flogen sie über die nächtliche Straße und stiegen so weit empor, bis sie die ganze nächtliche Stadt unter sich liegen sahen. Und immer höher stiegen sie, bis die Erde sich in der Unendlichkeit des Alls verlor. Und in diesem Augenblick wurde Lian zurück auf die Erde geschleudert und fand sich als kleine Wasserträgerin beim Bahnbau im aufstrebenden Amerika in der Mitte des neunzehnten Jahrhunderts wieder.

Mit zwei Eimern, die sie an einem Stab auf der Schulter trug, versorgte sie die chinesischen Arbeiter den ganzen Tag über mit Wasser. Die Arbeit war zu schwer für ein kleines Mädchen wie sie. Sie strauchelte und stürzte. Im nächsten Moment spürte sie, wie die Peitsche des Aufsehers ihr ins Fleisch schnitt. Mit Tränen in den Augen, aber ohne einen Laut des Schmerzes, kam sie wieder auf die Beine und sah den Aufseher hasserfüllt an. Sie hasste alle weißen Männer. Weiße Männer waren grausam und böse. Ihr Onkel, der seit ein paar Tagen krank war und nicht mehr arbeiten konnte, lag in einem Zelt. Als er sah, wie seine Nichte gepeitscht wurde, kam er auf schwachen Beinen angelaufen, um ihr zu helfen. Aber sofort zog der Aufseher ihm die Peitsche über sein Gesicht. Ihr Onkel stürzte. Sie wollte zu ihm laufen. Aber der Aufseher packte sie und schleuderte sie zurück zu ihren Eimern. Als ihr Onkel noch gesund war, hatte er ihr die Kunst des Kämpfens beigebracht, eine Kunst, die der weiße Mann nicht kannte. Obwohl sie nur ein kleines Mädchen war, sprang sie ihn mit einer Kraft und Geschicklichkeit an und trat dem Aufseher gegen die Schläfe, dass er zu Boden stürzte. Er schlug mit dem Kopf auf einen Stein auf und sie sah, wie sich schnell eine Blutlache ausbreitete. Aber sie achtete nicht darauf, sondern lief zu ihrem Onkel, um ihm aufzuhelfen. Es war zu spät. Ihr Onkel starb in ihren Armen. Und das letzte, was er zu ihr sagte war, dass sie laufen sollte, so schnell und so weit weg, wie sie nur konnte. Da kamen aber schon weitere Aufseher angelaufen, fesselten sie und sperrten sie in einen Käfig.

Sie wusste nicht, wie lange sie schon in diesem Käfig gesessen hatte. Als sie die Augen öffnete, sah sie einen weißen Mann in indianischer Kleidung mit einer jungen, hübschen Indianerin in das Lager reiten. Und sie erkannte in ihnen Josh und Shadowcat.

In dem Moment aber, in dem sie die beiden erkannte, schreckte sie hoch und fand sich in ihrem Bett und in Joshs Armen wieder. Und in der Dunkelheit des Zimmers konnte sie schwach erkennen, wie Shadowcat sie anlächelte, ihren Zeigefinger auf ihre Lippen legte und sich wieder hinlegte und an Marijana kuschelte.

So war es also, wenn man eine Vision an ein früheres Leben hatte. Tief in Gedanken versunken, legte sich auch Lian wieder hin und presste ihren jungen Körper an Josh. Morgen früh musste sie über dieses Erlebnis unbedingt mit Shadowcat reden. Sie dachte daran, dass sie in ihrer Vision alle Weißen gehasst hatte, ohne Ausnahme. Und diesen Hass hatte sie auch empfunden, als sie die frühere Inkarnation Joshs ins Lager der Bahnarbeiter hatte reiten sehen. Und jetzt lag sie da, an ihn geschmiegt und fühlte nichts als Liebe. Ihre Finger folgten den Linien seiner Muskeln über die breite Brust, die entspannten und trotzdem harten Bauchmuskeln und tiefer, bis sie sein im Schlaf entspanntes, auf seinem Bauch liegendes Glied von der Eichel bis zu den Hoden ertastete. Ihre Finger schlossen sich fest um seine Hoden. Und so schlief sie schließlich glücklich ein.

Josh hatte nicht gemerkt, wie sein Penis im Schlaf durch Lians Griff wieder hart geworden war. Als er es jetzt im Wachwerden registrierte, dachte er noch, dass sein kleiner Freund im ganzen letzten halben Jahr wohl nicht so aktiv gewesen war, wie er es jetzt seit gestern war. Aber er hatte keine Zeit, sich diesen Überlegungen weiter hinzugeben, denn in derselben Sekunde, in der er das dachte, wurde ihm auch bewusst, dass er durch ein Klopfen an der Tür geweckt worden war. Und da wurde auch schon die Tür aufgerissen und eine Heimschwester rief ins Zimmer, noch bevor sie den Kopf reingestreckt hatte: „Aufstehen Mädchen. Ihr habt Besuch."

Für eine Schrecksekunde hatten Josh und die Mädchen keine Zeit.

„Schnell, komm!" flüsterte Lian, während sie schon aus dem Bett sprang und Josh, ihn noch immer am Hoden haltend, zu dem alten Kleiderschrank zog. Auch Shadowcat war sofort aus Marijanas Bett gesprungen und riss jetzt schon die beiden Schranktüren auf, während sie durch die offene

Zimmertür die Stimmen von der Schwester und dem angekündigten Besuch hörten. Sie drängten Josh in den Schrank. Josh stellte zu seinem Entsetzen fest, dass er nicht an die Rückwand des Schrankes zurückweichen konnte, weil auf dem Boden im Schrank ein Koffer und ein paar Kartons der Mädchen standen. Bis zum Hintern lehnte Josh an diesen Kartons. Er konnte nur den Oberkörper zwischen die auf Bügeln hängenden Kleidungsstücke zurücklehnen und musste sogar seine Füße nach außen drehen, damit Lian und Shadowcat die Schranktüren gegen den Widerstand seiner Oberschenkel mit Gewalt zudrücken konnten. Dabei achteten sie aber in ihrer Panik nicht auf Joshs erigiertes Glied.

Mit einem lauten Knacken rasteten die Verschlüsse an den Türen ein. Josh spürte, wie sein Penis an der Wurzel von den Türen, die zum Glück so schlecht schlossen, dass sie einen etwa einen Zentimeter breiten Spalt bildeten, zusammengequetscht wurde.

Im selben Augenblick betraten die Schwester und der Besuch das Zimmer. Als Shadowcat sich vom Schrank zur Tür wandte, streifte sie zufällig Joshs Penis, der steif aus dem Schrank ragte. In ihrer ersten Regung wollte sie sofort die Schranktür wieder öffnen, um zu vermeiden, dass Joshs Penis einen ernsthaften Schaden nahm. Aber die Türen klemmten jetzt so fest, dass sie sie in ihrer Panik nicht aufbekam. In der offenen Zimmertür hörte sie die Schwester sich räuspern. Marijana hatte sich schon, während Lian und Shadowcat Josh in den Schrank bugsiert hatten, ein dünnes Hemdchen angezogen und Joshs Kleidung unter ihrer Bettdecke versteckt. Lian hatte sich, nachdem die Schranktüren geschlossen waren, schnell ihre Bluse, die über der Stuhllehne hing, geschnappt, um da reinzuschlüpfen. Jetzt sah sie das Dilemma, mit dem Shadowcat kämpfte.

Die Schwester sagte: „Das ist Frau Siratja vom Internat St. Bernadette."

Shadowcat drehte sich, bleich geworden, um und fragte: „Können wir uns bitte erst anziehen?", während sie mit ihrem Körper Joshs aus dem Schrank stehenden Penis verdeckte. Frau Siratja trat an der Schwester vorbei ins Zimmer und entgegnete: „Vor mir müsst ihr euch nicht schämen, Mädchen."

Lian hängte hinter Shadowcat schnell und möglichst unauffällig ihre Bluse über Joshs Penis. Die Berührung war für Josh fast zuviel. Durch den schmalen Spalt zwischen den Schranktüren sah er, wie Frau Siratja auf Shadowcat und Lian zuging. Unwillkürlich lehnte er seinen Kopf zurück, damit kein Licht durch den Türspalt auf ihn fallen konnte.

„Du musst Victoria sein", sagte Frau Siratja zu Shadowcat.

Und die bestätigte: „Ja.", während sie ihre eigene Blöße mit ihren Händen zu verbergen versuchte. In dem Moment war aber schon Marijana heran und reichte ihr und Lian ihre Bademäntel, in die sie ihnen schnell half.

„Lian!" wandte sich Frau Siratja an Lian und diese nickte.

„Und Marijana!" beendete Frau Siratja schließlich ihre Inspektion.

„Ich lass' euch dann mal allein", sagte die Schwester und schlurfte wieder aus der Tür.

„Steht nicht so steif rum. Kommt, setzt euch her", forderte Frau Siratja die Mädchen auf, während sie sich selbst schon an den Tisch setzte und zwar genau gegenüber vom Schrank. Zögernd kamen die drei Mädchen zum Tisch. Sie trauten sich nicht, zum Schrank zu sehen, um zu überprüfen, ob Lians Bluse sicher über Joshs Penis hing, aus Angst, Frau Siratja würde ihre Blicke bemerken.

„Draußen im Gang sind gemütlichere Sitzgruppen. Wir könnten ..." So versuchte Marijana die Situation zu retten. Aber Frau Siratja unterbrach sie und sagte: „Nein, ich bleibe lieber hier. Ich will sehen, wo ihr bisher gelebt habt, um mir ein besseres Bild von euch machen zu können. Setzt euch."

Da nur drei Stühle in dem Zimmer waren, sagte Shadowcat: „Ich hole noch einen Stuhl." Und als sie sich zur Tür wandte, warf sie auch einen schnellen Blick auf Lians Bluse. Und ihr fiel mit Entsetzen auf, dass man die Form von Joshs Penis durch den Stoff erkennen konnte, wenn man genau hinsah. Wie lange würde er wohl stehen bleiben, bevor die Bluse zu Boden fiel und den Blick auf ihn freigeben würde? Schnell holte sie einen Stuhl aus dem Gang und stellte ihn gegenüber von Frau Siratja an den Tisch, so dass sie deren Blick auf Josh Penis und die Bluse mit ihrem Körper verdecken konnte.

„Ich dachte, Sie kommen erst am Dienstag", sagte Marijana schließlich, das drückende Schweigen unterbrechend. Frau Siratja, die ihren Blick neugierig durch das Zimmer hatte schweifen lassen, lächelte Marijana an und antwortete: „Am Dienstag fliegen wir. Ich hoffe, ihr zeigt mir bis dahin ein wenig die Stadt und wir lernen uns schon ein wenig kennen."

„Welche ...", setzte Marijana von neuem an. „Welche Funktion haben Sie denn in dem Internat?"

Und Frau Siratja antwortete ihr darauf: „Ich habe sozusagen die Oberaufsicht über die Mädchen und bin dafür verantwortlich, dass der Unterricht reibungslos verläuft und es keine Probleme gibt."

Shadowcat spürte irgendetwas unangenehmes, das von dieser Frau ausging. Obwohl Frau Siratja freundlich lächelte, wusste Shadowcat, dass sie ihr nicht vertrauen durften. Und jetzt mussten sie sie so schnell wie möglich loswerden, um Josh aus seiner peinlichen und sicherlich auch sehr schmerzhaften Situation zu befreien.

„Möchten Sie das Bad sehen?" fragte sie mit einem unmerklichen Wink an Lian. Frau Siratja antwortete: „Gerne, warum nicht?"

Shadowcat ging voraus ins Bad. Es war nur ein kleines Bad. Trotzdem hatte sie vor, die Tür kurz zu schließen, wenn diese unangenehme Frau es nach ihr betreten hatte, um so Marijana und Lian einen Moment Zeit zu verschaffen, um Josh aus seiner Lage zu befreien. Frau Siratja blieb aber an der Tür stehen und kam gar nicht ganz in den kleinen Raum. Sie ließ nur kurz ihren Blick schweifen und meinte: „Nett!"

Dann wendete sie sich wieder ins Zimmer um, wo Lian und Marijana beim Schrank darauf gewartet hatten, dass sie im Bad verschwinden würde. „Was habt ihr denn da?" fragte sie, misstrauisch geworden und ging zu den beiden Mädchen.

„Nichts", antwortete Marijana und ging zum Fenster, um auch Frau Siratjas Aufmerksamkeit wieder vom Schrank abzulenken. Die fasste aber nach Lians Bluse und fühlte den seidenen Stoff. „Sehr hübsch!" sagte sie. Aber im selben Augenblick, als sie nach dem Stoff gegriffen hatte, packte Lian blitzschnell von oben auf Joshs Penis und umschloss ihn mitsamt des Stoffes der Bluse.

„Keine Angst", versuchte Frau Siratja Lian zu beruhigen. „Ich will Dir Deine Bluse ja nicht wegnehmen. Darf ich sie mir nur einmal ansehen?"

Lian hatte das Gefühl, dunkelrot anzulaufen. Was sollte sie jetzt nur tun. Sie hatte ihre Nervosität aber so gut im Griff, dass man ihr nichts anmerkte, als sie nach außen hin ganz ruhig antwortete: „Natürlich."

Langsam zog sie die Bluse von Joshs Penis und drehte sich dabei so, dass sie zwischen diesen und Frau Siratja kam. Während sie ihr ihre Bluse mit den chinesischen Stickereien gab, lehnte sie sich an den Schrank. Sie spürte die pralle Eichel von Joshs Glied in ihrem Rücken und merkte, wie sie das steife Glied dabei mit ihrem Körper zur Seite knickte.

Josh stöhnte unterdrückt auf. Aber noch bevor sie ihre Position wieder verändern konnte, hörte sie Josh so leise durch den Türspalt flüstern, dass niemand außer ihr es wahrnehmen konnte: „Ich liebe Dich Lian!"

So unauffällig wie möglich entfernte sie sich wieder weit genug vom Schrank, so dass sie mit einer Hand hinter sich greifen und Josh Penis wieder zurechtbiegen konnte. Und sie glaubte dabei ein wohliges Brummen aus dem Schrank zu vernehmen, das sie an das Schnurren einer Katze erinnerte, sie innerlich lächeln ließ und ihr viel von ihrer Panik nahm.

„Sehr schöne Arbeit!" sagte Frau Siratja anerkennend. Und Lian entgegnete, als sie ihre Bluse wieder aus Frau Siratjas Hand entgegen nahm: „Das habe ich selbst gemacht."

„Haben Sie unsere Zeichnungen gesehen?" fragte Shadowcat plötzlich vom Tisch. Und Als Frau Siratja sich ihr zuwandte, hängte Lian ihre Bluse schnell wieder über Josh Penis, über den sie dabei zärtlich ihre Finger gleiten ließ. Sie wusste jetzt zwar, dass Joshs schmerzhafte Position nicht so unerträglich für ihn war, dass er es keine Sekunde länger aushalten könnte. Aber sie musste trotzdem alles daran setzen, ihn so schnell wie nur möglich aus dieser Situation wieder zu befreien. Frau Siratja warf nur einen kurzen und oberflächlichen Blick auf die Zeichnungen. Dann wendete sie sich wieder an die Mädchen und sagte: „Ich denke, es ist am besten, ihr zieht euch jetzt erst mal an. Dann können wir frühstücken und fahren danach gleich in die Stadt."

„Wollen Sie im Speisesaal auf uns warten?" fragte Marijana in einem neuen Versuch, den ungebetenen Gast loszuwerden. Aber Frau Siratja antwortete: „Nein, ich warte hier, wenn es euch nicht stört." Natürlich störte es sie. Aber wie hätten sie ihr das sagen sollen.

„Wir beeilen uns!" sagte Marijana und verschwand schnell im Bad, um sich so schnell wie möglich zu waschen und die Zähne zu putzen. Auch Shadowcat kam mit ans Waschbecken und beeilte sich so sehr sie konnte. Dann schlüpften sie schnell in ihre Kleider, die sie gestern getragen hatten, weil sie sich nichts Frisches aus dem Schrank holen konnten und machten das Bad für Lian frei. Als sie aber aus dem Bad kamen fragte Frau Siratja sie: „Kann ich schnell auf die Toilette?"

„Natürlich!" antwortete Marijana sofort. Und als Frau Siratja die Badtür hinter sich geschlossen hatte, öffneten die drei Mädchen gemeinsam mit aller Kraft die verklemmten Schranktüren. „Bist Du okay?" fragte Lian fieberhaft und schuldbewusst Josh, während sie die tiefen Eindrücke an seiner Peniswurzel sah. Josh nickte nur. Da hörten sie schon die Klospülung.

„Schnell, unters Bett!" forderte Shadowcat Josh auf und zog ihn auch schon zum nächsten Bett, unter das Josh sofort rutschte. Shadowcat zog schnell noch die Bettdecke so weit aus dem Bett, dass sie auf dem Boden auflag und den Blick auf Josh verdeckte. In dem Moment kam Frau Siratja aus dem Bad und Lian ging mit frischer Wäsche, die sie aus dem Schrank genommen hatte, hinein, um wenige Minuten später frisch gewaschen, angezogen und mit geputzten Zähnen wieder zu erscheinen.

„So, wir können." sagte sie zu Frau Siratja und öffnete auch schon die Zimmertür. Frau Siratja folgte ihr aus dem Zimmer. Und während Marijana an der Tür aufpasste, dass sie nicht wieder ins Zimmer zurückkam, flüsterte Shadowcat Josh noch zu: „Du musst durch das Fenster verschwinden. Wir melden uns, so bald wir können. Ich liebe Dich, Josh; Wir lieben Dich!"

Marijana räusperte sich an der Tür. Und sofort kam Shadowcat auf sie zu. Frau Siratja steckte noch einmal den Kopf ins Zimmer und fragte: „Wo bleibst Du denn, Victoria?"

Und Victoria antwortete in dem Bewusstsein, dass sie diese Frau vom ersten Moment an nicht mochte, in freundlichem Ton: „Ich komme schon."

Dann verließen sie das Zimmer und schlossen die Tür hinter sich.

Josh wartete, bis er die Schritte im Gang nicht mehr hören konnte, rutschte schnell unter dem Bett hervor und verschwand mit seiner Kleidung, über die Marijana ihre Bettdecke gebreitet hatte, im Bad. Schnell wusch er sich, putzte sich die Zähne und zog sich an, während ihm durch den Kopf ging, wie erregend dieses Erlebnis für ihn gewesen war. Sein in der Tür eingeklemmter Penis hatte zwar geschmerzt. Aber es war ein sehr lustvoller Schmerz gewesen. Und als Lian plötzlich zugepackt und sich danach noch an ihn gelehnt hatte, war er kurz vor einem Orgasmus gewesen. Die Gefahr der Entdeckung war dabei noch ein zusätzlicher Reiz gewesen, von dem er aber nicht sicher war, ob er ihn mochte. Bei näherer Überlegung kam er schließlich zu dem Ergebnis, dass er ihn nicht mochte. Er wollte einfach nur mit den Mädchen zusammen sein. Mit ihnen wollte er alles erleben! Dabei brauchte er keine Zuschauer oder die Gefahr einer Entdeckung. Und diese komische Frau Siratja war ihm sowieso unsympathisch.

Josh hatte ein richtig schlechtes Gefühl dabei, die drei Mädchen, die er liebte, einer solchen Frau zu überlassen. Als er fertig angezogen war, schlich er sich zum Fenster, spähte vorsichtig hinaus und sprang, als er sich vergewissert hatte, dass niemand da war, mit seiner Tasche in den Garten, huschte schnell durch die Hecke und spazierte dann auf dem Bürgersteig zum Eingang des Heimes, wo er sein Fahrrad holte. Als er sich, bevor er mit dem Fahrrad um die nächste Ecke bog, noch einmal umdrehte, sah er Frau Siratja mit den Mädchen aus dem Heim kommen und in ein Auto einsteigen. Lian entdeckte ihn, als sie einstieg und warf ihm einen langen, sehnsuchtsvollen Blick zu. Dann schloss sich die Wagentür und Josh fragte sich verwundert: *Ein Eisenbahnercamp?* ohne, dass er sich das Bild, das er für einen Sekundenbruchteil vor Augen gehabt hatte, erklären konnte.

In Gedanken versunken fuhr er nach Hause, legte sich aufs Sofa und wartete.

Wir melden uns, sobald wir können, hatte Shadowcat gesagt. Aus dem Zeichnen am See würde heute nichts mehr werden. Das war klar. Es war jetzt Freitag. Und Frau Siratja hatte vor, Marijana, Lian und Shadowcat für die Tage bis zu ihrem Abflug mit Beschlag zu belegen.

War es das? fragte er sich. *Kann ich sie jetzt nie mehr sehen?*

Er spürte, wie die Vorstellung, die zu einer traurigen Gewissheit wurde, ihm die Kehle zuschnürte. Er musste sich ablenken. Und am besten ging das mit Sport.

3 EIN UNERWARTETES ANGEBOT

Josh wartete den ganzen Tag voll Ungeduld auf ein Lebenszeichen von Lian, Shadowcat und Marijana. Oh mein Gott, wie sehr er sie vermisste. Selbst während des Trainings gingen ihm die Bilder und Gefühle des letzten Tages, bis hin zu seinem absurden Versteck im Kleiderschrank der Mädchen von heute morgen nicht aus dem Kopf. Wenn es schon jetzt so schlimm war, wie sollte er es dann ertragen können, wenn sie in ein paar Tagen ins Flugzeug stiegen. Es war ihm nicht möglich, seine Gedanken auf irgendetwas anderes zu konzentrieren. Und er fühlte, dass auch die Gedanken der Mädchen bei ihm waren. Das war auch neu für ihn. Früher hatte er noch nie das Gefühl gehabt, Gedanken spüren zu können.

Der Tag verging quälend langsam. Am Nachmittag holte Josh sich einen Zeichenblock und begann, die Gesichter der drei Mädchen aus dem Gedächtnis zu skizzieren. Obwohl er sie sehr gut traf, war er mit den Ausdrücken auf ihren Gesichtern nicht zufrieden. Ihm fehlte die Lebendigkeit in ihren Augen und das Leuchten, das von innen aus ihnen zu strahlen schien, das Leuchten, das man nicht mit den Augen, sondern nur mit dem Herzen sehen kann. Aber etwas, das man mit den Augen nicht sehen kann, lässt sich unmöglich mit einem Bleistift einfangen.

Der Nachmittag verging und es wurde Abend. Josh machte sich leise Musik an, entzündete einige Kerzen und Räucherstäbchen und machte es sich mit einer Flasche französischen Rotweins auf seiner Couch gemütlich. Die Skizze mit den Portraits hatte er auf einer Staffelei so aufgestellt, dass er sie von seiner Couch aus betrachten konnte. So saß er lange da und träumte vor sich hin. Er ließ die Bilder und Gefühle der letzten Tage Revue passieren und versuchte, sich aus einem distanzierten Blickwinkel ein objektives Bild von sich selbst und von seinen Gefühlen und Handlungen zu machen und sich darüber klar zu werden, was er jetzt, an diesem Punkt seines Lebens weiter anfangen wollte.

Wenn die Mädchen von hier weg wären, überlegte er sich, würde auch er nicht länger in dieser Stadt bleiben, die ihn so schlecht behandelt hatte. Jahrelang hatte er sich für die Schüler aufgeopfert. Und mit einem Schlag war alles nichts mehr wert gewesen. Jetzt, wo er zum ersten mal in seinem Leben eine Vorstellung davon bekam, was Liebe wirklich bedeutete, wo er sich bewusst wurde, dass er mit der ganzen Kraft seines Herzens liebte, da konnte er nicht verhindern, dass er von den Mädchen, die er liebte, wieder getrennt wurde.

Er wollte sich um kein neues Lehramt mehr bewerben. Er brauchte jetzt eine Auszeit. Er musste irgendwo hin, wo er von alledem weit weg war, irgendwohin, wo er wieder zu sich selbst finden und herausfinden konnte, was das Leben noch zu bieten haben könnte, außer sich für andere aufzuopfern.

Sobald die Mädchen am Dienstag weg wären, würde er seine Wohnung auflösen und sich seine Ersparnisse von der Bank holen. Es war nicht viel. Aber es würde reichen, dass er ein Jahr lang davon leben könnte. Er würde in ein Flugzeug steigen und irgendwohin fliegen, irgendwo in den Süden, Afrika vielleicht.

Warum nicht nach Senegal? fragte er sich und wurde sich erst, als er diese Frage für sich formulierte, bewusst, dass seine eben entworfene Reiseroute ihn so nah an die Mädchen heranführen würde, wie es nur möglich war.

Nein, dachte er sich, *das ist nicht gut. Ich brauche Distanz, sonst sitze ich drei Jahre lang an der afrikanischen Küste und blicke nur aufs Meer hinaus. Vielleicht,* überlegte er, *Südamerika oder Sri Lanka!* Er fasste den Entschluss, sobald er hier alles geregelt hätte zum Flughafen zu fahren und das erstbeste Last-Minute-Angebot zu nutzen, das ihn nur weit genug von Europa weg in den Süden bringen würde.

Es war fast zweiundzwanzig Uhr, als sein Telefon endlich läutete. Ein Handy hatte Josh nicht. So was hatte er nie gemocht. Und deswegen hatte er es auch nie gebraucht. Wer ihn anrufen wollte, konnte das zuhause tun. Und wenn er nicht da war, dann freute sein Anrufbeantworter sich darüber, ihm etwas ausrichten zu können.

„Ja?" meldete er sich. Und Marijana antwortete am anderen Ende der Leitung: „Sie hat uns den ganzen Tag nicht aus den Augen gelassen. Bitte komm her, Josh! Bitte! Wir lassen Dich zum Fenster rein. Bitte komm!"

„Bin schon unterwegs!" antwortete Josh, legte auf, blies die Kerzen aus und lief aus dem Haus. Keine halbe Stunde später stellte er sein Fahrrad vor dem Waisenhaus ab und schlich sich zum Fenster der Mädchen. Die hatten schon sehnsüchtig nach ihm Ausschau gehalten und ließen ihn zu sich ins Zimmer steigen. Hinter ihm zogen sie sofort die Vorhänge zu. Dann fielen sie ihm alle drei in die Arme und Josh bemerkte, dass sie weinten. Er küsste sie alle drei und fragte dann: „War es denn so schlimm?"

Marijana wischte sich die Tränen aus dem Gesicht und antwortete: „Sie hat uns wie eine Glucke bewacht. Wir konnten keinen Schritt alleine machen. Deswegen konnte ich auch erst anrufen, als sie uns wieder abgeliefert hat."

Auch die Mädchen hatten keine Handys. Und Marijana hatte zum Münztelefon gegenüber vom Waisenhaus laufen müssen, um Josh anzurufen. Er küsste ihr zärtlich eine Träne von der Wange und Marijana fuhr fort: „Morgen holt sie uns auch wieder ganz früh ab."

Josh drückte die drei ganz fest an sich.

„Ich hab euch so vermisst!" sagte er zärtlich und in dem Bewusstsein, dass das Schicksal ihnen nicht einmal die letzten Tage, die die Mädchen noch da waren, gönnte.

„Du uns auch!" flüsterte Lian mit tränenerstickter Stimme. Dann stellte sie ihm die Frage, die sie schon den ganzen Tag über gequält hatte: „Wie geht's Deinem …"

Sie überlegte kurz, wie sie Joshs bestes Stück bezeichnen sollte und begann dann von neuem: „Wie geht's Deinem Hübschen da unten?"

Josh lächelte sie an und antwortete: „Ist noch alles dran! Und wenn die Situation nicht so absurd und peinlich gewesen wäre, hätte es richtig Spaß machen können."

Plötzlich brach es aus Lian heraus. Sie schluchzte laut und begann von neuem zu weinen, während sie ihr schönes Gesicht an Joshs Brust barg.

„Ich hatte solche Angst", sagte sie, während Josh ihr tröstend über die Haare streichelte, „dass ich Dir wehgetan habe."

Und eine neue Tränenflut brach aus ihr heraus.

„Es ist alles okay!" tröstete Josh sie, wiegte sie sanft in seinen Armen und küsste immer wieder ihr tränenheißes Gesicht. Langsam beruhigte Lian sich wieder, hob ihren Blick zu Josh an und ihre Lippen trafen sich in einem unendlich zärtlichen Kuss. Lange standen sie noch so umschlungen da und Marijana und Shadowcat ließen sie gewähren. Auch Shadowcat hatte still geweint. Und als Joshs und ihr Blick sich jetzt trafen, sahen sie sich nur an und versanken gegenseitig in den Tiefen ihrer Seele.

Es tut mir auch so leid, hörte Josh Shadowcat in seinem Kopf sagen. *Ich hab Dich doch mit Lian zusammen in den Schrank gedrängt.*

Josh küsste noch einmal Lian und ging dann zu Shadowcat, nahm ihr zartes Gesicht zwischen seine Hände und küsste auch sie mit unendlicher Zärtlichkeit.

„Ihr könnt mir niemals wehtun!" sagte er schließlich ganz leise.

„Bitte bleib über Nacht bei uns", bat Shadowcat. „Wenn wir den Wecker stellen, kannst Du verschwinden, bevor Frau Siratja uns wieder abholt."

Josh nickte. Er hätte sich jetzt auch nur sehr ungern wieder von den Mädchen verabschiedet und war froh über die Einladung, die Nacht mit ihnen verbringen zu dürfen. Nachdem sie alle im Bad waren, rutschten sie zwei Betten zusammen und kuschelten sich dann zu viert ganz dicht aneinander. In Joshs Armen lagen Marijana und Lian. Und Shadowcat drückte ihren jungen Körper an Lian. Einfach nur so daliegen, die Haut der anderen auf der eigenen spüren, ihre Gerüche in sich aufnehmen und ihren ruhigen und gleichmäßigen Atemzügen lauschen; Was hätte schöner und beruhigender für die vier Liebenden sein können? Sie schliefen glücklich und geborgen ein.

Als der Wecker sie schon vor sieben Uhr aus Morpheus Armen riss, lag Josh auf der Seite. Sein Gesicht war zwischen Marijanas, ihm zugewandten Brüsten begraben und ihre Arme waren um seinen Nacken geschlungen. Hinter Josh lag in Löffelchenstellung an ihn geschmiegt Lian und hinter Lian in der gleichen Stellung an sie geschmiegt lag Shadowcat. Langsam wurden sie wach. Shadowcat machte den Wecker aus. Als Josh bewusst wurde, wo er war, küsste er die weiche Haut und die kleinen Knospen von Marijanas, sich an ihn schmiegenden, vollen Brüsten. Und Marijana stöhnte leise auf und streichelte ihm liebevoll durchs Haar. Sie wussten, dass sie keine Zeit für ein erotisches Spiel hatten. Aber unter unendlich vielen Zärtlichkeiten und so lange trödelnd, wie sie glaubten, es verantworten zu können, stiegen die vier gemeinsam in die Dusche und genossen ein paar Minuten lang zuerst warmes und dann erfrischendes, kaltes Wasser. Nachdem sie im Bad fertig waren, zogen sie sich an, rutschten die Betten wieder an ihren Platz und Josh verabschiedete sich mit den zärtlichsten Küssen von den dreien, konnte sich aber so lange nicht von ihnen losreißen, bis sie Schritte im Flur hörten, in denen sie Frau Siratjas Gang zu erkennen glaubten. Die Schritte kamen immer näher. Noch ein letzter Kuss für Marijana, für Lian und für Shadowcat. Dann wollte Josh aus dem Fenster springen. Aber auf der Straße vor dem Waisenhaus hielt genau in dem Moment ein Schulbus. Es war nicht möglich, jetzt ungesehen aus dem Fenster zu steigen. Die Türklinke wurde schon nach unten gedrückt. „Ich liebe euch!" flüsterte Josh und rutschte auch schon wieder unter Marijanas Bett. Und Marijana schüttelte die Bettdecke auf und ließ sie so auf das Bett fallen, dass sie wieder bis auf den Boden hing und Josh verbarg.

„Guten Morgen Mädchen", grüßte Frau Siratja und Marijana, Lian und Shadowcat erwiderten innerlich lächelnd diesen Gruß. Sie waren aufbruchbereit und verließen mit Frau Siratja ihr Zimmer. Josh wartete wieder, bis die Schritte im Gang verklungen waren, kroch unter dem Bett hervor und zog sich wieder dezent durch das Fenster zurück. An der Straßenecke wartete er wieder, bis Frau Siratja mit Marijana, Lian und Shadowcat aus dem Haus kam. Alle drei Mädchen warfen ihm noch einen kurzen Blick zu, bevor sie in den wartenden Wagen stiegen. Dann war Josh allein und wusste, dass er wieder einen einsamen Tag vor sich hatte.

Schon Samstag! dachte Josh. *Dann ist nur noch Sonntag und Montag. Und am*

Dienstag ist alles vorbei!

Josh trat müde in die Pedale. Er wusste, dass die Mädchen wieder den ganzen Tag mit dieser Frau Siratja unterwegs sein würden. Er wollte nicht wieder den ganzen Tag in seiner Wohnung verbringen und Trübsal blasen. Ohne sich bewusst zu werden, wohin er fuhr, kam er plötzlich bei dem See an, wo er vor zwei Tagen mit den Mädchen gewesen war. Er schob sein Rad durch den Schilfgürtel und erreichte den Platz, an dem sie so glücklich gewesen waren. Im Geiste sah er seine Decke auf dem Boden liegen und darauf Marijana, Lian und Shadowcat, die nackt in der Sonne lagen und ihn anlächelten. Er setzte sich ins weiche Gras und blickte träumend auf das unbewegte Wasser des Sees. Nach einer Weile, als die Sonne schon höher gewandert war, zog er sich aus und sprang ins Wasser. Wieder tauchte er bis ans gegenüberliegende Ufer. Und diesmal musste er sich keine Vorwürfe dafür machen, dass sich irgendjemand um ihn sorgte. Er schwamm durch den See und hatte dabei ständig die Bilder der Mädchen vor Augen. Er sah ihre jungen, geschmeidigen Körper sich aus dem Wasser schnellen, um die Frisbeescheibe zu fangen und er sah ihr glückliches und verliebtes Lächeln. Er hatte keine Ahnung, wie lange er im Wasser gewesen war. Als er wieder ans Ufer stieg, ließ er sich einfach nackt ins Gras fallen. Der ganze Tag schien für ihn wie in Trance zu vergehen. Müde vom Radfahren und vom stundenlangen Schwimmen schlief er ein.

Im Traum war er in seiner früheren Inkarnation plötzlich wieder in der Blockhütte. Er sah sich um. Und jetzt konnte er neben Shadowcat auch Marijana und Lian entdecken. Marijana lag schlafend oder bewusstlos in einem Bett. Es war sein Bett gewesen! Er konnte es nicht sehen, weil Marijana bis zu den Schultern zugedeckt war. Aber trotzdem wusste er, dass sie nackt war. Shadowcat saß bei ihr am Bett und kühlte ihre heiße Stirn mit einem nassen Tuch. Und in einer Schale verglommen getrocknete Blätter und füllten den Raum mit angenehmen Düften. Lian saß mit gefesselten Händen und geschlossenen Augen an den Stützbalken in der Mitte der Hütte gelehnt. Sie trug einen traditionellen chinesischen, schwarzen Anzug mit Knebelverschlüssen. Und um ihre Schultern war ein Fell gelegt, um sie vor der Kälte zu schützen. Josh selbst, Cougar, oder wie auch immer er in diesem Leben geheißen hatte, hatte das Feuer im Kamin entzündet. Mühsam zog er sich sein Hemd über den Kopf. Sein Körper war über und über überzogen mit den Spuren eines blutigen Kampfes. Er wusch sich mit dem Wasser aus einem Eimer, das noch mehr Schnee, als Wasser war. Dann ging er zu Lian, blieb vor ihr stehen und zog langsam sein Bowiemesser aus der Scheide. Mit einer Mischung aus Furcht und Stolz hob Lian ihren Blick zu Josh. Er packte ihr Handgelenk, sah ihr kurz in die schönen, aber trotzig und feindselig blickenden Augen und zerschnitt dann die Riemen, mit denen ihre Handgelenke gebunden waren. Dann stieß er das Messer in den Balken und wendete sich wieder dem Feuer zu. Lian sah das Messer an, griff aber nicht danach. Josh wollte sich auf das Fell vor dem Kamin niederlassen. Aber er war geschwächt von den vielen Wunden aus denen er blutete. Er sah noch, wie Shadowcat auf ihn zukam. Dann verlor er das Bewusstsein. Und mit diesem Bild erwachte Josh und kehrte wieder in sein jetziges Leben zurück.

Es dämmerte bereits. Und es war sehr kühl geworden. Während Josh sich anzog, überlegte er, ob das, was er gerade im Traum erlebt hatte, genau das war; ein Traum, den sein von den Visionen der letzten Tage überfordertes Gehirn entworfen hatte, oder ob es eine weitere Vision aus einer Zeit war, in die er langsam immer weiter einzutauchen glaubte. Er konnte diese Frage für sich selbst nicht beantworten. Trotzdem ging ihm die eben erlebte Szene nicht aus dem Kopf. Und er wurde sich bewusst, dass er auch jetzt wieder die Anwesenheit von noch jemandem in der Hütte gespürt hatte. Jetzt aber war es Zeit, wieder in der Gegenwart zu leben. Er fragte sich, was die Mädchen wohl den ganzen Tag über gemacht hatten und wie es ihnen ging. Vielleicht hatten sie heute schon einmal versucht, ihn anzurufen. Er schnappte sich sein Fahrrad und machte sich auf die lange Heimfahrt.

Als er seine Wohnung betrat, überprüfte er als erstes seinen Anrufbeantworter. Niemand hatte versucht, ihn zu erreichen. Auf dem Tisch stand noch die angebrochene Rotweinflasche. Josh wurde sich bewusst, dass er weder gestern noch heute etwas gegessen hatte. Trotzdem verspürte er keinen Hunger. Und auch der Wein war jetzt sehr reizlos für ihn. Ohne die Flasche weiter zu beachten, ließ er sich auf die Couch fallen und betrachtete seine gestern angefertigte Skizze von Marijana, Lian und Shadowcat. Und aus der Distanz eines Tages betrachtet, fielen ihm ein, zwei kleine Details auf, die nicht so ganz ins Gesamtbild passen wollten. Er nahm sich einen Radiergummi und den Bleistift und besserte die winzigen Striche aus. Dann setzte er sich wieder auf die Couch. Und während er weiter die Zeichnung betrachtete, wanderten seine Gedanken wieder zu den drei Mädchen, die er so sehr liebte und so schmerzlich vermisste. Er blickte auf die Uhr. Es war erst halb acht vorbei.

Vielleicht kommen sie wieder erst um zehn zurück. überlegte er. Und es kam ihm in den Sinn, schon jetzt zu dem Waisenhaus zu fahren, durch das Fenster ins Zimmer der Mädchen einzusteigen und sie dort zu erwarten. Aber wenn diese Frau Siratja noch mit in ihr Zimmer käme? Nein, er musste abwarten, ob die Mädchen ihn wieder anrufen würden. Vielleicht wäre es heute ja gar nicht möglich, dass sie sich noch sehen könnten. Er erhob sich und schlenderte lustlos ins Bad. Eine warme Dusche würde ihm jetzt gut tun, oder besser noch ein warmes Bad.

Und das tat es auch! Ein warmes Bad, leise, meditative Musik, Kerzenlicht. Wie schön wäre es gewesen, wenn Marijana, Lian oder

Shadowcat jetzt bei ihm in der Wanne gesessen hätte. Am liebsten wäre es ihm gewesen, er hätte mit allen dreien gleichzeitig dieses entspannende Bad genießen können. Aber dafür war seine Wanne definitiv zu klein. Lange saß er so träumend in der Wanne, bis das Wasser anfing, unangenehm kalt zu werden. Er duschte sich noch warm ab und zog sich dann wieder an. Warum nur verging die Zeit so langsam, wenn er darauf wartete, dass die Mädchen sich bei ihm meldeten? Und warum verflog sie so schnell, wenn er mit ihnen zusammen war?

Es wurde wirklich wieder zehn Uhr abends, bis endlich sein Telefon klingelte. Shadowcat meldete sich. Und sie bat Josh auch heute wieder zu ihnen zu kommen. Sie hatte die Bitte kaum fertig formuliert, als Josh auch schon wieder auf seinem Fahrrad saß. Und heute braucht er nur knapp fünfundzwanzig Minuten, bis er unter dem Fenster zum Zimmer der drei Mädchen anlangte. Sofort ließen sie ihn wieder ein und stürzten sich in seine Arme. Niemand von ihnen sprach. Sie konnten alle spüren, wie sehr sie sich gegenseitig vermisst hatten. Es war überflüssig, es auszusprechen. Sie hielten sich nur, spürten sich und tauschten zärtliche Küsse. Josh konnte fühlen, dass da etwas war, was die Mädchen bedrückte. Und schließlich fragte er sie: „Was ist los?"

Marijana antwortete ihm voller verzweifelter Traurigkeit: „Morgen müssen wir wieder den ganzen Tag mit Frau Siratja verbringen. Aber wir müssen schon früher wieder zurück sein, um das Zimmer auszuräumen. Sie wollen hier frisch streichen, wenn wir ausziehen. Und deswegen müssen wir schon morgen Abend hier raus. Die letzten zwei Nächte müssen wir dann in einer Kammer im zweiten Stock schlafen!"

Josh verstand sofort. Wenn die Mädchen in den zweiten Stock umzogen, konnte er sie nicht mehr besuchen. Das war also definitiv die letzte Nacht, die er mit ihnen verbringen konnte. Warum nur hatten sie nicht mehr Zeit miteinander? Warum nur war das Schicksal so grausam? Er schloss alle drei in seine Arme und versuchte den Kloß, der ihm im Hals steckte runterzuschlucken. Das gelang ihm aber nicht. Und er konnte nicht einmal verhindern, dass auch ihm heiße Tränen in die Augen stiegen.

„Das ist also der Abschied!" sagte er leise. Und die Mädchen hörten die Bitterkeit in seiner Stimme.

Selbst noch stumm weinend begann Shadowcat behutsam Joshs Hemd aufzuknöpfen. Und sie küsste jeden neu entblößten Zentimeter Haut auf Joshs muskulösem Oberkörper. Marijana öffnete seinen Gürtel und Lian zog ihm die Schuhe und Socken aus. Langsam streifte Shadowcat Joshs Hemd über seine Schultern, während Marijana den Reißverschluss seiner Hose öffnete und feststellte, dass Josh keinen Slip trug. Vorsichtig ließ sie ihre Hand über die glatte Haut oberhalb von Josh Penis nach unten gleiten. Josh durchlief ein angenehmer Schauer und er fragte: „Was habt ihr vor?"

Shadowcat, die Joshs Hemd gerade über die Stuhllehne hängte, antwortete ihm flüsternd: „Vielleicht ist das unser letzter gemeinsamer Abend. Wir wollen, dass er etwas Besonderes für Dich wird und dass Du Dich noch lange und gerne daran erinnerst."

„Mehr als das, was ich bisher mit euch erlebt und gefühlt habe, kann ich mir vom Leben nicht erhoffen. Ihr seid mein einziges Glück, meine einzige Liebe! Was kann ich nur tun, damit der Abend für euch etwas Besonderes wird?" entgegnete Josh, der überhaupt nicht fassen konnte, dass ihn irgendjemand glücklich machen wollte. Aber er wusste inzwischen, dass Shadowcat, Marijana und Lian anders waren, als gewöhnliche Mädchen und dass sie deshalb auch nicht mit gewöhnlichen Maßstäben zu messen waren.

„Du gibst uns so viel mehr, als du Dir vorstellen kannst, Josh", erwiderte Shadowcat und fuhr fort: „Sei einfach nur Du selbst und nimm uns an!"

Damit bedeckte sie seine Lippen zärtlich mit den ihren und machte es ihm unmöglich, noch etwas darauf zu antworten. Lian, die Joshs Schuhe und Socken zur Seite gestellt hatte, kniete noch vor ihm. Sie zog mit Marijanas Unterstützung langsam Josh Hose über seinen Hintern bis zum Boden und half ihm, aus den Hosenbeinen zu steigen. Sie legte die Hose noch auf einen Stuhl, dann schaute sie sich Joshs erwachenden Penis an, der sich vor ihrem Gesicht langsam aufrichtete und sich ihr entgegenstreckte. Marijana nahm ihn behutsam in ihre kleine Hand und zog vorsichtig seine Vorhaut über die Eichel zurück, die augenblicklich anschwoll. Marijana zog Joshs Penis langsam zu Lian und ließ seine Eichel ganz zärtlich über ihre Lippen streifen. Lian spürte die glatte Haut der prallen Eichel und nahm den angenehmen Geruch seiner frisch gebadeten Haut wahr. Mit geschlossenen Augen ließ sie es geschehen, dass Joshs erregter Penis, von Marijanas Hand behutsam geführt, ihre Lippen liebkoste. Und sie drückte zarte Küsse auf die harte, geschwollene Eichel und steigerte damit seine Erregung schon fast bis zum Orgasmus. Während Marijana und Lian auf diese Weise liebevoll und verliebt Joshs steifen Penis berührten und küssten, zog Shadowcat sich selbst aus. Sie spürte ihre eigene Erregung in ihren Brüsten und in ihrer Klitoris. Obwohl es warm im Zimmer war, hatte sie eine Gänsehaut und das Gefühl, dass ihre Kopfhaut sich zusammenziehen würde. Sie betrachtete Josh, der nackt und mit geschlossenen Augen vor ihr stand und sich an einer Stuhllehne festhielt, weil er durch Lians und Marijanas Liebkosung seines erregten Gliedes weiche Knie bekam. Wie schön er war, so stark und anmutig wie ein Berglöwe!

Warum nur fragte sie sich, *hab ich früher nie gespürt, wie nah er mir ist, wie tief verwurzelt er in meinem Herzen wohnt?*

Langsam ließ sie ihren Blick über ihn schweifen, während Josh durch seine Erregung schon leicht zu schwanken begann.

Du bist ein Teil von mir, Josh! dachte sie weiter. *Du bist der beste Teil von mir!*

Ich kann ohne Dich nicht mehr leben. Wenn ich hier fortgehe, und dabei meinte sie nicht nur sich, sondern in gleichem Maße Lian und Marijana, *wird meine Seele sterben!*

Shadowcat spürte, wie ihre Gedanken dabei waren, in Joshs Bewusstsein durchzubrechen. Aber das durfte nicht sein. Nicht jetzt. Sie alle waren traurig; Josh nicht weniger als Lian, Marijana und sie selbst. Aber dieser letzte Abend sollte nicht von Traurigkeit bestimmt werden, sondern von einem Glück, das ihnen allen Freude, Kraft und Hoffnung bescheren sollte. Denn ohne Hoffnung waren sie alle verloren. Das wusste sie. Dann würden ihre Seelen wirklich sterben. Sie verbarg all ihre trüben Gedanken tief in ihrem Herzen und dachte nur noch an ihre grenzenlose und unsterbliche Liebe zu Josh. Denn das waren Gedanken und Gefühle, die durfte er spüren; Die sollte er spüren! Und das tat er auch. Shadowcats Liebe durchdrang ihn mit einer solchen Kraft, dass sie ihn, unabhängig von Lians und Marijanas Zärtlichkeiten, fast umkippen ließ. Josh spürte aber auch, dass es nicht nur Shadowcats Liebe war, die ihn fast von den Beinen gerissen hätte, sondern dass Shadowcat, weil sie die größten medialen Fähigkeiten besaß, gleichzeitig als Übermittler der Gefühle von Lian und Marijana diente. Als er merkte, wie er die Kontrolle über seinen Körper verlor und im Begriff stand, zu Boden zu stürzen, wurde er von zwei Armen aufgefangen, von zwei schlanken und doch so starken Armen, von Shadowcats Armen! Er öffnete nicht einmal die Augen, als er stürzte. Er hatte keine Angst sich zu verletzen. Er fühlte sich, aufgefangen von Shadowcats Armen und an ihre festen und doch so weichen Brüste gelehnt, so sicher und geborgen wie in Abrahams Schoß. Shadowcat, führte Josh mit Lians und Marijanas Unterstützung zum Bett und drückte ihn mit sanfter Gewalt darauf. Josh schien keinen eigenen Willen mehr zu haben. Dass er Berührungen, die so zart waren, so intensiv empfinden konnte, dass er alles um sich vergaß, war absolut neu für ihn. Er hatte sich noch niemals so fallen lassen können, dass er die Kontrolle verloren hätte. Und er hätte niemals für möglich gehalten, dass das möglich wäre. Als er auf dem Bett lag und während Marijana und Lian sich ebenfalls entkleideten, drückte Shadowcat vorsichtig seine Schenkel so weit auseinander, um sich dazwischen kauern zu können. Neugierig und behutsam liebkoste und küsste sie sein Glied, das trotz der Größe und Härte, die es durch ihre, Lians und Marijanas Zärtlichkeiten erreicht hatte, doch auch so zart und verletzlich wirkte. Sie fragte sich, während sie den geschwungenen Formen von Joshs praller Eichel mit ihrem Finger folgte, ob jemals eine Frau einen Penis so betrachtet hatte, ob schon jemals eine Frau so verliebt in dieses wunderschöne Körperteil gewesen wäre. Dann fiel ihr aber ein, dass sie noch niemals, auf keinem Foto oder Gemälde einen Penis gesehen hatte, der so schön war, wie der von Josh. Wie also sollten Frauen, die Josh nicht kannten, weder sein Herz, noch seinen Körper, wie sollten sie dieses

Gefühl teilen können? Sie strich mit Joshs Penis sanft über ihre Wange und genoss diese Berührung mit der glatten Haut seiner Eichel. Dann küsste sie sie erneut. Sie fühlte sich so gut an auf ihren Lippen. Und Joshs Penis roch so gut. Mit zaghafter Neugier berührte sie die Spitze seiner Eichel mit ihrer Zungenspitze. Es war ihr, als ob sie diesen Geschmack schon immer gekannt hatte, oder als ob sie ihn ihr Leben lang vermisst und gesucht hätte. Etwas das besser roch und schmeckte, als Josh Penis, als seine Haut überhaupt, aber am meisten doch als seine erregte Eichel, konnte es nicht geben. Ganz langsam ertastete ihre Zungenspitze dieses Kunstwerk der Natur, das nur aus aphrodisierenden Pheromonen zu bestehen schien.

Lian und Marijana waren jetzt auch nackt. Sie kauerten sich zu beiden Seiten von Josh und ließen jetzt ebenfalls ihre neugierigen Zungenspitzen über seinen harten Penis wandern. Josh klammerte sich an das Bettgestell und streckte den drei geliebten Mädchen sein vor Erregung zitterndes und zum Bersten pralles Glied entgegen. Marijanas und Shadowcats Zungenspitzen trafen sich auf seiner Eichel. Und ohne sich von dieser zu trennen, umspielten sie sich ganz zärtlich, bis ihre jugendlichen Lippen sich zu einem intensiven, zarten und liebevollen Kuss trafen und dabei Joshs Eichel umschlossen.

Josh spürte in der Wärme ihrer Münder die immer gieriger werdenden Zungen seine Eichel bis zur Unerträglichkeit erregen. Und während Lian zärtlich am Schaft seines zuckenden Gliedes zu knabbern begann, fingen Shadowcat und Marijana an zu saugen, und auch sie knabberten ganz vorsichtig und behutsam aber mit sich immer mehr steigernder Lust an seiner Eichel. Josh bebte schon am ganzen Körper und glaubte, einen Orgasmus nicht mehr länger zurückhalten zu können. Es fühlte sich wie ein ungeheuerer, andauernder Orgasmus an, nur dass es noch zu keinem Samenerguss kam. Josh wünschte sich diesen fast herbei, weil der Reiz der Stimulation kaum noch auszuhalten für ihn war. Und doch wollte er nicht, dass es schon aufhörte. Shadowcat löste sich langsam von Joshs Glied. Und es kostete sie sehr viel Überwindung und Willensstärke, das zu tun. Auf ihren Lippen konnte sie noch die weiche Haut von Josh hartem Glied spüren. Einen langen Augenblick sah sie den Zärtlichkeiten von Marijana und Lian und dem vor Erregung bebenden Josh zu. Dann beugte sie sich über sein geliebtes Gesicht und streifte seine Lippen mit ihren erregten, festen kleinen Brustwarzen. Josh drückte seine Lippen auf sie, spürte und roch die ihn süchtig machende, samtige Haut von Shadowcats festen Brüsten und die sich ihm entgegenstreckenden, harten, kleinen Knospen. Er sog an ihnen und ließ seine Zunge um sie kreisen, als ob er sie nie wieder freigeben wollte.

Eine prickelnde Erregung breitete sich in Shadowcat aus. Wieder musste sie sehr viel Willensstärke aufbringen, um Josh ihre so leidenschaftlich liebkosten Brüste wieder zu entziehen. Mit gespreizten Beinen kniete sie sich über sein Gesicht, bis ihre winzigen inneren Schamlippen seine Lippen berührten. Josh ging es jetzt wie vorher Shadowcat. Während er durch die Zärtlichkeiten, die seinem erigierten Glied geschenkt wurden, schon am Ende seiner physischen Kräfte angelangt zu sein glaubte, spürte er jetzt diese zarten, weichen Schamlippen auf seinen Lippen und sog gierig ihren Geruch in sich ein. Nichts auf dieser Welt konnte besser riechen, als dieses Mädchen; als diese drei Mädchen! Und so einzigartig und unwiderstehlich gut die Mädchen überhaupt schon rochen, der zarte Geruch von Shadowcats sauberer, gepflegter, kleiner Scheide, drang ihm sofort bis ins Zentrum allen Fühlens und Denkens. Wie hatte er nur so lange leben können, wie hatte er nur überleben können, ohne diesen Geruch? Er brauchte diesen Geruch. Er verzehrte sich nach ihm.

Josh hätte Shadowcats zarte Schamlippen gerne zärtlicher liebkost, als es ihm in seiner Erregung möglich war. Als er nach oben zuckte und gierig ihren Geruch in sich einsog, presste er seine Lippen auf die weiche Haut. Immer wieder küsste er diese kleinen Schamlippen mit einer Leidenschaft, die auch Shadowcat erzittern ließ. Und plötzlich drang Joshs Zunge zwischen sie, zuerst noch zaghaft, dann aber in immer leidenschaftlicherer Ekstase. Tief drang seine Zunge in Shadowcat ein und erkundete ihre schmale kleine Spalte. Für Shadowcat war es ein noch erregenderes Erlebnis, als die Liebkosung durch Joshs Finger am See.

Als Josh dann über ihre kleine Klitoris leckte und sie gierig aber zärtlich in sich einsog, explodierte Shadowcat in einem gewaltigen Orgasmus. Mehrere Sekunden konnte sie diesen Orgasmus ertragen und hinauszögern. Dann entriss sie Josh ihre jungfräuliche kleine Scheide und ließ sich zitternd neben ihn fallen, während Marijana und Lian noch immer zärtlich mit Josh pulsierendem Glied spielten.

Ihnen war allen dreien aufgefallen, dass Josh trotz aller Liebe und trotz aller erotischer Anziehungskraft und Leidenschaft, die sie für immer aneinanderschweißten, noch nicht einmal versucht hatte, mit seinem Glied in eine von ihnen einzudringen. Und sie kannten auch den Grund dafür. Josh fürchtete sich davor, sie, die sie noch Jungfrauen waren, auf diese Weise zu lieben. Er fürchtete sich davor, ihnen Schmerzen zu bereiten. Und außerdem war Josh ein so zärtlicher und sinnlicher Mensch, dem das Fühlen, das Riechen und Schmecken, das Küssen und Streicheln so viel mehr bedeutete als dieser normale Geschlechtsakt. Das hieß aber nicht, dass er es nicht trotzdem auch liebte.

Während Shadowcats Körper sich langsam wieder beruhigte und Lian ihren Platz auf Joshs Lippen einnahm, benetzte Marijana zärtlich Josh hartes Glied mit einem Massageöl, das sie bisher wirklich immer nur benutzt hatten, wenn sie sich gegenseitig massiert hatten.

Josh roch und schmeckte den zarten Unterschied von Lians zu Shadowcats Scheide. Es war anders, aber ebenso erregend und süchtig machend. Keine Frau, die er bisher gekannt hatte, hatte ihn allein durch ihren Geruch so betören können, wie es diese Mädchen konnten. Keine Frau hatte jemals auch nur annähernd so gerochen, wie sie. Allein dieser Geruch setzte in Joshs Gehirn etwas frei, das ihm ein seliges Glücksgefühl bescherte.

Als Marijana Joshs Glied fertig mit dem Massageöl eingerieben hatte, kniete sie sich über dieses. Shadowcat war inzwischen wieder so ruhig, dass sie Josh Penis halten konnte. Langsam kam Marijana tiefer, bis die harte Eichel ihre jungfräulichen Schamlippen berührten. Ganz vorsichtig presste sie mit ihrem Becken dagegen. Sie konnte nicht leugnen, dass sie sich ein wenig fürchtete. Aber sie wollte es, sie sehnte sich danach, Josh in sich zu spüren. Allein der Druck von Joshs prall gefüllter Eichel gegen ihre kleine Scheide war eine wundervolle und für beide sehr intensiv erlebte, erotische Erfahrung, die Josh in seiner Erregung direkt an Lian weitergab. So wie vorher Shadowcats, erkundete und liebkoste seine Zunge jetzt Lians winzige, wohlschmeckende und ihn in ihren Bann schlagende Scheide, mit den kleinen, weichen Schamlippen, an denen er knabberte und sog, und der empfindlichen Klitoris, die Lian bei jeder geringsten Berührung zusammenzucken ließ.

Marijana presste ganz langsam fester auf Joshs so großes Glied. Sie hatte einmal gelesen, dass es weniger schmerzhaft wäre, wenn der Mann schnell in eine jungfräuliche Scheide eindrang. Aber das wollte sie nicht. Sie wollte es genießen, ganz langsam! Und deshalb konzentrierte sie sich auf die erregende Lust, die ihr dieses Erlebnis bescherte und vergaß den Schmerz fast vollkommen. Als die pralle Eichel langsam zwischen ihren Schamlippen verschwand, spürte sie ein heftiges Ziehen und sah ein kleines, rotes Rinnsal an Joshs Penis hinunterlaufen. Es war gar nicht schlimm gewesen.

Gestern waren wir noch Kinder! kam ihr wieder in den Sinn und sie presste ihren Körper weiter langsam nach unten und nahm Josh pochendes Glied immer tiefer in sich auf.

Shadowcat hatte sofort reagiert. Um keine verräterischen Spuren im Bett zu hinterlassen, hatte sie mit einem Tuch sofort Marijanas Blut von Joshs Penis gewischt.

Josh spürte, wie sein Glied langsam immer tiefer in Marijanas Scheide eindrang. Sie war so eng und so erregend. Er hätte gerne nach unten geschaut. Aber Lian saß noch über ihm und bot seinem gierigen Mund ihre ebenso gierige und sich nach seinen Zärtlichkeiten verzehrende, kleine Scheide an.

Als Marijana, bereits am ganzen Körper zitternd, das Gefühl hatte, dass Joshs Penis nicht weiter in sie eindringen könnte, gab sie einem plötzlichen Impuls folgend nach und ließ sich die letzten Zentimeter mit einem plötzlichen Ruck und ihrem ganzen Gewicht auf Joshs Penis fallen, so dass sie ihn nun doch vollends in sich aufnahm. Diese kurze, schnelle Bewegung bescherte ihrem schon bebenden Körper im selben Augenblick einen unkontrollierbaren Orgasmus. Ihre Brustwarzen zogen sich zusammen und spannten so sehr, dass sie ihre Hände fest auf ihre Brüste pressen musste, um diesen Orgasmus, der ihren ganzen Körper gefangen nahm, ertragen zu können.

Josh spürte, wie Marijanas ohnehin schon so enge Scheide, die sein Glied so fest umschloss, so stark zuckte, dass auch er einen Orgasmus nicht länger hinauszögern konnte. Während er sich zärtlich in Lians inneren Schamlippen verbiss und ihr auf diese Weise ebenfalls einen intensiven Orgasmus bescherte, schafften seine Arme und Hände es doch noch, Marijana an den Hüften zu packen und mit ungewollter Heftigkeit von seinem explodierenden Glied zu ziehen. Die Entladung kam mit einer solchen Kraft, dass er bis an die Decke spritzte, und sie alle vier in immer neuen Stößen mit seinem Samen benetzte.

Josh schlief nicht einfach nur ein. Heute verlor er das Bewusstsein, nach diesem Orgasmus, der ihm in einer nicht mehr zu überbietenden Dimension beschert worden war. Er hatte keine Träume, keine Visionen und keine Bilder in seinem Kopf. Er schien wirklich aufgehört haben zu sein und in ein glückliches Nichts einzugehen. Marijana und Lian lagen neben und auf ihm und schienen ebenso ohne Bewusstsein zu sein, wie er. Nur Shadowcat hatte ihren Orgasmus schon so weit überwunden, dass sie davon eine Ausnahme bildete. Schweißgebadet, glücklich und erschöpft sah sie nach oben und beobachtete einen Tropfen von Joshs gewaltigem Samenerguss, der sich von der Decke löste und auf sie nieder tropfte. Sie lagen alle vier als ein glücklicher sich umschlingender Haufen in dem einen Bett. Shadowcat zog die Decke über die anderen und sich und löschte das Licht.

Am nächsten Morgen klingelte der Wecker schon um halb Sieben. Die vier erwachten so, wie sie eingeschlafen waren. Ihre Glieder schmerzten, aber sie waren trotzdem glücklich, zumindest im Moment des Erwachens. Als sie langsam ins Bewusstsein des neuen Tages eintauchten, erwachte damit auch immer mehr das Bewusstsein, dass das ihre letzten gemeinsamen Minuten sein würden. Keiner von ihnen wollte der erste sein, der das Bett und damit die Geborgenheit dieser liebenden Gemeinschaft verließ.

Josh nahm Marijana, Shadowcat und Lian in seine Arme. Er küsste jede von ihnen mit aller nur erdenklicher Liebe und Zärtlichkeit. Er wollte noch einmal ihren Atem spüren und ihre Liebe schmecken. Noch einmal berührte und küsste er ihre jugendlichen, sich so sehr unterscheidenden und sich auf der anderen Seite doch so sehr ähnelnden Körper, bedeckte Marijanas volle Brüste mit heißen Küssen, ebenso wie Lians kleine und Shadowcats, die auf wunderbare, perfekte Weise irgendwo dazwischen lagen. Noch einmal vergrub er sein Gesicht in ihren Schößen und spürte ihre zarten, weichen Schamlippen auf seinen Lippen. Und auch die Mädchen nutzten diese letzte Chance, Josh noch einmal mit all ihren Sinnen wahrzunehmen. Sie berührten seine Muskeln und zeichneten seine Stränge mit ihren Fingern nach, sie küssten zärtlich sein Gesicht und strichen dabei durch seine zerwühlten Haare und sie nahmen noch einmal seinen Penis, der durch diese Liebkosung auch sofort wieder erwachte, in ihre kleinen Hände und bedeckten ihn mit liebevollen Küssen. Lian und Shadowcat hätten ihn auch noch so gerne in sich gespürt. Aber sie wussten, dass sie dafür keine Zeit mehr hatten. Sie mussten sich mit Gewalt von ihm losreißen.

Dann sprangen sie alle vier wieder gemeinsam unter die Dusche.

Die Zeit verging wie im Flug. Josh putzte noch schnell seine Zähne, dann musste er sich auch schon beeilen, in seine Kleider zu springen und ans Fenster zu eilen. Draußen kam gerade wieder Der Schulbus. Und im Gang waren schon die Schritte von Frau Siratja zu hören. Noch einmal nahm er nacheinander Marijana, Lian und Shadowcat in den Arm und küsste jede von ihnen mit inniger Liebe. Mit Tränen in den Augen und einem Kloß im Hals flüsterte er: „Ich liebe euch!"

Im nächsten Moment stand Frau Siratja in der Tür und Josh steckte unter dem Bett.

„Guten Morgen Mädchen!" grüßte Frau Siratja und fragte gleich weiter: „Habt ihr geweint?"

Die Mädchen wussten, dass man ihre Tränen noch an ihren geröteten Augen sehen konnte. Trotzdem verneinten sie die Frage. Frau Siratja war niemand, den sie ins Vertrauen ziehen würden. Und es war sicherlich nicht verkehrt, wenn sie gleich merkte, dass sie auch noch ein Privatleben hatten und Gefühle, die sie nichts angingen.

„Ich kann euch gut verstehen", sagte Frau Siratja, als sie ins Zimmer trat und die Tür hinter sich schloss. „Ihr steht an der Schwelle zu einem neuen Abschnitt eures Lebens. Ihr lasst alles Bekannte und Vertraute hinter euch. Aber glaubt mir: Das, was ihr in St. Bernadette lernt, was ihr an Wissen, Fähigkeiten und Lebenserfahrung lernt, wird alles übersteigen, was ihr euch in euren kühnsten Träumen vorstellen könnt."

Josh war nicht wohl unter dem Bett. Marijana hatte heute keine Zeit mehr gehabt, die Bettdecke so zu drapieren, dass sie ihn vor neugierigen Blicken schützen konnte. Also rutschte er unter dem Bett lautlos bis an die Wand und drückte sich so fest an sie, wie es nur möglich war.

Frau Siratja setzte sich ausgerechnet auf dieses Bett, unter dem Josh sich versteckt hatte. Aber genau betrachtet war das ein großes Glück. Es war der einzige Platz von dem aus man, wenn man saß, nicht unter dieses Bett schauen konnte. Josh entspannte sich wieder etwas und war glücklich über jeden Blick, den er heimlich noch mit Marijana, Lian und Shadowcat wechseln konnte.

„Ich habe aus euren Schreiben herausgelesen, dass ihr Tiere sehr mögt", begann Frau Siratja und platzte dann mit der banalen Überraschung heraus: „Wir gehen heute in den Zoo!"

Die Mädchen liebten Tiere wirklich sehr, genau genommen mehr als die meisten Menschen und noch genauer genommen; mehr als alle Menschen außer einem außerhalb ihrer eingeschworenen Dreiergruppe. Und dieser eine Mensch lag unter Marijanas Bett. Insofern konnte die frohe Nachricht keine übermäßig große Begeisterung in ihnen wecken. Das versuchten sie aber zu verbergen. Und so gingen sie mit Frau Siratja erst einmal in den Speisesaal und brachen dann nach dem lustlos eingenommenen Frühstück zum Zoo auf.

Josh entkam, nachdem die Schritte im Gang verklungen waren, wie üblich durchs Fenster. Und wieder wartete er an der Straßenecke, um einen letzten zärtlichen Blick mit den Mädchen zu wechseln, als sie in den wartenden Wagen einstiegen. Frau Siratja bemerkte heute Shadowcats Blick, den sie gar nicht mehr von Josh abwenden wollte und konnte.

Shadowcat und Josh gestanden sich noch einmal all ihre Liebe in diesem Blick und in der geistigen Verbindung, in der sie in solchen Momenten miteinander kommunizieren konnten. Doch als Josh im Augenwinkel Frau Siratja noch einmal aus dem Wagen steigen und Shadowcats Blick nachverfolgen sah, war er hinter der Ecke verschwunden, bevor Frau Siratja ihn wahrnehmen konnte.

Shadowcat, die sich aus ihrem geistigen Zwiegespräch mit Josh gerissen sah, blickte Frau Siratja mit großen Augen über das Autodach an. Und Frau Siratja versuchte vergeblich in diesem geheimnisvollen Blick zu lesen und fragte schließlich, selbst in einiger Verwirrung: „Hast Du einen Geist gesehen, Victoria?"

Und Victorias Antwort „Die Geister sind überall!" erstaunte sie dann nur noch umso mehr.

Victoria hatte sich schon auf den Rücksitz gesetzt, als Frau Siratja in Gedanken versunken noch einmal zu der Stelle zurückblickte zu der Victoria eben so intensiv gestarrt hatte und nichts als eine leere Straßenecke sah.

Was für ein beeindruckendes Mädchen! dacht sie bei sich und setzte sich auf den Beifahrersitz des Wagens. Dann fuhren sie los.

Und während Josh noch unbewusst sein Fahrrad wieder zu dem kleinen See lenkte, der ihn so sehr mit Shadowcat, Lian und Marijana verband, erreichten die schon den Zoo, mussten dort aber noch fast eine halbe Stunde warten, bis er öffnete. Sie waren schon oft allein hier gewesen. Auf der einen Seite taten ihnen die in Käfige und viel zu kleine Gehege gesperrten Tiere zwar leid. Auf der anderen Seite verstanden sie aber auch schon, dass viele Tiere, die es in freier Wildbahn kaum noch gab, hier zwar in Gefangenschaft, aber auch in Sicherheit leben konnten. Hier war auch Shadowcats Gabe, mit den Tieren reden zu können, für Lian und Marijana zum ersten mal offensichtlich geworden. Ohne zu sprechen konnte Shadowcat nur durch ihre Gedanken jedes beliebige Tier zu sich rufen. Am liebsten war sie bei den Großkatzen, die sofort immer bis ans Gitter kamen, wenn Shadowcat erschien. Und dann sahen sie sich manchmal stundenlang nur in die Augen.

Einmal hatte es einen Unfall gegeben, während sie im Zoo waren. Ein Tiger hatte seinen Wärter angefallen. Das war das erste und einzige mal gewesen, dass Shadowcat ein Tier im Zoo laut gerufen hatte. Sie kannte den Namen des Tigers und rief ihn, bevor irgendjemand anderes überhaupt registriert hatte, was passiert war. Zweimal rief sie den Namen des Tigers. Und als der sich dann vom Wärter ab- und sich ihr zuwandte, da rief sie ihn nur wieder in ihren Gedanken. Der Blutrausch, in den der Tiger geraten war, verflog so schnell, wie er gekommen war. Wie ein zahmes Lamm trottete er bis zum Gitter, setzte sich hin und sah Shadowcat an. Der Wärter war durch Shadowcats schnelle Reaktion nur leicht verletzt und konnte ohne fremde Hilfe das Gehege verlassen. Trotzdem kam dann ein größerer Trupp an, von denen einer ein Gewehr trug. Shadowcat, Marijana und Lian flehten den Mann an, den Tiger nicht zu erschießen. Und Shadowcat bot sogar an, in das Gehege zu gehen, um zu beweisen, dass der Tiger ganz harmlos und zahm war. Aber sie wurde nur ausgelacht, wie kleine Mädchen eben ausgelacht werden, die so kindische Vorschläge machen. Letztendlich war es dem angefallenen Wärter zu verdanken, dass der Tiger nicht auf der Stelle erschossen wurde. Er sagte, dass es seine eigene Schuld gewesen wäre und dass er unvorsichtig gewesen sei. Nach diesem Vorfall hatten Shadowcat, Marijana und Lian monatelang versucht, eine Praktikumsstelle, oder zumindest einen Aushilfsjob im Zoo zu bekommen. Aber sie waren immer abgewiesen worden.

Nun waren sie heute in Begleitung von Frau Siratja wieder hier. Und Shadowcat nahm sich vor, ihre Gabe vor ihrer Begleiterin zu verbergen. Mehrere Stunden spazierten sie durch den Zoo. Frau Siratja hielt endlose Vorträge über die verschiedenen Tiergattungen. Aber auch wenn Shadowcat die Tiere, die auf sie zugelaufen kamen, sobald sie sie entdeckten, mit der Kraft ihrer Gedanken wieder wegschickte, konnte sie sich doch nicht verkneifen, Frau Siratja in ihren Ausführungen mehrfach zu korrigieren. Und schließlich musste Frau Siratja sich eingestehen, dass Victoria mehr von Tieren verstand und wusste, als sie selbst.

Mittags saßen sie im Restaurant des Zoos und Frau Siratja bemerkte bei den Mädchen die gleiche Appetitlosigkeit, die sie schon während der letzten beiden Tage beobachtet hatte. Sie war es gewohnt, dass die Schülerinnen des Internats ihr mit Respekt und Vertrauen begegneten. Mit ihren neunundzwanzig Jahren war sie eine schöne, junge und starke Frau, zu der die Schülerinnen bewundernd aufblickten. Und so wunderte sie sich sehr darüber, dass es ihr nicht gelang, zu diesen drei Mädchen durchzudringen. Marijana, Lian und Victoria waren ruhig und bescheiden und ihr Benehmen Frau Siratja gegenüber war respektvoll und von ausgewählter Höflichkeit. Aber sie gaben nichts von sich preis. Frau Siratja konnte nichts von ihren innersten Gedanken und Gefühlen aus ihnen herauslocken. Und das war eine völlig neue Erfahrung für sie. Kein Mädchen hatte jemals etwas vor ihr verbergen können. Kein Mädchen hatte es jemals versucht. Die einfachste Erklärung dafür wäre sicher gewesen, dass Marijana, Lian und Victoria als Heimkinder sich schwer taten, Beziehungen zu anderen Menschen einzugehen. Aber die meisten Mädchen in St. Bernadette waren Waisen. Insofern gab sich Frau Siratja mit dieser Erklärung nicht zufrieden.

Nachdem sie mit ihrem zoologischen Wissen nicht hatte punkten können, versuchte sie jetzt erneut ein Gespräch mit den schweigsamen Mädchen zu beginnen.

„Freut ihr euch schon auf das Internat?" fragte sie sie. Und Marijana antwortete für alle drei: „Ja."

Vor wenigen Tagen wäre das noch die volle Wahrheit gewesen. Jetzt war es nur noch die halbe. Das Leben von Marijana, Lian und Shadowcat hatte sich in weniger als einer Woche völlig gewandelt. Von den menschenscheuen Mädchen, die niemanden außer sich selbst hatten, und die sich freuten, auf einer Insel vor der afrikanischen Wesküste ein Internat besuchen zu dürfen, auf dem sie der Welt, die sie bisher gekannt hatten, den Rücken kehren und sich nur noch auf ihr Lieblingsfächer, Sport und Kunst konzentrieren konnten, waren drei Liebende geworden, die Angst davor hatten, das, was ihnen das Leben in den letzten Tagen geschenkt hatte, das einzige, was ihrem Leben je einen Sinn gegeben hatte, wieder zu verlieren.

„Können Sie", fragte Marijana, einer plötzlichen Eingebung folgend, „in St. Bernadette nicht noch einen Lehrer für Sport und Kunst gebrauchen?"

Frau Siratja schüttelte den Kopf.

„Wie kommst Du denn auf so eine Idee?"

Marijana erklärte: „Bei uns im Gymnasium ist diese Woche ein Lehrer entlassen worden, gegen den es eine Untersuchung gegeben hatte. Es hat sich zwar rausgestellt, dass er unschuldig war, aber trotzdem haben sie ihn entlassen."

Frau Siratja dachte kurz nach. Dann fragte sie: „Ihr mögt diesen Lehrer wohl?"

Marijana antwortete ausweichend aber ehrlich: „Er war der Lehrer der Parallelklasse."

Und Lian ergänzte noch schnell: „Aber wir haben immer gehört, dass er ein sehr guter Lehrer sein soll!"

„St. Bernadette", erklärte Frau Siratja, „ist ein reines Mädcheninternat.

Männer kommen nur sehr selten auf die Insel."

Obwohl Shadowcats Herz schneller schlug, seit Marijana gefragt hatte, ob nicht ein Lehrer auf St. Bernadette gebraucht werden würde, sagte sie jetzt wie nebenbei, ganz teilnahmslos: „Er muss wohl als Sportlehrer sehr beeindruckend sein. Angeblich hat er sogar selbst mehrere regionale Meisterschaften in verschiedenen Disziplinen gewonnen."

Irgendetwas schien Shadowcat damit in Frau Siratja angesprochen zu haben. Diese saß eine Weile grübelnd da und sagte schließlich mehr zu sich selbst, als zu den Mädchen: „Ein Sportlehrer! Das könnte doch ganz amüsant sein."

Shadowcat lief ein eisiger Schauer den Rücken hinunter, als sie das hörte. Und sie wünschte sich augenblicklich, sie hätten Josh niemals vor dieser Frau erwähnt. Und als Frau Siratja jetzt fragte: „Wie heißt dieser Lehrer denn?", zuckte Lian, die diesen Schauer ebenfalls gespürt hatte, die Schultern und antwortete: „Wie gesagt, er war nicht unser Lehrer."

„Mhm!" machte Frau Siratja, die jetzt wirklich davon überzeugt war, dass die Mädchen den Lehrer nicht persönlich kannten. Dann sagte sie schließlich: „Na ja, ist ja auch egal."

Damit wechselte sie das Thema. Und nachdem sie das kleine Mittagessen beendet hatten, wanderten sie weiter durch den Zoo.

Frau Siratja brachte die Mädchen heute schon früher ins Waisenhaus zurück. Sie mussten schließlich noch ihre Sachen packen, um in die Kammer im zweiten Stock umzuziehen. Und überhaupt mussten sie langsam anfangen, all ihre Habe für ihren Umzug auf die Insel einzupacken. Auch den Montag gab Frau Siratja den Mädchen frei, damit sie sich auf den Umzug vorbereiten konnten. Sie sollten sich aber zur Verfügung halten.

Sofort, als Frau Siratja sich von den Mädchen verabschiedet hatte, liefen Marijana, Lian und Shadowcat zur Telefonzelle, um Josh anzurufen. Aber sie konnten ihn nicht erreichen. Hätten sie gewusst, dass er an ihrem kleinen Waldsee war und von ihnen träumte, wären sie wahrscheinlich sofort zu ihm gefahren. So gingen sie niedergeschlagen und traurig in ihr Zimmer zurück und packten. Und außerdem fielen ihnen noch die verräterischen Flecken von Joshs Samenerguss in die Augen. Und sie machten sich daran, diese Spuren zu beseitigen. Als sie mit allem fertig waren, brachten sie ihre wenigen Habseligkeiten in das kleine Zimmer im zweiten Stock. Und da saßen sie nun und grübelten.

„Was denkt ihr?" fragte schließlich Marijana. Und Lian antwortete ihr: „Ich wäre froh, wenn ich meine Gedanken so weit ordnen könnte, dass ich überhaupt von mir behaupten könnte, dass ich denke."

Shadowcat stimmte dem zu, indem sie sagte: „Mir geht's genauso."

Trotzdem sprach sie weiter und teilte ihre Gedanken, oder besser gesagt, ihre Gefühle mit Lian und Marijana, indem sie Frau Siratjas eigentümlichen Satz wiederholte: „Das könnte doch ganz amüsant sein!"

Sie sprach den Satz mit genau diesem undefinierbaren Unterton aus, der auch aus Frau Siratjas Mund zu hören gewesen war und sowohl Marijana als auch Lian spürten wieder, wie es ihnen eisig über den Rücken rann. Marijana konnte sich als erste aus diesem Schauer befreien und sagte: „Ich hoffe, wir haben nichts Falsches gemacht."

„Wenn wir das haben", antwortete Lian, „dann haben wir das bereits, als wir uns selbst in St. Bernadette beworben haben."

„Das stimmt!" sagte Shadowcat. „Von der Siratja geht irgendetwas Bedrohliches aus. Und das hängt auf jeden Fall mit St. Bernadette zusammen. Insofern wäre es wahrscheinlich gar nicht verkehrt, wenn wir Josh in unserer Nähe hätten."

„Aber die Bedrohung", widersprach Marijana, „scheint doch vor allem ihn zu betreffen."

Shadowcat und Lian sahen sie an. Sie wussten, dass Marijana Recht hatte.

Die drei versuchten noch mehrfach Josh anzurufen. Aber die Stationsschwester hier im zweiten Stock ließ sie ab halb neun nicht mehr nach unten zum Telefonieren. Und als Josh ca. um neun Uhr abends nach Hause kam, wartete er vergebens auf den Anruf der drei geliebten Mädchen.

Er hatte seit drei Tagen nichts gegessen. Und jetzt hatte er eine schlaflose Nacht zu überstehen. Er verbrachte sie überwiegend auf seiner Couch, betrachtete dabei die beleuchtete Zeichnung von Marijana, Lian und Shadowcat und trank die restliche halbe Flasche Rotwein, die noch auf dem Wohnzimmertisch gestanden hatte.

Am nächsten Morgen fuhr er schon früh zum Waisenhaus, damit er die Mädchen sehen konnte, wenn sie wieder mit dieser Frau Siratja aus dem Haus kämen und in das Auto stiegen. Aber weder fuhr ein Auto vor, noch kamen die Mädchen aus der Tür. Ihr altes Zimmer war leer, wie er durch das Fenster sehen konnte. Er war kurz davor, wieder die Heimleiterin zu besuchen und sich nach den Mädchen zu erkundigen. Aber er sagte sich, dass er keine einleuchtende Erklärung dafür abgeben könnte. Bis nach neun Uhr vormittags trieb er sich in der Nähe des Waisenhauses rum. Dann schwang er sich schweren Herzens in den Sattel seines Fahrrades und fuhr wieder nach Hause. Der Heimweg kam ihm ewig vor. Und obwohl die Strecke eben war, fand er sie heute sehr anstrengend zu fahren.

Wieder zuhause taumelte er wie in Trance ins Bad. Seine Augen brannten von ungeweinten Tränen. Er erschrak, als er sein eingefallenes Gesicht im Spiegel betrachtete. Ein, zwei Tage fasten tat ihm ja sonst ganz gut und machten sein Gesicht immer etwas markanter, wie er fand. Jetzt aber sah er wirklich übel aus.

Ich muss was essen! dachte er sich, spürte aber gleich eine Übelkeit in sich aufsteigen, als er nur an etwas zu Essen dachte. Also sagte er sich, *vielleicht später*, schlurfte wieder ins Wohnzimmer und ließ sich schwer auf die Couch fallen, wo er bald in einen tiefen Schlaf fiel und von schlimmen Träumen geplagt wurde.

Es war schon Nachmittag, als er durch die Türglocke aus dem Schlaf gerissen wurde. Er schrak mit dem Bild von Marijana, Shadowcat und Lian vor seinem geistigen Auge hoch, wusste aber sofort, dass sie es nicht waren, die vor seiner Tür standen. Die drei klingelten nicht. Sie hätten wieder geklopft, wie sie es die beiden Male schon getan hatte, als sie vor seiner Tür gestanden hatten. Zumindest war er jetzt halbwegs ausgeruht. Er wischte sich kurz über die Augen, ging zur Tür und öffnete. Er erkannte Frau Siratja sofort, zeigte das aber mit keiner Miene.

„Herr Barker?" fragte Frau Siratja. Josh warf einen prüfenden Blick auf das Namensschild an seiner Tür, bevor er antwortete: „Äh, ... ja!"

„Freut mich, Sie kennen zu lernen." sagte Frau Siratja, während sie Barker die Hand entgegenstreckte und sich vorstellte: „Mein Name ist Evelyn Siratja."

Josh ergriff zögernd die Hand. Er konnte sich nicht erklären, was diese Frau, die im Begriff stand, ihm seine drei Geliebten zu entführen, von ihm wollte. Und so wartete er neugierig ab.

„Darf ich reinkommen?" fragte Frau Siratja und erklärte weiter: „Ich bin hier, um ihnen ein Angebot zu machen. Und das möchte ich ungern hier im Treppenhaus tun."

„Bitte!" entgegnete Josh, während er mit seiner Hand eine einladende Geste machte, mit der er Frau Siratja einlud, in seine Wohnung zu kommen. Er schloss die Tür hinter ihr und führte sie mit den Worten: "Hier entlang." ins Wohnzimmer.

„Bitte, nehmen sie Platz", lud Josh sie ein und deutete auf den Sessel. Gleichzeitig fiel sein Blick auf die Zeichnung, die er von Shadowcat, Lian und Marijana gefertigt hatte. Und während Frau Siratja sich setzte, nahm er die Skizze von der Staffelei und legte sie in den Schrank. Dann setzte auch er sich auf die Couch und forderte Frau Siratja mit einem dritten „Bitte!" auf, ihr Angebot zu unterbreiten.

„Ich komme gerade von dem Gymnasium, an dem sie bis vor ein paar Tagen unterrichtet haben", begann sie ihre Einleitung. Dann machte sie eine kleine Kunstpause, wohl in der Annahme, dass Barker sich jetzt sofort verteidigen und seine Unschuld beteuern würde. Das tat er aber nicht. Er lauschte einfach nur gespannt ihren Worten, während er sie aufmerksam studierte. Sie war eine schöne, schlanke junge Frau. Josh schätzte sie auf irgendwo zwischen zweiundzwanzig und knapp dreißig. Er konnte noch nie gut das Alter von Menschen einschätzen, vor allem nicht von Frauen. Aber mit seiner geschätzten Obergrenze, den knapp dreißig Jahren, lag er doch gar nicht so verkehrt. Frau Siratja hatte mit ihrer schlanken Statur und einer

Größe von hundertzweiundsiebzig Zentimetern fast Modelmaße. Sie hatte volle, braune Haare, die ihr bis auf die Schultern fielen. Und sie trug einen eng anliegenden, grauen Blazer, der einen Blick auf ein sehr verführerisches Dekolleté gewährte, und einen dazu passenden, kurzen grauen Rock. Sie saß mit übereinander geschlagenen Beinen da und wusste diese in feinen Netzstrümpfen steckenden Beine auch sehr wohl zur Geltung zu bringen. Das alles konnte Josh erkennen, während er sie mit einem raschen Blick überflog. Nachdem Barker nicht auf ihre Anspielung reagierte, sprach sie weiter. „Mir ist zu Ohren gekommen, was ihnen an dieser Schule für ein Unglück …" „Unrecht!" unterbrach Josh sie an dieser Stelle mit einer besonderen Betonung der Silbe *recht*. Und Frau Siratja korrigierte sich und fuhr fort: „… für ein Unrecht widerfahren ist. Ich habe mich über ihre Fähigkeiten und Zeugnisse erkundigt und muss sagen: Ich bin beeindruckt! Beeindruckt und erstaunt, dass sie keine Laufbahn als Sportler eingeschlagen haben."

Josh zuckte gleichgültig mit den Schultern. Er machte sich schon lange keine Gedanken mehr darüber, dass er diese Chance, die Chance, als Sportler Karriere zu machen, nicht genutzt hatte, dass er damals, als er diese Chance gehabt hatte, sie einfach nicht erkannt hatte. Jetzt war er schon lange aus dem Alter raus, in dem er eine Laufbahn als Sportler hätte anstreben können. Aber das alles wollte er nicht erklären und so tat er es mit einem Schulterzucken ab.

„Nachdem ich in Ihrer Schule war", sprach Frau Siratja weiter, „hatte ich ein längeres Telefonat. Und ich bin in der glücklichen Lage, dazu berechtigt zu sein, Ihnen ein Angebot zu unterbreiten."

„Das sagten Sie bereits!" stimmte Barker ihr bei und hoffte, dass sie endlich auf den Punkt kommen würde. Frau Siratja musterte Barker einige Sekunden mit einem eigentümlich abschätzenden Blick. Dann begann sie ihre Erklärung: „Ich arbeite für ein internationales, privates Mädcheninternat. Dieses Internat hat sich darauf spezialisiert, begabte Mädchen in Kunst, Sport und in der Fähigkeit zu fördern, in dieser Welt zu bestehen und sich in einer … wie soll ich sagen? … von Männern dominierten Gesellschaft durchzusetzen."

Josh runzelte unmerklich die Stirn und Frau Siratja sprach weiter. „Das Internat liegt auf einer privaten Insel, rund fünfhundert Kilometer südwestlich der Kapverdischen Inseln. Haben Sie ungefähr eine Vorstellung, …" „Ich weiß, wo das ist!" beantwortete Barker die noch nicht fertig gestellte Frage. Geographie gehörte zwar nicht zu den Fächern, die er unterrichtete, aber sehr wohl zu seinen Interessensgebieten.

„Gut!" fuhr Frau Siratja fort und musste sich eingestehen, dass sie das Bild, das sie sich von Barker aufgrund seiner Sportlichkeit und vielleicht mehr noch aufgrund seines guten Aussehens bisher zurechtgelegt hatte, korrigieren musste. Er war also doch nicht nur der eitle, keulenschwingende

Höhlenmensch, sondern hatte auch ein gewisses Maß an Bildung. Aber das bedeutete nur noch einen größeren Reiz für sie, vor allem, weil er nichts von sich preis gab. Er redete von sich aus nichts, sondern saß nur da und wartete ab, was sie zu sagen hatte. Und dabei wusste sie genau, welche Wirkung sie auf Männer ausübte und wie Männer in ihrer Gegenwart ganz klein wurden. Die meisten fingen an, geifernd dummes Zeug zu reden, so wie der Direktor des Gymnasiums, mit dem sie vor gerade mal zwei Stunden eine Unterredung gehabt hatte und der sie sofort zum Essen hatte einladen wollen. Evelyn Siratja änderte ihre Beinstellung. Sie sah, dass Barker hinsah und sie gewährte ihm wie unbeabsichtigt einen Blick zwischen ihre Schenkel, der ihm zeigen sollte, dass ihre Netzstrümpfe von Strapsen gehalten wurden und vor allem, dass sie keinen Slip unter ihrem Rock trug. Frau Siratja genoss den Blick Barkers und spielte ihr Spiel vielleicht einen kleinen Tick zu verführerisch. Als sie wieder zu ihm aufblickte, sah der ihr schon voll in die Augen und fragte: „Und?"

„Und?" wiederholte Frau Siratja, die damit gerechnet hatte, Barker mit ihrer kleinen Provokation aus dem Gleichgewicht zu bringen, die Frage und musste sich eingestehen, dass sie selbst den Faden verloren hatte.

„Sie arbeiten also für ein privates Mädcheninternat auf einer ebenso privaten Insel im südlichen Nordatlantik in internationalen Hoheitsgewässern ein paar hundert Meilen vor der Westafrikanischen Küste! Was hat das nun mit mir zu tun?"

Frau Siratja fasste sich blitzschnell wieder.

Entweder, sagte sie sich, *ist der abgebrühter, als ein Hummer, oder er ist schwul.*

Das konnte sie ihn aber nicht so einfach fragen. Nach allem, was sie sah, so wie Barker sich gab, so wie er seine Wohnung eingerichtet hatte, unter anderem auch mit erotischer Kunst, deutete absolut nichts darauf hin, dass er schwul sein könnte, ganz abgesehen von den Gerüchten, die an dem Gymnasium umgingen, in dem er unterrichtet hatte. Der Ehrlichkeit halber muss man an dieser Stelle einräumen, dass Josh, bevor Shadowcat, Lian und Marijana in sein Leben getreten waren, durchaus noch Frau Siratjas Reizen und ihren Verführungskünsten erlegen wäre. Da machte er sich selbst auch gar nichts vor. Diese Frau war wirklich eine Wow-Frau! Aber er empfand nichts für sie. Das einzige, was sie mit der Zurschaustellung ihrer weiblichen Reize bei ihm bewirkte, war dass sie sein Misstrauen weckte. In seinem Herzen und in seinem Zentrum, das für die Empfänglichkeit erotischer Reize zuständig war, war kein Platz für eine Frau Siratja. Dieses Emotions- und Lustzentrum in ihm gehörte nur noch Lian, Shadowcat und Marijana.

Wovon, fragte sich Josh, *spricht diese Frau eigentlich? Und was will sie von mir?*

„Ich will ihnen das Angebot machen, auf St. Bernadette Sport und Kunst zu unterrichten!" beantwortete Frau Siratja seine in Gedanken gestellte Frage. Josh hörte überrascht auf. Aber noch bevor er auf das

Angebot reagieren konnte, hörte er ein leises Klopfen an der Wohnungstür.

„Entschuldigen Sie mich bitte!" bat Josh, stand auf und verließ, die Wohnzimmertür hinter sich anlehnend den Raum. Sein Herz schlug schon schneller, bevor er die Wohnungstür öffnete. Er wusste, dass dieses Klopfen nur von den drei geliebten Mädchen stammen konnte. Als er sie vor sich sah, stiegen ihnen allen vieren vor Glück und Freude Tränen in die Augen. Aber als Marijana ansetzen wollte, etwas zu sagen, legte Josh schnell seinen Zeigefinger auf seine Lippen. Die Mädchen verstanden die Geste sofort. Josh nahm ein Gesicht nach dem anderen in seine vor Freude zitternden Hände und küsste die drei mit so viel Zärtlichkeit, wie die Zeit ihm gestattete. Dann flüsterte er: „Eure Frau Siratja sitzt bei mir im Wohnzimmer."

Shadowcat antwortete sofort mit ehrlicher Sorge: „Nimm Dich vor ihr in acht."

Josh drehte sich noch mal um. Die Wohnzimmertür war fast zu. Er nahm Shadowcat bei der Hand und flüsterte wieder: „Kommt mit!"

Damit führte er die Mädchen leise an der Wohnzimmertür vorbei in sein Schlafzimmer und sagte hier, noch immer flüsternd, zu ihnen: „Wartet hier auf mich. Hier ist die Verbindungstür zum Wohnzimmer. Da könnt ihr alles hören."

Den Mädchen zu sagen, dass sie leise sein sollten, wäre überflüssig gewesen. Noch vor wenigen Tagen war Josh so voller Zweifel gewesen, was diese Mädchen betraf. Und jetzt hätte er jeder von ihnen blind sein Leben anvertraut. Sie wussten selbst, dass sie sich als heimliche Lauscher still verhalten mussten. Noch einmal küsste er zärtlich die drei. Dann ging er wieder den Umweg über den Gang benutzend ins Wohnzimmer zurück. Lian, Marijana und Shadowcat spürten dieses grenzenlose Vertrauen, das Josh ihnen schenkte und waren ihm unendlich dankbar dafür. Er ließ sie heimlich ein Gespräch belauschen, das nicht nur über seine, sondern auch über ihre Zukunft bestimmen würde.

Josh nahm wieder auf der Couch Platz. Er entschuldigte sich für die Störung, „Entschuldigung", gab aber keine Erklärung dafür ab.

„Sport und Kunst", sagte er schließlich nachdenklich, „das sind meine Fächer!"

Er blickte Frau Siratja forschend ins Gesicht und sagte: „Sie kommen sicherlich nicht über fünftausend Kilometer hier nach Deutschland geflogen, nur um ausgerechnet mir dieses Angebot zu machen."

Frau Siratja lächelte ihn an und nickte: „Da haben Sie natürlich Recht Herr Barker. Ich bin hier, um drei Mädchen, die bei ihnen auf dem Gymnasium waren, abzuholen. Sie werden sie wahrscheinlich nicht kennen, da sie nicht in ihrer Klasse waren."

Josh wusste natürlich ganz genau, von wem die Rede war. Aber er gab weder das zu erkennen, noch dass er diese Mädchen inzwischen mehr als nur kannte. Neugierig lausche er weiter Frau Siratjas Erklärung.

„Es sind drei Waisen", fuhr sie fort, „die sich vor einigen Monaten um eine Aufnahme in unserem Internat beworben hatten. Nach eingehender Prüfung haben wir uns entschlossen, sie bei uns aufzunehmen, obwohl sie für eine Aufnahme altersmäßig schon fast an der Obergrenze liegen. Und nun bin ich hier. Diese Mädchen haben von Ihrer Situation natürlich auch gehört. Und gestern haben sie mich darauf aufmerksam gemacht. Wie gesagt: Ich habe mich inzwischen über sie erkundigt. Ihre Referenzen sind mehr als beeindruckend. Und nun frage ich Sie, ob Sie interessiert sind, auf St. Bernadette zu unterrichten? Wenn ja, müssten Sie schon morgen mit uns ins Flugzeug steigen."

„Das kommt sehr plötzlich!" sagte Josh nicht wenig erstaunt.

Und Frau Siratja antwortete darauf: „Das ist mir durchaus bewusst" und fügte dann noch hinzu: „Ich muss Ihnen fairerweise natürlich auch gleich sagen, dass Veronika Vranja, die Eigentümerin und Leiterin von St. Bernadette erst ein Gespräch mit Ihnen wünscht, bevor sie Ihnen fest zusagen kann. Und dann wäre Ihre Anstellung natürlich auch erst auf Probe."

„Aha!" sagte Barker mit der Erkenntnis, dass es also doch einen Haken gab.

Aber Frau Siratja versuchte sofort, ihn zu beschwichtigen, indem sie fortfuhr: „Ihnen entstehen natürlich keinerlei Kosten. Wenn Frau Vranja sie ablehnen sollte, was ich aber nicht denke, dann betrachten sie es als einen bezahlten Kurzurlaub."

Barkers Interesse war natürlich geweckt, nicht zuletzt wegen der Chance, in der Nähe von Shadowcat, Marijana und Lian sein zu können. Also nickte er und bat Frau Siratja: „Erzählen Sie mir mehr."

Damit war für Frau Siratja klar, dass sie Barker schon in der Tasche hatte. Sie begann: „St. Bernadette besteht seit zirka dreizehn Jahren. Frau Vranja hatte die Insel einige Jahre zuvor erworben und dann das Internat gegründet. Wir haben Mädchen aus der ganzen Welt bei uns; überwiegend Waisen. Manche haben wir schon als Babys bekommen, andere erst, als sie schon älter waren. Ich war selbst eine der ersten Schülerinnen in dem Internat und damals auch schon fünfzehn oder sechzehn Jahre alt. Als ich zwanzig wurde, hat Frau Vranja mir angeboten, ihre Assistentin zu werden. Eigentlich gibt es eine feste Regel auf St. Bernadette und die lautet: Keine Männer! Dass ich Ihnen trotzdem dieses Angebot machen kann, ist eine große Ausnahme."

„Und warum das?" unterbrach Barker Frau Siratjas Ausführungen. „Ich habe mich ja nicht einmal bei Ihnen beworben. Und ich kann mir vorstellen, dass männliche Lehrer Schlange stehen würden, um in einem reinen Mädcheninternat unterrichten zu dürfen."

„Das ist wohl wahr", bestätigte Frau Siratja Barkers Bemerkung und versuchte es mit folgenden Worten zu erklären: „Lassen Sie es mich so sagen: Es war eine sehr spontane Eingebung! Und ich denke mir, sie wären bestimmt eine Bereicherung für St. Bernadette."

„Hm" brummte Barker, dem die Erklärung nicht so ganz einleuchten wollte. Einer spontanen Eingebung folgend warf man keine seit Jahren geltenden, festen Regeln um. Aber er ließ sich seine Skepsis nicht allzu sehr anmerken und hörte weiter zu, was Frau Siratja zu sagen hatte.

„Im Moment", erzählte sie weiter, „sind nicht ganz fünfzig Mädchen im Alter von elf bis einundzwanzig Jahren auf der Insel. Es mag ihnen vielleicht sonderbar erscheinen, aber wir unterrichten die Mädchen aller Altersklassen gemeinsam. Unser Unterricht ist damit zwar unkonventionell. Aber die Mädchen lernen in einer Gemeinschaft zu leben, die nicht nur aus Gleichaltrigen besteht."

Aber aus einer Gesellschaft ohne Männer! dachte Barker sich und Frau Siratja fuhr fort: „Bei uns hat jede Schülerin den gleichen Rang. Niemand muss zu einer anderen aufblicken. Und niemand stellt sich über die anderen."

„Aber ich denke, gerade im Sport sind die Unterschiede sehr groß", warf Barker ein. „Sie können von einer Elfjährigen nicht die gleiche Leistung erwarten, wie von einer Einundzwanzigjährigen. Und ist es dann nicht normal und auch erstrebenswert, dass die Jüngeren zu den Älteren aufblicken?"

„Damit haben Sie natürlich Recht, Barker. Ein sportlicher Wettkampf untereinander ist natürlich ebenso wichtig wie eine Vorbildfunktion der älteren Schülerinnen. Aber keine Schülerin ist als Individuum aufgrund seiner Leistungen mehr wert, als ein anderes. Das ist ein sehr wichtiger Punkt, den die Mädchen bei uns lernen. Unser Unterricht ist nicht so steif, wie in normalen Schulen. Wir unterrichten sehr viel im Freien, und zwar nicht nur Sport, sondern auch die anderen Fächer. Ab Juli haben wir zwar Regenzeit. Und da gibt es sehr viele und auch heftige Schauer. Aber die dauern meist nicht lange. Die Mädchen sind da jedenfalls nicht zimperlich."

Josh stellte sich bei der Beschreibung vor, wie er mit Marijana, Lian und Shadowcat so einen tropischen Sommerregen genoss und sagte: "Ich auch nicht."

„Gut", meinte Frau Siratja. „Sie werden sehen, es gefällt Ihnen auf St. Bernadette. Die Insel selbst ist zirka fünfundachtzig Hektar groß. Sie ist sehr lang gezogen und an der breitesten Stelle im Osten nur knappe fünfhundert Meter breit. Dort befindet sich das Internatsgebäude, in dem sich sowohl die Wohn- als auch die Unterrichtsräume befinden. Dann gibt es die Turnhalle, die aber nicht oft benutzt wird, weil Sport fast ausschließlich draußen praktiziert wird. Ursprünglich war auch einmal ein Hallenbad geplant gewesen. Aber es gibt auf der Insel so herrliche natürliche Buchten, da wäre ein Hallenbad nicht nur Geld- sondern auch Platzverschwendung gewesen. Ein wenig abseits des Internats befindet sich ein kleiner landwirtschaftlicher Betrieb. Es gibt einen schönen Rundweg, der sich um das Internat durch die Felsenklippen auf der einen Seite und durch den Urwald auf der anderen Seite ungefähr drei Kilometer lang erstreckt und sich gut zum Laufen eignet. Also?" fragte sie abschließend.

Josh sah sie erstaunt an und fragte: „Sie möchten, dass ich mich jetzt gleich, auf der Stelle entscheide?"

„Das Flugzeug geht morgen. Und wenn Sie ‚ja' sagen, werde ich sofort Ihr Ticket reservieren", antwortete Frau Siratja.

„Was ist mit meiner Wohnung?" fragte Josh weiter. „Mein Mietvertrag ist zum Ende des Quartals gekündigt. Und bis morgen kann ich keine Wohnungsauflösung machen. Ich weiß ja auch gar nicht, wo ich mit den Möbeln hin soll. Und schließlich besteht ja auch noch die Möglichkeit, dass ich nach dem Gespräch mit Frau Vranja oder im Laufe der Probezeit wieder zurückfliege. Und dann stehe ich ohne alles da."

Frau Siratja beugte sich nach vorne und griff beschwichtigend auf Barkers Arm. Und dabei genoss Barker einen sehr schönen Einblick zwischen ihre vollen Brüste, der ihn sogar die Ränder ihrer Warzenhöfe sehen ließ. Ohne Zweifel gefiel Josh dieser Anblick. Aber er dachte dabei nur an die wunderschönen Brüste von Marijana, Shadowcat und Lian, die er so gerne berührte, auf seinen Lippen spürte und roch. „Machen Sie sich darüber keine Gedanken", beruhigte ihn Frau Siratja. „Wir bezahlen Ihnen natürlich die Miete bis zum Ende des Quartals. Und wenn Sie bei uns bleiben, und davon gehe ich aus, geben Sie uns einfach eine Vollmacht und wir kümmern uns darum, dass Ihre Möbel und Habseligkeiten sicher irgendwo gelagert werden."

„Wenn ich bei Ihnen bleibe, kann ich mich dann nicht selbst darum kümmern?" fragte Barker. Aber Frau Siratja widersprach: „Wenn Sie bei uns bleiben, sollten Sie sich ganz dem Unterricht und den Mädchen widmen. Sie sagten selbst eben, dass Sie das bis morgen nicht alles organisieren können. Wenn Sie dann während des Unterrichtes für mehrere Tage, vielleicht sogar Wochen wieder weg wären, wäre das sicher nicht gut für Ihren Einstand."

„Geben Sie mir ein paar Minuten", sagte Josh, stellte das Radio an und verließ das Zimmer zum Gang hin. Dann ging er zu den Mädchen, die nebenan im Schlafzimmer jedes Wort gehört hatten.

„Pass auf sie auf", flüsterte er zu Lian, die noch am Schlüsselloch klebte. Dann fragte er, ebenfalls flüsternd, so wie dann auch die ganze Unterhaltung geführt wurde: „Weshalb meint ihr, soll ich mich vor ihr in acht nehmen?"

Marijana antwortete: „Als wir sie gefragt haben, ob sie Dich nicht vielleicht als Lehrer gebrauchen könnten hat sie mit einem sehr eigenartigen Unterton gemeint: Das könnte ganz amüsant sein. Da lief es uns allen dreien eiskalt den Rücken runter."

Josh hatte während der letzten Tage gelernt, den Gefühlen der Mädchen zu vertrauen. Er glaubte jetzt nicht mehr, dass sie zu viele Detektivromane gelesen hatten, sondern wusste, dass er sich auf ihr Urteil verlassen konnte. Trotzdem antwortete er mit der Frage: „Möchtet ihr, dass ich bei euch bleibe?"

Shadowcat beantwortete diese Frage sofort mit der Feststellung: „Das weißt Du!"

„Ja", erwiderte Josh und erklärte den Mädchen: „Um mich mache ich mir keine Sorgen. Aber ich hätte keine ruhige Minute mehr, wenn ich euch allein auf diese Insel fliegen lassen würde. Wir bleiben zusammen!" Shadowcat und Marijana fielen ihm sofort um den Hals und küssten ihn so stürmisch, wie es nur möglich war, wenn man dabei lautlos bleiben musste.

„Josh!" sagte plötzlich Lian, sich nach ihm umdrehend.

Josh blickte sie fragend an und Lian sagte: „Sie geht zum Schrank!"

Josh dachte sofort an die Zeichnung, die er dort in das offene Fach gelegt hatte. Er machte sich von Shadowcat und Marijana los, küsste noch schnell und zärtlich Lian, als er an ihr vorbei ins Wohnzimmer ging und stand plötzlich, wie aus dem Nichts auftauchend, hinter Frau Siratja. Die stand gerade im Begriff, nach der Zeichnung zu greifen, als Josh sich hinter ihr räusperte. Erschrocken zusammenzuckend drehte sie sich ruckartig um.

„Ich wollte nur ..." begann sie eine Entschuldigung oder Erklärung. Aber Josh fiel ihr ins Wort, indem er sagte: „Okay! Ich nehme Ihr Angebot an."

„Ist das wahr?" fragte Frau Siratja mit nicht zu unterdrückender Freude. „Ich dachte schon, ich hätte Sie zu sehr überrumpelt."

„Ihr Angebot kommt sehr überraschend. Das muss ich zugeben", entgegnete Barker. „Aber es kommt mir ebenso gelegen. Sie hatten mein Dilemma im Gymnasium angesprochen. Ich muss Ihnen also nicht erst erzählen, dass ich ohnehin auf der Suche nach einer neuen Anstellung bin. Und nachdem ich mir auch schon überlegt hatte, erst mal einen längeren Urlaub im Süden zu machen, konnte mir in dieser Situation wahrscheinlich gar nichts Besseres passieren."

„Ich glaube, das ist ein Grund zum Feiern!" erwiderte darauf Frau Siratja und fragte Barker: „Darf ich Sie heute Abend einladen, etwas mit mir zu trinken?"

Aber Barker lehnte das Angebot dankend ab, indem er sagt: „Danke, das ist sehr nett. Aber wie Sie selbst schon bemerkt haben, bleibt mir bis morgen nicht mehr viel Zeit, um zumindest das Wichtigste zu organisieren und um zu packen."

Josh glaubte ein leises Kratzen an der Schlafzimmertür hinter sich zu hören. Er fügte schnell noch hinzu: „Entschuldigen Sie mich bitte einen Augenblick." Dann verschwand er noch mal auf direktem Weg im Schlafzimmer.

„Was ist los?" fragte er flüsternd. Und Lian antwortete ebenso leise: „Du kannst ruhig mit ihr ausgehen, Josh." Aber Josh schüttelte den Kopf und antwortete: „Ich möchte lieber mit euch zusammen sein!"

„Das möchten wir auch", sagte Lian und streichelte zärtlich über seine Wange. Josh nahm ihre kleine Hand in seine und küsste zärtlich ihre Handinnenfläche, während Shadowcat sagte. „Wir müssen aber heute schon um zwanzig Uhr dreißig wieder im Heim sein."

„Eigentlich hätten wir heute gar nicht mehr raus gedurft. Aber wir mussten Dich einfach sehen", fügte Marijana noch hinzu. Dann ergriff Lian wieder das Wort und sagte: „Du musst keine Angst haben, dass wir eifersüchtig sind. Alles was wir wollen ist, dass Du glücklich bist."

„Das bin ich nur mit euch!" antwortete Josh, gab Lian einen langen, zärtlichen Kuss und ging wieder ins Wohnzimmer zurück.

„Gut!" sagte er zu Frau Siratja. „Aber nur auf einen kleinen Drink. Und ich bezahle!"

„Einverstanden!" erwiderte Frau Siratja. „Ich hole sie so gegen neun ab."

„Einverstanden", erwiderte auch Barker und begleitete Frau Siratja zur Tür. Sobald er diese hinter ihr geschlossen hatte, lief er schnell ins Schlafzimmer und fiel in die Arme von Lian, Shadowcat und Marijana.

„Ihr habt mir so gefehlt!" sagte er und spürte, wie ihm wieder Tränen in die Augen stiegen.

„Wir wussten auch nicht, wie wir den Tag ohne Dich überstehen sollten", antwortete Marijana, während Josh schon die Knöpfe ihrer Bluse aufknöpfte und seine Lippen auf ihre ihn gierig erwartenden, kleinen, erregen Brustwarzen drückte. Marijana stöhnte leise auf und spürte, wie die Erregung sich wieder von ihren, sich fast schmerzhaft zusammenziehenden, Knospen bis in ihre Vagina ausbreitete und sie wohlig erschauern ließ.

Unter unendlich zärtlichen Küssen und liebevollen Berührungen zogen die vier sich gegenseitig aus und ließen sich auf Joshs Bett fallen, das sowohl größer, als auch bequemer war als die Betten im Waisenhaus. Ausgelassen und verliebt balgten die vier übermütig herum, keine Gelegenheit auslassend, sich dabei gegenseitig zu berühren. Josh konnte noch gar nicht fassen, dass er das tat; ohne Scheu, ohne schlechtes Gewissen und ohne Reue. Vor wenigen Tagen noch wäre das undenkbar für ihn gewesen. Und jetzt gab es nur noch dieses eine Gefühl, das über allem anderen stand; Und zwar die Liebe, die ihn, Marijana, Lian und Shadowcat verband. Die Mädchen rangen Josh spielerisch nieder. Alle Niedergeschlagenheit, die ihn in den letzten Tagen so verzehrt hatte, verflog in diesem von Zärtlichkeit bestimmten Liebesreigen. Die Mädchen umringten ihn und schlangen ihre schlanken Arme um ihn. Von allen Seiten pressten sie ihre jungen Brüste an sein Gesicht. Er spürte diese warmen, weichen Brüste auf seinen Wangen und Lippen, spürte die kleinen, erregten Knospen sein Gesicht liebkosen und atmete gierig die sich vermischenden Gerüche ihrer zarten Haut in sich ein. Josh wünschte sich, dieser Augenblick würde nie vergehen. Er war berauscht von diesem ihn durchdringenden Glücksgefühl.

Und Marijana, Lian und Shadowcat ging es ebenso wie ihm. Sie hatten für den Moment alle Sorgen und Bedenken wegen dieser Frau Siratja vergessen. Jetzt waren sie mit Josh zusammen, spürten und berührten ihn und wurden von ihm berührt. Und das war das einzige, was zählte. Übermütig befreite sich Josh aus der Bedrängung, die er doch so genoss. Er umfasste die drei Mädchen mit seinen Armen und warf sie ohne jede Kraftanstrengung aufs Bett. Da lagen sie jetzt alle drei nebeneinander nackt auf seinem Bett und sahen ihn, von der Rangelei und der Erregung noch schwer atmend, voller Liebe an.

Josh hatte sich in der Unbekümmertheit des Rangelns sofort wieder auf die Mädchen stürzen wollen. Jetzt aber blieb er, gefesselt vom Anblick der drei wunderschönen, geliebten Mädchen, zwischen Shadowcats Beinen knien und ließ seinen Blick über die weichen Konturen der jugendlichen, schlanken Körper wandern. Die Mädchen lagen flach auf dem Rücken. Marijanas Brüste bildeten zwei große, weiche und doch feste Erhebungen. Shadowcats Brüste erhoben sich in dieser Lage nur wenig aber nicht weniger schön und verführerisch als die von Marijana. Und Lians Brüste waren, wenn sie auf dem Rücken lag, völlig flach. Trotzdem wirkten sie weich und waren das Sinnbild einer jungen, verführerischen und anmutigen Weiblichkeit.

Josh wurde sich wieder bewusst, dass es kein Ideal gab. Jedes dieser Mädchen würde er als seine Traumfrau bezeichnen. Sie waren es alle drei!

„Mein Gott, wie sehr ich euch liebe!" flüsterte Josh. Er beugte sich über Shadowcat und stützte sich dabei mit den Händen neben ihr auf dem Bett auf, Ganz zaghaft, so als ob es der erste Kuss seines Lebens wäre, den er einem Mädchen gibt, berührte er ihre Lippen mit seinen. Das Glücksgefühl, das sie beide dabei durchströmte, war so groß, dass beiden Tränen in die Augen stiegen. Josh hatte vorher schon bemerkt, wie sehr die Liebe, die Shadowcat, Marijana, Lian und ihn erfüllte, mit Tränen verbunden war. Bevor er diese Mädchen gekannt hatte, hätte er niemals gedacht, dass er vor Glück weinen könnte. Er hätte nicht einmal geglaubt, dass so etwas überhaupt möglich sein könnte. Und jetzt war er da, in seinem Bett, mit den drei Mädchen, verlor sich in der Zärtlichkeit eines Kusses mit Shadowcat und ließ seinen Tränen hemmungslos freien Lauf. Sie benetzten Shadowcats Wangen und vermischten sich mit ihren eigenen Tränen. Es war kein stürmischer, von Leidenschaft bestimmter Kuss, sondern ein ganz sanfter und zärtlicher. Ihre Lippen berührten sich nur ganz leicht und umspielten sich so zart wie ein Lufthauch. Sie genossen diese Zärtlichkeit mehrere Minuten lang. Und es störte sie nicht im Geringsten, dass Marijana und Lian ihnen dabei zusahen. Langsam bewegte Josh sich nach unten, küsste Shadowcats Kinn und ihren Hals. Dann wanderten seine Lippen tiefer und liebkosten die ihm liebevoll dargebotenen, erregten, kleinen Knospen auf den weichen Hügeln ihrer Brüste, die sie ihm, vor Erregung tief atmend, entgegenstreckte.

Als Joshs Lippen ihre Knospen berührten, bäumte sie sich auf und presste ihre Brüste fester gegen seine Lippen. Diese leichten, zärtlichen Berührungen seiner Küsse waren so prickelnd auf ihren empfindsamen Brustwarzen, dass Shadowcat das Gefühl hatte, elektrischer Strom würde durch sie hindurchfließen. Und sie wünschte sich fast, Josh würde so fest zubeißen wie Lian, oder fester noch, um ihr den erregenden Schmerz, den er ihr mit seiner Zärtlichkeit bereitete, wieder erträglicher zu machen. Sie bebte am ganzen Körper und konnte gar nicht verstehen, wie sie von so zarten Berührungen in eine solche Ekstase versetzt werden konnte. Aber sie war nicht in der Lage, sich bewusst Gedanken darüber zu machen. Sie war nur noch ein willenloses, kleines Geschöpf, das sich Josh völlig ausgeliefert hatte, das sich von ihm in eine nicht zu kontrollierende Ekstase versetzt sah und sich wünschte, dass dieser Zustand niemals enden möge.

Aber Josh Lippen wanderten weiter nach unten auf ihren schlanken Bauch und küssten ihn zärtlich rund um den kleinen Nabel und dann auch diesen selbst.

Shadowcat hatte bisher nicht gewusst, dass auch ihr Bauch eine erogene Zone war. Bei Joshs zärtlichen Liebkosungen, begann ihr ganzer Unterleib zu zucken. Sie krallte sich in der Decke des Bettes fest, um das Gefühl zu bekommen, überhaupt noch irgendeinen Halt zu haben. Aber dieses Gefühl bekam sie nicht. War ihre Ekstase bisher schon so unerträglich schön gewesen, so hatte sie jetzt das Gefühl, ihr Unterleib würde in diesem Orgasmus …! Wie hätte sie dieses Gefühl in Worte fassen können? Sie konnte es nicht, auch nicht später, als sie wieder klar denken und ihren Gedanken und Gefühlen Namen geben konnte. Sie wusste nur noch, dass sie keinen Einfluss mehr auf ihren Körper hatte, dass dieser erotische Rausch sie völlig in seiner Gewalt hatte und dass sie noch niemals in ihrem Leben so glücklich gewesen war, wie in diesem Augenblick. Als sie schon dachte, diese sich immer weiter steigernde Ekstase nicht mehr länger ertragen zu können, wenn sie nicht, so wie Lian ans Bett gefesselt werden würde, spürte sie plötzlich die Lippen von Marijana und Lian auf ihren zarten, zitternden kleinen Brustwarzen. Sie bäumte sich mit einem nicht mehr zu unterdrückenden Aufschrei auf, während Marijana und Lian weiter in zärtlicher Leidenschaft ihre vor Erregung schmerzenden Brustwarzen mit zärtlichen Küssen verwöhnten.

Sie spürte Joshs Lippen sich über ihren zarten, glatten Venushügel langsam weiter nach unten küssen. Zitternd und mit offenem Mund hielt sie den Atem an. Joshs Lippen bewegten sich so unendlich langsam. Und als sie endlich am oberen Ende ihrer erregten Schamlippen an ihrer Klitoris anlangten, schrie sie erneut und noch lauter auf, während sie sich so stark aufbäumte, dass sie für einen Moment Lian und Marijana von ihren Brustwarzen, die keinerlei Berührung mehr ertragen zu können schienen, abschütteln konnte. Aber als sie sich bebend und mit fliehendem Atem wieder auf das Bett zurückwarf, ging auch diese nicht mehr zu ertragende Zärtlichkeit weiter. Sofort und ohne einen Einfluss auf ihre Bewegungen ausüben zu können, bäumte sie sich wieder mit einem Aufschrei auf, der in ein hechelndes, stoßweises Wimmern überging. Wieder auf dem Laken warf sie ihren Kopf zurück.

Joshs Lippen küssten ganz zärtlich ihre winzigen, inneren Schamlippen.

Shadowcat wollten die Sinne schwinden. Aber sie klammerte sich an dieses Gefühl, körperlicher und seelischer Ekstase. Sie wollte dieses Gefühl auskosten, und wenn es das letzte wäre, was sie in ihrem Leben erlebte und auch, wenn sie daran zugrunde ging. Als sie sich mit einem neuen Aufschrei wieder aufbäumen wollte, fühlte sie sich an ihren Schultern wieder auf das Laken gedrückt. Einen Augenblick später spürte sie die weichen Schamlippen von Marijana auf ihren Lippen. Wie um in ihnen einen Halt zu finden, presste sie ihre Lippen auf sie, sog sie in ihren warmen Mund ein und umspielte sie mit ihrer Zunge.

Marijanas Orgasmus kam im selben Augenblick. Sie war vom Zusehen und von den Zärtlichkeiten, die sie Shadowcat geschenkt hatte, selbst schon so erregt, dass nur noch dieser kurze Moment leidenschaftlicher Liebkosung ihrer kleinen Scheide gefehlt hatte. um sie selbst einen wunderschönen, sie durchströmenden und erfüllenden Orgasmus erleben zu lassen.

Lian küsste immer weiter zärtlich, aber mit wachsender Leidenschaft Shadowcats kleine, steif abstehende Brustwarzen.

Und Josh Lippen küssten immer weiter die weichen Hautfältchen ihrer zarten, inneren Schamlippen.

Shadowcat wollte sich aufbäumen. In Ekstase verbiss sie sich in Marijanas winzigen Schamlippen und drang mit ihrer kleinen Zunge in diese enge, bebende Grotte ein. Sie fasste nach oben und verkrallte sich in Marijanas großen, festen Brüsten.

Auch Lian fing an, an Shadowcats erregten kleinen Knospen zu saugen. Und Joshs Zunge löste seine Lippen ab und glitt sanft über ihre Schamlippen und ihre Klitoris. Shadowcats Finger gruben sich zitternd und mit aller Gewalt in Marijanas Brüste und sie biss so fest in die zarten Schamlippen, dass Marijana, die sich diesem leidenschaftlichen Liebesbiss mit einem erschrockenen Aufschrei entziehen wollte, es nicht schaffte, sich von Shadowcats Zähnen zu befreien. Also ergab sie sich, selbst am ganzen Körper bebend, der ungezügelten Leidenschaft Shadowcats.

Lian begann an Shadowcats Knospen zu knabbern und sie zog mit ihren Zähnen behutsam an ihnen, was zur Folge hatte, dass auch Shadowcat ihre Zähne noch tiefer in Marijanas weiche Schamlippen schlug und diese zarte Haut so tief in sich einsog, wie es nur möglich war.

Josh Zunge suchte sich ganz behutsam einen Weg zwischen Shadowcats Schamlippen.

Shadowcat versuchte wieder, sich gegen den Widerstand von Marijanas auf ihrem Mund liegender Scheide, aufzubäumen. In dem Versuch zu Schreien, gab sie für einen Augenblick Marijanas angenehm und lustvoll schmerzende Schamlippen frei. Bevor Marijana sie aber zurückziehen konnte, hatte sich Shadowcat schon wieder in ihnen verbissen. Und Marijana genoss diesen erregenden Schmerz und gab sich ihm bereitwillig hin.

Josh verlor fast die Beherrschung bei dem zarten, leicht salzigen Geschmack von Shadowcats jungfräulicher Scheide. Während seine Zunge immer leidenschaftlicher und tiefer in sie eindrang, tasteten seine Hände nach ihren Brüsten und begannen sie zärtlich zu massieren und an ihren kleinen Brustwarzen zu zupfen.

Lian streichelte über Joshs muskulösen Rücken entlang, so dass ihn ein wohliger Schauer durchlief. Dann rutschte Lian weiter nach unten. Mit zitternden Fingern betastete sie Joshs festen Hintern und griff schließlich zwischen seinen leicht gespreizten Schenkeln hindurch nach seinem erregten Penis. Zaghaft schlossen sich ihre kleinen Finger um Joshs steifes Glied und massierten es leicht.

Unwillkürlich presste Josh seine Lippen fester auf Shadowcats kleine Scheide und er sog in plötzlicher Aufwallung seiner Erregung unerwartet heftig an ihrer noch so unerfahrenen, winzigen Klitoris.

Shadowcats konvulsivische Zuckungen wurden immer stärker.

Lian bog Joshs Penis zwischen seinen Schenkeln nach hinten, packte ihn ganz fest, so dass die pralle Eichel zu platzen drohte und küsste zärtlich und leidenschaftlich die glatte Haut dieses so gut riechenden Körperteils. Langsam öffneten sich ihre Lippen und umschlossen diese wunderschöne, pralle und so gut schmeckende Eichel. Ihre Zunge umspielte sie und sie begann zärtlich an ihr zu knabbern. Es fühlte sich gut an, wie diese harte Eichel unter ihren Zähnen nachgab. Lian spürte das Zucken, das Joshs Penis durchlief. Sie wollte ihn nicht zum Höhepunkt bringen, wollte nicht seine Zärtlichkeiten, die er Shadowcat schenkte, abkürzen. Ihr Knabbern ließ langsam wieder nach und hörte schließlich ganz auf. Selbst in ungeheuerer Erregung sah sie, wie Josh, Shadowcat und Marijana in ihrer Ekstase jede Kontrolle über ihre Körper verloren zu haben schienen. Sie ließ Joshs Penis langsam wieder nach vorne in seine natürliche Lage und drängte Josh behutsam auch weiter nach oben. Als sein Becken über dem von Shadowcat war, griff sie wieder nach seinem erigierten Glied und streichelte mit seiner geschwollenen Eichel über Shadowcats leicht geöffnete und von Joshs Küssen feuchte Schamlippen. Vorsichtig drängte sie sein Becken weiter vor. Und Josh ließ es ohne Gegenwehr geschehen. Er hatte Shadowcats Brüste fest umklammert und spürte, wie sein erregter, steifer Penis in die enge Spalte ihres jungfräulichen Schoßes gedrückt wurde. Shadowcats Scheide war noch enger als die von Marijana, falls das überhaupt möglich war. Shadowcat schrie zwischen Marijanas Schamlippen hervor, als ihr Jungfernhäutchen riss. Aber ihr Schrei war ebenso kurz wie das heftige Ziehen. Langsam bewegte Josh sein erregtes Glied in ihrer ihn so fest umschließenden, kleinen Scheide. Er traute sich nicht, ganz in sie einzudringen. Aber Lian unterstützte ihn, indem sie seine Knie nach hinten zog, so dass Joshs ganzes Gewicht auf seinen Penis zu liegen kam. Als Josh mit seinem Becken auf Shadowcat zu liegen kam und sein Glied bis zur Wurzel in sie eingedrungen war, erhob sich Lian langsam und zog mit liebevoller Zärtlichkeit Marijana, die schon fast ohne Besinnung war, von Shadowcat.

Shadowcats Arme legten sich jetzt von ganz alleine um Joshs Nacken. Josh bewegte sich nur ganz langsam in ihr. Er spürte, wie ihre Scheide, die so eng war, dass sie ihn kaum aufnehmen konnte so stark zuckte, dass der Druck noch stärker, wenn auch weitaus angenehmer war, als der von den Türen des Kleiderschrankes, in den er im Zimmer der Mädchen hatte flüchten müssen. Immer weiter bewegte er sich langsam und vorsichtig in Shadowcat. Die Zuckungen ihres Körpers hatten aufgehört. Josh und sie waren in eine neue Form der Ekstase gelangt. Nach außen hin völlig ruhig und entspannt, waren sie weit weg von dieser Welt und fühlten eine sexuelle Erregung, die auf den übrigen Körper keinen Einfluss mehr hatte. Sie bestanden nur noch aus dem gemeinsamen Erleben einer ruhigen und sie erfüllenden, erotischen Ekstase, die sich mit Worten nicht beschreiben lässt. Aber so sehr Josh sich darin auch verlor, so sehr er alle Kontrolle aufgegeben hatte, befreite er sich doch wieder aus Shadowcats ihn so sehr festhaltender Scheide, als er spürte, dass er seinen erlösenden, endgültigen Orgasmus nicht mehr länger hinauszögern konnte. Doch als er seine dicke, geschwollene Eichel aus Shadowcat herauszog, begann auch sie wieder in einem neu entfachten Orgasmus zu beben.

Im gleichen Moment griffen Lian und Marijana nach Joshs zuckendem Penis, küssten ihn noch mal und nahmen ihn in ihre kleinen Münder. Und gerade, als Lian die pralle Eichel noch einmal zwischen ihre wunderschönen Lippen genommen hatte und saugend begann, ihre Zunge um sie kreisen zu lassen, kam auch Josh mit ungeheuerer Heftigkeit. Lian spürte, wie Joshs Penis im Moment seines Höhepunktes noch einmal gewaltig anschwoll. Und im selben Augenblick füllte sein Samen ihren Mund. Lian sog bis zum letzten Tropfen alles aus Josh heraus und hielt ihn auf diese Weise auch danach noch in einem nicht enden wollenden

Orgasmus gefangen, bis das Leuten der Türglocke alle vier aufschreckte und aus diesem glücklichen Moment, erotischer Leidenschaft riss. Josh atmete noch schwer, als sein Blick bei dem erneuten Klang der Türglocke auf den Wecker neben dem Bett fiel.

„Ach Du Scheiße!" entfuhr es ihm. Es war schon kurz nach neun. Weder er, noch die Mädchen konnten verstehen, wie die Zeit so schnell vergangen sein konnte. Josh war so verwirrt, dass er gar nicht wusste, was er machen sollte. Schließlich war es Lian, die sich mit dem Finger eben noch einen Tropfen von Josh Sperma von den Lippen wischte und ableckte, die sagte: „Du musst aufmachen. Das ist die Siratja."

„Scheiße." Wiederholte Josh noch einmal. Er war in der Situation völlig überfordert.

„Ich liebe euch so sehr!" sagte er und lief zu Tür, kehrte aber gleich danach noch mal um und schlüpfte in eine Jogginghose. Aber eine gewaltige Beule seines noch immer erigierten und zuckenden Gliedes zeichnete sich nur allzu deutlich darin ab. Noch einmal läutete es an der Tür. Josh zog sich die Jogginghose noch mal aus, zog seine Unterhose darunter und lief dann, nachdem er die drei noch immer nackten Mädchen geküsst hatte, zur Tür und öffnete.

Draußen stand, wie erwartet, Frau Siratja.

„Entschuldigen Sie bitte", sagte der noch immer schwer atmende und schweißnasse Josh.

„Ich hab total die Zeit vergessen. Kommen Sie rein."

Er führte Frau Siratja wieder ins Wohnzimmer und sagte: „Nehmen Sie Platz. Ich springe nur schnell unter die Dusche und bin dann gleich wieder da."

Er verschwand durch die Schlafzimmertür. Shadowcat, Marijana und Lian lagen noch immer nackt, und in noch nicht überwundener Erregung auf seinem Bett. Als Josh sie so sah, dachte er sich nur, dass diese Mädchen alles waren, was er wollte. Er wollte sich jetzt nur wieder selbst nackt ausziehen und zu ihnen legen, ihre Haut auf seiner Haut spüren und glücklich mit ihnen einschlafen. Wehmütig sah er sie einen langen Augenblick an. Shadowcat streckte ihm ihre Arme entgegen. Und Josh stürzte ihr entgegen und in ihre Arme. Er küsste sie zärtlich und stürmisch, als ob es die letzte Möglichkeit wäre, das noch einmal zu tun. Und Shadowcat schlang ebenso leidenschaftlich ihre Arme um ihn. Aber sie schaffte es dann doch, sich soweit zu besinnen, dass sie ihm zuflüstern konnte: „Du musst Dich fertig machen."

Dabei schaffte sie es aber nicht, ihre Arme und Lippen von ihm zu lösen. Nur mit unendlich viel Überwindung schaffte es Josh, sich von Shadowcats Lippen zu trennen, um im nächsten Moment doch wieder an ihnen zu kleben.

„Du musst!" brachte Shadowcat mühsam zwischen zwei Küssen hervor.

Und Josh antwortete ebenso mühsam: „Ja."

Dann dauerte es immer noch einige Minuten, bis er sich endlich überwinden konnte, sich von Shadowcat zu erheben. Als sein Blick dann jedoch auf Lian fiel, nahm er auch noch ihr zartes Gesicht zwischen seine Hände und küsste es mit leidenschaftlicher Zärtlichkeit, die Lian ebenso erwiderte.

„Wenn ich Dich jetzt auch noch küsse", sagte Josh zu Marijana, als sich Lians Lippen von seinen wieder getrennt hatten und er Marijana anblickte, „dann wird die Siratja die ganze Nacht in meinem Wohnzimmer auf mich warten müssen."

Trotzdem konnte er nichts dagegen tun, dass er im nächsten Moment Marijana in seinen Armen hielt, ihre wunderschönen, vollen Brüste an seine Brust gepresst spürte und ihre sinnlichen Lippen sich zärtlich mit seinen vereinten. Schwer atmend löste Josh sich schließlich auch von Marijana wieder, streichelte und küsste noch einmal schnell ihre Brüste und sagte leise: „Ich springe schnell unter die Dusche. Und wenn ich mit der Siratja weg bin, könnt ihr auch noch duschen."

Er sah die drei sehnsuchtsvoll und voller Liebe an und flüsterte: „Ich wünschte, ihr wärt noch da, wenn ich wieder komme!"

„Das würden wir uns auch so sehr wünschen!" erwiderte Marijana. „Aber wir haben nicht einmal mehr Zeit genug, um bei Dir noch zu duschen. Wir hätten heute gar nicht mehr raus gedurft. Aber wir müssen auf jeden Fall bis spätestens zehn im Heim sein. Wahrscheinlich kriegen wie eh schon Ärger, weil wir so lang weg waren."

„Das …" setzte Josh an. Aber Marijana unterbrach ihn sofort, indem sie sagte: „Denke es nicht mal! Wir bereuen es nicht. Und wir würden es immer wieder tun, um bei Dir sein zu können."

Und Shadowcat fügte noch in nachdenklichem Ton hinzu: „Und wenn wir jemals vor die Wahl gestellt werden, egal wie, werden wir uns immer für Dich entscheiden! Wir hätten vielleicht die drei Jahre in St. Bernadette ohne Dich durchstehen können, wenn wir gewusst hätten, dass es Dir gut geht und dass Du auf uns wartest. Aber die letzten Tage und auch noch das von eben, haben so viel verändert. Wenn die Vranja Dich nach eurem Gespräch nicht haben will, dann bleiben auch wir nicht dort! Was auch immer Du dann vorhast, wir werden Dich begleiten! Und jetzt geh endlich ins Bad, sonst denkt die Siratja noch, Du bist eingeschlafen und kommt hier rein zum Nachsehen."

Josh ließ die Worte noch einen Augenblick in sich nachwirken. Dann sagte er: „Ihr könnt euch gar nicht vorstellen, wie sehr ich euch liebe!"

Damit wandte er sich ab und lief ins Bad. Das Duschen war schnell erledigt. Die nassen Haare frisierte er nur zurück. Er föhnte sie nie. Sie trockneten auch von alleine. Nackt lief er ins Schlafzimmer zurück. Vor Marijanas, Lians und Shadowcats Augen zog er sich schnell etwas Frisches an.

„Ihr macht es mir nicht leicht!" flüsterte er ihnen über die Schulter zu und ergänzte selbst gleich, als er sah, dass Lian ansetzen wollte, etwas darauf zu erwidern: „Die Antwort ist nein: Ich möchte nicht, dass ihr es mir leicht macht. Ich wünsche mir nichts mehr, als dass unsere Liebe mit all ihren ..."

Er überlegte kurz. Und Shadowcat schenkte ihm das Wort: „Abgründen!"

Josh ließ das Wort und seine Bedeutung kurz in sich nachwirken, bevor er langsam und sehr bewusst artikulierend fortfuhr: „Abgründen und Gipfeln erhalten bleibt!"

Er wendete sich vollends zu den Mädchen um und sagte: „Ich bin gleich mit der Siratja weg. Dann könnt ihr ungesehen hier raus. Wir sehen uns morgen. Ich liebe euch!"

Damit wendete er sich, alle Kräfte aufbietend wieder von den Mädchen ab und ging ins Wohnzimmer.

„Tut mir leid", entschuldigte er sich noch mal bei Frau Siratja, die geduldig auf der Couch gewartet hatte. „Ich hab wirklich total die Zeit vergessen."

„Kein Problem", entgegnete Frau Siratja. „Ich finde es bewundernswert, wie sie ihren Körper in Form halten."

„Oh." erwiderte Josh, der sich gar keine Gedanken darüber gemacht hatte, wie sein verschwitzter und außer Atem geratener Körper auf Frau Siratja hatte wirken müssen. Dann fügte er noch hinzu: „Ich komme zur Zeit leider kaum zum Trainieren."

Und Siratja antwortete darauf: „Das sieht man Ihnen aber wirklich nicht an."

Bevor Josh sich noch für dieses Kompliment bedanken konnte, sprach Frau Siratja weiter: „Hören sie, Barker: Ich hab mir überlegt, dass Sie damit Recht haben, dass Sie heute nur noch wenig Zeit haben. Das Flugzeug geht morgen schon sehr früh. Ich hab ihr Ticket vorhin noch reserviert. Wir müssen spätestens um vier von hier los. Und ich weiß nicht, wie weit Sie mit Packen sind. Ich habe uns also etwas zu Trinken mitgebracht. Ich hoffe, Sie mögen Bordeaux!"

Josh musste vor Schreck husten, räusperte sich dann und antwortete: „Bordeaux! Ja, sehr. Entschuldigen Sie mich einen Augenblick. Damit verschwand er wieder im Schlafzimmer.

„Habt Ihr's gehört?" fragte er leise die Mädchen. Die waren aber schon dabei, sich möglichst leise anzukleiden und hatten deswegen nicht an der Tür lauschen können.

„Nein. Was denn?" antwortete und fragte Marijana.

Und Josh erzählte ihnen darauf schnell: „Sie hat was zum Trinken mitgebracht. Wir gehen also nicht mehr aus. Wusstet ihr, dass wir morgen schon um vier in der Früh losfahren müssen?"

„Vom Heim aus müssen wir erst um fünf los!?" antwortete Lian verwundert.

Und Josh erwiderte darauf leicht verwirrt: „Aber ich bin doch näher am Flughafen, als ihr."

Den Mädchen war sofort klar, was das bedeutete. Diese Frau Siratja hatte anscheinend vor, bei Josh zu übernachten. Aber sie liebten Josh und sie wussten, dass Josh sie liebte. Das wussten sie hundertprozentig. Egal, was passierte, selbst wenn er mit dieser Frau schlief, würde er nur sie lieben!

„Wir schleichen uns gleich raus", flüsterte Shadowcat und ergänzte noch schnell: „Am besten, Du machst wieder Musik an, damit sie die Tür nicht hört."

Josh wollte nicht mit dieser Frau Siratja allein sein. Er wollte auch keinen Wein mit ihr trinken. Er hatte jetzt Hunger und hätte am liebsten für die Mädchen und sich etwas gekocht. Aber wieder war das Schicksal gegen sie. Unschlüssig wandte er sich wieder der Wohnzimmertür zu. Aber in dem Moment war auch schon Shadowcat bei ihm und schlang noch einmal ihre Arme um ihn.

„Ich …" begann sie, verbesserte sich aber sofort. „Wir lieben Dich so sehr, Josh! Egal was heute passiert, egal was auf oder in St. Bernadette passiert; Wichtig ist nur unsere Liebe!"

Mit Tränen in den Augen küsste sie ihn zärtlich auf den Mund. Dann gab sie ihm einen liebevollen Klaps auf den Hintern und sagte: „Geh endlich."

„Wir sehen uns morgen", flüsterte Josh noch mit zitternder Stimme. Dann ging er wieder ins Wohnzimmer und trug im selben Moment die Maske des seriösen Lehrers, der er noch vor wenigen Tagen gewesen war.

„So, da bin ich wieder", sagte er zu Frau Siratja, machte leise Musik laut genug an, damit man im Wohnzimmer nicht hörte, wenn die Haustür ging und setzte sich mit zwei Weingläsern aus der Vitrine und einem Korkenzieher auf den Sessel, auf dem am Nachmittag Frau Siratja gesessen hatte. Da hatte er selbst auf der Couch gesessen. Dieser Platz war jetzt von ihr besetzt. Und deswegen zog er es vor, auf dem Sessel Platz zu nehmen. Er griff nach der Weinflasche und betrachtete kurz das Etikett. Er trank gerne Rotwein, aber er war kein besonderer Kenner. Außerdem war er mit seinen Gedanken ohnehin bei Marijana, Lian und Shadowcat und registrierte deshalb überhaupt nicht, was eigentlich auf dem Etikett stand.

„Mhm" brummte er anerkennend und so, als ob er wüsste, was er da in den Händen hielt. Dann zog er den Korken aus der Flasche. Und im selben Moment glaubte er die Tür leise ins Schloss fallen zu hören. Er spürte einen Kloß im Hals und er musste gewaltsam die Tränen zurückhalten, die ihm in die Augen schießen wollten. Mit zitternden Händen füllte er die Gläser.

„So bitte", sagte er, als er Frau Siratja das Glas reichte.

Und Frau Siratja erhob das Glas und sagte: „Auf eine gute Zusammenarbeit und eine aufregende Zeit in St. Bernadette."

„Auf St. Bernadette!" erwiderte Barker und die Gläser stießen mit einem kristallenen Klang aneinander. Nachdem Frau Siratja an ihrem Glas genippt hatte, fragte sie, mit ihrer Hand einladend neben sich auf die Couch klopfend: „Wollen Sie sich nicht rübersetzen?" Aber Barker antwortete ausweichend: „Seien Sie mir nicht böse Frau Siratja. Aber ich habe noch gar nichts gepackt. Ich fürchte, ich bin heute kein guter Gastgeber. Und ich habe jetzt auch nicht die innere Ruhe, um einen gemütlichen Abend mit ihnen zu genießen."

„Das verstehe ich natürlich", erwiderte Frau Siratja, beugte sich vor und schenkte Barker, der sein Glas ziemlich hastig geleert hatte, noch einmal nach. Frau Siratja hatte jetzt nicht mehr den Blazer an, den sie am Nachmittag getragen hatte, sondern trug ein elegantes Kleid, das so fein war, dass man mehr als nur die Konturen ihres Körpers durch den hauchdünnen Stoff sehen konnte. Barker konnte deutlich erkennen, dass sie nichts unter dem Kleid trug. Ihre Haare streiften wie zufällig sein Gesicht, während sie sein Glas füllte und er ihre vollen Brüste direkt vor seinen Augen hatte.

Vor zwei Wochen, dachte sich Josh, *hätte ich Dir keine fünf Minuten widerstehen können, Lady.*

Aber laut sagte er: „Danke! Wenn ich das auch noch austrinke, bin ich wahrscheinlich betrunken."

„Was denn, von zwei Gläsern Wein?" fragte Frau Siratja mit einem faszinierenden Augenaufschlag, den sie sicher lange vor dem Spiegel hatte üben müssen, wie Barker vermutete.

„Ich habe heute noch nichts gegessen", erklärte er schlicht und Frau Siratja konterte sofort: „Ich könnte uns eine Pizza bestellen."

„Das, äh …" Barker stockte. Er hatte ein klein wenig zuviel preis gegeben, als er zugegeben hatte, noch nichts gegessen zu haben. Und jetzt musste er die Konsequenzen tragen. Zu behaupten, dass er keinen Hunger hätte, wäre gelogen gewesen. Und Josh war kein Lügner. Das Angebot abzulehnen und zu sagen, dass er sich etwas in seiner Küche machen würde, wenn sie wieder gegangen wäre, so wie er es eigentlich vorgehabt hatte, wäre unhöflich gewesen. Und unhöflich war er nur selten. Einer Frau gegenüber unhöflich zu sein, die ihm eine Arbeit angeboten hatte, die ihm weit mehr bedeutete, als sie auch nur ahnen konnte, war ihm aber absolut nicht möglich. Barker sah Frau Siratja ins Gesicht und antwortete: „Wenn Sie mir versprechen, dass Sie nach dem Essen wieder gehen, bestelle ich uns etwas. Ich muss wirklich noch packen!"

„Versprochen!" versprach Frau Siratja mit einem verführerischen Lächeln. Josh holte den Prospekt vom Pizzaservice um die Ecke aus der Küche und reichte ihn Frau Siratja.

„Hier." sagte er und Frau Siratja nahm ihm den Prospekt mit einem „Danke." aus der Hand, wobei ihre Fingerspitzen seine Hand streiften. Kurz überflog sie den Prospekt. Dann fragte sie: „Was nehmen Sie denn?" Josh wusste das noch nicht. Und um mit in den Prospekt sehen zu können, musste er sich jetzt doch neben Frau Siratja auf die Couch setzen. Sie hielt den Prospekt so, dass Barker mit hineinsehen konnte und rutschte dabei noch etwas dichter an ihn heran. Barker aß gerne scharf und eigentlich mochte er auch Knoblauch sehr gerne. Aber in Anbetracht dessen, dass er morgen in einem Flugzeug sitzen würde, wollte er den anderen Passagieren den Knoblauch ersparen und entschied sich nur für eine extrascharfe Pizza mit Chillies.

„Das klingt lecker." sagte Frau Siratja und gab Barker den Prospekt mit den Worten zurück: „Die nehme ich auch!"

„Sind Sie sicher?" fragte Barker und Frau Siratja antwortete eindeutig zweideutig: „Natürlich! Ich mag scharfe Sachen."

Hätte ich nur nicht gefragt, dachte sich Barker und erwiderte: „Na gut. Sie müssen es wissen."

Damit holte er sein Telefon und bestellte die Pizzen.

„In zirka zwanzig Minuten sind sie da", erklärte er, nachdem er wieder aufgelegt hatte. Dann setzte er sich wieder in den Sessel und forderte Frau Siratja auf: „Erzählen Sie mir noch von St. Bernadette."

„Was wollen Sie wissen?" fragte Frau Siratja mit einem verführerischen Lächeln.

„Zum Beispiel, wie der Unterricht aussieht. Was sind meine Aufgaben, wenn Frau Vranja mich nicht wieder heimschickt?"

Frau Siratja lachte keck auf.

„Keine Angst", erwiderte sie. „das wird sie nicht!"

Dann überlegte sie kurz und begann: „Sie werden Sport und Kunst unterrichten. Das sind ja ihre Fächer. Kunst unterrichte ansonsten ich. Ich denke mir, dass wir uns den Unterricht in dem Fach einfach teilen werden, also entweder die Schülerinnen aufteilen, oder uns gegenseitig unterstützen. Unser Unterricht ist sehr unkonventionell. Wir arbeiten überwiegend praktisch. Das heißt, wir gehen mit den Mädchen raus, zeigen ihnen die Schönheiten der Natur und lassen sie diese zeichnen, malen, modellieren oder was auch immer. Wenn wir sehen, dass ein Mädchen einen eigenen Stil entwickelt, dann fördern wie diese Begabung. Wir investieren sehr viel Zeit in dieses Fach. Die Mädchen werden bei uns sehr intensiv in Kampfkunst unterrichtet. Dieses Training leitet Tatsu Li. Und ich kann Ihnen sagen, die Frau hat wirklich einiges drauf! Gegen die sind die ganzen Hollywood Kung Fu Stars ein Dreck."

Josh war zwar immer bereit, sportliche Leistungen anzuerkennen. Und ihm war auch klar, dass Filmkämpfe nur sehr wenig mit der Realität zu tun haben. Aber er hatte trotzdem etwas gegen die Ausdrucksweise von Frau

Siratja, die einige seiner Vorbilder einfach als Dreck bezeichnete, denn das waren sie ganz sicher nicht, selbst wenn diese Tatsu Li tatsächlich mehr drauf haben sollte, was ihm aber mehr als unwahrscheinlich erschien. Er sagte aber nichts und hörte weiter Frau Siratjas Ausführungen zu.

Die sprach weiter: „Auch ich nehme noch immer an ihrem Unterricht teil. Ich selbst unterrichte die Mädchen in Ballett und bringe ihnen auch andere Tänze bei. Nachdem wir ansonsten keine Männer auf der Insel haben, werde ich da möglicherweise einmal auf Sie zukommen müssen."

„Oh nein, nein, nein!" wehrte Barker ab. „Ich kann nicht tanzen."

„Na ja, wir werden sehen", meinte Frau Siratja und fuhr fort: „Ich weiß natürlich auch nicht, welche Sportarten Sie beherrschen. Ich habe in Ihrem Gymnasium nur einen groben Überblick über das gewonnen, was Sie gelehrt haben. Wir wollen unseren Schülerinnen natürlich auch im Sport ein möglichst großes Spektrum anbieten. Sie sind ja, soweit ich mitbekommen habe, ein Ass in Leichtathletik. Es steht Ihnen dann natürlich frei, Ihren Unterricht selbst zu gestalten. Und sie werden sehen, dass Die Mädchen in St. Bernadette weitaus sportlicher sind, als es in normalen Schulen der Fall ist. Im Groben war es das schon. Hausaufgaben werden bei uns nicht aufgegeben. Sie müssen also auch keine korrigieren. Mit den übrigen Fächern, die natürlich auch gelehrt werden müssen, haben sie nichts zu tun. Sie werden also sehr viel Freizeit haben, in der Sie sich die Schönheiten der Insel ansehen, oder auch einfach nur entspannen können. Wir sind natürlich ein wenig abgeschieden von der Welt. Sie werden also keine Bars oder Kneipen besuchen können. Aber die Verpflegung in dem Internat ist einwandfrei. Und Sie können sich jederzeit auch in unserer eigenen, kleinen Bar bedienen. Kost und Logis sind selbstverständlich frei für Sie."

„Wo werde ich wohnen?" fragte Barker.

Und Frau Siratja antwortete darauf: „Im Internatsgebäude sind sowohl die Unterrichts-, als auch die Wohnräume. Im obersten Stock hat Frau Vranja ihre Wohnung. Außerdem sind dort neben mir auch noch zwei weitere Lehrerinnen in sehr schönen und geräumigen Appartements untergebracht. Die restlichen Lehrerinnen haben ihre Appartements im linken Flügel des Gebäudes. Sie müssen sich das Internat wie ein großes, eckiges U vorstellen. Im Mittelteil sind die Unterrichtsräume, der Speisesaal, Aufenthaltsräume und so weiter untergebracht. Darüber sind zwei Stockwerke mit den Zimmern der Mädchen. Es teilen sich jeweils zwei Mädchen ein Zimmer."

Josh musste sofort an Marijana, Lian und Shadowcat denken. Die drei zu trennen, wäre ein Verbrechen gewesen. Aber das durfte er jetzt nicht sagen.

Und Frau Siratja erzählte weiter: „Und im obersten Stockwerk sind, wie schon gesagt, die Wohnungen von Frau Vranja, mir und den anderen zwei Lehrerinnen. Im rechten Flügel ist das ganze Personal untergebracht. Und dort sind auch die Vorrats- und Lagerräume. Möglicherweise werden wir Sie erst einmal in einem oder zwei Zimmern in der oberen Etage, wo die Schülerinnen sind, unterbringen müssen. Es sind immer zwei Zimmer durch eine Verbindungstür verbunden. Es wäre also kein Problem, ihnen da zwei Zimmer zu geben."

Josh unterbrach Frau Siratja: „Sie wissen, was ich grad für Ärger hinter mir habe und was er mich gekostet hat. Wollen Sie mich wirklich als einzigen männlichen Lehrer auf einer Etage mit den Schülerinnen einquartieren?"

Frau Siratja musste wieder lachen.

„Ich kann Ihre Bedenken durchaus verstehen, Barker", antwortete Sie. „Aber ganz egal, wo wir Sie unterbringen; Sie werden immer der einzige Mann auf der Insel sein. Dass Ihnen die eine oder andere Schülerin schöne Augen macht, kann natürlich passieren. Aber damit werden Sie schon klarkommen. Und dann ist es Ihre Entscheidung, wie Sie damit umgehen. Machen Sie das Beste daraus."

Josh fragte sich, wie dieser letzte Satz wohl gemeint war. Sollte das heißen, die Internatsleitung würde es tolerieren, wenn er etwas mit einer Schülerin anfangen würde? Oder hieß es einfach nur, dass es seine Entscheidung war, das Richtige, oder das Falsche zu tun. Josh entschied sich dafür, dass das zweite gemeint gewesen sein musste.

Frau Siratja fuhr fort: „Sie müssen jedenfalls keine Angst haben, dass eine Schülerin unseres Internates Sie fälschlicherweise irgend eines Vergehens beschuldigt. Die Zimmer sind sehr geräumig. Sie haben einen Balkon und eine schöne Sicht auf das Meer. Es wird Ihnen sicher gefallen. In der oberen der beiden Etagen mit den Schülerinnen sind bisher auch nur sehr wenige Zimmer belegt. Außer Ihnen werden dort auch noch die Schülerinnen aus Ihrem Gymnasium untergebracht."

Joshs Herz schlug bei dieser Nachricht einen Tick schneller. Das ließ er sich aber nicht anmerken. Es läutete an der Tür. Josh erhob sich mit der Feststellung: „Ah, der Pizzabote ist schon da" und ging zur Tür.

Während er die Pizzen entgegennahm und bezahlte, hörte er Frau Siratjas Handy klingeln. Als er wieder ins Wohnzimmer trat, bedankte und verabschiedete sie sich gerade. Dann blickte sie zu ihm auf und sagte: „Die Mädchen sind endlich im Heim aufgetaucht. Sie hätten heute eigentlich daheim bleiben sollen. Aber sie waren seit dem Nachmittag unterwegs."

Josh verteidigte die Mädchen sofort mit den Worten: „Es ist ihr letzter Tag heute hier. Sie lassen morgen alles zurück, was sie bisher kennen gelernt haben. Sicher wollten sie sich noch von ihren Freunden verabschieden und vielleicht haben sie auch noch die Orte besucht, an denen sie gerne waren."

Frau Siratja nickte: „Ja, wahrscheinlich haben Sie recht."

Dann blickte sie auf die Pizzakartons und fragte: „Sind das die Pizzen?"

Barker antwortete: „Ja" und fügte noch hinzu, während er die Kartons auf dem Wohnzimmertisch abstellte: „Warten Sie; Ich hole Besteck."

Damit verschwand er in der Küche und kehrte gleich darauf mit zwei Tellern und Besteck zurück. Josh hatte jetzt wirklich Hunger. Die Pizzen waren schon in Achtel geschnitten. Sie nahmen sie einzeln aus den Kartons und bissen von den Stücken ab. Das Besteck brauchten sie also gar nicht. Nach dem ersten Bissen begann Frau Siratja zu japsen.

„Ich hab Sie gewarnt", sagte Barker, innerlich schmunzelnd. „Extra scharf ist bei denen wirklich scharf."

Frau Siratja nahm einen großen Schluck Wein und leerte damit auch ihr Glas. Josh goss nun ihr noch mal nach. „Ich esse das!" sage Frau Siratja energisch und kämpfte sich dann tapfer durch die Pizza. Josh sah, wie sich Schweißperlen auf ihrer Stirn bildeten und Haarsträhnen begannen, an ihren Schläfen zu kleben. Sie trank öfter nach und Josh musste ihr noch mal nachschenken. Damit war die Flasche leer. Und als Frau Siratja dieses Glas auch noch geleert hatte, fragte Barker sie: „Möchten Sie ein Glas Wasser? Oder trinken Sie lieber noch ein Glas Wein?"

„Was für einen haben sie denn?" fragte Frau Siratja, während sie sich die Stirn mit ihrer Serviette abtupfte.

„Da muss ich nachsehen", antwortete Josh, erhob sich und ging in die Küche. Als er zurückkam, hielt er zwei Flaschen in den Händen.

„Ich hab nur einen französischen Landwein oder einen Kadarka", sagte er.

„Landwein!" sagte Frau Siratja keuchend und erklärte ihre Entscheidung mit der Begründung: „Kadarka ist viel zu süß zu Pizza."

Josh öffnete den Landwein, nahm ein frisches Glas aus der Vitrine und schenkte Frau Siratja noch mal ein. Sie nahm sofort wieder einen großen Schluck.

„Sie müssen das nicht essen", meinte Josh schließlich. „Die Pizza ist den meisten Leuten zu scharf."

Aber Frau Siratja erwiderte darauf: „Ich sagte doch, dass ich das esse!"

Trotzdem schaffte sie nur drei Viertel der Pizza. Josh hatte schon nach der Hälfte aufgeben müssen. Er hatte zu lange nichts gegessen. Sein Magen konnte jetzt einfach nicht mehr aufnehmen. Auch sich selbst schenkte er noch einmal nach. Und dann auch noch einmal der keuchenden und schwitzenden Frau Siratja.

„Ich muss langsam zum Packen anfangen", sagte Josh schließlich. Aber Frau Siratja schien ihn nicht gehört zu haben.

„Darf ich mal ihr Bad benutzen?" fragte sie ihn.

Barker konnte deutlich ein leichtes Lallen in ihrer Stimme hören und hoffte nur, dass sie sich nicht übergeben musste.

„Natürlich." antwortete er. „Kommen Sie."

Er führte sie ins Bad und machte das Licht für sie an.

„Haben, …" begann Frau Siratja und setzte noch mal neu an: „Haben Sie was dagegen, wenn ich Ihre Dusche benutze?"

Josh hatte tatsächlich etwas dagegen. Er wollte jetzt endlich allein sein und packen. Aber das zu sagen, wäre wieder unhöflich gewesen. Und so antwortete er: „Nein."

Und weil er ja schließlich nicht unhöflich sein wollte, sah er das nur als ganz kleine Lüge an. Dann sagt er noch: „Duschbad steht in der Dusche. Und frische Badetücher finden Sie da drüben im Regal."

Mit einer einzigen kleinen Bewegung ließ Frau Siratja ihr Kleid von Ihren Schultern gleiten. Sie drehte sich um, um Barker zu fragen, ob er mit ihr duschen wollte. Aber der war schon aus dem Bad verschwunden und die Tür wurde gerade zugezogen. Frau Siratja lächelte vor sich hin und stieg unter die Dusche.

Josh hatte seinen Koffer auf das Bett geworfen, das die Mädchen ganz ordentlich hinterlassen hatten, und war gerade dabei, seine Wäsche einzupacken, als Frau Siratja in der Schlafzimmertür erschien. Sie hatte sich so ziemlich das kleinste Handtuch, das sie im Bad hatte finden können, um ihre Brüste geschlungen und bewegte sich so, als ob sie nicht ganz genau wüsste, dass ihr dieses Handtuch nur bis zum Nabel reichte und ihren Unterleib völlig unbedeckt ließ. Josh stutzte einen Moment, als er sie so in der Tür stehen sah.

„Ziehen Sie sich lieber was an", sagte er, während er gerade seine Unterhosen in den Koffer stapelte, „sonst erkälten Sie sich noch."

Er ist kalt wie eine Hundeschnauze, dachte sich Frau Siratja, sagte aber mit unschuldsvollem Blick: „Mir ist mein Kleid leider in die Dusche gefallen. Das ist jetzt klitschnass."

Josh richtete sich auf und sah ihr in die Augen. Es fiel ihm nicht einmal schwer, seinen Blick nicht tiefer wandern zu lassen. Die Frau sah toll aus. Aber sie interessierte ihn nicht.

„Ich kann es kurz in den Trockner werfen", bot er an.

Und Frau Siratja antwortete darauf: „Das wäre ganz lieb von Ihnen."

Als Josh sich an ihr vorbei durch die Tür schlängeln wollte, löste sich plötzlich der Knoten in ihrem Handtuch und sie stand völlig nackt vor ihm. Die Höflichkeit gebot es ihm, sich zu bücken und ihr das Handtuch aufzuheben. Aber als er auf den Knien war, um nach dem Handtuch zu greifen, beugte sie sich so schnell über ihn, dass sein Gesicht an ihre festen Brüste stieß, als er sich ihr wieder zuwandte, um ihr das Handtuch zu reichen.

„Entschuldigung." stammelte er, suchte sich einen Weg an ihren Brüsten vorbei und erhob sich wieder. Frau Siratja hängte das Handtuch achtlos über den Türgriff und folgte Barker nackt ins Bad. Ihr Kleid lag tatsächlich in der nassen Duschwanne. Josh hob es auf und warf es in den Trockner. Dann wendete er sich wieder Frau Siratja zu und fragte sie unumwunden: „Was haben Sie vor?"

Frau Siratja kam ganz dicht an Josh heran und drängte ihn mit ihrem nackten Körper und ihren festen Brüsten, denen man ihre Erregung deutlich an den großen, erigierten Brustwarzen ansehen konnte, bis an den Trockner zurück.

„Sieht man das nicht?" fragte sie mit weicher Stimme und einem Blick, der scheu wirken sollte, was in dieser Situation aber alles andere als glaubhaft war.

„Ihr Kleid wird gleich wieder trocken sein, Frau Siratja", sagte er ernst.

Aber Frau Siratja entgegnete darauf nur: „Evelyn!" und presste ihre Brüste an ihn. Josh nahm sie bei den Schultern und drückte sie behutsam wieder von sich weg.

„Bitte Evelyn", sagte er, „tun Sie das nicht!"

Aber Frau Siratja gab ihren Sturmangriff auf ihn noch nicht auf und entgegnete: „Ich bin keine kleine Schülerin, Josh! Können sie nicht sehen, dass ich eine Frau bin? Niemand kann ihnen einen Vorwurf machen."

„Doch", erwiderte Josh darauf. „Ich selbst!"

Frau Siratja sah ihn ohne jedes Verständnis an und Josh erklärte ihr: „Sie sind eine wunderschöne und sehr verführerische Frau, Evelyn. Und wenn mein Herz frei wäre, würde ich keinen Augenblick zögern."

„Ihr Herz ist nicht frei? Und Sie sind trotzdem bereit, auf unbestimmte Zeit von hier wegzugehen?" fragte sie verständnislos. Josh zuckte mit den Schultern und verzog seine Mundwinkel. Frau Siratja verstand, dass er nicht darüber reden wollte. Aber sie deutete Joshs Geheimnis falsch und meinte, sich schließlich freiwillig einen Schritt von ihm zurückziehend: „Ich verstehe: Die Biologielehrerin, nicht wahr?"

Barker antwortete nicht und fragte sich, was im Gymnasium über ihn und die Biologielehrerin erzählt wurde. Und Frau Siratja spann ihre Spekulation weiter: „Sie werden darüber hinwegkommen! Ich denke, es lohnt sich auf jeden Fall für mich, dranzubleiben."

Der Trockner gab einen Piepston von sich und Barker entnahm ihm Frau Siratjas Kleid. Er drehte sich sogar um, als sie es wieder anzog. Und erst als sie sich hinter ihm räusperte, wandte er sich ihr wieder zu.

„Kann ich Sie trotzdem bitten, heute Nacht bei Ihnen schlafen zu dürfen?" fragte sie ihn. Und es war ihr anzumerken, dass ihr diese Frage jetzt wirklich schwer gefallen war. Sie erklärte diese Frage auch gleich damit, dass sie sagte: „Ich habe mein Gepäck schon zum Fughafen geschickt. Und wenn Sie mich jetzt hinauswerfen, Josh, dann muss ich wohl oder übel auf einer Parkbank schlafen. Ich werde auch ganz anständig bleiben!" versprach sie abschließend.

Josh nickte, auch wenn ihm nicht wohl dabei war und antwortete: „Ich hoffe, meine Couch genügt ihnen. Im Schlafzimmer bin ich sicher noch den Rest der Nacht mit Packen beschäftigt."

„Danke Josh!" sagte sie und ihre Dankbarkeit klang wirklich aufrichtig. Josh holte ihr eine Decke aus dem Schlafzimmer, räumte den Wohnzimmertisch noch ab und nahm die Zeichnung von Marijana, Lian und Shadowcat mit in sein Schlafzimmer, wo er sie, nachdem er sie lange und verliebt angesehen hatte, ohne darüber nachzudenken, mit in seinen Koffer packte. Als er seinen Koffer endlich fertig gepackt hatte, ließ er sich müde auf sein Bett fallen. Nur ein paar Minuten wollte er ausruhen. Kurz fielen ihm die Augen zu.

Und er sah sich plötzlich wieder in seiner früheren Inkarnation. Zu Fuß rannte er so schnell er konnte durch einen Wald. Hinter sich hörte er das wilde Kriegsgeschrei einer Gruppe ihn verfolgender Sioux-Krieger zu Pferd, die ihn bald eingeholt haben mussten. Vor sich entdeckte er einen See. Er sprang über eine Klippe ins Wasser und versteckte sich unter einem Überhang, wo man ihn vom Ufer aus nicht sehen konnte. Ein leises Geräusch neben ihm ließ ihn herumfahren. Und da sah er eine wunderschöne, junge Indianerin, die sich ebenfalls unter diesem Überhang versteckte. Sie war nackt und hielt ihrem Pferd die Nüstern zu. Als Joshs früheres ich sie entdeckte, sprang sie sofort auf ihr Pferd und versuchte an dem Überhang vorbei nach oben zu gelangen. In dem Moment sprang auch schon einer der Siouxkrieger über die Böschung. Als er sich zu Josh umdrehte, schlug der ihn mit einem gewaltigen Schlag bewusstlos. Die anderen Krieger sprangen auch hinterher und griffen Josh gemeinsam an. Als sie ihn ins tiefere Wasser zogen und damit seiner Beweglichkeit beraubten, schien er schon der Übermacht zu unterliegen. Als mehrere Krieger ihn an den Armen packten und festhielten, riss auch schon ein anderer seinen Streitkolben hoch. In dem Moment aber, als er Josh, oder Cougar den Schädel spalten wollte, wurde sein erhobener, muskulöser Arm von einem Pfeil durchbohrt und der Streitkolben entfiel seiner kraftlosen Hand. Cougars Blick folgte der Richtung, aus der der Pfeil gekommen war. Und da sah er die junge Indianerin, noch immer nackt auf ihrem noch nassen, schwarzglänzenden Pferd sitzen. Sie hatte schon einen neuen Pfeil auf der Sehne ihres Bogens liegen und zielte auf die ihn noch festhaltenden Sioux, während sie sie in einer Sprache anrief, die Josh, Cougar; er konnte sich einfach nicht darüber klar werden, wer dieses frühere Ich seiner selbst gewesen war. Jedenfalls konnte er die Sprache nicht verstehen. Die Sioux riefen aufgebracht zurück und Josh verstand Fetzen von dem, was sie riefen. Sie verspotteten das kleine Indianermädchen. Aber sie hatten nur ihre Messer und Tomahawks bei sich. Und dieses Indianermädchen hatte eben schon bewiesen, dass sie mit ihren Pfeilen zu treffen verstand. Also zogen sie es nach kurzem Wortgefecht doch vor, Cougar wieder loszulassen. Der Blick von Cougar und dem Indianermädchen traf sich für eine lange Sekunde. Mein Gott war dieses Mädchen schön! Josh schreckte aus dem Traum hoch und dachte sich, *Das war also unser erstes*

Zusammentreffen in einem früheren Leben, Shadowcat.

Marijana, Lian und Shadowcat waren, als sie sich aus Joshs Wohnung geschlichen hatten, mit ihren Fahrrädern sofort ins Waisenhaus zurückgefahren. Von der Nachtschwester hatten sie als erstes gleich einen Anschiss bekommen, als sie sich zurückgemeldet hatten. Doch die Heimleiterin kam dazu und nahm die Mädchen in Schutz. Sie ging mit ihnen in das kleine Zimmer im zweiten Stock und machte eine Flasche Sekt auf.

„Ich hatte eigentlich vor", begann sie. Und sie war dabei wirklich traurig. „euch heute eine kleine Abschiedsfeier zu organisieren. Aber ihr wart leider nicht da."

„Das tut uns leid." antwortete Marijana mit ehrlichem Schuldbewusstsein. „Das wussten wir nicht."

„Wenn ihr es gewusst hättet, wäre es ja auch keine Überraschung gewesen", erwiderte die Heimleiterin. „Habt ihr hier irgendwo Gläser?" fragte sie mit der offenen Flasche in der Hand. Und Lian antwortete: „Nur die Wassergläser im Bad."

Die Heimleiterin machte eine Grimasse und schüttelte den Kopf.

„Das geht gar nicht", sagte sie und fragte die Mädchen: „Kann schnell mal eine von euch in die Küche laufen und vier Sektgläser holen?"

„Natürlich!" antwortete Lian, während sie aufsprang und schon loslief. Wenige Minuten später war sie mit vier Gläsern wieder in ihrem Zimmer und die Heimleiterin schenkte sich und den Mädchen die Gläser voll.

„Ihr wart Euer ganzes Leben hier", sagte sie mit feuchten Augen.

„Es tut mir so leid, dass ihr niemals erfahren habt, was es heißt, eine Familie zu haben", brachte sie nur schwer hervor. Aber Marijana erwiderte darauf mit völliger Zufriedenheit: „Wir haben doch uns!"

Die Heimleiterin musste lächeln und sah Victoria wissend an, als sie weiter sprach: „Mir war ganz klar, dass ihr heute noch raus musstet, um Abschied zu nehmen. Glaubt mir: Ich wünsche Euch das allerbeste für eure Zukunft. Ich habe versucht, etwas über dieses Internat in Erfahrung zu bringen. Aber da ist nichts zu finden. Außer der Anzeige, über die ihr euch beworben habt, gibt nichts Offizielles darüber. Ich hoffe nur, ich habe keinen Fehler gemacht, als ich eurem Wechsel auf dieses Internat zugestimmt habe. Aber ich weiß auch, dass ich euch nicht im Wege stehen darf, wenn ihr euren eigenen Weg wählt. Ihr sollt aber wissen, dass ihr jederzeit wieder hierher zurückkommen könnt, egal wie viele Jahre vergehen und egal, wie alt ihr dann sein werdet. Dieses Heim wird für euch immer offen stehen! Und jetzt trinkt, meine kleinen Lieblinge, bevor ich noch zum heulen anfange."

Damit hob sie ihr Glas und die Mädchen stießen gerührt mit ihr an. Sie hatten nie gewusst, wie herzlich die Heimleiterin im Innern ihres Herzens war. Die Heimleiterin saß noch eine ganze Weile bei den Mädchen im Zimmer und holte sogar noch eine zweite Flasche Sekt. Zum ersten mal in ihrem Leben hatten die Mädchen das Gefühl, in ihr so etwas wie eine Mutter zu haben. Aber jetzt war es zu spät. Morgen in aller Herrgottsfrüh würden Sie von hier abgeholt werden und wahrscheinlich nie wieder zurückkehren. Als die Heimleiterin ihnen schließlich eine gute Nacht wünschte, war es allerhöchste Zeit für die Mädchen, ins Bett zu gehen. Diese Nacht würde für sie ohnehin sehr kurz werden. Die Heimleiterin verabschiedete sich noch nicht von den Mädchen, sondern versprach, ihnen in der Früh, wenn die Mädchen abgeholt würden, Lebewohl zu sagen. Als sie dann kurz vor Mitternacht endlich allein waren, zogen sie sich schweigend und in Gedanken versunken aus, wuschen sich und putzten sich die Zähne. Ihre Sektgläser waren aber noch halb voll und die zweite Flasche war auch noch nicht leer. Also kuschelten sie sich mit ihren Gläsern in den Händen in Marijanas Bett ganz dicht aneinander und nahmen im Schein einer einzigen, kleinen Kerze gemeinsam Abschied von allem, was ihnen vertraut war. Es gab so vieles, was sie zurücklassen mussten; ihre Fahrräder und ihr Sandsack waren wohl die größten von den für sie wichtigen Dingen, die sie nicht mit einpacken können hatten. Und jetzt machten Sie sich zum ersten mal Gedanken darüber, dass sie auf der Insel, auf die zu fliegen sie im Begriff standen, zwar in Sport gefördert werden sollten, dass sie aber nicht einmal mehr die Möglichkeit haben würden, eine Fahrradtour zu unternehmen.

„Josh kommt mit!" sagte Shadowcat nach einer Weile gemeinsamen Schweigens. „Solange wir zusammen sind, ist das das einzige, was zählt!"

Marijana und Lian grübelten noch eine Weile, bis Lian schließlich meinte: „Ich habe immer noch ein schlechtes Gewissen, dass wir ihn da mit rein gezogen haben."

„Das habe ich auch." antwortete Shadowcat und Marijana stimmte bei: „Ich auch!"

„Und trotzdem", ergriff Shadowcat wieder das Wort, „bin ich so unendlich glücklich, dass er mitkommt. Nach den letzten Tagen kann ich mir einfach nicht mehr vorstellen, ohne ihn zu sein. Ich hätte es niemals drei Jahre auf irgendeiner Insel ohne ihn ertragen können."

„Egal, was ihm von der Siratja auch für eine Gefahr droht", griff Lian Shadowcats Gedanken auf, „ich werde ihn ebenso so wenig im Stich lassen, wie ich euch jemals im Stich lassen werde!"

Shadowcat sah Lian liebevoll und dankbar an und küsste zärtlich ihre Lippen. Marijana, die in der Mitte saß, schlang ihre Arme um die beiden und sagte: „Das gilt für uns alle drei!"

Dann fragte sie die anderen beiden: „Glaubt ihr, sie macht sich an Josh ran?"

Lian dachte kurz nach. Dann antwortete sie: „Ja, ich glaube schon. So wie sie sich heut benommen hat, als ich durch das Schlüsselloch in Joshs Wohnzimmer geschaut habe, bin ich mir sogar ziemlich sicher!"

„Ich glaube, da steckt noch mehr dahinter", warf Shadowcat sehr nachdenklich ein und erklärte diese Vermutung auch gleich, indem sie Frau Siratja wieder zitierte: „Denkt nur an ihre Worte: *Das könnte doch ganz amüsant sein!* Da hatte sie ihn ja noch nicht einmal gesehen."

„Ja, das stimmt", bestätigte Marijana.

Und Lian meinte: "Ich bin wirklich gespannt auf St. Bernadette."

Daraufhin hob sie ihr Glas und sagte: „Auf uns vier; was immer uns erwarten möge!"

„Auf uns vier!" wiederholten Marijana und Shadowcat Lians Trinkspruch und stießen mit ihren Gläsern an.

Als sie sich dann endlich doch Schlafen legten, küssten sie sich gegenseitig zärtlich und gingen dann jede in ihr eigenes Bett, um noch für ein paar kurze Stunden Schlaf zu finden.

Shadowcat hatte kaum die Augen zu, als sie schon das Gefühl hatte, durch einen langen, schmalen Tunnel gezogen zu werden. Und plötzlich war sie wieder die Shadowcat, die vor langer Zeit in den Prärien Amerikas zuhause gewesen war. Sie ritt auf ihrem halbwilden, schwarzen Hengst, der nur sie auf seinem Rücken duldete, über die Prärie. Vor sich sah sie, halb von einem Wald umgeben einen wunderschönen See, auf dessen kleinen Wellen die Sonnenstrahlen wie Diamanten funkelten. Sie trug nur einen Lendenschurz aus weichem Leder und Stiefel aus dem gleichen Material. Und auf ihrem Rücken hatte sie einen Köcher mit einigen Pfeilen und einen Bogen. Hinter der Wurzel eines toten Baumes legte sie, gut versteckt Stiefel, Lendenschurz und Köcher ab. Dann sprang sie nackt wieder auf den Rücken ihres Pferdes und galoppierte in die Fluten, des friedlich daliegenden Sees. Sowohl sie, als auch ihr Mustang genossen das erfrischende Bad. Plötzlich glaubte sie aus dem Wald das Kriegsgeschrei von Sissetons zu hören. Sofort schaute sie sich nach einem Versteck um und entdeckte einen Überhang, unter dem sie sich mit ihrem Pferd verbergen konnte. Kaum hatte sie dieses Versteck erreicht, als ein weißer Mann von oben ins Wasser sprang und sich auch sofort unter diesen Überhang zurückzog. Da entdeckte er sie und sie sahen sich für eine lange Sekunde an. Er war der erste weiße Mann, den sie in ihrem Leben gesehen hatte. Von plötzlicher Furcht erfasst, sprang sie auf den Rücken ihres Mustangs und ritt neben dem Überhang ans Ufer. In dem Moment sah sie aber auch schon die Sissetons in ihren Kriegsfarben den See erreichen. Einer sprang sofort an derselben Stelle ins Wasser, an der auch der weiße Mann gesprungen war. Aber kaum drehte sich der Krieger zu dem weißen Mann um, als der ihn mit einem gewaltigen Schlag bewusstlos schlug. Der weiße Mann zog den bewusstlosen Krieger soweit aus dem Wasser, dass er nicht ertrinken konnte. Shadowcat sah nur Bruchstücke des Kampfes, während sie um den See galoppierte. Auf der gegenüberliegenden Seite packte sie sich vom Rücken ihres Pferdes aus ihren Köcher mit den Pfeilen und dem Bogen und warf ihn sich über den Rücken. Als sie so bewaffnet, so schnell wie der Sturmwind wieder zum Geschehen des ungleichen Kampfes zurückgaloppierte, sah sie einen Krieger seine Kugelkeule heben, um dem weißen Mann den Kopf einzuschlagen. Einen Pfeil auf die Sehne legen, den Bogen spannen, zielen und schießen, geschah in Gedankenschnelle. Sie zügelte ihr Pferd und saß stolz auf seinem Rücken, während sie die feigen Sissetons beschimpfte und aufforderte, den weißen Mann loszulassen, den sie nur mit einer so großen Übermacht zu überwältigen in der Lage waren. Der Krieger, dem sie durch den Arm geschossen hatte, suchte seine ihm entfallene Waffe im Wasser. Aber der Pfeil steckte noch in seinem Arm und behinderte ihn. Er gab kein Zeichen von Schmerz zu erkennen. Und als ein anderer Krieger ihm seine fürchterliche Waffe wieder gereicht hatte, schnitt er den anderen Kriegern, die das tapfere kleine Inuna-Ina Mädchen mit Schimpfnamen schmähten mit einer gebieterischen Geste das Wort ab und gebot ihnen, den weißen Mann freizugeben.

Nun gehört er Dir Takenya! rief er ihr zu. Takenya, zustoßender Falke! Den Namen hatte er ihr wegen dem gefiederten Pfeil, der noch in seinem Arm steckte, mit aufrichtiger Anerkennung gegeben. Er brach die aus seinem Arm ragende Spitze des Pfeils ab und zog den Pfeilschaft aus der blutenden Wunde. Dann gab er Zeichen zum Aufbruch. Die Krieger sammelten ihre Bewusstlosen ein, erstiegen die Böschung und galoppierten durch den Wald davon. Neugierig und nicht ohne Furcht musterte Shadowcat, oder Takenya, wie der Sisseton sie genannt hatte, den noch im Wasser stehenden, fremden und fremdartigen Mann. Und er musterte sie mit bewundernden Blicken, die Takenya auf ihrem Körper zu spüren glaubte.

Wer bist Du? fragte sie ihn. Aber der weiße Mann konnte ihre Sprache nicht verstehen und stotterte etwas in einer ihr fremden Sprache. Langsam kam der Mann aus dem Wasser und erstieg die Böschung. Takenya wusste nicht, ob sie fliehen, oder ihn erschießen sollte. Ihr Mustang ging ein paar Schritte rückwärts, als der Mann auf sie zukam. Aber Takenya gebot dem Hengst, ohne ein Wort zu sagen und ohne mit einem einzigen Muskel zu zucken, stehen zu bleiben. Als der Mann nach dem Hals des Pferdes griff, um ihn zu streicheln, wollte der Mustang sich aufbäumen und ausbrechen. Aber Takenya spürte diese Bewegung schon, noch bevor er sie ausführte und gebot ihm auch jetzt wieder, ruhig zu bleiben. Seine Augen waren angstgeweitet und er schnaubte unruhig, als der weiße Mann ihn berührte. Aber als er merkte, dass ihm nichts geschah und die ruhige Stimme des Mannes vernahm, die beruhigend zu ihm sprach, beruhigte der Mustang sich wieder. Auch Takenya lauschte der angenehmen Stimme des fremden, weißen Mannes, der sich ihr jetzt zuwandte und plötzlich nicht mehr in der Lage war weiterzusprechen, als ihre Blicke sich trafen. Ein Schauer durchlief Takenya, ein unbekanntes Gefühl, das ihren Körper und ihr Herz erfüllte. Irgendetwas schien sie zu diesem Mann zu ziehen. Sie hatte plötzlich das Gefühl, als würde sie vom Rücken ihres Mustangs stürzen. Voller Panik wandte sie sich ab und galoppierte davon, nur weg von diesem Mann, der in der Lage war, ihr ihre Sinne und Kräfte zu rauben. Er musste ein böser Mann sein, wenn er das konnte. Alle weißen Männer waren böse. Die Alten hatten das immer erzählt. Während sie auf ihrem Mustang über die Prärie flog, verblasste das Bild wieder und ließ Shadowcat noch für kurze Zeit in einen tiefen, traumlosen Schlaf sinken.

4 DER AUFBRUCH

Als Josh aus seinem Traum hochschreckte, schaute er auf seinen Wecker. Es war schon drei Uhr morgens. Übermüdet stand er wieder auf und räumte in der Küche auf. Dann machte er Kaffee, setzte sich an den Küchentisch und schrieb einen Brief an seine Mutter, mit der Bitte, dass sie sich, solange er weg war, um seine Wohnung kümmern sollte. Er fügte noch eine unterschriebene Blankovollmacht bei, damit sie die Wohnung auflösen und auf sein Konto zugreifen konnte, wenn er weg war. Irgendwelchen fremden Leuten von dem Internat wollte er so eine Vollmacht einfach nicht ausstellen. Er dachte daran, dass er seine Mutter schon lange nicht mehr besucht hatte. Sie wohnte in einer anderen Stadt und Josh war traurig, dass er sie jetzt vor seiner Abreise nicht mehr besuchen konnte. Seine Mutter war die einzige Frau auf dieser Welt, die er rein mit seinem Herzen liebte.

Um halb vier weckte er Frau Siratja. Nachdem sich beide im Bad frisch gemacht hatten, tranken sie zusammen Kaffe. Dann rief Josh ein Großraumtaxi. Nach einem letzten Blick in die Wohnung, die ihm für viele Jahre ein Zuhause gewesen war, und die er jetzt wahrscheinlich nie wieder betreten würde, zog er die Wohnungstür hinter sich zu und sperrte ab. Den Schlüssel steckte er zu dem Brief, den er an seine Mutter geschrieben hatte. Er verschloss das bereits frankierte Couvert und warf den Brief in den Briefkasten an der Straßenecke. Dann setzte er sich auf den Rücksitz des Taxis. Frau Siratja saß auf dem Beifahrersitz und sagte dem Fahrer die Adresse vom Waisenhaus. Sie hatte gestern nur eine dünne Jacke über ihrem Kleid getragen und hatte diese auch jetzt wieder an. Die Nächte waren doch noch sehr frisch. Dem Taxifahrer entging aber trotzdem nicht, dass sie nichts unter dem Kleid trug und warf immer wieder verstohlene Blicke auf den Schoß seiner verführerischen Beifahrerin. Joshs Gedanken eilten inzwischen dem Taxi voraus und waren schon längst bei Marijana,

Lian und Shadowcat. Er zählte die Minuten, bis sie endlich das Waisenhaus erreichten. Die drei Mädchen warteten mit der Heimleiterin und der Nachtschwester bereits auf der Straße. Als Josh sie bereits aus der Ferne im Scheinwerferlicht des Taxis entdeckte, wäre er am liebsten sofort aus dem Wagen gesprungen und zu ihnen gelaufen. Er hätte sie so gerne in seine Arme genommen und zärtlich geküsst. Aber das durfte er nicht; Nicht jetzt; Nicht hier vor Frau Siratja und auch nicht vor der Heimleiterin, der Nachtschwester und dem Taxifahrer. Plötzlich wurde ihm bewusst, wie schwer es war, eine Liebe, die so stark war, geheim halten zu müssen. Als sie vor dem Heim hielten, stiegen alle drei aus. Frau Siratja begrüßte die Heimleiterin, die von ihrer Aufmachung in dem durchscheinenden Kleid ziemlich unangenehm berührt war und sich ernsthaft fragte, ob sie die Mädchen, die ihr so lange anvertraut gewesen waren, wirklich in gute Obhut übergab. Aber die Heimleiterin sagte nichts. Sie hatte alle Papiere unterschrieben, die für den Wechsel der Mädchen in das Internat nötig gewesen waren. Jetzt konnte sie nichts mehr ändern. Barker hatte sich im Hintergrund gehalten. Außer den heimlichen Blicken, die er sich mit den Mädchen zuwarf, tat er nichts, was seinen Gemütszustand verriet. Er half nur dem Taxifahrer, die Koffer der Mädchen hinten ins Taxi zu räumen.

„Herr Barker", sagte Frau Siratja, „das sind Marijana, Lian und Victoria Lara. Sie kennen sie vielleicht vom Sehen aus der Schule."

Barker nickte den Mädchen freundlich zu. Und Frau Siratja sagte zu den Mädchen: „Das ist der Lehrer, von dem ihr mir erzählt habt. Er wird uns begleiten. So, und jetzt steigt ein, hop hop."

Josh bemerkte den fragenden Blick von der Heimleiterin. Und er schüttelte fast unmerklich den Kopf. Auch wenn die Heimleiterin nicht wusste warum, verstand sie doch, dass diese Frau Siratja nicht wissen sollte, dass Josh die Mädchen besser kannte, als er zu erkennen gab. Und irgendwie gab es ihr ein beruhigendes Gefühl zu wissen, dass ihre Mädchen nicht allein in dieses Internat gehen würden. Vor allem für Victoria freute sie sich, da sie gespürt hatte, dass ein Gefühl ehrlicher Zuneigung zwischen ihr und Barker herrschte. Voll Rührung dachte sie noch, was für ein schönes Paar die beiden doch waren, als sie mit Tränen in den Augen dem Taxi hinterher winkte. Und auch die Mädchen winkten ihr so lange zurück, solange sie sie noch sehen konnten. Zu viert hatten sie sich mit Josh auf den Rücksitz gezwängt. Der Taxifahrer hatte noch gemeint, dass sich eine von ihnen auf den hinteren Notsitz setzen könnte. Aber Josh hatte geantwortet, dass der Platz auf dem Rücksitz schon reichen würde. Und so saß er ganz an die linke Tür gedrückt und spürte Shadowcats jungen Körper an sich gepresst. Sie hätten sich so viel zu sagen gehabt, aber das konnten sie jetzt nicht. Und so genossen zumindest Josh und Shadowcat, dass sie sich so unschuldig spüren konnten. Shadowcat schloss die Augen und ließ ihren Kopf auf Joshs Schuler fallen. Er wusste, dass sie nicht schlief. Aber Frau Siratja wusste das nicht. Und als sie sich einmal umdrehte, legte Josh seinen Zeigefinger auf die Lippen, um ihr zu bedeuten, dass sie das Mädchen nicht aufwecken sollte. Auch Josh schloss die Augen und blendete alles aus seinem Bewusstsein aus, außer der Berührung mit Shadowcat. Und es dauerte nicht lange, bis er sie in seinem Kopf fragen hörte: *Hast Du von mir geträumt, Cougar?*

Und Josh antwortete ihr ebenso nur in Gedanken: *Ich hab Dich auf einem schwarzen Pferd gesehen. Du warst so wunderschön! Du warst nackt und Du hast mein Leben gerettet.*

Ich hab es auch gesehen, erwiderte Shadowcat und fuhr mit dem wortlosen Gespräch fort: *Du warst auf der Flucht vor einer Horde Sissetons.*

Sissetons? fragte Josh, während ihm bewusst wurde, dass er sich auf telepathische Weise mit Shadowcat unterhalten konnte. Und Shadowcat erklärte ihm: *Ein Stamm der Sioux!*

Josh konnte Shadowcats Atem an seinem Hals spüren, als er ihre Stimme voll zärtlicher Liebe in seinem Kopf hörte: *Ich hatte mich auf den ersten Blick in Dich verliebt, Cougar. Wie blind bin ich nur bisher in diesem Leben gewesen?*

Dieses Leben hat andere Gesetze, stellte Josh betrübt fest. *Hätte ich meine Augen aufgemacht und gewagt, Dich so anzusehen, wie in diesem anderen Leben, dann hätte ich mich auch wieder auf den ersten Blick unsterblich in Dich verliebt, und ebenso in Marijana und Lian! Ich weiß heute überhaupt nicht, wie ich so lange ohne euch leben konnte.*

Shadowcat und Josh bekamen nichts von der Fahrt zum Flughafen mit. Und als Frau Siratja sich plötzlich umdrehte und sagte: „Aussteigen. Wir sind da", da riss sie die beiden anscheinend wirklich aus tiefstem Schlaf.

Sie packten ihre Koffer auf einen Gepäckwagen und Josh schob ihn hinter Frau Siratja her, die ihr Gepäck von der Gepäckaufbewahrung holte. Dann verschwand sie erst einmal auf der Toilette, um sich umzuziehen und gab den Mädchen und Josh so die Gelegenheit, sich erst einmal richtig zu begrüßen und miteinander zu sprechen. Zwar für andere Passagiere unauffällig küsste Josh die Mädchen und erzählte ihnen dann von seinem Abend mit Frau Siratja. Und als er fertig war, fügte er noch in gespielter Empörung über Marijanas Lächeln hinzu: „Da gibt es gar nichts zu lachen."

Marijana wurde auch sofort wieder ernst und erwiderte darauf: „Mir ist auch gar nicht zum Lachen."

Dann sah sie Josh tief in die Augen und flüsterte: „Danke, dass Du uns begleitest, Josh!"

Josh küsste noch einmal zärtlich ihre Lippen. Aber in dem Moment warnte Lian schon: „Vorsicht. Sie kommt wieder."

Sofort wendete Josh sich von den Mädchen ab und schaute in das Schaufenster eines Souvenirshops. In der Spiegelung sah er Frau Siratja ankommen. Aber er drehte sich erst zu ihr um, als sie sagte: „So, da bin ich wieder."

Sie warf ihre Reisetasche auf den Gepäckwagen und marschierte weiter voraus zum Check-in Schalter, wo auch das Ticket für Josh hinterlegt war. Eindreiviertel Stunden später konnten sie an Bord gehen. Frau Siratja und die Mädchen hatten ihre Plätze ganz vorne links. Joshs Platz war, nachdem sein Ticket erst später gebucht worden war, ganz hinten links. Aber zumindest hatte er niemand neben sich. Und darüber war er doch ganz froh. Um kurz nach neun startete das Flugzeug dann nach Sal, einer Insel der Kapverden. Knappe sechs Stunden würde der Flug dauern. Zeit genug, um ein wenig Schlaf nachzuholen, dachte Josh und machte es sich auf seinen beiden Plätzen so bequem wie möglich. Aber kaum hatte das Flugzeug seine Flughöhe erreicht, als die Stewardessen auch schon Frühstück servierten. So wieder aus seinem Schlummer gerissen, konnte Josh zu einer Tasse Kaffee auch nicht Nein sagen. Und nach seiner Appetitlosigkeit der letzten Tage schmeckte ihm auch das Brötchen sehr gut. Nach dem Frühstück versank er wieder tief in Gedanken. Er hielt immer wieder Ausschau nach den Mädchen. Aber er konnte sie von seinem Platz aus nicht sehen. Shadowcat ging nach dem Frühstück auf die Toilette, die gleich hinter Josh war. Und als sie an ihm vorbei ging, streifte sie ihn ganz zart mit ihrer kleinen Hand. Shadowcat und Marijana hatten zwei Plätze nebeneinander. Und direkt vor ihnen hatte Lian neben Frau Siratja Platz nehmen müssen. Da sich Lian aber sehr unwohl neben dieser Frau fühlte, nahm sie die Tatsache, dass Frau Siratja am Fenster hatte sitzen wollen, zum Vorwand, um mit den Worten „Ich frage mal Herrn Barker, ob ich bei ihm aus dem Fenster sehen darf", von Frau Siratja weg und zu Josh zu kommen.

„Aber störe ihn nicht, wenn er seine Ruhe haben will", rief Frau Siratja Lian noch hinterher und fügte noch leise hinzu: „Wir wollen ihn schließlich noch nicht gleich verschrecken."

Marijana, die hinter Frau Siratja saß, hörte das. Es versetzte ihr einen Stich und eine panische Angst um Josh bemächtigte sich ihrer. Sie nahm allen Mut zusammen und fragte so gleichgültig wie möglich über die Stuhllehne von Frau Siratjas Platz: „Wann wollen wir ihn denn verschrecken?"

In dem Moment kam Shadowcat wieder an ihren Platz zurück. Sie war im Gang gerade an Lian vorbeigekommen, die ihr zugeflüstert hatte, dass sie sich zu Josh setzt. Und jetzt hatte sie gerade noch Marijanas Frage gehört. Frau Siratja hatte anscheinend nicht damit gerechnet, dass sie gehört worden war. Marijana war nicht in ihrem Blickfeld gewesen, als sie das gesagt hatte. Jetzt drehte sie sich überrascht um, fasste sich aber sofort und antwortete so, als ob sie die beiden in ein großes Geheimnis einweihen würde: „Ihr wisst doch, dass St. Bernadette ein reines Mädcheninternat ist. Wir haben dort eine sehr eigene Auffassung von Männern. Aber das werdet ihr schon noch lernen."

Shadowcat und Marijana lief es bei diesen Worten wieder eiskalt über den Rücken. Aber sie zeigen ihre Gefühle nicht. Und Frau Siratja drehte sich wieder nach vorne.

„Ich muss auch mal aufs Klo", sagte Marijana und Shadowcat stand sofort auf, um sie raus zu lassen.

Lian hatte Josh ganz anständig gefragt: „Darf ich mich bei Ihnen ans Fenster setzen, Herr Barker?"

Und Josh hatte geantwortet: „Natürlich", war aufgestanden und hatte Lian an den Fensterplatz gelassen. Kaum saß Lian, als sie auch schon flüsterte: „Ich halte es neben der Siratja nicht aus, Josh."

Und Josh erwiderte: „Das kann ich verstehen."

Lian legte zärtlich ihre Hand auf Joshs Oberschenkel. Und Josh klappte seinen Tisch wieder runter, damit diese kleine, intime Vertraulichkeit den Blicken der übrigen Passagiere und der Stewardessen verborgen blieb. Marijana blieb bei Josh und Lian stehen. Und nach einem kurzen Blick, ob Frau Siratja sich vielleicht umsah, flüsterte sie Josh zu: „Die Siratja hat grad gemeint, dass wir Dich noch nicht gleich verschrecken wollen. Und auf meine Frage, was sie damit meint, hat sie uns erklärt, dass sie in St. Bernadette eine eigene Auffassung von Männern haben und dass wir das schon noch lernen werden."

In dem Moment kam eine Stewardess mit einem Servicewagen mit Getränken den Gang entlang. Marijana drückte sich in die Sitzreihe von Josh und presste ihre vollen Brüste, die Josh durch den feinen Stoff ihrer Bluse spüren konnte, an sein Gesicht. Dann, als der Wagen vorbei war, bückte sie sich schnell und küsste zärtlich seine Lippen, bevor sie weiter zur Toilette ging.

Lian sagte zu Josh: „Die Siratja macht mir Angst."

Josh dachte noch über Marijanas Worte nach. Dann antwortete er: „Gestern Nacht schien sie mich ganz einfach nur verführen zu wollen. Sie wollte mich zwar überrumpeln, aber das hatte nichts Bedrohliches. Vielleicht hat das ja alles gar nichts zu bedeuten."

„Aber vielleicht hat es das eben doch!" konterte Lian, während Josh spürte, wie sich die Finger ihrer kleinen Hand vor Spannung fester in seinen Oberschenkel bohrten. Er nahm ihre Hand in seine, holte sie unter dem Tisch hervor und küsste sie zärtlich. Dann erwiderte er: „Was soll sie mir denn schon tun? Im Moment können wir sowieso nichts machen, als den Flug zu genießen. Und wenn in dem Internat irgendetwas nicht mit rechten Dingen zugeht, dann schnappe ich euch und wir fliegen mit der nächsten Maschine wieder zurück."

Noch einmal drückte er seine Lippen liebevoll auf Lians Finger. Dann legte er ihre Hand wieder zurück auf seinen Oberschenkel. Als Marijana wieder von der Toilette kam, auf der sie nur lange genug abgewartet hatte, um ihren Toilettenbesuch für Frau Siratja glaubhaft zu gestalten, hielt sie noch einmal bei Josh und Lian. Und die beiden erzählten ihr schnell ihren Entschluss. Einigermaßen beruhigt begab sich Marijana wieder auf ihren Platz und flüsterte Shadowcat ins Ohr, was sie mit Lian und Josh besprochen hatte. Shadowcat überlegte sich, ob es wirklich so einfach war, wieder von dieser abgelegenen Insel wegzukommen, die ja keinen eigenen Flughafen hatte. Aber wie auch immer, mit einem hatte Josh auf jeden Fall recht: Im Moment konnten sie nichts tun. Sie mussten abwarten und hoffen, dass ihre Befürchtungen sich als doch nichts anderes als die Hirngespinste verliebter Teenager herausstellen würden. Josh hatte die Augen wieder geschlossen. Er genoss einfach die zarte Berührung von Lians Hand. Lian studierte aufmerksam sein Profil. Wie schön er war. Er war nicht der klassische Schönling, sondern strahlte gleichzeitig etwas sehr kraftvoll Männliches und doch auch etwas sehr Weiches und Zerbrechliches aus. Es war diese Tiefe seiner Seele, die so sehr aus seinen Zügen sprach und nicht nur sie, sondern auch Marijana und Shadowcat so sehr in ihren Bann gezogen hatte. Und es war diese Verbundenheit, die schon älter als ihr Leben war, die sie aneinander band. Als Lian darüber nachdachte, fielen plötzlich alle Ängste von ihr ab. Sie glaubte an das Schicksal. Das Schicksal hatte sie in diesem Leben wieder zusammengeführt und was auch immer es ihnen für Probleme in den Weg legen würde; Wenn sie zusammen waren, würden sie sie überwinden! Ihre kleine Hand tastete vorsichtig an Joshs Oberschenkel weiter nach oben und zwischen seine Beine. Josh ließ ein leises, wohliges Brummen hören und spürte, wie sein Penis sich zu regen begann. Langsam öffnete er seine Knie ein wenig, um seinem kleinen Freund ein wenig mehr Bewegungsfreiheit zu gönnen.

Lian tastete nach dem Reißverschluss seiner Hose und zog den Schieber ganz langsam auf. Dann ließ sie ihre Hand neugierig tastend in die Öffnung der Hose gleiten. Joshs Unterhose bildete noch ein weiteres Hindernis, das überwunden werden musste. Kurz nahm Lian ihre zweite Hand zu Hilfe, um Joshs Penis aus diesem engen Gefängnis zu befreien und die Unterhose bis unter seine Hoden zu ziehen. Josh spürte, wie sein Penis augenblicklich anschwoll, als Lian ihn in ihre kleine Hand nahm und zärtlich zu massieren begann. Sie drehte sich auf ihrem Sitz zu Josh, um ihn und sein immer größer werdendes Glied betrachten zu können. Es fühlte sich gut an, wie Joshs Penis in ihrer Hand anschwoll und immer härter wurde. Und das sagte sie Josh auch.

„Dein Penis ist schön!" sagte sie. „Ich mag es, wie er auf meine Berührung reagiert. Ich mag, wie er sich anfühlt. Und ich würde ihn jetzt auch gerne riechen und schmecken."

Josh fiel es nicht leicht zu sprechen, während sein erregtes Glied von Lian gestreichelt wurde. Aber er antwortete trotzdem: „Ich dachte, nur ich bin so verliebt in eure Gerüche."

„Ich mag die Gerüche von Shadowcat und Marijana auch!" erwiderte Lian und fragte Josh dann: „Weißt Du, dass die beiden und ich uns erst, nachdem wir das erste mal bei Dir waren, gegenseitig so berührt haben? Vorher gab es noch nie eine erotische Anziehungskraft zwischen uns. Wir waren schon immer ein Herz und eine Seele. Aber wir hatten uns nie für die Körper der anderen interessiert. Erst nachdem wir bei Dir gewesen sind, haben wir miteinander eine Sexualität entdeckt und auch eine körperliche Liebe füreinander."

Lian sah Josh ins Geicht und fragte ihn: „Ist das dumm, oder falsch von uns?"

„Nein!" antwortete Josh mit voller Überzeugung. „Ihr drei gehört so sehr zusammen. Ich liebe euch so unendlich, dass ich es gar nicht ausdrücken kann. Ich könnte nicht einmal verstehen, wenn ihr euch gegenseitig nicht lieben würdet, wenn ihr euch nicht als ganzheitliche Wesen aus Seele und Körper lieben würdet."

Josh glaubte absolut an das, was er sagte, obwohl er für gleichgeschlechtliche Liebe noch nie viel übrig gehabt hatte. Aber da hatte er auch noch nicht gewusst, was Liebe wirklich bedeutete. Und schließlich musste er auch einräumen, dass es für einen Mann auch sehr erotisch wirkte, wenn zwei Frauen sich berührten. Solche Fotos hatte er sich schließlich auch schon gerne angesehen, bevor Lian, Shadowcat und Marijana in sein Leben getreten waren. Jetzt war er zum ersten mal an einem Punkt in seinem Leben, an dem er sagen konnte, dass er sich für keine andere Frau mehr interessierte, als für die, die er liebte. Dass es nicht nur eine Frau war, sondern drei Mädchen, die er liebte, war das einzige Problem bei der Sache. Aber damit konnte er leben. Er hatte für sich akzeptiert, dass es so war. Lian betastete Joshs Penis ganz vorsichtig nur mit Daumen und Zeigefinger und Josh schloss wieder seine Augen und genoss die zärtlich forschenden Berührungen.

„Es fühlt sich toll an, wie Deine Eichel unter meinen Fingern nachgibt", begann Lian von neuem, während sie die Eichel behutsam mit ihren Fingern zusammendrückte. Und Josh dachte sich nur: *Oh ja, das tut es!*

Er hatte in seinem Leben ja doch schon einigen Sex gehabt, wenn auch weniger als der Durchschnitt der Männer in seinem Alter. Aber er hatte noch nie erlebt, dass eine Frau sich in dieser Weise für seinen Körper interessiert hatte, dass eine Frau mit ihren Fingern die Konturen seines Körpers und auch dieses Körperteils so neugierig und behutsam erforscht und ertastet hätte. Lians Finger glitten langsam am Schaft seines Gliedes entlang und schlossen sich an seiner Wurzel fest darum. Josh spürte, wie sich das Blut in seinem Penis staute und dieser dadurch noch größer und fester wurde. Mit der zweiten Hand betastete Lian die jetzt noch prallere und härtere Eichel und drückte sie gegen den Widerstand des in ihr gestauten Blutes mit ihren zierlichen Fingern zusammen. Sie war fasziniert, wie fest dieses zarte, weiche Gewebe geworden war. Josh atmete hörbar tief ein.

„Hab ich zu fest zugedrückt?" fragte Lian schuldbewusst und lockerte gleichzeitig ihre Griffe. Josh wandte ihr seinen Kopf zu, öffnete wieder die Augen und antwortete lächelnd, aber mit nicht zu unterdrückender Erregung: „Nein. Es war wunderschön! Bitte hör nicht auf."

Lians Griff um den Schaft von Joshs Penis wurde wieder stärker. Sie zog sich daran mit zarter Gewalt ganz dicht an Josh und gab ihm einen liebevollen Kuss auf seine lächelnden Lippen. Dann flüsterte sie verliebt: „Ich liebe ihn so sehr. Ich könnte den ganzen Tag mit ihm spielen, ich möchte ihn ganz fest in meinen Händen halten, ihn überall auf meinem Körper spüren, möchte ihn küssen, ihn mit meiner Zunge liebkosen und an ihm knabbern!"

Josh gab ihr ebenfalls einen zärtlichen Kuss und antwortete: „Du darfst alles mit ihm machen, Lian!"

„Ich will ihm aber nicht weh tun", meinte Lian und Josh erwiderte voller Vertrauen: „Das wirst Du nicht! Ich will alles erleben, was Du mit ihm machen willst. Ich will Deine Zärtlichkeit ebenso spüren, wie Deine Neugier."

Lian fühlte sich, als hätte sie eben ein wunderschönes, wertvolles Geschenk erhalten. Und das hatte sie auch, denn was konnte schöner und wertvoller sein, als das absolute Vertrauen eines geliebten Menschen zu besitzen. Und da sie dieses Vertrauen mit Ehrfurcht und Dankbarkeit entgegennahm und nicht missbrauchen wollte, sagte sie leise: „Bitte versprich mir, dass Du sofort sagst, wenn ich einmal zu wild oder grob sein sollte."

Voller zärtlicher Liebe schlang Josh seine Arme um Lian und gab ihr, trotz der Gefahr, gesehen werden zu können, einen sehr langen, innigen Kuss, der Lian so sehr erregte, dass ihr Griff um Joshs Penis sich ganz automatisch noch mehr verstärkte. Als ihre Lippen sich wieder trennten, flüsterte Josh, wieder schwerer atmend: „Du weißt, wie sehr ich Dich liebe, Lian. Und ich kann auch Deine Liebe spüren! Egal, was Du tust, Du wirst niemals zu grob sein!"

Lian stiegen heiße Tränen in die Augen und sie schluchzte leise: „Ich liebe Dich so sehr, Josh!"

Dann küsste sie immer wieder mit zärtlicher Leidenschaft sein Gesicht. Erst nach sehr vielen Küssen, die sie ihm so geschenkt hatte, löste sie sich wieder von ihm. Sie erhob sich ein wenig in ihrem Sitz, um über die Sitzreihen blicken zu können. Und nachdem niemand sich nach ihnen umdrehte und auch niemand im Gang unterwegs war, klappte sie, ohne Joshs Penis loszulassen, mit der linken Hand seinen Tisch hoch, beuge sich über Josh harte Eichel und bedeckte auch sie mit zärtlichen Küssen, während sie sich von seinem Geruch berauschen ließ. Dann stieg sie, noch immer seinen erregten Penis umklammernd, über Josh drüber und flüsterte, ihn schon an diesem Körperteil hinter sich her ziehend: „Komm mit!"

Es war absoluter Wahnsinn. Aber Josh ließ sich ohne Widerstand mit offener Hose an seinem Penis von Lian auf die enge, kleine Toilette ziehen. Kaum hatte Josh die Tür hinter sich verriegelt, als Lian schon den Gürtel seiner Hose löste. Fieberhaft zogen sie sich gegenseitig aus, bedeckten dabei ihre Körper überall mit Küssen. Wie klein Lian doch war, wie zierlich und straff ihr jugendlicher Körper war. Die erregten Knospen ihrer kleinen Brüste streckten sich Josh voll sehnsüchtiger Erwartung entgegen. Josh küsste sie voller leidenschaftlicher Liebe. Sie fühlten sich so gut auf und zwischen seinen Lippen an. Der Geruch von Lians samtiger Haut, dem Josh so sehr verfallen war, raubte ihm jede Vernunft. Lian fühlte sich so gut an und sie roch so unbeschreiblich gut. Josh ließ seine Zunge um diese wunderschönen, erregten und erregenden Brustwarzen kreisen. Er presste seinen Mund auf sie und sog sie tief in seinen Mund ein, knabberte sanft an ihnen und zog mit seinen Zähnen daran. Lian stöhnte leise voller Erregung und ihre Hände verkrallten sich in Joshs Haaren. Auch nach dem Geschmack von Lians Körper war Josh süchtig. So klein und flach Lians Brüste auch waren, so unbeschreiblich gut fühlten sie sich doch an. Er konnte seine Lippen nicht von ihnen lösen. Josh saß auf der Toilette, während Lian vor ihm stand und sich von seinen leidenschaftlichen Küssen in eine Ekstase versetzt sah, die sie den Boden unter den Füßen hätte verlieren lassen, wenn Josh sie nicht festgehalten hätte. Seine Hände, die ihre schmale Taille problemlos umfassen konnten, lagen auf ihrem Rücken und pressten ihren bebenden Körper an ihn. Und Lian umschlang mit ihren schlanken Armen Joshs Nacken und pressten seinen Kopf ganz fest an ihre empfindlichen und so angenehm erregten Brüste. Joshs Hände wanderten langsam über Lians schmalen Rücken tiefer, fühlten und ertasteten die festen Rundungen von ihrem kleinen Hintern. Behutsam und doch voller Leidenschaft packten seine Hände ihre straffen Pobacken. Wie konnte sich ein Mädchen nur so gut anfühlen? Lian durchzuckte ein Schauern, als sie Joshs Finger zwischen ihre Pobacken tasten fühlte. Ganz vorsichtig tasteten sie über ihren Anus. Bei der sanften Berührung sackten Lian fast die Beine weg. Joshs Finger tasteten weiter nach vorne und berührten Lians Schamlippen. Lian krümmte sich vor Erregung zusammen. Um nicht zu schreien, biss sie sich in ihre eigene Hand, während Joshs Haare über ihr Gesicht strichen und sie den eigenen, betörenden Geruch seines Nackens wahrnahm und registrierte, wie unterschiedlich doch die verschiedenen Regionen seines Körpers rochen und wie sehr diese Gerüche doch miteinander harmonierten und zusammengehörten.

Joshs Zeigefinger bahnte sich ganz vorsichtig einen Weg zwischen ihre kleinen Schamlippen, die so weich, und dabei trotzdem, wie ihr ganzer Körper auch fest und straff waren. Fieberhaft tastete Lian nach Joshs hartem, pulsierendem Penis. Sie packte ihn voller verzweifelter Leidenschaft und Erregung mit ihren kleinen Händen, versuchte auf Joshs Schenkeln einen Halt zu finden und sich dann auf diesen wunderschönen, festen und doch so sehr nachgebenden Penis zu setzen. Langsam kam sie tiefer und drückte Joshs geschwollene und harte Eichel gegen ihre Scheide. Josh versuchte, ihre zarten, inneren Schamlippen auseinanderzuklappen, um seinem hungrigen Glied den Weg zu bereiten. Aber Lians Scheide war so eng, dass er nicht eindringen konnte, so sehr Lian sich auch gegen seinen Penis presste. Josh sah ein, dass es nicht ging, zumindest nicht jetzt und hier. Und er wollte es auch nicht erzwingen. Jetzt vergrub er sein Gesicht in ihrem Hals, den er mit zärtlichen und liebevollen Küssen bedeckte. Auch Lian gab ihre fruchtlosen Bemühungen auf. Sie rutschte an Josh nach unten, bedeckte die harte, geschwollene Eichel seines steifen Gliedes mit leidenschaftlichen Küssen und nahm sie schließlich in ihren Mund. Josh griff unter Lians Hintern durch, packte sie bei der Hüfte und hob sie, ohne dass sie seinen Penis aus ihrem Mund entließ so hoch, dass ihre Oberschenkel auf seine Schultern zu liegen kamen. Gierig nach ihrem Geruch und Geschmack bedeckte er ihre jungfräuliche Scheide mit seinen Lippen. So, wie Lian immer leidenschaftlicher an seinem Penis zu saugen begann, so eroberte sich seine Zunge auch immer gieriger ihren Weg in diese enge Spalte. Sie trieben sich auf diese Weise gegenseitig in immer neue, lustvollere Erregung. Als Lian schließlich begann, an Joshs Penis zu knabbern, als Josh Lians Zähne so an seinem Penis spürte, der ihn vor Erregung schon am ganzen Körper zittern ließ, da sog auch er an Lians Klitoris, ließ seine Zunge um sie kreisen und schloss schließlich auch seine Zähne um sie. Diese intensive Stimulation, die Lian in absolute Ekstase versetzte, ließ auch sie ungehemmter zubeißen. Sie fühlte Joshs Penis unter ihren Zähnen nachgeben und, sobald ihre Zähne sich wieder lockerten, wieder hart und stramm werden. Immer wieder biss sie mit entfesselter Wildheit in Josh Penis. Aber niemals verlor sie dabei ihr Gefühl. Voller leidenschaftlicher Erregung fühlte sie Joshs harte, pralle Eichel unter ihren Zähnen nachgeben. Aber ohne sich bewusst Gedanken darüber zu machen, gab es eine unsichtbare Grenze, die nicht zuließ, dass sie fester zubiss, als es für Joshs Penis ungefährlich geblieben wäre. Josh lehnte zitternd an der Kabinenwand der winzigen Toilette und saugte und knabberte vor Erregung selbst völlig enthemmt an Lians inneren Schamlippen und an ihrer Klitoris. Sie kamen genau im selben Augenblick. Als Lian, die schon seit mehreren Minuten in einer nicht mehr zu kontrollierenden Ekstase gefangen war, plötzlich noch in diese nächste, erlösende Stufe katapultiert wurde, biss sie unwillkürlich noch fester zu, als sie es ohnehin schon getan hatte. Im selben Moment spürte sie gegen den Widerstand ihrer fest geschlossenen Zähne Joshs Penis explosionsartig anschwellen. Und ein Strom von Sperma füllte ihren Mund in immer neuen Stößen. Lian wollte keinen Tropfen verlieren, schloss ihre Lippen fest um Joshs zuckenden Penis und saugte bis zum letzten Tropfen alles aus ihm heraus.

Nur langsam ließ die Erregung ihrer Orgasmen nach. Erschöpft ließ Josh Lians Schenkel von seinen Schultern herunter. Er setzte sich wieder auf den Klodeckel und sie auf seinen Schoß und erschöpft, aber glücklich umarmten sich die beiden und schenkten sich zärtliche und liebevolle Küsse. Lian griff noch einmal nach unten, nach Joshs noch immer hartem und pulsierendem Glied. Und sie führte die pralle Eichel noch einmal an ihre bebende, enge Scheide, die jetzt, feucht und entspannt durch die eben erlebte und noch immer nicht ganz überwundene Ekstase vielleicht nicht mehr ganz so unüberwindlich war. Und tatsächlich gaben Joshs pralles Glied und Lians enge Scheide dem energischen Druck jetzt soweit nach, dass Lian, sich mit ihrem ganzen Gewicht auf Joshs Penis pressend, diesen langsam in sich aufnehmen konnte, sogar ohne dass dabei ihr Jungfernhäutchen riss. Der Druck war für beide fast unerträglich. Aber er war unerträglich schön und erregte beide aufs Neue. Langsam glitt Lian auf Joshs Penis auf und ab, während sie sich auf seinen Schultern abstützte. Für Josh war die Ekstase, die er erst mit Lian, Shadowcat und Marijana kennen gelernt hatte, noch absolut neu. Und Lian hatte außer durch die Erfahrungen, die sie in weniger als einer Woche hatte sammeln können, noch überhaupt nicht gewusst, was Begierde, Erotik und Ekstase für sie selbst, für ihre Seele und ihren Körper bedeutete. Alles war so neu. Und sie waren sich gegenseitig so dankbar, dass sie diese Gefühle miteinander erleben und teilen durften. Aber Josh hatte jetzt das Gefühl, am Ende seiner Kräfte anzugelangen.

„Ich kann nicht mehr!" brachte er nur mühsam und am ganzen Körper zitternd hervor. Doch dieses Zittern, das sich durch seinen ohnehin noch oder schon wieder pulsierenden Penis auf Lians erregte Scheide übertrug, machte es ihr unmöglich, in ihrer Bewegung einzuhalten, obwohl sie selbst schon fast ohne Besinnung vor glücklicher Ekstase war.

Es klopfte an der Tür und irgendjemand fragte etwas. Aber das schien von unendlich weit her zu kommen und weder Josh, noch Lian waren in der Lage, jetzt zu antworten. Irgendwie schaffte es Lian sich umzudrehen. Sie stand jetzt mit dem Rücken zu Josh und presste mit ihrem festen Hintern so sehr gegen seinen kurz vor einem neuen Orgasmus stehenden Penis, der bis zur Wurzel in ihrer engen Scheide steckte, die ihn zu zerdrücken drohte, dass Josh Angst hatte, das Bewusstsein zu verlieren. Einige Minuten ging dieses, beide zu neuen Höhepunkten führende Spiel, bis Josh schließlich erneut einen Orgasmus erlebte, den er nicht zu überleben glaubte. Durch die Zuckungen seines gewaltig angeschwollenen Gliedes kam auch Lian noch einmal und so heftig, dass sie mit ihrer Stirn gegen den Spiegel stieß und sich eine kleine Platzwunde zuzog. Als beide noch in diesem Orgasmus gefangen waren und sich schwer atmend und ihr

Stöhnen kaum unterdrücken könnend, wieder zu beruhigen versuchten, klopfte es erneut an der Tür und eine Stewardess fragte von außen: „Hallo? Ist alles In Ordnung bei Ihnen?"

Josh nahm all seine Kraft und Selbstbeherrschung zusammen und antwortete so ruhig wie seine schwere und kaum zu kontrollierende Atmung es ihm gestattete: „Ja. Ich bin gleich fertig."

Seine aber doch noch sehr gepresst wirkende Stimme ließ die Stewardess vermuten, dass Josh Probleme mit der Verdauung hatte. Als die Schritte sich draußen wieder entfernten, zog Josh seinen Penis, der noch immer hart und pulsierend war, aus Lian heraus.

„Ich hätte ihn rechtzeitig rausziehen müssen", sagte er nicht ohne Sorge und machte sich ernsthafte Selbstvorwürfe. Aber Lian beruhigte ihn mit den Worten: „Hab keine Angst Josh. Es ist nichts passiert."

Ohne zu wissen warum, wusste Josh, dass er Lian vertrauen konnte. Er konnte Lian immer vertrauen. Auch wenn sie noch so jung war und keine Ahnung von Sex und Verhütung hatte: Er konnte ihr vertrauen! Wenn es irgendein Naturgesetz auf dieser Welt, oder in zwölftausend Meter Höhe gab, dann war es, dass er Lian vertrauen konnte und dass er Marijana und Shadowcat vertrauen konnte. Schnell wuschen sie sich. Josh tupfte Lians Platzwunde an der Stirn, die Gott sei Dank nicht sehr stark blutete, mit Papiertüchern ab. Dann zogen sie sich hastig an. Und Josh schlüpfte schnell aus der Tür. Als er sich vergewissert hatte, dass niemand in direkter Nähe war, klopfte er leise, während er gleichzeitig zu seinem Platz ging und gleich danach kam auch Lian aus der Toilette und nahm ihren Platz neben Josh wieder ein. Kaum saßen sie auf ihren Plätzen, da lief auch schon ein Passagier an ihnen vorbei, der es anscheinend sehr eilig hatte, auf die Toilette zu kommen.

Josh war so sehr von Liebe erfüllt. Als er sich zu Lian beugte, die ebenso wie er noch immer keinen ruhigen Atem hatte, zärtlich ihren Hals küsste und ihr leise ins Ohr flüsterte „Ich liebe Dich!", wurde ihm bewusst, wie lange er diesen Satz nicht mehr ausgesprochen hatte, bevor er sich seiner Liebe zu Lian, Shadowcat und Marijana bewusst geworden war. Er hatte schon vor so langer Zeit den Glauben an die Liebe verloren. Und er hatte gelernt, dass alles vergänglich war. Diese Erkenntnis hatte ihn mit der Zeit immer zynischer werden lassen. Den Satz *Ich liebe Dich!* hatte er seitdem nicht mehr gebraucht, weil er ihn nicht mehr mit ehrlicher Überzeugung hatte sagen können. Und jetzt war doch wieder alles anders. Jetzt liebte er. Er liebte so sehr, wie er es sich selbst in der Naivität seiner Jugend nicht hatte erträumen können. Wie selbstverständlich hielten sie sich bei den Händen. Lian hatte ihren Kopf auf Joshs Schulter liegen und schlief nach einigen Minuten wirklich noch einmal tief ein. Josh betrachtete ihr anmutiges, jugendliches Gesicht und bemerkte das glückliche Lächeln, das auf ihren wunderschönen Lippen lag. Womit hatte er nur so viel Glück verdient? Auch Josh schloss seine Augen und schlief bald selig ein. Sein Kopf lag auf Lians Haaren. Und so zeigten die beiden ein Bild liebevoller Vertrautheit. Jemand, der sie nicht kannte und der nicht wusste, wie alt Josh war, musste die beiden für ein glücklich sich liebendes Paar halten.

Josh wusste nicht, wie lange er geschlafen hatte, als er durch eine leichte Berührung an seiner Schulter wieder zu sich kam. Shadowcat stand neben ihm im Gang und hatte ihn vorsichtig wachgerüttelt. Josh blickte zu ihr auf und Shadowcat sagte leise zu ihm: „Seid vorsichtig. Die Siratja wollte gleich mal nachsehen, ob Lian Dir auch nicht lästig ist."

Josh blickte voller Zärtlichkeit auf Lians Kopf, der noch immer friedlich schlafend auf seiner Schulter ruhte. Dann wendete er sich wieder an Shadowcat, küsste ihre kleine Hand, die noch auf seiner anderen Schulter lag und antwortete: „Ich werde ihr einfach sagen, dass es mich nicht stört, dass Lian an meiner Schulter eingeschlafen ist."

„Eure Hände!" warnte Shadowcat lächelnd. Erst jetzt registrierte Josh, dass Lian und er Händchen haltend miteinander eingeschlafen waren.

„Oh!" entfuhr es Josh, während ihm bewusst wurde, dass es peinlich geworden wäre und ihn in echte Erklärungsnot gebracht hätte, wenn die Siratja Lian und ihn so gesehen hätte. Behutsam löste er seine Hand aus Lians Hand. Dann sah er wieder zu Shadowcat auf und fragte, als er ihren Blick bemerkte: „Was noch?"

Lian hatte tief eingeatmet und antwortete jetzt, wie ein Kätzchen schnurrend: „Ihr riecht nach Liebe!"

Noch einmal atmete sie tief ein, genoss den zarten Geruch, den ihre feine Nase wahrnahm und ergänzte: „Ihr riecht nach Seife und Liebe. Aber die Liebe riecht besser!"

Josh erinnerte sich daran, wie Lian und er sich nach ihrem Abenteuer in der winzigen Toilette gewaschen hatten. Und er fragte sich, wie Shadowcat trotzdem noch ihre körperliche Liebe wahrnehmen konnte, denn es war ihm klar, dass Shadowcat die körperliche Liebe gemeint hatte. Shadowcat sah, dass Frau Siratja sich von ihrem Sitzplatz erhob, gab Josh noch schnell einen heimlichen Kuss und sagte: „Sie kommt."

Dann ging sie schnell zu ihrem Platz zurück und musste in dem engen Gang an Frau Siratja vorbei. Die stand wenige Sekunden später vor der Sitzreihe von Josh und Lian.

„Ist alles in Ordnung bei Ihnen, Barker?" fragte sie „Oder ist das Mädchen Ihnen lästig?"

„Nein, überhaupt nicht", antwortete Josh wahrheitsgemäß und erklärte: „Sie ist eingeschlafen."

„Wenn sie Sie stören sollte", forderte Frau Siratja Barker auf, „dann schicken Sie sie einfach wieder nach vorne."

„Es ist wirklich in Ordnung!" versicherte Barker noch einmal und Frau Siratja ging wieder zu ihrem Platz zurück. Irgendwie hatte sie der Anblick gestört, wie Lian so friedlich an Barkers Schulter schlief. Sie dachte daran, wie sie am vergangenen Abend unter Einsatz all ihrer weiblichen Reize versucht hatte, Barker zu verführen und wie er sie hatte abblitzen lassen. Und da empfand sie dieses unschuldige Bild von einem an seiner Schulter schlafenden Mädchen als sehr provozierend und demütigend. Außerdem sollten die Mädchen gar nicht erst anfangen, Sympathie für diesen Mann zu empfinden. Sympathien für einen Mann waren in ihrer zukünftigen Ausbildung nicht vorgesehen.

Der weitere Flug verlief ruhig. Lian verschlief das Mittagessen und wachte erst kurz vor der Landung auf Sal wieder auf. Nachdem die Kapverden in einer anderen Zeitzone als Deutschland liegen, kamen sie dort bereits gegen dreizehn Uhr Ortszeit an. Eine Stunde später saßen sie alle gemeinsam in einem Taxi, das sie nach Palmeira im Westen der Insel brachte. Sie erreichten den Hafen von Palmeira um kurz nach halb drei. Frau Siratja bezahlte das Taxi und forderte Barker und die drei Mädchen auf, in einer Strandbar auf sie zu warten, während sie sich um das Boot kümmern wollte, das sie nach St. Bernadette bringen sollte.

„Es ist traumhaft hier!" schwärmte Marijana und wandte sich mit der Frage „Glaubt ihr, dass es auf St. Bernadette auch so schön ist?" an die anderen drei.

Josh antwortete ihr darauf: „Es gibt dort nichts als das Internat, wenn ich die Siratja richtig verstanden habe. Aber das Meer und die Natur dürften mindestens ebenso schön sein, wie hier."

Er winkte eine Bedienung herbei, fragte, ob er mit Euros bezahlen könnte und bestellte dann für die Mädchen und sich Cocktails, mit denen sie auf ihre gemeinsame Zukunft auf der unbekannten Insel St. Bernadette anstießen. Frau Siratja ließ lange auf sich warten. Als sie nach über einer Stunde wieder zurückkam, wirkte sie ziemlich genervt und ließ sich erschöpft auf einen Stuhl an dem Tisch von den Mädchen und Josh fallen.

„Unser Boot kommt erst morgen früh", erklärte sie. „Ich hab uns Zimmer in einer Pension hier gleich zwei Straßen weiter reserviert."

„Möchten Sie etwas trinken?" fragte Josh und Frau Siratja antwortete ihm: „Gerne."

Josh winkte noch mal die Bedienung herbei und bestellte auch für Frau Siratja einen Cocktail. Nachdem sie ausgetrunken hatten und Josh bezahlt hatte, führte Frau Siratja ihn und die Mädchen zu der Pension.

„Ich habe zwei Doppelzimmer genommen.", gestand sie, während sie die Schlüssel an der Rezeption entgegennahm. Josh knirschte innerlich mit den Zähnen. Und auch die Mädchen waren sehr beunruhigt. Sie mussten sich ein Zimmer teilen, in das ein Gästebett gestellt worden war. Das brauchten sie aber gar nicht. Das Doppelbett würde für sie genügen. Da hätten sie sogar noch genug Platz für Josh gehabt. Aber der musste sich ja nun ein Zimmer mit Doppelbett mit dieser aufdringlichen Frau Siratja teilen. Nachdem das Gepäck in die Zimmer gebracht worden war, schlug Frau Siratja den Mädchen vor, zum Strand zu gehen. Und da Josh ihnen aufmunternd zugenickt und gesagt hatte, dass er auch ins Meer wollte, stimmten sie gerne zu. So gingen sie also alle miteinander zum Strand, einschließlich Frau Siratja. Die Mädchen liefen sofort ins Wasser, nachdem sie ihre Handtücher ausgebreitet hatten. Und auch Josh stürzte sich sofort ins erfrischende Nass des Atlantiks. Er sonderte sich ganz bewusst etwas von den Mädchen ab, um nicht zu zeigen, wie groß die Zuneigung zwischen ihnen war. Aber er wechselte immer wieder heimliche Blicke mit ihnen. Frau Siratja, die ohnehin so braungebrannt war, wie nur jemand sein konnte, der sich das ganze Jahr in südlichen Gefilden aufhielt, lag auf ihrer Decke am Strand und sonnte sich. Josh genoss den Anblick von Marijana, Lian und Shadowcat, die ausgelassen im Meer tobten. Er war wieder fasziniert von der Geschmeidigkeit ihrer Körper, wenn sie sich in die Wellen warfen. Und er musste sich zwingen, seine Konzentration wieder von ihnen abzubringen, um zu verhindern, dass sein Penis bei ihrem Anblick wieder anschwoll. Als er aus dem Wasser kam, wollte er sich nicht zu Frau Siratja legen. Er sagte ihr, dass er ein Stück laufen würde, zog sich ein T-Shirt über, um zu vermeiden, dass er einen Sonnenbrand bekam und joggte Richtung Norden am Strand entlang. Es dauerte eine Weile, bis er seinen Rhythmus in dem weichen Sand gefunden hatte. Aber dann lief er ruhig und gleichmäßig Kilometer auf Kilometer bis er nach Buracona kam. Aber hier war schon längst kein Sandstrand mehr. Die Küste war felsig und uneben geworden. Und aus dem Laufen war mehr ein Klettern geworden. Josh setzte sich auf die Felsen und blickte auf den unendlichen Ozean. Die Sonne stand schon tief. Am liebsten hätte Josh hier den Sonnenuntergang abgewartet. Aber er wollte zumindest wieder bis zum Sandstrand zurück sein, bis es dunkel wurde. Also kehrte er wieder um und setzte sich dann in den weichen Sand, um die Sonne im Meer versinken zu sehen. Dann lief er in der kurzen Dämmerung zurück und kam erst in der Dunkelheit wieder in der Pension an. „Wo waren Sie denn?" fragte Frau Siratja, als er in ihr Zimmer kam. „Wir haben uns schon Sorgen um Sie gemacht."

Josh erzählte ihr von seinem kleinen Ausflug. Dann sprang er schnell unter die Dusche und machte sich zum Abendessen fertig. Das Essen im kleinen Speisesaal verlief schweigsam. Josh und die Mädchen konnten sich nicht beherrschen. Wenn sie sich schon oberhalb des Tisches nicht zu beachten schienen, so berührten sie sich doch umsomehr unter dem Tisch. Sie wussten alle nicht, was ihnen der nächste Tag und die Zukunft auf St. Bernadette bringen würde. Und sie waren sich in dieser Situation gegenseitig ihr einziger Halt und ihre einzige Sicherheit. Nach dem Essen wollte Frau Siratja die Mädchen auf ihr Zimmer schicken. Aber sie protestierten und Josh unterstützte sie, indem er sagte, sie wären alt genug, um auch noch mit in die Bar zu kommen in die Frau Siratja Barker hatte schleppen wollen. Also nahm sie auch Marijana, Lian und Shadowcat mit. Aber weder Josh, noch den Mädchen gefiel es in dieser verrauchten und lauten Bar, die eher eine Diskothek war, und in der sich überwiegend Touristen tummelten. Und so machte Josh den Vorschlag, etwas Ruhigeres zu suchen. „Eigentlich wollte ich tanzen." erwiderte Frau Siratja. Aber Josh wehrte ab: „Ich hatte Ihnen doch schon gesagt, dass ich nicht tanzen kann."

Aber als er sah, dass sich Frau Siratja noch immer krampfhaft an ihrem Drink festhielt, macht er ihr den Vorschlag: „Sie können ja gerne noch hier bleiben. Dann setze ich mich mit den Mädchen noch ein wenig in die Strandbar, wo wir heute Nachmittag waren. Da ist es ruhig. Man kann sich unterhalten, ohne schreien zu müssen und man kann das Meer hören." Frau Siratja war zwar nicht zufrieden damit, dass Barker sich ihr immer entzog. Aber sie nickte und antwortete: „Sie werden auf St. Bernadette wahrscheinlich mehr Ruhe haben, als Ihnen lieb ist. Aber sie müssen es ja wissen. Ich komme dann so in zirka einer Stunde nach."

„Einverstanden", rief Josh zurück, um das Stimmengewirr und die laute Musik zu übertönen, wünschte Frau Siratja noch viel Spaß beim Tanzen und war dann froh, mit Shadowcat, Marijana und Lian im Schlepptau, diesem lauten Treiben zu entkommen. Kaum auf der Straße fielen die Mädchen Josh sofort um den Hals und küssten ihn liebevoll und voller Verzweiflung.

„Wie sollen wir das nur durchstehen, Josh?" fragte Marijana, der bei dem Gedanken, dass sie vielleicht niemals wieder die Möglichkeit haben würden, mit Josh allein zu sein, die Tränen in die Augen stiegen. Josh küsste ihr ganz zärtlich die Tränen von den Wangen und tröstete sie: „Hab keine Angst Marijana. Wir werden es durchstehen. Und wir werden immer zusammen sein!"

Jetzt öffneten sich aber Marijanas Schleusen nur noch mehr und ihre Tränen liefen ungehemmt über ihr Gesicht. Josh nahm sie ganz fest in seine Arme. Und auch Shadowcat und Lian schmiegten sich ganz fest an die beiden. Als Marijana sich wieder etwas beruhigt hatte, spazierten sie langsam, die laue Abendluft genießend, zu der Strandbar. Sie setzten sich auf der Terrasse an einen freien Tisch, von dem aus sie auf das nächtliche Meer sehen konnten. Die ganze Terrasse wurde nur von einigen Laternen und den Kerzen, die auf den Tischen standen, erleuchtet. Hier fühlten sich sowohl Josh, als auch die Mädchen wohler, als in einer so lauten Bar, in der man sein eigens Wort nicht verstehen konnte. Josh bestellte Cocktails mit nur wenig Alkohol für die Mädchen und Rotwein für sich. Und dann saßen sie da, unterhielten sich über Gott und die Welt und erzählten sich gegenseitig zum ersten mal mehr von sich und ihrem bisherigen Leben. Als Josh irgendwann auf die Uhr sah, bemerkte er, dass sie schon eineinhalb

Stunden hier waren. Er überlegte kurz, ob er nach Frau Siratja sehen sollte. Aber dann dachte er sich, dass sie, wenn sie beim Tanzen war, sicherlich nicht auf die Uhr sah. Und schließlich genoss er jede Minute, die er mit den Mädchen allein sein konnte. Er bestellte noch einmal Getränke und nahm sich vor, Frau Siratja noch eine halbe Stunde zu geben, bevor er nach ihr sehen würde.

Als sie noch auf die Getränke warteten, kamen sechs junge Burschen mit nur zwei Frauen den Strand entlang. Sie waren offensichtlich Touristen und hatten wohl schon einiges über den Durst getrunken. Der Wortführer, ein großer, schlanker und sehniger Typ, dem man den Surfer auf den ersten Blick ansah, kam zu Josh und den Mädchen an den Tisch. Er war, wie auch der Rest der Truppe, knapp um die dreißig. Er war braungebrannt, hatte lange, blonde Haare und war der Typ, dem Frauen im allgemeinen wohl nicht widerstehen konnten. Vermutlich war er auch ein ganz anständiger Kerl. Zumindest machte er keinen unsympathischen Eindruck. Nur hatte er jetzt eben ganz schön einen in der Krone.

„Hey Meister", wandte er sich an Josh, „es ist doch ziemlich ungerecht, dass Du hier allein mit drei so heißen Bräuten rummachst, während wir zu …"

Er wandte sich um und zählte die Männer seiner Gruppe. „ … zu zwei, drei, fünf, zu sechst nur zwei Mädels haben. Ich mach Dir einen Vorschlag, Meister: Du kannst hier Rosi haben und leihst uns dafür Deine Mädels."

Josh lächelte den Surfer leicht amüsiert an und antwortete ihm, nachdem er einen Blick auf Rosi geworfen hatte, ruhig und freundlich: „Ich fürchte, Deine Rosi ist zu wild für mich."

Der Surfer und seine Freunde lachten über diesen gar nicht so lustigen Scherz. Und am lautesten lachte Rosi. Josh sprach weiter: "Und wenn Du etwas von den Mädchen möchtest, musst Du sie selbst fragen."

„Hört, hört!" wandte der Surfer sich an seine Freunde, während Rosi sich nach vorne drängte, ihre Brüste im knappen Bikinioberteil mit den Händen zusammenpresste und Josh damit gefährlich nahe kam.

„Ich würde es Dir schon besorgen, Meister!" bot sie ihm an. Aber Josh wich mit seinem Gesicht vor ihren Brüsten und ihrem Alkoholdunst zurück und entgegnete noch immer freundlich und ruhig: „Danke Rosi. Vielleicht ein anderes Mal."

Der Wortführer schob Rosi wieder nach hinten, wendete sich an Marijana, Lian und Shadowcat und öffnete seinen Mund, als Marijana schon sagte: „Die Antwort ist Nein!"

Der Surfer klappte seinen Mund wieder zu, blickte sich perplex nach seinen Freunden um und stimmte in ihr vergnügtes Lachen mit ein. Dann drehte er sich wieder zu Marijana und legte seine Hand auf ihre Schulter. Was dann geschah, ging so schnell vor sich, dass er nicht in der Lage war, irgendwie darauf zu reagieren. Selbst im Nachhinein war es ihm nicht möglich, den Vorgang nachzuvollziehen. Sobald seine Hand Marijanas Schulter berührte, sprang Lian, wie von einer Feder geschnellt hoch. Und während sie sich in der Luft drehte, hätte ihr Fuß ihn über den Tisch hinweg an der Schläfe getroffen, wenn nicht Josh ebenso schnell reagiert hätte. Er packte ihren kleinen Körper in der Luft, drehte sie mit ihrem eigenen Schwung herum, bevor sie den Surfer treffen konnte und setzte sie wieder auf ihren Stuhl. Ohne auf die Verwunderung Lians zu achten, wandte sich Josh jetzt langsam zu dem Surfer um und sagte ganz ruhig: „Du hast sie gehört. Also nimm die Hand von ihr."

Der Surfer überragte Josh um einen halben Kopf. Er plusterte sich ein wenig auf und fragte Josh, auf seine Freunde hinter sich weisend: „Kannst Du zählen, Meister?"

Aber Josh ließ sich davon nicht beeindrucken und er erwiderte: „Du hast ein bisschen viel getrunken, Junge. Schlaf Deinen Rausch aus, bevor Du etwas tust, was Du morgen bereust."

Wahrscheinlich war es Joshs ruhige Art, die auch keine Spur von Furcht zeigte, die einen der Freunde des Surfers dazu bewegte, zu sagen: „Komm schon Hank, lass uns gehen. Der Mann hat recht."

Josh stand noch immer dem Surfer gegenüber. Der nahm jetzt langsam die Hand von Marijanas Schulter und hob beide Hände hoch, um seine Friedfertigkeit zu zeigen.

„Okay!" sagte er. „Man sieht sich."

Er machte noch eine grüßende Geste mit seiner rechten Hand, dann drehte er sich zu seinen Freunden um, und sie zogen etwas leiser, als sie gekommen waren, wieder weiter. Josh setzte sich wieder auf seinen Platz. In dem Moment kam die Bedienung mit den Getränken und fragte: „Haben diese Burschen sie belästigt?"

Josh antwortete: „Nein. Es ist alles in Ordnung." Und als die Bedienung wieder weg war, wandte sich Josh an Lian und sagte leise, während er seine Hand auf ihren Arm legte: „Entschuldige bitte, Lian. Aber ich denke, es ist immer besser Gewalt zu vermeiden."

„Ich bin Dir nicht böse", antwortete Lian mit noch immer nicht zu unterdrückender Verwunderung und Bewunderung für Joshs Reflexe.

„Wie hast Du das gemacht?" fragte sie ihn. Und Josh antwortete ihr: „Nicht anders, als Du selbst. Ich hab nur Deinen eigenen Schwung benutzt. Dein Sprung war wirklich beeindruckend. Ich hatte nur Angst, dass Du den Jungen ernsthaft verletzt."

„Ich dachte, Du bist ein Boxer?" sagte jetzt Shadowcat, als ob seine Aktion von eben im Widerspruch dazu stehen würde.

„Er ist weit mehr!" antwortete darauf Lian. Und man konnte ihre Bewunderung für Josh in ihrer Stimme hören. Shadowcat stimmte Lian zu, indem sie sagte: „Du warst wieder ganz Cougar! Du hast Dich bewegt, wie ein Puma."

„Unsinn." wehrte Josh verlegen ab und verwies auf Lian: „Die Reaktion von Lian war wirklich beeindruckend. So einen Sprung habe ich noch nie gesehen."

Dann wandte er sich an Marijana, die noch immer schwieg und fragte sie: „Ist alles in Ordnung mit Dir, Marijana?"

Marijana sah ihn an und antwortete: „Ich hab mir grad gedacht, dass uns gar nichts passieren kann, solange wir nur zusammen sind. Ich genieße es, hier zusammen mit euch zu sitzen, euch zu sehen, eure Stimmen zu hören und mich dabei so sicher und geborgen zu fühlen."

Josh nahm ihre Hand und küsste sie zärtlich. Aus der Dunkelheit des nächtlichen Strandes kam langsam ein alter Mann auf sie zu, den Josh auf den ersten Blick als Seemann, oder Fischer einschätzte. Als der Alte den Tisch erreichte, nahm er seine Mütze ab und grüßte: „Entschuldigen Sie bitte. Ich bin grad unfreiwilliger Zeuge Ihrer Auseinandersetzung mit diesen Surfern geworden. Das war sehr beeindruckend."

„Es war doch gar nichts", wehrte Josh ab. Aber der alte Mann schüttelte den Kopf und sagte: „Doch, doch; Ich hab gesehen, wie Sie und ihre kleine Freundin auf die Aufdringlichkeit des einen reagiert haben. Das hat mir mächtig imponiert."

Josh bemerkte, dass der Alte Lian ‚Seine kleine Freundin' genannt hatte. Aber er sagte nichts darauf. Und der alte Mann sprach weiter: „Verzeihen Sie. Ich habe mich noch nicht vorgestellt. Ich bin Kapitan Boris Welschow. Ich habe auf Santo Antão einen Ausflugsdampfer liegen. In der letzten Zeit verjagen aber Banden von einheimischen Jugendlichen die Touristen und machen das Geschäft ziemlich kaputt. Deswegen suche ich jemanden, der möglichst ohne Gewalt und Blutvergießen diesen Übergriffen Einhalt gebietet."

„Es wird doch hier auf den Kapverden sicherlich eine Polizei geben", erwiderte Josh. Kapitan Welschow erklärte ihm aber: „Ja, die gibt es natürlich. Aber sie ist nicht gerade hilfreich. Hören Sie, mir ist klar, dass Sie als Touristen hier sind. Aber falls sie vielleicht trotzdem für eine Weile bei mir anheuern würden, nur so lange, bis ..."

Josh unterbrach den Kapitan.

„Nein, wir sind keine Touristen", erklärte er. „Wir sind auf dem Weg nach St. Bernadette."

„Nach St. Bernadette?" fragte der Alte bestürzt, während er mit einem furchtsamen Blick auf die Mädchen unwillkürlich einen Schritt vom Tisch zurückwich. Er bekreuzigte sich schnell und sagte zu Josh: „Gott steh' Ihnen bei!"

Dann lief er schnell wieder in die Dunkelheit davon, aus der er gekommen war. Josh und die Mädchen sahen sich fragend an. Dann stand Josh auf und lief dem Alten schnell hinterher.

„Warten Sie!" rief er dem Davoneilenden nach, als er ihn fast erreicht hatte. Kapitan Welschow blieb außer Atem stehen und drehte sich nach Josh um.

„Was hat es mit St. Bernadette auf sich?" fragte Josh. Es dauerte eine Weile, bis der Alte wieder zu Atem gekommen war. Dann antwortete er: „Es heißt, dass es eine Insel voller wunderschöner Mädchen ist. Aber es gibt keine Männer auf St. Bernadette. Immer wieder haben abenteuerlustige junge Männer die Insel gesucht. Aber zurückgekehrt sind nur diejenigen, die die Insel nicht gefunden haben."

„Das ist doch Seemannsgarn!" meinte Josh, der nicht so leicht zu erschrecken war. Aber Kapitan Welschow nahm ihn beim Arm und sagte eindringlich: „Nein, das ist es nicht. Hören Sie auf einen alten Seemann und halten Sie sich von dieser Insel fern, wenn Ihnen Ihr Leben lieb ist."

Dann ließ er Josh wieder los und floh weiter in die Dunkelheit. Josh kratzte sich nachdenklich am Kinn und kehrte dann in Gedanken versunken zu den Mädchen zurück. Als er die Terrasse der Strandbar erreichte, saß Frau Siratja bei den Mädchen am Tisch. Noch bevor er in den Lichtschein der Laternen trat, blieb er stehen und musterte aus der Dunkelheit heraus für einige Momente Frau Siratja. Sie war eine schöne Frau, nicht ganz zu durchschauen und etwas aufdringlich. Aber was sollte gefährlich an ihr sein? Josh war langsam wirklich neugierig auf St. Bernadette. Er trat lautlos aus dem Schatten und setzte sich wieder an seinen Platz.

„Ah, da sind sie ja", sagte Frau Siratja, als sie ihn erblickte. Und Josh konnte an ihren geröteten Wangen, dem Glanz in ihren Augen und den schweißverklebten Haarsträhnen erkennen, dass sie anscheinend wirklich ausgiebig getanzt hatte.

„Hatten Sie Spaß?" fragte er sie und Frau Siratja antwortete ihm: „Oh ja, es war herrlich. Wenn man immer nur auf einer Insel festsitzt, dann ist man froh, wenn man sich auch mal unter Menschen austoben kann. Aber erzählen Sie das nicht Frau Vranja. Die kann das nicht verstehen."

Josh bemerkte, dass Frau Siratja auch getrunken hatte und dadurch etwas redseliger war. Und es erschien ihm eine gute Gelegenheit, dadurch von ihr vielleicht etwas über die Geheimnisse St. Bernadettes zu erfahren.

„Wieso gibt es eigentlich keine Männer auf St. Bernadette?" fragte er und er konnte von ihrem Gesicht ablesen, dass sie sich bei der Frage sofort wieder unter Kontrolle hatte. Sie lächelte Josh an und antwortete ihm: „Ach Josh, sein Sie doch nicht so misstrauisch. Ab morgen gibt es doch einen."

Dann drehte sie sich zu der Bedienung um und bestellte sich auch noch ein Glas Wein. Der restliche Abend verlief ziemlich ruhig. Frau Siratja erzählte noch, dass sie morgen gegen acht Uhr abgeholt würden und dass sie mit einer Motoryacht dann nach St. Bernadette fahren würden.

„St. Bernadette", erklärte sie, „liegt ca. 500 Kilometer, oder 270 Seemeilen in südwestlicher Richtung von Brava, der südlichsten Insel der

Kapverden. Wir werden also morgen noch den ganzen Tag unterwegs sein."

Als dann Frau Siratja auch ihr Glas ausgetrunken hatte, bezahlte Josh und sie gingen gemeinsam in ihre Pension. Josh wünschte den Mädchen eine gute Nacht und bedauerte ebenso wie Marijana, Lian und Shadowcat, dass er sie nicht küssen konnte, weil Frau Siratja mit dabei war.

„Auf welcher Seite wollen Sie schlafen?" fragte Evelyn Siratja Josh, als sie in ihrem Zimmer waren. Josh entschied sich für die linke Seite, wartete geduldig ab, bis Frau Siratja im Bad fertig war und machte sich dann auch fertig für die Nacht. Als er schließlich aus dem Bad kam, schien Frau Siratja bereits zu schlafen. Josh wünschte trotzdem eine „Gute Nacht!", drehte sich auf die Seite und fiel bald in einen unruhigen Schlaf. Bilder von Shadowcat, Lian, Marijana und sich aus ihrem früheren Leben erstanden vor seinem geistigen Auge, ohne dass eine Handlung in den Träumen für ihn erkennbar gewesen wäre. Sie schienen nur wieder in dieser Blockhütte zu sein. Aber nicht einmal das konnte er sicher erkennen. Anscheinend lag er auf dem Boden und die Mädchen blickten auf ihn nieder.

Als Josh am Morgen vom Klopfen des Weckdienstes aus dem Schlaf gerissen wurde, fühlte er sich überhaupt nicht erholt. Und er dachte sich, dass das daran liegen musste, dass er sich neben Evelyn Siratja sehr unwohl gefühlt und deswegen ziemlich verkrampft geschlafen hatte. Nach einer erfrischenden Dusche ging es ihm aber schon besser. Und als er Marijana, Shadowcat und Lian beim Frühstück wieder sah, erfüllte ihn das mit neuer Kraft und Lebensfreude.

Oberhalb des Tisches nahmen sie ein schweigsames Frühstück ein. Aber unterhalb der Tischkante ließen sie keine Gelegenheit aus, sich, von Frau Siratja unbemerkt, zu berühren.

Josh hatte damit gerechnet, dass sie direkt von der Pension abgeholt werden würden. Aber das war nicht so. Also mussten sie, bepackt mit ihrem kompletten Gepäck zum Hafen spazieren. Es dauerte noch fast zwanzig Minuten, bis eine alte und ziemlich rostig wirkende Motoryacht mit dem stolzen Namen ‚Mother of Pearl', also Perlmutt, in den Hafen einlief und am Steg festmachte.

„Da ist sie!" sagte Frau Siratja, nicht ohne Stolz und Josh wechselte einen skeptischen Blick mit Shadowcat, die neben ihm stand.

Dann forderte Frau Siratja Josh und die Mädchen auf: „Kommt mit.", packte ihr Gepäck und ging voraus zu der Yacht. Eine Frau, die nicht älter war, als Evelyn Siratja und die zu einer Kapitänsmütze nur einen sehr knappen Bikini trug, sprang auf den Steg und umarmte Frau Siratja herzlich.

„Das sind unsere Neuen", stellte Frau Siratja die Mädchen vor. „Marijana, Victoria und Lian Lara."

Die drei gaben dem weiblichen Kapitän der Yacht, der mit seiner jugendlichen und erotischen Ausstrahlung in krassem Gegensatz zu der rostigen ‚Mother of Pearl' stand, und die Frau Siratja mit den Worten: „Das ist Jessica Wolter." vorstellte, höflich die Hand.

„Hübsch!" sagte Jessica Wolter und bot den Mädchen sofort an: „Sagt einfach Jessica zu mir, oder Jess. Ich mags nicht so förmlich."

Dann deutete Frau Siratja auf Josh, der sich im Hintergrund aufgehalten hatte. Aber bevor sie ihn vorstellen konnte, sagte Jessica schon: „Und das muss also Josh Barker sein!"

Dabei musterte sie ihn mit einem eigenartigen, durchdringenden und neugierigen Blick, während sie auf ihn zuging und auch ihm ihre Hand entgegenstreckte.

„Barker!" sagte sie schnurrend und Josh ergriff ihre Hand und erwiderte mit höflicher Zurückhaltung: „Miss Wolter!"

Warum er auf das englische ‚Miss' verfallen war und nicht, wie gewöhnlich einfach ‚Frau' sagte, wusste er selbst nicht.

„Kommt an Bord!" forderte Jessica Frau Siratja und ihre Begleitung auf, während sie selbst schon voraus an Deck der Yacht sprang. Josh half den Mädchen an Bord und reichte ihnen ihr Gepäck. Auch seinen eigenen Koffer reichte er an die Mädchen, bevor er sich behende auf die Planken der Yacht schwang.

„Bringt euer Gepäck unter Deck", forderte Jessica ihre Passagiere auf und ging voraus in die Kajüte. Es war eng, aber sauber und gemütlich. Josh zählte sechs Kojen. Aber er wusste, dass sie sie nicht benötigen würden, weil sie heute noch auf St. Bernadette ankommen würden.

„Macht es euch gemütlich." sagte Jessica. Dann ging sie wieder an Deck. Und wenige Minuten später legte die Yacht ab und nahm Kurs auf das offene Meer. Josh und die Mädchen gingen sofort auch wieder an Deck, als sie ihr Gepäck zusammen in eine Koje geräumt hatten. Sie genossen die noch nicht so heiße Morgensonne und den angenehmen, nach Salz riechenden Wind.

„Es könnte so schön sein", sagte Marijana leise, während sie die Augen schloss und tief einatmete, „wenn die Zukunft nicht so ungewiss wäre und wir uns nicht mit jedem Meter etwas sehr Bedrohlichem nähern würden."

Josh gab ihr einen heimlichen Kuss auf die Wange und erwiderte: „Wir sollten nicht so schwarz sehen."

Dabei musste er selbst an die warnenden Worte Kapitan Welschows denken.

Hinter ihnen kam Evelyn Siratja aus der Kajüte. Sie hatte sich ihren Bikini angezogen und ein Badetuch unter dem Arm.

„Ich lege mich vorne aufs Deck", sagte sie und forderte die Mädchen auf: „Das solltet ihr auch tun. Genießt die Sonne, Mädchen. Das gilt natürlich auch für Sie, Josh."

Josh nickte und sagte, als Frau Siratja an ihnen vorbei war, zu den Mädchen: „Damit hat sie jedenfalls recht. Wer weiß, wie viel Zeit wir auf St. Bernadette noch haben werden, um einfach mal zu sonnen?"

„Wenn sie nicht dabei wäre und Jessica Wolter sich nicht um uns kümmern würde, dann wäre es ein Traum mit euch auf diesem rostigen Boot zu sonnen!" sagte Shadowcat. Und sie beugte sich schon zu Josh, um ihm einen zärtlichen Kuss zu geben, bemerkte aber gerade noch rechtzeitig, dass Jessica zu ihnen hin sah. Instinktiv stützte sie sich an Joshs Schulter ab und tat so, als ob sie das Gleichgewicht verloren hätte.

„Verzeihen Sie bitte, Herr Barker." sagte sie schüchtern, wendete sich ab und verschwand mit Lian und Marijana unter Deck, um sich auch ihre Bikinis anzuziehen.

Josh gesellte sich zu Jessica und fragte höflich: „Darf ich Ihnen Gesellschaft leisten, Frau Wolter?"

„Das ‚Miss' hat mir besser gefallen, Barker", antwortete sie lächelnd, deutete neben sich und sagte: „Setzen Sie sich."

„Danke!" nickte Josh und nahm Platz. Er blickte nach Sal zurück, das nur noch als schmaler, blasser Streifen am Horizont zu erkennen war. Als es schließlich nicht mehr zu sehen war, wendete er sich wieder an Jessica und fragte sie: „Wie lange werden wir ungefähr unterwegs sein?"

„Die Yacht fährt mit ungefähr fünfundzwanzig Knoten", erklärte Jessica und Josh fragte sofort: „Was ist das in Stundenkilometer?"

„Um die fünfundvierzig." antwortete Jessica. In dem Moment kamen Marijana, Lian und Shadowcat in ihren Bikinis wieder aus der Kajüte. „Die drei sind wirklich außergewöhnlich hübsch!" stellte Jessica fest und fragte Josh: „Finden Sie nicht auch, Barker?"

Und Josh antwortete mit mehr Liebe in seiner Stimme, als er selbst hineinlegen wollte: „Ja, das sind sie."

Jessica Wolter schaute ihn kurz an. Aber in dem Moment fragte schon Marijana: „Dürfen wir Ihnen Gesellschaft leisten?"

Jessica lächelte sie an und antwortete: „Gerne. Setzt euch."

Dann wandte sie sich wieder an Josh und erklärte weiter: „Von Sal bis Brava sind es ungefähr zweihundertsiebzig Kilometer. Und in ungefähr der gleichen Richtung weiter sind es von dort noch um die fünfhundert Kilometer bis St. Bernadette. Wir haben also über siebzehn Stunden reine Fahrzeit vor uns."

„Wollen Sie das in einem durchfahren?" fragte jetzt Lian. Und Jessica antwortete ihr: „Ihr sollt mich doch nicht siezen Lian, sonst fühle ich mich so alt."

„Okay", erwiderte Lian und Jessica antwortete jetzt auf ihre Frage: „Ich würde am liebsten noch einen Zwischenstop vor Brava einlegen. Aber nachdem ich mich schon einen Tag verspätet habe, werde ich das jetzt wohl in einem durchziehen müssen."

„Das heißt", meinte Josh nachdenklich „dass wir nicht vor Mitternacht ankommen werden."

Aber Jessica widersprach, indem sie sagte: „Geben Sie lieber noch zwei bis drei Stunden zu, Barker. Bei solchen Strecken ist man fast immer länger unterwegs, als man es sich ausrechnet."

Für eine Weile kehrte jetzt Schweigen ein. Dann fragte Marijana: „Darf ich Dich was fragen, Jessica?"

Und Jessica antwortete ihr: „Natürlich. Was willst Du wissen, Marijana?"

„Bist Du auch auf St. Bernadette?" stellte Marijana jetzt ihre Frage. Jessica blinzelte sie an und antwortete: „Nicht mehr. Ich bin nur der Skipper."

„Aber Du warst auf der Insel?" fragte jetzt Shadowcat.

„Auf der Insel und im Internat", erwiderte Jessica und begann zu erzählen: „Ich war mit Eve, also mit Evelyn eine der ersten Schülerinnen. Der Unterricht ist dort überwiegend sehr schön, aber teilweise auch etwas ungewöhnlich."

Dabei warf sie unbewusst einen Seitenblick auf Josh. Der fing den Blick aber auf und fragte: „Wie kommt es, dass keine Männer in dem Internat sind?"

Jessica antwortete mit der Gegenfrage: „Hat Eve Ihnen das nicht erzählt?"

„Nur wenig", antwortete Josh und bemerkte weiter: „Ich wundere mich nur, dass Frau Siratja mir dieses Angebot gemacht hat, wenn doch normalerweise keine Männer in dem Internat geduldet werden."

„Na ja, ab und zu gibt es schon Männer auf der Insel", räumte Jessica jetzt ein und erklärte: „Es gab bisher nur noch keinen männlichen Lehrer."

Josh, Marijana, Lian und Shadowcat sahen sich verwundert an. Frau Siratja hatte schließlich etwas anderes behauptet.

„Aha!" meinte Josh. Aber bevor er weiter nachbohren konnte, meinte Jessica: „Ich kann Ihnen da nur wenig erzählen, Barker. Am besten fragen Sie Eve, wenn Sie was wissen wollen. Und ab morgen sehen Sie dann ja selbst, wie es in St. Bernadette ist."

„Ja", erwiderte Josh. Und das Gespräch endete wieder, bis Lian fragte: „Können wir uns auch vorne sonnen?" „Natürlich", antwortete Jessica und Shadowcat fragte Josh: „Kommen Sie auch mit, Herr Barker?"

„Äh, ja!" antwortete Josh. „Ich ziehe mir nur auch schnell meine Badehose an."

Damit gingen die Mädchen nach vorne und Josh kletterte unter Deck, um sich umzuziehen. Auf dem vorderen Deck war bereits Frau Siratja. Sie hatte sich ihren Bikini ausgezogen und lag nackt in der Sonne. Als sie die Mädchen sah, sagte sie zu ihnen: „Ah, da seid ihr ja. Ihr könnt euch ruhig auch ausziehen. In St. Bernadette ist Nacktheit etwas ganz Natürliches."

Eigentlich mochten die Mädchen diese Einstellung. Aber vor Frau Siratja schämten sie sich irgendwie. Zögernd zogen sie sich aus und legten sich dann nackt auf ihre Handtücher. Kurz darauf kam Josh in seiner Badehose nach vorne. Als er Frau Siratja, Marijana, Lian und Shadowcat nackt auf dem Deck liegen sah, stutzte er und kehrte sofort wieder um. Oh, wie gerne hätte er sich zu den nackten Mädchen gelegt, hätte ihre jungen, schlanken Körper im Licht der südlichen Sonne betrachtet und sie berührt. Aber er merkte, wie schon beim bloßen Gedanken daran sein Penis in seiner knappen Badehose anschwoll. Es fiel ihm so unendlich schwer, seinen Blick wieder von den Mädchen abzuwenden. Aber sein Selbsterhaltungstrieb zwang ihn dazu. Und so setzte er sich wieder zu Jessica.

„Was ist los?" fragte die ihn, als sie seinen verstörten Blick sah. „Wollten Sie nicht auch die Sonne genießen?"

Josh, der noch sein Badetuch auf dem Schoß liegen hatte und hoffte, dass das nicht auffallen würde, antwortete ihr: „Frau Siratja und die Mädchen sind nackt!"

„Oh!" erwiderte Jessica lächelnd und fuhr gleich darauf fort: „Ich wollte mir mein Oberteil jetzt eigentlich auch gerade ausziehen."

„Dann, äh, …" stotterte Josh, „dann gehe ich wohl besser unter Deck."

„Sein Sie doch nicht albern, Barker. Oder darf ich Josh zu Ihnen sagen?" erwiderte Jessica und fragte ihn: „Sie haben doch wohl schon mal eine nackte Frau gesehen, oder?"

„Ja, natürlich!" antwortete Josh, der sich noch immer sehr unwohl fühlte. Und er erklärte: „Aber da vorne sind drei zukünftige Schülerinnen von mir und eine zukünftige Kollegin. Da kann ich mich nicht einfach danebenlegen, wenn sie nackt sind."

Oh, was bin ich doch für ein Heuchler! dachte er dabei selbst, weil er sich doch in Wahrheit so sehr nach Shadowcat, Lian und Marijana sehnte. Und er musste sich zwingen, das Bild, wie sie nackt da vorne auf dem Deck lagen, wieder aus seinem Kopf zu verbannen, damit er endlich dieses Badetuch von seinen Schoß nehmen konnte.

„Kommen Sie, helfen Sie mir Barker", lachte Jessica, „machen Sie mir den Verschluss auf."

Josh wurde sich bewusst, dass auch Jessica eine wunderschöne Frau war. Sie war etwas kleiner, als Frau Siratja, schlank und hatte lange, dunkelblonde Haare mit einem kupfernen Schimmer, die er jetzt beiseite schieben musste, um an den Verschluss ihres Bikinis zu kommen. Sie hatte sehr schöne Brüste, die etwas kleiner, als Shadowcats Brüste waren, aber größer, als die von Lian. Durch beide Brustwarzen hatte sie kleine Ringe gepierct. Und Josh musste sich eingestehen, dass ihm der Anblick sehr gut gefiel.

„Danke!" bedankte Jessica sich und fragte Josh, der sich jetzt auf sein

Badetuch setzen konnte: „Und? Darf ich nun Josh zu Ihnen sagen? Ich bin Jess!"

„Gerne", antwortete Josh, der Jessicas offene und natürliche Art irgendwie mochte, auch wenn er sich nicht sicher war, woran er mit ihr war und nicht wusste, wieweit er ihr vertrauen konnte.

„Keine Angst", versprach Jessica jetzt. „Ich lass die Bikinihose an."

„Danke!" bedankte sich Josh. Dann fragte er: „Sehen in St. Bernadette eigentlich alle Schülerinnen wie Models aus?"

Jessica musste lachen und antwortete mit der Frage: „Ist das ein Kompliment?"

„Na ja, ich, äh …"stotterte Josh. Er war wirklich immer noch schüchtern. Und bei Jessica, die er bei weitem sympathischer fand, als Frau Siratja, trat das auch wieder zutage, obwohl er keinerlei Interesse an ihr hatte, weil sein Herz und all sein Verlangen bei Shadowcat, Marijana und Lian waren.

„Du bist echt süß, Josh!" sagte Jessica und wurde dann sehr ernst, als sie sich ihm zuwandte und ihm tief in die Augen sah.

„Pass auf Dich auf, wenn Du in St. Bernadette bist", sagte sie leise, aber mit Nachdruck. Josh versuchte in ihren Augen zu lesen. Aber Jessica wandte sich wieder ab.

„Warum?" fragte er. „Und warum warnst Du mich, Jess?"

Jessica sah ihn wieder an und Josh studierte aufmerksam ihr schönes Gesicht, als sie sagte: „Ich kann Dir nicht mehr sagen, Josh. Pass einfach auf Dich auf! Okay?"

„Okay!" nickte Josh und Jessica sah wirklich etwas erleichtert aus, als sie sagte: „Danke."

Josh versank tief in Gedanken. Dass Jessica, die selbst Schülerin in St. Bernadette gewesen war, ihn jetzt auch noch gewarnt hatte, ließ ihn endgültig alle Zweifel daran verlieren, dass die Befürchtungen von Marijana, Lian und Shadowcat berechtigt waren. Auch Jessica schien tief in Gedanken versunken zu sein. Nach einer Weile fragte sie: „Kannst Du mal eine Weile übernehmen, Josh? Du musst nichts machen. Bleib nur einfach auf dem Kurs."

„Ja natürlich", antwortete Josh, der immer froh war, wenn er sich irgendwie nützlich machen konnte. Jessica stand auf und ging nach vorne. Kurz darauf kam sie mit Frau Siratja, die sich nur ihr Badetuch umgewickelt hatte, wieder zurück und stieg mit ihr in die Kajüte hinunter. Josh kümmerte sich nicht um sie. Aber nach einer Weile konnte er hören, dass die beiden sich unter Deck stritten. Die Kajütentür wurde geschlossen. Aber trotzdem war der Streit noch zu hören, auch wenn Josh nicht verstehen konnte, was gesprochen wurde. Auch Marijana, Lian und Shadowcat bekamen den Streit mit. Nackt wie sie waren, kamen sie zu Josh und Shadowcat fragte ihn leise: „Was ist los?"

Josh antwortete ebenso leise: „Ich hab keine Ahnung. Aber Jessica hat mir vorhin auch geraten, dass ich auf mich aufpassen soll."

„Vielleicht sollten wir sie bitten, uns wieder zurück zu fahren", meinte Marijana. Aber Josh hatte sich nicht auf ihre Worte konzentrieren können und fragte: „Hm?"

Dann erklärte er seine Zerstreutheit mit der Bitte: „Könnt ihr euch bitte etwas anziehen! Ich kann euch so nicht ansehen, ohne dass mir mein kleiner Freund da unten die Badehose verbeult. Und das ist sehr peinlich, wenn die beiden wieder raufkommen."

„Noch kommen sie nicht. Sie streiten noch!" stellte Lian nüchtern fest, holte einfach Joshs Penis aus seiner Badehose und drückte einen liebevollen Kuss auf die explosionsartig anschwellende Eichel.

„Mmmm, das ist lecker!" schwärmte sie, biss kurz liebevoll zu, dass Josh zusammenzuckte und übergab Joshs Penis dann mit den Worten an Shadowcat: „Hier Shadowcat. Beeil Dich."

Shadowcat kniete sich kurz vor Josh, nahm den steifen Penis in beide Hände und berührte die pralle Eichel ganz sanft mit ihren Lippen.

„Du riechst so gut!" flüsterte sie und wandte sich dann voller Liebe und Zärtlichkeit an die dritte in ihrem Bunde.

„Marijana!" flüsterte sie und überließ ihr Joshs pulsierendes Glied und ihren Platz zwischen seinen Beinen. Auch Marijana nahm Joshs Penis in ihre Hände, küsste ihn, nahm ihn in den Mund und ließ ihre Zunge seine Eichel liebkosen, während sie leicht an ihr sog.

„Ihr seid verrückt!" brachte Josh gepresst heraus, gestand aber in der nächsten Sekunde: „Ich liebe euch so sehr!"

Marijana versuchte, Joshs Penis wieder in seine Badehose zu packen. Aber das war unmöglich geworden.

„Du musst ihn selber wieder aufräumen!" sagte Marijana, die mit ihren Bemühungen Joshs Erektion nur noch härter gemacht hatte. Dann umarmten die drei den sitzenden Josh noch schnell und drückten ihm ihre Brüste voller Liebe an sein Gesicht. Josh schloss kurz die Augen und vergrub sein Gesicht zwischen diesen wunderschönen, warmen, weichen und gleichzeitig festen Brüsten, die jetzt nach Sonne und salziger Luft rochen und ihn mit diesem Geruch berauschten. Dann küsste er nacheinander langsam und innig die harten, erregten Knospen.

„Ihr macht mich wahnsinnig!" flüsterte er voller zärtlicher Begierde. „Ich kann ohne euch nicht mehr leben."

Dann riss er sich aber mit Gewalt von ihnen los und flehte sie an: „Bitte geht wieder nach vorne."

Shadowcat streichelte noch einmal liebevoll über Joshs aus der Badehose aufragenden Penis, während sie zärtlich seine Lippen küsste. Auch Marijana und Lian küssten Josh noch einmal voller Liebe. Dann sagte Shadowcat zu ihnen: „Kommt mit."

Sie gingen nackt und barfuss wieder lautlos nach vorne. Und Josh gelang es nicht, seinen Blick von ihren anmutigen Gestalten, ihren schlanken Rücken und kleinen festen Hintern zu wenden, solange er sie sehen konnte. Erst als sie vor der Kajüte seinem Blick entschwanden, zwängte er seinen erregten, harten Penis wieder in seine Badehose, wo er aber partout nicht bleiben wollte. Josh lachte innerlich über die Absurdität der Situation und bedeckte sein übermütig aus der Badehose stehendes Glied wieder mit seinem Badetuch. Ihm war klar, dass er seiner Erektion nicht Herr werden konnte, solange er an die drei geliebten Mädchen dachte, an ihre jugendlichen zarten Körper, ihre berauschenden Gerüche, ihre Liebkosungen. Er liebte sie so unendlich; von ganzem Herzen und mit jeder Faser seines Körpers, der sich nach ihnen verzehrte. Plötzlich horchte er auf. Und ihm wurde bewusst, dass er nur das Plätschern der Wellen an den Bordwänden der Yacht hörte. Erst nach mehreren Sekunden drang in sein Bewusstsein, was daran ungewöhnlich, oder anders als vorher war. Der Streit von Jessica und Frau Siratja war verstummt. Erst als Josh seine Aufmerksamkeit diesem Umstand widmete, gelang es seinem Penis, sich langsam wieder etwas zu entspannen. Josh lauschte aufmerksam nach der Kajütentür. Es dauerte noch einige Minuten, bevor sie sich öffnete. Frau Siratja kam heraus und fragte Josh lächelnd: „Kommen Sie klar mit der Steuerung, Josh?"

Josh erwiderte achselzuckend: „Ich fahre ja nur geradeaus."

Frau Siratja sagte noch: „Jess kommt auch gleich wieder."

Dann ging sie wieder nach vorne und entledigte sich schon unterwegs des Badetuchs. Josh wunderte sich selbst über die Veränderung, die mit ihm vorgegangen war, seit Marijana, Shadowcat und Lian in sein Leben getreten waren. Frau Siratja hatte wirklich einen perfekten Körper, den sie auch sehr verführerisch und aufreizend zu bewegen verstand. Noch vor kurzem hätte Josh wohl bei dem Anblick, den sie ihm bot, eine Erektion bekommen. Jetzt aber hatte er überhaupt kein Interesse an ihr und ihrem Körper. Sie konnte in nichts auch nur mit einem der Mädchen konkurrieren. Und so bewirkte ihr Anblick nur, dass sein Penis sich noch weiter entspannte. Josh schüttelte den Kopf über seine Erkenntnisse und fragte sich, wo Jessica blieb. Es dauerte noch mehrere Minuten, bis sie wieder an Deck kam und Josh sah auf den ersten Blick, dass sie geweint hatte. Er war aber feinfühlig genug, sie nicht danach zu fragen. Schweigend setzte sie sich und übernahm wieder das Steuer. So saßen sie wohl eine Stunde schweigend da, Jessica am Steuerstand und Josh wieder am Sitz daneben. Als sein Penis sich nach einer Weile angespannten Schweigens wieder vollständig beruhigt hatte, konnte Josh ihn unter seinem Badetuch wieder unauffällig in der Badehose ordnen.

Ohne ihn anzusehen sagte Jessica irgendwann: „Danke, dass Du nicht fragst."

Josh erwiderte nichts. Was hätte er auch sagen sollen? Er mischte sich nicht in Streitigkeiten, die ihn nichts angingen. Nach einer Weile wandte sich Jessica ihm aber zu und sah ihn mit einem Blick an, der deutlich ausdrückte, dass sie auf eine Erwiderung wartete. Josh verstand den Blick und sagte: „Es geht mich nichts an, Jess. Die Siratja ist Deine Freundin. Und unter Freunden gibt es halt auch mal Streit."

Jessica verzog ihr Gesicht zu einem gequälten Lächeln. Und Josh verstand, dass Jess anderer Meinung war. Es ging ihn also anscheinend doch etwas an.

„Vergiss Dein Versprechen nicht", sagte Jessica eindringlich und blickte wieder nach vorne. Josh antwortete darauf: „Ich werde auf mich aufpassen!"

Eine Weile beobachtete er noch Jessicas nur schlecht unterdrücktes Mienenspiel. Dann sagte er zu ihr: „Wenn Du mir etwas sagen willst Jess, dann sag es. Wenn nicht, dann …"

„Ich kann nicht Josh!" fiel Jessica ihm ungewollt heftig ins Wort und fragte ihn mit Tränen in den Augen: „Verstehst Du das nicht?"

Josh legte Jessica beruhigend die Hand auf die Schulter und wollte etwas erwidern. Aber in dem Moment bog Frau Siratja nackt um die Ecke der Kajüte und Jessica warnte ihn sofort: „Vorsicht!"

Josh zog ruhig seine Hand wieder zurück. Frau Siratja kam zu den beiden und nahm auch Platz.

„Ist alles in Ordnung bei euch?" fragte Frau Siratja und Josh antwortete in seiner ruhigen Art: „Ja, natürlich. Ich genieße die Fahrt."

„Fein", erwiderte Frau Siratja und Josh konnte deutlich einen skeptischen Unterton in dem Wort hören. Auch entging ihm nicht, wie sie Jessica argwöhnisch musterte.

„Was ist?" fragte Jessica, die Frau Siratjas Blick spürte, leicht gereizt. Und Frau Siratja antwortete lächelnd und beruhigend: „Nichts."

Dann küsste sie zärtlich Jessicas Nacken und streichelte von ihren Schultern über ihre Brüste. Josh wandte sich ab. Aber Jessica sagte jetzt in völlig anderem, provozierendem Ton zu ihm: „Du kannst ruhig hinsehen, Josh!" Josh hob abwehrend die Hand, stand von seinem Platz auf und ging an der Reling ein Stück nach vorne, während die beiden Frauen hinter ihm kicherten.

Grübelnd blickte er übers Meer. *Frauen!* dachte er sich. Er würde sie nie verstehen. Am liebsten wäre er nach vorne zu Marijana, Lian und Shadowcat gegangen. Aber er wusste, dass ihm bei deren Anblick seine Badehose wieder zu eng geworden wäre. Und er hatte sein Badetuch, mit dem er das hätte verbergen können, auf dem Sitz liegenlassen. Irgendwie schien es keinen Platz auf der Yacht zu geben, an dem er sich aufhalten konnte. Nach einigen Minuten, während denen er so grübelte, kam Frau Siratja und stellte sich neben ihn an die Reling.

„Entschuldigen Sie bitte Josh", bat sie. „Jessica und ich kennen uns schon so lange. Ich wollte Sie nicht kompromittieren."

„Kein Problem", antwortete Josh. Aber in Wahrheit fühlte er sich sehr unwohl. Frau Siratja lächelte ihn von der Seite an und fragte ihn: „Wollen Sie nicht auch vorne auf dem Deck sonnen? Es ist wirklich herrlich."

Ohne sie anzusehen antwortete Josh: „Sie sind nackt. Die Mädchen sind nackt. Was erwarten Sie von mir?"

„Sein Sie einfach locker", erwiderte Frau Siratja. „Auf St. Bernadette werden Sie noch mehr nackte Frauen und Mädchen sehen. Und die werden sich auch nicht beschweren, wenn Sie nackt sind. Das werden Sie schon noch lernen. Also los, kommen Sie schon. Wenn Sie sich schämen, können Sie ihre Badehose ja auch anlassen."

„Danke für das Angebot", antwortete Josh darauf. „Vielleicht lerne ich es ja wirklich auf St. Bernadette."

„Wie sie wollen", meinte Frau Siratja und ging mit gekonntem Hüftschwung wieder nach vorne. Josh ging wieder nach hinten, wechselte aber nur einen kurzen Blick mit Jessica und stieg, ohne ein Wort zu sagen in die Kajüte hinunter. Er wäre wirklich gerne auf Deck geblieben und hätte die Sonne und den warmen, salzigen Wind genossen. Aber unter Deck war anscheinend der einzige Platz auf der Yacht, wo er einfach mal seine Ruhe haben konnte. Also legte er sich in eine der Kojen und versuchte ein wenig zu schlafen, was ihm aber nicht gelang.

Gegen Mittag kam Marijana nach unten. Sie hatte sich ihren Bikini wieder angezogen. Trotzdem erschien sie Josh so unendlich schön und verführerisch. Weil sie allein und unbeobachtet waren, gab Marijana Josh einen langen, zärtlichen Kuss, bevor sie sagte: „Jessica will gleich Mittagessen machen."

Josh nickte und richtete sich auf seine Ellenbogen auf. Dann fragte er: „Ist alles in Ordnung bei euch vorne mit der Siratja?"

„Ja", antwortete Marijana, während sie mit ihren Fingern die Konturen der Muskeln seines Oberkörpers nachzeichnete.

„Wir liegen nur in der Sonne und unterhalten uns nicht viel."

In dem Moment kam Jessica unter Deck und Marijana ging sofort wieder auf Distanz zu Josh.

„Josh", fragte Jessica, „kannst Du bitte das Steuer wieder übernehmen, solange ich Essen mache?"

„Ja natürlich", antwortete Josh, schwang sich aus der Koje und zwängte sich an Jessica vorbei nach oben. Marijana bemerkte, dass Jessica Josh einen schmerzvollen Blick nachwarf. Dann wandte sich Jessica aber an Marijana und fragte sie lächelnd: „Willst Du mir helfen, Marijana?"

Und Marijana antwortete ihr: „Gerne."

Während sie mit Jessica das Essen bereitete, merkte Josh, dass es ihm Spaß machte, die Yacht zu steuern. Und er dachte sich, dass es ihm vielleicht mehr liegen würde, als Skipper über die Ozeane zu schippern, als Lehrer zu sein. Aber das war natürlich illusorisch. Mit seinem Gehalt hätte er sich niemals eine eigene Yacht leisten können, nicht einmal eine so rostige, wie die ‚Mother of Pearl'. Und wenn er sich eine eigene Yacht kaufen könnte, dann würde er sich eine Segelyacht zulegen und keine Motoryacht. Als das Essen fertig war, rief Marijana Frau Siratja, Lian und Shadowcat nach unten, während Jessica Josh seinen Teller Eintopf ans Steuer brachte und ihn fragte: „Willst Du ein Bier, Josh?"

Josh bedankte sich für das Essen und antwortete auf die Frage: „Ja, gern."

Jessica ging wieder nach unten und kam gleich darauf mit ihrem Teller und zwei Flaschen Bier zurück.

„Hier!" sagte sie und reichte Josh eine Flasche. Der nahm sie dankend entgegen. Die beiden stießen an und tranken einen großen Schluck. Dann aßen sie schweigend, bis Jessica das Schweigen unterbrach, indem sie sagte: „Entschuldige bitte mein Verhalten von vorhin."

„Kein Problem", antwortete Josh, der keine große Lust hatte, sich darüber zu unterhalten. Frauen waren einfach sonderbar. Und er würde sie nie verstehen. Aber Jessica sah ihn aufmerksam an, während er antwortete und sagte: „Doch, das ist es. Ich will nicht, dass Du mich für eine blöde, charakterlose Tussi hältst."

Josh ließ seinen Löffel sinken und sah sie fragend an.

„Ich hab mich", begann sie ihre Erklärung, „nur wegen Eve so verhalten. Sie misstraut mir ohnehin schon."

Josh dachte an Jessicas Warnung, an ihren Streit mit der Siratja und auch daran, dass sie ihm nicht sagen wollte oder konnte, wovor sie ihn eigentlich gewarnt hatte. Was spielte es also für eine Rolle, was er von ihr hielt und wie sie sich, aus welchen Gründen auch immer, ihm gegenüber verhielt.

„Es ist schon in Ordnung." sagte er deshalb. Jessica schüttelte traurig ihren Kopf und sagte: „Du willst mich nicht verstehen, Josh."

Josh stellte seinen Teller weg. Der Appetit war ihm vergangen.

„Was", fragte er, „soll ich verstehen, wenn mir niemand einfach mal sagt, was er zu sagen hat?"

Damit nahm er sich sein Bier, ließ Jessica ungeachtet ihrer Tränen am Steuer zurück und ging zum Bug der Yacht, wo er zumindest jetzt allein sein konnte. Innerlich war er wütend, auch wenn er nach außen ruhig und gefasst wirkte. Er mochte es nicht, dass immer nur irgendwelche vage Andeutungen gemacht wurden, ohne dass wirklich etwas gesagt wurde. Das war einfach nur kindisches Getue. Natürlich würde er in dem Internat auf der Hut sein und niemandem vertrauen, außer den drei Mädchen, deretwegen er überhaupt hier war. Aber wenn er schon sonst niemandem vertrauen konnte, dann auch nicht Jessica, die sich entweder nicht entscheiden konnte, was sie wollte, oder ihn nur zum Narren hielt. Er war innerlich so am Kochen, dass er nicht einmal bemerkt hatte, wie verletzt und verzweifelt Jessica gewesen war, als er sie eben so zurück gelassen hatte. Aber selbst wenn er es bemerkt hätte, hätte er es ihr wahrscheinlich nicht abgenommen. Es gab keinen Grund, ihr zu trauen. Und das ärgerte Josh, weil er sie ursprünglich sehr sympathisch gefunden hatte.

Nach einer Weile kamen die Mädchen zu ihm nach vorne. Lian und Shadowcat hatten ihre Bikinis an und Marijana, deren Haut von der Sonne schon leicht gerötet war, hatte sich ihr T-Shirt angezogen, durch das sich aber deutlich ihre kleinen Knospen abzeichneten. Shadowcat umarmte Josh zärtlich von hinten und drückte ihren Körper liebevoll an seinen Rücken.

„Geht es Dir gut, Josh?" fragte sie leise und küsste seine nach Sonne und Salz riechende Haut.

Josh nahm ihre kleinen, auf seiner Brust liegenden Hände in seine Hände und küsste sie zärtlich, bevor er antwortete: „Ich bin ziemlich angespannt. Jessica warnt mich, ohne mir zu sagen, wovor. Dann befummeln sich die beiden in meinem Beisein, um mich zu provozieren. Und dann entschuldigt sich Jessica wieder."

„Sie mag Dich", antwortete Shadowcat. Aber Josh schüttelte den Kopf und sagte: „Sie hält mich genauso zum Narren, wie die Siratja."

Shadowcat widersprach Josh aber, indem sie erwiderte: „Das glaube ich nicht. Aber Du hast sicher recht. Im Moment können wir wahrscheinlich niemandem trauen."

„Vorsicht!" warnte in dem Moment Lian und Shadowcat löste ihre Arme sofort von Josh und stellte sich neben ihn, während schon Frau Siratja zu ihnen nach vorne kam. Sie hatte jetzt auch ihren Bikini an.

„Jess meint", sagte sie, während sie es sich wieder auf ihrem Badetuch bequem machte und sich ihren Bikini auszog, „wir passieren in ungefähr zwei Stunden Brava."

„Aha." meinte Josh, der sich bei Jess ja schon nach der Fahrzeit erkundigt hatte. Natürlich wäre es schön gewesen, auf Brava noch einen Zwischenstop einzulegen. Aber er machte den Vorschlag nicht. Er wollte möglichst schnell in St. Bernadette ankommen, um endlich herauszufinden, woran er war. Wenn es dort eine Gefahr für die Mädchen oder ihn geben würde, dann würde er einen Weg finden, dieser Gefahr zu entkommen. Aber dafür musste er die Gefahr erst kennen.

„Ich geh zeichnen", sagte Marijana, die empfindlicher auf die südliche Sonne reagierte, als Shadowcat, deren Bronzeton sich durch das Sonnenbad am Vormittag schon verstärkt hatte und ihre Haut und ihre ganze anmutige Erscheinung nur noch schöner und frischer erscheinen ließ. Auch Lian, deren Haut zwar etwas heller war, als Shadowcats, bekam die Sonne sehr gut und sie erblühte durch ihre Strahlen mehr noch, als ohnehin schon, zu wunderschöner, jugendlicher Anmut und Frische. Trotzdem schloss sie sich sofort Marijana an und sagte: „Das tu ich auch. Solche Motive, wie auf der Yacht haben wir nicht oft zur Verfügung."

„Stimmt", sagte Shadowcat und verschwand mit den beiden unter Deck, um sich ihre Zeichenutensilien zu holen. Da stand Josh wieder allein am Bug und hinter ihm lag die nackte Evelyn Siratja auf dem Sonnendeck.

„Können Sie mir den Rücken eincremen, Josh?" bat diese ihn und riss ihn damit aus seinen Gedanken.

Das hat ja kommen müssen, dachte er sich. Aber er wollte nicht unhöflicher sein, als er ohnehin schon erschien, brummte etwas, das zustimmend klingen sollte und kniete sich neben die auf dem Bauch liegende Siratja. Die Sonnencremeflasche stand neben ihr. Josh nahm sie und begann ihr den Rücken damit einzumassieren. Evelyn Siratja begann zu schnurren und hauchte: „Mmmm, Sie machen das wirklich gut, Josh."

„Na ja", meinte Josh gleichgültig, „wenn man solange Sport betreibt und unterrichtet, lernt man auch ein wenig was von Massage."

Frau Siratja versuchte sich auf den Rücken zu drehen. Aber Josh drückte ihre Schulter wieder auf ihr Handtuch und sagte: „Bleiben Sie liegen, Frau Siratja. Vorne können Sie sich selber eincremen. Und am Rücken muss die Creme erst einziehen."

Frau Siratja lachte amüsiert und erwiderte: „Frau Siratja? Warum wieder so förmlich, Josh? Sie haben mich doch zumindest schon Evelyn genannt."

Das stimmte. Da konnte Josh nicht widersprechen. Deswegen sagte er: „Also gut. Dann bleiben Sie auf dem Bauch liegen, Evelyn."

„Ay Ay, Käpt'n!" erwiderte Evelyn und Josh hatte das Gefühl, dass sie sich über ihn lustig machte. Evelyn begann wieder wohlig zu schnurren und sie öffnete ein wenig ihre Schenkel, wodurch sie Josh einen sehr verführerischen Anblick auf ihre leicht geöffneten, feucht glänzenden Schamlippen bot.

„Etwas tiefer, bitte!" bat sie mit seidenweicher Stimme. Es hatte ja keinen Sinn, ständig wieder zu diskutieren. Also cremte Josh zögernd auch ihren Po ein. Aber als sie ihm diesen mit ihren gespreizten Beinen entgegenstreckte, so dass seine Hand tatsächlich ihre weichen Schamlippen berührte und Evelyn einen Laut von Erregung hören ließ, gab er ihr einen Klaps auf den Hintern und sagte ernst und bestimmt: „So, das reicht, Evelyn!"

Dann stand er auf, nahm sich wieder seine Bierflasche und stellte sich wieder an den Bug. Aber im gleichen Moment, als er aufgestanden war, hatte sich Evelyn Siratja auch umgedreht und fragte auf dem Rücken liegend, mit leicht geöffneten Schenkeln: „Ist es immer noch die Biologielehrerin vom Gymnasium, Josh?"

Josh antwortete nicht und sie fuhr fort: „Vergessen Sie sie, Josh."

Josh drehte sich zu ihr um und als ihm bewusst wurde, dass er ihr genau zwischen die Beine blickte, wenn er sie ansah, erwiderte er nach einem

Räuspern: „Ich gehe besser wieder nach hinten."

Frau Siratja richtete sich in sitzende Haltung auf und sagte: „Sie könnten so viel Spaß haben Josh, wenn Sie einfach loslassen würden!"

Als Josh aber ohne ein weiteres Wort an ihr vorbei nach hinten wollte, bat sie ihn: „Wären Sie so nett und würden mir auch ein Bier aus der Kombüse holen, Josh?"

Josh blieb stehen und zögerte einen Moment, bis Evelyn ihm versprach: „Ich werde auch anständig bleiben, wenn Sie wiederkommen."

Josh nickte und ging nach hinten. Als er um die Ecke bog, um in die Kajüte hinunterzusteigen, und dabei zu Jessica blickte, wich diese seinem Blick aus. Er blieb kurz stehen und wendete sich dann zu ihr.

„Ist die Gefahr größer, als dass sie mich einfach nur verführen will?" fragte er sie unvermittelt, aber leise genug, dass nur sie es hören konnte. Jessica blickte zu ihm auf. Josh bemerkte, wie traurig sie aussah. Aber er wusste nicht, ob diese Traurigkeit ehrlich oder nur gespielt war.

„Bei weitem größer, Josh!" antwortete sie ihm mit einem Kloß im Hals. Das war zumindest mal eine Antwort. Josh wollte Jessicas Entgegenkommen nicht überreizen und er fragte deshalb nicht weiter. Er nickte und wandte sich wieder der Kajüte zu. Auf der Treppe kamen ihm Marijana, Lian und Shadowcat entgegen. Marijana flüsterte ihm ins Ohr, während sie sich mit ihrem Zeichenblock an ihm vorbeizwängte und ihre Brüste dabei wie zufällig seinen Bauch streiften und sich gegen ihn pressten: „Warum nur können wir nicht mit Dir allein sein, Josh? Ich hab so unendlich Sehnsucht nach Dir, nach Deinen Berührungen, Deiner Stimme, Deiner Liebe!"

„Meine Liebe ist immer bei euch!" versicherte Josh und er fuhr fort: „Ich vermisse euch auch so sehr und ich wünschte mir, wir müssten uns nicht so verstellen."

Länger konnten sie nicht so aneinandergepresst auf der schmalen Treppe stehenbleiben, denn Jessica konnte sie hier sehen. Also zwängte sich Marijana weiter an Josh vorbei und ging nach oben an Deck. Auch Lian und Shadowcat zwängten sich noch auf der Treppe an ihm vorbei. Lian konnte sich nicht verkneifen, dabei Josh zwischen die Beine zu greifen und durch den dünnen Stoff seiner Badehose seine Hoden kurz und verliebt zu drücken. Josh zuckte unmerklich zusammen. Sofort gab Shadowcat Lian einen zärtlichen Klaps auf den Hintern und drängte sie lächelnd und mit den Worten „Bist Du verrückt?" weiter nach oben. Dabei unterließ sie es aber auch nicht, Josh so ausgiebig zu streifen, wie es nur möglich war, ohne dass es auffiel. Als Shadowcat schon fast an ihm vorbei war, konnte Josh sich auch nicht verkneifen, seine Hand unauffällig über ihren schmalen Hintern streicheln zu lassen. Ganz kurz nur bewegte sich Shadowcat nochmal rückwärts und presste ihre festen, kleinen Pobacken an Joshs Hand. Einen Moment blickte Josh verliebt den Mädchen hinterher.

Was wollte er eigentlich hier? *Ah ja,* fiel es ihm wieder ein, *die Siratja, Evelyn wollte ein Bier!*

Er stieg nach unten, holte eine Flasche aus dem Kühlschrank und öffnete sie. Dann ging er wieder nach oben und brachte Evelyn die Flasche.

„Hier", sagte er, „Ihr Bier!"

„Setzen Sie sich, Josh", forderte Evelyn Josh auf. Sie war zwar noch immer nackt, saß jetzt aber anständig, mit geschlossenen Beinen auf ihrem Badetuch. Auf dem Dach der Kajüte saßen Lian und Shadowcat. Vermutlich wollte sich Evelyn vor ihnen nicht ganz so schamlos geben.

„Darf ich Sie zeichnen, Frau Siratja?" fragte Shadowcat vom Dach herunter. Evelyn blinzelte nach oben und antwortete: „Natürlich, Victoria! Ich finde es gut, dass ihr von euch aus zeichnet und es nicht nur als Schulfach und Pflicht anseht."

Shadowcat sprang behende vom Dach und fragte Frau Siratja: „Wollen Sie sich dafür etwas anziehen?" Evelyn Siratja lächelte Shadowcat an und antwortete: „Nein. Ihr werdet in St. Bernadette auch Akt zeichnen. Hoffen wir nur, dass wir unseren guten Barker damit nicht überfordern. Wie hättest Du mich denn gerne?"

„Bleiben Sie einfach ganz normal so sitzen, wenn das für sie bequem ist", antwortete Shadowcat.

Evelyn nickte, meinte aber: „Ich hoffe, es stört nicht, wenn ich ab und zu einen Schluck trinke und mich dabei mit Barker unterhalte."

„Ich kann auch auf die Seite gehen, wenn ich störe", bot Josh an.

Aber Shadowcat meinte sofort: „Nein, das tun Sie gar nicht."

Sie ging in einem Halbkreis um Frau Siratja herum und suchte sich die richtige Perspektive. Dann begann sie zu zeichnen, während Evelyn und Josh sich unterhielten. Evelyn hielt Josh ihre Flasche entgegen, während Shadowcat noch ihre Position suchte. Josh stieß mit seiner Flasche an und Evelyn sagte: „Auf gute Zusammenarbeit. Und darauf, dass wir endlich aufhören, uns zu siezen."

Josh nickte und sagte: „Josh!"

„Evelyn, oder Eve, wenn Du willst", antwortete Evelyn.

Nach einer Weile fragte Josh: „Die Mädchen in St. Bernadette zeichnen Akt?"

„Ja", antwortete Evelyn. „Wie könnten wir sie in Kunst unterrichten, wenn wir ihnen nicht die Möglichkeiten zu den grundlegendsten Basisfähigkeiten bieten würden? Der menschliche Körper ist schließlich das A und O in der Kunst. Und nicht nur das: Da unser Hauptaugenmerk auf Kunst und Sport liegt, ist der eigene Körper für jedes unserer Mädchen ein Kunstwerk, das gepflegt und an dem immer weiter gefeilt werden muss, bis es ein eigenständiges, aus sich selbst geschaffenes, perfektes Kunstwerk wird."

„Und das bedeutet?" fragte Josh.

Evelyn warf einen Seitenblick auf ihn, war aber diszipliniert genug, ihre Position nicht zu verändern, während sie ihm antwortete: „Ist das denn so schwer zu verstehen, Josh? Wir vermitteln den Mädchen, dass sie etwas Besonderes sind. Und das tun wir, indem wir ihnen helfen, wirklich etwas Besonderes zu werden, sowohl in körperlicher, sportlicher Hinsicht, als auch in künstlerischer."

„Hm", brummte Josh. Das hörte sich doch alles gar nicht so verkehrt an. Im Moment war Evelyn Siratja auch verträglich, nachdem sie sich, während sie für Shadowcat Modell saß, nicht an ihn ranschmeißen konnte.

Josh kam wieder Jessicas Antwort auf seine Frage, ob die Gefahr größer sei, als dass Evelyn ihn nur verführen wolle, in den Sinn: *Bei weitem größer!* hatte sie gesagt!

„Ich gehe mal wieder nach hinten", sagte er, stand auf und ging, nachdem er sich kurz Shadowcats Zeichnung betrachtet und festgestellt hatte, wie gut Evelyn Siratja, ihr Ausdruck und auch ihr Körper in dem noch unfertigen Werk getroffen war, nach hinten, wo Marijana dabei war, Jessica zu zeichnen, die wieder ohne ihr Bikinioberteil am Steuer saß.

„Störe ich?" fragte er und hatte bei Jessicas Anblick den Eindruck, dass ihre Brustwarzen mit den kleinen gepiercten Ringen erregter waren, als vorher. Jessica bemerkte Joshs Blick und antwortete ihm: „Nein, Du störst gar nicht. Aber wenn Du da auch noch hinschaust, dann weiß ich nicht, wie lange ich noch ruhig sitzen bleiben kann."

„Entschuldige bitte", sagte Josh verlegen und wendete seinen Blick sofort von Jessicas Brüsten ab.

„Du hast schöne Brüste, Jess!" sagte Marijana bewundernd, während sie über den Rand ihres Zeichenblockes schaute. Jessica wandte sich an Josh und fragte ihn: „Verstehst Du, was ich meine? Ich bin ja nicht lesbisch. Aber wenn ein Mädel, das so hübsch ist wie Marijana, mir so auf die Brüste schaut, dann muss ich gestehen, dass das sogar mich erregt."

„Darf ich mal sehen?" fragte Josh und blickte auf Marijanas Zeichnung.

„Wow!" sagte er bewundernd. Marijana hatte ein Portrait von Jessica gezeichnet, das noch ihre Brüste mit einschloss. Nur mit einem Bleistift hatte sie von den Schattierungen ihrer Haare und Augen, bis zu den feinen Linien ihrer erigierten Brustwarzen, den zusammengezogenen Warzenhöfen und der filigranen Arbeit ihrer Piercings so detailliert gezeichnet, dass Josh, während er über den Rand des Blockes die Zeichnung mit dem Original verglich, unwillkürlich fragte: „Was willst Du in St. Bernadette eigentlich noch lernen, Marijana?"

Jessica konnte Joshs prüfendem Blick nicht mehr standhalten. Sie nahm ihre Arme hoch und presste sie an ihre Brüste, um die Erregung, die wie ein unerträgliches Ziehen von ihren Brustwarzen ausging, wieder unter Kontrolle zu bekommen.

„Sowas habe ich nicht erlebt, als ich selbst noch in St. Bernadette war", sagte Jessica mit einem verlegenen, aber selbstironischen Lachen.

„Hier, ich bin fertig!" sagte Marijana, riss das Blatt aus dem Block und reichte es Jessica mit den Worten: „Ein Geschenk!"

Jessica sah es bewundernd an und blickte schließlich von der Zeichnung zu der Künstlerin.

„Josh hat recht!" sagte sie bewundernd und wiederholte Joshs Frage: „Was willst Du in St. Bernadette noch lernen? Nicht einmal Eve kann so zeichnen wie Du!"

„Ich auch nicht!" gestand Josh ein.

Marijana lief rot an und antwortete verlegen: „Das ist doch nur eine Skizze!"

Lian saß noch immer auf dem Kajütendach und war dort in eine Zeichnung vertieft. So verging der Nachmittag, bis Jessica Josh auf einen am Horizont auftauchenden, schmalen Streifen aufmerksam machte und sagte: „Das ist Brava mit der Inselgruppe Ilhéus do Rombo im Vordergrund. Und dort, weiter links liegt die größere Insel Fogo."

„Dann haben wir ja zumindest schon über ein Drittel der Strecke nach St. Bernadette geschafft", erwiderte Josh, während er mit zusammengekniffenen Augen konzentriert die entfernten Inseln studierte.

Langsam glitten sie an den Inseln vorbei, bis sie hinter ihnen wieder im Meer versanken. Stunde um Stunde verging die eintönige Fahrt. Josh legte sich irgendwann auf das Dach der Kajüte, um sich ein wenig zu sonnen. Er hätte sich gerne auch seine Badehose ausgezogen. Aber in Anwesenheit Jessicas und Evelyns wollte er das nicht. Als Lehrer hatte er schließlich eine Vorbildfunktion. Und da wollte er nicht den Eindruck vermitteln, er wäre ein Exhibitionist.

Durch das gleichmäßige Auf und Ab der Yacht und das leise Gurgeln der Wellen an der Bordwand fiel Josh in einen leichten Schlummer. Als er aufwachte vermisste er das kaum hörbare Summen der Motoren. Dafür hörte er das ausgelassene Treiben von Marijana, Lian, Shadowcat und Jessica, die im Meer badeten. Er richtete sich in sitzende Haltung auf und sah, wie sie nackt vom Heck der Yacht ins Meer sprangen und dort vergnügt planschten. Evelyn stand an der Reling und sah ihnen zu.

Shadowcat spürte Joshs Blick und drehte sich zu ihm. Wenn die Siratja sie nicht beobachtet hätte, hätte sie Josh eine Kusshand zugeworfen. So sah sie ihn nur unter gesenkten Lidern verliebt an. Marijana folgte Shadowcats Blick und rief Josh zu: „Wollen Sie nicht auch im Meer baden, Barker? Das Wasser ist herrlich erfrischend."

Wie eigenartig es jetzt klang, wenn Marijana ihn siezte. Hätte er doch nur mit ihr, Shadowcat und Lian allein sein können. Er genoss es, den Mädchen beim baden zuzusehen, die Schwerelosigkeit ihrer schlanken Körper in der Unendlichkeit des Ozeans und ihre anmutigen Bewegungen zu beobachten. Aber er wusste, dass er nicht so lange und intensiv hinsehen durfte, wie er wollte. Er durfte nicht zeigen, wie groß sein Verlangen nach diesen Mädchen war. Mit scheinbarer Interesselosigkeit an dem traumhaften Anblick, den sie ihm boten, antwortete er: „Warum nicht?" stand auf, sprang direkt vom Dach der Kajüte kopfüber ins Wasser und tauchte unter der Yacht durch. Warum nur konnte er seine Badehose nicht ausziehen und so ausgelassen mit den Mädchen toben, wie in dem kleinen Waldsee. Es schien schon ewig her zu sein, dass er dort mit ihnen gewesen war, als er sie zum ersten mal nackt gesehen und ihre zarte Haut auf seinem Körper gespürt hatte. Aber daran durfte er auch nicht denken, denn allein diese Gedanken ließen sofort seinen Penis anschwellen. Josh lächelte innerlich über diese unkontrollierbare und in der Öffentlichkeit peinliche Reaktion seines Körpers auf diese drei geliebten Wesen, die auf der anderen Seite der Yacht nackt im Wasser schwammen. In langsamen, gleichmäßigen Zügen entfernte er sich ein Stück von der Yacht und schwamm dann auf dem Rücken wieder zurück. Als er zu der Treppe am Heck der Yacht schwamm, griff er dort gleichzeitig mit Marijana nach dem Geländer und ihre Körper stießen unter Wasser zusammen.

„Oh, Verzeihung!" sagte er und ließ Marijana nach vorne. Aber als ihr jugendlicher, straffer, nasser und glänzender Körper dann vor seinen Augen die Stufen aus dem Wasser stieg und er einen Blick zwischen ihre festen, kleinen Pobacken erhaschte und dabei die Bewegung der winzigen Schamlippen sah, da war es fast um seine Selbstbeherrschung geschehen. Er spürte, wie sein Penis erneut anschwoll und ihn dadurch hinderte, ebenfalls aus dem Wasser zu steigen. Hätte er doch nur nicht hingesehen. Er hatte sich zwar sofort wieder abgewandt, aber das Verlangen, das ihn verzehrte, ließ seinen Penis jetzt noch immer weiter wachsen. Er wendete sich von der Treppe ab, um noch eine kleine Runde zu schwimmen. Da kam Jessica an die Treppe geschwommen und hielt sich an seiner Schulter fest. Ihre kleinen, harten Brustwarzen und die daran hängenden Ringe streiften Joshs Körper. Es fühlte sich gut an. Und trotzdem beachtete Josh es kaum, weil er sich nur nach den Berührungen von Marijana, Lian und Shadowcat sehnte.

„Wir fahren gleich weiter", sagte Jessica zu Josh und den sich ebenfalls noch im Wasser befindenden Lian und Shadowcat. Josh entfernte sich noch ein bis zwei Meter von der Treppe, um die beiden auch noch vor zu lassen. Und er musste sich dazu zwingen, sie nicht anzusehen, während sie aus dem Wasser stiegen. Seine Erektion hatte sich noch nicht vollständig zurückgebildet. Aber länger konnte er es nicht mehr hinauszögern, auch wieder auf das Deck der Yacht zu klettern. Er stieg nach oben und drehte sich dann sofort zur Reling, um auf das Wasser zu blicken, während Jessica wieder die Motoren anließ und die Fahrt wieder aufnahm.

„So ein erfrischendes Bad tut gut, wenn man den ganzen Tag nur hinter dem Steuer verbringt", sagte sie. Dann nahm sie ihr Badetuch und trocknete sich ab. Die Mädchen hatten sich ebenfalls ihre Badetücher geschnappt und waren dabei, sich abzutrocknen. Evelyn stellte sich nackt, wie sie war, an Joshs Seite und sagte zu ihm, während sie ebenfalls zum Horizont blickte: „Du bist ein Mann mit ungewöhnlicher Selbstbeherrschung, Josh!"

Josh sah sie nur über seine Schulter fragend an und vermied es, ihr auch seinen Körper mit der verräterisch ausgebeulten Badehose zuzuwenden.

„Es gibt wohl kaum einen Mann, der dem Anblick der drei Mädchen, Jessicas und wie ich wohl behaupten darf, auch von mir, so eisern widerstehen könnte, wie Du."

Josh antwortete nicht, denn alles, was er darauf hätte erwidern können, wäre unhöflich oder eine Lüge gewesen. Und lügen wollte er nicht, ebenso wenig wie er unhöflich sein wollte, solange sich das vermeiden ließ.

Warum nur komme ich nicht an ihn ran? fragte sich Evelyn, die auf ein Eingeständnis von Josh gehofft hatte, dass es ihm zumindest schwer fiel, der Versuchung zu widerstehen. Aber Josh gab einfach nichts von sich preis.

„Hast Du die Zeichnungen von den Mädchen gesehen?" fragte Evelyn nach einer Weile und Josh, der froh war, dass sie selbst das Thema wieder gewechselt hatte, antwortete: „Nur das Portrait, das Marijana von Jessica gemacht hat! Die Zeichnung, die Sha …" Josh unterbrach sich kurz und verbesserte sich dann, „die Victoria von Dir gemacht hat, war noch nicht fertig, als ich sie mir angesehen habe."

„Komm mit", forderte Evelyn Josh auf. „Ich zeige sie Dir!"

Sie ging voraus unter Deck und Josh, dessen Erektion sich durch ihre Nähe wieder beruhigt hatte, folgte ihr, nachdem er sich sein Badetuch vom Dach der Kajüte genommen und umgehängt hatte.

Evelyn saß in der Kajüte am Tisch und hatte die Zeichnungen der Mädchen vor sich liegen. Josh setzte sich ihr gegenüber und Evelyn reichte ihm die Zeichnung, die Shadowcat von ihr angefertigt hatte.

„Was hältst Du davon?" fragte sie ihn und Josh, der das Bild aufmerksam studierte, antwortete nach einer Weile: „Ich finde es bewundernswert, wie ausgereift die Technik der Mädchen ist. Sie haben einen Blick dafür, Menschen sehr natürlich und lebendig wiederzugeben. Darf ich das auch sehen?" fragte er, auf eine Zeichnung deutend, die er für die von Lian hielt. Evelyn reichte sie ihm schweigend. Die Zeichnung zeigte Shadowcat, die dabei war, Evelyn zu zeichnen. Durch Lians erhöhte Position hatte sie die Szene gut überschauen können und auch die Linien der Yacht mit angedeutet, ohne sie jedoch auszuarbeiten.

„Ein guter Blick für Perspektiven!" meinte Josh nach einer Weile anerkennend. Evelyn hatte Josh aufmerksam gemustert, während er sich auf die Zeichnungen konzentriert hatte. Jetzt meinte sie: „Ich finde, den

Bildern fehlt noch etwas die Kraft. Sie wirken zu zart und zu blass. Die Konturen müssten weit deutlicher herausgearbeitet werden."

„Nein", widersprach Josh. „Da kann ich Dir nicht zustimmen. Im Sport kann man eine Leistung messen. In Lernfächern kann man das Wissen messen. Aber in der Kunst ist jede Beurteilung rein subjektiv. Marijana, Victoria und Lian haben sich, soweit ich das jetzt, nach drei Zeichnungen beurteilen kann, einen sehr feinen, realistischen Stil erarbeitet. Und ich könnte diese Bilder selbst nicht besser zeichnen! Sollte ich auf St. Bernadette die drei als Lehrer unterrichten, dann ist das beste, was ich tun kann, ihre Fertigkeiten dahingehend zu fördern, dass ich ihnen verschiedene Motive vorgebe, sie aus dem Gedächtnis zeichnen lasse und sie mit unterschiedlichen Materialien arbeiten lasse. Verbessern kann ich sie jedenfalls nicht."

Evelyn hatte Josh aufmerksam zugehört. Jetzt klatschte sie anerkennend dreimal langsam in die Hände und erwiderte: „Respekt Josh! Du hast noch nicht einmal angefangen und widersprichst schon."

„Wenn ich als Lehrer auf St. Bernadette arbeiten soll", entgegnete Josh, „dann kann ich das nur auf meine Weise tun. Ich kann keine Bilder kritisieren, an denen es nichts zu kritisieren gibt, nur weil mir das von oben vorgegeben wird."

„Genau das meine ich!" sagte Evelyn und Josh überlegte, was sie denn meinte. Irgendwie machte er sich innerlich bereit, mit Marijana, Lian und Shadowcat die Insel sofort wieder zu verlassen, wenn es dort Probleme geben würde. Ihm war klar, dass er eine Flucht mit den Mädchen kaum irgendwie rechtfertigen könnte und dass er sie dann entweder in das Waisenhaus zurückbringen oder mit ihnen untertauchen müsste. Aber noch war es nicht so weit. Er war als Lehrer schon früher angeeckt, hatte schon immer zu seinen Überzeugungen gestanden und sie auch vertreten. Diese rückgratlosen Kriecher, die immer nur der Obrigkeit nach dem Mund redeten, konnte er noch nie ausstehen. In ein paar Stunden würden sie auf St. Bernadette ankommen. Und dann musste sich zeigen, ob es ein Ort war, an dem er und die drei Mädchen für die nächsten drei Jahre bleiben würden.

„Du hast klare Vorstellungen und eine vernünftige Einstellung, Josh", lenkte Evelyn nach einer Weile Grübelns ein. „Das ist sehr viel wert."

Josh sah sie fragend an und Evelyn erklärte: „Es ist bestimmt nicht verkehrt, wenn die Mädchen im Internat noch einen zweiten Blickwinkel vermittelt bekommen."

Josh nickte. Anscheinend war Evelyn ja zumindest bereit, seinen Standpunkt zu akzeptieren. Josh ging wieder nach oben an Deck. Schräg vor ihnen verschmolz die Sonne langsam mit dem Horizont und tauchte das Meer und die Yacht in ein goldenes Licht. Shadowcat, die ebenso wie Lian und Marijana ihren Bikini wieder angezogen hatte, stellte sich neben

Josh an die Reling und flüsterte ihm leise zu: „Es ist wunderschön!"

„Ja!" antwortete Josh ebenso leise. Und die beiden berührten sich wie zufällig mit ihren Armen und ließen zu, dass diese Berührung ihre Körper durchströmte. Unwillkürlich schlossen beide für eine Sekunde die Augen. Dann rutschte Josh ein paar Zentimeter auf die Seite, damit die Nähe ihrer Körper Jessica und der ebenfalls an Deck kommenden Evelyn nicht auffiel.

„Es wird langsam Zeit für Abendessen", meinte Jessica und fragte Josh: „Josh, kannst Du wieder das Steuer übernehmen, während ich Essen mache?"

„Natürlich", antwortete Josh, sich zu ihr umdrehend und löste Jessica am Steuer ab. Shadowcat setzte sich zu ihm und auch Lian kam zu ihm in den Steuerstand, während Marijana Jessica wieder in der Kombüse half und Evelyn weiter vorne an der Reling stand.

„Danke, dass Du unsere Zeichnungen verteidigt hast", sagte Lian leise zu Josh. Und Josh antwortete, ohne sich ihr zuzuwenden auch leise: „Das hätte ich auch getan, wenn die Bilder nicht von euch gewesen wären. Ich mag nicht, wenn Kritik nur um der Kritik willen und aus eigener Überheblichkeit geübt wird. Eure Bilder sind wirklich wunderschön und geben perfekt das wieder, was ihr gezeichnet habt! Irgendwie werde ich aus der Siratja noch nicht schlau."

„Wir auch nicht!" bestätigte Shadowcat. „Auf der einen Seite gibt sie sich so locker und kameradschaftlich. Auf der anderen Seite glaube ich, hat sie Angst, dass sie von jemandem übertroffen werden könnte."

„Ich glaube", erwiderte Josh nachdenklich. „sie hat nicht nur Angst vor eurem Können, sondern auch vor eurer Jugend und Schönheit."

Sowohl Shadowcat als auch Lian erröteten.

„Hältst Du uns wirklich für schön?" fragte Lian mit deutlich hörbarer Unsicherheit in ihrer zarten Stimme. Josh wendete sich ihr mit einem ungläubig staunenden Blick zu und antwortete: „Ihr seid das Schönste, was ich in meinem ganzen Leben gesehen habe!"

Josh war es nicht möglich, mit Worten zu beschreiben, wie sehr er es genoss, die beiden jetzt hier einfach nur in seiner Nähe zu haben. Es erfüllte ihn mit einem grenzenlosen Glücksgefühl, das alle Unsicherheiten und Befürchtungen, was St. Bernadette betraf, bedeutungslos machte.

Evelyn kam zu ihnen an den Steuerstand und sagte zu den Mädchen: „Es wird langsam frisch. Zieht euch lieber was über, Lian und Victoria."

Josh bemerkte die Gänsehaut auf Evelyns nacktem Körper, den sie ihm so provokant präsentierte. Der Anblick ihrer harten, zusammengezogenen Brustwarzen hätte ihn, bevor er seine Gefühle für die drei Mädchen entdeckt hatte, sicherlich sehr gereizt. Jetzt fragte er sich nur, ob wohl Lian und Shadowcat, die schräg hinter ihm waren, auch eine Gänsehaut hatten und er hätte sich am liebsten zu ihnen umgedreht, um sich von diesem Umstand zu überzeugen.

„Wir müssen ja eh gleich zum Essen runter", erwiderte Lian auf Evelyns Aufforderung. Evelyn nickte und stieg wieder in die Kajüte. Jetzt drehte sich Josh zu Shadowcat und Lian um und sah, dass sie wirklich auch eine leichte, vom auffrischenden Wind herrührende Gänsehaut hatten und dass ihre kleinen, zarten Knospen sich durch die dünnen Stoffe ihrer Bikinis abzeichneten.

„Ihr seid so unbeschreiblich schön!" flüsterte Josh so leise, dass sie ihn fast nicht hören konnten. Umso deutlicher konnten sie aber die Liebe in seinen Augen sehen. Und gleichzeitig sprangen beide auf, fielen ihm um den Hals und küssten sein Gesicht voller leidenschaftlicher Zärtlichkeit.

„Wofür ist das denn?" fragte Josh, der sich so sehr nach diesen Küssen gesehnt hatte. Und Shadowcat antwortete ihm ganz spontan darauf: „Liebe braucht keinen Grund, Josh. Sie ist einfach da!"

Darauf konnte Josh nichts mehr erwidern. Er war zwar immer wieder verblüfft, dass so junge Mädchen zu solchen Ansichten gelangen konnten. Aber er musste anerkennen, dass sie Recht damit hatten. Er genoss und erwiderte die Zärtlichkeit ihrer Küsse, forderte sie aber auf: „Setzt euch wieder hin", als er eine Bewegung auf der Treppe gewahr wurde.

Im nächsten Moment kam Jessica nach oben und sagte: „Das Essen ist fertig. Ihr könnt runter gehen."

Sie hatte jetzt eine leichte leinene Hose und eine lange Bluse an.

Josh machte Jessica, die ihr Abendbrot mit hochgebracht hatte, wieder Platz am Steuer und ging mit den Mädchen nach unten. Er zog sich aber auch nur kurz etwas über und ging dann mit den Worten: „Ich leiste Jessica Gesellschaft" mit seinem Teller wieder an Deck.

„Wenn Du willst", bot er ihr an, „kann ich Dich gerne eine Weile hier am Steuer ablösen, Jessica."

„Das wäre wirklich lieb." antwortete Jessica, erklärte ihm, worauf er achten musste und sagte dann: „Ich lege mich unten etwas hin. Du kannst mich in zwei Stunden wieder wecken. Oder, falls es Probleme gibt, natürlich auch vorher."

„Kein Problem." erwiderte Josh. „Ruh' Dich nur aus."

Jessica sagte „Danke!" gab Josh einen Kuss auf die Wange und stieg mit ihrem Teller wieder nach unten. Langsam breitete sich Dunkelheit über der Weite des Ozeans aus und außer den Positionsleuchten der Yacht und dem Licht aus der Kajüte war bald nichts mehr zu sehen. Josh genoss die Stille, die ihn umgebende Unendlichkeit und den Frieden. So frei hatte er lange nicht geatmet, wie in diesem Augenblick.

Jessica hatte sich unten in ihre Koje gelegt. Und nachdem Evelyn und die Mädchen ihr schweigsames Mahl beendet, abgewaschen und aufgeräumt hatten, sagte Shadowcat: „Ich leiste Barker noch ein wenig Gesellschaft."

Damit nahm sie eine Flasche Bier aus dem Kühlschrank, öffnete sie und stieg nach oben.

„Hier Josh", sagte sie zu ihm, während sie ihm die Flasche reichte. „Ich hab Dir ein Bier mitgebracht."

„Danke Shadowcat!" antwortete Josh, während er die Flasche entgegennahm und ihr neben sich Platz machte. So saßen sie eine Weile schweigend nebeneinander und genossen es, sich gegenseitig zu spüren.

„Ich habe mich noch nie so klein gefühlt, wie jetzt, in der Nacht auf diesem unendlichen Ozean!" sagte Shadowcat nach einer Weile.

Josh legte zärtlich den Arm um sie und drückte sie sanft an sich. Shadowcat schmiegte sich in seinen Arm und an seinen Körper und fuhr dann in ihren Überlegungen fort: „Ich habe mich noch nie groß gefühlt, Josh. Wenn man als Waise im Heim aufwächst, dann bekommt man kein allzu großes Selbstwertgefühl. Aber die Angst vor den Menschen und die Unsicherheit ihnen gegenüber lässt sich nicht vergleichen mit der Ehrfurcht, die ich vor der Majestät des Ozeans habe."

Mir geht es genauso dachte sich Josh, sprach es aber nicht aus, weil er kein Waise war und es deswegen nicht das Selbe wie bei Shadowcat war. Er küsste zärtlich ihre Stirn und sagte nach einigen Sekunden: „Ich wünschte, Du würdest meine Mutter kennenlernen!"

Shadowcat klammerte sich an Josh und vergrub ihr Gesicht an seiner Brust, wo sie ihren Tränen freien Lauf ließ. Er wollte, dass sie seine Mutter kennenlernte. Er wollte, dass sie zu seiner Familie gehörte! Das war mehr, als sie sich jemals in ihrem im Waisenhaus verbrachten Leben hätte vorstellen können. Und sie wusste auch, dass Josh sie nicht von Lian und Marijana trennen wollte, sondern dass seine Liebe auch sie umfasste. Sie liebte ihn so unendlich, dass sie ihn nie mehr loslassen wollte.

Was würde meine Mutter wohl von Shadowcat, Lian und Marijana halten? fragte sich Josh. *Und was würde sie wohl von mir halten, wenn sie wüsste, dass ich …* Josh wusste selbst nicht, wie er in seinen Gedanken formulieren sollte, dass er ein Verhältnis mit Minderjährigen hatte, und nicht nur mit einer, sondern gleich mit dreien. Wie sollte er formulieren, dass er Sex mit ihnen gehabt hatte und mit Sicherheit wieder haben würde? Seine Mutter liebte ihn sehr. Als er noch jung war, hatte sie sich große Sorgen um ihn gemacht, weil er so schüchtern war und lange Zeit keine Freundin gefunden hatte. Sie hatte ihm immer das allerbeste gewünscht und sie hatte natürlich auch gehofft, dass sie irgendwann Großmutter werden würde. Aber Josh war nie einer Frau begegnet, bei der er sich wirklich sicher gewesen wäre, dass er den Rest seines Lebens mit ihr hätte verbringen wollen – bis jetzt! Aber diese Situation, in der er sich jetzt befand, war völlig anders, als alles, was er sich jemals hatte vorstellen können.

„Was denkst Du?" fragte Shadowcat ihn leise und riss ihn damit aus seinen Gedanken. Josh sah sie an und küsste zärtlich die Tränen von ihren Wangen.

„Ich frage mich, wer ich bin", antwortete er dann nachdenklich auf ihre Frage. „Ich frage mich, wie es sein kann, dass sich in so kurzer Zeit mein ganzes Leben, meine ganzen ..."

Er überlegte kurz, wie er seine Gedanken, die er noch nicht einmal geordnet hatte, ausdrücken sollte, bevor er fortfuhr: „Ich frage mich, wie sich meine ganzen angenommenen oder akzeptierten Moral- oder Wertvorstellungen so plötzlich vollständig ändern konnten. Bin ich vielleicht nur ein dummer, alter Mann, der mitten in der Midlife Crisis ..."

Shadowcat legte ihm schnell ihre schlanken Finger auf die Lippen und unterbrach ihn mit einem langgezogenen, leisen „Schhhh..."

Josh küsste die zarten Fingerkuppen auf seinen Lippen, nahm dann aber Shadowcats kleine Hand in seine und fuhr mit Bitterkeit in seiner Stimme fort: „Vor dem Gesetz bin ich ein Verbrecher, Shadowcat!"

„Und in Deinem Herzen?" fragte Shadowcat eindringlich und flehentlich. Josh sah sie an, versank in der Tiefe ihrer Augen und antwortete: „In meinem Herzen bin ich nur ein Liebender!"

„Und das ist alles, was zählt, Josh!" erwiderte Shadowcat mit vollster Überzeugung. „Ich weiß, dass Du Angst hast. Ich weiß, was Du gerade erst erlebt hast und dass Du kein Vertrauen mehr hast. Aber Marijana, Lian und ich, wir werden immer zu Dir halten, egal was passiert!"

Sie streichelte zärtlich über seine Wange.

„Marijana, Lian und Dir vertraue ich!" beteuerte Josh. „Ich würde jeder von euch mein Leben anvertrauen!"

„Und wir würden Dir unseres anvertrauen, Josh! Du hast uns schon so viel mehr gegeben, als wir jemals in unserem Leben von einem Menschen bekommen haben."

Josh wollte Shadowcat unterbrechen. Sie ließ ihn aber nicht zu Wort kommen und fuhr fort: „Ich meine damit nicht das Sexuelle, Josh; zumindest nicht nur. Ich rede von dem, was von hier kommt!"

Dabei legte sie ihre Hand auf sein Herz und konnte spüren, wie es in seiner muskulösen Brust schlug. Josh hatte das Gefühl, dass Shadowcat sein Herz ganz fest in ihrer kleinen Hand hielt. Und es war ein gutes Gefühl.

„Ich würde mir wünschen", begann Shadowcat nach einer Weile, „einmal gemeinsam mit Marijana, Lian und Dir in unser früheres Leben eintauchen zu können und unsere ganze Geschichte zu erfahren."

„Hättest Du keine Angst, dass diese Erinnerungen auch schlechte Bilder zeigen könnten?" fragte Josh.

Shadowcat schüttelte den Kopf.

„Nein!" antwortete sie. „Ich weiß, dass dieses Leben hart und blutig war. Aber es hat uns zusammengeführt und unsere fünf Seelen ..."

„Fünf?" fragte Josh verwundert. Jetzt sah auch Shadowcat ihn fragend an. Sie wusste nicht, warum sie ‚fünf' gesagt hatte. Aber sie wusste, dass es kein Versprecher war. Als sie es gesagt hatte, da hatte sie es so empfunden, ohne dass sie jetzt aber erklären konnte, aus welchem Grund.

„Irgendwann", meinte sie nachdenklich, „werden wir gemeinsam diese Reise machen, Josh. Und dann werden wir wissen, wer wir waren und ob es außer uns vieren noch jemand gibt, der …"

Sie zuckte die Schultern. Die Vorstellung, dass noch jemand in ihren geheimen Kreis gehören sollte, gefiel weder ihr, noch Josh. Sie waren komplett. Sie waren sich gegenseitig alles, was sie wollten, alles was sie brauchten, alles was sie liebten! Und um sie herum war nur eine feindliche Welt, die diese Liebe aus scheinheiligen Moralvorstellungen heraus niemals dulden und akzeptieren würde.

„Nein", meinte Josh kopfschüttelnd aber mit weniger Überzeugung, als ihm lieb war. „Da kann niemand mehr sein."

Josh wusste, dass Shadowcats Eingebungen niemals aus der Luft gegriffen waren. Das hatte er schon erfahren. Schließlich hatte sie ihn selbst schon mit in die Erinnerungen eines gemeinsam gelebten Lebens gezogen. Und trotzdem weigerte er sich, die Vorstellung zu akzeptieren, dass es da noch jemand geben sollte.

Eine weitere Frau? Noch ein Mädchen? überlegte er. *Nein, das will ich nicht! Ich will nur Shadowcat, Lian und Marijana! Das ist so viel mehr, als ich verdiene.*

Und bei der Vorstellung, dass es vielleicht ein anderer Mann sein könnte, krampfte sich sein Magen zusammen und er musste sich eingestehen, dass er eifersüchtig auf jeden Mann sein würde, dem eines der geliebten Mädchen auch seine Liebe schenkte. Josh atmete tief ein.

Diese drei wunderbaren Wesen nur für mich haben zu wollen, ist ziemlich selbstsüchtig, dachte er sich und erkannte, dass seine Liebe zu ihnen so groß war, dass er ihnen niemals im Wege stehen würde. Er würde sie jederzeit freigeben und loslassen, wenn sie mit einem anderen Mann glücklicher werden würden, als mit ihm. Schließlich war das gar nicht so unwahrscheinlich. Josh kam wieder sein Alter zu Bewusstsein. Aber da hörte er Shadowcats Stimme gleichzeitig beschwörend, wie auch vorwurfsvoll in seinem Kopf: *Josh, Josh! Marijana, Lian und ich, wir werden Dich immer lieben! Wann wirst Du das endlich glauben?*

Josh sah sie mit klopfendem Herzen an. Er hatte sich so sehr in seine Gedanken vertieft gehabt, dass er das Gefühl gehabt hatte, die Mädchen schon verloren zu haben.

„Ich möchte, dass ihr glücklich seid!" sagte er schließlich und Shadowcat konnte hören, dass es die reine Wahrheit war und dass er bereit wäre, alles dafür zu geben, selbst sein eigenes Leben.

Das können wir nur mit Dir sein! antwortete sie ihm, ohne den Mund zu öffnen. *Du weißt es, Josh! Bitte sag, dass Du es weißt!*

Sie sah ihn mit einem flehenden Blick an, der Josh im Herzen wehtat.

„Ich weiß, dass Du die Wahrheit sagst!" sagte er schließlich. „Mein Kopf kann nur nicht begreifen, dass diese Wahrheit wirklich mich betrifft.

Ich nehme Deine, Lians und Marijanas Liebe vielleicht schon viel zu sehr als etwas Normales und Selbstverständliches hin. Und dabei bin ich doch selbst nur …"

„Ich wünschte", unterbrach ihn Shadowcat, „ich könnte Deine Zweifel für immer beseitigen, Josh. Ich wünschte, ich könnte Dich dazu bringen, an Dich selbst zu glauben. Im Gymnasium waren so viele Jungs hinter uns her, und nicht nur die Jungs, sondern auch Mädchen und einige der scheinheiligen Lehrer, die Dich so schnell geopfert haben, um ihre saubere Gesinnung zu demonstrieren. Selbst der Rektor hat Marijana mal den Hintern getätschelt und …"

„Hätte ich das gewusst", unterbrach Josh sie mit aufkommender Wut, „dann wäre ich anders mit ihm umgegangen."

„Es ist ja nichts passiert", sagte Shadowcat beruhigend. „Er hat versucht, auf ,guter Onkel' zu machen. Aber Marijana hat schnell die Tür von seinem Büro aufgemacht. Und als die Monz dann ins Zimmer sehen konnte, hat er Marijana einfach rausgeschickt. Da hat er wohl kapiert, dass er so was bei ihr nicht versuchen braucht. Aber das war gar nicht das, was ich sagen wollte. Ich wollte eigentlich sagen, dass wir nicht auf der Suche nach einem Freund waren. Wir haben auch Dich nicht gesucht. Aber wir haben Dich gefunden. Und plötzlich war da ein so starkes Gefühl in uns allen dreien, das so viel mehr war, als alles was wir kannten und uns vorstellen konnten. Und dann kamen diese Bilder, diese Erinnerungen dazu. Wir gehören zusammen, Josh! Dieses Gefühl ist so unendlich schön! Es ist so groß und wächst trotzdem noch immer weiter. Bitte glaube daran. Und außerdem bist Du wunderschön, Josh! Du siehst aus wie eine griechische Statue. Ich habe noch nie einen solchen Körper gesehen, wie Deinen. Du hast kein Alter, Josh!"

Josh sah Shadowcat ungläubig an.

„Ich bin …" begann er. Und Shadowcat war es klar, dass er doch wieder auf sein Alter zu sprechen kommen wollte. Sie drückte ihre Lippen in einem zärtlichen, nach Salz und Liebe schmeckenden Kuss auf Joshs Lippen und versank ebenso wie Josh in dem Gefühl, miteinander zu verschmelzen und Eins zu werden. Als ihre Lippen sich nach wer weiß wie vielen Minuten wieder trennten, flüsterte Shadowcat: „Du bist alles was ich will, Josh! Außer natürlich Marijana und Lian!"

„Und ihr seid alles, was ich will!" antwortete Josh und wünschte sich dabei, dass er aufhören könnte, sich deswegen noch immer, oder immer wieder Vorwürfe zu machen.

Unter Deck hatte Evelyn Siratja mit Marijana und Lian noch über ihre am Nachmittag angefertigten Zeichnungen diskutiert. Und Frau Siratja hatte dabei feststellen müssen, dass die beiden sehr klare Vorstellungen von der Kunst hatten. Sie ließen zwar ihre Einwände gelten, aber nur als Variationsmöglichkeit. Und schließlich forderte Marijana Frau Siratja auch noch auf, es besser zu machen, wenn sie glaube, dass es in der Kunst ein ‚besser' oder ‚schlechter' gäbe und nicht nur verschiedene Möglichkeiten.

„Ich kann zum Beispiel nichts mit abstrakter Kunst anfangen", hatte Marijana eingestanden. „Aber deswegen kann ich mich doch nicht über diese Kunstform erheben und sagen, dass sie schlecht ist. Es ist doch nur meine persönliche Meinung. Und eine persönliche Meinung hat doch nichts mit dem Wert eines Kunstwerkes zu tun."

Evelyn Siratja hörte sich die Argumente aufmerksam an und erwiderte dann: „Wie glaubt ihr denn, soll man Kunst lernen oder lehren, wenn jeder glaubt, dass Kunst keinen Ansprüchen genügen muss, um …"

„Verzeihen Sie bitte, wenn ich Sie unterbreche, Frau Siratja. Aber das habe ich nicht gesagt", konterte Marijana.

Und Lian sagte schließlich: „Wir glauben nicht, perfekt zu sein, Frau Siratja. Wir glauben ganz im Gegenteil, dass Sie uns sicher noch viel Technik, beziehungsweise viele Techniken beibringen können, nur nicht die Kunst selbst."

Jessica hatte sich in ihrer Koje auf die Ellenbogen gestützt und der Diskussion aufmerksam gelauscht. Jetzt sagte sie aus der dunklen Nische, in der sie nicht zu sehen war, heraus: „Ich glaube, den beiden bist Du nicht gewachsen, Eve. Ich kann nur sagen, dass sie absolut Recht haben mit ihrer Auffassung. Du kannst nur Technik vermitteln, aber nicht die Kunst selbst, sonst wäre es keine Kunst mehr, sondern … Geometrie!"

„Ich sehe schon", sagte Evelyn resigniert in die Dunkelheit. „Du fällst mir jetzt auch noch in den Rücken, Jess. Wie soll ich denn die Mädchen formen, …"

„Du kannst vielleicht die Mädchen formen", unterbrach Jess, während sie aus ihrer Koje stieg und ins Licht an den Tisch kam. „Aber Du kannst nicht die Kunst formen!"

In Evelyn stieg ein leichter Zorn auf. Sie wendete sich an Marijana und Lian und sagte zu ihnen: „Würdet ihr uns bitte kurz alleine lassen, Mädchen?"

„Natürlich!" antwortete Marijana mit hörbar schlechtem Gewissen. Sie wollte nicht Schuld an einem Streit zwischen den beiden Freundinnen sein. Und sie befürchtete, dass es jetzt Streit geben würde, weil Lian und sie sich nichts sagen lassen wollten. Sie warf Jessica einen kurzen, bedauernden Blick zu. Die nickte aber aufmunternd und so stiegen Marijana und Lian zwar etwas beruhigt aber doch nicht ohne Schuldgefühle an Deck und fragten Josh und Shadowcat, ob sie sich zu ihnen setzen dürften.

„Natürlich!" antwortete Josh, der jedes der Mädchen schmerzlich vermisste, wenn es nicht in seiner Nähe war und deshalb froh war, dass sie endlich kamen.

Marijana erzählte von ihrer Diskussion mit der Siratja und dass sie befürchtete, dass die beiden unter Deck jetzt wegen ihnen streiten würden.

„Schade, dass Jessica nicht mehr in St. Bernadette ist", sagte Shadowcat. „Ich glaube, sie ist ein Freund. Und Freunde werden wir dort gebrauchen können."

Ob Jessica der, die oder das fünfte in unserer Gemeinschaft ist? fragte sich Josh. Shadowcat sah ihn fragend und achselzuckend an und er wusste, dass sie seine Gedanken wieder gelesen hatte. Der Streit unter Deck schien auszubleiben. Jedenfalls wurde es nicht wieder laut. Und das war schon einmal gut.

Die zwei Stunden, nach denen Josh Jessica wieder wecken sollte, waren längst vorbei. Aber er wollte Jessica nicht stören. Er wusste ja, dass sie inzwischen wieder wach war. Und er genoss es, mit Shadowcat, Lian und Marijana eng aneinandergedrückt auf der Steuerbank zu sitzen.

Lian sagte nach einer Weile, in der sie ebenfalls die Ruhe und die Nähe all der Menschen, die sie liebte, genossen hatte: „Ich fühle mich auf diesem Ozean wie ein Tropfen in der Unendlichkeit des Weltalls."

Shadowcat musste lachen und auch Josh schmunzelte.

„Was ist daran lustig?" fragte Lian und Shadowcat erklärte ihr: „Genau das Gleiche habe ich vorhin auch schon zu Josh gesagt, Lian; zwar mit anderen Worten, aber mit dem selben Gefühl!"

„Wir haben noch niemals das Meer gesehen, Josh", sagte jetzt Marijana. „Du kannst Dir wahrscheinlich gar nicht vorstellen, wie überwältigend das hier für uns ist."

Josh antwortete ihr: „Doch, das kann ich, Marijana. Ich war schon oft am Meer, aber ich habe niemals die Ehrfurcht davor verloren. Ich fühle mich hier genauso klein und unbedeutend wie ihr, aber auch so unendlich frei."

„Ich würde mir nur wünschen", meinte jetzt Lian, „dass wir nicht auf dem Weg nach St. Bernadette wären und dass nur wir vier zusammen wären. Dann wären wir wirklich frei."

„Vielleicht können wir wirklich Jessica bitten, uns wieder mit von der Insel zu nehmen", sagte Shadowcat nachdenklich. Aber Josh widersprach ihr mit den Worten: „Das geht nicht, Shadowcat. Wenn ich nur an mich denken würde, dann würde ich keine Sekunde über diesen Vorschlag nachdenken und irgendwo einen Platz suchen, an dem ich den Rest meines Lebens mit euch verbringen könnte. Aber ihr habt noch euer ganzes Leben vor euch. Ihr habt in St. Bernadette die Chance, etwas zu lernen, einen Schulabschluss zu machen und dann mit eurem Wissen und euren Fähigkeiten auf eigenen Füßen zu stehen. Diese Chance darf ich euch nicht nehmen."

Shadowcat küsste zärtlich Joshs Wange. Sie wussten alle vier, dass sie nicht einfach den Regeln und Gesetzen der Gesellschaft entfliehen konnten. Sie mussten nach St. Bernadette, das ihnen so unendlich bedrohlich erschien. Es wurde wieder still. Und nach einer Weile schlief

Shadowcat an Joshs Schulter ein.

Es war schon fast Mitternacht, als Jessica leise nach oben kam und mit vorwurfsvoller aber gleichzeitig auch dankbarer Stimme zu Josh sagte: „Du hättest mich doch nach zwei Stunden wieder holen sollen, Josh."

„Ein bisschen Ruhe hat Dir sicher gut getan, Jess", antwortete Josh leise, um Shadowcat nicht zu wecken.

„Ja", gestand Jessica, die ja nicht erst seit diesem Tag unterwegs war, sondern schon die ganze letzte Nacht am Steuer gestanden hatte, um Evelyn, Josh und die drei neuen Schülerinnen von der Insel Sal abzuholen.

„Ihr könnt ruhig runtergehen und euch schlafenlegen", sagte sie.

Aber Josh fragte: „Rentiert sich das noch?"

„Natürlich", antwortete sie. „Wir sind noch ein paar Stunden unterwegs und ankern dann bis zum Morgen vor der Insel."

Josh nickte und erwiderte: „Na wenn das so ist!" Dann wendete er sich an Marijana und Lian und sagte leise: „Kommt mit."

Er nahm Shadowcat behutsam auf seine Arme, trug sie unter Deck und legte sie vorsichtig in eine Koje.

„Schlaft gut", sagte er leise und stieg wieder nach oben an Deck. Es fiel ihm schwer, die Mädchen nicht zu küssen. Aber Evelyn saß noch am Tisch und das machte somit jede Vertraulichkeit und Zärtlichkeit zwischen Josh und den Mädchen unmöglich. Am Ruderstand setzte Josh sich wieder zu Jessica und leistete ihr Gesellschaft, bis sie St. Bernadette erreichten. Dann warfen sie den Anker und begaben sich für den Rest der Nacht auch in ihre Kojen in der Kajüte.

5 ANKUNFT IN ST. BERNADETTE

Josh erwachte durch Shadowcats Lippen, die ihn zärtlich küssten. Die Sonne stand schon am Himmel und Josh hörte Stimmen vom Deck der Yacht.

„Aufwachen Josh", flüsterte Shadowcat liebevoll. „Wir werden abgeholt."

Eine lange Sekunde ließ Josh seine Augen noch geschlossen und genoss das Gefühl von Shadowcats weichen Lippen auf seinen Lippen. Erst als er Schritte auf den Stufen hörte und Shadowcat sich von ihm löste, öffnete er die Augen und erhob sich. Jessica kam nach unten und sagte, obwohl er schon in seiner Koje saß, ebenfalls: „Aufwachen, Josh. Sie sind da."

„Wer?" fragte Josh und Jessica antwortete ihm: „Euer Empfangskomitee."

Josh erwiderte: „Ich bin gleich soweit" und ging dann schnell in das kleine Bad, um sich frisch zu machen. Dann stieg er nach oben an Deck.

„Guten Morgen Josh" begrüßte ihn hier Evelyn.

„Darf ich vorstellen", sagte sie, sich an zwei an Bord gekommene Frauen wendend. „Das ist Josh Barker, der neue Lehrer für Sport und Kunst. Und das", stellte sie die beiden Damen Josh vor, „sind Irina Janka und Lena Schneider."

„Freut mich", sagte Josh und streckte den beiden seine Hand entgegen. Es entging ihm dabei aber nicht, wie skeptisch und fast feindselig die beiden ihn ansahen, als sie zögernd seine Hand nahmen. Sie waren beide auch ungefähr in Evelyns Alter und betrieben ganz offensichtlich sehr intensiv Bodybuilding.

Josh gefiel es, wenn Frauen einen durchtrainierten Körper hatten. Marijana, Shadowcat und Lian waren die besten Beispiele dafür. Aber diese beiden, Irina Janka und Lena Schneider hatten bei weitem mehr Muskeln, als er selbst und sahen so aus, als ob sie den ganzen Tag nichts anderes täten, als Gewichte zu stemmen. Sie schienen kaum noch etwas Weibliches an sich zu haben.

„Sind sie auch Lehrerinnen?" fragte Josh höflich, ohne sich seine Gedanken über die beiden anmerken zu lassen. Lena Schneider reagierte gar nicht auf die Frage und Irina Janka knurrte nur etwas Unverständliches, während Evelyn antwortete: „Nein. Die beiden sind von unserem Sicherheitspersonal. Sie sind hier, um uns ins Internat zu bringen."

Josh sah, dass Shadowcat, Marijana und Lian schon in ein kleines Ruderboot stiegen. Die wortkarge Frau Schneider folgte ihnen und ruderte sie zum Ufer.

„Komm Josh!" forderte Evelyn Josh auf und stieg voraus in ein zweites Boot. Josh reichte ihr ihr Gepäck und wollte dann ebenfalls mit seinem Koffer ins Boot steigen. Da hörte er hinter sich aber leise Jessica sagen: „Dann heißt es also Abschied nehmen, Josh."

Josh drehte sich zu ihr um und fragte: „Bleibst Du nicht noch hier, Jess?"

Jessica schüttelte den Kopf und antwortete: „Ich warte nur noch, bis meine Yacht wieder aufgetankt ist, dann fahre ich sofort wieder los."

„Warum so schnell?" fragte Josh. Jessica zuckte mit den Schultern und Josh fragte weiter: „Was ist, wenn die Vranja mich nicht haben will? Ich hab ja erst noch ein Gespräch mit ihr, bevor ich hier wirklich als Lehrer anfange."

In dem Moment rief Evelyn aus dem Ruderboot, in dem auch schon die knurrende Frau Janka ungeduldig wartete: „Josh, wo bleibst Du?"

„Hier!" flüsterte Jessica und steckte Josh unauffällig einen zusammengefalteten Zettel in die Brusttasche seines Hemdes. Dann wendete sie sich ab und ging unter Deck. Mit einem flauen Gefühl im Magen stieg Josh in das Ruderboot und spürte die ungeheure Kraft, mit der Irina Janka sie an das Ufer von St. Bernadette ruderte. Josh drehte sich noch einmal nach der ‚Mother of Pearl' um. Aber Jessica ließ sich nicht mehr blicken.

„Kommt mit", forderte Evelyn Josh und die Mädchen am schmalen Strandstreifen in der kleinen Bucht, in der sie ans Ufer gekommen waren, auf und ging mit den beiden Damen vom Sicherheitspersonal einen steilen, schmalen Pfad voraus ins innere der Insel. Josh wunderte sich, dass Frau Schneider und Frau Janka nicht einmal den Mädchen etwas von ihrem Gepäck abnahmen. Er hätte ihnen selbst gerne geholfen, aber sie lehnten es ab, seine Hilfe in Anspruch zu nehmen, da er selbst seinen unhandlichen Koffer schleppen musste. Trotzdem waren sie glücklich über seine Aufmerksamkeit. Die Mädchen und Josh waren fasziniert von der Unberührtheit des Urwaldes, durch die sich der schmale Pfad schlängelte. Die Luft war erfüllt von den Stimmen tausender ihnen unbekannter Vögel.

„Das ist wunderschön!" murmelte Lian voller Bewunderung und kaum auf den Weg achtend. Sie war die vorletzte in dem Zug. Den Abschluss bildete Josh. Und der antwortete mit der gleichen Begeisterung und einer Ehrfurcht, die der vor der Unendlichkeit des Ozeans glich: „Ja!"

Sie waren wohl etwa zwanzig Minuten unterwegs, als es vor ihnen heller wurde und eine große, offene Lichtung sich vor ihnen ausbreitete, auf der das majestätische Gebäude von St. Bernadette sichtbar wurde. Vor dem großen, prunkvollen, wie auch düsteren Gebäude hatten sich die Schülerinnen und Lehrerinnen, sowie auch das sonstige Personal als Begrüßungskomitee aufgereiht. Josh fühlte sich plötzlich wieder sehr unwohl in seiner Haut. Er mochte Frauen. Aber nur Frauen und Mädchen ohne einen Mann in der ganzen Gesellschaft, und dazu die Warnungen, die er erhalten hatte; das ließ ihn diesen Empfang wie den Weg zu seiner Hinrichtung erscheinen. Als sie bei den Bewohnern von St. Bernadette ankamen, gingen Lena Schneider und Irina Janka zu den Bediensteten auf der linken Seite und Josh konnte sehen, dass unter diesen noch mehr von solchen übertriebenen und unästhetischen, weiblichen Muskelpaketen waren. In der Mitte standen die Lehrerinnen, zu denen Evelyn vorausging, nachdem sie zu Josh und den Mädchen gesagt hatte, dass sie in der Mitte des Halbkreises, den das Empfangskomitee bildete, stehen bleiben sollten. Und auf der rechten Seite standen ordentlich aufgereiht die Schülerinnen. Josh ließ seinen Blick vom Personal über die Lehrerinnen zu den Schülerinnen wandern. Sowohl die Schülerinnen, als auch die Lehrerinnen waren durchwegs hübsch. Und auch unter dem Personal konnte Josh bei seinem ersten kurzen Blick keine hässliche Frau entdecken, auch wenn sie insgesamt nicht ganz so große Modelqualitäten aufwiesen, wie die Schülerinnen und Lehrerinnen. Viele der Frauen und Mädchen trugen zu Shorts oder kurzen Röcken nur Bikinioberteile. Aber trotz dieses einerseits sehr reizvollen Anblicks, lief es Josh eiskalt über den Rücken, weil er kein einziges freundliches Gesicht entdecken konnte, nicht einen einzigen freundlichen Blick, der ihn traf.

„Was ist das hier?" flüsterte Lian, die ebenso wie Shadowcat und Marijana die stumme Feindseligkeit spüren konnte, die Josh entgegenbrandete.

„Lasst uns hier verschwinden!" flüsterte Marijana und fuhr fort: „Wenn wir unser Gepäck fallenlassen und rennen, dann können wir Jessicas Yacht erreichen, bevor sie uns einholen."

Aber Josh, der seinen Verstand noch immer über seine Instinkte stellte, erwiderte, indem er seinen Koffer abstellte: „Habt keine Angst. Sie haben sicher nur schon ewig keinen Mann mehr gesehen. Oder vielleicht haben sie sich ein jüngeres Exemplar gewünscht und sind einfach nur enttäuscht."

„Ich würde Dir ans Schienbein treten", antwortete Shadowcat ihm in einer Mischung aus Vorwurf und Panik, „wenn wir hier nicht auf dem Präsentierteller stehen würden. Egal was sich hinter diesen Gesichtern verbirgt. Dich haben sie nicht verdient!"

„Ich liebe Dich!" flüsterte Josh noch eine Spur leiser und wünschte sich, dass Evelyn oder sonst wer endlich das drückende Schweigen brechen würde. Da öffnete sich hinter den Lehrerinnen die Tür des Internatsgebäudes und heraus trat Veronika Vranja höchstpersönlich. Die Lehrerinnen bildeten eine Gasse und ließen sie nach vorne durch, wo sie sich an die Seite von Evelyn Siratja stellte und ein paar leise Worte mit ihr wechselte. Dann trat Veronika Vranja einige Schritte auf die Gruppe aus Josh und den Mädchen zu. Josh konnte sehen, dass ihr Gesicht noch nicht alt wirkte. Aber ihre Haare, die wohl einmal blond gewesen waren, waren jetzt von vielen weißen Strähnen durchzogen. Und außerdem hinkte sie leicht und stützte sich beim Gehen mit der rechten Hand auf einen weißen Stock, der wie eine kunstvolle Arbeit aus Elfenbein wirkte. Kurz vor den Mädchen und Josh blieb sie stehen und sagte so laut, dass alle es hören konnten: „Marijana Lara, Lian Lara und Victoria Lara; Willkommen in St. Bernadette! Willkommen im Namen aller Bewohnerinnen dieses Internats und dieser Insel!"

Dann wendete sie sich zu den drei Gruppen aus Lehrerinnen, Schülerinnen und Personal und sagte in feierlichem Ton:

„Heißt unsere neuen Kinder willkommen! Sie sind aus Deutschland zu uns gekommen, um Zuflucht und Weisheit bei uns zu suchen."

Ein tosender Applaus setzte ein. Und Josh war schon beruhigt, dass den Mädchen zumindest ein so herzlicher, wenn auch, wie es ihm schien, etwas theatralisch wirkender Empfang bereitet wurde.

„Kommt mit", forderte Frau Vranja die drei Mädchen jetzt auf. „Evelyn Siratja wird euch eure Zimmer zeigen."

Evelyn winkte sie zu sich und verunsichert und zögernd folgten sie ihr, während sich Frau Vranja an Josh wendete und ihn aufmerksam musterte, so wie ein hungriger Tiger ein Reh mustert.

„Und Sie sind also Josh Barker!" sagte sie schließlich.

„Frau Vranja nehme ich an!?" erwiderte Josh und ging einen Schritt auf sie zu. Aber bevor er ihr seine Hand entgegenstrecken konnte, hatte er das Gefühl, dass sie kaum merklich vor ihm zurückwich. Sie fasste sich jedoch sofort wieder und sagte zu ihm: „Kommen Sie mit in mein Büro."

Damit wandte sie sich um und ging ins Haus. Josh war einen Moment wirklich perplex. Das Empfangskomitee löste sich auf und alles ging wieder seiner Beschäftigung nach. Irgendeine Lehrerin, Josh achtete nicht darauf welche, rief die Schülerinnen wieder zum Unterricht und sie liefen nach irgendwo in Richtung Wald. Keine Begrüßung, kein nettes Wort, nicht einmal eine Höflichkeitsfloskel. Josh sah, wie sich Shadowcat, Lian und Marijana mit schmerzlichen Blicken nach ihm umdrehten, als sie Evelyn in das düstere Gebäude folgten. Sehr langsam schlossen sich Joshs Finger wieder um den Griff seines Koffers. Und er atmete tief durch, bevor auch er Frau Vranja ins Haus folgte.

Evelyn führte Marijana, Lian und Shadowcat in den zweiten Stock im Mittelteil des Gebäudes.

„Hier oben", sagte sie, „sind noch nicht viele Zimmer besetzt. Vor einigen Wochen ist ein anderes neues Mädchen zu uns gekommen. Es hat sich hier in diesem Zimmer eingerichtet." Dabei öffnete sie eine Tür und trat vom Gang aus in das Zimmer.

„Kommt rein", forderte sie die unschlüssig vor der Tür stehenden Mädchen auf.

Marijana, Lian und Shadowcat wollten nicht einfach in das Zimmer eines Mädchens gehen, wenn es nicht da war. Aber Evelyn Siratja sagte noch einmal mit Nachdruck: „Na los, kommt schon."

Und so traten die drei zögernd in das geräumige Zimmer, in dem zwei Betten standen, von denen aber ganz offensichtlich nur eines benutzt wurde. Ansonsten deutete nichts in dem Raum darauf hin, dass er bewohnt war. Außer den Betten, zwei Schränken, einer Kommode, einem Sofa, leeren Regalen und einem Tisch mit vier Stühlen war nichts in dem Raum, keine persönlichen Gegenstände, keine Kleidung außerhalb eines Schrankes, absolut nichts. Nur dem einen Bett konnte man ansehen, dass es benutzt wurde, obwohl es feinsäuberlich gemacht war. Gegenüber von der Tür zum Gang war eine breite Fensterfront und in der Mitte davon eine Tür auf einen Balkon. Und in der linken Wand war eine Verbindungstür in den nächsten Raum.

„Eine von euch wird hier bleiben", sagte Frau Siratja, während sie die Verbindungstür öffnete und in den nächsten Raum vorausging. „Die anderen beiden können sich hier einrichten."

Alle drei folgten ihr in den zweiten Raum und Marijana fragte: „Können wir auch alle drei in dieses Zimmer? Wir haben hier genug Platz."

Evelyn Siratja runzelte die Stirn und machte „Hm!", antwortete aber nicht auf die Frage, was Marijana beschloss, als stille Einwilligung betrachten zu dürfen.

„Ihr könnt euch erst einmal hier einrichten", erklärte Evelyn weiter. „Das Bad und die Toiletten findet ihr am Ende des Ganges auf der gegenüberliegenden Seite. Um dreizehn Uhr gibt es im Speisesaal im Erdgeschoß Mittagessen. Und danach könnt ihr euch mit den anderen Schülerinnen bekannt machen. Ab morgen nehmt ihr dann am Unterricht teil. So, dann lasse ich euch erst mal allein."

Marijana, Lian und Shadowcat stellten ihre Koffer ab und sahen sich an, während Evelyn Siratja das Zimmer durch die Tür zum Gang verließ.

„Wo ist Josh jetzt wohl?" fragte Shadowcat die beiden anderen. Und Lian antwortete ihr: „Mit der Vranja in ihrem Büro!"

Dorthin war Josh der Leiterin des Internats auch gefolgt. Es grenzte an ihre Wohnung, die noch einen Stock höher lag, als die Zimmer der Mädchen. Veronika Vranja setzte sich an ihren kunstvoll geschnitzten Schreibtisch und forderte Josh auf, gegenüber von ihr Platz zu nehmen. Einige lange Sekunden musterte sie Josh aufmerksam. Dann murmelte sie noch einmal ein langgezogenes „Josh Barker!" und fragte ihn schließlich: „Warum denken Sie, gibt es keine Männer in St. Bernadette?"

Josh zuckte mit den Schultern und schürzte kaum merklich die Lippen. Dann antwortete er: „Keine Ahnung. Sagen Sie's mir."

Frau Vranja musterte Josh noch eindringlicher. Und als sie dann den Mund öffnete, um Josh zu antworten, unterbrach der sie aber im selben Augenblick, indem er sagte: „Nein, lassen Sie mich raten: Sie mögen keine Männer!"

Veronika Vranja lächelte. Aber Josh war sich nicht sicher, ob es ein nur ein bitteres, oder ob es ein grausames Lächeln war. Seine ursprüngliche Beklemmung war einer Mischung aus Neugier, Zorn und Trotz gewichen.

„Das wäre zu einfach, Barker!" antwortete Frau Vranja und erklärte ihm: „Die Schülerinnen von St. Bernadette lernen, dass sie nicht von Männern abhängig sind, dass sie ihnen nicht unter- sonder überlegen sind."

Ziemlich krank, Frau Frankenstein! dachte sich Josh, sagte aber laut: „Finden Sie nicht, dass wir in einer Zeit leben, in der man Jugendlichen vermitteln sollte, dass Männer und Frauen gleichwertig auf einer Stufe stehen und dass ein Miteinander nur funktioniert, wenn …"

Frau Vranja wollte Josh unterbrechen. Der schnitt ihren Einwand aber sofort mit den Worten ab: „Verzeihen Sie, ich vergaß; Sie wollen den Mädchen ja gar nicht beibringen, dass es für sie ein Miteinander mit Männern geben könnte. Die Mädchen sollen offenbar nicht einmal erfahren, dass es so etwas wie Liebe, Zärtlichkeit, Harmonie und Vertrauen unter den Geschlechtern geben kann."

„Sie sind ziemlich unverschämt, Barker!" sagte Frau Vranja mit nur mühsam unterdrückter Wut. Aber Josh schüttelte den Kopf und erwiderte: „Finden Sie? Evelyn Siratja hat mir das Angebot gemacht, dass ich bei Ihnen meine Fächer, Sport und Kunst unterrichten soll. Gut, wenn das Ganze ein Irrtum war und wenn Sie mich hier nicht haben wollen, dann…"

„Oh, wir wollen Sie durchaus hier haben, Barker!" unterbrach sie ihn.

Aber Josh fuhr unbeirrt fort: „Dann kann ich Jessica Wolter auch gerne bitten, mich wieder von hier wegzubringen."

Während Josh sprach machte er sich gleichzeitig schon fieberhaft Gedanken, wie er Marijana, Lian und Shadowcat ebenfalls von dieser Insel wieder mitnehmen konnte. Denn hierlassen würde er sie auf keinen Fall.

„Sehen Sie aus dem Fenster!" forderte Frau Vranja Josh auf. Josh erhob sich von seinem Stuhl und ging zum Fenster. Die Aussicht von hier war traumhaft. Man konnte über die Wipfel der Baumriesen des Urwalds auf das tiefdunkle Meer blicken. Und dort sah Josh die ‚Mother of Pearl' sich bereits von der Insel entfernen. Er wendete sich wieder zum Schreibtisch um und spürte, wie die Beklemmung zurückkehrte. Das ließ er sich aber nicht anmerken. Er blickte Frau Vranja nur fragend an. Und die forderte ihn auf: „Setzten Sie sich wieder, Barker."

Dem ersten Impuls folgend wollte Josh antworten, dass er lieber stehen bleiben würde. Aber er sah sofort ein, dass das kaum mehr, als eine dumme Trotzreaktion gewesen wäre. Jessicas Yacht war weg. Ob es noch eine andere Möglichkeit gab, von der Insel zu kommen, wusste er noch nicht. Er musste sich also erst einmal damit abfinden, hier zu sein. Und natürlich wollte er jetzt auch wissen, woran er mit Veronika Vranja und ihrem Internat war. Also nahm er ihr gegenüber wieder Platz.

„Darf ich Ihnen einige Fragen stellen?" fragte Frau Vranja, als Josh wieder saß und er antwortete auffordernd: „Bitte!"

Veronika Vranja räusperte sich kurz, lehnte sich in ihrem Stuhl, der ebenso kunstvoll geschnitzt war, wie ihr Schreibtisch, zurück und fragte: „Sind Sie verheiratet?"

Josh fühlte sich schon bei dieser ersten Frage an das Spiel ‚Sag die Wahrheit' erinnert, das er mit Shadowcat, Lian und Marijana an dem kleinen Waldsee gespielt hatte. Nur dass es diesmal einseitiger war.

„Nein", antwortete er wahrheitsgemäß und war gespannt was die Leiterin dieses eigenartigen Internats noch wissen wollte. Die nächste Frage kam auch sofort. „Leben Sie in einer Beziehung?"

Das war schon schwieriger zu beantworten. Wie würde er das Wort ‚Beziehung' definieren? Was war das, was ihn mit den drei Mädchen verband, wegen denen er hier war? Er liebte sie. Sie liebten ihn. Und er wünschte sich nichts mehr, als immer nur mit diesen Mädchen zusammen zu sein. Aber er durfte seine Gefühle nicht in der Öffentlichkeit zeigen.

„Nicht direkt", antwortete er also, der Frage ausweichend, aber in der Annahme, dass er diese Interpretation seiner Situation durchaus als ehrliche Antwort ansehen durfte.

„Hatten Sie schon einmal homosexuelle Kontakte?" fragte Frau Vranja weiter. Josh fragte sich, was das für eine Frage war, beziehungsweise was Frau Vranja damit bezweckte, antwortete aber knapp und ehrlich: „Nein."

Und sofort kam die nächste Frage hinterher. „Hatten Sie schon einmal den Wunsch nach einem gleichgeschlechtlichen Erlebnis?"

„Nein", antwortete Josh sofort wieder.

„Sind Sie schon einmal gefickt worden?" fragte Frau Vranja weiter. Jetzt platzte Josh der Kragen. Er mochte weder die Ausdrucksweise, noch die Art der Fragestellung und antwortete deshalb aufgebracht: „Ich sagte Ihnen bereits …"

Frau Vranja unterbrach ihn aber mit der Erweiterung ihrer Frage: „Von einem Mann oder von einer Frau?"

„Nein!" antwortete Josh abermals, stellte aber sofort die Gegenfrage: „Und Sie?"

Veronika Vranja lief dunkelrot an. Aber Josh sah sie so energisch und herausfordernd an, dass sie nicht in der Lage war, etwas darauf zu erwidern. Als Josh erkannte, dass sie die Frage auch nicht beantworten würde, fragte er weiter: „Was sollen diese Fragen?"

„Ich möchte wissen, wer Sie sind", presste Frau Vranja mit mühsam niedergekämpfter Wut hervor.

„Und das glauben Sie, mit solchen Fragen erfahren zu können?" hakte Josh weiter nach. Veronika Vranja sah Josh fest in die Augen. Und wäre Josh ein schwächerer Mann gewesen, dann wäre er vor diesem Blick, der voller Hass auf ihn gerichtet zu sein schien, sicherlich zurück gewichen. Aber Josh wich dem Blick nicht aus und wartete auf eine Antwort.

„Ich möchte erfahren, wie tolerant sie sind," erwiderte Frau Vranja schließlich auf Joshs Frage. Aber das reizte Josh nur noch mehr und er fragte sie, plötzlich aber ganz ruhig werdend: „Das wollen ausgerechnet Sie von mir wissen, wo Sie Ihre Schülerinnen darauf hin dressieren, Männer zu hassen und zu verachten?"

„Sie verstehen gar nichts, Barker!" schrie sie ihn, zornig aufspringend, an.

„Dann erklären Sie es mir!" forderte Josh sie auf und erhob sich ebenfalls wieder aus seinem Stuhl. Ein paar Sekunden standen die beiden, sich gegenseitig belauernd und nur durch den Schreibtisch getrennt, gegenüber. Dann sagte Frau Vranja, der es gelang, ihre Beherrschung wiederzugewinnen: „Setzen Sie sich wieder, Barker."

Zögernd nahm Josh wieder Platz und Frau Vranja setzte sich ebenfalls wieder.

„Wenn Sie als Lehrer hier anfangen, Barker, dann haben Sie doch die Chance, die Schülerinnen eines Besseren zu belehren", begann Frau Vranja jetzt einlenkend.

Aber Josh, dessen Misstrauen inzwischen nicht nur geweckt war, sondern sich durch alles, was er seit seiner Ankunft auf St. Bernadette erlebt hatte, als durchaus berechtigt erwiesen hatte, war nicht so leicht zu überzeugen.

„Wenn ich hier anfange", antwortete er deshalb, „dann, wie Sie schon sagten: Als Lehrer. Meine Fächer sind Sport und Kunst. Ich kann Ihren Schülerinnen wohl kaum beibringen, was es bedeutet und wie es ist, Freunde zu haben, sich zu verlieben und geliebt zu werden."

„Sie sind doch ein Mann!" erwiderte Frau Vranja herausfordernd. Josh war so perplex, dass ihm für eine Sekunde der Mund offen stehenblieb. Und noch bevor er sich wieder gefangen hatte und die Frage stellen konnte, die sich in dieser Sekunde in seinem Gehirn geformt hatte, *Aber sonst geht es Ihnen gut?*, forderte sie ihn auf: „Machen Sie einfach Ihren Job, Barker!"

In dem Moment klopfte es an der Tür. Frau Vranja sagte: „Ja bitte." Und im nächsten Moment betrat Evelyn Siratja das Büro.

„Evelyn", bot Frau Vranja Evelyn an. Und Josh glaubte dabei einen leicht vorwurfsvollen Ton in Frau Vranjas Stimme zu hören. „Setz Dich!" Evelyn nahm auf einem Sofa neben dem Fenster Platz und Frau Vranja wendete sich wieder an Josh.

„Was ist nun mit Ihnen, Barker; Wollen Sie den Job haben?" fragte sie ihn überheblich. Job klang so abwertend. Für Josh war es sein Beruf, Lehrer zu sein. Aber er sah ein, dass es keinen Sinn hatte, mit dieser Frau zu diskutieren.

„Wie lange ist die Probezeit?" fragte er, da er sich daran zu erinnern glaubte, dass Evelyn etwas von einer Probezeit erwähnt hatte.

„Drei Monate!" antwortete Frau Vranja, wechselte dabei aber einen schnellen Blick mit Evelyn, in dem Josh ein gefährliches Lächeln zu erkennen glaubte. Sofort sah Josh aus den Augenwinkeln auch zu Evelyn und bemerkte auch bei ihr dieses Lächeln, das nichts Gutes verhieß.

„Wenn ich nicht, bei Ihnen bleiben sollte", fragte Josh weiter, „wie komme ich dann von dieser Insel wieder weg?"

Frau Vranja machte plötzlich einen sehr beschäftigten Eindruck und antwortete beiläufig: „Machen Sie sich darüber keine Gedanken."

Josh blieb aber hartnäckig und hakte noch mal nach. „Das tue ich aber."

Frau Vranja blickte ihn ungehalten an und antwortete widerwillig: „Jessica Wolter kommt gelegentlich hier vorbei. Sie kann Sie wieder mitnehmen, wenn es Ihnen hier nicht gefallen sollte."

Josh war aufgefallen, dass sie nur gesagt hatte, *wenn es Ihnen hier nicht gefallen sollte.* Und er fragte sich, warum sie nicht die Möglichkeit eingeräumt hatte, dass Sie ihn vielleicht nicht behalten wollen würde.

„Und wann kommt sie das nächste mal wieder?" fuhr er unbeirrt mit seinen Fragen fort und konnte deutlich sehen, wie unangenehm die Frage für Frau Vranja war. Bevor sie etwas erwidern konnte, antwortete Evelyn an ihrer Stelle: „Das kann man bei Jess nie so genau sagen. Sie versorgt uns hier mit Lebensmitteln, die wir nicht selbst auf der Insel haben. Aber sie kommt immer sehr unregelmäßig."

„Aber ihr müsst sie doch auch anrufen können, wenn ihr etwas braucht", sagte Josh, sich jetzt an Evelyn wendend.

Doch diesmal antwortete Frau Vranja wieder: „Wir haben auf St. Bernadette leider kein Telefon oder Internet. Wir sind völlig autark und von der Welt abgeschnitten."

Josh dachte daran, dass Evelyn ihm erzählt hatte, dass sie ein Gespräch mit Frau Vranja gehabt hatte, bevor sie ihm das Angebot gemacht hatte, auf St. Bernadette als Lehrer anzufangen. Und er fragte sich, auf welchem Weg dieses Gespräch stattgefunden haben sollte, wenn es von hier wirklich keinen Kontakt zur Außenwelt gäbe. Am liebsten hätte er Frau Vranja ins

Gesicht gesagt, dass sie lügt. Aber er verkniff es sich und fragte stattdessen: „Wie sind die Konditionen?"

„Sie bekommen das gleiche Gehalt, das Sie bisher hatten", antwortete Frau Vranja wieder etwas unverkrampfter, „außerdem freie Kost und Logis. Nachdem Sie hier keine Gelegenheit haben werden, Geld auszugeben, werden sie also einen ganzen Batzen Geld auf dem Konto haben, wenn Sie für längere Zeit bei uns bleiben. Frau Siratja wird Ihnen jetzt Ihre Unterkunft zeigen und Ihnen alles weitere erklären. Ihren Vertrag bekommen Sie dann morgen früh, bevor der Unterricht beginnt."

„Komm mit!" forderte Evelyn sofort Josh auf, erhob sich und ging voraus zur Tür. Josh stand auf, nickte Frau Vranja einen Gruß zu und verließ mit seinem Koffer ihr Büro durch die von Evelyn aufgehaltene Tür.

„Evelyn!" rief Frau Vranja Evelyn noch einmal zurück. Evelyn wendete sich ihr zu und Frau Vranja sagte zu ihr: „Ich erwarte, dass Du nachher noch mal in mein Büro kommst!"

„Natürlich", erwiderte Evelyn und schloss die Tür von außen.

„Und, wie ist es gelaufen?" fragte sie Josh, während sie ihm schon voraus zum Treppenhaus ging. Josh war überzeugt, dass Evelyn ohnehin alles von Frau Vranja erfahren würde und zuckte deshalb nur mit einem „Hm!" die Schultern.

Er folgte ihr ein Stockwerk nach unten und gelangte dort in den selben Gang, in dem auch das Zimmer von Marijana, Lian und Shadowcat war.

„Hier", sagte sie, „kannst Du Dir zwei Zimmer einrichten." Josh zählte auf jeder Seite des Ganges zwanzig Türen.

„Hier rechts", erklärte Evelyn weiter, „die erste Tür sind die Toiletten. Die zweite Tür ist das Bad."

Sie öffnete die Türen und ließ Josh in die Räume blicken. Die Toiletten waren lauter einzelne Kabinen und neben der Tür waren zwei Waschbecken. Ein Pissoir gab es nicht. Im Badezimmer waren auf der einen Seite über die ganze Breite nebeneinander zehn Waschbecken mit einem zirka einen Meter hohen Spiegel, der sich über die ganze Wand hinzog. Auf der gegenüberliegenden Seite waren die Duschen; Aus der Wand ragende, bewegliche Duschköpfe, aber keine Kabinen oder Zwischenwände. In der Mitte des Raumes befand sich eine zirka drei mal drei Meter große Badewanne. Und an der gegenüberliegenden Seite, die fast vollständig verglast war und dadurch nicht nur sehr viel Licht einließ, sondern auch einen schönen Blick auf Urwald und Meer gestattete, war eine große, kuppelförmige und ebenfalls verglaste Tür, die auf einen breiten Balkon führte. Josh sah Evelyn skeptisch an und sie erklärte ihm auf diesen Blick: „Ich weiß, was Du denkst, Josh. Du musst Dir die Zeiten, wenn Du duschen oder baden willst halt einteilen. Du kannst das sicher mit den Mädchen regeln. Und falls das nicht funktioniert, kommst Du halt zu mir rauf."

„Danke", erwiderte Josh, dessen Skepsis durch dieses Angebot jedoch keineswegs ausgeräumt war. Evelyn schloss auch die Badezimmertür wieder und erklärte weiter. Hier auf der rechten Seite sind alle Zimmer frei, bis auf die letzten beiden. Auf der gegenüberliegenden Seite sind die ersten vier Zimmer frei."

„Kann ich mir die Zimmer ansehen?" fragte Josh und Evelyn antwortete: „Natürlich."

Josh öffnete die erste Tür auf der linken Seite, gegenüber von den Toiletten und trat in das große Zimmer. Evelyn folgte ihm.

„Die Möbel sind natürlich für jeweils zwei Mädchen bestimmt." sagte sie, öffnete die Verbindungstür zum nächsten Zimmer und erklärte weiter: „Zwei solche Zimmer sind sicher genauso groß, wie mein Appartement. Wir haben im Keller ein Möbellager. Da kannst Du Dir alles nehmen, was Du brauchst und die überflüssigen Möbel aus den Zimmern runterbringen."

Josh nickte und ging an die Balkontür. Von hier konnte er in den Hof zwischen den weiten Flügeln des Gebäudes blicken und über die sich weit hinziehende Insel. In ziemlich weiter Entfernung erhob sich ein eigenartig geformter, oben flacher Berg über den Urwald.

„Ist das ein Vulkan?" fragte er. Evelyn trat an seine Seite und antwortete, während sie ebenfalls in die Ferne blickte: „Ja. Aber er ist nicht mehr aktiv. Vor zwei Jahren hat er einmal ein wenig gegrummelt. Aber das war auch alles."

„Grummelnde Vulkane sind wie schlafende Tiger", erwiderte Josh. „Sie ruhen nur!"

Evelyn sah ihn einen Moment erschrocken an, meinte dann aber: „Veronika hat die Insel seismologisch untersuchen lassen. Der Vulkan ist ungefährlich!"

„Mhm", machte Josh und ging wieder zur Tür.

„Ich seh' mir noch die Zimmer auf der anderen Seite an", sagte er und öffnete die Tür zum Zimmer neben dem Bad.

Evelyn folgte ihm und sagte: „Die Zimmer sind identisch, nur seitenverkehrt."

Josh ging auch hier wieder zur Balkontür. Er öffnete sie und trat hinaus. Der Balkon zog sich über die komplette Seite des Gebäudes und war von jedem Zimmer aus zu betreten. Der Blick war hier in etwa so, wie aus Frau Vranjas Büro, nur dass Josh hier ein Stockwerk tiefer war. Er blickte über die Baumriesen auf das Meer. Nur konnte er von hier aus durch eine schmale, natürliche Schneise zwischen den Bäumen, die von einer Schlucht gebildet wurde, auf eine romantische, kleine Bucht blicken. Hier fühlte er sich dem Meer viel näher, als auf der anderen Seite und deshalb sagte er: „Ich nehme diese beiden Zimmer!"

„Gut", meinte Evelyn und fragte ihn: „Willst Du Dir das Möbellager ansehen?"

Josh war sich noch gar nicht sicher, wie lange er überhaupt hierbleiben würde. Er konnte sich mit dem Gedanken, sich hier einzurichten, noch überhaupt nicht wirklich anfreunden. Aber jetzt war er da. Und egal, wie lange es gut gehen würde: Ein gemütliches Heim war auf jeden Fall ein sehr wichtiger Faktor dafür, ob er sich wohlfühlen würde. Also antwortete er: „Ja."

„Gut", sagte Evelyn. „Ich muss gleich noch mal rauf zu Veronika und schicke Dir dann jemanden, der Dich hinbringt. Ich hole Dich dann um eins zum Mittagessen wieder ab. Und wenn Du sonst irgendetwas von mir brauchst; Mein Appartement liegt gleich rechts von Veronikas Büro!"

„Danke!" antwortete Josh und begleitete Evelyn zur Tür. Nachdem er diese hinter ihr geschlossen hatte, besah er sich die beiden zusammenhängenden Zimmer erst einmal näher, setzte sich auf ein Bett und prüfte, wie er darauf liegen konnte. Die Matratze schien zumindest neu zu sein. Sie war hart und das Bett quietschte nicht. Das war schon sehr viel wert.

Marijana, Lian und Shadowcat hatten sich, nachdem Evelyn sie verlassen hatte, auf ihre Koffer gesetzt. Solange sie nicht wussten, was mit Josh geschah, waren sie nicht bereit, sich mit dem Gedanken vertraut zu machen, dass dieses Zimmer für die nächsten Jahre ihr Zuhause werden sollte. Wenn Josh wieder gehen würde, dann würden sie mit ihm gehen. Davon könnte sie weder eine Evelyn Siratja, noch eine Veronika Vranja mit ihrer kompletten Belegschaft abhalten.

„Was machen wir jetzt?" fragte Lian, nach einer Weile schweigsamen Wartens. Keine von ihnen fühlte sich wohl. Die Ablehnung, auf die Josh bei seiner Ankunft gestoßen war, konnten sie beinahe körperlich spüren. Es fühlte sich an, wie ein Stich ins Herz. Und sie machten sich dafür verantwortlich, dass Frau Siratja Josh überhaupt das Angebot gemacht hatte, hier als Lehrer anzufangen.

„Abwarten!" antwortete Marijana. „Abwarten, bis wir etwas von Josh hören."

Shadowcat stand auf und ging zu der Verbindungstür zum angrenzenden Zimmer. Irgendetwas schien sie dorthin zu ziehen. Vor der Tür blieb sie stehen und blickte ins Leere. Sie hatte vorher schon, als sie durch dieses Zimmer in ihr jetziges Zimmer gekommen waren, geglaubt, irgend etwas wahrzunehmen, irgend etwas unbekanntes, das sie nicht erfassen konnte; ein Gefühl, eine Schwingung. Aber sie hatte nicht darauf geachtet. All ihre Sinne waren nur auf Josh gerichtet und ihre Nerven waren so angespannt, dass sie das Gefühl hatte, sie würde unter Strom stehen.

Marijana und Lian beobachteten Shadowcat, die wie in Trance vor der

Tür stand und schließlich stand auch Lian von ihrem Koffer auf, ging zu Shadowcat, umarmte sie ganz zärtlich von hinten und fragte sie: „Was ist los?"

Dann küsste sie liebevoll ihren schlanken Hals. Shadowcat hatte das Gefühl aus einem Traum zu erwachen. Sie legte ihre Hände auf Lians Hände, die sie so zärtlich und fest hielten und erwiderte leise: „Ich fürchte mich!"

Lian konnte spüren, dass Shadowcat zu zittern begonnen hatte und sie flüsterte ihr beruhigend ins Ohr: „Wir fürchten uns alle. Aber solange wir zusammen sind, kann uns nichts geschehen."

Shadowcat umklammerte Lians Hände noch fester und erwiderte: „Ich fürchte mich davor, dass Josh etwas geschieht."

Lian vergrub ihr Gesicht in Shadowcats Haaren. Die Angst um Josh hielt auch ihr Herz wie eine eiserne Kralle umschlossen. Wenn Josh etwas geschehen würde, wenn das Schlimmste, das Unvorstellbarste passieren sollte, wenn Josh sterben würde, dann könnte auch sie nicht mehr weiterleben.

„Ich auch nicht!" sagte Shadowcat mit kaum hörbarer Stimme und Lian wusste, dass sie wieder einmal ihre Gedanken gelesen hatte. Sie fragte sich schon lange nicht mehr, wie sie das machte. Es war eine Gabe, die ihr geschenkt worden war. Und es war ein Teil von ihr. Ganz zärtlich drückte sie ihre Lippen auf Shadowcats zarten und so zerbrechlich wirkenden Hals und flüsterte: „Ich liebe Dich!"

Und Shadowcat erwiderte: „Ich liebe Dich auch, Lian!"

Die Spannung des Wartens war für alle drei unerträglich. Als sie endlich Geräusche aus dem Gang hörten, sprangen sie alle gleichzeitig an die Tür, um zu hören, ob es vielleicht Josh war. Sie klebten mit ihren Ohren an der Tür und lauschten gespannt nach draußen. Und tatsächlich hörten sie die Stimmen von Josh und Frau Siratja. Und als Frau Siratja endlich wieder ging und Josh in dem Zimmer auf der gegenüberliegenden Seite des Ganges allein zurückließ, da liefen sie schnell zu Joshs Tür und klopften leise und zaghaft, so dass sie das Gefühl hatten, das Schlagen ihrer Herzen wäre lauter, als ihr Klopfen an der Tür.

Josh erkannte dieses Klopfen sofort. Er sagte nicht ‚herein' oder ‚bitte', sondern lief zur Tür und öffnete sie. Shadowcat, Lian und Marijana fielen ihm um den Hals. Josh schloss seine Arme um sie, küsste jede von ihnen mit derselben innigen Liebe und zog sie in sein Zimmer. Lian schloss sofort die Tür hinter sich.

„Und?" fragte Marijana mit nicht zu unterdrückender Spannung und Ungeduld. Josh erzählte ihnen so ausführlich wie nur möglich von seinem Gespräch mit Frau Vranja und Evelyn. Als er fertig war, sahen ihn die drei Mädchen lange schweigend an. Joshs Schilderung des Gespräches konnte kaum dazu beitragen, dass ihre Spannung sich löste. Und schließlich bat

Marijana Josh eindringlich: „Bitte Josh, lass uns von hier verschwinden! Lass uns fliehen, bevor etwas Schlimmes passiert."

Aber bei Josh hatte wieder der Verstand über den Instinkt gesiegt. Außerdem wollte er den Mädchen, die er liebte keine Angst machen. Und deshalb antwortete er Marijana, nachdem er sie zärtlich geküsst hatte: „Was soll denn schon passieren, Marijana? Letztendlich bin ich wohl hauptsächlich hier, um den Schülerinnen des Internats zu beweisen, dass ein Mann auch nur ein Mensch ist. Vielleicht ist das sogar ein heimliches Zugeständnis der Vranja, dass ihre bisherigen Lehrmethoden nicht ganz korrekt waren."

Aber Marijana schüttelte den Kopf und Lian sprach aus, was Marijana dachte: „Du weißt selbst, dass das nicht stimmt, Josh!"

Bevor Josh etwas erwidern konnte, legte Shadowcat ihre kleine Hand auf Joshs Herz und sagte: „Du fühlst es so wie wir, dass Du in Gefahr bist!"

Josh atmete tief ein und sah von Marijana zu Lian und von Lian zu Shadowcat, bevor er seufzend eingestand: „Ja!"

„Und trotzdem willst Du bleiben?" fragte Marijana, die den Tränen nahe war, weiter. Josh wollte gerade anfangen zu erklären, dass es im Moment gar keine Möglichkeit zur Flucht gäbe, ganz abgesehen davon, dass sich alles in ihm dagegen sträubte, einfach feige davonzulaufen, nur aufgrund einer Furcht, die sich noch immer als unbegründet herausstellen konnte. In dem Moment, als er den Mund öffnete, wurde an die Tür des Nebenzimmers geklopft. Und ohne eine Antwort von innen abzuwarten, wurde die Tür laut geöffnet und jemand kam ins Zimmer. Josh legte sofort seinen Zeigefinger auf die Lippen, ging zur Verbindungstür und öffnete sie. In seinem zweiten Zimmer stand Lena Schneider. Und als sie Josh entdeckte, sagte sie unwirsch: „Ich soll Ihnen das Möbellager zeigen."

„Ich komme sofort", antwortete Josh höflich, drehte sich noch einmal schnell hinter die geöffnete Verbindungstür und formte an die Mädchen gewandt lautlos die Worte: *Ich liebe euch!*

Dann folgte er der vorauseilenden Frau Schneider durch das andere Zimmer, den Gang entlang zu dem zweiten Treppenhaus, in das man von hier gelangen konnte. Josh bemerkte sofort, dass dieses Treppenhaus hier nicht weiter nach oben führte. Zu Frau Vranja und den Appartements von Evelyn und noch ein paar anderen Lehrerinnen konnte man also nur über das Treppenhaus gelangen, das auf der gegenüberliegenden Seite des Korridors, hinter den Toiletten, war. Als sie im Kellergeschoß ankamen, bemerkte Josh, dass die Stufen von hier aus noch weiter nach unten führten und er fragte Frau Schneider: „Wie weit geht es denn hier noch nach unten?"

Frau Schneider sah Josh an und zeigte damit, dass sie ihn sowohl gehört, als auch verstanden hatte. Aber sie antwortete nicht auf seine Frage und forderte ihn nur auf: „Hier entlang!"

Dann drehte sie einen Lichtschalter und ging weiter voraus in einen nur spärlich beleuchteten Kellergang. Sie kamen an vielen eisernen Türen vorbei. Josh wollte schon fragen, was sich hinter diesen verbarg, aber da er schon gemerkt hatte, dass seine Führerin nicht gewillt war, mit ihm zu reden, verkniff er sich die Frage. Am Ende des Ganges zog Frau Schneider eine breite Jalousie auf, die den Eingang zu einem großen, dunklen Gewölbe verschloss. Dabei kam Josh nicht umhin, das Spiel von Lena Schneiders Muskeln zu bewundern, das bei diesem Licht sehr beeindruckend war und sogar eine Ästhetik zeigte, die ihm vorher bei ihrem Anblick nicht vorhanden schien.

„Sie trainieren sehr intensiv!" stellte er bewundernd fest, rechnete aber nicht einmal damit, eine Reaktion von Frau Schneider dafür zu ernten. Aber damit hatte er sich getäuscht. Als die Jalousie oben war, antwortete Frau Schneider auf seine Äußerung: „Ja!"

Dann knipste sie das Licht in dem Gewölbe an und sagte weiter: „Frau Siratja hat gesagt, sie können sich hier rausnehmen, was sie wollen. Wenn Sie die Möbel aus ihren Zimmern hier runterstellen wollen, dann stapeln Sie sie sorgfältig. Und wenn Sie fertig sind, dann machen Sie das Licht wieder aus und schließen die Jalousie."

Josh war nahe dran zu salutieren und *Jawohl Sir!* zu brüllen. Aber er lachte innerlich über diesen Gedanken und erwiderte höflich: „Selbstverständlich. Und danke fürs Herführen."

Ohne noch weiter auf Josh zu achten, drehte sich Frau Schneider wieder um und ließ Josh allein im Halbdunkel zwischen Gang und Möbellager stehen. Josh schüttelte nur den Kopf und fragte sich, wie er denn überhaupt allein Möbel transportieren sollte. Aber vielleicht war das ja auch ein Test. Wenn ihm schon niemand anbot, ihm zu helfen, dann würde er auch nicht darum betteln. Immerhin gab es drei Mädchen, von denen er wusste, dass sie ihm jederzeit behilflich sein würden. Er ließ einen kurzen Blick über das Möbellager schweifen und war erstaunt, wie viele und außergewöhnliche Möbel es hier gab; vielleicht nicht ganz so mondän, wie Frau Vranjas geschnitzter Schreibtisch und Stuhl, aber auch nicht viel bescheidener. Als die Schritte von Frau Schneider wieder verklungen waren, lief Josh schnell wieder nach oben in seine Zimmer. Marijana, Lian und Shadowcat waren nicht mehr da. Also lief er schnell in den Gang und räusperte sich bewusst laut, da er nicht wusste, in welchem Zimmer die Mädchen untergebracht waren. Sie erkannten ihn sofort an seinem Räuspern und kamen in den Gang gelaufen.

„Könnt ihr mir helfen, meine Möbel in den Keller zu bringen und andere hier hochzuschaffen?" fragte er sie. „Natürlich!" antwortete sofort Marijana für alle drei, obwohl sie lieber noch einmal ihre Frage von vorher, ob Josh wirklich hier bleiben wollte, wiederholt hätte.

„Jetzt ist es ungefähr halb zehn." meinte Josh. „Wir haben bis eins oder kurz vorher Zeit. Kommt mit."

Er ging voraus in seine Zimmer und schaffte mit den Mädchen nacheinander die vier Betten und alle anderen Möbel in den Keller. Dann sagte er zu ihnen: „Wie gefallen euch die Möbel, die hier unten sind?"

Die drei waren überwältigt von so viel Pracht. Aber schließlich schloss Shadowcat die Augen und sagte nach einigen Sekunden: „Ich wünschte, wir könnten irgendwo im Einklang mit der Natur leben und die Möbel, die wir brauchen, selbst herstellen."

Josh umarmte Shadowcat und sagte zärtlich zu ihr: „Das wäre wunderschön! Aber wenn diese Möbel hier zur Verfügung stehen für die beiden Räume, die ich da oben habe; Welche würdest Du dann verwenden?" Shadowcat sah sich in dem großen Gewölbe um und spazierte durch die Reihen.

„Die Frage ist auch an euch gerichtet!" sagte Josh zu Lian und Marijana. Und auch die beiden sahen sich jetzt zwischen den Möbelstücken um. Marijana war die erste, die irgendwo stehenblieb und sagte: „Das hier!"

Josh ging zu ihr und auch Shadowcat und Lian kamen, um sich anzusehen, was Marijana sich für Josh ausgesucht hatte. Es war ein etwa zweieinhalb auf zweieinhalb Meter großes Bett mit geschnitzten Bettpfosten. Schweigend standen sie davor. Und alle dachten sie dasselbe: *In diesem Bett haben wir alle vier Platz!*

„Ja!" sagte Josh. „Ich hoffe nur, wir können es tragen." Das konnten sie. Es kostete sie viel Mühe und Schweiß. Aber sie brachten das Bett gemeinsam in den zweiten Stock. Sie waren froh, dass das Treppenhaus so breit war und dass ihnen während der ganzen Zeit niemand begegnete. Als das Bett in Joshs Zimmer stand, gönnten sie sich aber keine Pause. Sofort liefen sie wieder in den Keller und brachten nacheinander noch einen Kleiderschrank, eine Kommode, einen zwei auf drei Meter großen Spiegel, einen Wohnzimmerschrank einige Regale, ein Sofa mit zwei dazu gehörenden Sesseln, einen Couchtisch und einen Schreibtisch mit Stuhl nach oben. Alle Schränke, Regale, Tische, sowie auch der Rahmen des großen Spiegels und die Lehnen der Couch und der Sessel waren mit feinem Schnitzwerk verziert. Als sie das alles nach oben gebracht, das Möbellager wieder geschlossen und im Keller die Lichter gelöscht hatten, war es fast dreiviertel Eins.

„Sollen wir es wagen, und schnell noch gemeinsam duschen?" fragte Josh in einer Mischung aus Euphorie, die von der körperlichen Anstrengung herrührte und der Furcht, entdeckt zu werden. Und bevor er den Vorschlag noch einmal überdenken konnte, antwortete Shadowcat schon: „Wir holen nur schnell unsere Badetücher."

Eine Minute später trafen sie sich in dem Badezimmer und Josh stellte zu seinem Bedauern fest, dass die Tür sich nicht von innen verriegeln ließ.

Hastig zogen sie sich aus, beobachteten sich dabei gegenseitig und spürten ihr Begehren und Verlangen in sich aufwallen. Zu viert standen sie unter einem Duschkopf, wuschen sich gegenseitig und genossen es sowohl, die Körper der anderen unter ihren Händen zu spüren, als auch die Hände der anderen auf ihren eigenen Körpern. Wie sehr hatten sie das vermisst. Jetzt endlich waren sie für ein paar wenige Minuten allein für sich, konnten sich gegenseitig spüren und halten, während das warme Wasser der Dusche ihre erregten Körper umspülte. Wie gerne hätten sie jetzt weitergemacht, ihre Berührungen zu intimen Zärtlichkeiten werden lassen und sich gegenseitig all ihre Liebe spüren zu lassen. Aber wieder einmal blieb ihnen dafür keine Zeit.

„Oh mein Gott, wie sehr ich euch liebe!" flüsterte Josh, drückte die drei zarten, jugendlichen Körper an sich und ließ sich für einen Moment von dem berauschenden Gefühl durchströmen, das ihm diese Berührungen ebenso schenkten, wie den drei geliebten Mädchen. Dann löste er sich widerstrebend und schweren Herzens von ihnen, küsste alle drei noch einmal ganz zärtlich, aber viel kürzer als er es hätte tun wollen, trocknete sich ab und lief, nur mit dem Handtuch um seine Hüfte gebunden und seine Kleidung in der Hand tragend, keine Sekunde zu früh in seine Zimmer, denn kaum hatte er die Tür hinter sich geschlossen, da hörte er Schritte und die Stimmen von einigen Schülerinnen im Gang. Auch Marijana, Lian und Shadowcat trockneten sich schnell ab, zogen sich wieder an und liefen dann in ihr Zimmer, ohne jemand zu begegnen. Josh hatte sich gerade etwas Frisches angezogen, und war dabei, sich die Haare zu kämmen, als es an der Tür klopfte.

„Komm rein, Evelyn!" sagte er. Er konnte Evelyn inzwischen schon an ihrem Gang und ihrer Art zu klopfen erkennen. Evelyn öffnete die Tür und wunderte sich, dass der Raum komplett leer war.

„Nanu", sagte sie erstaunt. „Wo sind denn Deine ganzen Möbel?"

Josh erklärte ihr nicht, dass schon alle Möbel aus seinen Zimmern im Keller waren und er mit den Mädchen genug andere Möbel nach oben in das Nebenzimmer gestellt hatte, um sich damit stilvoller und vor allem gemütlicher einzurichten. Er sagte nur: „Ich bin schon am Umräumen."

„Bist Du fertig, dass wir zum Essen runtergehen können?" fragte Evelyn. Josh steckte seinen Kamm ein und nickte. Dann folgte er ihr in den Gang, wo gerade auch Marijana, Lian und Shadowcat ihr Zimmer verließen, um zum Essen nach unten zu gehen. Evelyn lud sie ein, sie zu begleiten. Und so gingen sie gemeinsam nach unten in den Speisesaal.

Ohne dass Evelyn es bemerkte berührten sich auf dem Weg nach unten wie zufällig die Hände von Josh, Shadowcat, Lian und Marijana. Sowohl Josh, als auch die Mädchen waren beeindruckt von dem Speisesaal. Sie hatten einen ungemütlichen, kahlen Raum, nur mit Tischen und Stühlen erwartet. Aber dieser Speisesaal glich eher einem gemütlichen Restaurant.

Überall gab es Nischen mit Tischen und Bänken zwischen gepflegten Grünpflanzen. Und an einer Wand war sogar ein kleiner, künstlicher Wasserfall, der in einem kleinen Teich endete. Und von dem Teich aus zog sich ein kleiner, künstlicher Flusslauf durch den Raum und endete in einem zweiten Teich, aus dem das Wasser anscheinend wieder auf den Wasserfall gepumpt wurde. Der Flusslauf wurde von drei kleinen Brücken mit Geländern aus Bambus überspannt.

Evelyn merkte, dass Josh und die Mädchen in der Tür zum Speisesaal staunend stehenblieben. An Josh gewendet sagte sie: „Das ist nicht schlecht für eine Kantine, oder?"

„Ja", pflichtete Josh ihr bei. An einer Seite des Speisesaals war die Küche mit einem Tresen für die Essensausgabe. Evelyn deutete dorthin und sagte. „Da drüben gibt es Essen und die Getränke. Es gibt hier herin keine Sitzordnung. Jeder kann Platz nehmen, wo er möchte. Nur die etwas erhöhte Nische am Ende des Raumes ist für Veronika Vranja und ihre engsten Mitarbeiter reserviert."

„Also auch für Dich!" meinte Josh und Evelyn antwortete mit einigem Stolz in der Stimme: „Ja."

Dann wendete sie sich an die drei Mädchen und sagte: „Na geht schon, holt euch was zum Essen."

Während die drei gemeinsam zum Tresen für die Essensausgabe gingen, sagte Lian leise zu den anderen beiden: „Ich habe gar keinen Hunger."

Und Shadowcat antwortete ebenso leise: „Ich auch nicht."

Hinter dem Tresen stand eine etwa vierzigjährige Frau mit freundlichem Gesicht. Als Marijana, Lian und Shadowcat auf sie zukamen, sagte sie lächelnd zu ihnen: „Ah, unsere neuen Schätzchen! Ihr müsst bestimmt hungrig sein. Was wollt ihr haben?"

Sie zählte ihnen die drei zur Auswahl stehenden Speisen auf. Aber alle drei entschieden sich nur für einen Salatteller und ein Glas Wasser.

„Ich bin übrigens Maria Montrose! Aber ihr könnt ruhig Maria zu mir sagen", stellte sich die freundliche Dame vor, während sie den Mädchen die Salatteller reichte. Auch Marijana, Lian und Shadowcat stellten sich höflich vor; Shadowcat natürlich als Victoria Lara! Dann suchten sie sich einen Tisch in einer gemütlichen Nische an einem Fenster. Von hier aus konnten sie fast den ganzen Raum überblicken.

Josh hatte an der Tür noch mit Evelyn gesprochen. Dann war Evelyn von einer anderen Lehrerin gerufen worden und hatte Josh allein gelassen. Er ging also auch zu dem Tresen und konnte sehen, wie das freundliche Gesicht von Maria Montrose sich bei seinem Näherkommen in Stein zu verwandeln schien.

„Guten Tag", grüßte Josh höflich. „Ich bin Josh Barker, der neue Lehrer!"

„Ich weiß, wer Sie sind!" antwortete Maria Montrose mit unbewegter

Miene, schöpfte Josh etwas, das so aussah wie Kartoffelbrei von gestern auf einen Teller und reichte es ihm. Josh sah den Teller nur an, griff aber nicht danach, sondern fragte in unverändert höflichem Ton: „Könnte ich vielleicht so einen Salatteller bekommen?"

Marijana, Lian und Shadowcat konnten beobachten, wie Maria einen schnellen Blick mit Evelyn wechselte, die ein Stück hinter Josh stand und Maria zu verstehen gab, dass sie Josh geben sollte, was er wollte. Unwirsch zog Maria Montrose den Teller mit dem Brei wieder zurück und reichte Josh einen Salat.

„Dankeschön!" sagte Josh, nahm sich noch eine Flasche Bier und ein Glas vom Tresen und drehte sich um, um sich einem Platz zu suchen. Marijana lud ihn mit einem heimlichen und unauffälligen Nicken ein, sich zu ihnen an den Tisch zu setzen. Aber Josh schüttelte ebenso unauffällig den Kopf. Sie durften hier nicht zeigen, dass es zwischen ihnen mehr, als nur die zufällige Verbindung gab, dass sie im selben Gymnasium gewesen waren.

Außer Evelyn, der zweiten Lehrerin, Marijana, Lian, Shadowcat und Josh war noch niemand zum Essen erschienen. Josh hatte also die freie Auswahl, wo er sitzen wollte. Und er setzte sich ganz instinktiv mit dem Rücken zur Wand an einen Tisch, von dem aus er ebenfalls einen guten Überblick über den Raum hatte. Er sah, wie sich Evelyn und die andere Lehrerin gemeinsam an einen Tisch mitten im Raum setzten. Evelyn schien also nicht immer ihr Privileg zu nutzen, in der erhöhten Loge von Frau Vranja zu sitzen. Die beiden Lehrerinnen unterhielten sich. Und sowohl Josh, als auch Marijana, Lian und Shadowcat bemerkten, wie sie dabei immer wieder verstohlene Blicke auf Josh warfen. Langsam füllte sich der Raum. In Gruppen kamen Lehrerinnen, Schülerinnen und einige wenige Bedienstete sich angeregt unterhaltend in den Speisesaal. Und immer wieder konnte Josh beobachten, dass ihr Gespräch verstummte, wenn sie ihn bemerkten. Eine Gruppe von fünf Mädchen ging mit ihren Tellern direkt zu Joshs Tisch. Josh konnte schon an ihren energischen Gesichtern erkennen, dass sie irgendetwas vorhatten, als sie den Weg in seine Richtung einschlugen. Er aß aber ruhig weiter. Als die Schülerinnen seinen Tisch ereichten, stellte die vorderste das Tablett mit ihrem Mittagessen Josh so provokant gegenüber, dass man ihr Besteck durch den ganzen Raum klappern hören konnte.

Lian stubste Marijana, die gerade aus dem Fenster geblickt hatte, mit dem Ellenbogen an und deutete mit einem Nicken in die Richtung des Vorfalls. Neugierig beobachteten die beiden und Shadowcat die Szene.

Auch Josh blickte auf. Die Schülerin, die ihm gegenüberstand, war vielleicht siebzehn oder achtzehn Jahre alt, hatte kurzgeschorene, dunkelblonde Haare und war ungewöhnlich groß. Josh war einen Meter achtundsiebzig groß. Und er musste nicht aufstehen, um zu erkennen, dass diese Schülerin ihn um mehrere Zentimeter überragte. Sie war gertenschlank und sehr sehnig.

Sicher eine gute Leichtathletin! dachte Josh und nickte ihr freundlich zu. Er bekam aber keine Freundlichkeit zurück. Die Schülerin sagte in fast befehlendem Ton: „Du sitzt auf meinem Platz!"

Soviel Unverfrorenheit musste selbst Josh erst einmal verdauen. Shadowcat wollte von ihrem Platz aufspringen. Aber Marijana hielt sie am Arm zurück, schüttelte den Kopf und flüsterte: „Warte!"

Shadowcat sah ein, dass Marijana Recht hatte. Solange die Situation nicht außer Kontrolle geriet, war es besser, sie würden sich raushalten. Auch Lian hatte ihren Salatteller von sich geschoben und wartete, nach außen ganz ruhig wirkend, in Wahrheit aber bereit, sofort die Josh provozierende Schülerin anzuspringen, wenn er ihre Hilfe benötigen würde. Josh sah das Mädchen lächelnd an und erwiderte, ohne sich zu erheben: „Das tut mir leid. Mir wurde gesagt, dass es hier keine Sitzordnung gibt."

„Das mag für die anderen gelten", erwiderte das Mädchen, „aber nicht für mich."

„Du sitzt also immer an diesem Platz?" fragte Josh mit gleichbleibender Höflichkeit, während er unbeirrt weiteraß. Joshs freundliche Art und die Tatsache, dass er sich in keiner Weise einschüchtern ließ, schien das Mädchen nur noch mehr zu reizen.

Sie antwortete drohend: „Nein. Ich will jetzt auf diesem Platz sitzen!"

Dabei betonte sie besonders das Wort ‚jetzt' und stützte sich mit ihren Fäusten auf den Tisch. Josh hatte seine ganze Aufmerksamkeit auf dieses Mädchen gerichtet. Aber Marijana, Shadowcat und Lian entging nicht, dass alle in dem Saal den Vorfall mit gespannter Erwartung verfolgten.

„Aha!" sagte Josh zwischen zwei Bissen. Dann fragte er das Mädchen: „Wie heißt Du?"

Und sie antwortete mit kaum noch zu beherrschender Wut: „Knightham!"

„Und wie weiter?" fragte Josh und trank einen Schluck Bier.

„Das geht Sie gar nichts an!" schrie das Mädchen jetzt schon fast. Josh fiel auf, dass sie ihn jetzt immerhin nicht mehr duzte. Anscheinend hatte sie doch ein wenig Respekt vor ihm gewonnen.

„Setzt Dich, Knightham!" lud Josh sie ein und deutete auf den Stuhl, über dessen Lehne sie sich beugte. Lian war zwar immer noch bereit, sofort einzugreifen, wenn es notwendig werden sollte, aber langsam breitete sich ein leichtes Lächeln in ihrem Gesicht aus. Sie dachte daran, wie Josh sie daran gehindert hatte, den Surfer in der Strandbar in Palmeira zu verletzen, als sie jetzt sah, wie er unbeirrt weiter aß und trank, während das aggressive Mädchen Knightham immer mehr in Rage geriet. Josh spielte mit ihr. Und sie hatte nichts, was sie ihm entgegensetzen konnte, außer ihren Mitschülerinnen, die hinter ihr anscheinend auch nur auf ein Zeichen warteten, um über ihren neuen Lehrer herzufallen.

„Den Platz will ich nicht", fauchte Knightham Josh an. Josh ging nicht darauf ein, sondern erklärte ihr sachlich, aber immer noch freundlich: „Weißt Du, Knightham; Wenn Du immer an diesem Platz sitzen würdest, hätte ich ihn Dir sofort und gerne überlassen. Wahrscheinlich hätte ich sogar darüber hinweggesehen, dass es Dir an Manieren und höflichen Umgangsformen fehlt. Aber daran können wir ja in der nächsten Zeit arbeiten, obwohl ich eigentlich nur Kunst und Sport unterrichte."

„Sie können mir gar nichts mehr beibringen!" erwiderte Knightham trotzig und überheblich.

Aber Josh meinte nur achselzuckend: „Wir werden sehen", aß sein letztes Salatblatt und trank den letzten Schluck Bier hinterher. Dann wischte er sich mit der Serviette den Mund ab, erhob sich und sagte: „So, ich bin fertig. Du kannst den Platz jetzt haben, Knightham."

Er nahm sein Tablett und wollte an den drohend vor ihm stehenden Mädchen vorbei. Da sie ihm keinen Platz machten, sah Josh auf die Tabletts in ihren Händen und sagte lächelnd: „Ich hoffe, euer Essen ist inzwischen nicht kalt geworden."

„Jetzt reichts!" brüllte Knightham und wollte Josh anscheinend zwischen die Beine treten. Lian, Shadowcat und Marijana standen im Begriff, wie die Apokalypse über Knightham und ihre Freundinnen zu kommen. Aber im selben Moment rief Evelyn durch den Raum: „Es ist genug, Liz!"

Knightham sah enttäuscht zu Evelyn Siratja und erwiderte: „Aber ich dachte …"

Evelyn ließ sie nicht aussprechen, sondern unterbrach sie mit den Worten: „Alles zu seiner Zeit, Liz!"

Jetzt wendete sich Josh an Evelyn und rief ebenfalls durch den Raum: „Und was wäre dieses Alles, Evelyn?"

Evelyn hatte anscheinend nicht damit gerechnet, dass Josh diese Frage stellen würde. Sie stutzte einen Moment und antwortete dann so unbefangen, wie es ihr möglich war: „Die Mädchen sind übereifrig, Josh. Das darfst Du nicht so ernst nehmen. Komm, setz Dich zu uns. Ich möchte Dir eine Kollegin vorstellen."

Josh brachte sein Tablett zurück zum Tresen und schob es in den dafür bereitgestellten Wagen, dann ging er zu Evelyn und ihrer Kollegin. Marijana, Lian und Shadowcat hatten sich auch schon bereit gemacht, aufzustehen und die Kantine zu verlassen. Als sie aber sahen, dass Josh sich an den anderen Tisch zu den Lehrerinnen begab, blieben auch sie noch. Sie hatten jetzt wirklich Angst davor, Josh allein zu lassen in diesem Internat, in dem ihn jeder Mensch zu hassen schien.

„Das ist Arlana Po!" stellte Evelyn ihre Kollegin vor.

„Josh Barker!" sagte Josh und streckte Frau Po die Hand entgegen. Die junge Frau schien nicht ganz so ablehnend gegen Josh zu sein, wie die anderen Personen, mit denen er bisher hier zu tun gehabt hatte. Sie musterte Josh mit einem neugierigen, aber nicht unfreundlichen Blick von oben bis unten und nahm seine Hand. Josh setzte sich auf den ihm angebotenen Stuhl und fragte: „Poe wie Edgar Allen Poe?"

„Nein", erwiderte die Angesprochene, „ohne E, also wie der Po, auf dem ich sitze."

„Mhm!" machte Josh verstehend und Evelyn erklärte: „Arlana ist unsere Sexualkundelehrerin. Die Schülerinnen lieben ihren Unterricht."

Josh vermied es, etwas darauf zu erwidern. Die Fragen, die sich ihm aufdrängten, wenn er darüber nachdachte, dass die Schülerinnen von St. Bernadette einen Sexualkundeunterricht hatten, gleichzeitig aber dazu erzogen wurden, Männer zu hassen und zu verachten, hätten sicher nur zu unangenehmen Diskussionen geführt, wenn er sie gestellt hätte. Also nahm er es einfach zur Kenntnis und schwieg.

„Sie können gerne meinem Unterricht beiwohnen, wenn es Sie interessiert, Barker!" sagte Po.

Aber Josh erwiderte, abwehrend die Hände hebend: „Danke, aber ich glaube, ich weiß inzwischen alles darüber, was sich zu wissen lohnt."

„Oh, Sie wären überrascht, was dieses Fach noch so alles zu bieten hat", antwortete Po und fragte Evelyn auf der Suche nach Bestätigung: „Nicht wahr Eve?"

Po bekam ihre Bestätigung. Evelyn nickte und sagte: „Oh ja! Ich bin immer wieder gerne in ihren Stunden, Josh!"

Josh zwang sich zu einem Lächeln und wünschte sich, er wäre gar nicht erst an diesen Tisch gekommen. Aber je eher er seine neuen Kolleginnen und Schülerinnen kennenlernte, umso besser. Also musste er da durch. Er wendete sich an Evelyn und fragte: „Wann bekomme ich denn meinen Stundenplan?"

Evelyn winkte beiläufig ab und antwortete: „Mach Dir darüber keine Gedanken, Josh. Morgen früh kommst Du mit mir zum Zeichenunterricht. Dann siehst Du schon mal, wie das bei uns abläuft. Im Anschluss hat Arlana die Schülerinnen ab siebzehn für eine Stunde. Die Jüngeren trainieren mit Tatsu Li. Wenn Du willst, kannst Du gerne der einen oder anderen Gruppe beim Unterricht zusehen. Danach werden die Gruppen getauscht. Dann ist Pause. Und im Anschluss haben die Schülerinnen deutsch oder englisch. Das weiß ich jetzt nicht auswendig. Dann gehen alle zusammen zum Schwimmen. Das macht Zoe Lisann mit den Mädchen. Zoe unterrichtet die Mädchen in Turnen und Schwimmen. Ich gehe da auch mit und hätte Dich gerne mit dabei. Übermorgen hast Du dann die Mädchen zwei Stunden für Deinen Sportunterricht. Aber darüber reden wir dann noch."

Josh hatte aufmerksam zugehört, während er zusah, wie sich der Saal

langsam mit den Schülerinnen und Lehrerinnen füllte.
Von dem anderen Personal ließ sich kaum jemand blicken. Veronika
Vranja kam auf dem Weg zu ihrer Empore an dem Tisch vorbei, an dem
jetzt auch Josh saß. Sie legte Evelyn die Hand auf die Schulter und sagte zu
ihr: „Evelyn, schicke mir doch nach dem Essen mal eine von den Neuen,
eine von den Lara Mädchen hoch; schick mir Victoria!"

Josh spürte, wie sich sein Magen zusammenkrampfte, als er hörte, dass
Shadowcat allein zu diesem Drachen sollte. Aber während Evelyn schon
antwortete, „Ist in Ordnung" und er tief durchatmete, dachte er sich, dass
die Vranja Shadowcat nichts anhaben konnte. Shadowcat war kein
gewöhnliches sechzehnjähriges Mädchen. Sie hatte eine unendlich tiefe
Seele, ein Gespür für Menschen und einen Instinkt, der ans Übernatürliche
grenzte. Sie war Veronika Vranja in jeder Hinsicht überlegen. Als die Vranja
weiterging, verabschiedete Josh sich auch wieder von Evelyn und Frau Po
und sagte, er müsse seine Zimmer noch aufräumen.

„Ist gut", erwiderte Evelyn. „Ich schau später noch mal bei Dir rein."
Josh nickte noch einmal höflich der Sexualkundelehrerin zu und verließ
nach einem heimlichen Blick zu Marijana, Lian und Shadowcat den
Speisesaal.

6 ABEBI

Als er durch die Tür ging, hatte er plötzlich das Gefühl, seitlich angerempelt zu werden, oder geschubst. Aber er hatte keine Berührung gespürt. Es war eher so, als ob eine Druckwelle ihn zur Seite schleudern wollte. Einen Moment lang befürchtete Josh, es wäre ein Gift oder Betäubungsmittel in seinem Essen gewesen, das ihn taumeln ließ. Aber er stand fest auf seinen Beinen und sein Kopf war klar. Verwundert drehte er sich noch einmal um. Als er den Speisesaal verlassen hatte, war er zu sehr in Gedanken versunken gewesen. Er hatte an Shadowcat gedacht, die nach dem Essen zu Frau Vranja sollte. Er überlegte, ob da an der Tür nicht gerade ein Mädchen gestanden hatte, an dem er vorbeigegangen war, ohne es bewusst wahrgenommen zu haben. Und richtig: Da war eines. Josh konnte es nur von hinten sehen. Es war kaum größer als Lian, beziehungsweise fast genauso groß wie Shadowcat, und wirkte in dem offensichtlich zu großen, weißen Sommerkleid sehr zierlich. Josh bemerkte die vielen, kunstvollen, eng am Kopf geflochtenen Zöpfe, die im Nacken nicht kraus, sondern in zarten Locken ausliefen und die zarte, schokoladenfarbene Haut da, wo er sie sehen konnte, an Armen, Beinen und am Hals. Er fragte sich, ob dieses kleine, barfüßige Mädchen ihn mit derartiger Kraft geschubst haben konnte und wenn ja, wie, da er es nicht gespürt hatte. Das Mädchen schien ihn aber gar nicht zu beachten. Es stand mit dem Rücken zu Josh und ging jetzt weiter zur Essensausgabe. Verwundert ging Josh weiter und war kurz darauf wieder in seinen Zimmern. Als er seine verschwitzte Wäsche, die er während des Möbelschleppens anhatte, aufräumen wollte, bemerkte er in der Brusttasche des Hemdes den Zettel, den Jessica ihm bei ihrem Abschied auf der Yacht heimlich zugesteckt hatte, und an den er gar nicht mehr gedacht hatte. Er faltete ihn auseinander und las:

Lieber Josh,

bitte denke an Dein Versprechen und pass auf Dich auf. Verschließe Deine Tür immer sorgfältig, vor allem, während Du schläfst. Und denke daran, dass Du niemandem vertrauen darfst. Ich komme morgen in zwei Wochen wieder zur Insel, um Vorräte zu bringen. Ich hoffe, Du hältst so lange durch. Wenn ich Dich wieder von hier wegbringen soll, dann komme zu der großen Felsnase, die an der östlichsten Stelle der Insel ins Meer ragt. JW

Das war alles andere als motivierend. Josh ärgerte sich wieder darüber, dass Jessica nur Andeutungen machte und ihm nicht einfach sagte, was sie zu sagen hatte.

Vielleicht, dachte er sich, *ist es nur ein Spiel. Vielleicht ist Jessica nach wie vor ein Mitglied dieses Internats und versucht auf diese Weise mir Angst zu machen.*

Aber wie dem auch war, jetzt war er hier und er musste zusehen, wie er mit der Situation und mit seiner neuen Position als Lehrer auf dieser Insel klarkam. Er hängte die verschwitzten Klamotten zum Trocknen auf den Balkon und genoss für ein paar Augenblicke die vom Meer heraufwehende, warme und salzige Brise.

Meine Türen soll ich absperren! dachte er sich. Die Zimmertüren hatten keine Schlüssel und über den Balkon konnte auch jeder ungehindert in seine Zimmer einsteigen. Josh brauchte Luft zum Schlafen. Selbst im Winter schlief er bei offenem Fenster. Und er würde jetzt hier, auf dieser tropischen Insel sicher nicht in einem verbarrikadierten Zimmer schlafen. Josh ging wieder hinein und machte sich Gedanken darüber, wie er es sich mit den aus dem Keller geholten Möbeln so zweckmäßig und gemütlich wie möglich einrichten konnte.

Marijana, Lian und Shadowcat hatten nach Josh ebenfalls den Speisesaal verlassen wollen. Shadowcat trug das Tablett mit ihren Tellern und Gläsern zurück. Aber in dem Moment, als sie es in den Wagen schieben wollte, taumelte sie plötzlich und das Tablett wäre ihr aus der Hand gefallen, wenn nicht Lian so schnell reagiert und es aufgefangen hätte, während Marijana Shadowcat auffing.

„Shadowcat!" sagte sie besorgt. Shadowcat hatte sich sofort wieder gefangen. Sie schien nur etwas verwirrt zu sein, als sie erwiderte: „Ich bin okay!"

Sie blickte sich suchend um. Da sie aber nicht wusste, wonach sie suchte und auch selbst keinen Anhaltspunkt dafür fand, was ihren Schwächeanfall verursacht hatte, sagte sie im nächsten Moment schon: „Lasst uns gehen."

Marijana stützte Shadowcat noch, als sie losgingen und machte sich, ebenso wie Lian, ernsthafte Sorgen um sie. So eine Schwäche hatten sie bei Shadowcat noch nie beobachtet. Sie waren noch nicht weit gekommen, da hielt Evelyn, an deren Tisch sie vorbeikamen, sie wieder auf.

„Marijana, Lian, Victoria", sagte sie. „Ich möchte euch eure Sexualkundelehrerin vorstellen. Das ist Arlana Po, bei der ihr ab morgen

Unterricht haben werdet."

Die drei grüßten die Lehrerin höflich und wollten dann weitergehen. Aber Evelyn hielt Shadowcat am Arm zurück und sagte: „Victoria, setz Dich. Frau Vranja will sich nach dem Essen mit Dir unterhalten. Ich bringe Dich dann zu ihr ins Büro."

Zögernd setzte sich Shadowcat, während Evelyn an Marijana und Lian gewandt fortfuhr: „Ihr beide könnt ruhig schon auf euer Zimmer gehen."

Marijana und Lian ließen Shadowcat nicht gerne allein bei Evelyn Siratja zurück. Aber nachdem Shadowcat ihnen aufmunternd zugenickt hatte, gingen sie doch ohne sie in ihr Zimmer.

„Was meinst Du, was die Vranja von Shadowcat will?" fragte Lian im Treppenhaus und Marijana antwortete: „Wahrscheinlich will sie alles über uns wissen, was nicht in unserem Bewerbungsschreiben gestanden hat. Wir müssen bestimmt auch noch zu ihr."

„Hoffentlich versucht sie nicht, uns über Josh auszufragen", erwiderte Lian und Marijana meinte: „Er fehlt mir so sehr! Ich möchte ihn die ganze Zeit nur um mich haben!"

Dann wanderten ihre Gedanken zu Shadowcat und sie dachte wieder über deren Schwächeanfall nach, wusste aber nicht, wie sie die Sorgen, die sie sich machte, in Worte fassen sollte. Das musste sie aber auch gar nicht, denn Lian machte sich die selben Gedanken und sorgte sich nicht weniger, als Marijana um ihre Schwester. Als sie in ihrer Etage ankamen und in den Gang zu ihrem Zimmer bogen, trafen sie auf eine Gruppe ihrer neuen Mitschülerinnen, die in etwa in ihrem Alter waren. Ein Mädchen, das sich als Sabine vorstellte, fragte sie, ob sie mit zum Strand kommen wollten. Marijana und Lian lehnten dankend ab und erklärten, dass sie sich erst noch in ihrem Zimmer einrichten müssten. Zumindest, dachten sie sich, als sie in ihrem Zimmer waren, war diese Sabine anscheinend ganz nett.

Veronika Vranja hatte den Speisesaal schon vor mehreren Minuten verlassen gehabt, als Evelyn ihr Gespräch mit Arlana Po endlich beendete und Shadowcat zu Frau Vranjas Büro führte. Sie brachte sie nur in den dritten Stock, zeigte ihr die entsprechende Tür und sagte: „Da hinten ist Frau Vranjas Büro. Sie erwartet Dich sicher schon."

„Danke", sagte Shadowcat und ging mit gemischten Gefühlen auf die Bürotür zu. Sie war neugierig darauf, wie diese Frau Vranja, die dieses Internat gegründet hatte und es leitete, war. Sie war neugierig darauf, als was für ein Mensch sie sich ihr gegenüber ausgeben würde. Shadowcat hatte den Vorteil, dass sie über Frau Vranjas Gespräch mit Josh bescheid wusste. Sie wusste, dass Frau Vranja eine Gefahr für Josh darstellte. Und deswegen betrachtete Shadowcat sie als Feind, den sie mit allen ihr zur Verfügung stehenden Mitteln bekämpfen würde, um den zu schützen, den sie liebte.

Als Shadowcat ihre Hand hob, um an die Tür zu klopfen, hatte sie plötzlich das Gefühl, als würde etwas ihren Körper durchdringen, wie eine Welle, die einfach durch sie hindurchlief. Es war das gleiche Gefühl, wie sie es vorher im Speisesaal gehabt hatte, das Gefühl dieser Welle, die sie das Gleichgewicht hatte verlieren lassen, als sie durch sie hindurchlief.

Shadowcat drehte sich ganz langsam um. Sie spürte, dass der Ursprung dieser Welle sich hinter ihr befinden musste. Und irgendwie fürchtete sie sich. Am Ende des breiten Flurs, an der offenen Glastür zum Treppenhaus, stand das kleine schwarze Mädchen, von dem schon Josh das Gefühl gehabt hatte, geschubst worden zu sein. Marijana sah die großen, schwarzen Augen, die sie mit einem Ausdruck von Melancholie zu durchdringen schienen. Sie hatte das Gefühl, diese Augen würden direkt in ihre Seele blicken, ohne dass sie etwas vor ihnen verbergen konnte. Das war eine völlig neue Erfahrung für Shadowcat. Normalerweise war sie es, die in anderen lesen konnte. Es dauerte einige Sekunden, bevor Shadowcat selbst einen Zugang zu dem Mädchen fand, das sie da aus zwanzig Metern Entfernung einfach nur ansah. Aber genau in dem Moment, in dem Shadowcat das Mädchen in Gedanken fragen wollte, wer es war, drehte das Mädchen sich um und lief die Stufen des Treppenhauses lautlos und flink wie eine Gazelle hinunter. Shadowcat lief ihr hinterher. Aber als sie am Geländer des Treppenhauses ankam, war von dem Mädchen nichts mehr zu sehen. Ein paar Sekunden lang sah Shadowcat nachdenklich nach unten. Ihr Blick folgte den Spiralen des weiten, runden Treppenhauses und sie überlegte, ob sie versuchen sollte, das Mädchen zu finden. Aber dann erinnerte sie sich daran, dass sie zu Frau Vranja musste.

Auf der einen Seite war Shadowcat beruhigt, die Quelle der Kraft gefunden zu haben, die sie aus dem Gleichgewicht gebracht hatte. Auf der anderen Seite fragte sie sich, wer dieses Mädchen war und was es von ihr wollte. In Gedanken versunken ging sie wieder zur Bürotür von Frau Vranja zurück und klopfte.

„Ja bitte!" hörte sie die Stimme von Veronika Vranja aus dem Inneren des Büros, öffnete die Tür und fragte schüchtern: „Sie wollten mich sprechen, Frau Vranja?"

„Ja!" erwiderte diese und forderte Shadowcat auf: „Komm her, Victoria. Setz Dich!"

Shadowcat schloss die Tür hinter sich und setzte sich dann auf den selben Stuhl, auf dem vorher auch Josh Platz genommen hatte. Frau Vranja hatte vor sich auf dem Schreibtisch eine offene Mappe liegen, in der das Bewerbungsschreiben von Shadowcat und ihren Schwestern zusammen mit allen anderen Papieren, die sie betrafen, lag. Sie überflog das Schreiben kurz und wendete sich dann wieder an Shadowcat.

„Wie gefällt es Dir hier in St. Bernadette?" fragte sie und Shadowcat antwortete: „Was ich bis jetzt von der Insel gesehen habe, ist wunderschön. Am Unterricht habe ich bis jetzt noch nicht teilgenommen."

„Du bist die Jüngste von euch drei Laras, nicht wahr?" fragte Frau Vranja weiter, obwohl sie wusste, dass es so war. Und Shadowcat bestätigte: „Ja."

Frau Vranja lehnte sich in ihrem Stuhl zurück und betrachtete Shadowcat lange genug, um die Situation für Shadowcat unangenehm erscheinen zu lassen. Shadowcat spürte, wie diese Frau in ihr zu lesen versuchte, wie sie versuchte, mit ihren Gedanken in ihren Kopf einzudringen. Aber sie spürte auch, dass sie dazu nicht in der Lage war. Frau Vranja würde nichts von ihr erfahren, was sie nicht bereit war, sie wissen zu lassen. Geduldig wartete Shadowcat die Musterung ab, ohne nach außen hin zu verraten, dass sie eine für Frau Vranja unüberwindliche Barrikade zwischen ihnen errichtet hatte.

Und Frau Vranja ließ sich auch ihre Enttäuschung nicht anmerken. Sie wusste nicht, dass Shadowcat sich bewusst vor ihr verschloss, sondern dachte, dass sie nur keinen Zugang zu ihren Gedanken und Gefühlen finden konnte. Es war so, als wenn sie vor einem Berg stehen würde und nach dem Zugang zu einer Höhle suchen würde, von der sie wusste, dass sie da war. Sie wusste nur nicht, wo sie suchen musste. In einigen Mädchen des Internats konnte sie lesen, wie in einem Buch. Wenn sie sie so ansah, wie sie eben Shadowcat angesehen hatte und sich auf ihre Gedanken konzentrierte, dann spürte sie, wie die Mädchen nervös wurden und alles vor ihr ausbreiteten, was sie von ihnen wissen wollte. Bei einigen Mädchen war es schwieriger, einen Zugang zu ihrer Gedanken- und Gefühlswelt zu finden. Veronika Vranja hatte im Laufe der Zeit gelernt, dass es umso schwieriger war, einen Zugang zu den Mädchen zu finden, je introvertierter sie waren. Zumindest in den meisten Fällen war das so. Aber mit der Zeit waren auch ihre Fähigkeiten größer geworden. Und letztendlich gab es kaum noch ein Dutzend Mädchen in St. Bernadette, die ihre Gedanken vor ihr verschließen konnten.

Shadowcat spürte, wie Frau Vranja sich anstrengte, die Mauer zu überwinden, ohne überhaupt zu ahnen, dass sie vor einer Mauer stand. Es war ein gutes Gefühl für sie, zu wissen, dass die Leiterin des Internats ihr in dieser Hinsicht nicht gewachsen war.

Frau Vranja gab schließlich auf. Da Shadowcat durch nichts zu erkennen gegeben hatte, dass sie die Absicht, in ihren Gedanken zu lesen, bemerkt hatte, war sie überzeugt davon, dass dieses neue Mädchen, das ihre Begutachtung so geduldig ertrug, keine Ahnung von ihren Absichten hatte. Kurz schloss sie ihre Augen. Der Versuch, auf diese Weise etwas von dem Mädchen zu erfahren, hatte sie mehr angestrengt, als sie erwartet hatte. Sie lächelte Shadowcat freundlich an und sagte zu ihr: „Du bist außergewöhnlich hübsch, Victoria!"

Normalerweise wäre Shadowcat über ein solches Kompliment errötet. Aber sie wusste jetzt, dass Frau Vranja ihre Worte sehr bewusst wählte, um zu manipulieren. Also antwortete sie zwar dankbar, aber mit einer distanzierten Schüchternheit „Dankeschön!", wohlwissend, dass sie auf der Hut sein musste.

Frau Vranja stützte ihre Ellenbogen auf den Tisch und sagte weiter: „Du hast sicherlich schon gemerkt, dass wir hier kein gewöhnliches Internat sind. Was denkst Du, warum wir hier weder männliche Lehrer, Schüler noch Angestellte haben?"

Shadowcat zuckte mit den Schultern und antwortete, ohne darauf einzugehen, dass jetzt ein männlicher Lehrer hier war: „Das weiß ich nicht, Frau Vranja."

„Hast Du schon Erfahrungen mit Jungs?" fragte die Internatsleiterin weiter. Und Shadowcat stellte die Gegenfrage: „Inwiefern?"

Frau Vranja wollte nicht lange drumrum reden und antwortete deswegen ganz einfach: „Sexuell!"

Das war eine sehr heikle Frage. Aber Shadowcat antwortete wahrheitsgemäß: „Nur sehr wenig."

„Aha!" erwiderte Frau Vranja und in diesem ‚aha' klang eine leise Enttäuschung mit. Dann wurde sie sehr ernst und sagte eindringlich: „Mein armes Kind! Du wirst hier lernen, dass Du Männern nicht vertrauen darfst. Du wirst hier lernen, wie Du mit Männern umgehen und wie Du sie behandeln musst, damit sie Dich nicht ausnutzen und verletzen können. Und Du wirst lernen, Dich selbst zu schützen und Männern überlegen zu sein."

Endlich lässt sie die Katze aus dem Sack, dachte sich Shadowcat und gab sich sehr interessiert, als sie fragte: „Und wie werde ich das lernen?"

Veronika Vranja war überzeugt davon, Victoria Lara schon in ihrem Netz gefangen zu haben. Sie war überzeugt, dass dieses Mädchen fasziniert war von der Vorstellung, alles mit Männern machen zu können. Sie lachte, begeistert von dem Interesse und der offensichtlichen Neugier, die sie in Victorias Augen glaubte sehen und in ihrer Stimme hören zu können, geheimnisvoll auf und antwortete: „Nur Geduld meine Kleine! Morgen beginnt Dein Unterricht."

Dann erhob sie sich und sagte: „Du kannst jetzt gehen Victoria. Schicke mir bitte Lian hoch."

Shadowcat stand auch sofort auf, als Frau Vranja sich erhob, antwortete „Ja, mach ich" und verließ erleichtert das Büro.

Vor der Tür atmete sie erst einmal tief durch. Dann lief sie schnell in das gemeinsame Zimmer von Marijana, Lian und sich. Aber die beiden waren nicht in dem Zimmer. Es standen nur die offenen Koffer herum, denen sie nach dem Möbelschleppen für Josh ihre Badetücher und frische Kleidung entnommen hatten. Sofort wollte auch sie über den Gang zu Josh laufen, wo sie sicher war, die beiden zu finden. Aber als sie schon an der Tür war, spürte sie plötzlich wieder diese Anziehungskraft, die sie aus dem angrenzenden Zimmer wahrzunehmen glaubte. Sie ließ die Klinke der Zimmertür wieder los und wendete sich langsam nach der Verbindungstür zu dem anderen Zimmer um.

Beklommen näherte sie sich ihr, einem unwiderstehlichen Drang folgend, bis sie ungefähr zwei Meter vor der Tür stehenblieb und sich standhaft dagegen sträubte, sich diesem Trieb weiter zu beugen. Voller Bangigkeit spürte sie die Kraft dieser Anziehung, der sie nur mit äußerster Konzentration und Kraftanstrengung widerstehen konnte. Abwehrend streckte sie ihre rechte Hand der Tür entgegen, während sie mit der linken Hand hilflos nach einem Halt suchte, den sie aber nicht finden konnte. Sie konzentrierte sich auf ihre Füße, auf ihren Stand, auf ihr Gewicht, bis sie sicher war, dass nur noch Materie, die schwerer und kräftiger war als sie selbst, nicht aber Geist, sie von der Stelle bewegen konnte. Aber noch immer ließ dieser Sog nicht nach. Und noch immer streckte Shadowcat ihre rechte Hand abwehrend gegen die Tür aus, bis sie bemerkte, dass die Tür zu zittern begann, so als ob jemand von der anderen Seite an ihr rütteln würde. Dabei war sie sich aber ganz sicher, dass die Tür von der anderen Seite genauso wenig berührt wurde, wie auf dieser Seite von ihr. Immer stärker wurde die Tür von dieser Macht zum Vibrieren gebracht, während ein Brausen die Luft erfüllte, von dem Shadowcat aber ahnte, dass es nur in ihrem Kopf zu hören war, bis plötzlich mit einem realen, lauten Getöse die Tür aus ihren Angeln gerissen wurde und neben ihr zu Boden polterte.

Auf der anderen Seite der Tür, in etwa der gleichen Entfernung wie Shadowcat stand das kleine, schwarze Mädchen, das in dem Moment, als die Tür am Boden lag und die Blicke der beiden sich trafen, bewusstlos zu Boden sank. Auch Shadowcat taumelte vor Erschöpfung, sprang aber in der nächsten Sekunde über die Tür in den anderen Raum, kniete sich zu dem Mädchen und hob behutsam seinen Kopf in ihren Schoß. Und in diesem Augenblick wurde sie wieder in die kleine Blockhütte katapultiert, in der sie in einem früheren Leben während eines Schneesturms mit Josh, Marijana und Lian zusammen war. Und die Person, deren Anwesenheit sie früher schon zu spüren geglaubt hatte, die sie aber noch nicht hatte sehen können, tauchte jetzt auch vor ihrem geistigen Auge auf. Es war dieses kleine, schwarze Mädchen, das in einer Ecke des Raumes im Schatten gesessen hatte. Jetzt trat es daraus hervor mit einer tönernen Schale in den kleinen Händen, in der sich ein fast weißer Brei befand. Diesen Brei strich es mit seinen schlanken Fingern vorsichtig auf eine frische Schusswunde. In diesem Moment kam Shadowcat wieder zu sich, ohne dass sie hatte erkennen können, wer diese Wunde hatte.

Shadowcat war auch zu Boden gesunken, als sie in diesen Trancezustand verfallen war. Als sie jetzt die Augen öffnete und an die Decke des Zimmers blickte, brauchte sie einen Moment, bis sie wieder wusste, wo sie war. Das kleine, schwarze Mädchen lag noch immer mit seinem Kopf in ihrem Schoß, öffnete jetzt aber ebenfalls die Augen und zog sich wie ein verängstigtes Reh schnell bis an die Wand zurück. So saßen sich die beiden eine Weile gegenüber und betrachteten sich aufmerksam. Shadowcat spürte, dass dieses Mädchen ganz außergewöhnliche spirituelle Kräfte besaß; Kräfte, die ihre eigenen anscheinend noch bei weitem überstiegen.

Ist es ein Segen oder ein Fluch? hörte sie das Mädchen in ihrem Kopf fragen.

Shadowcat wusste, dass die Frage sich auf diese Gabe bezog und antwortete ebenfalls nur in Gedanken: *Ein wenig von beidem, denke ich.*

Wieder musterten sie sich gegenseitig und hatten beide das Gefühl, in ihrem Gegenüber einen Spiegel zu sehen, der ihnen ihr eigenes Bild zurückwarf. Und doch war es anders. Sie glichen sich weder optisch, noch hatten sich die Wege ihres bisherigen Lebens jemals gekreuzt; Zumindest nicht die Wege ihres jetzigen Lebens.

Ich war mir nicht sicher, ob es Dich gibt! sagte Shadowcat nach einer Weile gegenseitigen Studierens in stummen Gedanken.

Und das kleine, scheue, schwarze Mädchen antwortete auf die gleiche Weise: *Und ich suche euch, seit ich alt genug bin, um die Bilder in meinem Kopf zu verstehen.*

Shadowcat rutschte auf dem Boden bis zu dem Mädchen.

„Darf ich?" fragte sie, während sie zaghaft die Hand nach seinem Gesicht ausstreckte. Das Mädchen nickte kaum merklich. Und Shadowcat betastete ganz vorsichtig sein schönes, durchgeistigt wirkendes Gesicht. Die großen, intelligenten Augen, die durch ihren Ausdruck von Traurigkeit an Shadowcats Augen erinnerten, obwohl sie anders geformt waren, waren von tiefschwarzen Wimpern gesäumt. Die Nase war gerade und sehr fein, wie es nur bei sehr wenigen schwarzafrikanischen Stämmen der Fall ist. Und die Lippen des sinnlichen Mundes waren kaum dicker, als europäische Lippen und standen in völligem Ebenmaß zu dem schönen, jungen Gesicht.

So fremd, dachte sich Shadowcat, *und doch so eigenartig vertraut!*

Langsam und behutsam zog sie ihre Hand wieder zurück.

„Darf ich auch?" fragte das Mädchen und Shadowcat nickte stumm. Ebenso vorsichtig betastete das schwarze Mädchen nun Shadowcats Gesicht und ließ die schlanken Finger seiner kleinen Hand durch Shadowcats lange, seidige Haare gleiten. Als sie fertig war, fragte Shadowcat: „Wie heißt Du?"

Und das Mädchen antwortete: „Abebi."

„Ich bin Victoria Lara", stellte Shadowcat sich vor. Sie kannte dieses kleine Mädchen noch zu kurz, um sich ihr mit ihrem aus einem früheren Leben übernommenen Namen vorzustellen.

„Victoria ist ein schöner Name", sagte Abebi. Und Shadowcat konnte wie schon vorher, als Abebi gesprochen hatte hören, dass Abebis Stimme zwar dünn und weich war, aber einen harten Akzent hatte. Die Sprache schien ihr noch nicht sehr vertraut zu sein. Als sie nur durch ihre Gedanken miteinander gesprochen hatten, war davon nichts zu merken gewesen.

„Abebi klingt auch sehr schön", erwiderte Shadowcat. Wieder trat eine Pause ein. Auf der einen Seite hatten die beiden Mädchen das Gefühl, als würden sie sich schon sehr gut kennen, auf der anderen Seite aber wussten sie, dass dieses Gefühl nur eine Verbundenheit ihrer Seelen widerspiegelte und dass sie in Wahrheit so gut wie nichts voneinander wussten. Wo sollten sie anfangen? Was sollten sie fragen? Shadowcat begann schließlich mit der Frage: „Woher kommst Du?"

Und Abebi erzählte ihr darauf: „ Ich bin eine Afar aus dem Grenzgebiet zwischen Eritrea und dem Sudan."

„Das liegt am Roten Meer, oder?" fragte Shadowcat. Und Abebi beantwortete die Frage mit einem „Ja."

„Und wie kommst Du hierher auf diese Insel und in dieses Internat?" fragte Shadowcat weiter.

„Ich hab mir ein Boot gebaut", antwortete Abebi. Und Shadowcat konnte hören, wie schwer es ihr fiel, die Worte zu formulieren, als sie weiter erzählte: „Ich bin bis Gambia gewandert und habe mir an der Küste des großen Wassers ein Boot aus dem Ast eines Baobabs beschnitzt. Mit einem Segel aus Palmblättern bin ich dann hierher gesegelt."

„Aber wieso?" fragte Shadowcat, wusste aber die Antwort schon, bevor Abebi sie aussprach. „Um euch hier zu treffen!"

„Wie alt bist Du Abebi?" wollte Shadowcat noch wissen und Abebi antwortete darauf: „Ich weiß es nicht!"

Sie wirkte fast noch jünger als Shadowcat und war trotzdem allein durch einen ganzen Kontinent gewandert und ohne eine Ahnung von Seefahrt und Navigation zu haben, ein paar hundert Kilometer mit schlafwandlerischer Sicherheit über den atlantischen Ozean gesegelt, um zu einer Insel zu gelangen, von der sie nur aus ihren Träumen wusste, dass es sie gab und dass sie hier jemand finden würde, den sie schon so lange suchte. Shadowcat sah ihre neue Freundin bewundernd an. Sie wollte alles über sie erfahren, dachte aber, dass es unhöflich wäre, wenn sie sie jetzt weiter ausfragen würde. Langsam stand sie vom Boden auf und reichte Abebi die Hand. Diese griff zaghaft danach und ließ sich von Shadowcat auf die Füße ziehen.

„Wie sollen wir bloß das mit der Tür erklären?" fragte Shadowcat, als ihr Blick auf die aus dem Rahmen gerissenen Scharniere fiel. Abebi zuckte nur hilflos mit den Schultern und sagte: „Ich habe noch niemals so eine Kraft gespürt, wie Deine!"

Shadowcat sah Abebi nachdenklich an und entgegnete: „So ist es mir mit Deiner auch gegangen."

Dann hob sie mit Abebis Hilfe die Tür vom Boden auf lehnte sie neben dem Türrahmen an die Wand. Shadowcat fiel plötzlich wieder ein, dass sie Lian zu Frau Vranja schicken sollte. Sie sagte zu Abebi: „Ich muss nach meinen Schwestern sehen. Wartest Du hier auf mich?"

Abebi nickte und antwortete: „Ich bin da."

„Bis gleich", sagte Shadowcat und lief schnell über den Gang zu Joshs Zimmer. Leise klopfte sie an die Tür und im nächsten Moment öffnete ihr Lian. Shadowcat, Lian und Marijana kannten sich so gut, dass sie sich gegenseitig jederzeit an ihrem Klopfen erkennen konnten.

„Schnell, komm rein." sagte Lian leise und zog Shadowcat schon mit sich ins Zimmer. Mit Marijanas und Lians Hilfe hatte Josh es sich mit seinen neuen Möbeln schon sehr behaglich gemacht. Den Raum neben dem Bad hatte er sich als Wohn und Arbeitsraum eingerichtet. Und das zweite Zimmer war zu einem sehr schönen, gemütlichen Schlafzimmer geworden. Josh hatte sich aus dem Möbellager noch einen Korb für Schmutzwäsche und leichte, bis zum Boden reichende Vorhänge geholt, die zumindest verhinderten, dass man vom Balkon aus in das Zimmer blicken konnte.

„Das ist schön!" sagte Shadowcat, als sie sich in den Räumen umsah. Josh legte von hinten zärtlich seine Arme um sie und küsste ihren schlanken Hals.

„Es ist nur schön, wenn auch ihr da seid!" flüsterte er ihr verliebt ins Ohr. Shadowcat schloss die Augen und genoss es, von Joshs Armen gehalten zu werden. Sie waren so stark und dabei so unendlich zärtlich. Sie fühlte sich in diesen Armen so unbeschreiblich behütet und sicher. Sie fühlte sich so unbeschreiblich wohl.

Nur ungern öffnete sie die Augen wieder, küsste Joshs Hand, als sie sich aus seinen Armen befreite und setzte sich auf die Bettkante.

„Lian," begann sie, „Du sollst jetzt zur Vranja hoch."

Lian nickte und erwiderte „Gut", obwohl sie alles andere als ein gutes Gefühl bei der Vorstellung hatte, mit dieser Frau reden zu müssen. Sie wendete sich schon zur Tür, aber Shadowcat hielt sie mit den Worten zurück: „Warte Lian, ich bring Dich gleich rauf. Ich will euch nur erst erzählen, was sie von mir wollte."

Und das tat sie auch. Sie schilderte Josh, Lian und Marijana so genau wie es ihr möglich war, ihre Begegnung mit Frau Vranja und vergaß dabei auch nicht deren Versuch zu beschreiben, in ihren Gedanken zu lesen. Josh machte ein ernstes Gesicht, als sie geendet hatte.

„Das scheint doch ernster zu sein, als ich dachte", sagte er nachdenklich.

„Ja, das ist es!" bestätigte Shadowcat, wendete sich an Lian und fragte: „Bist Du soweit?"

Lian nickte und antwortete: „Ja."

„Dann komm mit", sagte Shadowcat und führte Lian nach oben zum

Büro von Veronika Vranja. Vor der Tür warnte sie sie leise, aber eindringlich: „Pass auf ihre Gedanken auf!"

„Hab keine Angst!" erwiderte Lian, küsste ganz zärtlich Shadowcats Lippen und klopfte zaghaft an der Tür. „Herein!" hörte sie die Stimme Vranjas. Shadowcat trat einen Schritt zur Seite, um vom Büro aus nicht gesehen zu werden und Lian ging hinein.

„Das hat aber lange gedauert", sagte Frau Vranja, während Lian auf den Schreibtisch zuging.

„Ich war nicht im Zimmer", erwiderte Lian ruhig, „deswegen konnte mich Victoria nicht früher zu Ihnen bringen."

Frau Vranja blickte von ihrem Schreibtisch auf.

„Ist schon gut", sagte sie beschwichtigend. „Nimm Platz."

Auch Lian setzt sich auf den Stuhl, der Frau Vranja gegenüber stand. Geduldig und vorbereitet wartete sie ab, was die Internatsleiterin sie fragen würde.

„Hat Victoria Dir von ihrer Unterhaltung mit mir erzählt?" war schließlich die erste Frage, die sie stellte und Lian antwortete sofort: „Ja."

„Und was denkst Du darüber?" fragte Frau Vranja weiter.

„Worüber meinen Sie?" fragte Lian entspannt und völlig arglos wirkend.

„Ich sehe schon", meinte Frau Vranja, „ich muss also noch einmal ganz von vorne anfangen."

Sie verschränkte ihre Finger und stützte sich wieder auf ihre Ellenbogen auf. Lian spürte, wie die ihr gegenübersitzende Frau nun auch versuchte, in ihren Kopf einzudringen. Aber außer Shadowcat konnte das niemand. Das wusste sie ganz genau. Und so gab Frau Vranja wirklich auch bei Lian bald wieder den Versuch auf, Informationen über sie ohne ihr Wissen aus ihr herauszusaugen.

Diese Lara-Mädchen sind wirklich eine harte Nuss! dachte Frau Vranja und sagte schließlich: „Victoria hat mir erzählt, dass sie schon sexuelle Erfahrungen mit einem Jungen gemacht hat. Hast Du das auch schon?"

„Ja", antwortete Lian wieder ganz offen und fragte in einem sehr naiven Ton: „Ist das schlimm?"

Frau Vranja räusperte sich und antwortete darauf: „Nun ja, ich denke, dass es heutzutage ziemlich normal ist, wenn Mädchen in eurem Alter die ersten Erfahrungen mit Jungs machen."

Dann kam sie aber wieder zu ihrem eigentlichen Thema zurück, indem sie fragte: „Glaubst Du, dass der Junge Dich vermisst, jetzt wo Du so lange weg bist, oder dass er auf Dich wartet?"

Lian tat so, als würde sie über die Frage nachdenken. Dann antwortete sie sehr bedächtig: „Nein, das glaube ich eigentlich nicht."

Sie vermisste Josh in jedem Moment, in dem sie ihn nicht um sich hatte. Und sie wusste auch, dass Josh sie ebenso vermisste. Aber er war hier, mit auf dieser Insel und mit in diesem Internat. Er konnte und musste also nicht darauf warten, dass sie von St. Bernadette wieder zu ihm zurückkehrte. Ihre Antwort war also die reine Wahrheit gewesen. Aber Frau Vranja kannte diese Zusammenhänge nicht und fühlte sich durch Lians Antwort in ihrer Meinung über Männer bestätigt, auch wenn diese noch Jungs waren, wie sie es von Freunden der Lara-Mädchen annahm.

„Siehst Du!" sagte sie triumphierend. „Männer sind alle gleich. Sie benutzen uns Frauen nur und spielen mit uns."

Lians Blick wurde plötzlich fast mitleidig, als sie sich dachte: *Sie muss eine sehr arme Frau sein!*

So wie sich Frau Vranja verhielt, musste sie wohl wirklich eine sehr schlimme Erfahrung mit einem Mann gemacht haben. Aber was konnte so schlimm sein, dass sie gleich eine Schule auf einem abgelegenen Eiland gegründet hatte, um alle Schülerinnen darin dazu zu erziehen, Männer zu hassen, ohne ihnen die Chance zu geben, ihre eigenen Erfahrungen zu machen? Am liebsten hätte Lian erwidert ,Das glaube ich nicht.' Aber selbst das wäre nicht die ganze Wahrheit gewesen. Seit sie Josh kannte, seit sie ihn wirklich kannte und nicht nur als Lehrer der Parallelklasse, zu dem sie noch keinen Bezug gehabt hatte, wusste sie, dass es einen Mann gab, der anders war, einen Mann, der sie und ihre Schwestern so aufrichtig liebte, dass diese Liebe schon mehr als ein Leben überdauert hatte. Und sie war sich sicher, dass es außerhalb ihrer kleinen, sich liebenden Gruppe auch noch Paare gab, die sich ehrlich und aufrichtig bis an ihr Lebensende und wer weiß, vielleicht ja auch noch darüber hinaus, liebten. Und wenn eine Liebe nicht ewig hielt: Mussten es dann zwangsläufig die Männer sein, die die Schuld daran trugen? Nein, sicher nicht. Lian hatte in ihrem jungen Leben mehr mit Mädchen und Frauen zu tun gehabt, als mit Männern. Und sie wusste deshalb, dass Frauen mindestens ebenso falsch und verlogen sein konnten, wie Männer. Was immer Frau Vranja passiert war: Es war ihr eigenes, persönliches Schicksal. Und sie hatte kein Recht, ihren Hass auf alle anderen Männer zu projizieren und Kindern und Jugendlichen diesen Hass einzuimpfen.

„Was denkst Du?" fragte plötzlich Frau Vranja und riss Lian damit aus ihren Überlegungen. Das war der Punkt, an dem Lian alle Verstellung fallenließ. Sie antwortete in aller Offenheit: „Ich denke, dass ebenso viele Frauen mit Männern spielen, wie Männer mit Frauen."

Frau Vranja atmete tief durch. Sie klang plötzlich irgendwie sehr heiser, als sie leise erwiderte: „Du hast ja keine Ahnung, Mädchen."

Dann verfiel sie in ein langes Schweigen, das Lian erst nach mehreren, langen Minuten mit der Frage brach: „Kann ich etwas für sie tun, Frau Vranja?"

Veronika Vranja schien sich erst jetzt wieder auf die Anwesenheit Lians zu besinnen. Sie blickte zu ihr auf und antwortete, noch immer sehr abwesend wirkend: „Nein. Du kannst jetzt gehen."

Lian stand auf und ging zu Tür. Dort wendete sie sich aber noch mal um und fragte: „Soll ich Marijana auch noch zu Ihnen schicken?"

Frau Vranja winkte ungeduldig ab und erwiderte: „Ich rede morgen mit ihr."

Lian zögerte noch eine Sekunde, dann verließ sie Frau Vranjas Büro und schloss die Tür hinter sich.

„Und?" fragte draußen die ungeduldig wartende Shadowcat leise. Lian sah Shadowcat lange an, während sie die Eindrücke, die sie von Frau Vranja gewonnen hatte, zu verarbeiten versuchte. Dann antwortete sie ebenso leise: „Sie ist eine sehr kranke Frau!"

Die beiden gingen wieder in Joshs Zimmer und Lian erzählte den anderen, wie ihre Unterhaltung mit Frau Vranja verlaufen war.

„Es wäre mir lieber gewesen, ich hätte das Gespräch mit ihr jetzt auch gleich hinter mich bringen können", sagte Marijana und Shadowcat fragte nach einer Weile: „Was hat sie nur vor?"

Josh sah sie an und erwiderte: „Wenn ich das nur wüsste."

Dann blickte er sich in seinem Schlafzimmer um und meinte: „Wie sieht es denn bei euch aus?"

In Marijanas Mundwinkel zuckte ein leises Lächeln. Dann antwortete sie: „So wie bei Dir, bevor wir die anderen Möbel in den Keller gebracht haben. Wir haben noch nicht mal unsere Koffer ausgepackt."

„Dafür haben wir aber keine Verbindungstür mehr zwischen den beiden Zimmern", warf Shadowcat ein. Die anderen sahen sie verwundert an und Shadowcat wendete sich schließlich zu Josh. Als er in ihre wunderschönen Augen blickte und spürte, wie sein Herz vor Liebe überlief, da hörte er sie in seinem Kopf sagen: *Ich habe die fünfte Seele gefunden, Josh! Oder besser gesagt: Sie hat mich gefunden!*

Eine schmerzende Angst überkam Josh. Diese weitere Person, die noch zu ihnen gehören sollte, fürchtete er mehr, als alle Gefahren, die ihm von Frau Vranja und ihrem Internat drohten. Josh konnte die grenzenlose Liebe in Shadowcats Augen sehen, als sie ihm weiter nur in seinem Kopf versicherte: *Du wirst sie lieben, Josh, glaube mir.*

Josh vertraute Shadowcat vollkommen. Trotzdem konnte er sich nicht vorstellen, dass in seinem Herzen Platz für noch einen Menschen sein sollte. Marijana, Lian und Shadowcat füllten es, abgesehen von seiner Mutter, vollkommen aus. Für ein weiteres Mädchen oder eine Frau war kein Platz mehr darin und für einen Mann hätte er bestenfalls Freundschaft empfinden können, wenn er denn noch an Freundschaft geglaubt hätte. Aber den Gedanken musste er sofort wieder korrigieren. An Liebe hatte er auch schon lange nicht mehr geglaubt. Und jetzt lebte und erlebte er sie intensiver, als es ihm jemals möglich gewesen wäre, sich Liebe überhaupt auszumalen.

Hilflos zuckte er mit den Schultern und Shadowcat nahm ihn sofort liebevoll in ihre Arme.

„Ich wünschte, ich wäre in der Lage, zu verstehen, was …" begann Marijana, konnte aber nicht ausdrücken, was sie nicht verstehen konnte. Sie spürte, dass Shadowcat in Gedanken mit Josh sprach, war aber selbst nicht in der Lage, diese Gedanken wahrzunehmen.

„Das kommt schon noch, Marijana!" versicherte Lian, die in der letzten Zeit immer empfänglicher für diese Schwingungen geworden war. Shadowcat löste ihre Lippen von Joshs Lippen und sah Lian fragend an.

„Die fünfte Seele!" sagte Lian schließlich sehr geheimnisvoll. Shadowcat nickte und erwiderte: „Sie wartet in unserem Nebenzimmer!"

Und Marijana ergänzte: „Zu dem es keine Verbindungstür mehr gibt!" Dann fragte sie: „Was für eine fünfte Seele?"

Und Shadowcat erzählte ihr von dem Gespräch von Josh und sich auf der ‚Mother of Pearl', bei dem sie entdeckt hatte, dass es noch jemand gab, mit dem sie aus ihrem früheren Leben verbunden waren. Lian erwiderte darauf sofort: „Die Person in der Blockhütte!"

Shadowcat nickte und antwortete: „Ja."

Und Josh meinte dazu: „Ich habe diese Person auch gespürt. Ich habe gespürt, dass da noch jemand war. Aber ich konnte sie nicht sehen."

„Das wirst Du, Josh!" versicherte Shadowcat. „Das werden wir alle!"

„Ich auch?" fragte Marijana ungläubig. „Ich konnte noch kein einziges Mal in dieses Leben blicken, von dem ihr erzählt."

„Du auch!" versicherte Shadowcat. „Ich habe es schon Josh versprochen, dass wir diese Reise einmal alle gemeinsam machen werden."

So freimütig Shadowcat dieses Versprechen auch gab, so wenig wusste sie selbst, wie sie es halten sollte. Sie wusste nur, dass es so war. Und irgendwann würde sich dieses Versprechen erfüllen.

„Kommst Du mit rüber?" fragte sie Josh. Und als er noch zögerte, sagte sie weiter: „Sie hat einen weiten und beschwerlichen Weg hinter sich, um uns zu finden."

Josh nickte. So groß seine Furcht auch war: Er musste wissen, was für ein Mensch noch in ihren Kreis gehören sollte. Für einen Moment dachte sich Josh sogar, dass es vielleicht gar kein Mensch war. Auch wenn die Kirche etwas anderes behauptete, so war er sich doch sicher, dass auch Tiere eine Seele besaßen. Aber er verwarf diesen Gedanken sofort wieder. Er hatte gespürt, dass Shadowcat von einem Menschen gesprochen hatte, wenn man ihre Gedankenübertragung überhaupt als Sprechen bezeichnen konnte.

„Gehen wir!" sagte er. Aber in dem Moment klopfte es schon wieder an seine Schlafzimmertür. Nachdem jetzt am Nachmittag auch viele Schülerinnen im Haus und auf den Gängen unterwegs waren, hatten sie alle nicht auf die Schritte im Flur geachtet.

„Evelyn!" flüsterte Josh den Mädchen zu. Die Klinke bewegte sich.

Aber die Tür stieß gegen den halb davor stehenden Kleiderschrank und Josh rief: „Die andere Tür, Evelyn!"

Sie hörten die Schritte sich zur nächsten Tür bewegen. Josh küsste schnell die geliebten drei Mädchen, ging ins Nebenzimmer und schloss die Verbindungstür hinter sich. Shadowcat, Lian und Marijana rutschten den Schrank schnell ein kleines Stück von der Wand und schlüpften durch die Tür, als sie hörten, dass Frau Siratja durch die nächste Tür in Joshs Wohnzimmer eingetreten war. Schnell huschten sie über den Gang. Und Marijana und Lian folgten Shadowcat mit neugieriger Spannung in ihr Zimmer.

Evelyn Siratja sah sich verwundert in Joshs Wohnzimmer um, in dem schon die Möbel aus dem Keller standen. „Wie hast Du das denn so schnell gemacht?" fragte sie ihn staunend. Josh überhörte die Frage ganz bewusst und erwiderte, sich sehr beschäftigt gebend: „Wo sind denn die Schlüssel zu meinen Türen, Evelyn?"

Evelyn erwiderte noch immer über das schnelle Ummöblieren erstaunt: „Die Zimmer der Mädchen sind alle offen."

„Ich bin aber kein Mädchen!" antwortete Josh und erklärte so entschieden, dass Evelyn hören konnte, dass er keinen Widerspruch akzeptieren würde: „Und ich möchte meine Zimmer absperren können. Soviel Privatsphäre kann ich wohl erwarten."

So energisch hatte Evelyn Josh noch nicht erlebt. Aber sie wusste natürlich auch, dass Josh spürte, dass ihm hier keine sehr freundschaftlichen Gefühle entgegenschlugen. Sie war die einzige, die ihm bisher Interesse gezeigt hatte.

„Ich kümmere mich drum", antwortete sie ihm und fragte: „Brauchst Du sonst noch etwas, Josh?"

Josh nickte. „Ja", antwortete er, „ich bräuchte Bettwäsche und ich wüsste gerne, wo ich meine Wäsche waschen kann."

„Komm mit", forderte Evelyn Josh auf, führte ihn wieder in den Keller und zeigte ihm die Waschküche.

„Hier", sagte sie, „stehen die Waschmaschinen. Da kannst Du jederzeit waschen, wenn Du das selber machen möchtest. Du kannst Deine Wäsche aber auch mit abgeben. Freitags werden immer die Wäschesäcke der Schülerinnen eingesammelt und über das Wochenende gewaschen."

„Danke, ich mache das lieber selbst", antwortete Josh. Evelyn zeigte ihm noch die Schränke mit Bettwäsche und Handtüchern und auch, wo er Putzzeug finden konnte, da er auch nicht wollte, dass jemand anderes seine Zimmer sauber machte. Dabei beobachtete Josh wieder, wie aufreizend und lasziv Evelyn sich bewegte. Sie trug jetzt nur einen kurzen Wickelrock, ein knappes Bikinioberteil, durch das sich ihre, durch die kühle Luft im Keller hartgewordenen Brustwarzen deutlich abzeichneten und ein Paar leichte, offene Schuhe. Als sie sich bückte, um ihm im untersten Fach eines

Schrankes die Putzeimer zu zeigen, streckte sie ihm ihren festen Hintern so provokant entgegen, dass Josh schon ausweichen musste, um nicht mit ihm zu kollidieren. Und als sie sich an ihm vorbei durch eine Tür zwängte, presste sie ihre festen Brüste gegen ihn, ohne dass er ausweichen konnte. Josh erkundigte sich auch noch, wo er sich denn Getränke holen konnte. „Du sagtest doch, ich könnte mich in der kleinen Bar bedienen." meinte er und Evelyn forderte ihn mit einem koketten Augenaufschlag auf: „Komm mit! Die Bar ist auch viel gemütlicher als die Putzkammer und der Waschraum."

Josh folgte Evelyn mit seiner Bettwäsche unter dem Arm in die Bar, die ein Nebenraum des Speisesaals war und ebenso gemütlich eingerichtet war. Überall waren tropische Pflanzen. Man hatte fast das Gefühl, als würde man sich mitten im Urwald befinden. Im Moment hielt sich nur eine Frau hinter dem Tresen auf und eine andere Dame saß an einem Tisch in einer Nische.

„Das ist Abigail Wendt", flüsterte Evelyn auf die anscheinend nicht mehr ganz nüchterne Barbesucherin deutend, Josh ins Ohr. „Sie ist Lehrerin für deutsch und alle anderen Sprachen. Eigentlich ist sie eine unheimlich intelligente Frau. Aber sie trinkt zu viel. Und ich fürchte, sie wird nicht mehr lange bei uns sein."

Josh sah zu der über ein Glas gebeugten Dame im Halbdunkel. Und als sie ihren Blick zu ihm hob, nickte Josh ihr freundlich zu. Irgendwie tat sie ihm leid, denn Josh wusste, dass es bei den meisten Menschen eine Ursache dafür gab, wenn sie zuviel tranken. Und der Blick, mit dem Frau Wendt ihn angesehen hatte, wirkte nicht nur betrunken, sondern auch sehr einsam und traurig.

Evelyn zog Josh weiter mit zum Tresen.

„Was willst Du trinken?" fragte sie ihn.

Josh wehrte ab. „Im Moment gar nichts", antwortete er. „Ich würde mir nur gerne ein paar Getränke mit in mein Zimmer nehmen."

„Ach so!" erwiderte Evelyn enttäuscht und wendete sich dann an die Dame hinter dem Tresen.

„Chandra, zeig Herrn Barker bitte, wo er sich mit Getränken eindecken kann."

„Kommen Sie mit", sagte die schöne, junge, indisch aussehende Frau missmutig zu Josh und führte ihn hinter dem Tresen enge Stufen hinunter in ein großes Kellergewölbe, in dem Unmengen an Wein und allen anderen Getränken gelagert wurde. Josh war überwältigt von der Auswahl und der unvorstellbaren Menge und dachte sich: *Wer soll auf dieser Insel das denn alles trinken?*

„Hier können Sie sich bedienen", sagte Chandra, nachdem sie das Licht eingeschaltet hatte und erklärte weiter: „Die Tür zum Keller ist immer offen. Sie können also jederzeit hier rein."

„Danke", erwiderte Josh und sah sich ein wenig in dem Gewölbe um. Er nahm sich zwei Flaschen alten französischen Rotweins und folgte Chandra wieder nach oben. Als er hinter ihr die schmalen Stufen hinaufstieg und dabei die Bewegungen ihres schlanken Körpers vor sich sah, dachte er sich, dass auch diese junge Frau jederzeit erfolgreich als Model arbeiten könnte. Seine Gedanken wanderten wieder zu Marijana, Lian und Shadowcat und er erinnerte sich daran, dass er noch jemand kennen lernen musste, von dem Shadowcat gesagt hatte, dass er ihn lieben würde. Ungläubig schüttelte Josh den Kopf.

Evelyn wartete noch am Tresen. Sie hatte sich mit einem Drink bedient und saß auf einem Barhocker. Josh bedankte sich noch einmal bei ihr und Chandra und erinnerte Evelyn noch einmal daran, dass sie an die Schlüssel zu seinen Zimmern denken sollte.

„Ich bringe sie Dir nachher gleich hoch", versicherte sie ihm.

Josh verabschiedete sich, nickte Frau Wendt noch einmal höflich zu und ging nach oben in seine Zimmer.

Während Evelyn Siratja Josh mit Beschlag belegt hatte, war Shadowcat, gefolgt von Lian und Marijana zurück in ihr Zimmer gegangen. Mit einer Mischung aus Neugier und Ehrfurcht gingen sie bis zur offenen Verbindungstür zum angrenzenden Zimmer. Und dort sahen sie, ganz unscheinbar und klein Abebi, nur mit einer kunstvoll gewebten, leichten Decke auf ihren Schultern, nackt auf ihrem Bett sitzen. Sie hatte ihre Beine im Schneidersitz überkreuzt und ihre Augen geschlossen. Lian spürte, wie ihr Herz bei Abebis Anblick schneller schlug und selbst Marijana spürte eine geheimnisvolle Kraft, die sie zu dem kleinen, schwarzen Mädchen zog. Ihr kleiner, kaffeebrauner Körper war noch nicht ausgereift. Ihre Brüste, die sicher einmal fest und voll werden würden, fingen gerade erst an, sich zu entwickeln, waren aber trotzdem schon ein wunderschöner, zarter und verführerischer Anblick.

Sie ist wunderschön! dachte sich Marijana, während sie ihren Blick über Abebi schweifen ließ. Keine von ihnen wagte es, etwas zu sagen, oder ein lautes Geräusch zu machen, solange Abebi ihre Augen noch geschlossen hatte. Aber Abebi ließ die drei nicht lange warten. Sie öffnete die Augen, als ob sie aus einem Traum erwachen würde und sah die drei Schwestern in der Tür stehen. Einige Sekunden lang sahen sie sich gegenseitig nur stumm an. Dann lud Abebi die drei mit einer Geste ihrer Hände in ihr Zimmer ein, wobei die Decke von ihren Schultern glitt. Und zum ersten Mal konnte auch Marijana in ihrem Kopf eine telepathisch übermittelte Nachricht empfangen.

Kommt rein.

Nur diese zwei Wörter glaubte sie wahrzunehmen. Aber nicht nur sie, sondern auch Shadowcat und Lian hatten diese Einladung gehört, die die

Geste Abebis unterstrich. Langsam gingen sie in das Zimmer und Shadowcat stellte die anderen einander vor.

„Das ist Abebi!" sagte sie zu ihren Schwestern und fuhr dann an Abebi gewendet fort: „Und das sind Lian und Marijana."

„Setzt euch", lud Abebi die drei auf ihre Bettkante ein. Und Marijana wunderte sich über die Selbstverständlichkeit und unaufdringliche Natürlichkeit, mit der das kleine, schwarze Mädchen da ohne jede Scham nackt vor ihnen saß.

„Kommt Er auch?" fragte Abebi in ihrem gebrochenen Akzent, aber mit einer besonderen Betonung auf ,Er'.

Shadowcat fragte: „Josh?"

Und Abebi antwortete mit der Gegenfrage: „Josh? Ist das jetzt sein Name, der Name von Cougar oder Tohon?"

„Josh Barker!" bestätigte Shadowcat und erklärte: „Frau Siratja ist grad bei ihm."

„Josh Barker ist hier in sehr großer Gefahr!" sagte Abebi darauf sehr eindringlich und ernst. Marijana, die Abebi noch immer mit ihren Augen verschlang, antwortete darauf: „Das wissen wir."

Und Lian ergänzte: „Und er weiß es auch."

„Aber weshalb ist er dann hierher gekommen?" fragte Abebi besorgt.

„Weil das Schicksal uns wieder vereint!" antwortete Shadowcat. Abebi sah sie an und nickte.

„Ja", sagte sie, „das Schicksal hat große Macht über uns!"

Abebi betrachtete sich eine Weile aufmerksam die Gesichter von Marijana und Lian. Dann sagte sie plötzlich: „Hier ist kein guter Platz. Wollt ihr mit mir kommen? Ich kenne Orte auf dieser Insel, zu denen von den anderen kaum jemand hinkommt. Dort kann ich euch alles erzählen, was ihr über mich wissen wollt."

„Ja", nickte Marijana, die ebenso neugierig wie Lian und Shadowcat auf Abebis Erzählung war. Aber Lian fragte bedrückt: „Und wenn Josh kommt?"

„Geht ihr vor." antwortete Shadowcat. „Wenn er kommt und von hier weg kann, dann komme ich mit ihm nach."

„Wie willst Du uns finden?" fragte Abebi. Shadowcat lächelte sie an, legte ihre Hand zuerst auf ihr eigenes Herz und dann auf Abebis zarte, nackte Brust, die unter der behutsamen Berührung kaum merklich zuckte.

„Dann", erwiderte Shadowcat, „werde ich Dich fragen."

Abebi sah Shadowcat eine lange Sekunde nachdenklich an, während sie durch Shadowcats Hand die gleiche Kraft in ihr Herz strömen zu spüren glaubte, über die auch sie selbst verfügte. Dann nickte sie, ergriff Shadowcats Hand und drückte sie noch fester auf ihr großes Herz, das in dieser kleinen Brust schlug.

„Ja", sagte sie, „Du kannst mich hören!"

Dann erhob sie sich und wickelte sich ihre bunte Decke wie einen Wickelrock um die Hüfte.

„Das ist mein einziges eigenes Kleidungsstück." erklärte Abebi den anderen und legte sich noch zwei kunstvolle Ketten aus großen Perlen um den Hals. An Shadowcat gewendet fuhr sie dann fort: „Auf der anderen Seite vom Gebäude führt ein kleiner, unscheinbarer Pfad in Richtung Nordost in den Urwald. Folge immer dieser Richtung, auch wenn der Pfad die Richtung ändert. Und wenn es nicht mehr weiter geht, dann rufe mich."

Abebi blieb noch einmal vor Shadowcat stehen und Shadowcat, deren Herz selbst von einem neuen unbekannten Gefühl der Liebe ergriffen war, sah Tränen in Abebis Augen, als sie ganz leise und mit zitternder Stimme sagte: „Ich habe euch so unendlich vermisst."

Shadowcat dachte über diesen Satz noch lange nach. Als Abebi Lian und Marijana aufforderte, mit ihr zu kommen, fragte Marijana verwundert: „Willst Du so rausgehen?"

Abebi wusste, dass Marijana die Frage darauf bezog, dass sie außer ihrem Wickelrock keine Kleidung trug und antwortete: „Da wo ich herkomme, war das meine einzige Kleidung. Und hier können sowohl die Schülerinnen, als auch die Lehrerinnen rumlaufen, wie sie wollen. Manchmal werden ganze Schulstunden, auch Sport, nackt abgehalten. Nur im Speisesaal wird das nicht gern gesehen. Heute halten sich die meisten wegen Josh Barker noch zurück. Aber das wird sich spätestens morgen wieder legen."

Marijana, Lian und Shadowcat sahen sich verwundert an und dachten daran, dass Josh auf so etwas nicht vorbereitet sein würde. Marijana und Lian folgten Abebi, nachdem sie Shadowcat zärtlich geküsst hatten. Und dann war Shadowcat wieder allein und versank in Gedanken.

Ganze Schulstunden nackt, dachte sie sich. *Auch Sport!*

Eigentlich empfand Shadowcat das nicht als etwas Schlimmes, ganz im Gegenteil: Sie war gerne nackt und bewegte sich gerne so frei und ungezwungen. Und wenn man das hier ganz offen tun konnte und auch tat, dann war das doch ein guter Schritt weg von der Scheinmoral der Gesellschaft, in der sie bisher gelebt hatte. Aber da waren eben auch die Probleme, die Josh erst in dem Gymnasium gehabt hatte. Und außerdem gab es hier niemanden, der Josh Sympathie entgegenbrachte. Er konnte hier ganz sicher nicht die natürliche, ungezwungene Nacktheit auf dieser tropischen Insel genießen. Und damit konnte sie es auch nicht und lebte nur für die kurzen Momente, die sie sich mit ihm, Lian und Marijana stehlen konnte. Und dann, ... Ja, dann war da jetzt auch noch Abebi!

Ich habe euch so unendlich vermisst, hatte sie gesagt. Wenn Abebi sich schon früher an gemeinsame Erlebnisse erinnern konnte, dann mussten ihre spirituellen Fähigkeiten noch um einiges größer sein, als ihre eigenen. Sie selbst hatte ihr ganzes Leben mit Lian und Marijana verbracht. Und sie hatte immer gewusst und gespürt, dass sie zusammengehörten. Aber das war, weil sie in diesem Leben ihre Schwestern waren, nicht von Geburt, aber von ihrer aus der gemeinsamen Kindheit erwachsenen Liebe, die stärker war, als jede Liebe, die sie bisher bei irgendwelchen anderen Menschen hatte beobachten können. Erst als sie eine Verbundenheit zu Josh zu spüren begonnen hatte, waren auch die Bilder aus ihrem früheren Leben zurückgekehrt. Und erst darin konnte sie nicht nur Josh, sondern auch Lian und Marijana sehen und erkennen, dass es Schicksal war, das sie in diesem Leben wieder vereint hatte. Auch Abebi, von deren Existenz in ihrem früheren Leben sie erst zu ahnen begonnen hatte, war in ihrer Vision erst aufgetaucht, als sie sie nicht nur real vor sich gesehen, sondern berührt hatte. Shadowcat war wirklich gespannt auf Abebis Geschichte und sie war überzeugt davon, dass Josh für Abebi auch noch Platz in seinem Herzen finden würde. Sie spürte, dass sie selbst bereits dabei war, Gefühle für dieses noch so unbekannte Mädchen zu entwickeln, die so etwas wie Liebe zu sein schienen.

Verrückt! dachte sie sich. *Ich kenne sie noch keine Stunde.*

Als Abebi, Marijana und Lian aus dem Gebäude traten, begegneten sie an der Tür Liz Knightham und ihrer Clique. Liz wendete sich an Marijana und Lian.

„Hallo", grüßte sie die beiden und stellte fest: „Ihr seid die Neuen! Ich bin Liz Knightham und das sind Ruby, Sindy, Maggy …"

„Margaret!" korrigierte das Mädchen, auf das Liz zuletzt gedeutet hatte. „Margaret Hinterloh!"

„Ist ja gut, Maggy!" riss Liz das Wort wieder an sich und stellte noch die letzten beiden Mädchen vor: „Und das sind Fabienne und Cordelia."

„Marijana Lara!" stellte sich Marijana vor und auch Lian sagte mit einem leichten Kopfnicken: „Lian Lara"

„Habt ihr eure Zimmergenossin schon kennen gelernt?" fragte Liz die beiden mit einem Nicken in Richtung Abebi und erklärte gleich darauf: „Sie ist nicht ganz richtig im Kopf."

Liz wollte noch weitersprechen, aber Marijana ließ diese Behauptung keine Sekunde im Raum stehen und erwiderte: „Das sehen wir anders!"

Liz war für einen Moment sprachlos. Sie war es nicht gewohnt, dass neue Schülerinnen ihr widersprachen.

„Sie kann ja noch nicht mal sprechen!" sagte sie schließlich. Lian wollte sofort widersprechen. Aber Abebi nahm sie am Arm und schüttelte leicht den Kopf.

Lass sie mich für stumm halten! hörte sie Abebi in ihrem Kopf sagen. Lian wendete sich wieder zu Liz und fragte ganz ruhig: „Na und?"

Liz Knightham wendete sich wieder an ihre Freundinnen und sagte herablassend zu ihnen: „Anscheinend sind die beiden genauso verschroben, wie die kleine Niggerfotze."

Sie hatte das letzte Wort noch nicht ganz ausgesprochen, als Lian schon in die Luft sprang und ihr Fuß Liz Knightham mit solcher Wucht an der Schläfe traf, dass die wie ein nasser Sack zu Boden stürzte und für einige Minuten ohne Bewusstsein liegen blieb.

„Lasst uns gehen", sagte Lian zu Abebi und Marijana. Und sie wendeten sich, ohne Liz' Freundinnen weiter zu beachten, ab.

„Wartet!" sagte Fabienne Matisse, die ihnen schnell nachgesprungen war. Die drei drehten sich noch einmal um und Lian war bereit, jeden eventuellen Angriff sofort abzuwehren. Aber Fabienne, die etwa siebzehn Jahre alt sein mochte und etwa einen Meter siebzig groß war, wendete sich an Abebi.

„Es tut mir leid!" sagte sie. „Ich weiß, dass Du mich verstehen kannst. In St. Bernadette gibt es eigentlich keinen Rassismus. Bitte vergiss, was Liz gesagt hat."

Abebi sah Fabienne mit ihren großen, melancholisch blickenden Augen an und schüttelte den Kopf. Sie konnte vielleicht verzeihen. Aber vergessen: Niemals! Marijana hatte Fabienne während ihrer Entschuldigung aufmerksam gemustert. Jetzt sagte sie zu ihr: „Warum gibst Du Dich mit jemand wie Liz Knightham ab, wo Du doch selbst nicht ganz weiß bist?"

Fabienne war ein hübsches Mädchen. Sie hatte eine gesunde, braune Hautfarbe, die man der südlichen Sonne zuschreiben konnte und dichte, schwarze Locken. Sie sah Marijana neugierig an. Es kam nicht oft vor, dass ihr jemand auf Anhieb ins Gesicht sagen konnte, dass es unter ihren Vorfahren auch Schwarze gegeben hatte. Aber sie leugnete es nicht. Sie antwortete nur: „Liz ist nicht immer so. Sie ist im Moment nur wegen diesem Barker so …"

„Überheblich?" fragte Lian und Fabienne bedankte sich für das Wort, das sie gesucht hatte.

„Ja", sagte sie. „So könnte man es bezeichnen. Sie will zur Zeit ständig beweisen, dass sie die Beste ist, um ihn für sich zu bekommen."

„Sie will ihn für sich?" fragte Marijana. „Inwiefern denn?"

„Naja, zum Spielen halt!" antwortete Fabienne und erklärte: „Ihr kriegt das schon noch mit."

In dem Moment rührte sich Liz, um die sich in der Zwischenzeit ihre anderen Freundinnen gekümmert hatten.

„Geht jetzt besser!" sagte Fabienne zu Marijana, Lian und Abebi und ging zu ihrer zu sich kommenden Freundin zurück. Und Marijana und Lian folgten Abebi zu ihrem geheimen Platz, an dem sie von den anderen Schülerinnen unbehelligt blieben.

„Liz Knightham wird nicht erfreut sein, wenn sie aufwacht und feststellt, dass es trotz ihrer Arroganz und Größe jemanden gibt, dem sie nicht gewachsen ist", sagte Marijana unterwegs zu Lian.

Und Lian erwiderte: „Stimmt schon: Sie wird nicht erfreut sein. Aber sie hatte nicht mit einem Angriff gerechnet. Ich hab sie überrumpelt. Also ist das noch nicht ausgestanden. Entweder besteht sie auf eine faire Revanche oder ich muss mit einem Überfall aus dem Hinterhalt rechnen."

Lian blieb stehen und sah Marijana an.

„Danke", sagte sie, „dass ich nicht alleine bin!"

„Das wirst Du niemals sein, mein kleiner Drache!"

Lian küsste Marijana ganz zärtlich und liebevoll auf die Lippen und erwiderte dankbar: „Ich weiß, meine schöne, weiße Taube!"

„Die weiße Taube, Chenoa; So haben Dich die Roten Männer genannt!" erwiderte darauf Abebi.

„Die Roten Männer?" fragte Marijana.

Und Abebi antwortete ihr: „Damals, in dem anderen Leben!"

Dann wendete sie sich wieder um und forderte die beiden auf: „Kommt weiter."

Shadowcat musste noch eine Weile warten, bis sie Joshs Schritte im Flur hören konnte. Vorsichtig spähte sie durch die Tür. Und als sie sah, dass Josh allein war, rief sie ihn leise zu sich.

„Josh!" rief sie. Als Josh mit seiner Bettwäsche unter dem Arm und den beiden Weinflaschen in der Hand sie sah, lief er sofort zu ihr. Shadowcat hielt ihm die Tür auf. Und als er an ihr vorbeigeschlüpft war, schloss sie sie schnell hinter ihm, fiel ihm um den Hals und küsste ihn mit ihrer kindlichen und doch so ehrlichen und tiefen Liebe. Josh ließ seine Bettwäsche auf den Boden fallen, warf die Weinflaschen einzeln und vorsichtig auf eines der Betten und schloss seine Arme um das geliebte Mädchen. Voller unstillbarer Liebe und leidenschaftlicher Zärtlichkeit hob er Lian hoch, drehte sich mit ihr im Kreis und erwiderte ihre innigen Küsse. Nur sehr langsam konnten sie ihre Lippen wieder voneinander lösen. Aus der Leidenschaft des ersten Augenblicks, in dem sie sich gierig verschlangen, in dem ihre Zungen kühn und neugierig den Mund des anderen eroberten, wurde ein immer zärtlicheres Spiel. Sie knabberten gegenseitig sanft an ihren Lippen und saugten zärtlich an ihnen. Und schließlich berührten sich nur noch ganz zart ihre Lippen, auf denen sie ihren heißen Atem spüren konnten.

„Ich liebe Dich, Josh!" flüsterte Shadowcat mit geschlossenen Augen.

„Und ich liebe Dich, Victoria!" antwortete Josh ebenfalls flüsternd.

Shadowcat öffnete die Augen und sah Josh fragend an.

„Victoria ist so ein schöner Name, Shadowcat!" beantwortete Josh die ungestellte Frage. „Und er passt zu Dir. Du bist eine Siegerin; Du hast mich besiegt!"

Shadowcat gab Josh erneut einen zärtlichen und liebevollen Kuss und antwortete ihm: „Ich hab Dich nicht besiegt, Josh. Ich bin Dir verfallen!

Aber Du hast natürlich recht. Es ist mein Name. Und aus Deinem Mund hört er sich wunderschön an! Es ist egal, wie Du mich nennst, solange Du mich nur liebst!"

Josh trug Shadowcat noch immer auf seinen Armen, als er antwortete: „Ich werde Dich immer lieben, Shadowcat. Das weißt Du! Ich kann ohne Dich nicht mehr leben. Und auch wenn ich Dich ab und zu bei Deinem Taufnamen nenne, bleibst Du trotzdem immer Shadowcat. Den Namen hast Du Dir schließlich auch in diesem Leben verdient, als Du über Deinen Schatten gesprungen bist!"

Die Lippen der beiden Liebenden trafen sich noch einmal zu einem langen, zärtlichen Kuss. Dann ließ Josh Shadowcat wieder auf den Boden.

„Kannst Du jetzt weg?" fragte Shadowcat. Und Josh antwortete. „Ich muss nur meine Bettwäsche in mein Zimmer räumen und meinen Vorrat an Rotwein. Ich fürchte, den werde ich in der nächsten Zeit nötig haben."

Shadowcat sah Josh mit leichter Besorgnis an und erwiderte darauf: „Ich hoffe, dass ich Dich auf andere Weise aufmuntern kann, als mit Alkohol, auch wenn es hier unerträglich für Dich zu werden verspricht."

Josh lächelte Shadowcat aufmunternd und beruhigend an und er antwortete ihr: „Hab keine Angst mein Herz."

‚Mein Herz!' klang es in Shadowcat nach. *Wie schön es ist, wenn er mich so nennt!* dachte sie sich und sagte: „Marijana, Lian und ich sind immer für Dich da, mein Geliebter!"

Gleich nachdem sie den Satz vollendet hatte, dachte sie sich plötzlich, dass die Bezeichnung ‚Geliebter' vielleicht lächerlich klang, weil sie irgendwie veraltet war und oft eine fragwürdige Bedeutung hatte. Aber diesmal hörte Shadowcat Josh in ihrem Kopf.

Danke, dass ich Dein Geliebter sein darf, mein Herz! sagte er. Und als Shadowcat ihn überrascht ansah, sagte er mit Worten: „Was ist schon fragwürdig daran? So rein und groß unsere Liebe auch ist; Sie ist gegen alle Regeln und muss geheim bleiben."

Shadowcat ging gar nicht darauf ein und fragte nur: "Du konntest mich hören? Ohne dass ich mich darauf konzentriert habe, Dir meine Gedanken zu schicken?"

Josh nickte und antwortete: „Ja."

Shadowcat umarmte Josh mit all ihrer Liebe und flüsterte: „Wir sind wirklich Eins, Josh, mein Herz und mein Geliebter!"

Dann küsste sie ihn wieder und als sie sich von ihm löste, sagte sie sehr nachdenklich: „Vielleicht werden wir eines Tages als eine Person wiedergeboren."

Josh schüttelte den Kopf und erwiderte: „Das hoffe ich nicht. Dann wären wir ein ziemlich selbstverliebter Mensch."

Shadowcat lächelte Josh verliebt an und sagte: „Ja, das stimmt!"

Dann erinnerte sie sich wieder daran, was sie Josh eigentlich sagen wollte und sagte es jetzt auch.

„Marijana und Lian warten mit Abebi draußen auf uns. Hier ist kein guter Ort zum Reden."

„Abebi?" fragte Josh. Und Shadowcat antwortete: „Die fünfte Seele!"

Josh war sich nicht ganz sicher, aber er vermutete, dass Abebi ein weiblicher Name war. Und als er Shadowcats auf sich gerichteten Blick sah, wusste er, dass sie seine Überlegungen verstanden hatte.

„Ja, sie ist ein Mädchen!" bestätigte sie und nahm ihn bei der Hand.

„Warte", sagte Josh und fragte: „Wohin gehen wir?"

Shadowcat zuckte mit ihren Schultern und antwortete: „Ich weiß nicht. Irgendwo nach Nordosten."

Josh ließ kurz seinen Blick durchs Zimmer schweifen und stellte dabei fest, dass die Mädchen noch nicht einmal ihre Koffer ausgepackt hatten, während sie ihm schon dabei geholfen hatten, seine beiden Zimmer komplett neu zu möblieren.

„Das ist nicht fair", sagte er wehmütig, „dass ihr in so einem ungemütlich eingeräumten Zimmer seid, während ich jetzt so schöne Möbel habe."

„Wann immer es möglich ist, werden wir bei Dir sein, Josh!" versicherte ihm Shadowcat und fügte noch hinzu: „Aber nicht wegen Deinen Möbeln!"

Josh betrachtete sich fasziniert die herausgerissenen Scharniere der Tür und sagte: „Dafür braucht es sehr viel Kraft!"

Shadowcat kam an Joshs Seite und erwiderte: „Glaub mir: Die hat sie!"

„Oder die habt ihr!" warf Josh ein und meinte dann noch: „Ich repariere das, bevor wir gehen. Sonst müsst ihr noch erklären, wie das passiert ist. Und ich will nicht, dass ihr hier auch noch Ärger bekommt."

Shadowcat war etwas traurig, dass sie noch nicht loskamen. Aber sie wusste, dass Josh recht hatte. Also stimmte sie zu. Josh brachte schnell sein Bettzeug und die Weinflaschen in seine Zimmer, holte sich aus dem Keller Werkzeug und machte sich dann ans Werk, die Scharniere wieder neu anzubringen. Das war dann auch innerhalb einer Viertelstunde erledigt. Josh hängte die Tür wieder ein und brachte das Werkzeug zurück in den Keller. Dann verabredeten Shadowcat und er sich an dem schmalen, nach Nordosten führenden Pfad, zu dem sie aus verschiedenen Richtungen gelangten. Shadowcat lief links um das Internatsgebäude und Josh lief rechts herum. Er schlug sich schon ein Stück von dem Pfad entfernt in die Büsche und suchte sich seinen Weg, vor Blicken aus dem Internat geschützt bis zu dem Pfad, wo er Shadowcat wieder traf und sich von ihr weiter in Richtung Nordost führen ließ. Auch als sie von dem Pfad abwich und einer geraden Linie folgte, vertraute Josh ihr blind. Doch irgendwann standen sie plötzlich vor einer unüberwindlich erscheinenden Felswand.

„Hier soll ich sie rufen!" sagte Shadowcat leise und mit Ehrfurcht vor dieser unberührten und majestätischen Natur.

„Abebi?" fragte Josh, der auch diese Ehrfurcht vor der Natur besaß. Shadowcat nickte und Josh beobachtete, wie sie sich konzentrierte. Ihm war klar, dass das Rufen nicht als lautes Rufen gemeint gewesen war.

Während Shadowcat ihre Gedanken an Abebi richtete und ihr mitteilte *Wir sind da, Abebi!*, kletterte Josh ohne irgendwelche Hilfsmittel, nur mit Händen und Füßen die steile Felswand, die keinen Halt zu bieten schien, hoch. Bis vor zwei Jahren war er ein begeisterter Freeclimber gewesen. Und nur durch den tragischen Tod eines langjährigen Kletterpartners, der bei einer Tour, bei der Josh nicht dabei war, abgestürzt war, hatte Josh mit diesem Sport aufgehört.

„Ich kann sie sehen!" rief er Shadowcat von oben zu, aber nur laut genug, dass sie es unten hören konnte. Verwundert blickte Shadowcat nach oben und hörte im selben Moment Abebi in ihrem Kopf antworten: *Folge einfach Josh Barker, Victoria!*

„Hm!" machte Shadowcat leise und rief Josh zu: „Wie soll ich da rauf kommen?"

Josh hatte von oben einen guten Überblick. Er besah sich von seinem Platz aus das Gelände und rief dann zurück: „Wenn Du rechts entlang dem Felsen folgst, kommst Du ein Stück weiter vorne zu einer Einbuchtung. Ich glaube, da müsstest Du hochkommen. Ich komme Dir entgegen."

Shadowcat folgte Joshs Beschreibung. In der Einbuchtung im Felsen konnte sie wirklich ein Stück nach oben klettern. Aber dann kam wieder ein Stück, von dem aus es nicht weiterging. Da erschien aber oben Josh, streckte sich zu ihr hinunter, bis er ihre Hand fassen konnte und zog sie zu sich nach oben. Oben hatten sie auf dem schmalen Grat kaum Platz, um nebeneinander zu stehen. Josh nahm Shadowcat in seine Arme und hielt sie. Obwohl sie schwindelfrei war, genoss sie es, von Joshs starken Armen gehalten und beschützt zu werden. Sie schmiegte sich ganz eng an ihn und spürte Joshs angespannte Muskeln unter dem dünnen Stoff seines kurzen Hemdes. Und Josh genoss es, Shadowcats jungen, geschmeidigen Körper an sich gepresst zu spüren. Seine Hände lagen auf ihrem schlanken Rücken, ihre Brüste schmiegten sich an seine Brust und ihre Oberschenkel umklammerten sein rechtes Bein. Josh merkte, wie diese Berührung wieder seinen ganzen Körper durchströmte. Als er in Shadowcats wunderschöne Augen blickte, musste er sie einfach küssen. Und so standen sie mit geschlossenen Augen, sich in den Armen liegend auf diesen schmalen, keine zehn Zentimeter breiten Grat, von dem es auf beiden Seiten mehrere Meter steil abwärts ging, und küssten sich mit vor Liebe überlaufenden Herzen.

„Komm!" sagte Josh, als sie die Augen wieder öffneten und ihre Lippen sich trennten. Er nahm sie bei der Hand und führte sie den Grat wieder weiter nach oben bis zu der Stelle, an der Josh die Felswand erstiegen hatte. Hier weitete sich der Grat zu einem kleinen Plateau, von dem aus man in eine kleine, von ins Meer ragenden, hohen Felsausläufern umgebene Bucht blicken konnte. Und von dort aus sah Shadowcat ihnen jetzt Abebi, Lian und Marijana zuwinken. Shadowcat winkte voller Vorfreude darauf, dass sie gleich zum ersten Mal komplett sein würden, zurück. Aber dann bemerkte sie Joshs bedrückten Gesichtsausdruck und schmiegte sich wieder an ihn.

„Sie ist nackt!" sagte er verlegen. Shadowcat küsste zärtlich seine Wange und erwiderte: „Marijana und Lian sind auch nackt!"

„Das ist schlimm genug!" antwortete Josh, der spürte, wie der Anblick der nackten Mädchen trotz der Entfernung, die sie noch von ihnen trennten, seinen Penis anschwellen ließ. Er wollte nicht mit einer Erektion vor ein Mädchen hintreten, das er nicht kannte und von dem er noch nicht überzeugt war, dass er es überhaupt kennen lernen wollte. Von hier aus hatte das Plateau nur einen etwas über einen Meter hohen Abbruch. Und dahinter lief der Felsen so flach aus, dass man ohne Schwierigkeiten hinunterlaufen konnte und dann nur noch durch einen schmalen Waldstreifen musste, um in die Bucht zu gelangen. Shadowcat blickte nach unten und sah die entstehende Beule in Joshs Hose. Sie lächelte Josh verliebt an und ließ ihre Hand zärtlich über die Beule gleiten.

„Das macht es nicht besser." sagte Josh verlegen, weil er spürte, wie die leichte Berührung seine Erektion nur noch schneller anschwellen ließ.

„Komm schon!" forderte Shadowcat Josh auf, während sie den Reißverschluss seiner Hose öffnete und ihre Hand in seine Unterhose gleiten ließ. Ihre kleinen Finger umschlossen Joshs Penis, der sich gerne aus dem engen Gefängnis der Hose befreien ließ. Dann marschierte Shadowcat einfach los und zog Josh an seinem harten, pulsierenden Glied hinter sich her. Josh war einen Moment lang hoffnungslos unfähig, sich gegen diese zärtliche und erregende Freiheitsberaubung zu wehren und folgte ein paar Schritte widerstandslos Shadowcat. Als er dann abbremsen wollte und Shadowcat dadurch ihren Griff nur noch verstärkte und auch noch fester zog, steigerte das auch nur noch seine Erregung. Aber er konnte sich doch nicht so einem unbekannten Mädchen vorführen lassen.

„Warte, warte, warte!" flehte er Shadowcat an, unfähig, sich körperlich gegen ihren Griff zu wehren, der ihn sich ihr so willenlos ausliefern ließ. Shadowcat blieb stehen und drehte sich zu Josh um.

„Du hast es versprochen!" sagte sie leise bittend, während sie zärtlich und liebevoll seine pralle Eichel massierte.

„Aber doch nicht so", widersprach Josh, entzog ihr ungern seinen Penis und verstaute ihn so in seiner Hose, dass man seine Erektion möglichst wenig bemerkte, was ihm nebenbei bemerkt, nicht sehr gut gelang. Er atmete tief durch, nahm Shadowcats Hand und sage schließlich: „Gehen wir!"

Shadowcat lächelte Josh dankbar an und erwiderte: „Ich wusste es!"

Dann liefen sie Hand in Hand den Felsen hinunter und durch den dichten Waldstreifen. Als sie aus dem dichten Grün, das voller Leben war, auf den Strand traten, kamen ihnen Lian und Marijana schon entgegengelaufen. Josh konnte seine Augen nicht von den beiden wenden. Ihre nackten, schlanken Körper, die vom Wasser glänzten bewegten sich geschmeidig auf sie zu. Bei Lian zeichneten sich deutlich ihre sehnigen Muskeln unter der glatten Haut ab. Trotzdem war sie so unglaublich zart und feminin. Ihre seidigen Haare flogen im Takt ihrer Schritte. Ihre kleinen Brüste waren so fest, dass sie trotz des schnellen Spurtes kaum wippten, im Gegensatz zu Marijanas großen Brüsten. Josh war so fasziniert vom Anblick der beiden geliebten Mädchen, dass er nicht einmal merkte, wie sein Penis sich aus der unfreiwillig eingenommenen Position wieder befreite und hemmungslos gegen den Stoff seiner Hose drückte. Die Brustwarzen von Lian und Marijana standen, vermutlich durch das Wasser, hart und erregt ab. Josh ließ seinen Blick ungeniert zwischen die Beine der beiden wandern. Der Anblick der sich im Lauf bewegenden kleinen Spalten war fast zuviel für ihn. Er öffnete seine Arme und die beiden fielen ihm um den Hals, schmiegten ihre nackten und feuchten Körper an ihn und küssten ihn, als ob es ihre letzte Möglichkeit wäre, das zu tun.

Abebi folgte den beiden nur langsam. Auch sie fürchtete die Begegnung mit Josh mehr, als die mit Shadowcat, Marijana und Lian. Shadowcat blieb hinter Josh stehen. Ihr Herz war erfüllt von Liebe beim Anblick der sich Umarmenden und Küssenden. Und als sie an Josh, Lian und Marijana vorbeiblickte, sah sie, dass Abebi auf dem halben Weg zwischen dem Meer und Josh stehen geblieben war.

Auch Abebi beobachtete still die ungebändigte Liebe und überbrodelnde Leidenschaft, mit der sich Lian, Marijana und Josh in den Armen lagen und immer wieder küssten. Shadowcat sah, dass Abebis Augen bei diesem Anblick feucht schimmerten und sie konnte ihre Gedanken hören: *Ich bin endlich zuhause!*

Shadowcat verstand, dass Abebi mit ,zuhause' nicht den Ort, sondern die Menschen meinte; Die Menschen die auch für sie Familie und zuhause sein sollten, die ihr Liebe, Vertrauen, Zärtlichkeit und Geborgenheit geben würden.

Keiner von ihnen konnte schon ganz begreifen, dass plötzlich, wie aus dem Nichts Abebi innerhalb der unüberwindlichen Mauer, die sie um ihre kleine Gemeinschaft errichtet hatten, aufgetaucht war. Shadowcat hatte die Kraft gespürt, mit der sie zu Abebi gezogen worden war. Und sie hatte in ihrer Vision gesehen, dass Abebi auch in ihrem früheren Leben bei ihnen gewesen war. Aber begreifen konnte sie es noch nicht. So viele Jahre hatte es nur Lian und Marijana in ihrem Leben gegeben. Sie waren ihre einzige Familie gewesen, ihr einziger Halt. Und dann hatte plötzlich Josh wie ein Sturmwind die Herzen der drei Schwestern erobert, ohne dass er selbst es geahnt hatte und ohne dass sie oder er es hatten begreifen können. Und sie hatten erkannt, dass sie zusammengehörten, jetzt und bis in alle Ewigkeit. Sie hatten gedacht, dass sie jetzt komplett wären. Sie waren sich gegenseitig alles gewesen, was sie sich wünschten, alles was sie brauchten. Und doch war in dieser wiederkehrenden Vision aus dem Blockhaus dieser leere Fleck gewesen, die Anwesenheit einer Person, die sie hatte spüren können, die sie aber nicht sehen oder erfassen können hatte. Sie hätte nicht einmal zu sagen vermocht, ob diese Person Freund oder Feind gewesen ist. Aber als Shadowcat dann dieses kleine, schwarze Mädchen in ihren Schoß geborgen hatte und in diese Vision zurückgeschleudert worden war, da war auch plötzlich Abebi zu erkennen gewesen, wie sie versucht hatte zu helfen, indem sie eine Wunde versorgt hatte. Auch wenn Shadowcat noch immer nicht wusste, was in diesem Blockhaus wirklich passiert war und wie ihr früheres Leben als ganzes verlaufen war, spürte sie doch, dass sie mit Abebi durch ein ebenso starkes Band verbunden war, wie mit Lian und Marijana und selbst mit Josh. Begreifen konnte sie es noch nicht. Aber fühlen konnte sie es. Ihr kleines, reines Herz flog Abebi zu und sie wünschte sich, sie bei sich zu haben. Sie wünschte sich, sie zu berühren und von ihr berührt zu werden. Und sie wünschte sich, dass Josh und sie aufeinander zugehen würden, dass Josh das Schicksal, das sie aneinander band auch akzeptieren würde und dass er sein Herz für dieses kleine Mädchen öffnen würde.

Nur noch für Abebi, nur noch dieses eine mal, bat sie in Gedanken. *Sie ist die fünfte Seele, die zu uns gehört!*

Josh hatte noch immer Marijana und Lian in seinen Armen. Aber er hörte Shadowcats Bitte in seinem Kopf. Er konnte sein Herz nicht einfach öffnen, wie eine Kaffeedose. Aber er war hier, um Abebi kennenzulernen. Als er jetzt langsam aufblickte und ihre Blicke sich trafen, spürte Josh wieder diese Schüchternheit, die er mit Lian, Marijana und Shadowcat glaubte überwunden zu haben. Einen Moment lang schämte er sich für sein ungeziemliches Benehmen, dass er vor Abebis Augen seine grenzenlose Liebe zu Marijana und Lian so offen gezeigt hatte. Abebi stand da, klein und nackt und hatte ihre Hände vor ihrer Brust ineinander gelegt. Josh vermied es, ihren Körper anzusehen. Er sah nur ihre Augen, die ihm so merkwürdig vertraut erschienen. Und plötzlich erkannte er, dass sie den gleichen, traurigen Ausdruck hatten, wie die von Shadowcat. Josh fragte sich, warum sein Herz beim Anblick dieses kleinen Mädchens schneller schlug.

Vermutlich, dachte er sich, *weil Shadowcat irgendetwas von mir erwartet.*

Aber das war nicht die ganze Wahrheit. Auch wenn er es sich selbst noch nicht eingestehen wollte, konnte er doch spüren, dass Abebi eine ungeheuere Anziehung und Faszination auf ihn ausübte. Aber aus zwei Gründen leugnete er diesen Umstand vor sich selbst: Erstens liebte er Shadowcat, Lian und Marijana so unendlich, dass er das Gefühl hatte, er würde diese Liebe verraten, wenn er zuließ, dass er sich noch für ein anderes Mädchen interessierte. Und zweitens glaubte Joshs, dass Abebi noch jünger als Shadowcat war. Sie war noch ein Kind in seinen Augen! Und er … Nein, er konnte dieses Mädchen nicht lieben. Er durfte es nicht.

Sie ist jung, dachte er sich, *sie ist hübsch und von einer unverdorbenen Natürlichkeit! Aber ich kenne sie nicht. Und selbst wenn ich sie kennen lerne … Ich kann mein Herz vor ihr verschließen! Ich muss sie nicht lieben.*

Abebi spürte, wie Josh sein Herz vor ihr verschloss. Ihre großen, traurigen Augen füllten sich mit Tränen und sie begann stumm zu weinen. Als ihre Tränen zu fließen begannen, wendete sie sich verlegen ab. Sie wollte nicht, dass die anderen ihre Tränen sahen. Aber alle hatten sie gesehen. Shadowcat, Marijana und Lian wollten sofort zu ihr laufen. Aber ohne darüber nachzudenken, was er tat, hielt Josh sie zurück, da er spürte, dass er die Ursache der Tränen war.

„Wartet!" sagte er. „Das muss ich in Ordnung bringen."

Schneller als er es beabsichtigt hatte lief er zu Abebi, die langsam wieder so weit gegangen war, bis die Wellen ihre Füße umspülten. Traurig blickte sie zum Horizont und das Salz ihrer Tränen vermischte sich mit dem des Ozeans. Als Josh zu ihr lief, wusste er nicht einmal, was er sagen sollte. Er wusste nur, dass er sich für seine ablehnende Kälte entschuldigen musste. Er hatte nicht beabsichtigt, ihren nackten Körper zu betrachten. Aber als er sich ihr näherte, konnte er nicht verhindern, dass sein Blick über ihren nackten, braunen Rücken und ihren kleinen, festen Po wanderte.

Sie ist noch ein Kind! dachte Josh bei diesem Anblick wieder. Aber zu mehr, als dieser Feststellung reichten seine Gedanken nicht mehr. Warum sollte er sein Herz verschließen, wenn er doch ohnehin nicht daran glaubte, dass darin noch Platz wäre. Jetzt war da nur ein kleines Mädchen, das durch seine Ablehnung traurig war und des Trostes bedurfte. Josh blieb dicht hinter Abebi stehen. Sie konnte ihn spüren, obwohl er sie weder berührte, noch zu ihr sprach. Josh spürte eine fast magnetische Anziehungskraft in deren Feld er geraten war, als er sich Abebi genähert hatte. Und auch Abebi konnte es spüren. Nur wenige Sekunden wehrte sie sich dagegen, weil sie dem Mann, der sie ablehnte nicht zu nahe treten wollte. Aber er stand da, ganz dicht hinter ihr. Und Abebi spürte, wie er krampfhaft nach Worten suchte und dabei gleichzeitig so eine Ruhe ausstrahlte, die sich auch auf sie übertrug. Sie gab den Widerstand auf und ließ sich nach hinten fallen, nur wenige Zentimeter, bis sie an Joshs Brust lehnte.

„Wer bist Du?" fragte Josh sie fast flüsternd, während er unbewusst seine Arme um die Schultern des Mädchens legte, das ihn, ohne dass er sich dagegen wehren konnte, in seinen Bann zog. Dabei merkte er nicht einmal, dass er mit seinen Sportschuhen bereits im Wasser stand.

„Ich bin ein Teil von Dir, Josh Barker!" antwortete Abebi und Josh war fasziniert von ihrem Akzent und der Willensstärke, mit der sie sich durch eine ihr noch fremde Sprache kämpfte. Ohne darauf zu achten, was

Marijana, Lian und Shadowcat taten, standen Josh und Abebi noch lange so in den auslaufenden Wellen und blickten aufs Meer. Sie sprachen kein Wort. Aber sie spürten, wie etwas von ihnen Besitz ergriff, das Abebi schon ihr ganzes Leben lang gesucht, von dem Josh aber bisher noch nichts geahnt hatte. Er wehrte sich nicht länger dagegen, dass das Leben oder das Schicksal Menschen und Gefühle für ihn bereithielt, die über seinen Verstand gingen. Sie standen vielleicht eine halbe Stunde so zusammen. Abebi hatte ihre Hände auf Joshs starke Arme gelegt und ihr Kopf lehnte an seiner Brust. Als Josh Shadowcat leise sagen hörte „Glaubst Du mir jetzt, mein Herz?", war er sich zuerst nicht sicher, ob sie es wirklich gesagt, oder ob er ihre Stimme nur in seinem Kopf gehört hatte. Erst als er ihren Atem in seinem Nacken spürte, wurde ihm bewusst, dass sie hinter ihm stand. Und da küsste Shadowcat auch schon zärtlich seinen Nacken, ohne seine Antwort abzuwarten.

„Ich glaube" antwortete Josh nachdenklich, „dass ich, obwohl ich so viel älter bin als ihr, so unendlich viel weniger von den Geheimnissen des Lebens weiß. Ich bin ein Lehrer. Wie kann ich glauben, was ich nicht verstehe?"

„Vertraue Deinem Herzen, Josh Barker!" antwortete Abebi ihm und versprach: „Wenn Du mich darin nicht findest, dann werde ich aus Deinem Leben wieder verschwinden!"

Gerade noch hatte Josh sich nicht einmal vorstellen können, dass er bereit oder in der Lage sein könnte, für dieses Mädchen etwas zu empfinden. Und jetzt erfüllte ihn die Vorstellung, dass Abebi ihn wieder verlassen könnte mit einer unbeschreiblichen Angst und Leere. Selbst wenn ihm noch Shadowcat, Marijana und Lian blieben, würde er das kleine, schwarze Mädchen, das er noch nicht einmal wirklich kannte, vermissen und es würde eine schmerzende Lücke zurücklassen. Josh nahm Abebi bei den Schultern und drehte sie behutsam zu sich um. Lange sahen sie sich in die Augen. Und Josh war froh, dass Shadowcat ihn von hinten umarmte, sich an ihn schmiegte und ihm so einen Halt bot. Abebi war so ganz anders, als die anderen drei Mädchen. Sie war auch klein und schlank, mit einem sich gerade erst entwickelnden Körper. Josh hätte gern geleugnet, dass ihm dieses noch fast kindliche Mädchen gefiel. Aber er konnte es nicht. Abebi war noch ein echtes Naturkind, aufgewachsen in einer anderen Kultur. Sie war sich sehr wohl ihres Körpers und ihrer sexuellen Ausstrahlung bewusst. Und sie war sogar schon auf die Pflichten der Ehe vorbereitet worden. Sie wusste, was Männer und Frauen miteinander taten. Aber das Gefühl, das sie für Josh hegte, diese unendliche Liebe, die sie aus ihren Träumen und Visionen kannte und nach der sie so lange gesucht hatte, die hatte nichts mit Pflichten zu tun. Sie wollte Josh spüren. Sie wünschte sich, dass er sie berührte und das mit ihr tat, was Männer mit Frauen taten. Josh ließ seinen Blick an Abebi nach unten gleiten. Er sah die kleinen, erwachenden Brüste mit den noch zierlichen, sich kaum erhebenden, dunklen Knospen. Ein Teil in Josh kämpfte immer noch dagegen an, dass er mit seinen Lippen gern diese kleinen Brüste bedeckt hätte. Dieser Zwiespalt würde wohl immer weiter in ihm bestehen. Josh blickte wieder nach oben in Abebis Gesicht und ihre Augen. Sie war auf ihre Art wunderschön. Ganz behutsam lege Josh seine Arme um sie, zog sie an sich und küsste zärtlich ihre Stirn.

Während Abebi, Lian und Marijana auf Shadowcat und Josh gewartet hatten, hatten Marijana und Lian Abebi von ihrem Leben erzählt, von Shadowcats Visionen, die sie seit ihrer Kindheit hatte und davon, wie sie für Josh, den sie schon so lange vom Sehen her kannten, plötzlich alle zugleich die selben, intensiven Gefühle entwickelt hatten.

Langsam hob Abebi ihren Blick zu Josh und fragte: „Wollt ihr meine Geschichte hören!"

Josh nickte und antwortete: „Ja!"

Die Sonne war hier in dieser Bucht im Nordosten der Insel schon hinter den Bäumen verschwunden. Aber die Luft, die in einer leichten Brise vom Meer her wehte, war herrlich warm und roch nach Salz. Josh hatte schon gespürt, dass Shadowcat auch nackt war, als sie ihn von hinten umarmt und ihren Körper an ihn geschmiegt hatte. Als Josh sich mit den vier Mädchen in den weichen Sand setzte, zog er seine nassen Schuhe aus und auch sein Hemd. Die Hose ließ er aber an. Selbst wenn er zu begreifen begann, dass Abebi ihm wirklich etwas bedeutete, konnte er nicht einfach so tun, als ob sie sich schon ewig kennen würden. Er konnte sich vor ihr nicht einfach nackt ausziehen, auch wenn Abebi selbst, ebenso wie Marijana, Lian und Shadowcat nackt war. Zu fünft saßen sie, einen Kreis bildend, im Sand. Josh ließ seinen Blick über die wunderschönen Geschöpfe wandern, die das Schicksal ihm beschert hatte. Er spürte, wie sich sein Penis wieder mit aller Macht gegen die Enge seiner Hose auflehnte. Aber er sortierte ihn nur möglichst unauffällig so, dass es nicht ganz so offensichtlich war, wie groß sein Begehren war.

Marijana, die rechts neben ihm saß, lächelte ihn vergnügt an. Und Josh verstand, dass es unsinnig und unmöglich war, seine Erektion, sein offensichtliches Eingeständnis, dass er sich auch körperlich nach ihnen verzehrte, vor den Mädchen verbergen zu wollen. Auch Abebi sah die Beule in Joshs Hose und ein kurzes, schüchternes Lächeln überflog ihr Gesicht. Als Josh sie aber mehr irritiert, als amüsiert ansah, da wandte sie ihren Blick schnell wieder ab und eine leichte Röte schien sich unter ihrer dunklen Haut auf ihren Wangen auszubreiten.

Josh betrachtete jetzt auch sie wieder. Sein Blick wanderte von ihrem schönen Mädchengesicht über ihren Hals wieder zu den kleinen Brüsten, die nach Sonne und Salz rochen. Zumindest bildete Josh sich das ein. Denn Abebi saß ihm schräg gegenüber und zu weit entfernt, als dass er wirklich ihre Haut hätte riechen können. Sein Blick wanderte langsam über Abebis schlanken Bauch und weiter nach unten. Abebi saß wieder im Schneidersitz. Josh sah, dass sie sich nicht intim rasierte. Aber das musste sie auch noch nicht. Ihr Venushügel war nur bedeckt von einem dünnen, kaum sichtbaren und nichts verbergenden Flaum. Neugierig und gebannt betrachtete Josh Abebis kleine Spalte. Und Abebi spürte, wie sie selbst auch ein unbekanntes Kribbeln durchlief, als sie Joshs Blick so auf sich gerichtet spürte.

„Ich", begann sie verlegen, aber sich trotzdem weiter diesem neuen Gefühl, das von ihr Besitz ergriffen hatte, hingebend, „Ich bin eine Afar."

Marijana lehnte sich an Joshs Schulter, als Abebi zu erzählen begann. Und während Abebi weitersprach, legte sie sie sich auf den Rücken und bettete ihren Kopf in Joshs Schoß. Während Josh, ebenso wie Shadowcat, Lian und Marijana Abebis Erzählung lauschte, streichelte er zärtlich und verliebt über Marijanas Wange, über ihren schlanken Hals und über ihre großen, festen Brüste. Sie fühlten sich so gut unter seiner Hand an, weich und fest zugleich. Liebevoll nahm Josh sie in seine Hand, massierte sie und zwirbelte ganz sanft und verspielt ihre kleinen, harten Knospen, während Marijanas Finger sich im warmen Sand des Strandes verkrallten und sie sich immer weniger bewusst auf Abebis Geschichte konzentrieren konnte. Trotzdem erreichten die Worte Marijanas Unterbewusstsein.

„Ich bin eine Afar." wiederholte Abebi noch einmal, während sie sich die Worte zurechtlegte, mit denen sie ihre Geschichte beschreiben wollte.

„Seit ich denken kann", fuhr sie fort, „habe ich Bilder in meinem Kopf, die nichts mit meinem Leben zu tun haben. Meine Mutter ist eine weise Frau, die mit den Geistern spricht. Sie hat mir gesagt, dass ich eine Gabe besitze, die nicht vielen Menschen gegeben ist. Sie hat mir gesagt, dass ich lernen muss, auf meine Visionen zu achten und ihnen zu vertrauen. Und so habe ich versucht, einen Sinn in den Bildern zu entdecken, die in meinem Kopf leben. Oft kann ich die Gedanken anderer Menschen hören. Manchmal sehe ich Dinge, die noch nicht passiert sind. Aber immer wieder kann ich mich an Dinge erinnern, die ich erlebt habe, aber nicht in diesem Leben! Am Anfang konnte ich es nicht erkennen. Am Anfang war ich auch in diesen Erinnerungen nur ein kleines Afarmädchen und hütete Ziegen. Aber dann war ich in meinen Erinnerungen plötzlich älter, als ich es im Leben war. Männer auf Pferden kamen in unser Dorf. Männer, deren Haut die Farbe von Oliven hatte. Sie waren in lange Gewänder gehüllt: Araber! Sie töteten viele Männer meines Dorfes und auch die Alten und die Babys. Auch meine Eltern in diesem früheren Leben wurden von den Sklavenjägern erschossen. Denn das waren sie: Sklavenjäger! Sie legten uns in Ketten und trieben uns unbarmherzig vorwärts. Sie verkauften uns an einen portugiesischen Sklavenhändler. Und der brachte uns in die ‚Neue Welt', wo wir unser Leben als Sklaven verbrachten. Aber irgendwie gelang mir dort die Flucht. Und ich traf in diesem anderen Kontinent mit Menschen zusammen, die mich nicht als Sklavin, sondern als Mensch und Frau sahen. Diese Menschen wurden meine Familie. Und unsere Seelen verschmolzen miteinander! Meine Mutter erzählte mir, dass ich irgendwann diese Seelen wieder finden würde. Meine Mutter war die einzige, der ich von meinen Bildern, von meinen Erinnerungen erzählte. Die Afar sind noch immer ein sehr kriegerisches Volk. In den Zeiten meiner Erinnerungen kämpften die Krieger mit Speeren. Heute aber haben die Männer Kalaschnikows. Sie gehen so gut wie nie ohne eine Waffe aus dem Haus. Es ist noch immer Tradition, dass sie getöteten Feinden die Hoden abschneiden. Und mit solchen Trophäen werben die Männer auch bei den Eltern der Mädchen, die sie heiraten wollen. Mein Vater hatte mich einem Mann versprochen, als ich das erste Mal blutete. Ein Jahr später hätte ich ihm zur Frau gegeben werden sollen. Und an diesem Tag wäre ich auch beschnitten worden. Meine Mutter hat ihr Leben lang unter ihrer Beschneidung gelitten. Eine Woche vor dem Tagmeiner Vermählung hat sie mir ein Bündel mit Lebensmitteln geschnürt und mir ihre ganzen Ersparnisse gegeben. Es war nicht viel, weil wir nicht viel Kontakt zu Menschen haben, die mit Geld bezahlen. Sie hat mich in die Arme genommen und mich auf den Weg geschickt. ‚Suche Deine Seelen' hat sie gesagt. ‚Kehre heim in den Schutz Deiner Familie, die älter ist, als Dein Vater und ich! Geh und dreh Dich nicht um!' Ich habe viel geweint und wollte nicht weg von meiner Mutter. Aber sie hat mir gesagt, dass mein zukünftiger Mann auch mit mir weggehen würde und dass ich sie dann auch nicht mehr sehen würde. Ich wusste, dass dieser Mann, dem mein Vater mich versprochen hat, ein sehr grausamer Mann ist. Ich fürchtete mich vor ihm und ich fürchtete mich auch vor der Beschneidung. Und so folgte ich dem Rat meiner Mutter und lief los; immer nach Westen, immer dahin, wo meine Visionen mich hin führten, wenn sie mich führten. Oft ließen sie mich auch im Stich. Ich war mehr als ein Jahr lang unterwegs, bis ich am Ufer dieses Meeres stand. Und da spürte ich plötzlich ganz deutlich, dass ich über dieses Wasser musste und dass mich der Wind dorthin bringen würde, wo ich meine Familie wieder finde. Ich baute mir ein Boot und überließ mich dem Wind und dem Meer. Und ich wurde hier, in dieser Bucht wieder an Land gespült, als ich schon geglaubt hatte, dass meine Bilder mich belogen hätten und dass ich auf dem Meer verdursten müsste. Ich hab dort drüben an diesem kleinen Rinnsal frisches Wasser getrunken und mich dann auf die Suche nach euch gemacht. Aber ich fand nur eine Schule voller Frauen und Mädchen, die Männer hassen und ihnen schlimme Dinge antun."

„Aber wie können sie ihnen etwas antun, wenn es gar keine Männer hier gibt?" unterbrach Josh an dieser Stelle Abebis Erzählung.

„Es gibt welche!" flüsterte Abebi geheimnisvoll. „Sie sind in dem landwirtschaftlichen Betrieb!"

Josh wurde ganz nachdenklich und ernst bei diesen Worten, unterbrach Abebi aber nicht mehr. Auch die Zärtlichkeiten, die er Marijana geschenkt hatte, hatten im Laufe der Erzählung wieder aufgehört, so dass auch Marijana wieder Abebi ihre ganze Aufmerksamkeit widmete.

„Ich war sehr enttäuscht", nahm Abebi ihre Erzählung wieder auf, „als ich hier nur diese Schule fand, keine Spur aber von euch. Wieder dachte ich, dass meine Bilder mich belogen hätten. Ich habe mit niemandem gesprochen. Sie denken hier alle, dass ich stumm bin. Und sie denken auch, dass ich dumm bin, weil ich noch nie in einer Schule gewesen bin. Wahrscheinlich haben sie damit auch recht. Ich verstehe nicht, was die meisten Lehrerinnen erzählen. Auch von der Kunst, die sie uns hier beibringen wollen, verstand ich nicht viel. Ich bin seit vielen Monaten hier. Ich habe mich an die Worte meiner Mutter erinnert, dass ich auf meine Visionen achten und ihnen vertrauen soll. Ich habe die Überzeugung gewonnen, dass meine Bilder einen Grund hatten, mich hierher zu führen und dass ich hier auf euch warten musste. Also habe ich versucht zu lernen, die Sprache und dann auch die Lehrerinnen zu verstehen. Inzwischen sagen sie, dass ich in ihrer Kunst sehr gut bin. Ich kann zeichnen und aus Ton modellieren. Im Sport habe ich mich noch nie angestrengt. Ich glaube, dass ich in vielem besser bin, als die meisten anderen Mädchen. Aber sie glauben alle, dass ich sehr unsportlich bin. Sie nennen mich oft ‚Die schwarze Ente', weil sie glauben, dass ich nur so schnell, wie eine Ente laufe. Warum muss man immer beweisen, dass man besser ist, als jemand anderes?"

Niemand antwortete Abebi. Wie sollte man auch jemandem, der keinen Wettkampfgeist besaß erklären, was wichtig daran sein könnte, jemand anderen im Wettkampf zu besiegen. Josh zuckte mit den Schultern. Dann kam ihm aber eine Idee. Und er sagte: „Das ist wie mit den Kriegern Deines Stammes. Wenn sie einen Feind besiegen, dann schneiden sie ihnen, wie Du gesagt hast, etwas ab. Das sind ihre Trophäen. Ein sportlicher Wettkampf ist ähnlich. Nur dass der Kampf nicht aus Feindschaft stattfindet und in den meisten Sportarten unblutig verläuft."

„Ja", erwiderte Abebi. „soweit verstehe ich das schon. Ich verstehe nur nicht, warum man überhaupt immer besser sein will, als alle anderen. Die Welt wäre vielleicht eine bessere, wenn die Menschen einfach nur Menschen unter anderen Menschen sein wollten."

Josh grübelte noch lange über diesen Satz. Er war schon immer ein Sportler gewesen und er hatte seine Kräfte und Fähigkeiten auch schon immer mit anderen Sportlern gemessen. Daran konnte er nichts Schlechtes sehen. Ganz im Gegenteil. Denn nur durch Wettkämpfe wurde man doch motiviert, selbst noch besser zu werden. Ohne dieses Wettkampfdenken hätte es keine Evolution gegeben. Natürlich, es hätte auch keine Kriege gegeben. Aber der Mensch hätte auch nie gelernt, sich gegen eine Umwelt, die ihm früher einmal noch feindselig gegenüberstand, zu behaupten. Er hätte nie gelernt, zu jagen. Josh wendete seine Aufmerksamkeit wieder Abebi zu. Diesen Gedanken weiterzuverfolgen, würde doch nur ins Unendliche führen.

„Die Lehrerinnen mögen mich nicht", setzte Abebi ihre Erzählung fort, „und die Schülerinnen noch weniger. Ich habe einmal gehört, wie eine Lehrerin zu einer anderen gesagt hat, dass es interessant wäre, mich zu den Männern zu stecken. Und ich glaube inzwischen, dass sie das auch vorhaben. Aber jetzt sind wir wieder vereint. Und ich habe keine Furcht mehr um mich. Ich habe nur Angst um Dich, Josh Barker, denn sie wollen Dir etwas antun."

„Und was?" fragte Josh.

Abebi schüttelte den Kopf und antwortete: „Das weiß ich nicht. Mir erzählen sie nichts."

„Hm", brummte Josh. „Morgen fängt der Unterricht für Marijana, Lian, Shadowcat und auch für mich an."

„Shadowcat!" fuhr Abebi aufgeregt in Joshs Überlegung und sah die Trägerin des Namens mit großen Augen an.

„Ich erinnere mich. Es war einer der Namen, mit denen Du gerufen wurdest!"

Shadowcat nickte nur stumm und bestätigend. Und Josh fuhr mit seinen Überlegungen fort: „Wir werden sehen, was passiert. Ich glaube nicht, dass mir wirklich eine so große Gefahr drohen kann. Die größte Gefahr ist wahrscheinlich die, dass uns jemand zusammen sieht und dass die Gefühle, die uns verbinden, bekannt werden."

Shadowcat wendete sich mit einem leichten Vorwurf in ihrem Blick an Josh und sagte: „Bitte Josh, unterschätze die Gefahr nicht. Nimm es nicht auf die leichte Schulter. Wenn Dir etwas passiert, dann …"

Josh hatte Shadowcat, während sie gesprochen hatte, zärtlich zu sich heran gezogen und schloss ihre Lippen jetzt mit seinen Lippen.

„Hab keine Angst", beschwichtigte er sie liebevoll. „Ich passe auf mich auf!"

„Ich musste hierher kommen, um euch wieder zu finden!" sagte Abebi feierlich und fragte in die Runde: „Nehmt ihr mich wieder in eure Familie auf, die in einem früheren Leben auch meine Familie gewesen ist?"

Shadowcat ergriff zuerst das Wort und antwortete: „Ich habe die Kraft gespürt, mit der es mich zu Dir hingezogen hat und ich habe Dich selbst in einer Vision gesehen. Ich weiß es und ich fühle es in meinem Herzen, dass Du ein Teil von mir bist. Du gehörst zu mir, so wie Lian, Marijana und Josh!"

Marijana hatte sich inzwischen wieder aufgesetzt. Und während Josh ihr zärtlich den Sand vom Rücken streifte, sagte sie: „Ich wünschte, ich hätte diese Gabe, wie Shadowcat und Du, Abebi. Aber ich habe sie nicht. Ich kann keinen Blick in ein früheres Leben werfen, von dem ich durch Shadowcats Erzählungen so sehr fasziniert bin. Manchmal habe ich das Gefühl als könnte ich selbst in diese Erzählungen eintauchen. Aber das ist nicht mehr, als nur die Fantasie, die auch beim Lesen von Büchern Bilder in meinem Kopf entstehen lässt. Aber auch wenn ich diese Bilder und Visionen nicht habe, habe ich vom ersten Moment an, als ich Dich auf Deinem Bett sitzen gesehen habe, gespürt, dass uns etwas verbindet. Es hat mich so sehr zu Dir hingezogen, wie ich es vorher erst einmal erlebt habe. Und das war, als ich meine Gefühle für Josh entdeckt habe. Also kann ich nur sagen: Du bist willkommen! Ich bin froh, dass wir uns gefunden haben."

„Danke!" erwiderte Abebi gerührt und mit feuchten Augen.

Dann sagte Lian: „Wir sind ein lustiger Regenbogen. Ohne Dich wären wir nicht komplett, Abebi. Ich spüre es auch in meinem Herzen, dass Du ein Teil von mir bist."

Sie beugte sich zu Abebi und gab ihr ganz zaghaft einen langen, zärtlichen Kuss. Abebi ließ es schweigend geschehen und schloss ihre Augen. Und als Lian sich wieder von ihr löste, konnte sie sehen, dass Tränen über Abebis Wangen liefen, während ihr Körper von einem leisen Schluchzen geschüttelt wurde. Sofort schloss Lian Abebi in ihre Arme und streichelte ihr tröstend über ihre dünnen Zöpfe und über ihre Wangen.

Ohne die Augen zu öffnen, sagte Abebi leise und mit zitternder Stimme, während sie sich an Lian festklammerte: „Ich habe von dieser Liebe geträumt, die uns verbunden hat. Ich hatte diese Bilder von einer Zärtlichkeit, die ich in diesem Leben nie kennen gelernt habe. Und ich wusste bis jetzt nicht, ob es doch nur Trugbilder gewesen sind."

Langsam öffnete sie die Augen, sah Lian dankbar an und sagte mit unendlich viel Liebe in ihrer schwachen Stimme: „Danke Lian!"

Lian wischte ihr ganz zärtlich die Tränen von den Augen und legte ihre Lippen noch einmal voller Liebe auf Abebis Lippen, die unsicher und ganz zaghaft diese unbekannte Liebkosung erwiderte. Der einzige Mensch, den Abebi bisher geküsst hatte und von dem sie geküsste worden war, war ihre Mutter gewesen. Und das war auch nur gewesen, als Abebi noch ein kleines Kind gewesen war. Es lag schon Jahre zurück, mehr als die Hälfte von Abebis jungem Leben, als sie den letzten Kuss von ihrer Mutter bekommen hatte. Selbst bei ihrem Abschied vor inzwischen fast zwei Jahren hatte ihre Mutter sie nicht mehr geküsst, obwohl die Liebe zwischen ihnen sehr groß gewesen ist.

„Es sind keine Trugbilder, Abebi!" flüsterte Lian und Shadowcat stupste Josh unauffällig an, um ihn zu motivieren, auch etwas zu sagen. Josh öffnete den Mund und räusperte sich, wusste aber beim besten Willen nicht, was er sagen sollte. Er war noch nie gut darin gewesen, etwas zu sagen, wenn er etwas sagen sollte. Abebi lag noch immer in Lians Armen.

Jürgen Lill

Unsicher und scheu, aber auch dankbar für Marijanas und Shadowcat Worte und Lians liebevolle Zärtlichkeit ließ sie ihren Blick über die Gesichter ihrer wiedergefundenen Familie wandern. Und an Joshs Augen blieb sie schließlich hängen. Auch Josh konnte sich diesem Blick nicht entziehen. Er spürte, wie er in Abebis Seele eintauchte, er spürte all die Traurigkeit, die Einsamkeit und Verzweiflung dieses kleinen Mädchens und die Melancholie, die aus ihren Augen sprach.

Fragmente von Bildern aus seinem früheren Leben tauchten vor seinem geistigen Auge auf, ohne greifbar zu werden. Aber auch, wenn er keine Begebenheiten von diesem Leben erkennen konnte, so spürte er doch die Anwesenheit der vier Mädchen, die auch jetzt um ihn waren. Er spürte die Verbindung seiner Seele zu jedem einzelnen, auch zu Abebi!

„Es ist verrückt!" sagte er nachdenklich, holte einmal tief Luft und versuchte einen Anflug von Zynismus zu unterdrücken, um seine Gedanken und Gefühle in Worte fassen zu können.

„Willkommen daheim!" sagte er schließlich, fuhr aber fort: „Du bist mir noch so fremd Abebi, wie auch die ganze Situation so fremd und unwirklich ist. Ich konnte mir bisher schon nicht vorstellen, dass ich das bin, der mit euch drei …", dabei wendete er sich an Lian, Shadowcat und Marijana, „dieses Verhältnis hat, diese Beziehung. In unserer Gesellschaft Abebi, werden Mädchen nicht schon als Kinder verheiratet. Sie sind erst mit achtzehn volljährig. Vorher darf kein erwachsener Mann Sex mit ihnen haben. Und wenn es einer tut, dann ist er vor dem Gesetz ein Verbrecher. Verstehst Du das?"

Abebi hatte Josh neugierig und voller verzweifelter Hoffnung mit großen Augen zugehört und antwortete jetzt bestätigend: „Ich habe von euren Gesetzen gehört, Josh. Aber niemand kann Dir etwas tun, wenn ein Mädchen sich Dir schenkt."

Josh lächelte schmerzlich über Abebis Naivität und erwiderte: „Doch Abebi. In unserer Gesellschaft schon! Vor unseren Gesetzen bin ich ein Verbrecher, weil ich Marijana, Lian und Victoria liebe. Wie alt bist Du jetzt Abebi?"

„Ich habe meine Jahre nicht gezählt!" antwortete Abebi. Doch Josh erwiderte nachdenklich: „Du bist noch ein Kind!"

Abebi löste sich langsam aus Lians Armen, stand auf und stellte sich direkt vor Josh hin, so dass ihre kleine, unberührte Spalte direkt vor seinem Gesicht war. Mit zitternden Händen griff sie behutsam in Joshs Haare und streichelte über seinen Kopf.

„Wenn ich in meinem Dorf geblieben wäre, dann wäre ich jetzt eine verheiratete Frau, Josh Barker!" sagte sie. „Ich hätte wahrscheinlich schon einen Sohn. Ich bin auf eine Ehe vorbereitet worden. Ich weiß, was eine Frau zu tun hat."

Während Abebi gesprochen hatte, war Josh der zarte Geruch ihrer Haut in die Nase gestiegen. Und seine feinen Sinne hatten den betörenden Duft ihrer kleinen Vagina, von der er seinen Blick nicht wenden konnte und wollte, herausgefiltert. Er spürte, wie seine Erregung stieg. Sein Blut pulsierte schneller durch sein laut klopfendes Herz und seinen Körper. Die kleine Spalte war nur wenige Zentimeter vor seinem Gesicht. Es wäre so leicht gewesen, sie mit seinen Lippen zu bedecken, diese weiche und wohlriechende Haut mit zärtlichen Küssen zu bedecken. Aber Josh konnte nicht. Er war wie gelähmt, wollte Abebi sagen, dass sie nichts tun musste, dass sie in dieser Gruppe, die sich als Familie vereinigt hatte, keine sexuellen Pflichten hatte und dass sie einfach zu jung für ihn war. Aber es ging nicht. Schließlich war es Shadowcat, die die Initiative ergriff. Sie legte ihre kleinen Hände vorsichtig auf Abebis Hände und zog damit Joshs Gesicht ganz behutsam an Abebis Körper, bis seine Lippen ihre verführerische und unerfahrene, kleine Spalte berührte. Josh wehrte sich nicht. Er schloss die Augen und genoss es, Abebi auf seinen Lippen zu spüren und sich von ihrem Duft berauschen zu lassen. Shadowcat stellte sich hinter Abebi und strich mit ihren Fingerspitzen ganz sanft über ihren Hals und ihren Rücken. Abebi durchlief ein Schauer. Und während Josh mit bebenden Lippen ganz zärtlich ihre Scheide mit Küssen bedeckte, spürte sie, wie ihre Beine ihr den Dienst versagen wollten. Unbewusst verkrallte sie sich, nach Halt suchend, in Joshs Haaren. Shadowcat streichelte ihr mit zärtlichen und neugierigen Fingern weiter über den Rücken und den Po. Dann ließ sie ihre tastenden Finger behutsam nach vorne wandern, über Abebis schlanken Bauch bis zu ihren kleinen Brüsten. Ganz langsam ließ sie ihre Fingerspitzen um Abebis winzige Brustwarzen kreisen und dabei flüsterte sie ihr ins Ohr: „Vergiss alles, was Du gelernt hast, Abebi. In unserer Gemeinschaft hast Du nichts zu tun! Was uns verbindet, ist Gefühl und nicht Pflicht. Ich weiß, dass Du es aus Deinen Erinnerungen kennst. Was wir uns gegenseitig geben können, das schenken wir uns aus Liebe. Versuche nicht, Josh glücklich zu machen, indem Du Dich ihm willenlos hingibst. Wenn Du ihn und uns wirklich liebst, dann tu nur das, was Dein Herz Dir sagt."

Abebi zitterte am ganzen Körper. Die Erregung, die sie durch die unbekannten Liebkosungen ihres unerfahrenen Körpers, zum ersten Mal erlebte, ging fast über ihre Kräfte. Sie wollte sich Joshs Küssen, die sie, so sanft und behutsam sie auch waren, an die Grenzen des Erträglichen führten, entziehen. Aber sie war unfähig, sich zu bewegen. Dazu noch Shadowcats Liebkosungen ihrer Brüste und Shadowcats Brüste, die sich weich an ihren Rücken schmiegten. Abebi hatte Shadowcats Flüstern aufmerksam zugehört. Das war der einzige Grund, dass sie die Zärtlichkeiten, die ihr geschenkt wurden, überhaupt so lange ertragen konnte. Eine Ahnung, was die Liebe dieser vier Menschen, die sie aus einem früheren Leben zu kennen glaubte, wirklich bedeutete, stieg langsam in ihr auf. Das Leben war bisher nicht sehr behutsam mit ihr umgegangen. Sie kannte nicht die Wärme echter Liebe, die Selbstlosigkeit, Zärtlichkeit und Geborgenheit, die sie hier plötzlich spürte. Was auch immer sie in diesen vier Seelen, die sie so lange gesucht hatte, zu finden gehofft hatte; Darauf war sie nicht vorbereitet gewesen.

Es ist so wunderschön! Ich bin endlich zuhause! waren ihre letzten bewussten Gedanken. Dann verlor sie das Bewusstsein und wäre in den weichen Sand gestürzt, wenn Shadowcat sie nicht gehalten hätte. Josh stand sofort auf und nahm Abebi in seine Arme. Er spürte ihr Gewicht kaum, als er sie auf seinen Armen trug.

„Danke!" flüsterte Shadowcat ihm ins Ohr und sie küsste ihn verliebt auf die Wange. Auch Lian und Marijana waren aufgestanden. Und als sie jetzt um Abebi herumstanden, die friedlich in Joshs Armen schlief, sagte Marijana verträumt: „Diese Liebe scheint über unser aller Kräfte zu gehen."

Am meisten sicher über meine, dachte sich Josh, der durch Erziehung und Gewohnheit diese Liebe nicht mit der Selbstverständlichkeit der Mädchen akzeptieren konnte. Und auch wenn er sie nicht mehr leugnete und sie verteidigt hätte gegen alles und jeden, der sie bedrohen würde – selbst gegen das Gesetz – so kämpfte in ihm noch immer dieser Zwiespalt. Hemmungen, Skrupel und Schuldgefühle wollten nicht akzeptieren, dass er minderjährige Mädchen liebte und verurteilten immer wieder seine Gefühle und Handlungen. Josh hatte schon gespürt, dass er stärker geworden war, dass er angefangen hatte, sich langsam von diesen anerzogenen Zwängen loszusagen. Aber jetzt trug er ein kleines, schwarzes Mädchen auf seinen Armen, das möglicherweise noch jünger als Shadowcat war und das durch seine intimen Küsse und Shadowcats Zärtlichkeiten das Bewusstsein verloren hatte.

Fast noch ein Kind! hörte er die Anklage drohend in seinem Kopf. Und es half ihm dabei auch nichts, sich vorzustellen, dass Abebi schon seit zwei Jahren verheiratet wäre, wenn sie nicht aufgebrochen wäre, um ihn, Marijana, Lian und Shadowcat zu suchen.

Irgendwann, hörte er Shadowcats Stimme als Antwort auf seine Selbstanklage in seinem Kopf, *wirst auch Du es vollkommen akzeptieren, Josh. Da bin ich mir ganz sicher.*

Josh sah Shadowcat dankbar und verliebt an. Aber da sagte Lian: „Wenn wir Dich wieder heil von dieser Insel herunterbekommen!"

Marijana, Shadowcat und Josh sahen sie verwundert und fragend an. Marijana wusste gar nicht, wovon Lian gesprochen hatte und Shadowcat fragte sie nur: „Hast Du mich gehört?"

Lian nickte und erwiderte: „Ich mache mir wirklich große Sorgen um Dich, Josh."

Mit Abebi auf den Armen beugte Josh sich zu Lian und küsste sie zärtlich, bevor er erwiderte: „Es wird schon nichts passieren."

Aber inzwischen war es selbst Josh klar geworden, dass auf St. Bernadette nicht alles mit rechten Dingen zuging und dass es besser für ihn wäre, wenn er mit einem offenen Auge schlafen würde.

Langsam kam Abebi wieder zu sich. Es dauerte einen Moment, bevor sie sich erinnerte, wo sie war. Voller Liebe blickte sie zu Josh auf und schlang ihre Arme um seinen Hals.

„Danke!" hauchte sie so schwach, dass ihre Stimme fast nicht zu hören war. Josh blickte lange in ihre dunklen Augen. Und ohne sie abzusetzen beugte er sich zu ihr und bedeckte ihre Lippen mit einem zärtlichen Kuss. Er wollte jetzt nicht nachdenken, wollte sich keine Gedanken und Vorwürfe darüber machen, dass er ein nacktes, Mädchen auf seinen Armen trug und voller Liebe küsste. Er wollte es nur genießen und die Liebe, die sie verband, auf Abebis Lippen schmecken. Und das tat er auch.

„Gehen wir nochmal ins Wasser?" fragte Marijana, als Josh Abebi wieder auf den Sand gestellt hatte. Die Mädchen waren sofort alle dafür. Und auch Josh ließ sich jetzt nicht mehr bitten. Im selben Moment, in dem er genickt hatte, stürzten sich schon Shadowcat, Lian und Marijana auf ihn, öffneten fieberhaft den Gürtel seiner Hose, öffneten den Reißverschluss und befreiten ihn von diesem Kleidungsstück. Abebi beobachtete diese stürmische und doch so zärtliche Aktion, ohne sich zu trauen, sich selbst daran zu beteiligen.

„Komm her, Abebi!" forderte Marijana sie auf, als Josh nur noch in der Unterhose dastand. Zögernd kam Abebi näher. Und als Marijana auf Joshs ausgebeulte Unterhose deutete, da verlor sie völlig den Mut. Ohne zu zögern zog sich Josh seine Unterhose selbst aus. Sie hatten Abebi doch grad erst gesagt, dass sie nichts tun müsste, was sie nicht wollte. Und deswegen wollte Josh ihr und sich auch diese peinliche Situation ersparen. Es wäre ihm sehr unangenehm gewesen, wenn Abebi ihm widerwillig seinen Slip ausgezogen hätte. Als Josh dann aber ins Meer loslaufen wollte, da sagte Abebi plötzlich: „Du hast recht Josh, dass Du mich noch für ein Kind hältst!"

Josh blieb mitten im Start zu dem Sprint, zu dem er angesetzt hatte, wieder stehen und wendete sich zu Abebi, ohne dass es ihm peinlich war, dass er ihr jetzt seine Erektion so offen zeigte. Sein Eis war gebrochen und er genierte sich nicht mehr vor Abebi. Ganz zärtlich streichelte er ihr über die Wange und Abebi schmiegte sich an seine raue Hand, die so unendlich zärtlich sein konnte, während Shadowcat, Marijana und Lian schon voraus ins Meer liefen.

„Ja, Du bist noch ein Kind, Abebi." sagte er liebevoll zu ihr. „Und das ist auch gut so. Genieße Deine Kindheit. Sei so unbeschwert, wie es nur als Kind möglich ist. Und sei ohne Furcht. Dir wird nichts geschehen!"

Josh nahm sie zärtlich bei der Hand und sagte: „Komm ins Wasser!"

Aber als er sie mit sich ziehen wollte, da blieb sie wie angewurzelt im

Sand stehen. Und als Josh sich wieder zu ihr umdrehte, da sagte sie: „Ich will es ja, Josh! Ich will Dich spüren. Ich will Deine Zärtlichkeiten erleben und die von Lian, Victoria und Marijana. Ich will diese Liebe auf meinem Körper spüren. Und ich will auch wissen, wie es ist, Dich zu berühren, euch zu berühren. Es ist nur so neu. Es ist so anders wie das, worauf ich vorbereitet wurde. Ich wusste nicht, dass es so ein Gefühl zwischen Männern und Frauen gibt, so eine Zärtlichkeit und so ein Vertrauen."

Josh sah sie nachdenklich an und fragte sie dann: „Aber wonach hast Du denn dann gesucht? Oder was hast Du erwartet, als Du uns gesucht hast?"

Abebi zuckte mit den Schultern und antwortete: „Ich habe immer nur Bruchstücke von unserem gemeinsamen Leben gesehen. Ich habe die Liebe gespürt. Aber ich wusste nie, wie es wirklich ist und wie es sich anfühlt."

Abebi sah Josh einen Augenblick gedankenverloren an und fragte ihn dann: „Willst Du mit mir zusammen dieses Leben von damals sehen? Mit mir, Marijana, Lian und Victoria?"

„Geht das?" fragte Josh skeptisch. Und Abebi antwortete: „Ich kann uns dort hin bringen:"

Josh war noch immer skeptisch. Aber er vertraute Abebi. Er überlegte kurz, dann sagte er: „Das müssen wir gemeinsam entscheiden."

„Ja!" nickte Abebi, kam ganz dicht zu Josh und streckte zitternd ihre Hände nach einer Brust aus.

„Darf ich?" fragte sie unsicher und Josh nickte zustimmend. Als ihre Fingerspitzen ihn berührten, konnte er wieder diese Energie fühlen, die seinen Körper durchströmte, so wie es auch bei den anderen drei geliebten Mädchen der Fall war. Abebis Finger tasteten sich über Joshs Hals zu seinem Gesicht. Josh schloss die Augen und sah sich ganz kurz mit Abebi, beziehungsweise mit der Abebi aus dem früheren, gemeinsamen Leben, nackt an den Mast eines großen Segelschiffes gekettet. Und eine lange Lederpeitsche knallte auf seinen Körper. Bei diesem ersten Knall, den er hörte, war Josh aber auch sofort wieder in der Gegenwart zurück. Schwer atmend blickte er Abebi an und auch sie schaute ihn mit ihren großen Augen erschrocken an.

„Das hatte ich auch noch nicht gesehen", sagte sie bestürzt. Josh blickte unwillkürlich an sich hinunter, ob er den Striemen des Peitschenhiebs auf seinem Körper sehen würde. Aber da war nichts. Er war wieder ganz zurück in der Gegenwart und zuckte leicht zusammen, als Abebis Fingerspitzen wieder seine Brust berührten. Langsam tasteten sie sich über die Wölbung dieser Muskeln und weiter nach unten über die harten Wellen seines schlanken Waschbrettbauches. Ohne hinzusehen spürte Josh, dass sich sein Penis von seiner waagrechten Stellung langsam steil aufrichtete. Gebannt hielt er den Atem an. Aber Abebi berührte seinen Penis nicht. Ihre Finger tasteten sich an ihm vorbei bis zu Joshs Leisten, während sie ihn fasziniert betrachtete.

„Du hast einen schönen Schwanz!" sagte sie. Eigentlich mochte Josh den Ausdruck ‚Schwanz' nicht. Er hatte ihn immer irgendwie als ordinär empfunden. Aber ihm war klar, dass Abebi hier in St. Bernadette dieses Wort als Begriff für Penis gelernt hatte. Und so unschuldig, wie Abebi sein Geschlechtsteil ‚Schwanz' nannte, klang es tatsächlich schön für ihn. Und das naive Kompliment schmeichelte ihm sehr, obwohl Abebi weiter sagte: „Die meisten Afarmänner haben viel größere Schwänze. Aber sie sind nicht so schön, wie Deiner."

Ihre Fingerspitzen folgten Joshs Leisten, bis sie zitternd an seine Hoden stießen.

„Darf ich?" fragte Abebi leise und mit unüberhörbarer Nervosität. Josh war nicht weniger nervös als sie und antwortete verlegen mit kaum hörbarer Stimme: „Ja."

Ganz behutsam betastete Abebi Joshs Penis, von den Hoden über die Wurzel den Schaft entlang. Für sie war es ein fast noch erregenderes Gefühl, als für Josh. Sich gegenseitig so zärtlich zu berühren und berührt zu werden, den Körper des anderen liebevoll zu entdecken und zu erforschen, und nicht nur als Frau funktionieren zu müssen und sich zu unterwerfen, das war ihr so fremd, so neu, das war so unendlich schön. Ihr Herz ging über vor Glück und Liebe zu diesem Mann, den sie ihr Leben lang gesucht und von dem sie doch nichts gewusst hatte. Sie begriff nur langsam, was diese Liebe wirklich bedeutete, von der sie so lange geträumt hatte, ohne sie jemals völlig erfassen zu können. Und doch fühlte sie sie in sich, dass sie Josh und auch Shadowcat, Lian und Marijana so sehr liebte, dass sie spürte, dass sie sich ihnen völlig anvertrauen und öffnen durfte. Sie würden sie nicht, so wie die anderen Schülerinnen und Lehrerinnen dieses Internats für dumm halten, nur weil sie, bevor sie hierher gekommen war, noch nie in ihrem Leben eine Schule besucht hatte. Sie konnten tiefer in sie hineinblicken, bis in ihre Seele.

Abebis Augen füllten sich mit Tränen. Es war schwer für sie, nach so viel Einsamkeit, Leid und Schmerzen, jetzt das Glück, die Zärtlichkeit und die Liebe zu verarbeiten, mit denen sie so plötzlich beschenkt wurde.

Endlich zuhause! wiederholte sie in Gedanken immer wieder und ließ die Tränen, die sie vor Glück weinte, ungehemmt fließen. Josh spürte die heißen Tropfen auf seinem harten, pulsierenden Penis, dessen Eichel Abebi zwischen Daumen und Zeigefinger hielt und behutsam drückte.

„Abebi!" sagt Josh liebevoll.

Abebi blickte ihn aus ihren verweinten Augen verliebt an und Josh wischte ihr zärtlich die Tränen von den Wangen. Dann zog er sie an sich und küsste sie ganz sanft. Immer wieder berührte er ihre Lippen so zart wie ein Lufthauch mit seinen Lippen, bis Abebi anfing, seine Küsse zu erwidern. Ihre nackten Körper schmiegten sich aneinander und Abebi spürte Joshs erregten Penis hart gegen ihren schlanken Bauch drücken. Josh wollte nicht einfach nur in sie eindringen, wie der Mann, den sie hätte heiraten sollen, es getan hätte, brutal und ohne Gefühl. Josh gab ihr Liebe! Sie presste ihren jungen Körper noch fester an ihn. Und sie dachte daran, dass sie nicht beschnitten worden war, dass sie Joshs Zärtlichkeiten noch spüren und genießen konnte. Seine zärtlichen, intimen Küsse hatten sie so sehr erregt, wie sie sexuelle Erregung niemals für möglich gehalten hätte. Wäre sie beschnitten worden, so wie ihre Mutter, hätte sie dieses Gefühl der Ekstase niemals kennen gelernt. Und als Josh sie jetzt in seinen Armen hielt, sie liebevoll an sich drückte und immer wieder zärtlich küsste, während sein Schwanz hart wie ein Baum zwischen ihren Körpern stand, durchströmte ihren Körper von neuem eine Flut unbekannter Gefühle und in ihrem Becken breitete sich eine Welle der Lust aus, die nach Erlösung schrie. Aber Abebi wollte nicht erlöst werden. Sie wollte diese neuen, unbekannten, diese übermächtigen Gefühle der Erregung auskosten, wollte wissen, wohin sie sie führen würden. Ein Gefühl von Dankbarkeit dafür, dass sie das erleben durfte, überkam sie und ließ erneut einen Strom von Tränen aus ihr herausbrechen.

Küssen ist so schön! dachte sie sich. *Und Joshs Lippen schmecken so gut nach Salz und Liebe.*

Als ihre Lippen sich wieder trafen, berührte Josh Abebis Lippen ganz behutsam mit seiner Zunge. Abebi zuckte über diese neue Form der Zärtlichkeit kaum merklich zusammen. Neugierig, wie in Trance und auf Wolken schwebend, gab sie sich dieser Steigerung hin. Fast unbewusst öffnete sie ihre feuchten Lippen und ließ Joshs Zunge behutsam in ihren Mund eindringen und nach ihrer Zunge suchen. Abebi konnte kaum noch atmen vor Erregung.

Das ist küssen! stellte sie fasziniert von Joshs zärtlichem Vorstoß verliebt fest und wünschte sich nur, dass Josh nicht aufhören würde. Sie erwiderte diesen Kuss, ließ ihre Zunge mit Joshs Zunge verschmelzen und tastete sich dann selbst mit unterdrückter Schüchternheit forsch in Joshs Mund vor. Auch Josh vergaß alles um sich herum. Er fühlte sich nicht wie ein erfahrener Mann, der ein unerfahrenes Mädchen küsste. Er fühlte nur die Liebe, die Zärtlichkeit des Kusses und Abebis an ihn gepressten Körper. Nein, er war nicht erfahren. Er war frisch verliebt und damit war die ganze Situation für ihn genauso neu und erregend, wie für Abebi. Sie kosteten diesen Kuss lange aus und ließen zu, dass ihre Erregung sich fast ins Grenzenlose steigerte. Als ihre Lippen sich dann doch wieder trennten, und sie sich verliebt in die Augen sahen, wischte Josh noch einmal Abebis Tränen behutsam mit seinen Daumen von ihren glühenden Wangen.

„Gehen wir zu den anderen?" fragte Josh ganz leise, um das Gefühl der Stille und des Friedens, das sie umgab, nicht zu zerstören. Obwohl Abebi am Ende ihrer physischen Kräfte war, hätte sie sich gewünscht, dass Josh ihr seine Liebe noch weiter schenken würde, dass er mit seinem wunderschönen, harten Schwanz in sie eindringen und sie zur Frau machen würde; Zu seiner Frau! Aber Josh war nicht so schnell. Er wollte nichts überstürzen. Und abgesehen davon war er sich noch immer nicht sicher, wie weit er es vor sich selbst vertreten konnte, bei Abebi zu gehen. Außerdem kannte Abebi sich sicher nicht mit Verhütung aus. Und es wäre jetzt ein schlechter Moment gewesen, ihr zu erklären, dass er keinen Sohn und auch keine Tochter von ihr haben wollte. Er hatte sich noch nie Gedanken darüber gemacht, ob er Kinder haben wollte. Da er nie die richtige Frau in seinem Leben getroffen hatte, hatte sich diese Frage auch nie gestellt. Und jetzt war er fünfundvierzig.

Zu alt, um noch Vater zu werden! dachte er sich. Und er wollte auch keine minderjährigen Mädchen schwängern. Das würde wirklich zu weit gehen. Das würde die Toleranzgrenze, die er seinen Gefühlen und seinem Verhalten immer mehr anpasste, eindeutig sprengen.

„Ich will doch gar kein Kind!" sagte Abebi leise und erinnerte Josh damit daran, dass sie ebenso wie Shadowcat in der Lage war, Gedanken zu lesen. Weiter sagte Abebi: „Ich weiß auch, wie ich nicht schwanger werde, Josh. Nur Kräuter, die machen, dass Du in mich rein willst, die habe ich nicht."

Josh war erstaunt über das Wissen Abebis und gerührt über die Naivität ihrer offenkundigen Wünsche. Mit beiden Händen umfasste Abebi liebevoll die pralle Eichel von Joshs steifem Glied. Und diese Berührung steigerte Joshs Erregung nur noch mehr. Trotzdem antwortete er ihr: „Diese Art von Sex ist nicht alles, Abebi. Wir können uns auch auf andere Arten so viel geben."

Abebi erinnerte sich an Joshs intime Küsse, die ihr die Sinne geraubt hatten und begann zu begreifen, dass es wirklich noch andere Möglichkeiten gab, sich gegenseitig zu lieben, als reinen Geschlechtsverkehr.

„Ich muss noch viel lernen", sagte sie einsichtig, wenn auch noch immer mit leiser Traurigkeit in ihrer Stimme. Und Josh tröstete sie, indem er sagte: „Wenn es sich ergibt, dann wird es passieren, Abebi. Du hast noch so viel Zeit. Glaub mir, ich liebe Dich und ich begehre Dich."

Er beugte sich zu ihr nieder und küsste zärtlich die kleinen, weichen Knospen auf ihren zierlichen Mädchenbrüsten. Abebi spürte, wie diese neue Liebkosung ihren ganzen Körper in eine ekstatische Schwingung versetzte, die sich bis in ihre Haarwurzeln ausbreitete und ihr eine prickelnde Gänsehaut bescherte. Abebi umfasste Joshs Kopf mit ihren kleinen Händen und drückte ihn liebevoll an ihre zitternden Brüste. Wie schön es doch war, dass Josh so zärtlich war, dass er nicht wie ein wildes Tier über sie herfiel und brutal in sie eindrang, sondern ihr so viel Schönes bescherte. Abebi wurde sich zum ersten Mal bewusst, dass sie nicht nur zum Vergnügen eines Mannes dienen musste, sondern dass sie auch selbst genießen konnte, berührt und liebkost zu werden. Und sie war Josh unendlich dankbar dafür, das erfahren und erleben zu dürfen.

„Bitte hör nicht auf!" flehte sie ihn an, als Josh sich von ihren Brüsten wieder lösen wollte. Josh gab Abebis Flehen gerne nach. Er kniete sich vor Abebi in den Sand. So konnte er ihre kleinen Brüste mit seinen Lippen bequemer erreichen, als wenn er sich stehend zu ihnen hinunterbeugen musste. Ganz langsam und mit unendlich viel Gefühl bedeckte Josh Abebis Brüste mit zärtlichen Küssen. Dabei atmete er tief den berauschenden Duft ihrer weichen, braunen Haut ein. Seine Hände wanderten von Abebis Schultern über ihren schlanken Rücken bis zu ihrem kleinen Hintern. Ganz behutsam streichelte er über die festen Rundungen. Abebi spürte, wie ihre Beine wieder weich wurden und wie sie am ganzen Körper zu zittern begann. Wie konnte ein Mann nur so sanft sein und so viel selbstlose Zärtlichkeit geben?

Bitte hör nicht auf! flehte sie in Gedanken immer wieder. Josh begann, seine Zungenspitze um Abebis Brustwarzen kreisen zu lassen, ganz leicht nur und ohne jeden Druck. Er registrierte, dass Abebi einen ganz eigenen Geschmack hatte, ebenso zart wie der von Shadowcat, Marijana und Lian, aber auf eine sehr angenehme und erregende Art auch würzig. Abebi schmeckte, wie sie roch; nach Sonne und Wind und dem Salz des Meeres mit ihrer ganz eigenen Note. Langsam erhöhte Josh den Druck seiner Zunge und presste mit wachsender Leidenschaft immer wieder seine Lippen auf Abebis kleine Knospen, die sich ihm gierig entgegenstreckten. Seine Finger packten fester zu und Abebis Becken zuckte immer unkontrollierter. Als Josh anfing, an Abebis vor Erregung schmerzenden Brustwarzen zu saugen, konnte sie sich nicht mehr auf den Beinen halten. Ohne von ihren Brüsten abzulassen, legte Josh sie behutsam in den Sand.

„Bitte hör nicht auf!" flehte Abebi wieder. Und ihre Stimme zitterte ebenso wie ihr Körper. Weder Abebi, noch Josh bemerkten, dass Marijana, Lian und Shadowcat wieder aus dem Wasser kamen. Schweigend und verliebt beobachteten sie das zärtliche Treiben und konnten die Liebkosungen auf ihren eigenen Körpern spüren. Marijana war die erste, die ihre Hände auf ihre Brüste legte, um die aufsteigende Erregung, die sich von ihren harten, aufgerichteten Knospen ausbreitete, noch weiter ertragen zu können. Shadowcat und Lian nahmen gleichzeitig Marijanas Hände von ihren Brüsten und bedeckten die kleinen, erregten Knospen mit liebevollen Küssen. Ein unerträgliches, ein unerträglich schönes Ziehen durchfuhr Marijana und schoss von ihren empfindlichen Brüsten direkt in ihre Vagina. Zuckend entzog sie sich den Liebkosungen und lenkte die Aufmerksamkeit wieder auf Abebi und Josh. Josh kniete zwischen Abebis Schenkeln und bedeckte ihre winzigen, noch kaum entwickelten Brüste noch immer mit leidenschaftlichen Küssen. Ganz behutsam berührte Marijana Josh an der

Schuler. Und als er zu ihr aufblickte, gab sie ihm schweigend zu verstehen, dass er nach unten, zu Abebis winziger, unberührter Scheide rutschen sollte. Ganz kurz beugte sie sich zu ihm hinunter und ihre Lippen trafen sich in einem verliebten Kuss. Und Josh konnte bei dieser Gelegenheit auch nicht widerstehen, seine Lippen liebevoll auf Marijanas traumhafte Brüste zu legen. Sie fühlten sich so unendlich gut auf seinen Lippen an. Und der Geruch ihrer Haut zog ihn augenblicklich in seinen Bann. Als sich Marijana schnell wieder aufrichtete, bevor sie nicht mehr in der Lage sein würde, sich Joshs Zärtlichkeiten zu entziehen, und Josh ihre wunderschöne, kleine Spalte so verführerisch vor seinem Gesicht sah, da küsste er liebevoll auch dieses Geschenk der Natur. Und als seine Lippen auf den zarten, weichen Schamlippen lagen, da hielt er sich auch nicht zurück und drang mit seiner Zunge tief in diese enge, warme und wohlschmeckende Grotte ein. Marijana begann, von diesem erregenden Überfall überrascht, zu zucken und drängte ihr Becken unbewusst fordernd gegen Joshs gierigen Mund. Josh stieß mit seiner Zunge immer wieder zärtlich und verliebt, aber mit wachsendem Verlangen zu. Marijanas Geschmack raubte ihm fast die Sinne. Währenddessen hatten sich Lian und Shadowcat zu beiden Seiten von Abebi auf den Strand niedergelassen und begannen Joshs unterbrochene Liebkosungen fortzusetzen. Ganz zärtlich und behutsam küssten sie jetzt Abebis Brüste. Abebi hatte die Unterbrechung natürlich registriert. Und als jetzt ihre zuckenden, kleinen Brüste plötzlich gleichzeitig geküsst wurden, öffnete sie für einen kurzen Moment ihre Augen. Als sie registrierte, was um sie her vor sich ging, schloss sie glücklich wieder ihre Augen und ließ sich von Shadowcats und Lians zärtlichen Küssen weiter in unbekannte Sphären einer Ekstase davontragen von der sie bisher noch nichts geahnt hatte. So sehr Marijana den Rausch der Lust auch genoss, der durch Joshs liebevollen Überfall plötzlich über sie hereingebrochen war und so schwer es ihr auch fiel, sich diesem erregenden Genuss wieder zu entziehen, so erinnerte sie sich doch daran, dass sie Josh eigentlich dazu hatte bewegen wollen, das was er jetzt bei ihr tat, Abebi zu schenken. Obwohl sie das Gefühl hatte, kurz vor einem Orgasmus zu stehen, entzog sie sich Joshs Zunge, die sie so unbeschreiblich zärtlich, liebevoll und wild zugleich verwöhnte.

„Du sollst Abebi küssen!" sagte sie atemlos und mit einem unglaubwürdigen Vorwurf in der Stimme. Aber im nächsten Moment klebte sie selbst wieder an Joshs Lippen. Sie küsste ihn voller leidenschaftlicher Liebe und schmeckte ihren eigenen Geschmack auf seiner Zunge.

„Oh, wie sehr ich Dich liebe, Josh!" flüsterte sie voller Begierde und zerwühlte dabei seine Haare mit ihren Händen. Dann schob sie ihn von sich und drängte ihn zwischen Abebis zitternde Schenkel.

„Ich liebe Dich auch so sehr!" brachte Josh tonlos hervor. Dann wendete er sich Abebis jungfräulicher Spalte zu. Marijana sah ihm gespannt und mit noch nicht überwundener Erregung zu. Josh betastete Abebis Vagina ganz vorsichtig. Er spürte ihr Beben unter seinen zärtlich tastenden Fingern. Ganz behutsam zog er mit seinen Fingerspitzen die winzige Spalte auseinander, bis zwischen den braunen Schenkeln ganz zarte, rosige Schamlippen sichtbar wurden. Josh näherte sich diesem unberührten und vor Erregung zuckenden, zarten Fleisch voller Ehrfurcht und Begierde. Bevor er mit seinen Lippen die warme, weiche Haut berührte, sog er schon gierig ihren Geruch in sich ein. Dann bedeckte er die leicht auseinandergezogenen, empfindlichen Hautfältchen mit seinen Lippen.

Abebi bäumte sich auf. Sie presste voller Ekstase ihre gereizte, kleine Scheide gegen Joshs Lippen. Und Josh genoss es. Er fühlte eine noch kaum merkliche Feuchtigkeit an der Innenseite von Abebis inneren Schamlippen. Immer wieder bedeckte er sie mit zärtlichen Küssen und zog sie behutsam mit seinen Fingerspitzen noch etwas weiter auseinander. Eine lange Sekunde betrachtete er unschlüssig Abebis winzigen Kitzler. Dann berührte er ihn liebevoll mit seiner Zungenspitze. Abebi zuckte bei dieser Berührung heftig zusammen. Aber als Josh seine Zunge wieder zurückzog, flehte sie ihn, schwer keuchend und für alle hörbar an: „Bitte hör nicht auf, Josh!"

Josh blickte an ihrem noch so kindlichen, braunen Körper nach oben und sah, wie Lian und Shadowcat voller Liebe und Zärtlichkeit ihre kleinen Brüste mit zarten und leidenschaftlichen Küssen bedeckten. Marijana stand noch immer schwer atmend neben ihm. Als Josh sich wieder in Abebis zartes Fleisch vertiefte und seiner Zunge gestattete, dieses unerforschte Gebiet zu erkunden, war es Abebi kaum noch möglich ruhig liegen zu bleiben.

„Bitte hör nicht auf!" flüsterte sie immer wieder, verbesserte sich aber bald, indem sie weiter flüsternd bettelte „Bitte hört nicht auf!", womit sie Lian und Shadowcat mit einschloss! Marijana war sich unschlüssig, ob sie es wagen konnte, Abebi auch noch zu bedrängen. Aber die Liebe, die sie für dieses kleine, schwarze Mädchen empfand und die sie auch von ihr zu spüren glaubte, ermutigten sie, ihre gemeinsam erlebte Lust mit ihr zu teilen und sich Abebis unerfahrenem Mund anzuvertrauen. Vorsichtig kniete sie sich mit gespreizten Beinen über Abebis Gesicht, bis ihre von Josh schon so sehr erregte und überreizte kleine Scheide über Abebis schwer atmendem Mund war. Mit zitternden Fingern zog sie ihre äußeren Schamlippen so weit auseinander, bis auch ihre inneren Schamlippen zum Vorschein kamen. Vor Erregung bebend senkte sie ihr Becken jetzt noch so weit, bis ihre zarten, erwartungsvollen Schamlippen auf Abebis Lippen zu liegen kamen.

Reflexartig saugte Abebi sich an der zarten Haut sofort fest. Es dauerte einen Augenblick, bis sie, ohne die Augen zu öffnen erkannte, was sie da in ihren Mund einsog. Aber der Geruch und der Geschmack von Marijanas zarten Schamlippen berauschten Abebi nur noch mehr. Gierig sog sie die empfindlichen Hautlappen noch fester in ihren Mund ein und verbiss sich zärtlich in ihnen, während ihr eigener Orgasmus unausweichlich näher rückte. Abebi wollte es verhindern, wollte es immer weiter hinauszögern, nur damit dieses Gefühl der Ekstase niemals enden würde. Aber es ging nicht mehr. Die Liebkosung ihrer unerfahrenen Klitoris durch Joshs Zunge explodierte in einer Heftigkeit, die Abebi aus dem Bewusstsein ihres Lebens hinausschleuderte.

Wie aus weiter Ferne, fast unbeteiligt konnte sie wahrnehmen, wie ihr Körper unter den fortgesetzten Liebkosungen bebte. Ihr Mund öffnete sich, um aufzuschreien und verbiss sich im nächsten Moment wieder in Marijanas zartem Fleisch. So plötzlich, wie sie das Bewusstsein für ihren Zustand völliger Ekstase verloren hatte, so plötzlich kehrte es auch wieder zurück. Obwohl der andauernde Orgasmus über ihre Kräfte ging und sie kaum noch klar denken konnte, flehte sie weinend zwischen Marijanas Schamlippen hervor: „Bitte hört nicht auf!"

Abebi verbiss sich in ihrer Ekstase so fest in Marijanas innere Schamlippen, dass die nicht einmal begreifen konnte, dass diese schmerzhafte Erfahrung gleichzeitig auch so erregend und luststeigernd war, dass sie dadurch ebenfalls einen anhaltenden Orgasmus erlebte, der ihr Schmerzempfinden vollkommen ausschaltete und sie nur noch die pure Lust erleben ließ. Aber diese Lust, dieser Orgasmus, diese Ekstase war so heftig und intensiv, dass der Zustand unerträglicher wurde, als die schlimmsten Schmerzen, die Abebis Zähne ihren unerfahrenen Schamlippen jemals hätten zufügen können. Sie bäumte sich auf, wollte sich von Abebis liebevollem und so erregendem Biss befreien, indem sie sich von ihr herunterwälzte. Aber Abebis Zähne gaben Marijanas zartes Fleisch nicht frei. Als Marijana sich von ihr herunterwarf, wurde auch Abebi herumgerissen, so dass die ganze kleine, sich liebende und ineinander verschlungene Gruppe durcheinandergewirbelt wurde.

Marijana, die sich reflexartig von Abebi heruntergeschnellt hatte und jetzt auf dem Rücken im Sand lag, hatte gespürt, wie sich bei ihrem Befreiungsversuch Abebis Zähne ebenso reflexartig noch fester schlossen. Aber in dem Moment konnte Marijana schon nicht mehr zurück. Sie hatte gespürt, wie sie das Gewicht von Abebis Kopf und Schultern mit ihren winzigen und empfindlichen Schamlippen mit sich mitgerissen hatte. Sie hatte gespürt, mit welcher Gewalt dabei von Abebis Zähnen an ihren Schamlippen gezogen wurde. Als sie es mitten in ihrer eigenen Bewegung registrierte, ohne dabei aber in der Lage zu sein, stoppen oder wieder zurück zu können, hielt sie vor Spannung und Schreck den Atem an. Abebi biss ihre Schamlippen nicht ab, wie sie für den Bruchteil einer Sekunde befürchtet hatte. Abebi war so klein und zierlich, dass sie kaum ein Gewicht hatte. Sie wurde, in Marijanas Schamlippen verbissen, einfach mitgezogen.

Und Marijana konnte überhaupt nicht begreifen, dass ihr Abebis unerschütterlicher Biss mehr Lust, als Schmerzen bereitete. Ihre vorher schon unerträgliche Ekstase wurde noch um ein vielfaches gesteigert. Marijana lag im Sand, unfähig, sich zu bewegen. Wie gelähmt ließ sie die Unerträglichkeit dieser Ekstase über sich hereinbrechen. Sie wollte schreien. Aber sie war nicht in der Lage, ihren Mund zu öffnen. Zwischen ihren Schenkeln, in ihre schmerzenden Schamlippen verbissen, lag Abebi.

Erschrocken über ihren eigenen Reflex, der sie so unbarmherzig hatte zubeißen lassen, gab Abebi die zarte, malträtierte Haut zwischen ihren Zähnen wieder frei und bedeckte sie immer wieder mit liebevollen und zärtlichen Küssen, um die Pein, die sie ihr zugefügt hatte, wieder gut zu machen.

Das wollte ich nicht! dachte sie dabei voller Schuldgefühle. Und sie war mehr als überrascht, als sie in ihrem Kopf die Stimme von Marijana, die bisher so unempfänglich für Gedankenübertragung gewesen war, erwidern hörte: *Bitte hör nicht auf!*

Verwundert und fast ungläubig blickte Abebi, die bei weitem mehr Erfahrung mit Visionen und Telepathie hatte, als mit erlebter Erotik, an Marijana nach oben. Aber Marijana nahm im selben Augenblick Abebis Kopf zwischen ihre schlanken Hände und führte ihn an ihre vor Lust und Hingabe zuckende, kleine Scheide zurück. Und Abebi nahm, beruhigt darüber, dass sie Marijana nicht verletzt hatte, ihre liebevollen Küsse wieder auf. Erst jetzt konnte sie diese kleinen, zarten Schamlippen wirklich bewusst mit ihren Lippen ertasten, während sie sich gleichzeitig in Marijanas berauschendem Geruch verlor und sich selbst von ihrem Orgasmus, den ihr Josh geschenkt hatte, erholte. Aber eine wirkliche Erholung gab es nicht. Denn das bewusste Liebkosen und Küssen von Marijanas verführerischer und süchtig machender Scheide war ebenso erregend für sie, wie die Verwöhnung ihres eigenen Körpers durch Josh, Lian und Victoria. Marijana war ein Mensch voller Zärtlichkeit. Sie wollte den Menschen, die sie liebte, nur Zärtlichkeit geben und sie wünschte sich für sich selbst auch nichts mehr, als die Zärtlichkeit dieser Menschen. Aber jetzt war sie an einen Punkt gelangt, der ihr gezeigt hatte, dass Liebe und damit verbundene, sexuelle Erlebnisse durchaus nicht nur von Zärtlichkeit bestimmt sein mussten. Abebis Bisse waren so fest gewesen, so heftig und intensiv, dass sie vor Schmerzen hätte schreien wollen, wenn sie nicht gespürt hätte, dass die Lust und Erregung, die ihr dadurch geschenkt worden waren, noch bei weitem größer waren, als eben diese Schmerzen. Und Marijana war sich bewusst, dass dieses Empfinden allein an der Liebe hing und an dem grenzenlosen Vertrauen, das es ihr gestattete, sich den Menschen, die sie wirklich liebte, Lian, Shadowcat, Josh und jetzt auch Abebi, vollkommen anzuvertrauen und hinzugeben. Abebis zärtliche Küsse waren wunderschön. Aber jetzt hatte Marijana von etwas anderem gekostet.

Und sie wollte nicht, dass das schon vorbei war. Ohne sich bewusst zu werden, dass sie es wirklich aussprach, flehte sie leise und mit stockendem Atem: „Fester!"

Und als Abebi verunsichert zögerte, flehte sie weiter: „Bitte beiß mich. Bitte beiß so fest zu, wie grad eben und noch fester! Bitte!"

Langsam senkte sich Abebi wieder über Marijanas zarte Schamlippen, auf denen sich schon deutlich erkennbare Bissspuren abzeichneten. Sie nahm das zarte, so unbeschreiblich gut riechende und schmeckende Fleisch behutsam zwischen ihre Lippen, saugte es verliebt, aber mit sich steigernder Heftigkeit in ihren Mund ein und begann, sich dabei ebenso steigernd, daran zuerst behutsam zu knabbern und dann immer fester zuzubeißen, wodurch Marijana erneut in unbekannte Dimensionen der Ekstase geführt wurde. Shadowcat und Lian, die unsanft von Abebis kleinen, erregten Brüsten abgeschüttelt worden waren, erkannten sehr schell, was zu dieser heftigen Reaktion geführt hatte. Sie beobachteten, wie Abebi jetzt zwischen den Schenkeln der flehenden Marijana lag und mit unendlich viel Gefühl deren Schamlippen zwischen ihre strahlend weißen Zähne, die einen so starken Kontrast zu ihrer dunklen Haut bildeten, nahm. Fast schien es, als wenn die Zähne sich schließen wollten. Aber Abebi spürte ganz genau, wie weit es möglich war, zuzubeißen, ohne Marijana zu verletzen. Sie war selbst berauscht von diesem erotischen Erlebnis und zog mit so viel Gewalt an den vor Erregung geschwollenen inneren Schamlippen Marijanas, dass nur ein sehr aufmerksamer Beobachter die Zärtlichkeit auf der einen und das Vertrauen auf der anderen Seite darin hätte erkennen können. Die grenzenlose Erregung und die Ekstase, aus der es Marijana unmöglich war, sich zu befreien, war unübersehbar. Shadowcat und Lian beugten sich über Marijanas große, feste und vor Erregung zitternde Brüste und setzten an ihnen fort, was ihnen an Abebi, die jetzt auf dem Bauch lag, nicht mehr möglich war. Mit ihren zärtlichen und gierigen Mündern verwöhnten sie die kleinen, harten Knospen Marijanas. Sie küssten sie voller liebevoller Zärtlichkeit und Hingabe, leckten sie mit ihren gierigen Zungen und saugten sie immer fester in ihre Münder ein, bis sie sich immer mehr Abebis Rhythmus angepasst hatten und zwar hemmungslos, aber dennoch nicht ohne Zartgefühl immer gieriger an Marijanas harten und vor Lust schmerzenden Brustwarzen knabberten und so fest zubissen, wie es nur möglich war.

Marijana war schon längst nicht mehr Herrin ihrer Sinne. Es war ihr unerklärlich, dass sie noch immer bei Bewusstsein war. Diese Art der sexuellen Stimulation war so neu und vor allem so unbeschreiblich intensiv, dass sie schon seit geraumer Zeit erwartete, in diesem überirdischen Orgasmus, in dem sie gefangen war, das Bewusstsein zu verlieren. Aber das tat sie nicht. Sie war unfähig, sich zu bewegen und ihr Flehen: „Bitte fester!", das ihr unbewusst immer wieder über die Lippen kam und das

Abebi, Lian und Shadowcat dazu animierte, Marijanas Grenzen des Erträglichen immer weiter auszuloten, führten sie an die Grenzen ihres physischen Daseins. Aber sie war noch immer da, war noch immer bei Bewusstsein und fieberte, am ganzen Körper unkontrolliert zuckend, einer Erlösung aus diesem Zustand unerträglicher Ekstase entgegen. Aber diese Erlösung wollte sich nicht einstellen.

Auch Josh war aus seiner Liebkosung von Abebis zarten und unberührten Schamlippen gerissen worden, als Abebi, in Marijanas Schamlippen verbissen, herumgeworfen wurde. Er drehte sich mit Abebis Bewegung mit. Und sein harter, erigierter Penis, der sich tief in den weichen Strand gebohrt hatte, katapultierte in dieser Bewegung eine Menge Sand in die Luft. Verwundert über diese unerwartete Bewegung besah er sich die neuen Gegebenheiten. Von unendlicher Liebe zu diesen vier in Ekstase verschlungenen Mädchen erfüllt, beobachtete er eine Weile das neue, erotische Treiben. Er sah, wie sich auf den geschmeidigen, jungen Körpern Schweißtropfen bildeten. Er sah die unendliche und nicht zu stillende Lust der Mädchen, an deren unschuldigem Anblick er sich berauschte. Noch immer kniete er hinter Abebi. Behutsam stieg er über ihr Bein, um wieder zwischen ihre Schenkel zu gelangen. Ihr kleiner, brauner und fester Hintern bewegte sich aufreizend bei den Liebkosungen und liebevollen Bissen, mit denen sie Marijanas Scheide verwöhnte. Josh konnte die winzige, rosige Spalte zwischen Abebis geöffneten Schenkeln erkennen. Sorgfältig befreite er seinen harten und pulsierenden Penis vom feinen Sand des Strandes. Dann beugte er sich über Abebis kleinen Po, befreite auch ihn sanft vom Sand und bedeckte ihn mit liebevollen Küssen. Mit seinen Händen zog er vorsichtig die Pobacken ein wenig auseinander. Berauscht von dem Anblick und Abebis Geruch vergrub er sein Gesicht dazwischen. Gierig leckte er von Abebis Scheide bis zu ihren winzigen Anus und brachte sie damit soweit, noch fester in Marijanas Schamlippen und Klitoris zu beißen. Josh schmeckte die feine, würzige Feuchtigkeit zwischen Abebis zarten Schamlippen. Gierig ließ er seine Zunge in dieses unentdeckte Terrain vorstoßen. Eigentlich hatte er vorgehabt, mit seinem harten, pulsierenden Penis, der seine Erregung kaum noch soweit beherrschen konnte, um nicht jeden Moment zu ejakulieren, in Abebis ihm so bereitwillig entgegengestreckte, zarte Grotte einzudringen. Josh bemerkte, wie Abebi unbewusst ihre Schenkel noch etwas weiter öffnete. Aber er konnte seine Lippen, seine Nase und seine Zunge nicht von ihr lösen. Abebis Geruch und Geschmack hatten in vollkommen in ihren Bann gezogen. Gierig leckte er immer weiter und stieß mit seiner Zunge immer tiefer in Abebis enge, zuckende Spalte. Bisher hatte Josh noch nie einen Bezug zu Analverkehr oder zu analer Stimulation gehabt. Bei den Frauen, die er bisher gekannt hatte, war da immer ein Gefühl von Ekel gewesen. Aber Abebis winziger After, den er jetzt direkt vor seinen Augen hatte, war anders. Er duftete angenehm und frisch gewaschen, so wie Abebi überall roch. Immer wieder bemerkte er, dass seine Zunge bewusst oder unbewusst bis zu dieser Stelle leckte und hier auch ihren Druck erhöhte. Abebi wurde durch das Eindringen von Joshs Zunge in ihre sich nach diesen Liebkosungen verzehrende, kleine Scheide und sein forsches Lecken bis zu ihrem Anus wieder in eine derartige Erregung versetzt, dass sie ihre Bisse, mit denen sie Marijana verwöhnte, nicht mehr bewusst steuern konnte. Aber diese ungezügelte Heftigkeit war genau das, wonach Marijana sich jetzt verzehrte. Josh tastete sich mit seinem rechten Zeigefinger langsam zu Abebis feuchter Scheide. Und während er ihn ganz behutsam immer tiefer in sie einführte und dabei das Gefühl hatte, dass diese Scheide selbst für seinen Finger zu eng wäre, leckte er immer gieriger an Abebis Anus, ohne sich erklären zu können, was ihn daran so erregte.

Marijana glitt langsam und ohne es zu merken in eine Dimension, in der sie ihre Ekstase und den nicht enden wollenden und sich ins Unendliche steigernden Orgasmus endlich überwunden hatte. Es dauerte eine Weile, bis Shadowcat und Lian merkten, dass Marijana nichts mehr fühlte und trotz Abebis immer festeren Bissen in ihre armen, gepeinigten Schamlippen friedlich zu schlafen schien. Behutsam löste Shadowcat Abebi von Marijana, deren Schamlippen man die heftigen Bisse inzwischen schon sehr deutlich ansah. Aber auch auf ihren kleinen, harten Brustwarzen konnte man schon die Abdrücke von Shadowcats und Lians Zähnen erkennen.

Shadowcat nahm Abebi fest in ihre Arme, damit sie einen Halt hatte und sich ihrer, durch Joshs ungewohnte Zärtlichkeiten verursachte, Ekstase weiter hingeben konnte. Lian streichelte ganz zärtlich über Abebis Rücken und folgte der weichen Kerbe zwischen ihren festen Pobacken, bis sie mit ihren Fingerspitzen Joshs Zunge auf Abebis Anus berührte. Abebi klammerte sich vor Erregung an Shadowcat fest und suchte instinktiv nach etwas neuem, woran sie sich festbeißen konnte, bis ihr Shadowcat die harten, erregten Knospen ihrer bebenden Brüste darbot.

Überrascht von der Heftigkeit des ersten Bisses zuckte Shadowcat zusammen, presste ihre Brüste dann aber voller Verlangen gegen Abebis gierigen, kleinen Mund, während die Finger ihrer eigenen, zierlichen Hände nach Abebis Brüsten tasteten und mit sanfter Gewalt an ihren winzigen und noch kaum fühlbaren Brustwarzen zogen.

Lians Finger spielte zärtlich um Joshs Zunge. Dann legte sie ihn behutsam auf Abebis Anus. Und ganz langsam und vorsichtig drang sie in ihn ein, während Josh seinen Finger zärtlich in Abebis enger Scheide bewegte. Shadowcat hätte fast geschrieen, so fest hatte Abebi in ihre rechte Brustwarze gebissen. Aber der Schmerz war auch schön gewesen und Shadowcat wusste, dass sie diese intensive Erfahrung nur mit jemandem genießen konnte, den sie wahrhaftig liebte. Und Abebi gehörte nun zu den vier Menschen, denen sie sich jederzeit vollkommen anvertrauen würde. Sie genoss ihre Bisse ebenso sehr, wie sie die heftigen Bisse Lians genossen hatte. Und gleichzeitig packten auch ihre Finger fester zu und zogen noch stärker an Abebis Brustwarzen.

Abebi konnte mit den Zärtlichkeiten und den erotischen Berührungen, die ihr von allen Seiten geschenkt wurden, kaum noch fertig werden. Fast wünschte sie sich, so wie bei Joshs ersten, zärtlichen, intimen Küssen und Shadowcats Liebkosung ihrer noch so winzigen Brüste, das Bewusstsein zu verlieren. Aber nur fast! Sie klammerte sich daran, um jeden Moment, um jede Nuance, jede kleinste Feinheit der Zärtlichkeiten, die ihr geschenkt wurden, bewusst zu erleben, auch wenn die Ekstase, die sie dadurch erlebte schon fast übermächtig wurde. Shadowcats Berührungen ihrer Brüste wurden sehr schnell wieder sanfter. Ganz zärtlich streichelte sie Abebis winzige Knospen. Und dadurch wurden auch Abebis Bisse immer zarter und gingen schließlich in innige Küsse über, bis ihr Orgasmus sich in einer gewaltigen, inneren Explosion entlud und sie sich von Shadowcat losriss und ihr Gesicht im Sand vergrub, um einen erlösenden Schrei zu unterdrücken. Behutsam zogen Josh und Lian ihre Finger aus Abebis pulsierenden und zuckenden Körperöffnungen. Shadowcat hatte sofort begonnen, Abebi sanft über den Rücken zu streicheln, der von heftigem Schluchzen geschüttelt wurde.

Josh küsste ganz sanft noch einmal Abebis noch immer zuckende Pobacken. Dann richtete er sich auf und gab Lian einen zärtlichen und innigen Kuss. Er war von so grenzenloser Liebe erfüllt und wusste doch nicht, womit er so viel Glück, das Glück, das mit Marijana, Lian und Shadowcat und jetzt auch noch mit Abebi über ihn hereingebrochen war, verdient hatte. Alle Sorgen und Befürchtungen um die Gefahren dieser Insel waren von ihm abgefallen und er fühlte nur noch Dankbarkeit für das Glück und die Liebe, mit der er gesegnet war. Als sich Joshs und Lians Lippen wieder trennten, sahen sie sich noch lange schweigend und verliebt an. Und wieder hatten sie das Gefühl bis zum Grund ihrer Seelen blicken zu können. Zärtlich streichelte Josh über Lians Wange. Und Lian schmiegte sich in seine Hand und küsste ganz sanft ihre Innenfläche. Noch einmal fanden sich ihre Lippen zu einem innigen Kuss. Dann fiel Joshs Blick auf die friedlich schlafende Marijana. Er löste sich von Lian und legte sich neben Marijana in den Sand. Ganz behutsam streichelte er über ihren jungen, straffen Körper. Als er sie berührte, reagierte Marijana mit einem wohligen Stöhnen.

Lian beobachtete Joshs Zärtlichkeiten. Und ihr Blick fiel auch liebevoll auf Joshs harte Erektion. Da war er hier an diesem traumhaften Strand mit vier jungen, nackten und in ihn verliebten Mädchen, deren Anblick ihn so sehr erregte und er ignorierte sein eigenes Bedürfnis nach Befriedigung vollkommen, um diesen Mädchen all seine Liebe und Zärtlichkeit zu schenken, ohne sie dabei mit seinem Penis zu bedrängen. Lian lächelte verliebt in sich hinein. Josh besaß so viel Zartgefühl. Und dabei wünschte sich jedes dieser vier Mädchen, Josh zu berühren, ihn mit allen Sinnen wahrzunehmen und ihn auch in sich zu spüren. Natürlich war sich Josh seiner Erektion bewusst. Er versuchte sie auch nicht mehr vor den Mädchen zu verbergen. Aber er konzentrierte sich jetzt völlig auf die Zärtlichkeiten, die er seiner geliebten Marijana schenkte. Seine Hände streichelten ganz sanft über ihre zarten Wangen, er streichelte durch ihr Haar, bedeckte ihre vollen, sinnlichen Lippen ganz behutsam mit seinen Lippen und ließ seine Lippen dann zärtlich küssend so sanft wie eine Feder über Marijanas zarten Hals, ihre wunderschönen, sich deutlich hebenden, vollen Brüste, ihren schlanken Bauch und ihren zart geschwungenen, glatten und weichen Venushügel gleiten, bis sie ihre zarten und von Abebis liebevollen Bissen geschwollenen und geröteten inneren Schamlippen berührten, die durch diese Überreizung aus der winzigen Spalte herausblickten.

Marijana zuckte unwillkürlich zusammen und stöhnte leise. Aber unbewusst öffnete sie ihre Schenkel etwas weiter und Josh küsste ganz zärtlich und liebevoll die bis an ihre Grenzen malträtierten, weichen Hautfältchen. Nach der intensiven Erfahrung von vorher, ließ sich Marijana jetzt von dieser grenzenlosen Zärtlichkeit Joshs glücklich davontragen. Ohne erst wieder ganz zu sich gekommen zu sein, schwebte sie jetzt in einem Himmel aus Liebe und Geborgenheit.

Auch Abebi war durch die erste sexuelle Erfahrung in ihrem jungen Leben, durch die Heftigkeit des erlebten Orgasmusses und durch Shadowcats zartes Streicheln über ihren Rücken, das andauerte, solange ihr Körper noch unkontrolliert gezuckt hatte, in einen friedlichen und erholsamen Schlaf gefallen. Shadowcat legte ihren Kopf auf Abebis kleinen Hintern, während sie ihr noch über den Rücken streichelte und beobachtete mit Lian die Zärtlichkeiten, die Josh Marijana schenkte.

Als Marijana schließlich auch wieder in einen tiefen Schlaf gefallen war, ließ Josh sich neben ihr in den Sand fallen. Glücklich blickte er nach oben in das tiefe Blau des tropischen Himmels. Die Blicke von Lian und Shadowcat folgten den Konturen seines athletischen Körpers und blieben immer wieder an seinem prallen Penis hängen, der hart auf seinem Bauch lag. Lian berührte Shadowcat leise und behutsam an der Schulter. Und als Shadowcat sie ansah, nickte Lian in Joshs Richtung. Shadowcat verstand. Leise krochen sie zwischen Joshs Schenkel und tasteten behutsam nach dem schönen, harten Stück Männlichkeit, das sich so gut anfühlte, so gut roch und so gut schmeckte. Während Lian begann, Josh Hoden zärtlich zu massieren, schlossen sich Shadowcats schlanke Finger vorsichtig um Joshs Penis, den diese zarte Berührung nur noch mehr erregte. Josh ließ ein leises, wohliges Brummen hören, schloss die Augen und überließ sich vollkommen den zarten Händen und der Phantasie Lians und Shadowcats.

Langsam stellte Shadowcat den steifen Penis auf und bog ihn dann nach unten zu sich und Lian. Shadowcats Griff wurde fester und Joshs Eichel wurde wieder so prall, als wenn sie platzen wollte. Shadowcat bog Joshs immer erregteren, harten Penis zu Lian. Und die bedeckte die gespannte, glatte Haut auf Joshs Eichel mit liebevollen Küssen. Auch Shadowcat begann dieses pralle und erregende Stück von Josh mit ihren liebenden Lippen zu bedecken, bis Lian es mit ihren Lippen umschloss und zuerst zärtlich, dann aber immer gieriger daran zu saugen begann. Dann überließ sie es wieder Shadowcat, die ebenso leidenschaftlich daran sog und knabberte. Sie spürte, wie Joshs Penis in ihrer Hand und in ihrem Mund noch weiter anschwoll.

Lians Finger schlossen sich um Joshs Hoden, die sie immer weiter massierte, während sie auch behutsam an ihnen zog.

Nach einem liebevollen Biss in die pralle Eichel überließ Shadowcat Lian Joshs pulsierendes Glied. Sie kroch zu Joshs Gesicht und beugte sich so über ihn, dass ihre erregten, harten Knospen Joshs Lippen berührten. Und während ihre langen, schwarzen Haare sich wie ein seidiger Schleier über Joshs Brust und Bauch ergossen, begann er zärtlich, die ihm dargebotenen kleinen Früchte mit liebevollen Küssen zu bedecken.

Wie konnte es nur sein, dass er sich an den Gerüchen von vier verschiedenen Mädchen so berauschen konnte? Shadowcats kleine Brüste, die vor Erregung zitternd seine Lippen liebkosten und seinen Mund verführten, fühlten sich so fest auf seinen Lippen an und gleichzeitig so weich. Die Haut war so unbeschreiblich zart. Und ihr Duft war angenehmer, als jeder andere Geruch, den Josh jemals in seinem Leben wahrgenommen hatte. Er war süchtig nach Victoria, nach Shadowcat, der kleinen Indianerin. Als sie ihm nach mehreren berauschenden Minuten ihre Brüste wieder entzog, stellte auch Lian das Küssen seines vor Erregung bebenden Gliedes ein. Für einen kurzen Moment fühlte Josh eine atemlose Spannung. Dann merkte er, wie sich Shadowcat mit gespreizten Beinen über sein Gesicht kniete und wie sie seine Lippen, so wie vorher mit ihren kleinen, harten Knospen, mit ihren winzigen inneren Schamlippen verwöhnte. Gleichzeitig spürte er, wie auch Lian seinen erwartungsvollen, steifen Penis wieder in ihre kleine Hand nahm und steil aufrichtete. Dann spürte er den Druck ihrer winzigen Scheide gegen seine geschwollene Eichel. Unwillkürlich presste Josh seine Lippen fester auf Shadowcats zarte Spalte. Er spürte, wie Lian den Druck erhöhte, wie ihre Schamlippen seine Eichel langsam umschlossen und wie ihre enge Spalte sie zu erdrücken schien, als sie immer fester gegen sie presste.

Gierig begann Josh über Shadowcats zarte Schamlippen zu lecken und an ihrer winzigen Klitoris zu saugen. Und als Lians enge Scheide sich noch weiter über seinen berstenden Penis zwängte, drang Josh auch mit seiner Zunge tief in Shadowcats enge Scheide ein. Leidenschaftlich und gierig aber trotzdem voller Zärtlichkeit eroberte Josh Shadowcats zuckende Spalte, während Lian sein Glied bis zur Wurzel in sich aufnahm und Josh glaubte, den Druck nicht mehr länger ertragen zu können, ohne augenblicklich zu explodieren. Aber er explodierte noch nicht. Ganz langsam und gefühlvoll bewegte sich Lian auf seiner harten Erektion, während sie selbst schon vor Erregung am ganzen Körper zu zittern begann. Auch Shadowcats Erregung steigerte sich ins Unerträgliche. Joshs flinke und neugierige Zunge, die jeden Winkel, den sie in Shadowcats bebender Grotte erreichen konnte, fand und zärtlich erkundete, seine Lippen auf ihren kleinen Schamlippen und sein immer wiederkehrendes Saugen und Lecken an ihrer empfindlichen Klitoris, brachten sie bald in eine unkontrollierbare Ekstase. Es gab nichts Schöneres für Shadowcat, als sich dieser Ekstase und Josh völlig hinzugeben. Sie spürte, wie sie von vielen, kleinen Orgasmen, die mit jedes Mal stärker wurden, erschüttert wurde.

Mit wachsender Erregung wurden auch Lians Bewegungen schneller und fordernder. Immer heftiger presste sie gegen Josh harten Penis, nahm ihn mit ihrer kleinen Vagina auf, mit ihrer yīndào, wie sie in ihrer Muttersprache Chinesisch, die sie sich auf ihrer Suche nach der eigenen Identität aus Büchern selbst beigebracht hatte, hieß.

Und jedes Mal schien es wieder so, als wollte sie mit der Enge ihrer Scheide Joshs Penis zerdrücken, oder so, als wollte Josh harter und praller Penis dieses zarte Spalte sprengen. Aber so unmöglich es auch schien, dass Lians Scheide Joshs erigierten Penis überhaupt aufnehmen konnte, so intensiv und erregend war das Gefühl, das ihnen beiden dabei geschenkt wurde. Joshs Atem ging immer heftiger und kam nur noch stoßweise. Er spürte, wie sich in Shadowcat alles zusammenzog wie ihr Körper auf einen letzten, gewaltigen Orgasmus zusteuerte. Und er hoffte nur, dass er selbst noch so lange durchhalten würde, bis er Shadowcat diese Erlösung schenken konnte. Lian konnte ihre Bewegungen auf Joshs Penis kaum noch bewusst beeinflussen. Sie steuerte voller Ekstase einem Höhepunkt entgegen, den sie gerne noch länger hinausgezögert hätte. Mehrere Minuten klammerten sich alle drei noch an diesen berauschenden Genuss. Sie wollten alle nicht, dass diese Ekstase, von der sie getragen wurden, endete. Doch dann brach der erlösende Orgasmus wie eine Flutwelle über sie herein.

Als Josh Shadowcats Aufbäumen ihres Körpers spürte, explodierte auch er noch im selben Moment. Und durch die konvulsiven Zuckungen von Joshs Penis während seiner Ejakulation, mit denen er Lians enge Scheide noch mehr zu sprengen drohte, als bisher schon, entlud sich auch Lians sexuelle Spannung in einem nicht enden wollenden Orgasmus, der ihren zarten, kleinen Körper an die Grenzen ihrer physischen Kräfte führte. Joshs Penis pulsierte noch immer in ihrer kleinen yīndào, als sie sich neben Shadowcat erschöpft auf seinen Körper fallen ließ. Selbst noch außer Atem und von unendlichem Glück erfüllt, schloss Josh seine Arme um die beiden geliebten Mädchen. Und so blieben auch sie noch lange glücklich vereint im warmen Sand liegen, bis ihre Körper sich wieder beruhigt hatten und sie, im Gefühl eins zu sein, gegenseitig auf den Schlag ihrer Herzen lauschten.

Als Marijana wieder halbwegs zu Bewusstsein kam, schmiegte auch sie sich noch an Joshs Seite. Dann sah sie sich aber suchend um, entdeckte Abebi etwas abseits und kroch zu ihr. Sie küsste zärtlich ihre Lippen und fragte leise: „Wie geht es Dir, kleine Schwester?"

Ohne die Augen zu öffnen machte Abebi einen tiefen Atemzug.

Kleine Schwester hatte Marijana sie genannt. Das, was sie körperlich mit Josh und *ihren Schwestern* erlebt hatte, war so unvorstellbar schön gewesen, so unwirklich, dass Abebi sich fragte, ob es nicht nur ein Traum gewesen war. Aber dieses grenzenlose Gefühl der Liebe, das sie mit ihnen verband, mit Josh und ihren Schwestern, ... *meine Schwestern; Darf ich sie wirklich so nennen?* das ging noch viel tiefer, das war nicht an den Körper gebunden, sondern durchströmte und erfüllte ihr Herz und ihre Seele.

Du bist meine Schwester, ... hörte Abebi Marijana in ihrem Kopf sagen, *von heute an bis ans Ende aller Zeiten!*

Langsam öffnete Abebi ihre Augen und sie bemerkte die hereinbrechende Dämmerung. Voller Liebe blickte sie Marijana an und sagte: „Danke Marijana!"

Und nachdem sie Marijanas Kuss erwidert hatte, setzte sie noch hinzu: „Meine geliebte Schwester!"

Dann schmiegte sie sich ganz eng an Marijana und genoss es, ihre weiche Haut auf sich zu spüren. Sie legte ihren kleinen Kopf auf Marijanas wunderschöne, große Brüste, lauschte auf den Schlag ihres Herzens und genoss das leichte Heben und Senken dieser Brüste, die so gut rochen und sich so gut auf ihren Wangen anfühlten. Fast unbewusst bedeckte sie Marijanas Brüste mit sanften Küssen und fragte sie flüsternd und besorgt: „War ich zu grob, Marijana?"

Marijana streichelte Abebi sanft über den Kopf und antwortete voller zärtlicher Liebe: „Ich konnte gar nicht genug davon bekommen!"

„Ich hab so was noch nie gemacht", erklärte Abebi unsicher. "Ich habe vorher weder mit einem Mann noch mit einer Frau Sex gemacht. Ich habe noch keinen Menschen so berührt. Und ich bin noch nicht berührt worden. Ich liebe Dich so sehr, Marijana. Du kannst Dir das bestimmt gar nicht vorstellen, wie es ist, jemanden, den man in seinem jetzigen Leben noch nie gesehen hat, so sehr zu vermissen, weil man weiß, dass man zusammen gehört. Ich liebe Dich so sehr, dass ich Dir niemals weh tun will. Und deswegen hab ich Angst gehabt, dass ich vorhin zu grob gewesen bin."

Marijana dachte an ihre erste erotische Erfahrung mit Lian und Shadowcat und daran, wie Lian Shadowcat ähnlich fest gebissen hatte. Wie hatte doch Shadowcat danach gesagt? Marijana versuchte, die Worte zu wiederholen: „Shadowcat hat einmal gesagt", begann sie, „Wenn man jemand absolut vertraut, dann kann man sich ihm auch total hingeben und es genießen, wenn das, was derjenige tut, mit Liebe und die Heftigkeit mit Gefühl gegeben und erlebt wird!"

Abebi drückte noch einen zärtlichen Kuss auf Marijanas Brüste und versank dann in tiefe Grübelei. Nach einiger Zeit richtete sie sich in kniende Haltung auf und betrachtete Marijana, die nackt vor ihr im weichen Sand lag. Sie sah ihre geschwollenen und geröteten inneren Schamlippen, die noch immer aus der winzigen Spalte herauslugten.

„Das darf ich aber nicht immer so machen!" sagte sie schuldbewusst, beugte sich zaghaft über Marijanas Schoß und küsste die weichen Hautfältchen, in die sie sich vor kurzem noch so unbarmherzig verbissen hatte, ganz zärtlich. Marijana durchlief sofort wieder ein erregender Schauer. Und Abebi flüsterte wieder: „Du riechst gut, Marijana. Und ich mag auch Deinen Geschmack."

Marijana stütze sich auf ihre Ellenbogen und sah Abebi in der dunkler werdenden Dämmerung zärtlich an. Abebi hatte Marijana zugesehen, als sie sich aufrichtete und war fasziniert von der Bewegung ihrer vollen Brüste. Sie studierte auch Marijanas Gesicht und sagte schließlich: „Du bist wunderschön! Und Lian und Victoria sind auch so wunderschön. Ich hab noch nie so schöne Mädchen gesehen wie euch. Und ich hab noch nie einen Mann gesehen, der so schön wie Josh ist. Ich bin nur ein kleines, hässliches Entlein."

„Nein, das bist Du nicht!" widersprach Marijana. „Du bist ebenso schön wie Lian und Shadowcat. Ich wünschte, ich hätte nur ein kleines bisschen von dem, was ihr seid und ausstrahlt."

Abebi schüttelte den Kopf und sagte: „Im Internat sagen sie, dass ich ein hässliches Entlein bin."

Marijana drückte einen liebevollen Kuss auf Abebis Lippen und erwiderte fast amüsiert: „Du bist schöner, als jedes andere Mädchen, das ich bisher hier gesehen habe, Abebi."

Abebi war ihre Dankbarkeit für diese Worte anzusehen. Und sie sprach es auch aus.

„Danke, meine wunderschöne Schwester", sagte sie. Und als sie eine Bewegung bei Lian, Victoria und Josh, dessen Schwanz immer noch in Lian ruhte, bemerkte, fragte sie leise: „Seid ihr wach, Josh?"

Josh ließ ein zustimmendes, wohliges Brummen hören. Und Abebi meinte: „Es ist fast dunkel. Wir sollten ins Internat zurückgehen."

Shadowcat küsste Lian und Josh ganz zärtlich, bevor sie sich von Joshs Brust erhob. Auch Lian gab Josh einen liebevollen Kuss und setze sich dann auf. Durch die Bewegung spürte sie wieder bewusster Joshs Penis in ihrer kleinen, engen Scheide, die sofort erregt zuckte. Und das hatte zur Folge, dass Joshs Penis im selben Moment wieder anzuschwellen begann, was auch Lians Erregung noch weiter steigerte. Erschrocken und zugleich fasziniert über das erneute Aufflackern ihrer beider Leidenschaft, fragte Lian mit atemloser Spannung: „Was machen wir jetzt?"

Josh streckte sich lang im Sand aus und blickte verliebt in Lians Augen. Dann stellte er die Gegenfrage: „Hab ich Dir heute schon gesagt, dass ich Dich liebe, Lian?"

Lian spürte, wie Josh mit seinem Becken nach oben presste und sein wieder hart gewordener Penis weiter in sie eindrang. Sie konnte sich beim besten Willen nicht darauf konzentrieren, darüber nachzudenken, ob Josh ihr seine Liebe heute schon mit Worten gestanden hatte. Sein Körper hatte es ihr jedenfalls sehr deutlich gezeigt. „Meine yīndào ist voll von Deiner Liebe!" brachte sie unter leisem Stöhnen hervor.

„Deine yīndào!" wiederholte Josh wohlig brummend. Er verstand, was das Wort bedeuten musste. Und der Klang gefiel ihm. Behutsam tastete er von Lians Schenkeln über ihre Hüfte bis zu ihren kleinen, festen Brüsten, deren fast erbsengroße Brustwarzen wieder erregt abstanden. Josh setzte sich auf und bedeckte diese zarten und verführerischen Knospen mit liebevollen Küssen. Was konnte es Schöneres geben, als Lians Knospen auf und zwischen seinen Lippen zu spüren und den berauschenden Duft ihrer zarten Haut einzuatmen? Nichts!

„Darf ich kurz stören?" fragte Marijana sie plötzlich leise. Und man konnte hören, dass es ihr unangenehm war, dass sie mit dieser Frage schon das zärtliche und verliebte Spiel der beiden zu stören glaubte. Josh brummte nur wieder zustimmend. Und Marijana erklärte: „Abebi meint, dass wir vor Einbruch der Dunkelheit im Internat zurück sein müssen. Und es ist schon fast dunkel."

Die Dämmerung war wirklich schon fast vorüber. Es war also im Moment keine Zeit für weitere Erklärungen. Josh schenkte Lians erregten Knospen und ihrem sinnlichen Mund je noch einen verliebten Kuss, legte dann seine Hände unter ihren kleinen, festen Hintern und erhob sich mit ihr, ohne dass sein Penis aus ihr herausglitt. Lian verschlang sofort ihre kleinen Füße hinter Joshs Hintern, um sich so an ihn zu klammern.

„Wer kommt noch schnell mit ins Wasser?" fragte Josh die Mädchen. Lian fühlte sich von der Antwort befreit, da sie sich ohnehin nicht freiwillig von Josh gelöst hätte. Marijana und Shadowcat stimmten sofort zu. Aber Abebi sagte besorgt: „Das ist zu gefährlich um die Zeit. Da kommen die Haie hier bis in die Buchten."

Das war natürlich ein triftiges Argument. Resigniert wollte Josh Lian absetzen. Aber sie schlang ihre Arme und Beine noch fester um ihn und klammerte sich an ihm fest. Josh fiel es nicht leicht, vernünftig sein zu müssen. Ganz zärtlich küsste er Lian, während das krampfartige Zucken ihrer engen yīndào seinen überreizten Penis wieder bis zur Unerträglichkeit erregte.

„Wir haben keine Zeit mehr, mein wunderschöner, kleiner Drache", flüsterte er schwer atmend. Aber Lian begann, an Josh hängend, ihr Becken in seinen Händen langsam stärker zu bewegen, während Marijana, Shadowcat und Abebi sich gegenseitig den Sand abputzten und sich schon anzogen. Von einer unbeschreiblich erregenden Faszination erfasst, beobachteten sie ungeniert das leidenschaftliche, erotische Spiel der beiden Liebenden. Lian vollführte einen wilden Ritt, voller hingebungsvoller und fordernder Leidenschaft auf Joshs hartem Penis. Das krampfartige Zusammenziehen ihrer ohnehin schon so engen Scheide erregte Josh ebenso sehr, wie das Pochen und Pulsieren seines prallen Gliedes Lian erregte. Verbunden mit den heftigen Bewegungen von Lians Becken, durch die Joshs Penis immer wieder stoßweise in diese enge Grotte getrieben und dann wieder fast vollständig herausgezogen wurde, spürte er, wie seine Knie weich wurden.

„Das will ich auch machen!" flüsterte Abebi staunend und mit großen Augen zu Victoria und Marijana.

Ich auch! dachte sich Marijana. Und Shadowcat genoss voller Liebe nur das anmutige und kraftvolle Schauspiel erotischer Sinnesfreuden. Sie sah die vor Schweiß glänzende Haut von Lians kleinem, zartem und zugleich athletischem Körper und im Kontrast dazu Joshs starke, angespannte Muskeln.

Wie schön die beiden sind! dachte sie bewundernd. Immer wieder suchten und fanden sich Lians und Joshs Lippen. Und als endlich der erlösende Orgasmus die beiden ereilte, verschmolzen auch ihre Zungen voller Liebe miteinander. Lian spürte, wie ihr diese bedingungslose Liebe wieder Tränen des Glücks in die Augen trieb. Kraftlos von diesem erneuten Orgasmus fühlte sie sich so sicher und geborgen in Josh Armen, der trotz seines ebenfalls kraftraubenden Höhepunktes auf den Beinen geblieben war.

Er ist so stark! dachte sie verliebt, während sie sich langsam wieder erholte. Josh merkte, dass sein Glied noch immer pochend in Lians Scheide steckte. Er war am Ende seiner Kräfte. Aber er wusste; Wenn er ihn jetzt nicht herausziehen würde, dann würde Lians zuckende yīndào, die ihn so entschlossen festhielt, ihn erneut in eine Erregung versetzen, der er wahrscheinlich nicht mehr gewachsen sein würde. Behutsam setzte er sie ab und spürte, wie sein noch immer harter Penis dabei aus ihr herausglitt. Im ersten Moment musste Josh Lian noch halten, damit sie nicht vor Schwäche stürzte.

„Wir müssen los", flüsterte Lian schwach, um Josh zu zeigen, dass sie die Situation verstanden hatte. Josh nickte und küsste sie noch einmal ganz zärtlich. Dann zog auch Lian sich so schnell, wie es ihre weichen Knie zuließen, wieder an.

„Was ist mit Dir?" fragte sie Josh, der noch immer nackt dastand und ihr verliebt zusah.

„Ich warte noch, bis ihr weg seid und gehe dann auf einem anderen Weg zum Internat zurück", antwortete Josh, der wusste, dass es nicht gut wäre, wenn man sie zusammen ins Internat zurückkehren sehen würde. Zärtlich küsste er die vier Mädchen noch einmal. Dann liefen sie schnell in die Dunkelheit davon. Josh sah ihnen nach bis sie in der Dunkelheit zwischen den Bäumen verschwunden waren. Dann spazierte er bis zum Wasser. Der Strand lief ganz flach ins Meer. So gefährlich konnte es also nicht sein, sich den verräterischen Duft der Liebe abzuwaschen. Unbekümmert lief er ein Stück ins Wasser, schwamm ein kleines Stück im Bereich, wo er noch stehen konnte und kehrte dann erfrischt und von Haien unbehelligt wieder zum Ufer zurück. Er blieb noch so lange nackt im feuchten Sand stehen, bis sein Körper wieder getrocknet war. Während dieser Zeit genoss er nur das gleichmäßige Rauschen der sich brechenden Wellen in der kleinen verborgenen Bucht und den Geruch des salzigen Windes, der vom Meer her wehte. Und er dachte über sich und die Mädchen nach, die er liebte. Er liebte sie so sehr, dass er jetzt keine Selbstzweifel an sich aufkommen lassen wollte.

Vier Mädchen! dachte er. *Und jede von ihnen wäre genug, um mich ein Leben lang glücklich zu machen. Wie kann es nur sein, dass ein einzelner Mann mit so viel Glück gesegnet ist?*

Mit so viel Glück! resümierte er noch einmal und erinnerte sich daran, dass er fünfundvierzig Jahre gebraucht hatte, um dann plötzlich, wie aus heiterem Himmel mit der Liebe solch himmlischer Wesen beschenkt zu werden.

Wenn uns das Schicksal zusammengeführt hat, dachte er weiter. Und er zweifelte nicht mehr daran, dass es das Schicksal gewesen war, das ihn wieder mit den Mädchen vereint hatte, die er schon in einem anderen Leben geliebt hatte, *dann hätte es das auch besser timen können.*

In dem Moment war aus der Ferne das dumpfe Grollen eines Donners zu hören. Josh blickte auf und sprach in Gedanken, wie als Entschuldigung: *Ich will mich ja nicht beschweren. Aber vom Alter her …*

Ein neues Donnern war zu hören. Und Josh spürte, dass der Wind leicht auffrischte. Das war sicher ein Zufall. Aber Joshs Gedanken wurden durch die Unterbrechung, die wie eine Mahnung klang, doch in eine andere Richtung gelenkt.

Eigentlich hab ich gar keinen Grund, mich zu beklagen. sagte er sich. *Welcher Mann in meinem Alter wird schon noch so reich beschenkt? Wenn jemand Geld hat, kann er sich alles kaufen, sogar minderjährige Mädchen. Aber diese reine, unschuldige und wahrhaftige Liebe, an die ich niemals geglaubt habe, die kann sich nicht einmal der Reichste kaufen.*

Langsam schlenderte Josh zu der Stelle zurück, an der er seine Kleidung abgelegt hatte und zog sich wieder an. Dann machte auch er sich auf den

Rückweg.

Er folgte dem Weg, den auch Abebi mit den anderen drei Mädchen eingeschlagen hatte und konnte so den Felsen, den er auf dem Herweg ersteigen musste, umgehen. Dann folgte er der Richtung zum Internat, bis er auf den Rundweg stieß, der sich zirka drei Kilometer um das Internat erstreckte. Diesem neuen Pfad folgte er so weit, dass er schließlich von Nordwesten wieder zum Internat zurückkehrte.

Auf der freien, nur schwach beleuchteten Fläche vor dem Internatsgebäude sah er plötzlich drei große, schwarze Schatten aus der Dunkelheit auf sich zurasen. Und eine Sekunde später lag er schon auf dem Rücken und hatte drei Dobermänner über sich, die ganz so schienen, als würden sie ihn sofort zerfleischen, sobald er eine falsche Bewegung machen würde.

„Ganz ruhig!" sagte er leise und mit ruhiger Stimme, ohne sich seine Furcht anmerken zu lassen. „Alles ist okay. Keiner tut euch was."

Als er sich jedoch nur ganz leicht bewegte, um zu sehen, ob sie ihn wieder aufstehen lassen würden, schnappte einer der Hunde sofort nach seinem Arm.

„Aus Blitz!" hörte Josh eine befehlende Stimme aus der Dunkelheit, die auch ihm gebot: „Und Sie bewegen sich nicht, bis ich da bin!"

Der auf ihn gerichtete Strahl einer Taschenlampe kam langsam auf ihn zu. Und wenige Sekunden später konnte Josh hinter der Lichtquelle die Konturen eines Menschen erkennen, die eher an einen Mann, als an eine Frau erinnerten. Josh dachte sofort an Lena Schneider und Irina Janka. Aber die Stimme hatte zu keiner dieser beiden gepasst und Josh erinnerte sich, dass er beim Empfangskomitee am Morgen noch mehrere dieser aufgepumpten Bodybuilderinnen bemerkt hatte. Als das Licht der Taschenlampe ihm schließlich voll ins Gesicht leuchtete und ihn blendete, stellte die Stimme fest: „Sie sind Barker!"

„Natürlich", erwiderte Josh verärgert, „wen haben Sie denn erwartet?"

Und ohne eine Antwort auf diese Frage abzuwarten, fuhr er fort: „Würden sie jetzt freundlicherweise die Hunde zurückpfeifen?"

„Fuß!" befahl die Stimme und die Hunde setzten sich gehorsam an die Seite der Frau. Josh erhob sich und die Frau fragte ihn: „Was machen sie um die Zeit noch hier draußen?"

„Ich war spazieren!" antwortete Josh und durchdrang mit einem stahlharten Blick den Strahl der Taschenlampe, der noch immer auf sein Gesicht gerichtet war.

„Nehmen Sie das runter!" sagte er leise. Aber der Klang seiner Stimme ließ keinen Widerspruch zu. Die Frau senkte die Taschenlampe. Und als Josh in ihr kantiges Gesicht blickte, da senkte sie für einen Moment eingeschüchtert die Augen. Mit einer Stimme, die fast schon wieder weiblich klang, erklärte sie verlegen: „Ich bin hier mit für die Sicherheit zuständig."

Josh wollte immer gerne wissen, mit wem er es zu tun hatte und fragte: „Wie heißen Sie?"

„Paula Ruben." antwortete die Dame vom Sicherheitspersonal. Und Josh fragte weiter: „Hier auf dieser Insel gibt es nur das Internat. Wer gefährdet hier denn die Sicherheit?"

Paula Ruben zuckte verlegen mit den Schultern und antwortete ausweichend: "Ich mache nur meinen Job, Barker."

Josh war klar, dass er von Frau Ruben nichts mehr erfahren würde, also nickte er, machte „Hm" und ging ohne einen weiteren Gruß ins Internatsgebäude. Bevor er allerdings seine Zimmer aufsuchte, ging er in den obersten Stock und klopfte an Veronika Vranjas Bürotür. Einen Moment lauschte er, klopfte noch einmal und da er nichts hören konnte, drückte er die Klinke. Die Tür war versperrt. Josh erinnerte sich daran, dass Evelyn ihm gesagt hatte, dass ihr Appartement rechts neben Frau Vranjas Büro liegt. Er klopfte an ihre Tür. Aber auch hier reagierte niemand. Vorsichtig öffnete Josh die Tür. Aber in dem Appartement war es dunkel.

„Evelyn?" fragte er in die Dunkelheit. Aber niemand antwortete. Josh schloss die Tür wieder und klopfte an die Tür auf der anderen Seite von Frau Vranjas Büro am Ende des Ganges.

Es wäre einfacher, dachte er sich, *wenn es Namensschilder an den Türen gäbe.*

Aber die gab es nicht. Josh wollte mit Frau Vranja über den Vorfall mit den Hunden reden. Er wollte wissen, welcher Anlass solche Maßnahmen erforderte oder rechtfertigte. Auch die andere Tür öffnete niemand. Aber Josh vermeinte unterdrückte Geräusche aus dieser Wohnung zu vernehmen. Noch einmal klopfte er. Und als noch immer niemand antwortete oder öffnete, drückte er auch diese Klinke.

Als er die Tür öffnete, sah er in einen großen und hell erleuchteten Raum. An der gegenüberliegenden Wand sah Josh zwei geschlossene Türen und nach rechts und links führte je ein Korridor. Das wäre alles nichts Besonderes gewesen, hätte Josh nicht gerade noch Veronika Vranja in den rechten Korridor huschen sehen. Und nicht nur das: Frau Vranja trug nur eine schwarze Corsage mit Strumpfhaltern und feinen, ebenfalls schwarzen Strümpfen und an den Füßen hochhackige, schwarzglänzende Schuhe. Sie trug keinen Slip und die Corsage stützte nur ihre üppigen, freiliegenden Brüste. In der rechten Hand hatte sie eine Lederpeitsche und in der linken eine Kette, an der sie irgendetwas vor sich her in den Korridor trieb. Sie machte auf Josh ganz den Eindruck einer Domina.

„Frau Vranja!" rief er ihr hinterher. Aber er hörte nur noch die sich schnell entfernenden Schritte von ihr und dem, was vor ihr an dieser Kette hing. Bevor er sich entschließen konnte, ob er ihr folgen sollte, kam von rechts hinter der Tür Evelyn zu ihm an die Tür. Sie schloss sich gerade noch einen Bademantel. Aber Josh sah mit einem schnellen Blick, dass auch sie schwarze Strümpfe und hochhackige Schuhe trug.

„Josh!" sagte sie vorwurfsvoll. „Was willst Du hier?"

Josh sah ihr misstrauisch ins Gesicht und fragte: „Was geht hier vor?"

Evelyn sah Josh einen Moment verständnislos an. Dann lachte sie hell auf und erwiderte: „Was denkst Du denn, was hier vor sich geht, Josh? Meinst Du, weil es hier sonst keine Männer gibt, können wir Frauen uns nicht anderweitig vergnügen?"

„Wer hängt an dieser Kette?" forschte Josh unbeirrt weiter.

„An welcher Kette?" fragte Evelyn naiv und begriff erst jetzt, dass Josh mehr gesehen hatte, als sie gedacht hatte. Josh antwortete nicht und sah sie streng an.

„Ach die Kette!" sagte Evelyn schließlich gedehnt und erklärte: „Josh, es gibt hier sehr viele einsame Frauen auf St. Bernadette. Und es gibt sehr viele verschiedene Spielarten. An dieser Kette war eine Kollegin von mir. Erwarte aber bitte nicht, dass ich Dir ihren Namen sage. Das wäre wirklich zu indiskret. Vielleicht können wir beide ja auch mal miteinander spielen, Josh!"

„Nein danke!" erwiderte Josh, dessen Misstrauen durch Evelyns Erklärung keineswegs ausgeräumt war. Dann sagte er: „Ich möchte mit Frau Vranja sprechen."

„Jetzt?" fragte Evelyn verwundert. „Worüber denn?"

„Über die drei Dobermänner, die mich vor dem Internat gerade angefallen haben", antwortete Josh wahrheitsgemäß.

„Oh!" machte Evelyn einfältiger, als man es ihr abnahm. Dann fragte sie ebenso naiv: „Warst Du jetzt noch draußen?"

Josh hatte keine Lust auf Spielchen und antwortete ernst: „Muss ich ja wohl!" Dann fragte er in demselben strengen Ton: „Kann ich jetzt Frau Vranja sprechen?"

Josh konnte Evelyn ihre Verlegenheit ansehen, als sie antwortete: „Du hast doch gesehen, Josh, dass sie grad nicht auf Deinen Besuch eingestellt ist. Hat das nicht Zeit bis morgen? Unser Sicherheitspersonal macht nur seinen Job. Und Dir ist ja schließlich nichts passiert."

Josh nickte. Im Moment konnte er wohl wirklich nichts ausrichten. Und es wäre in der Tat sehr indiskret und taktlos gewesen, wenn er einfach in die Sexspielchen vom Veronika Vranja und ihren Gespielinnen geplatzt wäre.

„Na gut", sagte er. Aber als er sich schon umwendete, bemerkte er im Augenwinkel Frau Vranjas Elfenbeinstock, der neben dem Korridor, in dem seine Besitzerin verschwunden war, an der Wand lehnte. Und Josh sah, dass vom Knauf des weißen Stockes frisches Blut tropfte. Ohne ein Wort schob er Evelyn zur Seite und ging zu dem Stock. Evelyn wollte ihn aufhalten und sagte: „Josh, Du kannst nicht einfach …"

Aber in dem Moment hatte Josh den Stock schon in der Hand und hielt den blutigen Knauf zwischen sie. Evelyn verstummte. Sie wusste nicht, wie sie das erklären sollte. Josh wendete sich in den Gang.

„Wo ist sie?" fragte er befehlend und als Evelyn nicht antwortete, ging er in den Gang und öffnete die erste Tür auf der linken Seite, die in ein großes, prunkvoll eingerichtetes Schlafzimmer führte, das aber leer war. Josh hörte Evelyns Stimme hinter sich. Und seine Nackenhaare stellten sich auf, als er die drohende Kälte in Evelyns Stimme bemerkte, als sie sagte: „Das kann ich nicht zulassen, Josh!"

Instinktiv drehte Josh sich zu ihr um. Und er hatte den Eindruck, dass Evelyn im Begriff gestanden hatte, ihn anzugreifen. Aber im selben Moment ging hinter ihm eine Tür auf und Veronika Vranja erschien im Gang und fragte ungehalten: „Was ist hier los?"

Evelyn entspannte sich sofort wieder und Josh drehte sich zu Frau Vranja um, die jetzt einen seidenen Kimono übergezogen hatte. Josh streckte ihr den weißen Stock entgegen, von dessen Knauf das dunkle, rote Blut rann und erwiderte: „Das möchte ich auch gerne wissen!"

Völlig unbeeindruckt griff Veronika Vranja nach dem Stock und sagte: „Sie sind ganz schön neugierig, Barker. Kommen sie mit."

Sie führte Josh bis zur letzten Tür auf der rechten Seite, aus der sie gekommen war und ließ Josh in das Zimmer blicken. Als Josh ihr folgte, war seine Aufmerksamkeit auch immer nach hinten gerichtet. Er traute Evelyn, die ebenfalls folgte, kein bisschen mehr. Als er durch die Tür blickte, sah er etwas, was er für ein Sado Maso Studio hielt. Er konnte sich allerdings nicht auf die Einrichtung konzentrieren, denn sein Blick fiel sofort auf die gegenüberliegende Wand, an der wie ein großes X ein mit schwarzem Leder überzogenes Kreuz hing, an dessen Enden Lederriemen befestigt waren. Und mit diesen Lederriemen an das Kreuz gefesselt, sah er die Sexualkundelehrerin Arlana Po, die ihn nackt und mit gespreizten Armen und Beinen verwundert ansah. Über ihre Brüste gingen rote Striemen und aus ihrer Scheide lief ein dünnes Rinnsal roten Blutes. Veronika Vranja hinkte an Josh vorbei und löste die Riemen, mit denen Arlana Po gefesselt war. Dann reichte sie ihr ein großes Tuch, in das sie sich hüllen konnte und forderte sie auf: „Würdest Du Herrn Barker bitte erklären, dass Du freiwillig hier bist, Arlana!"

„Natürlich bin ich freiwillig hier!" bestätigte Frau Po und fragte Josh: „Was dachten Sie denn?"

Josh hatte zwar den Eindruck, dass ihm hier etwas vorgegaukelt wurde, aber er hatte nichts in der Hand. Deswegen sagte er mit ehrlicher Verlegenheit: „Verzeihen Sie bitte. Es war offensichtlich ein Irrtum."

Dann wendete er sich um, und verließ Frau Vranjas Wohnung, um in seine eigenen Zimmer zu gehen. Im Treppenhaus holte ihn Evelyn ein.

„Josh", sagte sie einschmeichelnd, „ich hoffe, Du bist jetzt nicht entsetzt."

Als Josh nicht antwortete, fuhr sie fort: „Wie Du weißt, ist Arlana Lehrerin für Sexualkunde. Und als gewissenhafte Lehrerin ist sie natürlich daran interessiert, das, was sie unterrichtet aus eigener Erfahrung zu kennen."

Ohne stehenzubleiben erwiderte Josh: „Ich hatte mir unter Sexualkundeunterricht bisher etwas anderes vorgestellt."

Evelyn gab sich wieder ganz entspannt und locker. „Sie hat Dir doch gesagt", erklärte sie, „dass Du überrascht wärst, was ihr Unterricht zu bieten hat. Über die normale Funktion des weiblichen und männlichen Körpers wissen die Mädchen längst schon bescheid, selbst die Kleinsten. Arlana bringt ihnen aber auch bei, welche Spielarten der Liebe und was für Möglichkeiten der Luststeigerung es gibt. Also ich liebe ihren Unterricht. Und die Schülerinnen lieben ihn auch."

Josh blieb vor seiner Tür stehen und fragte: „Ist das auch der Grund dafür, dass Knightham mir heute in die Eier treten wollte?"

„Liz?" fragte Evelyn und sagte verteidigend: „Liz ist ein Heißsporn. Sie ist eine unübertreffliche Leichtathletin und fordert die anderen gern heraus. Aber im Grunde ist sie ein herzensguter Mensch."

„Als Leichtathletin kann sie mich gerne herausfordern", erwiderte Josh. „Ich bin immer froh, wenn es mir gelingt, meine Schüler anzuspornen. Aber ich lasse mich auch von herzensguten Menschen nicht körperlich angreifen. Gute Nacht, Evelyn."

Damit ließ Josh Evelyn im Gang stehen und ging in sein Zimmer. Aber kaum hatte er das Wohnzimmer betreten, klopfte Evelyn noch einmal und betrat hinter ihm den Raum.

„Ich hab hier noch die Schlüssel, um die Du mich gebeten hast." sagte sie und reichte Josh einen Ring, an dem zwei Schlüssel hingen.

„Danke", erwiderte Josh und nahm die Schlüssel entgegen. Evelyn wünschte ihm eine gute Nacht und ließ ihn wieder allein. Josh probierte sofort die Schlüssel aus. Er versperrte die Türen und drehte die Schlüssel quer, so dass man sie nicht von außen aus dem Schlüsselloch schieben konnte. Im Schlafzimmer klemmte er außerdem noch die Türklinke fest, so dass er ziemlich sicher war, dass niemand durch diese Tür kommen konnte.

Als er sich kurz auf dem Bett ausstreckte, tauchten vor seinem geistigen Auge sofort die Gesichter von Marijana, Lian, Shadowcat und Abebi auf. Er erinnerte sich an die zärtliche, liebevolle und prickelnde Intimität, mit denen er heute alle vier gefühlt hatte. Bevor er mit Shadowcat aufgebrochen war, hatte er sich noch nicht einmal vorstellen können, dass er außer den drei Mädchen, deretwegen er hier war, noch jemand lieben könnte. Und jetzt waren aus den drei Mädchen plötzlich vier geworden. Abebi hatte sein Herz im Sturm erobert. Josh stand wieder auf und trat auf den Balkon um den frischen Wind des Abends zu genießen. In der Ferne hörte er noch immer ein leises Grollen. Und er lächelte darüber, dass er es als Antwort auf seine Gedanken gedeutet hatte.

Es war noch nicht spät. Und Josh überlegte, ob er duschen gehen sollte. Aber dann dachte er sich, dass ihm ein wenig Sport noch gut tun würde. Also zog er seinen Trainingsanzug an und machte sich auf den Weg zur Sporthalle. Ein schwerer Sandsack, der in einem kleineren Nebenraum hing, war jetzt genau das Richtige. Josh zog sich das Oberteil seines Trainingsanzuges und seine Sportschuhe aus und begann den Sandsack mit Fäusten und Füßen, mit Ellenbogen und Knien so intensiv zu bearbeiten, bis ihn seine Knöchel schmerzten und der Schweiß in Strömen über seinen Körper lief. Auch wenn Josh ein Boxer war, tat es ihm gut, sich auf diese Weise zu verausgaben, indem er seinen ganzen Körper einsetzte.

Abebi, Shadowcat, Lian und Marijana waren noch rechtzeitig im Internatsgebäude gewesen, bevor Paula Ruben mit ihren Hunden ihre Wachrunde ging. Sie erreichten unbehelligt ihre Zimmer. Das Abendessen hatten aber auch sie verpasst. Aber das war ihnen gleichgültig. Sie hatten ohnehin keinen Hunger. Sandig und nach Schweiß und Liebe riechend gingen sie als erstes ins Bad, um sich zu duschen. Schon vor der Tür hörten sie aus dem Bad ein ausgelassenes Treiben und vergnügtes Lachen. Marijana klopfte zaghaft und steckte ihren Kopf durch die Tür. Sabine, das Mädchen, das Lian und sie gefragt hatte, ob sie mit zum Strand kommen würden saß mit vier ihrer Freundinnen planschend und scherzend in der großen Badewanne. Als sie Marijana erblickte, lud sie sie sofort ein: „Marijana, komm rein. Bei uns musst Du Dich nicht genieren."

„Danke!" erwiderte Marijana. „Stört es euch, wenn wir kurz duschen?"

Sabine und ihre Freundinnen hatten die anderen vor der Tür noch nicht gesehen, aber Sabine antwortete sofort: „Unsinn. Kommt rein."

Marijana betrat mit ihren drei Schwestern das Bad. Als Sabine Abebi sah, winkte sie Marijana leise zu sich.

„Marijana", sagte sie unterdrückt und flüsterte ihr zu, als sie neben ihr stand: „Nehmt euch vor der kleinen Schwarzen in acht. Die ist nicht ganz richtig."

„Doch das ist sie!" widersprach Marijana, ohne ihre Stimme zu dämpfen. Und sie fügte noch hinzu: „Wenn Abebi nicht richtig ist, dann bin ich es auch nicht!"

Das Stimmengewirr in der Wanne erstarb und Sabine lief dunkelrot an, als sie Abebis Blick auf sich spürte. Man konnte ihr ansehen, dass sie aufrichtig beschämt war.

„Es tut mir leid, Abebi!" entschuldigte sie sich schließlich und erklärte: „Ich bin wohl der einzige Mensch, der selbst in der Badewanne in Fettnäpfchen treten kann."

Nachdem Abebi nicht reagierte, wendete sie sich wieder an Marijana.

„Sie redet nicht. Und sie distanziert sich von allen anderen. Dafür reden die anderen umso mehr über sie."

Noch einmal wendete sie sich an Abebi und wiederholte: „Es tut mir wirklich leid!"

Abebi nickte ihr zu und Sabine spürte, dass sie ihr verzieh. Erleichtert sagte sie: „Danke."

Dann stellte sie ihre Freundinnen vor: „Das sind Heike, Dunja, Emmylou und Madison."

Auch Marijana, Lian und Victoria nannten ihre Namen. Dann zogen die drei und Abebi sich aus und duschten nebeneinander, während Sabine und ihre Freundinnen sich zwar wieder zu unterhalten begannen, dabei aber immer wieder verstohlene und bewundernde Blicke auf die drei Neuen warfen. Beim Anblick von Marijanas perfektem Körper blieb Sabine der Mund offen stehen und Madison entschlüpfte ein schwärmerisches „Wow!"

Heike war vor allem fasziniert von Victorias und auch von Lians langen, seidigen Haaren, während Dunja besonders fasziniert von Lians schlanker und sehniger Muskulatur war und auch bemerkte, wie perfekt durchtrainiert auch die anderen waren. Selbst bei Abebi bemerkte sie jetzt, wo sie sie zum erstenmal so ausgiebig beobachtete, eine anmutige Geschmeidigkeit, die von mehr Sportlichkeit zeugte, als sie bisher gezeigt hatte. Emmylou sah den vieren zwar auch interessiert zu, neigte aber nicht so sehr wie ihre Freundinnen zur Schwärmerei. Während Abebi und die drei Neuen noch unter der Dusche standen, kam noch ein weiteres Mädchen nackt durch die Balkontür gehuscht und sprang schnell zu den anderen Mädchen in die Wanne. Als Marijana und die drei anderen sich zu ihr umdrehten, stellte sich das quirlige, kleine Mädchen auch vor.

„Hi, ich bin Susi", sagte sie. „Und ihr seid die berüchtigten Neuen!"

„Berüchtigt?" fragte Marijana, während sie ihre Brause abdrehte und nach ihrem Badetuch griff. Susi schaute ganz pfiffig und erwiderte: "Naja, ihr habt uns doch den Lehrer mitgebracht."

Auch Shadowcat, Lian und Abebi drehten ihre Duschen ab und trockneten sich ab.

„Frau Siratja hat Herrn Barker das Angebot gemacht, hier anzufangen", widersprach Victoria. Und Marijana nutzte die Gelegenheit und fragte die Mädchen in der Wanne: „Was haben hier eigentlich alle gegen Barker?"

Sabine und ihre Freundinnen kicherten und Madison antwortete: „Hier hat niemand etwas gegen den Mann. Ganz im Gegenteil!"

„Wir haben ihn sogar sehnsüchtig erwartet!" gestand Sabine. Marijana, Lian und Shadowcat schauten sich fragend an. Marijana wendete sich wieder an Sabine und fragte: „Aber warum behandeln ihn dann alle so abweisend?"

Sabine überlegte kurz und stellte die Gegenfrage: „Wisst ihr das wirklich nicht?"

Marijana schüttelte den Kopf.

„Das gehört alles zum Spiel!" sagte Susi geheimnisvoll.

Aber Emmylou machte „Schhht!" zu Susi, um sie am Weiterreden zu hindern und sagte zu Marijana und ihren Schwestern: „Ihr werdet schon noch alles erfahren."

Victoria hakte noch mal nach und fragte: „Was ist denn so Geheimnisvolles daran?"

Aber Emmylou blieb hartnäckig und antwortete ihr: „Wartet es einfach ab. Wir dürfen Neuen nichts erzählen."

Victoria zuckte gleichgültig mit den Schultern und meinte: „Na gut."

Dann band sie sich ihr Badetuch um, und putzte sich, wie Marijana, Lian und Abebi an den Waschbecken die Zähne, bevor sie ihre Kleider nahm und den Mädchen in der Wanne eine gute Nacht wünschte. Auch Marijana und Lian verabschiedeten sich von den Mädchen in der Wanne, während Abebi ihnen nur zunickte. Dann verließen die vier das Badezimmer und konnten noch das Getuschel hören, das einsetzte, als sie die Tür hinter sich geschlossen hatten. Obwohl es sie sehnsüchtig zu Joshs Zimmer zog, gingen sie ohne zu zögern in ihre eigenen Zimmer. Das Risiko, dass eines der Mädchen aus dem Bad spähte und sie dabei beobachtete, wie sie an Joshs Tür klopften, war einfach zu groß.

Marijana, Lian und Shadowcat hatten noch immer nicht ihre Koffer ausgepackt. Und auch jetzt verspürten sie keine Lust dazu. Das Zimmer, oder die beiden Zimmer, wenn sie das von Abebi mitrechneten, waren kahl und ungemütlich. Sie fühlten sich hier nicht wohl und wären am liebsten sofort mit Josh wieder von dieser Insel mit seinen bedrohlichen Bewohnerinnen geflüchtet. Sie stellten sich die Stühle aus den Zimmern auf den Balkon, hängten ihre Badetücher über das Geländer und setzten sich nackt nach draußen in die angenehme kühle Abendluft. Lange saßen sie schweigend und grübelnd nebeneinander, während sie dem fernen Donner lauschten. Schließlich wendete sich Shadowcat an Abebi und fragte sie so leise, dass man sie auf den Balkonen ober und unter ihnen nicht hören konnte: „Du hast gesagt, in dem landwirtschaftlichen Betrieb gibt es Männer, denen die Frauen etwas antun. Was weißt Du denn darüber?"

Abebi schüttelte den Kopf und antwortete: „Nichts genaues. Ich hab bis jetzt immer nur Andeutungen gehört. Aber ihr werdet ja morgen den Unterricht kennenlernen. Vor allem das, was sie Sexualkunde nennen, ist sehr eindeutig gegen Männer gerichtet."

„Langsam bin ich wirklich gespannt auf morgen", sagte Lian.

Dann versanken sie wieder in Schweigen. Sie wären so gerne wieder zu Josh gegangen. Aber sie wussten, dass sie auf der Hut sein mussten. Bevor sie schlafen gingen, huschte nur Shadowcat noch einmal lautlos über den Gang und klopfte zaghaft an Joshs Tür. Aber Josh war zu der Zeit noch in der Sporthalle und powerte sich aus. Als er etwa eine halbe Stunde später nach oben kam, klopfte er seinerseits ganz behutsam an die Tür des Zimmers, in das die drei Mädchen heute eingezogen waren. Sie hatten sich nicht, wie sie es vorgehabt hatten ein zusätzliches Bett in das Zimmer gestellt, sondern sie hatten alle beiden Betten aus dem Nebenzimmer geholt und dafür die Tische aus diesem Zimmer in das andere geräumt. Die Betten hatten sie alle vier aneinander gerückt. Und so lagen sie nackt nebeneinander, nur mit dünnen Laken zugedeckt und ihre Hände suchten den Kontakt zu den Körpern der anderen. Keine von ihnen schlief schon, als Josh an ihre Tür klopfte. Und sie wussten auch alle, dass das nur Josh sein konnte. Shadowcat sprang schon, bevor Josh die Tür berührte mit der Geschmeidigkeit einer Katze aus dem Bett und lief zur Tür. Und im selben Moment, in dem Joshs Knöchel das Holz berührten, öffnete sie ihm auch schon und fiel ihm um den Hals, als hätte sie ihn seit Jahren vermisst.

Abebi erkannte mit ehrlicher Bewunderung, dass Shadowcat vor ihr Joshs Anwesenheit gespürt hatte. Und es gab ihr ein großes Gefühl der Sicherheit, dass sie sich nicht mehr nur auf ihre eigenen Fähigkeiten verlassen musste, sondern dass da noch jemand war, der sie wunderbar ergänzte.

„Komm rein!" flüsterte Shadowcat und zog Josh schon in ihr Zimmer. Josh folgte ihr auch, um nicht in ihrer offenen Tür überrascht werden zu können. Aber er sagte unter zärtlichen Küssen, die er jetzt auch mit den anderen drei Mädchen, die ebenfalls aus ihren Betten gesprungen waren, wechselte: „Ich wollte euch nur eine gute Nacht wünschen."

Er erzählte ihnen noch schnell von seinen Erlebnissen mit den Hunden und was er in Veronika Vranjas Wohnung erlebt hatte. Normalerweise hätte er über ein so heikles Thema niemals mit so jungen Mädchen gesprochen. Aber hier war die Situation anders. Die Mädchen und er vertrauten sich absolut. Und sie wussten alle, wie wichtig es hier für sie war, dass alle über das informiert waren, was vor sich ging. Denn davon hing auf jeden Fall die Sicherheit von Josh ab und möglicherweise auch die von den Mädchen. Dass Abebi ebenfalls in Gefahr war, das hatte sie ja schon erzählt. Shadowcat bat Josh, bei ihnen zu bleiben. Aber Josh machte sie darauf aufmerksam, dass er noch duschen musste und dass sie in der ersten Nacht, die sie hier verbrachten, besonders darauf achten mussten, keinen Verdacht zu erregen. Also wünschten sie sich eine gute Nacht, die Mädchen legten sich wieder in ihre Betten und Josh ging ebenfalls zu Bett, nachdem er im Bad fertig war und seine Wohnzimmertür sorgfältig verschlossen hatte. Er lag noch lange grübelnd wach.

Auch Shadowcat konnte nicht schlafen. Selbst als die anderen von den Anstrengungen des Tages übermannt in einen friedlichen Schlummer fielen, blickte sie noch immer in trübe Gedanken versunken zur Decke. Als sie es schließlich nicht mehr aushielt, stand sie lautlos auf und huschte ohne ein Geräusch zu verursachen, aus dem Zimmer. Keine ihrer Schwestern erwachte, obwohl sie alle nur einen leichten Schlaf hatten. Selbst Abebi, die noch die Instinkte eines wilden Tieres hatte, schlief weiter, ohne auch nur im Geringsten etwas von Shadowcats Verschwinden zu bemerken. Erst als Shadowcat das Zimmer verlassen hatte, erwachte Lian, die im Unterbewusstsein die Abwesenheit Shadowcats gespürt hatte. Aber sie wusste sofort, wohin Shadowcat gegangen war, räkelte sich verliebt lächelnd und streckte sich über Shadowcats Bett aus. Kurz darauf war sie wieder eingeschlafen.

Josh war plötzlich aufgestanden, ohne zu wissen warum. Er öffnete seine Tür vom Wohnzimmer zum Gang in dem Moment, in dem Shadowcat sie erreichte und die beiden fielen sich lautlos in die Arme. Sofort schloss und versperrte Josh die Tür hinter Shadowcat wieder. Er nahm sie auf seine Arme und trug sie auf sein großes Bett, in dem er sich so einsam gefühlt hatte, wie noch nie in seinem Leben. Die Balkontür stand offen. Und es war auch zu warm im Zimmer, um sie zu schließen. Er zog die langen, seidigen und bis zum Boden reichenden Vorhänge zu und lehnte einen Stuhl so gegen die Balkontür, dass er bei der leisesten Berührung umfallen musste. Dann ging er lautlos wie eine Katze zum Bett zurück, auf dem ihn Shadowcat sehnsüchtig erwartete.

Er beugte sich über ihren zarten, nackten Körper und bedeckte ihre wunderschönen Brüste, deren sanfte Rundungen sich kaum merklich hoben und senkten, mit zärtlich gehauchten Küssen. Shadowcat atmete tief ein und streckte Josh ihre jungen Knospen unbewusst fester entgegen. Die liebevollen Berührungen von Joshs Lippen ließen Shadowcat erzittern. Langsam wanderten Joshs Lippen über Shadowcats flachen Bauch und küssten ihren zierlichen Nabel. Shadowcats Bauch zuckte vor sinnlicher Erregung und ihr Atem ging stoßweise. Josh küsste sich unendlich langsam weiter über Shadowcats Venushügel. Nur ganz sacht berührten seine Lippen die weiche, glatte Haut. Shadowcat ließ sich von einer Welle des Glücks und der Erregung davontragen. Und schließlich erreichten Joshs Lippen Shadowcats winzige Spalte.

Du riechst so wahnsinnig gut! dachte er sich, wenn man seine Empfindungen und Gefühle überhaupt als Gedanken bezeichnen kann, die sich mit Worten beschreiben lassen.

Shadowcat ließ ein leises, wohliges Schnurren hören. Nur dieser eine, zarte Kuss genügte, um ihr einen kleinen, aber durch die unendliche Zärtlichkeit sehr intensiv erleben Orgasmus zu schenken. Zärtlich streichelte sie durch Joshs Haare. Seine Lippen lösten sich wieder von ihrer noch so unberührt wirkenden, verführerischen Spalte. Ganz behutsam legte er sich neben Shadowcat, nahm sie in seine Arme und schenkte auch ihren sinnlichen Lippen noch einen langen, zärtlichen Kuss voller spürbarer

Liebe. Sie legte ihren Kopf auf Joshs breite Brust, schlang zärtlich ihre schlanken Arme um ihn und schlief so bald glücklich ein. Und auch Josh fand jetzt endlich den ersehnten Schlaf, den er für seinen ersten Schultag auf St. Bernadette mindestens ebenso dringend brauchte, wie Shadowcat, Marijana und Lian.

Was ihn aus dem Schlaf geschreckt hatte, wusste er nicht. Aber als er die Augen öffnete, sah er, wie Shadowcat schon angestrengt in die Dunkelheit der Nacht lauschte.

„Es ist jemand auf dem Balkon!" flüsterte sie kaum hörbar.

Josh deutete neben das Bett und Shadowcat verstand sofort. Sie rollte lautlos über die Bettkante und war damit vom Balkon aus nicht mehr zu sehen. Ohne ein Geräusch zu verursachen, zog sich Josh seinen Slip an, glitt lautlos wie ein Schatten zur Balkontür und konnte durch die dünnen Vorhänge die Silhouette einer Person erkennen, die sich leise anschlich. Josh machte sich bereit, augenblicklich zuzupacken. Aber als die Person auf dem Balkon die Tür vorsichtig weiter aufschieben wollte, polterte der Stuhl, den Josh zum Schutz vor solchen Überraschungen an die Tür gelehnt hatte, laut auf den Boden. Blitzartig verschwand die Person vor der Tür. Und bis Josh durch die Vorhänge und über den am Boden liegenden Stuhl gesprungen war, und auf dem Balkon landete, sah er nur noch jemand in der Tür zum angrenzenden, leeren Zimmer verschwinden. Ohne zu zögern rannte er hinterher. Von der Balkontür des nächsten Zimmers aus sah er nur noch, wie sich die Zimmertür schloss. Er rannte durch das Zimmer und riss die Tür auf. Im selben Moment sprang ihn aber schon einer von Paula Rubens Dobermännern an. Nur jetzt war Josh darauf gefasst; zwar nicht auf einen Hund, aber doch auf einen Angriff. Er packte den Hund hinter den Kiefern, klemmte ihn in der selben Bewegung unter den Arm und hielt ihm dann die Schnauze zu. Doch da wollten schon die anderen zwei Dobermänner auf ihn losgehen. Da ging aber die Badezimmertür auf und Shadowcat erschien im Gang. Durch die Bewegung wurden die beiden Dobermänner sofort abgelenkt. Aber als sie auf Shadowcat losspringen wollten, wurden sie plötzlich ganz ruhig, trotteten schließlich schwanzwedelnd auf sie zu und leckten ihr die Hände.

„Was ist denn hier los?" fragte Shadowcat, während sie versuchte, ihre Blöße vor Paula Ruben zu verdecken. Josh ließ den dritten Dobermann, den er als Blitz wiedererkannte, ebenfalls wieder los und Blitz trottete auch zu Shadowcat und legt sich zu ihren Füßen auf den Boden. Paula Ruben beobachtete das Schauspiel mit offenem Mund. Josh wendete sich an sie und fragte: „Wollten Sie gerade über den Balkon in mein Zimmer einsteigen?"

Frau Ruben sah ihn empört an und antwortete: „Was ich? Was bilden Sie sich ein?"

„Wer ist dann gerade durch diese Tür gekommen?" fragte Josh unbeirrt weiter.

„Zorro, Blitz, Fuchs, hier Fuß!" befahl Paula Ruben. Aber die Hunde bewegten sich nicht von Shadowcat weg.

„Wer?" fragte Josh noch einmal mit deutlich erhobener Stimme.

„Niemand ist durch diese Tür gekommen, außer Ihnen!" brauste Frau Ruben auf. Josh sah sie lange und durchdringend an. Man konnte sehen, dass Frau Ruben trotz all ihrer Muskeln Josh fürchtete.

„Sie sind eine Lügnerin, Paula Ruben!" sagte er schließlich ganz leise aber in einer Weise, dass sich Frau Ruben die Nackenhaare aufstellten. Josh wendete sich an Shadowcat und sagte ruhig, aber so distanziert zu ihr, dass man nicht hören konnte, wie nahe sich die beiden standen: „Geh wieder schlafen, Mädchen. Hier ist nichts passiert."

„Ja", sagte Shadowcat schüchtern, wünschte noch eine „Gute Nacht!" und ging, sich noch immer verschämt bedeckend in ihr eigenes Zimmer.

Die drei Dobermänner trotteten jetzt wieder zu Paula Ruben zurück, ohne dabei aber Josh noch zu beachten. Josh ging durch das angrenzende Zimmer und über den Balkon wieder zurück in sein Zimmer. Keine fünf Minuten später lag Shadowcat wieder in seinen Armen. Und wieder schliefen sie, nachdem sie kurz über den Vorfall gesprochen hatten, eng umschlungen ein. Aber auch diesmal war ihnen nicht vergönnt, bis zum Morgen durchzuschlafen. Wieder wurden sie durch eine spürbare Bedrohung aus ihren Träumen gerissen.

Angespannt versuchten sie, mit ihren Sinnen die lautlose Stille und die Dunkelheit zu durchdringen. Ihre Köpfe wendeten sich gleichzeitig zur Tür; zu der abgeschlossenen Zimmertür, in deren Schlüsselloch von innen der Schlüssel quer steckte und das mit einem Tuch verhängt war. Sie sahen, wie das Tuch sich ausbeulte. Ganz offensichtlich wurde etwas langes, dünnes durch das Schlüsselloch geschoben. Als es etwa zwanzig Zentimeter aus dem Schlüsselloch herausragte und fast die Kante des Tuches erreicht hatte, packte Josh an der Spitze dieses Gegenstandes schnell zu, stieß es blitzartig wieder zurück und zog es dann auf seiner Seite der Tür heraus. Beim Zurückstoßen hatte er von außen einen unterdrückten Aufschrei gehört und dann Schritte von mindestens zwei Personen, die den Flur entlang rannten. Um eine Verfolgung aufzunehmen, hätte er zu lange gebraucht. Das war ihm klar. Bis er die versperrte Tür mit der festgeklemmten Klinke geöffnet hätte, wären die da draußen im Gang schon längst wieder verschwunden. Josh machte das Licht an und betrachtete aufmerksam den langen, dünnen Gegenstand, von dessen eines Ende Blut tropfte. Er wischte das Blut ab und sagte: „Das sieht aus, wie eine Antenne."

„Darf ich mal?" fragte Shadowcat und Josh reichte ihr den Gegenstand, der sich tatsächlich wie eine Antenne von ungefähr fünfzehn bis fünfundvierzig Zentimeter ausziehen ließ. Shadowcat führte das Ende, das eben noch blutig gewesen war, an ihr Auge und sagte fasziniert: „Das ist ein Teleskop!"

Josh löschte intuitiv das Licht wieder und Shadowcat sagte noch faszinierter: „Und es ist ein Nachtsichtgerät!" Sie gab es Josh zurück. Und als er durchblickte, konnte er in der Dunkelheit des Raumes wirklich jedes Detail erkennen.

„Das ist meine erste Nacht in St. Bernadette", sagte er nachdenklich. Shadowcat nahm ihn tröstend in ihre Arme und schmiegte sich an ihn.

„Was willst Du jetzt machen?" fragte sie ihn nach einer Weile. Josh setzte sich mit ihr wieder auf das Bett und überlegte.

„Ich könnte natürlich in der Früh die Vranja fragen, was hier vor sich geht", sagte er schließlich in Gedanken, spann den Gedanken aber gleich weiter und fuhr fort: „Die wird mir aber ohnehin nichts sagen. Also werde ich am besten so tun, als ob nichts passiert wäre und abwarten, was weiter geschieht."

„Die Idee ist wahrscheinlich gar nicht verkehrt", meinte Shadowcat. „Die wissen ganz genau, was hier abgeht. Und sie rechnen jetzt bestimmt mit einer Reaktion von Dir. Wenn die aber nicht kommt, könnte es sein, dass sich jemand verrät."

„Genau!" antwortete Josh und fragte dann plötzlich: „Wie hast Du das vorhin eigentlich mit den Hunden gemacht?"

Shadowcat zuckte mit den Schultern und erklärte ihm: „Tiere haben mich schon immer verstanden, Josh. Die Dobermänner werden Dir jetzt bestimmt nichts mehr tun."

Josh sah sie mit einer Mischung aus Skepsis und Bewunderung an und fragte: „Bist Du sicher?"

Shadowcat lächelte ihn verliebt an und antwortete: „Ganz sicher kann man sich bei solchen Hunden nie sein. Aber ich bin mir ziemlich sicher!"

Josh vertraute zwar diesen Hunden nicht. Aber er war sich hundertprozentig sicher, dass Shadowcat ihn niemals bewusst einer Gefahr aussetzen würde. Und wenn sie sagte, dass er nichts mehr von diesen Hunden zu befürchten hätte, dann war das so sicher wie das Amen in der Kirche.

„Ich liebe Dich so sehr, meine kleine Schamanin!" flüsterte er. Und seine Liebe schwang auch in seiner Stimme mit. Dann meinte er betrübt: „Es wird bald hell, mein Herz."

Shadowcat blickte zur Balkontür, vor der sich die Vorhänge sanft im leisen Wind bewegten und nickte.

„Ja", sagte sie, „uns bleibt nicht mehr viel Zeit." Zärtlich drückte sie Josh wieder aufs Bett und schmiegte ihren jungen Körper an ihn. Gerne hätten sie sich noch intensiver gespürt und berührt. Aber sie genossen die wenigen Minuten, die sie noch allein sein konnten, indem sie sich nur schweigend in den Armen lagen.

7 EIN NEUER ANFANG ?

Draußen durchbrach das erste Grauen des Morgens die Dunkelheit. Nach einem letzten, zarten Kuss lief Shadowcat lautlos wieder zurück in ihr Zimmer. Als Lian, Marijana und Abebi erwachten, erzählte Shadowcat ihnen sofort von den Geschehnissen der Nacht. Und die drei waren sichtlich besorgt um Josh.

Kurz nachdem Shadowcat gegangen war, ging Josh schon ins Bad, um zu vermeiden, hier mit den Schülerinnen zusammenzutreffen, die sicher auch bald aufstehen würden. Als er in Bad und Toilette fertig war, zog er sich seine kurze Sporthose und seine Turnschuhe an und ging mit nacktem Oberkörper nach draußen, wo er drei Runden den Rundweg um das Internat lief. Das waren in etwa neun bis zehn Kilometer. Als er bei der letzten Runde war, tauchte plötzlich Liz Knightham vor ihm auf. Auch sie lief mit nacktem Oberkörper. Sie lief in der selben Richtung wie Josh und hatte ihn deshalb noch nicht entdeckt. Josh verringerte sofort seine Geschwindigkeit, um sie nicht einzuholen und mit ihr aneinander zu geraten. Besonders, wenn keine Zeugen dabei waren, wollte er nicht das Risiko eingehen, allein mit einer Schülerin zu sein, außer mit den vier Mädchen, die jetzt seine Familie waren. Als er die Runde beendet hatte, ging er wieder ins Haus. Verschwitzt wie er war wollte er duschen. Aber jetzt war das Bad voll mit Schülerinnen. Josh hörte ihr lautes Stimmengewirr schon, bevor er an der Tür war. Er machte auf der Ferse kehrt und lief zur Turnhalle, wo er auch eine Dusche gesehen hatte. Nur hatte er gestern Abend kein Handtuch mitgenommen, deswegen hatte er erst oben geduscht.

Als er dann frisch geduscht und rasiert war, ging er leger, aber ordentlich gekleidet zum Speisesaal. Der war jetzt ziemlich voll. Er holte sich ein kleines Frühstück mit Kaffee von der freundlichen Maria

Montrose, die bei seinem Anblick sofort wieder mürrisch wurde. Als Josh sich dann wieder dem Speisesaal zuwendete, um nach einem freien Platz Ausschau zu halten, bemerkte er all die heimlichen und verstohlenen Blicke, die auf ihm ruhten. Er hatte sie schon vorher in seinem Nacken gespürt. Jetzt sah er, wie sich die Blicke schnell wieder von ihm abwandten. Der Platz, an dem er gestern Mittag gesessen hatte, war noch frei. Josh steuerte darauf zu. Aber da hörte er plötzlich Veronika Vranjas Stimme, die ihn aus ihrer Loge anrief: „Herr Barker, sie wollten mit mir sprechen!"

Als Josh sich ihr zudrehte, lud sie ihn ein: „Kommen sie. Setzen Sie sich zu mir."

Josh schlängelte sich durch die Urwaldkulisse des Speisesaales und nahm an Frau Vranjas Tisch Platz, an dem auch schon Evelyn Siratja saß.

„Danke für die Einladung." sagte er, während er sich seinen Stuhl so drehte, dass er den Saal überblicken konnte.

„Und?" fragte Frau Vranja ungeduldig. „Was haben Sie auf dem Herzen?"

Josh trank einen Schluck Kaffee. „Ich wollte Sie fragen, womit sie den Einsatz der scharfen Dobermänner rechtfertigen, die mich gestern Abend vor dem Haus angefallen haben?"

Frau Vranja gelang es nicht ganz, eine leichte Nervosität zu verbergen. Und Josh fragte sich, ob das daran lag, dass er sie gestern bei ihren Sexspielchen überrascht hatte, oder daran, dass er so ganz nebenbei mit dem antennenartigen Teleskop spielte und den andern Lehrerinnen und Schülerinnen ungeniert durch dieses beim Essen zusah, während sie antwortete: „Das ist hier ein reines Mädcheninternat auf einer einsamen Insel mitten im Atlantik. Was meinen Sie, was hier alles für Gesindel auftaucht, seit sich das rumgesprochen hat, Barker? Ich habe schließlich eine Verantwortung für die Sicherheit der Mädchen, die mir anvertraut wurden."

„Ah ja", erwiderte Barker gedehnt und so, als ob er die Erklärung akzeptierte und kratzte sich dabei mit dem Teleskop am Kopf. Dann fragte er aber: „Und warum werden die Hunde auf mich gehetzt?"

Frau Vranja stand empört auf und antwortete aufgebracht: „Niemand hat die Hunde auf Sie gehetzt, Barker. Es ist Ihre eigene Schuld, wenn Sie nachts noch draußen rumlaufen."

Josh lächelte Frau Vranja freundlich an und erwiderte: „Beruhigen Sie sich."

Und lässig mit dem Teleskop auf ihren Stuhl deutend, forderte er sie auf: „Und setzen Sie sich wieder."

Frau Vranja versuchte zu verbergen, dass Josh sie aus der Fassung gebracht hatte und nahm zögernd wieder Platz. Sie saß aber noch nicht richtig auf ihrem Stuhl, da fragte Josh weiter: „Finden sie nicht, dass man mir hätte sagen müssen, dass man hier nach Einbruch der Dunkelheit die

Hunde loslässt, bevor Sie mir eine Schuld zuweisen wollen?"

„Es tut mir leid, wenn das unterlassen wurde", presste Frau Vranja hervor. Josh konnte hören, wie schwer es ihr fiel, sich bei ihm zu entschuldigen. Gleichgültig antwortete er: „Es ist ja nichts passiert."

Und in Gedanken ergänzte er: *Dafür kann ich aber nicht garantieren, wenn die Hunde noch einmal auf mich losgehen.*

Josh war ein Tierfreund. Tiere waren ihm im Allgemeinen lieber, als Menschen. Aber wenn ein Tier ihn angriff, dann würde er sich jederzeit auch gegen diesen Angriff wehren. Und jetzt war er zumindest gewarnt und würde schwarzen Schatten, die aus der Dunkelheit auf ihn zurasten, anders begegnen, als gestern Abend, wo er noch zu arglos war, um sich zu wehren.

„Gibt es sonst noch ein Problem?" fragte Frau Vranja mit einem heimlichen Blick auf das Teleskop, mit dem Josh noch immer rumspielte.

„Nein", erwiderte Josh, folgte Frau Vranjas Blick und sah auf das Teleskop.

„Hübsch, nicht wahr?" fragte er und brachte Frau Vranja damit völlig aus der Fassung. Sie wusste jetzt, dass Josh ein gefährlicher Gegner war. Sie ging kurz in sich, atmete tief durch und schloss für einen Moment ihre Augen.

„Versuchen Sie meine Gedanken zu lesen?" fragte Josh sie plötzlich in einer Mischung aus ungläubigen Staunen und Heiterkeit. Das hatte sie noch nicht erlebt. Dass es Menschen gab, in deren Kopf sie nicht eindringen konnte, das kam vor. Aber dass ihr jemand auf den Kopf zusagte, dass sie den Versuch machte, das war zuviel. Sie sprang mit hochrotem Kopf auf und hastete humpelnd aus dem Speisesaal. Josh war ganz zufrieden damit, wie das gelaufen war. Er hatte dieser Frau Vranja gezeigt, dass er nicht alles wortlos erduldete. Auch Evelyn Siratja erhob sich, warf ihre Serviette auf den Tisch und sagte mit bedrohlicher Ruhe: „Ich fürchte, Du bist zu weit gegangen, Josh."

Josh blickte zwischen zwei Schluck Kaffee zu ihr auf und fragte ruhig: „Ach ja, wieso denn? Ich hab doch nicht versucht, ihre Gedanken zu lesen."

Evelyn sah Josh einen Moment nachdenklich und ernst an, bevor sie erwiderte: „Wir sehen uns nachher beim Unterricht. Ich erwarte, dass Du pünktlich bist!"

„Natürlich", antwortete Josh und blickte seiner sich entfernenden Kollegin hinterher.

So weit, so gut, dachte sich Josh. *Die Fronten sind geklärt. Gut, dass ich noch vier Asse im Ärmel habe.*

Evelyn steuerte direkt auf Marijana, Lian, Shadowcat und Abebi zu, die zusammen an einem Tisch Platz genommen hatten. Josh verfolgte sie aufmerksam mit seinen Blicken. Als Evelyn den Tisch der Mädchen erreicht hatte, sagte sie: „Marijana, Lian und Victoria, kommt bitte noch mal gemeinsam ins Büro von Frau Vranja, wenn ihr mit dem Frühstück fertig seid."

„Ja, gerne", antwortete Marijana für alle drei.

Evelyn sah sich noch einmal nach Josh um und verließ dann den Speisesaal. Auch die vier Mädchen blickten heimlich zu Josh. Und nachdem ihn alle in diesem Raum heimlich beobachteten, fiel das weniger auf, als sie befürchteten. Josh musste sich dagegen sehr beherrschen, sich seine Sehnsucht nach diesen Mädchen nicht anmerken zu lassen. Wenn er seine Blicke durch den Saal schweifen ließ, konnte er sie nur für den Bruchteil einer Sekunde auf den geliebten Wesen ruhen lassen, damit es nicht auffiel. Josh brachte sein Tablett zurück und ging wieder in seine Zimmer, um sich noch ein paar Minuten aufs Bett zu legen, bevor der Unterricht begann. Auch Marijana, Lian, Shadowcat und Abebi beendeten ihr Frühstück.

Abebi klopfte an Joshs Tür, nachdem niemand im Flur war, der sie sehen konnte. Und die anderen drei gingen weiter nach oben zu Frau Vranja.

„Komm rein!" sagte Josh leise, gab Abebi einen zaghaften Kuss und verschloss sorgfältig die Tür hinter ihr.

Lian, Marijana und Shadowcat standen zögernd vor Frau Vranjas Bürotür.

„Warum will sie jetzt mit uns allen dreien reden?" fragte Shadowcat flüsternd.

„Das werden wir gleich wissen", flüsterte Marijana zurück, klopfte und öffnete die Tür, nachdem sie ein energisches „Herein!" gehört hatte.

„Ah, da seid ihr ja", sagte Frau Vranja, auf deren Wangen noch immer rote Punkte des Zornes oder der Scham zu sehen waren.

„Holt euch noch zwei Stühle!" forderte Frau Vranja die Mädchen auf. Sie blickten sich um, sahen zwei Stühle hinter der Tür an der Wand stehen und stellten sie neben den Stuhl, der Frau Vranja gegenüber stand.

„Marijana", begann Frau Vranja, sich an Marijana wendend, „mit Dir hab ich noch nicht gesprochen. Ich nehme an, Deine beiden Freundinnen haben Dir von ihren Gesprächen mit mir erzählt?"

„Ja", antwortete Marijana wahrheitsgemäß.

Frau Vranja nickte und fuhr fort: „Gut, dann muss ich nicht noch mal alles von vorne erzählen."

So viel hat sie doch gar nicht erzählt, dachte sich Lian und hörte weiter zu, was Frau Vranja zu sagen hatte.

„Ich nehme an", fragte Frau Vranja weiter, „dass Du auch schon sexuelle Erfahrungen mit Männern gemacht hast?"

„Ja", bestätigte Marijana schüchtern. Frau Vranja war absolut nicht die Person, mit der sie über dieses Thema sprechen wollte, nicht im Allgemeinen, und schon gar nicht im Detail.

„Das dachte ich mir", brummte Frau Vranja, fuhr dann aber unbeirrt fort: „Dann wirst Du sicher auch schon gemerkt haben, dass man Männern nicht vertrauen kann?"

„Ich habe noch nicht viele Erfahrungen mit Männern gemacht", antwortete Marijana und fügte noch hinzu: „Aber ich habe sehr viele Lügen unter Klassenkameradinnen erlebt. Auch das, was die Schülerin aus der Parallelklasse mit Herrn Barker versucht hat, war nicht gerade vertrauenerweckend."

„Ich hab davon gehört", erwiderte Frau Vranja. „Dieses Mädchen ist bei ihrem Umgang mit Männern auf dem richtigen Weg. Ihr Problem ist nur, dass ihr Motiv war, dass sie von ihm zurückgewiesen wurde. Sie wollte etwas von diesem Mann und hat sich deshalb selbst vor ihm erniedrigt. Hier in St. Bernadette lernt ihr, dass ihr euch niemals einem Mann unterordnen werdet. Ich hatte eigentlich vor, mich mit Herrn Barker etwas länger zu vergnügen. Aber dieser Mann ist impertinent und frech. Er wird hier nur wenige Tage als Lehrer tätig sein."

„Und dann?" fragte Shadowcat.

„Dann Victoria", antwortete Frau Vranja triumphierend, „wird Barker sich wünschen, niemals hierher gekommen zu sein."

Veronika Vranja sah die drei Laras der Reihe nach durchdringend an. Aber sie versuchte nicht mehr, in ihren Gedanken zu lesen. Das kostete sie eindeutig zuviel Energie. Und Josh Barker hatte ihr bei dem Versuch vor wenigen Minuten erst so sehr zugesetzt, dass sie noch einige Zeit brauchen würde, um sich davon wieder zu erholen.

„Seid ihr bereit", fragte Frau Vranja, „euch mir und meinen Lehrerinnen anzuvertrauen? Seid Ihr bereit, euch von mir leiten zu lassen und zu lernen, wie ihr Männer behandeln müsst, um ihnen die Schmerzen zuzufügen, die sie seit Anbeginn an den Frauen zugefügt haben? Seid ihr bereit, die Lust eines Mannes zu benutzen, um ihm dann, wenn er vor Begierde nicht mehr mit dem Kopf, sondern nur noch mit seinem Schwanz denken kann, da weh zu tun, wo es ihn am meisten schmerzt? Seid ihr dazu bereit?"

Mit so eindeutigen Worten hatten die Mädchen nicht gerechnet. Und die Fragen, die Frau Vranja gestellt hatte, konnten sie nur mit einem ‚Nein' beantworten. Damit würden sie aber mit Sicherheit das Vertrauen von Frau Vranja und damit auch die Möglichkeit verlieren, Josh noch irgendwie helfen zu können. Und ihre Hilfe würde er jetzt sicher nötig haben.

„Ich bin schon sehr gespannt auf den Unterricht!" antwortete Marijana ziemlich schlagfertig und in der Hoffnung, dass Frau Vranja diese Antwort gelten lassen würde. Und bevor Frau Vranja etwas darauf erwidern und eventuell eine klarere Antwort auf ihre Fragen verlangen konnte, sagte Shadowcat sofort mit absolut überzeugend gespielter Begeisterung: „Ich auch!"

Und auch Lian schloss sich dieser Antwort, „Ich auch!" an und fragte sofort weiter: „Wird unsere Zimmergenossin das auch mit uns lernen?"

Damit waren die Gedanken von Frau Vranja auf etwas anderes gelenkt. Sie hatte die Antworten der Mädchen akzeptiert und als eindeutiges ‚Ja' gedeutet. „Abebi", sagte sie jetzt nachdenklich, „ist nur durch Zufall auf meiner Insel gelandet. Sie hat keine Schulbildung, auf die wir aufbauen können. Sie kann nicht sprechen, auch wenn sie inzwischen unsere Sprache versteht. Und sie ist nicht zugänglich für meine Lehren. Es war ein Fehler, dass man euch mit diesem Kind zusammen untergebracht hat. Wir werden sie opfern müssen."

„Opfern?" fragte Marijana. Sie war voller Sorge um ihre neu entdeckte Schwester, demonstrierte für Frau Vranja aber nur ungeduldige Neugier.

„Wenn man ein Omelett macht, muss man auch bereit sein, Eier zu zerschlagen!" antwortete Frau Vranja auf Marijana Frage, sagte dann aber noch: „Barker ist der erste neue Mann der hierher gekommen ist, seit das Mädchen da ist. Wir werden bald wissen, ob sie bereit ist, meiner Lehre zu folgen. Wenn nicht, dann werden die beiden viel Spaß miteinander haben."

Marijana, Lian und Shadowcat fragten sich, wie Frau Vranja das meinte. Aber sie wollten auch nicht zu neugierig erscheinen. Frau Vranja blickte auf die Uhr und entließ die Mädchen dann mit den Worten: „Euer Unterricht fängt gleich an. Ich hoffe, ihr macht euch gut. Geht jetzt."

Gehorsam standen die drei auf, stellten die beiden Stühle zurück an die Wand, verabschiedeten sich und liefen nach unten zu ihrer ersten Zeichenstunde in St. Bernadette.

Auf dem Weg nach unten holten sie die ungeduldig wartende Abebi in ihrem Zimmer ab und erzählten ihr schnell alles, was Frau Vranja gesprochen hatte.

„Du musst Dich sehr in acht nehmen, kleine Schwester!" flüsterte Marijana abschließend. Dann erreichten sie im Hauptportal die versammelten Schülerinnen mit Evelyn Siratja und Josh.

„So", sagte Evelyn, „dann sind wir jetzt ja vollzählig."

Sie überreichte Marijana, Lian und Shadowcat noch ihr Arbeitsmaterial für den Unterricht und forderte Josh und die Schülerinnen dann auf, ihr zu folgen. Sie waren nur etwa zehn Minuten unterwegs, bis sie am Rand einer etwa fünfundzwanzig Meter tiefen, fast senkrecht abfallenden Klippe anlangten. Man hatte hier einen wunderbaren Ausblick über das weite Meer und die in Ufernähe im Wasser liegenden Felsbrocken, die wie von Riesen ins Meer geworfen aussahen. Fast direkt an der Kante der Klippe standen in größeren Abständen einige Drachenbäume.

„Wir bilden vier Gruppen." befahl Frau Siratja. Und die Schülerinnen teilten sich selbstständig in die Gruppen auf. Marijana, Lian, Shadowcat und Abebi achteten dabei darauf, gemeinsam in einer Gruppe zu bleiben.

„Wir zeichnen heute wieder Akt", sagte Frau Siratja. Josh sah sie mit zusammengekniffenen Augenbrauen ungläubig an. Und Frau Siratja fuhr fort: „Und zwar Akt im Einklang mit der Natur. Ich möchte, dass sich aus jeder Gruppe ein Mädchen an einen dieser Drachenbäume stellt. Und zwar ...“

Sie wählte aus jeder Gruppe ein Mädchen aus und zuletzt wählte sie aus der letzten Gruppe Abebi.

„So, die ausgewählten Mädchen ziehen sich bitte aus“, gebot Frau Siratja und die angesprochenen Mädchen gehorchten ohne jede Scham. Auch Abebi zog sich ohne Widerspruch aus. Josh nahm seine neue Kollegin am Arm und zog sie einen Schritt zur Seite.

"Was soll das, Evelyn?“ fragte er so leise, dass die Schülerinnen ihn nicht hören konnten. Evelyn sah ihn verwundert an und antwortete mit der Gegenfrage: „Was soll was?“

Josh sah sie ernst an und antwortete: „Du kannst nicht im Ernst erwarten, dass ich als männlicher Lehrer dabei anwesend bin, wenn sich hier Schülerinnen nackt ausziehen.“

„Josh“, erwiderte Evelyn, „entspann Dich. Ich hab Dir doch unterwegs schon erzählt, dass wir hier auch Aktzeichnen unterrichten. Die Mädchen sollen hier einen natürlichen, unverkrampften Umgang mit ihren Körpern lernen. Wir sind hier weit weg von den verklemmten Moralvorstellungen Deutschlands. Sieh sie Dir an!“

Josh wendete seinen Blick auf die Mädchen, die sich schon nackt zu den Bäumen begeben hatten, wendete sich aber sofort wieder ab.

„Was siehst Du?“ fragte Evelyn. Und als Josh nicht antwortete, beantwortete sie selbst die Frage: „Du siehst das Natürlichste der Welt, nackte Mädchen, die ungezwungen in der Natur stehen. Das könntest Du auf jedem FKK Strand auch sehen. Also warum sollte es hier etwas anderes sein?“

„Weil man als Lehrer für Kunst die Objekte, die gezeichnet werden, auch genau betrachten muss, um die Bilder zu beurteilen!“ beantwortete Josh die Frage. Aber Evelyn entgegnete: „Hör doch auf mit dieser Scheinmoral, Josh. Natürlich musst Du sie ansehen. Na Und? Das sind doch nicht die ersten nackten Frauen oder Mädchen, die Du in Deinem Leben siehst. Also hör jetzt auf mit dieser peinlichen Szene, damit die Mädchen endlich anfangen können.“

„Also gut“, sagte Josh, „aber ich möchte Dich darauf hinweisen, dass ich das nur unter Protest mache.“

Evelyn antwortete nicht mehr darauf, sondern ging zu den nackten Mädchen, die an den Bäumen standen und positionierte sie so, mit klassischem Stand- und Spielbein und mit den Händen über ihren Köpfen an den ausladenden Ästen der Bäume, dass sie diese Stellung fünfunddreißig bis vierzig Minuten lang halten konnten.

„Und jetzt Mädchen“, wendete sie sich an die übrigen Schülerinnen, „sucht euch eure Positionen und beginnt. Ihr habt eine knappe dreiviertel

Stunde Zeit. Ich will Details sehen, nicht nur einen skizzierten Körper, sondern ich will unsere Mädchen erkennen und ich will auch die Bäume und den Horizont auf den Bildern sehen."

Während sie gesprochen hatte, hatten die Schülerinnen schon angefangen, sich ihre Positionen zu suchen. Sie setzten sich auf ihre kleinen, mitgebrachten Klappstühle und begannen mit ihrer Arbeit.

„Nun Josh, Du kannst Dich auch hinsetzen und zeichnen", sagte Evelyn zu Josh. Aber der widersprach, indem er erwiderte: „Ich sehe mir lieber an, was die Mädchen aufs Papier bringen. Ich bin hier schließlich als Lehrer und nicht als Schüler."

Evelyn nickte.

„Wie Du meinst", entgegnete sie. „Du hast doch aber sicher nichts dagegen, wenn ich zeichne. Aus meiner Erfahrung heraus ist es besser, die Mädchen erst einmal in Ruhe zeichnen zu lassen und erst danach eine Besprechung der Bilder zu machen, anstatt sie schon während des Zeichnens durch Korrekturen zu beeinflussen und zu verunsichern."

„Da gebe ich Dir völlig recht", erwiderte Josh. "Aber wenn ich mir ein Bild über die Arbeitsweise der einzelnen Mädchen machen will, dann muss ich ihren Arbeitsprozess auch ein wenig verfolgen. So ist es viel leichter, am Ende beurteilen zu können, wo der Fehler liegt, wenn es einen Fehler gibt. Vor fertigen Bildern kann man oft stundenlang stehen und sich denken, dass irgendetwas daran nicht stimmt, ohne darauf zu kommen, wo denn eigentlich der Fehler liegt. Wenn man aber den Arbeitsprozess verfolgt, sieht man häufig schon im Ansatz, wo es jemandem nicht gelingt, etwas dreidimensional Gesehenes in ein zweidimensionales Bild umzuwandeln."

„Das klingt sehr kompliziert", meinte Evelyn Siratja missmutig. Und Josh erwiderte verwundert darauf: „Ich dachte, Du bist Lehrerin?"

Evelyn funkelte ihn eine Sekunde lang feindselig an, beherrschte sich aber sofort wieder und sagte: „Manchmal führen auch verschiedene Wege zum selben Ziel. Du hast Deine Methode und ich hab meine und die hat sich bisher immer bewährt."

Damit suchte sie sich einen Platz bei dem Baum, an dem Abebi stand und begann zu zeichnen, ohne sich weiter um die Schülerinnen zu kümmern. Nur Josh behielt sie immer unauffällig im Auge. Josh bewegte sich unauffällig hinter den Schülerinnen und sah ihnen, meist ohne dass sie ihn wahrnahmen aufmerksam über die Schultern, verglich die Zeichnungen mit den entsprechenden Perspektiven und machte sich so seine Gedanken über die angehenden Künstlerinnen und ihre Werke. Natürlich musste er dabei auch die Schülerinnen ansehen, die nackt an den Bäumen standen und als Models fungierten, um die Zeichnungen mit ihnen zu vergleichen. Es fiel ihm auch nicht schwer, das mit rein künstlerischer Ambition zu tun. Eigentlich hatte Evelyn ja Recht gehabt, als sie ihm Scheinmoral vorgeworfen hatte. Aber es war ja nicht seine Scheinmoral, sondern die der

Gesellschaft, der er sich beugte. Einzig auf Abebi blieb sein Blick für Sekunden länger haften. Und ein paar mal trafen sich sogar ihre Blicke. Aber sie wussten beide, dass sie nicht unbeobachtet waren. Und so wandte einer von ihnen immer sofort wieder seine Augen ab, wenn die Gefahr bestand, dass sie sich in den Blicken des anderen verlieren konnten. Und diese Gefahr bestand jedes Mal. Sie kannten sich erst so kurz und doch war die Liebe und die Sehnsucht, die sie füreinander empfanden so stark, dass es sie fast körperlich schmerzte.

Auch die anderen drei Mädchen, die an den Drachenbäumen posierten, waren ausnehmend hübsch. Und Josh fragte sich, was Abebi hatte und was auch Marijana, Lian und Shadowcat hatten, was diese Mädchen nicht hatten. Und er konnte diese Frage auch für sich selbst beantworten. Sie waren in seinen Augen noch weitaus schöner, was rein das Optische betraf. Aber er hatte auch diese Verbindung zu ihren Seelen, die ihn so in ihren Bann gezogen hatten. Es war die pure, sich durch nichts erklären lassende Liebe, die ihn seit Jahrhunderten an diese Mädchen band. Und doch: Er konnte es erklären. Es war die Reinheit ihrer Seelen, die sich so fest in ihm verankert hatten. Er wollte sich keine Gedanken darüber machen. Er wollte diese Liebe nur leben und gegen alles verteidigen, was sich ihr in den Weg stellen würde. Wenn Josh hinter Marijana, Lian und Shadowcat stand, berührte er sie oft, wenn er sich über sie beugte, um ihre Zeichnungen zu betrachten. Aber die Berührungen waren so flüchtig, dass die anderen Schülerinnen und Evelyn Siratja sie nicht wahrnahmen. Josh und die Mädchen durchströmte aber jedes Mal ein prickelndes Glücksgefühl, das zuerst bei Marijana bewirkte, dass sich ihre kleinen, zarten Brustwarzen deutlich durch den Stoff ihrer Bluse abzeichneten. Und auch bei Lian und Shadowcat zeigten sich bald diese Anzeichen der Erregung. Um selbst nicht in die Gefahr zu geraten sich durch eine auffällige Regung seines Gliedes zu verraten, hielt Josh sich schließlich schweren Herzens wieder von den Mädchen fern und beobachtete mehr die drei anderen Gruppen. Obwohl Josh die Namen der meisten Schülerinnen noch nicht kannte, prägte er sich ihre Arbeitsweisen sehr sorgfältig ein. Bei knapp fünfzig Schülerinnen war es kein einfaches, sich alle Gesichter und die dazu gehörigen Perspektiven und Bilder einzuprägen. Aber Josh war Lehrer. Er war das schon seit vielen Jahren. Und auch wenn er sich seit jüngster Zeit fragte, ob das wirklich seine Berufung war, so erfüllte er die an sich selbst gestellten Ansprüche gewissenhaft und sorgfältig. Josh war froh, dass die Schülerinnen so diszipliniert und konzentriert zeichneten, dass er während der ganzen Zeit keine Feindseligkeit von ihnen spürte. Nur als er einem der nackten Models einen Wink machte, dass sie in ihrer Haltung nachließ und etwas in sich zusammensackte, funkelte sie ihn in der Josh inzwischen   vertrauten Feindseligkeit böse an, während sie sich wieder aufrichtete und ihren Körper straffte. Einige Schülerinnen dieser Gruppe fingen den Blick des

Mädchens auf, folgten ihm und bemerkten erst jetzt Josh hinter sich. Und auch die meisten ihrer Blicke wurden überaus feindselig, als sie Josh trafen. Josh tat so als würde er es nicht merken und sah alle Mädchen immer freundlich an, sogar Liz Knightham. Ihm war aufgefallen, dass die Körpersprache des Mädchens, dessen Haltung er eben korrigiert hatte, in völligem Kontrast zu ihrem Blick gestanden hatte. Als sie sich wieder aufrichtete, da streckte sie ihm sehr provozierend ihre kleinen Brüste entgegen und schob auch ihr Becken in einer Weise nach vorne, dass einem Mann davon schon ganz schön heiß werden konnte. Aber dagegen war Josh immun. Unwillkürlich warf er einen kurzen Blick auf Abebi, die mit einer so unschuldigen und natürlichen Nacktheit an ihrem Baum stand und dabei so unendlich anmutig, würdevoll und majestätisch wirkte. Dagegen wirkte das andere Mädchen nur wie ein ordinärer Bauerntrampel. Liz Knightham war es nicht entgangen, wie aufreizend sich das Mädchen am Baum für Josh bewegt hatte. Und voll Interesse beobachtete Josh, wie Knightham dieses Mädchen jetzt böse anfunkelte. Dann zog sich Knightham plötzlich ganz ungezwungen ihr knappes Bikinioberteil aus.

Das ist ja interessant, dachte sich Josh und überlegte, was sie damit wohl bezweckte. Als Josh wieder seinen Blick über die Schülerinnen und ihre Arbeiten schweifen ließ, fing er einen geheimen Wink von Marijana auf. Unauffällig schlenderte er, sich die Zeichnungen der Schülerinnen, die auf dem Weg lagen, aufmerksam betrachtend zu ihr. Und als er sich ein wenig über sie beugte und dabei feststellte, dass sie noch nicht besonders weit mit ihrer Zeichnung war, da steckte sie ihm unauffällig einen Zettel in die Hosentasche und flüsterte ihm zu: „Lies es!"

Josh wendete sich nach einem Kontrollblick auf Abebi wieder ab und zog sich langsam etwas zurück. Er hatte einen Eindruck von den Schülerinnen gewonnen und konnte es sich also leisten, sie kurz allein zu lassen. Er setzte sich hinter den Schülerinnen auf seinen mitgebrachten Klappstuhl, zog den Zettel aus seiner Hosentasche und las das mit Marijanas schöner und gleichmäßiger Schrift beschriebene Papier von Evelyn und den Schülerinnen unbemerkt durch. Marijana hatte ihm darin das Gespräch mit Frau Vranja so ausführlich wie möglich geschildert. Ebenso wie Shadowcat und Lian wusste sie nicht, wann sie das nächste mal die Möglichkeit haben würde, Josh allein zu sehen. Und weil Marijana am schnellsten und routiniertesten von den dreien zeichnen konnte, hatte sie den Brief an Josh geschrieben. Sie konnte durchaus noch ihre Zeichnung in der zur Verfügung stehenden Zeit beenden, wenn auch vielleicht nicht ganz so detailreich, wie sie es in der kompletten Zeit geschafft hätte. Aber in dem Fall hatte es eine eindeutige Priorität gegeben. Und die hieß Josh! Sorgfältig faltete Josh den Zettel wieder zusammen und steckte ihn zurück in die Hosentasche.

Langsam kommt Licht in die Sache, dachte er sich, während er besorgt zurückschlenderte. Er nahm seinen Kontrollgang hinter den Schülerinnen wieder auf und beobachtete die Fortschritte in ihren Zeichnungen. Während er noch darüber nachdachte, dass keines dieser Mädchen untalentiert war und dass jede von ihnen eine Zukunft in der Kunst haben könnte, bemerkte er, dass sich immer mehr von ihnen auch ihre Bikinioberteile, Blusen oder T-Shirts auszogen. Natürlich, das Wetter auf St. Bernadette war traumhaft. Trotzdem war es ein mehr als ungewöhnliches Verhalten. Aber Josh musste erkennen, dass er es als etwas völlig Natürliches akzeptieren könnte und dass er die anerzogenen, scheinheiligen Moralvorstellungen gerne bereit war, abzulegen. Er hatte nur inzwischen die Gewissheit, dass er hier in großer Gefahr schwebte. Und deshalb konnte er sich nicht nur nicht über diese ungezwungene Natürlichkeit freuen, sondern er hatte das Gefühl, dass das ganze eine Inszenierung nur für ihn war, um eine Reaktion von ihm zu bekommen. Josh sah die nackten Brüste der Schülerinnen, die ihm in allen Entwicklungsstadien, von noch nicht vorhanden bis zum erfolglosen Kampf gegen die Schwerkraft kess vorgeführt wurden. Innerlich lächelte er über dieses absurde Bemühen. Die einzigen im Moment nackten Brüste, die er gerne ansah und die ihn erregen konnten, waren die von Abebi. Und deshalb vermied er es, seinen Blick auf ihnen verweilen zu lassen. Was auch immer Frau Vranja, Evelyn, die anderen Lehrerinnen und Schülerinnen mit ihm vorhatten; Er würde gewissenhaft seine Arbeit machen und ihnen keinen Anlass zu einem Angriff liefern, zumindest nicht, bis sein Verhältnis zu Marijana, Lian, Shadowcat und Abebi bekannt würde. Und dass das bekannt würde, versuchte er mit allen Mitteln zu verhindern. Trotzdem konnte er nicht verhindern, dass sein Blick irgendwann auf Abebi haften blieb. Er war völlig in Gedanken versunken und betrachtete sie, ohne sich darüber bewusst zu sein. Das hatte auch nichts mit einer sexuellen Anziehungskraft zu tun. Und deshalb bestand auch keine Gefahr einer peinlichen und verräterischen Regung seines Körpers. Josh grübelte über das, was Frau Vranja Marijana, Lian und Shadowcat gesagt hatte.

Wer ein Omelett machen will, muss auch bereit sein, Eier zu zerschlagen, ging es ihm durch den Kopf und sein Blick nahm einen schmerzlichen Ausdruck an, als er versuchte, sich klarzumachen, was es bedeutete, dass Veronika Vranja bereit war, Abebi zu opfern. Ihm wurde bewusst, wie groß auch die Gefahr für die anderen drei Mädchen war. Wenn ihr Verhältnis zu ihm bekannt würde, dann würde Frau Vranja sicherlich nicht zögern, auch Marijana, Lian und Shadowcat zu opfern. Zum ersten Mal in seinem Leben wurde sich Josh bewusst, dass er fähig sein könnte zu töten, um diejenigen zu beschützen, die er liebte, so wie er auch bereit war, selbst für sie zu sterben. Shadowcat bemerkte Josh Abwesenheit, während sein Blick weiter auf Abebi haftete. Und sie bemerkte auch, dass Evelyn sich von ihrem Klappstuhl erhob und auf Josh zuging. Blitzschnell hob sie einen kleinen

Stein vom Boden auf und warf ihn, ohne dass es jemand sah, Josh ans Bein. Josh wurde sofort aus seinen Gedanken gerissen und blickte irritiert in die Richtung, aus der der Stein gekommen war. Er sah Shadowcats eindringlichen Blick, mit dem sie ihn auf etwas hinter sich aufmerksam machte und drehte sich um.

„Träumst Du?" fragte ihn Evelyn, die auf ihn zugeschlichen war und erst jetzt in einen normalen Gang verfiel. Josh lächelte und antwortete mit entwaffnender Offenheit: „Ja."

Evelyn nickte in Richtung Abebi und fragte in einem Ton, der unbefangen klingen sollte: „Gefällt Dir das Mädchen?"

Josh folgte Evelyns Wink und wusste, dass er auf der Hut sein musste, während er zu Abebi blickte. Dann wendete er sich wieder an Evelyn und antwortete ihr: „Sie hat eine faszinierende Natürlichkeit. Das gefällt mir gut. Man könnte denken, dass sie Teil des Baumes ist, an dem sie steht. Die anderen drei Mädchen sind zwar auch ausnehmend hübsch und haben in ihren Posen eine gute Körperspannung. Aber sie werden nicht eins mit der Natur und bleiben immer nur ein Model, das an einen Baum gestellt wurde. Hier, ich kann Dir das anhand von zwei Zeichnungen demonstrieren."

Josh ging voraus zu Liz Knightham und fragte: „Darf ich, Knightham?", während er auf ihre Zeichnung deutete. Die Schülerin sah ihn verwundert an, gab ihm aber ihre Zeichnung ohne einen Einwand oder ein Zeichen von Feindseligkeit, was Josh lächelnd mit einem „Danke" honorierte.

Dann ging er zu der Gruppe, die Abebi gezeichnet hatte und fragte ganz bewusst keines der drei Mädchen, die mit ihm auf diese Insel gekommen waren, sondern ein anderes, dessen Zeichnung ihm besonders aufgefallen war: „Wie heißt Du?"

„Miriam", antwortete die Schülerin.

„Darf ich kurz Deine Zeichnung haben, Miriam?" fragte Josh und das Mädchen warf einen fragenden Blick auf Evelyn. Die nickte und Miriam übergab Josh den Zeichenbogen. Josh wendete sich wieder an Evelyn, nachdem er sich auch bei Miriam bedankt hatte und hielt die beiden Zeichnungen nebeneinander.

„Siehst Du, was ich meine?" fragte Josh, während Evelyn die Zeichnungen kritisch verglich. Und ohne auf eine Antwort zu warten erklärte er weiter: „In der Kunst hat es schon immer eine Verschmelzung von Mensch und Natur gegeben. Hier haben wir jetzt einen seltenen Fall, wo diese Verschmelzung nicht nur der Fantasie des Künstlers entspringt, sondern vom lebenden Model vorgegeben wird. Auf dieser wunderschönen, kunstvollen Zeichnung von Knightham sieht man ein nacktes Mädchen an einem Baum stehen. Das ist genau das, was man als Betrachter sieht. Und Knightham hat das mit sehr viel Talent, ohne ins Abstrakte abzuleiten, sehr real aufs Papier gebracht. Auch Miriam hat einen sehr realistischen Stil. Dennoch verschmilzt das Mädchen auf ihrer

Zeichnung vollkommen mit dem Baum. Als Betrachter hat man das Gefühl, hier die Seele des Baumes zu sehen und nicht eine Aktzeichnung. Ich habe gesehen, dass fast alle Schülerinnen mit sehr viel Talent gesegnet sind. Und es fällt auf, dass in den Zeichnungen dieser Gruppe fast ausnahmslos Das Model mit dem Baum verschmilzt, während in den anderen Gruppen immer ein Akt mit Baum zu sehen ist."

Evelyn blickte von den Zeichnungen wieder auf.

„Hm", machte sie. „Eigentlich wollte ich die Besprechung der Bilder erst später machen."

„Du hast mich gefragt", konterte Josh und gab die Zeichnungen an Miriam und Liz Knightham zurück. Die vier Mädchen standen noch immer an den Bäumen, auch wenn sie inzwischen nicht mehr ihre vorgegebene Pose hielten. Evelyn betrachtete aufmerksam Abebi und nickte schließlich zustimmend, während sie sagte: „Ich sehe, was Du meinst."

Dann sagte sie zu den Mädchen: „Ihr könnt euch wieder anziehen, wenn ihr möchtet. Wir machen eine kurze Besprechung der Bilder und gehen dann nach unten an den Strand."

Mit Josh besprach sie kurz die Zeichnungen. Josh deutete auf einige wenige perspektivische Fehler hin, war aber ansonsten sehr zufrieden mit den Zeichnungen der Schülerinnen. Am meisten faszinierte ihn Marijanas Zeichnung von Abebi. Ihr Bild schien auf eigenartige Weise lebendig zu sein. Und diesmal konnte auch Evelyn Siratja ihre Bewunderung vor einer Künstlerin, die ihr so himmelhoch überlegen war, nicht verbergen. Es gelang ihr kaum, ihren Blick wieder von Marijanas Zeichnung, die sie so sehr in ihren Bann zog, zu wenden. Und auch den anderen Schülerinnen hatte Marijana mit dieser einen Zeichnung so sehr imponiert, dass sie sofort von allen als die beste Zeichnerin des Internats anerkannt wurde. Marijanas Zeichnung war so herausragend, dass selbst Lians und Victorias Bilder, die auch noch besser waren, als die meisten anderen Zeichnungen, kaum Beachtung fanden. Nach der allgemeinen Besprechung und der überschwänglichen Bewunderung für Marijanas Zeichnung, führte Evelyn Josh und die Mädchen zum schmalen Kiesstrand am Fuß der Klippe und fragte in die Gruppe: „Und was wollt ihr jetzt zeichnen?"

„Barker!" antwortete Liz Knightham ohne Zögern.

„Mich?" fragte Josh verwundert das Mädchen und Evelyn antwortete an deren Stelle: „Ein männlicher Akt ist natürlich eine Herausforderung für die Mädchen. Diese Möglichkeit hatten sie bisher noch nicht."

„Auch noch Akt?" fragte Josh kopfschüttelnd und erklärte dann: „Tut mir leid Evelyn, aber das geht jetzt wirklich zu weit."

Evelyn Siratja nickte und wendete sich an die Schülerinnen.

„Ihr habt es gehört, Mädchen. Josh Barker möchte sich nicht vor euch ausziehen."

Ein allgemeines, enttäuschtes „Ohhh!" war zu hören. Aber Josh bemerkte dabei auch diesen Unterton, der ihn ins Lächerliche zu ziehen versuchte. Aber noch bevor er etwas erwidern konnte, sagte Evelyn zu den Mädchen: „Damit Herr Barker sieht, dass nichts dabei ist, sich als Lehrer von den Schülern zeichnen zu lassen, stelle ich mich wieder zur Verfügung."

Und während sie sich schon auszog, wendete sie sich wieder an Josh und sagte: „Vielleicht hast Du ja diesmal Lust, auch zu zeichnen."

Sie lief ins flache Wasser, kletterte auf einen der verstreuten Felsbrocken und setzte sich wie die kleine Meerjungfrau darauf.

„So", rief sie von dort zu den Schülerinnen, „sucht euch eure Positionen und fangt an. Ihr habt noch ungefähr eine halbe Stunde."

Die Mädchen verteilten sich rund um den Felsen und begannen, im flachen Wasser stehend ihre Lehrerin zu zeichnen. Josh kletterte auf einen etwas entfernt liegenden Felsbrocken und begann dort die ganze Szenerie mit Evelyn auf dem Felsen und die sie umringenden Schülerinnen zu skizzieren. Nach Ablauf der halben Stunde hatte er die Zeichnung so detailliert fertig gestellt, dass man darauf die Züge der einzelnen Schülerinnen, wie auch die der Lehrerin deutlich erkennen konnte. Nur drei Schülerinnen waren aus seiner Perspektive hinter dem Felsen verborgen, auf dem Evelyn saß und von vielen Schülerinnen war das Gesicht nicht zu sehen, weil sie Josh ihren Rücken zugewandt hatten.

Evelyn Siratja zog sich wieder an und eilig wanderte die Gruppe zum Internatsgebäude zurück, damit die Schülerinnen rechtzeitig zu den nächsten Unterrichtsstunden kamen.

Josh wechselte noch einen kurzen Blick mit den vier geliebten Mädchen, bevor sie im Gebäude verschwanden. Dann setzte er sich noch eine Weile mit Evelyn auf die Terrasse vor dem Speisesaal und sie besprachen noch einmal die Zeichnungen und Zeichenstile der Mädchen. Von hier beobachtete Josh, wie die Kampfsportlehrerin Tatsu Li mit den jüngeren Schülerinnen, unter denen er Shadowcat und Abebi entdeckte, auf dem Platz vor dem Gebäude ihren Unterricht begann. Er hätte gerne länger zugesehen. Aber die Sorge um die eigene Sicherheit und vor allem die der Mädchen veranlasste ihn, sich bald zurückzuziehen. Er zog sich seine bequemen Laufschuhe und die kurze Sporthose an und lief auf dem Rundweg los, um die Insel zu erkunden. Als er außer Sichtweite des Internats war, bog er vom Weg ab und schlug die Richtung zu dem erloschenen Vulkan ein.

Langsam wurde der Urwald lichter und das Gelände wurde immer steiniger und zerklüfteter. Josh fragte sich, wo denn der landwirtschaftliche Betrieb sein sollte, von dem Evelyn ihm erzählt hatte und in dem sich laut Abebis Bericht auch Männer befinden sollten. Die Insel war so schmal, dass er kaum möglich war, an so einem Betrieb vorbeizukommen, ohne ihn zu bemerken. Langsam stieg das Gelände an. Und als Josh sich umdrehte und seinen Blick über den Urwald der Insel schweifen ließ, aus dem er das Internat als einziges Gebäude aufragen sah, da bemerkte er auf der Südseite der Insel eine kleinere Insel, auf der eine unüberwindlich scheinende Mauer, die an ein Gefängnis erinnerte, ein großes Areal einschloss, das fast zwei Drittel der Insel einnahm. Mit zusammengekniffenen Augen musterte Josh diese Insel.

Alcatraz! schoss es ihm durch den Kopf. *Wenn dort wirklich Männer sind, dann ist es kein Wunder, wenn sie von dort nicht entkommen können.*

An jeder Ecke hatte die Mauer einen Wachturm, was den Eindruck eines Hochsicherheitsgefängnisses noch verstärkte. Josh drängten sich verschiedene Fragen auf. Warum wurden dort Männer gefangen gehalten? Was passierte mit den Männern? Und was wurde auf dieser vorgelagerten Insel überhaupt angebaut? Oder war dieses Gefängnis in Wahrheit gar kein landwirtschaftlicher Betrieb? Aus seiner erhöhten Position konnte Josh ein wenig über die hohen Mauern blicken. Es sah fast so aus, als ob dort Felder und Gewächshäuser standen. Aber Josh war zu weit weg, um etwas Genaueres erkennen zu können. Kurz überlegte er, ob er versuchen sollte, auf diese Insel zu gelangen. Aber er entschied sich dafür, erst einmal die eingeschlagene Richtung beizubehalten und den Westen der Insel um den Vulkan herum zu erkunden. Also stieg er zügig weiter bergauf. Aber der Vulkan war noch immer weit entfernt, als Josh einfiel, dass er nach den Kampfsport-, Sexualkunde- und Deutsch- oder Englischstunden mit zum Schwimmen kommen sollte. Das war zwar nicht sein Unterrichtsfach. Aber es wäre sicherlich nicht gut gewesen, wenn er schon an seinem ersten Tag nicht zu einer Stunde erschien, bei der ihn Evelyn Siratja dabei haben wollte. Also machte er sich nach kurzem Zögern wieder auf den Rückweg.

Abebi hatte Shadowcat davor gewarnt, sich mit Tatsu Li anzulegen. Und Shadowcat hatte diese Warnung beherzt. Als Tatsu Li sie als neue Schülerin begrüßte und fragte, ob sie schon einmal Kampfsport trainiert hatte, da antwortete Shadowcat sehr bescheiden: „Ich habe nur ein paar Grundkenntnisse."

„Na gut", erwiderte die drahtige Lehrerin. „Dann wollen wir einmal sehen, wie gut Deine Grundkenntnisse sind. Stell Dich hier hin!"

Shadowcat folgte der Anweisung ihrer Lehrerin. Und als diese sagte: „Verteidige Dich!", da ging sie in Kampfstellung. Aber sie hatte gar nicht vor, Tatsu Li ernsthaft Widerstand zu leisten. Sie wollte selbst herausfinden, wie gefährlich diese Frau im Ernstfall werden konnte. Und sie hielt es für besser, ihre eigenen, bescheidenen Fähigkeiten lieber noch zu verbergen. Sie war ja schließlich hier, um etwas zu lernen und nicht, um sich mit ihrer Lehrerin zu messen. Nur über eines wunderte sie sich: Sie sollte sich verteidigen! Würde ein guter Lehrer nicht sagen ‚Greife mich an?'

Shadowcat hatte keine Zeit, sich darüber länger Gedanken zu machen, denn Tatsu Lis Angriff kam so plötzlich, dass sie keine Zeit fand, sich auch nur im Mindesten dagegen zu wehren. In weniger als einer Sekunde lag Shadowcat auf dem Boden und hatte den Fuß ihrer Lehrerin auf dem Hals. Shadowcat wusste, dass sie jetzt im Ernstfall tot wäre. Tatsu Li war zufrieden. Sie half Shadowcat wieder auf die Füße und sagte: „Mach Dir nichts draus, Victoria. Niemand kann diesen Angriff abwehren. Du lernst hier, Dich zu verteidigen und auch Gegner schnell und effektiv auszuschalten. Schau heute beim Training zu, damit Du siehst, wie weit die anderen Schülerinnen sind und was hier von Dir verlangt wird. Und ab morgen wirst Du mit trainieren."

Aufmerksam verfolgte Shadowcat das Training. Sie stellte fest, dass ihre Mitschülerinnen sehr weit in ihrem Training waren. Einzig Abebi wirkte sehr unbeholfen und saß öfter auf dem Hintern, als jedes andere Mädchen. Tatsu Li spornte Abebi jedes Mal wieder in sehr strengem Ton an. Aber Abebi ließ das alles sehr gleichgültig über sich ergehen. Und Shadowcat erkannte, dass Abebi sich nur verstellte. Ihre ganze, linkische Unbeholfenheit war nur gespielt. Immer wieder bemerkte Shadowcat, wie sich unbewusst eine Geschmeidigkeit in Abebis Bewegungen schlich, die so gar nicht zu ihrer Ungeschicklichkeit passen wollte. Aber man musste sie schon sehr genau beobachten, um das zu bemerken. Und das tat Shadowcat, bis ihre Aufmerksamkeit von einem anderen Vorfall in Anspruch genommen wurde.

Aus einem der Nebeneingänge des Gebäudes war plötzlich ein langgezogener Schrei zu hören. Und kurz darauf kam eine junge Frau aus der Tür gestürmt, die ein Auge mit einem Verband umwickelt hatte.

Aha, dachte sich Shadowcat. *Die Spionin der Nacht!*

Hinter der Frau kam eine andere Frau in einem weißen Kittel in den Hof gelaufen und rief ihr hinterher: „Sei doch vernünftig, Trisha. Wenn Dich Barker hier sieht, …"

„Das ist mir scheißegal!" brüllte die Einäugige unter Tränen zurück und unterbrach damit die Frau, die ganz offensichtlich eine Ärztin war. „Ich will mein Auge wieder haben!"

„Dafür reichen meine Möglichkeiten nicht. Ich lasse Dich in eine Spezialklinik fliegen. Aber jetzt komm wieder rein."

Die Ärztin fasste Trisha am Arm und zog sie wieder mit sich ins Gebäude. Und Tatsu Li rief die Aufmerksamkeit der Schülerinnen zum Training zurück.

Währenddessen saßen Marijana und Lian im Sexualkundeunterricht von Arlana Po. Diese begrüßte auch die beiden neuen Schülerinnen.

„Nun, meine Hübschen", begann sie, „soweit ich informiert bin, habt ihr, wie auch Victoria, schon sexuelle Erfahrungen mit Männern gemacht."

Ein ungläubiges, staunendes Raunen ging durch die Reihen ihrer Mitschülerinnen. Marijana und Lian schwiegen. Ihre Lehrerin hatte ihnen eine Tatsache unterbreitet, die sie, wie unschwer zu erraten war, von Veronika Vranja erfahren hatte. Es gab also keinen Grund, diese Feststellung zu kommentieren.

Arlana Po fuhr nach einer kurzen Pause fort: „Ich werde euch darauf vorbereiten, wie ihr in eurem künftigen Leben mit Männern umgehen könnt, wie ihr sie im wahrsten Sinn des Wortes an den Eiern packen könnt."

Einige Schülerinnen applaudierten oder pfiffen begeistert. Nur Lian und Marijana hörten gespannt ihrer Lehrerin zu. Marijana merkte, wie sie vor Abscheu und Anspannung zu zittern begann. Am liebsten wäre sie aus dem Klassenzimmer direkt in Joshs Arme gestürzt, um sich an seiner Brust auszuweinen. Aber sie wusste, dass sie das nicht konnte. Unter dem Tisch spürte sie Lians Hand auf ihrem Arm. Und das gab ihr wieder ihre Selbstbeherrschung zurück. Sie zwang sich sogar zu einem Lächeln, das Arlana davon überzeugte, ihr Interesse geweckt zu haben.

„Männer sind sehr leicht zu durchschauen", sprach die Lehrerin weiter. „Sie funktionieren noch immer nach den ursprünglichsten Instinkten. Wenn ein Mann eine Frau oder ein Mädchen wie euch ansieht, dann denkt er unweigerlich an Sex. Und früher oder später wird er versuchen, sich zu nehmen, was er will. Josh Barker kann sich einbilden, immun gegen diese Anziehungskraft zu sein. Aber letztendlich wird auch er nur noch mit seinem Schwanz denken und sich uns dadurch ausliefern. Allerdings haben die jüngsten Ereignisse ein rascheres Vorgehen von uns erforderlich gemacht. Also ist es euere Aufgabe genauso wie die von euren Lehrerinnen, Barker zu provozieren. Lasst ihn euere Körper sehen, weckt seine Sehnsucht und seine Begierde. Und ich verspreche euch, er wird uns verfallen. Und wenn es so weit ist, dann soll er erfahren, was es bedeutet, ausgeliefert zu sein und erniedrigt zu werden. Und er wird erleben, wie sich seine Lust in Schmerzen verwandelt."

„Warum?" fragte Lian plötzlich dazwischen. Sie konnte sich sehr lange verstellen. Aber wenn ein bestimmter Punkt überschritten wurde, dann wurde das Raubtier in ihr geweckt. Und dieses Raubtier konnte sich nicht länger verstellen, wenn Pläne geschmiedet wurden, um Menschen, die sie liebte, Schaden zuzufügen.

„Warum?" wiederholte Arlana Po verwirrt die Frage und beantwortete sie auch sofort. „Weil er ein Mann ist!"

„Und was ist daran schlimm?" fragte Lian weiter. Sie ignorierte den sich warnend verstärkenden Druck von Marijanas Hand unter dem Tisch und bohrte weiter, ohne eine Antwort auf die erste Frage abzuwarten.

"Ohne Männer gäbe es keine Frauen. Jede von uns hat einen Vater, auch Sie und sogar Frau Vranja. Also warum sollen wir hier dazu erzogen werden, Männer zu hassen?"

Arlana Po schluckte schwer und starrte das Mädchen, das sie herausfordernd anblickte, ungläubig an.

„Ich werde das melden müssen", sagte sie schließlich heiser.

Aber Lian erwiderte unbeirrt: „Warum erklären Sie es mir nicht einfach? Sollte Unterricht nicht immer so funktionieren, dass die Schüler auch verstehen, …"

„Schülerinnen!" warf die Lehrerin tonlos ein. Aber Lian fuhr einfach fort: „… warum etwas so ist, wie es ist. In der Mathematik, in der Physik und in der Chemie gibt es immer eine Ursache und eine Wirkung. Und wenn man eines von beiden nicht kennt, dann ist Ziel des Unterrichtes oder der Lehre immer, die unbekannte Größe herauszufinden. Ich möchte es einfach nur verstehen."

„Ist es Ziel des Unterrichtes herauszufinden, warum Mathematik, Physik oder Chemie gelehrt wird?" erwiderte Arlana Po jetzt. Und als Lian nicht sofort antwortete fuhr die Lehrerin, die bemerkt hatte, dass einige Schülerinnen sehr gebannt Lians Ansprache gelauscht hatten, sofort fort: „Dass es Mathematik, Physik und Chemie gibt, müssen wir akzeptieren. Wir können nur lernen, wie wir sie anwenden können. Und etwas anderes ist mein Unterricht auch nicht. Die Frage ist jetzt: Willst Du den Unterricht hier in St. Bernadette annehmen oder nicht, Lian?"

Lian war der drohende Unterton in Arlana Pos Frage, der sich nicht einmal verstecken wollte, nicht entgangen. Sie hatte ihre Selbstbeherrschung, nicht zuletzt durch Marijanas Anwesenheit und den Druck ihrer Hand, wieder gewonnen und antwortete schließlich: „Natürlich will ich das."

Aber sie wusste dabei auch, dass sie wahrscheinlich schon zu weit gegangen war, was unter Umständen Josh mehr schaden, als nützen konnte. Trotzdem erkannte sie, dass sie eine Bewegung in die Klasse gebracht und einige Mitschülerinnen zum Nachdenken gebracht hatte. Und möglicherweise konnte sich das einmal als nützlich erweisen, auch wenn sie es nicht wagen durfte, die Mädchen zum offenen Widerstand aufzurufen.

„Na gut", sagte Frau Po, „dann kann ich jetzt ja mit meinem Unterricht fortfahren. Liz, hol Ben rein."

Während Liz Knightham aufstand und in einen Nebenraum ging, sahen Marijana und Lian sich fragend an.

„Ben?" flüsterte Marijana und Lian zuckte mit den Schultern. Im nächsten Moment schob Liz eine lebensgroße, nackte, männliche Puppe ins Klassenzimmer. Die Puppe sah sehr realistisch aus und war mit einer flexiblen, gummiartigen Haut überzogen. Am Rücken hatte sie eine Klappe, unter der sich ein Mechanismus befand, mit dem der entspannte Penis der Puppe in eine steife Erektion verwandelt wurde. Einige Schülerinnen kicherten, als die Lehrerin diesen Mechanismus betätigte. Aber diese rief die

Mädchen wieder zur Ordnung und wendete sich an Lian.

„Nun Lian", sagte sie. „Um Deine Neugier zu befriedigen, darfst Du Dich heute als erste an Ben versuchen."

Lian zögerte und Frau Po forderte sie auf: „Komm nach vorne!"

Lian stand auf und ging zu der Lehrerin, die bei Ben stand.

„Was soll ich tun?" fragte sie, nachdem sie die Puppe aufmerksam betrachtet hatte.

„Was möchtest Du denn tun, wenn Du Dir Ben so ansiehst?" fragte Arlana zurück. Lian zuckte mit den Schultern und antwortete: „Gar nichts. Ich kenne Ben ja gar nicht."

Wieder war ein Kichern aus der Klasse zu hören. Und selbst Arlana Po konnte sich ein Lächeln bei dieser Antwort nicht verkneifen.

„Entschuldige!" sagte sie und lockerte die Stimmung ziemlich auf, indem sie mit der Vorstellung fortfuhr: „Lian, Ben. Ben, Lian!"

„Angenehm!" erwiderte Lian und ein neues Gelächter setze ein. Wieder sah Lian die Puppe an. Der erigierte Penis wirkte bei genauerer Betrachtung alles andere als lebendig. Lian bemerkte einen ganz leichten Geruch nach Gummi und Reinigungsmittel. Für einen Sekundenbruchteil dachte sie an Josh, an das Spiel der Muskeln unter seiner Haut und seinen berauschenden Geruch. Ein erregender Schauer lief durch ihren Körper. Aber sie ließ sich nichts anmerken und Arlana Po fragte sie schließlich: „Und?", während sie einen Schrank öffnete, in dem allerlei Foltermaterialien aufbewahrt wurden.

Lian blickte von ihrer Lehrerin zu dem geöffneten Schrank. Da hingen alle möglichen Schnüre, Seile und Ketten, Handschellen, Peitschen und Reitgerten, Kerzen, Nadeln, Klammern, ein Trafo mit zwei Klemmen, der Lian an ein Ladegerät für Autobatterien erinnerte und viele weitere Dinge, von denen Lian teilweise keine Vorstellung hatte, was es überhaupt war. Aber eines war ihr klar: All diese Dinge waren dafür da, den Penis von Ben zu quälen. Ben war Lian egal. Sie hätte ihm ohne Skrupel sein künstliches Glied abgeschnitten. Aber Ben war nur ein Übungsobjekt. Und Lian hatte sehr wohl verstanden, dass sie und ihre Mitschülerinnen an ihm nur probieren sollten, was sie letztendlich Josh antun sollten. Und dafür konnte sie sich nicht hergeben. Fieberhaft überlegte sie, wie sie sich jetzt verhalten sollte, um Josh und ihre Schwestern in nicht noch größere Gefahr zu bringen. Solange sie sich hier anpasste, konnte sie Josh noch helfen. Sobald sie es nicht mehr tat, bestand die Gefahr, dass die Situation eskalierte und sie alle ins Verderben riss. Flucht war die einzige Lösung. Aber bis sie eine Möglichkeit dafür gefunden hatten, musste sie ihre Rolle weiterspielen.

„Hm", machte sie und zuckte hilflos mit den Schultern. „Ich weiß wirklich nicht, was ich machen soll. Ich hab von so was keine Ahnung."

„Schade", antwortete Arlana Po.

„Ich hätte gehofft, dass Du etwas mehr Fantasie hast. Du kannst Dich wieder setzen."

Lian nickte und setzte sich erleichtert wieder auf ihren Platz, während sich Arlana an Marijana wandte und sie fragte: „Und Marijana, hast Du vielleicht eine Idee, was Du mit Ben anstellen könntest?"

Marijana schüttelte den Kopf und antwortete: „Nein. Wenn ich Sie richtig verstanden habe, dann soll ich etwas Gewalttätiges tun. Ich mag aber keine Gewalt. Tut mir leid."

Arlana Po applaudierte etwas gekünstelt und erwiderte: „Bravo Marijana. Das ist eine sehr lobenswerte Einstellung. Aber das Leben ist sehr brutal und gewalttätig zu Frauen. Und deswegen dürfen wir nicht warten, bis es uns in die Knie zwingt, sondern müssen ihm mit derselben Brutalität und Gewalttätigkeit begegnen."

Sie wendete sich an Liz Knightham.

„Liz!" forderte sie die ungeduldige Schülerin auf. Und das Mädchen schnellte hoch und eilte nach vorne, um den neuen Mitschülerinnen zu demonstrieren, was sie bereit war, mit Josh Barker zu tun. Liz umschmeichelte die gefühllose Puppe. Sie ließ ihre Fingerspitzen über Bens Brust gleiten, langsam nach unten bis zu dem erigierten Glied. Da packte sie plötzlich zu und riss so fest an, dass Ben umfiel.

„Denk dran Liz, das ist nur Ben. Also sei ein bisschen vorsichtiger", sagte die Lehrerin und half der Schülerin, die Puppe wieder aufzurichten.

„Wann darf ich denn endlich Josh haben?" fragte Liz. Lian wäre am liebsten aufgesprungen und hätte ihre Mitschülerin wieder einmal ins Land der Träume geschickt. Aber Marijana gelang es, sie ruhig zu halten.

Arlana antwortete auf die Frage: „Das wird sich zeigen."

Und Liz machte sich wieder ans Werk. Sie nahm eine Reitgerte aus dem Schrank und schlug damit mit brutaler Gewalt auf Bens Penis. Die Gerte durchschnitt pfeifend die Luft und traf mit einem lauten Knall das Glied. Dann nahm Liz ein Messer aus dem Schrank und deutete an, Bens Hoden abzuschneiden.

„Okay, genug Liz", sagte Arlana Po und Marijana fiel auf, dass sie nicht zu erkennen gab, ob sie mit Liz' Vorstellung zufrieden war. Liz Knightham setzte sich zufrieden wieder auf ihren Platz und Arlana Po fragte in die Klasse: „Und, gibt es dazu irgendwelche Meinungen oder Verbesserungsvorschläge?"

Zaghaft meldete sich Marijana. Erstaunt und erfreut darüber rief die Lehrerin sie sofort auf und Marijana sagte: „Um ehrlich zu sein, glaube ich nicht, dass ein Mann bei Liz' Auftreten überhaupt eine Erektion bekommen würde. Und dann war alles, was sie getan hat, wirklich nur die reine Gewalttätigkeit und Brutalität, von der Sie gesprochen haben. Aber sie hatten vorher auch gesagt, dass wir die Sehnsucht und Begierde eines Mannes …" Marijana vermied es ganz bewusst, ‚Josh Barkers' zu sagen, „wecken sollen, um dann seine Lust in Schmerzen zu verwandeln. Das würde für mich ein sehr viel langsameres und sich steigerndes Vorgehen bedeuten."

„Du erstaunst mich!" erwiderte Arlana Po mit ungespielter Begeisterung. Als sie Marijana aber fragte: „Kannst Du uns das demonstrieren?", da schüttelte Marijana wieder den Kopf und antwortete: „Nein, tut mir leid."

„Große Klappe und nichts dahinter!", warf Liz sofort ein, aber Arlana Po verteidigte Marijana, indem sie sagte: „Nein Liz, Marijana hat mit ihrer Anschauung absolut recht. Und nachdem sie mir eben noch gesagt hat, dass sie keine Gewalttätigkeit mag, akzeptiere ich auch, dass sie jetzt noch nicht bereit ist, uns eine Demonstration ihrer Vorstellungen zu liefern."

Sie wendete sich an Marijana und fuhr fort: „Ich denke, Du brauchst einfach noch Zeit, um Dich mit diesen neuen Gedanken auseinanderzusetzen. Du hast jedenfalls die besten Anlagen."

Marijana bekam eine Gänsehaut, nicht nur wegen dem Eindruck, den sie hier vermittelt hatte, sondern auch, weil sie Liz' hasserfüllten Blick in ihrem Nacken spürte. Als sich Lian jedoch zu Liz umdrehte, senkte die sehr schnell ihren Blick. Marijana sah Lian fragend an. Sie war sich nicht sicher, ob es nicht besser gewesen wäre, zu schweigen. Lian verstand Marijanas stumme Frage und antwortete ihr in Gedanken: *Es war richtig! Wenn es wirklich zum Schlimmsten kommt, dann gewinnt Josh zumindest Zeit, wenn ihm nicht jemand sofort etwas abschneidet.*

Die Frage in Marijanas Blick verwandelte sich in Staunen. Und sie antwortete ebenfalls in Gedanken: *Ich kann Dich hören, Lian!*

Lian nickte und antwortete auf dieselbe Weise: *Ich Dich auch!*

Sie wussten beide, wie hilfreich die telepathischen Fähigkeiten für sie werden konnten. Und vor allem Marijana war froh, erste Schritte in diese neue Welt zu tun, die bisher fast nur Shadowcat vorbehalten geblieben war.

„CBT ..." sagte Arlana Po und riss Lian und Marijana damit aus ihrer stummen Unterhaltung, „bedeutet?"

„Cock and Ball Torture!" antwortete Liz Knightham sofort.

„Richtig!" sagte Arlana und fuhr an die Klasse gewandt fort: „Und mit diesem Thema werden wir uns in den nächsten Stunden ausführlich beschäftigen. Einige von euch kennen sich schon recht gut damit aus. Für andere, ..." und dabei blickte sie Marijana und Lian an, „ist das Gebiet völliges Neuland, in das sie erst noch eingeführt werden müssen. CBT ist die Lehre davon, was ihr mit dem Schwanz und den Eiern eines Mannes alles anstellen könnt. Ihr könnt es auf die schnelle Art machen, so wie Liz es demonstriert hat. Oder ihr könnt den Mann jeden Tag wieder bis an die Grenzen des Erträglichen führen und ihm nur die Möglichkeit der Kastration drohend vor Augen halten. Der Schwanz eines Mannes ist ein sehr flexibler und widerstandsfähiger Körperteil. Wenn er erregt ist, wird die Schmerzgrenze sehr weit heraufgesetzt. Lust und Schmerz gehen also nahtlos ineinander über. Die Kunst ist es, die Lust zu erhalten und dem

Mann trotzdem Schmerzen zuzufügen, ohne ihn sofort kaputt zu machen. Ich habe hier einige Schautafeln."

Und Arlana Po zeigte ihren Schülerinnen Fotos von allen möglichen Formen des CBT und diskutierte mit ihnen darüber. Dann durften sich bis zum Ende der Stunde noch andere Schülerinnen unter Anleitung der Lehrerin an Ben vergehen.

Marijana und Lian gingen sehr bedrückt in die Pause. Im Speisesaal trafen sie Shadowcat und Abebi. Und sie erzählten sich gegenseitig, wie ihre Stunden verlaufen waren.

„Josh muss von dieser Insel!" sagte Shadowcat schließlich und dachte an das Flugzeug, das die Einäugige in eine Klinik fliegen sollte.

Josh war nicht zum Essen erschienen. Er war zu dieser Zeit noch auf dem Weg in Richtung des Vulkans.

Nach der Pause gingen Shadowcat und Abebi zu der Sexualkundestunde bei Frau Po. Und Marijana und Lian hatten ihre erste Kampfsportstunde bei Tatsu Li. Die japanische Lehrerin fragte auch die beiden nach ihren bisherigen Kenntnissen. Lian, die durch die Sexualkundestunde schon sehr viel angestaute Wut in sich hatte und die von Shadowcat auch von der Demonstration Tatsu Lis an ihr erfahren hatte, ließ Marijana keine Zeit zum Antworten, sondern sagt sofort: „Wir haben zusammen mit Victoria trainiert. Ich würde mich freuen, wenn Sie uns hier noch etwas beibringen könnten."

„Wenn?" fragte Tatsu Li verärgert. „Zweifelst Du etwa daran?"

„Nein", antwortete Lian. „Ich meine ja nur."

Tatsu Li musterte ihre neue Schülerin und erwiderte: „Du kannst gleich feststellen, ob ich Dir noch etwas beibringen kann, Lian."

Und während sich die anderen Schülerinnen in einem großen Kreis hinsetzten, gingen die beiden in Kampfstellung und Tatsu Li forderte Lian, so wie vorher auch Shadowcat auf, sich zu verteidigen. Der Angriff der Lehrerin kam wieder blitzschnell. Ihre Faust schnellte nach vorne, aber die Lehrerin musste verwundert feststellen, dass ihr Schlag ins Leere ging. Das hatte sie noch nicht erlebt. Für einen Moment verlor sie ihre Fassung. Und Lian nutzte diesen Sekundenbruchteil, um ihrer Lehrerin, in die Kniekehle zu treten und sie so aus dem Gleichgewicht zu bringen. Lians Mitschülerinnen jubelten ihr zu. Aber sie hörte es nicht. Sie war nur auf ihre Gegnerin konzentriert, die sich sofort wieder gefangen hatte und jetzt wie ein Wirbelwind über Lian herfiel. Sehr lange konnte Lian den Schlägen und Tritten ausweichen oder sie abblocken, ohne dabei aber selbst die Chance zu einem Gegenangriff zu finden. Dann traf sie die Faust ihrer Lehrerin mit solcher Wucht auf den Solarplexus, dass sie benommen zu Boden ging und liegenblieb. Marijana wollte sofort aufspringen und ihrer

Schwester zu Hilfe eilen. Aber Lian gab ihr mit einem Blick zu verstehen, dass sie sitzen bleiben sollte, während der Rest der Klasse ein enttäuschtes „Ohhhh!" hören ließ.

Tatsu Li war selbst außer Atem, was sie sich aber nicht anmerken ließ. Sie trat vor ihre sich am Boden krümmende Schülerin hin und sagte: „Du musst noch sehr viel lernen, Lian!"

Dann wendete sie sich wieder ab und wollte zur Klasse sprechen. Als sich aber ein Gemurmel von dieser zu einem tosenden Beifall steigerte, drehte sie sich wieder um und sah, wie sich Lian langsam wieder erhob.

Das Tosen war so laut, dass es auch im Klassenzimmer zu hören war, in dem Arlana Po nun den jüngeren Schülerinnen ihre Lehren von Cock and Ball Torture vermittelte. Shadowcat spürte, dass Lian in Gefahr war. Sie sprang auf und blickte aus dem Fenster. Und Abebi war sofort an ihrer Seite. Auch andere Schülerinnen sahen neugierig aus den Fenstern. Und auf die Frage von Arlana Po, „Was geht da draußen vor sich?" antwortete eine kleine Schülerin: „Eine von den Neuen kämpft gegen Tatsu Li!"

„Das ist absurd", erwiderte Arlana. „Niemand kämpft gegen Li. Wenn jemand gegen sie antritt, dann liegt er in einer Sekunde bewusstlos am Boden."

Trotzdem blickte auch sie neugierig geworden aus dem Fenster und sah, wie sich Lian erneut dem Kampf stellte. Und auch an anderen Stellen im Gebäude hatte man den Lärm von draußen gehört. Überall standen die Lehrerinnen und das andere Personal an den Fenstern oder kamen ins Freie, um den Kampf zu verfolgen. Und auch wenn niemand Lian eine Chance einräumte, den Kampf zu gewinnen, so nötigte ihre Courage, sich ihrer Lehrerin erneut zu stellen, nachdem sie so unsanft zu Boden gegangen war, ihnen großen Respekt ab. Selbst Veronika Vranja blickte fasziniert aus dem Fenster und wechselte vielsagende Blicke mit Evelyn Siratja, die nur staunend ihre Schultern hob.

Josh hatte sich gerade auf den Rückweg gemacht, als auch er die Gefahr spürte, in der Lian schwebte. Kurz hielt er inne, um sich zu konzentrieren. Und es gelang ihm tatsächlich auf diese Entfernung Kontakt zu Shadowcat herzustellen.

Was ist los? fragte er sie besorgt. Und Shadowcat antwortete ebenso besorgt: *Lian kämpft gegen Tatsu Li.*

Josh lief wieder los und beschleunigte seine Schritte, während er Shadowcat fragte: *Kann sie gewinnen?* Shadowcat beobachtete, wie die Kampfsportlehrerin erneut einen Hagel aus Schlägen und Tritten auf Lian niedergehen ließ, dem Lian kaum etwas entgegensetzen konnte. Aber allein, dass sie die Angriffe so lange und geschickt abwehren oder ihnen ausweichen konnte, war schon eine Sensation. Shadowcat spürte, wie Tränen in ihren Augen aufstiegen und wie es ihr den Hals zuschnürte, während sie auf Joshs Frage antwortete: *Ich glaube nicht.*

Josh begann zu laufen, obwohl er wusste, dass er niemals rechtzeitig im Internat ankommen konnte. Er würde mindestens zwanzig Minuten brauchen, bis er wieder zurück war.

Tatsu Li kämpfte wie besessen gegen ihre neue Schülerin. Sie konnte nicht begreifen, dass sie nicht an sie herankam, dass so viele ihrer Schläge ins Leere gingen oder abgeblockt wurden. Und plötzlich, als sie von ihrem eigenen Schwung fast von den Beinen gerissen wurde, wurde sie von Lians Faust mitten ins Gesicht getroffen. Ihr Kopf wurde herumgerissen und sie schmeckte Blut in ihrem Mund. Das Tosen der Menge war unbeschreiblich. Einen langen Moment standen sich Lian und ihre Lehrerin gegenüber, dann griff Tatsu Li noch gnadenloser an, als vorher schon, bis Lian wieder vor ihr am Boden lag und sich vor Schmerzen krümmte, ohne aber den leisesten Laut hören zu lassen.

Lians Blick hielt wieder Marijana zurück, der heiße Tränen über ihr schönes Gesicht liefen. Shadowcat hielt es am Fenster nicht mehr aus. Ohne auf ihre Lehrerin zu achten, die ihr etwas hinterher rief, rannte sie, gefolgt von Abebi aus dem Klassenzimmer auf den Kampfplatz vor dem Internat. Aber obwohl sich Lian kaum rühren konnte, gab sie auch Shadowcat mit einer kleinen Geste zu verstehen, dass sie zurückbleiben sollte.

Tatsu Li war selbst so erschöpft, dass sie noch nicht in der Lage war, wieder zu sprechen, als sie zusah, wie sich Lian wieder erhob. Sie schüttelte langsam ihren Kopf, teilweise aus Fassungslosigkeit, aber vor allem, um Lian zu bedeuten, liegenzubleiben und einen aussichtslosen Kampf verloren zu geben. Aber Lian gab nicht auf. Sie atmete tief durch und stellte sich erneut ihrer Lehrerin.

„Warum kannst Du nicht endlich liegen bleiben?" fragte Tatsu Li. Und in ihrer Stimme schwangen Wut und Fassungslosigkeit mit. Lian antwortete nicht, sondern blickte ihre Lehrerin herausfordernd an und erwartete den nächsten Angriff.

„Wie Du willst!" sagte Li und ging ebenfalls wieder in Kampfstellung. Endlose Sekunden standen sich die beiden so regungslos gegenüber und sahen sich nur in die Augen. Dann griff Tatsu Li plötzlich wieder so schnell an, dass die Zuschauer kaum folgen konnten. Lians Arme flogen nach rechts und links um die Schläge und Tritte abzublocken. Und dann sprang sie plötzlich wie von einer Feder geschnellt in die Luft und ihr Knie traf Li unter das Kinn. Die Lehrerin taumelte zwei Schritte rückwärts und stürzte dann benommen zu Boden. Die Menge tobte vor Begeisterung. Aber auch Lian ging erschöpft und benommen in die Knie. Und sie sah, dass sich ihre Lehrerin wieder erhob. Und diesmal ging diese nicht mehr in Kampfstellung, sondern griff Lian ohne zu zögern wieder an. Lian hatte kaum Zeit, sich wieder zu erheben, als die neue Angriffswelle über sie hereinbrach. Und diesmal machte die Lehrerin nicht mehr den Fehler, sich eine Blöße zugeben. Lian dachte nicht mehr. Sie fühlte nichts mehr. Sie wehrte sich nur noch aus reinem Reflex, bis ihre Lehrerin ihre Deckung durchbrach und auch dann noch auf die jetzt wehrlose Schülerin einschlug. Shadowcat, Marijana und Abebi sprangen gleichzeitig auf, um Lian zu Hilfe zu eilen. Aber im selben Moment durchbrach Josh den Kreis der Zuschauerinnen, die den Kampf verfolgten. Der Eindruck, den er mit nacktem Oberkörper und schweißglänzenden Muskeln bei der Menge machte, als er wie aus dem Nichts auftauchte, war unbeschreiblich. Mit einem gewaltigen Satz sprang er zwischen Tatsu Li und Lian. In einer einzigen Bewegung packte er Tatsu Li am Arm, als sie gerade wieder nach Lian schlagen wollte, schleuderte sie mit ihrem eigenen Schwung zu Boden, drehte sich und fing Lian, die erst in diesem Moment das Bewusstsein verlor und zusammenbrach, auf seinen Armen auf. Ihr Gesicht und ihr Körper waren übersät mit Blessuren und dunkel verfärbten Schwellungen.

„Gibt es hier einen Arzt?" fragte er barsch in die Menge. Aber bevor er von irgendjemand anderem eine Antwort bekam, sagte schon Shadowcat: „Hier entlang!" und lief ihm voraus zur Krankenstation, aus der sie die Einäugige und die Ärztin hatte kommen sehen. Und Marijana und Abebi folgten ihnen.

„Was hat das zu bedeuten?" fragte Veronika Vranja die neben ihr stehende und ebenso verwirrte Evelyn. Und als diese nicht antwortete, forderte die Internatsleiterin sie auf: „Komm mit!"

Sie verließen das Zimmer in Frau Vranjas Wohnung, um nach unten zu eilen.

Als Shadowcat, gefolgt von Josh, der die bewusstlose Lian trug in die Krankenstation stürmte, schrie die Einäugige, die auf einem Stuhl saß, entsetzt auf. Sie sprang auf und flüchtete aus dem Raum. Im nächsten Moment stürzte die Ärztin, die den Schrei gehört hatte, durch eine andere Tür in das Zimmer und fragte sofort: „Was ist hier los?"

Ohne sich um die flüchtende Einäugige zu kümmern, antwortete Josh: „Kümmern Sie sich um das Mädchen."

„Was ist mit ihr passiert?" fragte die Ärztin, deutete auf eine Liege und fuhr fort, bevor Josh antworten konnte: „Legen Sie sie hier hin."

Behutsam legte Josh Lian ab. Und es fiel ihm schwer, das geliebte Wesen nicht mit zärtlichen Küssen zu bedecken.

„Eine Demonstration der Kampfsportlehrerin ist anscheinend außer Kontrolle geraten", beantwortete er jetzt die Frage der Ärztin, die sich sofort an die Untersuchung der bewusstlosen Patientin machte. Marijana und Abebi stellten sich an Shadowcats und Joshs Seite und beobachteten besorgt die Untersuchung.

„Es ist nichts gebrochen", stellte die Ärztin nach einer Weile erleichtert fest. Josh war so voller Sorge gewesen, dass er nicht einmal daran gedacht hatte, den Raum zu verlassen, als die Ärztin Lian entkleidet hatte. Jetzt deckte sie ihre kleine Patientin zu und blickte zu Josh auf.

„Sie sind Barker, nicht wahr?" fragte sie und Josh antwortete: „Wer sonst?"

„Mandy Benson!" stellte sich die Ärztin vor. „Ich bin die Ärztin hier auf St. Bernadette."

Josh nickte ihr höflich zu. Dann blickte Benson von Josh auf Marijana, Lian und Abebi und tröstete sie mit den Worten: „Eurer Freundin ist nichts passiert. Ein paar Tage Ruhe und sie nimmt Tatsu Li auseinander."

„Sagen Sie das nicht zu laut, Benson!" hörten sie da die Stimme Evelyn Siratjas von der Tür her.

Als Evelyn mit Veronika Vranja auf den Platz vor dem Gebäude gelaufen war, hatte sich Tatsu Li noch immer nicht vom Boden erhoben gehabt. Es war nicht Barkers Eingreifen in den Kampf gewesen, das das bewirkt hatte, sondern der Kampf selbst und Lians unbändiger Wille. Tatsu Li hatte noch niemals erlebt, dass ihr jemand so lange und energisch Widerstand geleistet und ihr so sehr zugesetzt hatte, wie dieses neue Mädchen. Solange sie gekämpft hatte, hatte sie nichts gespürt. Aber jetzt konnte sie sich vor Atemlosigkeit und Schmerzen nicht rühren, bis sie von Veronika Vranja aufgefordert wurde: „Steh auf Tatsu. Du machst Dich zum Gespött vor den Schülerinnen."

Tatsu Li biss die Zähne aufeinander und erhob sich langsam vom Boden. Und in einer so stolzen Haltung, wie ihre Schmerzen es zuließen ging sie langsam ins Haus. Um selbst die Krankenstation aufzusuchen und sich untersuchen zu lassen, war sie zu stolz.

„Was gibt es hier noch zu sehen?" fragte Frau Vranja die neugierigen Schülerinnen. „Geht auf eure Zimmer und macht euch fertig zum Schwimmen."

So energisch hatten die Mädchen die Internatsleiterin noch nie erlebt. Widerspruchslos zogen sie sich still zurück. Veronika Vranja überwachte den schweigenden Abzug der Schülerinnen. Dann wandte sie sich an Evelyn.

„Sieh nach dem Mädchen, Eve!"

„Und was ist mit Josh Barker?" fragte Evelyn.

Veronika Vranja überlegte eine Weile. Dann sagte sie: „Wenn es mehr, als reiner Zufall war, dass er während des Kampfes aufgetaucht ist und wenn es mehr, als nur Besorgnis um die Gesundheit irgendeiner Schülerin war, die ihn zum Eingreifen veranlasst hat, dann wirst Du das herausfinden!"

Evelyn nickte. Und jetzt stand sie in der Tür der Krankenstation, um ihren Auftrag zu erledigen. Dr. Benson, Josh, Marijana, Shadowcat und Abebi hatten sich ihr zugewandt. Und Evelyn sah, dass auch Lian schon ihre Augen wieder aufschlug.

„Wie geht es Dir, Lian?" fragte sie, während sie zu ihr ging.

Lian überflog schnell die Gesichter von ihren Schwestern und Josh. Und als sie sicher war, dass alle bei ihr waren, da antwortete sie: „Ich fühle mich nur etwas zerschlagen."

„Im wahrsten Sinne des Wortes", erwiderte Dr. Benson und wendete sich dann an Evelyn.

„Findest Du nicht", fragte sie, „dass das langsam zu weit geht, Evelyn?"

Evelyn warf einen kurzen Blick auf Josh und antwortete energisch: „Darüber müssen wir nicht jetzt sprechen, Mandy."

Dann fragte sie unvermittelt Josh: „Warum hast Du Dich in den Unterricht eingemischt, Josh?"

„Unterricht?" fragte Josh kopfschüttelnd und wollte sich dazu noch weiter äußern. Aber Evelyn fragte unverblümt weiter: „Was bedeutet Dir dieses Mädchen?"

Josh war einen Moment fassungslos über dieses Verhör. Am liebsten hätte er Evelyn die Wahrheit über seine Gefühle gesagt. Aber so schnell ihn Evelyns Frage aus der Fassung gebracht hatte, so schnell fand er seine Fassung auch wieder. Und er antwortete: „Ich habe als Lehrer eine Verantwortung und eine Verpflichtung. Und ich werde auf keinen Fall dulden, dass auf wehrlose Mädchen eingeprügelt wird. Ist das klar?"

Evelyn Siratja lächelte gefährlich und fragte unbeeindruckt weiter: „Du willst mir also erzählen, dass Dein Eingreifen nichts mit Lian Lara persönlich zu tun hatte, Josh?"

„Jetzt reicht es aber, Evel" mischte sich in dem Moment Mandy Benson ein. „Ich weiß ja nicht, was genau da draußen vor sich gegangen ist. Aber anscheinend war Barker der einzige Vernünftige während Tatsu Lis Demonstration."

„Fall mir nicht in den Rücken, Mandy!" schrie Evelyn wutentbrannt die Ärztin an und machte einen drohenden Schritt auf sie zu. Aber wieder war es Josh, der dazwischen ging und Evelyn zurückhielt.

„Jetzt beruhige Dich, Evelyn!" sagte er so energisch, dass sie tatsächlich inne hielt. Und Josh fuhr fort: „Was soll der ganze Aufruhr?"

Nachdenklich ging Evelyn Siratja zwei Schritte rückwärts, nickte und sagte schließlich: „Ja, Du hast Recht. Entschuldige bitte."

Dann wendete sie sich an Marijana, Shadowcat und Abebi, die sie einen Moment länger und sehr skeptisch ansah, und sagte zu ihnen: „Und ihr macht euch fertig zum Schwimmen."

Noch einmal sah sie zu Josh und sagte: „Du auch, Josh."

Dann verließ sie ohne ein weiteres Wort die Krankenstation. Lian hatte sich auf dem Bett inzwischen aufgesetzt. Als Evelyn Siratja draußen war, sagte sie: „Sie hat herausgefunden, was sie wissen wollte."

„Und was wäre das?" fragte die durch Evelyns Angriff noch immer erregte Ärztin.

„Dass Barker auch dazwischen geht, wenn auf jemand anderen als auf

Lian losgegangen wird!" beantwortete Shadowcat die Frage.

Mandy Benson dachte kurz nach und fragte Josh dann: „Kann ich sie kurz nebenan in meinem Büro sprechen, Barker?"

Josh hatte keine große Lust, sich mit noch einer Frau, der er nicht vertrauen konnte, auseinanderzusetzen. Aber seine Höflichkeit ließ ihn antworten: „Natürlich!"

Er folgte der Ärztin ins Nebenzimmer. Dr. Benson schloss die Tür hinter Josh und forderte ihn auf: „Setzen Sie sich, Barker."

Aber Josh erwiderte, ohne sich zu setzen, darauf: „Machen sie es kurz, Doktor. Sie haben ja gehört, dass ich mit zum Schwimmen muss."

„Also gut", sagte die Ärztin. „Ich wollte Sie nur fragen, wie es ihnen hier gefällt, Barker?"

„Danke", antwortete Josh, „gut."

„Hören Sie Barker", setzte die Ärztin von neuem an, „ich weiß, dass Ihnen hier einiges nicht ganz geheuer vorkommen muss."

„Zum Beispiel?" fragte Josh. Mandy Benson lächelte resigniert und antwortete: „Ich kann es Ihnen nicht verdenken, dass Sie mir nicht vertrauen. Und das ist wohl auch der beste Rat, den ich Ihnen geben kann. Vertrauen Sie hier niemandem, Barker. Hören Sie?"

„Und weshalb nicht?" fragte Josh weiter. „Sie sind doch ein Teil dieser Institution. Was kann Ihnen daran gelegen sein, wem ich vertraue?"

„Ich bin Ärztin, Barker, verstehen Sie?"

„Und?" fragte Josh. „Kommen sie in Gewissensnöte, dass Sie Ihren hippokratischen Eid nicht einhalten können?"

„Sparen sie sich Ihren Zynismus, Barker", antwortete Dr. Benson. „Den Eid des Hippokrates gibt es schon lange nicht mehr. Heute gibt es das Genfer Gelöbnis, oder um genau zu sein, die Genfer Deklaration."

„Aha", erwiderte Josh und fragte, „Und was ist das?"

„Sinngemäß das Gleiche wie der Eid des Hippokrates, nur zeitgemäßer."

Josh zuckte mit den Schultern und sagte: „Hören Sie Doktor, das ist ja wirklich sehr interessant. Und es macht auch ungemein Spaß, mit Ihnen zu plaudern. Aber ich habe wirklich keine Zeit. Also wenn Sie mir etwas zu sagen haben, dann sagen Sie es. Ansonsten entschuldigen Sie mich bitte."

Josh wartete eine Sekunde und wendete sich dann der Tür zu.

„Was glauben Sie", fragte ihn Dr. Benson, während er schon die Klinke in der Hand hatte, „wie viele männliche Patienten ich hier schon behandelt habe?"

Josh drehte sich wieder zu der Ärztin um und sah sie fragend an. Eine Weile erwiderte sie seinen Blick und Josh konnte sehen, wie sie innerlich kämpfte. Dann sagte sie: „Zu viele!"

Sie machte eine lange Pause und sagte schließlich: „Ich habe irgendwann dieses Gelöbnis abgelegt, Barker."

Wieder machte sie eine Pause, während der sie überlegte. Dann fuhr sie eindringlich fort: „Ich möchte Sie nicht als meinen nächsten Patienten haben."

„Und was bedeutet das?" fragte Josh. Mandy Benson antwortete nicht. Und Josh fragte erneut: „Was raten Sie mir, Doktor?"

„Verschwinden Sie von hier, solange Sie noch können", antwortete Dr. Benson hastig flüsternd.

„Weshalb?" forschte Josh weiter. Dr. Benson schüttelte den Kopf und antwortete: „Das kann ich Ihnen nicht sagen."

„Und wie sollte ich von hier wegkommen?" fragte Josh. Mandy Benson dachte angestrengt nach. Und Josh erkannte, dass sie sich darüber selbst noch keine Gedanken gemacht hatte.

„Vielleicht mit dem Flugzeug, das Trisha wegbringen soll?" fragte Josh. Dr. Benson sah ihn entsetzt an und streckte abwehrend ihre Hände aus.

„Nein, auf keinen Fall!" antwortete sie. Sie nahm an, dass Barker sie beobachtet haben musste, als sie ihrer Patientin nach draußen hinterher gelaufen und sie in die Krankenstation zurück geholt hatte. Aber Josh hatte diese Informationen von Shadowcat bekommen, deren Stimme er eben erst in seinem Kopf gehört hatte.

„Gehen Sie jetzt!" forderte Dr. Benson Josh auf und drängte ihn zur Tür. „Ich kann Ihnen wirklich nicht mehr sagen."

Josh ging ohne Widerstand in den Behandlungsraum zurück, in dem Lian sich inzwischen wieder von dem Bett erhoben hatte und auf Marijana und Shadowcat gestützt auf ihn wartete. Josh sah Shadowcat tief in die Augen und dankte ihr stumm für die Information, die sie ihm geschickt hatte. Dann blieb sein Blick auf Lian hängen, die noch immer nackt war.

Bist Du sicher, dass Du schon wieder gehen kannst? fragte er sie ebenso schweigend.

Lian nickte und erwiderte auf dieselbe Weise: *Sie sollen mich sehen. Sie sollen sehen, dass Tatsu Li mich nicht gebrochen hat!*

Josh nickte. Er verstand die Beweggründe des Mädchens nur zu gut. Wäre Lian jetzt wehklagend im Bett geblieben, wäre sehr schnell wieder vergessen worden, wie gut sie gegen die unbesiegbare Tatsu Li gekämpft hatte. Dann wäre sie für alle doch nur eine Schülerin gewesen, die sich übernommen hatte. Wenn sie jetzt aber stolz aufstand und alle Schmerzen und Spuren des Kampfes ignorierte, dann würde wohl niemand wagen, sie nicht ernst zu nehmen.

Meine tapfere, kleine Lian! dachte Josh. Lange blicke er sie voller Liebe an. Sie war so unendlich schön. Und ihr kleiner, zarter und dabei so zäher Körper, der übersät mit blauen Flecken war, zog ihn unwiderstehlich an. Josh hätte Lian am liebsten in seine Arme genommen und sie von Kopf bis Fuß mit zarten Küssen bedeckt. Nach einigen Augenblicken fragte er sie nicht nur aus Selbstschutz: *Willst Du Dich nicht wenigstens wieder anziehen?*

Lian schüttelte den Kopf. *Sie sollen mich sehen, mit allen Spuren des Kampfes!* Josh nickte und nahm ihre Kleidung vom Stuhl. Marijana und Shadowcat stützten Lian bis sie an der Tür waren. Abebi öffnete. Und dann trat Lian allein und ohne Hilfe nach draußen. Marijana, die von Josh Lians Kleidung übernommen hatte, Shadowcat und Abebi folgten ihr durch die Tür und nebeneinander gingen sie zum Haupteingang des Gebäudes. Josh blieb noch an der Tür der Krankenstation stehen und sah den vieren hinterher. Sein Blick schweifte über die Fassade des drohenden Gebäudes, das er von dem Seitenflügel aus, wo er stand, gut überschauen konnte. Überall hinter den Fenstern und auf den Balkonen sah er die Schülerinnen und Lehrerinnen Lians Triumphzug beobachten. Und stärker noch, als während des Kampfes setzte jetzt ein tosender Beifallssturm für Joshs kleine Geliebte ein, der ihn mit Stolz erfüllte. Aus dem Büro kam Dr. Benson und stellte sich an seine Seite. Sie wollte fragen, was da vor sich ging. Aber sie hatte die Situation so schnell erfasst, dass sich diese Frage erübrigte. Voller Bewunderung blickte sie dem tapferen, kleinen Mädchen hinterher und stimmte in den Applaus mit ein.

Erst als die Mädchen im Gebäude verschwunden waren, ging auch Josh zum Haupteingang des Internats, um zu seinen Zimmern zu gelangen und sich seine Badesachen zu holen.

Als die vier Mädchen in ihren Zimmern ankamen, setzte sich Lian mühsam auf ihr Bett.

„Ich glaube", sagte sie zu ihren Schwestern, „wir müssen bald Farbe bekennen. Wir haben grad sehr deutlich demonstriert, dass Abebi zu uns gehört."

„Stimmt", erwiderte Marijana und führte den Gedanken weiter aus. „Und wenn wir schon so weit sind, dass wir allen zu verstehen geben, dass wir nicht zulassen, dass dieses Ei zerschlagen wird, ..."

„... dann werden wir auch bald unsere Zugehörigkeit zu Josh offenbaren müssen!" beendete Shadowcat den Satz. Abebi kniete sich hinter Lian auf das Bett, legte behutsam ihre Arme um sie und küsste zärtlich und mit einer noch nicht überwundenen Schüchternheit ihren Nacken.

„Ich glaube", sagte sie leise und in Gedanken versunken, „Josh spaltet durch seine Art die Bewohnerinnen dieser Insel ein wenig. Ich glaube, es wollen ihn nicht alle in der Rolle eines Opfers sehen. Und Du hast Dir durch Deinen Kampf gegen Tatsu Li einen Heldenstatus erworben, durch den ich anfange zu begreifen, was dieser Sportsgeist ist. Du hattest die Schülerinnen und die meisten der Lehrerinnen auf Deiner Seite. Und wenn es dazu kommen sollte, dass Josh, oder eine von uns in Gefahr gerät, könnte uns die Achtung, die sie vor Dir gewonnen haben, von großem Nutzen sein. Aber ich glaube, oder besser gesagt, ich befürchte, die Zeit läuft uns davon. Wir haben niemanden, der wirklich auf unserer Seite steht."

„Was ist mit den Männern, von denen Du erzählt hast", fragte Marijana, „die auf der Farm? Würden die nicht Josh helfen?"

Abebi blickte Marijana traurig an und schüttelte den Kopf.

„Diese Männer", erwiderte sie, „sind großteils keine Männer mehr."

Marijana, Shadowcat und Lian sahen Abebi fragend an und Abebi erklärte: „Sie haben ihnen das abgeschnitten, was sie zu Männern macht, soweit ich weiß."

Die Mädchen waren entsetzt von dieser Mitteilung, wenn auch nicht mehr wirklich überrascht. Nach Liz Knighthams Demonstration in der Sexualkundestunde war so etwas zu erwarten gewesen. Lian klammerte sich zitternd an Abebis Arm fest. Ihr war ebenso wie Shadowcat und Marijana bewusst, dass dieses Schicksal auch Josh bevorstand, wenn sie es nicht verhindern konnten.

Marijana fragte nach einer Weile: „Aber würden sie nicht auch ihrem Schicksal entkommen wollen?"

Abebi schüttelte den Kopf und antwortete: „Ich weiß es nicht. Ich habe sie nie gesehen. Der Betrieb ist auf einer eigenen Insel im Süden und wird von hohen Mauern eingeschlossen. Ich weiß nur, dass einige Lehrerinnen immer wieder zu ihnen fahren, …"

„Also gibt es ein Boot!" warf Shadowcat ein.

„Auch das habe ich nie gesehen", antwortete Abebi. „Sie fahren zu ihnen, um sich mit ihnen zu vergnügen. Und manchmal, wenn der Wind aus Süden weht, kann man hier noch die Schreie der Männer hören. Manchmal nehmen sie auch Schülerinnen mit. Liz Knightham war schon öfter dabei. Aber sie ist unzufrieden, weil es dort keine Männer mehr gibt, die noch Schwänze und Eier haben, zumindest keine, mit denen sie sich vergnügen darf. Und Liz ist ganz wild drauf, einen Mann zu quälen und zu kastrieren. Sie ist richtig besessen von dieser Vorstellung. Ich glaube, die Männer, die dort sind, haben ihren Kampfgeist völlig verloren. Sie sind nur noch die willenlosen Sklaven ihrer Herrinnen und Peinigerinnen."

Abebis Zuhörerinnen versanken in tiefes Schweigen, das Lian erst nach einer Weile wieder brach, indem sie sagte: „Wir müssen uns fertig zum Schwimmen machen."

Und während sie schon ihr Badetuch packte und es sich als einziges Kleidungsstück um die Hüfte band, sagte sie noch: „Josh wird jedenfalls nicht allein dastehen, wenn die Meute über ihn herfallen will."

„Nein, das wird er nicht!" bestätigte Shadowcat, zog sich aus und band sich ebenfalls nur ihr Badetuch um die Hüfte. Marijana und Abebi folgten diesen Beispielen. Und so liefen sie alle vier nur mit einem Badetuch bekleidet nach unten, wo schon fast alle Schülerinnen komplett waren.

Auch Josh wartete schon etwas abseits.

„Wir gehen zu ihm!" flüsterte Shadowcat den anderen dreien zu. Und ohne auf eine Antwort zu warten, ging sie voraus und stellte sich an Joshs Seite. Marijana, Lian und Abebi folgten ihr sofort und stellten sich ebenso selbstverständlich zu Josh, was ihnen sehr viele verständnislose Blicke einbrachte. Endlich erschien auch Evelyn Siratja mit Zoe Lisann. Josh hatte die Lehrerin für Schwimmen und Turnen schon einmal im Speisesaal bemerkt. Sie war etwa in Evelyns Alter, fünf bis sechs Zentimeter kleiner als sie und hatte dunkelbraune, fast schwarze, schulterlange Haare. Sie trug, ebenso wie Evelyn nur einen leichten, durchscheinenden Wickelrock und ein winziges Bikinioberteil.

„Barker!" grüßte sie, als sie auf ihn zuschritt und Josh erwiderte nickend ihren Gruß, während er noch ihre perfekte Figur bewunderte. Dann entdeckte Zoe Lisann Lian und sagte bewundernd: „Lian Lara, unsere kleine Kämpferin! Du musst nicht mitkommen. Du kannst Dich heute ruhig von Deinem Kampf erholen."

„Ich möchte aber gerne mitkommen", erwiderte Lian.

Und Lisann meinte darauf: „Wie Du meinst, Lian."

Dann wendete sie sich an die übrigen Schülerinnen und fragte: „Sind wir dann komplett?"

„Es sind alle da", antwortete Evelyn. Und Zoe Lisann forderte die Gruppe auf: „Dann folgt mir."

Sie wanderten nach Nordwesten, in etwa in die Richtung, wo Jessicas ‚Mother of Pearl' geankert hatte. Nur folgten sie dann noch weiter der Küste, bis sie zu einer abgeschiedenen Bucht gelangten, die von hohen, steilen Felsen gesäumt war, zwischen denen sich ein malerischer, weißer Strand verbarg. Die Schülerinnen, sowie auch Evelyn und Zoe breiteten ihre Badetücher aus und zogen sich nackt aus. Josh hatte schon mit Bedenken registriert gehabt, dass Marijana, Shadowcat, Lian und auch Abebi keine Bikinioberteile getragen hatten. Und viele andere Schülerinnen waren ebenfalls schon mit nacktem Oberkörper zu ihrer Exkursion aufgebrochen. Josh selbst hatte sich schnell geduscht und sich dann eine kurze Hose und ein kurzes Hemd angezogen, bevor er zum Treffpunkt am Eingang des Internats gegangen war. Die anderen Mädchen waren ihm egal gewesen. Er verschwendete keinen einzigen Gedanken an sie. Nur der Anblick seiner vier so sehr geliebten Mädchen gab ihm Grund zu der Befürchtung, dass sein Körper verräterisch auf sie reagieren könnte. Insofern versuchte er, sie nicht allzu viel anzusehen, was ihm aber alles andere als leicht viel, um nicht zu sagen, unmöglich für ihn war. Immer wieder wanderte sein Blick auf die zarten, schlanken Gestalten, die sich geschmeidig und immer seine Nähe suchend mit der Gruppe bewegten. Auf ihre stumme, telepathische Art erzählte Shadowcat ihm unterwegs alles, was in der Kampfsport- und vor allem in der Sexualkundestunde passiert war. Und Josh gab durch nichts zu erkennen, dass er auf irgend etwas anderes als auf den Weg und die Schönheit der tropischen Insel achten würde, während ihm das Ausmaß der Gefahr, in der er schwebte, bewusst wurde.

Ihr tut mir keinen Gefallen damit, dass ihr mir ausgerechnet jetzt so viel von euch zeigt, mein Herz! meinte Josh, nachdem Shadowcat ihren Bericht beendet hatte. Shadowcat spürte die Liebe in Joshs Stimme, die sie doch nur in ihrem Kopf und in ihrem Herzen hören konnte. Kurz wendete sie sich zu ihm und sah ihm tief in die Augen, um auch ihm ihre Liebe zu zeigen, ihre Liebe, die weit über ihr körperliches Begehren hinausging und die Josh durch ihre Augen in der Tiefe ihrer Seele sehen konnte. Diese Liebe war so groß, so rein, so unendlich. Josh lief Gefahr, sich in Shadowcats Augen zu verlieren, als er warnend Abebis Stimme in seinem Kopf hörte.

Achtung! Nur dieses eine Wort erreichte sowohl Josh, als auch Shadowcat. Und beide verstanden sofort, dass sie beobachtet wurden. Ihre Blicke trennten sich so plötzlich, wie sie sich getroffen hatten. Und nichts deutete mehr darauf hin, dass die beiden irgendein Interesse aneinander haben könnten. Shadowcat unterhielt sich angeregt mit Marijana und Josh beobachtete weiter die ihm unbekannten Vögel in den Ästen der Baumriesen. Langsam ließ sich Josh zurückfallen, um ein wenig Distanz zu der Gruppe zu bekommen. Vor seinen Augen sah er noch die vier geliebten Mädchen. Die engelsgleiche Marijana, deren blonde Haare golden in der tropischen Sonne leuchteten und ihr schwer auf den Rücken fielen, war ein Stück vor ihm gegangen. Er hatte ihren schlanken Rücken bewundert, auf dessen beiden Seiten er die Wölbungen ihrer traumhaften Brüste sehen konnte, die sich ganz leicht im Takt ihrer Schritte bewegten. Um ihre schmale Hüfte hatte sie ihr Badetuch gebunden, durch das sich deutlich die festen, runden Konturen ihres verführerischen, kleinen Hinterns abzeichneten. Wie gern hätte er von hinten seine Arme um Marijana geschlungen, ihren Nacken geküsst und ihr ins Ohr geflüstert, wie sehr er sie liebte. Wie gern hätte er sich vor sie hingekniet, ihre kleinen, zarten Knospen auf ihren großen, festen Brüsten mit zärtlichen Küssen bedeckt und sein Gesicht zwischen diesen Brüsten begraben. Aber diese Gefühle, die er für Marijana hatte und all die leidenschaftliche Sehnsucht, mit der sich sein Körper und sein Herz nach ihr verzehrte, die hatte er in gleichem Maße auch für Shadowcat und Lian, die er jetzt am liebsten auf seinen Armen getragen hätte, um ihrem armen, geschundenen Körper die Strapazen dieser Wanderung zu ersparen. Jedes dieser drei Mädchen besaß seine ganze Liebe. Sie waren so verschieden und doch Eins! Und jetzt war auch noch Abebi dazu gekommen. Abebi, das kleine Mädchen, dessen Brüste erst anfingen, sich zu entwickeln, das nach den Gesetzen seiner Heimat dennoch längst als erwachsen galt und das seit zwei Jahren verheiratet sein sollte.

Ich spüre Deine Gedanken auf meinem Körper! hörte er Abebi in seinem Kopf sagen. Er war so weit hinter der Gruppe zurückgeblieben, dass er sie nicht mehr sehen konnte. Und doch konnte er auf telepatische Weise mit Abebi sprechen. Josh wunderte sich nicht darüber, als er das feststellte. Es war so, als ob es völlig normal und schon immer so gewesen wäre.

Und ich habe den Geruch Deiner Haut in meiner Nase, Abebi! antwortete er deshalb, ohne sich über die Unmöglichkeit dieser Unterhaltung Gedanken zu machen.

Ich würde Deine Hände und Deine Lippen gern auf meiner Haut spüren, Josh! erwiderte Abebi. Und dann mischte sich Shadowcat in das telepatische Gespräch, indem sie sagte: *Das würde ich auch so gerne! Aber bevor wir uns unbeschwert wieder berühren und lieben dürfen, müssen wir Dich von hier fort und in Sicherheit bringen, Josh.*

Auch Lian beteiligte sich jetzt an dieser Unterhaltung.

Das stimmt, sagte sie. *Wir müssen so schnell wie möglich von dieser Insel weg.*

Shadowcat dachte an das, was Abebi erzählt hatte und erwiderte: *Irgendwo muss es ein Boot geben, mit dem man auf die Insel mit dem landwirtschaftlichen Betrieb kommen kann.*

Ja, das stimmt, bestätigte Abebi. Und jetzt zeigte auch Marijana, dass sie ebenfalls auf telepatische Weise mit den Menschen verbunden war, die sie ihre Familie nannte. *Dann lasst uns heute Nacht nach diesem Boot suchen,* schlug sie vor.

In dem Moment erreichten die Mädchen mit der Gruppe die Bucht. Überwältigt von der Schönheit dieser unberührten Natur blieben sie stehen und Marijana fragte die anderen: „Wie kann es in so einem Paradies nur so viel kalte Grausamkeit geben?"

Keine der drei hatte eine Antwort auf diese Frage. Sie sahen zu, wie die anderen Schülerinnen und auch Zoe Lisann und Evelyn ihre Badetücher in den Sand legten und sich ausnahmslos nackt auszogen. Abebi ließ ihren Blick über die nackten Gestalten wandern und fragte sich nur stumm: *Wie kann es nur sein, dass Josh mich liebt? Marijana, Lian und Victoria sind so traumhaft schön. Aber ich bin nicht annähernd so schön, wie irgendeine der anderen Schülerinnen oder Lehrerinnen von St. Bernadette.*

Marijana schloss Abebi in ihre Arme, drückte sie an sich und küsste sie, ungeachtet der Tatsache, dass sie vom Strand aus gesehen werden konnten.

„Du bist weitaus schöner, als Du denkst, kleine Schwester!" versicherte sie ihr. Und Shadowcat und Lian bestätigten das stumm!

Die vier Mädchen zogen sich ebenfalls nackt aus und breiteten ihre Badetücher etwas abseits von den anderen in den weißen Sand. Sie legten sich hin und genossen die Strahlen der Sonne auf ihren jungen Körpern, während sie darauf warteten, dass auch Josh in der Bucht erschien. Die anderen Mädchen tobten wild, ausgelassen und vergnügt herum, bis Zoe Lisann sie zur Ordnung rief. In dem Moment erschien auch Josh gemütlich schlendernd am Strand. Als er sah, dass alle Schülerinnen und auch die beiden Lehrerinnen vollkommen nackt waren, blieb er wie angewurzelt stehen. Er sah, wie Lisann einige Worte mit Evelyn wechselte. Dann kam Evelyn auf ihn zugelaufen. Josh beobachtete das Wippen ihrer festen Brüste, während sie mit kalter Berechnung seinen Blick durch ihre aufreizende, nackte Sportlichkeit zu fesseln verstand. Die Schülerinnen und auch Zoe beobachteten Evelyn und auch Josh und versuchten eine Reaktion von Josh zu erhaschen. Aber er wartete nur bewegungslos und ohne eine Miene zu verziehen, bis Evelyn bei ihm ankam. Irgendwie war er selbst noch immer erstaunt darüber, dass ihn der Anblick von Evelyns perfektem Körper absolut kalt ließ. Er musste sich sogar sehr beherrschen, um seinen Blick nicht zu Marijana, Lian, Shadowcat und Abebi wandern zu lassen, während er auf Evelyns Ankunft wartete. Evelyn fragte Josh nicht mehr danach, warum er nicht näher kam. Sie wusste es schließlich ganz genau. Und deswegen sagte sie sofort zu ihm, als sie ihn erreichte: „Stell Dich nicht so an, Josh. Denk Dir einfach, Du wärst auf einem FKK-Strand. Oder hast Du Angst vor ein paar Mädchen?"

Josh wunderte sich darüber, mit welcher Kaltschnäuzigkeit Evelyn ihre Rolle spielte. Sie wusste doch ganz genau, dass Josh nicht mehr so arglos war, um sie nicht zu durchschauen, auch wenn sie nicht wissen konnte, wie viel er tatsächlich schon wusste.

„Gibt es denn einen Grund dafür, Angst vor den Mädchen zu haben?" fragte er zurück. Und Evelyn konnte deutlich den süffisanten Unterton in seiner Stimme hören, als er die Frage noch erweiterte mit: „Oder vor den Lehrerinnen?"

Sie spürte, dass Josh misstrauisch war. Aber sie wusste, dass er nichts machen konnte. Er war die Fliege, die hilflos im Netz von St. Bernadette zappelte. Und es bereitete ihr ungemein Freude, ihn zappeln zu sehen. Sie wollte ihn weiter zappeln lassen, wollte ihn weiter im Ungewissen lassen und ihn mit ihren eigenen Reizen und denen ihrer Kolleginnen und Schülerinnen immer tiefer in dieses Netz locken, bis er sich nicht einmal mehr selbst daraus befreien wollen und zu einem willenlosen Opfer werden würde. Bisher schien er ziemlich wenig auf die Reize zu reagieren. Aber als einziger Mann unter all den Frauen und Mädchen würde er nicht lange so kalt und abweisend bleiben können. Das konnte kein Mann. Das ließen die Hormone eines Mannes einfach nicht zu. So viele Frauen und Mädchen, die fast durchwegs Modelqualitäten besaßen, nackt um sich zu haben musste sehr schnell zu einem Überdruck führen, dem er auf Dauer nicht durch Selbstbefriedigung Herr werden konnte.

„Jetzt komm mit Josh, damit Zoe ihren Unterricht beginnen kann", forderte Evelyn Josh auf, während sie nach seinem Handgelenk griff und ihre Brüste dabei wie zufällig seinen Arm streiften. Josh hätte nicht einmal geleugnet, dass sich diese Berührung gut anfühlte. Aber er dachte dabei nur an Marijana, Lian, Shadowcat und Abebi, denen er einen kurzen Blick schenkte, als Evelyn sich von ihm abwandte, um ihn mit sich zu ziehen.

„Diese Schlange!" flüsterte Marijana. Und Shadowcat erwiderte ziemlich gelassen darauf: „Sie wird sich an Josh ihre Giftzähne ausbeißen."

Sie folgten Evelyn und Josh zu den anderen. Und Zoe Lisann begann ihren Unterricht. Nackt wie sie war, stellte sie sich selbstbewusst vor die Schülerinnen, Evelyn und Josh hin und klatschte in die Hände, um die Aufmerksamkeit all derer zu bekommen, die sich noch unterhielten.

„Wir haben heute zum ersten mal Josh Barker beim Schwimmen dabei", begann sie. „Nachdem ihr ihn schon alle kennt, brauche ich ihn euch nicht erst vorzustellen."

Dann wendete sie sich an Josh und fragte: „Wollen sie sich nicht ausziehen, Barker? Ich erwarte, dass Sie auch ins Wasser gehen und nicht nur vom Ufer aus zusehen."

„Tatsächlich?" fragte Josh und Zoe Lisann antwortete darauf: „Sie sind aktiver Sportler, soweit ich informiert bin. Ich hoffe also, dass Sie unsere Schülerinnen zu noch größerer Leistung motivieren können, wenn Sie selbst mit schwimmen." Das Argument leuchtete Josh ein und er erwiderte: „Ich verstehe."

„Gut", antwortete Lisann und wendete sich dann wieder an die ganze Gruppe. Sie deutete auf einen der steilen Felsen, die die Bucht begrenzten. Er ragte senkrecht gute sechseinhalb bis sieben Meter aus dem Meer empor und war nur über einen schmalen Pfad über einen Felskamm zu erreichen.

„Von dort oben", erklärte Lisann „springt ihr ins Meer, schwimmt zu dem einzelnen Felsen dort draußen am Riff, klettert über ihn drüber und schwimmt von dort zu der Felsnase am anderen Ende dieser Bucht. Josh Barker und ich werden euch das Ganze vormachen. Und ich erwarte, dass keine von euch länger als drei Minuten dafür benötigt. Eve, Du stoppst die Zeit."

„Worauf wartest Du?" fragte Evelyn Josh. Josh zog sich bis auf seine Badehose aus. Und Lisann sagte zu ihm: „Die können Sie hier ruhig ausziehen."

Josh lächelte. Er hatte diese Aufforderung direkt erwartet. Aber er sparte es sich, darauf zu antworten und ging zum Fuß des steilen Felsens von dem die Schülerinnen springen sollten. Dort sprang er erst einmal ins Wasser, um sich davon zu überzeugen, dass es auch tief genug war, damit sich niemand verletzen konnte. Und als er sich davon überzeugt hatte, folgte er Lisann nach oben, während die Schülerinnen am Strand bei Evelyn Siratja warteten, um von hier das Schauspiel des Wettkampfes zu verfolgen.

„Ich habe mitbekommen, dass Sie mit Evelyn bereits per Du sind", sagte Lisann, während sie nach oben gingen. „Können wir auch Du sagen?"

Für Josh hatte das keine Bedeutung mehr. Er fragte sich eigentlich nur, warum sich hier alle noch die Mühe machten, ihm etwas vorzuspielen. Gut, dass er unter den Schülerinnen vier Verbündete hatte, die ihm alles erzählten, was er noch nicht wissen sollte, das konnten sie nicht wissen. Aber trotzdem hatte seit seiner Ankunft niemand auch nur den Versuch unternommen, ihm irgendeine Freundlichkeit zu erweisen. Und es wusste auch jeder, dass er wusste, dass in der vergangenen Nacht jemand versucht hatte, ihn auszuspionieren; jemand, der diesen Versuch mit einem Auge bezahlt hatte. Der einzige Grund, der Josh daran hinderte, Veronika Vranja, Evelyn, oder irgend einer anderen Lehrerin oder Schülerin auf den Kopf zuzusagen, dass er sie durchschaute und dass er wusste, was hier vor sich ging, war der, dass er Zeit gewinnen wollte; genug Zeit, um eine Möglichkeit zur Flucht zu finden, und zwar nicht nur für sich, sondern auch für die Männer, die nach allem, was er wusste, auf der Farm gefangengehalten wurden. Während Josh zu Zoe Lisann aufblickte, die auf dem schmalen, steilen Pfad vor ihm und damit so erhöht stand, dass er ihre vollen, runden Brüste direkt vor seinen Augen hatte, fiel ihm plötzlich und ohne direkten Anlass die Zeichnung ein, die er noch zuhause von Marijana, Lian und Shadowcat angefertigt hatte. Bisher waren seine Zimmer unberührt geblieben. Aber jetzt hatte er das unbestimmte Gefühl, als ob sein Geheimnis nicht mehr sicher wäre. Und noch bevor er zu einer Antwort auf Lisanns Frage ansetzte, wendete er sich telepatisch an Shadowcat:

Victoria mein Herz, kannst Du ganz schnell ins Internat zurücklaufen und aus meinem Schlafzimmerschrank die Zeichenmappe nehmen? Darin befindet sich eine Zeichnung, die ich von Marijana, Lian und Dir gemacht habe. Bring sie bitte in Euer Zimmer. Mein Zimmerschlüssel ist in meiner Hosentasche.

Josh musste nicht mehr erklären. Shadowcat wusste, dass seine telepatischen Fähigkeiten in den letzten Tagen, wenn nicht erst seit gestern oder heute enorm gewachsen waren. Und nicht nur seine. Selbst Marijana war jetzt in der Lage, auf diese Weise in ihrer kleinen Familie zu kommunizieren. Schlagartig war diese Art der Verständigung für sie alle selbstverständlich geworden. Shadowcat führte das daraufhin zurück, dass durch Abebi eine zweite Kraft, die noch stärker war, als ihre eigene, zu ihnen gestoßen war. Und durch die Kraft dieser Verbindung waren diese Fähigkeiten auch bei Marijana, Lian und Josh aktiviert worden. Zumindest war das die einzige Erklärung, die Shadowcat dafür anbringen konnte; die einzige Erklärung, die ihr plausibel erschien, wenn es überhaupt eine plausible Erklärung für etwas so übernatürliches wie Telepathie geben konnte. Wenn Josh in der Lage war, sie auf diese Weise, ohne Sichtkontakt aus großer Entfernung anzusprechen, dann konnte er durchaus auch in der Lage sein, eine Gefahr zu spüren, die seine und ihre Sicherheit gefährdete. Er hatte nie von dieser Zeichnung erzählt. Und es erfüllte Shadowcats liebendes Herz mit Stolz, von Josh so geliebt zu werden, dass er ein Bild von ihr, Marijana und Lian gezeichnet hatte. Ihr Herz quoll über vor Liebe,

Sehnsucht und Sorge.

Ich bin schon unterwegs! antwortete sie sofort auf Joshs Bitte. Und als ihre Augen Joshs Hose auf seinem Badetuch entdeckten, da schoben sich auch schon Abebi, Marijana und Lian wie eine Wand zwischen Evelyn Siratja mit den anderen Schülerinnen und der Hose. Und Shadowcat konnte ungesehen Joshs Schlüssel an sich nehmen. Dann zog sie sich unauffällig zurück und flog, als sie sich weit genug von der Gruppe entfernt hatte, förmlich dem Internat zu.

„Gern," antwortete Josh auf Zoe Lisanns Frage und streckte ihr die Hand entgegen. Die Schwimmlehrerin nahm seine Hand und beugte sich dabei etwas nach vorne. Dabei verlor sie für einen Moment das Gleichgewicht und ihre Brüste hätten Joshs Gesicht gestreift, wenn er nicht zurückgewichen wäre.

„Entschuldigung!" sagte Lisann für ihre Ungeschicklichkeit, während sie noch Halt an Joshs Hand suchte. Dann lächelte sie ihm schon ins Gesicht und sagte: „Zoe!"

„Josh!" erwiderte Josh und fragte nach zwei Sekunden, während denen sie sich in die Augen gesehen hatten, und nach denen das Schweigen peinlich zu werden begann: „Gehen wir nach oben?"

„Natürlich!" antwortete Zoe. „Komm mit."

Sie drehte sich wieder um und stieg weiter vor Josh den Pfad nach oben. Josh lächelte, während er ihren festen, runden Hintern vor seinen Augen hatte und bei jedem Schritt, den Zoe nach oben machte, ihre vollen, fleischigen Schamlippen sich feucht glänzend aneinander reiben sah. Er war sich bewusst, dass er ohne Shadowcat, Marijana, und Lian diesem Anblick, dieser unverblümten Einladung und Aufforderung, dieser Anflehung, die nichts anderes sagte, als ‚Nimm mich!', nicht hätte widerstehen können. So viel Schönheit, gepaart mit geballter Erotik hatte er noch niemals zuvor so erlebt, wie er es jetzt auf St. Bernadette erlebte. Jede Lehrerin und fast jede Schülerin hatte perfekte Maße. Und sie alle bewegten sich völlig nackt und ungeniert in seiner Gegenwart. Und auch wenn sich die Schülerinnen überwiegend sehr ungeschickt darin anstellten, auf ihn anziehend und verführerisch wirken zu wollen, so war doch nicht zu übersehen, dass sie es nach dem missglückten Start von gestern, heute zumindest versuchten. Die Lehrerinnen, vor allem Zoe, waren da ein ganz anderes Kaliber. So, wie sie sich vor Josh den steilen Pfad nach oben bewegte und sich dabei mit den Händen an Wurzeln oder Steinen festhielt, bückte sie sich teilweise so tief, dass Josh sich bewusst ein Stück zurückfallen ließ, um ihrer heißen, feuchten Scheide, deren Geruch er schon in der Nase hatte, nicht zu nahe zu kommen. Nein, ohne die drei Mädchen, wegen denen er auf diese Insel gekommen war, wäre Josh auch nur ein Mann gewesen, der bei diesem Anblick schwach geworden wäre. Aber er wurde nicht schwach. Er dachte noch immer mit seinem Kopf, während sein Penis friedlich in seiner

Badehose schlief; sein Penis, der so außergewöhnlich stark auf Lian, Shadowcat und Marijana reagiert hatte und der auch bei dem Gedanken an Abebi nicht mehr ruhig bleiben konnte. Er gehörte nur diesen drei Mädchen, wegen denen er hierher gekommen war und dem Mädchen, das sie hier noch als einen zu ihnen gehörenden Teil gefunden hatten. Josh wollte sich und seinen Penis von niemand anderem als diesen vier geliebten Mädchen berühren lassen. Und er hatte kein Bedürfnis danach, eine andere Frau oder ein anderes Mädchen, als eines von diesen vieren zu berühren. Er war absolut immun gegen Zoes Verführungsversuche. Und deswegen lächelte er still in sich hinein.

Oben angekommen stellte sich Zoe an die Kante des Felsens und winkte Evelyn und den Schülerinnen am Strand zu. Josh stellte sich neben sie und überblickte kurz die Strecke, die es zu zurückzulegen galt und den Strand. Er sah sofort, dass Shadowcat nicht mehr da war. Und er hoffte, dass sie rechtzeitig im Internat sein und die Entdeckung der verräterischen Zeichnung verhindern konnte, oder dass seine Befürchtung sich gar nicht bestätigte. Aber er konnte dieses Gefühl einer Bedrohung, das ihm so schwer auf der Magengrube lag, nicht loswerden.

Evelyn rief vom Strand aus laut und vernehmlich, so dass Zoe und Josh sie hören konnten: „Wenn ich Los rufe, springt ihr und schwimmt! Seid ihr soweit?"

„Ja!" rief Zoe zurück und Josh hob bestätigend seinen rechten Daumen.

„Also dann", sagte Evelyn, nahm die Stoppuhr in die Hand und hob die zweite Hand. Zoe und Josh machten sich bereit, zu springen. Und Evelyn rief laut: „Los!", während ihr erhobener Arm nach unten sauste und sie den Knopf der Stoppuhr drückte.

Seite an Seite sprangen Zoe und Josh kopfüber ins Meer. Aber Josh tauchte schon fast zwei Meter weiter vom Felsen entfernt in die Fluten ein. Gebannt verfolgten Evelyn und die Schülerinnen das Schauspiel. Zoe tauchte kurz darauf ein paar Meter weiter wieder auf und begann mit kräftigen und gleichmäßigen Stößen in Richtung des Felsens zu kraulen. Sofort wurde sie von den Schülerinnen angefeuert. Als aber nach einigen weiteren Sekunden noch immer nichts von Josh zu sehen war, verstummten die Rufe bald wieder und auch Evelyn suchte unruhig geworden die Wasseroberfläche nach Josh ab.

„Sie befürchten, dass Josh sie um ihr Vergnügen gebracht haben könnte!" flüsterte Lian Marijana und Abebi zu. Sie wusste, wie gut Josh tauchen konnte. Und auch Marijana hatte es gesehen, als sie ihr Picknick an dem kleinen Waldsee gemacht hatten. Und wirklich schoss Josh wie ein Fisch durchs Wasser. Als am Ufer schon fast eine Panik ausbrach, während Zoe etwa zwei Drittel der Strecke zu dem Felsen zurückgelegt hatte, da hörten sie plötzlich einen Pfiff. Alle Blicke wendeten sich dem Felsen zu, auf dem Josh stand und ihnen zuwinkte. Er wartete, bis auch Zoe den

Felsen erstieg. Er wartete auch noch, als sie an ihm vorbeihastete und auf der anderen Seite wieder ins Meer sprang, um der Felsnase, die als Ziel diente, entgegenzuschwimmen. Josh gähnte erst noch und streckte sich. Und während Evelyn zornig über die überhebliche Demonstration seiner Überlegenheit zu werden begann, lächelten sich Marijana und Lian heimlich vergnügt an. Nur Abebi blickte ernst und flüsterte den beiden in Gedanken versunken zu: „Das wäre die Chance für Josh gewesen, zu entkommen!"

Josh sprang Zoe hinterher, die schon einige Meter Vorsprung hatte. Obwohl sie eine ausgezeichnete Schwimmerin war, holte er sie sehr schnell ein und schwamm dann auf dem Rücken neben ihr her. Lian und Marijana dachten über Abebis Worte nach. Sie hatte Recht. Wäre Josh verschwunden geblieben und hätte sich verborgen gehalten, dann hätten ihn alle für ertrunken halten müssen. Und während er sich verborgen gehalten und nach dem Boot gesucht hätte, das es irgendwo geben musste, hätten sie, Marijana, Lian, Shadowcat und Abebi ihn heimlich mit allem versorgen und Vorräte für eine längere Seereise besorgen können. Jetzt war diese Chance vertan. Und wer wusste schon, ob sie sich noch einmal ergeben würde. Jetzt wussten schließlich alle, dass Josh wie ein Fisch schwamm und mühelos über fünfzig Meter tauchen konnte.

Zoe strengte sich bis zum Äußersten an und durchschnitt das Wasser wie der Bug einer schlanken Segelyacht. Aber wie sehr sie sich auch anstrengte, Josh blieb doch immer einen halben Meter vor ihr und begann fröhlich mit ihr zu plaudern.

„Ich liebe das Meer!" sagte er schwärmerisch und fragte Zoe: „Du nicht auch?"

Das war fast zuviel für die Schwimmlehrerin. Außer Liz Knightham hatte sich noch niemand mit ihr messen können. Selbst wenn sie Josh hätte antworten wollen, hätte sie es nicht gekonnt. Sie hatte absolut keine Luft zum Sprechen. Sie brauchte ihren ganzen Atem für die körperliche Anstrengung und musste doch erkennen, dass sie keine Chance hatte, zu gewinnen. Mit völlig ruhigem Atem stieg Josh vor Zoe aus dem Wasser und reichte ihr gentlemanlike die Hand, um ihr ans Ufer zu helfen. Zoe nahm die angebotene Hilfe aber nicht an, stieg schwer atmend neben Josh aus dem Meer und ließ sich erschöpft neben dem Felsen in den Sand fallen.

„Du hast mich ganz schön alt aussehen lassen, Josh!" sagte sie nach einigen Sekunden, als sie wieder genug Atem zum sprechen hatte, sich ihr Busen aber noch schwer hob und senkte.

„Das würde ich nicht sagen", antwortete Josh. „Du schwimmst wirklich gut."

Bisher hatte Zoe das selbst geglaubt. Jetzt entlockte ihr dieses Kompliment aber nur ein bitteres Lachen, an dem sie sich verschluckte und zu ersticken drohte. Josh nahm Zoe an der Hand, zog sie in sitzende Haltung und presste ihr mit der flachen Hand einmal ruckartig auf den

Rücken. Im selben Moment war ihr Hustenanfall zu Ende. Evelyn hatte schon die ersten beiden Schülerinnen auf den Felsen geschickt, als Zoe und Josh bei ihr ankamen.

„Du hast Dich um vier Sekunden gesteigert, Zoe!" sagte sie. Aber bevor sie Josh zum neuen Schulrekord gratulieren konnte, den er aufgestellt hatte, sagte der schon zu Zoe: „Dann scheint das mit der Motivation ja zumindest bei Dir schon mal zu funktionieren."

„Absolut!" gestand Zoe ein.

Erst als Shadowcat das Internat erreichte, wurde ihr bewusst, dass sie nackt hierher gelaufen war. Sie schloss ihre kleine Hand fester um Joshs Zimmerschlüssel und lief möglichst schnell über den freien Platz zum Eingang, weil ihr das unauffälliger erschien, als wenn sie sich angeschlichen hätte. Unbehelligt erreichte sie die Etage, in der sie und auch Josh untergebracht waren. Sie eilte zu Joshs Tür, sperrte auf, trat ein und schloss die Tür wieder hinter sich. Schnell eilte sie in das Schlafzimmer und suchte nach der Zeichenmappe. Es befand sich darin nur das Bild, das er zuhause aus dem Gedächtnis von Marijana, Lian und ihr gezeichnet hatte. Shadowcat nahm es fast ehrfürchtig aus der Mappe. Wie gut er sie getroffen hatte. Shadowcat spürte die Liebe, die in dieser Zeichnung steckte, als sie in ihre eigenen, traurig wirkenden Augen blickte, die trotzdem so voller Leben und Liebe waren. Shadowcat blickte weiter in Marijanas schönes Gesicht mit den großen, sanften Rehaugen und dann in Lians geheimnisvolle und so unergründliche Augen, die den Betrachter unwillkürlich in seinen Bann zogen. Ganz zärtlich legte sie ihre Lippen auf die gezeichneten Lippen ihrer Schwestern, während sie schmerzlich an Lians dunkel verfärbte Schwellungen dachte, die sich so sehr von dieser Zeichnung unterschieden. Während sie das Blatt noch mit den Augen einer Liebenden betrachtete und dabei spürte, wie sich ihre kleinen Brustwarzen vor Sehnsucht und Verlangen zusammenzogen und hart wurden, während sie von einem wohligen Schauer erfasst wurde, nahm sie plötzlich aus dem Augenwinkel eine Bewegung wahr.

Wie hatte sie nur so unaufmerksam sein können? Sie war so in diese Zeichnung versunken gewesen, dass sie alles um sich her vergessen hatte. Und jetzt wurde Joshs Schlafzimmertür langsam und lautlos nach innen geöffnet. Shadowcat sah sich fieberhaft um. Es gab keine Möglichkeit, unerkannt zu entkommen. Hinter ihr befand sich die verschlossene Tür zum Gang, von dem aus zweifellos irgendjemand in Joshs Wohnzimmer gekommen war. Und von da aus kam er jetzt ins Schlafzimmer. Um zur Balkontür zu gelangen, hätte Shadowcat an der sich langsam weiter öffnenden Verbindungstür vorbei gemusst. Sie hatte keine Zeit zum Überlegen. Instinktiv trat sie gegen die Tür, hinter der sie jetzt den leisen Atem der sich anschleichenden Person hören konnte. Es gab einen dumpfen Schlag und einen unterdrückten, fluchenden Aufschrei. Und im nächsten Moment hasteten fast lautlose Schritte durch Joshs Wohnzimmer in den Gang und verschwanden. Schnelle rollte Shadowcat die Zeichnung zusammen, eilte ebenfalls durch Joshs Wohnzimmer und verließ es durch die Tür zum Gang. Sie verschloss die Tür wieder gewissenhaft, lief über den Gang in ihr eigenes Zimmer und verstaute die Zeichnung in ihrer eigenen Zeichenmappe. Als sie dann schnell wieder zurück zu der Bucht laufen wollte, hörte sie wieder Schritte im Gang; Diesmal aber von mehreren Personen. Shadowcat konnte deutlich hören, dass die Personen im Gang Schuhe trugen. Und sie hörte auch Veronika Vranjas Stock und das Tapsen von Paula Rubens Dobermännern. Nachdem sie all diese Geräusche so deutlich hören und zuordnen konnte, nahm sie an, dass der Eindringling, der so leise gewesen war, barfuss gewesen sein musste. Vorsichtig spähte sie durchs Schlüsselloch und sah Veronika Vranja, Arlana Po und Paula Ruben der einäugigen Trisha, die sich ein blutdurchtränktes Tuch auf ihre Nase drückte, folgen. Direkt vor Shadowcats Tür drehte sich die Sexualkundelehrerin Arlana Po zu Paula Ruben um.

„Komm schon, Paula. Und bring die Köter mit!" sagte sie mit unterdrückter Stimme. Ganz offensichtlich wollten sie trotz ihrer lauten Schritte nicht gehört werden. Was aber noch interessanter war, als diese Feststellung, war die Tatsache, dass Po nur einen leichten Wickelrock trug, wie es viele Lehrerinnen und Schülerinnen auf St. Bernadette taten. Ihre Brüste waren nackt. Und als sie sich zu Paula Ruben umdrehte, konnte Shadowcat sie deutlich sehen. Sie dachte an Joshs Bericht von der Sado-Maso-Nummer in Frau Vranjas Folterkammer. Josh hatte deutlich blutige Striemen auf Arlana Pos Brüsten gesehen. Und das war erst gestern gewesen. Shadowcat konnte keine Spur davon entdecken. Arlana Pos Brüste waren absolut unberührt von irgendwelchen Peitschenhieben.

Shadowcat hatte keine Zeit, sich Gedanken darüber zu machen. Aber irgendwie schlich sich sofort die Vermutung in ihren Kopf, dass Arlana Po sich nur zum Schein für Josh in diese Rolle begeben hatte. Und das warf wiederum die Frage auf, wessen Blut Josh dann auf Po und auf Veronika Vranjas Stock gesehen hatte. Konnte es sein, dass Frau Vranja nicht nur in dem landwirtschaftlichen Betrieb ihrem Hobby frönte, Männer zu misshandeln, sondern dass sie sie sich auch in ihre Wohnung bringen ließ?

Shadowcat schreckte aus ihren Gedanken, als sie einen der Dobermänner auf der anderen Seite der Tür laut schnüffeln hörte. Sie hatte jetzt wirklich keine Zeit, sich über all das Gedanken zu machen. Es fiel ihr nicht schwer, sich gedanklich mit dem Hund in Verbindung zu setzen und ihn von der Tür wegzuschicken, bevor jemand von den anderen auf ihn aufmerksam werden konnte.

„Ich geh' da nicht mehr rein", flüsterte Trisha ängstlich vor Joshs Tür. Sie war außerhalb von Shadowcats Blickfeld. Und Shadowcat fragte sich, ob sie weiter lauschen, oder ob sie zur Bucht zurückkehren sollte.

„Lass mich mal vorbei", sagte Frau Vranja leise, aber energisch. Dann hörte Shadowcat, wie Joshs Türklinke gedrückt wurde. Und Frau Vranja stellte fest: „Es ist verschlossen."

„Grad eben war die Tür noch nicht zugesperrt", erwiderte Trisha. Und ihre Stimme klang dumpf durch das Tuch, das sie sich auf ihre anscheinend gebrochene Nase drückte. Shadowcat hörte einen Schlüsselbund klappern und dann das Aufschließen einer Tür.

„Geh vor, Paula!" befahl Veronika Vranja. Und Trisha fragte mit zitternder Stimme und unter Schmerzen: „Kann ich jetzt gehen? Ich hab schon ein Auge verloren. Mandy soll wenigstens meine Nase richten."

„Du bleibst hier!" antwortete Frau Vranja streng, versuchte Trisha aber immerhin damit zu beruhigen, dass sie sagte: „Das Flugzeug kommt morgen früh und bringt Dich in eine Spezialklinik in Spanien."

„In Spanien?" fragte Arlana Po verwundert und Shadowcat konnte durch die Tür spüren, wie sie damit Trishas Verunsicherung und Furcht schürte. Aus Joshs Zimmern war jetzt Paula Rubens Stimme zu hören.

„Hier ist niemand", sagte sie.

Obwohl sie die verräterische Zeichnung aus Joshs Zimmer geholt hatte, versuchte Shadowcat fieberhaft eine Möglichkeit zu finden, Veronika Vranja und ihre Gefolgsleute wegzulocken, ohne selbst dabei sichtbar zu werden. Die Vorstellung, dass diese Frauen Joshs Sachen durchwühlen, widerte Sie an. Sie wusste, dass sie eigentlich keine Zeit hatte und so schnell wie möglich zum Schwimmunterricht zurück musste, bevor ihr Fehlen auffiel. Aber sie konnte so nicht einfach verschwinden und denen das Feld überlassen. Bevor sie sich überhaupt klar darüber wurde, was sie unternehmen konnte, hatte sie schon wieder eine gedankliche Verbindung zu den Dobermännern hergestellt. Plötzlich begannen die Hunde zu winseln und liefen wie von der Tarantel gestochen davon, den Gang entlang und verschwanden irgendwo im Treppenhaus. Shadowcat hörte die Verwirrung, die dadurch entstand.

„Was ist mit den Kötern los?" schrie Frau Vranja, die von einem der Hunde umgerannt worden war und der jetzt von Arlana Po auf die Füße geholfen wurde.

„Ich hab keine Ahnung", antwortete Paula Rubens „So haben sie sich noch nie verhalten. Wahrscheinlich haben sie eine Gefahr gewittert. Wir sollten uns hier nicht aufhalten."

„Sag ich doch", bestätigte Trisha.

„Blitz, Fuchs, Zorro!" rief Paula Ruben. Und auch ihre Schritte verklangen im Treppenhaus, als sie den Hunden nacheilte.

„Er hatte ja sowieso kaum etwas dabei, als er hier angekommen ist", meinte Arlana Po. Aber Frau Vranja widersprach: „Ich will nur seine Papiere haben. Ohne die kann er nirgendwo hin."

Panik machte sich in Shadowcat breit, als sie Frau Vranja noch sagen hörte: „Hol sie mir, Arlana!"

Dann entfernten sich auch die vom hellen Klacken des Stockes auf den Marmorfliesen begleiteten Schritte der Internatsleiterin. Shadowcat schloss die Augen und dachte an ihr Kampfkunsttraining mit Lian.

Lian hatte immer großen Wert auf die Bezeichnung ‚Kunst' gelegt, vor allem bei Kyusho Jitsu, der Kunst der Vitalpunkte, oder besser ausgedrückt, bei Dim-Mak, dem sagenumwobenen ‚Touch of Death'. Bisher hatte sie diese Techniken noch nie ernsthaft angewandt. Beim Training mit Lian und Marijana hatten sie sie zwar versucht. Aber es stand immer eine hinter derjenigen, bei der die Technik angewandt wurde, um sie aufzufangen und sofort wieder zu beleben. Nur Lian hatte die Techniken wirklich von einem Lehrer gelernt. Und sie hatte sie an Shadowcat und Marijana weitergegeben. Aber auch wenn Marijana talentiert war, hatte sie nie Interesse am Kämpfen gehabt. Shadowcat hatte zwar sehr intensiv mit Lian trainiert, und sie war auch sehr gut, aber sie konnte sich nie mit Lian messen. Deswegen hatte auch nur Lian an einigen Wettkämpfen teilgenommen. Und sie hatte jedesmal gewonnen, zuletzt sogar gegen ihren Lehrer.

Shadowcat atmete mit geschlossenen Augen tief durch, suchte und fand ihre Mitte. Niemals hatte sie in ihrem bisherigen Leben mit der Möglichkeit gerechnet, einmal außerhalb eines Wettkampfes dazu gezwungen zu sein, kämpfen zu müssen. Kampf war etwas, das so fern war, etwas, das sie nur aus den Erinnerungen ihres früheren Lebens kannte. Aber seit sie auf dieser Insel war, wusste sie, dass sie für Josh kämpfen würde, wenn es notwendig werden würde. Und jetzt war es notwendig. Noch mit geschlossenen Augen lauschte sie in den Gang. Nichts war zu hören. Lautlos öffnete sie die Tür. Der Gang war leer. Nur Joshs Tür stand offen. Ohne das leiseste Geräusch zu verursachen lief Shadowcat über den Gang bis zu Joshs Tür. Sie konnte ein Atmen dahinter hören und dann Trishas flüsternde Stimme: „Beeil Dich Arlana."

Arlana Pos Antwort kam von tiefer aus dem Zimmer. „Hier ist nichts. Ich schau nebenan nach."

Shadowcat hörte, wie Po in Joshs Schlafzimmer ging. Und sie spürte, dass Trisha ihr nachblickte. Das war der richtige Augenblick. Lautlos glitt Shadowcat um die Ecke und sah vor sich Trisha, die sich eben wieder der Tür zuwenden wollte. Shadowcat verabscheute den Gedanken, jemanden hinterrücks zu überfallen. Lieber hätte sie sich einem ehrlichen Kampf gestellt. Aber das durfte sie nicht. Sie durfte nicht erkannt werden. Bevor Trisha sich zu ihr umdrehen konnte, hatte Shadowcat die Einbrecherin schon überwältigt. Ein kurzer Druck ihrer Finger auf der richtigen Stelle von Trishas Halsschlagader und die Einäugige sackte leblos in sich zusammen. Während Shadowcat sie auffing und leise zu Boden legte, hörte sie von nebenan die Geräusche von sich öffnenden und schließenden

Schranktüren und Schubladen und Arlana Po rief aus dem Zimmer: „Barker hat sich hier ganz schön mondän eingerichtet. Viel wird er nicht mehr davon haben."

Shadowcat schlich an die Verbindungstür der zwei Zimmer und lauschte. Und als sie hörte, dass Arlana Po in Richtung von Joshs Bett ging, glitt sie lautlos hinterher und überwältigte die Sexualkundelehrerin ebenso schnell wie Trisha. Sie schleppte die beiden ins Badezimmer und lehnte sie dort nebeneinander sitzend an die Wand. Wenn sie es richtig gemacht hatte, würden die beiden sicher mindestens eine viertel Stunde ohne Bewusstsein bleiben.

Josh stand neben Evelyn Siratja und Zoe Lisann und beobachtete aufmerksam den Wettkampf der Schülerinnen. Zwei Paare waren schon gegeneinander angetreten. Das dritte war fast fertig. Josh stellte fest, dass Evelyn nicht übertrieben hatte, als sie ihm erzählt hatte, dass die Schülerinnen von St. Bernadette überdurchschnittlich sportlich wären. Hier gab es kein Mädchen, das nicht kopfüber von dem Felsen gesprungen und die vorgegebene Strecke in guter Zeit geschwommen wäre. Immer wieder blickte Josh zum Eingang der Bucht. Wenn Shadowcat nicht bald wieder käme, würde ihr Fehlen sicher bemerkt werden. Die beiden Schwimmerinnen hatten ihren Wettkampf beendet. Nackt stiegen sie aus dem Wasser und liefen auf die Lehrerinnen zu, während Zoe ihre Zeiten in die Liste eintrug. Oben auf der Klippe erschienen jetzt Marijana und Liz Knightham. Das war der erste Wettkampf für den Josh wirkliches Interesse hatte. Er spürte, wie sein Herz schneller schlug, als er seine wunderschöne Geliebte nackt auf der Klippe stehen sah. Und während sein Blick noch von Marijanas unvergleichlicher Schönheit und ihrem vollkommenen Körper gefangen war, während er das bewundernde Raunen ihrer Mitschülerinnen wie aus weiter Ferne wahrnahm und selbst Evelyn leise zu Zoe sagen hörte „Sie ist unglaublich schön!", da sprach plötzlich Shadowcat in seinem Kopf zu ihm.

Wo sind Deine Papiere, Josh? fragte sie ihn. Und ohne darüber nachzudenken, warum sie das wissen wollte, antwortete er ihr: *In meiner Nachttischschublade.*

Erst zwei Sekunden später setzte er noch hinzu: *Beeile Dich bitte, mein Herz.*

Dann wurde seine Aufmerksamkeit wieder von Marijana und Liz Knightham in Anspruch genommen. Die beiden waren bis an die Kante des Felsens getreten und Zoe setzte eben dazu an, die Frage „Fertig?" nach oben zu rufen, als Knightham plötzlich und ohne erkennbaren Grund Marijana von der Klippe stieß. Marijana war auf so einen Angriff nicht vorbereitet gewesen. Sie hatte gerade über die Kante nach unten ins Wasser geschaut, um die Höhe abzuschätzen, als sie an der Schulter geschubst wurde. Sie verlor das Gleichgewicht und stürzte über die Felskante ins Meer. Lian und Josh waren im selben Augenblick, als sie den feigen Angriff beobachtet hatten, vom Strand aus losgelaufen. Josh lief zu Marijana und Lian lief den Pfad nach oben auf den Felsen.

„Liz!" rief Zoe streng. Aber Knightham zuckte nur unschuldsvoll mit den Schultern und rief zurück: „Sie ist gestolpert."

Da stand plötzlich Abebi hinter ihr. Abebi war schon mit Susi, gegen die sie schwimmen sollte, hinter Marijana und Liz auf den Felsen geschickt worden. Sie musste sich strecken, um Liz Knightham an der Schulter antippen zu können. Als sie es tat, fuhr die Schülerin, von der sie um zwei Köpfe überragt wurde, erschrocken herum. Knightham hatte Abebi nicht kommen hören. Jetzt fragte sie überrascht, aber herablassend: „Was denn, Du? Hast Du kleine Niggerfotze etwa Deine Courage für Deine neue Freundin entdeckt?"

Abebi schaute Liz Knightham nur an. Und Liz spürte, wie eine unwiderstehliche Kraft sie an den Rand des Felsens zurückdrängen wollte. In einer Mischung aus Panik und Wut befreite sie sich aus diesem Bann und schrie Abebi an: „Versuche Deine Voodootricks bei jemand anderem, Du kleines Miststück."

Im nächsten Moment wollte sie schon nach Abebi greifen, um auch sie von der Klippe zu werfen. Da stürzte wie ein Blitz Lian an Susi vorbei und sprang im selben Augenblick, in dem auch Abebi ihre offene Handfläche Liz entgegenstreckte.

Evelyn Siratjas Ruf „Jetzt ist aber Schluss da oben!" verhallte ungehört.

Lians Fuß traf Liz Knightham zum zweiten Mal an der Schläfe. Die größte Schülerin von St. Bernadette wurde mit ungeheurer Wucht von dem Felsen auf das Meer geschleudert. Abebi und Lian standen nebeneinander an der Kante und blickten auf die bewusstlos im Wasser Treibende.

Warst Du das? fragte Lian Abebi, ohne sie anzusehen. Sie wusste, dass ihr Tritt nicht eine solche Wucht gehabt hatte. Davon hätte Liz Knightham nur wieder wie ein nasser Sack zusammenbrechen müssen.

Sie hat es verdient, antwortete Abebi ohne dass irgendjemand mitbekam, dass sie Lian überhaupt neben sich bemerkte. Auch Susi war neben die beiden an die Kante gekommen und sah nach unten.

„Cool!" sagte sie nicht ohne Bewunderung für Lian.

Josh war in wenigen Sekunden bei Marijana gewesen. Sie war bei ihrem Sturz mit dem Unterarm auf den Felsen aufgeschlagen und hatte davon eine blutende und schmerzende Schürfwunde. Josh war ins Wasser gesprungen, hatte Marijana auf seine Arme genommen und sie geküsst. Da er dabei dem Strand und den sich darauf befindlichen Lehrerinnen und Schülerinnen den Rücken zukehrte, konnte niemand diese leichtsinnige Demonstration seiner Liebe sehen. Seine Sorge um Marijana hatte ihn die Vorsicht völlig außer Acht lassen lassen. Erst als er seine Lippen wieder von Marijanas Lippen trennte, wurde er sich seines Leichtsinns bewusst.

„Bist Du verletzt, mein Engel?" fragte er besorgt. Marijana zeigte ihm ihre Schürfwunde und antwortete: „Nicht schlimm."

Die Schürfwunde empfand sie wirklich nicht als schlimm, auch wenn das salzige Wasser des Ozeans in ihr brannte. Aber die Prellung schmerzte höllisch.

Marijana schlang ihre Arme um Joshs Hals und ließ sich von ihm ans Ufer tragen. Sie schloss die Augen und vergaß den Schmerz, als sie die starken Muskeln unter seiner Haut spürte und den salzigen Geruch seines Körpers in sich einsog. Etwas mehr, als es notwendig gewesen wäre, presste sie ihren jungen, geschmeidigen Körper an ihn, während sie sich von ihm retten ließ. Und Josh hielt sie ebenfalls etwas fester, als es nötig gewesen wäre, um sie ans Ufer zu tragen. Marijanas Kopf lag an seiner Schulter. Ihre Haare klebten in nassen Strähnen auf seinem Rücken. Josh ließ seinen Blick kurz über das geliebte Wesen wandern, über die nassen, blonden Strähnen, das zarte Gesicht und die festen Brüste, die sich erregt an ihn schmiegten. Er schrieb diese Erregung dem kalten Wasser zu. Aber das traf nur zum Teil zu. Als Josh Marijana in und auf seine Arme genommen und sie geküsst hatte, als sie seine Lippen auf ihren Lippen und seinen Körper auf ihrer Haut gespürt hatte, da hatte sie wieder dieses unbeschreibliche, erregende Kribbeln durchströmt. Und dieses Kribbeln hielt noch lange an, nachdem Josh sie auf dem Strand wieder abgesetzt hatte. Aber jetzt trug er sie noch auf seinen Armen und ließ sich ebenfalls von einer leidenschaftlichen Liebe durchströmen, die gefährlich zu werden drohte, als sein Penis sich zu regen begann.

„Ich muss Dich absetzen, mein Engel." flüsterte er. Und Marijana flüsterte zurück: „Es ist so schön in Deinen Armen, Josh. Es ist so schön, Dich zu spüren."

Aber sie wusste natürlich, dass ihre Intimität als das erkannt werden konnte, was sie war; als reine Liebe. Und das durfte nicht sein. Warum nur mussten sie sich so verstellen? Marijana war traurig über diesen Umstand. Aber sie musste ihn akzeptieren, so wie Josh und ihre Schwestern ihn auch akzeptieren mussten. Zumindest jetzt mussten sie es noch. Und wenn sie erst wieder von dieser verfluchten Insel herunter wären, dann müsste sich zeigen, wie es weitergehen würde. Nur eines war sicher: Sie, Lian, Shadowcat und Abebi würden immer mit Josh zusammenbleiben. Nichts und niemand würde sie jemals auseinander bringen können!

„Nein, das kann niemand!" bestätigte Josh flüsternd Marijanas Gedanken, während er sie behutsam absetzte. Im nächsten Moment hörten sie ein lautes Platschen hinter sich im Meer und sahen Liz Knightham auf den Wellen treiben.

„Oops", machte Josh nicht ohne Schadenfreude, „Knightham konnte sich offenbar nicht lange über ihre Boshaftigkeit freuen."

Im selben Moment hatten sie aber schon erkannt, dass das hinterhältige Mädchen ohne Bewusstsein war. Und Marijana bat Josh sofort: „Hol sie bitte raus Josh, sonst ertrinkt sie."

Sie hätte ihn nicht bitten müssen. Als Josh sah, dass Knightham bewusstlos war, lief er sofort los, um auch ihr zu Hilfe zu eilen. Und er trug auch sie ans Ufer, legte sie am Strand ab und rief dann Zoe, damit sie sich um die noch Bewusstlose kümmern sollte. Als Liz Knightham wenig später wieder zu sich kam, bekam sie erst einmal eine Ermahnung von Zoe Lisann und Evelyn Siratja. Zoe rief auch Lian, Abebi und Susi noch einmal vom Felsen zurück. Und auch Lian bekam einen Verweis.

Dass Abebi daran beteiligt gewesen war, Liz Knightham vom Felsen zu stürzen, hatte außer Lian niemand bemerkt. Marijanas Arm schwoll langsam an. Als Zoe ihn sich ansah, meinte sie besorgt: „Geh lieber zurück und melde Dich in der Krankenstation. Dr. Benson soll sich das mal ansehen."

„Darf ich mal sehen?" fragte Shadowcat und drängte sich durch die Menge. Niemand hatte sie kommen sehen. Niemand hatte überhaupt ihre Abwesenheit bemerkt. Sie kniete sich zu Marijana und tastete ihren Arm ab.

„Es ist nichts gebrochen", sagte sie, während sie Marijanas Arm noch zärtlich hielt. „Nur eine Prellung."

„Ich möchte trotzdem lieber, dass Dr. Benson sich den Arm ansieht", bestand Zoe auf ihrer Anweisung. Marijana widersprach der Lehrerin aber indem sie sagte: „Wenn Victoria sagt, dass es nur eine Prellung ist, dann ist es nur eine Prellung! Ich bleibe hier."

Dann wendete sie sich an Liz Knightham und fragte sie: „Kannst Du auch fair kämpfen?"

„Wann und wo Du willst!" gab ihre Mitschülerin gereizt zurück und ging davon aus, dass sich bei einer ehrlichen Schlägerei zwischen ihr und Marijana Lian raushalten würde. Marijana nickte und erwiderte: „Hier und jetzt, Liz. Wir haben noch einen Wettkampf auszutragen."

Dabei deutete sie auf den Felsen.

„Gut!" sagte Liz und machte sich auf den Weg zurück auf den Felsen und Marijana folgte ihr, nachdem sie Shadowcats Hand noch einmal leicht gedrückt hatte. Am Strand warteten alle darauf, dass die beiden wieder auf dem Felsen erscheinen würden.

Shadowcat drängte sich unauffällig an Joshs Seite. Und von den anderen unbemerkt zogen sie sich ein kleines Stück zurück. Shadowcat erzählte ihm flüsternd von ihrem Erlebnis im Internat. Dabei standen die beiden so dicht beisammen, dass Josh unbewusst mit seiner Hand über Shadowcats Rücken streichelte. Shadowcat durchlief ein wohliger Schauer. Sie bekam eine Gänsehaut und ihre kleinen Brustwarzen zogen sich angenehm schmerzend zusammen und richteten sich erregt auf. Ein leises, schnurrendes Stöhnen entrang sich ihrer Kehle und sie schloss für einen

Moment ihre Augen. Als Josh ihr Stöhnen hörte, sah er sie an. Sie war so unendlich schön. Ihre langen, seidigen Haare fielen ihr offen bis über den Hintern und wurden von der leichten Brise wie ein hauchzarter Vorhang bewegt. Josh bemerkte Shadowcats kleine, erigierte Knospen auf den von einer Gänsehaut überzogenen, zarten Wölbungen ihrer Brüste. Wie gerne hätte er diese empfindsamen, kleinen Knospen jetzt auf seinen Lippen gespürt und den betörenden Geruch von Shadowcats Haut eingeatmet. Er sah, wie sich Shadowcats Busen unter einem tiefen Atemzug deutlich hob. Das war fast zuviel für ihn. Er kämpfte mehrere Sekunden gegen die übermächtig zu werden drohende Versuchung. Dann wendete er seinen Blick wieder auf den Felsen und sagte fast tonlos: „Ich liebe Dich, Victoria!"

Shadowcat öffnete langsam wieder ihre Augen und folgte Joshs Beispiel. Auch sie blickte wieder zum Felsen, wo sich eben Liz Knightham und Marijana wieder einfanden.

„Ich liebe Dich auch so sehr, mein Herz!" flüsterte sie noch immer erregt. Und als sie sich wieder halbwegs unter Kontrolle hatte, erklärte sie flüsternd weiter: „Frau Vranja wollte Deine Papiere stehlen, damit Du nirgendwo hin kannst."

Josh sah sie fragend an. Und Shadowcat hob ebenfalls ihren Blick zu ihm. Als Josh in ihre melancholischen, braunen Augen mit diesem eigenartigen, goldenen Schimmer blickte, die von seidigen, schwarzen Wimpern beschattet wurden, da hatte er wieder das Gefühl, in ihrer Tiefe zu versinken. Seine Sehnsucht nach diesem Mädchen, das so unwirklich schön, anmutig und empfindsam war, war so unendlich groß, dass er sich nur zu gerne hätte fallen lassen.

„Sieh mich bitte nicht so an!" bat er sie flehend und wendete seinen Blick wieder dem Felsen zu.

„Fertig?" rief Zoe Lisann nach oben. Und als die beiden Mädchen das bestätigten, gab sie das Kommando: „Auf die Plätze, fertig, los!"

Gebannt verfolgten Shadowcat und Josh, so wie auch Lian, Abebi, die beiden Lehrerinnen und die anderen Schülerinnen, wie Marijana und Liz Knightham vom Felsen sprangen.

„Marijana ist unglaublich schön!" flüsterte Abebi voller Bewunderung Lian zu, als Marijana nackt vom Felsen sprang. Keiner der Zuschauerinnen war die Geschmeidigkeit von Marijanas Körper entgangen, als er sich im Sprung streckte. Und selbst die eitelste unter ihnen musste sich insgeheim eingestehen, dass sie sich mit Marijanas Schönheit auch nicht annähernd messen konnte; weder mit den feinen, weichen Zügen ihres offenen, unverdorbenen Gesichtes, noch mit den straffen Gliedern, der schmalen Hüfte und den zwar großen, aber nicht unproportionalen, festen Brüsten ihres perfekten Körpers.

Liz Knightham war um einiges größer als Marijana, sie war sehniger, hatte nur kleine, flache Brüste und wirkte dadurch insgesamt schlanker, obwohl Marijana eine bei weitem schlankere Taille hatte. Knightham sprang etwas weiter als Marijana, tauchte auch erst einen Meter weiter wieder auf und behielt bis zu dem Felsen, über den sie klettern mussten immer einen knappen Vorsprung, der sich aber auch nicht vergrößerte. Marijana schmerzte noch ihr Arm. Aber sie verdrängte den Schmerz. Sie war zu diesem Wettkampf angetreten, um sich mit einer Mitschülerin zu messen. Und sie hatte auch den Ehrgeiz, gewinnen zu wollen. Beim Absprung von dem Felsen gewann Liz Knightham noch einmal einen knappen Meter Vorsprung.

Josh ging bis ans Ufer und begann Marijana anzufeuern. Zoe und Evelyn sahen sich überrascht an. Bis jetzt war Josh so aalglatt gewesen und hatte keinerlei Gefühlsregung gezeigt. Und jetzt plötzlich ergriff er bei einem Wettkampf zwischen zwei Schülerinnen Partei für eine der Schülerinnen, indem er sie anfeuerte.

Shadowcat und Lian stimmten in Joshs Anfeuerungsrufe mit ein. Und sogar Abebi ließ sich von der fieberhaften Spannung des Wettkampfes anstecken und wünschte Marijana still den Sieg. Nach und nach ergriffen immer mehr Schülerinnen Partei für die zurückliegende, aber tapfer kämpfende Marijana. Die anderen Schülerinnen waren Marijana gleichgültig. Aber sie hatte schon den allerersten Ruf von Josh gehört.

„Du schaffst es!" hatte er gerufen. Und dieser unüberwindliche Glaube an sie, den sie auch aus den Rufen von Shadowcat und Lian heraushören konnte, spornte sie dazu an, die Grenzen ihrer Leistungsfähigkeit neu abzustecken. Sie hatte noch nie jemand so schnell schwimmen gesehen, wie Liz Knightham, ausgenommen Josh und Zoe Lisann vor einer knappen halben Stunde. Aber die waren nicht ihre Gegner gewesen. Sie schwamm gegen Liz Knightham. Langsam holte sie Zentimeter für Zentimeter wieder auf. Das Tosen der begeisterten Menge am Strand verleitete Knightham dazu, sich nach ihrer Gegnerin umzudrehen. Und diese Unvorsichtigkeit kostete sie nochmals ein paar Zentimeter Vorsprung. Als sie aber bemerkte, dass Marijana dabei war aufzuholen, da mobilisierte auch sie ihre letzten Reserven und steigerte noch mal ihre Geschwindigkeit. Kurz sah es so aus, als könnte sie ihren Vorsprung jetzt halten. Aber dann konnte man sehen, dass Marijana noch immer aufholte, wenn auch nicht mehr so deutlich, wie vorher. Sie kamen dem Ziel immer näher. Marijana kämpfte sich verbissen an Liz heran. Und sie schaffte es wirklich auf gleiche Höhe mit ihrer Gegnerin zu kommen. Aber aufgrund ihrer längeren Arme erreichte Liz Knightham für den Bruchteil einer Sekunde früher den Felsen, der als Ziel diente. Die beiden Mädchen krochen aus dem Wasser und ließen sich mit brennenden Lungen in den Sand fallen, während ihnen ihre Mitschülerinnen begeistert jubelnd entgegenliefen.

Nur Josh blieb mit den beiden Lehrerinnen zurück, auch wenn er am liebsten Marijana sofort in seine Arme geschlossen hätte. Sie war fantastisch geschwommen. Und auch wenn Liz Knightham diesen Wettkampf ehrlich gewonnen hatte, war Marijana für Josh die wahre Siegerin.

„Unglaublich!" hörte er hinter sich Zoe sagen. Er drehte sich zu ihr und Evelyn um und fragte: „Was ist unglaublich?"

„Die beiden haben zwei neue Schulrekorde aufgestellt!" antwortete Zoe mit unverhohlener Begeisterung. „Die waren noch schneller, als wir vorhin."

Josh lächelte zufrieden, antwortete aber: „Sie können sich beide noch um einige Sekunden steigern. Aber Knightham wird nie wieder gegen Marijana Lara gewinnen!"

„So kenne ich Dich ja gar nicht, Josh", sagte Evelyn mit einem eigenartigen Unterton. Josh fragte aber ganz harmlos: „Wieso?"

„Du warst so voller Eifer für Marijana."

Josh sah Evelyn ernst an und erwiderte darauf: „Es gibt zwei Gründe, warum ich Marijana Lara angefeuert habe. Erstens hätte es wenig Sinn gemacht, die in Führung liegende Knightham anzufeuern. Dadurch hätte ich niemanden zu einer Steigerung seiner Leistung motivieren können. Und zweitens war ich wirklich auf Marijanas Seite."

Er erklärte nicht, warum er auf Marijanas Seite war. Und seine beiden Kolleginnen fragten auch nicht danach. Nachdem Liz Knightham Josh so offen im Speisesaal provoziert hatte, erschien es ihnen als durchaus verständlich, dass er keine Sympathien für sie hegte. Und Liz' Angriff auf Marijana hätte auch jeden neutralen Beobachter auf Marijanas Seite bringen können.

Shadowcat und Lian halfen Marijana wieder auf die Füße. Und gemeinsam mit Abebi begleiteten sie sie zurück zu Evelyn, Zoe und Josh. Josh war wie hypnotisiert vom Anblick der vier nackten Mädchen, als sie auf ihn zukamen. Vier nackte Mädchen, wie sie unterschiedlicher kaum sein konnten, von Marijanas perfekten, straffen Kurven bis zu Abebis erst erwachendem Mädchenkörper. Und doch waren sie sich so ähnlich. Optisch hatten Lian und Shadowcat die größte Ähnlichkeit durch die langen, seidigen, schwarzen Haare und den ähnlichen Hautton. Aber von der Seele her waren sie alle vier Teil eines zusammengehörenden Ganzen. Und er selbst gehörte auch zu diesem Ganzen. Trotz ihrer optischen Unterschiede untereinander, fiel es auf, dass sie sich vom Rest der Schülerinnen noch weit mehr unterschieden. Marijana war mit nur hundertzweiundsechzig Zentimeter die Größte von den Vieren. Im Verhältnis zum Großteil der anderen Schülerinnen wirkte sie aber trotz ihres unwirklich schönen Körpers mit den großen, straffen Brüsten, klein und zierlich. Vor ihrem Anblick hätten sich selbst die Götter verneigt.

Joshs Augen blieben aber nicht nur auf Marijana haften. Auch Shadowcat, Lian und Abebi waren zum Niederknien schön. Jede von ihnen war auf ihre Art einzigartig und perfekt. Kein Künstler hätte sich soviel Schönheit ersinnen können. Abebis Schönheit fiel wahrscheinlich am wenigsten auf, weil ihr Körper noch so wenig entwickelt war. Aber wer in ihr Gesicht und in ihre Augen blickte, der konnte seine Seele darin verlieren. Josh hatte aber auch alle Zwänge und Verbote der Gesellschaft, der er angehörte, abgelegt. Es interessierte ihn nicht mehr, dass Abebi noch so jung war. Er liebte sie und sie liebte ihn. Das waren die einzig wichtigen Kriterien, die einzigen, die zählten. Als Lehrer im Gymnasium hätte er niemals eine Schülerin im Alter der Mädchen, die er jetzt liebte, nackt sehen wollen. Die Gesetze verboten es. Damit war es tabu und er hätte niemals einen Gedanken daran verschwendet. Er wäre nicht einmal auf die Idee gekommen, dass ihm ein minderjähriges Mädchen gefallen könnte, dass es eine Verbindung seiner Seele zu der eines so jungen Mädchens geben könnte, eine Verbindung, die er jetzt als pure, gegenseitige Liebe erlebte.

Josh ließ seinen Blick über ihren zarten, braunen Körper wandern. Er sah die geschmeidigen Bewegungen ihrer schlanken Glieder und es fiel ihm wieder auf, dass diese Geschmeidigkeit auch etwas war, das Abebi, Marijana, Lian und Shadowcat von den anderen Schülerinnen unterschied. Die Faszination, die die vier auf Josh ausübten, war unbeschreiblich. Josh sah Abebis Brüste an, diese winzigen Erhebungen mit den kleinen, dunklen Warzenhöfen, auf denen die empfindsamen Knospen erst zu erahnen waren und er sehnte sich danach, diese Brüste mit seinen Lippen zu bedecken.

Abebi spürte Joshs Gedanken wieder. Von ihren Brüsten ausgehend ging ein erregendes Ziehen durch ihren Körper, das sie nur dadurch zu lindern vermochte, dass sie ihre Hände auf ihre Brüste presste. Und doch wünschte sie sich, Joshs Küsse wirklich auf ihrem Körper zu spüren und diese so unerträglich scheinende Erregung zu erleben und auszukosten.

Josh bemerkte Abebis Reaktion, er sah, wie sie ihre Hände auf ihre kleinen Brüste presste und konnte ihre Erregung fast körperlich fühlen. Verwirrt senkte er den Blick, blieb aber an Abebis winziger Spalte hängen und schenkte auch dieser in Gedanken einen zärtlichen Kuss. Fast glaubte er, Abebis Geruch dabei in der Nase zu haben. Abebi zuckte zusammen und presste kurz ihre Knie aneinander, bevor sie weitergehen konnte. Jemand, der sie beobachtete und nicht wusste, was vor sich ging, musste wohl vermuten, dass sie Druck auf der Blase hatte und auf die Toilette musste. Dass sie gegen einen sich anbahnenden Orgasmus ankämpfte, hätte wohl niemand vermutet außer ihren drei Schwestern und Josh. Mit gesenktem Kopf und schwer atmend blickt sie zu Josh auf. Und als Josh ihren Blick spürte und in ihre fiebrigen Augen blickte, die ihn gleichzeitig anflehten weiterzumachen und aufzuhören, schenkte er ihr in Gedanken noch einen zärtlichen Kuss auf ihren Mund und bat sie: *Verzeih!*

Doch es gab nichts zu verzeihen. Abebi liebte diese neu entdeckte

Leidenschaft und diese Heimlichkeiten, die sie mit Josh, Shadowcat, Marijana, und Lian teilte. Sie hätte sich nur, so wie die anderen auch, gewünscht, dass sie weg von dieser Insel und außer Gefahr gewesen wären und dass sie Joshs Zärtlichkeiten nicht nur in Gedanken erleben dürfte, auch wenn sie diese Gedanken fast so intensiv spüren konnte, wie reale Berührungen. Sie lächelte Josh unter gesenkten Lidern hervor dankbar an. Dann waren die vier Mädchen heran.

„Du warst wunderbar!" lobte Josh Marijana. Die widersprach aber, indem sie sagte: „Ich habe verloren."

Josh schüttelte den Kopf und erwiderte: „Einen Wettkampf, ja. Und selbst den hättest Du gewonnen, wenn die Strecke nur noch zwei Meter länger gewesen wäre. Aber Du hast die Achtung Deiner Mitschülerinnen und Lehrerinnen gewonnen."

„Gratuliere, Marijana, ..." sagte jetzt auch Zoe Lisann. Du hast einen neuen Schulrekord aufgestellt. Du bist zwar nur Zweite geworden, aber die Zeit, die Du nach Liz angekommen bist, war so kurz, dass ich sie mit der Stoppuhr nicht messen konnte. So schnell wie ihr ist diese Strecke noch niemand geschwommen."

„Ich bin mir sicher, Herr Barker hätte vorhin noch schneller sein können, als Liz." erwiderte Marijana schüchtern. Zoe sah Josh von der Seite an und nickte bestätigend.

„Ja", sagte sie, „ich glaube, damit hast Du Recht."

Liz kam mit den letzten paar Schülerinnen, die noch zu ihr hielten, zu ihren Lehrerinnen zurück. Auch sie erntete Lob für den Sieg und den neuen Rekord. Aber sowohl Evelyn, als auch Zoe klang noch Joshs Prophezeiung in den Ohren ‚Knightham wird nie wieder gegen Marijana Lara gewinnen!'

Zoe Lisann schickte wieder Abebi und Susi auf den Felsen hoch.

„Hop hop", drängte sie, „wir haben schon genug Zeit vertrödelt."

Als die beiden oben ankamen, traten sie gemeinsam bis an die Kante des Felsens.

„Viel Glück!" wünschte Susi ihrer Gegnerin im sportlichen Wettstreit und Abebi bedankte sich mit einem Lächeln und einem Nicken. Es gab nicht viele Schülerinnen, die nett zu ihr waren. Trotzdem vertraute sie dem quirligen Mädchen, das ein wenig größer als sie selbst war, nicht. Es war schließlich auch auf der Seite von denen, die Josh nur als Spielzeug betrachteten, das man nach Belieben quälen und kaputt machen konnte. Abebi hatte bisher noch nie an diesem Wettschwimmen teilgenommen. Irgendwie hatte sie es immer geschafft, sich davor zu drücken. Da, wo sie hergekommen war, hatte es kaum Wasser genug zum Leben gegeben, geschweige denn, zum Schwimmen. Sie hatte keine Angst vor der Höhe und sie konnte auch schwimmen. Aber sie wusste, dass sie nicht annähernd gut genug war, um in einem Wettkampf eine Chance zu haben. Aber heute hatte sie zum ersten mal Angst davor, sich zu blamieren, denn sie kämpfte nicht mehr nur für sich selbst, sondern für die Familie, nach der sie so lange gesucht hatte. Nach Lians Kampf gegen Tatsu Li und Joshs und Marijanas beeindruckenden Leistungen im Schwimmen, die ihnen so viel Anerkennung und Respekt verschafft hatten, begann sie zu begreifen, wie wichtig dieser Respekt für sie werden konnte. Wenn Veronika Vranja und die Lehrerinnen und Schülerinnen von St. Bernadette begriffen, dass Josh nicht alleine da stand und dass diejenigen, die zu ihm hielten, ernst zu nehmen waren, dann würde man diese Konfrontation vielleicht zu vermeiden versuchen. Aber jetzt stand sie auf dem Felsen und wusste, dass sie nicht gewinnen konnte. Aber gut, wenn man sie opfern und mit Josh zusammen einsperren würde, weil sie nicht gut genug für dieses Internat war, dann wäre sie wenigstens mit ihm zusammen und könnte ihm so vielleicht sogar nützlicher sein, als wenn er allein den Furien ausgeliefert wäre.

Aber soweit war es noch nicht. Noch gab es Hoffnung auf Flucht. Und kampflos würden weder sie, noch ihre Schwestern Josh den Mädchen von St. Bernadette überlassen.

Zoe Lisann hatte schon die nächsten beiden Mädchen auf den Felsen geschickt. Und nachdem sie Susi und Abebi gefragt hatte, ob sie fertig wären, gab sie das Zeichen.

Abebi war das erste und einzige Mädchen, das keinen Kopfsprung machte. Als sie mit den Füßen voraus und mit den Armen rudernd von der Klippe sprang, ertönte ein allgemeines, schadenfrohes Gelächter ihrer Mitschülerinnen. Außer Shadowcat, Josh, Lian und Marijana gab es nur wenige, die nicht lachten. Im Wasser fiel Abebi dann auch sehr schnell hinter Susi zurück. Man konnte sehen, dass sie nicht sehr geübt im Schwimmen war.

„Das Mädchen ist eine Katastrophe!" raunte Evelyn Zoe zu. Aber Josh, der in der Nähe stand und es gehört hatte, widersprach.

„Abebi hat keine Technik, aber Ausdauer und Kraft. Ein paar Stunden richtiges Schwimmtraining und sie schwimmt locker Knightham davon."

Evelyn blickte überrascht zu Josh und erwiderte: „Du machst heute viele Prophezeiungen."

Ohne seinen Blick von Abebi zu wenden antwortete Josh: „Ich bin Sportlehrer. Und auch wenn Schwimmen nicht direkt zu meinen Fächern zählt, verstehe ich ein bisschen was davon."

„Das war nicht zu übersehen", raunte Evelyn und wendete sich wieder dem ungleichen Wettkampf zu. Abebi kam fast zehn Sekunden nach Susi im Ziel an, obwohl Susi ohnehin schon eine der langsamsten im Schwimmen war. Aber Abebi hatte sich dem Wettkampf gestellt und ihr Bestes gegeben. Und diejenigen, die sie jetzt ihre Familie nannten, rechneten ihr das hoch an. In einem Wettkampf anzutreten, von dem man weiß, dass man ihn gewinnt, ist keine Herausforderung. Sich einem Gegner zu stellen, den man glaubt, oder zumindest hofft, besiegen zu können, ist Sportsgeist. Aber sich auf einen Zweikampf einzulassen, von dem man weiß, dass man ihn nicht gewinnen kann, erfordert Courage. Und davon hatte Abebi mehr, als jede der Schülerinnen, die schon vor ihr auf dieser Insel waren. Sie wurde nicht einmal mehr ausgelacht, als sie ins Ziel kam. Außer ihren Schwestern und Josh beachtete sie überhaupt niemand, nicht einmal die Schwimmlehrerin Zoe Lisann.

„Mach Dir nichts draus, Abebi." sagte Josh, während er ihr ihr Handtuch um die Schultern legte. „Sie wissen nichts von Dir."

Abebi blickte zu ihm auf und flüsterte: „Und das ist gut so!"

Während das nächste Paar zum Wettkampf antrat, erzählte Shadowcat Josh, Marijana, Lian und Abebi, was sie in Joshs Zimmern erlebt und dass sie seine Papiere in den Zimmern der Mädchen versteckt hatte.

„Du hast Kyusho Jitsu angewendet?" fragte Lian sie besorgt. Aber bevor Shadowcat antworten konnte, fragte Josh schon: „Was ist Kyusho Jitsu?"

„Sekundenkampf!" antwortete Lian nur. Und als Josh sie fragend anblickte, erklärte sie: „Der menschliche Körper hat überall Punkte, die auf Druck reagieren. Man kann fast ohne Kraftanstrengung Menschen lähmen, betäuben und sogar töten, wenn man diese Punkte kennt und den richtigen Druck anwendet. Manchmal kann man es sogar ohne Kontakt."

Jetzt blickte auch Josh besorgt auf Shadowcat. Die beruhigte ihn und Lian aber mit den Worten: „Keine Angst; Sie schlafen nur."

Josh hatte davon gehört, dass es so etwas gab, aber er hatte nicht gewusst, dass es eine eigene Kampfsport-, beziehungsweise Kampfkunstrichtung ist, die sogar unterrichtet wird. Über Joshs Gesicht huschte ein kurzes Lächeln.

„Eines muss man euch lassen", sagte er zu den Mädchen. „Ihr sorgt ganz schön für Aufregung in St. Bernadette."

„Die regen uns hier ja auch ganz schön auf!" gab Marijana mit einem nicht zu überhörenden, sarkastischen Unterton zurück. Und Josh bestätigte: „Ja, mich auch."

Dann kehrten seine Gedanken wieder zu Arlana Po zurück, von der Shadowcat erzählt hatte, dass sie keine Spuren vom Auspeitschen auf ihren Brüsten hatte.

„Nach dem Abendessen müssen wir uns aus dem Internat schleichen, nach dem Boot suchen, die Insel nach Versteckmöglichkeiten absuchen und versuchen herauszufinden, was in dem landwirtschaftlichen Betrieb vor sich geht", meinte er nach einer Weile, fügte dann aber selbst ziemlich skeptisch hinzu: „Ziemlich viel für eine Nacht."

Und dann sagte er plötzlich: „Am besten, ich gehe allein. Ich will euch nicht in Gefahr bringen."

Aber alle vier Mädchen protestierten so energisch, wie es im Flüsterton nur möglich war, bis Josh wieder nachgab und versprach, nicht ohne sie zu gehen.

Noch zwei Paare traten gegeneinander an, bevor Zoe Lisann Lian mit einem Mädchen aus Knighthams Clique auf den Felsen schicken wollte. Lian musterte kurz die ihr zugeteilte Gegnerin Ruby Borch und fragte dann die Lehrerin: „Kann ich gegen Victoria schwimmen?"

„Was hast Du denn gegen Ruby?" fragte Lisann verwundert.

„Gar nichts", antwortete Lian, „aber wenn Knightham bisher die beste Schwimmerin hier war, …"

„Das ist sie noch immer!" korrigierte Lisann. Lian ging aber nicht darauf ein, sondern beendete ihren begonnenen Satz: „… dann ist Victoria die einzige, die mich in einem Wettschwimmen anspornen kann."

Die Lehrerin war nicht sicher, ob sie das, was Lian gesagt hatte, richtig verstanden hatte. Aber schließlich nickte sie und meinte: „Na gut, wenn Du meinst, dass Du und Victoria genauso gut seid wie Liz, dann schwimmt meinetwegen gegeneinander."

Ruby wurde auf den nächsten Wettkampf vertröstet und Lian und Shadowcat liefen auf den Felsen hoch.

„Du hättest nicht so angeben sollen", meinte Shadowcat auf dem Weg nach oben. Aber Lian schüttelte den Kopf und erwiderte: „Das war kein Angeben. Ich weiß wie Du schwimmst. Und wenn keine von den anderen so schnell ist, wie Knightham, dann fehlt doch jeder Ansporn."

„Übertreib' nicht so", sagte Shadowcat bescheiden, als sie oben ankamen und wünschte ihrer Schwester „Viel Glück!", als sie an der Kante standen.

Lian lächelte sie verliebt an und antwortete: „Wir wissen doch beide, wie es ausgeht, Shadowcat!"

Zoe Lisann fragte wie üblich, ob die beiden bereit wären und gab dann das Startsignal. Nicht nur Josh, auch die beiden Lehrerinnen und die Mitschülerinnen von Shadowcat und Lian waren begeistert von der Verbindung vollkommener Anmut und Schönheit mit absoluter Körperbeherrschung. Als Josh die beiden Mädchen nebeneinander völlig nackt auf dem Felsen stehen sah, konnte er es wieder kaum glauben, dass er von diesen unbeschreiblichen Wesen geliebt wurde, von diesen Wesen, deren Schönheit ihn blendete und ihre Mitschülerinnen eifersüchtig auf sie machte, von diesen Wesen, deren Herzen so rein und deren Seelen so tief waren. Für einen Sekundenbruchteil hatte Josh wieder ein Bild aus ihrem früheren Leben vor Augen. Shadowcat und Lian standen ebenfalls nackt auf einer Klippe. Aber sie standen nicht nebeneinander, sondern sie standen sich in einem blutigen Zweikampf gegenüber. So schnell, wie die Vision gekommen war, so schnell war sie auch wieder vorbei.

Josh taumelte; so leicht nur, dass es niemandem auffallen konnte. Aber trotzdem nahm Marijana kurz seine Hand in ihre und drückte sie leicht.

Ich hab es auch gesehen! gestand sie ihm und ließ seine Hand wieder los, weil sie jetzt sehr dicht bei den anderen standen. Joshs Herz pochte laut. Diese Vision mochte er nicht. Und er war sich jetzt nicht mehr sicher, ob er die ganze Geschichte ihres früheren Lebens wirklich wissen wollte.

Schon bei Shadowcats und Lians Absprung konnte man erkennen, dass sie sich von den anderen unterschieden. Ihre Bewegungen hatten eine fast animalische Geschmeidigkeit und Kraft. Beim Absprung hatte man den Eindruck, zwei Leoparden würden sich auf eine Beute stürzen, so kraftvoll schnellten sie sich von der Klippe. Und dabei sprangen sie völlig synchron. Als sie ins Wasser tauchten, erinnerten sie an Tölpel, die im Sturzflug ins Meer tauchten, um sich ihre Beute aus einem Fischschwarm zu fangen. Sie tauchten bis wenige Meter vor dem Stein, den sie überklettern mussten. Beim Auftauchen hatte Shadowcat schon einen kleinen Vorsprung. Trotzdem konnte jeder sehen, dass auch Lian schneller schwamm, als sonst irgendjemand von den anderen Schülerinnen. Die beiden flogen geradezu über den Felsen, sprangen sehr weit und tauchten dann noch weiter. Beim Auftauchen hatte sich Shadowcats Vorsprung weiter vergrößert. Und als sie wie ein Delfin auf den Zielfelsen zuschoss, da konnte sie ihren Vorsprung auf fast einen Meter ausbauen.

„Wow!" sagte Josh leise und mit ehrlicher Anerkennung, als die beiden aus dem Wasser stiegen. So hatte er noch kein Mädchen schwimmen sehen. So hatte er überhaupt noch niemanden schwimmen sehen. Er bezweifelte sogar, dass er selbst sich mit den beiden messen könnte. Er begann zu applaudieren. Und langsam stimmten die beiden Lehrerinnen und die Schülerinnen mit ein.

„Die beiden würden jeden Schwimmwettbewerb der Welt gewinnen!" flüsterte Zoe Eve zu, als sie die Zeiten auf der Stoppuhr noch einmal kontrollierte. Josh hielt sich bewusst zurück, als alle die beiden unübertrefflichen Schwimmerinnen umringten, obwohl er vor Stolz fast geplatzt wäre und sich nichts sehnlicher wünschte, als den beiden zu ihrer unglaublichen Leistung zu gratulieren und sie in die Arme zu schließen. Er wollte sich nicht in dieses Gedränge nackter Mädchen begeben. Die Nähe zu Marijana und Abebi während des Wettschwimmens wäre wahrscheinlich schon zu auffällig gewesen, wenn dabei nicht alle Augen so gebannt auf die beiden Schwimmerinnen gerichtet gewesen wären. Aber den anderen Schülerinnen wollte er nicht zu nahe kommen. Und in dem Pulk, der sich gebildet hatte, wäre es unmöglich für ihn gewesen, Berührungen mit ihnen zu vermeiden. Also hielt er sich zurück und überließ Lian und Shadowcat für den Moment den Lehrerinnen und Schülerinnen. Er setzte sich in den Sand, blickte aufs Meer und grübelte über seine Situation, während er aus dem Augenwinkel beobachtete, dass Liz Knightham ebenfalls außerhalb des Pulkes stehengeblieben war und mit verschränkten Armen und gekränktem Stolz erkennen musste, dass sie von ihrem Thron gestoßen worden war.

Was mache ich hier eigentlich noch? fragte sich Josh. Er hatte das ganze Ausmaß der Gefahr in der er schwebte noch nicht wirklich verinnerlicht. Das, was auf St. Bernadette vorzugehen schien, das, was ihm anscheinend drohte, schien so absurd und unglaubwürdig zu sein. Aber es gab inzwischen genug stichhaltige Beweise dafür. Und was tat er? Er machte einfach nur seinen Job als Lehrer. Aber was hätte er im Moment auch anderes tun können? Es gab keine Möglichkeit zur Flucht, zumindest kannte er noch keine. Aber nach dieser Möglichkeit, wenn es sie gab, konnte er nur suchen, solange er seine Rolle weiterspielte.

Das Boot! dachte er. *Wir müssen das Boot finden. Und wenn in dem landwirtschaftlichen Betrieb wirklich Männer gefangen gehalten und misshandelt werden, dann müssen wir auch die befreien.*

„Träumst Du, Josh?"

Evelyn riss ihn tatsächlich aus seinen Gedanken, als sie plötzlich hinter ihm stand.

„Ja", gestand er, erzählte aber nicht, in welche Richtung seine Gedanken gewandert waren.

„Wir machen weiter", sagte Evelyn, „auch wenn die restlichen Schülerinnen angesichts der Leistungen von Shadowcat und Lian sehr entmutigt sind."

Der restliche Schwimmwettbewerb verlief ohne irgendwelche Höhepunkte. Selbst Zoe Lisann schien sich nach einiger Zeit zu langweilen. Und nur Josh versuchte noch, die Schwimmerinnen vom Ufer aus anzufeuern und zu größerer Leistung zu motivieren, was ihm einige der Schülerinnen, die dadurch zumindest bis an ihre eigenen Grenzen gingen, hoch anrechneten.

„Ich fürchte", flüsterte Marijana ihren Schwestern zu, „die Vranja wird nicht mehr lange zögern, wenn sie merkt, dass Josh es schafft, Sympathien bei einigen Schülerinnen zu gewinnen."

Shadowcat nickte in Richtung der beiden Lehrerinnen, die diese Feststellung ebenfalls gemacht hatten und miteinander tuschelten.

„Sie wird es bald erfahren!" sagte sie nüchtern.

8 DAS ENDE DER VERSTELLUNG

Als die Gruppe ins Internat zurückkehrte, wartete davor schon ein Empfangskomitee, das aus dem Sicherheitspersonal bestand, an dessen Spitze sich Veronika Vranja aufgebaut hatte. Shadowcat war sofort klar, was das zu bedeuten hatte.

„Trisha und die Sexualkundelehrerin haben gemeldet, dass sie überfallen worden sind!" flüsterte sie Lian zu, die neben ihr ging. Ohne sie anzusehen, erwiderte Lian: „Oder sie sind gefunden worden, bevor sie aufgewacht sind."

Sie nickte kaum merklich in Richtung der Krankenstation, in deren Tür mit verschränkten Armen die Ärztin Mandy Benson stand.

„Was ist los?" rief Evelyn Frau Vranja schon von weitem zu. Jeder der Zurückkehrenden konnte spüren, dass etwas nicht in Ordnung war. Als sie nah genug heran waren, sagte Frau Vranja in befehlsgewohntem Ton: „Alle Mädchen gehen sofort auf ihre Zimmer. Sie auch Barker! Evelyn und Zoe, ihr kommt in mein Büro."

Die Schülerinnen waren zwar verwundert über diesen unerwarteten Empfang im Internat, aber sie waren ebenso eingeschüchtert durch den strengen Ton, der keinen Widerspruch duldete und das finster dreinblickende Sicherheitspersonal und gehorchten deshalb stillschweigend. Shadowcat warf einen kurzen, fragenden Blick auf Josh. Josh nickte kaum merklich, um ihr zu bedeuten, dass sie erst einmal gehorchen sollte. Im selben Moment sah er aber auch, dass Veronika Vranja und Evelyn, die schon an ihrer Seite stand, Shadowcat beobachteten und dass sie den Blick bemerkt hatten, den Shadowcat ihm zugeworfen hatte. Die Art, wie die beiden Shadowcat ansahen, erschreckte ihn. Er konnte in den Blicken kalten, erbarmungslosen Hass sehen und erkannte im selben Augenblick die ganze Wahrheit. Jemand musste Shadowcat beobachtet haben, als sie ins Internat zurückgekommen war, um die Zeichnung aus seinem Zimmer zu holen. Und selbst wenn niemand gesehen hatte, wie sie Arlana Po und Trisha überwältigt hatte, war sie doch die einzige, die für diesen Verrat an der Überzeugung und an den Lehren der Veronika Vranja in Frage kam.

Shadowcat lauf! schrie er ihr im selben Augenblick stumm zu, in dem er diese Erkenntnis hatte. Er wusste selbst nicht, wohin sie hätte laufen sollen. Er hatte keine Zeit, sich darüber Gedanken zu machen. Er spürte nur die Gefahr, in der das geliebte Mädchen schwebte und handelte rein instinktiv. Shadowcat verstand seine telepatische Warnung sofort. Sie spürte die Gefahr in ihrem Nacken, duckte sich und rannte so schnell in den nahen Urwald, dass es niemandem möglich gewesen wäre, sie aufzuhalten oder einzuholen.

„Sie läuft noch schneller, als sie schwimmt!" fauchte Evelyn und Frau Vranja befahl ihrem Sicherheitspersonal: „Bringt sie zurück und sperrt die anderen beiden ein. Und das schwarze Mädchen auch. Die steckt auch mit ihnen unter einer Decke."

Josh versuchte sofort, zwischen die Mädchen und das Sicherheitspersonal zu kommen und rief dabei Frau Vranja zu: "Was soll das alles?"

Eigentlich war die Frage ohnehin unsinnig. Er hatte die Gefahr schon die ganze Zeit gekannt. Und jetzt mussten die Mädchen die Konsequenzen dafür tragen, dass er sie bis zuletzt unterschätzt hatte oder nicht wahrhaben wollte. Er war nicht weit gekommen, als er einen stechenden und brennenden Schmerz spürte, der ihn zum Stehenbleiben veranlasste. Er tastete nach seinem Hals und zog einen kleinen Pfeil heraus, den er nur noch verschwommen erkennen konnte, bevor er das Bewusstsein verlor. Marijana und Abebi fingen ihn auf, während die kleine Lian auf die Schützin lossprang, die den Pfeil mit einer Luftpistole auf Josh abgeschossen hatte. Während sie in die Luft sprang, bemerkte sie, wie zwei andere der massigen Sicherheitsdamen ihre Luftpistolen auf sie anlegten. Sie wand sich in der Luft so geschickt, dass der erste Pfeil an ihr vorbeiflog. Der zweite Pfeil traf sie mitten in die Brust. Aber nur einen Sekundenbruchteil später traf ihr Fuß die Schläfe der Schützin, die auf Josh geschossen hatte mit solcher Wucht, dass man ein dumpfes Knacken hören konnte. Die Schützin war bereits tot, als sie auf den Boden aufschlug. Lian wendete sich mit schwindender Kraft an die nächste Schützin. Benommen blieb sie stehen und zog sich den Pfeil aus der Brust. Sie erkannte, dass das Gift hier nicht so schnell wirkte, wie im Hals und taumelte noch zwei Schritte weiter. Marijanas Schrei „Lian!" hörte sie nur noch aus weiter Ferne.

Verschwommen sah sie Tatsu Li auf sich zukommen. Lian wusste, dass sie ihr nichts mehr entgegensetzen konnte. Das Gift war zu stark, um noch länger dagegen anzukämpfen. Das letzte, was sie wahrnahm, während sie mit schwindenden Sinnen in Abebis Arme sank war, dass sich Marijana auf die Kampfsportlehrerin stürzte, um sie zu beschützen. Die meisten anderen Schülerinnen waren noch nicht im Haus gewesen, als das Chaos ausgebrochen war. Gebannt und fasziniert verfolgten sie die Geschehnisse, seit Shadowcat in den Wald geflohen war.

„Geh mir aus dem Weg, Marijana!" befahl Tatsu Li. Marijana antwortete nicht. Wie Lian, Shadowcat und Abebi hatte sie als einziges Kleidungsstück ihr Badetuch um die Hüften geschlungen. Ohne ihren Blick von der kampferprobten Lehrerin zu wenden, löste sie den Knoten in dem Tuch, um sich besser bewegen zu können, während Abebi Lian zu Josh schleifte und sie mit Tränen in den Augen zu ihm legte. Als sich Abebi dann an Marijanas Seite dem aussichtslosen Kampf stellen wollte, bemerkte sie, dass sich Joshs Brust kaum merklich hob und senkte. Sofort fühlte sie seinen und Lians Puls und erkannte zu ihrer Freude und Erleichterung, dass die beiden nur bewusstlos waren. Man hatte sie also nur betäubt und nicht getötet. Und das gab ihr neue Hoffnung und neuen Mut. Gebannt schaute Abebi zu Marijana und Tatsu Li, die sich unbeweglich gegenüberstanden und überlegte fieberhaft, was sie tun konnte. Sämtliche Damen des Sicherheitspersonals, von denen Abebi über zwanzig zählte, waren mit Luftpistolen bewaffnet. Selbst wenn Marijana Tatsu Li besiegen konnte, was mehr als unwahrscheinlich war, hatte sie keine Chancen, den Betäubungspfeilen der Kampftruppe zu entkommen. Abebi wusste nicht, wie viele Frauen noch hinter Shadowcat her waren. Aber sie dachte sich, dass sie mehr ausrichten konnte, wenn es ihr gelang, zu Shadowcat in den Wald zu entfliehen. Am liebsten hätte sie Josh und Lian mitgenommen, Aber Josh war zu schwer, als dass sie ihn hätte tragen können. Und selbst die kleine Lian war eine Bürde, die es ihr selbst unmöglich machen konnte, entkommen zu können. Aber sie musste es zumindest versuchen.

„Worauf wartet ihr?" fragte plötzlich Frau Vranja in die atmlose Spannung. Eine der muskulösen Damen vom Sicherheitspersonal hob ihre Pistole, um auf Marijana zu schießen. Aber Tatsu Li hielt sie mit einer energischen Geste zurück.

„Das Mädchen gehört mir!" sagte sie kalt. Und während die Schützin ihre Pistole zögernd wieder senkte, griff Tatsu Li Marijana so plötzlich an, dass Marijana nicht schnell genug war, um den Angriff zu parieren. Die Faust der Lehrerin traf sie so plötzlich zwischen ihre Brüste, dass sie zurücktaumelte. Und im nächsten Moment wischte ihr Tatsu Li schon die Beine weg und brachte sie so zu Fall. Als Li aber nachsetzen und Marijana auf die Brust treten wollte, setzte die eine Beinschere an und brachte so die Lehrerin ebenfalls zu Fall. Das war der richtige Moment. Alle Augen waren auf die beiden Kämpfenden gerichtet. Abebi legte sich die bewusstlose Lian über die Schulter und lief mit ihr so schnell sie nur konnte, auf den schützenden Wald zu. Irina Janka bemerkte den Fluchtversuch und nahm mit Lena Schneider die Verfolgung auf. Auch wenn die beiden vor lauter

Kraft kaum laufen konnten, holten sie das Mädchen mit seiner wertvollen Last schnell ein. Lena Schneider griff nach Lian und entriss sie Abebi. Und als Abebi sich zu den beiden Verfolgerinnen umdrehte, griff auch schon Irina Janka nach ihr. Abebi streckte ihr ihre offene linke Hand entgegen. Und ohne dass Janka wusste, wie ihr geschah, wurde sie, ohne von Abebi berührt worden zu sein, mit solcher Wucht zurückgeschleudert, dass sie ein paar Meter weiter auf dem Rücken landete. Gleichzeitig war Shadowcat wie ein Panther aus der Sicherheit des Waldes hervor geschossen und Lena Schneider von hinten in die Kniekehle gesprungen. Noch während die Bodybuilderin zusammenknickte, traf sie Shadowcats Handkante am Hals und betäubte sie. Shadowcat nahm Lian auf ihre Arme und rief Abebi leise zu: „Schnell Abebi!"

Gemeinsam liefen sie wieder dem schützenden Wald zu. Aber von da kam ihnen jetzt eine Front von sieben Damen des Sicherheitsdienstes entgegen.

„Schnappt sie!" befahl die vorderste. Shadowcat legte Lian behutsam auf den Boden. Ohne Abebi anzusehen spürte sie eine Kraft von ihrer kleinen Schwester ausgehen, die sich mit ihrer eigenen Kraft verband. Ohne diese Kräfte wirklich zu verstehen, hoben die beiden Mädchen ihre Hände und streckten sie den Angreiferinnen entgegen. Und sie schufen damit eine undurchdringliche Barriere, die wie eine unsichtbare Wand die Bewegungen der auf sie zurennenden lähmten. In ihrem Rücken erhob sich allerdings Irina Janka wieder. Sie hob ihre Pistole und schoss Shadowcat in den Hals. Shadowcat ließ ihre Hände sinken, warf einen verzweifelten und hilflosen Blick auf Abebi und brach bewusstlos zusammen. Abebi konnte die Barriere alleine nicht aufrecht erhalten. Das überstieg ihre Kräfte. Erschöpft sank sie für einen Moment auf die Knie, rappelte sich aber sofort wieder auf und rannte so schnell und leichtfüßig wie eine Gazelle, an den muskulösen Damen des Sicherheitspersonals vorbei in den Wald, der sie sicher vor ihren verbarg.

„Seit wann kann die Kleine denn so laufen?" fragte Irina Janka verwundert, während sie ihre Luftpistole nachlud. Aber sie bekam keine Antwort.

Währenddessen kämpfte Marijana noch immer gegen Tatsu Li. Seit sie wieder auf den Füßen war, hatte sie nur versucht, die Lehrerin auf Distanz zu halten und ihren Schlägen und Tritten zu entgehen. Sie wusste noch nicht, dass Josh und Lian nur betäubt waren. Sie wusste nur, dass sie bis zu ihrem letzten Atemzug kämpfen würde, um die beiden, die sie für tot hielt, zu rächen und um zumindest Shadowcat genug Zeit zur Flucht zu verschaffen. Gedanken darüber, wie Shadowcat überhaupt von der Insel entkommen sollte, konnte sie sich in diesem Moment nicht machen. Dafür war sie viel zu sehr auf den Kampf konzentriert. Als sie schwer atmend auf Tatsu Lis nächsten Angriff wartete und spürte, wie warmes Blut aus einer

Platzwunde über ihrem linken Auge über ihr Gesicht rann und vom Kinn auf ihre sich schwer hebende Brust tropfte, blickte sie kurz nach unten. Mit dem linken Auge, das zugeschwollen und vom Blut verklebt war, konnte sie nichts mehr sehen. Aber mit dem anderen sah sie noch ausgezeichnet. Eben fiel wieder ein Blutstropfen von ihrem Kinn und zog sich als neuer, dünner Rinnsal über die volle Wölbung ihrer Brust. Sie dachte an Josh, an seine Berührungen und Küsse und auch an die Zärtlichkeiten von Lian und Shadowcat. Sie würde nie wieder deren Lippen auf ihren zarten Knospen spüren. Sie würde niemals erfahren, wie viel Liebe und Zärtlichkeit Abebi ihr hätte geben können und wie viel sie ihr hätte schenken können. Marijana wurde ganz ruhig und lächelte sogar. Aber sie lächelte innerlich. Nach außen blieb ihr Gesicht völlig ausdruckslos. Sie war völlig in sich gekehrt und schien gar nichts mehr um sich herum mitzubekommen.

Abebi dachte sie sich. Das letzte was sie von ihr gesehen hatte, war gewesen, wie sie den leblosen Körper Lians aufgefangen hatte. Sie konnte sich nicht zu ihr umdrehen. Und sie konnte ihre Konzentration auch nicht darauf verwenden, einen gedanklichen Kontakt zu ihr herzustellen. Auch wenn man es Marijana nicht ansah, entging ihr nicht die kleinste Regung ihrer Gegnerin. Und trotz aller Gedanken, die ihr im Bruchteil einer Sekunde durch den Kopf schossen, war sie völlig auf den Kampf konzentriert.

Warum, fragte sie sich, *hat das Schicksal ausgerechnet mich für diesen Kampf vorgesehen, wo ich doch die schlechteste Kämpferin von uns bin?*

Diese Frage war kein Hadern mit dem Schicksal um ihrer selbst willen. Sie dachte nur, dass Lian eine bessere Chance gegen Tatsu Li gehabt hätte. Also wäre es besser gewesen, sie, Marijana wäre erschossen worden und Lian hätte sie gerächt. Lian hatte heute zwar einen Kampf gegen die Lehrerin verloren. Aber Marijana wusste auch, dass Lian noch niemals zweimal gegen einen Gegner verloren hatte. Wut und Hass wollten in ihr aufsteigen, als ihr klar wurde, dass den Leben von Josh und Lian ein Ende gemacht worden war. Aber sie unterdrückte diese Regungen und spürte eine eisige Kälte sich in ihrem Körper und in ihrem Geist ausbreiten, eine Kälte, die jeden Gedanken und jedes Gefühl unterdrückte. Sie war bereit, gegen Li zu kämpfen. Sie war bereit zu sterben. Nichts hatte mehr eine Bedeutung. Jedes Bewusstsein schien sie zu verlassen. Das war der Zustand, von dem Lian immer gesagt hatte, dass sie ihn beim Kämpfen erreichen musste. Das war der Zustand, in dem sie nur noch Energie zu sein schien. Aber das war ihr selbst nicht bewusst. Sie dachte nicht mehr, sie wartete auch nicht mehr auf Lis Angriffe, um sie abzuwehren, sondern ging auf die Lehrerin zu und griff sie so energisch, kraftvoll und wirksam an, dass Tatsu Li immer weiter zurückweichen musste, bis sie endlich begriff, dass sie dieser wunderschönen Schülerin, die doch nur pure Weiblichkeit und Sanftmut zu sein schien, nichts mehr entgegensetzen konnte. Marijana fühlte keinen Schmerz mehr. Noch ehe Tatsu Li den aussichtslosen Kampf aufgeben oder jemanden um Hilfe bitten konnte, wagte sie einen letzten, verzweifelten Angriff. Aber sie fühlte, dass sie verloren war, noch bevor ihre Faust ins Leere schoss und Marijanas Handkante sie an der Halsschlagader traf. Als die bisher unbesiegte Lehrerin bewusstlos zusammenbrach, herrschte für einige Sekunden eine so tiefe Stille, dass man buchstäblich eine Stecknadel hätte fallen hören können. Selbst die Vögel des Waldes schienen verstummt zu sein. Als schließlich ein zaghaftes Klatschen einsetzte und Veronika Vranja in Mandy Benson die Urheberin dieser unpassenden Anerkennung entdeckte, entriss sie einer Dame vom Sicherheitspersonal ihre Luftpistole, um auf die Ärztin zu schießen. Im selben Augenblick stimmte aber Madison, die von Anfang an von Marijana fasziniert war, zaghaft in den Applaus mit ein und noch einige andere Schülerinnen schlossen sich dieser bewundernden Anerkennung an. Veronika Vranja fuhr herum und schrie zornig: „Die Schülerinnen gehen sofort auf ihre Zimmer!"

Sofort erstarb der Applaus wieder und die Schülerinnen verschwanden kleinlaut im Gebäude, während Dr. Benson zu Tatsu Li ging und ihren Puls fühlte.

„Sie lebt noch." sagte sie leise zu sich selbst. Dann blickte sie zu der noch immer reglos neben ihr stehenden Marijana und flüsterte ihr zu: „Deine Freundinnen und Barker sind nur betäubt. Aber ihr seid jetzt in großer Gefahr."

Es dauerte eine Weile, bis Marijana den Sinn dessen begriff, was die Ärztin gesagt hatte.

Sie leben! war das letzte, was sie dachte, bevor sie einen brennenden Schmerz in ihrem Hals spürte, und fast unmittelbar darauf bewusstlos in Mandy Bensons Arme sank.

Abebi hatte den Ausgang des Kampfes aus der Sicherheit der sie verbergenden Baumriesen verfolgt. Tränen schossen ihr in die Augen, als auch Marijana betäubt neben Josh, Lian und Shadowcat gelegt wurde. Bis jetzt war sie nur ein kleines Mädchen gewesen, ein kleines, schwarzes Mädchen, das schon längst zur Frau gemacht hätte werden sollen. Aber so hatte sie sich das nicht vorgestellt. Sie stammte von einem kriegerischen Volksstamm ab. Aber sie war geflohen, um einer Ehe zu entgehen, die ihr nur Schmerzen zu bereiten versprochen hatte und um diejenigen zu finden, die sie aus ihren Träumen und Erinnerungen her kannte und liebte. Sie hatte sich so sehr nach dieser Liebe gesehnt und sich vorgestellt, dass sie nur noch diese Liebe leben würde, sobald sie die Menschen aus ihren Träumen gefunden hätte. Und jetzt musste sie erkennen, dass all ihre Vorstellungen und Wünsche doch nur die naiven und kindlichen Träume eines kleinen Mädchens waren. Sie hatte Josh, Marijana, Lian und Victoria gefunden. Sie hatte sie von ihren Erinnerungen her erkannt und war auch von ihnen wieder erkannt worden. Und sie alle hatten das Band gespürt, sie alle hatten gespürt, dass sie zu ihnen gehörte. Abebi hatte überhaupt keinen Begriff von Alter. Sie hatte Joshs Hemmungen, sie zu berühren überhaupt nicht verstehen können. Aber sie liebte ihn umso mehr für seine zurückhaltende Zärtlichkeit und für seinen Sanftmut, der ihr durch ihre Herkunft und Erziehung so fremd war. Aus ihren Visionen kannte sie auch ihre Liebe zu Victoria, Lian und Shadowcat. Aber sie hatte nicht gewusst, wie diese Liebe sich körperlich anfühlt, bis sie sie gestern mit ihrer wiedergefundenen Familie am Strand erlebt hatte. Und jetzt lagen alle, die sie liebte, betäubt auf dem Platz vor dem Internat.

Nach allem, was sie bisher über dieses Internat erfahren hatte, waren sie, vor allem Josh, jetzt in großer Gefahr. Sie hatte sich als kleines Mädchen auf den Weg gemacht, um der Gewalt zu entkommen und um Liebe zu finden. Und jetzt waren die, die sie liebte, von Gewalt bedroht. Abebi wischte sich die Tränen aus den Augen. Sie hatte es sich wirklich anders vorgestellt. Sie hatte gedacht, dass sie durch die Liebe zur Frau gemacht werden würde. Aber sie erkannte, dass es mehr bedurfte, als sich einem Mann hinzugeben, um eine Frau zu werden. Sie musste selbst etwas tun. Sie sehnte sich danach, Josh und auch ihre drei Schwestern zu berühren und ihre Körper bewusst und aktiv zu berühren und zu entdecken. Aber zuerst musste sie etwas anderes tun. Sie grub ein kleines Grab, in das sie als Symbol für das Mädchen Abebi eine Haarlocke von sich legte und war nun als Frau bereit, für die zu kämpfen, die sie liebte. In breiter Front sah sie das Sicherheitspersonal auf den Wald zu ausschwärmen. Und vorneweg liefen die drei Dobermänner von Paula Ruben. Abebi hatte nicht diese Macht über Tiere, wie Victoria. Aber sie fürchtete die Hunde auch nicht, solange sie sich frei bewegen konnte. Behände wie ein Schimpanse kletterte sie auf einen der Baumriesen und bewegte sich so geschickt von Ast zu Ast, wie es keinem Trapez- oder Hochseilartisten möglich gewesen wäre. Ihr kleiner, nackter, brauner Körper flog geradezu durch die Baumwipfel, während sie ihre Verfolgerinnen immer weiter hinter sich ließ. Sie blieb dabei trotzdem immer in der Nähe des Waldrandes, um weiter beobachten zu können, was mit Josh und ihren Schwestern geschah. Aber alles, was sie sehen konnte, war dass die vier ins Gebäude getragen wurden.

Josh schwamm durch glasklares Wasser. Er tauchte über den felsigen Grund und sah durch die sich bewegende Wasseroberfläche Shadowcat nackt auf einem Felsen stehen. Sie lächelte ihn an, sprang und tauchte im nächsten Moment wie ein Pfeil ins Wasser ein. Sie schwammen aufeinander zu und berührten und umkreisten sich in der Schwerelosigkeit des Wassers. Josh liebte es, Shadowcat anzusehen. Er liebte den zärtlichen Blick aus ihren dunklen Augen und die Geschmeidigkeit der Bewegungen ihres schlanken, jungen Körpers. Ihre offenen Haare bewegten sich wie ein seidiger Schleier, hüllten sie ein, oder umrahmten ihre anmutige Gestalt.

Ebenso liebte es Shadowcat, Josh zu betrachten. Sie liebte es, seinen nicht weniger geschmeidigen Bewegungen und dem Spiel seiner sehnigen Muskeln zuzusehen. Sie liebte die Liebe in seinen Augen und seine offenkundige Erregung, die ihn bei ihrem Anblick überkam. Behände wie ein Fisch umkreiste sie ihn. Ihre Fingerspitzen tasteten über die harten Wölbungen seiner Muskeln und sie kam ihm dabei so nah, dass die zarten Knospen ihrer Brüste, die sich nicht nur durch die Kälte des Wassers, sondern auch durch ihre eigene Erregung, zusammengezogen hatten und hart geworden waren, immer wieder Joshs Haut streiften. Diese zarten Berührungen durchdrangen beide wie ein Sturm, der ihre Erregung und Begierde ins Unermessliche steigerte und das kalte Wasser, das sie umgab, zum Kochen zu bringen schien. Sie vergaßen alles um sich herum. Sie vergaßen Zeit und Ort und sogar, dass die atmen mussten. Sie wussten nicht, wie viele Minuten sie sich unter Wasser der Zärtlichkeit ihrer Liebe hingegeben hatten, als sie auftauchten, um ihre Lungen mit neuem Sauerstoff zu füllen. Joshs erregtes Glied pflügte wie der Kiel einer Segelyacht durchs Wasser. Shadowcat konnte nicht widerstehen. Sie griff danach und ließ sich mit dem harten, pulsierenden Penis in der Hand, von Josh durch die Tiefen des Wassers ziehen. Shadowcat liebte Joshs Penis. Er fühlte sich gut in ihrer Hand an und es überkam sie die Sehnsucht danach, die pralle Eichel auf ihren Lippen zu spüren. Aber sie war glücklich, jetzt einfach so mit Josh durchs Wasser zu gleiten. Sie war glücklich, ihn so berühren zu dürfen und sich ihm ebenso anzuvertrauen, wie er sich und seinen Körper ihr anvertraute. Josh tauchte auf. Und ohne seinen erigierten Penis loszulassen, tauchte auch Shadowcat auf. Die Luft war erfüllt mit dem Rauschen des Wasserfalls, der sich in vielen kleinen Kaskaden in den unberührten See ergoss, in dem die beiden schwammen. Wortlos sahen sie sich in die Augen. Sie waren sich ganz nah und kamen sich immer näher, bis ihre Lippen sich in einem zärtlichen Kuss trafen. Dann schwammen sie zum Ufer und legten sich nackt nebeneinander auf einen glatten, von der Sonne erwärmten Felsen. Shadowcat schloss glücklich die Augen und Josh ließ seinen Blick über die zarten Linien ihres bronzefarbenen, mit Wassertropfen bedeckten Körpers schweifen. Wie schön sie war! Josh betrachtete die Augen, die selbst geschlossen einen Ausdruck von Melancholie hatten, die langen, seidigen Wimpern, die kleine, fein geschwungene Nase und die sinnlichen, leicht geöffneten Lippen, die er so gerne mit seinen Lippen bedeckte. Er betrachtete die leichte Wölbung ihrer edlen Stirn, die leicht hervorstehenden Wangenknochen, die zierlichen Ohren und die leicht gebogene Linie des Unterkiefers bis zu ihrem kleinen, energischen Kinn. Josh ließ seinen Blick über Shadowcats schlanken Hals wandern. In dem kleinen Grübchen hatten sich Wassertropfen zu einem kleinen See vereinigt. Die zarte Wölbung von Shadowcats straffen Brüsten hob und senkte sich mit jedem Atemzug. Ihre kleinen, dunkleren Knospen standen noch immer erregt ab und warfen Schatten über die sie umgebenden, ebenfalls kleinen und zusammengezogenen Warzenhöfe. Josh konnte den Geruch der Sonne und der Luft auf Shadowcats noch feuchter Haut riechen. Er blickte weiter über ihren schlanken Bauch. Auch in ihrem Nabel hatte sich ein kleiner See gebildet. Sein Blick folgte ihrem glatten Venushügel bis zwischen ihre leicht geöffneten Schenkel. Er liebte den Anblick ihrer winzigen Spalte.

„Gefällt Dir, was Du siehst?" fragte Shadowcat, ohne die Augen zu öffnen. Sie musste Josh nicht ansehen, um seine Blicke wie zärtliche Liebkosungen auf ihrem Körper zu spüren. Ihre Stimme war leise und samtig. Josh blickte wieder in ihr schönes Gesicht.

„Jeder Zentimeter!" antwortete er ebenso leise. Er beugte sich über sie und küsste zaghaft ihre weichen, nach Liebe schmeckenden Lippen. Shadowcat erwiderte seinen Kuss. Ihre Lippen berührten sich nur ganz zart. Und doch war diese flüchtige Berührung für sie beide unendlich intensiv. Josh legte seinen Kopf auf Shadowcats Bauch und schloss auch seine Augen.

Hände, die seinen Körper berührten, die seine Muskeln betasteten und die sein noch erregtes Glied packten, zusammenpressten und daran zogen, Hände, die nicht Shadowcats Hände waren und die sich unangenehm anfühlten, drangen in Joshs Bewusstsein durch, noch ehe sein Körper aus dem tiefen Schlaf der Betäubung erwachte. Seine Erektion erstarb. Und trotz aller Bemühungen der Hände, die versuchten, seinen Penis zu stimulieren, erschlaffte er vollkommen.

„Er fällt zusammen", sagte eine enttäuschte, kindliche Stimme und eine andere, die Josh als die von Fabienne Matisse erkannte, sagte: „Lass mich mal ran."

Eine neue, andere Berührung folgte, ein Saugen und Lutschen, auf das Joshs Körper aber auch nicht reagierte.

„Lass ihn mir!" sagte Knightham hitzig und erregt. Aber Evelyn Siratjas Stimme fuhr schneidend dazwischen.

„Weg mit dem Messer, Liz!" gebot sie.

Joshs Geist war hellwach, auch wenn sein Körper noch nicht erwachen konnte. Sein Traum von Shadowcat, oder seine Erinnerung hatte ein jähes Ende gefunden. Er lag auf einem kalten Untergrund mit gespreizten Armen und Beinen. An den Hand- und Fußgelenken spürte er eiserne Fesseln. Sein Wille war stärker, als das Betäubungsmittel. Er öffnete seine Augen. Über sich sah er ein hohes Kellergewölbe, das ihn an das Möbellager erinnerte. Aber hier war es noch eine Spur kälter und feuchter, was ihn zu der Annahme veranlasste, dass er noch eine Etage tiefer unter der Erde war. Knighthams trotzig forderndes „Aber ich will ihn!" lenkte Joshs Blick auf die ihn umringenden Frauen und Mädchen. Sämtliche Lehrerinnen, Schülerinnen und Bedienstete schienen sich in diesem

Folterkammergewölbe versammelt zu haben.

„Barker ist zu schade für Dich." entgegnete Evelyn, die Knighthams Handgelenk festhielt. „Er ist das Beste, was wir jemals hatten. Den lasse ich nicht einfach so von Dir kaputt machen. Ich will …"

„Er ist wach!" flüsterte plötzlich Fabienne Matisse, die noch immer Joshs Penis in ihrer Hand hielt und unterbrach damit Evelyns Ausführungen. Sofort hefteten sich alle Blicke auf Josh. Und aus dem Hintergrund hörte er Dr. Bensons Stimme.

„Das ist unmöglich!" sagte die Ärztin, während sie sich zu ihm durchdrängte. „Das Mittel wirkt noch mindestens zwei Stunden."

Dann stand sie vor ihm und sah ihm ungläubig in die Augen.

„Wie geht es Ihnen, Barker?" fragte sie.

„Was denken Sie denn, wie es mir geht?" fragte Josh zurück. Und nachdem er ohnehin mit keiner Antwort rechnete, sagte er weiter: „Ich nehme an, Sie werden mich nicht von diesen Fesseln befreien?"

Mandy Benson überlegte einen Moment zu lang. Als sie zu einer Antwort ansetzen wollte, sagte schon Evelyn: „Damit hast Du nicht gerechnet, Josh! Du hast geglaubt, Du kannst als einziger Mann hier mit Deiner Überlegenheit protzen. Aber jetzt siehst Du, wer wem überlegen ist. Du bist uns vollkommen ausgeliefert."

„Ich wusste schon die ganze Zeit über, dass Du krank bist, Evelyn", entgegnete Josh trocken. Von außerhalb seines Sichtfeldes ließ sich jetzt Veronika Vranja hören, die zu ihm sagte: „Sie glauben, Eve ist krank, Barker? Was glauben Sie wohl hat sie so krank gemacht? Männer!"

„Ich glaube eher, dass es ihr Männerhass ist, der Evelyn genauso vergiftet hat, wie er Ihre Schülerinnen vergiftet. Evelyn ist nur krank. Aber Sie sind richtig durchgeknallt!" erwiderte Josh und fuhr fort: „Ich habe keine Ahnung, was Ihnen passiert ist. Und um ehrlich zu sein, interessiert es mich auch nicht. Aber was es auch war, es rechtfertigt auf jeden Fall nicht, was Sie den Mädchen hier antun."

„Was ich den Mädchen antue?" fragte Frau Vranja höhnisch, während sie in sein Blickfeld trat. Josh sah ihr in die Augen und antwortete: „Sie nehmen Ihnen jede Chance auf ein normales Leben."

„Warten Sie nur ab, was ich Ihnen alles nehme."

„Darf ich jetzt?" fragte die übereifrige Knightham, indem sie mit ihrem kleinen, gebogenen Messer wieder nach vorne stürmte.

„Nein!" antwortete Veronika Vranja kalt. „Mit Barker werden wir uns sehr lange vergnügen."

Dann blickte sie wieder zu ihm, und ließ den Knauf ihres Elfenbeinstockes über seinen Körper wandern. Unwillkürlich ließ Fabienne seinen Penis los und zog ihre Hand zurück.

„Und glauben Sie mir, Barker: Sie werden es sogar genießen!" prophezeite Frau Vranja, während sie seinen schlafenden Penis mit dem

Stockknauf aufzurichten versuchte. So sehr sich Josh in dieser Situation auch schämte und so zornig ihn seine Ohnmacht auch machte, er blieb äußerlich ganz ruhig und antwortete leise, aber deutlich und voller Sarkasmus und Spott: „Sie vergeuden meine und Ihre Zeit. Ich stehe weder auf eine abstoßende Geistesgestörte, noch auf ihre Klone. Es gibt sicher niemanden, der abtörnender für mich ist, als Sie es sind!"

Ohne Vorwarnung ließ Veronika Vranja den schweren Stockknauf zwischen Joshs Beine sausen. Als er Joshs Hoden traf, blieb ihm für einen Moment die Luft weg. Josh wollte sich aufbäumen, er wollte sich zusammenkrümmen, aber die eisernen Scharniere, mit denen er auf den Tisch gekettet war, hielten ihn ebenso unbarmherzig fest, wie Veronika Vranja unbarmherzig zugeschlagen hatte. Und es blieb nicht bei dem einen Schlag. Immer wieder schlug sie den schweren Knauf auf Joshs Hoden und zerquetschte ihn fast auf dem Tisch. Nach dem zweiten Schlag spürte Josh keine neuen Schläge mehr. Der Schmerz ließ ihn fast ohnmächtig werden und er fühlte eine Übelkeit in sich aufsteigen. Er war so benommen von den Schmerzen, dass er nicht einmal hörte, wie Zoe Lisann raunte: „Er schreit nicht einmal."

Und auch Arlana Pos Antwort „Das ist der Schock!" drang nicht bis zu ihm durch. Erst als Dr. Benson sich einmischte und sagte: „Barker wird niemals schreien.", lichteten sich die Schleier vor seinen Augen und Josh begann, seine Umwelt wieder wahrzunehmen. Josh sah die Gesichter von Lian, Shadowcat, Marijana und Abebi vor seinem geistigen Auge und fragte sich, wo sie waren und ob sie in Sicherheit waren. Dann blickte er mit erneut aufsteigender Übelkeit herausfordernd in Frau Vranjas verzerrtes Gesicht.

„Das hat Dir nicht gefallen, was?" fragte sie ihn außer Atem und Josh hatte fast Mitleid mit der Primitivität der Frau, die ihn nur aus dem Gefühl der absoluten Macht heraus plötzlich duzte.

„Du wirst lernen, es zu lieben! Du wirst mich anflehen, Deine Eier zu zerquetschen und Deinen steifen Schwanz auszupeitschen. Du wirst lernen, alle Phantasien meiner Schülerinnen zu genießen, und ihnen Deinen Schwanz und Deine Eier anzuvertrauen, damit sie alles damit machen, was sie wollen. Du wirst Dich nach ihren Behandlungen sehnen."

„Sie sind noch viel kränker, als ich dachte!" erwiderte Josh tonlos. „Glauben Sie wirklich, irgendetwas von dem, was sie sagen, könnte mich erregen?"

„Mandy!" sagte Frau Vranja befehlend, während sie sich an die Ärztin wandte. Aber die widersprach: „Das ist noch zu früh. Eigentlich dürfte Barker noch gar nicht wach sein. In seinem Körper ist noch zu viel von dem Betäubungsmittel."

„Tu es!" befahl Frau Vranja kalt. Mandy Benson wagte nicht, der absoluten Herrscherin über St. Bernadette länger zu widersprechen und zog eine Spritze aus der Tasche ihres Kittels. Als sie sich über Josh beugte, seinen Penis in die Hand nahm und seine Vorhaut zurückzog, traf ihr Blick kurz den seinen und Josh glaubte so etwas wie Bedauern darin zu sehen. Im nächsten Moment spürte er einen Stich in seiner Eichel und es brannte unangenehm, während die Ärztin den Inhalt der Spritze in Joshs Penis drückte.

„Zwei Minuten!" sagte sie zu Veronika Vranja, nachdem sie die Nadel aus Joshs Eichel wieder herausgezogen hatte. Frau Vranja wandte sich an die Schülerinnen und Lehrerinnen.

„Worauf wartet ihr?" fragte sie. „Zieht euch aus."

Josh spürte, wie sich der Inhalt der Spritze in seinem Penis ausbreitete und eine Erektion hervorrief. Aber er fühlte nichts Angenehmes oder Erregendes dabei, nur einen unangenehmen Druck. Evelyn nahm seinen Penis in die Hand. Sie ließ sie mit leichtem Druck auf- und abgleiten, um die beginnende Erektion voranzutreiben.

„Siehst Du Josh," sagte sie fast zärtlich. „Und schon hast auch Du Spaß."

„Glaubst Du das wirklich?" fragte Josh zurück. Evelyn wendete sich an Fabienne Matisse, die noch immer neben Josh hockte, aber inzwischen vollkommen nackt war.

„Komm her, Fabienne!" sagte sie auffordernd. „Jetzt kannst Du weitermachen. Aber mach ihn nicht gleich kaputt."

Fabienne war jetzt weit weniger forsch, als vorher. Sie war verunsichert, weil Josh jetzt wach war und sie ansah. Zaghaft nahm sie seinen inzwischen steifen Penis in ihre Hand, kroch zwischen seine Beine und nahm die pralle Eichel in den Mund. Von Neuem begann sie, daran zu saugen, während ihre Finger seine geschwollenen Hoden massierten. Die anderen Schülerinnen kamen näher. Evelyn drückte ihre vollen Brüste auf Joshs Lippen. Aber Josh presste seine Lippen zusammen und versuchte seinen Kopf von ihr wegzudrehen. Er spürte, wie Fabienne immer fester an seiner Eichel saugte. Aber trotz der künstlich hervorgerufenen Erektion fühlte er keinerlei Erregung. Irgendeine Schülerin, Josh konnte nicht erkennen, wer es war, setzte sich mit gespreizten Beinen auf sein Gesicht und Josh fühlte die weiche Haut ihrer von Männern noch unberührten Schamlippen auf seinen Lippen. Er leugnete vor sich selbst nicht, dass es sich gut anfühlte. Aber es war trotzdem unangenehm für ihn. Das waren nicht die Schamlippen, nach denen er sich sehnte. Und der Geruch, der ihm dabei in die Nase stieg, war auch nicht der Geruch, der ihn so sehr berauschte. Alles in allem war es eine völlig absurde und unerotische Situation für ihn. Trotz Fabiennes leidenschaftlichem Saugen und Lecken und ihren immer begeisterter werdenden „Mmmm's" und trotz der Spritze wurde Joshs Erektion wieder weicher. Fabienne steigerte ihr leidenschaftliches Saugen noch mehr und hätte unter anderen Umständen sicherlich jeden Mann sehr glücklich mit diesem Blowjob gemacht. Aber Josh Penis fiel wieder in sich zusammen, bis er völlig schlaff war. Fabienne erntete dafür hämisches Gelächter ihrer Mitschülerinnen und zog sich beschämt zurück. Und auch Die Schülerin, die ihre Schamlippen an Joshs Bartstoppeln schon fast wundgerieben hatte, zog sich unbefriedigt wieder zurück, oder besser gesagt: Sie wurde von Josh heruntergezogen.

„Das ist gar nicht möglich!" sagte Dr. Benson ungläubig, während sie Joshs Penis untersuchte.

„Die Wirkung hält normalerweise vier bis fünf Stunden."

„Gib ihm noch eine Spritze!" befahl Frau Vranja. Aber Mandy Benson schüttelte den Kopf und antwortete: „Das ist wahrscheinlich eine Wechselwirkung mit dem Betäubungsmittel. Gib ihm Zeit bis morgen."

Veronika Vranja überlegte eine Weile. Dann antwortete sie: „Also gut. Bringt ihn in seine Zelle. Und sperrt die Lara-Mädchen zu ihm."

Mit Handschellen gefesselt wurde Josh von zwei mit Elektroschockern bewaffneten Bodybuilderinnen nackt in eine Zelle geführt. Als die Gittertür hinter ihm ins Schloss fiel und er aufgefordert wurde, seine Hände durchs Gitter zu stecken, damit sie ihm die Handschellen abnehmen konnten, hielt die eine Bodybuilderin ihn an den Handschellen fest, während die andere mit ihrem Elektroschocker plötzlich fünfhunderttausend Volt durch seinen Penis jagte. Diejenige, die ihn festgehalten hatte, kippte bewusstlos rückwärts um, während auch Josh benommen zusammensackte und nach unten sehen musste, um festzustellen, dass noch alles an ihm dran war. Die Bodybuilderin mit dem Elektroschocker gab der anderen ein paar Ohrfeigen. Aber es dauerte mehrere Minuten, bis die wieder zu sich kam. Als sie die Augen wieder aufmachte, sagte sie trocken: „Ich wusste gleich, dass das eine blöde Idee ist."

Dann richtete sie sich wackelig auf und fragte Josh: „Sind sie okay, Barker?"

Josh antwortete nicht, sondern sah sie nur so an, wie ein Raubtier in einem Käfig einen Wärter ansieht, der ihn misshandelt hat.

„Geben Sie mir Ihre Hände", forderte sie ihn noch mal auf. Und als Josh zögerte, versprach sie ihm: „Keine Angst. Wir tun Ihnen nichts mehr."

Langsam streckte Josh ihr seine Hände entgegen und ließ sich die Handschellen abnehmen. Dann zog er sich kriechend in den Hintergrund der Zelle zurück, wo eine Pritsche stand. Eine Tür auf der anderen Seite wurde geöffnet, ohne dass sich jemand zeigte. Josh zögerte, zu der Tür zu gehen. Er vermutete eine neue Hinterlist und war außerdem völlig erschöpft. Er betastete seinen Penis und seine Hoden. Seit dem Stromschlag hatte er beides nicht mehr gespürt. Erst jetzt kam langsam wieder ein Gefühl in Form von Schmerzen zurück. Aber Josh war zufrieden damit.

Lieber Schmerzen, als gar kein Gefühl, dachte er sich. Auf wackeligen Beinen ging er zu der geöffneten Tür. So groß sein Misstrauen auch war; Er konnte seine Neugier in einer so ausweglos erscheinenden Situation nicht zügeln. Hinter dieser Tür konnten neue Schmerzen und Demütigungen auf ihn warten, aber auch Möglichkeiten zur Flucht. Herausfinden konnte er es nur, wenn er die Tür aufstieß. Und das tat er.

Der angrenzende Raum war eine Zelle, die der seinen ähnlich war. Sie war nur mehr als doppelt so groß und anstatt einer Pritsche standen drei Tische in der Art wie der, auf den er in dem Foltergewölbe geschnallt gewesen war. Und auf diesen Tischen lagen nackt und bewegungslos, schlafend oder tot Shadowcat, Marijana und Lian. Alle drei waren so wie vorher er mit gespreizten Armen und Beinen mit eisernen Scharnieren auf die Tische gefesselt. Dass sie gefesselt waren, ließ Josh vermuten und hoffen, dass die drei ebenso wie er, nur betäubt worden waren. Er spekulierte nicht darüber nach. Sofort, als er die Tür aufgestoßen und die drei entdeckt hatte, sprang er zu ihnen und fühlte den Puls an ihren Hälsen. Erleichtert atmete er auf, als er sicher war, dass die drei geliebten Mädchen nur schliefen. Zärtlich strich er Marijana, die in der Mitte lag, eine Haarsträhne aus dem blutverkrusteten Gesicht und küsste zärtlich ihre Lippen. In der Zellenecke hatte Josh ein Klo und ein kleines Waschbecken gesehen. Er befeuchtete ein paar Blätter Klopapier und wusch damit das trockene Blut aus Marijanas Gesicht und von ihrem Körper. Mehr konnte er im Moment nicht für sie tun. Mit Tränen in den Augen streichelte er den Mädchen zärtlich über die Wangen. Er fühlte sich so elend und schuldig an dem, was den dreien angetan worden war. Sie waren so wunderschön und sahen so friedlich aus, wie sie nackt und schlafend dalagen. Aber die von den Fesseln erzwungene Haltung erschien ihm so unnatürlich und demütigend. Nacheinander beugte er sich über die Gesichter und küsste zärtlich ihre Lippen.

Ich habe euch das eingebrockt und ich werde euch auch wieder von hier wegbringen! dachte er sich. Er rechnete nicht damit, dass die Mädchen in diesem Zustand der Betäubung seine Gedanken hören konnten. Er bekam auch keine Antwort von ihnen. Er fühlte nur eine Regung des Geistes von Shadowcat. Es war so, als ob sie ihm etwas sagen wollte, aber zu schwach dazu war. Aber das konnte auch Einbildung sein, die aus seiner Hoffnung erwuchs.

„Ruh Dich noch aus, mein Herz", flüsterte er ihr ins Ohr und küsste noch einmal voller zärtlicher Liebe ihre leicht geöffneten Lippen. Und Shadowcat zeigte mit einem kaum wahrnehmbaren Zucken der Finger ihrer rechten Hand, dass sie ihn wahrnahm. Bevor sich Josh aber darüber bewusst wurde, hörte er hinter sich die kalte, schneidende Stimme Veronika Vranjas.

„Ich wusste es die ganze Zeit!" Josh fuhr herum und blickte in einen großen, in die Wand eingelassenen Spiegel.

Wie konnte ich nur so dumm sein? dachte er sich. Dieser Spiegel war so offensichtlich dafür da, um Personen in diesem Raum von der anderen Seite aus zu beobachten. Und er hatte mit seinen Küssen eindeutige Beweise seiner Liebe zu den drei Mädchen geliefert. Trotzdem antwortete er seinem Spiegelbild kalt: „Sie wissen gar nichts, Vranja!"

Und dabei schien sein Blick den Spiegel zu durchdringen. Josh spürte, wie Frau Vranja sich unwillkürlich abwandte und hörte Evelyn beruhigend flüstern: „Er kann Dich nicht sehen!"

Damit hatte sie eigentlich recht. Aber Josh konzentrierte sich so sehr auf das, was hinter dem Spiegel vorging, dass er deutlich jede Regung dahinter spüren konnte. Er spürte sogar die Anwesenheit einer dritten Person im Raum hinter dem Spiegel und antwortete auf Evelyns Versicherung: „Es scheint so, als wäre sich Vranja nicht so sicher, wie Du, Evelyn. Was meinst Du, Arlana; Kann ich euch sehen?"

„Er blufft nur!" flüsterte Evelyn wieder. Und Arlana flüsterte zurück: „Er blufft ziemlich gut. Schließlich hätte er Dich nicht einmal hören dürfen."

„Das stimmt", bestätigte Veronika Vranja fast tonlos. „Ich hab das Mikro abgeschaltet, nachdem ich zu ihm gesprochen hatte."

Josh hörte ein leises Knacksen. Am liebsten hätte er seine Augen geschlossen, denn er wusste, dass er sich mit geschlossenen Augen noch viel besser auf das konzentrieren können hätte, was jenseits des Spiegels passierte. Mit geschlossenen Augen hätte er womöglich wirklich in diesen Raum blicken können. So musste er sich mehr auf seine Intuition verlassen. Das Knacksen war eindeutig das Einschalten des Mikros gewesen. Josh spürte, dass Veronika Vranja ansetzte, zu ihm zu sprechen. Aber noch während sie Luft holte, trat er einen Schritt näher an den Spiegel und sagte zu ihr: „Sie können ihr Mikro auslassen, Vranja. Ich höre sie klar und deutlich."

Josh spürte, wie die Internatsleiterin vor ihm zurückwich. Er konnte sie so deutlich spüren, dass er sie direkt anblickte. Zumindest sah es für Frau Vranja so aus.

„Sie sind wirklich erstaunlich, Barker!" sagte sie nicht ohne ehrfürchtigen Respekt. Und Josh bemerkte zu seiner Genugtuung, dass sie ihn wieder siezte.

„Du kannst uns nicht sehen, Josh!" fuhr Evelyn jetzt mit Bestimmtheit dazwischen. Auch ihr blickte Josh anscheinend direkt in die Augen, als er ihr antwortete: „Natürlich kann ich euch nicht sehen, Eve. Ich schaue nur in einen Spiegel."

Arlana beugte sich zu Evelyn und flüsterte ihr so leise ins Ohr, dass selbst Evelyn es kaum verstehen konnte. Trotzdem konnte Josh jedes Wort hören. Er wusste selbst nicht, was seine Sinne so sehr geschärft hatte, seit er akzeptiert hatte, dass er mit den drei gefesselt hinter ihm liegenden

Mädchen und Abebi eine Einheit bildete. Er wusste nur, dass sie zusammen gehörten und zwar schon seit einem früheren Leben. Und er wusste, dass er mit den vier Mädchen auf telepathische Weise kommunizieren konnte. Aber das ganze Ausmaß dieser Fähigkeiten konnte er noch nicht erfassen, geschweige denn bewusst und gezielt einsetzen. Er spürte, dass es eine große Gabe war, oder vielleicht auch ein Fluch. Aber es ergab sich immer nur aus dem Augenblick. Hätte Josh seine Aufmerksamkeit schon vorher auf den Spiegel gerichtet, dann hätte er, wenn er die Personen dahinter wahrgenommen hätte, seine Liebe zu den Mädchen nicht so offen gezeigt. Aber jetzt war es zu spät und er musste sehen, was er aus der Situation machen konnte.

„Frag ihn, welche Karte Du in der Hand hältst", hatte Arlana Evelyn ins Ohr geflüstert. Aber eben als Evelyn zu der Frage ansetzte „Welche …", unterbrach sie Josh auch schon.

„Nette Idee, Arlana", sagte er. „Aber ihr habt keine Karten da drüben."

Josh spürte, dass auch Arlana vor seinem Blick zurückweichen wollte. Aber gleichzeitig nahm er im Spiegel auch eine Bewegung hinter sich wahr. Durch die Tür zu seiner Zelle blickte eine der muskulösen Sicherheitsdamen in diesen Raum. Josh drehte sich nicht zu ihr um, sondern sah sie nur im Spiegel an, während er sie fragte: „Haben Sie alles gesehen, was sie sehen wollten?"

Und dabei meinte er nicht seinen nackten Hintern, den er ihr zeigte, weil er mit den Händen seine Blöße vor den Blicken aus dem Spiegel bedeckte.

„Können Sie mich hören, Ronnie?" fragte jetzt Veronika Vranja laut und deutlich, aber ohne das Mikrofon einzuschalten hinter dem Spiegel. Und Josh antwortete sofort, ohne auf eine Antwort von Ronnie zu warten, die ohnehin nicht kommen würde: „Sein Sie doch nicht albern, Vranja. Wie soll Ronnie Sie denn hören, wenn Sie das Mikro nicht einschalten?"

„Ronnie?" fragte Frau Vranja erneut und lauter, während Ronnie nur verständnislos Josh von hinten ansah.

„Unterhalten Sie sich da mit jemand?" fragte sie recht naiv, während sie ein paar Schritte näher an den Spiegel trat, bis sie schließlich neben Josh stand. Es wäre jetzt ein leichtes für Josh gewesen, Ronnie zu überwältigen. Das wusste er und das vermuteten auch Veronika Vranja, Evelyn und Arlana und schrieen aufgeregt durcheinander, um Ronnie dazu zu bewegen, die Zelle sofort wieder zu verlassen.

Vielleicht sollte ich es tun, dachte sich Josh. *Vielleicht sollte ich sie betäuben und als Geisel nehmen.*

Aber auch wenn Ronnie nicht so aussah, war sie doch eine Frau. Und Josh konnte nicht gegen Frauen kämpfen. Noch nicht. Vielleicht würde es noch notwendig werden, dass Josh diese Einstellung überdachte. Aber jetzt war er noch nicht so weit. Ronnie ging bis an den Spiegel, legte ihre Hände daran, um ihre Augen zu beschatten und fragte: „Hallo?"

„Das Mikro!" sagte Josh in den Spiegel und machte dabei eine kreisende Bewegung mit dem linken Zeigefinger vor seinem Ohr, um denen nebenan klarzumachen, dass Ronnie sie hier nicht hören konnte. Und im nächsten Moment ließ Frau Vranjas brüllende Stimme Josh und Ronnie zusammenzucken: „… die Zelle!"

„Was?" fragte Ronnie erschrocken. Und bevor Frau Vranja erneut losbrüllen konnte, antwortete Josh auf die Frage: „Sie sollen sofort die Zelle verlassen, Ronnie."

„Aber ich sollte doch …" wollte Ronnie sich verteidigen. Josh unterbrach sie aber sofort mit den Worten: „Von der Tür aus, Ronnie! Verstehen Sie denn nicht, welcher Gefahr Sie sich ausgesetzt haben? Wenn ich Sie jetzt überwältigt hätte …"

Josh ließ das Ende des Satzes offen und überließ es Ronnies träger Phantasie, sich selbst auszumalen, was dann hätte passieren können.

„Oh, ich verstehe!" sagte sie schließlich. Und durch das Mikrofon kam die strenge Stimme Vranjas und befahl: „Jetzt gehen Sie endlich, Ronnie!"

Josh konnte Ronnie ansehen, wie unangenehm ihr die Situation war. Anscheinend hatte sie noch immer nicht ganz begriffen, dass sie von der anderen Seite des Spiegels aus von ihrer Chefin beobachtet wurde, obwohl sie selbst schon aus der anderen Richtung durch diesen Spiegel geblickt hatte. An der Tür zur angrenzenden Zelle blieb sie noch mal stehen und fragte Josh: „Warum haben Sie die Chance nicht genutzt?"

Josh zuckte mit den Schultern. Er glaubte nicht, dass Ronnie seine Antwort verstanden hätte.

„Raus jetzt da, Ronnie!" kam der schneidende Befehl Vranjas durch das Mikrofon. „Und sperren Sie hinter sich ab."

Ronnie nickte Josh noch einen Gruß zu und Josh erwiderte den Gruß ebenso. Dann schloss sich die Verbindungstür zur angrenzenden Zelle und wurde von der anderen Seite aus verschlossen.

„Sind Sie so edelmütig oder einfach nur dumm, Barker?" fragte ihn Veronika Vranja, als Ronnie gegangen war. Josh antwortete nicht. Er wusste, dass Vranja noch viel weniger in der Lage war, ihn zu begreifen, als Ronnie es gewesen wäre. Ohne sich weiter um den Spiegel, oder das, was dahinter war, zu kümmern, setzte sich Josh wieder zu den drei noch schlafenden Mädchen. Veronika Vranja vermutete zuerst, dass das Mikrofon nicht funktionierte, schaltete es ein paar mal aus und wieder ein, klopfte damit auf den Tisch, pustete hinein und sprach immer wieder zu Josh. Der verriet aber durch nichts, ob er sie noch hören konnte. Schließlich war es Evelyn, die Veronika Vranjas Bemühungen Einhalt gebot, indem sie sagte: „Es liegt nicht an der Technik. Du hast doch mitbekommen, dass er uns auch ohne Mikro hört. Vielleicht ist einfach seine Sprechstunde zu Ende."

Kluges Mädchen, dachte sich Josh, dessen Gedanken sich schon wieder mehr bei den schlafenden Mädchen befanden, als hinter dem Spiegel. „Sie sind nicht in der Position, um mit mir zu spielen, Barker!" kam drohend Frau Vranjas Stimme aus dem unsichtbaren Lautsprecher. Als Josh wieder nicht reagierte, dauerte es noch einige Sekunden, bis Frau Vranja den angrenzenden Raum mit ihren beiden Gefährtinnen verließ. Aber jetzt, da Josh wusste, was sich hinter dem Spiegel befand, war er sich auch ziemlich sicher, dass in dem Raum eine Kamera jede seiner Bewegungen aufzeichnete. Trotzdem weigerte er sich, tatenlos abzuwarten, was weiter passieren würde. Er sprang auf und untersuchte eingehend die eisernen Fesseln an den Hand- und Fußgelenken der Mädchen. Schließlich sprang er auf den Tisch, auf dem Lian lag, packte die Fessel an ihrem linken Fuß und zog mit aller Kraft, die er aufbringen konnte, daran. Zuerst schien es, als würde das Metall seiner Muskelkraft widerstehen. Aber Josh gab nicht so schnell auf und zog erneut mit angehaltenem Atem. Jeder Muskel seines nackten Körpers war angespannt. Er wirkte wie ein Mann, der für den Bildhauer griechischer Götterstatuen Modell stand. Für diejenigen, die seinen, wie sie glaubten, aussichtslosen Versuch, die Mädchen zu befreien, auf einem großen Monitor verfolgten, wirkte er selbst fast wie ein griechischer Gott. Aber diese Frauen hatten nur wenig Sinn für die kraftvolle Ästhetik seines perfekten Körpers. Josh spürte, wie das Eisen sich langsam verbog und schließlich mit einem Knall, der sich fast wie ein Schuss anhörte, auseinanderriss.

„Das ist unmöglich!" schrie Veronika Vranja außer sich, als sie diesen Kraftakt beobachtete. Und Evelyn, die vor Bewunderung fast paralysiert war, sagte in tonloser Euphorie: „Alles, was dieser Mann tut, scheint unmöglich zu sein."

Veronika Vranja griff zum Telefon, um das Sicherheitspersonal in die Zelle zu schicken und Josh in seine Zelle zurückzubringen. Bis die muskulösen, mit Elektroschockern und Betäubungspistolen bewaffneten Damen bei ihm eintrafen, war Lian von allen ihren Fesseln befreit. Und Marijana hatte schon einen Fuß frei. Der Sicherheitstrupp kam von zwei Richtungen auf Josh zu. Ein Teil kam aus seiner Zelle, der andere durch die Tür vom Gang.

„Zurück in Deine Zelle!" forderte ihn die Anführerin der Truppe auf und versuchte ihn wie ein wildes Tier mit ihrem Elektroschocker zu der Tür zu treiben. Aber Josh war kein wildes Tier, auch wenn er die Instinkte eines wilden, in die Ecke getriebenen Tieres in sich erwachen fühlte. Er war ein denkender und fühlender Mensch. Und als Mensch war er in der Lage, etwas Unvorhersehbares zu tun. Unvermittelt packte er die Anführerin am Handgelenk und entwand ihr den gefährlichen Elektroschocker. Eine zweite Dame schoss ihren Betäubungspfeil auf Josh ab. Aber Joshs Sinne waren jetzt hellwach. Er hatte die Bewegung aus dem Augenwinkel wahrgenommen und sich geduckt, als die Dame den Abzug drückte. Das Ergebnis war, dass eine dritte Dame der ihn umringenden Truppe von dem Pfeil getroffen wurde und fast augenblicklich betäubt zu Boden ging.

„Sagt einfach, ihr habt mich nicht gefunden", schlug Josh vor. Aber der Vorschlag wurde nicht angenommen. Josh wollte nicht gegen Frauen kämpfen. Aber er wurde angegriffen. Und es ging ihm vielmehr darum, Lian, Shadowcat und Marijana in Sicherheit zu wissen, als sich selbst zu verteidigen. Was sollte er tun? Was konnte er tun? Nachdem eine zweite Dame des Sicherheitstrupps von einem Betäubungspfeil getroffen zu Boden ging, befahl die entwaffnete Anführerin: „Hört auf zu schießen!"

Dann ließ sie sich von einer anderen deren Elektroschocker geben, ging damit zu Marijana und hielt ihr das Gerät an den Hals.

„Gehen Sie in Ihre Zelle Barker, oder ich töte ihre kleine Freundin!" befahl sie.

„Wie heißen Sie?" fragte Josh, während ihm das Elektroschockgerät der Anführerin abgenommen wurde.

„Wozu wollen Sie das wissen?" fragte die Dame kalt zurück. Und Josh antwortete ebenso kalt: „Ich möchte wissen, wie die erste Frau heißt, die durch meine Hand stirbt."

Im Blick der Dame zeigte sich für eine kurze Sekunde echte Todesangst. Aber dann lachte sie gezwungen und befahl: „Bringt ihn nach nebenan."

Josh ließ sich widerstandslos bis zur Verbindungstür zu seiner Zelle führen. Er spürte, dass die Anführerin nicht abwartete, bis er sicher eingesperrt war, sondern der Truppe folgte. Marijana war also nicht mehr in direkter Gefahr. In einer einzigen fließenden Bewegung drehte sich Josh, riss einer Sicherheitsdame ihre Pistole aus dem Holster und schoss der Anführerin der Truppe den Betäubungspfeil in die Stirn. Dann wich er freiwillig vor den bedrohlich nahe kommenden Elektroschockern in seine Zelle zurück. Er hatte nicht getötet. Das beruhigte ihn. Aber er hatte trotzdem auf eine Frau geschossen. Und das peinigte ihn fast mehr, als seine eigenen Schmerzen und seine Gefangenschaft.

Die schwere Eisentür schloss sich hinter Josh. Er war wieder allein in seiner kleinen Zelle mit der Pritsche. Erst jetzt registrierte er, dass auch dieser Raum einen in die Wand eingelassenen Spiegel hatte. Und er war sich bewusst, dass er durch diesen Spiegel ebenfalls beobachtet wurde. Wäre es nur um ihn allein gegangen, hätte er sich vielleicht in sein Schicksal ergeben. Aber er wusste, dass in der Zelle nebenan betäubt und gefangen Lian, Marijana und Shadowcat lagen. Und um ihretwillen gönnte er seinem geschundenen Körper und seinem Geist keine Ruhe. Die Geräusche aus der Nachbarzelle waren verstummt. Die Sicherheitstruppe hatte den Raum ganz offensichtlich wieder verlassen, sobald sie Josh von den Mädchen wieder getrennt hatte. Joshs einzige Sorge dabei war, dass sie die von ihren Fesseln befreite Lian mitgenommen haben könnten. Wenn Lian ungefesselt erwachte, war sie zumindest in der Lage, sich zu verteidigen. Aber würde es gut sein, wenn sie sich verteidigte? Josh war hin- und hergerissen. Er liebte Lian zu sehr, um verkraften zu können, dass ihr ein Leid widerfuhr, wenn sie sich auf einen aussichtslosen Kampf einließ. Es wäre seine Aufgabe gewesen, Lian und ihre Schwestern zu beschützen. Josh war wütend auf sich selbst. Er war wütend, dass er nicht in der Lage war, gegen Frauen zu kämpfen.

Wo ist Abebi? fragte er sich. Die Sorge, dass ihr etwas passiert sein könnte, dass man ihr etwas angetan haben könnte, ließ ihn zittern. Er setzte sich unterhalb des Spiegels, da, wo man ihn nicht sehen konnte, an die Wand, schloss die Augen und schickte seinen Geist auf die Suche nach dem verschwundenen Mädchen.

Abebi? Abebi, wo bist Du? fragte er stumm. Er wusste nicht, ob sein Geist stark genug war, dass seine Gedanken die Mauern der tief unter der Erde liegenden Zelle durchdringen konnten. Die telepathischen Fähigkeiten, die er mit Shadowcat, Lian, Marijana und Abebi teilte, waren noch so neu und fremd für ihn, dass er nicht darauf vertraute, sie bewusst einsetzen und steuern zu können. Er fürchtete sogar, sie genauso plötzlich wieder verlieren zu können, wie er sie an sich entdeckt hatte. Aber hatte er nicht noch vor wenigen Minuten in der Zelle nebenan hören können, was hinter einem schalldichten Spiegel gesprochen worden war? Hatte er nicht gespürt, wer sich in dem Raum hinter dem Spiegel aufgehalten hatte, ohne dass er in den Raum blicken konnte? Es war wie das Normalste der Welt für ihn gewesen. Und jetzt war nicht die richtige Zeit, um an seinen aus Liebe erwachsenen Fähigkeiten zu zweifeln. Jetzt bedurfte er dieser Fähigkeiten. Er spürte die Liebe zu den Mädchen so stark, als ob er sie alle vier in seinen Armen halten würde.

Abebi, wo bist Du? fragte er noch einmal. Und diesmal war es, als ob er ihr diese Frage mit der Kraft seiner Stimme gestellt hätte. Es war, als ob Abebi ihm gegenüber stünde und in seine Augen blickte. Und noch ehe er ihre Antwort vernahm, wusste er, dass sie wohlauf und in Sicherheit war. Er spürte es.

Josh, geht es Dir gut? hörte er ihre besorgte Gegenfrage in seinem Kopf. Und obwohl die Unterhaltung nur auf gedanklicher Ebene geführt wurde, spürte Josh Abebis unterdrückte Tränen, als sie weitersprach: *Ich hab mir so große Sorgen um Dich gemacht, um Dich, Lian, Marijana und Victoria. Sie sind auch alle drei betäubt worden.*

Ich weiß, erwiderte Josh und erzählte Abebi alles, was seit seinem Erwachen passiert war. Und Abebi erzählte ihm, wie sie entkommen war.

Victoria war schon in Sicherheit, schloss sie. *Sie ist gefangen worden, weil sie mir zu Hilfe gekommen ist.*

Josh spürte, dass Abebi sich wegen Shadowcats Überwältigung schuldig fühlte, und auch deswegen, weil sie Lian nicht in Sicherheit hatte bringen und weder ihm, noch Marijana irgendwie hatte beistehen können.

Mach Dir keine Vorwürfe, meine tapfere kleine Abebi. tröstete er sie. *Es ist gut, dass wenigstens Du in Sicherheit bist. Halte Dich weiter verborgen. Und wenn es Shadowcat, Lian, Marijana und mir nicht gelingen sollte, aus dem Internat zu entfliehen, dann möchte ich, dass Du die Insel auf die gleiche Weise wieder verlässt, auf die Du sie erreicht hast.*

Ich werde nicht ohne euch von hier weggehen, widersprach Abebi und bekräftigte es noch mit den Worten: *Das schwöre ich!*

Josh spürte, dass es die Wahrheit war und dass es nichts gab, womit er Abebi dazu hätte bewegen können, ihren Schwur zu brechen. Ihm war klar, dass jetzt auch ihr Leben davon abhing, dass ihnen die Flucht gelang. Josh fühlte eine große Verantwortung auf seinen Schultern lasten. Aber alles, was er Abebi im Moment erwidern konnte, war: *Ich liebe Dich, Abebi!*

Abebi weinte vor Glück, als sie das hörte und gestand: *Das macht mich unendlich glücklich Josh, denn ich liebe Dich schon mein ganzes Leben lang.*

Joshs Zellentür wurde aufgeschlossen und ein Trupp bewaffneter Sicherheitsdamen hielt ihn in Schach, während eine die von ihren Fesseln befreite, aber noch immer bewusstlose Lian herein trug und auf seine schmale Pritsche legte. Josh fragte sich zwar, was das zu bedeuten hatte, aber er fragte die athletischen Damen nicht, sondern wartete ruhig an der Wand sitzend ab, bis sie seine Zelle wieder verlassen hatten und er mit Lian allein war, allein bis auf die Beobachterinnen hinter dem Spiegel. Als die schwere Tür wieder krachend ins Schloss fiel und von außen verschlossen wurde, sprang er sofort auf und war mit einem einzigen Satz bei Lian. Er fühlte die auf sich gerichteten Blicke, die von hinter seinem Spiegelbild jede seiner Bewegungen verfolgten. Aber darum kümmerte er sich jetzt nicht. Er untersuchte zuerst die kleine, zierliche Lian, die nackt auf seiner schmalen Pritsche lag und friedlich zu schlafen schien. Dass er keine neuen Wunden oder Einstiche von Betäubungspfeilen oder Injektionsnadeln an ihr entdecken konnte, beruhigte ihn. Von Abebi hatte er erfahren, dass Lian, Shadowcat und Marijana auf die gleiche Art, wie er selbst betäubt worden waren. Also war es nur eine Frage der Zeit, bis sie wieder aufwachten. Und da sie so viel kleiner und zarter waren als er, war es auch völlig natürlich, dass die Wirkung des Mittels bei ihnen länger anhielt als bei ihm. Josh kauerte sich auf den Boden neben der Pritsche, nahm Lians Hand in seine und ließ seinen Blick zärtlich auf ihrem wunderschönen Gesicht ruhen. Die Blicke aus dem Spiegel in seinem Rücken versuchte er nicht zu beachten. Aber er spürte sie wie Nadelstiche in seinem Nacken. Und er wusste, dass er die Geduld der Beobachterin auf eine harte Probe stellte. Lian war so unglaublich schön, wie sie nackt da lag. Josh hätte sie gerne zugedeckt, um ihren zarten Körper vor der kühlen, feuchten Luft des Kellerraums zu schützen und um selbst nicht das Gefühl zu haben, Lians Bewusstlosigkeit auszunutzen, wenn auch nur mit seinen Blicken. Aber es gab keine Decke.

Es gab nur die harte Pritsche in der ansonsten kahlen Zelle. Und Josh wusste auch, dass er Lian ansehen durfte. Lian liebte seine Blicke auf ihrem Körper so, wie Josh es liebte, sie anzusehen.

Meine wunderschöne, kleine yīndào, dachte er sich, während sein Blick über Lians kleine Brüste mit den trotz der Betäubung, durch die Kälte und Feuchtigkeit der Luft zusammengezogenen kleinen Knospen, über ihren schlanken Bauch mit den deutlich sichtbaren Muskeln, bis zu ihrer winzigen Spalte wandern ließ, die so unglaublich eng war und ihn doch so gierig in sich aufgenommen hatte. Josh versuchte, diese Gedanken wieder abzuschütteln. Wenn sein Penis sich bei diesen Gedanken regte, hätten die Beobachterinnen hinter dem Spiegel vermutlich ihr Ziel erreicht. Veronika Vranja und ihre Schülerinnen, oder besser gesagt: Anhängerinnen, wollten, dass er eine Erektion bekam, damit sie seinen erregten Penis mit ihren abartigen Praktiken behandeln konnten. Josh erstickte die kleine Regung in seinem noch schmerzenden Glied im Keim, indem er seine Augen schloss und seine Gedanken auf den Spiegel und den Raum dahinter konzentrierte. Veronika Vranja war nicht da. Aber Evelyn, Arlana Po und Zoe Lisann konnte Josh deutlich spüren. Und irgendjemand befand sich noch im Hintergrund, den Josh zwar auch spüren, aber nicht erkennen konnte. Joshs Gedanken waren so konzentriert, dass er Evelyn, Arlana und Zoe fast zu sehen vermochte, obwohl der Spiegel, hinter dem sie verborgen waren, in seinem Rücken war. Nur die Person im Hintergrund blieb schemenhaft. Er sah vor seinem geistigen Auge, wie die Tür zu dem kleinen Raum geöffnet wurde und auch noch Tatsu Li eintrat.

„Und?" fragte sie. „Was macht er?"

„Er hält ihre Hand." antwortete Arlana. „Aber ich bin mir sicher, dass er seine Blicke nicht von ihrem Körper abwenden kann."

Tatsu Li trat näher an die von ihrer Seite aus durchlässige Scheibe des Spiegels und fragte weiter: „Reagiert er schon irgendwie?"

Wieder antwortete Arlana: „Du siehst ja, dass er so dasitzt, dass man seinen Schwanz nicht sehen kann."

Aus dem dunklen Hintergrund hörte Josh jetzt die Stimme der Frau, die er noch nicht erkennen konnte sagen: „Meint ihr nicht, dass Josh Barker inzwischen ganz genau weiß, was ein Ständer für ihn bedeutet?"

Josh hörte das leichte Lallen in der Stimme der Frau, in der er durch diesen Umstand die Sprachlehrerin Abigail Wendt vermutete, von der Evelyn ihm erzählt hatte, dass sie zuviel trank. Und als sein Geist diese Möglichkeit in Betracht zog, wurde auch ihr Gesicht für ihn erkennbar.

Sonderbar, dachte er sich, *dass nur eine Trinkerin auf die naheliegendsten Gedanken kommt, während alle anderen anscheinend vermuteten, dass Männer, selbst auf die Gefahr hin, kastriert zu werden, nur mit ihrem Penis denken würden.*

Dass sein Penis bereits begonnen hatte auf Lians Anblick zu reagieren, verdrängte er in dem Moment. Immerhin hatte er sich so weit unter

Kontrolle gehabt, dass er sich von dem Anblick ihres perfekten, jungen Körpers wieder lösen und seine Gedanken auf etwas anderes lenken konnte.

„Kann er uns hören?" fragte Tatsu Li jetzt plötzlich flüsternd. Und Evelyn antwortete ihr, ohne ihre Stimme zu senken: „Drüben konnte er es, selbst als Arlana mir so leise ins Ohr geflüstert hat, dass ich sie kaum hören konnte."

„Wirklich erstaunlich!" meinte Abigail Wendt mit aufrichtiger Bewunderung. Evelyn trat neben Tatsu Li an die Scheibe und fragte in normalem, leisen Ton: „Kannst Du mich hören, Josh?"

Josh zögerte einen Moment. Er hatte seine Fähigkeiten, zu hören, was er eigentlich nicht hören konnte, unvorsichtigerweise schon in der Zelle nebenan verraten. Wenn er jetzt nicht antwortete, würden sie vielleicht vermuten, dass es nur ein Zufall war, ein einmaliges Aufflackern übernatürlicher Fähigkeiten. Aber darauf vertrauen würden sie sicher nicht. Auf der anderen Seite hatte er jetzt auch die Möglichkeit mit Evelyn zu sprechen, ohne dass Veronika Vranja dabei war. Aber was würde ihm das bringen. Evelyn war mindestens ebenso gefährlich, wie die Leiterin des Internats selber. In gewisser Hinsicht war sie sogar noch gefährlicher, weil sie eine Frau war, die ihre Schönheit und erotische Ausstrahlung bewusst und gezielt einsetzen konnte, um Männer in ihrem Netz zu fangen. Aber dagegen war Josh zumindest immun. Josh dachte an die Frauen, die noch bei Evelyn waren, um ihn zu beobachten. Da war Arlana Po, die den Schülerinnen in ihrem Sexualkundeunterricht beibrachte, wie man, oder besser gesagt, wie Frau Männer sexuell misshandelt. Dann war da Tatsu Li, die den Schülerinnen beibrachte, wie man kämpft, damit sie sich nicht nur auf die Waffen der Frauen verlassen mussten, sondern einen Mann auch auf andere Weise unschädlich machen und überwältigen konnten. Und da war Zoe Lisann, die Lehrerin für Turnen und Schwimmen. Sie hatte sich noch nicht so männerfeindlich gezeigt, wie die anderen beiden, war aber der selbe Typ, dem Josh nicht vertrauen konnte. Und schließlich war da auch noch Abigail Wendt, die aus irgendeinem Grund trank und von der Evelyn ihm gesagt hatte, dass sie wohl nicht mehr lange in dem Internat sein würde. Sie war die einzige, der Josh unter Umständen hätte vertrauen können. Aber diese Umstände waren illusorisch. Abigail Wendt war eine Lehrerin auf St. Bernadette. Und sie hatte sicher gewusst, an was für eine Schule sie ihre Seele verkauft hatte. Nein, Josh konnte auch ihr nicht vertrauen.

„Ich weiß, dass Du mich hörst, Josh." begann Evelyn, ohne auf eine Antwort oder Reaktion von ihm zu warten. Aber Josh war klar, dass sie das nicht wissen konnte. Rein physikalisch war es unmöglich für ihn, sie hinter dem schalldichten Spiegel zu hören. Und in der Tatsache, dass Josh diese Fähigkeit in der Nachbarzelle bewiesen hatte, würde jeder logisch denkende

Mensch eher einen Taschenspielertrick vermuten, als eine übernatürliche Fähigkeit. Und wenn es ein Taschenspielertrick war, dann war durchaus nicht sicher, dass er ihn auch in dieser Zelle anwenden konnte. Also war es ein Bluff von Evelyn. Sie konnte alles in dem schalldichten Raum erzählen, was Josh wissen sollte oder durfte. Aber solange er nicht reagierte, konnte sie nicht sicher sein, ob er sie wirklich hörte. Evelyn sprach weiter: „Es tut mir leid Josh, dass es soweit gekommen ist. Du bist ein beeindruckender Mann. Du hast mich schon in Deutschland fasziniert. Ich fand es bewundernswert, dass Du kein bisschen schwach geworden bist, als ich Dir sehr deutlich gezeigt hatte, dass ich Dich will."

Josh lauschte still Evelyns Worten, ohne aber auch nur das kleinste Anzeichen dafür zu liefern, dass er sie hören konnte. Er sah sogar, dass Arlana etwas auf Evelyns Worte erwidern wollte. Aber Evelyn legte ihren Zeigefinger auf die Lippen und sprach ruhig weiter: „Einen Moment lang hatte ich fast befürchtet, dass Du schwul bist, aber wirklich nur einen Moment. An Dir ist nichts schwul, auch wenn Du Dich und Deinen Körper so gut unter Kontrolle hast, dass Du eine ganze Insel voller nackter Frauen und Mädchen einfach ignorieren zu können scheinst. Auch Impotenz scheidet aus. Als Du betäubt warst und geträumt hast, hattest Du den beeindruckendsten Ständer, den ich je gesehen habe. Die Schülerinnen hätten sich am liebsten sofort draufgestürzt. Und selbst Veronika hat große Augen gemacht. Ich glaub, für einen Moment hatte sogar sie bei dem Anblick von Deinem Schwanz das Bedürfnis, einfach mal wieder Frau zu sein und von einem Mann geliebt zu werden."

Josh wusste, dass das eine Lüge war. Veronika Vranja hasste Männer und zwar ausnahmslos. Der Anblick einer Erektion war für sie nichts anderes als ein rotes Tuch, das ihre kalte und perverse Grausamkeit nur noch mehr anfachte. Josh war klar, dass Evelyn wusste, dass er das wusste. Er durchschaute Evelyn. Sie ließ in ihre Erzählung ganz bewusst Bemerkungen einfließen, von denen sie vermutete, dass sie ihn emotional berühren würden. Sie wollte erreichen, dass Josh zu erkennen gab, wenn er sie wirklich hören konnte. Aber Josh blieb ruhig, so ruhig, als würde er schlafen. Und Evelyn sprach weiter: „Es muss wirklich ein sehr schöner Traum gewesen sein, ein sehr erotischer Traum! Von welchem der drei Lara Mädchen hast Du geträumt Josh?"

Sie wartete ein paar Sekunden, um Josh Zeit zum Antworten zu geben und fuhr, nachdem er nicht reagierte, fort: „Oder sind es alle drei, Josh? Hast Du mit allen dreien ein Verhältnis? Dann hättest Du uns alle ganz schön zum Narren gehalten, uns und auch Deine Vorgesetzten in Deiner alten Schule. Anscheinend bist Du ein ziemlicher Heuchler, Josh. Auf der einen Seite versuchst Du immer, Dich als Moralapostel und Opfer darzustellen. Aber in Wahrheit bist Du doch nichts anderes, als ein Kinderschänder."

Josh krampfte sich bei dieser Beschuldigung der Magen zusammen und es kostete ihn sehr viel Selbstbeherrschung, mit keinem Muskel zu zucken, als er hörte, was nach den Gesetzen die Wahrheit war. Er spürte einen leichten Druck von Lians Hand und hörte ihre Stimme in seinem Kopf sagen: *Sie weiß nichts von uns und unserer Liebe, Josh.*

Josh erwiderte dankbar den Druck von Lians Hand, ohne dass es aus dem Spiegel gesehen werden konnte. Er wusste jetzt, dass auch Lian Evelyn zuhörte, auch wenn er sich nicht sicher war, ob sie aus ihrer Betäubung überhaupt schon erwacht war.

Evelyn fuhr fort: „Mir ist klar, dass Du das nicht gerne hörst, Josh. Aber es ist einfach eine Tatsache, dass Du Dich schuldig gemacht hast. In Deutschland hättest Du sicher eine langjährige Gefängnisstrafe zu erwarten. Also sei froh, dass Du hier bist. Du hast hier sozusagen Asyl und kannst sogar Deine perversen Neigungen ausleben."

Es gäbe einiges, was Josh darauf hätte erwidern können. Aber er schwieg und Evelyn sprach weiter: „Ich bin sicher, Du wirst Dich auch mit den hiesigen Spielarten anfreunden. Wenn Du Dich nicht wehrst, wird es Dir sehr viel Spaß machen, glaub mir. Wenn Du allerdings den Helden spielen willst, dann müssen das die Lara Mädchen büßen. Und das wollen wir doch beide nicht, oder?"

Wieder wartete Evelyn einige Sekunden auf eine Antwort und fuhr dann fort: „Wie Du willst, Josh. Du musst nicht antworten. Aber das ändert nichts daran, dass Du morgen Deinen großen Auftritt hast. Und wenn Dein Schwanz dann nicht steht, werden wir sehr viel Spaß mit Marijana und Victoria haben."

Und was ist mit Lian? fragte sich Josh. Lian lieferte ihm eine Antwort, die ihm durchaus plausibel erschien. *Ich fürchte, sie haben mich dazu ausersehen, das mit Dir zu tun, was sie selbst nicht können, weil Dein xiǎojīī nicht auf sie reagiert.*

Josh hatte Lian als erste von ihren Fesseln befreit. Wenn er ein Verhältnis mit nur einer der Lara Schwestern hätte, dann könnte ein Beobachter der Szene durchaus vermuten, dass es Lian sein müsste. Und wenn sie es war, dann wäre sie sicher auch in der Lage eine Erektion bei ihm hervorzurufen.

Xiǎojīī? fragte Josh stumm zurück, obwohl die Bedeutung des Wortes auf der Hand lag. Lian lag noch immer reglos und wie schlafend da. Aber Josh sah ein kaum merkliches Zucken ihrer Mundwinkel, ein winziges Lächeln, als sie erklärte: *Ein Kosewort für Penis!*

Dann wurde sie aber plötzlich wieder sehr ernst und fragte: *Wenn es wirklich so ist Josh, was soll ich dann tun?*

Josh drückte Lians kleine Hand ein klein wenig fester, als er antwortete: *Dann musst Du tun, was Du tun musst, meine kleine yīndào!*

Josh machte sich keine Gedanken darüber, dass er yīndào als Kosewort für Lian gebrauchte. Er wäre niemals auf den Gedanken gekommen, sie

‚Vagina' zu nennen. Aber der Klang und auch die Bedeutung der Bezeichnung yīndào, ‚Weg des Yin', ‚Weg des Weiblichen' gefiel ihm. Und Josh fand, dass das zu Lian passte. Und Lian nahm es als das, was es war, als einen Beweis seiner Liebe, die er irgendwie auszudrücken versuchte. Dafür liebte sie ihn umso mehr. Aber seine Antwort selbst ließ sie ziemlich ratlos und hilflos. Sie öffnete die Augen und sah Josh flehend an.

„Bitte Josh", flüsterte sie ganz leise, „sag mir, was ich tun soll!"

Josh sah sehr lange in Lians geheimnisvolle, dunkle Augen, die ihn wie ein Magnet anzogen und er musste sich mit Gewalt dazu zwingen, sie nicht in seine Arme zu schließen und ihr wunderschönes Gesicht mit Küssen zu bedecken.

Wenn Du das tun musst, um Shadowcat und Marijana zu beschützen, dann tu es Lian! antwortete Josh schließlich und noch immer auf telepathischer Ebene, da er wusste, dass Evelyn und ihre Kolleginnen sie belauschten. Lian verstand Joshs Vorsicht und kehrte auch wieder zu der für andere unsichtbaren Unterhaltung zurück.

Ich könnte Dir niemals wehtun, Josh. Ich könnte Dich niemals verletzen. Eher würde ich mich selbst umbringen.

Tränen liefen aus ihren dunklen Augen. Und Josh wischte sie ihr mit dem Daumen zärtlich von der Wange. Er wusste, dass diese kleine Zärtlichkeit den Beobachterinnen hinter dem Spiegel nicht verborgen blieb. Aber er konnte Lian nicht so leiden lassen, ohne zumindest einen kleinen Versuch zu machen, sie zu trösten.

Du wirst mich nicht verletzen! versprach er ihr. *Sie wollen ja länger ihren Spaß mit mir haben. Also spielen wir ihr Spiel mit, bis wir eine Möglichkeit zur Flucht finden. Abebi ist zumindest entkommen. Ich hoffe, sie hält sich versteckt.*

Lian war noch nicht überzeugt von Joshs Versicherung und versank in tiefer Traurigkeit. Ihre Gedanken wanderten zu den Zärtlichkeiten und der Leidenschaft, die sie mit ihren Schwestern und Josh erlebt hatte. Und ihr fiel ein Gespräch ein, das sie mit Marijana und Shadowcat gehabt hatte.

Würdest Du einen Mann auch so beißen? hatte Shadowcat sie gefragt, nachdem sie bei ihrem ersten wirklichen Liebesspiel sehr leidenschaftlich geworden war und sich in Shadowcats Schamlippen verbissen hatte.

Würdest Du ihn beißen?

Und sie hatte geantwortet, *Wenn es sich ergeben würde und wenn er es mögen würde! Und falls ich es mögen würde.*

Und Marijana hatte darauf erwidert: *Hauptsache, Du machst ihn nicht kaputt.*

Wie hatte doch Shadowcat gesagt? *Wenn man jemand absolut vertraut, dann kann man sich ihm auch total hingeben und es genießen, ... alles genießen, wenn das, was derjenige tut, mit Liebe und die Heftigkeit, wie stark und ungezügelt sie auch sein mag, mit Gefühl gegeben und erlebt wird!*

Lian dachte an Josh, an seinen perfekten Körper mit den kräftigen und sehnigen Muskeln und den zärtlichen Händen und an seinen Penis, der so gut roch und sich so gut anfühlte. Sie liebte es, die glatte Haut seiner Eichel auf ihren Lippen zu spüren. Und sie liebte es, zärtlich an ihr zu knabbern, wenn sie prall und erregt war. Es fühlte sich gut an, wenn sie zwischen ihren Zähnen nachgab. Es musste schön sein, mit Joshs Penis spielen zu dürfen.

Glaubst Du, Du kannst es genießen, wenn ich Dich verwöhne und dabei so leidenschaftlich werde, dass ich Dich beiße, oder sonst was anstelle? fragte sie ihn schließlich. Sie sah ihn schüchtern und fragend an und Josh antwortete ihr: *Ich kann alles genießen, was Du von Dir aus zu tun bereit bist.*

Lian lächelte ihn an und sagte stumm: *Danke für Dein Vertrauen, mein geliebter xiǎojīyí!*

Xiǎojīyí? fragte Josh. Und Lian erklärte errötend: *Eigentlich ein Kosename für Penis, ein Kosename für Dich von Deiner kleinen yīndào!*

Josh lächelte. Die Liebe, die ihn mit Lian verband, und die er im Klang ihrer Worte vernahm, obwohl sie nicht gesprochen wurden, ließ ihn die Gefahr, in der er schwebte, fast vergessen.

Xiǎojīyí wiederholte er noch einmal seinen neuen Namen. Und Lian fragte weiter: *Kannst Du es auch genießen, wenn die ganze Belegschaft von St. Bernadette zusieht und wenn ...*

Lian zögerte. Aber Josh verstand, was sie meinte und vollendete den Satz: *... wenn das Leben oder die Gesundheit von Marijana und Shadowcat davon abhängt, was Du tust und wie Du es tust!*

Dann überlegte er kurz und beantwortete die Frage. *Die Sorge um Marijana, Shadowcat, Abebi und Dich wird alles überschatten, solange wir nicht in Sicherheit sind. Und die Zuschauer hoffe ich aus meinen Gedanken ausblenden zu können.*

Josh wusste, dass er das nicht konnte, wollte aber Lian auf keinen Fall ein Gefühl von Hoffnungslosigkeit vermitteln und fragte nun seinerseits: *Wirst Du es schaffen?*

Lian nickte kaum merklich und antwortete: *Solange wir uns haben, kann ich alles durchstehen.*

„Was machen die da drin?" fragte Arlana Po hinter dem Spiegel Evelyn. Es lag absolut außerhalb ihrer Vorstellungskraft, dass Lian und Josh sich in einem abgehörten Raum miteinander unterhalten konnten, ohne dass es jemand, der sie belauschte und beobachtete, mitbekam, während sie gleichzeitig von den Lauschern in ihrem schalldichten Raum jedes Wort hören konnten. Evelyn zuckte mit den Schultern. Sie hatte gesehen, dass Lian die Augen aufgeschlagen hatte. Und sie hatte auch gesehen, dass Josh ihr Tränen von den Wangen gewischt hatte.

„Kommt mit", forderte sie die anderen auf. „Wir lassen sie allein."

Damit ging sie voraus aus dem Zimmer und die anderen folgten ihr.

Bevor Lian ansetzen konnte, etwas zu sagen, warnte Josh sie. *Sag nichts!*

Es läuft noch eine Kamera. Sie lassen uns nicht aus den Augen.

Josh bemerkte, dass Lian eine Gänsehaut bekommen und zu zittern begonnen hatte.

„Du frierst ja!" sagte er zärtlich, ließ ihre Hand los, ging zum Spiegel und klopfte dagegen.

„Hallo?" fragte er, obwohl er wusste, dass der Raum dahinter leer war. Er vertraute darauf, dass das Bild, das die Überwachungskamera lieferte, nicht unbeobachtet blieb und sagte: „Lian ist kalt. Könnt ihr bitte eine Decke für sie bringen? Oder soll sie krank werden?"

Noch einmal klopfte er gegen den Spiegel und blickte angestrengt in sein Spiegelbild, als wollte er versuchen, hindurch zu sehen. Wie zu erwarten war, antwortete niemand. Josh ging zu Lian zurück, die sich aufgesetzt hatte und ihm zusah.

„Komm her", sagte er liebevoll und schloss seine Arme um sie um sie zu wärmen. Nach einigen Minuten Wartens, in denen er sich in dem kalten Kellerraum umgesehen hatte, fiel sein Blick wieder auf den Spiegel. Und dann sah er zu der Pritsche, auf der er mit Lian saß.

„Steh mal auf, Lian", forderte er das geliebte Mädchen auf. Und als es sich erhoben hatte, hob Josh die Pritsche hoch und holte aus, um sie in den Spiegel zu werfen. In dem Moment wurde die Zellentür geöffnet und eine der Sicherheitsdamen befahl ihm: „Stellen Sie das wieder hin."

Als Josh zögerte, warf sie eine Decke in die Zelle und sagte: „Hier ist, worum Sie gebeten haben."

Josh stellte die Pritsche wieder ab. Natürlich war ihm der Gedanke gekommen, zu versuchen, die Sicherheitsdame zu überwältigen und mit Lian zu entkommen. Aber die Sicherheitsdame war nicht allein. Hinter ihr befanden sich noch mehrere ihrer Kolleginnen, die alle bewaffnet waren. Lian war noch geschwächt. Und Marijana und Shadowcat waren auch noch in der Gewalt dieser männerfeindlichen Frauen, die nicht einmal davor zurückschreckten, sich an Mädchen zu vergreifen, die einen Mann liebten.

„Danke." erwiderte er, während er die Decke aufhob und sie Lian um die Schultern legte.

„Decken Sie Marijana und Victoria bitte auch zu", bat er die Dame noch, als die die Tür schon wieder schließen wollte.

„Machen Sie sich keine Sorgen", erwiderte die, sich noch einmal zu ihm wendend. „Die beiden sind nicht mehr hier unten."

Damit fiel die schwere Tür wieder ins Schloss, bevor Josh noch fragen konnte, ob sie Lian nicht auch aus diesem ungesunden Kellerraum befreien könnten. Lian spürte Joshs Gedanken, als er zur Tür lief, um noch einmal zu klopfen.

Nicht Josh, bat sie stumm. *Ich will nicht von Dir weg.*

Ich weiß! antwortete Josh und drehte sich wieder zu ihr um.

„Ruh Dich noch aus", bat er sie dann hörbar und stellte die Pritsche wieder an ihren Platz.

Der Trupp, der ausgeschickt worden war, um Abebi einzufangen, kehrte erfolglos ins Internat zurück. Sie hatten keine Spur des kleinen, schwarzen Mädchens entdecken können. Abebi wäre am liebsten in der Baumkrone am Rand der Lichtung geblieben, von wo aus sie das Internatsgebäude beobachten konnte. Aber so hätte sie nichts ausrichten können. Sie konnte Josh, Victoria, Marijana und Lian nicht helfen, wenn sie tatenlos auf ihrem Baum sitzen blieb und sich nur versteckte. Also schwang sie sich von den Ästen der Urwaldriesen und machte sich am Boden auf die Suche nach bestimmten Blättern und Wurzeln.

Wenn die mit Betäubungspfeilen auf uns schießen, dachte sie sich, *dann sollen sie auch selbst spüren, wie das ist.*

Abebi kannte sich mit Pflanzen aus. Sie hatte von ihrer Mutter gelernt, woran sie erkennen konnte, welche Pflanzen oder Pflanzenteile essbar und welche giftig waren. Sie konnte Nahrung, Gifte, Betäubungsmittel oder bewusstseinserweiternde Mittel ebenso herstellen, wie Kleidung. Aber an Kleidung dachte sie im Moment am wenigsten. Und auch Hunger verspürte sie nicht. Sie hatte sich auf einen Kampf vorzubereiten, um diejenigen zu retten, die sie liebte.

Als der Abend hereinbrach, hatte Abebi alles zusammengesammelt, was sie brauchte. Sie hatte bemerkt, dass inzwischen mehrere Truppen die Insel auf der Suche nach ihr durchkämmten und wagte deswegen nicht, ein Feuer zu machen. Der einzig sichere Ort, der sie vor Entdeckung schützen konnte, schienen ihr die Kronen der gewaltigen Baumriesen zu sein. Hierher würden die muskulösen Damen der Wachmannschaft sicher nicht kommen. Und selbst wenn, dann könnten sie es doch nicht unbemerkt tun. Außerdem vertraute Abebi darauf, dass sich niemand so schnell und geschickt durch die Äste bewegen konnte, wie sie. Auf ihrer Reise durch den afrikanischen Kontinent hatte sie Wüsten ebenso durchqueren müssen, wie Urwälder; Urwälder, gegen die der Wald dieser Insel, so unberührt und gewaltiger auch sein mochte, wie ein zahmer Park wirkte. Von ihrer Mutter hatte sie gelernt, sich anzupassen, um in der Wildnis zu überleben. Und um sich anzupassen, musste sie in erster Linie ein guter Beobachter sein. Auch das hatte sie gelernt. Der Urwald birgt viele Gefahren, auch heute noch. Und die Grenze zwischen Jäger und Beute ist wie seit jeher fließend. Abebi hatte in sich die Eigenschaften all jener Tiere vereinigt, von denen sie auf ihrer Wanderung gelernt hatte. Sie konnte sich lautlos wie ein Panther anschleichen und dann mit tödlicher Präzision blitzschnell auf ihre Beute stürzen. Aber als kleines Mädchen geriet sie viel eher selbst in die Gefahr die Beute eines größeren und stärkeren Tieres zu werden. Manchmal genügte es, sich tot zu stellen, um ein gereiztes Tier zu täuschen. Das erforderte zwar starke Nerven. Aber die hatte Abebi. Das hatte sie bewiesen, als sie sich ins hohe Gras einer baum- und damit schutzlosen Savanne geworfen und den heißen Atem eines aufgebrachten Spitzmaulnashorns schon in ihrem Gesicht gespürt hatte, ohne auch nur mit einer Wimper zu zucken. Wenn die List der Täuschung nicht funktionierte, dann gab es immer noch die Möglichkeit des Kampfes und wenn dieser aussichtslos erschien, die Flucht. Abebi schämte sich nicht dafür, die Flucht allem anderen vorzuziehen, denn auch die Geschicklichkeit, die nötig war, sich einem hungrigen Leoparden zu entziehen, bedeutete einen Sieg. Sie verehrte die Tiere des Waldes und der Savanne viel zu sehr, um sie töten zu wollen, nur weil sie ihren Instinkten folgten oder Hunger hatten. Im Wald hatte sie vor allem von den kleinen Affen gelernt, die sich so geschickt durch die Äste der Bäume bewegten und deswegen kaum von den weit schwereren Großkatzen erreicht werden konnten. Abebis ganze Bewunderung gehörte den Vögeln, die sich einfach in die Lüfte erheben konnten, wo sie vor allem sicher waren, außer vor größeren Vögeln. Der Tod lauerte einfach überall. Das hatte Abebi gelernt. Und sie hatte gelernt in der Wildnis zu überleben, indem sie sich angepasst hatte. Den Menschen dieser Insel, Frau Vranja und ihren Anhängerinnen hatte sie sich niemals anpassen können. Sie verstand nicht, was der Zweck des hier gelehrten Hasses und der Unterdrückung und Erniedrigung der Männer sein sollte. Aber sie wusste, dass der einzige Mann, den sie jemals geliebt hatte und den sie jemals lieben würde, jetzt in der Hand dieser Frauen war. Und das war Grund genug für sie, in diesem Fall nicht ihr Heil in der Flucht zu suchen, sondern sich für den Kampf zu rüsten.

Von der Astgabel aus, in der sie sich so gut wie möglich eingerichtet hatte und in der sie dabei war, ihre Waffen herzustellen, hatte sie das Internatsgebäude wieder im Blickfeld.

Während der letzten halben Stunde hatte sie wiederholt den langgezogenen Ton eines Signalhorns gehört. Und sie bemerkte, dass nach und nach die Suchtruppen mit den Hunden wieder ins Gebäude zurückkehrten. Zwar fragte sie sich, was das zu bedeuten hätte, aber sie sagte sich, dass es nur zu ihrem Vorteil sein konnte, wenn sich niemand mehr außer ihr frei auf der Insel bewegte. Als sich die Türen hinter dem letzten Suchtrupp geschlossen hatten, schwang sie sich behende zu Boden und traf auch hier ihre Vorbereitungen für den bevorstehenden Kampf. Es war schon vollständig dunkel, als ein wohlbekanntes Geräusch ihren kleinen, nackten, schwarzen Körper erstarren ließ. Seit Abebi auf dieser Insel war, waren die einzigen Tiere, die ihr gefährlich erschienen waren, die Dobermänner Paula Rubens gewesen. Sie hatte alle drei Hunde im schwindenden Licht des Tages ins Internat zurückkehren sehen. Das was sie jetzt hörte, war weitaus mehr geeignet, ihr das Blut in den Adern gefrieren zu lassen. Sie kannte das kehlige Grollen der Leoparden gut genug, um sich der Gefahr, in der sie sich befand, bewusst zu sein. Abebis

Augen hatten sich an die Dunkelheit des Waldes soweit gewöhnt, dass sie die Umrisse des gespenstisch wirkenden Wirrwarrs aus Bäumen, Ästen und Schlinggewächsen soweit erkennen konnte, um sich vorsichtig darin bewegen zu können. Aber sie wusste, dass Leoparden nachts ein fünf- bis sechsfach besseres Sehvermögen haben als Menschen und auch weitaus besser hören. In Gedankenschnelle ergriff sie eine der Lianen und erklomm keine Sekunde zu früh die, wie sie hoffte, sichere Höhe des nächsten Baumes. Aber Leoparden sind auch ausgezeichnete Kletterer, wie Abebi wusste. Und so wunderte sie sich nicht darüber, den unsichtbaren Jäger ebenfalls die Baumkrone erklettern zu hören. Abebi hatte keine Zeit sich zu fragen, woher diese neue Gefahr gekommen sein mochte. Sie versuchte nur instinktiv, ihr zu entkommen und sprang blindlings in die Dunkelheit, darauf vertrauend, dass der Wald ihr einen neuen Halt bieten würde. Als vor ihr ein Ast aus der Dunkelheit auftauchte, griff sie reflexartig zu. Zeit zum Ausruhen fand sie aber nicht, denn sie hörte den Leoparden über sich in den Ästen. Und vom Boden wurden jetzt Stimmen laut. Abebi hörte nur Wortfetzen, während sie in wilder Flucht dem lautlosen Jäger durch die Baumkronen zu entkommen versuchte.

„ … hat was aufgespürt", „hier entlang", „ … da oben …", „holt die …", waren nur einige der unzusammenhängenden Rufe, die Abebi aufschnappte. Als sie schließlich anhielt und sich bewegungslos an einen dünnen Ast klammerte, der ihr Gewicht kaum tragen konnte, versuchte Abebi ihren verräterischen Atem zu unterdrücken. Angestrengt lauschte sie nach dem gefährlichen Verfolger, den sie bisher noch nicht einmal gesehen, sondern nur gehört hatte.

Vom Boden aus sah sie die Lichtkegel starker Taschenlampen das Gewirr der Baumkronen durchschneiden. Und zu ihrem Schreck entdeckte sie im Schein dieser Lampen zwei schwarze Panther auf den Bäumen vor sich auf sie lauern. Sie selbst hing so unbeweglich an dem dünnen Ast, dass die Jägerinnen am Boden sie nicht wahrnahmen, obwohl das Licht ihrer Lampen Abebis nackten Körper streifte. Die Panther waren allerdings aufmerksamer. Noch während Abebi die beiden schwarzen Schatten vor sich fixierte, spürte sie ein weiteres Gewicht den Ast, an dem sie hing, nach unten drücken und wusste im selben Augenblick, dass der Ast brechen würde. Sie wendete sich zurück und blickte in die gelbgrünen Augen der großen schwarzen Katze, deren Geruch sie schon in der Nase gehabt hatte, bevor sie ihr Gewicht auf dem Ast gespürt hatte. Der Ast brach mit einem lauten Knacken und Knirschen und stürzte mit Abebi und dem Panther in die Tiefe. Abebi gelang es, sich an eine Liane zu klammern und sich vor den gebündelten Lichtkegeln der auf den Lärm gerichteten Taschenlampen hinter den Stamm des Baumes zu schwingen. Wieder wurden Stimmen laut und das Fauchen des abstürzenden Panthers verhieß nichts Gutes.

Abebi konnte die anderen beiden Panther nicht mehr sehen. Sie waren wieder mit der Dunkelheit der Nacht verschmolzen. Aber sie spürte ihre Nähe und versuchte sich ihnen dadurch zu entziehen, dass sie sich in die Richtung schwang, in der der Wind ihnen nicht mehr ihre Witterung zuwehen konnte. Aber was konnte das helfen gegen Verfolger, deren Augen und Ohren um so vieles schärfer waren, als die eines Menschen? Abebi hatte weitaus besser ausgeprägte Sinne, als ein Zivilisationsmensch es sich vorstellen könnte. Aber sie war sich durchaus bewusst, dass ihre Sinne nichts waren im Vergleich zu denen eines Leoparden. Bei Tage hätte sie keine Zweifel gehegt, den Panthern entkommen zu können. Aber in dieser mondlosen Nacht, in der sie kaum die Äste des Baumes sehen konnte, auf dem sie stand und nie wusste, ob sie beim nächsten Sprung in die Dunkelheit wieder einen Halt finden würde, war sie sich nicht so sicher. Abebi wünschte sich, sie hätte die Waffen, die sie angefertigt hatte, mit von ihrem Baum genommen. Aber nachdem sich alle Suchtrupps in das Internatsgebäude zurückgezogen hatten, war sie der Meinung gewesen, sie nicht zu benötigen und sich bei ihrer Arbeit am Boden nur damit zu belasten. Jetzt war sie bei ihrer Flucht so tief in den Wald eingedrungen, dass sie Zweifel daran hatte, den Weg zurück zu ihrem Baum in der Dunkelheit finden zu können, ganz abgesehen davon, dass hinter ihr zweibeinige, mit Taschenlampen und vierbeinige, mit sehr scharfen Sinnen ausgestattete Verfolger her waren.

Abebi hörte die Verfolger wieder näher kommen. Die Panik, die sich überall unter den Tieren des Waldes ausbreitete, ließ Abebi befürchten, dass die Leoparden überall auf sie lauerten. Sie wusste nicht, in welche Richtung sie sich wenden sollte und wünschte sich wieder einmal, sich wie ein Vogel in die Lüfte erheben zu können, um den grausamen Verfolgern zu entkommen. Sie strengte alle ihre Sinne an, um aus dem Stimmengewirr der aufgebrachten Vögel und sonstigen harmlosen, auf St. Bernadette vorkommenden Tiere ihre Jäger herauszufiltern. Die Menschen am Boden mit ihren Taschenlampen und ihren Rufen machten ihr keine Probleme. Vor ihnen hätte sie sich verbergen können, selbst wenn sie zwischen ihnen spaziert wäre. Aber die Panther machten ihr Angst. Sie jagten nicht, wie normale Leoparden, sondern sie waren abgerichtet. Das war nicht zu übersehen. Sie waren abgerichtet und sie hatten ihre Witterung. Abebi kletterte weiter nach oben auf das belaubte Dach des Waldes, dorthin, wo die Äste das Gewicht der Panther nicht mehr tragen konnten. Sie hoffte, dass ihre geschmeidigen Jäger nicht erneut so unvorsichtig wären, ihr auf einem Weg zu folgen, auf dem sie selbst in die Tiefe stürzen mussten.

Die Nacht wurde immer dunkler. Nicht ein Stern ließ sich am Himmel blicken. Abebi konnte sich nur noch tastend vorwärtsbewegen. Das tat sie ohne jedes Geräusch. Aber sie wusste, dass die Panther ihre Angst riechen konnten. Und Angst hatte sie. Das konnte sie vor sich selbst nicht leugnen. Leoparden waren seit jeher ihre Feinde gewesen. Sie hatten oft Rinder gerissen, die der Gemeinschaft ihres Dorfes gehörten und die auch sie gehütet hatte. Und einmal vor einigen Jahren hatte es auch einen Menschenfresser unter den gefleckten Katzen gegeben, dem die Dorfälteste, zwei Knaben, die kaum älter gewesen waren, als Abebi und zwei der ausgesandten Jäger zum Opfer gefallen waren. Die anderen Jäger waren erfolglos ins Dorf zurückgekehrt. Der Leopard aber war weitergezogen, um woanders Tod und Schrecken zu verbreiten. Abebi schämte sich für ihre Furcht. Und sie schämte sich für ihre Unvorsichtigkeit, unbewaffnet losgezogen zu sein, wo sie doch schon Waffen hergestellt hatte. Das Gift der Pfeile, die sie gemacht hatte, war stark genug, auch einen Leoparden zu betäuben. Fraglich wäre nur gewesen, ob die Pfeile aus dem Blasrohr die Haut der Panther zu durchdringen vermocht hätten. Aber wenn sie nicht zu dem Baum zurückkehren konnte, auf dem sie ihre Waffen versteckt hatte, dann würde sich diese Frage ohnehin nicht stellen.

Wenn ich diese Nacht überlebe, dachte sie sich, *muss ich mir einen Bogen und starke Pfeile bauen.*

Aber sie hatte nur noch wenig Hoffnung, diese Nacht zu überleben. Die Panther waren wieder ganz nah. Abebi konnte sie weder sehen, noch hören. Auch trug ihr der Wind keine Witterung von ihnen zu. Aber sie konnte sie spüren. Ihre Nackenhaare sträubten sich und es lief ihr kalt über den Rücken. Da sie die Panther nicht riechen konnte, floh Abebi in die einzige Richtung, die ihr noch sicher erschien; dem Wind entgegen, der ihr das Rauschen der Brandung in seiner salzigen Luft zutrug. Die Küste musste ganz nah sein. Wenn sie sie erreichte, konnte sie den großen Katzen im Meer entkommen. Die Baumkronen hörten ganz plötzlich auf. Abebi sprang auf den Boden und rannte der Küste zu. Sie erkannte die Stelle, an der sie heute Nachmittag zu dem Wettschwimmen angetreten war. Aber als sie an der Kante stand, fielen ihr die Haie ein, die nachts in die Buchten dieser Insel kamen. Todbringende Katzen hinter ihr oder vielleicht Haie im Wasser unter ihr. Die schwarzen Panther, die aus der Dunkelheit des Waldes auf sie zuschossen, waren sicher. Die Haie mussten nicht zwangsläufig in dieser Bucht sein.

Abebi hatte einen Moment zu lange gezögert. Genau in dem Moment, in dem sie sich entschloss, in das dunkle, aufgebrachte Meer zu springen, wurde sie von den Pranken eines Panthers zu Boden gerissen. Abebi lag völlig regungslos da. Sie fühlte die die trockene Nase und den heißen Atem der großen Katze auf ihrem Körper und wagte nicht zu atmen. Abebi wurde ganz ruhig und ihre Furcht um sich selbst wich der Furcht um Victoria, Lian, Marijana und Josh. Wenn sie jetzt starb, dann konnte sie den geliebten Menschen nicht mehr zu Hilfe kommen. Der schwarze Leopard stand über ihr. Und aus dem Wald kamen noch mehrere Panther. Abebi zählte mindestens fünf, der schönen, großen Katzen. Aber sie hatte keinen

Sinn für die Schönheit der erfolgreichen Jäger, die in freier Wildbahn Einzelgänger sind. Auch die anderen Panther beschnüffelten mit hörbarem Atem Abebis Körper. Derjenige, der sie zu Fall gebracht hatte, ließ ein energisches, tiefes und dröhnendes Fauchen hören, das Abebi erzittern ließ. Aber das Fauchen galt den Artgenossen des Panthers, der seine Beute gegen diese verteidigte. Die anderen Panther zogen sich wieder von Abebi zurück, blieben aber in unmittelbarer Nähe. Abebi fragte sich, wo die Jägerinnen mit den Taschenlampen blieben, die diese Panther abgerichtet haben mussten. Die Sekunden erschienen ihr wie Stunden. Der Panther über ihr legte sich auf Abebi. Sie spürte sein Gewicht schwer auf ihrem zarten Körper und wagte nun noch weniger zu atmen, als bisher. Die rechte Pranke des Panthers lag auf ihrer linken Brust und er begann von Abebis rechter Brust bis zu ihrem Hals zu lecken.

Das ist das Ende, dachte sich Abebi, die das Gefühl hatte, die raue Zunge des Panthers würde ihr die Haut vom Leib ziehen.

Da kündigte sich durch die den Wald durchschneidenden Lichtkegel der Taschenlampen die Ankunft der zweibeinigen Jägerinnen an und Abebi schöpfte neue Hoffnung.

„Ich glaube, Ajani mag die Kleine!" hörte sie eine angenehme, samtige Stimme aus der Dunkelheit hinter einer der starken Lampen, die sie blendeten, sagen. Dann kniete sich die Person neben sie und kraulte dem Panther durchs weiche Fell.

9 LUST UND SCHMERZ

Der neue Tag brach an. Lian und Josh hatten sich während der Nacht eng aneinander geschmiegt. Es fiel ihnen nicht leicht, sich wieder loszulassen, als sie erwachten. Aber sie wollten den Beobachterinnen hinter dem Spiegel nicht allzu viel bieten. Die Tür zur angrenzenden Zelle wurde geöffnet, ohne dass sich ihnen jemand zeigte. Sofort sah Josh nach, ob Marijana und Shadowcat wirklich aus der Zelle weggebracht worden waren. Das waren sie. Die Zelle war leer. Beim Waschbecken fand er alles für Lian und sich, um sich frisch zu machen. Josh wartete in seiner Zelle, während Lian ihre Morgentoilette erledigte. Als sie fertig war, wurde sie abgeholt. Josh und Lian warfen sich noch einen kurzen Blick zu, als sie durch die Tür geschoben wurde. Und in diesem Blick lag mehr Liebe, als sie den Sicherheitsdamen und Evelyn hatten offenbaren wollen.

„Ihr seht euch ja bald wieder!" sagte Evelyn tröstend. Aber der Hohn in ihrer Stimme war nicht zu überhören. Und als Lian schon aus der Zelle war, forderte sie Josh auf: „Mach Dich auch frisch und geh aufs Klo. Du wirst in der nächsten Zeit keine Gelegenheit dazu haben."

Josh gehorchte dieser Aufforderung mehr aus eigenem Bedürfnis, als aus Gehorsam, als er wieder allein war. Und dann wartet er mit um die Hüfte gebundenem Handtuch. Er wusste nicht genau, worauf er wartete. Aber er hatte eine vage Vorstellung von dem, was Veronika Vranja und ihre Kreaturen mit ihm vorhatten. Und er hoffte, dass seine Vermutung, Lian müsse als Werkzeug fungieren, zutreffen würde. Lian könnte alles mit ihm tun. Er würde alles genießen, nur nicht die Umstände, unter denen es passieren würde.

Man ließ Josh nicht lange warten. Seine Zellentür wurde aufgeschlossen. Joshs Sinne waren so angespannt, dass ihm das Geräusch des Schlüssels in der Tür übertrieben laut und dröhnend erschien. Dann öffnete sich die Tür und Lian erschien darin. Sie war noch immer nackt. Und sie wirkte trotz ihrer sehnigen Sportlichkeit noch kleiner und zarter in dieser großen, schweren Tür. Der Umstand, dass sie allein war, ließ für den Bruchteil einer Sekunde einen Hoffnungsschimmer in Josh aufblitzen. Aber im selben Augenblick trafen sich ihre Blicke und Josh sah die Traurigkeit in Lians noch feuchten Augen.

„Es ist soweit!" brachte sie kaum hörbar mit belegter Stimme heraus. „Ich bin hier, um Dich zu holen."

Lian zögerte und neue Tränen stiegen ihr in die Augen, als sie fortfuhr: „Ich muss Dich fesseln, Josh."

Josh versuchte, Lian ein aufmunterndes Lächeln zu schenken, während er ihr seine Hände entgegenstreckte. Das Lächeln wirkte zwar etwas gequält. Aber es tat Lian trotzdem gut.

„Hinten!" forderte sie ihn auf. Dabei hätte sie sich am liebsten vor ihm auf die Knie geworfen und seine Hände ergriffen und geküsst. Es fiel ihr so unsagbar schwer, so grausam zu ihm zu sein. Jedes Wort, das ihr befohlen worden war, Josh zu sagen, schnürte ihr den Hals zusammen. Josh legte seine Hände auf den Rücken. Lian ging hinter ihn und fesselte seine Handgelenke mit einem dünnen, festen Seil.

„Es tut mir so leid, Josh", flüsterte sie kaum hörbar. Und Josh antwortete ihr auf die Weise, auf die die Beobachterinnen, von denen er wusste, dass sie hinter dem Spiegel alles genau verfolgten, es nicht hören konnten: *Das muss es nicht, meine kleine yìndào. Du weißt: Ich liebe Dich!*

Während Lian den Knoten zuzog, erwiderte sie auf die gleiche Weise: *Ja, das weiß ich. Aber am Ende dieses Tages wirst Du mich hassen, oder schlimmer noch; verachten!*

Lian trat wieder vor Josh und blickte ihm mit verzweifelter Traurigkeit in die Augen.

Das werde ich niemals, Lian. Ich werde Dich immer lieben; in diesem Leben und in jedem, das noch kommen mag! versprach ihr Josh. Er spürte, dass die Bürde, die Lian aufgeladen worden war, fast ihr Herz zerriss. Lian senkte ihre geheimnisvollen, dunklen Augen, in denen jetzt diese unendlich große Traurigkeit lag.

Solange diese Liebe lebt, fuhr Josh fort, *kann uns kein Mensch etwas antun! Lian!* ... Lian hielt den Kopf weiter gesenkt. Josh sah ihre heißen Tränen auf den kalten Zellenboden tropfen. Und er bewunderte trotz der Situation und dem, was ihm bevorstand, Lians unbeschreibliche Schönheit, die noch niemals so zerbrechlich gewirkt hatte.

Lian, sieh mich an! forderte er sie auf. Traurigkeit, Schmerz und Scham ließen Lian noch immer zögern. Wie sollte sie Josh noch länger in die Augen sehen, wenn sie ihm das antat, was man von ihr verlangte. Sie schämte sich vor ihm und vor sich selbst. Josh spürte es. Und er wusste, dass Lian mehr zu erleiden hatte, als sie ihm jemals antun könnte.

Lian, begann er von neuem, *wir haben keine Zeit mehr. Die Hyänen hinter dem Spiegel werden schon ungeduldig. Sieh mich an, bitte!*

Langsam hob Lian ihren Kopf und sah Josh aus tränengeröteten Augen an. Ihr unbeugsamer Wille und all ihre Kraft schienen sie verlassen zu haben. Sie war nur noch ein kleines Mädchen, das an der Bürde, die man ihr aufgeladen hatte, zu zerbrechen drohte.

Du bist wunderschön! sagte Josh stumm, aber voller Zärtlichkeit und Liebe. *Und Du bist auch stark! Tu, was sie Dir sagen, um Marijana und Shadowcat zu retten.*

Sie haben auch Abebi! unterbrach Lian Josh. Abebi war ihr letzter Trumpf gewesen. Aber Josh wusste, dass er keine Zeit hatte, sich jetzt darüber den Kopf zu zerbrechen. Er konnte die Ungeduld der Beobachterinnen fast körperlich spüren. Also nahm er die neue Situation hin, wie sie war und fuhr fort: *Dann rette auch Abebi, wenn Du kannst. Mach, was sie wollen. Nur bitte: Bevor Du mir etwas abschneidest, töte mich!*

Josh war nicht klar, was er da von Lian verlangte. Sie sank weinend auf die Knie und schluchzte: „Das kann ich nicht, Josh!"

Josh hörte die Beobachterinnen den Raum hinter dem Spiegel verlasen und wusste, dass sie jeden Augenblick hier sein mussten.

Wenn es soweit kommt, werde ich im nächsten Leben auf Dich warten, versprach Josh. Aber Lian war nicht bereit und in der Lage, diese Möglichkeit in Betracht zu ziehen. Ebensowenig wäre es ihr möglich gewesen, Josh etwas abzuschneiden. Hinter ihr erschienen Evelyn und eine Truppe der Sicherheitsdamen in der Tür.

„Es ist besser, ich sterbe, bevor ich Dir etwas antue! Es ist besser, ich sterbe kämpfend!" raunte Lian Josh zu, als sie die nahende Gefahr hinter sich spürte. Josh sah die Veränderung in Lians Körper. In dem kleinen Häufchen Elend zu seinen Füßen spannten sich alle Muskeln. Und aus dem kleinen, verzweifelten Mädchen wurde eine lauernde Bestie, die sich jeden Augenblick auf ihre Feinde werfen konnte. Josh bemerkte die schussbereiten Betäubungspistolen in den Händen der Sicherheitsdamen. Er wusste, dass Lian keine Chance hatte. Sie hätte sich nur für ihn geopfert, ohne damit aber ihren Schwestern oder ihm zu helfen.

Lian, nein! flehte er sie an.

„Also, was ist jetzt, Lian?" fragte Evelyn hinter dem Mädchen kalt. Josh sah, wie sich Lians Fäuste so fest schlossen, dass die Knöchel weiß hervortraten. Evelyn würde im nächsten Sekundenbruchteil tot sein aber Lian wäre dann auch schon betäubt, wenn er sie nicht aufhalten konnte.

Tu es nicht, Lian! flehte er sie an. *Ich liebe Dich. Und Shadowcat, Marijana und Abebi lieben Dich auch. Wir brauchen Dich!*

Lian zögerte noch einen Moment, dann entspannten sich ihre Muskeln langsam wieder. Sie wandte ihren Kopf zu Evelyn Siratja und sagte mit belegter Stimme: „Geben Sie mir noch einen Augenblick Zeit."

Unter solchen Umständen war es ihr unmöglich, ihre Lehrerin weiter zu duzen. Evelyn nickte zögernd und erwiderte: „Mach nicht zu lange, Lian. Wir lassen uns nicht länger von Dir hinhalten."

Lian erhob sich wieder vom Boden. Und sie fühlte erneut die ganze Last der ihr auferlegten Bürde auf ihren Schultern, während sie sich ihrer Lehrerin zuwandte.

„Ich bin gleich soweit", versicherte sie. Aber in ihrer Stimme lag jetzt etwas, das Evelyn Siratja einen kalten Schauer über den Rücken jagte. Evelyn nickte Lian noch einmal zu und zog sich mit der Sicherheitstruppe wieder zurück.

Dann wendete sich Lian wieder zu Josh.

Gut gemacht! lobte er sie. Aber er wusste, dass er Lian die Bürde nicht nehmen konnte, die sie zu tragen hatte. Er konnte ihr nur immer wieder seine Liebe und sein Vertrauen beteuern und ihr versichern, dass beides niemals sterben würde. In ihrem Herzen wusste Lian das, denn ihre Liebe zu Josh war ebenso stark wie seine zu ihr.

Bitte vergib mir, mein Geliebter! bat Lian. Aber Josh widersprach. *Es gibt nichts, was ich Dir je vergeben müsste. Fang einfach an. Vergiss die Beobachterinnen und ihre Drohungen und denke Dir, es wäre ein Spiel nur für uns beide.*

Lian trat ganz nah an Josh heran, stellte sich auf die Zehenspitzen und küsste trotz der Beobachterinnen zärtlich seine Lippen. Dabei streiften ihre kleinen, festen Brüste wie unabsichtlich über Joshs Bauch und Brust. Und ihre kleine Hand tastete behutsam nach seinem entspannt hängenden Penis.

Ich liebe den Geschmack Deiner Lippen, meine kleine yīndào! schwärmte Josh zärtlich, ohne sich die Zweideutigkeit dieser Aussage in Hinsicht auf die Bedeutung der Bezeichnung ‚yīndào' bewusst zu machen.

Und ich liebe es, Deine Haut auf meiner Haut zu spüren, fuhr er fort, während er mit geschlossenen Augen Lians harte Knospen auf seinem Körper spürte.

Ich liebe es auch, mein wunderschöner xiǎojīī, erwiderte Lian, *aber …*

Kein Aber, Lian! unterbrach Josh sie. *Es gibt nur Dich und mich. Vergiss alles um uns herum!* Lians Finger schlossen sich um Joshs Penis. Und sie spürte, wie er auf ihre Berührung reagierte und in ihrer Hand wuchs. Lian wusste, dass Josh Recht hatte. Sie musste alles andere vergessen. Zärtlich massierte sie das hart werdende Glied. Oh wie sie dieses Pulsieren unter seiner Haut liebte. Sie wollte mit ihm spielen. Sie wollte ihn ganz fest mit ihrer kleinen Hand umschließen, an der prallen Eichel knabbern und spüren, wie sie unter ihren Zähnen nachgab. Aber sie wollte es nicht so, nicht aus Zwang und nicht, um Josh zu quälen, sondern um es zu genießen und um ihn und sich selbst zu erregen. Sie würde es genießen, wenn Shadowcat, Marijana und Abebi zusehen würden. Sie würde es wahrscheinlich auch genießen, wenn sie es heimlich in der Öffentlichkeit machen würden. Aber sie konnte es nicht genießen, dass sich all diese Frauen und Mädchen nur an Joshs Pein ergötzen wollten. Wie sollte sie das nur aus ihrem Kopf verbannen?

Sie konnte es nicht. Aber sie musste eine Lösung für sich selbst finden, diese Prüfung zu überstehen.

Tu es einfach Lian, ermutigte sie Josh. *Tu es für Deine Schwestern, deren Sicherheit und Unversehrtheit davon abhängt.*

Lian nickte und sah Josh kurz in die Augen.

Bist Du soweit? fragte sie. Und Josh antwortete: *Ja.*

Ich muss Dich rausbringen! Lian nahm das lange Lederband, das sie zusammen mit dem Seil mitgebracht hatte, mit dem sie Josh hatte fesseln müssen. Sie begann es um Joshs Hoden zu binden.

Es tut mir leid, dass ich das tun muss, mein Geliebter, entschuldigte sie sich, während sie den Knoten fest zusammenzog. Aber Josh beruhigte sie. *Das muss es nicht, meine wunderschöne Geliebte. Ich genieße jede Deiner Berührungen.*

Dass Josh die Umstände, unter denen das alles passierte, auch nicht aus seinem Kopf verdrängen konnte, das versuchte er Lian nicht merken zu lassen. Aber sie spürte es. Und ihre Finger zitterten, als sie mit dem Lederband den Schaft von seinem Penis so fest einschnürte, wie es ihr selbst noch erträglich zu sein schien. Es wunderte sie, dass er durch das Abbinden noch größer und härter wurde. Sie hatte mit so was überhaupt keine Erfahrungen. Eigentlich hatte sie fast überhaupt noch keine Erfahrungen. Sie hatte nur so unendlich viel Liebe für Josh und eine grenzenlose Neugier, alles mit ihm, Shadowcat, Marijana und Abebi zu erleben. Das wollte sie nicht dadurch zerstören, dass sie jetzt als Werkzeug für Veronika Vranja fungierte. Aber sie hatte keine Wahl. Joshs Penis fühlte sich gut an, so wie er jetzt eingeschnürt war, so groß und hart. Hätte sie Joshs Gefühle und Empfindungen nicht schon so gut wahrnehmen können, hätte sie sein leises Stöhnen vielleicht als Schmerzen gedeutet, die ihm diese ungewohnte Behandlung seines Gliedes bereiteten. Aber er war wirklich erregt. Und das erregte auch Lian. Sie verknotete das Lederband unter Joshs Eichel und zog mit einem zaghaften Ruck am Ende des Bandes.

Wenn etwas zu fest ist, sage es mir bitte sofort, bat sie Josh still und sagte dann zwar auch leise, aber doch so laut, dass die Beobachterinnen hinter dem Spiegel es hören konnten: „Komm mit."

Dann ging sie voran und zog den gefesselten Josh an dem Lederband, mit dem sie sein erigiertes Glied eingeschnürt hatte, hinter sich her. Im Gang mussten sie an Evelyn und den Damen der Sicherheitstruppe vorüber und es entging ihnen nicht, wie sie dieses Spiel genossen und wie es sie erregte. Evelyn konnte es sich nicht verkneifen, Josh einen spielerischen Klaps auf den Hintern zu geben.

„So wollte ich Dich schon immer, Josh." raunte sie ihm zu. Josh antwortete ihr nicht und ließ sich von Lian weiter den Gang entlang ziehen. Im Treppenhaus warteten schon die Schülerinnen. Alle waren sie nackt. Sie standen an den Geländern und ließen Lian und Josh zwischen sich hindurch nach oben steigen. Viele nutzten schon die Gelegenheit, Josh zu berühren. Die meisten griffen nach seinem Penis, der so hart und prall in das Lederband eingeschnürt war.

„Lasst ihn in Ruhe!" gebot Lian, als sie sich umdrehte.

„Meinst Du, er gehört nur Dir?" fragte eine Mitschülerin, deren Namen sie noch nicht kannte.

„Ja!" antwortete Lian kurz. Und als die Schülerin trotzdem nach Joshs Penis griff, sank sie im selben Augenblick bewusstlos zu Boden, ohne dass eine der Anwesenden hätte sagen können, was Lian überhaupt gemacht hatte.

„Halte Dich zurück, Lian!" gebot ihr Evelyn sehr nachdrücklich. „Wenn Du versuchen solltest, die Märtyrerin für Deinen Geliebten zu spielen, dann werden es Marijana und Victoria büßen. Und auch die kleine schwarze Abebi ist schon bereit für eine Behandlung, wie sie Verräterinnen zukommt. Lian zögerte einen Moment und sah Evelyn Siratja dabei wie ein sprungbereiter Panther an. Unwillkürlich wich Evelyn einen Schritt zurück. Sie hatte das kleine, chinesische Mädchen gegen Tatsu Li kämpfen sehen und sie hatte gerade eben erlebt, dass es eine Mitschülerin betäubt hatte, ohne sie dabei auch nur berührt zu haben. Evelyn wusste, dass sie diesem Mädchen nicht gewachsen wäre, wenn es zu einer Handgreiflichkeit kommen sollte. Sie machte den Damen der Sicherheitstruppe einen Wink und Lian sah, dass alle bereit waren, sofort auf sie zu schießen.

„Es gibt keinen Grund für Gewaltanwendung!" mischte sich Josh ein und versuchte mit seinem Körper Lian abzudecken. Unter dem Schutz der Sicherheitstruppe fühlte sich Evelyn wieder sicher. Mit der flachen Hand schlug sie laut klatschend auf Joshs stolz erhobenen Penis, dass er steil nach unten wippte und sich dann wieder aufrichtete.

„Dich hat niemand gefragt, Josh." sagte sie ihm kalt ins Gesicht. Josh spürte, wie sich Lian hinter ihm zusammenkrümmte, um Evelyn wie ein Panther anzuspringen.

Nein Lian, tu es nicht. Geh einfach weiter nach oben. bat Josh sie eindringlich. Lian hatte zu Zittern begonnen. Sie hätte Josh gerne geantwortet, dass sie das nicht durchstehen würde. Aber sie war zu erregt, um einen klaren Gedanken fassen oder ihn ausdrücken zu können. Josh spürte es. Er vergaß seine eigene Situation und die Erniedrigung durch Evelyn und dachte nur an das, was Lian durchzustehen hatte.

Du kannst es, meine wunderschöne, kleine yīndào, ermutigte er sie.

„Bringst du ihn jetzt nach oben, oder muss ich es tun?" fragte Evelyn, während sie schon nach dem Lederband griff, das von Joshs Penis nach unten hing. Lian kam ihr zuvor und packte das Lederband ohne auf die Frage Evelyns zu antworten. Mit einem leichten Ruck zog sie Josh weiter die Stufen empor und dann hinaus auf den Platz vor dem Gebäude.

Alle waren hier versammelt. Auf einer kleinen Empore saß, oder besser gesagt, thronte Veronika Vranja. Zu ihren Füßen kniete gefesselt und nackt ein muskulöser, schwarzer Hüne. Er war so an ein Gerüst gebunden, dass er vor einem kleinen Tisch kniete, auf dem sein großer, schwarzer Penis in erigiertem Zustand lag. Und auf diesem Penis ließ Frau Vranja ihre Füße ruhen, die in hochhackigen Schuhen steckten. Die Schuhe waren ihre einzige Kleidung. Josh ekelte sich vor dieser Frau und fragte sich, ob sie sich ihrer Unattraktivität überhaupt bewusst war. Als Lian mit Josh auf dem Platz erschien, erhob sie sich und stand mit ihrem ganzen Gewicht auf dem Penis des Schwarzen. Ein allgemeiner Jubel brandete los. Josh war sich nicht sicher, ob das wegen Lians und seines Erscheinens oder wegen Veronika Vranjas Demonstration geschah. Aber Lian sah, dass alle Aufmerksamkeit nur auf ihr und Josh lag. Der Schwarze verzog zwar sein Gesicht vor Schmerzen, ließ aber keinen Laut hören. Sein Körper war übersät von blutigen Striemen und vor allem sein Penis zeigte Spuren von allerlei Gewaltanwendung. Josh wurde bei dem Anblick ziemlich flau im Magen. Aber er ließ es sich nicht anmerken. Die einzige noch bekleidete Person war Mandy Benson, die Ärztin. Sie stand in ihrem kurzen und dünnen weißen Kittel abseits und hatte einen Erstehilfekasten unter dem Arm. Als sie Josh erblickte, senkte sie den Kopf. Ob aus Scham oder Verlegenheit konnte Josh nicht erkennen. Die Lehrerinnen, die Schülerinnen und das Personal; sie alle hatten in einem großen Kreis ihren Platz eingenommen, in dessen Mitte ein Gerüst stand. Sowohl Lian, als auch Josh wussten, dass Lian Josh daran festbinden musste. Über alles wachten dabei die Damen des Sicherheitstrupps. Josh wunderte sich darüber, dass selbst die nackt waren. Ihre muskulösen Körper glänzten in der Sonne und auch wenn sie für Joshs Geschmack zu muskelbepackt und kaum noch als Frauen zu erkennen waren, hegte er doch eine gewisse Bewunderung für die eiserne Disziplin, die notwendig war, um sich solche Körper anzutrainieren. Neben den drei Dobermännern Paula Rubens sah Josh auch sechs schwarze Panther frei herumlaufen. Und er fragte sich, wo die sich bisher aufgehalten hatten. Lian und er erreichten das Gerüst, an dem schon Scharniere angebracht waren. Nachdem Lian das Seil von Joshs Handgelenken gelöst hatte, stellte er sich mit gespreizten Armen und Beinen so hin, dass Lian ihn an den Scharnieren festbinden konnte. Um die Scharniere für seine Hände erreichen zu können, musste sie auf den bereitgestellten Tisch klettern, auf dem allerlei Folterinstrumente für die Vorstellung bereitlagen. Joshs athletische Erscheinung, die Kraft und Geschmeidigkeit in sich vereinigte und sein Penis, der zwar nicht so groß wie der des Schwarzen, aber in seinen Formen perfekt proportioniert war und der eingeschnürt in das Lederband stolz erhoben sich Lian entgegenstreckte, riefen bewundernde Begeisterungsstürme bei dem erregten Publikum hervor.

Lian spürte wieder den Kloß in ihrem Hals, der ihr die Luft zum Atmen nehmen wollte. Sie fühlte sich so unendlich hilflos und fragte Josh leise: „Was soll ich jetzt machen, Josh?"

Josh zuckte mit den Schultern, soweit das in seiner Haltung möglich war.

„Ich weiß es nicht mein Liebling", flüsterte er zurück. Der Anblick des offenbar willenlosen Schwarzen, auf dessen Glied noch immer Veronika Vranja mit ihren hochhackigen Schuhen mit den kleinen Absätzen stand, hatte ihn mehr verunsichert, als er es sich selbst eingestehen wollte.

Veronika Vranja klopfte mit ihrem Stock ein paar mal auf den Tisch, auf dem sie stand. Das Publikum verstummte und alle Augen richteten sich auf sie. Als sie sich der Aufmerksamkeit all ihrer Anhängerinnen sicher war, stampfte sie mit ihrem rechten Fuß einmal theatralisch auf. Der Schwarze biss die Zähne zusammen und Tränen mischten sich in den Schweiß, der ihm von der Stirn rann, als die Herrin von St. Bernadette so auf seinem Penis herumtrampelte und seine Eichel unter ihren Schuhen zu zerquetschen drohte. Das Publikum schrie begeistert auf. Josh senkte seinen Blick. Er konnte diese brutale Gewalt und Grausamkeit nicht ertragen. Aber Lian konnte ihre vor Entsetzen geweiteten Augen nicht abwenden.

Erwarten die so was von mir? fragte sie sich. *Soll ich das Josh antun?*

Sie taumelte benommen und mit aufkommender Übelkeit zurück und stieß dabei gegen Joshs Glied, dessen Erektion trotz des Lederbandes begonnen hatte, nachzulassen. Ihre Gedanken flogen fieberhaft durcheinander. Ihrem ersten Impuls folgend wollte sie Josh sofort wieder von dem Gerüst befreien, um zu versuchen, mit ihm den Ring zu durchbrechen und in den Wald zu entkommen. Aber dann fragte sie sich: *Wo sind Marijana, Shadowcat und Abebi?*

Sie konnte sie nicht einfach hier zurücklassen. Und sie wusste, dass Josh auch nicht dazu bereit gewesen wäre. Weiter kam sie in ihren Überlegungen nicht. Veronika Vranja hatte mit einer großen Geste den Umstehenden wieder Schweigen geboten und richtete ihre Stimme jetzt an Lian.

„Lian, Kind, …" begann sie. „Du hast heute schon bewiesen, dass Du Josh Barker, der sich so überlegen und unnahbar gezeigt hat, so sehr erregen kannst, dass er hier vor uns allen mit dieser wirklich beeindruckenden Demonstration seiner Männlichkeit erschienen ist. Uns ist bewusst, dass Du und er ein sexuelles Verhältnis miteinander hattet, was beweist, dass Barker letztendlich auch nicht besser ist, als jeder andere Mann. Er wurde aus seiner letzten Anstellung entlassen, weil er etwas mit einer Schülerin gehabt haben soll. Und ausgerechnet Du und die anderen beiden Lara-Mädchen habt seine Unschuld bewiesen."

Dann fuhr sie wie ein strenger Richter an Josh gewendet fort: „Sie sind ein erbärmlicher Heuchler, Barker, ein Krimineller, der sich an Kindern vergreift!"

Josh spürte diese Anklage wie einen Stich ins Herz. Auch wenn er die Vranja nicht für voll nehmen konnte, hatte sie vom gesetzlichen Standpunkt aus Recht. Und schlimmer noch: Sie hatte auf dieser Insel die absolute Macht. Bevor sie weitersprechen konnte, fiel ihr Lian ins Wort. Laut und deutlich und voller Leidenschaft rief sie ihrer Direktorin zu: „Das ist nicht wahr. Josh hat sich an niemandem vergriffen. Er hat sich so sehr gegen diese Liebe gewehrt, die ihm mein Herz und mein Körper schenken wollten und die noch leben wird, wenn St. Bernadette längst im Meer versunken ist."

Ein paar Sekunden war Veronika Vranja sprachlos vor Erstaunen über dieses Plädoyer Lians. Dann applaudierte sie kurz mit einer Mischung aus Anerkennung und Spott.

„Deine Prophezeiung in Ehren Lian", erwiderte sie schließlich. „Aber wie dem auch sei, ob Barker sich gewehrt hat oder nicht, ihr hattet ein sexuelles Verhältnis. Leugne es nicht. Du kannst sein Vergehen nicht schönreden. Josh Barker ist schuldig wie alle Männer. Aber Du hast jetzt die Möglichkeit, in unsere Gemeinschaft aufgenommen zu werden, indem Du ihm das gibst, was ihm zusteht."

„Wo sind Marijana, Victoria und Abebi?" fragte Lian dazwischen. Veronika Vranja stampfte ungehalten mit dem Fuß, so dass man Blut unter den Sohlen ihrer Schuhe hervorsickern sehen konnte und donnerte Lian bedrohlich an: „Unterbrich mich nicht!"

Dann fuhr sie wieder etwas gemäßigter fort: „Du kannst wieder in den Schoß unserer Gemeinschaft aufgenommen werden, wenn Du Dein Vergehen und Deine Verfehlungen bereust und uns an Barker zeigst, dass Du bereit dazu bist."

Frau Vranja wartete einige Sekunden auf eine Antwort Lians. Dann sagte sie: „Zögere nicht zu lange. Hier sind viele Schülerinnen, die schon lange auf die Chance warten, einen solchen Mann behandeln zu dürfen."

Sofort trat Liz Knightham einen Schritt nach vorne, um auf sich aufmerksam zu machen. Wie gerne hätte Lian jetzt gesagt, dass sie Gewalt verabscheute. Aber sie wusste, dass man ihr entgegensetzen würde, dass sie jemanden getötet hatte, jemanden aus dieser kranken Gemeinschaft. Und eine Liz Knightham oder eine andere Schülerin würde sich dann an Josh vergreifen. Selbst Evelyn Siratja war bei der Aussicht, dass Josh für jemand anderes als Lian zur Verfügung gestellt werden könnte, unruhig geworden. Nein, das durfte nicht passieren. Lian fürchtete, das Bewusstsein zu verlieren. Alles drehte sich um sie und sie konnte nicht einmal Joshs Stimme in ihrem Kopf hören, die sie ermutigen wollte. Als Josh merkte, dass er Lian im Moment nicht auf telepathische Weise erreichen konnte, flüsterte er ihr heimlich zu: „Bitte tu es, Lian. Tu es mir zuliebe und für …"

Weiter kam er nicht, denn Frau Vranja fuhr noch einen Trumpf auf, indem sie Lian zurief: „Vielleicht kann ich Dir die Entscheidung ja ein wenig erleichtern."

Sie klatschte zweimal schnell in die Hände und gab Tatsu Li, die sich bisher im Hintergrund gehalten hatte, ein Zeichen. Tatsu Li, deren sehniger Körper mit geheimnisvollen Linien bedrohlich wirkender Tätowierungen überzogen war und noch zerschlagener aussah, als der Lians, hatte sich ansonsten vollständig von ihrer Niederlage gegen Marijana erholt. Sowohl Lian, als auch Josh folgten gespannt ihren katzenhaften Bewegungen, als sie mit zwei Damen des Sicherheitspersonals ins Haus ging. Nur wenige Augenblicke später führten sie die mit den Händen auf den Rücken gefesselte Marijana nach draußen. Joshs und Lians Herzen schlugen höher, als sie Marijana zwar gefesselt, aber ansonsten unversehrt auf sich zukommen sahen. Und eine Woge der Liebe durchdrang und erfüllte sie alle drei. Tatsu Li und die beiden Sicherheitsdamen banden Marijana Rücken an Rücken mit Josh an das selbe Gerüst, an dem auch er stand. Josh konnte nicht sehen, was hinter ihm vorging. Aber er konnte aus den Geräuschen erkennen, dass Marijana auf eine andere Art gebunden wurde, als er selbst. Die beiden Sicherheitsdamen banden dünne Seile so fest um Marijanas wunderschöne, volle Brüste, wie es ihnen mit aller Kraftaufbietung nur möglich war.

„Bitte nicht!" schrie Lian und wollte ihrer Schwester zu Hilfe eilen. Aber gleichzeitig hörte sie einen leisen Pfiff hinter sich und sah einen der schwarzen Panther in großen Sprüngen auf sich zurasen. Die kurze Schrecksekunde, in der Lian unfähig war, sich zu bewegen, reichte der geschmeidigen Katze, um sie zu erreichen. Er sprang sie nicht an, wie sie befürchtet hatte, sondern versperrte ihr den Weg zu Marijana.

„Hab keine Angst!" hörte sie die angenehme Stimme mit dem samtigen Klang, die auch schon Abebi aufgefallen war, sagen. Lian sah eine Dame des Sicherheitspersonals, die ihr unbekannt war, auf sich zukommen.

„Ajani tut Dir nichts. Er passt nur auf, dass Du nichts anstellst."

Die zwei Sicherheitsdamen, die Marijanas Brüste abgebunden hatten, warfen die Enden der Seile über die oberste Stange des Gerüstes und zogen Marijana damit so hoch, dass sie nur an den Brüsten hängend, frei über dem Boden schwebte, während ihre Beine gespreizt an die Scharniere gebunden waren, an die Lian auch Joshs Fußgelenke gefesselt hatte. Marijana wollte schreien. Aber sie brachte keinen Ton heraus. Ungeachtet des Panthers wollte Lian ihr zu Hilfe kommen. In dem Moment ließen die beiden Sicherheitsdamen Marijana wieder auf den Boden. Und Tatsu Li sagte mit seltsam rauer Stimme: „Tu, wozu Du auserkoren bist, sonst werden wir Marijana so lange an ihren Brüsten aufhängen, bis sie ihr abfallen."

Hilfesuchend blickte Lian zu der Frau mit der samtigen Stimme. Sie wollte sie schon anflehen, ihr zu helfen, aber das leise, kehlige Knurren Ajanis ließ sie innehalten. Und ihr Blick suchte Joshs Augen. Kaum merklich nickte er ihr zu und forderte sie auf: *Tu es. Lass nicht zu, dass sie Marijana meinetwegen quälen.*

Aber ich soll Dich quälen, erwiderte Lian.

Josh schenkte ihr ein kleines Lächeln. *Du wirst mich niemals quälen, meine wunderschöne Lian, ganz egal, was Du auch tust.*

Jetzt nickte Lian. Sie wusste, dass sie keine Wahl hatte. Sie trat ganz nah an Josh heran. Am liebsten hätte sie ihn geküsst. Aber sie wusste, dass sie das nicht durfte. Die schlanken Finger ihrer rechten Hand strichen von Joshs Wange über seinen Hals und seine starke, gewölbte Brust, über die harten Konturen seiner angespannten Bauchmuskeln bis zu seinem schon wieder fast völlig erschlafften Glied. Trotz der betörenden und erregenden Schönheit Lians und auch Marijanas, die er kurz gesehen hatte und die er jetzt in seinem Rücken spürte, hatten die negativen Eindrücke wieder alle erotischen Gedanken und Gefühle in Josh ersterben und der Sorge um die geliebten Mädchen und selbst um den schwarzen Hünen weichen lassen. Er wusste, dass er dieses grausame Spiel länger durchstehen würde, als Lian. Deswegen musste er so schnell wie möglich etwas unternehmen. Aber erst einmal mussten Lian und er dieses Spiel mitspielen. Josh schloss seine Augen, um alle anderen Eindrücke aus seinem Kopf zu verbannen und konzentrierte sich nur auf die Berührungen Lians. Zuerst band sie das Lederband von Joshs Penis los. Dann begann sie wieder mit mehr Zärtlichkeit, als Veronika Vranja und ihre Anhängerinnen sehen wollten, ihn zu stimulieren. Sie ließ sich sehr viel Zeit und suchte dabei in ihren Gedanken mit Marijana in Kontakt zu treten.

Marijana, wie geht es Dir? fragte sie ihre schöne Schwester, deren abgebundene Brüste schon begannen, sich zwischen dunkelrot und blau zu verfärben.

Mir geht es gut, Lian! antwortete Marijana nicht ganz aufrichtig. Die beiden Sicherheitsdamen hatten sie auf ein Zeichen Tatsu Lis wieder so weit hoch gezogen, dass sie nur noch mit ihren Zehenspitzen den Boden berühren konnte. Sie hing fast mit ihrem ganzen Gewicht nur an ihren Brüsten. Der Kontakt, in den sie auf telepathische Weise mit Lian getreten war, half ihr, sich auf etwas anderes, als ihre Schmerzen zu konzentrieren und bei Bewusstsein zu bleiben.

Bitte sei behutsam mit Josh, bat sie ihre kleine Schwester, unter deren schlanken Fingern sich Joshs Penis langsam wieder aufrichtete. Marijana konnte nicht sehen, was Lian tat, da sie mit dem Rücken zu Josh und ihr stand, oder besser gesagt, hing. Aber sie wusste, was man von ihrer Schwester erwartete. Lian wischte sich Tränen aus den Augen und hoffte vergeblich, dass es niemandem auffallen würde. Sie konnte die Ungeduld ihres Publikums wie eine körperliche Bedrohung spüren.

Wo sind Shadowcat und Abebi? fragte sie weiter und versuchte, sich ihre Angst und Unsicherheit nicht anmerken zu lassen, während sie gleichzeitig schon wieder das Lederband um Joshs Hoden und den Schaft seines wieder hart gewordenen Gliedes knotete.

Sie liegen gefesselt drin. Ich weiß nicht, ob sie sie auch noch rausbringen, antwortete Marijana.

„Was dauert da so lang?" rief Frau Vranja plötzlich. Sie hatte sich inzwischen wieder gesetzt und schlug jetzt mit dem Knauf ihres Elfenbeinstocks auf den schon blutigen, aber noch immer erigierten Penis des Schwarzen, um ihre Ungeduld zu unterstreichen. Gleichzeitig machte sie Tatsu Li ein Zeichen, das die an die beiden Sicherheitsdamen weitergab. Und im nächsten Moment zogen diese Marijana wieder mit einem Ruck nach oben. Sie machten die Schlaufen an den Enden der Seile am Gerüst fest und ließen Marijana an ihren blau anlaufenden und zum Bersten prallen Brüsten baumeln.

Lian sprang auf und schrie Veronika Vranja an: „Ich kann so nicht! Bitte lasst Marijana runter."

Ajani fauchte Lian bedrohlich an und Josh versuchte, seinen Kopf zu drehen, um zu sehen, was hinter ihm vor sich ging. Im Augenwinkel konnte er Marijana mit auf den Rücken gefesselten Händen, an ihren wunderschönen, vollen Brüsten aufgehängt sehen. Der Anblick der dünnen Seile, mit denen Marijanas Brüste so brutal abgeschnürt waren und die gnadenlos in das feste und doch so zarte Fleisch schnitten, hätten unter anderen Umständen und in einer weniger brutalen Form durchaus einen erotischen Reiz auf ihn ausüben können. Aber auch wenn Marijana nicht viel wog, so hing jetzt doch ihr ganzes Gewicht nur an ihren brutal abgebundenen Brüsten. Und Josh konnte ihren Schmerz fühlen, so als ob sich die Seile um sein Herz schlingen und es zerquetschen würden. Mit einem Aufschrei spannte er alle Muskeln und sprengte seine Fesseln. Solange er Marijana, Lian, Shadowcat und Abebi damit hätte beschützen können, wäre er bereit gewesen, alles zu ertragen. Aber dass diese kranken Frauen sich in solcher Weise an Marijana vergriffen, das war zuviel.

„Mach sie los!" forderte er Lian auf und warf sich im nächsten Moment auf den Panther, der von Joshs Angriff völlig überrumpelt wurde. Josh sprang Ajani auf den Rücken und nahm ihn in den Schwitzkasten. Mit Händen und Füßen klammerte er sich so fest an ihn, dass der Panther ihn mit seinen Krallen nicht erreichen konnte. Seine Besitzerin mit der samtigen Stimme redete aufgebracht auf Josh ein. Aber er war so sehr auf den verbissenen Kampf konzentriert, dass er sie nicht wahrnahm. Lian wollte sofort Marijana befreien. Aber Tatsu Li und die beiden muskulösen Damen stellten sich ihr in den Weg. Zu Lians Überraschung waren diese beiden Gegnerinnen bei weitem nicht so schwerfällig, wie man bei ihren massigen Körpern vermutet hätte. Und Tatsu Li hatte die ganze Nacht über meditiert, um sich von ihrer Niederlage gegen Marijana am Vortag zu erholen. Sie hatte ihre Mitte wieder gefunden. Sie hatte erkannt, dass ihre

Schwäche daher resultierte, dass sie hier auf St. Bernadette keine ernstzunehmenden Gegner hatte. Seit Jahren hatte sie nur noch als Lehrerin fungiert, ohne jemals gefordert worden zu sein. Selbst die paar Männer, die es gewagt hatten, sich gegen sie zur Wehr zu setzen, hatten im Gegensatz zu den Lara-Mädchen keine Klasse. Diese Männer hatten vorher bestenfalls in Kneipenschlägereien Kampfgeist gezeigt. Nur der Schwarze, der jetzt so zahm zu Frau Vranjas Füßen kniete und alle Misshandlungen ohne zu klagen, über sich ergehen ließ, war ein Krieger gewesen. Er hatte auch gekämpft wie ein Krieger. Aber er hatte nichts gegen Tatsu Li ausrichten können. Ein paar der Männer, die in dem landwirtschaftlichen Betrieb gefangen gehalten wurden, waren ihr immer als würdige Gegner erschienen. Aber es hatte niemals ein Kampf gegen sie stattgefunden. Die Lara Mädchen hatten gelernt, auf eine andere Weise zu kämpfen, als alle ihre bisherigen Gegner. Es war Tatsu Li nicht klar, wo und wie sie das hatten lernen und derartig perfektionieren können. Aber jetzt, da sie ihre Mitte wieder gefunden hatte und wusste, dass sie es mit ernstzunehmenden Gegnerinnen zu tun hatte, die ihr kaum in etwas nachstanden, war sie sich auch sicher, dass sie keine Niederlage mehr gegen sie erleben würde. Ihre Erfahrung überstieg die der noch so jungen Mädchen bei weitem. Sie gebot den muskulösen Damen, die Lians ersten Angriff wirksam abgefangen hatten, ihr das ungestüme Mädchen zu überlassen.

„Hast du Deine Lektion gestern noch nicht gelernt, Lian?" fragte sie das kleine, zierliche und doch so überaus gewandte Mädchen, das sich sofort an den Seilen zu schaffen machen wollte, an denen Marijana hilflos aufgehängt war. Dabei schlug sie blitzschnell Lians Hände von den Seilen weg. Lian war wie in Trance. Sie wusste, dass Tatsu Li ihr nicht die Zeit lassen würde, die sie benötigte, um Marijana zu befreien. Aus dem Augenwinkel sah sie Josh mit Ajani ringen. Alles hing an ihr. Sie musste wieder gegen die Kampfsportlehrerin kämpfen. Sie musste diesen Kampf gewinnen. Und sie musste schnell gewinnen, bevor die anderen Sicherheitsdamen mit ihren Betäubungspfeilen in das Geschehen eingriffen.

Lian stand ganz ruhig da. Sie hatte ihren Blick auf den Boden geheftet und erwartete den Angriff der verhassten Lehrerin. Auch Tatsu Li war ganz ruhig. Sie hatte keinen Zweifel daran, dass sie siegen würde. Sie war sogar von einer tiefen Dankbarkeit erfüllt, dafür dass das Schicksal ihr diese Mädchen geschickt hatte, die sie davor bewahrten, in die Mittelmäßigkeit des Kampfsportes abzurutschen. Am liebsten hätte sie selbst Marijana befreit, um gegen die beiden Schülerinnen gleichzeitig anzutreten und sie in ihre Schranken zu weisen. Sie wollte allen beweisen, dass sie noch immer unbesiegbar war. Aber als sie schließlich das kleine Mädchen mit dem gesengten Blick schneller angriff, als es das menschliche Auge überhaupt wahrzunehmen vermochte, geschah etwas, mit dem sie keine Sekunde lang gerechnet hätte. Sie war sich nicht sicher, ob Lian sie überhaupt berührt hatte. Bewegt hatte sie sich. Aber was sie gemacht hatte, das konnte Tatsu Li nicht sagen. Die Kampfsportlehrerin stand da, unfähig, sich zu bewegen. Sie war völlig gelähmt. Und es dauerte mehrere Sekunden, während denen sie hilflos zusah, wie Lian die beiden angreifenden Sicherheitsdamen trotz deren Kraft und Wendigkeit mühelos zu Boden schickte, bis sie feststellte, dass nicht nur ihr Körper gelähmt war, sondern auch ihre Atmung. Ungläubig starrte sie Lian an. Und sie wusste, dass dieses Mädchen das letzte sein würde, was sie in ihrem Leben sah.

Dim-Mak, schoss ihr die Erkenntnis in den Kopf. Dieses kleine Mädchen beherrschte den ‚Touch of Death'. Lian achtete nicht mehr auf Tatsu Li. Sie hatte ein ganz anderes Problem. Die Enden der Seile, an denen Marijana aufgehängt war, waren so weit voneinander an dem Gerüst befestigt, dass Lian sie nur nacheinander hätte lösen können. Das hätte aber zur Folge gehabt, dass Marijana, wenn auch nur für einen kurzen Moment, nur an einer Brust aufgehängt wäre.

„Helfen Sie mir bitte!" bat sie die Dame mit der samtigen Stimme. Die war aber völlig von Joshs Kampf gegen Ajani gefesselt. Sie bewunderte das beeindruckende Spiel der Muskeln von Mann und Panther. Aber als sie erkannte, dass Josh Ajani so fest umklammert hielt, dass der sich nicht nur nicht aus dem stählernen Griff befreien konnte, sondern dass Josh diesem stolzen Geschöpf jeden Moment das Genick brechen konnte, da sprang sie wie eine Löwin, die ihr Junges verteidigt hinzu, um dem treuen Panther beizustehen. Instinktiv packte sie die losen Enden des Lederbandes, das Lian um Joshs Penis gebunden hatte und zog mit aller Gewalt daran an. Josh war völlig unvorbereitet auf einen solchen Eingriff in den Kampf. Von dem plötzlichen Ruck des dünnen Lederbandes an seinem Penis wurde Josh zurück gerissen. Aber so brutal und schmerzhaft dieser hinterhältige Angriff auch war, Josh hielt die geschmeidige Katze noch immer mit unverminderter Kraft fest.

„Lassen Sie ihn los!" sagte die Dame halb befehlend, halb flehend und riss im nächsten Moment wieder so fest an dem Band an, dass Josh befürchtete, sie würde ihm seinen Penis auf diese Weise abreißen. Er wollte nach dem Lederband greifen, um es der Dame zu entwenden. Aber er durfte sich nicht erlauben, den wütenden Panther loszulassen oder seinen Griff auch nur zu lockern. Glücklicherweise kam ihm Lian zu Hilfe, die die Dame mit der sanften Stimme ansprang und ihr das Lederband entwand. Lian rechnete jetzt mit einem Angriff dieser Dame. Die aber fiel auf die Knie und flehte mit Tränen in den Augen: „Bitte, er soll ihn loslassen. Er bringt Ajani sonst um."

Bevor Lian etwas erwidern konnte, antwortete Josh: „Ich breche ihm das Genick, wenn Sie Marijana nicht sofort runterlassen!"

„Bitte!" fügte Lian noch hinzu. Und im nächsten Moment half die Dame ihr, Marijana von ihrer Tortur zu befreien. Unglücklicherweise verhängte sich die Schlaufe des Seils an der Seite von Ajanis Besitzerin, als diese es lösen wollte. Und es geschah genau das, was Lian eigentlich verhindern wollte. Lian hatte die Schlaufe gelöst. Und das Seil war ihr aus den Händen geglitten. Für ein paar Sekunden hing Marijana nur an dem um ihre linke Brust gebundenen Seil. Sie konnte einen Schmerzensschrei nicht unterdrücken. Und da jetzt ihr ganzes Gewicht nur an dem einen Seil hing, an dem sie baumelte, gelang es der Dame, die helfen wollte nicht, die Schlaufe vom Gerüst zu lösen. Lian sprang sofort zu Marijana, packte sie um die Hüfte und hob sie so hoch, bis kein Zug mehr auf dem Seil war und die Pantherbesitzerin die Schlaufe lösen konnte. Lian ließ ihre fast ohnmächtige Schwester auf den Boden runter. Aber Marijana stürzte sofort. Ihre Fußgelenke waren noch an das Gerüst gebunden. Und die Seile ließen ihren Beinen keinen Spielraum, um einen sicheren Halt zu finden. Lian half ihrer gepeinigten Schwester sofort, indem sie ihre Hand- und Fußgelenke von den Fesseln befreite. Als Lian dann behutsam ihre Brüste von den einschneidenden Seilen befreite, konnte Marijana erneut einen leisen Schrei nicht unterdrücken.

„Bitte lassen Sie ihn los!" flehte die Besitzerin von Ajani Josh wieder an. Aber jetzt kamen die anderen Panther in langen Sätzen auf ihn losgestürmt. Es wunderte ihn eigentlich nur, dass man sie erst jetzt auf ihn hetzte. Josh hatte große Ehrfurcht vor diesen stolzen Tieren. Aber sein Leben und das der Mädchen, die er liebte, wurden von ihnen bedroht. Und deshalb war er bereit, Ajani und jeden anderen Panther zu töten, wenn er es konnte. In seinem ganzen Leben hatte er noch nie einen solchen Kampf auszutragen gehabt. Er hätte sich auch niemals träumen lassen, dass so etwas überhaupt möglich sein könnte. Josh setzte an, Ajani von seinen irdischen Leiden zu erlösen. Mit einem kleinen Ruck konnte er ihm das Rückgrat brechen, um sich den neuen, geschmeidigen Angreifern zu stellen, die ihn fast erreicht hatten. Die Dame mit der samtigen Stimme stellte sich den Panthern in den Weg und hielt sie mit einem einzigen Wort auf. Die großen, schwarzen Katzen knurrten und fauchten zwar immer noch den nackten Mann an, der den Anführer ihres Rudels so unbarmherzig und eisern festhielt. Aber sie wagten es nicht, gegen ihre zweibeinige Herrin zu rebellieren.

Josh ließ Ajani los. Er war darauf gefasst, dass ihn der große, schwarze Panther sofort wieder anfallen würde. Aber Ajani war eine sehr intelligente Katze. Er wusste, dass er in Josh seinen Meister gefunden hatte. Fast unterwürfig, aber doch noch stolz warf er sich vor Josh auf den Boden. Und Josh streichelte ihm vorsichtig über den Kopf, aber nur einen Augenblick. Sein ganzes Interesse galt Marijana und Lian.

„Bist Du okay, Marijana?" fragte er, während er mit einem einzigen Sprung bei ihr kniete und vorsichtig die Spuren der einschneidenden Seile um ihre Brüste betastete. Marijana nickte nur. Erst jetzt brachen die Tränen aus ihr heraus. Josh wusste, dass die Gefahr noch nicht vorbei war.

Trotzdem schloss er sie fest in seine Arme und küsste zärtlich ihre Stirn und die Tränen auf ihren Wangen.

„Und Du?" fragte er Lian über Marijanas Schulter. Lian nickte ebenfalls nur. Sie biss sich auf die Lippen und zitterte am ganzen Körper. Josh öffnete einen Arm und auch sie warf sich schluchzend an seine Brust. Joshs Blick streifte die tot am Boden liegende Tatsu Li und die beiden muskulösen Damen des Sicherheitsdienstes, die ebenfalls bewegungslos dalagen und die man auch für tot hätte halten können, wenn man als genauer Beobachter nicht das leichte Heben und Senken ihrer Brüste bemerkt hätte. Der Kreis der anderen Sicherheitsdamen, der Lehrerinnen und der Schülerinnen zog sich immer enger um Josh, Lian und Marijana.

„Packt ihn!" schrie Veronika Vranja, die sich vor Wut über die Entwicklung der Szene kaum noch beherrschen konnte. Ajani trottete Josh hinterher, legte sich zu ihm und den Mädchen und rieb seinen großen Kopf an Joshs Arm. Die Dame mit der samtigen Stimme, die Ajani zu sich hatte rufen wollen, beobachtete dieses Schauspiel der Ergebenheit Ajanis dem nackten Mann gegenüber, der ihn mit seinen Händen hätte töten können. Sie trat der heranrückenden Masse männerhassender Frauen und Mädchen entgegen und gebot ihnen: „Halt! Wer sich an diesem Mann vergreifen will, muss erst an mir und den Panthern vorbei!"

Ungläubiges Staunen breitete sich auf den Gesichtern der blutrünstigen Masse aus. Und selbst in den Augen des Schwarzen, der sich durch seine halb geschlossenen Lider nichts von dem Schauspiel entgehen ließ, blitzte etwas wie Kampfgeist auf. Aber offen zeigte er das nicht. Für kurze Zeit kam die Masse zum Stehen. Dann aber rief eine der umstehenden ihren Panther zu sich. Und die Besitzerinnen der anderen Panther folgten ihrem Beispiel, bis nur noch Ajani als Verteidiger Joshs übrig blieb. Die Hoffnung Joshs, dass die Besitzerin Ajanis auch die Herrin aller anderen Panther wäre, war damit wie eine Seifenblase zerplatzt. Die Dame wendete sich an Josh und die beiden Mädchen, die so große seelische und körperliche Schmerzen auszustehen gehabt hatten.

„Ajani!" rief sie und machte damit einen letzten Versuch, den stolzesten der edlen Katzen zurück zu sich zu holen. Als der zur Antwort aber nur ein kehliges und sehr bedrohlich wirkendes Knurren ausstieß, begriff sie, dass sie Ajani verloren hatte.

„Du hast Ajanis Leben geschont!" sagte sie leise und so, als ob sie Josh schon ewig kennen würde, mit ihrer angenehmen Stimme.

„Das werde ich Dir nie vergessen. Wir stehen hier zwar auf verlorenem Posten. Aber nachdem sich Ajani für Dich entschieden hat, werde auch ich bis zum Ende für Dich kämpfen!"

Josh blickte skeptisch zu ihr auf und fragte sie: „Wie heißt Du?"

„Lidia!" antwortete die Dame, in der Josh jetzt bei genauerer Betrachtung weit mehr weibliche Anmut erkannte, als in den anderen

Damen des Sicherheitspersonals. Ihre Muskeln waren nicht so massig wie die der Damen, die Josh bisher kennengelernt hatte. Aber als er einen Blick auf den undurchdringlichen Ring der sie einschließenden Frauen und Mädchen warf, bemerkte er, dass auch die Besitzerinnen der anderen Panther, eine eher sehnige, als massige Muskulatur besaßen. Von ihnen war Lidia fast noch die Massigste. Aber das spielte alles keine Rolle für Josh. Wichtig waren einzig und allein die beiden Mädchen in seinen Armen und die beiden noch im Haus gefangenen, Shadowcat und Abebi.

„Welchen Sinn sollte es haben, bis zum Ende zu kämpfen?" fragte er. Und Lidia hörte in seiner Stimme die Verbitterung und die nur schlecht überspielte Verachtung.

„Keinen!" flüsterte Marijana, die sich noch immer an Josh klammerte und ihre schmerzenden Brüste an ihn presste.

„Für mich schon!" erwiderte Lian. Marijana erschrak über die Bitterkeit, die auch in Lians Stimme mitklang und ihr einen eigenartig fremden Klang verlieh. Lian wollte aufstehen. Aber Josh hielt sie zurück. Er spürte, dass sie sich einem Kampf stellen wollte, den sie weder verschuldet hatte, noch gewinnen konnte.

„Nein!" sagte er zärtlich und voller Liebe, während er sie an sich drückte. „Du hast mehr als genug getan und gelitten, meine wunderschöne, geliebte yīndào."

Er sah Lian und Marijana tief in die Augen und fuhr fort: „Sobald sie sich auf mich stürzen, lauft ihr los. Befreit Shadowcat und Abebi. Wenn es sein muss, dann unterwerft euch, bis ihr eine Möglichkeit zur Flucht findet."

„Und Du?" fragte Lian, obwohl sie ahnte, was Josh vorhatte. Josh antwortete nicht, küsste die beiden, stand auf und lief ohne ein weiteres Wort los, auf die muskulösesten Damen der Sicherheitstruppe zu. Dabei war er sich nicht einmal bewusst, dass er sein Glied, noch immer abgebunden und steif, wie eine Lanze vor sich her trug. Josh wollte nicht gegen Frauen kämpfen. Alles in ihm sträubte sich dagegen. Aber wenn er schon dazu gezwungen wurde, dann würde er sich zumindest die männlichsten unter seinen weiblichen Peinigern als Gegner wählen. Sein Angriff kam so plötzlich, dass die Sicherheitsdamen nicht einmal die Zeit fanden, ihre Pistolen mit den Betäubungspfeilen auf ihn zu richten. Das Chaos, das jetzt entstand, war unbeschreiblich. Alles schien gleichzeitig zu passieren. Ajani war zusammen mit Josh aufgestanden und losgelaufen. Als er erkannte, gegen wen Joshs Angriff gerichtet war, stürzte auch er sich auf die Damen des Sicherheitspersonals. Diejenigen, denen die anderen Panther gehörten, hetzten sie sofort auf Josh und seinen neuen Gefährten, den er hinter sich nicht einmal wahrgenommen hatte. Josh hätte niemals daran gedacht, den besiegten Panther mit in den Kampf zu nehmen. Er hätte nicht im Traum daran geglaubt, dass er Ajani etwas hätte befehlen können, geschweige denn, dass die große, geschmeidige Katze ihm von selbst gegen seine bisherigen Herrinnen beistehen würde. Aber genau das tat Ajani. Und Lidia hielt ihr Versprechen und stürzte sich hinter Ajani ebenfalls todesmutig gegen ihre einstigen Gefährtinnen, Kolleginnen und Freundinnen. Auch Lian wollte Josh nicht im Stich lassen und sich sofort ins Getümmel werfen, um bis zu ihrem letzten Atemzug ihren Geliebten zu verteidigen. Aber Marijana hielt sie am Arm zurück.

Als Lian Marijana fragend ansah, schüttelte die den Kopf, wie um zu sagen, *nein, tu das nicht.*

Eindringlich sagte sie aber: „Hier entlang!" und zog Lian hastig mit sich durch die Lücke, die sich in dem sie umringenden Kreis der Furien gebildet hatte. Schnell liefen sie ins Hauptgebäude. Marijana führte Lian in das zweite Untergeschoß des Kellers bis zu einer verschlossenen Zelle, vor der nur eine Sicherheitsdame im knappen Bikini Wache hielt. Ohne zu zögern sprang Lian die Dame an, als die sich ihnen in den Weg stellen wollte. Lians kleiner, zierlicher Fuß traf die Schläfe der riesigen, muskelbepackten Dame so hart, dass der Kopf dieser Dame mit einem dumpfen Dröhnen gegen die schwere Eisentür der Zelle knallte. Dann stürzte die Dame ohne Besinnung zu Boden. Sie erlangte die Besinnung in diesem Leben auch nicht mehr wieder. Die Zellentür war nur mit einem schweren Riegel versperrt. Marijana und Lian öffneten sie sofort. In dem kahlen Raum standen nackt und in Ketten Shadowcat und Abebi an der Wand. Als sie Marijana und Lian auf sich zueilen sahen, füllten sich vor Freude ihre Augen mit Tränen. Im nächsten Moment waren sie von ihren Ketten befreit und die vier Mädchen lagen sich schluchzend in den Armen. Aber nur kurz.

„Wir müssen Josh beistehen!" drängte jetzt Marijana.

„Ja", bestätigte Lian und lief voraus, den Weg zurück nach oben. Die anderen folgten ihr ohne zu zögern.

Der Platz vor dem Haus war eine einzige, wogende Masse, in deren Mitte sich Josh befand. Vier der massigen Damen hatte Josh niederringen können. Hätte er sich überwinden können, auch zuzuschlagen, wären sicher noch mehr Damen der Kampftruppe auf der Strecke geblieben. Aber sie waren trotz allem Frauen. Und Josh schaffte es einfach nicht, seine Fäuste gegen sie zu gebrauchen. Und so brachte ihn die erdrückende Masse nackter Leiber schließlich zu Fall. Zu viele Hände hielten ihn. Seine eigenen Hände wurden ihm wieder auf den Rücken gefesselt und er wurde brutal an dem Lederband, das Lian um seinen Penis gebunden hatte, zum Gerüst zurückgeführt. Paula Rubens Dobermänner sprangen aufgeregt um den Pulk herum. Und die Panther waren von ihren Besitzerinnen wieder zurückgepfiffen worden. Auch Ajani war von Josh getrennt und an die Leine genommen worden.

Lidia war unter den Bewusstlosen, um die sich Dr. Benson zu kümmern hatte.

Als Lian, Shadowcat, Marijana und Abebi in der Tür erschienen und die Situation überblickten, wollten sie Josh sofort zu Hilfe eilen. Aber sofort wurden die Panther auf sie gehetzt. Shadowcat trat einen Schritt nach vorne, den Panthern entgegen. Und ungläubig beobachteten alle, deren Aufmerksamkeit bei den Mädchen und nicht bei Josh war, wie die Panther plötzlich ganz zahm wurden und sich trotz der Befehle ihrer Besitzerinnen von Shadowcat streicheln ließen. Auch Abebi, die zuerst einen Schritt vor den auf sie zuhetzenden, wütenden Katzen zurückgewichen war, beobachtete mit großen Augen, welche Macht Victoria über diese gefährlichen Gegner hatte.

„Shadowcat!" murmelte sie einer plötzlichen Eingebung folgend und nicht ohne Bewunderung. Sie hatte schon gehört, dass Victoria bei diesem Namen genannt worden war und maß dem Namen nun eine ganz neue Bedeutung zu.

„Sie ist die Herrin über die großen, schwarzen Panther, sie ist wirklich Shadowcat!"

Lian sah Abebi von der Seite an. Die hatte nur zu sich selbst gesprochen und wandte sich erst an Lian, als sie deren Blick auf sich spürte. Lian dachte daran, wie Victoria schon einmal auf andere Weise bewiesen hatte, dass sie den Namen Shadowcat zu Recht trug, als sie selbst wie ein Panther über ihren eigenen Schatten gesprungen war.

„Sie ist etwas ganz Besonderes!" sagte sie nachdenklich, aber voller Stolz auf ihre Schwester zu Abebi. Und die nickte bestätigend: „Ja, das ist sie!"

Die Besitzerinnen der Panther schrieen ihre abgerichteten Geschöpfe an, sich auf die vier Mädchen zu stürzen und sie festzuhalten. Aber die Panther gehorchten ihnen nicht. Gleichzeitig hatte Evelyn Siratja eine andere Beobachtung gemacht.

„Die kleine, schwarze Ratte spricht!" sagte sie, während sie ihren Blick auf Abebi geheftet hielt. Aber niemand hörte ihr zu und niemand sonst achtete so genau auf Abebi.

Veronika Vranja sprang auf und deutete mit ihrem Elfenbeinstock auf die vier Mädchen.

„Schnappt sie euch!" schrie sie auf ihrem erhöhten Platz und zertrampelte dabei vollends das Glied des Schwarzen, der dadurch seinen letzten Orgasmus bekam. In dem Moment, als sich sein Samen unter Veronika Vranjas Sohlen mit seinem Blut vermischte, war sein Penis nur noch eine breiige Masse. Das Blut schoss in Strömen aus der Wunde.

Dr. Benson, deren Aufmerksamkeit durch Frau Vranjas Ruf auf den Vorgang gelenkt wurde, lief sofort zu ihr und dem Schwarzen, der zu verbluten drohte.

„Macht ihn los!" befahl sie den am nächsten stehenden Schülerinnen. Und nachdem die sich durch einen Blick zu Veronika Vranja versichert hatten, dass sie das auch wirklich durften, lösten sie die Fesseln des Mannes, von dessen Penis nur noch Fetzen an ihm hingen. Der Rest klebte als eklige Masse auf dem Tisch.

Die vier Mädchen bekamen von den weiteren Vorgängen nichts mehr mit. Ihre Gegnerinnen waren zu viele. Und nachdem der erste Betäubungspfeil Shadowcat nur knapp verfehlt hatte, flohen sie zurück ins Gebäude.

„Schnell, kommt mit!" forderte Abebi ihre neu gefundenen Schwestern auf und führte sie durch die Gänge zu einem Hinterausgang und von dort weiter in die Sicherheit des Waldes.

Jetzt, wo sie keine Angst mehr vor den Panthern haben musste, wollte sie mit Victoria, Lian und Marijana das Internatsgebäude umrunden, um zu dem Baum zurückzukehren, auf dem sie ihr Blasrohr und die vergifteten Pfeile versteckt hatte. Aber Marijana hielt sie am Arm zurück.

„Nein," sagte sie. „Wir müssen die anderen Männer befreien. Mit einem Blasrohr und ein paar Pfeilen können wir nicht viel ausrichten. Sie haben Josh. Und wir haben keine Zeit, um sie zu belagern. Du hast gesehen, was die Vranja grad mit dem anderen Mann gemacht hat. Wenn wir die Männer befreien und dazu bringen können, das Internat zu stürmen, dann haben die Vranja und ihre Anhängerinnen hoffentlich keine Zeit mehr, um sich weiter mit Josh zu beschäftigen."

„Aber wenn wir alle zu der anderen Insel schwimmen, dann können wir Josh auch nicht beistehen, wenn sie ihm jetzt etwas antun", widersprach Shadowcat und erklärte: „Ich bleibe mit Abebi hier. Wir passen auf Josh auf."

Dass sie mit Abebi dableiben wollte, sagte sie aus Rücksicht auf Abebis Schwäche im Schwimmen, da die Strecke zu der kleineren Insel, auf der sich der sogenannte landwirtschaftliche Betrieb befand, nicht zu unterschätzen war. Marijana nickte. Sie fürchtete zwar, dass sie es auf der anderen Insel mit zu vielen Wachen zu tun bekommen könnten, die auf die Gefangenen Männer aufpassten, aber sie sah ein, dass Shadowcat Recht hatte. Sie waren die einzige Hilfe, auf die Josh zählen konnte. Wenn sie alle von hier verschwanden dann wäre niemand mehr da, der eingreifen konnte, wenn die wahnsinnigen Frauen und Mädchen dieser Insel Josh ernsthaft gefährdeten. Die vier Mädchen wollten sich schon trennen, als Lian sie abermals aufhielt.

„Du musst mitkommen!" sagte sie zu Shadowcat. „Sie haben sicher noch weitere Hunde oder Panther da drüben. Du bist die einzige, die mit den Tieren sprechen kann. Ohne Dich kommen wir gar nicht rein."

Shadowcat biss sich auf die Lippen. Sie hatte Angst davor, Josh zurückzulassen. Die Stunden, in denen sie gefangen gewesen war und nicht wusste, was mit Josh, Abebi und am Ende auch mit Marijana geschah, waren unerträglich für sie gewesen. Sie hatte in der Zeit nicht einmal eine telepathische Verbindung zu ihnen herstellen können und wusste nicht, woran das gelegen hatte. Sie wusste nicht, ob es wegen der Anspannung gewesen war, oder wegen der räumlichen Entfernung. Sie wussten nur, dass dieser Zustand der Ohnmacht und der Hilflosigkeit und die Angst, diejenigen die sie liebte zu verlieren, fast ihre Kräfte überstieg. Aber sie wusste, dass Lian Recht hatte.

„Ich komme mit!" bestätigte sie, umarmte Abebi und bat: „Lass Josh nicht aus den Augen, kleine Schwester. Aber pass auf Dich auf."

„Wir sind so schnell wie möglich wieder zurück", versicherte Marijana und küsste ebenfalls Abebi. Dann nahm Lian Abebis Hände und die beiden sahen sich kurz in die Augen. Es war alles gesagt. Und in ihrem Blick lagen all ihre Liebe und all ihre Ängste. Abebi sah den dreien noch hinterher, bis sie nach wenigen Schritten im dichten Grün des tropischen Waldes verschwunden waren. Aus der Richtung des Internats hörte sie die Stimmen der Verfolgerinnen. Sie waren ohne Hunde und Panther den Gefährtinnen von Josh gefolgt. Abebi hatte jetzt keine Bedenken, diese Frauen von der Spur ihrer Schwestern abbringen und ihnen auch selbst entkommen zu können. Sie machte so viel Lärm, dass die Verfolgerinnen sie hören mussten und brachte sie so von der Richtung ab, in der Marijana, Lian und Victoria ‚Shadowcat' auf dem Weg zur Küste waren. Als sie die Verfolgerinnen auf diese Weise weit genug in den Wald gelockt hatte, schwang sie sich behende in die Äste der Bäume und flog schnell wie ein Vogel durch die Baumkronen des Urwaldes. Nach wenigen Minuten hatte sie ihr Versteck erreicht, in dem sie das Blasrohr und die vergifteten Pfeile zurückgelassen hatte. Sie blickte über den freien Platz und sah, wie Josh an dem Gerüst hing und von wilden Furien umgeben war, die sich an seiner Nacktheit und Wehrlosigkeit ergötzten. Abebis Herz krampfte sich bei diesem Anblick zusammen. Wie konnten diese Kreaturen diesen wunderschönen, nackten Mann, den sie ihr ganzes Leben lang gesucht hatte und den sie schon immer geliebt hatte, so behandeln? Sie hatten immer sie, Abebi als die Wilde bezeichnet. Aber in Wahrheit waren sie selbst die Wilden, die, angeführt von ihrer Hohepriesterin Veronika Vranja bei ihren grausamen Ritualen in einen Taumel der Extase verfielen. Sie schlugen Josh mit Peitschen und Gerten, sie bearbeiteten damit auch sein abgebundenes Glied, in dem sich noch immer das Blut staute. Eine Schülerin, in der Abebi Fabienne Matisse erkannte, packte Joshs Penis und hängte sich mit ihrem ganzen Gewicht daran, so dass sie zwischen seinen muskulösen Schenkeln baumelte und schaukelte.

Josh wunderte sich mehr darüber, dass das Mädchen so fest zupacken konnte, dass trotz ihres Gewichtes seine Vorhaut nicht über seine Eichel gezogen wurde, als darüber, dass sein Penis das Gewicht des Mädchens halten konnte. Seine Eichel war prall und hart wie ein Stein. Aber Josh empfand absolut keine Erregung oder Lust. Er wünschte sich nur für wenige Minuten von den Bewohnerinnen dieser Insel in Ruhe gelassen zu werden, dann würde sich seine Erektion sofort zurückbilden. Aber diese Ruhe ließen sie ihm nicht. Anscheinend wollte ihn jede Lehrerin und jede Schülerin berühren. Und die Berührungen waren alles andere als zärtlich. Mit der flachen Hand schlugen sie auf seine Eichel und bissen so fest hinein, dass Josh Tränen in die Augen stiegen. Aber er ließ nicht den leisesten Laut hören. Auch Liz Knightham beteiligte sich an der allgemeinen Belustigung. Josh wusste, dass sie ihr Messer irgendwo in der Nähe hatte. Aber sie war ebenso nackt wie alle anderen und konnte es also nicht bei sich haben. Das war sehr beruhigend für Josh. Dass sie wie wild an dem Lederband herumriss, als wollte sie ihm seinen Penis auf diese Weise abtrennen, war zwar auch sehr bedenklich und äußerst schmerzhaft. Aber nachdem Evelyn sie ermahnt und gesagt hatte, dass sie noch länger ihren Spaß mit Josh haben wollten und dass ihm deswegen keine einen bleibenden Schaden zufügen dürfte, hatte Josh zumindest die Gewissheit, dass ihm heute noch keine ernsthafte Gefahr drohte. Evelyn drängte Liz nach einiger Zeit wieder weg, um sich selbst mit Josh zu beschäftigen. Und unter Arlana Pos Beifall nahm sie Josh Penis in den Mund lutschte, saugte und knabberte so gekonnt, dass Josh nicht leugnen konnte, jetzt zum ersten mal seit Beginn der Tortur tatsächlich in einen Zustand der Erregung versetzt zu werden. Sein Kopf und sein Herz lehnten diese Erregung ab, aber die Mechanik und die Biologie taten das ihre. Es war ein sexueller Reiz, der Josh aber keinerlei Genuss bereiten konnte. Ekel stieg in ihm auf. Evelyn Siratja spürte, dass Joshs Penis auf ihre Behandlung ansprach und noch eine Spur größer und härter wurde. Jetzt war der richtige Zeitpunkt für sie gekommen. Sie blickte zu Josh auf und fragte ihn unter zärtlichen Küssen auf seine pralle Eichel: „Siehst Du Josh, ich wusste, dass Du Spaß hast."

Josh antwortete nicht. Er versuchte an etwas anderes zu denken. Aber seine Gedanken wanderten immer nur zu Lian, Shadowcat, Marijana und Abebi. Und wenn er die vier vor seinem geistigen Auge nackt vor sich sah, bewirkte das nur, dass sich seine Erektion noch weiter erhärtete. Und das wollte er im Moment eigentlich verhindern. Evelyn schrieb diese Entwicklung allein ihrem Können zu und sagte zu Arlana: „Die ganze Prozedur mit der kleinen Lian hätten wir uns sparen können."

„Lass mich mit ran", forderte die Sexualkundelehrerin Evelyn auf und gemeinsam bearbeiteten sie Joshs Glied mit ihren Zähnen, die sie immer fester in sein Fleisch gruben. Josh Zustand der Erregung war zum Stillstand gekommen. Er fühlte die erregende Stimulation. Aber es gab keine Steigerung, die auf einen Orgasmus hinauslaufen konnte. Josh war zufrieden mit dem momentanen Zustand. Die Furien waren beschäftigt und seine vier Geliebten gewannen Zeit für ihre Flucht. Wenn ihre

Verfolgerinnen sie eingeholt und eingefangen hätten, dann hätten sie schon längst wieder zurück sein müssen. Josh vertraute auf die außergewöhnlichen Fähigkeiten der Mädchen. Wenn sie jetzt das Boot fanden, dann konnten sie von St. Bernadette entkommen und Hilfe für die hier gefangenen Männer bringen.

Josh, kannst Du mich hören?

Unwillkürlich riss Josh die Augen auf und blickte sich um. Es dauerte eine Sekunde, bis er registrierte, dass er Abebis Stimme nur in seinem Kopf gehört hatte. Er schloss die Augen wieder und antwortete: *Ich höre Dich Abebi. Wo bist Du? Seid ihr in Sicherheit?*

Uns geht es gut, antwortete Abebi auf Joshs Frage. Sie wollte ihn jetzt nicht mit Details belasten, die ihm wahrscheinlich nur noch mehr Sorgen gemacht hätten.

Du musst durchhalten, bis Hilfe kommt, forderte sie ihn auf und fragte ihn: *Schaffst Du das?*

Keine Angst, erwiderte Josh. *Wenn Du mich sehen könntest, dann wüsstest Du, dass ich hier richtig Spaß habe. Hauptsache, ihr seid in Sicherheit!*

Ich sehe Dich, antwortete Abebi. *Meine Augen sehen das, was Du als Spaß bezeichnest. Aber mein Herz sieht mehr.*

Abebi machte eine kleine Pause. Dann fuhr sie fort: *Ich wache über Dich, während Marijana, Victoria und Lian Hilfe holen.*

Du hättest mit ihnen gehen und Dich auch in Sicherheit bringen sollen, meinte Josh. Aber es lag kein Vorwurf in seiner Antwort, sondern nur Sorge um die jüngste der geliebten Mädchen. Und dafür war Abebi ihm unendlich dankbar. Genau genommen bemächtigte sich Josh sogar ein unbeschreibliches Glücksgefühl. Das Bewusstsein, von Abebi, sowie den drei Lara-Schwestern so sehr geliebt zu werden, dass die ihre Zukunft, ja sogar ihr Leben für ihn wagten, war mehr, als ein Mann sich nur wünschen konnte. Diese vier Mädchen schienen nicht von dieser Welt zu sein. Sie waren Engel; sie waren seine Engel!

Joshs Gedanken schweiften zu den Fetzen der Erinnerungen an ein früheres Leben, in dem er schon einmal die Liebe dieser Mädchen besessen hatte. Zumindest Shadowcat und er waren in tiefer Liebe miteinander verbunden gewesen. Was ihn mit den früheren Inkarnationen von Lian, Marijana und Abebi verbunden hatte, das wusste er noch nicht wirklich. Aber diese grenzenlose Liebe, die Josh in seinem jetzigen Leben zu jedem der Mädchen in sich gefunden hatte und die es ihm unmöglich gemacht hätte, sich für nur eines von ihnen zu entscheiden, oder auch nur eines auszuschließen, das ließ ihn vermuten, dass die Liebe zwischen ihm und ihnen auch schon älter als sein Leben sein musste. Allein Abebis abenteuerliche Geschichte, die so schwer zu glauben war und deren Wahrheit er doch in sich spürte, gab ihm diese Gewissheit.

Josh hatte eine Theorie: Der Schwarze, dessen Glied aus ungezügelter

Wut von Veronika Vranja zertrampelt worden war, hatte vorher alle Torturen ohne einen Laut des Schmerzes ertragen. Bis dahin war er zwar misshandelt, aber nicht entmannt worden. Josh nahm deshalb an, dass Männer, die Schmerzen und Pein klaglos ertrugen, länger geschont würden, als solche, die schrieen und jammerten. Und er nahm sich deshalb vor, den Furien keinen Grund zu liefern, ihn schon vorzeitig seiner Männlichkeit zu berauben. Aber auch ohne solche Überlegungen hätte es ihm sein Stolz nicht erlaubt, auch nur den leisesten Wehlaut vor seinen Peinigerinnen hören zu lassen. Sie konnten ihn demütigen und sie konnten ihm Schmerzen zufügen. Aber sie würden ihn niemals brechen können, nicht solange noch ein Funken Leben in ihm steckte.

Josh war in einem Zustand, in dem das Lederband und die permanente Stimulation, so gefühllos und brutal sie auch überwiegend war, eine Rückbildung seiner Erektion verhinderte. Seine Gedanken hatten sich aber vollständig von seiner körperlichen Lage gelöst. Er spürte absolut nichts mehr von dem, was nach Evelyn und Arlana auch noch Zoe Lisann an ihm verbrach. Danach drängte sich Chandra Raaijman, die schöne, junge Inderin aus der Bar zu Josh. Sie hatte das Spiel anscheinend nicht verstanden und schenkte ihm statt Brutalität indische Liebeskünste in Vollendung. Aber selbst davon merkte der in seiner Gedankenwelt gefangene Josh nichts, obwohl sein Penis auf die Kunst der schönen Inderin dermaßen ansprach, dass bewundernde Ausrufe der Umstehenden laut wurden, als er sich in seinen Lederfesseln so sehr ausbreitete, dass er sie zu sprengen drohte. Chandra Raaijman löste das Lederband, um Joshs Penis atmen zu lassen. Da wurde sie aber brutal von Veronika Vranja von Josh weggerissen.

„Was glaubst Du, was Du hier machst, Chandra?" brüllte die aufgebrachte Internatsleiterin die Bedienung aus der Bar an. Chandra Raaijman zuckte unschuldig mit den Schultern. Da gab ihr Frau Vranja eine schallende Ohrfeige.

„Dieser Mann wird nicht verwöhnt!" schrie sie. In Chandras Augen blitzte es gefährlich auf. Aber sie entgegnete nur: „Wozu sind Ihre Lehren gut, wenn wir selbst keinen Spaß dabei haben dürfen?"

„Spaß?" fragte Veronika Vranja bitter und ließ den schweren Elfenbeinknauf ihres Stockes brutal zwischen Joshs Beine auf seine Hoden sausen. Das brachte Josh wieder in die Realität zurück. Für einen Moment blieb ihm die Luft weg und er hätte sich zusammengekrümmt, wenn er nicht mit Händen und Füßen an das Gerüst gefesselt gewesen wäre. Er blickte nach unten und hatte sofort die Situation erfasst. Obwohl sein Penis nicht mehr abgebunden war, hatte Josh eine gewaltige Erektion, die er gerne Lian, Victoria, Marijana und Abebi geschenkt hätte. Dafür musste die indische Bedienung aus der Bar verantwortlich sein, die ihn so missmutig in den Keller geführt hatte, als er sich mit Wein eingedeckt hatte.

Anscheinend war sie ihm nicht ganz so feindselig gesonnen, wie es bei ihrer ersten Begegnung den Anschein gehabt hatte. Veronika Vranja bemerkte Joshs Blick und fragte ihn: „Hat das weh getan, Barker?"

Josh antwortete nicht und Frau Vranja schlug ihm mit ihrem Stock erneut brutal zwischen die Beine. Obwohl Josh nicht wusste, wie lange er das durchstehen würde und jetzt doch am liebsten laut geschrieen hätte, fragte er, sobald er wieder sprechen konnte: „Ist das alles? Mehr haben sie nicht drauf?"

In der nächsten Sekunde fuhr der schwere Stockknauf noch brutaler auf seine Hoden und Josh dachte sich: *Warum konnte ich nicht einfach meine Klappe halten?*

Laut sagte er aber: "So wird das nie was mit uns beiden."

Veronika Vranja trat einen Schritt von Josh zurück und erwiderte: „Dir wird der Spaß schon noch vergehen, Barker. Verlass Dich drauf!"

Aber Josh entgegnete leise und eindringlich und mit einer Überzeugung in der Stimme, die die Internatsleiterin sichtlich verunsicherte: „Verlassen Sie sich nicht zu sehr darauf."

Veronika Vranja wendete sich von Josh ab und wieder Chandra Raaijman zu.

„Mach weiter", forderte sie die schöne Inderin in strengem Ton auf. „Aber mach es richtig!"

Chandra verneigte sich ergeben gegen ihre Chefin, legte das Lederband, das sie noch in der Hand hielt, auf den Tisch und nahm sich einen metallenen Penisring. Da sie den aber während der Erektion von Joshs Penis nicht anlegen konnte, legte sie ihn nach kurzem Überlegen auch wieder weg und nahm sich stattdessen ein dünnes Seil, das sie einmal fest um Joshs Hoden und Penis knotete. Nachdem Frau Vranja sich entfernt hatte, blickte Chandra einmal kurz in Joshs Gesicht. Der hatte aber seine Augen geschlossen und war mit seinen Gedanken schon wieder bei den vier Mädchen, die er liebte.

Mit Hilfe einiger Schülerinnen, darunter Dunja und die vierzehnjährige Susi, bearbeitete Chandra jetzt mit Kerzenwachs, das sie über Joshs Eichel goss, seinen Penis. Josh konnte das wieder vollständig aus seinem Bewusstsein verdrängen. Seine Gedanken wanderten wieder zu den Erinnerungen oder Visionen seines früheren Lebens und er versuchte, darin einzutauchen, um dem Hier und Jetzt zu entfliehen. Aber es gelang ihm nicht, diesen Zustand der Trance, in dem die Bilder der Vergangenheit sich einstellten, bewusst herbeizuführen. Alles, woran er sich erinnern konnte, waren die Träume von diesem vergangenen Leben, die er schon geträumt hatte. Enttäuscht kehrten seine Gedanken in die Realität zurück und er spürte das heiße Wachs über seine pralle Eichel rinnen. Er empfand diese Stimulation nicht einmal als unangenehm und stellte sich vor, Lian würde somit ihm spielen. Diese Vorstellung war gut. Und Josh wusste, dass er versuchen musste, sie aufrechtzuerhalten.

Aber die Zeit wurde lang. Auch die anderen Schülerinnen wollten ihren Spaß mit Josh haben und vergingen sich mit weit weniger Geschicklichkeit und Gefühl an ihm, als die junge Inderin es getan hatte. Sie packten seine Eichel mit Zangen, quetschten sie damit brutal zusammen und zogen mit aller Gewalt daran an. Es war unangenehm und schmerzhaft. Aber die Schmerzen blieben erträglich. Josh versuchte es als *interessante,* neue Erfahrung zu betrachten. Aber es gelang ihm immer weniger, sich mit der Situation abzufinden, oder seine Gedanken soweit abzulenken, dass er nichts mehr spürte. Eine quälende Ohnmacht bemächtigte sich seiner und Josh verfiel in tiefe Grübelei über seine Unfähigkeit, sich selbst aus dieser demütigenden Situation zu befreien.

Die Damen des Sicherheitsdienstes, denen die Hunde und Panther nicht mehr gehorcht hatten, als sie die flüchtigen Mädchen verfolgen und aufspüren sollten, kehrten erfolglos zurück. Veronika Vranja tobte und brach die Tortur für heute ab, aber nicht, ohne Josh vorher noch einmal den schweren Knauf ihres Stockes über sein erigiertes Glied gezogen zu haben. Josh erschrak über die ungezügelte, brutale Heftigkeit dieses Schlages, die ihm das Gefühl vermittelte, sein Penis würde wie eine reife Frucht zerplatzen. Für lange Minuten lähmte der durch diesen Schlag ausgelöste Schmerz jede Empfindung in Joshs Penis. Er fühlte das neu verknotete Lederband nicht, an dem er wieder wie ein zur Schau gestelltes Tier zurück in seine Zelle geführt wurde. Er fühlte nur den Zug, der von seiner Körpermitte ausging und der seine Füße zwang, den beiden Sicherheitsdamen, die ihn wegbringen sollten, Schritt um Schritt zu folgen.

Als er endlich allein in seiner Zelle war, ließ er sich erschöpft auf seine schmale Pritsche fallen. Er hielt sein vor Schmerzen pochendes Glied in seinen Händen und wartete darauf, dass wieder ein Gefühl zurückkehren würde. Das Gefühl kam nur langsam zurück und vermehrte die pochenden Schmerzen. Die Schülerinnen, ja selbst die Lehrerinnen waren mit Spaß und Neugier an dieses grausame Spiel gegangen. Aber Veronika Vranja war absolut unberechenbar, wie sie schon an der Behandlung des Schwarzen demonstriert hatte. Die einzige, von der Josh im Moment wusste, dass sie keinen Augenblick zögern würde, ihm seinen Penis und seine Hoden abzuschneiden, und die damit fast so gefährlich war, wie Veronika Vranja selbst, war Knightham. Josh nahm sich vor, sich keiner zweiten solchen Behandlung mehr auszusetzen. Er versuchte mit seinen Gedanken in Kontakt mit Abebi zu treten. Aber genau in dem Moment, in dem Josh begann, seine Gedanken auf Abebi zu konzentrieren, wurde seine Zellentür geöffnet und Dr. Benson trat ein.

„Wie geht es Ihnen, Barker?" fragte die Ärztin, während sie auf ihn zu ging. Josh sah sie skeptisch an. Er wusste nicht, was er von einer Ärztin halten sollte, die sich dafür hergab, für eine Wahnsinnige wie Veronika

Vranja zu arbeiten.

„Was denken Sie denn?" fragte er zurück. Dr. Benson war der Unterton in Joshs Stimme nicht entgangen und sie entgegnete sichtlich beschämt: „Ich kann Ihnen Ihren Zynismus nicht einmal verdenken, Barker. Lassen Sie mich mal sehen."

Josh hatte sich bei Mandy Bensons Eintreten aufgesetzt. Er hatte seine Schenkel geschlossen und bedeckte sein pochendes Glied mit seinen Händen. Dr. Benson wollte jetzt seine Hände zur Seite nehmen. Aber Josh packte sie blitzschnell bei den Handgelenken und sagte ihr unmissverständlich: „Ich brauche Ihre Hilfe nicht, Benson. Lassen Sie mich allein."

Josh war sich nicht einmal bewusst gewesen, mit welcher Gewalt er die Handgelenke der Ärztin gepackt hatte und zusammenpresste. Erst als Dr. Benson vor Überraschung und Schmerz unwillkürlich aufschrie und ihn bat: „Sie tun mir weh, Barker. Bitte lassen sie mich los.", da wurde er sich der Kraft bewusst, die er ungewollt angewandt hatte. Er ließ die Handgelenke der Ärztin wieder los. Im selben Augenblick ging die Tür auf und drei Sicherheitsdamen mit Elektroschockgeräten und Schlagstöcken stürmten in die Zelle. Mandy Benson wandte sich sofort um und hielt sie zurück.

„Es ist alles in Ordnung!" sagte sie. „Ihr könnt wieder gehen."

Die drei schwerfälligen Muskelpakete zögerten. Und erst als Dr. Benson ihnen nochmals versichert hatte, dass wirklich alles in Ordnung sei, ließen sie sie wieder mit Josh allein.

„Darf ich jetzt?" fragte die junge Ärztin, auf Joshs Schoß deutend. Josh ließ ein kurzes, bitteres Lachen hören und fragte: „Welchen Sinn soll das haben?"

„Den, dass Sie das Ganze unbeschadet überstehen!" antwortete die Ärztin ohne zu zögern.

Als Josh aber fragte, „So wie der Schwarze?", da biss sie sich verlegen auf die Lippen. Und erst nach einigen Sekunden blickte sie Josh wieder an und antwortete: „Ich konnte nichts mehr für ihn tun. In einer Spezialklinik hätten sie vielleicht noch etwas rekonstruieren können. Aber solche Möglichkeiten habe ich nicht. Zikomo war fast zwei Jahre lang das Lieblingsspielzeug von Veronika. Er war stolz und stark. Jetzt ist er nur noch ein schwanzloser Arbeitssklave, so wie die anderen."

Die beiden schwiegen eine Weile, während sie ihren Gedanken nachhingen. Dann forderte Dr. Benson Josh noch einmal auf: „Legen Sie sich hin und lassen es mich ansehen, Barker! Sie wissen, dass wir durch den Spiegel beobachtet werden."

„Na und?" fragte Josh und fügte dann noch hinzu: „Ich brauche Ihre Hilfe nicht, Doktor. Also tun Sie mir den Gefallen und lassen Sie mich in Ruhe."

„Wie Sie wollen, Barker." sagte Dr. Benson resigniert und wendete sich zum Gehen. An der Tür drehte sie sich noch mal um und sagte: „Die Vranja hat fast das gesamte Sicherheitspersonal hinter den flüchtigen Mädchen hergeschickt. Sie durchkämmen die ganze Insel. Die Mädchen haben keine Chance, von hier wegzukommen."

„Was ist mit dem Flugzeug, das diese Trisha abholen sollte?" fragte Josh zurück.

Und Dr. Benson antwortete ihm: „Das ist schon wieder weg. Es ist heute bei Sonnenaufgang in der Bucht im Osten gelandet, oder besser gesagt, gewassert, hat Trisha an Bord genommen und ist sofort wieder gestartet."

Dieses Flugzeug war ein kleiner Hoffnungsschimmer für Josh gewesen; nicht für sich selbst, sondern für die vier Mädchen, die er liebte. Josh spürte, wie dieser Schimmer verlosch, aber nicht seine Hoffnung. Noch waren die Mädchen frei. Und Josh vertraute darauf, dass sie sich vor ihren Verfolgerinnen verborgen halten konnten. Er musste also im Moment auf niemand Rücksicht nehmen. Er konnte einen Ausbruchsversuch wagen, ohne damit jemand anderen, als nur sich selbst zu gefährden.

„Okay, Sie können sich es ansehen", sagte er plötzlich, als Dr. Benson schon fast durch die Tür war. Wenn er fliehen wollte, war es gut, wenn er sich über seinen Zustand im Klaren war. Sein Penis war noch immer hart und sein Hoden war stark angeschwollen und hatte eine dunkle, unbestimmbare Farbe angenommen. Dr. Benson betastete ihn vorsichtig und stellte nach einigen Minuten beruhigt fest: „Eine ziemlich üble Schwellung. Aber wenn keine Komplikationen eintreten, heilt das in einigen Tagen wieder ab. Ich werde Veronika sagen, dass sie Sie eine Zeit lang schonen muss."

Sie tastete auch noch Josh Penis ab und sagte schließlich: „Sie hatten wirklich Glück, Barker. Ich hab Veronika noch nie so brutal mit ihrem Stock zuschlagen gesehen. Bei den meisten Männern wäre nach einem solchen Schlag nichts mehr von ihrem Penis übrig geblieben. Ich hoffe, Sie bekommen keine Dauererektion. Die könnte ich hier nicht behandeln. Ich bringe Ihnen gleich noch was zum Kühlen. Versuchen Sie sich nicht allzu viel zu bewegen."

Josh hatte die Untersuchung ruhig über sich ergehen lassen. Dass die schmerzhafte Erektion sich noch immer nicht zurückgebildet hatte, bereitete ihm jetzt doch einige Sorgen.

Dr. Benson brachte ihm wirklich nach ein paar Minuten eine Schale mit den nassen Tüchern und ließ ihn dann allein. Die Kühlung tat Josh gut. Er legte sich wieder hin und entspannte sich so gut wie möglich. Als er dann erneut versuchte, telepathischen Kontakt zuerst zu Abebi, und als das nicht funktionierte, zu Shadowcat, Lian und Marijana zu bekommen, setzte ein stechender und hämmernder Kopfschmerz ein. Er konnte die Mädchen nicht erreichen und spürte, wie langsam so etwas wie Schüttelfrost in seinen geschundenen Körper kroch.

Ich darf jetzt nicht krank werden, dachte er sich. Aber er war sich bewusst, dass die brutalen Schläge Veronika Vranjas ihn mehr verletzt hatten, als er es sich selbst hatte eingestehen wollen. Er spürte, dass er Fieber bekommen würde. Und er konnte nichts dagegen tun.

Ich muss mich nur kurz ausruhen, dachte er sich. *Ausruhen und abwarten, bis die Aufmerksamkeit meiner Wärterinnen hinter dem Spiegel nachlässt.*

Noch während Josh das dachte, fiel er in einen tiefen Schlaf.

10 KAMPF UM JOSH

Lian, Marijana und Shadowcat hatten die Küste erreicht. Zwischen der Hauptinsel und der kleineren, im Süden liegenden Insel, auf der sich der landwirtschaftliche Betrieb befand, tobte das Meer. Meterhohe Wellen bauten sich über den Riffen auf, die sich zwischen den beiden Inseln erstreckten und verwandelten die See an dieser Stelle in einen unüberwindlichen, brodelnden Topf aus Gischt und Strudeln, deren Sog so stark war, dass er einen pfeifender Ton erzeugte, den man trotz des brüllenden Lärms der Naturgewalten hören konnte. Ehrfurchtsvoll und bestürzt standen die drei Mädchen vor diesem Schauspiel der Natur.

„Was machen wir jetzt?" fragte Marijana. Und sie musste schreien, um das Tosen der kochenden See zu übertönen. Ihr war wie den anderen beiden klar, dass sie die vorgelagerte Insel auf diesem direkten Weg nicht erreichen konnten.

„Die Küste entlang!" antwortete Lian ohne zu zögern und ebenso laut schreiend wie Marijana. Im nächsten Moment waren die drei schon auf dem Weg über die steilen und glitschigen Felsen, immer der Küstenlinie nach Westen folgend. Shadowcat lief voraus. Belebt von der salzigen Gischt, die sich wie ein Nebel über die Küste hinzog, schien sie die unbeugsame Kraft der Natur in sich aufzusaugen. So sicher, als ob sie sich auf den geteerten Straßen einer Großstadt befände, lief sie mit der ihr eigenen Geschmeidigkeit über die feuchten und glatten Felsen. Marijana konnte mit Shadowcats Geschwindigkeit bald nicht mehr Schritt halten. Und selbst Lian fand nur schwer Halt auf den glatten Steinen und sah bald ein, dass sie sich verlieren würden, wenn Shadowcat in ihrer bisherigen Schnelligkeit weiter lief.

„Shadowcat warte!" rief sie ihr hinterher. Ihre Stimme ging im Brüllen der tobenden See unter. Aber Shadowcat hörte sie trotzdem und drehte sich zu ihr um. Sie sah, dass Lian bereits mehr als zehn Meter hinter ihr zurückgeblieben war. Und Marijana war noch mehr als doppelt so weit hinter ihr. Shadowcat bemerkte, dass Marijana hinkte und lief zurück. Auch Lian sah, dass Marijana sich verletzt haben musste und eilte ihr zu Hilfe. Marijana war ausgeglitten und hatte sich an einem der scharfkantigen Felsen den Fuß aufgeschnitten. Trotzdem war sie den anderen beiden so schnell sie konnte gefolgt, ohne sich um den stark blutenden Schnitt zu kümmern.

„Wartet nicht auf mich. Ich komme schon nach", sagte Marijana, als die anderen beiden wieder bei ihr ankamen. Aber Shadowcat widersprach ihr.

„Wir müssen zusammen bleiben!" sagte sie. Dann fiel ihr Blick auf das Blut, das die Wellen wieder von den zurückliegenden Felsen wusch.

„Was ist passiert?" fragte sie besorgt.

„Nichts, das ist nur ein Kratzer", antwortete Marijana. Aber Shadowcat und Lian sahen das Blut unter Marijanas Fuß hervorsickern und sich auf dem Felsen, auf dem sie standen mit dem salzigen Wasser der See vermengen.

„Setz Dich hin, schnell!" forderte Lian ihre blonde Schwester besorgt auf. Und die schon sichtlich geschwächte Marijana gehorchte und setzte sich, von ihren Schwestern gestützt, auf den Felsen. Lian und Shadowcat erschraken, als sie den tiefen und stark blutenden Schnitt sahen, der sich quer über Marijanas rechte Fußsohle zog. Dass sie damit überhaupt noch hatte laufen können, grenzte an ein Wunder.

„Es tut mir leid", sagte Marijana. „Ich halte euch nur auf."

Shadowcat nahm Marijanas schönes Gesicht in ihre Hände und gab ihr mit Tränen in den Augen einen zarten Kuss auf ihre salzigen Lippen.

„Nein", sagte sie schuldbewusst, „mir tut es leid. Ich hätte nicht so schnell laufen dürfen."

Die drei Mädchen waren vollständig nackt. Sie hatten keinen Fetzen Stoff am Leib, mit dem sie Marijanas Wunde hätten verbinden können.

„Kümmere Dich um Marijana!" forderte Shadowcat Lian auf und lief schnell los in Richtung des undurchdringlich scheinenden Urwalds.

„Leg Dich hin!" forderte Lian fürsorglich Marijana auf, nahm deren Fuß in ihre Hand und presste mit der anderen fest auf den klaffenden Schnitt, aus dem pulsierend das Blut schoss. Shadowcat war keine Viertelstunde weg. Aber Lian wurde die Zeit zur unerträglichen Ewigkeit. Sie konnte die Blutung nicht stoppen und Marijana wurde immer schwächer.

„Du darfst nicht einschlafen!" sagte Lian immer wieder und ihre Augen suchten verzweifelt den Saum des Waldes ab, in den Shadowcat eingetaucht war. Schließlich tauchte die schlanke Gestalt der jungen Indianerin wieder zwischen den Bäumen auf und bewegte sich mit der Schnelligkeit und Geschmeidigkeit eines Panthers auf sie zu.

„Wie geht es ihr?" fragte Shadowcat, als sie sich neben Lian kniete. Lian konnte nicht antworten. Marijana war vor ein paar Minuten eingeschlafen.

Und Lian presste noch immer ihre zitternden Hände auf den Schnitt, der nicht aufhören wollte zu bluten. Shadowcat warf ein Bündel, das in das große Blatt eines tropischen Gewächses gehüllt war, neben sich, entnahm ihm einige kleine Blätter und zerkaute sie zu einem Brei. Gleichzeitig riss sie das große, faserige Blatt in dünne Streifen. Sie nahm den zerkauten Brei in die Hand und griff nach Marijanas Fuß. Als Lian aber den Druck ihrer Hand auf dem tiefen Schnitt lockerte, quoll sofort wieder ein dicker Schwall dunklen Blutes hervor. Shadowcat drückte den Brei in die Wunde und umwickelte Marijanas Fuß mit den Streifen des großen Blattes, die sie dann mit dünnen Lianen fest umwickelte. Gespannt blickte sie auf den kleinen Fuß. Und nachdem kein neues Blut unter dem provisorischen Verband hervorsickerte, atmete sie erleichtert auf.

„Was hast Du da drauf gemacht?" fragte Lian, die jetzt auch wieder Worte fand. Shadowcat zuckte mit den Schultern und schüttelte leicht den Kopf, bevor sie antwortete: „Keine Ahnung. Die Pflanze sah so ähnlich aus wie Ackerschachtelhalm. Und der ist blutstillend."

Lian blickte Shadowcat ungläubig und nicht ohne Besorgnis um Marijana an. Etwas, das nur so ähnlich wie irgend eine Pflanze aussieht, die eine bestimmte Wirkung hat, kann genauso gut eine gegenteilige Wirkung haben oder hochgiftig sein. Shadowcat sah Lian ihre Gedanken an.

„Keine Angst", sagte sie beruhigend und mit Bestimmtheit. „Es wird helfen!"

Die einzige Begründung, die sie für diese Versicherung hätte geben können, wäre allerdings nur der bittere Geschmack der zerkauten Blätter gewesen, den sie noch auf der Zunge hatte. Ihr Gefühl sagte ihr, dass die Pflanze helfen würde. Und dieses Gefühl hatte sie noch nie betrogen. Aber auch wenn Shadowcat die Blutung der Wunde stillen konnte, der Blutverlust, den Marijana bereits erlitten hatte, war zu hoch gewesen, als dass sie noch weiter gekonnt hätte.

„Wir dürfen nicht länger hierbleiben", sagte Lian. Und sie hatte Recht. Die Damen des Sicherheitsdienstes, die die Insel nach ihnen durchkämmten, würden früher oder später an diese Küste kommen. Gemeinsam trugen Lian und Shadowcat Marijana zwischen die sie verbergenden Bäume des Waldes.

„Dort oben könnt ihr euch verstecken!" sage Shadowcat, auf die Astgabel eines der gewaltigen Urwaldriesen deutend.

„Und Du?" fragte Lian. Shadowcat sah ihre wunderschöne, chinesische Schwester an und antwortete: „Eine von uns muss auf die andere Insel, um die Männer zu befreien, sonst ist Josh verloren."

Lian wusste, wie riskant es war, alleine in den landwirtschaftlichen Betrieb, dessen unüberwindlich scheinende Mauern sich düster und drohend auf den Klippen der anderen Insel erhoben, eindringen zu wollen, ganz abgesehen davon, dass sie schon so weit westlich dieser Insel waren und das Meer sich hier immer noch so unbarmherzig wild gebärdete, als wollte es ihnen den Zutritt zu dieser Insel auf ewig verwehren. Lian schüttelte traurig den Kopf.

„Selbst mit einem Boot könnte man hier nicht rüber kommen. Und wenn Du noch weiter nach Westen läufst …"

Shadowcat unterbrach sie, indem sie ihre Lippen auf die Lippen Lians drückte.

„Ich werde einen Weg finden!" sagte sie mit Bestimmtheit. Gemeinsam schafften sie Marijana in die Astgabel des Baumes, die nicht nur genug Platz für zwei Mädchen bot, sondern ihnen auch noch eine gute Sicht über das Meer und die Küste ermöglichte. Zärtlich küsste Shadowcat Marijana, die wieder zu sich gekommen war, dann umarmte sie Lian. Die jungen, nackten Körper der beiden Schwestern pressten sich aneinander, während sie sich festhielten. Nur einen kurzen Moment gönnten sie sich diese Pause und dieses Gefühl der Zärtlichkeit und der Liebe.

„Pass auf Dich auf!" flüsterte Lian.

„Du auch", flüsterte Shadowcat zurück, machte sich sanft los und kletterte geschickt wieder vom Baum. Lian und Marijana sahen ihr noch hinterher, bis Shadowcat der Küstenlinie folgend in eine Bucht einbog und damit ihren Blicken entschwand.

„Du hättest bei ihr bleiben sollen", meinte Marijana, während sie ihren Blick über die Schönheit der tropischen Küste und die aufgebrachte See zwischen den beiden Inseln schweifen ließ.

„Ja vielleicht", antwortete die in Gedanken versunkene Lian, blickte dann aber in die sanften, grünen Augen Marijanas, die den Schmerz, den ihr der Schnitt im Fuß bereitete, nicht ganz verbergen konnten und fuhr fort: „Aber ich kann Dich jetzt nicht allein lassen, meine wunderschöne Marijana."

Dabei strich sie ihr zärtlich eine Strähne ihrer goldenen Haare aus dem Gesicht. Marijana war so voller Liebe und Dankbarkeit für Lian. Aber ebensosehr liebte sie Shadowcat. Es war ihr schon fast unmöglich erschienen, dass sie zu dritt unbemerkt in den landwirtschaftlichen Betrieb hätten eindringen können, um die gefangenen Männer zu befreien. Wie sollte Shadowcat das jetzt allein schaffen? Selbst die See schien sich gegen sie gestellt zu haben, um sie daran zu hindern, überhaupt die andere Insel zu erreichen.

„Wenn ich nicht so ungeschickt …" begann sie jetzt, wurde aber von Lian, die ihr zärtlich ihre Finger auf die Lippen legte, am Weitersprechen gehindert.

„Sag das nicht", flüsterte Lian. „Du hast heute schon so viel erduldet."

Dabei glitten ihre schlanken Finger von Marijanas Lippen über deren Kinn und Hals bis zu den vollen und festen Brüsten, um die sich immer noch die Spuren der einschneidenden Seile zogen, an denen Marijana aufgehängt worden war. Marijana zuckte unwillkürlich zusammen, als die zärtliche Berührung ihr einen angenehm erregenden Schauer durch den Körper jagte. Lian bemerkte Marijanas Reaktion, beugte sich über sie und küsste ganz zärtlich die kleinen, festen Knospen, die sich im Augenblick der Berührung erregt zusammenzogen und aufrichteten. Sowohl Marijana, als auch Lian wussten, dass es weder die Zeit, noch der Ort war, um sich einem zärtlichen Liebesspiel hinzugeben. Ihre Sorgen um diejenigen, die sie beide liebten, um Josh, um Shadowcat und um Abebi nahmen ihre Gedanken und Gefühle viel zu sehr in Anspruch, um sich einfach fallen lassen und dieses Spiel der Zärtlichkeit und der Liebe unbekümmert fortsetzen und genießen zu können. Aber diese kleine, sanfte Liebkosung tat ihnen beiden unendlich gut und bescherte ihnen einen Moment des Vergessens und der Liebe, die nicht nur ihre Herzen und Gedanken, sondern auch ihre Körper durchdrang. Dieser kurze Augenblick gab ihnen neue Kraft, um der Gefahr, die ihnen drohte, weiter zu trotzen.

Lian legte sich zu Marijana und bettete ihren Kopf auf deren feste und doch so weiche Brüste, während Marijana ihr zärtlich durch die seidigen Haare strich.

„Danke, dass Du bei mir bist, Lian", flüsterte Marijana. Lian antwortete nicht. Sie blickte durch das rauschende und wogende Blätterdach über sich in den Himmel und genoss noch den kurzen Moment verliebter Zweisamkeit, der viel zu schnell wieder vorbei sein würde. Wohl über eine Stunde lagen die beiden so schweigend zusammen. Es war gut für sie, ein wenig zur Ruhe zu kommen.

„Was machen wir jetzt?" fragte Marijana schließlich, als ihre innere Unruhe wieder die Oberhand gewann. Lian wurde von Marijanas Stimme aus ihren Gedanken gerissen. Mit einem Ruck erhob sie sich und antwortete: „Du machst gar nichts, sondern ruhst Dich aus. Und ich besorge uns was zum Essen."

Sie küsste zärtlich ihre Schwester und stieg im nächsten Moment vom Baum.

„Sei vorsichtig!" rief Marijana ihr noch hinterher. Dann war Lian auch schon im dichten Grün des Urwaldes verschwunden. Marijana überkam ein beklemmendes Gefühl der Einsamkeit.

Jetzt sind wir alle allein, dachte sie sich. Und sie hatte Recht: Josh musste noch die demütigenden und schmerzhaften Torturen der Mädchen und Frauen von St. Bernadette über sich ergehen lassen. Abebi, die ihm nicht helfen konnte, nutzte auf ihrem Baum die Zeit, um sich einen Bogen und Pfeile zu bauen, deren Spitzen sie ebenso vergiftete, wie die der kleinen Blasrohrpfeile, die sie schon angefertigt hatte. Shadowcat war allein auf der Suche nach einer Stelle, an der die gnadenlose See es zuließ, dass sie von dieser Insel zu der anderen schwimmen konnte. Lian war allein im Urwald der Insel auf der Suche nach Nahrung für Marijana und sich. Und Marijana selbst lag mit einem verletzten Fuß allein in der Astgabel eines riesigen, ihr unbekannten Baumes mit gewaltigen, ausladenden Ästen. Durch den Blutverlust und die Strapazen der letzten Stunden geschwächt, fiel sie bald wieder in einen tiefen und erholsamen Schlaf.

Shadowcat war noch fast zwei Kilometer der zerklüfteten Südküste der Insel nach Westen gefolgt, bis sie endlich den Eindruck hatte, das Meer würde nicht mehr eine unüberwindliche Barriere darstellen. Sie bemerkte die Strömung, die hier noch herrschte und die alles, was in ihren Sog geriet erbarmungslos in den Bereich zwischen den beiden Inseln mit sich riss, in dem die Naturgewalten selbst gegeneinander anzutreten schienen und dabei alles zermalmten, was zwischen sie geriet. Shadowcat bemerkte diese Strömung, aber sie dachte sich, wenn es ihr gelänge, sie zu durchqueren, dann könnte sie von der offenen See her die kleinere Insel erreichen, auf der die Männer in dem landwirtschaftlichen Betrieb gefangengehalten wurden. Es war ihr zwar auch der Gedanke gekommen, umzukehren und der Küstenlinie nach Osten zu folgen, aber die Gefahr, dabei den Damen der Sicherheitstruppe, die sie zweifellos verfolgten, in die Arme zu laufen, war zu groß. Und einen Vorteil hatte es auf jeden Fall, von der westlichen Seeseite aus die kleinere Insel zu betreten: Niemand würde mit einem Schwimmer aus dieser Richtung rechnen. Trotzdem überlegte sie, ob es nicht besser wäre, die Dämmerung abzuwarten. Wer auf einer Insel widerrechtlich Menschen gefangenhielt, der hatte guten Grund, die Küste dieser Insel nach allen Richtungen gegen unerwünschte Besucher zu sichern. Shadowcat saß am Ufer, blickte in die gefährliche Strömung und wog das Für und Wider, sofort loszuschwimmen, sorgfältig ab. Dafür sprach, dass Josh im Internat hilflos der wahnsinnigen Vranja und ihren Anhängerinnen ausgeliefert war. Der Umstand, dass Abebi, Marijana, Lian und sie selbst entkommen waren, konnte bewirken, dass diese Frauen und Mädchen ihre Wut darüber sofort an Josh ausließen. Shadowcat wollte sich nicht ausmalen, was das bedeuten konnte. Auf jeden Fall sprach die Gefahr, in der Josh schwebte und die Zeit, die er diese Gefahr zu überstehen hatte, dafür, dass sie sofort losschwamm. Ebenfalls sprach dafür, dass man auf der kleinen Gefangeneninsel möglicherweise noch nichts von ihrem Entkommen wusste und deshalb nicht mit dem Erscheinen eines der flüchtigen Mädchen rechnete. Auch das Tageslicht selbst war ein gutes Argument, um sich sofort in die gefährliche Strömung zu werfen, die sie in der Dunkelheit nicht überschauen konnte und die sie in den sicheren Tod reißen musste, wenn es ihr nicht gelang, sie zu durchqueren. Dagegen sprach eigentlich nur, dass man sie von der Insel aus, die sie erreichen wollte, am Tag sehen konnte. Nur dieses eine einzige Argument sprach dagegen, sofort loszuschwimmen. Aber wenn sie gesehen wurde, konnte das alles verderben. Dann wäre alles verloren. Sie würde Josh nicht helfen können. Und was das bedeutete, das war ihr nur allzu bewusst.

Shadowcat blickte weiter die Küste entlang. Die Strömung schien sich an der kompletten Südseite der Insel entlang zu ziehen, um sich dann zwischen den beiden Inseln in ein todbringendes Inferno zu verwandeln. *Ich muss es versuchen,* dachte sie sich und stand entschlossen auf. Hinter dem breiten Streifen der Strömung lag die offene See. Shadowcat sah Schaumkronen auf den Wellenkämmen tanzten, die sich an der weit entfernten, zerklüfteten Felsküste der kleineren Insel brachen. Sie war eine gute Schwimmerin, dessen war sie sich bewusst. Aber die Entfernung zu der anderen Insel, die gefährliche Strömung vor der Küste dieser und der Seegang vor der rauen Küste der anderen Insel nötigten ihr allen Respekt ab. Mut hatte Shadowcat. Und Mut brauchte sie auch, um sich mit den Elementen zu messen. Vor ihrem geistigen Auge sah sie die Gesichter der Menschen, die sie liebte und für die sie bereit war zu sterben; ihre Schwestern Lian und Marijana, die sie schon ihr ganzes Leben lang begleitet hatten, Josh, der die Tore zu Erinnerungen an eine Liebe aus einem früheren Leben, aufgestoßen hatte, als sie mit ihren Schwestern in sein Leben getreten war und Abebi, die der letzte, fehlende Teil gewesen war, um aus ihnen wieder das Ganze zu machen, das sie schon einmal in diesem früheren Dasein gewesen waren.

„Ich liebe euch!" flüsterte sie. Dann sprang sie ohne weiteres Zögern in die Strömung, die sie erbarmungslos mit sich riss.

Shadowcat musste alle Kräfte aufbieten, um sich gegen die Urgewalt des Wassers, das sie kalt lächelnd in den Untergang ziehen wollte, zu behaupten. Die Strömung war unter der Oberfläche noch weitaus reißender, als man vom Ufer aus unter den Wellen hatte erahnen können. Strudel griffen nach ihr und wollten sie in die Tiefe des Meeres ziehen, wo die Stille ihr einen seligen Frieden und das Ende aller Probleme und Ängste versprach. Aber Shadowcat ergab sich nicht diesen an ihren Kräften zehrenden Verheißungen. Mit aller Willenskraft kämpfte sie gegen die unsichtbaren Hände, die nach ihr griffen und an ihr zerrten. Ihre Muskeln und Sehnen schmerzten. Und noch immer war Shadowcat in der Strömung, die mit jedem Meter reißender und heimtückischer zu werden schien, gefangen und wurde mit gnadenloser Gewalt auf die messerscharfen Klippen zwischen den beiden Inseln hin getragen. Kraftvoll, schnell und gleichmäßig tauchten ihre Hände in die unbarmherzigen Fluten und endlich spürte sie ein Nachlassen der Strömung. Sie hatte es fast geschafft das offene Meer zu erreichen, das sich vor der Küste der kleineren Insel zu meterhohen Wellen auftürmte.

Die Wellen brachen sich mit ohrenbetäubendem Brausen an den schroffen Felsen. Als Shadowcat das sah, erschrak sie. Vom Ufer der größeren Insel aus hatte sie die Höhe der gewaltigen Wellen und die Tiefe der Wellentäler nicht annähernd richtig eingeschätzt. Die zerklüftete Küste der Gefangeneninsel schien bei diesem Wellengang unerreichbar zu sein, wenn man sich nicht wie ein Spielball den Wellen überlassen wollte, nur um am Ende an den Felsen zu zerschellen. Shadowcat fühlte einen Anflug von Panik in sich aufsteigen. Die gefährliche Strömung hatte sie hinter sich gelassen. Um sie erneut zu durchschwimmen, reichten ihre Kräfte nicht aus. Außerdem war sie schon so nah an den gefährlichen Riffen, dass sie erst wieder eine große Strecke neben der Strömung zurückschwimmen müssen hätte, um nicht in den unvermeidlichen Untergang zu schwimmen. Aber dann wäre alles umsonst gewesen.

Weiter vor den Küsten der Inseln war die See ruhiger. In ruhigem Wasser konnte Shadowcat neue Kräfte sammeln. Wenn sie versuchte, die Insel so weit zu umrunden, bis sie eine Bucht entdecken würde, dann könnte sie an Land schwimmen. Von irgendwoher musste diese Insel schließlich zugänglich sein.

Shadowcat wollte sich schon der offenen See zuwenden, als sie die dreieckigen Rückenflossen von Haien die Wasseroberfläche wie Schwerter durchschneiden sah. Für eine Sekunde schien ihr Herz vor Schreck stehen bleiben zu wollen. Sie fürchtete kein Säugetier, weil sie eine Verbundenheit mit diesen Tieren spürte, die sie zwar nicht erklären konnte, die es ihr aber ermöglichte, auf telepathische Weise mit ihnen zu kommunizieren. Sie konnte den Tieren nicht ihren Willen aufzwingen, das war auch nie ihre Absicht gewesen. Aber sie konnte den Tieren vermitteln, ein Freund zu sein. Und sie konnte dieses Gefühl der Freundschaft auch auf andere Menschen projizieren, so wie sie es mit den Dobermännern von Frau Ruben und den abgerichteten Panthern gemacht hatte, die sich daraufhin ebenso wenig noch auf Josh, Lian, Marijana und Abebi hetzen lassen hatten, wie auf sie selbst. Aber Haie waren etwas anderes. Shadowcat war fasziniert von ihnen. Aber selbst wenn sie sich ins Gedächtnis gerufen hätte, dass es eigentlich nur sehr selten vorkam, dass ein Hai einen Menschen anfiel, wäre es ihr im Moment schwer gefallen, etwas anderes, als kalte, gefühllose Fressmaschinen in ihnen zu sehen. Zu Haien, wie zu Fischen überhaupt fehlte ihr die Fähigkeit, einen gedanklichen Kontakt herstellen zu können. Und hätte sie gewusst, dass die Rückenflossen, die sie entdeckt hatte, Bullenhaien gehörten und dass Bullenhaie zu den Haiarten gehören, die dem Menschen tatsächlich gefährlich werden können, dann hätte das ihren Mut und ihr Selbstvertrauen noch mehr ins Wanken gebracht.

Shadowcat fürchtete, die Haie könnten ihre Angst riechen. Die offene See war ihr von den Haien versperrt, die Hauptinsel konnte sie durch die starke Strömung, die sie auf die Riffe werfen würde, nicht erreichen und an der Küste der kleineren Gefangeneninsel drohte die Gewalt des Meeres sie auf den Felsen zu zerschmettern. Aber das war die einzige Richtung, die ihr jetzt blieb. Möglichst ruhig, um die Haie nicht durch ruckartige

Bewegungen auf sich aufmerksam zu machen, schwamm sie der Insel zu. Die sich auftürmenden Wellenberge machten ihr ein Vorwärtskommen immer schwieriger. Unter sich sah sie die Schatten der großen Haie schemenhaft hindurchgleiten, während sie mehrere Meter, bis auf die schaumbedeckten Kämme der gegen die Küste brandenden Wellen hochgehoben wurde. Im nächsten Moment stürzte sie wieder in die tiefen Täler zwischen den Wellenbergen, die ihr dann sogar die Sicht auf die nicht mehr ferne Küste der kleineren Insel nahmen und den Eindruck vermittelten, sie wäre ganz allein mitten im Meer.

Shadowcat erreichte die Stelle, an der die aufgetürmten Wellen begannen, sich zu überschlagen. Wie eine Feder wurde sie auf die Spitze einer gigantischen Welle emporgehoben, nur um im nächsten Moment durch die Luft zu fliegen und in eine gewaltige Spirale aus Schaum und Wasser geschleudert zu werden, die sie nicht mehr freigeben wollte. Keine Anstrengung Shadowcats hätte vermocht, sich dieser geballten Kraft der Elemente zu entziehen. Sie spürte, dass ihr der Atem knapp wurde, während sie noch wie im Schleudergang einer riesenhaften Waschmaschine herumgewirbelt wurde.

Shadowcat wurde sich ihrer eigenen Sterblichkeit bewusst. Sie spürte, wie der Tod seine Schwingen über sie breitete und seine kalten, nassen Klauen nach ihr griffen. Und sie war ohne Furcht. Die Walze, in der sie gefangen gewesen war, spuckte sie wieder aus, aber nicht an die Wasseroberfläche. Shadowcat trieb ohne Orientierung in der Tiefe des Meeres und fühlte einen ungekannten Frieden, dem sie mit schwindenden Sinnen schon bereit war, sich zu überlassen. Aber da hörte sie in ihrem Geist die Stimme Joshs zu sich sprechen. Sie sagte: *Shadowcat mein Herz, Du darfst jetzt nicht aufgeben. Sieh den Himmel über Dir. Du musst auftauchen!*

Shadowcats Bewusstsein kehrte zurück und bäumte sich mit letzter, verzweifelter Kraft noch einmal dagegen auf, in das kalte Grab der See gezogen zu werden. Aber sie war ohne jede Orientierung und konnte im Wogen der See nicht feststellen, wo oben und unten war.

Ich kann den Himmel nicht sehen, Josh! antwortete sie und wollte sich mit der letzten Kraft ihrer Gedanken, bevor sich ihre Lungen mit dem Wasser des Ozeans füllten, der sie besiegt hatte, von Josh verabschieden und ihm ihre Liebe versichern, die sie mit sich nehmen und auf ewig bewahren würde. Da hatte sie plötzlich das Gefühl, an ihren Händen genommen und gezogen zu werden. Sie blickte auf und war sich sicher, Josh und Marijana zu sehen, die sie an den Händen hielten und in die Richtung eines Lichtes hinzogen. Für einen winzigen Moment glaubte sie, die beiden wären tot und würden sie auf die andere Seite geleiten. Aber dann erkannte sie, dass das Licht die Sonne war, deren Strahlen durch die Oberfläche des bewegten Wassers tanzten. Im nächsten Moment tauchte sie auf. Ihre Lungen brannten, als sie gierig die frische Luft und damit das Leben in sich einsog.

Shadowcat sah sich nach Marijana und Josh um. Aber sie war allein. Josh lag geschunden und vom Fieber geschüttelt allein in seiner kalten Zelle. Und Marijana schlief in tiefer Ohnmacht in der Astgabel, in der Shadowcat sie und Lian zurückgelassen hatte. Obwohl Shadowcat das nicht sehen konnte, erkannte sie doch, dass die beiden nicht körperlich bei ihr gewesen sein konnten. Aber sie hatte keine Zeit, um sich Gedanken über die Kraft und die Erscheinungsformen der Liebe zu machen, die sie miteinander verband.

Danke! sagte sie in Gedanken. Und sie war sich sicher, dass Marijana und Josh sie hören konnten. Dann musste Shadowcat wieder ihre ganze Aufmerksamkeit auf das Meer, das sie noch längst nicht wieder freigegeben hatte und die unzugängliche Küste wenden, deren steilen und scharfkantigen Felsen sie inzwischen schon sehr nahe gekommen war. Sie spürte eine Berührung an ihrem Oberschenkel. Im ersten Moment dachte sie, sie hätte einen Felsen gestreift. Aber ein Blick nach unten belehrte sie eines Besseren. Die Haie waren auch noch immer da. Sie waren direkt unter ihr und umkreisten sie. Shadowcat glaubte nicht daran, dass Josh und Marijana sie der Tiefe des Meeres entrissen hatten, nur damit sie jetzt von Haien gefressen würde. Sie weigerte sich, das zu glauben und konzentrierte sich nur auf die steil aufragenden Klippen vor sich. Von einer Welle, die nicht schon vor der Küste ins Rollen gekommen war, ließ sie sich an die Felsen werfen und klammerte sich verzweifelt an den scharfenkantigen Vorsprüngen fest. Sie hatte es geschafft. Das Wasser floss unter ihr zurück und sie hing an der Felswand, die sie jetzt nur noch erklimmen musste.

Ihr Herz schlug vor Freude schneller, als sie sich bewusst wurde, dass das Meer sie nicht hatte bezwingen können. Einen Moment gönnte sie sich, um wieder zu Atem zu kommen, bevor sie sich an den gefährlichen Aufstieg wagte. Da bemächtigte sich ihr ein beklemmendes Gefühl nahender Gefahr. Sie wendete ihren Blick wieder dem Meer zu und sah eine Welle auf sich zurollen, deren Spitze sie um mehrere Meter überragte. Atemlos und vor Schreck wie gelähmt klammerte sie sich an den Felsen. Dann schlug die Welle wie eine gewaltige Wand aus Wasser gegen die Felsen, als ob Poseidon selbst alle seine Kräfte aufböte, um Shadowcat daran zu zerschmettern und sie zurückzuholen in sein Reich. So sehr Shadowcat auch versuchte, sich an den Vorsprung zu klammern, an dem sie Halt gefunden hatte; Ihre Kräfte reichten nicht aus, um der ungeheueren Masse des Wassers trotzen zu können. Wie der Sturm ein welkes Blatt vom Baum weht, wurde sie von der ungebändigten Kraft des Wassers von der Felswand gefegt. Shadowcat fand sich wieder wie ein Spielball der Elemente den Strömungen und Strudeln der zurückfließenden Welle ausgeliefert. Mit aller Kraft kämpfte sie gegen den Sog, der sie wieder von der Küste weg ins offene Meer spülen wollte. Die unbarmherzige Kraft der Natur weckte ihren Kampfgeist. Noch einmal würde sie sich ihr nicht ergeben. Mit kraftvollen Zügen schwamm sie wieder dem Licht und der Luft entgegen.

Die Haie kamen ihr bedrohlich nah, griffen aber nicht an, obwohl sie sie mehrfach streiften. Shadowcat wusste nicht genau, wie es passierte. Während sie ihre Arme in einem großen Bogen durch das Wasser zog, um zurück an die Wasseroberfläche zu gelangen, bekam sie plötzlich etwas mit der rechten Hand zu fassen. Instinktiv packte sie zu. Und noch ehe sie wusste, woran sie sich überhaupt klammerte, wurde sie auch schon mit unglaublicher Kraft und Schnelligkeit fortgerissen. Es war die Rückenflosse eines Hais! Shadowcat hing auf dem Rücken des gefährlichen Räubers, während sie mit ihm wie auf einem Pfeil durch das Wasser schoss. Bevor sie sich entschließen konnte, diese riskante Bekanntschaft zu beenden und loszulassen, bevor es zu spät dafür wäre, verdunkelte sich plötzlich der Himmel über ihr.

Das ist das Ende, dachte sie sich, während sie schwerelos auf dem Hai durch absolute Finsternis glitt und die Geräusche der gegen die Klippen brandenden Wellen in der Ferne verstummten und einer absoluten Stille Platz machten. Da hob der Rücken des Hais sie plötzlich an die Luft und Shadowcat ließ instinktiv die Flosse, an der sie sich festgehalten hatte, los. Im nächsten Moment bereute sie das aber schon, denn um sie herum herrschte absolute Finsternis und sie hätte sich sicherer gefühlt, wenn sie den Rücken des Hais noch unter sich gespürt hätte, als wenn er, so wie jetzt, irgendwo unter ihr schwamm und sie ihn nicht sehen konnte.

Der Hall, den ihre Bewegungen im Wasser erzeugten, ließ keinen Zweifel daran, dass sie sich in einer Höhle befand. Langsam gewöhnten ihre Augen sich an die Dunkelheit. Sie konnte einen ganz leichten phosphoreszierenden Schimmer wahrnehmen und schwamm darauf zu. Ohne von dem Hai, dessen Rückenflosse mit einem leisen Rauschen wieder die Wasseroberfläche durchschnitt, angegriffen zu werden, erreichte sie eine Stelle, an der sie problemlos ans Ufer steigen konnte.

Sie wollte schon weiter nach dem Ursprung des grünlichen Lichtes suchen, da drehte sie sich noch einmal um und blickte nachdenklich auf die schwarze Wasserfläche, auf der sie schemenhaft die Rückenflosse des Hais erkennen konnte. Sie hatte keine gedankliche Verbindung zu dem gefährlichen Räuber gefühlt, aber es erschien ihr völlig unmöglich, dass es nur ein Zufall gewesen sein könnte, unversehrt von ihm hierher gebracht worden zu sein.

„Danke!" sagte sie leise, aber im Ton aufrichtiger Dankbarkeit. Sie bezweifelte zwar, dass der Hai sie verstehen würde. Aber sobald der Widerhall ihrer sanften Stimme in der Höhle verklungen war, verschwand seine Rückenflosse in der Tiefe und das Wasser blieb dunkel und schweigend zurück. Shadowcats Augen hatten sich inzwischen soweit an das dunkle Dämmerlicht gewöhnt, dass sie sich ohne allzu große Probleme darin vorwärtstasten konnte. Am Ende des gewaltigen Gewölbes, in dem sie sich befand, zogen sich viele schmale Spalten durch den Felsen. Shadowcat hoffte nur, dass sie nicht in einer Höhle gelandet war, zu der es keinen anderen Zugang gab, als den, durch den sie hier hergekommen war. Sie wusste nämlich nicht, ob sie den Weg unter Wasser durch die Dunkelheit finden würde. Sie wusste nicht einmal, wie weit dieser Weg überhaupt war, da sie die Geschwindigkeit, mit der der Hai sie hier herein getragen hatte, auch nicht annähernd zu schätzen vermocht hätte. Auf diesem Weg die Höhle wieder zu verlassen, wäre nur die allerletzte Wahl, wenn sie keinen anderen Weg hier heraus finden würde.

Da, wo sich die Spalten in den Felsen zogen, gönnte sich Shadowcat eine Pause. Sie hatte nicht gedacht, dass sie so Übermenschliches leisten müsste, um auf diese Insel zu gelangen. Aber jetzt war sie da. Sie musste nur noch einen Ausweg aus dieser Höhle finden. Die Pause, die sie sich gönnte, war nur kurz, denn in der tief unter der Erde gelegenen Höhle wurde ihr bald kalt. Hatte sie zuvor noch wegen der Anstrengung gezittert, zitterte sie jetzt wegen der kalten Feuchtigkeit, die ihren zarten Körper durchdrang. Sie machte sich auf den Weg und begann mit der ganz linken Spalte im Felsen, der sie leicht aufwärts folgte. Dass es aufwärts ging, war ein gutes Zeichen. Aber der Spalt wurde manchmal so schmal, dass Shadowcat ihren schlanken Körper kaum noch durch die eng aneinander rückenden Felswände zu zwängen vermochte. Sie war unbeschadet durch die tobende See gelangt. Aber hier zog sie sich jetzt blutige Schrammen zu, die sich über ihre kleinen, festen Brüste zogen. Am liebsten wäre Shadowcat umgekehrt. Aber solange es auf diesem Weg weiterging, konnte es möglicherweise der einzige sein, der einen Ausweg aus der Höhle bot. Wenn sie jetzt also umkehrte, ohne zu wissen, wohin dieser Weg führte, konnte es ihr passieren, dass sie am Ende doch wieder hierher zurückkehren musste. Dann war es doch besser, jetzt gleich herauszufinden, ob sich die Strapazen lohnten. Der phosphoreszierende Schimmer war in dieser Felsspalte schwächer, als in der großen Höhle. Aber er hörte niemals völlig auf, obwohl es Shadowcat nicht möglich war, einen Ursprung des Lichtes auszumachen, das immerhin soweit ausreichte, dass sie die Konturen der Felswände erkennen konnte, an denen sie sich entlangtastete. Als die Wände vor ihr plötzlich zusammenstießen, glaubte sie schon, am Ende des Weges angelangt zu sein. Ein Lufthauch, der über ihre Füße strich, lenkte ihren Blick aber auf den Boden vor sich und sie bemerkte einen niedrigen und sehr schmalen Durchlass, durch den sie hoffte, sich kriechend zwängen zu können. Allerdings war der Spalt, in dem sie stehend feststeckte schon so schmal, dass es eine Unmöglichkeit für sie war, sich auch nur zu bücken. Seitlich gedreht zwängte sie ihren Körper in seiner ganzen Länge bis zu der leichten Verbreiterung am Boden der Felsspalte. Sie atmete einmal tief durch. Dann schob sie sich in das enge

Loch, das sich vor ihr weiter in der Richtung hinzog, in der sie bisher der Felsspalte gefolgt war. Der Durchlass war so eng, dass es ihr nur mit äußerster Mühe gelang, ihren schlanken Körper Zentimeter um Zentimeter vorwärts zu schieben. Hier herrschte absolute Finsternis. Der matte, grünliche Schimmer, der ihr bisher geleuchtet hatte, drang nicht bis in diesen engen Spalt. Ein paar Mal dachte Shadowcat schon, dass es nicht mehr weitergehen würde. Ein paar Mal wurde der Spalt so schmal, dass ihr Körper, so klein und zierlich er auch war, nicht mehr zwischen den Felsen durchpassen wollte. Aber immer wieder zog sie sich mit aller Gewalt ein kleines Stück weiter. Shadowcat bereute schon, diesen Weg gewählt zu haben. Sie war sich absolut nicht sicher, ob sie rückwärts wieder aus diesem Loch herauskriechen könnte, falls ein Weiterkommen nicht mehr möglich wäre. Als sie in einiger Entfernung vor sich dann aber das ihr schon bekannte, schwache Licht grünlich schimmern sah, fasste sie neue Hoffnung und schob sich langsam, aber unaufhaltsam darauf zu, in der Hoffnung, dass dort, wo das Licht war, sich auch die Felswände wieder öffnen würden. Die Zeit, die Shadowcat brauchte, um die knapp zehn Meter bis zu der Stelle zurückzulegen, an der das schwache Licht in den Tunnel schien, durch den sie kroch, kam ihr vor wie Stunden. Am Ende des Tunnels blickte sie durch ein Loch, das so klein war, dass sie nicht einmal ihren Kopf durchstecken konnte, in eine riesige Tropfsteinhöhle, die in grünem und goldenem Licht erstrahlte. Zumindest erschien der schwache Schimmer Shadowcat nach der Dunkelheit in dem Tunnel wie ein leuchtendes Strahlen. Und das Licht war auf jeden Fall auch heller, als in der Höhle, in der sie aus dem Meer gestiegen war. Aber was half ihr das? Die Wände des Lochs, durch das sie die Grotte und das Licht sehen konnte, waren aus massivem Stein. Shadowcat streckte ihre Hand durch die Öffnung in die Grotte, aber sie wusste, dass sie selbst nicht hinterher konnte. In tiefer Verzweiflung ließ sie ihren Kopf auf den kalten Stein sinken und begann still zu weinen. Sie war am Ende ihrer Kräfte. Aber der Gedanke an Josh, an Marijana, Lian und Abebi, an die, die sie liebte und die sie nicht im Stich lassen wollte, riss sie wieder aus ihrer Lethargie.

Ich bin hierher gekommen, dachte sie sich, *also komme ich auch wieder zurück. Und ich finde einen Weg!*

Shadowcat warf einen letzten Blick in die märchenhafte Höhle, dann machte sie sich auf den Rückweg, der noch um so vieles beschwerlicher war, als der Herweg, weil sie rückwärts kriechen musste und oft so feststeckte, dass sie weder vor, noch zurück konnte. Dann dauerte es meistens mehrere Minuten, bis sie sich wieder soweit befreit hatte, dass sie einen neuen Versuch wagen konnte, diese Stellen zu passieren. Mit einer leichten Körperdrehung, soweit der enge Spalt, in dem sie steckte, das zuließ, versuchte sie so, sich dem Verlauf der erdrückenden Felswände anzupassen. Und nach unendlich langer Zeit erreichte sie endlich wieder die

Stelle, an der sie sich mühsam in aufrechte Haltung erheben konnte. Sie atmete erleichtert auf. Den schwersten Teil hatte sie hinter sich, auch wenn der weitere Weg zurück noch anstrengend genug und oft auch so eng war, dass sie ihn nicht ohne neue Schrammen und Abschürfungen zurücklegen konnte. Aber allein das dämmrige Licht das hier herrschte, genügte, um ihre Lebensgeister neu zu beleben. Und die Zeit, die sie jetzt noch benötigte, um in die Höhle zurückzukehren, in der sie ihre Erkundung begonnen hatte, erschien ihr jetzt, da sie sicher war, kein unüberwindliches Hindernis mehr vor sich zu haben, nicht mehr lang.

Als sie aus dem engen Spalt heraustrat, füllte sie ihre Lungen mit tiefen Atemzügen mit Luft. Endlich hatte sie nicht mehr das Gefühl, von den Felsen erdrückt und am Atmen gehindert zu werden. Sie hätte sich gerne wieder ausgeruht. Aber die Angst, keinen Ausweg aus dieser Höhle zu finden, solange sie noch genügend Kraft dafür hatte, war zu stark, als dass sie jetzt noch Zeit vergeuden wollte. Ohne sich also eine längere Verschnaufpause zu gönnen, betrat sie den nächsten Gang, der ihr etwas breiter und damit leichter gangbar zu sein schien. Aber bereits nach wenigen Metern war dieser Gang zu Ende. Der ebene Boden senkte sich plötzlich abwärts und machte einer gähnenden Leere Platz, die sich zwischen den glatten Wänden in die Tiefe erstreckte.

Shadowcat hob einen kleinen Stein auf und warf ihn in den Abgrund, der sich vor ihr aufgetan hatte. Ein paar mal hörte sie, wie der Stein gegen die Felswände prallte, zwischen denen er in die Tiefe stürzte. Aber sie konnte keinen Aufschlag auf dem Grund der Spalte ausmachen. Noch einmal suchte sie nach einem Stein, nach einem größeren, dessen Aufschlag sie unbedingt hören musste. Dabei kam sie wieder bis in die Höhle, in der sie aus dem Wasser gestiegen war. Verwundert blickte sie auf die Wasseroberfläche, die nicht einmal einen Meter tiefer lag, als die Stelle, an der sie jetzt stand. Der Gang, der zu dem Abgrund führte, war auch nur sehr wenig ansteigend. Es wäre doch sehr verwunderlich, wenn die Felsspalte, die sich dort auftat, nicht mit Wasser gefüllt wäre. Shadowcat glaubte schon, dass sie sich geirrt haben musste, als sie glaubte, den Stein auf seinem Fall in die Tiefe gegen die Felswände schlagen gehört zu haben.

Vielleicht war es das Echo des Geräusches, das der Stein beim Auftreffen auf das Wasser verursacht hat, dachte sie sich. Sie hob einen Stein in der Größe einer Männerfaust vom Boden auf und ging wieder bis an den Rand des Abgrundes. Sie hielt den Stein über die Kante und ließ ihn, angestrengt lauschend, los. Nichts geschah. Nicht das leiseste Geräusch war zu hören. Diesen zweiten Stein hatte sie nicht geworfen, sondern nur fallen lassen. Ohne an irgendein Hindernis zu stoßen, fiel er in eine namenlose Tiefe. Shadowcat schauderte zurück. Sie dachte an den Vulkan auf der Hauptinsel und gab sich mit der Erklärung zufrieden, dass auch diese kleinere Insel ein Teil dieses Vulkans sein musste. Aber sie war nicht hier, um geologische

Betrachtungen über die beiden Inseln anzustellen, sondern um ihrem geliebten Josh Hilfe zu bringen.

Der nächste Spalt, der sich durch den Felsen zog, war ähnlich ungangbar, wie der erste. Er war zwar anfangs etwas breiter, stieg aber nicht so gleichmäßig an. Shadowcat musste viele steile Felsbarrieren überklettern. Und mehrfach taten sich vor ihr auch Löcher in die unergründliche Tiefe auf, die sie aber immer überspringen konnte. Als auch dieser anstrengende und gefährliche Weg plötzlich endete und es für Shadowcat trotz allen Suchens kein Weiterkommen mehr gab, krampfte sich ihr Magen zusammen. Soweit sie es hatte überblicken können, gab es nur noch einen oder zwei Gänge, die sich aus der Höhle durch die Eingeweide der Insel zogen. Mit jedem Gang wurde die Wahrscheinlichkeit kleiner, dass einer sie an die Oberfläche führen würde. Sie gestand sich ein, dass sie sich fürchtete. Aber solange es auch nur noch eine einzige Möglichkeit gab, die ihr und vor allem Josh Rettung versprach, würde sie nicht aufgeben. Wieder machte sie sich auf den Rückweg in Richtung der Höhle. Aber sie hatte noch nicht die Hälfte der Strecke zurück gelegt, als sie plötzlich ein Loch in der Decke des Ganges entdeckte, das ihr nicht aufgefallen war, als sie aus der anderen Richtung gekommen war und auf den Boden vor ihren Füßen geachtet hatte, um nicht in einen der gefährlichen Abgründe zu stürzen, von denen es in diesem Gang nur so wimmelte.

Von neuer Hoffnung angespornt versuchte sie das Loch zu erreichen, das groß genug war, dass sie hindurchkriechen konnte. Ein Loch nach oben: Oben war gut. Nach oben wollte sie. Oben war die Oberfläche und das Tageslicht, dort war der landwirtschaftliche Betrieb und dort waren die Männer, die keinen Moment zögern würden, Josh zu Hilfe zu eilen. Allein das Loch war zu hoch. Es lag außerhalb ihrer Reichweite. Der Gang, in dem sie sich befand, war an dieser Stelle schätzungsweise vier bis viereinhalb Meter hoch. So hoch konnte selbst Shadowcat nicht springen. Und die Wände des Ganges waren zu glatt, um an ihnen hochzuklettern und sie lagen zu weit auseinander, als dass Shadowcat sich zwischen sie hätte stemmen können, um auf diese Weise nach oben zu gelangen. Die Steine, die in dem Gang und in der Höhle verstreut lagen, waren zu wenige und zu klein, als dass Shadowcat damit eine Erhebung hätte aufschütten können, über die sie das Loch hätte erreichen können.

Warum, fragte sie sich resigniert, *zeigt mir das Schicksal hier einen Weg nach oben, wenn ich ihn nicht erreichen kann?*

Aber sie wusste, dass es keinen Sinn hatte, mit dem Schicksal zu hadern und machte sich betrübt auf den weiteren Rückweg zur Höhle. Shadowcat sah sich aufmerksam um, als sie wieder bei ihrem Ausgangspunkt angelangt war. Sie hatte sich nicht getäuscht. Nur noch zwei Spalten führten von hier durch die Felsen der Insel. Shadowcat überlegte nicht, welche sie nehmen sollte. Sie war bisher methodisch vorgegangen und würde das auch weiter tun.

Sie betrat den nächsten Gang. Der war zwar schmäler als der letzte verbleibende Gang, aber das musste nichts bedeuten, wie sie in dem Gang festgestellt hatte, den sie zuletzt erkundet hatte, und der mal breit, mal schmal, mal hoch und mal niedrig war und der auch einen Durchlass irgendwo nach oben hin hatte, auch wenn sie den nicht hatte erreichen können.

„Auf eine Neues!" sagte sie, um sich selbst Mut zu machen und zwängte sich zwischen zwei Felswänden hindurch, die so eng waren, wie die im ersten Gang, in dem sie gewesen war. Das neue Scheuern der Felsen über ihre aufgeschürften Brüste und ihren Rücken brannte, als ob man ihr Salz in ihre Wunden gestreut hätte. Aber Shadowcat biss die Zähne zusammen und dachte an die Schmerzen, die Josh an Körper und Seele auszustehen hatte.

Langsam zwängte sie ihren zarten Körper, der schon so viel hatte ertragen müssen, durch die enge Felsspalte. Mit einem Ruck befreite sie sich schließlich und stürzte in einen größeren Raum, in dem sich der Gang teilte. Wieder wählte Shadowcat den linken Gang zuerst. Aber kaum hatte sie einen Fuß in diese Richtung gesetzt, als der Boden, der gerade noch eben gewesen war und stabil gewirkt hatte, unter ihr nachgab. In einer Lawine aus Sand und kleinen Steinen, die den Boden fast des gesamten Raumes, in dem der Weg sich verzweigte, mit sich riss, wurde Shadowcat in die Tiefe gezogen. Der Sturz war tief und der Aufprall unten wurde nur durch den sandigen Untergrund gemildert. Shadowcat wollte sofort wieder aufstehen. Aber der Sturz war über ihre Kräfte gegangen. Noch während ihr Körper versuchte, sich vom Boden zu erheben, wurde es schwarz vor ihren Augen und sie verlor das Bewusstsein.

Als Marijana aus ihrem Schlaf erwachte, fühlte sie sich ausgeruht und gestärkt. Neben ihr saß Lian und spähte aufmerksam zur Küste. Als Marijana sich rührte, blickte Lian sofort zu ihr und legte den Zeigefinger auf die Lippen, um zu verhindern, dass Marijana das aussprach, zu dem sie eben angesetzt hatte, als sie schon den Mund geöffnet hatte. Marijana verstand sofort und verhielt sich völlig ruhig. Lian deutete nach unten zum Strand und Marijana folgte ihrem Wink und sah eine Gruppe von sechs Damen des Sicherheitsdienstes auf ihren Baum zukommen. An der Spitze gingen Irina Janka und Lena Schneider. Erstere kniete sich eben hin und untersuchte den Boden an der Stelle, an der der steinige Untergrund der felsigen Küste schon mit grasbewachsener Erde durchzogen war.

„Haben sie unsere Spur?" flüsterte Marijana. Und Lian nickte, ohne den Blick von ihren Verfolgerinnen zu wenden, die sich inzwischen wieder bekleidet hatten.

„Die Janka ist gar nicht so unfähig. Ich hätte ihr nicht zugetraut, dass sie so gut Spuren lesen kann", flüsterte Lian zurück.

"Was machen wir jetzt?" fragte Marijana fast lautlos. Lian wendete sich ihr wieder zu und betrachtete sie eine Weile nachdenklich. Sie wusste, dass Marijana durch den Blutverlust noch geschwächt war und antwortete: „Ich versuche sie von hier wegzulocken. Du rührst Dich nicht von der Stelle."

„Aber …" setzte Marijana an. Lian ließ sie aber nicht aussprechen, drückte ihr einen zärtlichen Kuss auf die Lippen und sprang in der nächsten Sekunde lautlos vom Baum. Marijana blieb allein zurück. Sie hätte Lian gerne von ihrem Traum erzählt, in dem sie gemeinsam mit Josh Shadowcat an die Oberfläche des Meeres gezogen hatte, als die zu ertrinken drohte. Aber das konnte sie jetzt nicht. Neben sich sah sie mehrere Früchte liegen. Sie hatte auch Hunger. Aber die atemlose Spannung, in der sie das Näherkommen der muskulösen Frauen beobachtete, die sie wieder einfangen wollten, ließ sie jeden Gedanken an Essen vergessen.

Immer näher kam der Sicherheitstrupp unter Irina Jankas Führung dem Baum. Marijana wagte kaum noch zu atmen. Der Schnitt in ihrem Fuß brannte. Die Kombination von Spannung, Furcht und Schmerzen wurden zur fast unerträglichen Geduldsprobe für sie. Plötzlich entdeckte Lena Schneider Lian zwischen den Bäumen ein Stück vor sich im Wald.

„Da ist eine!" sagte sie zu ihren Kolleginnen, während sie auf Lian deutete, die so tat, als würde sie den Sicherheitstrupp ebenfalls erst jetzt bemerken und sofort ins dichte Unterholz des Waldes flüchtete. Lena Schneider und einige andere wollten ohne zu zögern die Verfolgung Lians aufnehmen. Aber Irina Janka hielt sie zurück.

„Halt wartet!" sagte sie, „Unterschätzt das Mädchen nicht. Ihr habt gesehen, was sie mit Tatsu gemacht hat."

Auf ein Zeichen Jankas zückten alle ihre Betäubungspistolen. Die Fährtenleserin hatte sich vom Auftauchen Lians auch nicht von der Spur abbringen lassen, der sie folgte. Der Respekt, den sie vor den Lara-Mädchen gewonnen hatte, ließ sie mehr auf der Hut sein, als sie es bei normalen Schülerinnen, oder selbst bei entflohenen Männern gewesen wäre. Sie folgte der Fährte von drei Mädchen. Das glaubte sie zumindest. Vor sich hatten sie nur eines gesehen. Es lag also die Vermutung nahe, dass sie in eine Falle gelockt werden sollten. Das waren zumindest die Gedanken Irina Jankas. Am Fuß des Baumes, in dessen Astgabel sich Marijana mucksmäuschenstill verhielt, waren deutlichere Spuren entstanden, als Shadowcat und Lian die bewusstlose Marijana mit vereinten Kräften nach oben geschafft hatten. Janka betrachtete sich die Spuren sehr genau. Dann wanderte ihr Blick am Stamm entlang zu den Ästen des Baumes. Sie konnte nichts Verdächtiges entdecken, wollte aber eben eine der ihr unterstellten Damen auf den Baum klettern lassen, um sich davon zu überzeugen, ob eines oder mehrere der Mädchen möglicherweise in der Astgabel auf sie lauerten, als Lian unvermittelt bei der hintersten Dame des Trupps auftauchte und versuchte, ihr die Pistole zu entreißen. Lian hatte gehofft, die etwas abseits stehende Dame überrumpeln zu können. Aber sie hatte die Reflexe des weiblichen Muskelpakets unterschätzt, deren Finger sich wie ein Schraubstock um den Griff der Pistole schlossen, als Lian versuchte, sie ihr zu entreißen. Sofort wollte die kampferprobte Bodybuilderin den Betäubungspfeil auf Lian abschießen. Lian gelang es nur dank ihrer eigenen Reflexe und mit Einsatz ihrer ganzen Körperkraft, die Hand der Sicherheitsdame so weit zu verdrehen, dass die sich selbst von unten in den Gaumen schoss. Das war zwar gut ausgegangen. Lian hatte aber trotzdem eine Lehre daraus gezogen; und zwar die, dass es bei so körperlich starken Gegnerinnen weitaus schwieriger war, einen wirksamen Hebel anzusetzen, als bei all ihren bisherigen Wettkampf- und Trainingspartnern. Hätte sie jetzt nicht den Überraschungseffekt auf ihrer Seite gehabt, hätte sie bei dieser Frau vermutlich keine Chance gehabt, überhaupt einen Hebel anzusetzen. Der ganze Kampf hatte keine zwei Sekunden gedauert. Trotzdem war er natürlich nicht ohne Lärm verlaufen. Alle Damen des Sicherheitstrupps stürmten sofort auf Lian los. Die war aber viel wendiger, als die kraftstrotzenden Bodybuilderinnen und entkam mit Leichtigkeit wieder ins dichte Unterholz des Urwalds. Schon glaubte sie, ihre Verfolgerinnen abgeschüttelt zu haben, als sie zwei von ihnen auf der Seite auftauchen sah. Die erste hob ohne zu zögern ihre Pistole und schoss auf Lian. Die wich instinktiv aus und der kleine, vergiftete Pfeil schlug neben ihr in die glatte Rinde eines großen Baumes, hinter den sie sich schnell flüchtete. Während die Schützin wieder nachlud, nahm die zweite sofort die Verfolgung auf. Als sie Lian in einiger Entfernung vor sich sah, hob sie ebenfalls die Pistole und schoss. Als der leise Schuss der Luftpistole aber verklungen war, war von Lian nichts mehr zu sehen. Und in einer Linie hinter ihr brach eben Irina Janka vom Pfeil der Schützin betäubt, bewusstlos zusammen. Lian hatte sich in derselben Sekunde weggeduckt, in der ihre Verfolgerin geschossen hatte und war sofort wieder zwischen den Bäumen verschwunden. Als die Schützin jetzt sah, was sie angerichtet hatte, wollte Lian deren Schrecksekunde ausnutzen, um sie von der Seite anzugreifen. Allerdings kam ihr da wieder die erste Schützin dazwischen, die inzwischen nachgeladen hatte und plötzlich mit erhobener Waffe vor Lian stand.

„Bleib stehen, Du kleine Bestie!" forderte die Sicherheitsdame Lian auf. Blitzschnell blickte sich Lian um. Aber von da, wo sie jetzt stand, konnte sie keine Deckung finden. Die auf sie gerichtete Waffe war zu dicht, um dem Schuss ausweichen zu können und zu weit entfernt, um selbst einen Angriff wagen zu können, ohne dabei von dem Betäubungspfeil getroffen zu werden. Sie ergab sich.

„Ich hab sie!" rief die Dame des Sicherheitstrupps. Und Lian hörte schon die nahenden Schritte von deren Kolleginnen. Ehe die aber auftauchten, wurde die Dame, die Lian in Schach hielt von einer, von unsichtbarer Hand geworfenen, reifen Frucht ins Gesicht getroffen. Lian reagierte sofort und sprang davon, zwischen die Baumriesen des geheimnisvollen und bizarren Urwalds. Der ihr hinterhergeschickte Betäubungspfeil verfehlte zum zweiten mal sein Ziel.

„Sie ist weg", sagte die enttäuschte Schützin zu ihren Kolleginnen, während sie sich die triefenden und klebrigen Reste der süßen Frucht aus dem Gesicht wischte.

„Warum hast Du nicht sofort geschossen?" fragte Lena Schneider mit wenig Mitleid für ihre übertölpelte Kollegin. Die versuchte auch gar nicht erst, sich zu verteidigen, sondern wandte sich beleidigt ab und murmelte nur in den nicht vorhandenen Bart: „Blöde Klugscheißerin!"

„Okay, wie sieht's aus?" fragte Lena schließlich den Rest der Truppe und bekam zur Antwort: „Irina und Dushka sind betäubt!"

Lena sah die Sprecherin mit zusammengekniffenen Augen an und sagte vorwurfsvoll, aber nicht ohne Sarkasmus in der Stimme: „Von unseren eigenen Pfeilen. Bravo!"

Sie machte eine kurze Pause und wandte sich dann wieder an die anderen: „Wir haben es nur mit ein paar kleinen Mädchen zu tun!"

Dann zückte sie ein Funkgerät und rief Verstärkung. Sie sprach nur kurz, aber sehr energisch mit ihrer Vorgesetzten.

„Es kommen noch drei von drüben", sagte sie zu ihren Kolleginnen, während sie das Funkgerät wieder einsteckte. „Anscheinend haben sie ihre Miezekatzen wieder unter Kontrolle."

„Dann kriegen wir sie!" erwiderte eine der muskulösesten Damen des Trupps. Marijana war kein Wort entgangen. Vorsichtig spähte sie über den Rand der Astgabel, in der sie kauerte. Der Trupp aus sechs Damen des Sicherheitsdienstes, von denen zwei betäubt waren, lagerte am Fuß des Baumes. An ein unbemerktes Entkommen war also nicht zu denken. Von Lian konnte sie keine Spur entdecken und ihr war klar, dass die abgerichteten Panther, wenn sie wirklich wieder auf ihre Besitzerinnen hörten, sie hier entdecken mussten.

Lian, wo bist Du? fragte sie in Gedanken und hoffte, dass ihre telepathischen Kräfte ausreichen würden, um mit ihrer kleinen Schwester in Kontakt zu treten.

Lian, hörst Du mich? fragte sie gleich darauf noch einmal. Sie fürchtete, das Schlagen ihres Herzens wäre so laut, dass es sie der Sicherheitstruppe drei Meter unter sich verraten würde, während sie angestrengt nach innen lauschte und auf eine Antwort Lians hoffte. Aber Lian antwortete nicht. Sie saß ein ganzes Stück abseits hinter einem der riesigen Felsen, die überall auf dieser Seite der Insel wie von Riesen verstreut im Wald lagen und beobachtete aufmerksam die Damen des Sicherheitstrupps, die am Stamm des Baumes lagerten, auf dem Marijana versteckt war. Lian konzentrierte

Jürgen Lill

sich völlig auf diese gefährliche Kampftruppe und nahm deswegen Marijanas telepathische Kontaktversuche nicht wahr, obwohl sie vor allem um deren Sicherheit fürchtete.

Warum verfolgen sie mich nicht? fragte sie sich und überlegte, wie sie sich weiter verhalten sollte. Ihr war klar, dass sie selbst nicht angreifen konnte, solange die vier kampffähigen Verfolgerinnen mit schussbereiten Pistolen zusammen saßen. Marijana konnte auch keine reifen Früchte mehr von ihrer Astgabel werfen, wenn sie nicht riskieren wollte, dass man den Ursprung des vitaminreichen Angriffs herausfinden würde. Abgesehen davon konnte man das auch gar nicht als Angriff werten. Es war eine Ablenkung gewesen, damit Lian sich in Sicherheit hatte bringen können.

Kurz schweiften Lians Gedanken zurück nach Deutschland. Wie klein war doch im Verhältnis die Gefahr gewesen, vor der Marijana, Shadowcat und sie Josh hatten beschützen können. Und wie harmlos waren die Gegnerinnen gewesen, mit denen sie es damals zu tun gehabt hatten. Damals? Das alles lag doch erst wenige Tage zurück. Vielleicht war in Deutschland die größte Gefahr gewesen, dass die Liebe wie ein Sturmwind über sie hinweggefegt war und sie mit der Kraft des Schicksals mitgerissen und nicht mehr freigegeben hatte. Diese Liebe war gegen das Gesetz. Das wusste sie. Und wäre diese Liebe mit allem, was sie ausmachte, bekannt geworden, hätte das Gesetz Josh mit aller Härte verfolgt und bestraft. Dagegen wäre es schwer gewesen, sich zu wehren. Das Gesetz ist eben das Gesetz, selbst wenn es noch so schlecht, verlogen und menschenfeindlich ist.

Auf St. Bernadette war alles anders. Hier herrschte das Gesetz des Stärkeren. Lian und ihre Schwestern hatten sich hier zwar schon behaupten können. Aber jetzt standen sie einer gewaltigen Übermacht gegenüber, um für den Mann zu kämpfen, den sie von ganzem Herzen und mit jeder Faser ihrer Herzen liebten. Lians Herz krampfte sich zusammen, als sie an die Situation dachte, in der sie Josh hatten zurücklassen müssen, als sie aus dem Internat geflohen waren.

Ob Shadowcat die Männer befreien konnte? fragte sich Lian. Sie machte sich auch Sorgen um ihre jüngere Schwester und blickte sehnsüchtig in die Richtung der kleineren Insel, die aber ihren Blicken durch den sie umgebenden Urwald verborgen war. Lian konnte nicht wissen, dass Shadowcat bewusstlos in einer Kluft tief unter der Gefangeneninsel und tief unter dem Meeresspiegel lag. Ihre Aufmerksamkeit wandte sich wieder ihren lagernden Verfolgerinnen zu. Sie konnte nicht warten, bis Shadowcat mit den befreiten Männern kam. Sie mußte selbst handeln. Und jede Gegnerin, die sie ausschaltete, war eine Gegnerin weniger. Das Gesetz des Stärkeren lag Lian mehr, als sie es selbst ahnte.

Wenn ich mich ihnen wieder zeige, dachte sie, *dann werden sie mich bestimmt wieder verfolgen. Deswegen sind sie ja da.* Sie hob ein paar kleine Steine auf und schlich sich so nahe an die Verfolgerinnen heran, wie es ihr im Schutz des dichten, tropischen Waldes möglich war. Mit einem wohlgezielten Wurf traf sie die ihr am nächsten sitzende Bodybuilderin an der Stirn. Die schrie aber mehr überrascht, als vor Schmerzen auf. Und in der nächsten Sekunde flogen vier Pfeile aus den Betäubungspfeilen der wachsamen Truppe in Lians Richtung. Drei Pfeile verschwanden, ohne etwas bewirkt zu haben, im üppigen Grün des Urwaldes. Aber einer streifte Lian. Lian bekam Panik. Sie wusste, wie schnell die Wirkung des Betäubungsmittels einsetzte. Ohne zu zögern sprang sie davon. Sie musste unbedingt einen Platz finden, an dem sie sich vor den aufgebrachten Verfolgerinnen verbergen konnte, bevor sie die Besinnung verlor. Immer weiter flüchtete sie in den Wald. Sie fühlte eine leichte Müdigkeit, aber die erwartete Ohnmacht blieb aus. Schwer atmend blieb sie stehen. Die Verfolgerinnen waren weit hinter ihr zurück geblieben. Lian betrachtete ihre Schulter. Der Pfeil aus der Pistole hatte sie nur ganz leicht gestreift. Er hatte kaum ihre Haut berührt. Die Berührung, die Lian gespürt hatte, hatte vor allem von den Federn des kleinen Pfeils hergerührt. Trotzdem nahm ihre Müdigkeit zu, obwohl ihre Haut nicht einmal sichtbar geritzt war. Schnell kletterte sie auf einen Baum, dessen dicht belaubte Krone sie vor Blicken vom Boden verbergen konnte.

Ich muss mich nur kurz ausruhen, dachte sie sich, legte sich in eine Astgabel, die ihr genug Halt bot und schlief augenblicklich ein.

Marijana hatte Lians Angriff auf die Sicherheitstruppe und deren Gegenschlag mitbekommen. Als die vier kräftigen Damen ihre Luftpistolen nachluden und die Verfolgung Lians aufnahmen, wollte sie schnell aus ihrem Versteck klettern, um den zwei zurückgebliebenen, betäubten Damen ihre Pistolen und Betäubungspfeile abzunehmen. Aber als sie versuchte aufzustehen, fiel sie sofort wieder auf ihr Lager zurück. Ihr Fuß, den sie sich auf den scharfkantigen Felsen an der Küste aufgeschnitten hatte, war dick angeschwollen. Marijana konnte nicht auftreten, geschweige denn auf Bäumen herumklettern.

„Verdammt!" fluchte sie unwillkürlich und biss sich auf die Unterlippe. Sie wusste dass die Sicherheitstruppe Verstärkung erwartete und dass diese Verstärkung Panther zur Unterstützung der Jagd mitbrachten.

Ob ich klettern kann, liegt ganz allein an mir! dachte sie sich. *Es ist allein meine Entscheidung und nicht die meines Fußes.*

Mit zusammengebissenen Zähnen erhob sie sich erneut und versuchte, den Schmerz in ihrem pochenden Fuß zu ignorieren. Das gelang ihr zwar nicht. Aber sie schaffte es trotzdem, stehenzubleiben.

Das war doch gar nicht so schwer, dachte sie sich, um sich selbst Mut zumachen. Dann machte sie sich an den beschwerlichen Abstieg vom Baum. Das Pochen in ihrem Fuß wurde durch die Anstrengung noch schlimmer.

Wenn es weh tut, heilt es! sagte sie sich. Den Gedanken, dass sie vielleicht eine Blutvergiftung haben könnte, verdrängte sie sofort wieder, als er aufkommen wollte. Ihr Körper war schweißnass, als sie schließlich den Boden erreichte. Kurz blieb sie stehen und hielt sich am Stamm des Baumes fest, bis der schlimmste Schmerz vorüber war. Aus dem Wald hörte sie die Stimmen der vier Verfolgerinnen von Lian. Anscheinend kamen sie schon wieder zurück. Ohne zu zögern zog sie Irina Janka und Dushka die Pistolen aus den Holstern. Als sie sie aber noch nach den Betäubungspfeilen durchsuchte, erschien schon die erste der zurückkehrenden Bodybuilderinnen auf dem freien Platz unter dem Baum. Marijana wollte sofort auf sie schießen. Aber sie konnte den Abzug nicht durchziehen. Noch ehe sie wusste, was sie tun sollte, war die muskulöse Jägerin bei ihr und entwand ihr die beiden erbeuteten Pistolen wieder. Marijana stand sehr unsicher und hatte ihr ganzes Gewicht auf nur einen Fuß verlagert.

„Du hättest sie entsichern müssen!" sagte die Bodybuilderin, die die Pistolen in den Gürtel gesteckt hatte mit einem überheblichen Lächeln und griff auch schon nach Marijana.

„Aha!" erwiderte diese, zog ihrer Gegnerin eine der Pistolen blitzschnell wieder aus dem Gürtel, betätigte den Sicherungsknopf und schoss. Die Bodybuilderin blickte sie ungläubig an, sank auf die Knie und kippte dann nach vorne um. Hinter ihr erschienen aber schon Lena Schneider und die übrigen beiden Damen der Kampftruppe. Marijana wusste, dass sie mit ihrem schmerzenden Fuß nicht entkommen konnte. Sie wollte die eben überwältigte Gegnerin schnell auf den Rücken drehen, um sich der anderen beiden Pistolen zu bemächtigen, da wurde sie von zwei der kleinen, fast lautlos abgeschossenen Pfeile gleichzeitig in ihre linke Brust getroffen. Beim Auftritt der Pfeile lief es wie eine Welle über die Rundung von Marijanas wunderschöner, voller Brust. Als sie auf den Boden schlug, war sie schon ohne Bewusstsein.

„Schnell", rief Lena ihren Kolleginnen zu, „zieht die Pfeile raus."

Sie wusste, dass zwei Betäubungspfeile so dicht am Herzen für ein so zartes Mädchen wie Marijana tödlich sein konnten. Und sie wollte nicht an ihrem Tod schuld sein. Die anderen beiden Damen gehorchten sofort. Aber die Pfeile hatten mehrere Sekunden in Marijanas Brust gesteckt und das schnell wirkende Betäubungsmittel floss längst durch ihre Adern.

Auch Abebi beobachtete von ihrem Baum aus, wie einzelne Truppen des Sicherheitsdienstes den Urwald durchkämmten. Ursprünglich hatte sie vorgehabt, am Boden Fallen zu stellen, so wie sie es schon am Abend des Vortages vorgehabt hatte, als sie von den Panthern gestellt worden war. Aber sie wusste nicht, wo sich ihre Schwestern aufhielten, oder von welcher Seite sie mit den Männern von der Gefangeneninsel kommen würden, um Josh zu befreien. Sie wollte nicht riskieren, dass diese in ihre Fallen gerieten. Aber Abebi war ein Kind der Wildnis. Für sie war der Kampf ums Überleben und die permanente Bedrohung durch wilde Tiere ein alltäglicher Zustand. Sie hatte sich reichlich mit Pfeilen für ihr Blasrohr und für ihren Bogen versehen. Und jetzt war sie bereit, Jagd auf die Jäger zu machen. Sie wollte nicht töten, aber wenn es nötig werden würde, dann wäre sie darauf vorbereitet. Auf St. Bernadette war schon genug Unrecht geschehen. Und jetzt war ihr geliebter Josh in den Händen dieser grausamen Frau und ihrer Gefolgsleute. Der Kampf würde nicht eher enden, ehe Josh, Marijana, Victoria und Lian in Sicherheit wären, oder ehe sie alle tot wären.

Ich bin Abebi, sagte sie sich, *ich bin eine Afar und eine Kriegerin. Und ich kämpfe!*

Wie aus dem Nichts stand sie plötzlich vor einer der Gruppen, die ausgeschickt worden waren, um ihre Schwestern und sie wieder einzufangen. Lautlos hatte sie sich wie ein Schatten aus den Zweigen eines Baumes fallen lassen. Und noch ehe die Mitglieder der weiblichen Elitetruppe verstanden, was vor sich ging, hatte Abebi zwei winzige, vergiftete Dornen aus ihrem Blasrohr auf die ersten beiden abgeschossen und sich gleich darauf ebenso schnell und lautlos wieder in das undurchdringlich scheinende Gewirr aus Ästen und Schlinggewächsen geschwungen. Das ganze hatte keine fünf Sekunden gedauert. Nur eine einzige der Damen war so geistesgegenwärtig gewesen, selbst auf Abebi zu schießen. Aber Abebi war so flink gewesen, dass sie der Schützin keine Zeit zum Zielen gelassen hatte.

„Was war das denn?" fragte eine der getroffenen Damen und zog sich den kleinen Dorn fast belustigt aus dem Hals.

„Lass mal sehen", erwiderte die Anführerin der Truppe, nahm ihr den Dorn aus der Hand, untersuchte ihn vorsichtig und roch daran, ohne aber etwas feststellen zu können.

„Spürst Du was?" fragte sie die Getroffene. Die schüttelte aber nur den Kopf und antwortete: „Es brennt nur ein bisschen."

Dann wandte sie sich an die Dame, die so wie sie von einem Dorn getroffen worden war und diesen ebenfalls schon in der Hand hielt.

„Merkst Du was?" fragte sie sie.

„Das brennt wie Sau!" antwortete die Gefragte, und presste ihre Hand auf den winzigen Einstich. Abebi hatte bei ihr die Schlagader getroffen, was das stärkere Brennen erklärte. Hannelore Kulmbeck, die Anführerin der Truppe, wollte die beiden Getroffenen eben zum Internat zurückschicken, damit sie sich von Dr. Benson untersuchen lassen sollten, als Abebi ebenso lautlos wie zuvor hinter der Gruppe auftauchte und den hintesten beiden Damen der Truppe auch je einen ihrer kleinen Pfeile mit dem Blasrohr in den Hals schoss. Die erste der beiden Getroffenen dachte, dass ein Insekt sie gestochen hätte und schlug reflexartig mit der Hand auf den vermeintlichen Blutsauger. Damit rammte sie sich den kleinen Dorn aber nur noch weiter in den Hals. Erschrocken über den unerwarteten, brennenden Stich, schrie sie auf. Als sie sich aber nach der Richtung umdrehte, aus der der winzige Pfeil auf sie abgeschossen worden war, war von Abebi schon nichts mehr zu sehen. Sie bemerkte nur, dass auch die zweite der zuletzt Getroffenen sich einen kleinen Dorn aus dem Hals zog.

„Was ist los?" fragte Frau Kulmbeck, erkannte aber in der selben Sekunde, dass noch zwei Damen ihrer Truppe mit den kleinen, lautlosen Pfeilen beschossen worden waren.

„Bildet einen Kreis!" befahl sie. Und augenblicklich gehorchten die fünf ihr unterstellten Damen. Die in die Halsschlagader getroffene Dame, begann dabei auffällig zu wanken.

„Mir ist so komisch", sagte sie und hielt sich an ihrer Kollegin fest.

„Odette, was ist mit Dir?" fragte ihre Freundin, die noch keine Wirkung, außer dem leichten Brennen spürte. Odettes Atem ging immer schneller und Schweiß schoss ihr aus allen Poren. Der Wald vor ihren Augen verschwamm immer mehr und löste sich langsam auf.

„Ich kann nichts mehr sehen!" schrie sie in einem Anfall von Panik und krallte sich an ihrer Kollegin fest, die langsam auch erste Anzeichen von Schwindel spürte.

„Scheiße!" fluchte die nur, da sie an Odette beobachtet hatte, was ihr jetzt bevorstand.

„Veronika?" fragte Odette, die in einem Schwächeanfall ihre Freundin, die den selben Vornamen wie die Herrin von St. Bernadette trug, losgelassen hatte und jetzt am Boden liegend in die Luft tastete. Sie war zu schwach, um sich noch zu erheben.

„Ich bin da!" antwortete Veronika und nahm die Hand ihrer Freundin. Hannelore Kulmbeck hatte den ganzen Vorgang mit wachsender Besorgnis beobachtet. Außer ihr war nur noch eine einzige Dame des Sicherheitstrupps, den sie befehligte, noch von keinem von Abebis kleinen Pfeilen getroffen.

„Wir ziehen uns ins Internat zurück. Vorwärts!" befahl sie. Sie selbst stützte Odette, die aber nach zwei Schritten das Bewusstsein vollends verlor. Hannelore Kulmbeck hatte ebenso, wie alle Damen dieses ausgewählten Sicherheitstrupps, die Figur und Körperkraft einer Bodybuilderin. Sie warf sich ihre Kollegin über die Schulter und lief mit dieser Last so schnell wie möglich der Lichtung zu, auf der das Internatsgebäude stand. Veronika und die zuletzt von Abebis Pfeilen getroffenen Damen spürten die Wirkung des Giftes immer deutlicher. Voller Panik rannten sie los. Veronika brach nach wenigen Schritten zusammen. Die letzte noch unverwundete Dame außer Kulmbeck wollte Veronika wieder auf die Beine helfen, spürte aber in dem Moment, in dem sie sich zu ihrer Kollegin beugte, einen brennenden Stich im Hals. Abebi hatte wie ein unsichtbarer Schatten erneut zugeschlagen, ohne von ihren Gegnerinnen gesehen worden zu sein. Sie wusste, dass keine der Damen, die von einem ihrer Pfeile getroffen worden waren, die Lichtung erreichen würde und nahm die Verfolgung von Hannelore Kulmbeck auf. Da die aber noch immer Odette auf der Schulter trug, war ihr Hals von hinten gegen einen Blasrohrangriff geschützt. Frau Kulmbeck erreichte sicher die Lichtung und eilte mit ihrer Last über die freie Fläche dem Internat entgegen. Sie glaubte sich schon in Sicherheit vor einem Angriff des kleinen, schwarzen Mädchens, das niemand jemals ernst genommen hatte, seit es auf St. Bernadette angespült worden war. Aber plötzlich stand Abebi wie aus dem Boden gewachsen nur knapp sechs Meter vor ihr. Hannelore Kulmbeck blieb wie angewurzelt stehen. Langsam und ohne Abebi aus den Augen zu lassen, legte sie Odette auf den Boden. Und ebenso langsam und wachsam erhob sie sich wieder. In der Hand hielt sie ihre geladene Luftpistole. Und Abebi hatte ihr Blasrohr, in dem einer der kleinen, präparierten Dornen steckte, in ihrer Hand. Sie erkannte in Hannelore Kulmbeck eine der beiden Schützinnen wieder, die am Tag zuvor auf Lian geschossen hatten. Sie wusste zwar nicht, ob sie diejenige war, die getroffen hatte. Aber das spielte auch keine Rolle. Ein paar Sekunden standen sich die beiden Gegnerinnen stumm gegenüber. Hannelore Kulmbeck war fasziniert von der Wandlung Abebis. Sie begriff zwar nicht, was Abebi mit Josh und den drei Lara-Mädchen verband, aber sie erkannte immerhin, dass sie eine ernstzunehmende Gegnerin in dem kleinen, nackten, schwarzen Mädchen vor sich hatte. Blitzschnell riss sie ihre Pistole hoch und schoss auf Abebi. Aber so schnell sie auch gewesen war, Abebi hatte ihr Blasrohr noch schneller zum Mund geführt und ihren Pfeil auf ihre Gegnerin abgeschossen, während sie sich gleichzeitig geduckt hatte, um deren Betäubungspfeil auszuweichen. Frau Kulmbeck erkannte sofort, dass sie den Zweikampf verloren hatte. Aber sie hatte bei ihren Kolleginnen beobachtet, dass das Gift von Abebis Dornen nicht so schnell wirkte, wie das Betäubungsmittel ihrer eigenen Pfeile. Ohne zu zögern lud sie ihre Pistole nach. Aber als sie wieder auf Abebi anlegen wollte, war von der nichts mehr zu sehen. Sie blickte in alle Richtungen, bereit, jeden Moment wieder auf das kleine, schwarze Mädchen zu schießen, das in ihrer Achtung jetzt höher stand, als alle ihre Kolleginnen. Aber auf der ganzen freien Fläche war keine Spur mehr von Abebi. Frau Kulmbeck wog die Entfernung zum Internat ab. Sie erkannte, dass sie es nicht erreichen konnte, wenn sie sich weiter mit Odette abschleppte. Selbst ohne diese Bürde war es ein verdammt weiter Weg. Die Zeit, die sie gebraucht hatte, um nachzuladen und sich zu versichern, dass Abebi nicht mehr da war, hatte genügt, um schon erste Anzeichen von Schwindel zu spüren. Erst jetzt fiel ihr ein, dass noch immer der kleine Dorn in ihrem Hals steckte. Um keine Zeit beim Nachladen zu vergeuden, hatte sie ihn bisher nicht beachtet. Das wurde ihr jetzt zum Verhängnis. So schnell sie konnte, lief sie auf das Internat zu. Aber sie kam nicht mehr weit. Ihre Beine versagten den Dienst. Und in dem letzten, das ihre erlöschenden Augen erblickten, erkannte sie Abebi, die sie an den Beinen packte und zurück in den Wald schleifte.

Abebi fesselte die sechs überwältigten Damen des Sicherheitsdienstes mit deren eigenen Handschellen und versteckte sie so gut es ihr möglich war, im Unterholz. Den Versuch, die betäubten Gegnerinnen mit Hilfe von Lianen auf einen Baum zu schaffen, hatte sie aufgegeben, als sie erkennen musste, dass ihre Kräfte dafür nicht ausreichten. Die Wirkung des Betäubungsmittels, das Abebi für ihre Pfeile benutzte, hielt mehrere Stunden an. Und um sicherzugehen, dass die Damen keinen Alarm schlagen konnten, wenn sie wieder erwachten, knebelte sie sie auf sehr raffinierte Weise mit Stoffstreifen aus der Kleidung der Damen, indem sie ihnen Pflanzenknollen in den Mund steckte, die ebenfalls wieder eine betäubende Wirkung hatten, wenn man auf ihnen herumkaute. Und der Versuch, sich von den Knebeln und den Knollen zu befreien, musste zwangsläufig diese Wirkung hervorrufen.

Die Pistolen und Betäubungspfeile der überwältigten Truppe deponierte Abebi in ihrem Versteck auf dem Baum, von dem aus sie das Internatsgebäude beobachten konnte. Wenn es Marijana, Lian und Shadowcat gelang, die Männer auf der Gefangeneninsel zu befreien, würde es bestimmt von Vorteil sein, wenn sich die Männer auch bewaffnen könnten, um das Internat zu stürmen.

Da Abebi jetzt keiner unmittelbaren Bedrohung mehr ausgesetzt war, entspannten sich ihre Nerven wieder ein wenig. Sie wusste, dass noch weitere Trupps des Sicherheitsdienstes die Insel durchkämmten. Und sie hatte auch beobachtet, dass eine Gruppe wieder mehrere der schwarzen Panther mit sich genommen hatte. Aber im Moment suchte zumindest niemand in ihrer unmittelbaren Nähe nach ihr und ihren Schwestern. Ohne ihre Aufmerksamkeit ganz von dem Gebäude zu wenden, in dem Josh gefangengehalten wurde und das jetzt wie eine uneinnehmbare Festung wirkte, ging Abebi in sich und versuchte, einen telepathischen Kontakt zu Josh herzustellen, um sich zu vergewissern, ob er in Sicherheit war, oder ob er ihrer Hilfe bedurfte. Es gelang ihr aber nicht, Josh zu erreichen. Abebi ahnte nicht, dass er durch Frau Vranjas Stockschläge in seine Genitalien innere Verletzungen davongetragen hatte, die ihm ein hohes Fieber beschert hatten, welches sein geschundener Körper jetzt in einem unruhigen Schlaf zu bekämpfen versuchte.

Abebi war sich bewusst, dass telepathische Verbindungen sich nicht immer herstellen ließen. Wenn die andere Person sich sehr auf etwas konzentrierte, schlief, oder aus anderen Gründen die Gedankenwellen gerade einfach nicht in ihr Bewusstsein durchzudringen vermochten, dann war es sehr leicht möglich, dass selbst Gedanken, die so stark waren wie die ihren, nicht vernommen werden konnten. Trotzdem beunruhigte die Ungewissheit sie sehr. Nacheinander versuchte sie jetzt Victoria, Lian und Marijana mit ihren Gedanken zu erreichen. Aber es wollte ihr nicht gelingen auch nur eine einzige ihrer Schwestern ausfindig zu machen. Abebi begann an sich zu zweifeln.

Habe ich meine Fähigkeiten verloren? fragte sie sich, fühlte aber gleichzeitig das Leben durch den Baum strömen, der sie trug und wusste, dass die Gabe, die sie besaß sie nicht verlassen hatte. Es musste eine andere Erklärung dafür geben, dass die Gedanken derer, die sie liebte, ihr verborgen blieben.

Josh stand nackt an einem weißen Strand. Aus der Ferne sah er Marijana, Lian und Shadowcat durch den Sand auf sich zulaufen. Auch sie waren nackt. Josh konnte seinen Blick nicht von den jugendlichen, schlanken Körpern der geliebten Mädchen abwenden, deren Haare offen im Wind flogen. Fasziniert verfolgte er die Geschmeidigkeit der Bewegungen, das Spiel der Muskeln und Sehnen und das Wippen der Brüste. Er wunderte sich nicht mehr darüber, wie fest Marijanas volle Brüste waren. Trotz ihrer Größe wippten sie nur ganz sanft in der Bewegung des Laufens. Shadowcats Körper schimmerte wie Bronze. Ihre schwarzglänzenden, bis auf den Hintern reichenden Haare bewegten sich wie ein seidener Schleier. Die festen Rundungen ihrer kleinen Brüste bewegten sich im Einklang mit der Geschmeidigkeit ihres gesamten Körpers. Josh wusste nicht, wo er hinsehen sollte. Er wollte jedes Detail dieser wunderschönen, geliebten Mädchen in sich aufnehmen und konnte sich doch nicht auf alles gleichzeitig konzentrieren. Marijana lief in der Mitte, Shadowcat links von ihr und auf der rechten Seite begleitete sie die kleine, sehnige und doch so zierliche Lian unter deren ebenfalls bronzefarbener Haut sich das beeindruckendste Spiel harter, aber schlanker Muskeln abzeichnete. Auf ihren kleinen, flachen Brüsten streckten sich die erregten Knospen Josh entgegen. Auch Josh war erregt. Sein harter Penis erwartete stolz erhoben die Ankunft der drei Mädchen, die sich ihm nur in Zeitlupe zu nähern schienen. Josh wusste, dass es nur ein Traum war und dass er in Wahrheit mit Fieber auf der Pritsche in seiner kleinen Zelle lag. Aber der Anblick von Lian, Marijana und Shadowcat tat ihm so unendlich gut und wirkte so real auf ihn, dass er sich an diesen Traum klammerte. Was hätte ihn in seiner Situation auch mehr mit neuem Mut und neuer Hoffnung erfüllen können, als das Gefühl, mit den geliebten Wesen vereint zu sein.

„Wo ist Abebi?" fragte er die Näherkommenden, als sie ihn trotz der lähmenden Zeitlupe, mit der sie auf ihn zuzukommen schienen, fast erreicht hatten.

„Sie passt auf Dich auf, mein wunderschöner xiǎojījī", antwortete Lian mit einem Blick auf Joshs freudig erregten Penis, der sich ihnen erwartungsvoll und pulsierend entgegenstreckte. Marijana blickte Lian von der Seite an und fragte: „Xiǎojījī?"

Lian griff zärtlich nach Joshs Penis, ließ sich im weichen Sand auf die Knie fallen und drückte einen zärtlichen Kuss auf die glatte Haut der prallen und pulsierenden Eichel, bevor sie errötend erklärte: „Ein Kosename für Penis!"

Josh konnte und wollte das leise Stöhnen nicht unterdrücken, das sich seiner Brust durch Lians zärtliche Liebkosung entwand, während Marijana und Shadowcat über deren Erklärung lächelten. Sie sahen nichts Abwertendes in diesem, als Zeichen der auch körperlichen Liebe gebrauchten Kosenamen für Josh. Ganz im Gegenteil: Sie spürten beide die innige Verbundenheit, die ein Kosewort für Penis als Kosewort für den Mann überhaupt erst hervorbringen konnte. Lian erhob sich wieder und Josh schloss seine Arme um die drei Mädchen und bedeckte ihre Lippen mit innigen Küssen.

„Wie kommt ihr hierher?" fragte er, da ihm die Situation zu real für einen normalen Traum erschien, obwohl er doch wusste, dass sie nicht real sein konnte.

„So wie Du!" antwortete Shadowcat, die als einzige von ihnen Träume von Visionen zu unterscheiden wusste.

„Ich bin in einer Höhle abgestürzt!" erklärte sie und erzählte in kurzen Worten, wie es dazu gekommen war. Josh, Lian und Marijana hörten voller Sorge dem nüchtern vorgetragenen Bericht zu.

Und auf Lians besorgte Frage, „Wie geht es Dir, yìnmāo?", was nichts anderes bedeutete als „Wie geht es Dir, Shadowcat?" konnte sie nur antworten: „Ich muss noch leben, sonst könnte ich wahrscheinlich nicht hier sein."

Im selben Moment löste Josh sich in den Visionen der drei Mädchen auf.

„Wir müssen uns beeilen!" sagte Shadowcat zu ihren beiden Schwestern und drängte sie dazu, auch ihre Erlebnisse zu erzählen. Dass die ohnehin schon geschwächte Marijana von zwei Betäubungspfeilen getroffen worden war, erfüllte Lian und Shadowcat ebenfalls mit großer Sorge.

„Du musst gegen das Mittel ankämpfen, Lian!" sage Shadowcat, als ihre beiden Schwestern geendet hatten. Lian versuchte es. Sie wusste selbst, dass sie nicht viel von dem betäubenden Gift in sich haben konnte.

„Ich liebe euch!" versicherte sie Shadowcat und Marijana. Dann löste auch sie sich in den Visionen der anderen beiden auf und konzentrierte sich darauf, trotz des Betäubungsmittels in ihrem Körper wieder aufzuwachen. Marijana und Shadowcat standen jetzt allein auf dem paradiesischen, weißen Strand.

„Ich habe Angst!" gestand Marijana ihrer jüngeren Schwester jetzt. Die beiden fielen sich in die Arme und weinten leise.

„Ich auch!" flüsterte Shadowcat, versuchte Marijana aber gleich wieder Mut zu machen, indem sie sagte: „Aber noch leben wir. Und solange wir leben, sind wir füreinander da."

„Ich werde immer für Dich da sein, Shadowcat", erwiderte Marijana, „auch wenn ich gestorben bin!"

Shadowcat gab Marijana einen zarten Kuss.

„Wir werden nicht sterben, meine wunderschöne Chenoa!" sagte sie. „Wir werden leben; Abebi, Lian, Du, ich und Josh; wir werden leben und unsere Liebe nicht mehr verstecken müssen, sondern sie jeden Tag aufs Neue entdecken und auskosten und all unseren Träume, Wünsche und Phantasien wahr werden lassen!"

„Das wäre zu schön", meinte Marijana verträumt und Shadowcat erwiderte darauf: „Unsere Liebe ist zu groß, um sie hier auf St. Bernadette zu begraben."

Dann beobachtete Marijana, wie sich Shadowcat plötzlich in sich zurückzog. Sie hatte das im Wachen des Öfteren beobachtet und wusste daher, dass ihre jüngere Schwester, einen Traum oder eine Vision hatte, oder sich auf irgendeinen Gedanken konzentrierte. Daher wunderte es sie auch nicht, als sie plötzlich Abebi auf sich und Shadowcat zueilen sah. Abebi hatte Josh und die drei Lara-Schwestern nicht erreichen können, weil die sich in ihrer eigenen Traumwelt, oder Vision befunden und dort getroffen hatten. Aber Shadowcats Gedanken waren doch stark genug, aus diesem Bewusstsein im Unterbewusstsein eine Brücke zu Abebis Gedanken zu bauen und ihre kleine, schwarze Schwester in ihren Traum zu führen, wo sie miteinander sprechen konnten.

Abebi stürzte sich im Marijanas und Shadowcats Arme und die drei jungen, nackten Körper pressten sich aneinander.

„Ich hatte solche Angst um euch." schluchzte Abebi. Marijana schilderte auch ihr kurz, was bisher geschehen war. Dann bat Shadowcat das kleine, nackte Afarmädchen eindringlich: „Bitte Abebi, Du musst Marijana zu Hilfe eilen. Sie werden sie sonst ins Internat zurückbringen."

Da Shadowcat inzwischen auch aus den Erzählungen von Marijana und Abebi vernommen hatte, dass die Panther wieder mit den Sicherheitstrupps unterwegs waren, versicherte sie ihrer kleinen, schwarzen Schwester noch: „Du musst auch keine Angst vor den Panthern haben. Egal was passiert; Sie werden Dir nichts mehr tun!"

„Ich bin schon unterwegs!" antwortete Abebi, küsste die Traumgestalten ihrer beiden Schwestern und löste sich fast im selben Moment vor diesen wieder auf.

„Ich wünschte, ich könnte auch nur ansatzweise verstehen, wo wir uns hier befinden, oder wie es uns möglich ist, uns hier zu treffen", sagte Marijana nachdenklich, als sie wieder mit Shadowcat allein war. Shadowcat legte ihre linke Hand auf Marijanas Herz, das unter der wunderschönen Hülle ihrer großen, festen Brust schlug und erwiderte: „Die Antwort darauf und auch den Ort findest Du nur hier, Marijana!"

Marijana fühlte etwas wie Strom durch die zartgliedrigen Finger von Shadowcats schlanker Hand durch ihren Busen strömen und ihr Herz erfüllen. Und es fühlte sich gut an. Zaghaft legte auch sie ihre linke Hand auf Shadowcats Herz, während sie sich noch fragte, ob sie vielleicht doch schon gestorben sei. Sie fühlte die Wärme der Haut auf Shadowcats wunderschönem, festem Busen, und die kleine, harte Knospe, die sich fest in ihre Handfläche drückte.

Wie kann das alles nur ein Traum sein, fragte sie sich, *wenn ich es so real erlebe und fühle?*

"Wer sagt denn, das unsere Träume nicht real sind?" fragte Shadowcat leise, küsste Marijana liebevoll und sagte dann: „Ich muss jetzt auch gehen, Chenoa. Wir sehen uns in der richtigen Welt wieder, auch wenn sie nicht realer ist, als das hier."

Damit zupfte sie, wie um zu beweisen, dass sie auch jetzt real wäre, zärtlich und verspielt an Marijanas kleinen, harten Knospen. Marijana genoss diese kleine, erregende Liebkosung und schloss für eine Sekunde die Augen. Als sie sie wieder öffnete, war sie allein auf dem unendlichen, weißen Strand und sah nichts als Sand und das türkise Meer, das völlig ruhig vor ihr lag. Sie ließ sich in den warmen Sand fallen und schlief in dem Bewusstsein ein, dass selbst dieser Schlaf nur ein Traum war.

11 FLUCHT, KAMPF UND SUCHE

Josh öffnete mühsam die Augen. Sie schmerzten ihn, wie ihn seine Glieder schmerzten. Seine Stirn glühte und sein Körper war bedeckt von kaltem Schweiß. Er wusste, dass er Fieber hatte. Aber er wusste auch, dass Veronika Vranja darauf herzlich wenig Rücksicht nehmen würde, wenn sie sich dazu hinreißen ließ, ihre Wut über die Flucht der Mädchen an ihm auszulassen. Es fiel ihm schwer, sich von seiner Pritsche zu erheben. Obwohl er keinerlei Erregung fühlte, hatte er noch immer eine große und harte Erektion. Er dachte zurück an seinen Traum, in dem er Marijana, Shadowcat und Lian getroffen hatte, die zärtlich die pralle Eichel seines jetzt vor Schmerzen pochenden Gliedes geküsst hatte. Und die Erinnerung daran, sowie auch an den Anblick der wunderschönen, schlanken, nackten Körper der drei geliebten Mädchen, die sich an ihn geschmiegt hatten, erfüllten seine gefühllose, kalte Erektion mit einer Erregung, die nach Erlösung schrie. Trotz des Fiebers, oder vielleicht gerade deswegen, und trotz der Schmerzen in seinen Gliedern und in seinen geschwollenen, grün und blau leuchteten Hoden, straffte sich sein Glied noch mehr. Das war zwar jetzt absolut unpassend, wie Josh fand, aber er freute sich trotzdem über dieses intensive Empfinden, das die körperliche Liebe zu den Mädchen ausdrückte, nach denen er sich so sehr sehnte. Vor allem freute er sich aber darüber, dass sein Penis offenbar noch in der Lage war, zu empfinden und zu reagieren. Durch die Erregung verminderte sich sogar der Schmerz. Zwar schlugen seine Oberschenkel bei jedem Schritt gegen seine Hoden, was ihm ein unangenehmes, schmerzendes Ziehen im Unterleib bereitete, aber die Erregung in seinem Penis schien sich mit jeder Bewegung seines Körpers zu steigern. Vielleicht war es die Folge der stundenlangen Stimulation, die Josh so schmerzhaft über sich hatte ergehen lassen müssen, und die ihm doch keinen erlösenden Höhepunkt hatte bescheren können. Aber vielleicht war es auch nur die Sehnsucht nach den

Mädchen, die er liebte und nach denen er sich so sehr sehnte, die ihm diesen Zustand bescherte. Josh wusste es nicht. Und er dachte auch nicht darüber nach. Er überlegte nur kurz, ob er sich selbst Abhilfe verschaffen sollte, bevor er sich Gedanken an eine Flucht machen konnte. Aber das wollte er nicht. Er wollte sich all seine Erregung und all seine sexuellen Gefühle und Triebe für die vier Mädchen aufsparen, die auch ihm ihre Liebe schenkten. Auch wenn es noch so unpassend war, er war bereit mit seiner Erektion und mit seiner sexuellen Erregung, die so stark war, dass Josh glaubte, sie müsse sich jeden Moment von selbst entladen, einen Ausbruch zu wagen. Nur der Gedanke an die Gefahr, in der Shadowcat, Marijana und Lian schwebten, konnte ihn von seiner Erregung ablenken. Was mit Abebi war und wie es ihr ging, das wusste Josh nicht. Aber wenn es ihm gelang, hier herauszukommen, dann würde er sicher auch sie wieder finden.

Josh blickte in den Spiegel und konzentrierte sich auf den Raum dahinter. Er hatte mehrere Stunden geschlafen und keine Ahnung, wie spät es war. Aber die Wahrscheinlichkeit, dass die Aufmerksamkeit seiner Beobachterinnen nachließ, wenn sie nur einem Mann beim Schlafen zusahen, war sehr groß. Josh konnte keine Regung hinter dem Spiegel wahrnehmen. Sicherlich würde jemand das Bild der Kamera überwachen, die hinter dem Spiegel alles aufnahm, was er tat. Und wenn er erst zu seinem Ausbruchsversuch ansetzte, durfte er keinen Augenblick mehr zögern, um ins Freie zu gelangen. Josh kannte den Weg nach draußen und rief ihn sich ins Gedächtnis zurück. Er atmete einmal tief durch. Dann hob er die Pritsche hoch und warf sie mit aller Gewalt gegen den Spiegel. Wie befürchtet gab das Panzerglas des Spiegels nicht nach. Josh hob die Pritsche erneut hoch und warf sich mit seinem ganzen Körpergewicht in sein Spiegelbild. Und diesmal zerbrach die Scheibe mit lautem Klirren in tausend Scherben und Splitter. Josh sprang schnell zurück, um seinen nackten Körper zu schützen. Und es gelang ihm, unverletzt zu bleiben. Dann kletterte er so schnell es ihm die Vorsicht erlaubte, mit der er barfuss über die Scherben steigen musste, in den Nebenraum und flüchtete von dort in den Gang.

Der Weg durch den nur schwach beleuchteten Korridor war frei. Josh rannte dem Treppenhaus entgegen, hörte aber bereits nach wenigen Metern sich nähernde Schritte und Stimmengewirr aus dieser Richtung. Wer auch immer den Monitor überwachte, der das Bild der Überwachungskamera hinter dem Spiegel zeigte, hatte also doch nicht geschlafen. Da das Treppenhaus der einzige Josh bekannte Weg nach draußen war, zögerte er keine Sekunde. Bisher hatte er es so weit wie möglich vermieden, gegen die Frauen und Mädchen dieses Horrorinternats handgreiflich zu werden. Aber jetzt war alles anders. Jetzt lag seine geliebte Victoria bewusstlos in einer Höhle, weil sie versucht hatte, ihm Hilfe zu bringen. Er musste sie retten.

Und wer auch immer sich ihm in den Weg stellte, musste die Konsequenzen tragen, egal ob Mann, Frau oder Mädchen.

Am Fuß des Treppenhauses stieß Josh auf die Truppe der ihm entgegengeschickten, weiblichen Kampfmaschinen.

„Ihr müsst das nicht tun", sagte er zu ihnen. Die inzwischen ebenfalls wieder bekleideten Kampfkolosse lachten über die vermeintliche Furcht, die sie in Joshs Worten vermuteten. Joshs Schwäche und seine Schmerzen schienen verflogen zu sein. Sein Körper straffte sich und seine Muskeln spannten sich, aber er machte einen letzten Versuch, die Angelegenheit friedlich zu lösen, indem er vorschlug: „Geht mir einfach aus dem Weg, dann wird keiner von euch etwas geschehen."

Die eisige Kälte in Joshs Stimme war durchaus geeignet, den Damen, die ihm den Weg versperrten, einen Schauer über den breiten Rücken zu jagen. Einige der sechs Sicherheitsdamen, die Josh sowohl an Muskelmasse, als auch an Kampferfahrung überlegen waren, erkannten sehr wohl, dass hinter Joshs sonst so sanft blickenden, stahlblauen Augen ein Raubtier erwacht war. Und sie machten sich auf einen Kampf mit einem nicht zu unterschätzenden Gegner bereit. Nicht so die vorderste, die noch immer über Joshs Vorschlag lachend nach ihm griff. Josh packte sie so schnell am Handgelenk und schlug gleichzeitig mit der anderen, zur Faust geballten Hand zu, dass niemand der unvorsichtigen Dame, die besinnungslos zu Boden stürzte, helfen konnte.

„Packt ihn!" befahl Paula Ruben ihren Dobermännern. Die sprangen auch wirklich auf Josh zu, aber nur, um ihm schwanzwedelnd die Hände abzulecken. In dem Chaos, das dann entstand, als sich Paula und ihre Kolleginnen selbst auf Josh stürzten, sprangen die drei Hunde, die das Ganze offenbar für ein ausgelassenes Spiel hielten, ständig dazwischen und behinderten die Damen ebenso sehr, wie Josh. Trotzdem gelang es Paula und Becky, die die kleinste unter den Damen des Sicherheitstrupps war, Josh an den Armen zu packen. Zwei andere packten seine Beine, die fest wie aus Stein auf dem Boden standen. Während Josh noch versuchte, seine Gegnerinnen abzuschütteln, griff die letzte, die sich hinter ihn geschlichen hatte, zwischen seinen Beinen hindurch nach seinem noch immer erigierten Glied. Bevor Josh noch wusste, was geschah, schloss sich ein massiver, metallener Ring um seine Peniswurzel und seine Hoden.

„Ich hab ihn!" rief die heimtückische Angreiferin triumphierend. Im selben Moment gelang es Josh, seinen rechten Arm zu befreien. Es war das Werk einer Sekunde, Paula Ruben mit einem Schlag vor die Stirn zu betäuben und Becky hochzuheben und auf das Geländer des Treppenhauses zu werfen, wo sie sich so schwere Verletzungen zuzog, dass sie innerhalb der nächsten Stunden daran verstarb. Mit einem schnellen Sprung brachten sich die beiden Damen, die Joshs Beine festgehalten hatten, in Sicherheit. Als Josh sich der Gegnerin in seinem Rücken zuwenden wollte, hörte er plötzlich ein mechanisches Geräusch und bemerkte im selben Moment einen starken Zug an dem ihm unfreiwillig angelegten Cockring. Mit einem einzigen Blick erfasste er das ganze Ausmaß der Klemme, in der er steckte.

An dem Ring, den er um seine geschwollenen Hoden und die Peniswurzel trug, war eine schwere Kette befestigt, die im offenen Schacht des Treppenhauses nach oben gezogen wurde. Von Panik erfasst griff Josh nach dem Ring. Aber er konnte nicht einmal erkennen, wie oder wo der zum Öffnen ging. Er wirkte wie aus einem Stück geschmiedet und lag so eng an, dass er ihn auch nicht hätte abnehmen können, wenn seine Hoden nicht so dick angeschwollen gewesen wären. Die hinter ihm nach oben führende Kette wurde immer straffer. Josh spürte, wie ihm sein Penis und seine Hoden nach hinten gezogen wurden. Und langsam verlor er den Boden unter den Füßen. Er kippte nach vorne, hing an diesem Ring frei in der Luft und wurde unaufhörlich weiter nach oben gezogen. In dem Moment, als Josh den Kontakt zum Boden verlor und nach vorne kippte, hatte er das Gefühl, Penis und Hoden würden ihm abgerissen. Aber sie hielten sein Gewicht. Josh traute sich kaum, sich zu bewegen. Aber er bog sich unter unbeschreiblichen Schmerzen doch soweit nach vorne, bis er die Kette fassen konnte. Dann zog er sich daran so hoch, bis kein Gewicht mehr auf seinem ohnehin schon so sehr malträtierten Glied lastete und er sich nur mit der Kraft seiner Arme an der Kette hielt. Nur drei der sechs Damen, die sich ihm in den Weg gestellt hatten, hatte er ausschalten können. Zwei von ihnen würden früher oder später wieder zu sich kommen. Josh war enttäuscht über sich selbst. Er hatte gegen Freuen gekämpft. Und auch wenn sie kampferprobt waren und stählerne Muskeln besaßen, waren sie doch Frauen. Josh hatte nicht erwartet, bereits beim ersten kleinen Techtelmechtel wieder überwältigt zu werden. Er machte auch gar nicht den Versuch, sein Versagen vor sich selbst damit zu rechtfertigen, dass die Frauen unfair gekämpft hatten. Das hatte er schließlich vorher schon gewusst.

Auf den Stufen der Treppe, die sich wie eine Spirale um den offenen Schacht schlängelte, in dem Josh jetzt hing, sammelten sich noch mehr Damen des Sicherheitsdienstes, unter die sich langsam auch die Schülerinnen des Internats mischten. Josh war keineswegs gewillt, diese demütigende und schmerzhafte Niederlage auf sich beruhen zu lassen. Unter dem Geschrei der aufgebrachten Meute begann er in seiner Position, in der ihm wohl keine der ihn beobachtenden und mit Blicken verzehrenden Furien noch eine Gegenwehr zugetraut hätte, mit der Kette, an der er hing, zu schwingen. Ihm war klar, dass die kräftigen Damen des Sicherheitsdienstes versuchen würden, seine Hände von der Kette zu lösen, wenn sie ihn zu fassen bekamen. Und dann würde er zum Gespött aller Bewohnerinnen von St. Bernadette werden, wenn er hilflos an seiner

Männlichkeit baumelnd vor ihnen im Treppenhaus hing, bis ...

Josh malte sich nicht aus, was die wahrscheinliche Folge dieses Umstandes wäre. Er hatte keine Ahnung, wie viel Gewicht Penis und Hoden eines Mannes tragen konnten und wollte es auch nicht herausfinden. Josh schwang sich an seiner Kette hin und her, bis er eine der eisernen Stangen fassen konnte, die sich in Abständen von etwa zwei Metern senkrecht vom Boden bis zur Decke, in der die Kette verschwand, an den Geländern befanden und die Begrenzung des Schachtes bildeten, in dem er nach oben gezogen wurde. Alles, was ihm dabei zu nahe kam, hielt er sich wirkungsvoll mit gezielten Tritten vom Leib.

Die Damen des Sicherheitsdienstes, die Josh ohnehin keine Chance einräumten, sich aus seiner Situation befreien zu können, wichen vor seinen Tritten zurück, wenn auch eher aus Neugier um das, was er vorhatte, denn aus Furcht. Josh hatte die Ärztin Mandy Benson nicht unter den Anwesenden im Treppenhaus bemerkt. Jetzt hörte er aber plötzlich ihre Stimme, die in befehlendem Ton die kreischende Menge zu übertönen versuchte.

„Genug jetzt!" schrie sie. „Ihr hattet euren Spaß. Lasst ihn runter!"

Es achtete aber niemand auf sie. Und als sie noch einmal dazu ansetzte, sich für Josh einzusetzen, wurde ihr unmissverständlich klar gemacht, dass sie das hier nichts anging und dass sie Josh später in seinen Einzelteilen haben könnte, um ihn wieder zusammenzuflicken, oder um nichts zu machen, wie sie es sonst auch immer täte, wenn die Männer, die von ihren Schwänzen und Eiern befreit worden waren, auf ihrem Tisch lagen. Josh hatte nicht die Muse, dem genauen Wortwechsel zu folgen, bemerkte aber trotzdem, dass Dr. Benson anscheinend keine große Achtung von den Damen des Sicherheitsdienstes entgegengebracht wurde. Noch eine andere Stimme wurde laut, und zwar die von Chandra Raaijman, der schönen jungen Inderin, die sich am Nachmittag, ... nein, es musste noch Vormittag gewesen sein, die sich jedenfalls so ausgiebig und in einer Art mit ihm und seinem Penis beschäftigt hatte, die sich sehr angenehm und wohltuend von der der anderen Frauen und Mädchen unterschieden hatte, die sich darum bemüht hatten, ihn in ihre Klauen zubekommen.

„Hört auf!" rief sie flehend. „Hat Barker heute nicht schon genug gelitten?"

„Halt Du Dich da mal raus, Du kleine Schlampe!" wurde ihr mit der Begründung "Du hattest ihn heute schließlich schon am längsten. Jetzt gehört er uns", entgegengeschleudert.

Ganz kurz konnte Josh das Gesicht der schönen Inderin in der Menge ausfindig machen. Und er glaubte, Tränen in ihren Augen schimmern zu sehen, als sich ihre Blicke kurz trafen. Dann sah er noch, wie Abigail Wendt Chandra wegführte und dabei tröstend auf sie einredete.

Josh konnte sich nicht länger mit dem Gedanken an die Bedienung aus der Bar, die sich so unerwartet für ihn eingesetzt hatte, befassen. Er bekam eine der eisernen Stangen zu fassen, kletterte an ihr eine halbe Etage nach oben und schwang sich dann so flink um sie herum, dass die umstehenden Frauen und Mädchen verblüfft und erschrocken zurückwichen. Josh bewegte sich so geschickt an dieser Stange, dass man ihn für einen großen, nackten Affen hätte halten können. Es gelang ihm anscheinend mit Leichtigkeit, durch die Schlaufe, die er so in der Kette gebildet hatte, zu schlüpfen, so dass er diese ganz plötzlich und überraschend an die massive Eisenstange geknotet hatte. Mit einer solchen Möglichkeit hatte niemand gerechnet.

Die Winde, an der die Kette und damit Josh nach oben gezogen worden war, kam plötzlich mit einem lauten Knirschen zum Stehen. Josh hielt mit seinem ganzen Gewicht auf der Treppe stehend dagegen. Die Damen des Sicherheitsdienstes waren so gefesselt von dem, was da vor sich ging, dass sie sogar versäumten, sich auf Josh zu stürzen. Ein Entkommen von ihm erschien ihnen noch immer unmöglich. An dem bedrohlichen, lauten Stöhnen und Ächzen, das von der Decke des Treppenhauses kam, war zu erkennen, dass die elektronische Winde noch immer arbeitete. Besorgte Blicke wurden auf das in einem Loch in der Decke verschwindende Ende der festgeknoteten Kette geworfen. Einige der Schülerinnen wichen panisch zurück. Sie fürchteten wohl dass die gesamte Decke einstürzen würde.

Josh ließ die Kette nicht aus den Augen und beobachtete, wie sich das Glied oberhalb des Knotens langsam aufbog. Die Dame des Sicherheitsdienstes, die Josh so heimtückisch den Cockring angelegt hatte, folgte seinem Blick und schrie plötzlich, als sie das unvermeidliche erkannte: „Haltet die Winde an!"

Aber es war schon zu spät. Mit einem Knall, der an einen Gewehrschuss erinnerte, zerbarst das Kettenglied. Noch in der selben Sekunde löste Josh den Knoten von der Stange und zog die schwere Kette, von der noch fast drei Meter an ihm hingen, der Dame, die so stolz darauf gewesen war, ihn gefangen zu haben, wie eine Peitsche über den Kopf. Die Dame überlebte diesen Angriff nicht. Josh hatte nicht vorgehabt, so fest zuzuschlagen. Aber er war so in Rage, dass er keine Kontrolle mehr über seine Kraft hatte. Mit der Kette, die gnadenlos durch die Reihen der sich ihm entgegenstellenden Damen des Sicherheitsdienstes mähte, kämpfte er sich den Weg nach oben frei. Offensichtlich hatte man mit der Möglichkeit, dass Josh sich aus seiner Gefangenschaft befreien könnte, überhaupt nicht gerechnet, oder man hatte geglaubt, seiner ohne Probleme oder zumindest ohne Verluste wieder habhaft werden zu können, denn keine der muskulösen Damen hatte eine Luftpistole mit den gefährlichen und schnell wirkenden Betäubungspfeilen bei sich. Josh ließ ein Schlachtfeld auf den Stufen des Treppenhauses zurück. Keiner der Bodybuilderinnen, die in die Reichweite seiner Kette kamen, gelang es, an Josh heranzukommen. Aber alle blieben sie mit mehr oder weniger schweren Verletzungen und überwiegend ohne Besinnung auf der Treppe liegen und säumten seinen Weg nach oben.

Auf der obersten Stufe stellte sich ihm Evelyn Siratja mit erhobener Waffe entgegen. Voller Entsetzen blickte sie auf das Blutbad, das Josh angerichtet hatte. Und noch ehe sie sich wieder gefasst hatte, schlug ihr Josh mit der Kette die Pistole aus der Hand. Wenn sie klug gewesen wäre, dann wäre sie jetzt einfach weggelaufen. Aber sie hatte sich so sehr verinnerlicht, dass sie Männern überlegen war, dass sie trotz des Bildes, das ihr das Treppenhaus bot, mit einem Schrei auf Josh lossprang, um ihm seinen Platz in der Hierarchie auf St. Bernadette zuzuweisen. Josh fing sie mit der rechten Hand auf, deren Finger sich um ihren Hals legten.

„Josh!?" krächzte sie ungläubig und von Panik ergriffen. Auch Joshs Stimme klang heiser, als er kalt erwiderte: „Eve!"

Nur dieses eine Wort sagte er. Aber es drückte all seinen Ekel und seine Verachtung für diese Frau aus. Als Evelyns Augen sich in seine bohrten, konnte sie ihren Tod darin sehen. Und im nächsten Augenblick schleuderte Josh sie über das Geländer und sie stürzte mit einem lauten Schrei in die Tiefe, wo sie als breiige Masse liegen blieb und in den letzten Sekunden ihres entfliehenden Lebens ihre Sünden bereute.

Neun Damen des Sicherheitsdienstes und Evelyn blieben auf dem Schlachtfeld zurück, das das Treppenhaus jetzt bildete. Evelyn und zwei Sicherheitsdamen waren tot, der Rest kampfunfähig, zumindest für den Moment. Die Schülerinnen hatten sich, von Panik ergriffen und laut kreischend, in Sicherheit gebracht. Nur die zwei Mädchen, die vor Schreck wie gelähmt waren und plötzlich in Joshs Weg standen, hatte er verschont, während er sich seinen Weg nach oben freigekämpft hatte.

Josh gelang es, nach draußen zu entkommen. Es dämmerte bereits. Angeführt von Veronika Vranja höchstpersönlich nahmen nur noch zwei Damen des Sicherheitstrupps, sowie Arlana Po und Zoe Lisann Joshs Verfolgung auf. Aber trotz der schweren Kette, von der sich Josh nicht befreien konnte und die ihn im Laufen behinderte, erreichte er den tropischen Urwald und tauchte in seine Schatten ein, mit denen er bald zu verschmelzen schien. Aber noch bevor er aus dem Blickfeld seiner Verfolgerinnen verschwunden war, hörte Josh einen lauten Knall hinter sich und wurde im selben Augenblick an der Schulter nach vorne gerissen.

Jetzt machen sie also ernst, dachte er sich, als er erkannte, dass jetzt nicht mehr nur mit Betäubungspfeilen, sondern mit scharfer Munition auf ihn geschossen wurde. Josh dankte Gott, dass es nur ein Streifschuss war, rappelte sich wieder auf und tauchte in den Schutz der Dunkelheit des Waldes ein.

Veronika Vranja war bei der Verfolgung bald zurückgeblieben und humpelte wieder zum Internat zurück, hinter dessen Türen sie sich verbarrikadierte. Sie hatte jetzt zum ersten mal, seit sie diese Institution gegründet hatte, Angst, dass ihr Imperium in Gefahr sein könnte. Per Funk verständigte sie die drei Sicherheitstrupps, die auf der Insel unterwegs waren, um nach den entflohenen Mädchen zu suchen. Einen Trupp konnte sie nicht erreichen, und zwar den, der unter der Leitung von Hannelore Kulmbeck aufgebrochen war. Von den anderen beiden Trupps, die sich inzwischen vereinigt hatten, um nach Lian zu suchen, sprach Veronika Vranja mit Lena Schneider. Sie befahl ihr, die wieder eingefangene Marijana augenblicklich ins Internat zurückzubringen und die Suche nach Lian, Victoria und Abebi einzustellen.

„Barker wird sich uns freiwillig wieder ausliefern," sagte sie mit Überzeugung, „wenn wir das Mädchen in unserer Hand haben. Er hat dieses eitle Heldengen und würde sich für jedes der Mädchen opfern."

Da sie Lena Schneider gar nicht zu Wort kommen ließ, erfuhr sie nicht, dass Lian und Abebi inzwischen wieder aufgetaucht waren, aber nicht als brave Schülerinnen, die sich artig ins Internat zurückbringen ließen.

Veronika Vranja rief alle noch verbliebenen Insassinnen des Internats zusammen und rief den Notstand aus. Alle Damen des Sicherheitsdienstes, die von Josh im Treppenhaus überwältigt worden waren und von Dr. Benson als einsatzfähig eingestuft wurden, wurden bewaffnet und an den Türen und Fenstern positioniert. Selbst Chandra Raaijman, Maria Montrose von der Essensausgabe, die Köchinnen, das Reinigungspersonal und die älteren Schülerinnen wurden mit Schusswaffen versehen. Nur die betrunkene Abigail Wendt wurde in ihre Wohnung geschickt.

Mandy Benson hatte in ihrer Praxis viel zu tun. Die verwundeten Damen des Sicherheitsdienstes standen Schlange, sofern sie schon wieder stehen konnten. Lidia, die Besitzerin Ajanis, war, nachdem sie überwältigt worden war, ebenfalls von Dr. Benson behandelt worden. Dann hatte man sie in einer Zelle im Keller eingesperrt. Auch Zikomo, der schwarze Hüne, dessen Genitalien Dr. Benson nicht mehr hatte retten können, lag in einem schlimmen Zustand in seiner Zelle und träumte von Rache.

Joshs Verfolgerinnen kehrten bald erfolglos zurück. In der Dunkelheit, die im Wald herrschte und die sich jetzt auch schon über das Internat breitete, hatten sie befürchtet, in einen Hinterhalt zu geraten. Nur einer war noch auf Joshs Spur: Ajani! Er hatte am Waldsaum auf den Mann gewartet, den er als seinen neuen Herrn betrachtete, seit er von ihm hätte getötet werden können und verschont worden war. Als die furchtsamen Verfolgerinnen Joshs schon wieder den Rückzug angetreten hatten, spürte der sich lautlos im Schatten verbergende Verfolgte plötzlich eine weiche Berührung an seinem Bein. Joshs Jägerinnen waren noch zu nah, als dass er gewagt hätte, auch nur den leisesten Laut von sich zu geben. Trotzdem fuhr er blitzschnell herum, um einem möglichen Angriff aus der Dunkelheit begegnen zu können. Es war aber nur Ajani, der ihn gestreift hatte und jetzt seinen Kopf an Joshs Oberschenkel rieb. Josh zögerte kurz, dann kraulte er die große Katze zaghaft zwischen den Ohren.

Josh ließ sich erschöpft ins weiche Moos fallen. Jetzt, wo ihm die Flucht geglückt war, und keine unmittelbare Gefahr für ihn bestand, fühlte er wieder die Schwäche des Fiebers. Und außerdem spürte er die Schusswunde an seiner Schulter. Es war zwar nur ein Streifschuss und Josh tat es als Kratzer ab. Aber es blutete und brannte.

„Ich muss mich nur kurz ausruhen", sagte er mit seiner angenehm ruhigen Stimme leise zu dem schwarzen Panther, der an seiner Seite lag. Dabei überlegte er sich, was er tun sollte, wenn Ajani Hunger bekäme. Die schwere Kette lag über Joshs Beinen. Jetzt, wo er den Ring, den er unfreiwillig trug, und an dem die Kette befestigt war, hätte untersuchen können, war es zu dunkel, um etwas sehen zu können.

Nur eines beruhigte ihn im Moment: Seine Erektion hatte sich ziemlich gelegt. Sein Penis war so entspannt, wie es der eng sitzende Cockring zuließ, auch wenn er noch von Frau Vranjas Stockschlägen schmerzte. Alle anderen Torturen waren ziemlich harmlos gewesen, wie Josh fand und wären, wenn sie ihm von den richtigen Frauen, beziehungsweise Mädchen mit dem richtigen Maß an Liebe, Neugier, Gefühl und dem Bedürfnis nach Ästhetik bereitet worden wären, durchaus prickelnd und erregend für ihn und auch für sie gewesen. Solche Gedanken wären durchaus in der Lage gewesen, Joshs Penis wieder anschwellen zu lassen, aber seine Gedanken wanderten zu Shadowcat, die bewusstlos in einer Höhle auf der kleinen Insel im Süden lag. Er riss sich aus seinen erotischen Gedanken, schüttelte alle Müdigkeit und Erschöpfung ab und machte sich, begleitet von Ajani auf den Weg.

Lian hatte eine Weile gebraucht, um ihren Geist der Betäubung des Giftes, von dem doch kaum etwas in ihren Körper gelangt sein konnte, zu entreißen. Während sie in ihrer Bewusstlosigkeit noch ganz klar denken konnte und wusste, dass sie gegen den Schlaf ankämpfen musste, hatte sie dann im Wachen große Schwierigkeiten, sich zurechtzufinden und ihre Gedanken zu ordnen. Sie hatte es geschafft, die Lähmung ihres Körpers und ihres Geistes zu überwinden, aber als sie dann versuchte aufzustehen, torkelte sie wie eine Betrunkene und der ganze Wald schien sich um sie zu drehen. Ihre Gedanken wirbelten durcheinander wie eine Horde spielender Kinder, die man einfach nicht zu fassen bekam.

Lian musste sich wieder setzen. Während sie tief durchatmete, hatte sie das Gefühl, der bemooste Stamm des umgestürzten Baumes, auf dem sie saß, würde absichtlich so stark schwanken, um sie abzuwerfen, so wie ein wilder Mustang einen unerwünschten Reiter abzuwerfen versuchen würde. Wie schön wäre es gewesen, sich jetzt einfach wieder in die Astgabel zu legen, aus der sie gefallen war, als sie erfolgreich gegen den Schlaf angekämpft hatte, und die Augen noch für eine Weile zu schließen. Aber die Astgabel war in ihrem derzeitigen Zustand unerreichbar. Und sie konnte ihre Gedanken zumindest soweit ordnen, dass sie sich sagte: *Ich darf nicht wieder einschlafen.*

Das Bewusstsein, dass Marijana von zwei der gefährlichen Betäubungspfeile getroffen worden war, die schon so wirkungsvoll waren, wenn sie kaum an der obersten Hautschicht kratzten, dass Shadowcat in einer Höhle abgestürzt war und bewusstlos in irgend einer tiefen Felsspalte lag und dass Josh gedemütigt und gefoltert in der Hand Veronika Vranjas war, manifestierte sich langsam wieder in ihren Gedanken. Entschlossen, etwas zu unternehmen, ohne sich darüber klar zu sein, was, sprang sie auf. Aber ihre Beine gehorchten ihr noch nicht und sie fiel der Länge nach auf den weichen Waldboden. Als sie sich mit aller Willenskraft, die sie aufbringen konnte, wieder erheben wollte, spürte sie plötzlich eine kleine Hand auf ihrem Mund, die sie daran hinderte, einen Laut von sich zu geben. Sofort wollte sie sich zur Wehr setzen, erkannte im selben Moment aber Abebi, die sie wieder auf den Boden drückte und den Zeigefinger auf ihre Lippen legte um ihr zu bedeuten, still zu sein. Abebi drückte sich ganz flach auf den Boden neben Lian, die jetzt deutlich weibliche Stimmen und Schritte ganz in ihrer Nähe vernehmen konnte. Als ein Verstummen der Geräusche die Entfernung der Damen des Sicherheitsdienstes anzeigten, die auf der Suche nach Lian waren, erhob sich Abebi auf ihre Knie.

„Wie geht es Dir?" fragte sie ihre offensichtlich noch leicht verwirrte, chinesische Schwester. Aber als die noch nach Worten suchte, um zu antworten, hatte Abebi schon verstanden. Abebi war noch immer nackt, hatte sich aber einen Pfeilköcher angefertigt, den sie über der Schulter trug und der voller Pfeile steckte, die Abebi sich zur Verteidigung gegen die Panther gemacht hatte. Den kurzen Bogen hatte sie neben sich gelegt. Und über der anderen Schulter trug sie eine Tasche, oder einen Beutel, der so wie der Pfeilköcher aus stabilen Pflanzenfasern hergestellt worden war. Ohne zu zögern, griff sie in den Beutel und zog ein kleines Paket aus dem gleichen Material daraus hervor. Sie öffnete es und entnahm ihm eine kleine, schwarze Knolle.

„Hier", sagte sie zu Lian, während sie ihr die Knolle hinhielt, „beiß ein Stück ab, aber nur ein kleines."

Lian dachte nicht darüber nach, was Abebi ihr gab. Sie vertraute dem Afarmädchen, das sie als ihre jüngere Schwester ansah, vollkommen und biss ein Stück der Knolle ab. Erst als der bittere Geschmack ihre Gesichtszüge fast entgleisen ließ, sah sie fragend in Abebis Augen. Abebi schenkte ihr ein kleines, aufmunterndes Lächeln, während sie den Rest der Knolle wieder sorgfältig einpackte und sagte: „Du musst es eine Weile kauen."

Lian gehorchte, wenn auch mit nicht zu verbergendem Ekel und aufsteigender Übelkeit. Nach wenig mehr als einer Minute sagte Abebi wieder: „Jetzt kannst Du es ausspucken."

Lian fiel es leicht, dieser Aufforderung zu folgen. Sie spuckte den weißgewordenen Brei aus der schwarzen Knolle prustend aus. Und noch während sie versuchte, auch die letzten Reste der übelschmeckenden, zerkauten Knolle wieder aus ihrem Mund zu entfernen, erhob sich Abebi und sagte: „Und jetzt komm mit."

Lian war überrascht, dass sie ohne Probleme aufstehen konnte und registrierte auch, dass ihr Kopf wieder klar war. Sie sah Abebi bewundernd und dankbar an und forderte sie schließlich auf: „Hier entlang!"

Abebi nickte und folgte Lian, die zwar wahrscheinlich älter, aber ein paar Zentimeter kleiner als sie war. Lautlos glitten die zwei kleinen, nackten Mädchen wie Schatten durch den friedlich scheinenden Wald. Sie brauchten nur wenige Minuten um den Platz zu erreichen, an dem Marijana schlafend neben Irina Janka und den anderen beiden, ebenfalls betäubten Damen der Sicherheitstruppe lag, die der Spur von Shadowcat, Marijana und Lian bis hierher gefolgt waren. Hinter einem der großen Felsbrocken, die überall im Wald verstreut lagen, suchten sie in der schnell hereinbrechenden Dämmerung Deckung, um den Platz überschauen zu können, ohne dabei selbst gesehen zu werden.

Lena Schneider und eine der neu eingetroffenen Damen des Sicherheitsdienstes, die mit den Panthern als Verstärkung bei der Suche nach Lian, inzwischen eingetroffen waren, knieten bei Marijana. Lena Schneider fühlte Marijanas Puls und meinte schließlich trocken zu ihrer Kollegin, der man selbst in ihrer knienden Position ansehen konnte, dass sie um einiges größer sein musste, als alle anderen Frauen und Mädchen dieser Insel: „Ich fürchte, das Mädchen wird's nicht schaffen, Janotschka."

Lian wollte sofort zu Marijana laufen, als sie das hörte. Aber Abebi hielt sie zurück.

„Du kannst ihr nicht helfen, wenn sie Dich auch erwischen!" sagte sie mit einem leisen aber energischen Flüstern, während sie Lian wieder hinter den Felsen zog. Lian überlegte fieberhaft, was sie tun konnte, um Marijana beizustehen. Während sie Abebi flehend ansah und auf eine rettende Idee von ihr hoffte, fiel ihr Blick auf den Bogen, den Abebi bei sich trug.

„Kannst Du damit schießen?" fragte sie mit einem Nicken in die Richtung der primitiven Waffe. Abebi nickte, antwortete aber: „Tu ich aber nicht."

Damit zog sie das Blasrohr und einen langen Steifen, zusammengerollter Pflanzenfasern, in dem die kleinen, ihr als Pfeile dienenden Dornen steckten, aus ihrem Beutel. Lian verstand. Und sie gab Abebi Recht. Es hätte keinen Sinn gehabt, sich jetzt blindlings in die Betäubungspfeile der Sicherheitstruppe zu werfen. Zuerst mussten sie herausfinden, wer oder wie viele außer den beiden sich bei Marijana aufhaltenden Damen sich hier herumtrieben. Erst wenn sie einen Überblick über den Platz gewonnen hatten, konnten sie Marijana helfen. Und auch Lian wollte kein unnötiges Blutvergießen anrichten. Wenn Abebi mit ihrem Blasrohr etwas ausrichten konnte, dann wäre das besser, als wenn sie die Damen des Sicherheitsdienstes mit Pfeil und Bogen erschossen.

Während Lian wieder vorsichtig um den Felsen spähte, um weiter zu beobachten, solange es ihr in der sich ausbreitenden Dunkelheit noch möglich war, Einzelheiten zu erkennen, schwang sich Abebi lautlos und behende in die Äste des sich über ihnen ausbreitenden Baumes. Janotschka ließ ihre großen Hände über Marijanas nackten Körper wandern, der neben dieser riesigen Frau winzig und zerbrechlich wirkte. Eine Hand ließ sie schwer auf Marijanas, sich wie sanfte Hügel erhebenden Brüsten liegen, während sich die Finger ihrer anderen Hand in Marijanas Schoß gruben. Marijana stöhnte leise auf. Aber es war kein lustvolles Stöhnen, sondern ein schmerzvolles. Trotz ihrer überdosierten Betäubung versuchte ihr Körper instinktiv sich noch zu wehren. Sie versuchte, ihre Schenkel zusammenzupressen, allerdings ohne jede Kraft. Janotschka lachte kalt und sagte in einem harten, russischen Akzent zu Lena Schneider: „Sieh nur, sie wehrt sich noch."

Dann wurde ihr Blick milder und während sie grobmotorisch Marijanas Brüste zusammenquetschte, fuhr sie fort: „Das Mädchen ist wunderschön! Findest Du nicht auch?"

Nachdem Lian auf dem ganzen Platz keine andere lebendige Seele außer Lena Schneider und Janotschka entdecken konnte, die bei Bewusstsein gewesen wäre, war sie schon wieder nahe dran, ihr Versteck zu verlassen und sich auf die beiden Damen des Sicherheitsdienstes zu stürzen, um ihnen Marijana zu entreißen. Aber da tauchte wie aus dem Nichts Abebi wieder neben ihr auf und legte warnend ihren Zeigefinger auf die Lippen.

„Da kommen zwei", flüsterte das kleine, schwarze Mädchen, in die Richtung des Waldes hinter sich deutend. „Und sie haben einen Panther bei sich."

Abebi erinnerte sich an Victorias Versicherung, dass sie nichts mehr von den Panthern zu befürchten hätte. Aber sie fragte sich, ob die Panther das auch wüssten und ihre Finger schlossen sich etwas fester um ihren Bogen, während sie einen Pfeil aus dem Köcher zog und ihn auf die Sehne legte.

„Ich dachte, den wolltest Du nicht benützen?" fragte Lian flüsternd. Abebi blickte Lian offen ins Gesicht und versuchte nicht, ihre Furcht vor den Panthern zu verbergen, als sie antwortete: „Will ich auch nicht."

Der Panther spürte die beiden Mädchen wirklich in ihrem Versteck auf. Er stürzte sich aber nicht, wie sie befürchtet hatten, auf sie, sondern betrachtete sie nur eine Weile, während er laut die Luft einsog und trottete dann wieder zurück zu den beiden Damen, die er ins Lager begleitete. Lena Schneider und Janotschka erhoben sich, als die andern beiden auf dem

Platz erschienen.

„Und?" fragte Lena die Näherkommenden.

„Keine Spur!" antwortete die vordere der beiden. „Nicht einmal die Kätzchen haben was entdeckt."

„Die Kätzchen", erwiderte Lena mit einem Anflug von Aberglaube, „sind von einem der Mädchen verhext worden."

Janotschka lachte laut und für eine Frau ungewöhnlich dröhnend auf. Aber an dieser Frau, die gute zwei Meter maß und deren proportional zu ihrer Körpergröße ausgeprägte Muskeln die anderen Bodybuilderinnen wie Spielzeugpuppen neben sich aussehen ließen, schien alles ungewöhnlich zu sein.

„Ich habe noch nie eine so große Frau gesehen", flüsterte Abebi, die mit Lian hinter dem Felsen beobachtete, was auf dem Platz vor sich ging. Auch Lian blickte, von der beeindruckenden Größe und Gestalt der Russin gebannt, sprachlos auf deren imposante Erscheinung.

„Sieh sie Dir an!" sagte Janotschka auf Marijana deutend zu Lena Schneider. Und ihr harter, russischer Akzent war so deutlich herauszuhören, dass Lian glaubte, den Geruch von Wodka in der Luft wahrzunehmen, als die riesenhafte Russin fortfuhr: „Sie ist ein kleines Mädchen. Zugegeben, sie ist so unwirklich schön, dass sie nicht von dieser Welt zu sein scheint," dabei leckte sie sich genüsslich den Finger ab, den sie kurz vorher zwischen Marijanas Schenkel gebohrt hatte, „aber sie ist trotzdem nur ein kleines Mädchen und Du sagst, dass sie die Älteste der drei ist."

„Vier!" korrigierte Lena. Aber Janotschka machte eine wegwerfende Handbewegung und meinte: „Drei, vier, oder vierzig; das ist mir egal. Es sind nur kleine Mädchen und keine Hexen. Die Vranja soll sich selbst um ihren Kindergarten kümmern und mir die Männer lassen."

„Um die da scheinst Du Dich aber ganz gern kümmern zu wollen", meinte Lena vielsagend, während sie in Marijanas Richtung deutete. Janotschka ließ ein schmutziges Lachen hören und erwiderte: „Ich denke, die ist tot?!"

„So gut wie!" bestätigte Lena.

„Jetzt reichts!" sagte Lian, die sich nicht mehr zurückhalten konnte, aufgebracht und sprang auf. Abebi riss sie aber sofort wieder zu Boden und hielt ihr den Mund zu.

„Was war das?" fragte Lena Schneider und zückte gleichzeitig ihre Pistole. Janotschka wendete sich an eine der anderen beiden Damen, die eben zurückgekehrt waren und sagte in befehlsgewohntem Ton: „Sieh nach, Njurka!"

Die Dame mit dem mongolischen Einschlag, die im Verhältnis zu den anderen Damen des Sicherheitsdienstes bestenfalls als dicklich, keinesfalls aber als muskulös zu bezeichnen war, gehorchte wortlos und schritt mit schussbereiter Pistole auf den Felsen zu, hinter dem sich Lian und Abebi verbargen. Der Panther, der bereits wusste, auf wen er treffen würde, trottete auf Njurkas Wink lustlos hinter ihr her.

Abebi presste Lian fest an den Felsen und schob einen der kleinen Dornen in ihr Blasrohr.

Janotschka kannte keine Furcht und fuhr, ohne auf Njurka zu achten, an Lena gewandt fort: „Ich kann mit toten Mädchen nichts anfangen. Wenn die Vranja mir einen richtig guten Orgasmus gönnen will, soll sie mich gegen …"

Weiter kam sie in der Äußerung ihres Wunsches nicht. Njurka hatte den Felsen soweit umrundet, dass sie Lian und Abebi entdeckt hatte. Blitzschnell hob sie die Pistole, während sie gleichzeitig schrie: „Fass sie, Kenan!"

Der Panther gehorchte nicht, sondern setzte sich nur gähnend hin und beobachtete teilnahmslos das weitere Geschehen.

Bevor Njurka abdrücken konnte, hatte sie Abebis Pfeil im Hals. Da dessen Wirkung aber nicht sofort einsetzte, schaute Njurka die Mädchen nur erstaunt an und hob dann erneut ihre Pistole. Sie kam aber auch diesmal nicht zum Schuss, denn Lian sprang, wie von einer Feder geschnellt, in die Luft und traf die füllige Mongolin mit dem Fuß an der Schläfe, dass sie wie ein nasser Sack zu Boden stürzte.

„Ganz ruhig Kenan!" sagte Lian misstrauisch zu dem Panther, als sie geschmeidig wieder auf dem Boden landete. Kenan machte aber gar keine Anstalten, sich unruhig oder feindselig gegen die beiden kleinen, nackten Mädchen zu verhalten. Obwohl der Kampf, abgesehen von Njurkas Ausruf, sehr still verlaufen war, war er den anderen Damen nicht entgangen. Ohne ihre Waffe zu ziehen, ging Janotschka, gefolgt von Lena und der dritten Dame des Sicherheitsdienstes auf den Felsen zu. Sie machte ihren beiden Gefährtinnen stille Zeichen, den Felsen von beiden Seiten zu umrunden und sprang selbst mit einem gewaltigen Satz auf den Findling, der vier bis fünf Meter aus dem Waldboden aufragte.

Hinter dem Felsen befanden sich nur noch Lian und Kenan mit der bewusstlosen Njurka. Abebi hatte sich, sobald sie die nahende Gefahr bemerkt hatten, wieder in die Äste des Baumes geschwungen. Als sie Janotschka so plötzlich auf dem Felsen über Lian erscheinen sah, schoss sie sofort einen ihrer kleinen, betäubenden Dornen aus dem Blasrohr auf sie ab. Janotschka war aber nicht nur groß und stark, sie besaß auch außerordentlich gut ausgeprägte Sinne und Reflexe. Obwohl sie Abebi nicht sehen konnte, wich sie instinktiv dem kleinen Pfeil aus und sprang im gleichen Augenblick auf die unter ihr stehende Lian, die sie noch nicht entdeckt hatte, weil sie den Angriff von den Seiten des Felsens erwartete. Aber Lian reagierte nicht weniger instinktiv als sie selbst und sprang gedankenschnell zur Seite, um der drohenden Gefahr, die sie auf sich zukommen spürte, zu entkommen.

Dann geschah alles gleichzeitig. Während Janotschka sich vom Felsen auf Lian warf, sprangen die anderen beiden Damen von beiden Seiten hinter dem Felsen hervor und schossen auf Lian, die sich aber so geschickt in der Luft drehte, dass keiner der kleinen Pfeile sie traf. Unglücklicherweise saß aber Kenan in Lenas Schusslinie. Als er den kleinen Pfeil sein Fell und seine Haut durchdringen spürte, stürzte er sich wütend auf die Schützin auf der anderen Seite des Felsens und biss der auf einen solchen Angriff völlig unvorbereiteten Dame die Kehle durch.

Janotschka bekam durch ihre Größe und Reichweite Lian zu fassen und legte blitzschnell ihre Arme, die so dick waren, wie Lians Hüfte, wie einen Schraubstock um deren Körper. Lian spürte, wie ihr die Luft aus der Lunge gepresst wurde und fürchtete, dass ihr die große Russin im nächsten Moment sämtliche Knochen im Leib wie rohe Spaghetti zerbrechen würde.

Während Lena ihre Pistole nachlud, um Lian zu betäuben, solange Janotschka noch etwas Wiedererkennbares von ihr übrig ließ, ließ sich plötzlich die kleine, nackte Abebi aus den Ästen über Janotschka auf diese niederfallen. Da sie wusste, dass die Wirkung ihrer Pfeile nicht so schnell eintrat, wie die der Betäubungspfeile der Sicherheitstruppe, wollte sie nicht riskieren, dass die von Janotschka völlig bewegungs- und damit wehrlos gemachte Lian von der gigantischen Kraft der Russin zermalmt würde. Zwar schoss sie noch während des Fallens einen Pfeil aus ihrem Blasrohr in den Nacken Janotschkas, aber sie wusste, dass Lian einer schnelleren Hilfe bedurfte, als der winzige Dorn ihr bringen konnte, um sie aus dem eisernen Griff Janotschkas zu befreien. Hätte sie ihren Bogen bei der Flucht auf den Baum nicht am Boden liegen lassen, dann hätte sie jetzt auch diesen benutzt. So hatte sie nur einen ihrer für den Bogen gefertigten Pfeile in der Hand. Sobald sie ihren Dorn aus dem Blasrohr abgeschossen hatte, ließ sie, noch während sie in der Luft war, das Blasrohr fallen und nahm den größeren Pfeil in beide Hände, um ihn der Russin mit all ihrer Kraft durch die gewaltigen Muskeln ihres Nackens zu stoßen.

Abebis Fehler war, dass sie nicht damit gerechnet hatte, dass Janotschka so impulsiv auf den kleinen Blasrohrpfeil reagieren würde. Sofort, als die weibliche Kampfmaschine den winzigen Einstich spürte, fuhr sie herum und fegte Abebi mit einer einzigen Handbewegung aus ihrer Bahn, so dass sie gegen en Felsen geschleudert wurde und samt ihrem Pfeil benommen auf den Boden stürzte. Abebi hatte damit aber immerhin erreicht, dass Lian sich aus dem Griff, der kurzzeitig abgelenkten Russin befreien konnte. Ohne auch nur eine Sekunde zu verlieren, trat Lian Lena Schneider die Pistole aus der Hand und sprang in einer einzigen, flüssigen Bewegung, wie von einem Katapult abgeschossen so hoch, dass sie Janotschka mit ihrem Fuß an der Schläfe traf. Janotschka war aber völlig unempfindlich gegen solch einen Angriff und stand so fest und unerschütterlich wie der Felsen in ihrem Rücken. Lian wagte noch einen zweiten, blitzschnellen Angriff gegen Janotschka. Aber wieder erschien es ihr, als würde sie versuchen, gegen eine Betonmauer zu kämpfen. Ganz aus der Nähe waren jetzt auch die Stimmen der restlichen, erfolglos aus dem Wald zurückkehrenden Damen des Sicherheitsdienstes zu vernehmen.

Als Lian sah, dass Abebi, von der sie Janotschka mit ihren ansonsten erfolglosen Angriffen, wieder hatte ablenken können, sich in Sicherheit hatte bringen können, flüchtete auch sie sich mit der Schnelligkeit und Geschmeidigkeit eines Panthers in das Dickicht des Waldes. „Schnell hierher!" rief Janotschka ihre zurückkehrenden Kolleginnen und ließ sie sofort nach allen Seiten ausschwärmen, um die beiden flüchtigen Mädchen wieder einzufangen. „Das sind also Nummer zwei und Nummer drei von den Mädchen!?" sagte Janotschka zu Lena Schneider, als sie mit der, zwei betäubten Kolleginnen und einem betäubten Panther, wieder allein hinter dem Felsen stand. „Das waren Lian Lara und die kleine, stumme Abebi, die seit ein paar Monaten hier ist, aber anscheinend trotzdem mit Barker und den Laras unter einer Decke steckt!" erwiderte Lena und nahm gleich darauf das Gespräch Veronika Vranjas am Funkgerät entgegen. „Als die Vranja wieder aufgelegt hatte, sah Lena verstört zu ihrer großen Kollegin und sagte schließlich: „Ich glaube, Barker ist entkommen." Janotschka warf einen fragenden Blick auf Lena und die erzählte ihr, was Veronika Vranja am Funkgerät gesagt hatte. Janotschka, bei der der kleine Dorn aus Abebis Blasrohr noch immer keine Wirkung zeigte, zuckte mit den Schultern und erwiderte sarkastisch: „Na dann bringen wir ihr halt die Kleine. Sie wird schon sehen, was sie mit einer Leiche anfangen kann." Im nächsten Moment stand sie schon wieder auf dem Felsen und ließ ein Signalhorn ertönen, dessen Ton weithin durch den Wald zu hören war und der die ausgeschwärmten Damen wieder zurückrief. Als sie dann aber mit Lena und den beiden Bewusstlosen auf den Platz zurückkehrte, mussten sie feststellen, dass zwar ihre eigenen betäubten Kolleginnen noch an ihrer Stelle lagen, dass aber von Marijana keine Spur mehr zu entdecken war. Als Janotschka ihre Überraschung überwunden hatte, lachte sie plötzlich laut auf und rief vor Begeisterung: „Das Spiel fängt langsam an, mir Spaß zu machen!"

Lian und Abebi hatten Marijana gepackt und trugen sie, so schnell und so weit es ihnen möglich war, von dem Platz weg. Als sie dann die laut werdenden Stimmen aus dem Lager ihrer Verfolgerinnen hörten, die anzeigten, dass man das Verschwinden Marijanas entdeckt hatte, schafften sie mit vereinten Kräften die bewusstlose und geschwächte Marijana wieder in die hoch über dem Boden gelegenen Äste eines uralten Baumriesen.

„Hier sind wir sicher", flüsterte Abebi, kramte aus ihrem Beutel das Paket mit den schwarzen Knollen und reichte Lian eine davon.

„Hier", sagte sie, „zerkaue das und gib es dann Marijana in den Mund.

Pass aber auf, dass sie nicht zu viel davon verschluckt."

„Und Du?" frage Lian, die bemerkte, dass Abebi sich wieder anschickte, sie zu verlassen.

„Mein Bogen und mein Blasrohr sind noch hinter dem Felsen. Wir sind wehrlos, wenn sie uns finden", antwortete Abebi. Lian hatte daran gedacht, die Pistole einer der überwältigten Sicherheitsdamen mitzunehmen. Aber sie war ebenso wie Abebi und Marijana nackt. Nur Abebi hatte ihren kleinen Beutel umhängen. Aber der wäre für eine Pistole zu klein gewesen. Und ihre Hände hatten sie gebraucht, um Marijana wegzutragen.

Lian nickte und Abebi sprang mit so unbekümmerter Selbstverständlichkeit in die Dunkelheit, dass Lian fürchtete, ihre kleine, schwarze Schwester würde in die Tiefe stürzen und sich den Hals brechen. Aber sie beobachtete, mit welcher Sicherheit und Geschicklichkeit sich Abebi durch die Baumkronen schwang, dass sie beruhigt und nicht ohne Bewunderung aufatmete. Während sie Abebi hinterher blickte, bis die Dunkelheit sie verschlungen hatte, steckte Lian sich mit Widerwillen, aber ohne zu zögern die bittere Knolle in den Mund und zerkaute sie zu einem weichen Brei. Dann richtete sie Marijana in sitzende Haltung auf und lehnte sie an ihre eigene, kleine Brust. Sie spuckte den bitteren, weißen Brei in ihre Hand und flößte ihn vorsichtig Marijana ein. Dann wartete sie, während sie Marijana mit ihren Armen liebevoll umschlungen hielt.

„Der Brei wird Dir helfen, Marijana!" flüsterte sie leise ins Ohr ihrer betäubten Schwester und küsste zärtlich ihren Nacken.

Marijanas Atem war nur noch ganz schwach zu hören und ihr Puls war kaum noch zu spüren. Lian konnte nicht verhindern, dass heiße Tränen aus ihren Augen quollen, auf Marijanas Hals tropften und glänzende Bahnen über ihre großen, festen Brüste zogen.

„Er wird Dir helfen!" wiederholte sie noch einmal mit tränenerstickter Stimme, um sich selbst Hoffnung zu machen. „Abebi hat damit auch meine Benommenheit vertrieben. Sie kennt sich mit so was richtig gut aus, weißt Du."

Wieder drückte sie zärtlich ihre Lippen auf Marijanas Nacken und schmeckte ihre eigenen Tränen. Sie fühlte sich so hilflos. Behutsam strich sie Marijana eine Strähne ihrer schweren, blonden Haare aus der Stirn, wiegte sie in ihren Armen und summte leise eine Melodie aus ihrer Kindheit.

Abebi hatte kein Glück. Ihren Bogen hatten die Damen der Sicherheitstruppe mitgenommen und ihr Blasrohr lag zerbrochen am Boden. Das war zwar ärgerlich aber nicht zu ändern. Abebi war nicht das Mädchen, das zuviel Energie in den Ärger über solche Missgeschicke investierte. Sie hatte beides selbst hergestellt, sie wusste, wo sie die Materialen fand, die sie brauchte und sie konnte sich daraus jederzeit neue Waffen herstellen, auch wenn es unnötig Zeit kostete.

Abebi wurde auf das Stimmengewirr und einen flackernden Lichtschein auf der anderen Seite des Felsens aufmerksam. Lautlos stieg sie auf den Felsen und legte sich flach in den Schatten der sie verbergenden Bäume, um herauszufinden, was die um ein kleines Feuer sitzenden Damen jetzt beabsichtigten. Aber sie war zu weit von ihnen entfernt, um verstehen zu können, was gesprochen wurde.

Das Beunruhigendste an dieser ganzen, gespenstischen Szenerie der sich am Feuer beratenden, muskelbepackten Damen, deren Schatten flackernd durch den Wald tanzten, war die Tatsache, dass Janotschka unter ihnen saß und neben Lena Schneider anscheinend das Wort führte. Sie war nicht betäubt und zeigte noch nicht einmal Anzeichen von Benommenheit. Und trotzdem war sich Abebi sicher, dass ihr zweiter auf die hünenhafte Russin abgeschossener Blasrohrpfeil getroffen hatte. Sie hätte gerne versucht, die Damen zu belauschen. Aber das Risiko, entdeckt zu werden, wenn sie sich näher an das Feuer heranschlich, erschien ihr zu groß. Abgesehen davon gab es wichtigeres zu tun. Blasrohr und Bogen zu bauen war eines davon. Sich zu überzeugen, dass Marijana außer Lebensgefahr war, war aber das, was sie am meisten vorantrieb. Die Sorge um ihre wiedergefundene Schwester, die sie an den Engel auf dem Deckengemälde der ärmlichen Missionskirche erinnerte, in der sie während ihrer Reise durch den afrikanischen Kontinent für ein paar Tage Obdach gefunden hatte, zog sie mit ungeheurer Macht wieder zu Lian und Marijana zurück.

„Wie geht es ihr?" fragte sie Lian, als sie sich wie ein lautloser Schatten auf den Ast fallen ließ, auf dem Lian noch immer Marijana sanft in ihren Armen wiegte.

„Sie schläft jetzt!" antwortete Lian und wollte damit ausdrücken, dass Marijanas Atem wieder tief und gleichmäßig ging und dass ihr Puls wieder deutlich zu spüren war. Abebi untersuchte Marijana kurz und stellte beruhigt fest: „Es geht ihr gut. Aber sie wird noch mehrere Stunden schlafen."

Dann kramte sie wieder das Paket mit den bitteren Knollen aus ihrer Tasche und reichte es Lian.

„Gib ihr jede halbe Stunde eine neue Knolle."

„Zerkaut?" fragte Lian und spürte schon bei der bloßen Vorstellung ein Würgen im Hals. Abebi nickte.

„Nur noch drei mal", antwortete sie. „Dann hat sich das Gift in ihr aufgelöst."

Abebi hätte ihre beiden Schwestern, für die sie jetzt eine so große Verantwortung spürte, gerne geküsst. Aber die Liebe, die sie miteinander verband und die sie schon so lange in sich gespürt hatte, war noch so neu und ebenso unfassbar für sie, wie der Ausbruch dieses absurden Krieges zwischen Veronika Vranja und ihren Anhängerinnen auf der einen und Josh, Marijana, Lian, Victoria und ihr selbst auf der anderen Seite. Sie hatte in dem plötzlichen, alles verzehrenden Auflodern dieser Liebe die Liebe selbst erst kennengelernt. Sie hatte niemals geahnt, wie schön es sein konnte, von einem Mann wie Josh oder von liebenden Mädchen, wie ihren neu gefundenen Schwestern berührt und liebkost zu werden. Diese Liebe war um so viel mehr, als sie sich jemals hatte vorstellen können. Und jetzt saß sie Lian und Marijana auf dem dicken Ast eines riesigen Baumes gegenüber und war von einer heiligen Scheu erfasst.

Lian spürte die Schüchternheit von Abebi, die um so viele Dinge der Natur wusste und in dieser so sehr verwurzelt war. Sie öffnete einen Arm in dem Wissen, dass Abebi die stumme Einladung verstehen würde. Und wirklich stürzte sich das kleine Afarmädchen sofort schluchzend an Lians Brust und klammerte sich an dieser und Marijana fest.

Lian strich ihr zärtlich über die vielen kleinen Zöpfe und drückte einen zaghaften Kuss auf ihre Stirn. Sie waren nur kleine, liebende Mädchen und hatten sich nicht ausgesucht, plötzlich einen erbarmungslosen Dschungelkampf führen zu müssen. Sie wünschten sich so sehr, dass sie alle in Sicherheit und fern von allen Problemen ein kleines Paradies finden würden, in dem sie gemeinsam mit Josh leben konnten. Sich gegenseitig zu halten und zu spüren tat den Mädchen gut und gab ihnen neue Kraft. Sie kamen für kurze Zeit zur Ruhe und Abebi vergaß im Moment die Waffen, die sich wieder bauen wollte.

Shadowcat war am Fuß einer tiefen, steilen und glatten Felsspalte aufgewacht. Alle ihre Knochen schmerzten. Aber anscheinend war nichts gebrochen. Sie hatte nur noch mehr Abschürfungen, vor allem an den Knien und Ellenbogen, und eine kleine Platzwunde auf der Stirn. Nachdem sie sich überzeugt hatte, dass ansonsten alles heil war, versuchte sie, sich in der neuen Ebene der Höhle, in die sie gestürzt war, zurechtzufinden. Tastend fand sie heraus, dass sie sich in einem riesigen Höhlensystem mit einer Unzahl von verschlungenen Gängen befand; tastend deswegen, weil hier unten im Gegensatz zu der höheren Etage kein phosphoreszierendes Licht ein Erkennen der Umgebung möglich machte. Es herrschte absolute Finsternis.

Shadowcat war kalt, sie hatte Schmerzen und sie fürchtete sich. Aber die Aufgabe, die sie sich gestellt hatte, die Aufgabe, Josh den Klauen Veronika Vranjas zu entreißen und mit ihm, Marijana, Lian und Abebi von dieser Horrorinsel zu entkommen, trieb sie mit unbezwingbarer Entschlossenheit an.

Ich muss einen Weg nach oben finden, dachte sie sich, *um die gefangenen Männer zu befreien.*

Wie sie die Männer befreien wollte, darüber hatte sie sich noch keine Gedanken gemacht. Nachdem sie die Verhältnisse in dem sogenannten landwirtschaftlichen Betrieb nicht kannte, hatte es auch gar keinen Sinn, sich vorher schon damit zu beschäftigen. Im Moment war nur wichtig, dass sie einen Weg nach oben fand. Alles Weitere würde sich dann schon ergeben.

Während sie sich Schritt für Schritt ihren Weg durch die unheimliche Dunkelheit ertastete, versuchte sie telepathisch Kontakt mit Josh und ihren Schwestern aufzunehmen, um sie wissen zu lassen, dass sie am Leben und wieder unterwegs war. Aber es gelang ihr nicht.

Josh war zu der Zeit gerade dabei, seinen Ausbruch zu planen, um seinerseits ihr zu Hilfe eilen zu können, Lian kämpfte gegen das Betäubungsmittel an, dass sie nicht aufwachen lassen wollte, Abebi schwang sich wie ein kleines Äffchen durch die Baumkronen des Urwaldes, um Marijana beizustehen und Marijana selbst stand durch das Gift zweier Betäubungspfeile an der Schwelle des Todes.

Immer weiter und ohne jede Orientierung suchte sich Shadowcat ihren Weg durch die Finsternis. Diese absolute Dunkelheit, wie sie Shadowcat noch niemals in ihrem ganzen Leben erlebt hatte, wirkte bedrückend und erdrückend auf das tapfere, kleine Indianermädchen. Die einzigen Laute in dieser unbekannten, schweigsamen Welt waren die Schritte ihrer kleinen, nackten Füße, das laute, furchtsame Schlagen ihres Herzens und ihr unnatürlich laut wirkender, stoßweiser Atem, in dem sie deutlich ihre eigene Angst hören konnte.

Das Unbekannte, das in der Dunkelheit verborgen lag und das überall drohend auf sie zu lauern schien, bereitete ihr ein unheimliches Grausen und jagte ihr einen eisigen Schauer über den Rücken.

Ich bin kein kleines Mädchen mehr, das sich vor der Dunkelheit fürchtet, sagte sie sich selbst, um sich Mut zu machen und die Furcht in die Finsternis zurückzujagen, aus der sie über sie gekommen war. Und es half. Das bedrückende Gefühl der Blindheit, mit der sie hier konfrontiert war, konnte sie zwar nicht verscheuchen. Aber die Furcht vor dem Unbekannten verbannte sie aus ihrem kleinen, tapferen Herzen.

So schritt sie, zwar immer noch vorsichtig sich an den Felswänden entlang tastend und ihre Füße immer nur behutsam auf den Boden setzend, um nicht noch weiter in eine namenlose Tiefe zu stürzen, beherzt weiter.

Zeit schien in dieser Welt ohne Licht nicht zu existieren, genauso wie der Ort selbst nicht real zu sein schien. Shadowcat konnte nichts von ihm sehen und nur das von ihm wahrnehmen, was sie mit ihren Händen ertasten und unter ihren Füßen fühlen konnte; kalten Stein, der niemals größer war, als die Fingerspitzen, mit denen sie ihn befühlte und die zarten Sohlen ihrer kleinen Füße, mit denen sie darauf stand. Shadowcat fühlte sich wie ein Hamster in einem Laufrad, der immer weiter läuft und doch nicht vorwärts kommt. Aber sie wusste, dass es nicht so war. Sie bewegte sich, auch wenn sie keine Ahnung hatte, wohin die Richtung, die sie eingeschlagen hatte, sie führen würde und ob sie überhaupt irgendwohin führte. Aber das würde sie herausfinden, wenn sie am Ende dieses Weges angekommen wäre. Die Sorge um Josh und Marijana, sowie auch um Lian und Abebi trieb sie voran.

Um ihretwillen muss ich es schaffen, sagte sie sich. *Um ihretwillen muss ich einen Ausweg aus dieser Höhle finden und die gefangenen Männer befreien.*

Shadowcat war sich nicht sicher, ob der Pfad dem sie folgte anstieg, oder sie immer tiefer in die Eingeweide der Insel führte. Als sie aber endlich einen matten Schimmer in der Ferne vor sich wahrnahm, glaubte sie, den rettenden Ausgang gefunden zu haben und beschleunigte sie ihre Schritte, um dem Licht der Sonne entgegenzueilen.

Die Enttäuschung darüber, dass sie nur wieder in Bereiche der Unterwelt vorgedrungen war, in der ein schwaches, phosphoreszierendes Leuchten ein Erkennen der gewaltigen Felsmassen, die sie verschlungen hatten, erlaubte, konnte kaum der Freude darüber weichen, wieder etwas sehen zu können, denn das, was sie sah, war nicht geeignet, die Hoffnung in ihr zu wecken, einem rettenden Ausgang aus dem Inneren der Erde nahe zu sein. Sie stand in einem riesigen Gewölbe aus massivem Fels und vor ihr breitete sich das schwarze Wasser eines unterirdischen Sees aus. Shadowcat fragte sich, ob das vielleicht auch wieder eine Höhle wäre, die vom Meer aus zu erreichen war.

Dann, so überlegte sie, *müsste das Wasser salzig sein.*

Sie kniete sich ans Ufer des Sees, schöpfte mit ihren Händen das kühle Nass und kostete. Das Wasser war süß. *Kein Ausgang aus der Höhle,* dachte sie sich, *aber Trinkwasser!*

Und gierig ließ sie das lebensspendende Element durch ihre Kehle rinnen.

Wohin jetzt? fragte sie sich, als sie ihren Durst gestillt hatte und über die spiegelglatte Oberfläche des Wassers blickte. Auf der anderen Seite des Sees schien sich ebenfalls eine Öffnung im Felsen zu befinden. Shadowcat blickte noch einmal zurück in die Dunkelheit, aus der sie gekommen war. Dieser Weg zurück hatte sehr wenig verlockendes. Also wandte sie sich wieder dem See zu. Vorsichtig stieg sie in das dunkle Wasser. Es war kalt, aber es tat ihrem geschundenen Körper gut. Das Ufer fiel steil ab. Shadowcat verlor nach zwei Schritten den Boden unter den Füßen und schwamm dem gegenüberliegenden Ufer zu. Als sie ungefähr die Hälfte des Sees durchquert hatte, glaubte sie unter der Wasseroberfläche vor sich etwas zu sehen, eine Bewegung, oder einen Schatten. Aber hätte sich auf der Oberfläche nicht eine kleine Welle gebildet, hätte sie geglaubt, sich getäuscht zu haben. Shadowcats Herz begann wieder lauter zu schlagen, während sie sich beeilte, ans rettende Ufer zu gelangen. Als sie aus dem Wasser stieg, hörte sie ein lautes Rauschen hinter sich, so als ob der gesamte See kochen würde. Sie presste sich mit dem Rücken an den Felsen und blickte sich um. Irgend etwas großes, dunkles bewegte sich schlangenartig auf sie zu. Shadowcat wartete nicht ab, bis das Wesen das Ufer erreichte, um es einer genaueren Untersuchung zu unterziehen, sondern flüchtete, so schnell sie ihre Beine trugen, in den hier endenden Gang. In dem schwachen Licht, das sie umfing, konnte sie deutlich erkennen, dass der gut gangbare Weg leicht, aber stetig aufwärts führte. Mit jedem Schritt, den Shadowcat machte, wuchs ihre Zuversicht, endlich auf dem richtigen Weg zu sein. Als sie aber etwa eine halbe Stunde dem Tunnel gefolgt war, verwandelte sich die leichte Steigung plötzlich in ein steiles Gefälle.

Durch die vielen, engen Windungen des Stollens konnte Shadowcat nicht weit in den sich vor ihr auftuenden Abgrund blicken. Sie hoffte, dass der Abstieg, den sie an dieser Stelle beginnen musste, nur eine kurze Unterbrechung der bisher kontinuierlichen Steigung des Weges bedeuten würde. Und da ihr der Weg zurück durch irgendein in dem unterirdischen See hausendes Wesen versperrt war, blieb ihr auch gar keine andere Wahl, als den beschwerlichen und gefährlichen Abstieg zu wagen, denn sie hatte keine große Lust, herauszufinden, ob dieses Wesen vielleicht ein ganz harmloses Geschöpf war, das sie nur aus seinem Schlaf geweckt hatte.

Der Abstieg in das immer steiler werdende Loch gestaltete sich als viel schwieriger und kräftezehrender, als Shadowcat vermutet hatte. Bald ging es fast senkrecht nach unten und Shadowcat konnte sich nur noch springend von einem Vorsprung zum nächsten vorwärtsbewegen. Sie fürchtete schon, dass die Windungen des Loches, in das sie stieg aufhören würden. Dann würden ihr die glatten Wände keinen Halt mehr bieten. Und wenn der matte, grünliche Schimmer erlöschen würde, dann wäre sie auch verloren, denn ohne Licht war es unmöglich, einen solchen Abstieg unverletzt zu überstehen. Zurück konnte sie auch nicht, dafür waren die Wände dieses gewundenen Lochs einfach zu glatt.

Zu ihrer Erleichterung trat weder das eine, noch das andere ein.

Shadowcat hatte keine Ahnung, wie weit sie schon nach unten gestiegen war, aber eines war klar: Es war ein Vielfaches von dem, was sie in dem ansteigenden Gang an Höhe gewonnen hatte. Irgendwann begann sie schon zu überlegen, was sich auf der anderen Seite der Erde, gegenüber von St. Bernadette befand, als der Weg vor ihr langsam wieder flacher wurde. Trotzdem stieg sie immer weiter abwärts und war nur froh darüber, dass sie noch keinen Mangel an Sauerstoff verspürte. Als das Gefälle dann endlich aufhörte und sich vor ihr wieder ein ebener, wenn auch sehr schmaler Weg erstreckte, fasste sie neue Hoffnung.

Der Weg war eng und beschwerlich. Oft hatte Shadowcat das Gefühl, wieder an einem Ende angelangt zu sein. Aber jedes Mal gelang es ihr, ihren kleinen, schlanken und biegsamen Körper doch wieder durch die engen Spalten zu zwängen, die ein Weiterkommen von ihr verhindern zu wollen schienen.

Shadowcat wusste nicht, wie lange sie unterwegs war. Sie hatte in dieser abgeschiedenen Welt schon längst das Zeitgefühl verloren. Aber dass es viele Stunden sein mussten, die sie sich jetzt schon durch die Eingeweide der Erde kämpfte, das merkte sie allein schon an ihrer einsetzenden Müdigkeit und der lähmenden Erschöpfung.

Als der Weg, auf dem sie sich mühsam vorwärts arbeitete, sich an einer Stelle wieder so weit verbreiterte, dass sie sich auf dem Boden ausstrecken konnte, ließ sie sich erschöpft auf den Boden fallen, um sich ein wenig auszuruhen. Aber sie hatte sich kaum ausgestreckt und ihre Augen geschlossen, als ein leichtes Beben, das von einem dumpfen und Unheil verkündenden Rumoren aus dem Inneren der Erde begleitet wurde, sie wieder hochschrecken ließ.

Wie gerne hätte Shadowcat sich ein wenig Ruhe gegönnt, aber der Berg, der sich als Insel aus dem Meer erhob und in deren Innerem sie sich unfreiwillig befand, vergönnte ihr diese Verschnaufpause nicht. Müde und erschöpft ging sie weiter. Und es dauerte nicht lange, bis sie einen frischen Lufthauch über ihr Gesicht und ihren nackten Körper streifen fühlte. Vor Freude, einem Ausgang aus dem Labyrinth im Inneren der Erde nahe zu sein, war sie den Tränen nah. Alle Müdigkeit war verschwunden und sie eilte, so schnell es der schmale, plötzlich steil ansteigende Pfad zuließ, der frischen Luft entgegen.

Das matte Leuchten der unterirdischen Welt, der sie entfloh, wurde immer schwächer, je näher sie dem Ausgang kam. Wieder kletterte sie durch völlige Dunkelheit. Und nachdem sie sich durch einen letzten, schmalen Spalt gezwängt hatte, stand sie plötzlich unter einem unwirklichen, strahlenden Sternenhimmel.

Shadowcat breitete ihre Arme aus und ließ ihren Tränen freien Lauf. Jetzt, wo die Erde sie wieder hatte, wurde die kleine Indianerin sich erst bewusst, wie groß die Anspannung und die Angst gewesen waren, die sie auf ihrem unheimlichen und gefahrvollen Weg durch das Innere der Insel ausgestanden hatte.

Die frische Nachtluft tat ihrem schmutzigen und schmerzenden, kleinen Körper gut. Nachdem Shadowcat ein paar mal tief durchgeatmet hatte, wischte sie sich die Tränen aus den Augen und blickte wieder in die Sterne. Eigenartigerweise war der Sternenhimmel über ihr nur ein sehr begrenzter und fast kreisrunder Flecken in einer ansonsten stockfinsteren Nacht. Sie trat noch einen Schritt weiter von der Felsspalte weg, um besser sehen zu können, da gab ein Stein unter ihren Füßen nach und polterte in einen finsteren Abgrund vor ihr. Shadowcat konnte gerade noch zurückspringen. Und als ihre Augen sich langsam an das schwache Sternenlicht gewöhnt hatten, sah sie zu ihrem Entsetzen, dass sie tief in einem gewaltigen Trichter stand, dessen steile Felswände bis zu den Sternen zu reichen schienen.

Ich kann nicht mehr, dachte sie sich resigniert und ließ sich erschöpft auf den nackten Fels nieder, auf dem sie sich befand. Im Dunkel der Nacht hätte sie einen Aufstieg ohnehin nicht wagen können. Und das Licht des neuen Tages würde ihr hoffentlich einen Weg nach oben zeigen.

Da sie im Moment nichts mehr tun konnte, drückte sie sich ganz dicht an die Felswand neben der Öffnung, aus der sie vor einigen Minuten gestiegen war und überließ sich der Mattigkeit, die ihren Körper und ihren Geist erfasst hatte. Nach wenigen Minuten war Shadowcat vor Erschöpfung eingeschlafen.

Auch Lian, Abebi und Marijana schliefen. Sie lagen eng aneinandergedrückt und sich mit ihren schlanken Armen umschlingend auf dem dicken Ast, auf dem Lian immer wieder den Brei aus zerkauten Knollen Marijana eingeflößt hatte. So war es auch kein Wunder, dass Marijana, die so viele Stunden betäubt gewesen war, erwachte, während Lian und Abebi sich noch in tiefem Schlaf befanden.

Marijana wunderte sich über den unangenehmen, bitteren Geschmack, den sie noch im Mund hatte und stellte sich die obligatorische und in ihrer Situation allgemein anerkannte Frage: *Wo bin ich?*

Da sie aber in den Armen Abebis und Lians aufgewacht war, fühlte sie sich zumindest halbwegs sicher und geborgen. Zärtlich küsste sie ihre beiden kleinen Schwestern und befreite sich sanft aus deren Armen. Erst als sie aufstand, bemerkte sie, dass sie sich auf einem Ast hoch über dem Boden befand. Eigentlich war sie schwindelfrei. Aber jetzt fühlte sie sich noch sehr schwach und wackelig auf den Beinen und kniete sich in Anbetracht der gähnenden Tiefe unter sich vorsichtig wieder hin.

So viele Fragen quälten sie. Aber sie wollte Lian und Abebi nicht wecken, um sie ihnen zu stellen. Der Schnitt in ihrem Fuß war frisch verbunden und schmerzte nicht mehr.

Josh? fragte sie in Gedanken. *Kannst Du mich hören?*

Aber fast im selben Moment vernahm sie das kaum wahrnehmbare Geräusch fast lautloser Schritte und fuhr erschrocken herum. Einer der schwarzen Panther kam auf dem dicken Ast langsam und geschmeidig auf sie zugeschritten.

„Ganz ruhig!" sagte sie, ohne zu wissen, ob sie den Panther oder sich selbst damit beruhigen wollte, tastete hinter sich und rüttelte vorsichtig, um keine ruckartige Bewegung zu machen, an Lians Fuß. Lian erwachte sofort und sah den Panther seinen Kopf an Marijana reiben, während er sich auf weichen Samtpfoten an ihr vorbeischob.

„Abebi!" sagte sie leise und rüttelte das kleine nackte Afarmädchen leicht an der Schulter. Auch Abebi erwachte augenblicklich. Und fast im gleichen Augenblick, in dem sie die Augen öffnete, spürte sie die raue Zunge des Panthers über ihr Gesicht lecken. Die drei Mädchen wagten vor

Schreck nicht, sich zu bewegen. Über Abebis kleinen, dunklen Mädchenkörper zog eine Gänsehaut und sogar die winzigen Knospen auf ihren noch so wenig entwickelten Brüsten zogen sich zusammen und richteten sich auf, als der Panther von ihrer Wange über ihren Hals bis über ihre kleinen Brüste leckte. Dann erkannte sie ihn.

„Ajani!" flüsterte sie furchtsam und doch irgendwie erleichtert. Was hatte seine Besitzerin doch gesagt?

Ich glaube, Ajani mag die Kleine!

Ajani schien sie wirklich zu mögen. Und Shadowcat hatte ihr außerdem versprochen, dass sie die Panther nicht mehr fürchten müsste. Zaghaft legte sie ihren Arm um Ajanis Hals und kraulte ihn. Der stolze Panther warf sich auf den Rücken und ließ sich von dem schüchternen, kleinen Dschungelmädchen, das Leoparden immer gefürchtet hatte, mit sichtlichem Genuss den Bauch kraulen.

Die drei Mädchen atmeten erleichtert auf. Da hörten sie einen leisen, unterdrückten Ruf.

„Ajani, wo bist Du?"

Marijana erkannte ebenso wie Lian sofort die Stimme und rief deshalb genauso leise nach unten in den Wald: „Josh, wir sind hier!"

„Marijana!?" erwiderte Josh aus der Dunkelheit. Aber die Freude, die Erleichterung und die Liebe, die in diesem einen Wort mitschwangen, entgingen den Mädchen nicht.

Josh hängte sich seine Kette, die es ihm so schwer gemacht hatte, sich leise durch den Wald zu bewegen, um den Patrouillen der Suchmannschaften nicht in die Hände zu laufen, über die Schulter und kletterte geschickt auf den hohen Ast, auf dem schon Ajani auf die drei Mädchen gestoßen war. Eine lange Sekunde blickten sich Josh und Marijana, die ihm am nächsten war, nur in die Augen. Dann warf sich das nackte, blonde Mädchen, das Josh so schmutzig und abgekämpft, wie es war, noch schöner und anmutiger erschien, als jemals zuvor, an seine Brust und sie umschlangen sich mit ihren Armen und hielten sich so fest, als wollten sie sich nie wieder loslassen.

Die Angst, sich gegenseitig verloren zu haben und die Selbstvorwürfe, nicht in der Lage gewesen zu sein, dem andern zu helfen, machten dem Gefühl tiefer, ehrlicher Liebe Platz. Viele Minuten hielten sie sich so, schweigend und mit geschlossenen Augen.

Lian und Abebi sahen den beiden Verliebten zu und wagten nicht, diesen Moment des Friedens und der Zweisamkeit zu stören, obwohl sie beide ein Gefühl von Eifersucht in sich spürten. Aber es war keine Eifersucht voller Missgunst und Neid, sondern nur die eigene Sehnsucht nach Joshs Armen und dem Halt, den er ihnen geben konnte, es war ihre unendliche, ihre unsterbliche Liebe, die so stark war, dass sie schmerzte.

Über Ajanis Bauch hinweg tastete Abebi nach Lians Hand. Und die beiden hielten sich ganz fest. Als Josh seine Augen öffnete und sein Blick über Marijanas Schulter hinweg auf Lian und Abebi fiel, zwischen denen sich Ajani auf dem Rücken wälzte, wollte er Lian beim Namen rufen. Aber vor Rührung über dieses unerwartete Zusammentreffen mit drei der vier geliebten Mädchen, versagte ihm die Stimme. Erst nach einem kurzen, tränenerstickten Räuspern, gelang es ihm, die beiden leise aufzufordern: „Kommt her!"

Und ohne zu zögern stürzten sich auch Lian und Abebi in Joshs Arme. Sie kosteten diesen langen, schweigsamen Moment der Wiedersehensfreude aus, bis Ajani ein leises, kehliges Knurren hören ließ.

„Leise!" flüsterte Josh, der durch Ajanis Warnung sofort wieder hellwach war. Sich noch in den Armen liegend, lauschten die vier Liebenden in den stillen Wald unter und um sich. Nur die Stimmen der Tiere, die im Urwald niemals verstummen waren zu hören und aus der Ferne die Brandung.

Erst nach einigen Minuten aufmerksamen Lauschens und Spähens nahmen sie die Lichtkegel von Taschenlampen wahr, die den Wald durchschnitten. Abebi zog die anderen dichter an den gewaltigen Stamm des Baumes, auf dem sie sich verbargen und die Suchmannschaft marschierte schweigend am Boden des Urwaldes unter ihnen hindurch, ohne auch nur zu ahnen, dass diejenigen, die sie suchten, sich weit über ihnen befanden. Als die Lichtkegel sich wieder soweit entfernt hatten, dass sie von ihrem erhöhten Standort nicht mehr auszumachen waren, setzten sich die vier ganz eng am Stamm des Baumes zusammen.

„Wisst ihr etwas von Shadowcat?" fragte Josh flüsternd? Die drei Mädchen verneinten.

„Dann muss ich auf die andere Insel!" sagte Josh noch immer flüsternd, aber mit Bestimmtheit. Und ohne zu zögern erhob er sich, um wieder vom Baum zu klettern.

„Warte!" sagten Marijana und Lian gleichzeitig und griffen nach seinen Händen, um ihn aufzuhalten. Und Abebi sagte mit einem Blick auf die lange, schwere Kette, mit der sich Josh noch immer abschleppen musste: „Damit kannst Du die Insel nicht erreichen. Du wirst ertrinken!"

„Warte Josh!" wiederholte Marijana noch einmal und zog Josh wieder in die Hocke. Ihr war die Kette, der schwere Cockring und die neue Erektion Joshs, die er nicht hatte unterdrücken können, als die jungen, nackten Körper der drei sich so sehr voneinander unterscheidenden Mädchen, die sich in ihren Gedanken und Gefühlen doch so ähnlich waren, an ihn gepresst hatten, ebenfalls nicht entgangen.

„Abebi hat Recht!" unterstützte sie das Argument des kleinen Afarmädchens und bat Josh: „Setz Dich bitte wieder und lass uns gemeinsam überlegen, was wir tun können."

Josh zögerte einen Moment und biss sich auf die Lippen. Shadowcat war in Gefahr und er musste ihr irgendwie helfen. Nur wie? Marijana hatte Recht. Marijana, Lian und Abebi waren zwar noch so jung und in vielen Dingen des Lebens unerfahren. Aber sie waren auch unverdorben und sahen vieles klarer als andere Menschen, weil sie die Welt nicht nur mit ihren Augen, sondern auch mit ihren Herzen betrachteten. Es war gut, sich mit denen, die er liebte und die so sehr für ihn und um ihn gekämpft hatten, zu beratschlagen. Josh nickte und setzte sich wieder zu den drei Mädchen und Ajani, der sich wieder wie eine kleine Schmusekatze auf Abebis Beine ausgestreckt hatte. Dann erzählten die vier sich erst einmal so ausführlich wie nötig und so kurz wie möglich, wie sie an diesen Ort gekommen waren, an dem sie sich wiedergefunden hatten. So erfuhr Marijana auch jetzt erst aus Lians Mund, auf welche Weise sie gerettet worden war und war voller Dankbarkeit und Liebe für Abebi und Lian.

Josh hätte gerne vermieden, die Mädchen anzusehen, während er ihnen zuhörte. Obwohl die Sorge um Shadowcat sein Herz zerreißen wollte und er keinerlei Begierde verspürte, erregte ihn der Anblick dieser drei nackten Mädchen, denen er gegenübersaß. Und der peinliche Cockring verstärkte seine schmerzhafte Erektion, die er mit seinen Knien erfolglos zu verbergen versuchte, auch noch. Den Mädchen ging es allerdings nicht besser, als ihm. Auch ihre Herzen brannten vor Sorge um Shadowcat. Aber auch ihre Blicke suchten immer wieder Joshs muskulösen Körper, der zwar etwas abgezehrt wirkte, aber dadurch nur noch klarer definiert war und mehr noch als vorher schon wie die lebendig gewordene Statue eines griechischen Helden wirkte. Sein schönes, männlich-markantes Gesicht mit den blauen Augen, die in der Dunkelheit aufzublitzen schienen, fesselte die verliebten Mädchen. Aber trotzdem wanderten ihre Blicke immer wieder sehnsüchtig auch auf sein hartes, steil aufgerichtetes Glied, auf dessen dunkelroter, praller Eichel sich die glatte Haut spannte.

Während Lian ihre Erlebnisse schilderte, machte sich Abebi von Ajani frei und verschwand kurz in der Dunkelheit. Marijana konnte und wollte sich nicht beherrschen und tastete behutsam nach Joshs Penis. Zärtlich legte sie ihre kleine Hand auf seine erregte Eichel, die durch diese Berührung zuckte und noch weiter anschwoll. Marijana machte nichts. Ihre Hand lag nur ganz sanft auf Joshs pulsierender Eichel, während sie weiter Lians Bericht lauschte. Aber für Joshs überreizten Penis war diese zärtliche Berührung so intensiv, dass sich seine Erregung bis zum Höhepunkt steigerte. Ohne dass er seine Ekstase zeigte, ergoss sich sein konvulsivisch zuckender Penis plötzlich in Marijanas Hand. Erst als Marijana den gewaltigen Druck dieser Entladung in ihrer Handfläche spürte, schlossen ihre Finger sich zärtlich fester um Joshs pralle Eichel, mit dem Ergebnis, dass Joshs lange anhaltender Orgasmus sich in immer neuen Stößen in Marijanas kleine, zärtliche Hand entlud. Lian unterbrach ihren Bericht, als sie das Ergebnis von Marijanas harmloser Berührung bemerkte und verschlang den Vorgang mit sehnsüchtigen Augen. Auch Abebi kam noch in der Zeit zurück, um Joshs gewaltigen Samenerguss, der unter Marijanas geschlossener Hand hervorquoll, mit Faszination zu beobachten.

Joshs Atem ging noch schwer und stoßweise, als er leise sagte: „Es tut mir leid. Das war nicht beabsichtigt."

Die Röte, die dabei über sein Gesicht zog blieb den Mädchen durch die Dunkelheit der Nacht verborgen.

„Es muss Dir nicht leid tun, Josh. Es war doch meine Schuld!" erwiderte Marijana sofort auf Joshs Entschuldigung, beugte sich zu ihm, ohne seine Eichel loszulassen und küsste zärtlich seine Lippen.

„Mein wunderschöner yīnjīngtóu!" flüsterte Lian und fragte dann: „Soll ich weitererzählen?"

Josh nickte und wollte Lian antworten. Aber Abebi kam ihm zuvor.

„Warte!" sagte sie zu Lian und wendete sich dann an Josh. Aus ihrer kleinen Tasche zog sie ein paar kleine, hellrote Beeren, die sie ihm mit den Worten reichte: „Iss das, Josh. Das hilft gegen das Fieber."

Josh blickte dem kleinen, schwarzen Mädchen, das nackt vor ihm auf dem Ast kniete, tief und fast ehrfürchtig in die Augen. Er hatte sich keine Schwäche anmerken lassen, seit Ajani ihn zu den drei geliebten Wesen geführt hatte. Und trotzdem hatte Abebi sein Fieber bemerkt und ihm sofort eine Medizin dagegen gebracht.

Abebi senkte verlegen die Augen, als sie Joshs Blick so dankbar und verliebt auf sich spürte. Sie wurde sich ihrer eigenen Nacktheit bewusst. Und obwohl dieser Zustand für sie am natürlichsten von ihnen allen war, durchlief sie ein erregender Schauer und sie wünschte sich, dass Josh ihren Körper mit dem selben Begehren betrachten würde, wie er die Körper von Marijana und Lian betrachtete.

Josh griff nach den Beeren, nahm dabei aber behutsam Abebis kleine Hand in seine und führte sie an die Lippen.

„Danke, meine wunderschöne, kleine Abebi", flüsterte er. Abebis gesenkter Blick fiel auf Joshs Penis, auf dem noch immer zärtlich Marijanas Hand ruhte. Durch den eng anliegenden Cockring hatte sich Joshs Erektion noch nicht zurückgebildet. Abebi bemerkte mit Bestürzung Joshs geschwollene und dunkel verfärbte Hoden und machte sich sofort Vorwürfe, dass sie ihm nicht zu Hilfe gekommen war, als ihm das angetan worden ist. Sie hatte nicht gesehen, dass jemand Josh so sehr misshandelt hatte, als sie auf ihrem Baum über Josh gewacht hatte.

„Darf ich?" fragte sie schüchtern und tastete unsicher nach Joshs gepeinigten Genitalien, von denen noch sein Sperma tropfte.

Marijana zog ihre Hand zurück, um Abebi Joshs Penis zu überlassen und verrieb die warme, zähflüssige Masse, die sie daran kleben hatte, auf ihren vollen Brüsten, während Josh, der eben die Beeren probiert hatte, mit vollem Mund antwortete: „Bitte Abebi, ich kann nicht mehr!"

„Ich will mir die Schwellung ansehen!" erwiderte Abebi.

Josh musste über seinen Gedanken, über die Annahme, dass Abebi jetzt, in dieser Situation auf irgend eine Weise Sex mit ihm haben wollte, selbst lachen und löste damit sofort die peinliche Situation.

„Entschuldige bitte," sagte er, „ich dachte …"

Er wusste nicht, wie er formulieren sollte, was er gedacht hatte. Aber Abebi hatte ihn, ebenso wie Marijana und Lian verstanden. Und sie konnte ihm seine Vermutung nicht übel nehmen, denn sie sehnte sich wirklich so sehr danach, Josh zu berühren und von ihm berührt zu werden. Aber ebenso wie ihm und ihren beiden Schwestern ließ die Sorge um Victoria ihr keine Ruhe.

Ohne ein weiteres Wort ließ Josh Abebis Untersuchung über sich ergehen. Und es war ihm sichtlich unangenehm, dass sein eigentlich erschöpfter Penis auf die sanften Berührungen ihrer vorsichtig tastenden Finger mit einem erneuten Anschwellen reagierte.

Abebi war jetzt völlig Ärztin. Sie hielt Joshs harten, erigierten Penis in ihren Händen und tastete ihn in seiner ganzen Länge ab, ohne sich um das erregende Gefühl zu kümmern, das ihr diese Berührung bereitete. Sie spürte die Stellen, an denen Veronika Vranjas Stock ihn getroffen hatte. Sie spürte die harten Verdickungen unter der Haut, die man mit den Augen nur an den dunklen Verfärbungen erkennen konnte.

„Das wird wieder!" sagte sie beruhigt und widmete sich dann den schlimmer aussehenden Hoden. Ganz behutsam befühlte sie lange und sorgfältig die blaugrüne Schwellung und meinte dann: „Du hast da innen einen Riss. Damit hättest Du eigentlich gar nicht mehr laufen können dürfen. Von dem Riss kommt auch Dein Fieber. Aber ich glaube, er hat sich schon wieder geschlossen. Wenn Du die Beeren aufgegessen hast, wird Dein Fieber bald zurück gehen."

Josh hatte wirklich sehr gute Selbstheilungskräfte. Und der Riss in seinem Gewebe hatte sich inzwischen tatsächlich schon wieder geschlossen. Als Abebi sich wieder erhob, drückte sie Joshs Penis kaum merklich ein wenig fester, bevor sie ihn losließ und sagte: „Ich hole Dir noch was gegen die Schwellung."

Josh hatte den zärtlichen Druck von Abebis kleiner Hand gespürt und dankbar angenommen.

„Sie ist unglaublich!" sagte er leise, aber voller Bewunderung zu Marijana und Lian, als Abebi sich schon wieder in die Baumkronen geschwungen hatte.

„Ja, das ist sie!" bestätigte Lian mit nicht weniger Bewunderung. Marijana nickte ebenfalls und forderte Lian dann auf, weiter zu erzählen.

Lian schilderte ihre Begegnung mit Janotschka und sagte dann: „Ich dachte Tatsu Li wäre auf St. Bernadette *die* Kämpferin gewesen. Aber gegen diese Janotschka konnte ich nichts ausrichten. Sie ist unglaublich stark!"

Abebi kam einige Zeit später wieder zurück. Sie hatte in einem großen, schlauchförmigen Gewächs frisches Wasser mitgebracht, von dem alle tranken. Mit dem Rest wusch Abebi mit Joshs Erlaubnis das fast schon getrocknete Sperma von seinem Penis und Hodensack.

„Wie haben sie Dir den Ring angelegt?" fragte sie dabei, da es ihr unmöglich erschien, einen so eng sitzenden, metallenen Ring über Penis und Hoden zu streifen, selbst wenn diese nicht so dick angeschwollen wären, wie die von Josh.

„Es muss irgendwo einen Verschluss geben", antwortete Josh. „Irgendwie muss er wieder zum Öffnen gehen." Abebi untersuchte im ersten schwachen Licht der anbrechenden Morgendämmerung den Ring und stellte enttäuscht fest: „Ich kann nichts entdecken."

Auch Marijana meinte nach eingehender Untersuchung: „Es scheint aus einem massiven Stück zu sein."

Erst Lian entdeckte zwei sich gegenüber liegende Linien, die so fein waren, dass sie mit bloßem Auge kaum auszumachen waren. Mit aller Kraftanstrengung aber ohne Erfolg versuchte sie den Ring an diesen Stellen auseinanderzuziehen. Auch Josh konnte mit seiner gewaltigen Körperkraft nichts ausrichten und gab den Versuch, sich von dem Cockring zu befreien, schließlich auf.

Abebi breitete ihm eine Salbe aus zerstampften Blättern und Wurzeln und rieb damit seine Hoden ein.

„Das brennt ein bisschen", warnte sie ihn vorsichtshalber, beruhigte ihn aber sofort damit, dass sie versprach: „Aber das vergeht bald. Und dann geht auch die Schwellung zurück."

Das Brennen war nicht schlimm. Josh hatte das Gefühl, schon während des Auftragens die Wirkung der Salbe zu spüren. Als Abebi fertig war, erzählte er den Mädchen, wie es ihm gelungen war zu entkommen und wie er mit Ajanis Hilfe schließlich die drei gefunden hatte. Auch Abebi erzählte noch ihre Erlebnisse, soweit die anderen sie noch nicht aus Lians Bericht kannten und erwähnte dabei auch noch einmal Janotschkas Resistenz gegen ihre Betäubungspfeile.

„Das scheint eine außergewöhnliche Frau zu sein." meinte Josh, als er zum zweiten Mal von der großen Russin hörte.

Abebi machte dann den Vorschlag, dass sie alle vier gemeinsam versuchen sollten, Kontakt zu Victoria zu bekommen.

„Aber natürlich!" meinte Josh sofort und fragte sich: „Warum sind wir da nicht längst darauf gekommen?"

„Nehmt euch bei den Händen!" forderte Abebi die anderen auf. Lian, Marijana und Josh gehorchten. Als sie auf diese Weise einen Kreis gebildet hatten, schlossen sie auf Abebis Anordnung ihre Augen und überließen sich der Führung dieses kleinen, schwarzen Mädchens mit der außergewöhnlichen spirituellen Gabe.

Shadowcat war noch in einem tiefen Traum von einem früheren Leben an der Seite von Josh gefangen, als der Josh der Gegenwart zusammen mit Abebi, Lian und Marijana in ihre Gedanken trat und sich damit die schönen Bilder verliebter Zweisamkeit wie kleine Wölkchen auflösten.

Shadowcat wo bist Du? hörte sie Joshs Stimme fragen. Sie öffnete die Augen, um sich zu überzeugen, ob Josh und ihre Schwestern nicht wirklich bei ihr waren. Aber sie war allein. Langsam stand sie auf und sah sich um. Sie stand auf einem kleinen Vorsprung mitten in einer steilen Felswand, die fast senkrecht über hundert Meter aufragte und einen Trichter von etwa hundertfünfzig Meter im Durchmesser bildete. An der oberen Kante reflektierte sich das rote Licht des Sonnenaufgangs. Und unter sich sah Marijana nur eine gähnende Tiefe, in die das schwache Licht der Morgendämmerung noch nicht vorzudringen vermochte.

Sie hatte den Urgewalten des Ozeans getrotzt, war mit einem Hai geschwommen und dann so weit durch das Innere der Erde gekrochen, nur um jetzt in einem Krater zu stehen, dessen Wände sie niemals erklimmen konnte.

Ich bin verloren, dachte sie sich erschaudernd.

Shadowcat wo bist Du? fragte Josh besorgt noch einmal. Abebi, Lian, Marijana und er hatten ihren Gedanken aufgeschnappt und ihre Verzweiflung und Resignation gespürt. Durch Joshs Stimme in ihrem Kopf wurde sich Shadowcat erst wieder der gedanklichen Verbindung bewusst, die zwischen ihnen herrschte.

Josh, entschuldigte sie sich betrübt auf die gleiche, telepathische Weise bei ihm, *ich kann die anderen Männer in dem landwirtschaftlichen Betrieb nicht befreien. Ich kann Dir keine Hilfe bringen. Bitte verzeih mir. Ich …*

Josh ließ Shadowcat nicht weitersprechen, sondern fragte sie zum dritten mal mit kaum noch zu beherrschender Sorge um das so sehr geliebte, tapfere, kleine Indianermädchen: *Wo bist Du?*

Shadowcat blickte sich noch einmal um, wie um sich selbst davon zu überzeugen, dass sie nicht träumte und antwortete dann: *Ich bin im Vulkankrater!*

Josh riss seine Augen auf und blickte von dem erhöhten Ast, auf dem er sich mit Marijana, Lian und Abebi befand, über die Baumwipfel zu dem entfernten, angeblich erloschenen Vulkan, der in der letzten Nacht wieder gegrollt hatte. Er konnte sich zwar nicht erklären, wie Shadowcat dorthin gelangt war, aber das konnte sie ihm auch erzählen, wenn sie wieder vereint waren.

Bleib, wo Du bist, mein Herz. Ich komme zu Dir!

Sein Blick traf den der drei Mädchen, die noch händehaltend einen Kreis mit ihm bildeten.

Wir kommen alle vier! verbesserte er sich, als er in den Augen der Mädchen sah, dass sie ihn begleiten würden, ob es ihm passte oder nicht.

Bist Du frei? fragte Shadowcat fast euphorisch vor aufkeimender Hoffnung zurück, als sie das hörte.

Josh ist frei, antwortete Abebi an Joshs Stelle, *Marijana ist wach und kann Dank Deiner Medizin wieder laufen und Lian geht es auch gut.*

Shadowcat vergaß ihre eigene, ausweglose Situation und weinte vor Freude, als sie erwiderte: *Abebi, Du wunderbare, kleine Wakanda, Du wunderbare, kleine Zaubermacht; Du bist die Größte von uns allen!*

Ihre nächsten Worte richtete sie an alle vier, an Lian, Marijana, Abebi und Josh.

Bitte flieht! bat sie sie aufrichtig. *Kümmert Euch nicht um mich. Da wo ich bin, führt kein Weg mehr heraus.*

Aber genauso gut hätte sie die Sonne bitten können, ihren Weg zum Zenit zu beenden und wieder im Osten unterzugehen.

Ohne Dich gehen wir nirgendwo hin, ling yìnmāo! antwortete Lian und auch Marijana protestierte sofort gegen Shadowcats Vorschlag, indem sie sie aufforderte: *Versetze Dich in unsere Situation, Shadowcat!*

Sie ließ die Worte eine lange Sekunde wirken und fuhr dann fort: *Du würdest keinen von uns im Stich lassen.*

Shadowcat wusste, wie sehr sie von ihren Schwestern und Josh geliebt wurde. Trotzdem brachen bei diesen Worten neue Tränen aus ihr heraus. Sie setzte sich auf den nackten Felsen und beobachtete, wie das Licht langsam weiter in den Krater wanderte, während sie wartete und über ihre Situation nachdachte. Auf dem Weg, auf dem sie hierher gekommen war, konnte sie unmöglich zurück. In dieser Richtung war es unmöglich, durch das Innere der beiden Inseln zu gelangen. Und die Felswand, an der sie jetzt klebte, war so glatt und steil, dass selbst Vögel nur an wenigen Stellen und weit oberhalb von ihrem kleinen Balkon nisteten.

Es hat ja doch keinen Zweck, dachte sie sich, als sie sich vorstellte, dass sich Josh, Marijana, Lian und Abebi jetzt neuen Gefahren aussetzten, nur um dann enttäuscht feststellen zu müssen, dass sie ihr nicht helfen konnten. Ihr Standort war einfach zu weit unter der Felskante. Kein Seil würde so weit herunterreichen, um sie hochzuziehen.

Es hat einen Zweck! widersprach Josh, der ihre Gedanken noch immer wahrnahm, energisch. *Wir werden Dich rausholen, wo immer Du auch bist!*

Dann wendete er sich an die drei Mädchen, die bereit waren, aufzubrechen.

„Abebi", sagte er zu seiner jüngsten Begleiterin, „ich habe gesehen, wie Du Dich durch die Äste der Bäume bewegst. „Mach bitte die Vorhut, damit wir nicht unvorbereitet auf die Suchmannschaften stoßen!"

Abebi nickte und wollte sich sofort auf den Weg machen, aber Josh hielt sie noch einmal zurück.

„Abebi", sagte er noch einmal sanft. Das kleine, nackte, schwarze Mädchen drehte sich schüchtern zu ihm um und ließ ihren scheuen Blick kurz über Joshs athletische Gestalt wandern, bevor sie an seinen Augen hängen blieb. Josh trat zu ihr, nahm sie zärtlich in seine Arme und sagte ganz leise: „Pass auf Dich auf!"

Dann hob er behutsam ihr Kinn und drückte einen sanften Kuss auf ihre jungen, unerfahrenen Lippen, die noch so wenig von der Liebe gekostet hatten. Abebi stand noch mit geschlossenen Augen verzückt da, als ihre Lippen sich schon wieder getrennt hatten. Sie konnte eine so zärtliche Liebe noch immer nicht begreifen. Joshs Liebe fühlte sich fast greifbar für sie an. Und ihr Herz wollte vor Liebe zu ihm, Victoria, Lian und Marijana fast zerspringen.

Liebe! dachte sie sich und begann zu begreifen, dass diese Liebe etwas so Schönes, etwas so Großes und so Reines war, dass sie in dieser Wahrhaftigkeit, in der sie ihr geschenkt wurde, über alles ging, was sich ein Mensch nur erträumen konnte. Sie hatte so lange davon geträumt, sie hatte so lange danach gesucht und sie hatte sich das Gefühl doch nie so vorstellen können, wie es jetzt über sie hereingebrochen war. Wenn sie hätte sterben müssen, um Victoria, Josh, Marijana oder Lian zu retten, dann wäre sie freudig gestorben. Ein kaum wahrnehmbares, glückseliges Lächeln umspielte ihre Lippen, auf denen sie noch Joshs Kuss schmeckte, als sie ihre Augen wieder öffnete.

Auch Marijana und Lian umarmten und küssten sie noch und wünschten ihr viel Glück und dass sie auf sich aufpassen sollte.

„Das werde ich!" versprach sie und schwang sich geschickt in die Äste des nächsten Baumes. Josh, Marijana und Lian kletterten mit ihrem neuen Begleiter Ajani von dem Baum, der sie während der Nacht behütet hatte und machten sich auf geradem Weg auf zum Vulkan, der ganz im Westen der Insel lag.

Sie kamen gut voran und fühlten sich frisch und ausgeruht, obwohl Josh die ganze Nacht kein Auge zugemacht hatte. Aber Abebis Medizin wirkte gut. Er konnte direkt spüren, wie das Fieber aus seinem Körper wich und auch seine Genitalien schmerzten ihn nicht mehr, obwohl die Schwellung seiner Hoden sich noch nicht zurückgebildet hatte.

Die Sorge um Shadowcat trieb sie unaufhaltsam voran, bis Abebi plötzlich wie aus dem Nichts vor ihnen auftauchte und warnend ihren Zeigefinger auf die Lippen legte. Alle warfen sich auf ihren Wink hin flach auf den Boden. Selbst Ajani legte sich lautlos ganz dicht zwischen Josh und Abebi, so als ob er nicht wüsste, wem er mehr Aufmerksamkeit und Zuwendung widmen sollte.

„Er mag Dich!" flüsterte Josh, dem am Morgen auf dem Baum schon aufgefallen war, dass Ajani die Nähe Abebis gesucht hatte.

„Dich auch!" flüsterte Abebi zurück und erklärte dann, noch immer flüsternd, ihre Warnung.

„Ein kleines Stück vor uns, da wo der Wald in Strauchwerk übergeht, befindet sich eine große Gruppe der starken Frauen. Sie gehen auch in die Richtung von dem Vulkan."

Josh biss sich angestrengt nachdenkend auf die Lippen und erwiderte: „Das ist schlecht. Da, wo der Wald aufhört, ist das Gelände zu offen. Die verstreuten Felsen bieten kaum Deckung."

Fieberhaft überlegte er, wie sie an den Damen des Sicherheitsdienstes vorbeikommen konnten. Aber er fand keine Antwort. Schließlich sagte er: „Wir gehen bis zum Waldrand. Von dort können wir uns ein besseres Bild machen."

Die Mädchen waren einverstanden und Abebi führte die kleine, nackte Expedition vorsichtig schleichend bis an den äußersten Rand, der Deckung bietenden Bäume und Sträucher.

Die Damen der Sicherheitstruppe hatten sich nicht weit vor ihnen zu einer Rast niedergelassen. Und jetzt sahen Josh und Marijana aus der Ferne auch zum ersten Mal Janotschka, die alle anderen Damen deutlich überragte. Während Josh angestrengt überlegte, fiel sein Blick auf Abebis Köcher mit den Pfeilen. Josh war ein guter Bogenschütze. Vor noch nicht einmal zwei Jahren war er bei einem Turnier mit einem klassischen Langbogen gegen Bogenschützen mit modernen Sportbögen angetreten und hatte sowohl seine Gegner, als auch die Jury und das Publikum damit überrascht, dass er bei zweiundvierzig Teilnehmern einen guten zweiten Platz gemacht hatte. Mit seinem Langbogen hätte er hier aus der Deckung heraus die Frauen leicht treffen können.

Josh zählte Abebis Pfeile nicht bewusst. Er sah mit einem Blick, dass es zwölf waren. Und es waren nur neun Damen des Sicherheitsdienstes, denen sich aber sechs der älteren Schülerinnen angeschlossen hatten. Unter ihnen entdeckte Josh auch die unbeherrschte Liz Knightham. Shadowcat war in Gefahr und diese Truppe war ihm im Weg, um ihr beizustehen. Er hätte es also durchaus vor sich rechtfertigen können, die Frauen und Mädchen aus dem Hinterhalt zu erschießen. Aber er konnte es nicht. Ungeachtet der Tatsache, dass Abebi ohnehin noch keinen neuen Bogen gebaut hatte, verwarf er diesen Gedanken, noch bevor er Gestalt angenommen hatte. Josh war kein feiger Heckenschütze, der aus dem Hinterhalt mordete. Die Tatsache, gegen Frauen kämpfen zu müssen, war schon schlimm genug für ihn.

„Irgendwelche Vorschläge?" fragte er die drei nackten Mädchen an seiner Seite.

„Wir könnten versuchen, sie in den Wald zu locken!" schlug Marijana vor. Abebi griff den Gedanken sofort auf und sagte: „Ich könnte das machen! Wenn sie mir folgen, dann ist der Weg für euch zum Vulkan frei."

Josh blickte das tapfere Afarmädchen nachdenklich an. Es widerstrebte ihm, sie als Köder zu benutzen.

Was, wenn sie sie erwischen? fragte er sich, den Vorschlag überdenkend.

Sie werden mich niemals bekommen! hörte er da ihre Erwiderung auf seinen Gedankengang in seinem Kopf. Und Abebi versicherte ihm weiter: „Sie bewegen sich nur am Boden. Ich aber kann mich jederzeit unter den Schutz der Bäume stellen und mich in ihren Kronen verbergen."

Josh strich mit seiner Hand sanft über Abebis Wange. Er hatte gesehen, mit welcher Geschicklichkeit sie sich wie ein kleines Äffchen von Baum zu Baum, von Ast zu Ast und von Liane zu Liane geschwungen hatte, so wie Tarzan, einer der Helden seiner Kindheit.

„Ich weiß, dass Du das kannst!" sagte er zärtlich aber ernst, atmete einmal tief durch, um das, was er sagen wollte, im Geist zu formulieren und fuhr dann fort: „Aber wir sollten uns nicht mehr trennen."

Josh fürchtete um jedes der Mädchen gleichermaßen. Sich von einem zu trennen, bedeutete immer eine neue, unbekannte Gefahr. Auch wenn sich die Damen des Sicherheitsdienstes bisher noch nicht als besonders fähig erwiesen hatten, waren sie doch nicht zu unterschätzen. Und die Lage hatte sich inzwischen so zugespitzt, dass Josh auch nicht mehr darauf hoffen durfte, dass die Mädchen verschont werden würden, wenn sie in die Hände ihrer Verfolgerinnen gerieten. Wie leicht konnte etwas bei Abebis Plan schief gehen, wie leicht konnte sie bei ihrem Versuch, die Truppe wegzulocken, nach einem morschen Ast greifen, oder nach einer brüchigen Liane, abstürzen und auf den im Wald verstreuten Felsen zerschmettern. Selbst wenn sie sich bei einem solchen Sturz keine ernsten Verletzungen zuzog, würde sie doch zwangsläufig in die Hände ihrer Verfolgerinnen fallen.

Lian war eine Kämpferin. Sie hätte in einem solchen Fall ihre Haut teuer verkauft und wäre vielleicht wieder entkommen. Aber Abebi hätte kaum eine Chance gehabt, sich in einem solchen Fall wieder befreien zu können.

„Josh hat Recht!" sagte Marijana bedächtig. „Solange wir zusammen sind, ist es am sichersten für uns."

Abebi senkte traurig den Kopf. Sie hätte so gern geholfen. Aber auch sie hätte sich nicht gerne wieder von Josh, Marijana und Lian getrennt. Und es tat ihrem kleinen Herzen, das noch nicht viel Liebe und Zuneigung in seinem Leben erfahren hatte gut, dass diejenigen, denen sie ihre ganze Liebe geschenkt hatte, sich auch um sie sorgten.

Lian, die bis jetzt geschwiegen hatte, meinte plötzlich: „Wenn wir dem Saum des Waldes folgen, können wir von der Nordseite her den Vulkankrater erreichen. Das ist zwar ein Umweg. Aber wir würden außerhalb des Blickfeldes der Truppe dort vorne bleiben."

Josh schob vorsichtig die Zweige etwas auseinander und ließ seinen Blick der von Lian beschriebenen Richtung folgen. Nach einigen Sekunden nickte er und sagte: „Es ist ein Umweg und es kostet uns Zeit, aber uns auf eine Konfrontation mit den Ladys dort einzulassen würde uns noch weit mehr Zeit kosten. Und uns zu trennen, um sie von hier wegzulocken ist ein unnötiges Risiko. Wir bleiben zusammen und machen es, wie Du vorgeschlagen hast."

Vorsichtig, um keine verräterischen Spuren im teilweise sehr weichen Waldboden zurückzulassen, machten die vier sich wieder auf den Weg. Abebi blieb jetzt bei ihnen, da hier die Natur nur noch niedriges Strauchwerk hingestellt hatte. Zügig folgten sie der aus vereinzelt stehenden Sträuchern und Büschen bestehenden Grenze zwischen dem Wald und dem steinigen, fast unbewachsenen Anstieg zum Krater, bis sie nach etwa eineinhalb Stunden sicher sein konnten, dass die Sicherheitstruppe sie nicht mehr sehen konnten, wenn sie hier den Aufstieg wagten.

Josh spürte langsam das Gewicht der Kette, die er sich über die Schulter gehängt hatte. Der Cockring war schon schlimm genug, aber die Kette war eine wirkliche Belastung für ihn. Immer wieder hatte er nach Möglichkeiten gesucht, sie loszuwerden. Aber er hatte keine gefunden.

Bevor sie sich an den beschwerlichen Aufstieg zum Krater machten, holte Abebi aus dem Wald noch einmal Wasser und einige Früchte. Ajani begleitete sie und brachte schließlich einen großen, truthahnähnlichen Vogel, den er vor Joshs Füße legte. Da sie aber nichts hatten, um ein Feuer zu machen und sich durch ein solches auch nicht verraten wollten, überließen sie dem treuen Panther seine Beute und begnügten sich mit den süßen Früchten.

Während dieser kurzen Rast rieb Abebi Joshs Hoden noch einmal mit einer frisch zubereiteten Salbe ein. Auch hatte sie nicht versäumt, sich endlich ein neues Blasrohr zu machen und sich passendes Material für einen Bogen mitzubringen. Früher oder später, dachte sie sich, würden sie wieder auf Veronika Vranjas Truppen stoßen. Und dann wäre es gut, wenn sie nicht unbewaffnet wären.

Josh Schmerzen hatten durch Abebis Medizin fast aufgehört und er bildete sich auch ein, dass die Schwellung schon ein wenig zurückgegangen wäre. Von seinem Fieber war nichts mehr zu merken. Josh fühlte sich so stark, dass er das Gefühl hatte, Bäume ausreißen zu können. Nur von seinem Cockring und der lästigen Kette konnte er sich nicht befreien.

Während sie so zusammensaßen, ließ Josh seinen Blick über seine Begleiterinnen schweifen und wurde sich der Absurdität ihrer Situation bewusst. Drei wunderschöne Mädchen, zwei Siebzehnjährige und ein jüngeres, und er, ein Mann von fünfundvierzig Jahren liefen zusammen mit einem schwarzen Panther nackt über eine tropische Insel, um zu dem vierten zu dieser Vereinigung gehörenden, sechzehnjährigen Mädchen, das in einem Vulkankrater gefangen war, zu gelangen, während eine Bande von kampferprobten Bodybuilderinnen und Schülerinnen sie gnadenlos verfolgte. Joshs Blick ruhte bewundernd auf Marijana. Sie war so unglaublich schön und glich sogar jetzt, wo sie schmutzig und erschöpft, an einen Felsblock gelehnt am Boden kauerte, einem Engel. Ihre ungekämmten, blonden Haare lagen schwer auf ihren schmalen Schultern. Josh folgte der Linie ihrer schlanken Arme. Sie hatte ihre Hände im Schoß liegen und presste mit ihren Oberarmen unbewusst ihre großen, festen Brüste etwas zusammen. Josh wusste, dass sich dieses Bild auf ewig in sein Gehirn einbrennen würde. Egal, was mit ihnen geschah, Marijana wurde mit jedem Tag schöner!

Marijana spürte Joshs Blick auf sich ruhen und hob langsam ihre Augen, diese wunderschönen, sanften und verträumt blickenden, grünen Augen, die wie Smaragde funkelten und von innen heraus zu leuchten schienen. Ihre Blicke trafen sich und verschmolzen miteinander. Sie dachten nichts, sie versuchten auch nicht, sich auf ihre telepathische Art etwas zu sagen. Sie sahen sich nur in die Augen und fühlten die grenzenlose Liebe, die sie verband, wie einen wärmenden Strahl in ihren Herzen. Sie wussten, dass sie auf ewig zusammen gehörten. Sie wussten, dass sie eins waren. Und sie wussten, dass sie nicht mehr ohne den anderen leben konnten. Marijana war glücklich, dass Josh sich nicht mehr gegen diese Liebe wehrte. Sie war glücklich, dass er akzeptiert hatte, dass die Gesetze der Gesellschaft keine Macht über diese Liebe hatten und haben durften, über diese Liebe, die ihm, Shadowcat, Lian, Abebi und ihr geschenkt worden war und die ihre Wurzeln in einem Leben hatte, das sie vor langer Zeit gemeinsam gelebt hatten.

Shadowcat! Sie dachten alle an sie. Ohne sich abgesprochen zu haben und ohne dass überhaupt einer von ihnen etwas gesagt hätte, erhoben sich alle, einschließlich Ajani gleichzeitig, um den Aufstieg zum Krater zu beginnen, in dem Shadowcat auf sie wartete.

Der immer steiler ansteigende Weg durch die zerklüfteten Felsformationen und scharfkantigen, erkalteten Lavaströme war an dieser Stelle schwieriger, als dort wo Josh schon einmal auf dem Weg zum Vulkan gewesen war. Sie konnten von dieser Seite aus weder das Internatsgebäude, noch die kleinere Insel im Südosten sehen. Als sie etwa auf halber Höhe zur Spitze des Kraters waren, deutete Lian nach Norden auf das offene Meer, das sich friedlich unter ihnen erstreckte und im Licht der Vormittagssonne funkelte.

„Dort!" sagte sie. Josh und Marijana kniffen die Augen zusammen, um den winzigen Punkt am Horizont erkennen zu können.

„Was ist das?" fragte Marijana. Und Lian antwortete: „Das muss ein Schiff sein."

„Ja," bestätigte Abebi, „ein Schiff!"

Ein Strom unterschiedlicher Gefühle stieg in Josh auf. Ein Schiff konnte Rettung ebenso bringen, wie Verderben; Rettung vor der Verfolgung durch die perverse Veronika Vranja und ihre weiblichen Schergen und Verderben durch die Macht weltlicher Gesetze, die ihn wegen seiner Liebe verurteilen würden. Marijana eröffnete noch eine weitere Möglichkeit, indem sie mutmaßte: „Vielleicht hat die Vranja Verstärkung angefordert."

„Das wäre schlimm!" erwiderte Lian und Josh meinte schließlich: „Vielleicht kommt es auch gar nicht hierher. Wir müssen weiter!"

Sie behielten das Schiff während des weiteren Aufstiegs im Auge. Aber sie konnten nicht erkennen, ob es sich überhaupt bewegte.

12 DER VULKAN

Die Sonne stieg langsam immer höher. Shadowcat hatte sich soweit wie möglich in den Schatten zurückgezogen, wollte aber nicht mehr in das Loch zurückkriechen, aus dem sie wieder an die frische Luft gelangt war. Sie war zu lange unter der Erde in einem Höhlensystem gefangen gewesen, das sie nur widerwillig wieder freigegeben hatte. Auch wenn es ihr selbst lächerlich erschien, fürchtete sie, die Höhle könnte sie diesmal für immer verschlingen, selbst wenn sie nur soweit in sie hineinkroch, dass sie vor den sengenden Strahlen der Sonne geschützt wäre.

Der Krater heizte sich immer mehr auf. Je höher die Sonne stieg und je tiefer die Schatten in die grausige Tiefe unter ihr zurückwichen, desto unerträglicher wurde es. Shadowcat war nicht empfindlich gegen Hitze. Sie liebte es, sich nackt und frei in der Sonne zu bewegen. Aber der Krater verwandelte sich von Minute zu Minute mehr in einen lebensfeindlichen Glutofen, in den sich nicht einmal mehr die Vögel trauten, die sie in den frühen Morgenstunden vereinzelt an einigen Stellen ganz oben in der Felswand gesehen hatte.

Lang kann ich es hier nicht mehr aushalten, dachte sie sich und versuchte, sich mit der beängstigenden Alternative, sich doch wieder im Eingang zur Höhle zu verbergen, anzufreunden.

Was kann schon passieren? fragte sie sich und wollte sich damit selbst Mut zusprechen. *Wenn ich in Sichtweite des Ausgangs bleibe, kann ich jederzeit wieder rauskriechen. Es müsste schon ein Erdbeben den Eingang verschütten.*

Wie als Unheil verkündende Drohung rumorte es in diesem Moment wieder im Innern der Erde und ein paar kleine Steine polterten an ihr vorbei in die unergründliche Tiefe. Marijana warf sich an die glühendheiße Felswand. Sie fürchtete, der kleine Vorsprung, auf dem sie sich befand, könnte auch abbrechen und mit ihr in die Tiefe stürzen. Voller Trauer dachte sie an Marijana, Lian, Josh und Abebi. Wie schlimm musste es für sie sein, wenn sie den Rand des Kraters erreichten und dann hilflos mit ansehen mussten, wie sie in die Tiefe stürzte.

Vielleicht, dachte sie resignierend, da sie keine Rettung mehr für möglich hielt, *sollte ich mich selbst hinunterstürzen, um wenigstens ihnen die Möglichkeit einer Flucht zu ermöglichen. Solange ich hier gefangen bin, werden sie niemals von hier weggehen, um sich in Sicherheit zu bringen.*

„Denke nicht mal daran!" hörte sie da Joshs Stimme sich tausendfach an den Wänden des Kraters brechen. Erschreckt, weil sie so abrupt aus ihren Gedanken gerissen wurde, fuhr sie zusammen und blickte nach oben. Da waren sie. Sie waren wirklich ihretwegen gekommen und standen weit über ihr schräg gegenüber an der Kante des Kraters, Josh, Marijana, Lian und Abebi! Shadowcats Herz pochte laut beim Anblick der geliebten Menschen, der einzigen Menschen, die sie jemals geliebt hatte. Sie waren so nah, keine zweihundert Meter Luftlinie von ihr entfernt, und doch unerreichbar für sie. Und neben ihnen tauchte auch noch Ajani auf. Trotz ihrer verzweifelten Lage lächelte Shadowcat über den Anblick und presste ihre Hände auf ihr Herz. Marijana winkte ihr. Und Shadowcat winkte zurück. Auch die anderen winkten jetzt und Josh rief nach unten: „Wir kommen zu Dir rüber."

Sich so nah wie möglich an der Kante haltend umkreiste die kleine, nackte Truppe den Krater. Sie hatten auch das Beben gespürt. Und ihre Sorge um Shadowcat hatte ihre Schritte nur noch mehr beschleunigt. Als sie sie dann in der Kraterwand stehen sahen und ihre Gedanken so deutlich gehört hatten, als ob sie neben ihnen gestanden und laut und deutlich gesprochen hätte, da wäre keiner unter ihnen gewesen, der Shadowcat nicht in den Abgrund hinterher gesprungen wäre.

Die Sonne stand schon fast im Zenit. Trotzdem war kein Grund in dem Krater zu erkennen, sondern nur eine gähnende, alles verschlingende Tiefe. Als Josh mit den drei Mädchen und Ajani oberhalb von der Stelle angekommen waren, wo Shadowcat sich befand, legte sich Josh auf den Bauch und schob sich so weit nach vorne, dass er nach unten blicken konnte. Lange musterte er die steile Felswand. Dann kroch er vorsichtig wieder zurück und stand auf. Er sah den Mädchen ernst in die Augen und sagte: „Ich geh runter!"

Abebi blickte ihn ungläubig und voller Entsetzen an und schüttelte den Kopf. „Da kann niemand runtergehen."

Marijana und Lian wussten, wie geschickt Abebi klettern konnte. Sie hatten sie wie ein kleines Äffchen durch die Wipfel der Bäume springen sehen und vertrauten deshalb auf ihre Meinung. Aber hier war Abebis Meinung überflüssig. Ihre eigenen Augen sagten ihnen, dass man an dieser Felswand nicht hinunterklettern konnte. Josh hätte sich gewünscht, dass er mit Überzeugung den Mädchen hätte widersprechen können. Aber er war sich selbst nicht sicher, ob dieser Abstieg zu schaffen war. Genau genommen hielt er es fast ebenso für unmöglich, wie die Mädchen. Doch er sah keine andere Möglichkeit. Der Vulkan hatte in der letzten Nacht und nochmals vor einer Viertelstunde gegrollt. Das musste nichts bedeuten. Josh war kein Geologe. Aber er hatte beobachtet, wie sich Ajani verhalten hatte. Der Panther war ihnen treu bis an den Rand des Kraters gefolgt. Aber es war ihm anzusehen, dass er überall anders lieber wäre, als hier. Ein paar mal hatte es schon so ausgesehen, als wollte er sie verlassen und den Berg wieder hinunter fliehen. Aber jedes Mal hatte er wieder Kehrt gemacht und war bei den Menschen geblieben, die er sich als Rudel gewählt hatte. Josh hatte erkannt, dass Ajani ihnen bis in den Tod folgen würde. Er kniete sich zu ihm und streichelte ihn gedankenverloren zwischen den Ohren, so als ob Ajani ein zahmes Haustier wäre, das er schon seit jeher kannte. Ajani ließ sich die Liebkosung gern gefallen und leckte Josh mit seiner rauen Zunge über das Gesicht. Dann erhob sich Josh wieder. Er hatte einen Kloß im Hals, als er sich wieder den Mädchen zuwandte. Gerne hätte er ihnen etwas Ermutigendes gesagt. Doch es kam kein Wort über seine Lippen. Wortlos sah er die Mädchen der Reihe nach an und er spürte, dass sie ebenso wie er selbst nicht in der Lage waren, etwas zu sagen. Mit einem tiefen, schweren Seufzer wollte er sich nach einem kleinen Nicken wieder der Felskante zuwenden. Diesmal war es Abebi, die trotz ihrer Schüchternheit als erste reagierte und sich an seine Brust warf, bevor er ihr den Rücken zuwenden konnte.

„Bitte!" flehte sie mit tränenerstickter Stimme und klammerte sich so fest an ihn, dass es ihm Mühe machte, sich aus den Armen, des kleinen zierlichen Mädchens wieder zu befreien.

„Sieh mich an, Abebi!" bat er sie leise und hob zärtlich ihr Kinn hoch. In ihren dunklen Augen schimmerten Tränen, als sie ihn hilfesuchend anblickte. Josh küsste zärtlich ihre Lippen und machte sich mit sanfter Gewalt von ihr los. Marijana nahm das kleine, schluchzende Mädchen in ihre Arme, konnte dabei aber ihre eigenen Tränen nicht zurückhalten. Josh beugte sich dankbar zu ihr und ihre Lippen trafen sich zu einem langen, zärtlichen Kuss. Marijana wusste, dass es ein Abschied war. Und sie betete nur, dass es kein Abschied für immer sein würde. Es war nicht leicht für Josh, sich wieder von Marijanas, so süß schmeckenden Lippen zu lösen. Aber er musste es tun. Als er sich dann an Lian wendete, wich die vor seinem Kuss zurück und fragte ihn ernst: „Ich will nur eines wissen, Josh: Kannst Du es schaffen?"

Josh biss sich auf die Lippen und antwortete nach einem langen Moment des Überlegens: „Ich hoffe es."

„Du weißt, dass Du diesen Weg nicht allein gehen kannst!" sagte Lian mit dem selben heiligen Ernst, mit dem sie ihm die Frage gestellt hatte.

„Wenn Du stürzt, dann werde ich Dir selbst in den Schlund der Hölle …"

Josh legte ihr schnell die Finger auf die Lippen und erwiderte: „Wenn ich stürze, dann versucht ihr einen anderen Weg zu finden, um Shadowcat von dort unten zu befreien."

„Wenn Du stürzt," widersprach ihm da Marijana, „dann wird Shadowcat als erste bei Dir sein, weil sie schon weiter unten ist, als wir. Ich schwöre Dir, dass ich Dir folge, wenn Du abstürzt!"

Joshs Herz wollte bei diesem Schwur stehen bleiben. Aber noch bevor er etwas erwidern konnte, sagte Lian: „Ich auch!"

Und Abebi löste ihr verheultes Gesicht von Marijanas Busen, in dem sie es schluchzend vergraben hatte und stimmte mit ein: „Ich auch!"

Josh war übel. Er hatte das Gefühl, sich übergeben zu müssen. Er war gerne bereit, sein eigenes Leben als Pfand einzusetzen, wenn es darum ging, Shadowcat, oder jedes andere der vier geliebten Mädchen zu retten. Aber wie sollte er verantworten, dass sie mit seinem Einsatz auch ihr Leben verloren? Josh zögerte einen Moment unschlüssig. Und in dem Moment ließ Ajani ein leises, kehliges Knurren hören, das sie vor einer Gefahr warnte. Josh erwartete schon den nächsten Erdstoß. Aber da entdeckte er nicht weit entfernt von ihnen die Suchtruppe am Grat des Kraters auftauchen.

„Schnell runter!" flüsterte er. Und sofort warfen sich alle auf den Boden und verbargen sich hinter Felsen. Josh hätte Shadowcat gerne eine Warnung zugerufen. Aber das durfte er nicht wagen. Die Sicherheitstruppe war schon so nah, dass die Damen ihn gehört hätten. Und damit hätte er nicht nur sich selbst und seine Begleiterinnen in Gefahr gebracht, sondern auch Shadowcats Position verraten.

„Was wollen die hier oben?" fragte Lian verärgert. „Glauben die, dass sich hier jemand verstecken würde?"

Keiner der anderen wusste eine Antwort auf die Fragen. Also verhielten sie sich ruhig, in der Hoffnung, dass der Trupp wieder abziehen würde, ohne sie zu entdecken.

„Was sollen wir hier oben?" fragte die missmutig klingende Stimme von Liz Knightham. Josh spähte vorsichtig hinter dem Felsen hervor, hinter dem er sich vor den Blicken seiner Häscherinnen versteckte und sah, dass sich die Truppe zu einer Rast niederließ. Die Schülerinnen wirkten allesamt sehr erschöpft und auch einige der Bodybuilderinnen keuchten und schwitzten aus allen Poren, als sie sich müde auf die kahlen Felsen niederließen. Ihre Ausdünstungen breiteten sich in der drückenden Hitze unangenehm aus und erreichten auch Josh und seine kleine Truppe nackter Partisaninnen. Marijana rümpfte angewidert die Nase. Auch sie, Josh und ihre Schwestern waren schmutzig und verschwitzt. Trotzdem konnte sie bei keinem ihrer kleinen Gruppe auch nur den Hauch eines unangenehmen Geruchs wahrnehmen. Ganz im Gegenteil: Marijana hatte das Gefühl, Josh und ihre Schwestern würden reine Pheromone ausschwitzen. Und unter anderen Umständen wäre sie diesen unwiderstehlichen Lockstoffen hoffnungslos erlegen. Jetzt aber galt es, Shadowcat zu retten und ihren schwitzenden und stinkenden Verfolgerinnen zu entgehen. Während Abebi ruhig und gleichmäßig eine Sehne für ihren neuen Bogen zusammendrehte und dabei Shadowcat telepathisch mitteilte, dass sie hier oben Gesellschaft bekommen hatten, beobachtete Josh, wie Janotschka und Lena Schneider dicht an die Kante des Kraters traten. „Komm hierher, Liz!" forderte Lena die hitzige Schülerin auf. Liz erhob sich matt wieder und trat zu den beiden Anführerinnen der Kampftruppe. Lena deutete über die Kante des Kraters nach Norden und sagte zu dem Mädchen, von dem sie fast um einen Kopf überragt wurde, das aber trotzdem noch mehr als einen Kopf kleiner war, als die gewaltige Janotschka: „Schau dort!"

Liz Knightham blickte angestrengt in die angegebene Richtung und fragte dann: „Was ist das?"

„Wonach sieht es denn aus?" fragte Janotschka in ihrem harten, russischen Akzent. Knightham blickte die riesige Russin unerschrocken an und antwortete mit einem spöttischen Unterton: „Dass es ein Schiff ist, das sehe ich selbst. Aber was hat es zu bedeuten?"

„Veronika hat eine Söldnertruppe angefordert", antwortete jetzt wieder Lena Schneider.

„Eine Söldnertruppe?" fragte Liz ungläubig. „Ich dachte, ihr seid die Besten?"

„Das sind wir auch!" donnerte Janotschka sie an. „Und deswegen müssen wir Barker und die Mädchen einfangen, bevor die dort …" dabei deutete sie auf das entfernte Schiff, „da sind. Du hast den Mann und die Mädchen in der Schule kennengelernt. Wer sind sie? Was sind sie? Wie ist es möglich, dass ein gewöhnlicher Lehrer und ein paar Schülerinnen, die nicht älter sind als Du und die hier noch keinerlei Kampfausbildung genossen haben, uns so viel Ärger machen können?"

Knightham zuckte mit den Schultern und antwortete: „Das weiß ich nicht."

„Du hast Dich um Aufnahme in unsere Truppe beworben, Liz," schaltete sich jetzt wieder Lena Schneider in das Gespräch ein. „Irgendetwas musst Du uns sagen können."

Liz Knightham zuckte nochmals mit den Schultern und schüttelte den Kopf. „Sie sind erst ein paar Tage da. Du hast sie doch selbst abgeholt."

„Was ist mit dem kleinen schwarzen Mädchen?" fragte Lena weiter. „Keine Ahnung. Sie ist seit ein paar Monaten hier. Sie ist stumm und sie kann nichts."

„Das entspricht nicht den Tatsachen!" erwiderte Lena und dachte an Irina Jankas Bericht, wie Abebi mit Shadowcat eine unsichtbare Barriere errichtet hatte, die von sieben Damen ihrer Kampftruppe nicht durchbrochen werden konnte. Außerdem erinnerte sie sich auch daran, wie

Abebi sich am vergangenen Abend wie ein Schatten aus den Ästen eines Baumes auf Janotschka hatte fallen lassen. Ihr Angriff war zwar erfolglos gewesen. Aber für jemanden, der kein solcher Eisenfresser war, wie Janotschka, hätte sie mit einem solchen Überraschungsangriff durchaus eine ernsthafte Bedrohung darstellen können.

„Sie ist wie ein Schatten, lautlos und gefährlich!"

„Gefährlich?" fragte Knightham amüsiert. „Die? Wir haben sie immer die ‚Schwarze Ente' genannt, weil sie so watschelt."

„Dann habt ihr sie schwer unterschätzt!" sagte Lena Schneider ernst und vertrieb damit das Lächeln aus Knighthams Gesicht.

„Warum hätte sie uns was vorspielen sollen?" fragte die Schülerin, die stolz darauf war, mit den Anführerinnen der gefürchteten Kampftruppe beratschlagen zu dürfen. Aber sie wartete nicht auf eine Antwort, sondern rekapitulierte selbst: „Sie ist mit einem kleinen Boot hierher gekommen und nicht als offizielle Schülerin."

„Was hat sie mit Barker und den anderen Mädchen zu tun?" fragte Janotschka.

„Gar nichts. Als Abebi hierher gekommen ist, war von einem Lehrer überhaupt noch keine Rede."

Lena Schneider schüttelte den Kopf.

„Irgendwie passt das alles nicht zusammen", sagte sie und wendete sich dann an die ganze Truppe.

„Wir teilen uns jetzt in zwei Gruppen und umrunden den Krater. Dann werden wir die ganze Insel in einer breiten Front von hier aus nach Osten durchkämmen."

„Mit den Panthern wäre das alles leichter", murrte eine der muskulösen Damen. Da brauste Janotschka auf und schrie ihre Kollegin an: „Wir haben aber keine Panther mehr. Also müssen wir uns selbst bewegen."

Josh und seine Begleiterinnen lagen in ihren Verstecken. Ihre Nerven waren zum Zerreißen angespannt. Wenn der Suchtrupp sich trennte, um den Krater zu umrunden, dann würden sie zwangsläufig von einer Abteilung entdeckt werden.

„Macht euch bereit!" flüsterte Josh. Seine Gefährtinnen wussten so gut wie er, dass ein Kampf jetzt unausweichlich geworden war. Sie sahen sich an und atmeten tief durch. Abebi spannte ihren Bogen, um seine Tauglichkeit zu prüfen. Sie wollte ihn Josh geben und selbst ihr Blasrohr benutzen. Aber in dem Moment, als sie zu ihm kriechen wollte, zuckten sie plötzlich alle zusammen. Der aufgeregte Schrei Liz Knighthams ging ihnen durch Mark und Bein.

„Ich hab eine entdeckt!" rief sie den anderen zu und deutete in den Krater. Alle stürmten an die Kante, um besser sehen zu können. Janotschka riss sich ihr Gewehr von der Schulter und lief ein Stück am Abgrund entlang, um Shadowcat nicht so steil von oben, sondern mehr von der Seite sehen zu können.

Josh erkannte sofort, dass sie sich ein gutes Schussfeld suchte. Er sprang auf und umrundete in einem Bogen den Suchtrupp, um Janotschka einzuholen. Als sie anlegte und sorgfältig auf Shadowcat zielte, war er plötzlich wie aus dem Nichts bei ihr, umfasste ihre Hüften mit stählernen Armen, hob sie hoch und warf sie zu Boden.

Erst jetzt wurden die anderen Damen der Kampftruppe und die Schülerinnen auf ihn aufmerksam. Liz Knighthams Augen leuchteten, als sie den nackten Lehrer im Kampf mit der unüberwindlichen Janotschka erkannte. Unwillkürlich griff ihre Hand nach dem kleinen Messer, mit dem sie sich ihre Trophäe holen wollte. Dann wollte sie ihm nachspringen. In dem Moment wurde sie aber an der Schulter gepackt und herumgerissen. Überrascht blickte sie in Marijanas schönes Gesicht. Und noch bevor sie wusste, woran sie war, traf Marijanas Faust sie am Kinn und schickte sie ins Land der Träume. Als die Damen und Mädchen des Suchtrupps erkannten, dass sie die Gesuchten alle miteinander gefunden hatten, wichen sie sicherheitshalber von der Kante des Kraters weit genug zurück, um nicht durch eine Unvorsichtigkeit in die Tiefe zu stürzen. Lena Schneider erkannte auf den ersten Blick, dass Marijana, Lian und Abebi sich genauso wenig kampflos ergeben würden, wie Josh. Und da sie einigen Respekt vor den Mädchen gewonnen hatte, riss sie ihr Gewehr hoch und rief dabei ihren Kolleginnen zu: „Erschießt sie!"

Bevor sie aber selbst abdrücken konnte, spürte sie, wie Abebis Pfeil ihr Herz durchbohrte. Ungläubig blickte sie das kleine, nackte Afarmädchen an. Dann sank sie auf die Knie und kippe vornüber. Sie war tot. Als die Sicherheitstruppe eine Salve auf die drei nackten Mädchen abschoss, gingen Marijana, Lian und Abebi schnell wieder hinter Felsen in Deckung.

„Was sollen wir jetzt machen?" fragte Marijana ihre beiden Kampfgefährtinnen. Lian spähte vorsichtig hinter dem Felsen hervor, der ihr Deckung bot. Sie sah mit einem schnellen Blick, dass sich eine ganze Horde auf Josh geworfen hatte. Sie hatten die Kette gepackt, an der er so unglücklich hing und lieferten ihm ein unfaires Tauziehen. Josh konnte die Kette nicht loslassen und hatte deswegen keine Hand frei, um sich zu verteidigen.

Marijana riss Lian gerade noch rechtzeitig wieder hinter den Felsen, bevor der Schuss krachte.

„Das war knapp!" sagte Lian mit einem pfeifenden Atemzug, sah Marijana in die strahlenden Augen und flüsterte: „Danke Marijana!"

Abebi hatte sich in der selben Sekunde, in der der Schuss gekracht war, hochgeschnellt und der Schützin ihren zweiten Pfeil in die Brust gejagt.

„Lasst ihn mir!" brüllte in dem Moment die harte Stimme Janotschkas.

„Ich muss Josh helfen!" wandte sich Lian an Abebi und fragte sie: „Kannst Du mir Feuerschutz geben?"

Abebi nickte mit einem konzentrierten Blick, legte einen neuen Pfeil auf die Sehne, sprang auf und schoss. Die Kämpferin, auf die Abebi gezielt hatte, konnte zwar dem Pfeil ausweichen aber im selben Moment lief Lian los, auf den Pulk zu, der sich um Josh und Janotschka gebildet hatte.

Auch die Damen der Kampftruppe, die die drei Mädchen belagerten, waren in Deckung gegangen. Als eine sich ein wenig erhob, um auf Lian anzulegen, drang ihr Abebis Pfeil in die Schulter. Sofort schossen zwei Damen und eine Schülerin auf Abebi, die sich kurz hinter den Felsen duckte und in der nächsten Sekunde wieder aufsprang, um den nächsten Pfeil abzuschießen. Aber keine der Gegnerinnen bot ihr ein Ziel.

„Sie umzingeln uns", sagte Abebi zu Marijana, als sie erkannte, was die anderen vorhatten. In dem Moment lief Ajani los und stürzte sich auf eine der massigen Damen der Kampftruppe. Bevor die wusste, was ihr geschah, biss der Panther ihr die Kehle durch.

„Erschießt den Panther!" rief eine der Damen, die den Vorgang beobachtet hatte. In der nächsten Sekunde krachten mehrere Schüsse. Ajani bäumte sich auf und blieb mit einem Brüllen, das wie ein herzzerreißender Hilfeschrei klang, blutend am Boden liegen. Die Schützin, die aber gerufen hatte, man solle Ajani erschießen, starb in der selben Sekunde durch einen gefiederten Pfeil, der ihr unter der Achsel von der Seite ins Herz gedrungen war. Eine Sekunde später kniete Abebi schon bei Ajani. Bevor sie aber erkennen konnte, wie schwer seine Verwundung war, wurde sie von starken Armen gepackt. Ihr Bogen, ihr Köcher mit den Pfeilen und ihre umgehängte Tasche wurden ihr entrissen und flogen in hohem Bogen in die Tiefe des Kraters. Abebi wurde mit brutaler Gewalt ebenfalls zur Kante geschleift.

Marijana erkannte zu ihrem Entsetzen, dass man ihre kleine Schwester in die Tiefe stürzen wollte und sprang aus ihrer Deckung, um ihr beizustehen. Sie sah nur noch einen Lichtblitz vor sich. Den Knall des Schusses hörte sie nicht mehr. Mit einem letzten, verzweifelten Aufbäumen machte sie noch einen Schritt auf Abebi zu. Dann kippte sie vornüber und ihr Blut floss über die nackten Felsen.

Shadowcat konnte von ihrer Position im Krater von alledem nichts sehen. Aber als die Kugel Marijana in die Brust drang, sank auch sie mit einem stechenden Schmerz in der Brust zusammen. Sie wusste nicht, was geschehen war, aber sie spürte, dass es Marijana betraf und dass es schlimm war. Zitternd und fast atemlos vor Sorge um Marijana stand sie langsam wieder auf.

Ajani erhob sich auch noch mal mit letzter Kraft, sprang die Dame an, die Abebi an den tödlichen Abgrund drängte und zermalmte ihr mit einem Biss den rechten Oberarm. Brüllend vor Schmerz brach die Dame zusammen. Ajani rieb seinen Kopf an Abebis Bein und brach dann auch wieder zusammen. Abebi hätte sich gern um ihn gekümmert. Aber sie sah den leblosen Körper Marijanas auf den Felsen liegen und sprang mit einem erstickten Schrei zu ihr. Die Schützin, die auf Marijana geschossen hatte, hob wieder ihr Gewehr und legte auf Abebi an. Aber Abebi bemerkte die gefährliche Bewegung im Augenwinkel, hob blitzschnell einen Stein auf und warf ihn der Schützin an den Kopf, bevor die abdrücken konnte. Die Schützin taumelte benommen einen Schritt zurück. Und bevor sie sich wieder gefangen hatte, war Abebi schon über ihr und versuchte, ihr mit einem größeren und schwereren Stein noch mal auf den Kopf zu schlagen. Aber da traf sie selbst ein harter, mit einem Gewehrkolben verabreichter Schlag am Hinterkopf und sie brach bewusstlos zusammen.

Währenddessen hatte Lian die Gruppe um Josh und Janotschka erreicht und war wie die Strafe Gottes unter sie gefahren. Zwei Schülerinnen, die sich der Suchtruppe angeschlossen hatten, lagen bewusstlos am Boden, noch bevor sie Zeit hatten, ihre Angreiferin überhaupt wahrzunehmen. Eine versuchte, sich Lian entgegenzustellen, wurde von der aber mit einer kaum wahrnehmbaren Bewegung Lians weggeschleudert, dass sie auch regungslos liegen blieb. Die restlichen beiden Schülerinnen, zogen sich ehrfurchtsvoll, um nicht zu sagen feige, zurück. Es blieben also noch Janotschka, die die Kette, an der Josh hing, mit eisernem Griff umklammert hielt und zwei weitere, der muskulösen, weiblichen Kampfmaschinen, die Josh an den Armen gepackt hielten und versuchten, seine Hände von der Kette zu lösen. Als Lian sich überzeugt hatte, dass keine andere direkte Gefahr mehr bestand, überflog sie die Szene mit einem schnellen Blick, der schließlich an der riesenhaften Janotschka hängenblieb. Sie hatte schon einmal versucht, gegen diese Frau zu kämpfen, ohne dass die irgendeine Reaktion gezeigt hatte. Aber jetzt musste sie erneut gegen Janotschka antreten. Solange sie die Kette in der Hand hielt, konnte Josh sich gegen die anderen beiden nicht verteidigen. Und auch von denen hätte sie ihm nur eine Gegnerin abnehmen können. Janotschka musste die Kette loslassen! Das war im Moment das Wichtigste.

Lian legte ihre Furcht vor der unüberwindlich scheinenden Frau gedanklich unter einen Stein, ging in sich und atmete einmal tief durch. Dann sprang sie der Russin, die sie über einen halben Meter überragte, von hinten in die Kniekehle. Und wirklich schaffte sie es, die gewaltige Gegnerin damit aus dem Gleichgewicht zu bringen. Sie knickte mehr überrascht, als beeindruckt ein wenig ein, ohne die Kette dabei loszulassen und wendete ihren Blick dem kleinen, nackten Chinesenmädchen zu, das sofort einen zweiten Angriff auf ihre Kniekehlen startete. Und diesmal ließ Janotschka die Kette los, um sich mit den Händen am Boden abfangen zu können. Verwundert und nicht ohne Bewunderung für den Mut Lians wendete sie sich ihrer neuen Gegnerin zu, während Josh die Kette jetzt ebenfalls loslassen konnte um sich gegen die beiden ihn bedrängenden Muskelpakete zu verteidigen.

Mit einer verzweifelten Anstrengung entriss er der rechten seinen Arm und wollte mit dem selben Schwung nach der linken schlagen. Aber der gelang es, Joshs Faust abzublocken, ohne seinen Arm dabei loszulassen. Da ihre Konzentration dabei aber vor allem auf dem Block lag, konnte Josh jetzt auch seinen linken Arm aus ihrem Griff befreien. Als er aber sofort wieder angreifen wollte, schlossen sich von hinten die Arme der ersten wie ein Schraubstock um seine Oberarme und pressten sie mit eisernem Griff an seinen Körper.

Josh mochte sportliche Frauen, so wie er Sportlichkeit überhaupt mochte und sportliche Leistungen anerkannte. Aber jetzt stellte er wieder fest, dass ihm keine Frauen gefielen, deren Muskelmasse und Bizepsumfang größer war, als bei ihm selbst. Reflexartig stieß er mit dem Kopf nach hinten und brach der heimtückischen Angreiferin die Nase, während die zweite schon nach der Kette griff. Durch den Schmerz der gebrochenen Nase, aus der das Blut auf Joshs Nacken tropfte und die ihr Tränen in die Augen trieben, lockerte die erste Angreiferin unbewusst ihren Griff etwas. Josh gelang es, die stählerne Umklammerung zu sprengen. Und während er sofort mit der rechten Hand nach der Kette griff, um seine Genitalien vor dem gewaltigen Ruck zu schützen, mit dem die zweite Angreiferin an ihr anzog, schlug er der ersten Angreiferin in einer halben Drehung noch den Ellenbogen auf die ohnehin schon zertrümmerte Nase. Die Bodybuilderin stolperte einen Schritt rückwärts und verlor an der Kante des Kraters den Boden unter den Füßen. Mit einem angsterfüllten Schrei ruderte sie eine Sekunde haltsuchend durch die Luft. Aber sie fand keinen Halt mehr.

„Olja!" schrie die zweite Kämpferin, die vor Schreck die Kette wieder losließ, als sie ihre Freundin und Kollegin fallen sah. Niemand konnte der unglücklichen Olja in den Schlund des Kraters hinterherblicken. Jeder konzentrierte sich auf seinen Gegner. Nur Shadowcat sah die schreiende und mit Händen und Füßen strampelnde Dame der Kampftruppe Vranjas, die für die Dauer eines Herzschlags ihren fast demütigen Blick auf das nackte Indianermädchen heftete, an sich vorbei in die Tiefe stürzen. In dem winzigen Moment, in dem Oljas panischer Blick Shadowcat entdeckte und sich in ihre Augen bohrte, hörte sie zum Schreien und zum Zappeln auf. Und ruhig und gefasst setzte sie ihren Weg in die Hölle fort. Trotz der unerträglichen, glühenden Hitze, die den Krater zu einem Schmelzofen zu machen schien, überlief Shadowcat ein eisiger Schauer. Oljas Fall dauerte fast eine halbe Minute. Unfähig, ihren Blick abzuwenden sah Shadowcat dem fallenden Körper hinterher, bis er sich in den dunklen Schatten der grausigen Tiefe verlor. Aber genau in dem Moment, als Shadowcat sich erschaudernd und von einem unbekannten Schwindel erfasst, abwenden und ihren Blick wieder nach oben zur Kante des Kraters erheben wollte, wo sie ihre Familie um sie kämpfen wusste, zuckte in den dunklen Tiefen des Kraters ein gewaltiger Blitz auf. Und gleichzeitig begann der Vulkan zu grollen und zu beben und die Hälfte von dem kleinen Felsvorsprung, der Shadowcat Halt bot, brach ab und polterte in die unsägliche Tiefe.

Shadowcat glaubte, ihr Leben vor ihrem geistigen Auge an sich vorbeiziehen zu sehen, während sie sich an die glühende Felswand warf. Aus dem Loch, aus dem sie in der Nacht herausgekrochen war, strömte ihr eine noch heißere, stinkende Luft entgegen, die die Luft zum flimmern brachte.

Der Vulkan ist erwacht! dachte sie mit Grausen und sah die Gesichter von Marijana, Lian, Josh und Abebi vor sich. So laut sie konnte, schrie sie nach oben: „Der Vulkan bricht aus! Lauft, Josh! Marijana, Lian, Abebi, bitte lauft! Bringt euch in Sicherheit, Bitte!"

Niemand ließ sich an der Kante blicken und niemand antwortete.

Während Joshs nur Sekunden dauerndem Gerangel gegen Olja und ihre Kollegin hatte Lian mit dem Mut der Verzweiflung gegen Janotschka gekämpft. Flink und beweglich wie ein lästiges Insekt war sie um die riesige Russin herumgeschwirrt. Wie von einem Katapult in die Luft geschossen war sie so hoch gesprungen, dass sie mit ihrem kleinen Fuß gegen Janotschkas Schläfe hatte treten können. Der Kopf dieser Frau schien aber aus Granit zu sein. Lian hatte mit aller Kraft zugetreten und fühlte einen stechenden Schmerz im Rist ihres Fußes, während Janotschka kaum auf den Tritt reagiert hatte. Trotzdem sprang Lian sofort wieder in die Luft, um den Angriff zu wiederholen, sobald sie wieder auf dem Boden aufgekommen war. Sie hatte aber Janotschkas Schnelligkeit unterschätzt. Die packte Lian mitten im Sprung am Unterschenkel, direkt über dem Fuß, mit dem Lian trat und ließ sie so mit einer Hand vor sich baumeln. Aber Lian gab jetzt keineswegs auf. Ohne auch nur eine Sekunde zu zögern, trat sie Janotschka so baumelnd mit dem zweiten Fuß unters Kinn. Und diesmal ging wirklich ein Ruck durch den harten, unempfindlichen Kopf Janotschkas und die Riesin ließ Lian los. Lian drehte sich wie eine Katze in der Luft und kam auf allen Vieren auf dem felsigen Boden auf. Sie atmete, während sie sich erhob tief ein und schleuderte Janotschka dann all ihre Energie mit beiden Händen gegen den Solarplexus. Janotschka taumelte zwei Schritte rückwärts und ging dann in die Knie.

„Hast Du mich berührt?" fragte sie ihre kleine, nackte Gegnerin mit ungläubigem Staunen, während sie versuchte, sich auf wackligen Beinen zu erheben. Sie hatte wirklich keine Berührung bei diesem Angriff Lians gespürt, sondern schien von purer Energie getroffen worden zu sein. Lian antwortete nicht und wollte sofort nachsetzen, um der gefährlichen Gegnerin keine Zeit zu lassen, sich zu erheben. In dem Moment bebte die Erde, so dass sie selbst schwankte und ein unheimliches, dröhnendes Grollen war aus dem Krater zu hören. Alle noch übrigen Kämpfer, Janotschka, Lian, die Josh gegenüberstehende Bodybuilderin und Josh selbst, hielten inne, während sie versuchten, auf den Beinen zu bleiben.

Die Schülerin, die Abebi mit dem Gewehrkolben niedergeschlagen hatte und die Schützin, der Abebi den Stein an den Kopf geworfen hatte, flüchteten von Panik erfasst den Hang hinunter.

Unschlüssig zögernd standen sich die Kämpfer gegenüber. Joshs Gegnerin taumelte schließlich an Lian vorbei zu Janotschka. In dem Moment war Shadowcats Stimme aus dem Krater zu hören: „Der Vulkan bricht aus! Lauft, Josh! Marijana, Lian, Abebi, bitte lauft! Bringt euch in Sicherheit, Bitte!"

Solange Janotschka und ihre Kollegin Josh und Lian noch gegenüberstanden, wagten beide nicht, sich von diesen gefährlichen Gegnerinnen abzuwenden. Als dann ein zweites und stärkeres Beben einsetzte, sagte Janotschka zu ihrer Kollegin: „Wir ziehen uns zurück!"

Und ohne sich um ihre toten und verwundeten Kameradinnen zu kümmern, zogen sie sich langsam rückwärts zurück, bis sie sicher waren, dass sie von Josh und Lian nicht mehr hinterrücks angegriffen werden konnten. Dann drehten sie sich um und rannten, so schnell sie ihre Beine trugen, den steilen Hang hinunter.

Josh und Lian sprangen sofort zur Kraterkante. Dabei streifte Lians Blick aber über die leblos daliegenden Marijana, Abebi und Ajani. Benommen blieb sie stehen, während ihr Herz stehen bleiben wollte. Während Josh schon am Kraterrand stand und entsetzt in der Tiefe eine brodelnde und anschwellende Lavamasse sah, ging Lian wie benommen zu ihren geliebten Schwestern. Von Abebis Hinterkopf lief ein Rinnsal roten Blutes über den Stein, auf dem sie lag und als sie Marijana umdrehte, sah sie die Schusswunde in deren Brust. Der Schmerz schnürte Lian die Kehle zusammen.

„Bleib, wo Du bist. Ich hole Dich!" rief Josh Shadowcat zu, die auf dem winzigen, ihr verbliebenen Felsvorsprung in der Kraterwand stand. Dann wandte er sich um und rief: „Lian ..."

Erst jetzt sah er Lian bei Marijana und Abebi knien. Ohne seinen Satz zu beenden lief er schnell zu den geliebten Mädchen. Lian hielt den leblosen Körper Marijanas in ihren Armen. Josh fühlte mit zitternden Fingern Abebis Puls, während er auch eine kaum merkliche Bewegung Ajanis registrierte. „Sie ist nur bewusstlos!" sagte er erleichtert zu Lian. Dann nahm er selbst Marijana in seine Arme. Er sah die kleine Wunde in ihrer Brust. Zärtlich drückte er den leblosen Körper an sich. Josh dachte an Marijanas Schwur, sich auch in den Abgrund zu stürzen, wenn er bei dem Versuch, Shadowcat zu retten, abstürzte. Und für eine Sekunde spielte er mit dem Gedanken, jetzt mit ihr gemeinsam in die brodelnde Lava zu springen, um ihr dorthin zu folgen, wo sie jetzt war. Aber dann fiel ihm wieder Shadowcat ein, der er versprochen hatte, sie zu retten. Zärtlich küsste er Marijanas Lippen. Und plötzlich glaubte er einen ganz leichten Hauch auf seinen Lippen zu spüren.

„Sie lebt!" schrie er mit sich fast überschlagender Stimme, während Tränen aus seinen Augen schossen. Schnell sagte er zu Lian: „Kümmere Dich um sie!"

Damit meinte er sowohl Marijana, als auch Abebi. Dann küsste er das geliebte, kleine, chinesische Mädchen, das ihm als so tapfere Kampfgefährtin zur Seite gestanden hatte. Und während er sich wieder dem Krater zuwandte, überlegte Lian fieberhaft, was sie tun konnte. Abebis Tasche war ebenso im Krater verschwunden, wie ihre Waffen. Sie hatte weder Wasser, noch Verbandszeug. Als ihr Blick aber über die toten oder bewusstlosen Damen des Suchtrupps streifte, bemerkte sie auch deren Feldflaschen. So gerne sie auch beobachtet hätte, wie Josh versuchte, zu Shadowcat zu gelangen, so sehr wusste sie doch, dass sie jetzt keine Zeit verlieren durfte, wenn sie ihre anderen beiden Schwestern retten wollte. Und sie hoffte nur, dass es noch nicht zu spät war.

Marijana schien so gar kein Leben mehr in sich zu haben. Fieberhaft riss Lian Stoffstreifen aus der Kleidung der Sicherheitsdamen. Dann wusch sie die Wunden von Abebi und Marijana sorgfältig aus und legte ihnen Verbände aus den Stoffstreifen an. Als sie damit fertig war und nichts anderes tun konnte, als warten und hoffen, kümmerte sie sich in der gleichen aufopferungsvollen Weise auch um den treuen Panther Ajani.

Die Schülerinnen, einschließlich Liz Knightham, die während des Kampfes bewusstlos geschlagen worden waren und die zwei verwundeten Damen des Sicherheitsdienstes, kamen während der Zeit, in der Lian sich um Marijana, Abebi und Ajani kümmerte, langsam wieder zu sich. Aber von Entsetzen gepackt, durch das inzwischen anhaltende Beben und Dröhnen des Vulkans kümmerten sie sich weder um Lian, noch um ihre eigenen Toten, sondern flüchteten von Panik ergriffen jede für sich so schnell sie konnten, dem Internat zu.

Nach einer Weile erwachte Abebi mit einem hämmernden Schmerz im Kopf in Lians Armen. Kurz überblickte sie das blutige Schlachtfeld. Dann wusste sie, wo sie war. Dankbar sah sie Lian an, die sie zärtlich streichelte und mit vor Tränen brennenden Augen sagte: „Bleib noch liegen, Abebi."

Abebi sah aber auch Marijana und Ajani neben sich liegen und erinnerte sich an den Kampf und daran, wie die beiden ihr zu helfen versucht hatten. Trotz ihrer eigenen Schmerzen erhob sie sich auf die Knie und untersuchte Marijana lang und sehr sorgfältig. Lian ließ Abebi dabei nicht aus den Augen und beobachtete mit fast unerträglicher Spannung Abebis ernstes Gesicht.

„Marijana ist sehr schwach!" flüsterte sie. Ihr Blick wanderte zu dem weit entfernten Urwald. Dann fragte sie: „Wo sind Josh und Victoria?"

Lian nickte in Richtung des Kraters und antwortete: „Josh versucht zu Shadowcat runterzuklettern." Abebi presste ihre Hände auf ihre kleine Brust und erwiderte bestürzt: „Das war schon unmöglich, als der Vulkan noch nicht gebebt hat."

Mit Lians Hilfe stand sie auf und gemeinsam gingen sie, auf das Schlimmste gefasst, zur Kante des Kraters.

Während Lian sich um Marijana, Abebi und Ajani gekümmert hatte, war Josh genau oberhalb von Shadowcat wieder an den Kraterrand getreten, hatte sich auf den Bauch gelegt und seinen Körper langsam über die Kante geschoben. Die Felsen waren heiß und die brodelnde Lava in der Tiefe war schon deutlich angestiegen. Hundert Meter in einer glatten und fast senkrechten Felswand ohne Hilfsmittel zu klettern, war schon unter normalen Umständen ein riskantes und leichtsinniges Unterfangen. Es war so gut wie unmöglich! Josh war ein guter Freeclimber. Zumindest war er das vor einigen Jahren noch gewesen. Aber an eine solche Wand hatte selbst er sich noch nie gewagt. Und jetzt erschwerte das anhaltende Beben die ganze Aktion noch mehr. Während er sich Zentimeter um Zentimeter nach unten arbeitete, kam ihm aus der Tiefe dieser tödliche und alles verschlingende Lavasee entgegen, der jeden Moment mit dem ganzen Berg explodieren konnte. In Situationen wie diesen wurde Josh ganz ruhig, auch wenn er Situationen wie diese eigentlich noch nie erlebt hatte. Sein Herz pochte nicht mehr laut und angstvoll. Es war wie aus Eis.

Shadowcat sah die stetig ansteigende Lava unter sich und sie sah Josh, der sich kaum zu rühren schien weit oberhalb von sich an der Felswand hängen.

Er wird niemals rechtzeitig bei mir sein! dachte sie sich betrübt und rief ihm mehrmals zu, dass er umkehren und sich in Sicherheit bringen sollte.

„Bitte Josh!" flehte sie ihn an und drohte ihm sogar: „Ich werde springen, mein Herz, wenn Du nicht umkehrst!"

Erst darauf antwortete Josh. Shadowcats bloße Bitten hatte er einfach ignoriert, weil er sich zu sehr aufs Klettern konzentrieren musste.

„Das wirst Du schön bleiben lassen, mein Herz!" rief er ihr zu und kletterte unbeirrt weiter.

Josh bemerkte aber selbst, dass die Lava schneller stieg, als er nach unten kam. Fieberhaft überlegte er, was er tun konnte, um Shadowcat zu retten. Aber es schien aussichtslos zu sein. Trotzdem gab er nicht auf.

Als über ihm Lian und Abebi an der Kante auftauchten und entsetzt die ansteigende Lava bemerkten, rief Josh, der zumindest erleichtert war, dass Abebi wieder bei Bewusstsein war, ihnen zu: „Abebi, bist Du okay?"

„Mir geht es gut"! schwindelte das tapfere kleine Afarmädchen, in dessen Kopf fast unerträgliche Schmerzen hämmerten und Josh fragte weiter: „Wie geht es Marijana?"

„Sie ist sehr schwach." antwortete Abebi auch auf diese Frage. Da Josh Abebis medizinische Fähigkeiten kennengelernt hatte, fragte er sie: „Kannst Du ihr helfen?"

„Ich weiß es nicht, Josh!" antwortete Abebi, während sie jede seiner

Bewegungen gebannt verfolgte. Hier konnte sie gar nichts tun. Im Wald gab es einige Pflanzen, die helfen konnten. Aber Marijana zu bewegen, war viel zu riskant.

„Mach, was Du kannst!" forderte Josh sie auf. „Und bringt sie so weit wie möglich von hier weg! Shadowcat und ich kommen so schnell wie möglich nach!"

„Versprochen?" fragte Lian, der ein Kloß im Hals steckte.

„Versprochen!" antwortete Josh. Lian wusste, dass Josh sie niemals anlügen würde. Aber diesmal zweifelte sie an seinem Wort.

„Wenn Du mich anlügst, xiǎojījī, dann folge ich Euch schneller, als Du Dir vorstellen kannst!"

„Ich liebe Dich, meine wunderschöne, kleine yīndào!" rief Josh ihr zu und fuhr dann an Abebi gewandt fort: „Und Dich auch Abebi! Und jetzt macht, das ihr loskommt."

Die beiden winkten Shadowcat noch einmal und wendeten sich dann schweren Herzens wieder ab, um zu überlegten, wie sie Marijana von hier wegbringen konnten.

„Wenn sie sterben, dann sterbe ich auch!" sagte Lian noch einmal leise zu sich selbst. Abebi hörte sie aber und erwiderte feierlich: „Ich auch! Aber wenn Josh sein Versprechen hält, dann müssen wir uns zumindest darum kümmern, dass Marijana überlebt und dass wir von dieser Insel runterkommen."

Von dieser Insel runterkommen, dachte sich Lian, *und dann irgendwo mit Josh, Marijana und Abebi frei leben, ohne Probleme, ohne eine Frau Vranja und ohne Gesetze, die uns unsere Liebe verbieten wollen, das wäre wunderschön.*

„Also, was tun wir?" fragte sie Abebi mit neuer Hoffnung im Herzen.

„Bist Du unverletzt?" fragte Abebi zurück, während sie einer der Damen des Sicherheitsdienstes, die den vorangegangenen Kampf nicht überlebt hatte, ein großes, machetenartiges Messer abnahm.

„Mir geht's gut!" antwortete Lian.

Abebi nickte. Dann reichte sie Lian die Machete und sagte: „Wir brauchen eine Trage. Lauf bitte so schnell Du kannst in den Wald und hole zwei lange Stangen."

„Soll ich sonst noch was mitbringen?" fragte Lian, während sie die Machete in der Hand wiegte. Abebi schüttelte den Kopf und erwiderte: „Beeil Dich bitte."

Ohne noch eine Sekunde zu verlieren, gab Lian Abebi einen flüchtigen Kuss und eilte dann den steilen, felsigen Hang hinunter, dem entfernten Urwald entgegen. Es konnte Stunden dauern, bis sie wieder zurück war. Und sie hoffte nur, der Vulkan würde so lange warten.

Josh blieb für einige Sekunden reglos an der Felswand hängen. Wenn er so langsam weiterkletterte, wie bisher, konnte er Shadowcat nicht erreichen, bevor die Lava bis zu ihr angestiegen war. Er hatte noch keine zehn Meter zurückgelegt. Und die Lava schoss immer schneller nach oben. Aufmerksam studierte er die Felswand unter sich. Dann öffnete er plötzlich seine Hände, mit denen er sich an kaum sichtbaren und kaum Halt bietenden Kanten an den Felsen geklammert hatte und ließ sich fallen. Unter ihm stieß Shadowcat einen entsetzten Angstschrei um ihn aus, den sogar Abebi noch hören konnte.

Etwas mehr als zwei Meter tiefer fand Josh wieder einen winzigen Halt, an dem er sich fangen konnte. Als Abebi den Kraterrand erreichte und mit dem schlimmsten rechnete, als sie nach unten blickte, hatte Josh schon wieder einem festen Halt. Aber zu ihrem und Shadowcats Entsetzen ließ er den Felsen wieder los und stürzte weiter nach unten. Als er wieder ein Stück tiefer nach irgendeinem unsichtbaren Halt griff, rutschte er ab und fiel noch weiter. Die Herzen von Shadowcat und Abebi setzten für einen Moment aus. Josh gelang es, noch ein paar Meter tiefer wieder Halt zu finden. Seine Fingerspitzen schmerzten, aber unermüdlich und unerschrocken ließ er sich Stück für Stück tiefer in den Krater fallen. Abebi konnte sehen, mit welcher Konzentration und Kraftanstrengung Joshs verzweifelter Versuch verbunden war, Shadowcat zu retten. Sie gab keinen Laut von sich, um ihn nicht abzulenken. Und auch Shadowcat verhielt sich nach ihrem ersten, entsetzten Schrei vollkommen still und verfolgte gebannt und mit pochendem und schmerzendem Herzen Joshs unglaublichen Abstieg auf die flüssige Lava zu.

Es dauerte fast eine dreiviertel Stunde, bis Josh sich bis auf Shadowcats Höhe hatte abfallen lassen. Ein paar Meter über ihr hatte er festgestellt, dass er immer weiter nach rechts abgedriftet war und versuchte, wieder dichter an sie heranzukommen. Aber hier war der Felsen wirklich fast spiegelglatt. Zwei Meter trennten ihn von ihr und die brodelnde Lava war schon bis auf fünfzehn Meter unterhalb von ihnen angeschwollen. Shadowcat sank verzweifelt auf die Knie. Josh hatte diesen übermenschlichen Kraftakt vollbracht, um bis zu ihr herunterzuklettern Und jetzt trennten sie zwei unüberwindliche Meter.

„Bitte kehre um Josh, mein Herz, mein Geliebter!" flehte sie ihn an. Josh hätte seinen Fingern gerne einen Moment Ruhe auf dem Felsvorsprung gegönnt, auf dem Shadowcat so schön wie eine im Himmel geschnitzte Madonnenfigur kniete. Aber er krallte sich mit dem Mut der Verzweiflung an den nackten Felsen und sah Shadowcat nur an. Sein Herz war so voller Liebe und er war so voller Verzweiflung.

Ich habe versagt! dachte er sich, während er seinen Blick nicht von Shadowcat abwenden konnte und die Lava unter ihm unbeeindruckt von der menschlichen Tragödie ihre glühenden Fontänen nach ihm spuckte.

Nein, das hast Du nicht! hörte er Shadowcat in seinem Kopf antworten und vor seinen tränenden Augen sah er in ihrem Gesicht auch die Gesichter von Marijana, Lian und Abebi.

„Nein!" schrie er plötzlich. „Ich gebe nicht auf!" Damit ließ er mit der linken Hand den schwachen Halt los, den die Felswand ihm gewährte, tastete nach der Kette, mit der er sich während des kompletten Abstiegs noch zusätzlich hatte abmühen müssen und begann sie zu schwingen.

„Fass das Ende!" forderte er Shadowcat auf. Aber die schüttelte nur den Kopf. Sie hatte die Kette, die an dem Cockring hing, den Josh unfreiwillig trug, schon während seines ganzen halsbrecherischen Abstiegs gesehen. Das Gewicht der Kette alleine musste ihm schon unerträgliche Schmerzen bereiten. Sie konnte sich nicht daran hängen.

„Greif die Kette!" forderte Josh Shadowcat noch einmal auf, während er ihr diese nochmals zu schwenkte. Josh sah, dass Shadowcat keine Anstalten machte, seiner Aufforderung nachzukommen und sagte, als die Kette wieder zurück schwang, ganz ruhig zu ihr: „Entweder wir kommen hier beide raus, oder wir werden beide sterben. Ich werfe Dir die Kette jetzt noch einmal zu. Wenn Du sie dann nicht greifst, mein Herz, dann lasse ich los."

Und ohne ihr Zeit für eine Antwort zu lassen, schwang er die Kette noch einmal zu Shadowcat und ihre zitternden, kleinen Hände griffen zu. Shadowcat wusste, dass Josh sich sonst wirklich in die Lava hätte fallen lassen. Sich mit der rechten Hand an den glühend heißen Felsen krallend und mit der linken Hand die Kette haltend, forderte Josh Shadowcat dann auf: „Und jetzt schwing Dich rüber!"

Shadowcat hätte Josh gerne gesagt, dass sie das nicht kann. Aber sie wusste, dass er das nicht akzeptieren würde. Also antwortete sie nur ganz leise: „Ich liebe Dich, Josh!" und gehorchte.

Es war ein unheimliches Gefühl, nur an einer Kette über einem See brodelnder Lava zu hängen. Aber sonderbarerweise fühlte Shadowcat keine Angst, zumindest nicht um sich.

„Halte Dich einfach nur fest, mein Herz!" sagte Josh liebevoll zu ihr. Aber er konnte die fast übermenschliche Kraftanstrengung nicht verbergen, denn was er sagte, kam ziemlich gepresst über seine Lippen. Ganz langsam ließ Josh die Kette los und zog sich ein kleines Stück an der Felswand hoch. Aber sobald seine Finger einen neuen Halt gefunden hatten, griff er wieder nach der Kette, um den schmerzhaften Zug an dem Cockring zu verringern und seine Genitalien zu entlasten. Josh wusste selbst nicht, wie er auf diese Weise den Aufstieg schaffen sollte. Aber als er sich vor Augen hielt, dass seine geliebte Victoria, das unvergleichliche Indianermädchen Shadowcat, in einem See aus Lava verglühen würde, wenn er versagte, vergaß er alle Schmerzen, die der Cockring und das daran hängende Gewicht ihm bereitete und kletterte mit einem unbändigenden und eisernen Willen an der Felswand wieder empor. Die Lava unter ihm, die Shadowcat auf ihrem kleinen Felsvorsprung schon das Gefühl vermittelt hatte, lebendig gegrillt zu werden, schien nicht mehr weiter zu steigen. Aber es war zu spüren, dass sich etwas Gewaltiges zusammenbraute.

Lian war den Hang des Vulkans fast fliegend hinuntergeeilt. Als sie die ersten Ausläufer des Waldes erreichte brannte Ihre Lunge, wie noch nie zuvor in ihrem Leben. Aber sie rannte immer weiter, bis sie Bäume entdeckte, deren Äste sich eigneten, um daraus eine Bahre zu bauen. Mit einigen, wenigen Schlägen der Machete und einer an den Baum gerichteten Entschuldigung, hackte sie drei lange, fast kerzengerade Äste ab. Kurz bereute sie, keiner der Damen des Sicherheitsdienstes ihren Gürtel abgenommen zu haben, um die langen Stangen zusammenzubinden. Aber sie ließ sich keine Zeit, um über solche Versäumnisse nachzudenken, hackte sich ein paar dünne Lianen von den Bäumen und band damit die Stangen zusammen. Dann nahm sie das lange Bündel über die Schulter und machte sich wieder an den beschwerlichen Aufstieg zum grollenden Vulkan. Noch niemals in ihrem Leben hatten ihre Oberschenkel so sehr geschmerzt, wie bei diesem Aufstieg. Und wäre es nur um einen sportlichen Wettstreit gegangen, hätte sie trotz ihrem unbezwingbaren Willen und ihrer eisernen Konstitution zu diesem Zeitpunkt aufgegeben. Aber es war kein sportlicher Wettstreit. Es war ein Kampf auf Leben und Tod. Von ihrer Kraft, von ihrer Ausdauer, von ihrer Schnelligkeit und von ihrem Durchhaltevermögen hing es ab, ob es für Marijana noch eine Rettung gab. Als ihre Beine ihr nicht mehr gehorchen wollten, warf sie sich das Bündel mit den langen Stangen über den Rücken und kroch auf allen Vieren weiter den steilen Hang hinauf, immer auf der Hut, nicht von herunterpolternden Steinen erschlagen zu werden. Unermüdlich stieg sie immer höher. Als sie sich einmal einen winzigen Moment zum Verschnaufen gönnte und sich umdrehte, sah sie, wie die Vögel dieser tropischen Insel sich wie auf ein Signal hin alle gleichzeitig aus dem grünen Dach des Dschungels erhoben und in einem riesigen, wild kreischenden Schwarm gemeinsam nach Osten über das Meer davonflogen. Das war kein gutes Zeichen. Lian beachtete das Schiff, das inzwischen im Nordosten vor der Küste der Insel lag, nicht, sondern rannte mit einer Kraft, die sie direkt aus der Erde zu ziehen schien, weiter, dem Gipfel dieses erwachten Vulkans zu.

Abebi hatte ungeduldig auf Lian gewartet. Sie wiegte Marijana, der sie ein wenig Wasser eingeflößt hatte, in ihren Händen und sang ihr ein leises, melancholisches Lied aus ihrer Heimat vor. Als Lian die Höhe erreichte, legte Abebi Marijanas Kopf behutsam auf den harten Boden und eilte dem ihr mit letzter Kraft entgegentaumelnden, nackten, chinesischen Mädchen entgegen. Lian sah das kleine Afarmädchen auf sich zukommen. Es verschwamm vor ihren Augen. Dann verlor sie das Bewusstsein.

Abebi wusste, dass Lian übermenschliches geleistet hatte. Sie fing ihre zusammenbrechende Schwester auf, bevor sie auf den Felsen aufschlagen konnte, legte sie vorsichtig neben Marijana und flößte auch ihr Wasser aus einer Feldflasche ein. Dann machte sie sich unverzüglich an die Arbeit, um aus den Stangen, die Lian mitgebracht hatte und aus den Gürteln und der Kleidung der überwältigten Gegnerinnen eine Trage zu bauen, auf der man Marijana von der Höhe des Vulkankraters hinunterschaffen konnte.

Lian kam nach wenigen Minuten wieder zu sich. Aber ihre Muskeln brannten so sehr, dass sie noch einige Minuten brauchte, bis sie sich wieder erheben konnte. Mühsam kroch sie auf allen Vieren bis zum Kraterrand, um sich davon zu überzeugen, dass Shadowcat und Josh noch am Leben waren.

Mit ungläubiger Faszination sah Lian, wie Josh nur ein kleines Stück oberhalb des Vorsprungs, auf dem Shadowcat vorher gestanden hatte, an der scheinbar glatten Felswand hing. Und unter ihm baumelte Shadowcat an der Kette, die an Joshs Cockring hing. Aus dem Loch, aus dem Shadowcat den Felsvorsprung erreicht hatte, blubberte glühende Lava und ergoss sich in den nur noch wenig tiefer liegenden Lavasee, der verdächtig ruhig schien.

„Kannst Du mir helfen?" hörte Lian da von hinter sich Abebis Stimme. Vorsichtig schob sie sich erst ein Stück von der Kante zurück bevor sie sich umdrehte und mühsam erhob.

„Ja!" antwortete sie, versuchte, ihre Schmerzen zu ignorieren und ging dann zu Abebi, die die Tragbahre inzwischen fertig gestellt und neben Marijana gelegt hatte.

„Wir müssen sie vorsichtig rüberheben", sagte Abebi. Und ganz behutsam legten sie Marijana auf die Trage. Mit den Lianen, mit denen Lian zuvor die Stangen verschnürt gehabt hatte, band sie jetzt Marijana vorsichtig auf dem stabilen Gestell fest, das Abebi gebaut hatte. Dann drängte Abebi schon: „Wir müssen los."

Lian sah, dass Abebi einen Stoffstreifen an einen Gewehrlauf gebunden hatte. Und das Gewehr stand aufrecht wie eine Fahne neben Ajanis blutüberströmtem Körper. In dem Moment erkannte Lian, dass Abebi daran glaubte, dass Josh das Unmögliche wahr machen würde. Abebi, die vorher noch überzeugt gewesen war, dass es unmöglich wäre, in den Krater hinabzusteigen, glaubte jetzt daran, dass Josh mit Shadowcat aus diesem Krater heraussteigen würde und dass sie gemeinsam von dieser Insel fliehen würden. Und Abebi, die Panther immer gefürchtet hatte, hoffte jetzt darauf, dass Josh Ajani retten würde, wenn er den Kraterrand erklommen hatte. Abebi sah Lian fragend an. Und sie erkannte, dass Lian sich diese Hoffnung und diesen Glauben jetzt auch verinnerlichte. Ohne noch einmal in den Krater zu blicken, hoben sie die Trage an und machten sich an den beschwerlichen Abstieg.

Die Erde hatte aufgehört zu beben. Aber die jetzt herrschende Stille war die drückende Ruhe vor dem Sturm, das konnten Abebi und Lian ebenso fühlen, wie die Tiere der Insel es fühlten. Der Vulkan würde ausbrechen. Er würde sich nicht damit zufrieden geben, nur ein wenig Lava in seinem

Krater blubbern zu lassen, nur um die Lebewesen auf dieser Insel zu erschrecken.

Der Abstieg vom Krater fiel Lian leichter, als der letzte Aufstieg, obwohl sie diesmal am vorderen Ende der Bahre das meiste Gewicht von Marijana zu tragen hatte. Marijana war klein und nicht schwer. Aber Lian und Abebi waren noch kleiner als sie und noch leichter. Sie waren beide müde und erschöpft. Aber sie kämpften sich unbeirrbar den nach unten langsam flacher werdenden, steinigen Hang hinunter. Mit der Zeit wurden ihre Arme lahm. Aber keine von ihnen verlangte nach einer Pause. Und jede Erschütterung für Marijana vermeidend kamen sie ziemlich zügig voran, bis sie endlich in den dichten, saftigen und Schatten spendenden Urwald eintauchten. Auf den ersten Blick schien hier alles noch normal zu sein. Aber es fehlte jede Spur von Leben. Und das ließ den Wald unwirklich und unheimlich erscheinen. Lian und Abebi liefen mit ihrer kostbaren Last bis an eine kleine Wasserstelle. Hier legten sie die Bahre vorsichtig ab. Und nachdem Abebi sich Marijana noch einmal angesehen hatte, lief sie allein weiter, um zu holen, was der Wald ihr an Medizin für Marijana zu geben bereit war.

Abebi war fast eine halbe Stunde im Wald verschwunden. Und Lian nutzte die Zeit, um sich selbst wieder ein wenig zu erholen. Sie trank ausreichend Wasser, nachdem sie Marijana behutsam von dem lebensspendenden Nektar eingeflößt hatte. Dann stieg sie selbst in den erfrischenden Teich und fühlte neue Lebensgeister in sich erwachen. Marijana zärtlich streichelnd und sie immer wieder küssend wartete sie dann auf Abebis Rückkehr.

Abebi kam mit einem Beutel voller Blätter, Knollen, Wurzeln und Früchten.

„Hier, iss das!" sagte sie zu Lian und reichte ihr kleine, fast schwarze Beeren. Und während Lian Abebi dabei zusah, wie sie alles vorbereitete, um Marijana zu operieren, kostete sie die süßen Beeren, die zwar einen leicht bitteren Nachgeschmack hatten, aber sie fast sofort mit neuer Energie versorgten.

Abebi wusch ein kleines Taschenmesser, das sie einer der überwältigten Damen des Sicherheitsdienstes abgenommen hatte, im Teich ab und sagte zu Lian: „Du musst Marijana jetzt an den Schultern festhalten. Pass auf, dass sie sich nicht aufrichtet."

„Sollten wir das Messer nicht mit Feuer desinfizieren?" fragte Lian skeptisch zurück. Abebi schüttelte aber den Kopf und antwortete: „Das macht nur Narben."

Lian vertraute darauf, dass Abebi wusste, was sie tat und drückte vorsichtig Marijanas Schultern nach unten, während Abebi sich eine Knolle in den Mund steckte und mit der kleinen Klinge des Taschenmessers begann, in Marijanas Busen nach der Kugel zu suchen.

Lian fühlte trotz der stärkenden Beeren, die sie gegessen hatte, eine Schwäche in sich aufsteigen, die sie fast ohnmächtig werden ließ. Sie musste ihren Blick abwenden. Aber im nächsten Moment sagte Abebi schon: „Ich hab sie!", warf die Kugel neben sich ins Gras, wusch vorsichtig das Blut von Marijanas Brust und presste dann den Brei aus der zerkauten Knolle auf die Wunde. Sie legte Marijana keinen Verband an, sondern drückte nur mit der flachen Hand auf die Wunde.

Lian sah ihr aufmerksam und gespannt zu. Nach ein paar Minuten, die Lian wie eine Ewigkeit erschienen, nahm Abebi die hart gewordene Masse von der Wunde, die sonderbarerweise nicht blutete und wiederholte den Vorgang mit dem Brei aus einer neuen Knolle. Dreimal wiederholte sie diese Prozedur noch. Erst dann legte sie Marijana einen pflanzlichen Verband an. Und in dem Moment atmete Marijana mit einem lauten Seufzer ein. Jetzt wirkte sie nicht mehr tot, sondern schien nur tief und fest zu schlafen.

Lian umarmte Abebi und küsste sie immer wieder dankbar und verliebt. Und sie fühlte, wie Abebi in ihren Armen erschlaffte.

Bis jetzt hatte Abebi sich nur um Marijana gesorgt. Erst als sie alles getan hatte, was in ihrer Macht stand, um ihre schwer verwundete Schwester zu retten, ließ sie ihre eigene, durch den Schlag auf den Kopf hervorgerufene, Schwäche zu. Sie hatte eine schwere Gehirnerschütterung, die ihr unerträgliche Schmerzen und Übelkeit bereitete und war nah dran, ihr Bewusstsein wieder zu verlieren. Ein paar wenige Augenblicke, während denen Lian sie sanft an ihre Brust drückte, gönnte Abebi sich Entspannung. Mit geschlossenen Augen überließ sie sich den zärtlichen Armen Lians, deren kleine feste Brüste sich angenehm an ihre Wange schmiegten. Dann tastete sie, ohne die Augen zu öffnen, nach den Beeren, von denen sie auch Lian gegeben hatte und aß einige davon, in dem Bewusstsein, dass sie sie stärken und auch gegen den Schmerz helfen würden.

In dem Moment erscholl eine Art Knacken von der Höhe des Vulkans. Augenblicklich waren Lian und Abebi auf den Beinen. Und in dem selben Moment, in dem der Vulkan mit einem wütenden Brüllen explodierte und eine Fontäne aus glühender Lava hunderte Meter in den Himmel spie, hatten sie schon die Enden der Bahre, auf der Marijana lag, in den Händen und flohen dem entferntesten Ende der Insel zu. Sie wussten beide, dass sie bei der Richtung, die sie eingeschlagen hatten, zum Internat kommen würden. Und sie hatten beide auch bei ihrem beschwerlichen Abstieg vom Vulkan das Schiff in der Nähe des Internats vor der Küste gesehen. Aber alle Fragen, die sich ihnen durch diese Tatsachen aufdrängten, verblassten gegen die eine, die einzig wichtige Frage: War es Josh gelungen, mit Shadowcat dem Vulkankrater zu entkommen, oder hatte das glühende Blut der Erde die beiden verschlungen?

Eine dichte Wolke aus glühender Asche fegte über den Urwald und verwandelte ihn binnen Sekunden in ein flammendes Inferno, während ein Regen aus ebenfalls glühenden Steinen und Felsen über der Insel niederging. Lian und Abebi fanden in einer Höhle einen Unterschlupf vor der tödlichen Bedrohung. Aber der komplette Wald schien sich plötzlich zu neigen. Und von den Höhlenwänden bröckelten bedrohlich Steine heraus und prasselten auf sie nieder. Lian warf sich sofort schützend über Marijana, während Abebi versuchte, einen starken, weit verzweigten und noch nicht verbrannten Ast in die Höhle zu ziehen. Als ihr das gelungen war, breitete sie den Ast über Marijana, Lian und sich. Der Ast war ein guter Schutz vor den herabfallenden Steinen, die das dicht verzweigte Geflecht der Verästelungen nicht zu durchdringen vermochten. Im Moment waren die drei hier relativ sicher. Durch die Höhlenöffnung beobachteten Lian und Abebi mit der Faszination des Grauens, wie sich der Waldboden tatsächlich immer weiter neigte. Und langsam kam ein unheimliches Brausen immer näher, das nicht von den alles verzehrenden Flammen herrührten, die vor allem in den undurchdringlichen und dicht belaubten Baumkronen wüteten. Die brennenden Baumriesen knickten um wie Strohhalme, als der Boden sich immer weiter neigte. Und da sahen die beiden verängstigten Mädchen plötzlich aus ihrem Versteck heraus, was dieses unheimliche, tosende Rauschen hervorrief:

Wasser! Eine riesige, mehrere Meter hohe Flutwelle kam durch den brennenden Wald auf sie zu. In dieser Wand aus dunklem, alles verschlingendem Wasser erstarb das Feuer, während über ihm noch die Wipfel der wenigen Bäume brannten, die dem Neigen der Insel ebenso getrotzt hatten wie dem Ansturm der gigantischen Welle. Eine Flucht aus der Höhle war nicht mehr möglich. Im Kampf der Elemente hätten Lian und Abebi mit der bewusstlosen Marijana keine Chance gehabt, deren verheerenden Kräften zu entkommen.

Der Eingang der Höhle neigte sich abwärts. Sofort, als Lian und Abebi die gigantische Welle auf sich zukommen sahen, zogen sie sich mit der Bahre, auf der Marijana nichts von alledem mitbekam, so weit wie möglich in die aufwärts führende Tiefe der Höhle zurück. Mit einem ohrenbetäubenden, tosenden Brüllen verdunkelte die Welle den Eingang zur Höhle und schwappte tief in sie hinein. Aber wie ein Hund vor dem Fuchsbau konnte sie nicht weiter eindringen, um denen etwas anzuhaben, die in ihr Schutz gesucht hatten.

Lian und Abebi harrten mit atemloser Spannung einige Minuten aus, bis das bedrohliche Beben und Grollen sich wieder beruhigt hatte. Durch das dunkle, den Eingang verschließende Wasser drang kein Licht zu ihnen herein. Erde, Asche und Staub machten das Wasser fast schwarz, so dass die Mädchen in absolute Dunkelheit gehüllt waren.

„Ich sehe nach!" sagte Lian nach einer Weile mit fast andächtig leisem Flüstern. Abebi nickte, obwohl niemand das in der pechschwarzen

Finsternis sehen konnte und erwiderte ebenso leise flüsternd: „Sei vorsichtig, Lian!"

Lian tastete nach Abebis Hand, drückte sie kurz aber liebevoll und kroch dann dem See zu, der den Ausgang versperrte. Vorsichtig stieg sie in das übelriechende Wasser und kämpfte sich durch ein Gewirr aus Ästen, die sich vor wenigen Minuten noch als lebendige Arme stolzer Bäume in den Himmel gereckt hatten.

Mit angehaltenem Atem tauchte Lian unter. Sie musste nicht tief tauchen. Die eklige Brühe stand nur etwas über einen Meter hoch in der Höhle. Und draußen musste sie genauso weit wieder bis zur Oberfläche nach oben tauchen. Nachdem Lian sich den als dicke Schicht auf dem Wasser liegenden Schmutz von den Augen gewischt hatte, blickte sie auf ein Bild der Zerstörung. Nach Norden hin war nichts mehr von der Insel übrig. Alles jenseits der Höhle, in der sie sich verborgen hatten, war vom Meer verschlungen worden. Nur ein paar verbrannte Baumriesen ragten wie schwarze Skelette aus einem Meer, das hier wie ein tückischer Sumpf wirkte. Aber dieses Bild änderte sich rasch. Die aufgeschäumte Schicht aus Erde und Asche, die auf der Wasseroberfläche trieb, versickerte langsam und sank auf den Meeresgrund, der eben noch ein lebendiger Waldboden gewesen war. Und das Chaos aus schwimmenden Baumleichen wurde langsam ins offene Meer gespült. Vom Vulkan im Westen war die komplette Ostseite abgebrochen. Die stehengebliebene Felswand, in deren Mitte, sich deutlich nach rechts neigend, aber so gerade, wie mit dem Lineal gezogen, der nach Osten offene Krater bis zur Spitze zog, sah aus wie die Kinderzeichnung eines Segelbootes. Vom Fuß des Kraters aus schossen immer noch Lavafontänen vor der Kulisse dieser eigenartigen Felswand in den Himmel, ohne aber die Höhe des ersten Ausbruchs zu erreichen. Ströme flüssiger Lava ergossen sich ins dampfende Meer. Der Rest des südlich und östlich von ihr gelegenen Urwaldes brannte nur an wenigen Stellen. Und der Wald war so saftig grün, dass zu erwarten stand, dass er das Feuer besiegen würde. Der vorher ebene Urwald stieg jetzt nach Süden hin deutlich an. Und dahinter erhob sich jetzt drohend der landwirtschaftliche Betrieb wie eine mittelalterliche Festung auf einem alles überragenden Berg. Anscheinend waren die beiden miteinander verbundenen Inseln komplett auf einer von Ost nach West verlaufenden Achse gekippt. Während die Nordseite von St. Bernadette vollständig im Meer versunken war, hatte sich die kleine, im Südosten gelegene Insel mit dem landwirtschaftlichen Betrieb zu einem alles beherrschenden Berg aus dem Meer erhoben.

Ein leichtes, durch die Insel laufendes Beben ließ Lian wieder an Abebi und Marijana denken. Die Höhle konnte jederzeit noch tiefer im Meer versinken. Lian tauchte wieder zurück in das dunkle, unheimliche Loch, in dem sie vor Feuer und Wasser Schutz gefunden hatten und fragte leise in die Finsternis: „Abebi?"

„Hier!" antwortete das kleine Afarmädchen. Und es war ihrer Stimme anzuhören, dass es ungeduldig auf Lians Rückkehr gewartet hatte.

„Wir müssen hier raus!" sagte Lian in dem Bewusstsein, dass sie auch die verwundete und bewusstlose Marijana durch die modrige Brühe schaffen mussten. Bevor sie sich daran wagten, räumten sie aber so viele Äste aus dem kurzen Weg durch das Wasser, wie es nötig war, um Marijana zumindest ohne neue Verletzungen aus der Höhle zu holen. Als der Weg so ziemlich frei war, zogen sie die sperrige Bahre vorsichtig ins Wasser. Lian hielt Marijana Mund und Nase zu und wenige Sekunden später tauchten die beiden kleinen, nackten Heldinnen mit Marijana außerhalb der Höhle wieder auf und brachten sie sicher auf festen Boden.

Abebi nahm sich kaum Zeit, das veränderte Bild der Insel zu begutachten, sondern entfernte sofort Marijanas Verband. Da sie kein frisches Wasser mehr zur Verfügung hatten, sagte sie zu Lian: „Du musst den Dreck so gut wie möglich aus der Wunde saugen." Damit ließ sie Lian mit Marijana allein und eilte in den verbliebenen Rest, des halb im Ozean versunkenen Dschungels. Lian befreite Marijanas Gesicht und Körper so gut wie möglich von dem Schmutz, der sich wie eine ölige Schicht überall auf ihnen abgesetzt hatte und begann ganz behutsam, die noch frische Wunde auf Marijanas festem Busen abzulecken und auszusaugen, bis sie sicher war, dass sich kein Schmutz mehr darin befand. Abebi kam bald darauf wieder zurück. Sie kaute bereits auf einer Knolle und hatte einen dicken, saftigen Ast dabei, aus dem sie einiges Wasser presste, um die Wunde damit noch einmal gründlich auszuwaschen. Nachdem sie das getan hatte, trug sie wieder den Brei aus der zerkauten Knolle auf die Wunde auf. Dann fragte sie, sich umsehend: „Was machen wir jetzt?"

Lian sah zu dem halben Vulkan und Abebi folgte ihrem Blick dorthin. Lange und schweigend beobachteten sie die unwirklich erscheinende Szenerie. Beide dachten sie darüber nach, wie groß Joshs Chancen wohl gewesen waren, mit Shadowcat dem Vulkan zu entkommen, bevor er ausgebrochen war. Und beide kamen zu dem selben erschütternden Ergebnis: Josh und Marijana hatten nicht die geringste Chance gehabt. Und Ajani auch nicht. Der Vulkan hätte sogar noch sie auf ihrer Flucht mit glühender Asche und Felsbrocken erreicht, wenn sie nicht in der Höhle Schutz gefunden hätten. Und als sie von der Höhe des Vulkans aufgebrochen waren, da steckten Josh und Shadowcat noch tief in dem kaum zu bezwingenden Schlund. Der Vulkan hatte ihnen keine Zeit gelassen, um der Demonstration seiner Stärke zu entgehen. Er hatte wie ein grausamer Herrscher darauf bestanden, dass sie dieser Zeremonie an vorderster Front beiwohnten, um sich daran zu weiden, sie im Angesicht seiner Macht verglühen zu sehen.

„Was ist passiert?" fragte da die schwache Stimme Marijanas und lenkte damit die Aufmerksamkeit Abebis und Lians auf ihre eben erwachte Schwester.

Josh hatte die einsetzende Ruhe mit Beunruhigung wahrgenommen. Das Ende des Bebens und die plötzlich herrschende Stille fühlten sich bedrohlicher an, als das vorangegangene wütende Rumoren aus den Eingeweiden des Vulkans. Ohne sich um seinen Cockring und Shadowcats daran hängendes Gewicht zu kümmern, zog er sich in ruhigen und gleichmäßigen Bewegungen langsam, aber stetig wieder an der steilen Felswand empor. An Vorsprüngen, die er kaum mit seinen Fingerkuppen bedecken konnte, fand er genug Halt, um mit der Sicherheit eines Geckos an einer Glasscheibe, immer weiter nach oben zu klettern.

Shadowcat war voller Bewunderung für die fast übermenschliche Leistung Joshs. Sie wagte kaum zu atmen, um nicht die geringste Erschütterung an der Kette zu verursachen, die Josh schon allein durch ihr Gewicht unerträgliche Schmerzen bereiten musste.

Während der ersten zehn Meter, für die sie eine Ewigkeit zu brauchen schienen, konnte sich Shadowcat noch nicht im mindesten vorstellen, dass diese tollkühne Rettungsaktion von Erfolg gekrönt sein könnte. Aber je länger sie unterwegs waren und je höher sie an der steilen Kraterwand nach oben stiegen, desto mehr erwuchs eine Hoffnung in ihr, aus der langsam der feste Glaube und dann die Gewissheit wurde, dass Josh sie tatsächlich aus dem Schlund der Hölle, die sich aufgetan hatte, um sie zu verschlingen, retten konnte. Aber die plötzliche Stille wirkte auch auf sie wie ein tödliches Versprechen, wie das Versprechen eines überlegenen Gegners, der einem zum eigenen Vergnügen einen Vorsprung lässt, dass man ihm nicht entkommen kann. Je höher sie stiegen und je näher sie der rettenden Kante des Kraters kamen, desto unerträglicher wurde die Spannung sowohl für Shadowcat, als auch für Josh.

Josh musste seine ganze Selbstbeherrschung aufbringen, um während der letzten Meter nicht plötzlich in ungeduldige Hast zu verfallen, sondern mit der gleichen, stetigen Ruhe und Bedachtsamkeit weiterzuklettern. Er spürte Shadowcats Gewicht nicht mehr, er spürte auch seine wunden Fingerkuppen und seine bis zum äußersten angespannten Muskeln nicht. Er spürte nur den Drang, Shadowcat so schnell wie möglich über diese so unendlich langsam näher rückende Kante zu bringen. Und endlich, nach ungezählten Stunden, tastete seine Hand über den Rand des Kraters.

Lose Steine und Geröll machten es ihm schwer, einen Halt zu finden, um seinen Körper über die Kante nach oben zu ziehen. Aber es gelang ihm. Und sobald er oben war, setzte er sich auf den Hintern und zog Shadowcat an der Kette zu sich empor. Jetzt, wo es fast geschafft war, klopfte sein Herz wie wild. Er fürchtete jetzt mehr, als während des ganzen halsbrecherischen Aufstiegs, dass ein Unglück geschehen könnte, das ihre

Flucht aus dem Vulkan noch vereiteln würde. Und das Unglück kam in dem Moment, als Josh Shadowcat die Hand entgegenstreckte, um ihre Hand zu greifen und sie endlich aus dem Krater zu ziehen. Ein lauter Knall, war zu hören und im selben Moment sackte die Kante des Kraters, auf der Josh saß, über einen Meter ab. Shadowcat rutschte bei dem unvorhersehbaren, heftigen Ruck von der Kette ab und hing schon frei in der Luft über der plötzlich wieder erwachten Lava. Aber bevor der Vulkan sich seine Beute zurückerobern konnte, schloss sich Joshs Faust um Shadowcats schlankes Handgelenk. Mit einer einzigen, kraftvollen Bewegung, in der sich Josh selbst wieder bedenklich weit über die Kante des Kraters beugte, zog er das erschöpfte, nackte Indianermädchen aus dem Abgrund zu sich herauf. Und ohne ihr Handgelenk loszulassen, lief er, sie hinter sich herziehend, los, aber nicht den Hang des zürnenden Vulkans hinunter, sondern am Rand des Kraters entlang.

Josh hatte gesehen, dass der Krater sich nur auf der Seite gesenkt hatte, auf der sie seine Höhe erklommen hatten. Aber während er Shadowcat hinter sich herzog, stoppte die plötzlich. Ihr Blick war über das Schlachtfeld geschweift und auf dem durch die Fahne gekennzeichneten, leblosen Körper von Ajani hängengeblieben. Josh folgte ihrem Blick, sah in der selben Sekunde, dass Ajani noch atmete und hob ihn schnell vom Boden auf.

Während im Krater schon das glühende Magma nach oben schoss, sprangen Shadowcat und Josh mit Ajani über eine sich öffnende Kluft auf die stabile, westliche Seite des Kraterrandes. Shadowcat und Josh spürten die unglaubliche Hitze der in wenigen Metern Entfernung von ihnen in den Himmel schießenden Lavafontäne, während die komplette östliche Seite des Vulkans mit einem markerschütternden Knall abgesprengt wurde und sich in milliarden Trümmern wie Geschosse in den Urwald der Insel bohrten. Auch die Lava regnete nach Osten über die Insel nieder.

Der erboste Vulkan hatte in seiner Wut anscheinend Shadowcat und Josh aus den Augen verloren. Und die beiden erreichten unversehrt die Westküste der Insel am Fuß des Vulkans. Aber noch während ihrer halsbrecherischen Flucht von der Höhe des feuerspeienden Berges, kippte dieser plötzlich nach Norden. Shadowcat und Josh fürchteten schon, dass die ganze Insel im Meer versinken würde. Aber das tat sie nicht. Sie konnten von der Insel nichts sehen, als nur den Vulkan, dem sie in Richtung des aufgebrachten Meeres zu entfliehen versuchten. Was auf der anderen Seite des Vulkans geschah, davon hatten sie keine Ahnung.

Auf dieser Seite des Vulkans gab es keine Vegetation, keinen Baum, der ihnen zur Flucht von der Insel hätte dienen können. Es gab nichts. Und mit dem Gewicht der Kette, die Josh nicht loswerden konnte, war es ihm nicht möglich, zu schwimmen.

Seitdem der Vulkan gekippt war, hatte sich auch die Lavafontäne nach

Norden geneigt. Als Shadowcat und Josh an der stürmischen Grenze zwischen Vulkan und Meer nach einigen Momenten des Zögerns wieder langsam zu Atem kamen, sprachen sie zum ersten Mal seit ihrer Flucht aus dem Krater.

„Wie geh es Dir, mein Herz?" fragte Josh noch nach Atem ringend. Shadowcat antwortete nicht, sondern warf sich nur schluchzend an seine Brust. Und trotz der um sie herum wütenden Naturgewalten standen die beiden eine lange Minute an der felsigen Küste, hielten sich nur ganz fest und pressten ihre nackten Körper aneinander.

„Ich lasse Dich nie wieder los, Josh!" flüsterte Shadowcat schluchzend. Josh löste sich aber mit sanfter Gewalt von ihr, sah ihr tief in die Augen und erwiderte fast tonlos: „Du musst!"

Shadowcat schüttelte ungläubig den Kopf. Nach allem, was Josh für sie gewagt hatte, konnte er nicht erwarten, dass sie ihn jetzt verließ. Sie wusste genau, was Josh sagen wollte und antwortete auf das, was er noch nicht ausgesprochen hatte, bevor er es aussprechen konnte: „Ich werde die Insel nicht schwimmend umrunden und Dich hier mit dem Panther zurücklassen!"

Josh konnte in Shadowcats Augen sehen, dass ihr Entschluss absolut feststand. Ihre Entscheidung war unabänderlich. Sie würde ihn um nichts auf der Welt im Stich lassen. Während er noch verzweifelt überlegte, was es sonst noch für Alternativen geben könnte, um sich gemeinsam in Sicherheit zu bringen, sagte Shadowcat, die die nach Norden gerichtete Lavafontäne beobachtete: „Wir umrunden den Vulkan auf der Südseite."

Josh betrachtete sich jetzt ebenfalls das noch immer in den Himmel spritzende Magma, nickte und wollte Ajani wieder aufheben. Shadowcat hielt ihn aber zurück, indem sie sagte: „Einen Augenblick noch, Josh."

Als Josh sich ihr wieder zuwandte, kniete sie sich vor ihn hin und untersuchte behutsam Joshs Genitalien. Sie sah den roten Rand, an dem der Ring eingeschnitten hatte. Aber anscheinend hatte Josh ihr Gewicht wirklich ohne ernsthafte Verletzung mit sich an der Kraterwand nach oben gezogen. Josh zog Shadowcat sanft wieder auf die Füße und versicherte ihr: „Ich bin in Ordnung, mein Herz!"

Und mit Tränen in den Augen brachte Shadowcat ein fast tonloses „Danke!" heraus.

Dann machten sie sich auf den beschwerlichen Weg an der zerklüfteten Küste entlang um den Vulkan herum.

13 ZWISCHEN DEN FRONTEN

Von der abgesprengten Ostseite des Vulkans ergoss sich langsam ein zähfließender Lavastrom nach Norden ins Meer. Aber auch auf der übrigen Insel taten sich Erdspalten auf, aus denen teilweise nur blubbernd, teilweise aber auch in bedrohlichen Fontänen das glühende Magma aus dem Innern der Erde stieg, um alles Leben zu verzehren.

Trotz ihrer Sorge um Shadowcat und Josh weinte Lian vor Freude, als Marijana wieder erwachte und küsste überglücklich immer wieder ihr Gesicht. Auch aus Marijanas Augen quollen dicke Tränen und zaghaft tastete sie nach Abebis Hand. Abebi hatte sich scheu im Hintergrund gehalten, während sie die rührende Szene zwischen den beiden sich liebenden Schwestern beobachtet hatte. Sie wünschte sich so sehr, Teil dieser Liebe zu sein, aber so sehr ihr Herz ihr auch sagte, dass sie das längst war, konnte ihr Verstand es doch noch nicht begreifen. Als sie Marijanas Hand schwach auf ihrer spürte, nahm sie sie, führte sie behutsam an ihre Lippen und küsste sie zärtlich und voller Inbrunst. Bevor aber noch eine von ihnen etwas sagen konnte, tat sich nur wenige Meter neben ihnen mit einem grauenvollen Stöhnen die Erde auf, orange grünliche Dunstwolken entströmten der klaffenden Erdspalte und das einsetzende, dröhnende Beben unter ihnen verhieß nichts Gutes. Der Schreck saß allen dreien in den Gliedern. Aber sie ließen sich keine Sekunde zulange davon lähmen. Marijana versuchte, sich zu erheben. Aber Lian drückte ihre Schultern mit sanfter Gewalt wieder auf die Trage. Und im nächsten Moment hatten sie und Abebi schon deren Enden in den Händen und mit fliehender Hast rannten sie weiter dem im Osten gelegenen Internat zu.

Als sie die Lichtung vor dem Internat erreichten, blieben sie vor Überraschung und Schauder gebannt stehen. Marijana, die auf ihrer Bahre nichts sehen konnte, spürte das furchtsame Zögern Lians und Abebis und fragte schwach: „Was ist los?"

Wortlos drehten die beiden Gefragten Marijana so, dass sie die Lichtung ebenfalls überblicken konnte.

Die vorher ebene Fläche hatte jetzt eine Neigung von über zehn Grad und die neu entstandene Küstenlinie ging mitten durch sie hindurch. Die Sporthalle war eingestürzt und ihre Trümmer ragten aus dem Wasser auf. Aber das stabile Hauptgebäude stand noch, wirkte durch die unnatürliche Neigung und halb im Wasser stehend aber sehr befremdlich und absurd.

„Wo sind alle hin?" fragte Marijana fast ehrfürchtig, als sie vorsichtig näherkamen.

„Wahrscheinlich sind sie auf das Schiff geflohen, auf dem der Söldnertrupp ankommen sollte", antwortete Lian ebenfalls ganz leise. Aber bei ihr war es keine Andächtigkeit, die sie dazu veranlasste, ihre Stimme zu senken, sondern die Vorsicht einer Wildkatze, die eine lauernde Gefahr fürchtete.

In genügend großem Abstand vor dem Internatsgebäude, so dass im Falle, dass auch dieses einstürzte, Marijana nicht unter die Trümmer geraten konnte, stellten Lian und Abebi die Bahre ab.

„Ich sehe mich mal um!" sagte Lian, küsste Abebi und Marijana und lief vorsichtig und immer auf der Hut in das unheimliche, leerstehende Haus, während sich Abebi neben Marijana setzte.

„Wo sind Shadowcat und Josh?" fragte Marijana, als Lian im Haus verschwunden war. Abebi erzählte ihr alles, was passiert war, seit Marijana bei dem Versuch, ihr zu helfen, angeschossen worden war. Mühsam drehte Marijana ihren Kopf soweit, dass sie den noch immer Lava in den Himmel spuckenden Vulkan, der hinter dem an verschiedenen Stellen noch brennenden Wald aufragte, sehen konnte. Ein paar Minuten beobachtete sie schweigend die Lavafontäne, hinter sich die Sonne inzwischen dem Horizont näherte.

„In ein paar Minuten wird es dunkel", sagte sie, anscheinend ohne Zusammenhang. Aber dann sah sie wieder in Abebis Gesicht, auf dem der warme Schein der Abendsonne lag, nahm deren kleine Hand und legte sie auf ihre sich langsam und gleichmäßig hebende Brust.

„Sie sind am Leben!" sagte sie mit Bestimmtheit und erklärte ihrer zierlichen, kleinen Schwester: „Ich kann es spüren. Hier!"

Abebi fühlte den Schlag von Marijanas Herz unter ihrer Hand und nickte. Und während Marijana sich erschöpft auf ihre Bahre zurückfallen ließ und die Augen schloss, versuchte Abebi innerlich ruhig zu werden, um in ihrem Geist Victoria rufen zu können.

Im Internatsgebäude herrschte ein Bild der Verwüstung. Möbel waren umgestürzt und lagen mitsamt ihrem verstreuten Inhalt zwischen heruntergefallenen Lampen und Bildern in einem einzigen Durcheinander kreuz und quer herum. Sich vorsichtig einen Weg durch das Chaos und Glasscherben bahnend durchsuchte Lian das Gebäude, ohne ein

Lebenszeichen zu entdecken. Im zweiten Stock packte sie einen Rucksack mit den Papieren und wichtigsten Habseligkeiten von Josh, ihren Schwestern und sich. Obwohl Lian es eigentlich für unmöglich hielt, dass Shadowcat und Josh dem Vulkan hatten entkommen können, war auch in ihr noch immer ein Hoffnungsschimmer am Glimmen, den sie um Nichts auf der Welt hätte erlöschen lassen. Irgendwo, ganz tief in ihrem Herzen glaubte auch Lian, dass sie es spüren müsste, wenn den beiden wirklich etwas geschehen wäre. Aber sie spürte es nicht. Und deshalb hoffte sie trotz der scheinbaren Unmöglichkeit, dass die beiden sich hatten retten können.

Ehrfurchtsvoll packte Lian die Zeichnung, die Josh von Marijana, Shadowcat und ihr angefertigt hatte, in den Rucksack. Noch vor all den anderen Zeichnungen von sich und ihren Schwestern war das der größte Schatz, den sie mitnahm. Bei all der Aufregung und Konzentration, mit der Lian abwog, was wichtig für sie sein könnte, vergaß sie völlig, auch Kleidung einzupacken. Persönliche Habseligkeiten, Ausweispapiere, Zahnbürsten und Seife, die zwei unversehrt gebliebenen Weinflaschen aus Joshs Zimmern, die er sicherlich zu schätzen wüsste, wenn das alles hier überstanden war, reichlich Proviant und zwei Kanister Wasser aus der Küche, an alles dachte sie. Mit zwei vollen Rucksäcken und den Kanistern kam sie wieder nach draußen, wo Marijana und Abebi vor Erschöpfung friedlich zu schlafen schienen. Lian gönnte ihnen die Ruhe und Erholung, legte das Gepäck bei ihnen ab und begab sich wieder ins Internatsgebäude, um sich aus dem Keller noch Werkzeug zu besorgen, mit dem es ihnen möglich sein müsste, ein Floß zu bauen.

Während sie sich vorsichtig dem nach unten führenden Treppenhaus näherte, nahm sie das unheimliche Rauschen wahr, mit dem das Wasser schon in die unteren Geschosse strömte. Es war nicht leicht, in der die Stufen hinunterrauschenden Strömung einen Halt zu finden. Und Lian war sich auch der Gefahr bewusst, die dieses Unternehmen barg. Aber sie wusste, dass sie von dieser Insel fliehen mussten, sobald sie wieder alle vereint waren, wenn … ja, wenn sie wieder vereint sein würden. Im Moment war keine Zeit, um über irgendwelche ,Wenn's' nachzudenken. Lian handelte rein instinktiv, als sie versuchte, alles zu tun, was in ihrer Macht stand, damit sie mit denen, die sie liebte, von dieser Insel entkommen konnte.

Als sie schon das erste Kellergeschoß erreicht hatte, in dem sich, wie sie wusste, außer dem Möbellager auch eine Werkstatt befand, glaubte sie, von weiter unten ein leises Klopfen zu hören. Unschlüssig hielt sie inne und lauschte. Und tatsächlich, da war wirklich ein Klopfen, das fast im Rauschen des hinunterstürzenden Wassers unterging. Ohne zu zögern kämpfte sich Lian den Weg weiter nach unten in das schon bereits vollständig unter Wasser stehende Kellergeschoß. Aber da, irgendwo aus dem Wasser drang noch immer dieses Klopfen an ihr Ohr. Fieberhaft überlegte sie, was sie tun sollte. Von oben wurde plötzlich eine große schwere Holztruhe ins Treppenhaus gespült, wo sie polternd über die Stufen nach unten mitgerissen wurde. Der Weg zurück wurde mit jeder Sekunde gefährlicher. Aber dort aus dem überfluteten Kellergeschoß war noch immer dieses verzweifelte Klopfen zu hören. Lian dachte an die Neigung des Gebäudes und sie rechtete sich aus, dass am höher gelegenen, anderen Ende des Ganges noch nicht alles überflutet sein musste. Sie atmete tief ein und tauchte in den dunklen Gang hinein. Und wirklich kam sie weiter hinten wieder an die Oberfläche des Wassers, das aber erschreckend schnell stieg. Ganz deutlich hörte sie jetzt das Hämmern an eine eiserne Tür und dachte an die Zelle, in der sie eine Nacht mit Josh verbracht hatte. Sie tastete sich schwimmend vorwärts, bis sie die Tür erreicht hatte, an die von innen gehämmert wurde.

„Warten Sie, ich helfe Ihnen!" rief sie, ohne zu wissen, wer oder was sich hinter dieser Tür befand. Und ohne zu zögern tauchte sie unter, um den schweren, eisernen Riegel zu öffnen. Den auf Spannung sitzenden Riegel loszubekommen und aufzuschieben, war schon schwierig genug. Aber die Tür gegen den Widerstand des Wassers zu öffnen, überstieg Lians Kräfte. Und hätten nicht von der anderen Seite starke Hände mit angepackt und mit fast übermenschlicher Kraft gedrückt, dann wäre Lians Befreiungsversuch zweifellos fehlgeschlagen.

Im Innern der Zelle brannte trotz des eindringenden Wassers noch ein flackerndes Notlicht an der Decke, in dessen Schein Lian den schwarzen, von Veronika Vranja auf grausame Weise entmannten Hünen erkannte. Sobald die Tür weit genug offen war, dass Zikomo sich durch den engen Spalt zwängen konnte, tat er das unter Aufbietung seiner gewaltigen Kräfte. Lian war froh, den armen, misshandelten Mann aus dieser tödlichen Falle befreien zu können. Aber im schwachen, durch den Türspalt fallenden Licht aus der Zelle, fing sie einen so hasserfüllten Blick von ihm auf, dass ein eisiger Schauer sie durchlief. Im nächsten Augenblick war das Gesicht des Schwarzen wieder im Schatten und Lian redete sich ein, dass sie sich in dem schwachen, flackernden Licht, das nur für einen Sekundenbruchteil auf sein Gesicht gefallen war, getäuscht haben musste.

„Hier entlang!" sagte sie und wollte ihm zum Ausgang vorausschwimmen. In dem Moment aber, in dem sie sich von ihm abwendete, legte sich von hinten ein Arm aus stahlharten Muskeln um ihren Hals und der befreite Schwarze zischte ihr ins Ohr: „Ihr werdet alle sterben!"

Im nächsten Moment tauchte er ihren Kopf schon unter Wasser. Lian überkam Panik. Unter Wasser, wo ihre Bewegungen so sehr eingeschränkt und behindert wurden, konnte sie sich kaum gegen die ihr um ein vielfaches überlegene Körperkraft des Schwarzen wehren. Sie wollte ihm sagen, dass sie nicht zu Veronika Vranja und ihren Anhängerinnen gehörte. Aber ihr Kopf wurde schon gnadenlos unter Wasser gedrückt. Und während Lian ihre Kräfte schon erlahmen fühlte, fragte sie sich noch, ob der Mann, dem sie zweifellos eben das Leben gerettet hatte, vielleicht Josh und ihr die Schuld an Veronika Vranjas Ausraster zuschrieb, die ihn seine Männlichkeit gekostet hatte. Mit all ihrer Willensstärke bäumte Lian sich auf, um an der Wasseroberfläche Luft schnappen zu können. Aber der Schwarze drückte sie mit so eisernem Griff nach unten, dass sie dagegen nicht ankam. Panik mischte sich mit Überlebenswillen und Instinkt. Ohne weiter darüber nachzudenken, was sie tat, handelte sie, solange sie ohne Luft nach dazu in der Lage war.

Der schwarze Krieger stand selbst bis zum Hals im Wasser. Lian umklammerte plötzlich sein Bein und zog sich daran nach unten. Nach einem Fluchtversuch in diese Richtung hatte der Hüne nicht gerechnet. Zwar hielt er Lian so fest, dass sie sich auch jetzt noch nicht aus seinem Griff befreien konnte, aber immerhin brachte sie ihn soweit aus dem Gleichgewicht, dass er mit dem anderen Bein einen kleinen Schritt machen musste, um sich wieder zu fangen. Dadurch kam das Bein wieder in den Spalt der noch leicht geöffneten Tür. Als Lian das erkannte, warf sie sich mit ihrem ganzen Gewicht gegen die Tür und versetzte ihr damit genug Schwung, dass sie sich gegen den Widerstand des Wassers weiter schloss und das Bein des Schwarzen einklemmte. Als er merkte, dass er in einer tödlichen Falle steckte, ließ er die fast schon ohnmächtige Lian los und zog mit aller Gewalt an der Tür. In dem Moment kippte aber ein schweres, eisernes Regal gegen die Tür und verkeilte sie so, dass es ihm nicht möglich war, sein Bein wieder zu befreien. Lian tauchte hustend und prustend auf und zog sich sofort aus der Reichweite der Arme des Schwarzen zurück. Vor ihren Augen flimmerten helle Punkte. Trotzdem sah sie durch dieses Flimmern den Gesichtsausdruck des Schwarzen, in dem sich Panik und Wahnsinn zu mischen begannen, während er wie wild an der schweren Tür anzog, die sich mit jedem Ruck weiter schloss. Eine Sekunde überlegte sie, ob sie ihm nicht noch einmal versuchen sollte, zu helfen. Aber als das flackernde Licht, das aus der Zelle drang und auf der Oberfläche des Wassers tanzte, das dem Schwarzen inzwischen bis zum Mund reichte, endgültig erlosch, da gab sie diesen Gedanken auf. Sie wollte sich nicht von diesem hasserfüllten Mann mit in den Tod reißen lassen.

Reumütig, dass sie einen Menschen in Not seinem grausamen Schicksal überlassen hatte, tauchte sie wieder ins Treppenhaus zurück. Hier war das Wasser schon bis ins erste Untergeschoß angestiegen. Vielleicht hätte sie die Werkstatt noch erreichen können, um einiges Werkzeug zu besorgen. Aber ihre Knie schlotterten noch von dem eben überstandenen Abenteuer und sie wollte nur noch so schnell wie möglich aus dem Internat raus an die frische Luft.

Noch immer torkelnd und hustend erreichte Lian den Ausgang. Ihr Hals schmerzte von dem gnadenlosen Druck, mit dem Zikomo sie gewürgt hatte. Marijana und Abebi waren in ihrer liegenden Position in der inzwischen herrschenden Dämmerung kaum noch zu entdecken. Aber Lian wusste, wo sie sie zurückgelassen hatte und schleppte sich zielsicher in ihre Richtung. Aber als sie gerade den halben Weg vom Gebäude zu den beiden zurückgelegt hatte, hörte sie plötzlich das Geräusch mehrerer Füße auf dem Kiesweg, der um das Gebäude führte. Ohne zu zögern ließ auch sie sich flach ins Gras fallen. Und da entdeckte sie eine Truppe von etwa zwanzig schwarzgekleideten Gestalten, zwischen denen einige in hellere Tarnanzüge gekleidete Bodybuilderinnen des Sicherheitstrupps auffielen. Besonders stach die alle anderen überragende Gestalt Janotschkas aus dieser eigenartigen Gruppe heraus. Lian fluchte innerlich, als sie ihre alte Gegnerin entdeckte. Als die Truppe im Gebäude verschwand, lief Lian so schnell sie konnte zu Abebi und Marijana. Alle Schwäche und alle Schmerzen waren durch die neue Bedrohung wie ausgelöscht. Vorsichtig berührte Lian Abebi an der Schulter. Ohne sich zu rühren und ohne erschreckt zu wirken, öffnete Abebi die Augen und sah in Lians Gesicht.

„Wir müssen weg!" flüsterte Lian und warf sich gleichzeitig schon einen der Rucksäcke über die Schulter. Abebi fragte nicht lange, sondern nahm den zweiten Rucksack und in der nächsten Sekunde eilten sie schon mit der Trage, auf der Marijana sich friedlich schlafend erholte, dem südlichen Waldsaum zu. Die Kanister mit dem kostbaren Wasser hatten sie bei ihrer Flucht zurücklassen müssen.

Es war bereits vollständig dunkel, als die drei Mädchen die ehemalige Küste gegenüber der kleineren Insel mit dem landwirtschaftlichen Betrieb erreichten. Nur ein strahlender Mond beschien die neu entstandene Landschaft. Die einstige Küste hatte sich hoch aus dem Meer erhoben. Und der Bereich zwischen den beiden Inseln, in dem am vorigen Tag noch die Urgewalten des Ozeans getobt hatten, bildete jetzt eine fast zwanzig Meter über dem Meer gelegene, zerklüftete Senke im nach Süden weiter ansteigenden Gelände. In der Senke, die wie eine unwirkliche, bizarre, nasse und algenüberwucherte Mondlandschaft wirkte, waren die Wracks von sechs Schiffen zu sehen, die in den tödlichen Sog der Strömung geraten sein mussten, die hier geherrscht hatte. Und dahinter erhob sich die vorher kleine Insel als gewaltiger, alles beherrschender Berg.

Lian und Abebi blieben staunend stehen und legten die Bahre ab.

„Wir warten hier auf Josh und Victoria", sagte Abebi, als sie jetzt zum ersten Mal seit ihrer erneuten Flucht vom Internat sprach. Lian sah Abebi mit großen Augen staunend und fragend an. Abebi lächelte ihre chinesische Schwester an und erklärte: „Sie sind auf dem Weg hierher!"

Um von den Bodybuilderinnen und den schwarzgekleideten Gestalten nicht überrascht werden zu können, suchten sie sich ein Versteck, von dem aus sie den neuen Küstenverlauf nach Westen überblicken konnten. Dann ließ Abebi Lian mit Marijana allein und lief in den hier noch unversehrten Urwald. Aber auch Lian wollte nicht untätig bleiben und sah sich in der näheren Umgebung in dem aus dem Meer aufgetauchten Land um.

Josh, der Ajani trug und sich seine Kette über die Schulter gelegt hatte und Shadowcat hatten den Vulkan umrundet und liefen an der ursprünglichen Südküste der Insel entlang nach Osten. Dem neuen Küstenverlauf zu folgen wäre fast unmöglich gewesen, da die aus dem Meer aufgetauchten Felsen viel zu glitschig waren, um einen sicheren Halt auf ihnen zu finden. Außerdem war die neue Küste auch viel länger, als die ursprüngliche, mit unzähligen, neu entstandenen Buchten aus bizarren Felsformationen. Das an vielen Stellen der Insel inzwischen austretende Magma lief fast ausschließlich nach Norden ab. Nur an einer Stelle hatten Shadowcat und Josh in der neuen Südküste der Insel eine Stelle gesehen, in der sich auch eine klaffende Spalte aufgetan hatte, aus der ein zähfließender Strom aus glühender Lava sich seinen Weg auf dieser Seite der Insel ins Meer bahnte. Da die Spalte aber unterhalb von dem von ihnen eingeschlagenen Weg in dem neu aufgetauchten Land lag, beeinträchtigte sie diese nicht. Sie kamen nicht schnell vorwärts. Aber verglichen mit dem endlosen Aufstieg aus dem Krater schienen sie jetzt fast zu fliegen. Bei beiden machte sich eine umso deutlichere Erschöpfung bemerkbar, je weiter sie aus dem unmittelbaren Gefahrenbereich des Vulkans kamen. Aber beide wussten auch, dass ein Abstand zum Vulkan nur eine trügerische Sicherheit war, der sie nicht vertrauen durften. Der Vulkan konnte jederzeit die gesamte Insel mit Lava oder glühender Asche bedecken oder die ganze Insel konnte mitsamt dem Vulkan in den Tiefen des Ozeans versinken. Deshalb kämpften beide mit eisernem Willen gegen ihre Erschöpfung an, um so schnell wie möglich Lian, Abebi und Marijana im Osten der Insel wiederzufinden, wohin sie schon vorausgeflohen waren.

Mitten im Laufen glaubte Shadowcat plötzlich die Stimme Abebis in ihrem Kopf zu vernehmen. Sie bat Josh, auf sie zu warten, blieb stehen und lauschte auf die innere Stimme. Als Josh, der sich so sehr auf seine Schritte konzentriert hatte, Ajani ablegte und dankbar für die Verschnaufpause, sich auf den Boden fallen ließ, um kurz zur Ruhe zu kommen, konnte auch er Abebis Stimme hören. Und so erfuhren die beiden von Menschen und Naturgewalten Verfolgten, dass die drei ihnen vorausgeeilten Mädchen am Leben und zumindest im Moment in Sicherheit waren. Bei der Nachricht, dass Marijanas Wunde nicht tödlich war und dass sie sogar schon wieder ihr Bewusstsein erlangt hatte, nahm Shadowcat, die sich neben Josh gekniet hatte, überglücklich seine Hand und drückte sie an ihr Herz.

Josh fühlte Shadowcats Herz deutlich in ihrer Brust schlagen. Und als er seine Augen öffnete und den Anblick dieser wunderschönen, gleichzeitig weichen und doch so festen Brüste vor Augen hatte, verlor er den Kontakt zu Abebi.

Shadowcat lauschte noch immer mit geschlossenen Augen der inneren, von Abebi gesandten Stimme. Und Josh stellte wieder einmal fest, wie unvergleichlich schön sie war. Seit ihrer Flucht aus dem Krater hatte er kaum Zeit gefunden, sie zu betrachten. Ebenso wie er hatte auch sie abgenommen, obwohl sie schon vorher kein Gramm zuviel gehabt hatte. Ihr Körper war übersät mit Abschürfungen, die er auch unter seiner Hand auf ihrer sich so unendlich gut anfühlenden Brust spürte. Sie war schmutzig. Aber Josh war zumindest erleichtert, dass er keine Verbrennungen auf ihrem traumhaften, jugendlichen Körper entdecken konnte, dessen Schönheit weder die Entbehrungen, noch der Schmutz etwas anzuhaben vermocht hatten.

Er hatte sie gerade noch rechtzeitig erreicht. Erst jetzt, wo sie diesen kurzen Moment der Ruhe erlebten, wurde sich Josh wirklich bewusst, was für ein Abenteuer er mit Shadowcat überstanden hatte und Tränen füllten seine Augen, während er das ernste, schöne Gesicht Shadowcats betrachtete. Auch ihr Gesicht war noch eine Spur schmaler geworden und ihre fein geschwungenen Wangenknochen zeigten sich noch ein kleines bisschen deutlicher. Ihre Haare fielen, obwohl sie seit Tagen nicht gepflegt worden waren, noch immer wie ein seidiger Schleier über ihre Schultern und ihren Rücken. Oh wie sehr liebte Josh dieses Mädchen. Durch den Schleier seiner Tränen verschwamm Shadowcat vor seinen Augen. Er richtete sich ein wenig auf, schlang seine Arme liebevoll um Shadowcats schlanken Rücken und presste sein Gesicht lautlos weinend an ihre Brüste.

Obwohl Shadowcat noch immer telepathisch mit Abebi sprach und ihr in kurzen Worten erzählte, wie sie selbst mitsamt Ajani dem Vulkanausbruch entgangen waren, spürte sie Josh, seine Tränen und seine sich mit ihnen entladenden Schmerzen, die ihm die Sorge um sie bereitet hatte. Zärtlich umfasste sie seinen Kopf mit ihren Armen, drückte ihn an sich und streichelte ihm tröstend durchs zerzauste Haar. Und noch nachdem auch sie den gedanklichen Kontakt zu Abebi beendet hatte, wiegte sie Josh sanft in ihren Armen. Sie wusste, dass ihr Geliebter übermenschliches geleistet hatte, um sie zu retten und empfand es nur als natürlich, dass sich seine Anspannung und seine Ängste auf diese Weise entluden. Obwohl sie selbst auch so viel erduldet und überstanden hatte, vergaß sie in diesem Moment alle ihre eigenen körperlichen und seelischen Schmerzen. Sie wusste, dass ihre Schwestern gerettet waren und dass sie sie bald wieder in ihre Arme schließen konnte, sie wusste, dass Josh der grausamen Veronika Vranja und zusammen mit ihr, dem Vulkan entkommen war und selbst Ajani hob seinen Kopf und beobachtete, wie sie daknïete und Josh wie ein Kind in ihren Armen wiegte. Auch wenn die Gefahr noch nicht vorüber war, waren sie im Moment doch zumindest in

Sicherheit.

Die Pause, die Shadowcat und Josh eingelegt hatten, zog sich länger hin, als sie geplant oder erwartet hatten. Erst nach fast einer halben Stunde wurde Josh langsam ganz ruhig und seine Tränen hörten auf zu fließen. Aber noch immer hielt und wiegte ihn Shadowcat sanft und streichelte ihm durch die Haare.

Josh war nahe dran, in dieser liebevollen Umarmung friedlich an Shadowcats Busen einzuschlafen. Und er musste sich mit Gewalt diesem Drang widersetzen. Ein paar mal atmete er tief durch, bevor er sich über die Augen wischte, so als könne er damit noch seine vergossenen Tränen verbergen. Dann drückte er seine Lippen sanft auf Shadowcats zarte Brüste, an denen er sich hatte ausweinen dürfen. Shadowcats kleine Knospen reagierten sofort auf diese innige Liebkosung, zogen sich zusammen und wurden hart. Und während ein erregender und belebender Strom ihren Körper von ihren kleinen Brustwarzen bis in ihre Vagina durchflutete, wurde sie sich wieder bewusst, wie sehr sie sich nach Joshs Berührungen und seiner Liebe sehnte. Josh küsste die sich ihm entgegenstreckenden, erregten Knospen noch einmal, als er ihre Reaktion bemerkte. Sie fühlten sich so unendlich gut auf seinen Lippen an und ließen ihn für einen kurzen Augenblick die Gefahr vergessen, in der sie noch immer schwebten. Und auch Shadowcat gab sich diesem Gefühl mit einem leisen, schnurrenden Stöhnen hin, presste ihre vor Erregung schmerzenden Knospen gegen Joshs Lippen und hielt seinen Kopf noch einmal ganz zärtlich, aber fest umschlossen. Jetzt war Shadowcat kurz davor, sich in Tränen aufzulösen. Sie liebte Josh so unendlich. Aber schließlich entzog sie sich ihm selbst. Sie fürchtete, nicht mehr in der Lage zu sein, weiterzumarschieren oder auch nur klar zu denken, wenn sie ihre sich so explosionsartig ausbreitende Erregung nicht unterdrückte und für später aufhob, für ein hoffentlich sehr bald eintretendes Später. Schwer atmend hielt sie Joshs Gesicht zwischen ihren kleinen, zarten Händen und blickte ihm unter dem Schleier ihrer langen, schwarzen Haare hervor voll Leidenschaft und Verlangen in die Augen. Sie konnten und wollten sich beide nicht beherrschen. Ihre Lippen fanden sich in einem wilden Kuss voller Zärtlichkeit und Liebe, in dem all ihre erduldeten Entbehrungen der letzten Tage verbrannten.

„Ich liebe Dich so sehr, mein Herz!" flüsterte Shadowcat voller nicht zu unterdrückender Leidenschaft.

„Und ich liebe Dich!" erwiderte Josh mit den gleichen stürmischen Gefühlswallungen. Für die Dauer einiger Herzschläge hielten sie sich noch ganz fest umschlungen. Sie spürten gegenseitig ihre nackten Körper und ihren Atem. Und Josh konnte nicht verhindern, dass sich, begünstigt durch den lästigen Cockring wieder eine nicht zu übersehende Erektion bildete. Trotzdem wendete er sich dann entschlossen ab, warf sich die Kette in mehreren Windungen über die Schultern und wollte schon Ajani wieder hochheben, als Shadowcat noch schnell nach seinem erregten Glied griff. Josh hielt in seiner Geschäftigkeit inne. Er spürte, wie seine pralle Eichel in Shadowcats Hand zuckte und pulsierte. Aber er wusste so gut wie Shadowcat, dass sie keine Zeit mehr verlieren durften.

„Wenn das hier überstanden ist …!" sagte Josh leise aber fest. Und Shadowcat bestätigte mit einem liebevollen Nicken: „Wenn das hier überstanden ist!"

Dann bückte sie sich und drückte einen einzigen, liebevollen Kuss auf Joshs pralle Eichel, auf der sich die glatte Haut spannte. Josh war durch diesen Kuss kurz vor einem Orgasmus und er dachte wehmütig daran, wie sehr er sich trotz aller Gefahren und Verbote nach der Liebe und all den Zärtlichkeiten sehnte, die er Shadowcat und ihren Schwestern zu geben hatte, und die auch sie ihm so gerne schenkten.

Wenn das hier überstanden ist … dachte er noch einmal für sich und hob Ajani vom Boden auf.

Die Sonne war schon längst untergegangen und die glühende Lavafontäne, die ohne Unterlass aus dem Boden vor dem halben Vulkan schoss, bot ein gespenstisches Schauspiel in dieser nur von einem neugierig beobachtenden Mond beschienenen Nacht. Shadowcat und Josh waren nach ihrer Pause wie ausgewechselt. Sie waren voller neuer Energie und fühlten in sich das lodernde Feuer einer Liebe, die heißer brannte, als es der Vulkan hinter ihnen jemals konnte. Als sie die Stelle fast erreicht hatten, an der Shadowcat und Abebi telepathisch einen Treffpunkt vereinbart hatten, war aus der Richtung des Internats plötzlich eine gigantische Explosion zu sehen und zu hören. Josh und Shadowcat blieben wie angewurzelt stehen und sahen sich im Lichtschein der sich in den Himmel bewegenden Feuerwolke bestürzt an. Als sie Kontakt mit Abebi gehabt hatten, war Lian noch im Internat gewesen. Die Furcht, dass jetzt, wo sie sich fast wieder zusammengefunden hatten, doch noch ein Unglück geschehen sein könnte, stand ihnen beiden deutlich im Gesicht geschrieben. Josh wollte schon Ajani ablegen und zum Internat rennen, als sie Lians Stimme vor sich in der Dunkelheit hörten.

„Shadowcat, Josh, hier sind wir!" rief das kleine, nackte chinesische Mädchen, voller Freude und Ungeduld, während es schon auf die beiden zustürzte. Sekunden später lagen sich die drei schon in den Armen und bedeckten sich mit unzähligen Küssen.

Lian führte die beiden Neuankömmlinge in das Versteck, in dem schon Abebi und Marijana, die inzwischen auch wieder wach war und in einer bequemen Position auf ihrer Bahre lag, auf sie warteten. Die Wiedersehensfreude, mit der die fünf sich Liebenden in die Arme fielen, war unbeschreiblich. Die Mädchen weinten alle. Nur Josh, der vorher schon so ausgiebig an Shadowcats Busen geweint hatte, bekam trotz der überwältigenden Gefühlswallungen jetzt nur leicht feuchte Augen.

Erst als sich alle wieder halbwegs beruhigt hatten, wandte sich Abebi an Josh und fragte ihn mit ihrer ihr eigenen Schüchternheit: „Wie geht es Deinem …?"

Sie wusste nicht, wie sie seine Genitalien bezeichnen sollte und deutete nur verlegen auf seinen Penis. Nachdem sie gesehen hatte, auf welche unglaubliche Weise Josh Shadowcat im Krater nach oben gezogen hatte, befürchtete sie das Schlimmste für Joshs Penis und Hoden. Und sie war mehr als erstaunt, als Josh ihr antwortete: „Abgesehen von der lästigen Kette und dem Ring geht es ihm gut."

Abebi hatte schon eine Heilsalbe für ihn hergestellt, während sie mit Lian und Marijana in dem Versteck gewartet hatte. Und es erschien ihr unmöglich, dass Josh die Rettungsaktion unbeschadet überstanden haben sollte. Deshalb fragte sie ihn: „Darf ich es mir ansehen?"

„Natürlich!" antwortete Josh, der von Abebis Fürsorglichkeit gerührt war. „Aber sieh erst nach Shadowcat und Ajani."

„Ich bin auch okay!" sagte Shadowcat sofort und deutete auf Ajani. „Kümmere Dich bitte um ihn, Abebi!"

Und nachdem Abebi Ajanis Wunden versorgt und sich dann auch um Josh gekümmert hatte, packte Lian den Proviant, den sie aus der Küche des Internats besorgt hatte, aus und sie aßen ein wenig. Sie waren alle ausgehungert. Abebi hatte aus dem Urwald auch Wasser mitgebracht. Und bald fühlten sich alle wieder etwas gestärkt.

Während des Essens erzählte Lian von ihrem Abenteuer mit dem schwarzen Sklaven von Veronika Vranja im Keller es Internats. Die anderen konnten deutlich hören, wie verstört sie über dessen Angriff war. Josh nahm Lian zärtlich in seine Arme, drückte einen liebevollen Kuss auf ihre Stirn und sagte: „Ich bin nur froh, dass Dir nichts passiert ist."

Dann überlegten sie, was das für eine Explosion gewesen war. Lian erzählte von den schwarzgekleideten Gestalten die mit Janotschka und ein paar anderen Bodybuilderinnen ins Internat gegangen waren.

„Hm", überlegte Josh, „ob sie das Internat gesprengt haben?"

„Warum sollten sie so was tun?" fragte Marijana, die noch sehr schwach war, auf ihrer Bahre.

„Vielleicht, um alle Beweise zu vernichten", meinte Shadowcat. Josh sah sie nachdenklich an und erwiderte: „Das wäre möglich. Wenn sie aus dem Internat und von der Insel Hals über Kopf geflohen sind, als der Vulkan ausgebrochen ist, dann könnte die Vranja befürchten, dass früher oder später jemand hierher kommt und Beweise für ihr grausames Treiben findet, falls der Vulkan diese nicht zerstört."

Noch während Josh gesprochen hatte, war sein Blick zu den bedrohlich wirkenden Mauern des plötzlich auf einem Berg liegenden landwirtschaftlichen Betriebs gewandert, die das Mondlicht reflektierten. Die Blicke der Mädchen folgten der Richtung. Und in der selben Sekunde war allen klar, dass diese Truppe schwarzgekleideter, was auch immer sie waren, auch den landwirtschaftlichen Betrieb, das Gefängnis und seine Insassen beseitigen mussten, wenn ihre Überlegungen richtig waren.

„Wir dürfen keine Zeit verlieren!" sagte Josh und stand auf. Sein Blick fiel auf Marijana und Ajani. Er wollte sie nicht schutzlos zurücklassen und vorschlagen, alleine zu gehen, um die gefangenen Männer zu befreien. Aber Shadowcat kam ihm zuvor. Wieder einmal hatte sie seine Gedanken erraten oder gelesen. Und darum sagte sie, bevor er seinen Vorschlag unterbreiten konnte: „Wir trennen uns jetzt nicht mehr von Dir, Josh!"

Josh schloss seinen Mund wieder, als er Shadowcat das sagen hörte und sah sie fragend an. Ihre Stimme war fest gewesen und hatte keinen Widerspruch geduldet. Josh wollte sich auch von den Mädchen nicht mehr trennen. Sie alle hatten so sehr darum gekämpft, sich gegenseitig zu beschützen und sich wieder zu finden. Und jetzt, da sie endlich wieder vereint waren, wäre es töricht und riskant gewesen, sich wieder zu trennen. Im Westen spuckte ein Vulkan glühende Lava aus. Er konnte jederzeit die gesamte Insel zerstören oder im Meer versinken lassen. Und außerdem war höchstwahrscheinlich noch eine Gruppe mordlüsterner Frauen auf der Insel unterwegs. Sie wollten und konnten die Männer nicht ihrem Schicksal überlassen. Aber das Wichtigste war, dass sie zusammen waren. Josh nickte zustimmend.

Lian und Shadowcat hoben die Trage mit Marijana hoch und Josh nahm Ajani auf seine Arme. Dann brach die kleine, nackte Gruppe auf, durch die unwirklich erscheinende, bizarre Senke, in der die Wracks der wieder aus dem Meer gehobenen, gesunkenen Schiffe, wie gestrandete und teilweise schon skelettierte Wale lagen. Der Weg über die glatten, algenüberwucherten Steine durch diese unheimliche Kulisse, die vor kurzem noch eine Unterwasserwelt gewesen war, war für alle anstrengend und mühsam. Sie kamen nur langsam vorwärts. Josh ging mit Ajani voran. Als er sich einmal nach seinen Gefährtinnen umblickte und ihre schlanken, nackten Gestalten betrachtete, die im Mondlicht glänzten und ihm mit unbeugsamen Willen folgten, erfüllte ihn dieser Anblick mit unbeschreiblicher Bewunderung und auch mit Stolz. Abebi half jetzt Lian am hintern Ende der Bahre. Und Shadowcat bildete an Marijanas Kopfseite die Spitze. Das Spiel der schlanken Muskeln der Mädchen, denen man die Anstrengung ansah, das Wippen ihrer kleinen, jugendlichen Brüste, die schönen, sanften Gesichter, die trotz der Anstrengung nicht verbissen wirkten, sondern jedes auf seine Art eine eigenartige, ernste Anmut besaßen, das alles erzeugte ein Bild unwirklicher, geheimnisvoller und vollkommener Schönheit.

Josh wünschte sich so sehr, dass dieser Alptraum endlich vorbeigehen würde und er mit den geliebten Mädchen von hier fort käme. Er hatte zwar keine Ahnung, wohin er sich mit den Mädchen wenden konnte, denn wohin sie auch gingen, überall würden sie auf Probleme stoßen, aber er erkannte, dass er sein altes Leben vollkommen hinter sich gelassen hatte. Er würde seine Liebe nicht mehr verleugnen. Irgendwo musste es ein Fleckchen auf dieser Erde geben, wo er glücklich mit denen leben konnte, die er liebte.

Während Josh noch so in seine Gedanken versunken war und ein verliebtes Lächeln von Shadowcat geschenkt bekam, die ihn fast erreicht hatte und zu ihm aufblickte, nahm er noch etwas anderes wahr. Am Rand der neu entstandenen Landmasse zwischen den beiden Inseln bewegte sich etwas in der selben Richtung, in der auch sie gingen. Die schwarzgekleideten Gestalten waren in den Schatten der Nacht kaum auszumachen. Und wenn nicht einige heller gekleidete unter ihnen gewesen wären, hätte Josh sie möglicherweise gar nicht entdeckt.

„Sie kommen!" sagte Josh und spürte, wie sein Herz wieder schneller schlug. Dann drehte er sich ohne ein weiteres Wort um und führte seine kleine Gruppe weiter den Berg hinauf, auf dem vermutlich noch die Männer gefangen waren. Bei dem langen, anstrengenden Aufstieg kamen Josh zum ersten mal Zweifel, ob wirklich noch Männer hinter den bedrohlich wirkenden Mauern des landwirtschaftlichen Betriebs gefangen gehalten wurden.

Was, fragte er sich, *wenn wir diese ganze Aktion umsonst unternehmen?* Er kam zu dem Ergebnis, dass sie sich dann völlig sinnlos in Gefahr begäben. Aber solange die Möglichkeit bestand, dass sie auch nur ein einziges Leben retten konnten, mussten sie dieses Risiko eingehen. Während sie unermüdlich den nach oben immer steiler werdenden Berg erstiegen, kam Josh zu Bewusstsein, dass nicht eines der Mädchen erwogen hatte, dass sie die Männer sich selbst überlassen und sich nur um ihre eigene Sicherheit kümmern sollten. Und eine neue Woge der Bewunderung und des Stolzes auf sie durchflutete ihn. Kurz vor dem Gipfel wurde Ajani in Joshs Armen unruhig und wollte sich nicht mehr weiter tragen lassen. Josh musste den sich windenden Panther absetzen. Ajani war zwar noch sehr geschwächt, schien aber eine typische Katze mit sieben Leben zu sein.

Abebi ist wahrhaftig eine Heilerin! dachte sich Josh, als er die plötzliche Genesung des Panthers bewunderte, der ihnen zwar noch schwach und hinkend, aber doch auf seinen eigenen Beinen weiter voraneilte. Josh löste Shadowcat an der Bahre ab und das nackte Indianermädchen übernahm während der letzten, steilen Meter die Führung. Als sie die steil aufragenden Mauern des festungsartigen Betriebes erreichten und sich noch einmal umblickten, sahen sie die Lichtkegel von Taschenlampen zwischen den Wracks der Schiffe herumtanzen.

„Entweder …" meinte Josh, „hatten sie von Anfang an ein anderes Ziel, oder sie haben etwas entdeckt, was ihre Aufmerksamkeit geweckt hat."

Die kleine Gruppe umrundete den landwirtschaftlichen Betrieb bis zu dem im Süden liegenden, weit offen stehenden Tor. Vorsichtig schlichen sie in das riesige, ummauerte Gelände, in dem tatsächlich große Felder angelegt waren. Neben verschiedenen Mais- und Getreidesorten fielen aber sogar im Mondlicht die Hanf- und Schlafmohnfelder auf. An der Innenseite der unüberwindlich scheinenden Mauern, die mit ihren Türmen wirklich wie ein Gefängnis wirkten, waren mehrere Gebäudekomplexe zu erkennen. Aber auch in der Mitte des Geländes, inmitten der Felder stand ein großer, flacher Bau.

„Anscheinend ist niemand mehr hier", meinte Shadowcat, während sie noch im offenen Tor standen und das Gelände überblickten.

„Zumindest die Wächterinnen haben das Weite gesucht", erwiderte Lian. Ajani kannte sich hier offensichtlich aus. Er lief schnurstracks auf eine Art Stallungen zu, die rechts von ihnen lagen.

„Okay:" sagte Josh, nachdem er einen Überblick gewonnen hatte, „Victoria, Du läufst rechts rum, hinter Ajani her, Lian, Du links und ich sehe mir das in der Mitte an."

„Und ich?" fragte Abebi, die auch helfen wollte.

„Du passt auf Marijana auf!" antwortete Josh und wendete sich dann wieder an Lian und Shadowcat. „Wir haben einigen Vorsprung vor den anderen. Wenn wir uns beeilen, sind wir in einer halben Stunde wieder hier weg. Wer irgendwo Gefangene oder sonst wen entdeckt, holt die anderen."

Sie legten die Bahre in einer Ecke ab, wo sie nicht gleich entdeckt werden konnte, falls jemand durch das Tor kommen sollte. Und während Abebi bei Marijana zurückblieb, liefen Josh, Lian und Shadowcat nach einer kurzen Umarmung in den angegebenen Richtungen los.

Marijana blickte sich in ihrer Nische um und entdeckte eine auf die Mauer führende Treppe.

„Vielleicht ist es besser", meinte sie zu Abebi, „wenn Du da oben aufpasst."

Abebi wusste ebenso wie Marijana, dass die Schwarzgekleideten mit den paar Frauen von Veronika Vranjas Kampftruppe, die Lian bei ihnen gesehen hatte, noch irgendwo in der Senke waren. Aber sie wusste nicht, ob sie sich noch bei den Schiffswracks befanden, oder ihnen schon wieder auf den Fersen waren. Das war eine kleine, wendige Truppe ohne hinderliches Gepäck. Josh hatte gemeint, dass Lian, Shadowcat und er in einer halben Stunde wieder hier sein und mit Marijana und ihr von hier verschwinden könnten. Aber was, wenn diese unheimliche, schwarze Truppe, die mit den Schatten verschmolz, schon vorher hier auftauchte? Der landwirtschaftliche Betrieb war ziemlich quadratisch und hatte eine Seitenlänge von bestimmt fünfhundert Meter. Josh hatte bis zu dem flachen Gebäude im Zentrum des Geländes also zweihundertfünfzig Meter zurückzulegen und ebenso weit wieder zurück. Wenn Lian und Victoria jeweils das halbe Areal umrundeten und sich auf der gegenüberliegenden Seite trafen, musste jede von ihnen einen Kilometer laufen und dann noch einmal einen halben, wenn sie durch die Mitte wieder zurückkamen. Sowohl Josh, als auch Lian und Victoria waren beeindruckende Läufer. Die Strecke könnten sie ohne Probleme in einer weit kürzeren Zeit laufen. Aber wenn sie auf gefangene Männer stießen, dann konnte niemand von ihnen abschätzen, wie schwierig und langwierig es sein könnte, sie dann auch zu befreien. Marijana hatte Recht. Es würde sicher nichts schaden, wenn Abebi auf der Mauer aufpasste, dass sie nicht plötzlich von draußen überrascht werden konnten. Also nickte sie Marijana zu, gab ihr einen zaghaften Kuss und erwiderte: „Ich bleibe in Deiner Nähe, Marijana!"

Josh hatte für sich selbst nicht den kürzesten Weg gewählt, weil er sich davor drücken wollte, das ganze, bzw. das halbe Areal zu umrunden, sondern weil dieser eigenartige, von einem hohen Zaun eingeschlossene Flachbau inmitten der in viele Parzellen eingeteilten Felder, ihm am ehesten wie ein Gefängnis erschien. Und es war schließlich trotz allem nicht auszuschließen, dass noch irgendwelche mordlüsternen Wachen aufpassten, dass die Gefangenen nicht entkommen konnten. Er hatte ohnehin schon ein schlechtes Gefühl dabei, Lian und Shadowcat allein losgeschickt und Marijana mit Abebi am Tor zurückgelassen zu haben. Aber er wusste, dass er sie nicht davon hätte abhalten können, ihm bei dem Versuch zu helfen, eventuell noch gefangene Männer zu befreien. Und so war es die sinnvollste Verteilung der Aufgaben, dachte er sich.

Während er auf dem geraden Weg zwischen den Feldern hindurch in Richtung des Flachbaus lief, folgte Shadowcat auf der rechten Seite Ajani den Weg an der Mauer entlang. Allerdings lief Ajani an dem ersten Gebäudekomplex, der an die gewaltige Mauer gebaut war, vorbei.

„Ajani!" rief Shadowcat ihm mit unterdrückter Stimme hinterher. Aber Ajani hörte nicht und lief weiter.

Dann muss ich halt allein nachsehen, dachte sich Shadowcat und öffnete vorsichtig die schwere, nur angelehnte Eingangstür.

In einem geräumigen Foyer konnte Shadowcat im durch vergitterte Fenster einfallenden Mondlicht viele Trainingsgeräte mit schweren Gewichten erkennen, denen die Sicherheitsdamen von St. Bernadette ihre gewaltigen Muskelberge verdankten. Daneben war eine große, offenbar übereilt verlassene, Gemeinschaftsküche. Auf einer langen Tafel standen überall halb leere Teller und Tassen. Und einiges zerbrochene Geschirr lag auch auf dem Boden. Shadowcat fiel aber auf, dass im Gegensatz zur Hauptinsel, die sich so stark geneigt hatte, hier der Boden ziemlich eben geblieben war. Außer den paar auf dem Boden zerbrochenen Tellern und Gläsern gab es auch keine große Verwüstung. Anscheinend hatte sich die kleinere Insel also ohne großes Beben so weit über die größere Insel und selbst über deren Vulkan erhoben, dass dieser Betrieb jetzt wie eine mittelalterliche Burg über allem thronte. Vorsichtig schlich Shadowcat weiter durch das Gebäude, in dem sich, auf zwei Etagen verteilt, acht Appartements befanden.

Die Unterkünfte der Wachen, dachte sich Shadowcat und lief wieder in die Nacht. Der Mond stand schon tief und es konnte nicht mehr lange dauern, bis es dämmerte. Shadowcat spürte, wie eine leichte Schwäche sie überkam. Die Anstrengungen und Entbehrungen der letzten Tage und der wenige Schlaf zehrten langsam an ihren Kräften. Aber sie riss sich zusammen und lief weiter den Weg an der Mauer entlang. Von Ajani war nichts mehr zu sehen.

Lian hatte auf der gegenüberliegenden Seite ein identisches Gebäude vorgefunden. Allerdings war es nicht so vollständig verlassen, wie das, das Shadowcat durchsucht hatte. In einem der Appartements lag in einer halb vollen Badewanne eine nackte Bodybuilderin. Sie hatte die Augen zu und rührte sich nicht. Vorsichtig schlich Lian näher. Sie glaubte schon, die nackte Frau mit dem beeindruckend muskulösen Körper wäre tot. Aber als sie vorsichtig nach dem aus der Wanne baumelnden Arm griff, um den Puls der Frau zu fühlen, stieß sie mit ihrem Fuß an eine auf dem Boden liegende, leere Flasche. Sofort rührte sich die nackte Frau in der Wanne und wandte sich Lian zu.

„Wer bist Du denn?" fragte sie lallend. Und jetzt roch Lian auch den unangenehmen Whiskeydunst im Atem der Frau.

„Lian!" antwortete sie ehrlich.

Und die Bodybuilderin fragte: „Du bist neu, hm?" während sie Lians jugendlich athletischen, schlanken Körper mit den Augen verschlang. Und ohne auf eine Antwort zu warten, forderte sie Lian auf: „Mach doch mal das Licht an. Ich kann Dich ja kaum sehen."

Lian wollte gehorchen. Aber als sie den Lichtschalter neben der Tür betätigte, passierte nichts. Das Badezimmer blieb weiterhin im Halbdunkel.

„So ein Mist", lallte die Betrunkene, während sie sich in der Wanne erhob und torkelnd auf Lian zukam. Lian wich misstrauisch vor der sie um fast zwei Köpfe überragenden Frau zurück. Sie hatte die Erfahrung gemacht, dass es sehr riskant war, sich von einer dieser ihr an Körperkraft weit überlegenen Frauen in die Enge treiben zu lassen. Aber die Betrunkene wollte Lian nichts tun. Sie nahm sich ihr Badetuch vom Haken und nuschelte, während sie sich abtrocknete, mehr zu sich selbst, als zu Lian: „Ich muss wohl eingeschlafen sein."

Der Frau, die stundenlang im kalten Wasser gelegen hatte, musste wirklich kalt sein, denn eine Gänsehaut überzog ihren Körper und ihre Brustwarzen hatten sich steif aufgerichtet. Lian hatte diese Brustwarzen direkt vor ihrem Gesicht und betrachtete sie mit einer eigenartigen

Faszination. Sie hatte noch nie so große Brustwarzen gesehen. Die waren fingerdick und mussten mindestens zweieinhalb Zentimeter lang sein.

Als Lian zurückweichend an die Wand stieß, streiften die harten Brustwarzen der Betrunkenen wie zufällig ihr Gesicht. Aber Lian wusste, dass es kein Zufall war. Mit einer Geschmeidigkeit, der die sich abtrocknende Frau in ihrem alkoholisierten Zustand nicht folgen konnte, schlüpfte Lian unter deren Armen hindurch, um aus der Reichweite dieser Frau und am besten auch aus ihrem Badezimmer zu entkommen. Aber die Bodybuilderin war immerhin noch schnell genug, um einfach über Lian drüberzulangen und die Tür zuzuwerfen, bevor Lian nach draußen entkommen konnte. Lian drehte sich um und stand mit dem Rücken zur Tür. Sie ärgerte sich über sich selbst. Sie hatte sich nicht in die Ecke drängen lassen wollen und war jetzt doch von einer Betrunkenen einfach überrumpelt worden. Lians Körper spannte sich instinktiv an. Der nackte Körper der Bodybuilderin, die ihr Handtuch fallen lassen hatte, presste sich schwer an ihren Körper und drückte sie gegen die Tür.

„Lassen Sie mich gehen", bat Lian, die einen Kampf gerne vermieden hätte. Aber die andere presste ihre großen, vollen und eisenharten Brüste gegen Lians Gesicht und rieb ihre gigantischen Brustwarzen an Lians Lippen, was sie offensichtlich sehr erregte.

„Hat Dich Janotschka geschickt?" fragte die Bodybuilderin, jetzt plötzlich kaum noch lallend.

„Nein!" antwortete Lian wahrheitsgemäß und wollte die andere noch einmal auffordern, sie in Ruhe zu lassen. Aber kaum hatte Lian ihren Mund nach dem ‚Nein' wieder geöffnet, um weiterzusprechen, da hatte sie auch schon eine dieser riesigen, harten Brustwarzen zwischen ihren Lippen und die nicht gerade zierliche Hand der plötzlich erstaunlich nüchtern wirkenden Bodybuilderin bohrte sich mit unglaublicher Kraft und Präzision zwischen Lians Schenkel. Noch ehe Lian wusste, wie ihr geschah, gruben sich die Finger dieser Hand in ihre Pobacken, während der Daumen, der so groß war wie der eines Mannes, mit einem unbarmherzigen, schnellen Ruck in ihre kleine, enge Scheide eindrang. Lian wollte vor Schmerz und Überraschung schreien. Aber der Versuch hatte nur zur Folge, dass die erregte Brustwarze der sie bedrängenden Frau noch weiter in ihren Mund vorstieß. Das war alles so schnell passiert, dass Lian keine Ahnung hatte, wie sie sich dagegen hätte wehren können. Sie wurde von dem massigen, muskulösen Körper dieser Frau so fest an die Tür gepresst, dass sie sich nicht rühren konnte.

„Du bist ja noch ganz trocken!" stellte die Bodybuilderin nach ihrem brutalen Eindringen in Lians Vagina fest und stieß mit ihrem Daumen immer wieder zu. Lian tat das einzige, was sie in dieser Situation tun konnte. Sie biss zu. Sie wollte nur, dass die andere sie endlich loslassen und ihren Daumen wieder aus ihr rausziehen würde. Aber dass sie ganz fest in deren Brustwarze biss, erregte die Bodybuilderin nur noch mehr. Sie stöhnte wollüstig auf und wollte mit ihrer freien Hand auch noch ihre zweite Brustwarze zwischen Lians Zähne bringen. Vermutlich hätte sie das ohnehin nicht fertig gebracht. Aber sie kam nicht mehr dazu, das festzustellen, denn Lian hatte nicht die Absicht, sich von dieser Frau noch länger benutzen zu lassen und biss in ihrer Verzweiflung die in ihren Mund gepresste Brustwarze ab. Die Bodybuilderin schrie auf und taumelte zurück. Endlich war ihr Daumen aus Lian wieder draußen. Lian spuckte der Zurücktaumelnden die abgebissene Brustwarze angeekelt hinterher.

„Spinnst Du?" brüllte diese, während sie ihre Hand auf die blutende Brust presste. In der nächsten Sekunde ging sie wie ein wilder Stier auf Lian los. Aber jetzt war Lian darauf vorbereitet. Sie wich dem stürmischen Angriff aus, riss die Badezimmertür auf und knallte sie der Angreiferin so fest vor den Kopf, dass die Tür aus den Angeln gerissen wurde und am Kopf der Bodybuilderin zerbrach. Trotzdem erhob sich diese wutschnaubend noch einmal. Lian trat ihr gegen die Brust. Die Bodybuilderin taumelte zurück und trat auf die leere Whiskeyflasche. Die Flasche rollte unter ihrem Fuß weg, die Bodybuilderin verlor mit rudernden Armen das Gleichgewicht, kippte rückwärts um und schlug mit dem Kopf auf dem Badewannenrand auf. Lian hatte keine Zeit, um sich um die auf den Fliesen liegende Frau zu kümmern, unter deren Kopf sich langsam eine Pfütze dunklen Blutes ausbreitete. In ihr stieg explosionsartig eine nicht zu unterdrückende Übelkeit auf. Und während sie sich noch dachte, *So ist es also, vergewaltigt zu werden,* übergab sie sich schon in die Toilette. Die Spülung funktionierte nicht. Und auch aus dem Wasserhahn kam kein Wasser. Das Heben der Insel musste wohl die Wasserleitungen unterbrochen haben. Ohne der toten Bodybuilderin noch einen Blick zu schenken, torkelte Lian nach unten ins Erdgeschoß und dort in die direkt unter dem Badezimmer der Toten liegende Küche, die sie schon entdeckt hatte. Obwohl sie keine Jungfrau mehr gewesen war, blutete sie zwischen den Beinen und hatte starke, ziehende Schmerzen. Tränen des Schmerzes und der Scham liefen über ihre Wangen. Mit Mineralwasser spülte sie sich den Mund aus und wusch sich sowohl das Gesicht, als auch ihre Scheide und das Blut von ihren Schenkeln. Während sie noch mit zitternden Beinen dastand, fragte sie sich immer wieder, wie das hatte geschehen können. Seit sie denken konnte, war sie eine Kämpferin. Und sie hatte auch auf St. Bernadette schon bewiesen, dass sie das war. Und jetzt hatte ihr eine Betrunkene, die ihr vermutlich nicht einmal etwas tun, sondern nur Spaß haben wollte, so etwas angetan. Lian wurde den Ekel nicht los und ein neuer Brechreiz setzte ein. Aber ihr Magen war schon leer. Obwohl sie sich immer wieder sagte, dass nichts Schlimmes passiert war und dass die tot in ihrem Badezimmer liegende Frau nichts anderes getan hatte, als was Lian sich von Josh ebenso, wie von Marijana, Shadowcat und auch von Abebi nicht nur gerne gefallen lassen, sondern sogar gewünscht hätte, fühlte sie sich so entsetzlich gedemütigt und verletzt. Ihr Körper war schweißnass und ihre Beine wollten einfach nicht zum Zittern aufhören. Lian fühlte sich selbst wie betrunken, als sie schließlich torkelnd ins Freie stürzte, um an die Luft zu kommen. Sie atmete tief durch, während ein leichter Wind den Schweiß auf ihrem Körper kühlte.

Reiß Dich zusammen, Lian, ermahnte sie sich selbst, während sie sich darüber klar wurde, dass sie schon zu viel Zeit verloren hatte. Also setzte sie ihren Weg weiter fort und stellte fest, dass zumindest die Bewegung in der angenehm kühlen Nachtluft ihr gut tat, auch wenn ihre Scheide bei jedem Schritt schmerzte.

Josh hatte den hohen, eisernen Zaun, der das Gebäude in der Mitte des Geländes einschloss, schnell erreicht. Aus Furcht, der Zaun würde unter Strom stehen, umrundete er ihn bis er auf der gegenüberliegenden Seite an ein Tor gelangte. Aber dieses war ebenfalls aus Metall und verschlossen. Josh riss eine Maispflanze aus und warf sie gegen den Zaun. Als nichts geschah, wagte er, vorsichtig das Tor zu berühren und stellte zu seiner Erleichterung fest, dass es nicht unter Strom stand. Aber es war verschlossen und die massiven, eisernen Streben ließen sich auch nicht aufbiegen. Josh warf sich seine Kette, die er bisher in den Händen getragen hatte, über die Schulter und kletterte an der etwa vier Meter hohen Einzäunung hoch. An der oberen Kante befand sich jedoch ein undurchdringlicher Ring aus Nato-Draht mit rasiermesserscharfen Klingen. Es wäre schon mit Kleidung kaum möglich gewesen, dieses Hindernis unverletzt zu überwinden. Aber Josh war nackt. Fieberhaft überlegte er, dann fädelte er seine Kette durch eine Schlaufe des Drahtes, packte sie auf beiden Seiten davon und sprang nach unten. Josh kam aber nicht bis zum Boden, sondern blieb einen Meter darüber hängen. Das einzige, was er erreicht hatte, war, dass der Nato-Draht sich an der Stelle, an der er die Kette eingefädelt hatte, nach unten verbogen hatte. Josh wiederholte diese Aktion noch an den nächsten vier Schlaufen des gefährlichen Drahtes. Dann versuchte er, ihn an dieser Stelle vorsichtig zu überklettern. Aber so achtsam er auch zwischen den nach unten gebogenen Schlaufen des Drahtes hindurchgriff, er schaffte es nicht, über ihn hinüber zu klettern, ohne sich dabei zu schneiden. Als er fast schon dachte, es geschafft zu haben und nur noch das rechte Bein über den Zaun nachziehen wollte, zog er sich an einer der kleinen, scharfen, in den Draht eingearbeiteten Klingen einen fast zwanzig Zentimeter langen Schnitt im Oberschenkel zu. Und während er sich mit einigem Sarkasmus dachte, dass er sicherlich der erste war, der hier nicht aus- sondern einzubrechen versuchte und auf der Innenseite des Zauns nach unten springen wollte, verhakte sich seine Kette so unglücklich in dem Natodraht, dass er den Ruck an der Kette, die noch immer an seinem unfreiwillig getragenen Cockring hing, mit seinen schwitzenden Händen nicht ganz abfangen konnte, wodurch ihm sehr schmerzhaft bewusst wurde, um wie viel schwerer er war, als Shadowcat. Sich über sich selbst ärgernd kletterte Josh noch mal nach oben und löste die Kette von dem Draht. Dann sprang er nach unten auf den Boden und ging zum Eingang des Gebäudes. Das große schwere Tor war zumindest nicht verschlossen, sondern nur von außen mit einem Riegel versperrt. Josh schob den Riegel auf und öffnete.

Er hatte sich nicht getäuscht. In dem großen, achteckigen Gebäude, das einen Durchmesser von etwa zwanzig Meter hatte, lag eine Zelle neben der anderen. Zwischen den Zellen waren dicke Mauern. Aber zu den Gängen hin bestanden sie nur aus Gitterstäben. Voller Entsetzen und Mitleid sah Josh die armen hier gefangenen Kreaturen in ihren winzigen Zellen. In gerade mal zwei auf zweieinhalb Metern befanden sich jeweils nur eine Pritsche in der Art, wie Josh sie auch im Keller des Internats gehabt hatte und eine in den Boden eingelassene Toilette. Die meisten Männer hockten auf ihren Pritschen und zogen sich, als Josh die Tür aufstieß sofort verängstigt bis in die hintesten Winkel ihrer Zellen zurück, wo sie sich vor Furcht winselnd in die dunklen Schatten kauerten. Einige registrierten aber auch sofort, dass ein Mann und keine der Aufseherinnen in der Tür erschienen war und sahen Josh teilweise verwundert oder ungläubig, teilweise aber auch furchtsam durch die Gitterstäbe ihrer Zellen hindurch an. Das Gebäude hatte kein Dach, sondern war nur von dem gleichen, massiven Gitter bedeckt, mit dem auch die Zellen verschlossen waren. In dem freien Raum in der Mitte hingen zwei Männer an solchen Ketten, wie Josh auch eine trug, an ihren Genitalien aufgehängt von der Gitterdecke.

Nachdem Josh einen schnellen Blick durch das Gefängnis hatte schweifen lassen, lief er sofort zu den beiden Unglücklichen. Einer von ihnen schien schon tot zu sein, der andere wimmerte unablässig leise vor sich hin. Sie hingen zu hoch, als dass Josh die Ketten hätte erreichen können. Während er sich nach etwas umsah, auf das er steigen konnte, fragte ihn einer der etwa vierzig Gefangenen aus einer der Zellen: „Hey, wer bist Du?"

Josh wandte sich um und suchte mit einem schnellen Blick den Sprecher hinter den Gittern in den Zellen. Als er ihn entdeckte, antwortete er: „Ich hole euch hier raus!"

Dabei krampfte sich Josh der Magen zusammen, als er sah, dass der hagere, nackte Mann, der ihn mit großen Augen zwischen den Gitterstäben seiner Zelle hindurch beobachtete, nur ein tiefes, dunkles Loch zwischen seinen Beinen hatte. Auf Joshs Antwort hin entstand sofort eine laute Unruhe in den Zellen. Der erste Sprecher ermahnte die anderen aber sofort zur Ruhe.

„Ruhe, Ruhe, …"rief er durch den Raum und wandte sich dann wieder an Josh, der inzwischen an den Gittern einer leerstehenden Zelle nach oben kletterte, um an die das Gebäude bedeckenden Gitterstäbe zu gelangen.

„Wie bist Du an den Wachen und an den Panthern vorbeigekommen?" fragte der Wortführer der Gefangenen.

„Sind alle weg!" antwortete Josh mit kurzen Worten, als er schon fast das obere Gitter erreicht hatte. In dem Moment trottete aber ein großer schwarzer Panther durch die Tür und strafte Joshs Worte mit einem leisen, kehligen Knurren Lügen. Die Gefangenen wichen sofort mit einem kollektiven Aufschrei von den Gittern ihrer Zellen zurück, der winselnde, an seinen Genitalien aufgehängte Mann kreischte beim Anblick des Panthers gellend auf und auch der zweite Aufgehängte zeigte jetzt, dass er noch am Leben war, indem er wie wild zum Strampeln begann. Das reizte den Panther und er sprang in großen Sätzen auf die beiden zu. Josh brüllte den beiden hilflos an ihren Genitalien baumelnden und zappelnden zu: „Haltet ruhig!"

Dann ließ er sich wieder auf den Boden des Gefängnisses fallen, um den Panther von den beiden abzulenken. Josh hatte auf den ersten Blick erkannt, dass das keiner der Panther war, denen Shadowcat auf ihre unbegreifliche Weise erklärt hatte, dass Josh kein Feind von ihnen war. Er sah sich einer wilden, blutgierigen Bestie gegenüber, die er unschädlich machen musste. Zumindest war das seine Absicht gewesen. Aber der Panther beachtete ihn gar nicht, als Josh wieder auf dem Boden landete, sondern sprang in einem letzten, gewaltigen Satz auf die beiden ihm hilflos ausgelieferten, kreischenden Männer zu. Ohne zu überlegen sprang auch Josh los. Er erwischte den Panther in der Luft, bevor dessen Pranken die beiden Männer, die vor Panik außer sich waren, erreichten. Allerdings zappelte und schwankte derjenige, der vorher wie tot gewirkt hatte, vor Hysterie jetzt so wild und unkontrolliert herum, dass plötzlich seine schon sehr in die Länge gezogenen Genitalien, mit einem im Gebrüll des Kampfes untergehenden Geräusch unterhalb des Cockringes abrissen. Unglücklicherweise bekam der auf diese Weise von seiner Männlichkeit ebenso, wie von der Kette befreite den zweiten Aufgehängten zu fassen und klammerte sich an ihm fest. Unter dem Gewicht von zwei ausgewachsenen Männern rissen auch seine Genitalien ab und die beiden krachten gemeinsam auf den Gefängnisboden und verspritzten in dicken Fontänen ihr Blut. Der Blutgeruch machte den Panther nur noch wilder. Er wand sich aus Joshs Griff heraus und versuchte an ihm vorbei wieder die zwei sich in ihrem Blut Wälzenden zu erreichen. Josh konnte den Panther gerade noch am Schwanz packen. Er schleuderte ihn gegen die Gitterstäbe einer Zelle. Aber der Panther rappelte sich sofort wieder auf und griff jetzt Josh an. Josh schwang seine Kette nach der geschmeidigen, großen Katze. Aber durch das Gewicht der Kette war Josh einen Sekundenbruchteil zu langsam. Der Panther unterlief die Kette und zerfetzte Josh im nächsten

Moment mit seinen Krallen die Brust und die linke Schulter. Ein brennender Schmerz erfüllte Josh. Er stieß den Panther von sich. Und als dieser erneut auf ihn losging, schlug ihm Josh mit der Faust von oben so fest auf den Kopf, dass der Panther kurz schwankte und dann nach einer langen Sekunde, während der er Josh aus blutunterlaufenen Augen hasserfüllt anblickte, betäubt zu Boden ging. Josh packte den Panther wieder am Schwanz und schleifte ihn in eine leere Zelle, die er hinter ihm verschloss.

Dann wendete er sich an die beiden sich am Boden krümmenden Gestalten, die nur noch leise wimmerten. Josh wusste, dass er ihnen nicht mehr helfen konnte. Sie hatten schon zu viel Blut verloren.

„Du holst uns also hier raus?" fragte der Sprecher von vorher zwischen seinen Gitterstäben hindurch und Josh konnte ihm den Zynismus in der Stimme nicht verdenken.

Auch seine Wunden bluteten. Aber Josh sagte sich leichtfertig, *Ich werd's überleben*, während er sich an den Sprecher wendete und fragte: „Wo sind die Schlüssel für die Zellen?"

Der Mann zuckte mit den Schultern und antwortete: „Die haben die Wärterinnen."

„Hast Du keine Ahnung, wo sie sie aufbewahren?" fragte Josh weiter. Der Mann schüttelte den Kopf. Aber aus einer anderen Zelle rief jetzt einer: „Die sind im Haupthaus, wo auch die Privilegierten untergebracht sind."

„Die Privilegierten?" fragte Josh den neuen Sprecher, der ebenfalls keine Genitalien mehr hatte. Der Mann, der einmal sehr stattlich ausgesehen haben musste und der an Muskelmasse durchaus mit den Sicherheitsdamen von St. Bernadette konkurrieren konnte, deutete auf eine ihm gegenüberliegende Zelle und fragte Josh: „Siehst Du das?"

Josh folgte dem Wink des Sprechers und bemerkte die aufgebogenen Gitterstäbe der bezeichneten Zelle. Fast armdicke, eiserne Streben waren einfach auseinandergebogen worden.

„Das war Arvid Eldarson!" sagte der Mann hinter Josh und erklärte: „Ich bin ja selbst kein Schwächling. Aber so was bringt kein normaler Mann fertig. Unsere Wärterinnen fürchten und verehren ihn. Aber er ist ein Arschloch. Er denkt nur an sich."

„Er ist ein Privilegierter?" fragte Josh. Der andere nickte und Josh fragte weiter: „Gibt es noch mehr davon?"

„Drei oder vier, glaube ich. Wir kommen ja nicht ins Haupthaus."

„Welches ist das Haupthaus?" forschte Josh weiter. Der andere schüttelte den Kopf und erwiderte: „Du kennst Dich ja hier wirklich gar nicht aus. Was ist da draußen denn überhaupt los? Seit unser schönes Ferienparadies gestern rumort hat, lässt sich keine unserer Wärterinnen mehr blicken."

„Ich glaube, oder hoffe, dass sie wegen dem Vulkanausbruch geflohen sind."

„Der Vulkan ist ausgebrochen?" fragten mehrere Gefangene, die der Unterhaltung aufmerksam gelauscht hatten, gleichzeitig. Und plötzlich fragte einer derjenigen, die sich noch immer in einer Ecke seiner Zelle zusammengekauert hatte, aus dem Schatten heraus: „Bist Du etwa der Lehrer, mit dem sie sich drüben vergnügen wollten?"

„Ja", nickte Josh, ohne dass er den Frager sehen konnte. Dann wendete er sich wieder dem Ausgang zu und sagte: „Ich versuche, die Schlüssel für eure Zellen aufzutreiben."

Als Josh das Gebäude verlassen wollte, in dem zwei tote Männer lagen, die noch leben würden, wenn Josh nicht versucht hätte, ihnen zu helfen, setzte wieder ein lautes Durcheinander ein. Irgendeiner verfluchte ihn wegen den beiden Toten, einige schrieen, Josh solle sie nicht verlassen und andere, die niemals gewagt hatten, sich gegen die Wärterinnen aufzulehnen, versuchten Josh gegenüber Autorität zu demonstrieren und befahlen ihm, sich zu beeilen. Josh achtete nicht darauf, was sie ihm noch alles auftrugen, sondern lief nach draußen, wo noch ein zweiter Panther innerhalb des Zaunes herumschlich. Josh wollte sich auf keinen Kampf mit der großen Katze einlassen und machte sich in dem Bewusstsein, dass er zwei Männer auf dem Gewissen hatte, und dass alles zu lange dauerte, schnell daran, den Zaun wieder zu überklettern bevor der wütende und sicherlich auch hungrige Panther ihn erreichte.

Zumindest zog sich Josh jetzt keine neuen Verletzungen an dem Nato-Draht zu. Als Josh außerhalb des Zaunes auf dem Boden landete und sich abrollte, fiel ihm im selben Moment ein, dass er noch keine Antwort auf die Frage bekommen hatte, welches das Hauptgebäude war. Aber noch einmal zurück und sich dem Angriff des zweiten Panthers aussetzen, um die Gefangenen nach dem Haupthaus zu fragen, wollte er auch nicht. Also blickte er sich in der einsetzenden Morgendämmerung um. Sein Blick blieb sofort auf dem dem Eingang gegenüberliegenden Gebäude hängen, das wie eine etwas kleinere Ausgabe des Internats wirkte, aber größer war, als alle anderen Gebäude innerhalb des landwirtschaftlichen Betriebs. Das musste es sein. Josh sortierte seine Kette und rannte los.

Marijana, für die der Transport auf der Bahre anstrengender gewesen war, als sie sich hatte anmerken lassen, fiel bald nachdem Abebi sie allein gelassen hatte, um auf der Mauer Wache zu halten, in einen tiefen, erholsamen Schlaf. Während vor ihrem geistigen Auge die die Bilder ihrer unglaublichen Erlebnisse auf St. Bernadette mit Lian, Shadowcat, Josh und Abebi noch einmal vorbeizogen, dämmerte sie langsam in diesen Schlaf hinüber und wurde sich erst nach einiger Zeit bewusst, dass die Bilder des Traums, der ohne Übergang aus ihren Erinnerungen geboren wurde und mit ihnen verschmolz, keine Erinnerungen an die aktuellen Erlebnisse mehr waren, sondern wieder Schatten ihres früheren Lebens, in dem sie schon einmal in der Gesellschaft von eben jenen geliebten Personen Abenteuer erlebt hatte. Kaum war sie sich bewusst geworden, dass sie eingeschlafen war, glaubte sie schon wieder zu erwachen. Aber sie lag nicht mehr auf ihrer Bahre im Schatten der hohen, den landwirtschaftlichen Betrieb von St. Bernadette einschließenden Mauern auf einer Insel irgendwo im atlantischen Ozean, sondern in einem großen, grob gezimmerten, bequemen Bett und war mit einem schweren Bärenfell bis zur Nasenspitze zugedeckt. Sie ließ ihren Blick durch die aus massiven Baumstämmen gebaute und einzig durch das Feuer im Kamin erleuchtete Hütte wandern, während draußen ein gewaltiger Blizzard tobte. Josh, dessen Oberkörper übersät war mit den frischen Wunden eines blutigen Kampfes, lag vor dem Kamin auf einem Fell. Bis zur Hüfte war er mit einer einfachen indianischen Decke zugedeckt. Und sein beeindruckend muskulöser Oberkörper schien sich im zuckenden Licht der Flammen zu bewegen. Aber in Wahrheit lag er ganz still. Die Luft in der Hütte war erfüllt vom angenehmen Duft irgendeines fremdartigen Räucherwerks, das in einer hölzernen Schale verglomm und vom leisen, melodiösen Gesang Shadowcats, der friedlich und beruhigend klang wie das leise Gurgeln eines Gebirgsbaches in einer lauen Sommernacht. Marijana lauschte aufmerksam den lieblichen Klängen, die im Toben des Sturmes fast untergingen, während sie die zierliche und anmutige Gestalt der kleinen Indianerin, die neben Josh kniete, aufmerksam musterte. Sie kannte in diesem früheren Leben zum Zeitpunkt jener Begebenheiten von allen Anwesenden in der Hütte nur Josh. Woher, das wusste sie nicht. Sie wusste in ihrem Traum oder ihrer Vision weder, was vor dieser Szene geschehen war, noch was weiter geschehen würde. Sie hatte keine Ahnung, wie sie in diese Hütte gelangt war und warum sie im Bett lag, während der offensichtlich verwundete Teuton nur auf einem Fell vor dem Kamin lag. Teuton? War das sein Name gewesen? Aber ja, er war in den Saloon gekommen, in dem sie aufgetreten war. Wie lange war das jetzt her? Marijana hatte keine Ahnung. Sie wusste nur, dass sie in einem Bett in einer Blockhütte lag, dass dieser kraftstrotzende Mann, der ihr vom ersten Moment an, als sie ihn in durch die Schwingtür des Saloons hatte treten sehen, gefallen hatte, verwundet, schlafend und unter der Decke, die seine Hüfte bedeckte, offensichtlich nackt vor dem Kamin lag und dass dieses wunderschöne Indianermädchen neben ihm kniete, deren leiser Gesang sie bis ins Mark berührte und ihr Herz mit einer andächtigen Traurigkeit erfüllte, die ihr das Wasser in die Augen trieb, obwohl sie die Worte des Liedes nicht verstehen konnte. Als das Lied endete, trat eine bedrückende Stille in der Hütte ein. Und sogar der Sturm schwieg einen Augenblick, um neuen Atem zu schöpfen. Die junge Indianerin, Shadowcat, oder wie auch immer sie in diesem Leben geheißen haben mochte, blickte langsam von Josh oder Teuton auf und richtete ihre wunderschönen dunklen Augen, in denen eine unendliche Traurigkeit zu wohnen schien, direkt auf Marijana.

„Meine weiße Schwester Chenoa hat einen weiten Weg durch das Land der Geister hinter sich. Aber sie mag ohne Sorge sein. Magaskawee hat das Metall aus ihrem Körper geschnitten. Die weiße Taube wird bald wieder fliegen."

Ich bin verwundet? dachte sich Marijana und fragte das Indianermädchen, das schöner war, als jeder andere Mensch, den sie jemals in ihrem Leben gesehen hatte: „Was ist passiert?"

Magaskawee deutete auf Teuton und antwortete in einer so samtigen, weichen Stimme, dass Marijanas Körper bei ihrem Klang von einem wohligen Schauer durchströmt wurde: „Das weiß nur Tohon. Er hat Dich gerettet und hierher gebracht."

„Wie geht es ihm?" fragte Marijana und wurde sich im selben Moment bewusst, dass ihre Stimme die Liebe verriet, die sie für Teuton hegte, für Tohon, wie Magaskawee ihn genannt hatte.

„Er ist stark!" erwiderte die wunderschöne, junge Indianerin, während sie sich zu Marijana auf die Bettkante setzte und ihr eine Schale mit Wasser an die Lippen führte.

„Und Manapi ist eine große Medizinfrau!" fuhr Magaskawee fort. Marijana trank einen kleinen Schluck und stellte fest, dass das Schlucken ihr Schmerzen bereitete. Das Wasser hatte einen eigenartig bitteren Nachgeschmack. Für einen winzigen Augenblick fürchtete Marijana, dass man sie vergiften wollte aber als sie ihre Augenlider hob und ihr Blick den Magaskawees traf, da war ihr, als ob sie in einen Sog geriet, der sie direkt in die Seele dieses indianischen Mädchens zog, dessen Schönheit nicht von dieser Welt zu sein schien. Ihr wurde schwindelig, aber sie wusste, dass sie nichts zu befürchten hatte. Und als das Gefühl, dass sich alles um sie drehen würde, wieder nachließ und sie verlegen das weiche Leder von Magaskawees Kleid losließ, in das sie sich während des Schwindelgefühls gekrallt hatte, da fragte sie mit eigenartigen Gefühlen in ihrem Herzen, die sie an Liebe erinnerten: „Manapi?"

Magaskawee deutete auf eine im Schatten liegende Ecke der Hütte, in der Marijana nur ein paar Augen erkennen konnte, in denen sich der flackernde Schein des Feuers spiegelte. Manapi stand auf und trat ins Licht. Sie war ein nacktes, nur in eine dicke Wolldecke gehülltes, schwarzes Mädchen, an dessen Hand- und Fußgelenken man noch deutlich die Spuren der Eisen sehen konnte, die verrieten, dass es eine entflohene Sklavin aus dem Süden war. Marijana hatte bis dahin erst wenige Indianer und noch gar keine Schwarzen gesehen. Sie hegte eine rational nicht zu erklärende Abneigung gegen dieses kleine, schwarze Mädchen, das das Leben einer Sklavin geführt hatte und ihr jetzt so klein und unscheinbar wie ein verängstigtes Reh und dabei trotzdem mit der Erhabenheit einer Königin gegenüberstand, vor der Marijana sich verneigt hätte, wenn es eben kein schwarzes Mädchen gewesen wäre. Lange Zeit musterten sich die beiden nur aufmerksam, als wollten sie ineinander lesen. Marijana spürte, dass Manapi ihre Abneigung fühlte. Sie bemerkte die zarte Schönheit und die feinen Züge des Mädchens die im krassen Gegensatz zu allem standen, was sie bisher über die Neger, über die schwarzen Teufel gehört hatte. Und plötzlich schämte sie sich über ihre anerzogenen Vorurteile und hauchte ein schwaches „Verzeih mir bitte!"

Manapi kam langsam auf Marijana zu. Sie ging vorbei an einem im Schneidersitz am Boden hockenden Mädchen, dessen Gesicht Marijana nicht sehen konnte, weil es den Kopf gesenkt hatte. Marijana bemerkte nur die langen, schwarzen, seidigen Haare, die Ähnlichkeit mit Magaskawees Haaren hatten und doch anders waren, und den weiten, schwarzen Anzug aus grobem Stoff. Dann stand Manapi vor ihr und legte ihr sanft die kleine, schlanke Hand auf die Stirn.

Marijana schreckte aus dem Schlaf hoch. Vor ihr stand Abebi, die ihr die Hand auf die Stirn gelegt hatte. Marijana brauchte ein paar Sekunden, bis sie sich in der Realität und in der Gegenwart wieder zurechtfand. Es dämmerte bereits und Abebi flüsterte: „Sie kommen. In zehn Minuten sind sie da!"

Marijana war klar, dass Abebi von den Schwarzgekleideten sprach, die ebenfalls auf dem Weg durch die Senke gewesen waren.

„Wo sind Josh, Lian und Shadowcat?" fragte Marijana. Und Abebi antwortete: „Sie sind noch nicht wieder zurück."

„Kannst Du sie rufen?" fragte Marijana weiter. Abebi nahm die Enden der Bahre an Marijanas Kopfseite und erwiderte: „Zuerst muss ich Dich verstecken."

Dann zog sie die Bahre in das nächstgelegene Maisfeld, bis Marijana von außen nicht mehr gesehen werden konnte, legte sie dort ab und verwischte anschließend die ins Feld führenden Schleifspuren. Als sie damit fertig war, erschien schon die Gruppe Schwarzgekleideter mit Janotschka und noch zwei weiteren von Veronika Vranjas Bodybuilderinnen im offen stehenden Tor.

Abebi und Marijana, die sie aus dem Schutz des sie verbergenden Maisfeldes beobachteten, konnten jetzt zum ersten mal sehen, dass die Schwarzgekleideten ebenfalls Frauen waren. Sie trugen schwarze Burnusse mit wenigen, aber sehr kunstvollen, silbernen Ornamenten geschmückt, und auf den Köpfen ebenfalls schwarze Turbane, in die silberne Schnüre eingearbeitet waren. An den Gürteln trugen sie passend dazu sehr schön gearbeitete und reich verzierte Säbel. Alles in allem wirkte ihre Erscheinung wie ein Fantasiegebilde aus einer anderen Zeit. Einzig die modernen Maschinengewehre in ihren Händen zeugten davon, dass sie real und aus der Gegenwart waren. Ihre Gesichter wirkten arabisch. Sie waren etwas heller als Abebi und hatten alle sich ähnelnde, ebenmäßige Züge und dunkle, fast metallisch wirkende Augen.

„Die bint al layl!" flüsterte Abebi mit ehrfurchtsvoller Bewunderung und erklärte gleich darauf, Marijanas fragenden Blick beantwortend: „Die Töchter der Nacht, Schattenkriegerinnen, eine uralte Vereinigung weiblicher Krieger, gedungene Mörderinnen, Sklavenjägerinnen und – händlerinnen! Wo sie auftauchen gibt es nur noch Tod und Verderben."

Shadowcat war, nachdem sie im ersten Haus auf ihrer Seite gewesen war, weiter dem Weg an der Mauer entlang gefolgt. Das nächste Gebäude erkannte sie schon aus zwanzig Metern Entfernung am Geruch als das Gebäude, in dem die Panther untergebracht waren. Vorsichtig trat sie durch das offen stehende Tor. Ajani hatte sich in einen leeren Käfig gelegt. Von den anderen etwa zwanzig Käfigen waren nur sieben belegt. Die Panther knurrten und fauchten, als Shadowcat auf die Käfige zuging, beruhigten sich aber sofort und legten sich ganz ruhig hin, als Shadowcat vor den Käfigen stehenblieb und leise mit ihnen sprach. Am liebsten hätte sie sie freigelassen. Aber sie war sich bewusst dass die armen, gefangenen Geschöpfe hungrig waren. Und sie hätte ihnen nicht vermitteln können, dass sie den Menschen, die ihr so viel bedeuteten und auch denjenigen, dessentwegen sie hierher gekommen waren, nichts tun durften. Sie war hier allein bei den Panthern und konnte ihnen die Menschen nicht zeigen, die unter ihrem Schutz standen. Also nahm sie sich vor, zuerst die Männer und wenn das erledigt war, die Panther zu befreien.

„Habt keine Angst, …" sagte sie mit ihrer leisen, warmen Stimme, „ich komme wieder!"

Die Panther schienen sie zu verstehen, denn sie blickten sie nur aufmerksam an und ließen sich von ihr durch die Gitterstäbe kraulen.

„Was ist Ajani", fragte sie, sich an ihren treuen Begleiter wendend, der sich so brav in seinen Käfig gelegt hatte, „kommst Du mit? Oder bist Du müde?"

Ajani stand auf, streckte sich, gähnte, sprang dann wie ein verspieltes, kleines Kätzchen aus seinem Käfig und rieb seinen breiten Kopf an Shadowcats Hüfte.

„Braver Junge!" lobte Shadowcat den zahmen Panther und lief mit ihm weiter, dem Hauptgebäude des landwirtschaftlichen Betriebes zu.

Vorsichtig drückte sie die Klinke der großen, zweiflügeligen Eingangstür. Sie war nicht verschlossen und bewegte sich fast lautlos in den Angeln. Shadowcat überkam ein beklemmendes Gefühl, als sie in der Eingangshalle stand. Ajani stieß ein tiefes, kehliges Knurren aus und Shadowcat musste ihn erst beruhigen, bevor sie sich weiter umsehen konnten.

„Ich weiß", flüsterte Shadowcat, „dass Du Dich fürchtest."
Und sie gestand ihm: „Ich hab auch Angst."

Sie sah sich in der weitläufigen Halle um und überlegte, wohin sie sich zuerst wenden sollte. Schließlich entschied sie sich dafür, rechts anzufangen und die Zimmer und Gänge der Reihe nach zu durchsuchen, zuerst das Erdgeschoß, dann den ersten und den zweiten Stock und zuletzt den Keller.

Shadowcat kam als erstes in einige Büros, dann, im rechten Seitenflügel stieß sie auf ein großes Chemielabor und eine Krankenstation. Nach hinten, wo das Gebäude an die Mauer gebaut war, waren große Lagerhallen für den auf den Feldern gewonnenen Mais und das Getreide, aber auch für den Mohn und den Hanf und die daraus gewonnenen Drogen.

Wenn das hier in die Luft fliegt, dachte sich Shadowcat, als sie erkannte, was sie da entdeckt hatte, *dann hat die Zerstörungsaktion von Vranjas Sprengkommando wenigstens noch was Gutes.*

Am liebsten hätte sie selbst Feuer in diesen bis unter die Decke mit Drogen gefüllten Hallen gelegt. Aber solange sie nicht wusste, ob sich noch jemand in diesem Gebäude befand, durfte sie das nicht. Sie nahm sich aber vor, darauf zurückzukommen, sobald sie sicher sein konnte, dass niemand mehr hier war. Im linken Flügel des Gebäudes, gegenüber von der Krankenstation und dem Labor traf sie auf eine Reihe verschlossener Eisentüren, die so massiv wie Tresortüren wirkten. Neben den Türen waren kleine Monitore an der Wand angebracht. Aber es ging kein Strom, so dass weder die Lampen, noch die Monitore gingen. Shadowcat klopfte zaghaft an die erste Tür und fragte so laut, dass sie glaubte, ihre Stimme müsste die massiver Tür durchdringen: „Hallo, … hallo, ist da jemand?"

Sie lauschte ein paar Sekunden und wollte sich schon der nächsten Tür zuwenden, als sie plötzlich ein Geräusch von hinter der Tür vernahm. Und plötzlich hörte sie eine männliche Stimme fragen: „Was ist da draußen los? Ich sitze seit einem Tag im Dunkeln, bekomme nichts zum Essen und niemand antwortet, wenn ich rufe."

„Sind Sie hier gefangen?" fragte Shadowcat mit einer Mischung aus Furcht und Neugier. Die Stimme hinter der Tür schwieg und Shadowcat fragte noch mal: „Hallo, hören Sie mich?"

„Was soll das?" fragte da die dumpf klingende Stimme hinter der Tür. „Die Spielchen könnt ihr euch für die Jungs im Karussell aufheben."

„Was für ein Karussell?" fragte Shadowcat zurück. Der aggressive Tonfall des Mannes machte ihr Angst. Als sie in seinem Schweigen erkannte, dass er wohl nachdachte, sagte sie zu ihm: „Hören Sie, ich bin hier, um sie zu befreien. Wissen Sie, wo die Schlüssel zu der Tür sind?"

Der Mann schwieg noch immer. Offensichtlich bezweifelte er ihre Worte. Shadowcat konnte es ihm nicht verdenken. Sie hatte erlebt, was Veronika Vranjas Anhängerinnen Josh hatten antun wollen. Sie wusste nicht, wie lange der Mann hinter dieser Tür schon auf St. Bernadette war. Aber er musste sicherlich Schlimmes erlebt haben.

„Ich sage die Wahrheit." beteuerte sie deshalb und wiederholte noch einmal: „Ich möchte sie befreien."

Die Stimme des Mannes klang jetzt hörbar verunsichert, als er schließlich sagte: „Ich sag ganz ehrlich, dass ich nichts von all dem glaube, aber falls Du es wirklich ehrlich meinst, dann musst Du in einem der Büros nach den Schlüsseln suchen."

„Okay, ich sehe nach", erwiderte Shadowcat, die jetzt einen kleinen Hoffnungsschimmer hatte, die gefangenen Männer, die sie gefunden hatte, tatsächlich auch befreien zu können.

„Komm mit Ajani!" forderte sie den Panther auf und lief los in Richtung der Büros. Nach ein paar Schritten blieb sie aber schon wie angewurzelt stehen. Die übernächste dieser massiven Türen war so verbeult, als ob jemand von innen mit einer Kanone auf sie geschossen hätte. Aber sie war so massiv und so fest im Boden und in den Wänden verankert, dass sie diesem wütenden Angriff standgehalten hatte. Die verbeulte Tür übte eine eigenartige Faszination auf Shadowcat aus. Langsam und lautlos ging sie zu der Tür, blieb aber wenige Zentimeter davor stehen, ohne sie zu berühren. Während sie die Beule in der Tür ungläubig betrachtete, erfasste sie ein Schauer der Furcht, dass sich sogar ihre Nackenhaare sträubten. Mit dieser unerklärlichen Furcht im Herzen schlich sie rückwärts wieder von der Tür zurück. Und erst als sie ein paar Meter zwischen diese und sich gebracht hatte, wagte sie sich von ihr abzuwenden und zu den Büros zu laufen. Fieberhaft durchsuchte sie die Schreibtische und Schränke. Aber auch davon waren einige verschlossen. Mit einem eisernen Lineal gelang es ihr eine verschlossene Schreibtischschublade aufzuhebeln Und darin fand sie einen Schlüsselbund. Sofort lief sie damit zurück zu der Tür, vor der sie mit dem in dem dahinter liegenden Raum eingesperrten Mann gesprochen hatte. Aber als sie sich die Schlüssel betrachtete und schon probieren wollte, welcher davon passen könnte, wurde sie sich plötzlich ihrer Nacktheit bewusst, die ihr schon so normal erschienen war. Solange sie mit Josh, Marijana, Lian und Abebi zusammen war, war es das Schönste, was sie sich vorstellen konnte, wenn sie gemeinsam nackt waren und sich gegenseitig frei und ungezwungen berühren konnten. Aber hinter dieser Tür war ein ihr fremder Mann. Und auch wenn er ein armer Gefangener war, den sie befreien wollte, so wollte sie sich ihm doch nicht einfach nackt zeigen. Im Labor hatte sie weiße Kittel an einem Haken hinter der Tür hängen sehen. Schnell lief sie dorthin zurück und zog sich einen dieser Kittel an. Dann eilte sie wieder zu der Tür zurück und probierte die Schlüssel der Reihe nach durch. Aber es passte keiner von ihnen. Also lief sie wieder zu den Büros. Mit den im Schreibtisch gefundenen Schlüsseln ließen sich zumindest die Schränke an den Wänden öffnen. Und in einem kleinen, metallenen Schränkchen, das neben der Tür dieses Büros hing, entdeckte sie einzeln aufgereiht und nummeriert die Schlüssel, die sie suchte. Shadowcat erkannte an der eigenartigen Form der Schlüssel sofort, dass sie für besondere Schlösser bestimmt waren. Sie hatten die Nummern 0 bis 5. Shadowcat hatte auch fünf dieser dicken, schweren Türen gesehen und war sich deshalb ziemlich sicher, dass sie jetzt die richtigen Schlüssel in den Händen hatte. Die hereinbrechende Dämmerung gemahnte sie auch dazu, sich zu beeilen, denn schließlich war die Gruppe mit den schwarzgekleideten Gestalten noch irgendwo hinter ihnen.

Mit klopfendem Herzen schob Shadowcat den Schlüssel ins Schloss. Er ging schwer zum Drehen und bei jeder viertel Umdrehung des Schlüssels war ein lautes Knacken in der Tür zu hören. Als sie den Schlüssel einmal ganz herum gedreht hatte, sprang die Tür auf. Shadowcat packte den eisernen Griff und zog. Die dicke, fast vierzig Zentimeter dicke Tür bewegte sich leichter in den Angeln, als sie erwartet hatte. Und schließlich löste sich langsam und zögernd eine Gestalt aus dem Schatten des dunklen Raumes dahinter. Ajani knurrte und wollte den Mann anspringen. Aber Shadowcat hielt ihn mit einem einzigen Gedanken zurück. Der Mann, von dem sie bisher nur die nackten Beine gesehen hatte, war aber sofort wieder furchtsam in die Dunkelheit zurückgewichen.

„Sie müssen keine Angst haben", sagte Shadowcat. „Ajani tut ihnen nichts."

Es dauerte ein paar Sekunden, bis der verängstigte Mann wieder ins Licht trat. Das erste, was Shadowcat auffiel, war seine schmächtige Gestalt. Er war kaum größer als Marijana und ein ziemlich dürres Männlein. Aber sein Penis baumelte bis zu seinen Knien. Der Mann blinzelte Shadowcat an, während seine Augen sich an das Dämmerlicht gewöhnten.

„Und was kommt jetzt?" fragte er misstrauisch. Shadowcat war klar, dass er ihr noch immer nicht vertraute. Und das machte ihn gefährlich. Wenn sie nicht Ajani bei sich gehabt hätte, hätte sie diesem Mann nur ungern den Rücken zugewandt.

„Sind hinter den anderen Türen auch noch Männer gefangen?" fragte sie ihn, von seiner Nacktheit peinlich berührt.

Der Mann nickte. „Das weißt Du doch."

„Nein", erwiderte Shadowcat etwas gereizt. „Das weiß ich eben nicht."

Und damit schloss sie schon die nächste Tür auf. Im nächsten Moment schoss wie ein Blitz ein nackter, schwarzer Junge, der kaum älter als zwölf gewesen sein konnte, an ihr vorbei und huschte durch die offen stehende Tür des Gebäudes hinaus in die Morgendämmerung.

„Wer war das denn?" fragte Shadowcat, die den kleinen Wirbelwind kaum richtig zu sehen bekommen hatte. Sie war sich zwar ziemlich sicher, dass sie ihn leicht wieder hätte einholen können, aber sie wollte keine Zeit mit Fangen spielen vergeuden.

„Der kleine Julio!" antwortete der Mann, der selbst kaum größer war, als der Junge, der seine Chance zur Flucht genutzt hatte.

„Was werden Sie mit ihm machen?" fragte der Mann mit hörbarer Sorge um den Jungen. Shadowcat wandte sich der dritten, der verbeulten Tür zu, während sie mit der Gegenfrage antwortete: „Wer?"

Der Mann antwortete aber nicht, sondern sprang schnell vor Shadowcat und versperrte ihr den Weg zu der verbeulten Tür und sagte: „Das würde ich nicht tun!"

Auf ein Knurren Ajanis machte er aber sofort wieder Platz und versuchte Shadowcat zwischen sich und den Panther zu bekommen.

„Warum nicht?" fragte Shadowcat. Und jetzt kratzte sich der kleine Mann nachdenklich am stoppeligen Kinn und antwortete: „Du scheinst ja wirklich keine Ahnung zu haben."

Shadowcat schob den Schlüssel ins Schloss und erklärte dem kleinen, nackten Mann noch einmal: „Ich sagte Ihnen doch, dass ich hier bin, um sie zu befreien. Ich war bisher noch niemals hier."

„Aber Du gehörst doch zu dem Internat auf der anderen Seite?" fragte der Mann weiter, während der Schlüssel eine halbe Drehung machte und es zweimal laut in der Tür knackte. Shadowcat sah den Mann an und der Schlüssel machte eine weitere Vierteldrehung.

„Das Internat gibt es nicht mehr!" erklärte sie ihm. Der Mann hatte ihre Hand mit dem Schlüssel nicht aus den Augen gelassen und es war ihm anzusehen, dass einzig Ajanis Anwesenheit und wachsame Aufmerksamkeit ihn davon abhielt, zu versuchen, Shadowcat mit Gewalt davon abzuhalten, diese Tür zu öffnen. Dicke Schweißperlen traten auf seine Stirn. Und er sagte beschwörend: „Wir werden beide bereuen, wenn Du diese Tür öffnest."

Shadowcat hielt inne. Sie konnte die panische Furcht des Mannes vor dem, was sich hinter dieser Tür befand, deutlich spüren. Aber schließlich war sie hier, um die Männer zu befreien. Und wenn einer von Ihnen auch gefährlich sein sollte, so konnte sie ihn doch nicht einfach hier sterben lassen, nur weil ein anderer sich vor ihm fürchtete. Immerhin hatte sie zu ihrem Schutz auch Ajani bei sich.

„Wer ist denn da drin?" fragte sie mit einer Mischung aus Neugier und wiedererwachter Furcht.

„Arvid Eldarson!" antwortete der Kleine ängstlich flüsternd. Shadowcat zuckte mit den Schultern. Der Name sagte ihr nichts. Sie hatte ihn noch nie gehört. In dem Moment war ein lautes Dröhnen von der Tür zu hören, so als ob von der anderen Seite ein Zug dagegen gefahren wäre. Shadowcat und der kleine Mann sprangen erschrocken zurück. Und selbst Ajani machte einen Satz. Von den Wänden rieselte Kalk. Shadowcat und der zuerst Befreite beobachteten starr vor Schreck die Tür. Ein zweites, noch gewaltigeres Dröhnen ließ die Tür erzittern. Und beim dritten Anlauf gaben die letzten beiden Bolzen, die die Tür noch in ihrer Verankerung gehalten hatten nach und sie kippte wie in Zeitlupe nach außen. Der Knall, mit dem sie auf den Boden krachte, durchschnitt die sonst im Haus herrschende, angespannte Stille wie eine Detonation. Shadowcat sah im Rahmen der Tür die Umrisse eines riesigen Mannes ohne Kopf. Das heißt, seine gewaltigen Schultern ragten bis zur oberen Kante des Türrahmens und der Mann musste erst den Kopf einziehen, um durch die Tür zu treten. Shadowcat und der kleine Mann wichen ehrfürchtig vor diesem Herkules zurück. Und selbst Ajani zog furchtsam den Schwanz ein und kauerte sich wie ein geprügelter Hund in eine Ecke. Der Mann, den der Kleine Arvid Eldarson genannt hatte, blickte mit kalten, eisgrauen Augen auf Shadowcat und den vor Angst schlotternden Kleinen, dessen langer Penis durch sein Gezappel einen ziemlich absurden Tanz vollführte, hinunter. Shadowcat betrachtete Eldarson neugierig, wagte aber aus Furcht kaum zu atmen. Er wirkte auf sie wie ein nordischer Gott. Er war schön und Furcht einflößend zugleich. Seine blonden Haare fielen ihm bis auf die Schultern. Seine Züge waren ebenmäßig und um sein Kinn sprossen blonde Stoppeln. Abgesehen von Josh hatte Shadowcat noch niemals einen so perfekten, männlichen Körper gesehen. Aber Eldarson war ein Riese gegen Josh und seine Muskeln waren viel massiger als die von Josh. Aber die Proportionen seiner braungebrannten Muskeln standen in völliger Harmonie zu seiner Größe. Es war unmöglich, Josh mit Arvid Eldarson zu vergleichen. Josh hatte eine perfekte, harte und sehnige Muskulatur, aber gegen Eldarson wirkte er wie ein Leichtathlet neben einem Bodybuilder.

Shadowcat gab es auf, Vergleiche anstellen zu wollen. Egal wie gut dieser Mann aussah, dessen Alter sie auch nicht annähernd schätzen konnte, und wie perfekt sein wie aus einem Felsen gemeißelter Körper auf sie wirkte, er konnte nichts in ihr wecken außer der Sehnsucht nach Josh, und das aus mehrfacher Hinsicht: Erstens, weil sie Josh so unendlich liebte, sich nach ihm sehnte und immer in seiner Nähe sein wollte und zweitens, weil sie dieses lebendig gewordene Abbild Thors fürchtete und sich in Joshs Gegenwart sicherer gefühlt hätte. Trotzdem hoffte sie, dass die beiden sich niemals als Gegner gegenüberstehen würden, denn sie bezweifelte, dass Josh trotz seiner Stärke und Gewandtheit auch nur die geringste Chance gegen diese übermenschlich wirkende Erscheinung gehabt hätte. Auch Arvid Eldarson war nackt, bis auf einen aus drei Ringen bestehenden, metallenen Cockring. Ein Ring umschloss die Wurzel, einer die Hoden und einer den Schaft seines ziemlich beeindruckenden, wenn auch nicht so langen Penis, wie der des kleinen Mannes, der neben Shadowcat stand. Während Shadowcats Blick all das in einem einzigen Augenblick erfasste, bemerkte sie ein leichtes Zucken im Penis des Riesen. Und als das Schweigen, während der nur wenige Sekunden dauernden gegenseitigen Musterung, schon peinlich zu werden drohte, schwoll der Penis Eldarsons schon sichtlich an und richtete sich auf. Shadowcat wollte instinktiv zurückweichen. Aber Arvid Eldarson packte sie mit einer Schnelligkeit, die sie seinen gewaltigen Muskeln nicht zugetraut hätte am Kittel und riss ihn ihr so leicht vom Körper, wie sie selbst ein Blatt Papier zerrissen hätte. Shadowcat bat Ajani gedanklich um Hilfe. Der Panther erhob sich augenblicklich in seiner Nische und sprang Arvid an. Der wischte ihn aber mit einer einzigen Armbewegung weg und Ajani wurde krachend gegen die Wand geschleudert. Seine Wunden brachen auf und Ajani blieb benommen am Boden liegen.

„Ich hab Dich gewarnt!" flüsterte der kleine Mann, der nicht wagte, sich zu bewegen, Shadowcat zu, während er selbst nicht vermeiden konnte dass sich sein Penis beim Anblick ihres nackten Körpers in seiner vollen Länge aufrichtete.

„Halts Maul, Schwanzus!" sagte Eldarson mit einer Kälte in seiner Stimme, die den Vulkan hätte gefrieren lassen können. Im selben Moment hatte er schon den erregten Penis des kleinen Mannes, den er Schwanzus genannt hatte, ergriffen. Mit einer Hand hob er den Kleinen, wie am Spieß brüllenden, am Penis hoch und knotete ihn an einem Leuchter fest.

„Hören Sie auf damit!" schrie Shadowcat, sich aus ihrer Lähmung befreiend und machte einen Schritt auf Eldarson zu, um dem Kleinen zu helfen. Arvid Eldarson sah nicht mal zu ihr hin. Er schlug mit der offenen, linken Rückhand zu und vor Shadowcats Augen wurde es schwarz.

Lian hatte sich von ihrem Erlebnis mit der Betrunkenen noch nicht erholt. Sie kämpfte noch immer gegen die Übelkeit, während sie mit Tränen in den Augen und Schmerzen in ihrer Scheide weiterlief. Vor dem nächsten Gebäude, das ganz offensichtlich eine Scheune für die landwirtschaftlichen Gerätschaften war, befand sich eine Art Pranger, in dem ein Mann gefangen war. Er hatte auf den Rücken gefesselte Hände und seine Genitalien steckten an der Wurzel in einem Loch in einer hölzernen Wand. Hinter seiner Eichel war ein dünnes, grobes Hanfseil verknotet, das leicht aufwärts nach vorne über ein kleines Gerüst führte. Am anderen Ende des stramm gespannten Seils hing ein hölzerner Eimer, in den unentwegt aus einem großen Bassin auf dem Dach der Scheune Wasser tropfte. Der Eimer war randvoll und das Wasser lief schon über und tropfte auf den Boden. Der Penis des Mannes war ganz extrem und unnatürlich in die Länge gezogen und das Hanfseil drohte die Eichel jeden Moment abzureißen. Aber das Schlimmste für den Mann war wohl, dass er eine dünne Schnur zwischen den Zähnen hatte, an der ein an eine Guillotine erinnerndes Fallbeil hing, das über seinem Penis in der Holzwand nach unten gefallen wäre und ihn entmannt hätte, wenn er die Schnur ausgelassen hätte.

Als Lian die Konstruktion des Prangers und die Lage des Mannes erfasst hatte, vergaß sie augenblicklich ihre eigene Pein. Zwar kam ihr wieder zum Bewusstsein, dass sie selbst nackt war, aber die Situation dieses Gefangenen erlaubte ihr keine langwierigen Überlegungen und so sprang sie ohne zu zögern zu dem armen, gepeinigten Mann, der sichtlich am Ende seiner Kräfte war.

„Halten sie aus. Ich helfe Ihnen!" rief sie ihm zu und zog im nächsten Moment das Fallbeil oben aus den Führungsschienen. Die Kiefer des Mannes waren aber so verkrampft, dass er die Schnur trotz des Endes dieser Gefahr nicht losließ. Als nächstes hob Lian vorsichtig den Eimer an. Bei der plötzlichen Entlastung seines Gliedes presste der Gefangene einen herzzerreißenden Schrei zwischen seinen geschlossenen Zähnen hervor. Lian kippte das Wasser aus, hob den Eimer über das Gerüst und stellte ihn vor dem Mann auf den Boden. Sein Penis hing fast vierzig Zentimeter an der Holzwand nach unten, war dabei aber kaum dicker, als ein Finger. Nur die Eichel war dunkelrot und prall geschwollen, was dem Penis ein sehr unwirklich überzeichnetes, fast comichaftes Aussehen verlieh. Lian öffnete die Scharniere an der Holzwand und damit das Loch, in dem Penis und Hoden des Mannes gesteckt hatten. Kaum war dieser aus seiner demütigenden und schmerzhaften Lage befreit, da fiel er erschöpft auf die Knie und kippte zur Seite, ohne dabei aber seine Zähne auseinander zu bekommen.

„Wie geht es Ihnen?" fragte Lian mitfühlend. Der Mann antwortete nicht. Er lag zitternd auf der Seite. Sein Gesicht wirkte starr und verbissen und Tränen rannen aus seinen Augen. Lian stand unschlüssig neben ihm und wusste nicht, was sie tun konnte, um ihm zu helfen. Sie bemerkte die Handschellen, mit denen die Hände des Mannes hinter seinem Rücken gefesselt waren.

„Wissen Sie, wo die Schlüssel für die Handschellen sind?" fragte sie ihn voller Mitleid. Der Mann drehte ihr langsam und zitternd seinen Kopf zu und versuchte durch seine aufeinandergepressten Zähne irgendetwas zu antworten. Lian kniete sich neben ihn, streichelte ihm beruhigend durch die Haare und sagte leise: „Ich kann Sie nicht verstehen, wenn sie die Zähne nicht auseinander bekommen."

Der Mann versuchte mit all seinem Willen gegen die Starre anzukämpfen, die seine Kiefer nach den unendlichen Stunden der Ungewissheit und der Qual nicht mehr loslassen wollte.

„Versuchen Sie es!" ermutigte ihn Lian. „Sie können es!"

Endlich schaffte er es, die Schnur, die er schon fast durchgebissen hatte, freizugeben. Dann sagte er stockend: „Du bist wunderschön!" und fiel in Ohnmacht.

Auch das noch, dachte sich Lian. *Einen Verehrer kann ich jetzt wirklich nicht brauchen.*

Im nächsten Moment lief sie schon in die Scheune, sah sich nach Werkzeug um und entdeckte eine Axt, die in einem Hackstock steckte. Am Stiel der Axt zog sie beides nach draußen zu dem Ohnmächtigen, richtete diesen so auf, dass er mit dem Rücken zum Hackstock saß und legte die Kette der Handschellen auf den massiven Holzklotz. Einen Moment zögerte sie mit der Axt in der Hand. Aber dann dachte sie sich, dass es auch nichts anderes wäre, als beim Training eine Betonplatte zu zerschlagen. Sie musste nur wissen, welche Kraft sie wo anwenden wollte. Lian atmete tief ein, konzentrierte sich auf die Kette und schlug dann so präzise und fest mit der Axt zu, dass sie die Kette exakt in der Mitte zerschlug und das Blatt tief in das Holz des Hackstocks trieb. „So", murmelte sie, als das geschafft war, „mehr kann ich für Dich im Moment nicht tun."

Sie sah sich noch einmal kurz in der Scheune um und wollte dann weiterlaufen. Das sich langsam ausbreitende Tageslicht machte ihr Angst, da sie wusste, dass die schwarzgekleideten Gestalten inzwischen auch schon diesen landwirtschaftlichen Betrieb erreicht haben konnten. Diese Erkenntnis machte es ihr allerdings unmöglich, den eben geretteten Mann einfach liegen zu lassen. Wer auch immer die Schwarzgekleideten waren, Janotschka und die anderen beiden Bodybuilderinnen, die sich bei ihnen befanden, hätten sicherlich kein Erbarmen mit dem Mann, wenn sie ihn hier bewusstlos vorfänden. Lian bereute schon, das Wasser aus dem Eimer ausgekippt zu haben. Die einzige Möglichkeit, die ihr einfiel, um ihn wieder aufzuwecken, wäre gewesen, ihm Wasser ins Gesicht zu schütten. Sie überlegte schon, ob sie mit dem Eimer auf das Dach der Scheune klettern sollte, um neues Wasser aus dem Bassin zu holen, da rührte sich der Mann wieder. Langsam erhob er sich auf die Knie und rieb seine Handgelenke, die noch in den Enden der Handschellen steckten. Erst nach einigen Sekunden schien er sich an Lian zu erinnern. Er hob seinen Kopf und suchte sie mit seinen Augen. Als er sie so vor sich stehen sah, nackt, nur umweht von ihren seidigen, schwarzen Haaren, da klappte ihm sein vorher so starrer Kiefer nach unten und er flüsterte: „Ich hab noch nie so ein schönes Mädchen gesehen."

Lian kam näher, als sie sah, dass der Mann sie anblickte.

„Wie geht es Ihnen?" fragte sie und bedeckte unbewusst ihre Brüste und ihre Scham mit ihren Händen.

Der Mann antwortete mit der Gegenfrage: „Warum hast Du mich gerettet?", während er sich auf noch wackeligen Beinen erhob. Lian bemerkte sofort, dass sein langgezogener Penis, hinter dessen Eichel noch immer das dünne Hanfseil verknotet war, plötzlich sehr an Volumen gewann und fragte sich, wie es möglich war, dass ein Mann, der eine ganze Nacht lang und vermutlich auch den Großteil des letzten Tages in der Angst gelebt hatte, kastriert zu werden, beim Anblick des erstbesten, nackten Mädchens sofort wieder eine Erektion bekam. Auch sie beantwortete die ihr gestellte Frage nicht, sondern stellte nun ihrerseits die nächste.

„Wo sind die anderen Männer?" fragte sie und fühlte sich dabei sehr unwohl, weil sie sich so schutzlos den gierigen Blicken des Mannes ausgeliefert sah. Während sich der Penis des Mannes in unverschämter Selbstverständlichkeit aufrichtete und wie eine zum Stoß bereite Lanze auf Lian deutete, zeigte der Mann mit dem Daumen über seine Schulter in die Richtung des großen Flachbaus in der Mitte des Geländes und antwortete: „Dort!"

Dort ist Josh, dachte sich Lian. *Vielleicht braucht er mich.*

Während Lian noch überlegte, was sie weiter tun sollte, kam der Mann plötzlich auf sie zu. Er war vielleicht dreißig Jahre alt, kaum größer als Josh, hatte kurze, schwarze Haare und wirkte halbwegs sportlich. Lian fürchtete sich nicht vor ihm. Wenn er versuchen sollte sich an ihr zu vergreifen, hatte sie keine Zweifel, ihn sofort wieder ins Land der Träume schicken zu können. Der Mann war ein Lüstling, aber kein Kämpfer. Aber Lian war hier, um die Männer zu retten und nicht, um sie k. o. zu schlagen. Instinktiv wich sie vor ihm zurück. Anscheinend war sich dieser Mann wirklich der Situation nicht bewusst und hatte die Schmerzen und die Gefahr, aus der Lian ihn gerade erst befreit hatte, schon völlig verdrängt. Oder vielleicht zweifelte er einfach nicht daran, dass er ohnehin zum Sterben verurteilt wäre oder kastriert werden sollte und wollte noch ein letztes mal ein unschuldiges, junges Mädchen verführen, oder es notfalls mit Gewalt nehmen.

„Komm schon", sagte er mit so viel Falschheit in der Stimme, dass Lian ein neuer Ekel überkam, „Du hast mich gerettet und ich möchte mich gerne revanchieren."

Lian wich weiter zurück und antwortete: „Wir müssen die anderen befreien."

Der Mann beschleunigte seine Schritte und erwiderte: „Vergiss die anderen."

Lian bemerkte, wie sich das hinter seiner Eichel verknotete Hanfseil, dessen anderes Ende noch immer auf der anderen Seite der Holzwand am Henkel des Eimers befestigt war, langsam spannte.

„Vorsicht!" rief sie ihm in ehrlicher Sorge zu. Aber der Mann, der das Seil, das er schon so lange trug, nicht mehr zu spüren schien, glaubte, dass Lian ihn mit einer List zum Stehenbleiben bewegen wollte und machte einen plötzlichen Satz auf sie zu. Mitten im Sprung gab es plötzlich einen heftigen Ruck und der Mann fiel mit einem lauten, erschreckten Schmerzensschrei bäuchlings auf den Boden.

„Scheiße!" brüllte er mit einem vor Schmerzen entstellten Gesicht und wurde sich im selben Moment über seine eigene Dummheit bewusst. Mit zitternden Fingern tastete er nach dem Seil, das ihm seine Eichel fast abgerissen hätte. Es hatte in das empfindliche Fleisch geschnitten, denn Blut sickerte zwischen seinen Fingern hervor. Aber es war noch alles dran und dafür dankte er Gott.

„Kannst Du", begann er stotternd, „kannst Du mir bitte helfen? Ich krieg den Knoten nicht auf."

Lian sah den Mann mit einer Mischung aus Abscheu und Mitleid an, schüttelte aber den Kopf und dachte sich, *Wenn der glaubt, dass ich ihn auch noch befummle, …*

Sie dachte den Gedanken nicht zu Ende. Ihr Blick war auf die Axt gefallen. Sie zog sie mühsam aus dem Holz, in das sie sie so fest getrieben hatte und trennte mit ihr das Seil in sicherer Entfernung von dem Mann durch.

Mehr kann ich nicht tun, dachte sie. Lian hatte keine Lust mehr, sich noch länger mit dem Mann zu beschäftigen oder auch nur mit ihm zu sprechen. Ihr fielen die Kartoffelsäcke, oder was auch immer das für Säcke gewesen sein mochten, die sie in der Scheune gesehen hatte, wieder ein. Wenn hier alle Männer so waren wie dieser, dann war es viel zu riskant, nackt zu versuchen, sie zu befreien. Ohne sich weiter um den Mann zu kümmern, der ihr ein „Danke!" hinterher rief, lief sie schnurstracks in die Scheune, hackte sich mit der Axt drei Löcher für Kopf und Arme in einen der Säcke und stülpte ihn sich über. Der grobe Stoff kratzte auf der Haut, aber Lian fühlte sich trotzdem wohler, wenn sie sich den Männern nicht nackt präsentieren musste. Ein Hanfseil band sie als Gürtel um ihre schmale Taille. Dann ging sie mit der Axt in der Hand wieder nach draußen, wo der Mann noch immer auf den Knien versuchte, den Knoten zu lösen.

„Ich gehe zu den anderen", sagte Lian und fragte den Mann: "Kommen Sie mit?"

Der Mann nickte, während er aufstand und erwiderte beschämt: „Ich wollte mich noch entschuldigen. Ich wollte Dir wirklich keine Angst machen."

„Das haben Sie nicht!" antwortete Lian und erschrak selbst über die Kälte ihrer Stimme.

„Piet Klarson!" stellte sich der Mann jetzt vor und streckte Lian seine blutige Hand entgegen. Aber er sah selbst sofort ein, dass er von Lian kein Vertrauen mehr erwarten konnte, zog die Hand verlegen wieder zurück und wischte sie sich am Oberschenkel ab. Dann versuchte er, da er sich anscheinend wirklich schämte, sein immer noch steifes Glied, von dessen blutiger Eichel das Ende des Hanfseils baumelte, mit seinen Händen zu bedecken und murmelte errötend: „Entschuldigung."

Lian wendete sich ab und lief quer durch das Hanffeld, dessen Pflanzen weit über drei Meter hoch waren, auf den Flachbau in der Mitte des Geländes zu. Piet Klarson folgte ihr nackt. Er schaffte es kaum, mit Lian Schritt zu halten, obwohl die sich extra seinetwegen schon mehr Zeit ließ, als sie zu haben glaubte. Plötzlich blieb Lian wie angewurzelt stehen. Vor ihr zog sich ein etwas über zwei Meter breiter Riss quer durch das Feld. Die Länge des Risses konnte sie im dichten Grün des Feldes nicht ausmachen. Aber als sie vorsichtig über die Kante nach unten blickte sah sie unter sich eine riesige Höhle, die in ein eigenartig grünliches Licht getaucht zu sein schien und in deren Grund ein breiter Fluss glühender Lava sich zähfließend vorwärtsschob.

„Oh mein Gott!" flüsterte Lian vor Entsetzen, obwohl sie nicht wusste, an welchen Gott sie glauben sollte, oder ob sie überhaupt an einen Gott glaubte. Ihre streng katholische Erziehung im Heim hatte sie niemals angenommen. Der erste Religionslehrer, an den sie sich erinnern konnte, war ein sehr netter und wirklich von Herzen gütiger Mann gewesen. Aber die Priester in den Kirchen, in die sie jeden Sonntag mit Marijana und Shadowcat geschickt worden war, waren ihr immer wie Diebe und Heuchler erschienen, die sich als Vertreter Gottes auf Erden am wenigsten an das hielten, was sie predigten und sich eigentlich nur selbst anbeten lassen wollten. Seit Pfarrer Lohegg vor zwei Jahren versucht hatte, Marijana in der Sakristei zu verführen, wogegen die sich aber so wirksam zur Wehr zu setzen wusste, dass der Pfarrer sein Veilchen zwei Wochen hinter einer dunklen Sonnenbrille verbergen musste, hatten sich die drei Lara Mädchen geweigert, weiter die Kirche zu besuchen. Trotz Marijanas Meldung des Vorfalls war damals nichts gegen den Pfarrer unternommen worden. Die Sache war einfach unter den Tisch gekehrt worden. Marijana, Lian und Shadowcat hatten sich daraufhin intensiv mit den verschiedensten Religionen beschäftigt, aber allein durch Lesen entsteht kein Glaube und so hatten die drei Mädchen schließlich zu einer Urform des Glaubens gefunden. Sie glaubten an das Gute und dass das Göttliche in allem und jedem steckte, auch wenn die Menschen, die sie in ihrem bisherigen Leben und vor allem während der letzten Tage kennengelernt hatten, sie oftmals an dieser Theorie zweifeln ließen. Um die Wahrheit zu sagen, war Lians Ausspruch nichts weiter, als eine verinnerlichte Redewendung, die in Situationen des Schreckens angewandt wird, ohne dass dabei wirklich ein Gedanke an Gott verschwendet wird.

Piet Klarson kam Lian schwer atmend hinterher, und fragte, noch bevor er sie erreicht hatte: „Oh mein Gott?"

Lian spürte einen Ruck unter ihren Füßen, wendete sich zu Klarson um und rief: „Bleiben sie stehen!"

Im selben Moment sprang sie schon zurück, und die Kante, an der sie eben noch gestanden hatte, brach erstaunlich leise ab und stürzte in die Höhle und in den aufflammenden Lavastrom.

„Oh mein Gott!" wiederholte Piet Klarson, aus dessen Gesicht plötzlich alle Farbe wich, bei diesem Schauspiel noch einmal. Und diesmal war es keine Frage mehr.

Sowohl Lian, als auch Klarson erkannten, dass sie auf der anscheinend sehr dünnen Decke einer Höhle standen, die die Größe einer Kathedrale hatte. Das gesamte Hanffeld konnte jeden Moment wie eine gigantische Kuppel aus Zuckerguss unter ihrem eigenen Gewicht zusammenbrechen und in der Tiefe verschwinden. Als ein erneutes Zittern durch den Boden unter ihren Füßen ging, schrie Klarson von Panik erfasst: „Zurück!"

Und schneller, als Lian es ihm zugetraut hätte, hatte er gewendet und war wie ein Wahnsinniger zwischen den Hanfpflanzen in der Richtung verschwunden, aus der sie gekommen waren. Lian zögerte einen Moment. Piet Klarson bedeutete ihr nichts. Das nicht mehr weit entfernte, flache Gebäude, in dem nach seiner Angabe die übrigen Männer gefangengehalten wurden und wohin sich auch Josh begeben hatte, befand sich direkt über dem Gewölbe, das sich so drohend vor ihr aufgetan hatte. Sie nahm einen kurzen Anlauf und sprang dann über den Riss, der jetzt schon über drei Meter breit war. Schon beim Aufkommen merkte sie, dass der Boden unter ihr nachgab und ohne nachzudenken hechtete sie instinktiv weiter, während hinter ihr der Boden immer weiter in der Tiefe verschwand und den Spalt so auf über sieben Meter verbreiterte. Aber auch als sie endlich festen Boden unter den Füßen hatte, gönnte sie sich keine Pause, sondern rannte weiter, bis sie vor dem verschlossenen Tor stand, das in dem den Flachbau umschließenden Zaun angebracht war.

Mit einem kurzen Blick erfasste sie die nach unten gebogenen Schlaufen des Nato-Drahtes und erkannte daran sofort, dass Josh an dieser Stelle den Zaun überklettert haben musste. Ohne zu zögern schlug sie mit der Axt, die sie noch immer bei sich trug, auf das Schloss, bis es aufsprang. Den wütenden Panther der sich in dem Ring zwischen Zaun und Gebäude frei bewegte und der mit seinen scharfen Krallen schon durch die dicken Streben des Zaunes nach ihr angelte, wollte sie sich mit der Axt vom Leib halten. Aber sobald das Tor aufsprang, rannte der Panther an ihr vorbei und verschwand zwischen den Pflanzen des Mohnfeldes, das durch einen schmalen Weg getrennt neben dem Hanffeld lag. Lian hoffte nur, dass er nicht Josh oder eine ihrer Schwestern anfallen würde. Die einzige, um die sie sich wegen dem Panther keine Sorgen machte, war Shadowcat, von der sie wusste, dass sie diese besondere Gabe im Umgang mit Tieren hatte. Ihr würde der Panther sicher nichts tun. Daran, dass der Panther entkommen war, konnte sie jetzt nichts mehr ändern.

Sie wendete sich der Tür des Gebäudes zu, die nur angelehnt war und hoffte, dass sie Josh darin noch vorfinden würde. Als sie die Tür öffnete, war das erste, was sie sah, die blutüberströmten Leichen, der beiden Männer, deren Penisse und Hoden noch über ihnen an den Ketten baumelten. Sie hatte wieder dieses ‚Oh mein Gott – Gefühl', das sie diesmal aus Mitleid, Trauer und Wut überkam. Die Männer in den Zellen, oder eher Käfigen wichen bei ihrem Erscheinen furchtsam zurück und einer wimmerte: „Also doch!"

Lian lief zu dem Mann, der bis an die Rückwand seiner Zelle vor ihr zurückwich und fragte ihn: „Also doch was?"

Der Mann, der auch bei Joshs Erscheinen als erster das Wort ergriffen hatte, fiel auf die Knie.

„Nichts", sagte er fast tonlos vor Angst, faltete demütig die Hände und flehte: „Bitte!"

Lian zerschlug ohne weiteres Zögern mit der Axt das Schloss an der Gittertür. Der Mann starrte sie mit weit aufgerissenen Augen ungläubig an, als sie ihm erklärte: „Ich hole Euch hier raus."

„Ich dachte …" begann der Mann, sich noch immer vor Lian wie ein Wurm windend. Aber nachdem er nicht die richtigen Worte fand, und deshalb nicht weitersprach, fragte ihn Lian: „Was dachten Sie?"

Der Mann nahm all seinen Mut zusammen und antwortete: „Dass der Lehrer uns nur zu eurem Vergnügen geschickt worden ist."

„Wo ist Josh?" fragte Lian sofort, verbesserte sich aber gleich darauf. „Wo ist Barker?"

„Ist das sein Name?" fragte der Mann zurück, wartete aber nicht auf eine Antwort, sondern antwortete selbst auf Lians Frage: „Er sucht die Schlüssel für unsere Zellen im Haupthaus."

Lian nickte erleichtert. Josh war also hier gewesen und es ging ihm gut. „Ich denke, damit geht es auch!" sagte sie schließlich und begann mit der Axt die Schlösser an den Türen zu zerschlagen. Als sie auf diese Weise vier weitere Männer befreit hatte, trat einer von diesen und einer der wenigen, der noch seine Genitalien hatte forsch zu ihr und wollte ihr die Axt wegnehmen.

„Das mache besser ich!" sagte er in überlegenem Ton während er schon nach der Axt griff. Lian hätte nichts dagegen gehabt, wenn ihr jemand die Arbeit abgenommen hätte, aber etwas im Ton dieses Mannes warnte sie davor, ihm zu vertrauen. Sie wich vor der Hand des Mannes zurück und erwiderte: „Ich mach das schon."

Aber als sie sich der nächsten Tür zuwendete und mit der Axt ausholte, um auf das Schloss zu schlagen, packte der Mann die Axt unvermittelt am Stiel und versuchte, sie Lian aus den Händen zu reißen. Lian hatte mit so einer Aktion des Mannes gerechnet und trat so schnell nach hinten, dem Mann in den Bauch, dass der ein paar Meter zurückgeschleudert wurde und dort am Boden liegend erst einmal nach Luft japste.

„Ich sagte, ich mach das!" wiederholte Lian zornig. Der Mann war auch wütend und fühlte sich gedemütigt. Wie die anderen hatte er von den Bodybuilderinnen schon mehr als einmal Prügel bezogen und war immer wieder auf jede erdenkliche Art von ihnen, den Lehrerinnen und auch von einigen Schülerinnen, die man hin und wieder zu ihnen gelassen hatte, erniedrigt worden. Gegen dieses kleine, schlanke und in dem groben Sack so zierlich wirkende Mädchen, das sich allein zu ihnen gewagt hatte, hatte er sich absolut überlegen gefühlt. Es war wirklich nicht seine Absicht gewesen, Lian dabei zu helfen, die anderen Männer zu befreien. Er wollte sich rächen für alles, was ihm angetan worden war, und dafür hatte er diesem Mädchen erst einmal die Axt wegnehmen wollen. Dass dieses winzige und noch so junge Mädchen, ihn bei dieser Absicht so demütigend zu Fall gebracht hatte, ließ ihn rot sehen.

„Habt ihr das gesehen?" fragte er die anderen Männer mit sich vor Eifer überschlagender Stimme.

„Sie ist nicht besser, als die anderen", hetzte er weiter und forderte die anderen, inzwischen aus ihren Zellen befreiten Männer auf: „Packt sie!"

Die Männer, die so wie er so lange wehrlos den Frauen und Mädchen von St. Bernadette ausgeliefert gewesen waren, waren leicht zu beeinflussen. Auch sie vergaßen, dass Lian sie eben erst aus ihren Käfigen befreit hatte. Sie sahen nur, dass sich ein einzelnes Mädchen ohne den Schutz der brutalen Bodybuilderinnen in ihrer Gewalt befand. Die meisten von ihnen, die schon entmannt waren, wussten gar nichts mehr mit einem Mädchen anzufangen. Sie wollten Lian einfach nur töten; Nein, nicht ‚einfach', sie sollte leiden, sie sollte all das erdulden, was sie hatten erdulden müssen, bevor sie ihren Kopf, für dessen Schönheit sie keinen Blick mehr hatten als Trophäe auf einen Spieß stecken würden. Wie eine Horde wildgewordener Bestien stürzten sie sich ohne Vorwarnung auf Lian, die die Axt schwingend zurückwich und voller Verzweiflung schrie: „Seid ihr verrückt geworden? Ich versuche euch zu helfen."

„Dann gib mir die Axt!" forderte der Mann sie auf, der sie ihr schon aus der Hand zu reißen versucht hatte. Lian war nicht gewillt, den Männern, die sie ganz offensichtlich als Feind betrachteten, ihre einzige Waffe auszuliefern.

„Seht ihr", schrie der Rädelsführer sofort. „Sie will uns die Axt nicht geben. Holt sie euch!"

Die anderen waren bereit, ihm blind zu folgen. Nur derjenige, der Josh auf die Privilegierten im Haupthaus hingewiesen hatte, schrie aus seiner noch verschlossenen Zelle: „Lasst sie in Ruhe, ihr Schwachköpfe!"

„Halts Maul, Ron!" donnerte ihn sofort der Rädelsführer an und wollte die anderen Männer weiter anstacheln. Ron dachte aber gar nicht dran, still zu sein und erwiderte: „Wir könnten schon alle frei sein, wenn ihr das Mädchen einfach in Ruhe lassen würdet!"

„Sie soll uns die Axt geben!" beharrte der Rädelsführer und ging lauthals „Vorwärts!" schreiend den anderen voran auf Lian los. In dem Moment wurde die Tür aufgestoßen und eine der Bodybuilderinnen stürmte mit einigen der schwarzgekleideten Schattenkriegerinnen in das Gefängnis. Die beiden Gruppen standen sich einen Moment gegenüber. Sie waren alle überrascht. Die Männer, die bereits aus ihren Zellen befreit waren, waren starr vor Angst beim Anblick der Bodybuilderin, die sie nur zu gut kannten und fürchteten. Keiner unter ihnen hätte es gewagt, sich dieser Frau entgegenzustellen, selbst wenn er die Axt in den Händen gehabt hätte. Die Männer in den Zellen waren beim Eintreffen der Frauen sofort wieder in die hintesten Winkel ihrer Zellen zurückgewichen. Die muskulöse Wärterin grinste breit, als sie die Situation mit einem kurzen Blick erfasst hatte. Dann zwinkerte sie Lian eigenartig vergnügt zu, machte den bint al layl ein Zeichen und verließ mit ihnen das Gefängnis wieder. Die Tür flog zu und man hörte, wie der Riegel von außen vorgeschoben wurde.

Das ist nicht mein Tag, dachte sich Lian, als sich die Männer ihr wieder zuwendeten. In dem Bewusstsein, dass sie selbst nicht entkommen konnten, wollten sie Lian auf jeden Fall mit in den Tod reißen. Lian schlug blitzschnell auf das Schloss der Tür, hinter der der Gefangene steckte, der sich für sie eingesetzt hatte, dann kletterte sie am Gitter seiner Zelle nach oben, bis sie außerhalb der Reichweite der aufgebrachten Männer war. Die meisten Männer waren zu geschwächt oder zu ungeschickt, um ihr dorthin zu folgen. Aber sie begannen, Lian mit Steinen und allem zu bewerfen, was sich zum Werfen eignete.

„Hört endlich auf!" brüllte der zuletzt Befreite und fuhr mit der ungezügelten Wut der Verzweiflung zwischen seine Leidgenossen. Zwei von ihnen schlug er nieder. Dann wurde er selbst zu Boden gerissen. Und die Männer ließen all ihren angestauten Hass und ihre Wut an ihm aus und schlugen auf ihn ein, bis sein Gesicht nur noch eine konturlose, blutige Masse war. Das war alles so schnell gegangen, dass es schon fast zu spät war, um dem Mann noch zu helfen, als sich Lian wieder auf den Boden und zwischen die wahnsinnig gewordenen Männer fallen ließ. In weniger als fünf Sekunden lagen die fünf Männer betäubt am Boden. Lians Fäuste und Füße hatten wie ein Wirbelwind unter ihnen gewütet, bevor sie sich überhaupt klar geworden waren, dass das kleine Mädchen, an dem sie sich eben noch hatten vergreifen wollen, sie angriff. Viel zu schnell waren Lians Bewegungen gewesen, als dass die Männer ihr auch nur den mindesten Widerstand hätten leisten können. Lian kniete sich zu dem Mann, wenn man einen kastrierten Mann noch als Mann bezeichnen konnte. Lian weigerte sich jedenfalls, an die Bezeichnung Eunuch auch nur zu denken. Sie tupfte sein Gesicht mit dem groben Stoff des Sackes ab, mit dem sie sich bekleidet hatte und fragte ihn: „Wie geht es Ihnen?"

Der Mann versuchte zu lächeln, was bei der unförmigen Masse, die sein Gesicht bildete, aber kaum zu erkennen war. Mit einer kleinen Handbewegung winkte er Lian näher an seinen Mund. Und als sie sich über ihn beugte, flüsterte er: „Danke kleine, tapfere Lady! Danke, dass Du mir den Glauben an die Weiblichkeit und an die weibliche Güte zurückgegeben hast. Es geht mir gut, es geht mir so gut wie noch niemals, seit ich vor dieser verwünschten Insel vor Anker gegangen bin. Ich bin glücklich und ich kann jetzt in Frieden gehen."

Die ohnehin schon brechende Stimme des Mannes war immer schwächer geworden, während er gesprochen hatte. Als er fertig war, fiel sein Kopf nach hinten. Er war tot. Lian stieß einen langgezogenen, klagenden Schrei aus. Sie fühlte sich schuldig am Tod dieses Mannes. Er hatte für sie gekämpft und jetzt war er tot. Lian bekam einen Weinkrampf, während sie den Toten in ihren Armen an sich drückte. Das Abenteuer ging über ihre Kräfte. Sie hatte nur Gutes gewollt und erlebte doch nur Schmerzen, Leid und Tod. Sie sehnte sich nach Josh, nach seinen Armen, seiner Stärke, seinem Schutz und seinem Trost. Sie wollte nicht verantwortlich sein für den Tod dieses Mannes, der ihr hatte beistehen wollen. Sein Name war Ron. Der Rädelsführer hatte ihn so genannt.

Lian ließ ihren Blick durch das Gefängnis schweifen. Fünf bewusstlose Männer lagen um sie verstreut. Dahinter lagen noch die Leichen der beiden Männer, die verblutet waren, als ihre Genitalien abgerissen waren.

Langsam erhob sich Lian wieder, während sie beobachtete, dass sich auch die von ihr betäubten wieder zu rühren begannen. Sie erinnerte sich an die gewaltige Explosion, mit der das Internatsgebäude in die Luft gesprengt worden war und kam zu der Erkenntnis, dass die Schwarzgekleideten und die Bodybuilderinnen jetzt dieses Gebäude sprengen würden. Fieberhaft blickte sie sich in dem Gefängnis um. Und sie entdeckte einen Ausweg. Obwohl sie sich immer noch ausgelaugt und kraftlos fühlte und ihre Seelenqualen sie von innen zu verbrennen drohten, wendete sie sich müde an den nächstbesten noch eingesperrten Gefangenen und sagte zu ihm: „Wenn ich ihre Zelle öffne, dann befreien Sie bitte die anderen Männer. Ich versuche, die Eingangstür von außen wieder aufzumachen."

Damit holte sie mit der Axt aus und zerschlug das Schloss an der Tür zur Zelle des Mannes, der zwar noch seine Hoden, aber keinen Penis mehr hatte. Als die Tür aufsprang, lehnte sie die Axt ans Gitter und kletterte an den Gitterstäben nach oben, ohne darauf zu warten, bis der Mann sich die Axt nehmen konnte.

Das „Danke!", das er ihr hinterher rief, tat Lians zarter Seele gut. Es gab also doch noch wenigstens einen Mann, den es sich zu retten lohnte. Lian kletterte an dem Gitter bis ganz nach oben, bis sie die Streben des Gitters erreichte, das das Gefängnis bedeckte. Es gelang ihr, sich zwischen den kaum mehr als zehn Zentimeter auseinanderliegenden Gitterstäben durchzuzwängen und so auf das Dach des Gebäudes zu gelangen. Ohne daran zu denken, dass ihr die Männer jetzt unter ihren als Kleidung angelegten Sack blicken konnten, was einige von ihnen auch mit den unterschiedlichsten Gefühlen, teils mit starren Augen und vor Gier geifernd, teils von Ekel, Abscheu und Hass bebend, taten, schlich Lian zum Rand des Daches und spähte vorsichtig über die Kante. Sie sah die

Schwarzgekleideten in Begleitung der Bodybuilderin auf dem Weg zwischen dem Schlafmohn- und dem Hanffeld weiter in Richtung des Haupthauses laufen. Ohne zu zögern sprang sie vom Dach, um die von außen verschlossene Tür wieder zu öffnen. Zu ihrem Entsetzen sah sie aber außen an der Tür einen kleinen, schwarzen Kasten mit einer digitalen Zeitanzeige, die bei sechsundzwanzig Minuten stand und rückwärts lief. Und um das Gebäude herum verliefen verschiedene Kabel. Lian wagte nicht, etwas anzufassen, aus Furcht, sie könnte den zweifellos mit dem Zeitzünder verbundenen Sprengstoff schon vorzeitig zur Explosion bringen.

Ich muss Hilfe holen! dachte sie sich und rannte so schnell sie konnte in das hohe Hanffeld, um in dessen Schutz die muskulösen Damen und die geheimnisvollen Schwarzgekleideten zu überholen und Josh zu Hilfe zu holen.

Josh hatte unterdessen das Hauptgebäude erreicht. Lautlos schlich er durch die offen stehende Tür nach innen, jederzeit bereit, seine Kette als Waffe einzusetzen. Der Anblick, der sich ihm in dem links von der Eingangshalle abzweigenden Korridor bot, entbehrte nicht einer gewissen Komik. Dort hing ein kleiner, nackter Mann an einem wuchtigen Kronleuchter. Er klammerte sich verzweifelt mit Händen und Füßen an den ausladenden Armen des Leuchters fest, weil sein ungewöhnlich langer Penis mit einem gekonnten Knoten daran befestigt war.

„Kann ich Ihnen helfen?" fragte Josh den Kleinen, der bei Joshs Stimme erschrocken zusammenzuckte.

„Verdammt, wo kommen Sie denn her?" fragte der andere zurück. Josh deutete mit seinem Daumen über seine Schulter in Richtung des Ausgangs. Der Kleine folgte dem Wink mit den Augen und fluchte im selben Moment: „Oh Scheiße!"

Josh wandte sich sofort um und sah eben Janotschka mit einigen der schwarzgekleideten bint al layl durch die Tür kommen. Ohne zu zögern sprang er zu dem wehrlos am Leuchter hängenden, packte ihn an den Hüften, hob ihn hoch und forderte ihn auf: „Schnell, machen Sie sich los!"

„Nichts lieber als das!" erwiderte dieser hastig und hatte sich schon aus seiner Situation befreit, sobald er die Hände vom Leuchter nehmen konnte. In der nächsten Sekunde sprangen die beiden schon hinter die nächste, schützende Ecke des Korridors. Die tiefe Stimme Janotschkas donnerte ihnen hinterher.

„Hey Schwanzus", rief sie in ihrem harten, russischen Akzent, „Hast Du einen neuen Freund gefunden?"

„Mein Name ist Paul Reiter." flüsterte der Angerufene in ihrer Deckung leise Josh zu. „Hier nennen mich nur alle Schwanzus Longus, oder eben nur Schwanzus."

Josh interessierte das im Moment ziemlich wenig. Er hatte bemerkt, dass die Damen allesamt bewaffnet waren und überlegte fieberhaft, wie er sich ihnen am besten stellen oder entkommen konnte.

„Gibt es hier noch einen Weg raus?" fragte er deshalb seinen Leidgenossen Paul Reiter ebenfalls flüsternd.

„Da hinten geht's nach oben!" antwortete Reiter und deutete zum anderen Ende des Ganges. „Da ist aber Eldarson mit dem Mädchen hin. Dem sollten wir nicht …"

Josh ließ den Kleinen nicht aussprechen, sondern fiel ihm aufgeregt ins Wort: „Was für ein Mädchen?"

„Ich kenne sie nicht, aber sie ist schön wie ein …"

Josh wartete wieder nicht auf das Ende von Paul Reiters Ausführungen, sondern rannte sofort in der von diesem beschriebenen Richtung los. Ihm war klar, dass es sich nur um Shadowcat oder Lian handeln konnte. Er hatte die aufgebogenen Gitterstäbe im Gefängnis und auch die dicke, auf dem Boden liegende Tür hier im Gang gesehen und ihm war bewusst, dass dieser Übermensch Arvid Eldarson eines seiner geliebten Mädchen in seiner Gewalt hatte. Wie von Furien gejagt hetzte Josh den nach oben führenden Stufen entgegen. Paul Reiter konnte ihm nicht annähernd so schnell folgen.

Janotschka und ihre Begleiterinnen hatten sich sofort aufgeteilt, um die beiden Männer in die Zange zu nehmen. Über eine andere Treppe war sie mit einigen der sie begleitenden bint al layl nach oben gelaufen, um von der anderen Seite an Josh und Reiter heranzukommen. Im ersten Stock hörte sie aber Geräusche von weiter oben, die sie stutzen ließen. Sie beschrieb den Söldnerinnen den Weg über das zweite Treppenhaus, wo sie auf Josh und Reiter stoßen würden und lief selbst nach oben aufs Dach des Gebäudes.

Arvid Eldarson hatte Shadowcat auf ein Gerüst geschnallt, das bisher nur für die auf St. Bernadette gefangenen Männer benutzt worden war. Mit gespreizten Armen und Beinen lag die noch immer Bewusstlose auf einem großen, beweglichen X aus dicken, hölzernen Balken. Arvid war gerade dabei, das X an einer Kurbel so weit zu spreizen, dass Shadowcat schon fast einen Spagat machte. Sein mächtiger Penis, dessen dunkelrote, pralle Eichel Form und Größe eines Pfirsichs hatte, rieb sich dabei schon an Shadowcats winziger und fast noch unberührter Scheide. Als Arvid ein Geräusch hinter sich hörte, wirbelte er blitzschnell herum und sah sich unvermittelt der hünenhaften Janotschka gegenüber. Seine kalten, grauen Augen bohrten sich in die der Russin.

„Endlich hab ich Dich!" triumphierte Janotschka und ging langsam auf Arvid zu. Der zögerte einen Moment, weil er nicht wusste, wie er auf die unerwartete Störung reagieren sollte. Als er aber erkannte, dass die Russin, die sich ebenso wie diese japanische Kampfsportlehrerin immer damit gebrüstet hatte, dass sie so gerne gegen ihn kämpfen würde, beabsichtigte, ihn anzugreifen, da ging er ihr mit schnellen Schritten entgegen. Er blockte ihren ersten und einzigen Schlag ab, ohne sich auch nur im Mindesten davon beeindrucken zu lassen, packte ihren Kopf mit beiden Händen und brach ihr mit einer schnellen Drehung das Genick. Janotschkas Körper erschlaffte sofort und sie sah ihn mit noch glasigen Augen an, als sie in sich zusammenfiel und ihr Leben zu seinen Füßen aushauchte.

„Zufrieden?" fragte Arvid Eldarson kalt, ohne noch eine Antwort von der Toten zu erwarten. Dann wendete er sich wieder Shadowcat zu, die langsam zu sich kam.

Josh stieß auf der Treppe auf drei bint al layl. Sie waren ebenso überrascht wie er. Aber während sie einen Sekundenbruchteil zögerten, rannte Josh einfach weiter und fegte die Schattenkriegerinnen mit dem Mut der Verzweiflung und der Schnelligkeit einer zustoßenden Cobra zur Seite. Zwei blieben benommen liegen. Die dritte sprang sofort wieder auf die Füße und wollte Josh verfolgen. In dem Moment tauchte aber der Josh hinterherlaufende Paul Reiter auf dem Treppenabsatz auf. Überrascht sahen sich die beiden kurz an. Reiter machte auf der Ferse kehrt und rannte wieder zurück. Die Söldnerin überlegte kurz und kam zu dem Ergebnis, dass Josh oben Janotschka in die Arme laufen würde. Und auch wenn sie die Überrumpelung gerne selbst sofort gerächt hätte, entschied sie sich dafür, den Plan zu befolgen und den zweiten Mann in die Zange zu nehmen. Zumindest er würde ihnen nicht entkommen.

Shadowcat erkannte sofort ihre Situation, als sie die Augen wieder aufschlug. Arvid Eldarson kam in großen Schritten langsam auf sie zu. Hinter ihm lag die riesige Janotschka mit eigenartig verdrehtem Kopf auf dem Boden. Shadowcat sah auf den ersten Blick, dass sie tot war. Ihr Blick fiel wieder auf den näherkommenden Arvid Eldarson. Er trug seinen gigantischen Penis, der von den Frauen und Mädchen von St. Bernadette mit nichts geringerem, als mit ‚Thors Hammer' betitelt worden war, stolz erhoben vor sich her. Mit vor Angst geweiteten Augen starrte Shadowcat auf dieses gewaltige, in seinen Proportionen perfekte, aber erschreckend riesige Glied, das sich bei jedem Schritt Eldarsons wippend, unaufhaltsam ihrer winzigen Scheide näherte. Von Panik erfasst zerrte und riss sie an den Riemen, mit dem sie auf das unbequeme Kreuz geschnallt war.

„Nein!" bat sie flehend, als Eldarson schon zwischen ihren weit auseinander gespreizten Beinen stand und sich über sie beugte. Er ließ sich aber nicht erweichen, packte Shadowcat mit der rechten Hand gnadenlos beim Hals und presste sein riesiges, wie aus Granit gemeißeltes, hartes und pulsierendes Glied gegen die winzige Spalte ihrer noch fast jungfräulichen Scheide. Shadowcat wollte schreien aber der eiserne Griff Eldarsons schien ihr das Leben aus dem Leib pressen zu wollen. Rote Schleier tanzten vor ihren Augen und der Schmerz, den Eldarsons Glied, dessen Druck immer stärker wurde, ihr bereitete, war kaum noch zu ertragen. Shadowcat wusste, dass dieses Glied sie wie ein Keil, der in ein Holz getrieben wird, sprengen würde, wenn es ihm gelang, in sie einzudringen. Und dass es ihm gelingen würde, das stand außer Frage, bei der übermenschlichen Kraft Arvid Eldarsons.

Shadowcat wurde ganz ruhig und gab den Widerstand auf. Sie wusste, dass sie sterben würde und dachte noch einmal an die, die sie liebte, an Lian und Marijana, mit denen sie ihr ganzes Leben verbracht hatte, an Josh, der eine uralte Liebe in ihr und auch ihren Schwestern wieder zum Leben erweckt hatte, obwohl er sich vor dieser Liebe mehr fürchtete, als sie, und schließlich an Abebi, die ihre kleine, seit einem früheren Leben bestehende Gemeinschaft erst komplett gemacht hatte. Vor ihrem geistigen Auge verschmolzen all diese Gesichter und wurden eins mit ihr.

Shadowcat spürte, dass Arvid Eldarson jetzt soweit war. Er hatte mit seinen harten Fingern ihre winzigen inneren Schamlippen auseinandergezogen und ihre Scheide mit Speichel befeuchtet. Wenn er jetzt zustieß, dann würde ihre Seele im selben Moment ihren Körper verlassen. Shadowcat war bereit zu sterben. Sie starb in dem Bewusstsein, dass der Tod kein Ende bedeutet, sondern nur einen neuen Anfang und dass sie, egal wie viele Zeitalter auch vergehen mochten, irgendwann wieder mit Josh, Marijana, Lian und Abebi vereint sein würde. Und genau in dem Moment, als der Tod schon sichtbare Konturen für sie anzunehmen begann und seine gütigen Arme nach ihr ausstreckte, um sie von allen irdischen Leiden zu erlösen, endeten alle Schmerzen. Shadowcat fühlte nicht mehr die Hand, die ihren Hals so gnadenlos zusammengepresst hatte und auch nicht die dicke, pralle Eichel, die so unerbittlich in sie einzudringen versuchte.

War es das jetzt? fragte sie sich. *Ist das der Tod?*

Sie war ein wenig enttäuscht. Während ihres kurzen Lebens hatte sie so viele Träume und Visionen gehabt, Bilder und Erinnerungen an ein anderes Leben, und jetzt, wo sie tot war, sah sie nichts. Ihre Seele schwebte nicht davon und überblickte die Szene ihres Todes von oben. Dafür hörte sie plötzlich ein dumpfes Krachen, in das sich das Klirren einer massiven Kette mischte. Shadowcat riss die Augen auf und sah Josh mit dem um so vieles größeren Arvid Eldarson am Boden miteinander ringen.

Josh war gerade noch rechtzeitig auf dem Dach, beziehungsweise auf der Dachterrasse erschienen, mit einem einzigen, gewaltigen Sprung war er bei Arvid gewesen, hatte ihn mit stählernem Griff an der Hüfte gepackt und von Shadowcat weggerissen. Mit dem dumpfen Krachen, das Shadowcat gehört hatte, stürzten die beiden muskulösen Körper auf die steinernen Fliesen. Erst jetzt erkannte Arvid, was oder wer ihn an seinem Vorhaben gehindert hatte. Als sie sich über den Boden wälzten, musste Josh seinen Griff lösen. Die Männer kauerten wie sprungbereite Panther am Boden und belauerten sich. Zwischen ihnen lag die Kette, deren eines

Ende an Joshs Cockring hing.

Shadowcat war sofort wieder hellwach. Als sie die Gefahr erkannte, der sich Josh ihretwegen ausgesetzt hatte, warf sie all ihre Schicksalsergebenheit von sich und vergaß alles, was sie eben selbst noch zu erdulden gehabt hatte. Sie hätte diesen blonde Riese töten können, aber wenn er versuchen sollte, Josh etwas anzutun, dann würde sie Himmel und Hölle in Bewegung setzen, um ihn davon abzuhalten. Die Scharniere, mit denen sie auf das X geschnallt war, waren für die Hand- und Fußgelenke von Männern gemacht. Jetzt, wo ihr niemand mehr den Hals zudrückte und sie zu vergewaltigen versuchte, konnte sie wieder klar denken und handeln. Und während Josh gegen Arvid Eldarson um ihr Leben kämpfte, gelang es ihr, ihre schmalen Hände aus den Schlaufen zu ziehen.

Josh wagte nicht, sich zuerst zu bewegen. Der konzentrierte Blick, mit dem Arvid Eldarsons kalte Augen auf ihm ruhten, sowie die gewaltigen, angespannten Muskeln, mit denen der imposante Körper dieses Urbildes männlicher Vollkommenheit sich jederzeit auf ihn schnellen konnte, zwangen ihm Ehrfurcht und Bewunderung auf. Schließlich erinnerte sich Josh daran, weswegen er mit den Mädchen überhaupt hierher gekommen war. Und ohne mit einer Wimper zu zucken, oder in seiner angespannten, lauernden Wachsamkeit auch nur im Geringsten nachzulassen, sagte er: „Sie gehört zu mir!"

Es wäre auch überflüssig gewesen, dabei auf Shadowcat zu deuten, denn es musste in dieser Situation jedem klar sein, dass sie gemeint war. Josh fuhr fort: „Wir sind hier, um die Männer, die noch gefangengehalten werden, zu befreien. Und wir haben nicht mehr viel Zeit!"

Der blonde Riese gab durch nichts zu erkennen, ob er Josh gehört oder ob er ihn verstanden hatte. Er blickte Josh wie versteinert an und Josh fragte sich, was der andere wohl in ihm sah.

„Auf welcher Seite stehst Du, Arvid Eldarson?" fragte Josh und endlich zeigte der andere mit einem kurzen Aufflackern seiner Augen, dass er Josh sehr wohl verstand. Und als Josh schon hoffte, das Eis gebrochen zu haben und möglicherweise einen Verbündeten von unschätzbarem Wert zu bekommen, packte Arvid mit einer blitzschnellen Bewegung die Kette, an der Josh noch immer hing. Mit einem plötzlichen Ruck und unglaublicher Kraft zog Arvid Josh zu sich. Um seine Genitalien zu schützen, hatte Josh ebenfalls sofort nach der Kette gegriffen, um den Ruck abzufangen. Als er sich fast schutzlos Auge in Auge den versteinerten Gesichtszügen Eldarsons gegenübersah, sagte dieser leise und mit eigenartiger Betonung: „Ich weiß genau, wer ihr seid, Du und Deine Freundinnen!"

Josh verstand nicht, was Eldarson meinte, oder woher er glaube, ihn zu kennen. Aber er hatte keine Zeit, um sich darüber Gedanken zu machen, oder zu fragen, denn in dem Moment erschienen vier der geheimnisvollen bint al layl auf dem Dach. Josh entdeckte auf den ersten Blick Paul Reiters

Penis, den eine dieser Kriegerinnen als Trophäe am Gürtel trug.

Oh nein! dachte er sich voller Verzweiflung und Trauer um den Mann, der ihm nicht schnell genug hatte folgen können. Die Schattenkriegerinnen hoben ohne zu zögern ihre Maschinengewehre. Da Arvid Eldarson noch immer die Kette in den Händen hielt, war es Josh nicht möglich, zu entkommen. Also tat er das einzige, was ihm in diesem Fall blieb; Er versuchte sich hinter dem Körper seines Gegners zu verstecken. Aber Eldarson reagierte nicht weniger schnell, als er selbst. Als der Riese erkannte, was die ihm unbekannten Frauen vorhatten, schleuderte er blitzschnell Josh mit der Kette zwischen die neuen Angreiferinnen. Josh fühlte sich wie eine Bowlingkugel, als er auf diese Weise die vier Frauen von den Füßen riss, während Arvid Eldarson sich mit zwei raschen Sprüngen vom Dach auf die Mauer und von der Mauer in die Freiheit rettete. Die bint al layl waren blitzschnell wieder auf den Füßen und gingen auf die kurze Distanz mit ihren Säbeln auf Josh los. Aber Josh war ebenso schnell wie sie und wich den Hieben mit einer Schnelligkeit und Geschmeidigkeit aus, die sie verblüffte. Im selben Moment hatte Shadowcat sich von ihren Riemen befreit und sprang ohne zu zögern an Joshs Seite. Und während die Kriegerinnen sich noch über die neue Gegnerin wunderten, erschien in ihrem Rücken Lian. Als zwei der Schwarzgekleideten sich zu ihr umwandten und mit ihren Säbeln nach ihr hieben, sprang Lian, den gut gezielten, schnellen Streichen geschickt ausweichend, hoch in die Luft und traf die beiden Angreiferinnen mit ihren Füßen an den Schläfen. Gleichzeitig hatte Josh den Hieb der dritten mit seiner Kette abgewehrt, die Kriegerin mit einer schnellen Drehung entwaffnet und sie einem rechten Haken ebenfalls betäubt. Und Shadowcat hatte den Hieb der letzten unterlaufen, sie am Arm gepackt und über die Schulter geworfen. Im nächsten Moment fühlte die so Besiegte die Klinge ihres eigenen Säbels am Hals. Es war diejenige, die Paul Reiters Penis als Trophäe am Gürtel hatte. Josh packte die Überwältigte an den Handgelenken und zog sie auf die Füße. Er wollte sie fragen, wer sie war und was sie hier auf St. Bernadette tun sollte. Aber er kam nicht dazu. Die Überwältigte gab sich nämlich absolut noch nicht geschlagen. Noch bevor sie richtig stand, zog sie ihr Knie an und trat Josh brutal in die Hoden. Josh ging in die Knie und der Kriegerin gelang es, sich aus seinem Griff zu befreien. Aber sie hatte nicht mit Shadowcat und Lian gerechnet, die sie sofort an beiden Armen packten und ihr diese auf den Rücken drehten. Da sie sich aber immer noch wehrte, betäubte Lian sie mit einem leichten Druck ihres Fingers am Hals.

Josh rappelte sich mit Shadowcats und Lians Hilfe wieder auf.

„Wir müssen uns beeilen!" sagte Lian, noch während Josh sich mühsam erhob. „Das Gefängnis fliegt gleich in die Luft. Und das ganze Gelände liegt über einer riesigen Höhle, die nicht nur jeden Moment einstürzen kann, sondern auch noch vulkanisch ist."

„Unten sind noch zwei Männer gefangen!" erwiderte Shadowcat. Und Josh, der noch immer gegen die Schmerzen im Unterleib kämpfte, was er sich aber nicht anmerken lassen wollte, meinte nur: „Na dann los!"

Er sortierte seine Kette wieder und die drei eilten wieder nach unten. Vor der von Arvid Eldarson aus dem Rahmen gesprengten Tür blieben sie stehen. Shadowcat sah sich suchend um und sagte: „Hier müssen noch drei Schlüssel liegen. Zwei davon sind hier für die noch verschlossenen Türen."

„Wir müssen uns beeilen!" drängte Lian. „Es kommen noch mehr von den Frauen. Und sie müssen jeden Moment hier sein."

Die Schlüssel waren bald gefunden. Josh und Shadowcat sperrten die letzten beiden Türen auf, während Lian Wache hielt.

„Sie kommen!" rief sie unterdrückt, während die beiden Türen sich öffneten. Josh hob schnell den zerrissenen Kittel vom Boden auf und streifte ihn Shadowcat über. In der Tasche des Kittels klimperte noch immer der Schlüsselbund aus dem Büro. Aber darauf achtete jetzt niemand. Während sich schemenhaft die Gestalten zweier Männer aus den Schatten der fensterlosen Zellen lösten und Josh Ajani zu sich rief, der auch sofort auf ihn zuhinkte, stürmten die Bodybuilderinnen, die im Gefängnis aufgetaucht waren mit den sie begleitenden bint al layl in das Haus.

Die Anführerin der muskulösen Wärterinnen wunderte sich nicht schlecht, als sie plötzlich Lian vor sich stehen sah. Sie hatte das kleine chinesische Mädchen noch vor wenigen Minuten im Gefängnis inmitten der Männer gesehen, die es hatte befreien wollen, und konnte sich nicht erklären, wie es jetzt vor ihr ins Hauptgebäude des landwirtschaftlichen Betriebes gelangt sein konnte. Das Gefängnis hatte sie mit ihren Begleiterinnen von außen wieder verriegelt, bevor sie zügig hierher ins Haupthaus gelaufen waren.

Lange hatte diese Dame aber nicht die Möglichkeit, sich zu wundern, dafür ließ ihr Lian keine Zeit. Mit einem einzigen kurzen Druck ihrer Finger, die Dame hätte nicht einmal sagen können, wo sie überhaupt von Lian berührt worden war, betäubte Lian sie. Die anderen, vor allem die bint al layl reagierten schneller. Lian konnte sich nur mit einem blitzschnellen Sprung zurück vor den Säbeln der Angreiferinnen in Sicherheit bringen.

„Schnell, hier entlang!" rief Josh, packte den ersten der beiden verängstigten Männer am Arm und zog ihn aus seinem Gefängnis für Bevorzugte ins Licht. Allerdings staunte er nicht schlecht, als er in dem Mann eine gutaussehende, wenn auch etwas verbraucht wirkende, junge Frau erkannte. Sie war kaum älter als zwanzig, hatte dunkelblonde, bis auf die Schultern fallende Haare, denen man ansah, dass sie schon länger keinen Kamm mehr gesehen hatten und eine sehr weibliche Figur, die Joshs Blicken nicht verborgen blieb, da sie ebenso wie die männlichen Gefangenen und er selbst nackt war. In der rechten Brustwarze trug sie einen Ring als Piercing. In der linken war ihr dieses Schmuckstück schon vor schon längerer Zeit ausgerissen worden, wie die gut verheilte, aber trotzdem deutlich sichtbare Narbe verriet.

Josh hatte nur einen flüchtigen Blick auf die unerwartete Insassin dieses Gefängnisses geworfen. Hier eine Frau vorzufinden verwirrte ihn. Aber da sie gefangen gehalten worden war, galt es sie ebenso zu retten, wie die Männer von St. Bernadette. Er wandte sich sofort der zweiten Tür zu. Der Mann, der sich kurz schemenhaft im Schatten gezeigt hatte, war beim Eintreffen der Wärterinnen und der bint al layl sofort wieder in die hinteste Ecke seines Verließes zurückgewichen und rief aus dem Schutz der Dunkelheit: „Ich komme nicht mit!"

Josh wendete sich wieder an Lian und Shadowcat und forderte sie auf: „Lauft wieder aufs Dach und holt euch von denen dort oben die Waffen."

Die beiden gehorchten ohne zu zögern und nahmen die unschlüssig herumstehende Gefangene mit, die sie eben befreit hatten. Währenddessen sprang Josh in das dunkle Verließ, um den Mann, der sich weigerte, ihnen in die Freiheit zu folgen, zu holen.

„Kommen Sie schon!" forderte er den Mann auf, als er sich endlich bis zu ihm getastet hatte. Seine Augen gewöhnten sich schnell an die Dunkelheit. Er packte den Mann am Arm und wollte ihn nach draußen ziehen. Aber in dem Moment eröffneten die bint al layl draußen das Feuer. Josh warf sich zu Boden und riss den Mann gerade noch rechtzeitig mit sich. Dann bemerkte Josh aber, dass die Tür im Schutz des Kugelhagels von außen langsam wieder zugeschoben wurde. Josh blieb keine Zeit zum Überlegen. Hätte er sich selbst gegen die Tür geworfen, um sie aufzuhalten, wäre er von Kugeln durchsiebt worden. Da er sonst nichts zur Hand hatte, schleuderte er das Ende seiner Kette durch den schnell schmäler werdenden Türspalt, während er selbst hinter die Tür hechtete und den Gefangenen mit sich zog.

„Sie hätten mich hierlassen sollen!" jammerte dieser. „Ich habe Ihnen doch gleich gesagt, dass ich nicht mitkomme."

Die Tür krachte schwer gegen die Kette.

„Ruhig jetzt!" forderte Josh seinen Leidensgefährten auf und lauschte nach draußen. Jemand packte das Ende der Kette und wollte sie nach draußen ziehen. Aber Josh hing noch am anderen Ende der Kette und so war das nicht möglich. Also versuchte die Person auf der anderen Seite der Tür als nächstes, die Kette wieder in den dunklen Raum zurückzuwerfen. Darauf hatte Josh gewartet. Die Tür war wieder ein kleines Stück weiter geöffnet worden. Und von außen wurde die Kette jetzt nach innen geschleudert. In dem Moment schnellte Josh nach vorne, packte durch den Türspalt nach dem Handgelenk der Person und zog so fest an, dass diese Person laut gegen die Tür und den Rahmen krachte und der Arm in der Tür feststeckte. Eine ausgerenkte Schulter und ein gebrochener Arm waren das wenigste, was das für die Person vor der Tür zur Folge haben musste. Draußen versuchten jetzt anscheinend andere, die Person zurückzuziehen. Josh nutzte diesen einsetzenden Zug und warf sich selbst von innen gegen die Tür. Er hoffte, mit einem Überraschungsangriff die Angreiferinnen vor der Tür überrumpeln zu können. Und er schaffte es tatsächlich, sie zumindest kurz aus dem Gleichgewicht zu bringen.

Gleichzeitig kamen Lian und Shadowcat mit der befreiten Gefangenen wieder zurückgerannt. Sie schafften es kurz, die bint al layl vor der Tür wieder soweit zurückzudrängen, dass Josh, den Gefangenen hinter sich her schleifend, aus dem Raum entkommen konnte.

„Zu spät!" sagte Lian hastig zu Josh. „Sie waren schon wieder wach."

„Dann nichts wie raus hier!" erwiderte Josh, dem klar war, dass sie die schon Überwältigten vom Dach jetzt noch einmal als Gegner zu fürchten hatten. Sie flüchteten gemeinsam mit den beiden befreiten und Ajani vor den sie verfolgenden bint al layl und den noch verbliebenen zwei Damen des Sicherheitsdienstes nach draußen und zwischen die hohen Pflanzen des Hanffeldes.

Als Lian sich noch einmal umblickte, bevor sie den Blicken der anderen völlig entschwunden waren, sah sie, dass die Schwarzgekleideten die Verfolgung in das Feld nicht aufnahmen. Anscheinend machten sie sich daran, das Gebäude ebenfalls mit Sprengsätzen zu versehen.

Wir müssen uns beeilen, wenn wir die Männer im Gefängnis noch befreien wollen, dachte sie sich und rannte an die Spitze zu Shadowcat. Josh hatte sich den fast nur stolpernden Mann über die Schulter geworfen. Als der erkannte, wohin sie liefen, begann er wild zu zappeln und um sich zu schlagen.

„Nein, nicht hier entlang!" schrie er flehend.

„Leise!" ermahnte ihn Josh, der sich noch immer verfolgt glaubte. Dann sagte er zu dem Mann, den er wegen seiner Zappelei wieder auf den Boden stellen musste: „Wir müssen die anderen Männer noch befreien!"

„Nein!" flehte der Mann und fiel vor Josh auf die Knie. Josh wurde vor Ungeduld zornig. Er wusste, dass sie keine Zeit zu verlieren hatten und wollte deshalb nicht mit dem Mann diskutieren. Trotzdem fragte er ihn: „Warum nicht?"

Als der Mann zögerte, antwortete an seiner Stelle die befreite Frau:

„Er ist ein Verräter. Die anderen würden ihn in Stücke reißen, wenn sie ihn in die Finger bekämen."

Was haben wir uns da bloß aufgeladen? fragte sich Josh, sagte dann aber laut: „Kein Wunder, dass sie lieber dort bleiben wollten. Aber die Frauen hätten sie jetzt auch umgebracht, glauben Sie mir. Los weiter!"

„Nein!" schrie der Mann in Panik, riss sich los und flüchtete in eine andere Richtung im Feld davon. Kurz überlegte Josh, ob er ihm nachlaufen sollte, aber dann dachte er sich, dass er den Mann ja nicht zwingen konnte. Noch waren gefangene Männer im Gefängnis in der Mitte des Geländes.

Und jetzt galt es, diese zu retten. Also rannten die verbliebenen vier Verfolgten und Ajani weiter, bis sie plötzlich vor dem Spalt, der sich inzwischen schon bis über den Weg zwischen dem Hanf- und dem Schlafmohnfeld aufgetan hatte, zum Anhalten gezwungen wurden.

Ein Stück links von sich hörten sie das laute Durcheinander der beiden Bodybuilderinnen, die auf dem Weg auch auf den Riss im Boden gestoßen waren.

„Wir müssen weiter!" flüsterte Josh. Der Riss war an der Stelle, wo sie sich befanden noch keine drei Meter breit. Josh wusste, dass Lian und Shadowcat dieses Hindernis leicht überspringen konnten. Es wäre ihm zwar lieber gewesen, selbst als erster zu springen, aber da er der Schwerste von ihnen war, war die Gefahr, dass unter seinem Gewicht noch mehr von der Kante abbrach, am Größten.

„Zuerst Lian, dann Shadowcat, dann sie, ..." teilte Josh die Reihenfolge ein. Aber die befreite Frau wich ängstlich zurück.

„Das schaffe ich nicht!" fiel sie Josh erschaudernd ins Wort. Aber Josh nahm sie bei der Hand und redete ihr gut zu.

„Keine Angst", sagte er und im selben Moment sprang schon Lian. Die Kante hielt, ohne dass etwas davon abbröckelte. Shadowcat folgte ihr sofort nach. Und gleichzeitig mit ihr sprang auch Ajani. Die befreite Frau stemmte sich von Panik erfasst dagegen, als Josh sie wieder zur Kante ziehen wollte.

„Vertrauen Sie mir!" sagte Josh leise, hob sie hoch und warf sie über die Spalte, unter der die glühende Lava nicht mehr nur ein zähfließender Fluss war, sondern ein See, der bereits die gesamte Fläche der riesigen Höhle ausfüllte.

Josh war klar, dass dieser neu entstandene Berg ebenfalls ein Vulkan war, der kurz vor dem Ausbruch stand. Shadowcat und Lian hatten die junge Frau aufgefangen und zogen sich schnell mit ihr von der Kante zurück, da von unten ein langgezogener, klagender Laut zu hören war, der nichts Gutes verheißen konnte. Josh nahm einen kurzen Anlauf und sprang. Aber noch während er sich in der Luft befand, verschwand vor seinen Augen die Kante des Risses in der Tiefe. Die Mädchen schrieen erschrocken auf, als sie das sahen. Josh bekam mit den Händen gerade noch einen halbwegs festen Boden zu fassen, während unter seinen Füßen nur noch ein glühendes Nichts war. Lian und Shadowcat sprangen gleichzeitig zu Josh, um ihn nach oben zu ziehen. Aber Josh spürte, dass die Abbruchkante, an der er hing, auch schon ins Rutschen geriet.

"Zurück!" schrie er die beiden an. Aber er hätte wissen müssen, dass sie ihn niemals im Stich lassen würden. Die befreite Frau stand staunend dabei und beobachtete den tollkühnen Versuch der beiden so wunderschönen Mädchen, Josh zu retten, ohne sich aber selbst wieder dichter an die Kante zu wagen. Während des Sprungs hatte Josh seine Kette wieder über die

Schultern gelegt gehabt. Shadowcat griff instinktiv nach der Kette, als sie spürte, dass der Boden unter ihnen nachzugeben begann. Im nächsten Moment stürzte Josh schon in die Tiefe. Aber Shadowcat und Lian hielten die Kette an ihrem Ende eisern fest. Sie schafften es nicht, Josh nach oben zu ziehen und spürten, dass der lockere Boden unter ihren Füßen ins Rutschen geriet. In diesem Moment nahm die sie begleitende, junge Frau all ihren Mut zusammen und griff ebenfalls nach der Kette. Und zu dritt fanden sie genug Halt, dass sie die Kette lange genug halten konnten, bis Josh an ihr über die bröckelige Kante wieder nach oben klettern konnte.

„Danke!" sagte er erschöpft, als er wieder halbwegs sicheren Boden unter den Füßen hatte. Und im nächsten Moment lagen schon Shadowcat und Lian an seiner von dem Panther in dem Gefängnis zerrissenen Brust und küssten ihn zärtlich und liebevoll. Sie hatten beide schon so viel Schlimmes erlebt, dass die Angst, Josh zu verlieren, fast über ihre Kräfte gegangen war. Die aus dem Haupthaus befreite Frau beobachtete stumm diese Demonstration ehrlicher und aufrichtiger Liebe, bevor sie sich beschämt und traurig abwandte.

„Wir müssen weiter!" drängte Josh schließlich flüsternd. Aber es war ihm anzumerken, wie schwer es ihm fiel, sich wieder aus Lians und Shadowcats Armen zu lösen. Es war ihnen allen bewusst, dass sie keine weitere Sekunde mehr verlieren durften. Und so eilten sie weiter dem Gefängnis entgegen und hofften, dass der Riss, der sich im Boden aufgetan hatte, die Verfolgerinnen aufhalten würde.

Abebi und Marijana hatten hilflos mit ansehen müssen, wie der Trupp der bint al layl mit den wenigen Damen des Sicherheitsdienstes von St. Bernadette, ganz offensichtlich in der Absicht, auch hier alle Spuren zu zerstören, in den landwirtschaftlichen Betrieb geströmt waren. Ihre Versuche, mit Josh, Lian und Shadowcat auf telepathische Weise in Verbindung zu treten, waren fruchtlos geblieben. Die drei waren auf ihrem Weg durch den Betrieb, auf der Suche nach den noch gefangenen Männern, die sie befreien wollten, viel zu angespannt und viel zu konzentriert auf alle Eindrücke und Gefahren gewesen, die von außen auf sie einwirkten, als dass sie auch nur für einen Moment die Ruhe gefunden hätten, um in sich gehen und einer inneren Stimme lauschen zu können. So blieben Abebi und Marijana auf sich gestellt.

Marijana hatte versucht, Abebi dazu zu überreden, loszulaufen und die anderen drei zu suchen und zu warnen. Aber Abebi hatte nur den Kopf geschüttelt und auf die am Tor zurückgelassenen Wachen gedeutet, die mit den Schatten verschmolzen und unsichtbar wurden.

„Ich lasse Dich nicht allein, Marijana!" hatte sie geflüstert. Und noch ehe Marijana protestieren konnte, drückte Abebi ihre kleine Hand behutsam auf Marijanas Mund und legte gleichzeitig warnend den

Zeigefinger ihrer anderen Hand auf ihre eigenen Lippen. Marijana lauschte aufmerksam und konnte jetzt ebenfalls ein leises, schleichendes Geräusch in nicht allzu großer Entfernung wahrnehmen. Ein paar Sekunden später tauchte ein schwarzer Panther in ihrer unmittelbaren Nähe auf, blieb stehen, als er sie beiden Mädchen entdeckte und sah sie aus gelben Augen an. Abebi erkannte auf den ersten Blick, dass das weder Ajani, noch einer derjenigen Panther war, die ihnen durch Shadowcats Macht über die Tiere nichts mehr tun wollten. Langsam stand sie auf und stellte sich schützend vor Marijana. Der Panther musterte sie lange, während er ihre Witterung einsog und mit dem Schwanz peitschte. Dann wendete er sich plötzlich ab und rannte aus dem Maisfeld und durch das offen stehende Tor des Betriebes hinaus. Abebi und Marijana atmeten erleichtert auf.

Das Warten wurde zu einer unerträglichen Geduldsprobe für sie. Eine Weile später hörten sie die Schritte und das laute Atmen eines durch das Feld rennenden Menschen. Er war zu weit weg, als dass sie ihn sehen konnten, während er an ihnen vorüberlief. Erst als er aus dem Feld ins Freie rannte, erkannten sie einen nackten, schwarzen Jungen, der ohne zu zögern auf das Tor zueilte, hinter dem die Freiheit auf ihn wartete. Abebi dachte sofort an die im Schatten postierten Wachen der bint al layl und rief dem Jungen in Qafar-áf, der Sprache ihrer Heimat zu: „Zurück! Am Tor stehen Wachen!"

Der Junge hörte Abebis Stimme, aber er verstand offensichtlich nicht, was sie sagte, denn er blieb kurz stehen, blickte sich erschrocken um und wollte, nachdem er niemanden entdecken konnte, weiter zum Tor laufen. Abebi wiederholte ihre Warnung sofort auf Deutsch. Aber im selben Moment sprang schon eine der schwarzgekleideten Schattenkriegerinnen mit erhobenem Säbel auf den Jungen zu, der vor Schreck erstarrte. Blitzschnell hob Abebi einen Stein auf und warf ihn nach der Söldnerin. Die reagierte aber instinktiv und zerteilte den Stein im Flug mit der Klinge ihres Säbels. Der schwarze Junge nutzte sofort seine Chance und versuchte, an ihr vorbei durch das Tor zu fliehen, als sie diesen kurzen Moment abgelenkt war. Aber damit lief er der zweiten Wache direkt in die Arme, beziehungsweise in die Klinge ihres gezogenen Säbels. Abebi sank auf die Knie, als sie den Jungen tot und blutüberströmt zu Boden stürzen sah. Sie machte sich Vorwürfe, dass sie ihn nicht rechtzeitig gewarnt hatte und sein Leben nicht hatte retten können. Marijana bekam auf ihrer Trage nur wenig von dem mit, was da geschah. Als sie Abebi flüsternd fragen wollte, was passiert war, sprang die plötzlich wieder auf und lief wie ein aufgeschrecktes Reh davon. Abebi hatte bemerkt, dass die bint al layl, nach der sie den Stein geworfen hatte, auf die Stelle, von der der Stein gekommen war, also auf sie und Marijana zuging. Sie wusste, dass Marijana nicht fliehen konnte, sprang auf und lief wie eine Entenmutter, die sich verletzt stellt, um die Fressfeinde von den wehrlosen Jungen wegzulocken, zur Seite davon. Die Verfolgerin nahm sofort am Saum des Feldes die Verfolgung auf und drang erst, als sie auf gleicher Höhe mit der vermeintlich leichten Beute war, in das Maisfeld ein. Sie sah den kleinen, nackten, schwarzen und anscheinend verwundeten Körper, der sich vor ihr in Sicherheit bringen wollte, schemenhaft zwischen den dicht stehenden Stängeln der Pflanzen. Aber so sehr sie sich auch anstrengte, sie kam dem hinterhältigen Steinewerfer nicht näher. Und plötzlich stand sie allein inmitten des Feldes. Nicht der leiseste, unnatürliche Laut drang an ihr Ohr, nur das Säuseln des Windes, der über das Feld strich.

Abebi lag ganz in der Nähe ihrer Verfolgerin. Sie hatte sich in eine kleine Bodensenke fallen lassen und ihren braunen Körper mit brauner Erde bedeckt, so dass sie mit dem Boden völlig verschmolz. Abebi verstand es sehr gut, sich ebenso unsichtbar zu machen, wie die bint al layl.

Ein leichtes Zittern, das durch den Boden ging und ein unheimliches Stöhnen aus den Tiefen des Berges, auf dem das Feld lag, ließen sowohl Abebi, als auch ihre Verfolgerin gespannt aufhorchen. Die bint al layl hatte wohl erkannt, dass sie vom Tor weggelockt worden war. Zu Marijanas Glück kam sie aber nicht auf den Gedanken, dass sich noch jemand an der Stelle versteckte, von der der Stein auf sie geworfen worden war, sondern dachte nur, dass sie von ihrer Gefährtin am Tor getrennt werden sollte. Nach dem leichten Beben machte sie blitzschnell kehrt und lief zurück.

Abebi wollte eigentlich noch einmal versuchen, diese Gegnerin mit einem Stein zu betäuben, aber die zum Tor zurückeilende Söldnerin war zu schnell wieder zwischen den Maispflanzen verschwunden, als dass Abebi noch einen sicheren Wurf hätte anbringen können. Sie wartete, bis die Söldnerin außer Sichtweite war und lief dann in einem großen Bogen, um nicht etwa in eine Falle ihrer Verfolgerin zu tappen, zu Marijana zurück, diesmal aber wieder mit der Geschmeidigkeit einer sich lautlos schlängelnden Cobra. Deshalb hörte Marijana sie auch nicht kommen und zuckte erschrocken zusammen, als sich Abebis Hand, an der noch Erde klebte, zärtlich wieder auf ihre Lippen legte, um sie daran zu hindern, ihren Schreck durch einen Laut zu verraten.

„Was tun wir eigentlich?" fragte Abebi nach einer Weile traurig. Marijana verstand, was Abebi meinte. Sie waren bisher kaum in der Lage gewesen, sich selbst zu schützen und jetzt war vor ihren Augen ein unschuldiger Junge, der anscheinend sogar noch jünger war, als Abebi, getötet worden, ohne dass sie es hatten verhindern können. Marijana nahm Abebis Hand in ihre Hände, küsste sie und legte sie auf ihre sich langsam hebende und senkende Brust, aus der Abebi erst vor kurzem ein Stück Blei geschnitten hatte. Abebis Hand zitterte leicht bei dieser Berührung. Die weiche Haut und die Wärme von Marijanas wunderschönen, großen und festen Brüsten, bereitete ihr ein unbekanntes, erregendes Kribbeln. Sie sehnte sich nach einem Ort des Friedens, an dem Marijana genesen könnte und an dem sie gemeinsam mit Lian, Victoria und Josh zur Ruhe kommen konnten.

Unsicher, ob sie das durfte, beugte Abebi sich über Marijanas Brüste und küsste mit vor Erregung bebenden Lippen die kleinen, rosanen Knospen, die bei dieser Berührung sofort hart wurden. Marijana schloss die Augen und stöhnte lautlos. Sie wusste ebenso wie Abebi, dass in weniger als dreißig Metern Entfernung zwei Söldnerinnen nur darauf warteten, sie töten zu können.

„Danke!" flüsterte Marijana, als Abebis Lippen sich wieder von ihren empfindsamen Brustwarzen lösten. Das erregende Ziehen, das von diesen beiden Punkten ausgehend ihren Körper wie eine Woge der Lust durchströmt hatte, weckte auch in ihr den Wunsch und die Hoffnung, St. Bernadette und alles, was damit zusammenhing so schnell wie möglich hinter sich zu lassen, um losgesagt von allen Regeln und Gesetzen, mit denen, die sie liebte und von denen sie geliebt wurde, in ihre Liebe einzutauchen und mit dieser Liebe selbst schließlich eins zu werden.

Mit banger Ungewissheit warteten die beiden nackten Mädchen weiter auf die Rückkehr derjenigen, die ihr eigenes Leben riskierten, um den gefangenen Männern wieder ihre Freiheit zu schenken.

Als Josh mit Shadowcat, Lian, der befreiten Frau und Ajani bei dem Gefängnis ankam, stand die digitale Zeitanzeige des Zünders bei acht Minuten. Ihnen war klar, dass die Söldnerinnen im Hauptgebäude diesen Umstand ebenfalls kannten und deswegen bald hier sein mussten, um rechtzeitig den Ausgang zu erreichen.

Josh hatte ebenso wenig wie die Mädchen eine Ahnung von solchen Sprengvorrichtungen. Nachdem er kurz die Konstruktion betrachtet hatte und sich dabei vor Anspannung die Lippen fast blutig gebissen hatte, sagte er zu seinen Begleiterinnen: „Lauft voraus zu Marijana und Abebi. Ich komme mit den Männern so schnell wie möglich nach."

Shadowcat und Lian zögerten. Josh gab den beiden nacheinander einen zärtlichen Kuss und sagte dann beschwörend: „Bitte geht!" Die beiden erkannten, dass Josh die Konstruktion mit dem Zeitzünder nicht anfassen würde, solange sie in der Nähe waren. Und obwohl sie sich nicht von ihm trennen wollten, nickte Lian schließlich und sagte: „Wir warten am Tor!"

Dann wendeten die beiden sich schweren Herzens ab und liefen mit der ungeduldig wartenden, jungen Frau weiter, während Ajani bei Josh blieb.

Nach wenigen Metern erklärte Shadowcat plötzlich im Laufen: „Ich muss die Panther noch rauslassen!"

Und im nächsten Moment bog sie nach links in das Getreidefeld ab, um zu den Käfigen der abgerichteten Raubkatzen zu gelangen. Lian blieb überrascht stehen und dachte eine Sekunde lang nach. Dann rief sie Shadowcat hinterher: „Warte, wir kommen mit."

„Wir sollen doch zum Tor!" widersprach ihr da die junge, nackte Frau. Aber Lian schüttelte den Kopf und erklärte: „Wenn die Panther frei sind, ist es am sichersten, wenn wir in Shadowcats Nähe sind."

Ihre Begleiterin verstand zwar nicht, was Lian meinte, aber schließlich folgte sie ihr doch. Kurz darauf hatten die drei das Gebäude mit den Pantherkäfigen erreicht. Die hungrigen und brüllenden großen Katzen wurden bei Shadowcats Erscheinen sofort wieder ganz ruhig. Und als Shadowcat und Lian die Käfige öffneten, da machten sie auch keine Anstalten, sich feindlich ihnen gegenüber zu verhalten. Aber als die Panther, die das Beben spürten und fürchteten, dann nach draußen liefen, drängte Shadowcat ihre beiden Begleiterinnen: „Schnell, bevor sie bei Marijana und Abebi sind."

Und damit rannte sie so schnell wie möglich dem Ausgang aus dem landwirtschaftlichen Betrieb entgegen, wo sie ihre beiden wartenden Schwestern zurückgelassen hatten. Lian wollte ihr sofort folgen, aber sie hatte noch keine fünf Schritte gemacht, als die junge, befreite Frau ihr nachrief: „Ich kann nicht so schnell."

Also wartete Lian auf die junge Frau und ließ sie das Tempo vorgeben. Obwohl Lian weit schneller hätte laufen können und sich vor Ungeduld kaum bremsen konnte, musste sie doch anerkennen, dass ihre Begleiterin ihr bestes gab.

Ajani rieb seinen Kopf an Joshs Bein. Und obwohl Josh versuchte, ihn den Mädchen hinterherzuschicken, blieb der angeschossene und geprügelte Panther treu oder stur an seiner Seite. Josh, der selbst schon so ausgelaugt und am Ende seiner Kräfte war, kraulte Ajani zwischen den Ohren und dachte sich: *Vielleicht bist Du auch nur müde, mein Freund.*

Und als Josh dann dachte, dass Shadowcat, Lian und die befreite Frau sich weit genug entfernt hätten, wendete er sich der Tür zu und rief ins Innere des Gefängnisses. „Hallo da drin, ist bei euch alles in Ordnung?"

Es dauerte eine Weile, bis der Rädelsführer, der Lian die Axt hatte wegnehmen wollen, schließlich von der anderen Seite der Tür mit der Gegenfrage antwortete: „Wer ist da draußen?"

„Josh Barker! Ich war vorhin schon mal hier!"

„Willst Du uns noch immer befreien?" fragte jetzt der, der als erstes mit Josh gesprochen hatte, als der zum ersten mal bei den Gefangenen gewesen war.

„Ja!" antwortete Josh und fragte gleich darauf: „Sind alle Männer aus den Zellen befreit?"

„Alle, die noch leben und auch einige, die nicht mehr leben!" antwortete der Sprecher von innen.

„Gut!" erwiderte Josh und erklärte dann: „Das Gebäude ist vermint. Ich weiß nicht, was passiert, wenn ich hier draußen den Zünder entferne, aber wenn ich es nicht mache, dann lebt in sieben Minuten keiner mehr innerhalb des Gefängnisses. Also legt euch jetzt am besten flach auf den Boden, und wenn ich die Tür öffne, ohne dass das Gebäude in die Luft fliegt, dann rennt so schnell ihr könnt!"

Während Josh gesprochen hatte, war innerhalb des Gefängnisses ein lautes Stimmengewirr entstanden. Aber niemand widersprach Josh. Und nach einigen Diskussionen, von denen Josh nichts verstehen konnte, sagte der Sprecher von innen schließlich: „Wir sind soweit."

Und nach einem schweren Atemzug, den man bis nach draußen hören konnte, fügte er noch hinzu: „Gott steh uns bei."

Auch Josh atmete einmal tief durch und schickte ein Stoßgebet in den Himmel. Dann griff er beherzt nach dem Zünder der Sprengvorrichtung, um die Kabel herauszureißen, damit er die Tür öffnen konnte.

„Ich liebe euch!" murmelte er, während er an die vier Mädchen dachte, die sehnsüchtig auf seine Rückkehr warteten. Dann tat er es.

Eine Sekunde harrte er in der bangen Erwartung einer gewaltigen Explosion, die ihn vor seinen Schöpfer bringen würde. Aber es passierte nichts, außer, dass plötzlich ein lautes Summen in den Drähten einsetzte. Josh riss die Tür auf und schrie nach innen: „Schnell, alles raus!"

Die so lange gefangen gehaltenen Männer überrannten Josh förmlich. Niemand achtete darauf, dass er zu Boden gerissen wurde. Aber trotz dieser aus Panik entstandenen Überrumpelung hielt Josh Ajani zurück, der sich sofort auf diejenigen stürzen wollte, die Josh umgerissen hatten. Josh wich einen kleinen Schritt von der Tür zurück, um den Herausdrängenden Platz zu machen. Kaum aber waren die ersten durch die Tür gestürzt, geriet die panische und unorganisierte Flucht ins Stocken, weil sich zu viele gleichzeitig durch die Tür zwängen wollten und sich dadurch gegenseitig behinderten.

Im selben Moment erschien auch der Trupp der bint al layl, die vom Haupthaus zurückkehrten und, da sie ebenfalls den Riss, der sich im Berg aufgetan hatte, bemerkt hatten, in größter Eile dem Ausgang zustrebten. Als sie nun die Flucht der Männer bemerkten, eröffneten sie ohne zu zögern das Feuer. Die Gruppen der Söldnerinnen und der bereits aus dem Gefängnis entflohenen Männer gerieten in den Feldern durcheinander. Die nackten Männer kämpften mit dem Mut der Verzweiflung und warfen mit Steinen nach den auf sie schießenden Frauen. Obwohl allen klar war, dass die Sprengladung, mit der das Gefängnis versehen war, jederzeit explodieren konnte, kam es so in den Feldern zu einem brutalen und blutigen Kampf ums nackte Überleben.

Josh hatte eigentlich warten wollen, bis alle Männer das Gefängnis verlassen hatten. Aber vor den gut gezielten Salven der bint al layl konnte er sich nur in Sicherheit bringen, indem er selbst in die Felder floh. Sobald er zwischen die ihn verbergenden Pflanzen eingetaucht war, rannte er mit

Ajani dem Ausgang entgegen, wo er hoffte, wieder auf Marijana, Lian, Shadowcat, Abebi und die aus dem Verließ im Haupthaus befreite Frau zu treffen, bevor jemand anderes auf sie stieß. Immer wieder hörte er Schüsse und Schreie ganz in seiner Nähe. Und einmal musste er sich blitzschnell auf den Boden fallen lassen, als eine Salve aus einem der Maschinengewehre den Bereich des Feldes, in dem er sich befand, in einer Höhe von einem halben Meter völlig niedermähte. Durch die dicke Pflanzendecke, die Ajani und ihn auf diese Weise unter sich begraben hatte, blieb er zumindest den Blicken der vorbeihastenden Söldnerinnen verborgen. Erst als die sich wieder weit genug von ihm entfernt hatten, wagte er es, mit Ajani seine Flucht fortzusetzen. Aber genau in dem Moment, als sie sich durch die sie bedeckenden Pflanzen wieder nach oben gruben, explodierte das Gefängnis.

Josh hatte mit Ajani vielleicht den halben Weg vom Gefängnis zum Ausgang zurückgelegt. Aber um dem auf diesem Weg stattfindenden Gefecht möglichst zu entkommen, war er weiter nach rechts in das Maisfeld geschwenkt, so dass ihn noch immer fast zweihundert Meter vom Ausgang trennten. Als er sich jetzt nach der Explosion umdrehte, deren Druckwelle ihn trotz der Entfernung wieder zu Boden warf, sah er einen gewaltigen Feuerball in den Himmel aufsteigen und sich dort in schwarzen Rauch verwandeln. Schlimmer aber war das, was er nicht sehen konnte, weil die Pflanzen rings um ihn, dessen biegsame Stängel sich nach der Druckwelle wieder aufrichteten, ihm den Blick darauf verwehrten. Aber Josh konnte sich die Ursache dieses Tosens, das mit der Explosion eingesetzt hatte, lebhaft vorstellen. Das riesige Gewölbe, das unter den Feldern des landwirtschaftlichen Betriebes lag und sich mit glühender Lava füllte, stürzte ein. Eine zweite Explosion vom Haupthaus ertönte und Josh malte sich aus, dass alles zwischen diesem und dem Gefängnis damit vom Krater dieses neuen Vulkans verschluckt werden würde. Er hatte Recht damit! Aber das, was in die Tiefe stürzte, hörte nicht am Gefängnis auf. Josh hörte hinter sich etwas durch das Feld auf sich zurasen. Und er erkannte, dass das, was da auf ihn zukam, die abbrechende und in die Tiefe stürzende Kante dieses entstehenden Vulkankraters war. So schnell ihn seine Füße trugen rannte er durch das dichte Feld in gerader Linie auf den Ausgang zu. Die Maisstängel peitschten über sein Gesicht und seinen Körper. Aber Josh beachtete sie nicht. Ajani konnte kaum mit Josh Schritt halten und fiel langsam zurück, ohne dass Josh es bemerkte. Erst als Josh seine noch immer an ihm hängende Kette aus den Händen glitt und sich im Laufen um seine Füße und die dicken Maisstängel wickelten, wodurch er sehr unsanft von den Füßen gerissen wurde, holte Ajani ihn wieder ein. Josh hatte kaum Zeit, seine Kette wieder zu greifen. Das grauenvolle Tosen raste so schnell auf ihn zu, dass er ohne zu zögern weiterstolperte.

Shadowcat hatte das Tor in wenigen Sekunden erreicht. Eine der Wache haltenden bint al layl sprang aus dem Schatten, um auf Shadowcat zu schießen, wurde aber im selben Moment von einem der fliehenden Panther angesprungen. Er zerriss ihr die Kehle und rannte dann in Panik weiter. Die zweite am Tor als Wache zurückgelassene Wache flüchtete sich, als sie die aufgebrachten Panther auf sich zustürmen sah, die Treppe hinauf auf die Mauer. Zur selben Zeit hörte Shadowcat schon ihren Namen, „Victoria!" aus dem Feld, schräg hinter sich.

Abebi hatte sie sofort entdeckt und eilte ihr rufend sofort entgegen. Am Saum des Feldes fielen sie sich in die Arme. Sie waren überglücklich, sich wiedergefunden zu haben. Da eröffnete die Wache von der Mauer aus das Feuer auf sie. Abebi brach wie vom Blitz getroffen zusammen und Shadowcat zog sie instinktiv in den Schutz des Feldes zurück.

Aus der Mitte des Feldes hörte sie jetzt auch Schüsse. Shadowcat konnte kaum noch klar denken. Eben erst hatte sie Abebi wiedergefunden. Und jetzt schleifte sie ihren leblosen, kleinen Körper hinter sich her ins Feld. Am liebsten hätte sie vor Schmerz und Wut geschrien, aber sie war zumindest noch so weit bei Sinnen, dass ihr klar war, dass sie damit der Wache auf der Mauer ihren Standort verraten hätte.

„Shadowcat, hierher!" hörte sie schließlich den schwachen Ruf Marijanas und zog sich mit Abebi bis zu ihrer verwundet auf der Bahre liegenden Schwester zurück.

Zwei Panther hasteten noch an ihnen vorbei, ohne sie aber weiter zu beachten.

Shadowcat hatte weder die Zeit, um Abebi zu untersuchen, noch um Marijana zu begrüßen. Aus der Mitte des Betriebes war plötzlich eine gewaltige Explosion zu hören, deren Druckwelle einige Sekunden später sogar noch bei ihnen zu spüren war. Dann vernahm Shadowcat die Schritte von Lian und der befreiten Gefangenen und eilte ihnen entgegen, um sie rechtzeitig abzufangen, bevor sie in das Schussfeld der Wache gerieten.

Währenddessen richtete sich Marijana mühsam auf und beugte sich unter Schmerzen zu der wie tot neben ihr liegenden Abebi. Marijanas eigene Wunde schmerzte und brach bei der Anstrengung wieder auf. Aber sie beachtete das Blut nicht, das durch ihren grobfaserigen, pflanzlichen Verband sickerte, den Abebi ihr angelegt hatte. Voller Sorge und Verzweiflung untersuchte sie Abebi und bedauerte, nicht deren medizinische Kenntnisse zu besitzen.

Abebi hatte einen Streifschuss an der Schläfe. Marijana konnte nicht abschätzen, wie schlimm es war. Sie war nur froh, dass sie bei dem kleinen, nackten, schwarzen Mädchen, das jetzt noch viel zarter wirkte, noch einen Puls fühlen und eine Atmung feststellen konnte. Aus ihrer Trage riss sie Stoffstreifen heraus.

Gleichzeitig kam Shadowcat mit Lian und der jungen Frau zurück.

Marijana erschrak, als sie die Frau sah. Frauen bedeuteten auf St. Bernadette Feinde und deshalb fürchtete sie diesen Neuankömmling. Es war aber keine Zeit, sich darüber Gedanken zu machen. Die zweite Explosion vom Haupthaus dröhnte bis zu ihnen und das vorher schon hörbare Brausen schwoll zu einem nichts Gutes verheißenden Tosen an.

Shadowcat riss Marijana die Stoffstreifen aus der Hand.

„Leg Dich wieder hin!" forderte sie Marijana auf und presste ihre Hand mit sanftem Druck auf den blutdurchtränkten Verband auf die Brust ihrer Schwester. Marijana ließ sich auch vor Erschöpfung wieder auf die halb von ihr zerrissene Trage fallen, während Shadowcat Abebis Kopf verband und Lian sich über Marijana beugte.

„Kann ich irgendetwas tun?" fragte die unschlüssig dabeistehende, junge Frau und versuchte dabei das immer näher kommende, laute Tosen zu überbrüllen.

„Wir müssen hier weg!" erwiderte Shadowcat, die erkannte, dass sie hier nicht mehr sicher waren.

Die Wache auf der Mauer hatte eine Weile ehrfürchtig das auf sie zurasende Loch, das sich durch die Explosionen aufgetan hatte und das sich jetzt in Windeseile ausbreitete, beobachtet. Als sie erkannte, dass die abbrechende Kante am Tor nicht halt machen würde, flüchtete sie Hals über Kopf nach draußen und den Berg hinunter auf die Senke zu, wo die Wracks der gesunkenen Schiffe lagen.

Andere bint al layl und die letzten zwei der muskulösen Sicherheitsdamen dieser sich im Untergehen befindenden Institution flohen ebenfalls blindlings an den sich versteckenden Mädchen vorbei. Und mitten unter ihnen rannten auch die letzten der geretteten Männer um ihr Leben. Es fiel kaum noch ein Schuss. Und zum Steinewerfen nahm sich überhaupt niemand mehr die Zeit. Im Moment wollte jeder nur seine eigene Haut in Sicherheit bringen. Aber es war klar, dass wenn die Flüchtenden das hier lebend überstehen würden, sie sich, sobald sie wieder sicheren Boden unter den Füßen hätten, wieder bis auf den Tod bekämpfen würden. Den Mädchen, die verzweifelt auf die Rückkehr von Josh hofften, war klar, dass sie sich vor keiner der flüchtenden Gruppen blicken lassen durften. Sie standen zwischen allen Fronten, weil sie den Männern nicht erklären konnten, dass sie hier waren, um sie zu retten. Für die Männer waren alle Frauen ihre Feinde, selbst wenn es noch so junge Mädchen waren, die keine Schuld an dem trugen, was ihnen angetan worden war. Und die bint al layl waren ursprünglich als Söldnertruppe angeheuert worden, um Josh, Abebi und die drei Lara Mädchen wieder einzufangen, bevor es ihnen gelingen konnte von dieser Insel zu fliehen.

Shadowcat war gerade fertig damit, Abebi zu verbinden und wollte die befreite Frau fragen, ob sie Abebi tragen könnte, damit sie selbst mit Lian Marijana auf der Trage von hier wegschaffen könnte, als der Rädelsführer, der Lian im Gefängnis die Axt hatte entwenden wollen, der die anderen von Lian bereits aus den Zellen befreiten Gefangenen gegen sie aufgewiegelt hatte, und der den Gefangenen Ron, der sich für sie eingesetzt hatte, mit seinen Kumpanen getötet hatte, mit zwei dieser Kumpane bei ihnen aus dem Feld stolperte. Er hatte einige Wunden beim Kampf gegen die Söldnerinnen davongetragen, aber das meiste Blut, das an ihm haftete, stammte anscheinend nicht von ihm, denn er hatte die vor Blut triefende Axt in seinen Händen. Als er die Mädchen entdeckte, wollte er in seinem Blutrausch sofort mit der Axt auf sie einschlagen. Vermutlich hätte er sie sogar wirklich überrascht, denn die Mädchen waren so sehr mit den Wunden ihrer Gefährtinnen beschäftigt und mit den Vorbereitungen ihrer Flucht, dass sie in dem alles übertönenden Brüllen, das um sie herum herrschte, die drei Männer nicht gehört hatten.

Als Lian ihren Blick auf den Mann richtete und in ihm ihren alten Gegner erkannte, sah sie schon die scharfe Klinge auf sich zurasen. Sie erkannte im selben Augenblick, dass sie diesem Hieb nicht mehr entkommen konnte, der ihr in der nächsten tausendstel Sekunde den Kopf spalten musste. In dem Moment sprang Josh von der Seite den Mann an und riss ihn zu Boden. Brüllend vor Wut sprang der Mann wieder auf und holte sofort wieder mit der Axt aus.

„Sie gehören zu mir!" schrie ihm Josh ins Gesicht. Aber der Mann reagierte nicht und hätte auf die wehrlose Marijana am Boden eingeschlagen, wenn Josh den Hieb nicht abgefangen hätte. Mit Mühe gelang es Josh, dem Wahnsinnigen die Axt aus den Händen zu ringen. Und als der Mann dann Josh mit den Händen an die Gurgel springen wollte, schlug der ihn mit einem Schlag gegen die Schläfe bewusstlos.

„Nehmt ihn mit!" sagte Josh zu den Begleitern des Mannes, die vor Erschöpfung dem Schauspiel eher unbeteiligt beigewohnt hatten. Josh bückte sich, um das vordere Ende der Trage anzuheben, auf der noch Marijana lag. Aber sie machte ihn auf den Umstand aufmerksam, dass sie Stoffstreifen herausgerissen hatte, um für Abebi einen Verband zu machen. Die Trage war unbrauchbar.

Josh war glücklich, wieder bei seinen geliebten Mädchen zu sein. aber es war keine Zeit für ein einziges Wort. Er warf sich seine Kette wieder über die Schulter und nahm Marijana auf seine langsam erlahmenden Arme, während Shadowcat sich Abebi über die Schulter legte und Lian sich den letzten Rucksack, an den sie die Axt schnallte, auf den Rücken warf. Dann rannte die kleine Gruppe, die aus Josh mit Marijana, Shadowcat mit Abebi, Lian, der aus dem Haupthaus befreiten jungen Frau, den beiden Männern, die gemeinsam den Mann schleppten, der sich als ihr Anführer herauskristallisiert hatte und Ajani bestand, durch das Tor, das kurz hinter ihnen im Innern des glühenden Berges verschwand.

14 DIE HÖHLE

Von dem landwirtschaftlichen Betrieb war nichts mehr übrig geblieben, außer einem etwa hundertfünfzig Meter langen Mauerstück an der nordöstlichen Ecke. Alles andere war in einem tiefen Krater verschwunden, in dem sich unter einem See glühender Lava langsam ein gewaltiger Druck aufbaute. Josh wollte, wie alle anderen, die vor ihnen schon geflohen waren, um diese Mauerecke im Nordosten herum, um über die Senke wieder auf die ursprüngliche Hauptinsel zu gelangen. Aber die junge, nackte Frau, die sie begleitete, hielt ihn zurück.

„Warte!" sagte sie, als sie erkannte, welche Richtung Josh einschlagen wollte. Und als Josh sie fragend ansah, sagte sie nur „Hier entlang!" und übernahm damit die Führung.

Sie führte den kleinen Trupp an der Südseite des Berges den Hang hinunter. Nach nur wenigen Schritten bemerkte Lian eine Bewegung etwas unterhalb von ihnen. Und aus Angst, in einen Hinterhalt zu geraten, hielt der Trupp an, obwohl die zwei Männer, die ihren persönlichen Anführer trugen, zum Weitermarschieren drängten.

Josh legte Marijana behutsam ab, wobei er sich zum ersten mal, seit er sie auf seinen Armen trug, die Zeit gönnte, eine ganze, lange Sekunde in ihre wunderschönen Augen zu blicken, die wie zwei grüne Oasen in ihrem vor Schmerzen und Erschöpfung so blassen Gesicht funkelten. Ihre Lippen berührten sich nur ganz flüchtig, während Josh Marijana ablegte, dann schlichen sich Josh und Lian von zwei Seiten um den Felsen, hinter dem Lian glaubte, jemand oder etwas gesehen zu haben. Als sie den Felsen soweit umrundet hatten, um hinter ihn blicken zu können, sahen sie dort einen Mann, der sich ganz klein zu machen versuchte, um nicht gesehen zu werden. Aber dieser Versuch war ziemlich albern. Denn es gab hinter dem Felsen nichts, was ihm irgendeine Deckung bot.

„Hallo!" rief Josh ihn an. Und als der Mann sich noch immer nicht rührte, ging Josh näher zu ihm und sagte: „Sie müssen keine Angst haben. Wir tun Ihnen nichts."

Langsam hob der Mann jetzt seinen Kopf und sah in die Gesichter von Josh und Lian. Und als er Lian betrachtete, überzog eine tiefe Röte sein Gesicht.

„Piet Klarson!" sagte Lian, die ihn ebenfalls erkannt hatte. Und es war ihrer Stimme anzuhören, dass sie sich nicht übermäßig freute, ausgerechnet diesen Mann wiederzusehen. Auf der anderen Seite war er ihr aber doch tausendmal lieber, als der Rädelsführer aus dem Gefängnis, der auf der anderen Seite des Felsens langsam wieder zu sich kam.

„Kommen Sie mit!" forderte Josh den Mann auf, den Lian Piet Klarson genannt hatte. Der Vulkan konnte jeden Moment ausbrechen und deshalb musste eine gegenseitige Vorstellung vorerst warten. Josh und Lian liefen, gefolgt von Klarson, der sich inzwischen von dem dünnen, hinter seiner Eichel verknoteten Hanfseil befreit hatte, wieder zu den anderen zurück.

Der Rädelsführer der befreiten Männer erhob sich eben mit Hilfe seiner beiden Gefährten. Als er sich in Gesellschaft von lauter Mädchen und der jungen Frau sah, griff er instinktiv nach dem erstbesten Stein. Aber einer seiner Gefährten sagte leise und beschwörend zu ihm: „Lass das lieber, Rudy."

Rudy sah seinen Kameraden wütend an und riss sich von ihm los, da dieser ihm eben noch auf die Beine geholfen hatte und deshalb noch seinen Arm hielt. Da stand aber schon Shadowcat vor Rudy und versuchte, ihm zu erklären, dass sie nicht seine Feinde waren.

„Hören Sie auf mit dem Unfug!" bat sie den aufgebrachten Mann. Aber bevor sie ihm weiter erklären konnte, dass ihre Familie ihn gerettet hatte, holte er schon mit dem Stein, der doppelt so groß wie seine Faust war, zum Schlag aus. Josh sah es, als er eben wieder um den Felsen herum kam, hinter dem sich Klarson versteckt gehabt hatte. Sofort sprang er los, um Shadowcat zu beschützen. Aber sie brauchte seine Hilfe nicht. In dem Moment, als Rudy ausholte, trafen ihre Fingerspitzen ihn schon im Bereich des Solar Plexus. Rudy fiel der Stein aus der erhobenen Hand und er starrte Shadowcat nur ungläubig an. Er war gelähmt, ohne dass er eine Berührung gespürt hätte. Er war so starr, dass er nicht einmal umfiel.

„Was hast Du mit ihm gemacht?" schrie da der zweite Begleiter Rudys Shadowcat an und wollte sie mit beiden Händen am Kragen des zerrissenen Kittels packen. In dem Moment war aber schon Josh heran, fegte die Hände des neuen Angreifers zur Seite und antwortete an Shadowcats Stelle: „Sie hat sich verteidigt! Und sie hat, wie wir alle, ihr Leben riskiert, nur um euch zu retten. Also sagt eurem Kumpel, dass er seine Aggressionen gegen uns einstellen soll, sonst müssen wir uns trennen."

Die anderen hatten staunend und etwas eingeschüchtert Joshs Worten zugehört, während Lian mit einem schnellen Druck ihrer Finger Rudys

Lähmung löste.

„Wir müssen weiter!" drängte Josh, denn der Berg bebte und die Hoffnung, sich noch vor dem Ausbruch des geweckten Vulkans irgendwie in Sicherheit bringen zu können, war ohnehin bei allen Mitgliedern der Gruppe sehr gering. Die junge, nackte Frau übernahm wieder die Führung. Ihr folgte Josh, der wieder Marijana trug. Dann kam Shadowcat, die sich auch wieder Abebi über die Schulter gelegt hatte. Obwohl Abebi so klein und so leicht war, taumelte Shadowcat, die nur wenig größer und schwerer war, unter der Last und stolperte mehrmals. Lian bemerkte es und unterstützte Shadowcat so gut sie konnte. Abebi den noch von allen am ausgeruhtesten Männern anzuvertrauen, die den Schluss bildeten, wagten die Schwestern nicht.

Rudys Begleiter drängten ungeduldig nach vorne, aber Rudy rief sie zurück. Er ließ die Axt, die Lian an ihrem Rucksack befestigt hatte nicht aus den Augen und war mehrmals versucht, nach ihr zu greifen. Aber das Beben des Berges und die an ihnen vorbeipolternden Steine, die sich ständig aus dem Hang lösten, ließen ihn von dieser Absicht dann doch wieder Abstand nehmen. Ihm war bewusst, dass er selbst keinen Ausweg aus der Lage kannte, in der sie sich befanden. Und wenn die junge Frau, die die Gruppe anführte, sie von hier weg oder an einen sicheren Ort bringen konnte, dann musste er ihr wohl oder übel folgen. Die Axt konnte er dann später immer noch an sich bringen, um der jungen Frau und den Mädchen die Schädel einzuschlagen.

Piet Klarson lief an Shadowcats Seite und bot ihr an, Abebi ein Stück zu tragen. Aber sowohl Shadowcat, als auch Lian, die neben ihr lief und sie stützte, bemerkten Klarsons Erektion. Dieser Mann dachte anscheinend in jeder Situation nur an Sex, selbst wenn der Untergang der ganzen kleinen Welt, auf der sie hier gefangen waren, kurz bevorstand. Lian trug ihren Sack als Kleidung und Shadowcat ihren zerrissenen Kittel, der ihren Körper aber nur noch notdürftig vor den gierigen Blicken Klarsons und auch des einen Begleiters von Rudy schützen konnte. Die beiden starrten fast ständig auf ihren nackten schmalen und strammen Hintern. Und die Bewegung ihrer bronzefarbenen Pobacken beim Abstieg von dem Berg ließen zumindest Piet Klarsons Phantasien mit ihm durchgehen. Die bewusstlose Abebi, die auf Shadowcats Schultern lag, war völlig nackt. Und dieser Anblick war fast zuviel für Klarson. Lian, die ihn schon gut genug kennengelernt hatte, wie sie fand, durchschaute ihn sofort und antwortete deshalb sofort auf sein Angebot: „Nein danke!"

Shadowcat kannte den Mann zwar noch nicht so gut, aber beim Anblick seiner offensichtlichen Erregung hätte auch sie ihn unter keinen Umständen Abebi auch nur anfassen lassen. Also reihte sich Klarson wieder hinter den Mädchen ein und starrte aus nächster Nähe auf Shadowcats Hintern und Abebis völlig nackten Körper. Als er sich einmal nicht mehr beherrschen konnte und seine Hand nach Abebis Hintern ausstreckte, war es ausgerechnet Rudy, der ihn schroff davon abhielt, indem er ihn anschrie: „Lass das Piet, dafür haben wir jetzt keine Zeit!"

Kurz darauf kam Abebi zu sich. Das erste, was sie wahrnahm, war der angenehme Geruch, der Shadowcats Haut entströmte. Aber in diesen Geruch mischten sich viele andere und überwiegend unangenehme Gerüche und Eindrücke. Ihr Kopf schmerzte fürchterlich und sie spürte eine unbekannte Bedrohung. Als sie mühsam die Augen aufschlug, und an Shadowcats Rücken nach unten sah, fiel ihr Blick sofort auf das erigierte und nur wenige Zentimeter hinter Shadowcats Hintern bei jedem Schritt auf und abwippende Glied Piet Klarsons. Sie hob ihren schmerzenden Kopf und ließ ihren Blick vom Penis des Mannes aus bis zu seinem Gesicht wandern. Als Klarson Abebis Blick spürte und nach oben in ihre Augen sah, lächelte er sie freundlich an; so freundlich, wie ein Lüstling ein Mädchen eben anlächeln kann, über das er am liebsten auf der Stelle hergefallen wäre. Wenn er Bonbons bei sich gehabt hätte, hätte er ihr sicherlich eines angeboten. So sagte er aber nur lächelnd: „Hallo Kleines, wie geht es Dir? Ich hatte mir schon Sorgen um Dich gemacht. Soll ich Dich …?"

Klarson kam mit seinem Geplapper nicht weiter, denn Lian hatte sich zu ihm umgedreht und antwortete auf seine Frage, bevor er sie fertig ausgesprochen hatte: „Nein! Lassen Sie sie in Ruhe, Klarson!"

„Ist ja schon gut", erwiderte Klarson, während er unbewusst seinen Penis in die Hand nahm, um dem Wippen Einhalt zu gebieten. „Ich wollte ja nur …"

Lian hatte kein Interesse daran, ihm weiter zuzuhören und beachtete ihn nicht mehr. Dafür schenkte sie Abebi ein liebevolles Lächeln und streichelte ihr zärtlich über die Wange.

Sobald Abebi wieder ganz bei sich war, wollte sie Shadowcat bitten, sie runterzulassen, damit sie selbst laufen könnte. Aber in dem Moment sagte schon die junge Frau an der Spitze: „So, hier sind wir."

„Und was ist hier?" fragte Rudy, der sich immer noch gerne als Anführer aufspielen wollte.

„Die Boote!" antwortete die Gefragte und deutete auf eine Höhle, die auf Meereshöhe gelegen haben musste, bevor diese kleinere Insel sich so weit aus dem Meer gehoben hatte. Allen war klar, was das bedeutete. Boote bedeuteten für sie eine Möglichkeit von dieser Insel zu entkommen. Sie bedeuteten, Veronika Vranja und all ihren Schergen einfach unter der Nase davonzusegeln.

„Boote!" wiederholte Rudy mit bebender und sich vor Aufregung überschlagender Stimme und rannte, von seinen beiden Kameraden und Piet Klarson gefolgt, an den anderen vorbei in die Höhle.

Shadowcat setzte Abebi ab und gemeinsam mit Josh, der weiterhin

Marijana auf seinen Armen trug, Lian, ihrer Führerin und Ajani folgen sie den vier Männern langsam in die Grotte.

Am algenbewachsenen, glitschigen Boden stand noch in einigen Pfützen Wasser, in denen sich kleine Krebse tummelten. Und weiter hinten hingen mit dicken Tauen an eisernen, in die Felswand geschlagenen Ringen drei große Ruderboote mit kleinen Außenbordmotoren.

Rudy rannte sofort zu den Booten, als er sie entdeckte. Einer seiner Begleiter rutschte auf dem glatten Algenteppich aus, als er ihm folgen wollte. Er stürzte und brachte dabei auch noch den zweiten von Rudys Gefolgsleuten zu Fall. Fluchend kamen die beiden wieder auf die Füße. Und weiter hinten fluchte auch schon Rudy. Teile der Höhlendecke waren heruntergestürzt, als die Insel beim Ausbruch des ersten Vulkans angehoben worden war, und hatten zwei der drei Boote so weit zerstört, dass sie nicht mehr zu gebrauchen waren.

Josh setzte behutsam Marijana am Eingang der Grotte ab und beobachtete mit Besorgnis das Zittern der Wasseroberfläche auf den Pfützen.

„Wartet hier!" sagte er zu den Mädchen und lief zu den anderen Männern bei den Booten. Shadowcat und Lian halfen Abebi dabei, sich neben Marijana zu setzen und kauerten sich selbst auch zu den beiden, um sich kurz auszuruhen. Sie waren sich bewusst, dass sie nur eine kurze Pause in dieser Grotte hatten und dass ihre Flucht gleich weitergehen musste. Aber die kurze Zeit, die sie zur Verfügung hatten, wollten sie sich gönnen, um ihren geschundenen, jungen Körpern eine kleine Erholung zu gönnen.

„Setz Dich!" lud Lian die junge Frau, die sie hierher geführt hatte, ein und deutete mit einer kleinen Geste neben sich. Die junge Frau lächelte dankbar und setzte sich erschöpft neben Lian. Sie musterte aufmerksam und neugierig die vier Mädchen neben sich und stellte sich ihnen schließlich ganz schlicht vor.

„Ich bin Ophelia, Ophelia Winthrop!"

„Lian", erwiderte Lian und stellte dann auch noch ihre drei Schwestern der neuen Leidensgenossin vor.

Währenddessen war Josh bei den anderen Männern am Ende der Grotte angelangt und hatte sich ein Bild von der Brauchbarkeit der Boote gemacht. Sie waren ziemlich groß, sicherlich für sechs bis sieben Personen gedacht. Die eisernen, an den Bordwänden, in der Mitte der Ruderbänke und an den Rudern befestigten Scharniere ließen darauf schließen, dass zum Rudern die männlichen Gefangenen gezwungen worden waren. Mit den Händen an die Ruder gekettet und die Fußgelenke und Genitalien mit eisernen Scharnieren fixiert, hatten sie die Frauen und Mädchen von St. Bernadette zwischen den beiden, jetzt miteinander verbundenen Inseln hin und herrudern müssen. Es war zwar keiner der anwesenden Männer für solche Dienste jemals herangezogen worden, aber die Scharniere ließen keine andere Deutung zu. Josh erkannte auf den ersten Blick, dass zwei der Boote unbrauchbar waren. Das dritte war nur leicht beschädigt. Er überdachte kurz die Anzahl der Personen, die ihren kleinen Flüchtlingstreck bildeten. Sie waren zu zehnt. Es würde nicht gemütlich werden, aber das Boot würde sie tragen. Nur wie weit? Es hatte keine Segel und mit dem Benzin, das der Tank des kleinen Motors fassen konnte, würden sie auch nicht weit kommen. Blieben also nur noch die Ruder.

„Gibt es auf der Internatsinsel auch noch Boote?" rief er der jungen Frau am Eingang zu.

„Ja!" antwortete diese.

„Dann hoffen wir, dass wir dort auch noch unbeschädigte finden", erwiderte Josh nachdenklich und forderte die anderen Männer auf: „Fasst mit an."

Da baute sich aber Rudy vor Josh auf und erklärte mit Bestimmtheit: „Wir fahren auf keinen Fall noch einmal zur anderen Insel!"

„Das Boot ist für uns alle zu klein, wenn wir die afrikanische Küste erreichen wollen!" erwiderte Josh. Darauf antwortete Rudy triumphierend: „Ich hab das Boot als erster entdeckt! Du kannst gerne hier bleiben, und die Weiber nehme ich sowieso nicht mit!"

Josh ballte unwillkürlich seine Fäuste über so viel dreiste Unverschämtheit und Undankbarkeit, schüttelte aber schließlich nur den Kopf und erklärte: „Außerdem brauchen wir Wasser!"

Das Argument leuchtete sogar Rudy ein. Ohne Trinkwasser würden sie das Festland niemals erreichen. Hier in dieser Grotte sickerte zwar Süßwasser aus dem Felsen, aber sie hatten nichts bei sich, worin sie es auffangen konnten. Sie konnten nur jetzt ihren Durst stillen. Aber nicht einmal dafür ließ ihnen der Vulkan Zeit.

Plötzlich schien sich die geladene Spannung, die den Berg schon während der ganzen letzten Stunden zum Zittern gebracht hatte, in einem gewaltigen Aufbäumen zu entladen.

„Jetzt aber nichts wie los!" schrie Josh und zog schon an der Bordwand des noch intakten Bootes. In dem Moment erschien aber die herkulische Gestalt Arvid Eldarsons im Höhleneingang. Und mit einer Stimme, die wie ein Messer aus Eis die aufgeheizte Atmosphäre durchschnitt, sagte der Neuankömmling: „Zu spät!"

Josh fuhr herum. Er hielt die Worte Eldarsons für eine Drohung und machte sich innerlich schon auf einen Kampf gefasst. Aber im selben Moment fiel hinter Eldarson ein Regenschauer aus glühender Lava vom Himmel. So weit das Auge reichte, tauchten die rotglühenden Tropfen zischend ins Meer und breiteten binnen weniger Sekunden einen Mantel dichten, wabernden Nebels bis zum Horizont über das Sichtfeld der in der Höhle eingeschlossenen Gruppe aus. Alle bestaunten ehrfürchtig diese Demonstration der Urgewalten, mit denen die Götter sich ihre Zeit vertrieben. Nur Arvid Eldarson stand stolz und hoch aufgerichtet im Höhleneingang und kehrte dem unbeschreiblichen Schauspiel ungerührt den Rücken.

„Zu spät!" flüsterte Shadowcat, Eldarsons Worte wiederholend. Sie fürchtete diesen Mann, dessen übermenschliche Kraft sie am eigenen Leib erfahren hatte, fast mehr, als den Vulkan, der sein rotes Blut in den Himmel und ins Meer verspritzte. Sie wusste, dass sie ihm nichts entgegensetzen konnte, wenn er noch einmal versuchen sollte, sich an ihr zu vergreifen. Und sie bezweifelte auch, dass Lian oder sogar Josh in der Lage wären, ihn aufzuhalten. Dieser Mann, Arvid Eldarson, schien nicht menschlich zu sein. Als er Shadowcats Flüstern hörte, wendete er ihr den Kopf zu und sah sie mit einem Blick an, dessen unergründliche Kälte ihr kleines Herz gefrieren lassen wollte.

Josh stellte sich neben Arvid Eldarson in den Höhleneingang und verdeckte ihm damit den Blick auf Shadowcat. Fasziniert beobachtete er, anscheinend ohne Eldarson zu beachten, das Schauspiel der niederprasselnden Lava. Shadowcat drängte sich furchtsam an Joshs Seite und Josh legte schützend den Arm um sie. Lian half mit Abebis Hilfe Marijana auf die Beine und gesellte sich mit diesen ebenfalls ganz dicht zu Josh und Shadowcat. Und um das Bild komplett zu machen, schmiegte sich auch noch Ajani an die Beine dieser Gruppe.

Ophelia Winthrop, Rudy und seine beiden Gefolgsleute und Piet Klarson wagten weder Arvid Eldarson, noch dem Ausgang der Höhle, vor dem der glühende Lavaregen niederging, zu nahe zu kommen. Ophelia war am schlimmsten dran. Sie wagte sich weder in die Nähe der Männer am Höhlenende, noch in die von Eldarson. Also versuchte sie, in der Nähe Joshs und der Mädchen zu bleiben und diese möglichst zwischen sich und Eldarson zu behalten.

„Was für ein Schauspiel!" sagte Josh andächtig, während er mit den Mädchen nach draußen blickte. Und Marijana, die nicht weniger gefesselt war, als er oder ihre Schwestern, meinte: „Man könnte denken, wir sind auf einem riesigen Berg und schauen von oben auf eine Wolkendecke."

Da man vom Meer, das unter der dichten Nebelschicht verborgen lag, bis zum Horizont nichts mehr sehen konnte, war der Vergleich sehr passend. Nur womit sie den Regen aus glühender Lava hätte beschreiben oder vergleichen können, das wusste auch Marijana nicht. Das war ein Anblick, den aus der Perspektive eines Vulkans wohl noch nicht viele Menschen vor ihr und den mit ihr in dieser Höhle Eingeschlossenen zu Gesicht bekommen hatten.

„Es ist überwältigend!" schwärmte sie und vergaß dabei fast ihre eigene Schwäche und die tödliche Gefahr, die dieses überwältigende Schauspiel barg.

Plötzlich fiel vor dem Eingang zur Höhle ein geschlossener Vorhang aus dicker Lava nieder. Marijana und Ophelia schrieen unwillkürlich auf, während alles vor dieser Wand aus geschmolzenem und glühendem Stein zurückwich. Selbst Arvid Eldarson machte ein paar rasche Schritte weiter ins Innere der Höhle.

Josh bemerkte, dass die Lava in die Höhle zu fließen begann. Es war nur ein ganz minimales Gefälle. Aber die stetig nachdrängende Lava würde mit Sicherheit weiterfließen, bis die Höhle ausgefüllt und alles, was sich in ihr befand, verbrannt wäre.

„Schnell", schrie Josh, „ wir müssen einen Damm bauen. Und im selben Moment begann er schon, mit Steinen und Felsbrocken aus dem Inneren der Höhle der Lava den Weg zu versperren. Shadowcat und Lian waren die ersten, die ihm halfen, während sich Abebi und Marijana gegenseitig stützend, in eine Ecke kauerten, wo sie zumindest nicht im Weg waren, wenn sie schon zu schwach waren, um mit anfassen zu können. Und dann sah sogar Eldarson ein, dass die Mächte der Erde auch vor ihm nicht Halt machen und ihn ebenso, wie alle anderen in diesem mit Feuer versiegelten Gefängnis zu Asche und Staub verwandeln würden, wenn er nicht dazu beitrug, dem Lavastrom Einhalt zu gebieten.

„Was steht ihr hier noch rum?" fragte er die Männer, die vor blankem Entsetzen wieder bis zu den Booten zurückgewichen waren. Seine Stimme wirkte äußerlich ganz ruhig und hatte die ihm eigene, eisige Kälte, die jenen, mit denen er sprach einen Schauer über den Rücken jagte. Aber dabei rollte er selbst schon einen so großen Felsblock zum Eingang, den die vier mit vereinten Kräften nicht von der Stelle hätten bewegen können. Als schließlich alle Männer mit anpackten, dauerte es nicht lange, bis sie einen Wall errichtet hatten, den die am Berghang hinabströmende und in die Höhle sickernde Lava nicht überwinden konnte.

„Es ist doch eigenartig", philosophierte Marijana, „wie eine Notwendigkeit plötzlich so unterschiedliche Menschen zu einem funktionierenden Verband zusammenschweißen kann."

Abebi, über deren Beine sich wieder Ajani ausgestreckt hatte, sah nachdenklich von den Arbeitern zu Marijana und flüsterte ihr zu: „Der Verband wird nicht lange halten."

Jetzt sah auch Marijana in Abebis große, dunkle Augen und glaubte, darin all ihre Ängste und Sorgen entdecken zu können. Sie rutschte ganz dicht an ihre kleine, schwarze Schwester und schlang ihre Arme um sie, während Ajani sich über die Beine beider Mädchen ausbreitete. Die beiden, von ihren Verletzungen so sehr geschwächten Mädchen schmiegten sich ganz dicht aneinander und versuchten dabei auch ihre Blöße vor den Blicken zu verbergen, die einige der Männer immer wieder auf sie warfen. Marijanas große, feste Brüste pressten sich an Abebis noch fast nicht vorhandene Brüste, während sie sich furchtsam mit ihren Armen umschlangen.

Das Schauspiel der nackt arbeitenden Männer, denen die ebenfalls nackte Ophelia, sowie Lian und Shadowcat, die die einzigen Bekleideten der ganzen Gruppe waren, tatkräftig halfen, vor dem Hintergrund eines Wasserfalls aus glühender Lava, ging zu Ende, als der Damm hoch genug aufgeschüttet war. Als das Werk vollbracht war, teilte sich alles wieder in einzelne Gruppen auf.

Josh setzte sich mit Lian und Shadowcat zu Abebi, Marijana und dem treuen Ajani. Rudy setzte sich mit seinen Gefolgsleuten, denen sich auch Piet Klarson angeschlossen hatte, in das einzige, noch brauchbare Boot, um trotz ihrer ausweglosen Situation, seine Besitzansprüche darauf für alle deutlich zu machen. Ophelia Winthrop suchte sich eine Nische in der Nähe von Josh und den Mädchen und Arvid Eldarson setzte sich, wie der alles beherrschende König dieser Gruppe auf den eben errichteten Damm.

Obwohl Shadowcat sich davor fürchtete, Eldarson den Anblick ihres nackten Körpers zu ermöglichen, zog sie ihren Kittel aus, um ihn Marijana und Abebi über die Schultern zu legen. Als sie den Kittel von den Schultern streifte und dabei zitterte, weil sie Eldarsons Blick auf sich spürte, rutschte der Kittel zu Boden und der Schlüsselbund, der sich noch in der Tasche davon befunden hatte, fiel klirrend auf den Felsboden. Lian betrachtete die Schlüssel nachdenklich, während Shadowcat den Kittel wieder aufhob und damit ihre Schwestern bedeckte, die ihn nötiger brauchten, als sie. Dann setzte sich Shadowcat ganz offen und für alle sichtbar in Joshs Schoß und lehnte sich mit dem Rücken an seine Brust. Josh legte schützend seine Arme um sie und küsste zärtlich ihre Wange.

„Und was geschieht weiter?" fragte Shadowcat ängstlich flüsternd. Josh antwortete ebenfalls flüsternd: „Das hängt von dem Vulkan ab."

„Was ist mit Eldarson?" fragte Shadowcat fast lautlos. Josh schloss seine Arme ein klein wenig fester um das geliebte, kleine Mädchen und versprach ihr: „Er wird Dich nie wieder anfassen!"

Josh zögerte kurz. Er hatte Hemmungen, die Frage, die ihm so sehr am Herzen nagte, auszusprechen. Aber jetzt, wo die Lava ihnen den Weg versperrte und sie dazu zwang, tatenlos in dieser Höhle auszuharren, war plötzlich Zeit zum Nachdenken und Grübeln. Und die Ungewissheit wurde unerträglich für ihn.

„Hat …" begann er stockend, „Hat er …?"

Shadowcat brach bei der Erinnerung an die versuchte, brutale Vergewaltigung unwillkürlich in Tränen aus. Sie weinte lautlos, drückte Joshs Hand und küsste sie, bevor sie den Kopf schüttelte, weil ihr die Stimme versagte. Josh wiegte Shadowcat ganz sanft in seinen Armen, bis sie wieder ruhiger wurde. Und als sie sich schließlich die Tränen von den Wangen wischte, antwortete sie ihm: „Du bist gerade noch rechtzeitig gekommen, mein wunderschöner Geliebter!"

Josh begann einen unbeschreiblichen Hass auf Arvid Eldarson in sich zu spüren. Als er seine Augen auf die majestätische Gestalt dieses Mannes richtete, der ihm körperlich so unendlich weit überlegen zu sein schien, traf er den kalten, auf sich gerichteten Blick Eldarsons. Lange Zeit sahen sich die beiden Männer nur in die Augen. Jeder schien in denen des anderen lesen zu wollen, aber keiner gab etwas von sich preis. Schließlich senkte Josh seine Augen wieder. Die Mädchen, die er liebte und für die er sich verantwortlich fühlte, waren ihm wichtiger, als ein kindischer Machtkampf zwischen ihm und Eldarson. Irgendwann, wenn sie lebend aus dieser Höhle wieder herauskommen sollten, da war sich Josh sicher, würde er gegen diesen Mann antreten müssen, aber dieser Kampf würde nicht mit Blicken ausgetragen werden.

Shadowcats Blick fiel auf die Schlüssel in Lians Händen.

„Ophelia?" wandte sie sich an die nicht weit weg von ihr kauernde Gestalt, während sie die Schlüssel aus Lians Hand nahm. Und als Ophelia sie fragend ansah, erkundigte sie sich: „Weißt Du, was das Karussell ist?"

„So wurde das Gefängnis genannt, in dem die normalen Männer eingesperrt waren, weil es ziemlich rund war!" antwortete die Gefragte.

„Gott sei Dank!" erwiderte Shadowcat, während sie den Schlüssel mit der Nummer Null zwischen den Fingern hielt und erklärte: „Ich hatte schon befürchtet, dass wir jemand vergessen hätten."

Ophelia Winthrop hatte Shadowcat während ihrer Erklärung angesehen, und dabei war ihr Blick auch auf den Schlüsselbund gefallen. Kaum war sie auf diesen aufmerksam geworden, da kroch sie auch schon zu Shadowcat und fragte sie, nach den Schlüsseln greifend: „Darf ich?"

Shadowcat sah keinen Grund, der jungen Frau die Schlüssel, die zu nichts mehr nütze waren, weil alle Schlösser, die man damit einmal hatte öffnen können, längst verbrannt oder geschmolzen waren, nicht zu geben und reichte ihr den Bund.

„Vielleicht …", begann die junge Frau, während sie aufgeregt eine zirka acht Zentimeter lange Nadel, an deren Spitze nur etwa zwei Millimeter umgebogen und mit winzigen Ornamenten versehen waren, zwischen den Schlüsseln heraussuchte. „Vielleicht kann ich mich ein kleines Bisschen bei Ihnen revanchieren."

Sie reichte Josh diese Nadel, die wie ein Miniaturdietrich wirkte, mit den Worten: „Das ist ein Schlüssel für …"

Sie stockte kurz und erklärte dann: „für die Ringe, wie Sie einen tragen."

Josh nahm den Schlüssel ziemlich teilnahmslos aus Ophelias Hand und erklärte ihr: „Das Ding hat leider kein Schlüsselloch!"

„Doch!" widersprach Ophelia Winthrop. „Auf der Innenseite! Deswegen ist der Zacken auch so kurz."

Jetzt wurde Josh doch neugierig und erwiderte: „Entschuldigen Sie mich bitte."

Damit wandte er sich von der jungen Frau ab, die sich auch sofort wieder dezent zurückzog. Shadowcat stand auf, nahm den Schlüssel aus Joshs zitternden Händen und fuhr mit der Spitze zwischen Joshs Penis und den eng anliegenden Ring, den er schon so lange mitsamt der Kette zu tragen gezwungen war. Ganz langsam und konzentriert fuhr sie an der Innenseite des Ringes entlang und suchte das Loch, in das der winzige Zacken des Schlüssels passen musste.

Piet Klarson beobachtete den Vorgang mit großen Augen und während er schon wieder eine Erektion bekam, sagte er unwillkürlich: „Kannst Du bei mir auch ein bisschen rumspielen, Mädchen?"

Weder Shadowcat, die sich ganz auf ihre Arbeit konzentrierte, noch Josh beachteten Piet. Aber Arvid Eldarson, der vorher in Gedanken versunken gewesen war, wurde dadurch auf Shadowcats Versuch, Josh von seinem Cockring zu befreien, aufmerksam. Er war der einzige außer Josh, der auch noch so ein Teil trug. Zwar hatte er keine so lästige Kette dranhängen, aber dafür hatte er diesen dreifachen Ring, und den wollte er ebenfalls loswerden. Blitzartig stand er auf und ging zu Josh und Shadowcat. Er hielt Shadowcat die offene Hand hin und befahl ihr: „Gib mir den Schlüssel!"

Shadowcat hatte Angst, aber sie ignorierte Eldarsons Befehl und suchte weiter in Joshs Ring nach dem Schlüsselloch. Da packte Arvid Eldarson schnell und brutal Shadowcat bei den Haaren und riss sie von Josh weg. Im selben Moment sauste aber auch schon die Axt in einem gut gezielten Bogen auf Eldarson zu. Lian hatte sie, sobald sie Eldarson auf Josh und Shadowcat hatte zugehen sehen, aus den Schlaufen am Rucksack gezogen und blitzschnell bei seinem Angriff reagiert. Arvid Eldarson reagierte aber ebenso schnell und wich der nach ihm geschwungenen Axt geschickt aus, ohne Shadowcat loszulassen. Die scharfe Klinge ritzte nicht einmal seine Haut.

Shadowcat hatte den Schlüssel losgelassen, als Eldarson sie gepackt hatte. Und genau in dem Moment war die Spitze in die Vertiefung auf der Innenseite von Joshs Ring eingedrungen. Es gab ein leises Klicken, das im allgemeinen Lärm unterging und Joshs lästiger und inzwischen auch sehr schmerzhafter Ring sprang an den unsichtbaren Scharnieren auf. Aber Josh merkte das kaum, denn er sprang sofort Eldarson an und wäre dabei fast noch von der Axt getroffen worden. Josh packte den Arm, mit dem Arvid Eldarson Shadowcat bei den Haaren gepackt hatte, mit beiden Händen am Handgelenk und zog Arvids Ellenbogen mit aller Gewalt auf seine eigene Schulter. Es gab ein unangenehmes, knirschendes Geräusch und in der selben Sekunde war Shadowcat frei und zog sich in die schützenden Arme Lians zurück.

Arvid Eldarson befreite seinen linken Arm mit übermenschlicher Kraft aus Joshs Griff. Dann standen sich die beiden Männer wie schon einmal lauernd gegenüber. Arvid Eldarson hielt mit der rechten Hand seinen linken Ellenbogen und seine kalten Augen schleuderten Blitze auf Josh. Josh wusste, dass er jetzt keinesfalls einen Vorteil gewonnen, sondern nur eine blutgierige Bestie gereizt hatte. Er versuchte, seine Angst vor seinem Gegner zu verbergen. Dabei hatte Josh nicht einmal Angst um sich selbst. Nach all den übermenschlichen Strapazen der letzten Tage wäre ihm der Tod wie eine erholsame Erlösung erschienen. Er hatte Angst um die vier Mädchen, die dieser Bestie hilflos ausgeliefert wären, wenn er unterlag. Selbst Lian, die eine so unvergleichliche Kämpferin war, hatte ihre Kraftreserven fast verbraucht. Josh wusste, dass ihre Sicherheit, sowie auch die von Shadowcat, Marijana und Abebi allein von ihm abhing. Dieser Kampf in einer aus Fels und Feuer begrenzten Arena, würde das Schicksal aller hier versammelten Personen besiegeln. Hier und jetzt war Joshs Schicksalsstunde.

Ohne seinen Gegner aus den Augen zu lassen, bückte sich Josh und hob den kleinen Schlüssel auf, mit dem Shadowcat seinen Cockring geöffnet hatte. Und während er ihn so hielt, dass Arvid Eldarson ihn deutlich sehen und erkennen konnte, warf Josh einen kurzen Blick auf die vier Mädchen und sagte ihnen auf ihre stumme, telepathische Weise, dass sie sich ganz nach hinten in der Grotte zurückziehen sollten. Der Blick in die vier Augenpaare der Mädchen, brach Josh fast das Herz, denn es lag ein Abschied darin, und das spürten auch die Mädchen. Aber sie waren unglaublich tapfer. Obwohl sie fühlten, dass Josh im Begriff stand, sie zu verlassen, folgten sie stumm seiner Weisung und nahmen nicht nur Ajani, sondern auch Ophelia Winthrop mit sich, denn sie wussten, dass Josh alle seine Aufmerksamkeit für diesen Kampf brauchte. Nur wenn sie alle außer Reichweite Eldarsons waren, hatte Josh überhaupt eine Chance, auch wenn er sich selbst keine einräumte.

Als die Mädchen sich bis ans Ende der Höhle zurückgezogen hatten, wo sich auch die anderen Männer furchtsam aneinanderdrängten, wendete sich Josh wieder Arvid Eldarson zu. Er hielt noch immer den Schlüssel in seiner erhobenen Hand. Und als Joshs Blick auf den flüssigen Lavavorhang fiel, der rotschimmernd den Ausgang der Höhle verschloss, da wusste Arvid, dass er den Schlüssel nicht bekommen würde. Wie ein riesiger Panther sprang Eldarson Josh an. Und im selben Augenblick warf Josh den Schlüssel in die Lava, die ihn sofort verschlang.

Josh blieb stehen, er versuchte gar nicht erst, Arvid Eldarsons Angriff auszuweichen. Und vielleicht war es das, was Eldarson am meisten überraschte, während er auf Josh zuschnellte. Jeder normale Mensch würde versuchen, seiner Wut und seiner Kraft zu entgehen, keiner, der nicht vor Furcht erstarrt wäre, würde darauf warten, dass er, Arvid Eldarson, seinen Körper auf den Felsen zerschmettern würde. Und genau das würde im nächsten Moment passieren. Er würde Josh Barker einfach zertreten, wie einen Wurm, er würde ihn zerquetschen, wie eine lästige Fliege. Das einzige, das nicht in dieses Szenario passte, das Eldarson im winzigen Bruchteil einer Sekunde, während dem er auf Josh zuflog, durch den Kopf schoss, war, dass Josh nicht vor Schreck erstarrt war. Dafür hatte er viel zu kaltblütig den vermutlich letzten noch existierenden Schlüssel für seinen Cockring in die rotglühende Lava geworfen.

Erst im allerletzten Moment wich Josh mit Gedankenschnelle der riesigen Faust Eldarsons aus, wurde aber fast im selben Moment vom Schwung des Giganten zu Boden gerissen. Josh krachte schwer auf den Boden und fühlte das Gewicht Eldarsons wie einen Amboss auf seinen Rippen landen. Die Luft blieb ihm weg und er fühlte einen stechenden Schmerz. Josh wusste, dass mindestens eine Rippe gebrochen war. Mit aller Kraft schlug er dem auf ihm knienden Riesen an die Schläfe. Josh war ein guter Boxer, aber Arvid Eldarson schien den Schlag kaum zu spüren. Den zweiten Schlag, den Josh sofort nachsetzte, fing Eldarson mit der Linken Hand ab. Er packte Joshs rechtes Handgelenk und presste es auf den Boden. Von einer Schwäche durch Joshs Angriff auf Eldarsons Ellenbogen war nichts zu merken. Als jetzt aber Eldarson mit der rechten Faust ausholte, um den Schädel des unter ihm liegenden, wie eine Nuss auf dem Felsboden zu zerknacken, bäumte sich Josh mit all seiner Willenskraft auf und blockte nun seinerseits Eldarsons Schlag mit der linken Hand ab. Und bevor Eldarson den Schlag wiederholen konnte, schlang der auf dem Rücken liegende Josh seine Beine um den auf ihm Knienden und schaffte es unter Aufbietung all seiner Kraftreserven, den Riesen so von sich zu wälzen. Auf diese Weise lagen die nackten Männer plötzlich beide auf dem Rücken.

Als Joshs sich so aus der Gewalt Eldarsons befreit hatte, tuschelte Rudy seinen Gefährten zu: „Er hat keine Chance. Arvid wird ihn töten. Und dann ist es besser, wenn er sieht, dass wir auf seiner Seite sind."

„Was meinst Du?" fragte derjenige seiner Gefolgsleute, der ebenso wie Piet Klarson Shadowcats nackten Hintern und die kleine, nackte Abebi, während des Abstiegs zu dieser Höhle mit gierigen Augen verschlungen hatte. Ebenso wie Klarson und Rudy hatte er noch seine Genitalien, während dem letzten dieser Männer sowohl Penis, als auch Hoden abgeschnitten worden waren.

„Wir helfen ihm!" antwortete Rudy.

Der andere meinte aber: „Eldarson braucht unsere Hilfe nicht."

„Natürlich braucht er die nicht," erwiderte Rudy, „aber wenn er sieht, dass wir ihm helfen, weiß er, dass wir auf seiner Seite sind."

Piet Klarson war der einzige, der sich weder um den Kampf, noch um seine pläneschmiedenden Kameraden kümmerte. Jetzt, wo die Mädchen so gebannt den ungleichen Kampf zwischen Josh Barker und Arvid Eldarson verfolgten und ihn überhaupt nicht beachteten, drängte er sich so dicht an die nackten Mädchen, bis er die Gerüche ihrer Körper unterscheiden konnte. Da Marijana und Abebi der Kittel, den Shadowcat ihnen über die Schultern gelegt hatte, bei ihrem Rückzug in den hinteren Teil der Höhle heruntergeglitten war, war Lian in ihrem Sack die einzige, die noch irgendwie bekleidet war. Zentimeter um Zentimeter tastete sich Klarson dichter an die Mädchen heran. Ajani beobachtete ihn misstrauisch. Aber nachdem Klarson nichts tat, was wie eine Bedrohung auf ihn wirkte, ließ er ihn gewähren. Piet Klarson hatte eine gewaltige Erektion. Zu lange hatte er keinen Orgasmus mehr erlebt. Die muskulösen Damen des Sicherheitsdienstes, die Lehrerinnen und auch einige Schülerinnen hatten sich während der letzten Tage vor dem Vulkanausbruch zwar ausgiebig mit ihm beschäftigt, sie hatten sich ihm nackt gezeigt, hatten sich auf alle möglichen, überwiegend schmerzhaften Arten, um seinen Penis gekümmert, aber sie hatten ihn niemals bis zur Ejakulation kommen lassen. Die Lage, aus der Lian ihn befreit hatte, war ja nur das Ende eines sich über viele Stunden hinziehenden Spiels gewesen. Während er an Händen und Füßen gefesselt war und sein erigierter Penis in dem Loch in der Holzwand gesteckt hatte, war er unablässig stimuliert worden. Sie hatten ihm wunderbare Blowjobs beschert, auch wenn sie dabei ganz brutal zugebissen hatten. Aber das hatte Klarson ebenso wenig gestört, wie die Gerte, das Abbinden, das Treten, das Quetschen, das Auspeitschen seiner Eichel mit Brennnesseln, oder die Behandlung mit Zangen und sonstigen Werkzeugen. Piet Klarson stand auf diesen handfesten Sex, wie er es bezeichnete. Und deswegen hatte es auch den Frauen und den Schülerinnen immer Spaß gemacht, sich mit ihm zu beschäftigen, weil egal, wie brutal sie auch seine Genitalien behandelt hatten, er hatte es immer genossen und er hatte immer eine Erektion dabei, ohne dass sie mit Spritzen hatten nachhelfen müssen. Trotzdem hatte er es nie geschafft, zu den Bevorzugten zu gehören. Aber das war nicht so schlimm für ihn, wie sein Bedürfnis nach immer neuem Sex und natürlich auch nach den erlösenden Orgasmen, die ihm meistens vorenthalten wurden. Und jetzt stand er nackt und mit pulsierendem Glied ganz dicht hinter der sich eng aneinanderschmiegenden Gruppe überwiegend ebenfalls nackter Mädchen, die sich gegenseitig mit ihren Armen umschlangen. Er malte sich aus, dass die Mädchen so abgelenkt und auf den Kampf konzentriert waren, dass sie eine zusätzliche Berührung gar nicht merken würden. Ganz langsam und vorsichtig steckte er seine Hand nach Marijanas Po aus. Sie reagierte wirklich nicht auf die Berührung. Klarson musste sich zusammennehmen, um vor Erregung nicht zu stöhnen. Er stand direkt hinter Shadowcat und seine pralle Eichel war nur noch wenige Millimeter von der Kerbe zwischen ihren strammen, bronzefarbenen Pobacken entfernt. Während er seine Finger tiefer zwischen Marijanas ebenso feste Pobacken schob, presste er auch schon seine vor Erregung zuckende Eichel gegen Shadowcats Hintern. Er bildete sich ein, dass seine Berührungen auch die Mädchen erregen würden.

Shadowcat und Marijana drehten sich gleichzeitig überrascht um. Und fast gleichzeitig schauten auch schon Abebi und Lian, was hinter den anderen beiden los war. Marijana war zu schwach, um sich gegen Klarsons unverschämte Annäherung zu wehren, oder sich ihr zu entziehen. Jede Bewegung schmerzte in ihrer Wunde. Aber Shadowcat reagierte blitzschnell und schlug Klarsons Penis mit der flachen Hand von ihrem Hintern weg. Klarson genoss diese Berührung und wollte mit seinen Fingern in Marijanas Scheide eindringen. Marijana schrie unwillkürlich leise auf. Aber gleichzeitig schlug Shadowcat auch schon Klarsons Hand von deren Hintern weg und Lian brach ihm mit dem Ellenbogen das Nasenbein. Piet Klarson taumelte mit einem lauten Schrei und tränenden Augen zurück. Und als er jetzt wutentbrannt wieder auf die Mädchen losgehen wollte, riss ihn Ajani mit einem Prankenhieb zu Boden und hielt ihn dort in Schach, ohne ihn aber zu verletzen.

Währenddessen kämpfte Josh noch immer um sein Leben und um das der Mädchen, die er liebte. Josh hatte von Anfang an bezweifelt, dass er Arvid Eldarson besiegen könnte und er hatte sich vorgenommen, als letzten Ausweg sich an Eldarson zu klammern und ihn mit sich in den Lavastrom zu reißen. Als beide auf dem Rücken gelegen hatten, nachdem Josh Eldarson mit der Kraft seiner Beine von seinem Körper gewälzt hatte, waren auch beide sofort wieder auf die Füße gesprungen. Und wieder tat Josh etwas, womit Eldarson nicht gerechnet hatte, er ging einfach auf seinen, um so vieles größeren, als auch schwereren Gegner los. Mit der Leichtfüßigkeit des Boxers, der er war, unterlief er Eldarsons Schwinger und schlug ihm zweimal mit der Rechten auf die Milz. Josh war nicht sicher, ob sein Gegner eine Reaktion auf die Schläge zeigte, denn er hatte keine Zeit, um das festzustellen. Mit der Wucht eines Dampfhammers schlug Arvid Eldarson zurück. Josh krümmte sich über der Faust, die ihn in den Magen traf, zusammen. In der nächsten Sekunde wurde er von dieser Faust in die Höhe gehoben und an die Felswand neben dem Ausgang geschleudert. Josh schlug beim Aufprall mit der Schulter gegen einen an der Felswand hängenden, eisernen Ring in der Art, wie die Ringe, an der die Boote befestigt waren. Unter Schmerzen rappelte er sich wieder auf und ging sofort wieder auf seinen Gegner zu, um sich nicht an der Felswand in die Enge treiben zu lassen. In dem Moment hörte Josh den leisen, von Marijana ausgestoßenen Schrei bei Piet Klarsons Versuch, mit seinem Finger in ihre enge Scheide einzudringen. Nur ganz kurz war er abgelenkt und als er sich wieder Eldarson zuwendete, traf ihn auch schon dessen Faust im Gesicht. Josh wurde schwarz vor Augen. Er merkte nicht einmal, wie er durch die Luft geschleudert wurde. Schwer krachte er vor die Füße von Rudy und seinen Gefährten. Aber obwohl er noch Sterne sah und sich noch daran zu erinnern versuchte, wo er eigentlich war, rappelte er sich doch sofort wieder auf.

„Jetzt!" schrie da Rudy hinter ihm und stürzte sich gemeinsam mit seinem Kameraden auf Josh, bevor der sich ganz erhoben hatte. Josh schlug instinktiv mit dem Ellenbogen nach hinten und brach Rudy, so wie es vorher Lian mit Piet gemacht hatte, das Nasenbein. Und Lian reagierte genauso schnell und sprang dem zweiten heimtückischen Angreifer mit dem Fuß gegen die Schläfe. Beim Anblick von Lians Sprung, der vor Kraft und Geschmeidigkeit nur so strotzte, und dem blitzschnell ausgeführten Tritt leuchteten Arvid Eldarsons Augen kurz auf. Es war das einzige Zeichen einer gefühlsmäßigen Regung, das Josh und die Mädchen jemals an ihm zu sehen bekamen. Noch bevor Lian wieder Boden unter den Füßen hatte, wendete sie sich schon dem zweiten Kameraden Rudys zu. Der hob aber abwehrend die Hände und sagte so leise, dass Rudy es nicht hören konnte: „Ich bin auf eurer Seite!"

Josh zweifelte nicht daran, dass Lian hinter ihm alles unter Kontrolle hatte. Außerdem wollte er erstens wieder aus der Nähe der Mädchen verschwinden, um zu verhindern dass Eldarson ebenfalls in ihre Nähe kam und zweitens wollte er nicht riskieren durch eine erneute Unaufmerksamkeit dem nächsten Angriff seines Gegners ebenso unvorbereitet ausgeliefert zu sein, wie dieses mal, denn er fürchtete, dass er nach noch so einem Schlag möglicherweise nicht mehr aufstehen würde. Kaum hatte er also Rudy abgeschüttelt und sich dabei wieder daran erinnert, wo er war und was er tat, da hechtete er auch schon auf Eldarson zu und machte eine Rolle, die direkt vor Eldarsons Füßen endete. Es war ein Kampf ohne Regeln, das hatte Josh inzwischen verstanden, und deswegen schlug er sofort, als er aus der Rolle in eine kniende Position kam Eldarson mit aller Kraft und gezielter Brutalität in seine großen, prall aus dem Cockring hervorquellenden Hoden. Damit hatte Eldarson nicht gerechnet. Und selbst wenn seine Hoden, wie alles an ihm, aus Eisen zu sein schienen, so sackte er doch unwillkürlich ein klein wenig in sich zusammen, wenn auch nur, um mit neu entfachter, animalischer Wut nach dem vor ihm knienden Josh zu treten. Aber diesmal traf der Angriff Josh nicht unvorbereitet. Er umklammerte mit beiden Armen das Bein, mit dem Eldarson nach ihm trat, riss es nach hinten und beugte das Knie über seine eigene Schulter, bis Eldarson das Gleichgewicht verlor und nach vorne stürzte. Jetzt wäre es ein leichtes für Josh gewesen, noch einmal in Eldarsons Hoden zu schlagen, aber aus dieser Position heraus erschien ihm das trotz der Verzweiflung, mit der er kämpfte, als unsportlich. So ließ er diese Chance ungenutzt vergehen und machte im nächsten Augenblick Bekanntschaft mit der gewaltigen Kraft, die Arvid Eldarson in seinen Beinen hatte. Der Tritt, mit dem Eldarson Josh traf, um ihn abzuschütteln, traf anscheinend die gebrochene Rippe. Josh spürte ein kurzes Stechen und vor seinen Augen flimmerten tanzende Sterne. Dann hörten mit einem mal alle Schmerzen auf. In Joshs Adern schien kein Blut mehr zu fließen, sondern nur noch konzentriertes Adrenalin. Er fühlte nichts mehr, keine Schmerzen und auch keine Furcht. Josh hatte das Gefühl, als wäre er nicht mehr Körper, sondern reine Energie. Leichtfüßig und geschmeidig ging er auf Eldarson zu. Und Eldarson stoppte die Energie, die vergessen hatte, dass er selbst nicht weniger Kraft und Energie war, als sie. Er blockte Joshs Schwinger, zeigte keinerlei Reaktion auf den Leberhaken und schlug dann seinerseits wieder zu. Joshs Kopf wurde, wie von einer Lokomotive getroffen, herumgeschleudert und riss den gesamten Körper mit sich. Josh landete auf Händen und Knien und hatte durch die unelegante Drehung plötzlich Eldarson hinter sich. Seine rechte Hand war auf der Kette aufgekommen, die an dem Ring hing, den er so lange zu tragen gezwungen gewesen war.

Es ist kein fairer Kampf und es ist kein schöner Kampf, dachte sich Josh, packte die Kette und wollte schon herumwirbeln, um sie Eldarson über den Kopf zu ziehen. In dem Moment packte ihn aber Eldarson an der Wurzel seiner Genitalien, genau da, wo er den Ring getragen hatte, und hob ihn mit einer Hand hoch. Voller Entsetzen beobachtete Josh, wie Eldarson mit der zweiten Faust ausholte, um mit ihr nun seinerseits in Joshs Hoden zu schlagen. Josh wartete nicht ab, bis dieser Schlag ihn dort traf, wo sich durch Abebis Behandlung erst vor kurzem die schmerzhafte Schwellung zurückgebildet hatte und wo die inzwischen ins gelbliche übergegangene Verfärbung ihn noch immer an Frau Vranjas Stock erinnerte. Kopfüber baumelnd trat er Arvid Eldarson blitzschnell unters Kinn und brachte den Riesen damit zum ersten Mal ins Taumeln. Der Nachteil dieser Aktion war, dass sich die ganze Wucht des Trittes, mit der Josh Eldarsons Kopf nach hinten trat, auf seine eigenen, in Eldarsons eisern geschlossener Faust gefangenen, Genitalien übertrug. Josh hatte kurz das Bild der beiden Männer im Gefängnis vor Augen, die an ihren Genitalien aufgehängt gewesen waren und die sich diese durch die Panik des einen von ihnen abgerissen hatten, als der Panther auf sie losgegangen war.

Der Schmerz dauerte nicht lange. Als Eldarson, von Joshs Tritt getroffen, nach hinten taumelte, ließ er auch seine erhobene Faust, mit der er Josh hochgehalten hatte, sinken. Josh bekam die Kette am Boden zu fassen und schlang sie aus seiner noch immer baumelnden Position um Eldarsons Beine, so dass Eldarson zum zweiten Mal zu Boden ging. Um sich mit seinen Händen abzufangen, musste er Josh loslassen.

Und dann ging plötzlich alles ganz schnell. Josh hakte das Ende der Kette blitzschnell in Arvid Eldarsons Cockring ein. Der Verschluss für die Kette schnappte ebenso erbarmungslos zu, wie der Cockring selbst. Mit dem anderen Ende der Kette sprang Josh zu dem eisernen Ring, der neben dem Ausgang in die Felswand eingelassen war. Eldarsons erster Gedanke war, Josh sofort nachzusetzen. Als er aber erkannte, was Josh vorhatte, packte er schnell die Kette, mit der er jetzt so plötzlich und unvorbereitet verbunden war und zog mit aller Kraft daran an. Josh bekam gerade noch den Ring in der Wand zu fassen und klammerte sich eisern daran fest, während er in der anderen Hand beharrlich die Kette mit dem offenen Cockring hielt. Eldarson zog mit aller Kraft. Auch wenn seine Augen kalt und ausdruckslos blieben, drückte seine ganze Körpersprache jetzt zum ersten Mal so etwas wie Furcht aus. Joshs Muskeln waren zum Zerreißen gespannt. Er bot alle Kraftreserven auf, die er hatte. Und trotz Arvid Eldarsons fast übermenschlicher Kraft, gelang es Josh, die Kette Zentimeter um Zentimeter dichter an den eisernen Ring zu bringen. Dieses Tauziehen dauerte fast zwanzig Minuten. Beide Männer kämpften mit purem, instinktivem Überlebenswillen. Joshs Hände waren sich vor seinem Körper auf dreißig Zentimeter nahe gekommen. Seine Brustmuskeln schienen wie aus Granit zu sein.

Während die Mädchen am hinteren Ende der Grotte dem Ausgang des Kampfes entgegenfieberten, dachte Shadowcat daran, wie sie mit Lian und Marijana zum zweiten Mal vor Joshs Tür gestanden hatte. Josh war nur mit einem Handtuch bekleidet gewesen, weil er trainiert hatte und Shadowcat erinnerte sich, wie sie von einem Schweißtropfen, der von Joshs Hals zwischen seinen Brustmuskeln nach unten rann, fasziniert gewesen war. Damals war Josh ganz entspannt gewesen. Jetzt waren all seine Muskeln aufs äußerste gespannt. Damals hatten Marijana, Lian und sie für Josh gekämpft. Und jetzt kämpfte er für sie. Shadowcat empfand die gleiche Faszination wie damals, als sie Josh zum ersten Mal nur im Handtuch gesehen hatte, nur war jetzt alles noch viel intensiver, weil sie ihn liebte und weil sie sich dieser Liebe jetzt auch bewusst war. Außerdem war die Situation jetzt eine viel extremere. In die Faszination mischte sich jetzt Furcht, und es war nicht nur die Furcht davor, dass Josh Unrecht getan werden könnte, sondern davor, dass er in diesem Kampf sein Leben verlieren könnte. Sowohl Lian, als auch sie waren zwar erschöpft, aber ansonsten ziemlich unverletzt. Sie wären möglicherweise in der Lage gewesen, Josh bei diesem Kampf beizustehen. Aber sie kannten beide Joshs Ehrgefühl. Und sie teilten es! Josh hätte ein unfaires Eingreifen in den Kampf zu seinen Gunsten nicht geduldet. Unter anderen Voraussetzungen, wie sie zum Beispiel bei dem heimtückischen Eingreifen von Rudy und seinem Gefolgsmann in den Kampf gegeben waren, da war es auch gerechtfertigt gewesen, dass Lian sich ebenfalls eingemischt hatte, aber der Kampf von Josh gegen Arvid Eldarson war ein Kampf zwischen den beiden, und niemand hatte das Recht, sich darin einzumischen, auch wenn es ein ungleicher Kampf war und auch wenn Shadowcat und Lian sicher nicht bis zuletzt zugesehen und gewartet hätten, dass Josh von diesem Riesen erschlagen worden wäre. Wahrscheinlich wäre es dann darauf hinausgelaufen, dass Shadowcat Josh aus Arvid Eldarsons Reichweite geschafft hätte, während Lian sich diesem nordischen Gott zum Kampf gestellt hätte. Und wenn auch Lian gegen ihn unterlegen gewesen wäre, dann hätte sich ihm auch Shadowcat noch entgegengestellt. Aber jetzt sah es so aus, als ob Josh seinen Gegner an die Leine legen könnte.

Als Arvid einsah, dass er Josh nicht davon abhalten konnte, den Cockring, von dem Shadowcat ihn befreit hatte, um den Ring in der Wand zu schließen, wagte er einen verzweifelten Ausfall. Mit einem gewaltigen Satz sprang er auf Josh zu, um ihn an seinem Vorhaben zu hindern. Dazu musste er aber seinen Zug an der Kette aufgeben. Und Josh nutzte den winzigen Moment, den Arvid Eldarson brauchte, um die durch die Länge der Kette vorgegebene Entfernung zu überwinden, und ließ den Cockring um den eisernen Ring in der Felswand einschnappen. Er duckte sich unter den Armen Eldarsons hindurch und kam mit einem schnellen Sprung in die Tiefe der Höhle außer Reichweite seines angeketteten Gegners.

Wutentbrannt, aber mit dem ihm eigenen, kalten Gesichtsausdruck sprang Eldarson Josh hinterher. Josh stand ganz still und hob nicht einmal seine Arme zur Abwehr. Er wusste, dass die Kette nicht bis zu ihm reichte. Er hatte sie selbst lange genug getragen, um ihre Länge genau zu kennen. Arvid Eldarson wurde mitten im Sprung von den Beinen gerissen. Die Kette hatte sich gespannt und mit einem plötzlichen Ruck seinen gewaltigen Penis und seine Hoden zwischen seinen Schenkeln nach hinten gezogen. Arvid Eldarson stand ganz langsam wieder auf und sah kalt und feindselig in Joshs Augen.

„Glaubst Du wirklich, damit ist es vorbei?" fragte er Josh und erklärte weiter: „Solange ich hier bin, kommt keiner von euch hier jemals raus!"

Josh verstand, was sein Gegner meinte. Die Kette, an die er Eldarson gelegt hatte, war zumindest lang genug, dass dieser ihnen den Ausgang aus der Höhle versperren konnte, falls die Lava jemals wieder aufhören würde, diesen zu versperren.

Josh wandte sich ungerührt ab und ging mit zitternden Knien auf seine geliebten Mädchen zu. Lian und Shadowcat liefen ihm sofort entgegen und fingen ihn gerade noch auf, als er vor Erschöpfung das Bewusstsein verlor und zusammenbrach.

Die Herzen von Shadowcat, Lian, Marijana und Abebi schlugen schneller, als Josh diesen unüberwindlich scheinenden Gegner bezwungen hatte. Sie alle hatten kaum zu hoffen gewagt, dass Josh dieses unmöglich Scheinende wirklich schaffen konnte. Während Josh ohne Bewusstsein in ihren Armen lag, und sie ihre Liebe zu ihm vor den Blicken des Besiegten und der anderen von ihnen Geretteten nicht mehr verbergen konnten, spürten sie noch seine überanstrengten Muskeln unter seiner Haut zucken.

„Ich hab jetzt selbst einen Muskelkater!" sagte Shadowcat erschöpft aber glücklich. Sie hatte sich während des Kräftemessens von Josh und Arvid so sehr auf Joshs gewaltige Muskelanspannung konzentriert, dass sie selbst jeden Muskel in ihrem Körper und vor allem die Brustmuskeln so sehr angespannt hatte, als ob sie diesen Kampf selbst ausgetragen hätte. Jetzt lag Josh vor Erschöpfung ohne Bewusstsein am Boden und Shadowcat hielt seinen Kopf in ihren Armen und drückte ihn zärtlich an ihre wunderschönen, festen Brüste, die sich an die Konturen seiner Wange und seiner Lippen schmiegten. Das leichte Lächeln, das um Joshs Lippen spielte und ein leises, wohliges Schnurren zeigte den Mädchen an, dass Josh wieder erwacht war und dass er diese zärtliche und liebkosende Fürsorge durchaus wahrnahm und genoss.

„Danke, mein Herz!" flüsterte er, ohne die Augen zu öffnen. Lian beugte sich über ihn und küsste ganz sanft seine Lippen. So zart wie der Flügel eines Schmetterlings legten sich ihre Lippen auf seine. Und als sie sich wieder trennten, flüsterte Josh nur ein verliebtes „yīndào!"

„Mein wunderbarer xiǎojījī!" erwiderte Lian ebenfalls flüsternd, während Marijana, die erschöpft Schulter an Schulter neben Josh lag, schon behutsam nach seiner Hand tastete. Josh öffnete seine Augen und wandte sich ihr zu.

„Wie geht es Dir, mein Engel?" fragte er sie besorgt. Marijana lächelte ihn tapfer an und antwortete: „Abebi ist eine Zauberin, oder eine Heilige!"

Josh nahm mit der anderen Hand Abebis kleine, braune Hand und küsste sie voller Liebe und Dankbarkeit. Die Unruhe von Rudy und seinem Kameraden veranlasste Josh, sich aus seiner so angenehmen Position wieder zu erheben. Es war zu riskant, diesen Mann unbeaufsichtigt in seinem Rücken zu haben. Erschöpft erhob er sich und überblickte die Gruppe, von der er bewundernde, ebenso wie hasserfüllte Blicke erntete. Ajani lag noch immer bei Piet Klarson und hielt ihn mit seiner schweren Pranke bewegungslos am Boden gefangen.

„Ajani!" rief Josh und der Panther ließ den Lüstling mit der gebrochenen Nase los, trottete erfreut zu Josh und rieb seinen Kopf an Joshs Bein.

Am Eingang der Höhle hatte Arvid Eldarson sich ebenfalls eine kurze Verschnaufpause gegönnt, um neue Kräfte zu sammeln. Als er jetzt sah, dass sich Josh schon wieder erhob, stand auch er wieder auf und begann mit aller Gewalt an der Kette zu ziehen. Und als die Kette nicht nachgab, da packte er den Ring in der Wand, stemmte sich mit seinen Beinen gegen den Fels und zog. Aber der Ring war so tief in dem Felsen verankert, als wenn man keine Ruderboote, sondern gigantische Ozeanriesen an ihm hatte vertäuen wollen. Schließlich warf er sich mit seinem ganzen Gewicht gegen den Felsen. Aber auch das zeigte keine Wirkung. Als letzte Möglichkeit fiel Eldarson nur noch eines ein. Er nahm den größten Felsblock aus dem Damm, den er mitgeholfen hatte, zu errichten, stemmte ihn mit unglaublicher Kraft hoch und schleuderte ihn gegen den eisernen Ring in der Felswand. Josh wunderte sich darüber, dass Eldarson den Felsblock nicht direkt auf die Kette am Boden warf, hatte aber keine Zeit, sich darüber weiter den Kopf zu zerbrechen. Der Felsen, zerschmetterte an der Wand in tausende von Splittern und als die Staubwolke sich wieder verzogen hatte, sah man, dass der Ring in der Wand zwar verbogen war, aber noch immer genauso fest wie vorher im Felsen verankert war. Eldarson wandte sich wieder dem Damm zu, um sich einen weiteren Felsen für seinen verzweifelten Versuch, sich zu befreien, zu suchen. Josh fürchtete schon, dass Eldarson so viel vom Damm abreißen würde, dass die Lava wieder in die Höhle zu fließen beginnen würde.

In dem Moment gab es ein lautes Knirschen in der Felswand, in die der eiserne Ring eingelassen war. Eldarson fuhr herum. Anscheinend rechnete er damit, dass der Felsen den Ring jetzt doch freigeben würde. Aber es war viel schlimmer. Das ganze vordere Ende des Höhleneingangs war abgebrochen und wurde plötzlich mit der Flut des den Berg hinabfließenden Lavastroms mitgerissen. Zuerst rutschte der Fels so langsam ab, dass niemand verstand, was überhaupt vor sich ging. Aber dann sah Arvid Eldarson die ganze, schreckliche Wahrheit. Der Felsen rutschte und mit ihm der eiserne Ring, an den er gekettet war. Mit der übermenschlichen Kraft der Verzweiflung stemmte er sich dagegen, ohne aber die in Bewegung geratene Felswand aufhalten zu können. Josh zögerte keine Sekunde. Er sprang zu dem Riesen, der eben noch sein Gegner gewesen war, packte die Kette und stemmte sich ebenfalls mit all seiner Kraft gegen die Gewalt der Elemente. Aber er sah sehr schnell ein, dass er nicht mehr ausrichten konnte, als eine Ameise, die versucht, einen Bus zu stoppen. Shadowcat hatte einen klareren Kopf behalten. Obwohl sie Arvid Eldarson fürchtete und hasste, hatte sie sich sofort die Axt geschnappt und war Josh hinterhergeeilt. „Josh!" rief sie ihm zu, noch bevor sie ihn erreicht hatte. Josh drehte sich zu ihr um und sie reichte ihm sofort die Axt. Josh verstand sofort, er nahm die Axt, holte aus und schlug so fest er konnte, auf die Kette. Wahrscheinlich war das ein Fehler, denn der Axtstiel zerbrach, wie ein Strohhalm unter der Wucht des Schlages und das stählerne Blatt flog zur Seite, ohne dass es der Kette viel angetan hätte. Josh hob das Blatt wieder auf und schlug damit weiter auf die Kette, die sich aber nicht durchtrennen lassen wollte. Arvid Eldarson wurde unbarmherzig weiter auf die Lava hingezogen. Als Josh schließlich einsah, dass es nur noch eine Rettung für Eldarson geben konnte, hielt er diesem das scharfe Blatt der Axt hin. Eldarson nahm es ganz ruhig aus Joshs Hand. In seinen Augen war nichts zu lesen, keine Todesangst, keine Verzweiflung, nur kalte Verachtung. Die einzige Chance, sein Leben zu retten, war, dass er sich seine Genitalien abschnitt. Immer dichter wurde er an den Wasserfall aus glühender Lava gezogen. Er hatte das Blatt in seiner Hand, aber schließlich ließ er es fallen. Arvid Eldarson hatte seine Wahl getroffen. Er starb lieber einen qualvollen Tod als Mann, als dass er weitergelebt hätte und kein Mann mehr gewesen wäre. Josh nahm Shadowcats Kopf zwischen seine

Hände, drückte sie an seine Brust und wendete sich mit ihr vor dem grauenvollen Anblick ab, als Eldarson in die glühende Lava eintauchte. Die dunkelrot glühende Masse flammte hell auf, als sie sich über Eldarson ergoss und ein Gestank nach verbranntem Fleisch breitete sich plötzlich in der Höhle aus. Aber Arvid Eldarson ließ nicht den leisesten Schmerzensschrei hören. Dann war er verschwunden und die kleine Gruppe Flüchtlinge war um eine Person weniger geworden.

Obwohl niemand um Arvid Eldarson trauerte, war die Stimmung plötzlich noch sehr viel bedrückter als sie es vorher schon gewesen war. Josh erinnerte sich wieder daran, was Eldarson bei ihrer ersten Konfrontation auf dem Dach des Haupthauses des landwirtschaftlichen Betriebes zu ihm gesagt hatte. *Ich weiß genau, wer ihr seid, Du und Deine Freundinnen!* hatte er gesagt. Josh schüttelte den Kopf. Jetzt würde er niemals erfahren, was Eldarson damit gemeint hatte, oder woher dieser zu wissen geglaubt hatte, wer sie waren. Er legte zärtlich den Kittel, den er vom Boden aufgehoben hatte, wieder über Marijanas Schultern und setzte sich mit Shadowcat wieder zu den anderen Mädchen.

Das einzige, was sie im Moment tun konnten, war, sich auszuruhen. Mit dem Wasser, das fast kochend aus dem Fels sickerte, säuberten sie ihre Wunden und wuschen den Schmutz von ihren Körpern. Das Wasser belebte sie und das Gefühl, wieder sauber zu sein, tat sowohl den Mädchen, als auch Josh gut. Als die fünf ihre Körperpflege beendet hatten und sich dicht aneinander geschmiegt wieder in ihre Nische zurückzogen, machte es ihnen zuerst Ophelia Winthrop und dann auch Piet Klarson nach, sich Schmutz, Blut und Schweiß vom Körper zu spülen. Rudy wusch sich nur das Blut von seiner deformierten Nase.

Währenddessen erzählten sich Shadowcat, Lian, Josh und Abebi, was sie in dem landwirtschaftlichen Betrieb erlebt hatten. Marijana, die durch ihre Verwundung zur Passivität verurteilt gewesen war, konnte nur den Traum, den sie während ihres Schlafes im Schatten der Mauer geträumt hatte, den Erzählungen der anderen beisteuern. Aber die anderen lauschten ihr mit nicht weniger Anteilnahme und Interesse, als den Berichten derjenigen, die sich bei dem Versuch, die Männer von St. Bernadette zu befreien, in so große Gefahr begeben hatten, denn sie alle kannten inzwischen dieses Blockhaus, in dem sie sich während eines Schneesturmes befunden hatten, aus ihren eigenen Träumen und Visionen von einem früheren Leben. Und als Josh die Frage in den Raum stellte, „Ich frage mich, ob das wirklich wir waren oder ob wir nur irgendwelche Erinnerungen aus dem Kosmos aufgefangen haben, die wir jetzt auf uns selbst projizieren?", antwortete Shadowcat mit völliger Überzeugung darauf: „Oh ja, das waren wir, mein Herz! Und wenn wir hier herauskommen und alle Wunden verheilt sind, werden wir gemeinsam an diesen Ort reisen, der Vergangenheit heißt." Josh sah Shadowcat verwundert an und sie erklärte ihm und ihren ebenfalls über

ihre Prophezeiung rätselnden Schwestern: „Ich weiß, dass wir das werden!"
Dann wendete sie sich an Abebi und forderte die einzige, die zustimmend
genickt hatte, auf: "Sag's ihnen Abebi!" Abebi spürte die forschenden
Blicke Marijanas, Lians und Joshs auf sich, sah die drei an und erklärte
ihnen: „In Victoria und mir ist sehr viel von dieser Energie. Und auch in
euch ist so viel davon vorhanden, dass wir ohne Worte miteinander
sprechen können und dass ihr euch in euren Träumen an früher erinnert.
Wir können diese Energie …" Abebi wusste nicht, wie sie sich ausdrücken
sollte und legte, um ihre Gedanken anschaulich zu machen, ihre Hände
ineinander und hielt sie ganz fest. „Bündeln!" meinte Josh. Und
„Verbinden!" schlug fast gleichzeitig Marijana vor. Abebi nickte. „Ja", sagte
sie, „Wir können unsere Energie verbinden und gemeinsam fließen lassen,
dann werden wir diese Reise machen, von der Victoria gesprochen hat."

Die Vorstellung, dass sie alle gemeinsam in ein früher gelebtes Leben
eintauchen würden, in dem sie sich ebenfalls schon gekannt und zumindest
zwei von ihnen sich auch geliebt hatten, weckte sehr widersprüchliche
Gefühle in Josh. Er erinnerte sich daran, dass Shadowcat diese Reise schon
einmal angedeutet hatte.

Während alle noch über diese Idee einer spirituellen Zeitreise in die
eigene, gemeinsame Vergangenheit sinnierten, kam das Gespräch für kurze
Zeit zum Erliegen.

Dann erzählte Lian ihre sehr unschönen Erlebnisse in dem
landwirtschaftlichen Betrieb. Als sie von der betrunkenen Bodybuilderin
erzählte, die mit ihrem Finger so brutal in sie eingedrungen war, schossen
ihr unwillkürlich wieder Tränen in die Augen. Josh nahm Lian sofort
schützend und tröstend in die Arme und küsste ihre heißen Tränen von
ihren Wangen.

„Meine arme, kleine Lian!" flüsterte er zärtlich. Lian jetzt yīndào zu
nennen, wie er es ansonsten immer tat, wenn sie unter sich waren, erschien
ihm unter diesen Umständen eher unangebracht. Josh hatte Lian als
unglaublich starke Kämpferin erlebt. Er war so unendlich stolz auf dieses
winzige Mädchen, das aus purer Energie zu bestehen schien. Aber jetzt, wo
er Lians zarte Verletzlichkeit spürte, war er noch viel stolzer auf sie und
liebte sie umso mehr. Immer wieder küsste er zärtlich ihre Wangen, bis sie
ihre feuchten Augen zu ihm hob und ihm ihre warmen, weichen Lippen
darbot. Sie verschmolzen in einem unendlich zärtlichen Kuss. Und als ihre
Lippen sich wieder trennten, sahen sie sich noch eine lange Sekunde
verliebt in die Augen. Dann hatte sich Lian wieder so weit gefasst, dass sie
ihren Bericht fortsetzen konnte. Das, was sie von Piet Klarson und Rudy zu
berichten hatte, konnte auch nicht gerade dazu beitragen, Sympathie für die
beiden Männer bei ihren Zuhörern zu erwecken. Und jetzt fragte sich Josh
zum ersten Mal, ob es vielleicht ein Fehler gewesen sein könnte, die
Männer zu befreien.

Auch bei Shadowcats Beschreibung der versuchten Vergewaltigung flossen Tränen. Und auch sie war dankbar für den Trost von Josh und ihren Schwestern. Abebi war schließlich diejenige, die das aussprach, was sich die anderen in ihrem Innersten wahrscheinlich auch dachten.

„Es ist gut, dass der Mann tot ist!" sagte sie und erklärte ihre Worte kurz und treffend mit den Worten: „Arvid Eldarson war ein böser Mann!"

Als die kleine, verschworene Gruppe sich soweit informiert hatte, dass alle auf dem Laufenden waren, rekapitulierte Josh: „Unser Versuch, die gefangenen Männer zu befreien, hat uns also einen Mann beschert, der versucht hat, Shadowcat zu vergewaltigen. Dieser Mann ist inzwischen tot. Bleiben noch Rudy, der uns bei der erstbesten Gelegenheit alle erschlagen wird, wenn er nur eine Chance sieht, uns überraschen zu können, seine beiden Gefolgsleute, von denen wir auch keinem trauen können, Klarson, der über jede von euch herfallen würde, wenn sich ihm die Gelegenheit dazu bieten würde und die junge Frau."

„Ophelia Winthrop!" erklärte Marijana. Josh wiederholte den Namen und wendete sich dann an die junge Frau, die sich zu keiner der anwesenden Gruppen zugehörig fühlte und sich nur, um von den anderen Männern unbehelligt zu bleiben, in der Nähe von Josh und den Mädchen aufhielt.

„Frau Winthrop", fragte Josh sie, „möchten sie uns erzählen, wie Sie als Frau in die Verlegenheit geraten sind, eine Gefangene auf St. Bernadette zu sein?"

Ophelia Winthrop schüttelte den Kopf und senkte errötend ihren Blick. Nach ein paar Augenblicken sah sie aber wieder auf und fragte: „Darf ich mich zu ihnen setzen?"

„Bitte!" lud Josh sie ein. Sie setzte sich zu Josh und den Mädchen und begann dann ihre Erzählung. Und so erfuhren der Lehrer und die Schülerinnen, die er liebte, dass Ophelia Winthrop selbst Lehrerin auf St. Bernadette gewesen war. Sie gestand sogar ein, dass sie nicht besser, als die anderen gewesen war, bis sie einen jungen Mann, der in Veronika Vranjas Hände gefallen war, näher kennengelernt hatte. Er war groß und stattlich gewesen, kaum älter als sie selbst, ein Italiener. Ophelia hatte sich in seine Augen verliebt und in sein Lächeln.

„Er war so voller Kraft und Lebensfreude!" schwärmte sie. „Und er hat mich so angesehen, wie sie die Mädchen hier ansehen, wenn Sie verstehen, was ich meine."

Josh und die Mädchen verstanden sie sehr gut. Josh nickte bestätigend und Ophelia fuhr fort. Sie erzählte, dass sie ihre Chefin gebeten hatte, ihr den Mann zu überlassen. Aber Veronika Vranja waren die zarten Gefühle zwischen den beiden nicht verborgen geblieben. Sie hatte Luigi, so hieß der junge Italiener, in einer großen, öffentlichen Demonstration eigenhändig gefoltert und ihm am Ende dieser Vorstellung die Haut von seinem Penis gezogen. Außer Ophelia hatte nur die Ärztin Dr. Benson gegen diese bestialische Brutalität protestiert. Aber die beiden waren auf verlorenem Posten gestanden, denn das war eben das, was auf St. Bernadette mit Männern gemacht worden war. Ophelia war wegen ihrer Verfehlung streng gerügt und verwarnt worden. Trotzdem hatte sie noch in derselben Nacht versucht, Luigi aus der Krankenstation zu befreien und mit ihm zu fliehen. Aber Veronika Vranja und die Damen des Sicherheitsdienstes hatten schon auf sie gewartet. Luigi war sofort in den landwirtschaftlichen Betrieb gesteckt worden und hatte fortan mit seinen Hoden einen Pflug ziehen müssen, während sein Penis ihm buchstäblich abfaulte. Und sie, Ophelia Winthrop, war eine ganze Stunde lang an ihren Brüsten aufgehängt worden, bis man entschieden hatte, was mit ihr geschehen sollte. Veronika Vranja hatte ihr, als sie das Urteil verkündete, demonstrativ ihre beiden Brustwarzenpiercings herausreißen wollen. Auf der rechten Seite war sie aber abgerutscht, so dass nur der Ring auf der linken Seite ihre Brustwarze zerriss. Und dann war auch sie in den landwirtschaftlichen Betrieb geschafft worden, um den Männern, die noch ihre Genitalien hatten, als Sexobjekt zur Verfügung zu stehen.

„Das war vor über sieben Monaten gewesen", erzählte Ophelia. „Seitdem stand ich hier noch unter den Männern, die doch nur Sklaven waren."

„Und was ist aus Luigi geworden?" fragte Marijana voller Anteilnahme. Ophelia Winthrop sah ihr mit feuchten Augen ins Gesicht und antwortete: „Ich hab ihn nie wieder gesehen. Ich hab nur gehört, dass er nach ein oder zwei Wochen am Wundfieber gestorben sein soll."

Nach Ophelia Winthrops Bericht setzte ein betretenes Schweigen ein. Aber nach ein paar, in unangenehmem Schweigen verbrachten Minuten, rief Josh auch die Männer heran.

„Hört zu", begann er, „wir sitzen hier alle in einem Boot. Und wenn wir überhaupt eine Chance haben, hier lebend rauszukommen, dann haben wir diese Chance nur gemeinsam. Glaubt mir, ich weiß, was ihr hier durchstehen musstet. Aber diese Mädchen hier haben mit all dem nichts zu tun. Ganz im Gegenteil: Sie haben ihr eigenes Leben riskiert, um euch zu befreien!"

Rudy spuckte verächtlich aus. Josh sah ihn ernst an. Und es lag eine für alle spürbare Spannung in der Luft, als er zu Rudy sagte: „Wir verlangen keine Dankbarkeit, Rudy. Aber ein kleines bisschen Respekt wäre zumindest angebracht."

„Respekt!" wiederholte Rudy, und in seiner Stimme lag die gleiche Verachtung, mit der er auch ausgespuckt hatte. Josh nickte aber nur und bestätigte ganz ruhig, aber mit festem Ton: „Ja, Respekt!"

Rudy sprang aufgebracht auf und fragte voller Zorn, der ganz deutlich an der Grenze zur handfesten Aggressivität stand: „Und was willst Du tun, wenn ich Dich und Deine Gören nicht respektiere? Willst Du mich dann auch in die Lava schmeißen, jetzt wo Du uns allen gezeigt hast, dass Du der große, weiße Bwana bist?"

Josh blieb äußerlich ganz ruhig, auch wenn er den Mann allein schon deshalb hätte erwürgen können, weil er versucht hatte, die Mädchen, die er liebte, zu töten. Am Anfang hätte man ja noch so etwas wie Affekt anführen können. Aber inzwischen musste selbst Rudy begriffen haben, dass er ohne diese Mädchen nicht aus dem Gefängnis befreit worden und inzwischen tot wäre.

„Was soll das?" fragte Josh. „Was hast Du für ein Problem mit mir?" Rudy spuckte wieder voller Verachtung aus und antwortete nur: „Leck mich doch!"

Damit wendete er sich ab und ging zum Boot zurück, das er als seines betrachtete. Im Augenwinkel bemerkte Josh, dass sich Abebi angewidert Rudys Speichel aus dem Gesicht wischte. Jetzt sprang er zornig auf, und gleichzeitig mit ihm sprangen Lian und Shadowcat auf. Rudy hörte die Bewegung hinter sich und fuhr herum.

„Wusste ich doch, dass man euch nicht den Rücken zuwenden darf!" schrie er den dreien nervös entgegen und stolperte beim Zurückweichen über die Bordwand des Bootes in dieses hinein. Marijana hatte mit einem Zipfel des Kittels Abebi dabei geholfen, sich von Rudys Speichel zu säubern. Jetzt stand Abebi schnell auf, nahm Josh am Arm und sagte zu ihm, Shadowcat und Lian: „Lasst ihn. Er ist es nicht wert."

Auch der ruhigere und friedlichere von Rudys Begleitern war bei der sich ankündigenden Handgreiflichkeit aufgestanden und bat eindringlich: „Bitte keine Gewalt mehr!"

Josh sah den bedauernswerten Mann, der nackt und ohne Genitalien vor ihm stand nachdenklich an und erwiderte: „Können Sie sich dafür verbürgen, dass er", dabei deutete er auf Rudy, „Frieden hält?"

Der Mann sah lange, sehr ernst und nachdenklich Rudy an. Dann antwortete er: „Ich verbürge mich für ihn!"

Josh glaubte zwar daran, dass der Mann es ehrlich meinte, vertraute aber keineswegs darauf, dass sich Rudy durch dessen Bürgschaft von irgendwelchen Feindseligkeiten abhalten lassen würde. Trotzdem nickte er und erwiderte: „Also gut."

Dann fragte er ihn: „Wie heißen Sie?"

„Bowles", antwortete der Gefragte, „Hubertus Bowles! Und der dort ist Rotgar."

Der ebenfalls vorgestellte zweite Begleiter Rudys, der zwar auch über diesen gelacht hatte, als er rückwärts ins Boot gestolpert war, funkelte Josh und die Mädchen nur unter gesenkten Augenlidern hervor an. Er hatte weder vergessen, noch verziehen, dass Lian ihn mit einem Tritt gegen seine Schläfe betäubt hatte, als er gemeinsam mit Rudy Josh in den Rücken hatte fallen wollen. Josh sagte auch seinen Namen und die der Mädchen und zuletzt auch den von Ophelia Winthrop.

Rudy, Rotgar und Piet lachten schmutzig, als Josh „Frau Winthrop!" sagte. Und auf Joshs verärgerten und fragenden Blick erklärte Bowles: „Wir kennen uns bereits."

„Sag doch gleich, dass sie unsere Hure ist!" fuhr Rudy gehässig dazwischen. Da sprang ihm aber Ophelia, die sich unter Joshs Schutz sicher fühlte, einen Schritt entgegen und entgegnete: „Deine war ich nie, Rudy!"

„Meine schon!" kicherte Piet Klarson und Rotgar schloss sich sofort an, indem er sich in die Brust warf und voller verachtender Überheblichkeit rief: „Und meine auch!"

Marijana beobachtete, wie Ophelia errötend den Kopf senkte und sich beschämt wieder zurückzog. Trotz ihrer Schusswunde, die sie fast das Leben gekostet hätte, richtete sie sich erbost auf und rief den Männern zu: „Das will hier niemand wissen!"

Dann fiel sie schwach wieder auf ihr hartes Lager zurück und Abebi bettete ihren Kopf sanft auf den Rucksack.

Zwei lange Tage war diese ungleiche Gruppe in der Höhle gefangen, bevor der Vorhang aus Lava aufriss. Shadowcat war die erste, die es bemerkte. Sie fasste auf Joshs Arm und zeigte es ihm mit einem Nicken in die Richtung des Höhlenausgangs. Und in der nächsten Sekunde standen die beiden und Ajani schon auf dem Wall, den sie errichtet hatten, um der Lava den Zutritt zur Höhle zu verwehren, und blickten durch die nur noch in einzelnen Fäden nach unten fließenden Lavaströme in einen wolkenlosen, blauen Himmel. Lian und Abebi waren sofort an Shadowcats und Joshs Seite. Und auch Ophelia Winthrop, Piet Klarson und Hubertus Bowles kamen zum Höhleneingang, blinzelten in das ungewohnte Tageslicht und atmeten die frische Luft in tiefen Zügen ein.

Plötzlich schrie Marijana vom Höhlenende: „Josh!"

Josh und alle anderen am Höhlenausgang stehenden drehten sich, von dem in Panik ausgestoßenen Schrei überrascht, um. Als Rudy gesehen hatte, dass Marijana allein auf ihrem Lager zurückgeblieben war, hatte er seine Chance gewittert. Er hatte längst erkannt, dass Marijana ziemlich schwer verwundet und damit, im Gegensatz zu Josh und den anderen Mädchen, wehrlos war. Selbst die kleine Abebi, die sich von ihrem Streifschuss schon so gut erholt hatte, dass sie nicht einmal mehr den Verband trug, hätte ihm möglicherweise Probleme gemacht, aber nicht dieses schwache, blonde Mädchen, für dessen Schönheit er blind war. Er hatte sie gepackt, auf die Beine gezerrt und ihr von hinten den Arm um den Hals gelegt, während er mit der anderen Hand das spitze Ende eines zerbrochenen Ruders brutal in ihren Busen presste, der aus dem zerrissenen Kittel quoll. Rudy spuckte demonstrativ verächtlich aus, als er Joshs überraschten und verzweifelten Blick auffing. Er genoss die Macht, die er jetzt innehatte und platzte förmlich heraus: „So Bwana, jetzt siehst Du, wer hier das Sagen hat."

Josh machte einen drohenden Schritt auf Rudy und seine Geisel zu.

„Wenn Du ihr auch nur ein Haar krümmst, …" begann er. Aber um zu zeigen, dass er Joshs Drohung nicht fürchtete, packte Rudy, noch während Josh sprach, mit der Hand, die er um Marijanas Hals gelegt hatte, blitzschnell ihre rechte Brust, quetschte sie brutal zusammen und fügte ihr mit dem scharfkantigen Holz einen nicht tiefen, aber stark blutenden Schnitt zu. Josh machte einen weiteren Sprung auf Rudy und Marijana zu, hinter denen auch noch Rotgar stand, während Abebi Ajani zurückhielt. Aber da bohrte sich schon wieder das spitze Holz über Marijanas Herz in ihren Busen, bis auch hier Blut hervorsickerte. Josh blieb sofort wieder stehen und hob beschwörend die Hände.

„Bitte lass sie los!" bat er flehend. Rudy lachte laut auf und antwortete im Rausch seiner Macht: „Ahhhh, das ist schon besser. Siehst Du, jetzt bin ich der große, weiße Bwana!"

„Rudy bitte!" rief jetzt Bowles, der noch am Eingang der Höhle stand. „Ich hab mich für Dich verbürgt."

„Das ist Dein Problem Hub", entgegnete Rudy kalt und wendete sich dann an Klarson.

„Piet, komm hier her!" befahl er ihm und dann blickte er wieder zu Bowles, während Klarson seinem Befehl nachkam und sich hinter ihm einreihte.

„Noch kannst Du es Dir überlegen, auf welcher Seite Du stehst, Hub", sagte er in der Überzeugung, alles unter Kontrolle zu haben.

„Ich bleibe hier!" erwiderte Bowles fest und Josh fragte Rudy schließlich: „Was willst Du eigentlich?"

Rudy grinste überlegen und antwortete: „Endlich mal eine vernünftige Frage."

Rudy kostete seinen Triumph ein paar Sekunden lang aus. Dann fuhr er kalt fort: „Als erstes will ich, dass unsere Hure Dich und Deine Mädchen fesselt!"

„Nein!" widersprach Ophelia sofort, aber Rudy bohrte die Spitze des gesplitterten Ruders so brutal in Marijanas Busen, dass Josh sofort zu Ophelia sagte: „Tu es!"

Ophelia zögerte noch immer, während sie furchtsam zwischen Josh und den Mädchen hin und her blickte. Dann hob sie plötzlich die Schultern und fragte: „Womit denn?"

Die Frage brachte Rudy für einen Moment aus der Fassung. Daran hatte er selbst nicht gedacht. Aber einer plötzlichen Eingebung folgend, riss er Marijana den Kittel vom Leib und warf ihn Ophelia zu.

„Damit!" sagte er in dem Bewußtsein, wieder Herr der Situation zu sein, und befahl Ophelia: „Reiß den Fetzen in Streifen."

Ophelia Winthrop gehorchte zögernd. Währenddessen hatte nicht nur Josh, sondern auch Lian und Shadowcat darauf gelauert, dass Rudy sich eine Blöße geben oder einen Moment unaufmerksam werden würde. Das wurde er aber nicht. Die Bedrohung Marijanas war immer unmittelbar, so dass sie keinen Versuch zu ihrer Befreiung unternehmen konnten. Josh wusste ebenso, wie die Mädchen, dass Rudy Marijana nur deshalb noch nicht getötet hatte, weil er sie als Geisel brauchte, als lebendes Schutzschild. Wenn sie erst alle gefesselt und wehrlos wären, dann würde er nicht zögern, sie auch zu töten. Abebi war die einzige von ihnen, die nicht überlegte, wie sie Rudy direkt hätte angreifen können. Sie schloss die Augen und rief in Gedanken nach Marijana.

Marijana, fragte sie, *kannst Du mich hören?*

Marijanas Augen suchten unwillkürlich Abebi. Die öffnete ihre Augen in dem Moment wieder und Marijana antwortete ebenfalls stumm: *Ja.*

Wie geht es Deiner Wunde? fragte Abebi weiter. Marijana versuchte ein Lächeln und log: *Gut.*

Obwohl Abebi spürte, dass es eine Lüge war, weil sie sah, dass die Wunde durch Rudys Brutalität wieder aufgebrochen war, sagte auch sie: *Gut.* und gab der misshandelten und doch so tapferen Geisel dann die Anweisung: *Wenn die Aufmerksamkeit des Mannes bei mir ist, musst Du das Holz in seinen Händen greifen. Hast Du mich verstanden?*

Marijana nickte unmerklich und antwortete: *Ja.*

Im nächsten Moment tasteten ihre Hände schon nach oben.

Noch nicht! warnte Abebi berührte Josh mit dem Ellenbogen, um seine Aufmerksamkeit zu gewinnen und sagte ihm dann auch auf ihre telepathische Weise: *Wenn Marijana das Holz greift, musst Du schnell handeln!*

Josh verstand das kleine schwarze Mädchen, dessen Stimme er in seinem Kopf gehört hatte, sehr gut.

„Was dauert da so lange?" fragte Rudy plötzlich Ophelia, die dabei war, den Kittel in Streifen zu reißen.

„Ich bin gleich soweit." antwortete die verschüchterte Frau, die genau wusste, dass auch ihr eigenes Leben am seidenen Faden hing. Aber weil sie nicht wusste, wie sie sich gegen Rudy hätte auflehnen können, gehorchte sie und wendete sich dann mit den Stoffstreifen an Abebi, die ihr am nächsten stand.

„Es tut mir leid!" sagte sie stotternd. Abebi sah sie furchtsam an, krümmte sich plötzlich zusammen und wälzte sich, von Krämpfen geschüttelt am Boden. Alle Aufmerksamkeit war sofort bei ihr. Auch Rudy konnte sich dem Schauspiel nicht entziehen.

In dem Moment packte Marijana blitzschnell das Holz, das Rudy so brutal in ihren Busen bohrte, Josh sprang wie ein Tiger auf den überraschten Geiselnehmer, bevor der wieder die Kontrolle über seine provisorische Waffe erlangt hatte und Lian hielt Piet Klarson mit einem einzigen Blick in Schach, nachdem sie Rotgar schon wieder mit einem Tritt gegen die Schläfe ins Land der Träume geschickt hatte.

Josh hatte Rudy blitzschnell bei den Handgelenken gepackt. Und während sich Marijana in die Arme von Shadowcat und Abebi flüchtete, die sich in der selben Sekunde wieder vom Boden erhoben hatte, in der Josh Rudy angesprungen hatte, da brach Josh Rudy schon den Arm, wie einen morschen Holunderzweig. Marijana betrachtete staunend diesen barbarisch wirkenden Kämpfer, der vor kurzem noch ein netter, sympathischer Lehrer gewesen war, der in der Schule immer versucht hatte, Konflikte friedlich zu lösen. Aus dem Pazifisten war binnen weniger Tage ein Krieger geworden, der mit roher Gewalt für die kämpfte, die er liebte.

Trotz des gebrochenen Arms gab sich Rudy noch nicht geschlagen. Er wusste, dass er Josh unterlegen war, aber er rechnete sich keine Gnade mehr von diesem Mann aus, den er so gedemütigt hatte, indem er ein Mädchen, das Josh offensichtlich liebte, so brutal behandelt hatte. Mit dem Mut der Verzweiflung ging er auf Josh los. Aber Josh wehrte den Schlag ab, wie man eine Mücke abwehrt. Er spürte diesen Mann, der mit aller Kraft zuschlug, nicht einmal. Und dann schlug Josh zurück, nur ein einziges mal. Das Geräusch , das zu hören war, als Joshs Faust Rudys Schläfe traf, erinnerte entfernt an eine Autopresse. Man konnte deutlich hören, dass etwas zerbrach. Rudy war bereits tot, als er auf dem Boden aufkam.

Sofort kümmerten sich Josh und Lian ebenfalls um Marijana, die in Abebis und Shadowcats Armen lag.

„Wie geht es ihr?" fragte Josh besorgt. Und seine Sorge wurde nur noch verstärkt, als er Abebis ernstes Gesicht betrachtete.

„Sie braucht Medizin!" erklärte das kleine, schwarze Mädchen, das die Kräfte der Natur so gut kannte.

„Wir brechen auf!" beschloss Josh, ohne noch einen Blick aus der Höhle zu werfen. Als er dann aber nach draußen blickte und sah, dass auf dem Hang noch immer die flüssige Lava in einem unaufhörlichen, zähfließenden Strom nach unten wanderte, da biss er sich auf die Lippen und seine Gedanken arbeiteten fieberhaft, während seine Augen in der Höhle nach einem Ausweg suchten.

„Wir müssen die Boote nass machen!" sagte er plötzlich und ordnete, während er sich selbst schon an die Arbeit machte, an: „Das größere von den kaputten Booten müssen wir freiräumen und die Bänke rausbrechen!"

Obwohl niemand genau wusste, was Josh vorhatte, halfen ihm Shadowcat, Hubertus und Ophelia ohne zu fragen. Irgendwie vertrauten alle darauf, dass Josh wusste, was er tat. Währenddessen fesselte Lian mit einem der Stoffstreifen den noch bewusstlosen Rotgar. Dann fragte sie misstrauisch Piet Klarson, der, während er Shadowcat bei der Arbeit beobachtete, schon wieder eine Erektion bekam: „Was ist mit Ihnen?"

„Keine Angst", erwiderte Klarson, während er abwehrend seine Hände hob, „ich bin friedlich."

„Warum helfen Sie dann nicht?" fragte Lian weiter. Zögernd ging Klarson zu den anderen. Aber noch während er unterwegs war, warnte ihn Lian: „Behalten Sie aber bloß ihre Finger bei sich. Und versuchen Sie nicht, den da loszubinden."

Piet Klarson war verärgert darüber, dass dieses wunderschöne, asiatische Mädchen, das er schon nackt gesehen hatte und das ihm schon so nah gewesen war, dass er es hätte berühren können, sagte, was er tun und lassen sollte. Unwillkürlich fasste er sich an seine gebrochene Nase. Piet Klarson war verärgert, aber er wusste, wann es besser war, sich mit der Situation zu arrangieren. Das hatte er schließlich auch während seines ganzen Aufenthaltes auf St. Bernadette getan. Jetzt war er frei. Und wenn er schon diese Mädchen nicht haben konnte, die alle Josh Barker für sich beanspruchte, dann konnte ihm doch keiner verwehren, dass er zumindest die Hure der Gefangenen, Ophelia, für sich beanspruchte. Aber selbst er sah ein, dass das im Moment warten musste, weil Josh und die anderen Mädchen sicherlich sehr verärgert wären, wenn ihre Flucht aus dieser Höhle, die wegen dem Gesundheitszustand von dieser traumhaften, fleischgewordenen Versuchung Marijana, so drängte, durch seine Bedürfnisse verzögert würden. Aber warum sollten seine Bedürfnisse weniger wert sein, als die der anderen? fragte er sich. Am liebsten hätte er Abebi bei der Pflege Marijanas abgelöst. Marijana schien ohnehin ohne Bewusstsein zu sein. Sie könnte also nicht einmal schreien, wenn es ihr nicht gefallen würde, was er alles mit ihr machen würde. Aber dass es ihr nicht gefallen würde, war eigentlich undenkbar für ihn.

Als Klarson aus seinen Träumen aufwachte, hatten Josh und seine Helfer das große, kaputte Boot bereits von dem Geröll, unter dem es halb verschüttet gewesen war, befreit und die Bänke herausgerissen. Josh stellte zu seiner Überraschung und Freude fest, dass es weit weniger zerstört war, als es auf den ersten Blick gewirkt hatte.

„Okay", sagte er, „wir müssen es an den Höhlenausgang schieben und so weit wie möglich mit Wasser füllen."

Shadowcat sah Josh verblüfft an. Aber sie begann langsam zu begreifen, was er vorhatte. Fieberhaft schöpften sie mit ihren Händen das Wasser in der Tiefe der Höhle und brachten es in das Boot am Höhleneingang. Es war ein langwieriges Unterfangen, und nach einer halben Stunde schien kaum der Boden des Bootes mit Wasser bedeckt zu sein.

„Wie geht es Marijana?" fragte Josh besorgt Abebi, die nichts anderes hatte tun können, als Marijanas Wunden zu säubern.

„Sie braucht Medizin!" wiederholte sie, und Josh spürte die Dringlichkeit in ihrer zitternden Stimme. Er blickte in das Boot, in dem ein bisschen Wasser schwamm und sagte schließlich: „Dann muss das reichen. Bowles, Klarson, fassen Sie mit an!"

Damit hoben die drei das unversehrte Boot in das andere, durch dessen Bordwände schon das wenige Wasser sickerte, das sie hineingefüllt hatten. Jetzt begannen auch die anderen zu verstehen, was Josh beabsichtigte.

„Das ist Wahnsinn!" schrie plötzlich Klarson und wich voller Entsetzen vom Höhleneingang zurück, während Josh schon die beiden ineinanderliegenden Boote unter Aufbietung all seiner Kräfte allein über die Kuppe am Höhleneingang schob.

„Schnell jetzt!" rief er, da er spürte, dass er die Boote in dem steilen Hang nicht lange halten konnte. Und außerdem versengte die Lava schon das Holz des äußeren Bootes. Lian und Shadowcat waren die einzigen, die jetzt noch mit klarem Kopf Joshs Anweisungen folgten. Schnell schafften sie die Ruder und den Rucksack, aus dem nach den Tagen, die sie in dieser Höhle verbracht hatten, alle Lebensmittel bis auf die zwei Weinflaschen, verbraucht waren, in das innere Boot. Lian hatte alles so gerecht wie möglich zwischen allen aus ihrer Gruppe aufgeteilt, auch wenn Rudy und Rotgar behauptet hatten, dass sie übervorteilt worden wären.

Dann trugen die Mädchen schnell Marijana in das Boot, und Ajani sprang sofort hinterher und legte sich zu ihr. Er spürte, dass Marijana sehr schwach war.

„Kommen Sie, Ophelia!" forderte Josh die junge Frau auf und benutzte dabei unbewusst ihren Vornamen. Zögernd stieg sie in das innere Boot und klammerte sich an die Bank, auf der sie Platz nahm. Josh spürte, dass er die Boote mit dem Gewicht der Mädchen, Ajanis und Ophelias nicht mehr lange halten konnte.

„Beeilt euch!" schrie er den Männern zu. Und als diese sehr zögerlich ankamen, fügte er noch hinzu: „Und bringt Rotgar mit." Rotgar war inzwischen wieder erwacht und hatte voller Verzweiflung vermutet, dass man ihn zurücklassen würde. Als er dann aber in das Boot gehoben wurde und sah, dass Josh die Absicht hatte, über einen Hang aus flüssiger Lava zu fahren, und dass an der Außenwand des größeren Bootes bereits kleine Flämmchen nach oben züngelten, da schrie er plötzlich von Panik ergriffen auf und wand sich so stark, dass es ihm sogar gelang, seine Fesseln zu sprengen. Josh hatte die Felswand, an die er sich geklammert hatte, um die Boote halten zu können, losgelassen und war schnell in das sich langsam nach unten bewegende Boot gesprungen. Lian spürte bei Rotgars wildem Gebärden sofort, dass er nicht nur sich selbst, sondern sie alle damit in die größte Gefahr brachte. Mit einem schnellen Griff nach seinem Hals betäubte sie ihn abermals.

Das doppelte Boot glitt in der zähfließenden Lava langsamer den Hang hinunter, als Josh gehofft hatte. Mit banger Spannung beobachtete er, wie die Flammen an der Bordwand des äußeren Bootes immer höher schlugen. Und dann stoppte plötzlich ihre Fahrt, keine zwanzig Meter vor dem rettenden Meer. Mit einem lauten Knirschen waren sie auf einen Felsen unter dem Lavastrom aufgelaufen. Josh packte sich eines der Ruder, stieß es hinten durch die zähflüssige, glühende Masse, die sich sofort als Flammen an dem Holz emporfraßen, und stemmte sich mit seinem ganzen Gewicht und all seiner Kraft dagegen, bis die Boote sich laut knirschend über den Felsen schoben. Dann brach plötzlich die rechte Bordwand des äußeren Bootes ab und loderte in der Lava hell auf. Auch der Rest des äußeren Bootes schälte sich, nachdem die eine Bordwand erst einmal weg war, bald von dem Boot, in dem sie sich befanden und nahm ihm damit den letzten Schutz. Der Boden des Bootes wurde so heiß, dass alle ihre Füße auf die Bänke hoben, wofür aber kaum genug Platz war. Auch von der Bordwand, über die schon die Flammen emporschossen, zogen sich alle so weit wie möglich zurück. Sehnsüchtig und voller verzweifelter Hoffnung blickten alle dem sich so unendlich langsam nähernden Wasser des Meeres entgegen, während sich die Flammen immer schneller durch das Holz des Bootes, in dem sie sich befanden, fraßen. Es waren lange und bange Minuten für die Flüchtlinge. Und es gab wohl niemand unter ihnen, der in diesem Moment nicht seinen Frieden mit Gott, oder woran jeder einzelne von ihnen glaubte, machte.

Der Boden des Bootes begann sich bereits schwarz zu verfärben. Josh wusste, dass in wenigen Minuten das Feuer im Boot ausbrechen würde. Und die Bewegung mit der sie sich weiter auf das Wasser zu bewegten, wurde in der immer zäher fließenden Lava trotz Joshs Anstrengungen immer langsamer. Lian und Shadowcat nahmen das zweite Ruder und unterstützten Josh, indem sie es mit vereinten Kräften ebenfalls hinter sich in die Lava stemmten. Aber plötzlich, mit einem Schlag stand plötzlich das Innere des Bootes in Flammen. Sofort brach eine Panik aus, der selbst Josh sich nicht ganz entziehen konnte. Lian riss sich ihren Sack vom Leib und versuchte damit die Flammen zu ersticken. Aber ein brennendes Boot in einem See aus Lava mit einem Sack löschen zu wollen ist ein ziemlich aussichtsloses Unterfangen. Sie hatte auch kaum genug Platz zwischen den schreienden und sich windenden Personen den Boden des Bootes mit dem Sack bedecken zu können. Shadowcat half Lian, indem sie mit dem Rucksack das selbe versuchte. Dabei bemerkte sie die beiden Weinflaschen, die in dem Rucksack gegeneinander schlugen und klirrten. Schnell zog sie sie daraus hervor, schlug die Hälse an der verkohlten Bordwand ab und träufelte so ruhig, wie es ihr noch möglich war, den Wein möglichst gleichmäßig auf den Boden des Bootes. Und es gelang ihr tatsächlich, damit dem Feuer Einhalt zu gebieten, wenn auch nur für kurze Zeit, wie sie sehr wohl wusste.

Noch zehn Meter bis zum Meer, in das sich, brodelnd und dampfend die zähe Lava schob. Zehn Meter, und das Boot schien still zu stehen. Beim ersten Ausbruch des Feuers innerhalb des Bootes hatte es nur ein paar kleinere Verbrennungen gegeben und Shadowcats Haare hatten ebenfalls

Feuer gefangen. Da hatte sich Josh aber sofort auf sie gestürzt und die Flammen zwischen ihren Körpern erstickt, bevor die Flammen dem tapferen Indianermädchen schlimmeres hatten anhaben können. Die Luft im Boot war geschwängert vom Ruß verkohlten Holzes, dem Gestank verbrannter Haare und einer Wolke verdunstenden Weines.

Der Vulkan schien die Flüchtlinge verhöhnen zu wollen, indem er ein boshaftes, dumpfes Lachen ausstieß, an dem er zu ersticken drohte, denn dem Lachen folgte ein Hustenanfall, mit dem er einen gewaltigen Klumpen dünnflüssiger Lava ausspuckte, die sich plötzlich wie eine Flutwelle über den zähflüssigen Strom ergoss, der sich so unendlich langsam auf das Meer zuschob. Josh erkannte auf den ersten Blick, dass diese neue Welle sie überrollen würde, bevor sie das Meer erreicht hätten. Sie waren noch sieben oder acht Meter vom rettenden Meer entfernt, aber sie schienen sich nicht mehr weiter zu bewegen.

Ich kann es schaffen, dachte er sich, während er die Entfernung zum Meer abschätzte. Es wäre ein gewaltiger Sprung, aber Josh glaubte fest daran, dass er ihn tatsächlich schaffen könnte. Aber was dann? Er konnte die anderen nicht im Stich lassen. Mit dem Seil, mit dem das Boot an einem der Ringe in der Höhle befestigt gewesen war, könnte er versuchen, das Boot ins Meer zu ziehen. Aber im Wasser hatte er keinen Halt. Und das Boot mit all seinen Insassen war schwer. Wie sollte er es schwimmend vom Fleck bewegen können? All diese Überlegungen schossen Josh in einem Sekundenbruchteil durch den Kopf. Dann hatte er seinen Plan gefasst: Er schleuderte das Ruder, mit dem er bisher versucht hatte, das Boot vorwärts zu schieben ins Wasser, nahm Marijana auf seine Arme und sagte zu seinen ihn verwundert beobachtenden Leidgenossen: „Aus dem Weg!"

„Du willst uns im Stich lassen!" schrie Piet Klarson, als er erkannte, was Josh vorhatte und klammerte sich voller Panik an Joshs Bein. Aber Lian packte Klarson sofort bei den Armen und mit einem leichten Druck ihrer Finger erschlafften augenblicklich seine Muskeln und er ließ Josh los. Josh konnte keinen Anlauf nehmen. Nur ein einziger Schritt von der vorderen Bank auf die brennende Bordwand am Bug des Bootes. Sieben Meter! Josh atmete tief ein und mit einem gewaltigen Sprung überwand er die Entfernung. Mit dem rechten Fuß kam er bei der Landung noch auf der, an der Wasserkante aufbrechenden, Lavakruste auf. Aber er spürte die Berührung kaum, zog den Fuß instinktiv sofort ein und platschte mit Marijana in seinen Armen bäuchlings ins Wasser.

Mit einer Hand Marijana haltend, mit der anderen rudernd, rief er den anderen sofort zu: „Werft mir das Seil zu!"

Jetzt endlich verstanden die anderen, was Josh vorhatte. Aber sie kamen zu dem selben Ergebnis, wie vorher schon Josh, dass er nämlich ohne einen Halt das Boot unmöglich ins Wasser ziehen konnte. Shadowcat zögerte keinen Augenblick, Josh und Marijana hinterherzuspringen. Mit dem Ende des Seils in der Hand überwand sie die glühende Lava fast mühelos. Auch Lian sprang noch hinterher, nachdem sie sich schnell den Rucksack auf den Rücken geworfen hatte. Sie schaffte den Sprung nur knapp. Josh knotete das Ende des Seiles um das lange Ruder, stellte dieses am Grund des Meeres auf und benutzte es so als langen Hebel, während Lian Marijana über Wasser hielt und Shadowcat Josh tatkräftig unterstützte. Und endlich setzte sich das Boot wieder in Bewegung.

„Ajani, komm!" rief Shadowcat, während sie sich mit ihrem ganzen Gewicht an das Ruder hängte. Ajani zögerte und schlug nervös mit dem Schwanz. Aber als auch Abebi ihm zuredete, wagte er den Sprung über die Lava. Und für Ajani war der Sprung eine Kleinigkeit.

Abebi versuchte, Rotgar aus seiner Betäubung zu wecken, denn die auf sie zuströmende Lavawelle konnte es immer noch notwendig machen, dass auch der Rest von ihnen, der sich noch im Boot befand, sich springend retten musste. Als das Boot noch etwa vier Meter vom Ufer entfernt war, wagte auch Abebi den Sprung. Und wenn an dem als Hebel benutzten Ruder genug platz gewesen wäre, dann hätte sie auch noch mitgeholfen, das Boot auf das Wasser zuzuziehen.

Als das Boot noch zwei Meter vom Wasser entfernt war, schrie Josh seinen Insassen zu: „Ihr müsst springen!"

Und ein Blick zurück überzeugte die Angerufenen, dass das wirklich ihre letzte Chance war, der Lavawelle zu entkommen. Rotgar machte sich so brutal Platz, dass Ophelia Winthrop mit dem Kopf auf die brennende Bordwand aufschlug und bewusstlos ins Boot stürzte. Zwar selbst panisch vor Angst löschte Bowles ihre brennenden Haare mit seinen Händen und versuchte sie wieder aufzuwecken, während Rotgar sprang und Klarson ihm auf dem Fuße folgte, ohne sich um die im Boot verbliebenen zu kümmern. Sobald sie im Wasser waren, schwammen Rotgar und Piet so weit wie möglich vom Ufer weg, in das jeden Moment die glühende Welle schwappen musste.

Josh sah, dass das Seil schon Feuer gefangen und angefangen hatte, sich aufzudröseln.

„Bowles!" schrie er verzweifelt, denn er konnte weder ihn, noch Ophelia Winthrop hinter der Bordwand des Bootes sehen. Ohne auf eine Antwort zu warten, drehte sich Josh zu den Mädchen um und schrie verzweifelt auch ihnen zu: „Weg vom Ufer, schnell!"

Ajani hatte auf die anderen nicht gewartet und war an der Küste entlang nach Osten schon vorausgeschwommen, auf der Suche nach einer Stelle, an der er aus dem Wasser klettern konnte. Ajani hasste das Wasser!

Lian gehorchte Josh mit Marijana in den Armen und Abebi planschte ziemlich unbeholfen neben ihr her und schämte sich, dass sie so schlecht schwamm. Shadowcat blieb bei Josh. Sie weigerte sich, ihn zu verlassen und gemeinsam hängten sie sich noch ein letztes mal an das Ruder. Da riss das brennende Seil. Aber gleichzeitig brach die Kruste des zum Stillstand gekommen Lavaflusses unter dem Druck der nachströmenden Welle auf und das Boot wurde in dem Moment ins Meer geschoben, in dem Ophelia Winthrop die Augen wieder aufschlug.

Josh und Shadowcat bespritzten sofort die brennende Bordwand, um sie zu löschen und gaben dem Boot dann einen so starken Stoß, dass es aus der Gefahrenzone der Lavawelle trieb, die noch immer nach ihm greifen wollte. Dann schossen Shadowcat und Josh schnell wie zwei Delphine dem Boot hinterher und brachten sich damit buchstäblich in letzter Sekunde selbst in Sicherheit. Noch bevor sie das Boot erreichten, bemerkte Shadowcat, dass es ziemlich tief im Wasser lag und weiter sank.

„Ich kann nicht schwimmen!" rief ihnen Hubertus Bowles aus dem sinkenden Boot zu. Und Ophelia schloss sich ihm an, indem sie errötend gestand: „Ich auch nicht."

„Okay", rief ihnen Josh ermutigend zu, „steigt langsam über die Bordwand. Wir bringen euch heil ans Ufer." Sowohl Ophelia, als auch Bowles hatten inzwischen fast unbegrenztes Vertrauen in Josh und seine Mädchen. Sich gegenseitig helfend kletterten sie ins Wasser, klammerten sich aber verbissen an die verkohlte Bordwand, die schon fast auf Meeresniveau lag. Josh legte behutsam seinen Arm um Hubertus Bowles und forderte ihn ganz ruhig auf: „Lass los. Ich hab Dich!"

Bowles wollte ja gehorchen, aber seine Finger weigerten sich, die Bordwand loszulassen. Erst als er sah, dass Ophelia Winthrop sich widerstandslos Shadowcat anvertraute und auf dem Rücken liegend und ganz ruhig atmend von ihr langsam und gleichmäßig durch die Wellen gezogen wurde, schaffte auch er es, die Starre in seinen Fingern zu überwinden.

15 DIE FLUCHT

Piet Klarson und Rotgar waren nach Westen an der Küste entlang geschwommen. Aber Josh und seine Gruppe hielten es für besser, so wie Ajani, nach Osten zu schwimmen. Als sie den neu entstandenen Vulkan, die Insel, auf der der landwirtschaftliche Betrieb St. Bernadettes sich befunden hatte, zu einem Viertel umrundet hatten, bot sich ihnen ein Bild des Grauens. Halb gesunken, völlig ausgebrannt und mit einer Schicht aus erkalteter Lava bedeckt, lag das Schiff, mit dem die bint al layl auf die Insel gekommen waren, vor der Küste auf Grund. In dem Bereich der Senke, die die vormals zwei Inseln jetzt miteinander verband, konnten sie ans Ufer steigen. Der Ausbruch des Vulkans schien sich überwiegend auf seine Südseite erstreckt zu haben.

Abebi stieg mit zitternden Gliedern ans Ufer. Die Strecke, die sie geschwommen waren, hatte ihre Kräfte bis an die Grenzen beansprucht. Aber hier an Land konnte sie sich auch keine Ruhe gönnen. Sie untersuchte sofort Marijana, machte ein besorgtes Gesicht und sagte schnell zu Josh und ihren Schwestern: „Ich hole Medizin!"

Damit lief sie auch schon los durch die Senke, in der die Schiffswracks lagen, die sie schon bei ihrem Aufstieg zu dem landwirtschaftlichen Betrieb gesehen hatten.

„Wir folgen ihr!" sagte Josh sofort zu den anderen, hob Marijana auf seine Arme und marschierte los.

Hubertus Bowles sprang sofort an Joshs Seite und fragte ihn: „Wäre es nicht besser, wenn wir hier auf die Kleine warten?"

„Nein!" antwortete Josh und erklärte Bowles seine Gedanken. „Wir haben hier keine Deckung und es ist durchaus möglich, dass sich noch andere Überlebende auf der Insel befinden, Überlebende, die keine Zeugen für das, was hier geschehen ist, am Leben lassen würden. Verstehen Sie?"

Bowles nickte und Josh fügte noch sehr ernst hinzu: „Und die Kleine heißt Abebi!"

„Das, …" begann Bowles stotternd, „das sollte keine Beleidigung sein. Ich, … ich habe wirklich die allergrößte Hochachtung vor dem, was Sie und diese Mädchen schon alles geleistet haben."

„Ist schon gut", erwiderte Josh, dem dieses unerwartete Lob plötzlich sehr unangenehm war, errötend. Dann ließ sich Bowles wieder bis zu Ophelia Winthrop zurückfallen, während Lian und Shadowcat neben Josh gingen. Ophelia beobachtete mit unverhohlener Bewunderung die nackten Körper der Gruppe, die ihr und Hubertus Bowles vorausging. Die athletische Statur von Josh, umrahmt von den schlanken Körpern Shadowcats und Lians, die sich alle drei mit der selben, fast raubtierhaften Anmut und Geschmeidigkeit bewegten, übte eine ungeheuere Faszination auf sie aus.

„Haben Sie so was schon mal gesehen?" fragte sie Bowles.

„Was?" fragte dieser zurück und Ophelia antwortete: „So viel Kraft und Schönheit!"

Hubertus Bowles schwieg. Er wurde sich zum ersten mal seit langem wieder bewusst, dass er kein ganzer Mann mehr war, dass er eigentlich gar kein Mann mehr war. Er schämte sich und kämpfte die Tränen nieder, die ihm in die Augen stiegen. Als seine Antwort ausblieb, wendete Ophelia Winthrop ihm ihren Kopf zu und bemerkte das feuchte Schimmern in seinen Augen und sie glaubte zu verstehen, was ihn so sehr beschäftigte und betrübte. Und plötzlich fühlte sie sich schmutzig, schmutzig in ihrer Seele. Sie war doch selbst eine von Veronika Vranjas Kreaturen gewesen. Natürlich: Als Kind war sie von ihrem eigenen Vater vergewaltigt worden, viele Jahre lang. Aber konnte der Ekel, den sie deswegen für alle Männer empfunden hatte, wirklich rechtfertigen, was sie hier alles getan hatte? Nein, das konnte er nicht. Ophelia wusste, dass er das nicht konnte. Und sie wusste, dass sie sich vor ihrem eigenen Gewissen auch nicht darauf berufen konnte, dass sie es damals nicht gewusst hatte. Sie schämte sich. Sie schämte sich vor Hubertus Bowles, vor Josh und seinen tapferen, kleinen Freundinnen und vor sich selbst. Und deswegen schwieg auch sie.

Abebi war auf ihrem Weg durch die Senke wieder auf Ajani gestoßen, der sich aus einer der Pfützen, die beim Heben der Senke aus dem Meer entstanden waren, einen großen Fisch gefangen hatte. Und obwohl er selbst ausgehungert war und gierig das rohe Fleisch verschlang, legte er Abebi die Reste des Fisches vor die Füße, sobald er sie entdeckte.

„Danke Ajani", sagte Abebi und kraulte den Panther, der innerhalb kürzester Zeit ein so treuer Freund geworden war, kurz zwischen den Ohren, „aber ich hab jetzt keine Zeit."

Damit lief sie schnell weiter auf den Urwald im nördlichen Teil der beiden zusammengewachsenen Inseln zu. Und Ajani ließ seinen Fisch liegen und begleitete sie. Als sie in den Wald eintauchten, hörte Abebi die

Stimmen einiger Frauen. Sie schwang sich in die Bäume und entfernte sich schnell und lautlos aus dem Bereich dieser Stimmen, ohne selbst gesehen zu haben, von wem diese stammten. In der Abgeschiedenheit des Waldes, von dem die nördliche Hälfte im Meer versunken war, sammelte sie alles zusammen, was der Wald ihr an Medizin und Nahrung für ihre Gefährten und sich bot und was sie tragen konnte. Dann kehrte sie auf dem Boden zurück, weil sie mit all dem, womit sie sich beladen hatte, nicht mehr durch die Äste des Waldes schwingen konnte. Und Ajani begleitete und beschützte sie. Er witterte die Gruppe von Frauen, die sie schon auf dem Hinweg gehört hatten, bevor sie in ihr Blickfeld traten und sie umgingen sie so weiträumig, wie die Eile, in der sie unterwegs waren, es ihnen gestattete.

Am Waldrand traf sie wieder auf die Gruppe, die ihr langsam gefolgt war.

„Schnell, hier entlang!" sagte Abebi mit vor Freude glänzenden Augen, als sie Josh und ihre Schwestern erblickte. Und sie führte sie zu dem Baum, auf dem sich Marijana und Lian schon einmal verborgen gehalten hatten. Während sie das Wasser und die Früchte, die sie mitgebracht hatte, Lian übergab, damit die die Lebensmittel verteilen konnte, kümmerte sie sich selbst sofort um Marijana, die sehr schwach und ohne Bewusstsein war. Aber außer Ophelia und Hubertus nahm noch niemand irgendeine Nahrung zu sich.

Lian, Shadowcat und Josh waren viel zu sehr um Marijana besorgt, als dass sie auch nur einen einzigen Bissen heruntergebracht hätten, solange sie befürchteten, dass Abebis Heilkünste vielleicht zu spät kommen oder nicht ausreichen würden. Händeringend und mit einem Kloß im Hals beobachteten sie voller Sorge und Ungeduld, wie Abebi Marijanas Wunden sorgfältig reinigte, und sie wünschten nichts mehr, als ihr dabei behilflich sein zu können. Obwohl Lian den bitteren Geschmack der schwarzen Knollen schon gut genug kannte, um ihn zu verabscheuen, zögerte sie keinen Augenblick, sich diejenige, die Abebi ihr reichte, sofort in den Mund zu stecken, um ihn in einen gut durchgekauten, weißen Brei zu verwandeln, den sie auf Abebis Weisung dann fest in die aufgebrochene Schusswunde und auf die Schnitte in Marijanas Brust presste. Dann legte Abebi Marijana einen frischen pflanzlichen Verband an.

„Und?" fragte Josh. Seine an Panik grenzende Sorge war nicht zu überhören. Abebi streichelte Marijana sanft die Haarsträhnen von der Wange und antwortete nach fast einer Minute: „Ich hab alles getan, was ich mit Medizin tun konnte. Alles weitere wird die Zeit und die Liebe entscheiden."

„Die Liebe?" fragte Lian und Abebi überlegte, wie sie ausdrücken sollte, was sie nur fühlen konnte. Dann antwortete sie einfach „Ihre Liebe und unsere!", und überließ es Lian, Josh und Shadowcat, diese Antwort für sich selbst zu deuten. Mit dem Verstand hätte es wahrscheinlich keiner von ihnen erklären oder begreifen können, aber mit dem Herzen schon.

Josh nickte bedächtig, nahm Abebis kleine Hände in seine und küsste sie. Dann flüsterte er ganz leise „Danke!", während er Abebis Hände noch in seinen hielt.

Abebi schüttelte den Kopf und fragte ebenfalls ganz leise: „Danke wofür?"

Ohne aber eine Antwort von Josh zu erwarten, entzog sie ihm fast im selben Moment ihre Hände und sagte, während sie behutsam die geröteten Narben, die der Panther im Gefängnis Josh geschlagen hatte, berührte: „Und jetzt zu euren Wunden. Wenn ich jetzt was mache, gibt es keine schlimmen Narben."

„Fang bei den beiden an", sagte Josh und deutete auf Shadowcat und Lian, „und bei Dir selbst!"

Dabei berührte er nun seinerseits die verkrustete Narbe, die der Streifschuss an Abebis Schläfe hinterlassen hatte, mit so zarten Fingern, die man ihm kaum zutraute, wenn man ihm bei seinem Kampf gegen Arvid Eldarson, oder auch gegen Rudy zugesehen hatte. Als alle Wunden versorgt waren, aßen auch Josh und die Mädchen, während Ajani sich wieder Fische in Pfützen fing, weil alle Säugetiere offensichtlich vor dem Vulkanausbruch von der Insel geflohen waren, um schließlich im Meer zu ertrinken. Und auch die Vögel waren aus den Baumwipfeln verschwunden und hatten die Flucht zur afrikanischen Küste angetreten. Außer Fischen und Käfern gab es für Ajani keine Nahrung mehr auf St. Bernadette.

Solange Josh und die Mädchen mit der Pflege von Marijana und ihren eigenen Wunden beschäftigt gewesen waren, hatten sich Ophelia und Hubertus schweigend verhalten. Als es dann für Josh, Lian, Shadowcat und Abebi nichts mehr zu tun gab, als Marijana ihre Liebe spüren zu lassen, wagte Hubertus Bowles zaghaft, sich zu räuspern. Josh sah ihn an und Bowles sagte: „Im Namen von uns beiden", dabei machte er eine kleine Handbewegung zu Ophelia, „wollte ich mich bei Ihnen, bei Dir und den, … also bei euch allen, bedanken. Ohne euch wären wir, … würden wir nicht mehr leben. Aber wie geht es jetzt weiter? Wie kommen wir von dieser verfluchten Insel weg?"

Josh zuckte mit den Schultern und antwortete: „Weg müssen wir, und zwar so schnell wie möglich. Die Vulkane können jederzeit mit einem neuen Ausbruch auch diesen Teil der Insel treffen."

Dann wendete er sich an Ophelia und stellte ihr die Frage: „Können Sie mich …"

„Bitte", unterbrach sie ihn da sofort, „können wir beim Du bleiben?"

Josh nickte und begann von neuem: „Gerne! Also, kannst Du mich zu der Stelle führen, wo auf dieser Seite der Insel die anderen Boote liegen?"

„Natürlich", antwortete Ophelia, „vorausgesetzt, die Höhle liegt jetzt nicht unter Wasser, und die Boote sind noch da. Wenn die Vranja mit den

Lehrerinnen, den Schülerinnen und dem ganzen Personal versucht hat, das Schiff dort draußen zu erreichen, dann haben sie bestimmt alle Boote mitgenommen."

Josh kratzte sich nachdenklich an seinen langsam dicht werdenden Bart und meinte: „Wir müssen es versuchen."

Da schaltete sich aber Abebi ein und warnte: „Es sind noch Frauen hier. Ich weiß nicht, wie viele. Ich hab sie nicht gesehen, sondern nur ihre Stimmen gehört."

„Wir sehen nach!" erwiderte Josh und erhob sich. Kurz beugte er sich noch einmal über Marijana, strich ihr zärtlich über die Wange, küsste sie noch zärtlicher und flüsterte ihr ins Ohr: „Ich besorge uns ein Boot. Und dann fahren wir heim. Ich will euch meiner Mutter vorstellen! Also lass Dir bloß nicht einfallen, vorher schon zu verschwinden. Hast Du mich verstanden?"

Obwohl Josh wusste, dass Marijana ohne Bewusstsein war und nicht antworten konnte, wartete er zwei Sekunden. Dann flüsterte er ihr weiter ins Ohr: „Ich weiß ganz genau, dass Du mich verstanden hast. Ruh Dich aus mein Engel!"

Noch einmal küsste er ganz sanft ihre Lippen. Dann erhob er sich wieder und sagte zu Abebi und Ophelia: „Gehen wir!"

Er umarmte und küsste auch noch Shadowcat und Lian und dann stieg er vom Baum und half auch Ophelia hinunter, während auch Abebi noch Marijana, Lian und Shadowcat küsste und die letzteren beiden bat: „Passt gut auf Marijana auf und haltet sie warm!"

Ajani kehrte von seiner Jagd nach Fischen in dem Moment zurück, als Josh, Abebi und Ophelia aufbrechen wollten und begleitete sie, wie selbstverständlich.

In dem Versteck auf dem Baum meinte Hubertus Bowles plötzlich zu Shadowcat und Lian: "Vielleicht sollte ich mitgehen."

Aber Lian widersprach ihm sofort, indem sie antwortete: „Nein. Es ist besser, wenn nicht zu viele von uns unterwegs sind. Sie haben doch gehört, …"

Auch Hubertus unterbrach Lian an dieser Stelle und bat: „Bitte sagt auch ihr Du zu mir."

„Gerne", erwiderte Lian mit einem schwachen Lächeln und fuhr in ihrer Erklärung fort: „Es sind noch Frauen auf der Insel. Wir müssen vorsichtig sein."

Bowles nickte bedächtig und sagte nach einer Weile schließlich: „Ja."

Eigentlich hätte er gern noch viel mehr gesagt, er hätte den Mädchen gern seine Geschichte erzählt und viel lieber noch hätte er von ihnen erfahren, wer sie waren, woher sie gekommen waren und wie es möglich war, dass sie und Josh so …, ja, wie waren sie eigentlich? Unglaublich? Ja genau! … dass sie so unglaublich waren. Aber weder erzählte er seine

Geschichte, noch fragte er die Mädchen nach ihrer. Er saß nur still in seinem Bereich der bemoosten Astgabel und beobachtete andächtig und ohne aufdringlich erscheinen zu wollen, die Zärtlichkeit und Liebe, mit der das Indianermädchen Shadowcat und das chinesische Mädchen Lian das blonde Mädchen Marijana umhegten. Nach einer Weile schlug er müde und traurig seine Augen nieder. So viel erfrischende Natürlichkeit und Herzlichkeit, so viel tief verwurzelte Liebe und so viel Tapferkeit wie bei diesen Mädchen, wie zwischen diesen Mädchen, wie zwischen ihnen und Josh, hatte er noch niemals in seinem Leben erlebt.

Wenn ich noch ein Mann wäre, dachte er sich, *wenn ich noch ein Mann wäre, dann würde ich diese Mädchen ebenso sehr lieben, wie Josh Barker es tut.*

Er schlug die Augen auf und sah die Mädchen wieder an. Und er wusste, dass er diese Mädchen liebte, ja, dass er sogar Josh liebte. Er liebte sie mit seinem Herzen. Sein Körper konnte nicht mehr lieben, nicht mehr begehren.

Die Mädchen verschwammen hinter einem Schleier aus Tränen, die er nur mit Mühe zurückhalten konnte. Sie waren so unglaublich schön. Und durch das Bewusstsein dieser Schönheit erkannte Hubertus Bowles, dass er, obwohl er seiner Männlichkeit beraubt worden war, noch immer begehren konnte. Und er gestand sich ein, dass er diese Mädchen begehrte, wie er noch nie in seinem Leben etwas begehrt hatte. Er stellte sich vor, wie es wäre, ihre Haut auf seinen Lippen zu spüren und den Geruch und den Geschmack ...

Ohne den Gedanken zu Ende gedacht zu haben, atmete er plötzlich mit einem lauten, fast röchelnden Ton ein, so dass Lian und Shadowcat ihn besorgt anblickten und Shadowcat auch sofort fragte: „Ist alles in Ordnung mit Ih ..., mit Dir?"

Hubertus Bowles konnte seine Tränen nicht mehr zurückhalten. Aber als Shadowcat und Lian ohne zu zögern auf ihn zukamen, streckte er ihnen abwehrend die Hände entgegen und schrie sie fast an: „Bleibt, wo ihr seid!"

Sein Schrei war ein Flehen. Das war nicht zu überhören. Die beiden Mädchen hielten verunsichert inne und Lian fragte ihn schließlich: „Können wir irgend etwas für Dich tun, Hubertus?"

Hubertus Bowles schüttelte traurig den Kopf und antwortete, nachdem er sich die Tränen mit dem Handrücken aus dem Gesicht gewischt hatte: „Ihr habt schon viel zu viel getan."

Da Lian und Shadowcat ihn aber immer noch besorgt anblickten, versuchte er sie anzulächeln, was ihm aber nicht besonders überzeugend gelang, und sagte: „Kümmert euch um Marijana! Sie braucht euch mehr, als ich."

Noch immer zögernd, weil sie es nicht ertrugen, wenn jemand litt, zogen sich Lian und Shadowcat, von Bowles' Argument überzeugt, schließlich doch wieder zu Marijana zurück.

„Man könnte denken, ihr wärt Schwestern", sagte Bowles leise, und er war sich dabei nicht einmal bewusst, ob seine Gedanken überhaupt für die Ohren der Mädchen bestimmt gewesen waren.

Dass Lian darauf antwortete: „Das sind wir auch!", das nahm er nur am Rande seines Bewusstseins wahr, während er selbst schon fortfuhr: „Mehr noch; Ihr seid wie …"

Als er stockte, weil er selbst keine Worte für das hatte, was er in den Mädchen sah, da fragte ihn Shadowcat mit einer so warmen und weichen Stimme, dass ihm ein Schauer des Glücks über den Rücken rann: „Wie was?"

Wie in Trance sah Hubertus Bowles jetzt in Shadowcats Augen und antwortete, in diesem Blick gefangen und verloren: „… wie die drei, nein vier, … fünf Seiten einer einzigen Medaille, die sich alle unterscheiden und doch Eins sind. Ihr seid Eins!"

Shadowcat blickte verwirrt in Lians Augen und gab damit unbewusst auch wieder Hubertus frei. Die Mädchen wussten, dass sie zusammengehörten und auf eine unerklärliche Weise Eins waren. Auch Josh wusste das. Aber niemand außerhalb ihrer kleinen Gemeinschaft hatte bisher so tief in ihr Wesen zu blicken vermocht. Nach einem langen Blick in Lians Augen wendete sich Shadowcat wieder an Bowles, nickte bedächtig und bestätigend und sagte zu ihm: „Ja, das sind wir!"

Auch Hubertus Bowles nickte, erwiderte aber nichts mehr darauf, sondern dachte nur bei sich, dass er diese Mädchen und auch Josh liebte, da es nicht möglich war, eine von ihnen zu lieben, ohne alle zu lieben. Er lächelte bitter, schlug die Augen nieder und schüttelte den Kopf über seine eigenen Gedanken. Und gleichzeitig dachte er sich schon: *Wenn es doch nur Gedanken wären, und keine Gefühle.*

Und sein Lächeln wurde noch bitterer. Dann atmete er schnell tief ein und versuchte, alle verräterischen Spuren seiner Gedanken und Gefühle hinter einer Maske aus lächelnder Ausdruckslosigkeit zu verbergen. Aber er wusste, dass er für diese Mädchen sterben würde, für diese Mädchen und Josh, die ihr eigenes Leben gewagt hatten, um die ihnen unbekannten Männer von St. Bernadette zu befreien. Einer davon war er. Und er würde für sie sterben. Das schwor er sich!

Erst jetzt packte Lian die Ausweise von Josh, Marijana, Lian und sich, sowie die Zeichnung, die Josh von den drei Mädchen gemacht hatte, aus dem Rucksack. Alles war nass und aufgeweicht. Aber es würde wieder trocknen, auch wenn die Zeichnung etwas verwaschen aussah und das Papier sich zu wellen begann.

Abebi und Ajani führten Josh und Ophelia lautlos schleichend durch den Urwald. Sie kamen langsamer vorwärts, als sie gehofft hatten, da Ophelia es nicht gewohnt war, barfuss durch den Dschungel zu laufen und öfter aufschrie, wenn sie auf einen Stein oder ein Stück Holz trat. Schreien durfte sie aber nicht, da sie das verraten konnte. Wenn die Frauen, die noch auf der Insel waren, ihnen an Zahl und Waffenstärke überlegen waren, dann durften sie auf keinen Fall von ihnen entdeckt werden, sonst wäre alles, was sie schon durchgestanden hatten, umsonst gewesen.

Während ihres Marsches wunderte sich Ophelia immer mehr darüber, dass sie nur ihre eigenen Schritte hören konnte und manchmal ganz leise die von Ajani. Aber Abebi und Josh bewegten sich mit absoluter Geräuschlosigkeit. Ein kleines, nacktes, schwarzes Mädchen mit wild zerzausten, bis in den Nacken reichenden Zöpfen, deren einziger Schmuck außer ihrer Schönheit zwei Perlenketten waren, die es um den Hals trug, und ein nackter, weißer Mann, der mit jedem Schritt die Kraft aus der Erde selbst zu ziehen schien. Dass Abebi ein Kind der Savanne und des Dschungels war, das wusste sie inzwischen. Und das mochte als Erklärung für einige ihrer Fähigkeiten genügen, keinesfalls aber für alle.

Abebi hatte keine Ahnung von dem, was Ophelia Winthrop als Lehrerin auf St. Bernadette gelehrt hatte, aber sie wusste selbst so vieles, was die ehemalige Lehrerin mit ungläubigem Staunen und offener Bewunderung erfüllte. Aber Josh Barker war noch viel faszinierender für Ophelia, und nicht nur, weil er ein Mann war, ein äußerst attraktiver Mann, wie sie sich eingestehen musste. Nein, er war vor allem deshalb interessant, weil er noch vor kurzem ein ganz gewöhnlicher Lehrer gewesen war, jetzt aber der große, weiße Bwana, wie Rudy es ausgedrückt hatte. Josh hatte den unbezwingbaren Arvid Eldarson besiegt, einen Mann, von dem ihr nie wirklich klar gewesen ist, wie er überhaupt in die Hände Veronika Vranjas hatte fallen können. Gegen Arvid Eldarson hatte Josh klein und fast schmächtig gewirkt. Wie er aber jetzt, geschmeidig, federnd und ohne das geringste Geräusch zu verursachen, vor ihr durch den Urwald lief, da war er das Abbild männlicher Vollkommenheit, die Kraft und Schönheit in sich vereint. Er übte eine größere Faszination auf sie aus, als Arvid es jemals vermocht hatte. Und obwohl sie, nachdem sie während der letzten Monate mehrmals täglich den Männern, die selbst nur Sklaven und Spielzeuge waren, als Sexspielzeug hatte dienen müssen, geglaubt hatte, nie wieder etwas anderes als Abscheu und Ekel für Männer empfinden zu können, spürte sie zum ersten mal, seit man sie von ihrem Luigi getrennt hatte, wieder eine Erregung, die sich unaufhaltsam wie ein Geschwür durch ihren Körper fraß. Ihre Brustwarzen richteten sich steil auf und in ihrer Scheide breitete sich ein warmes Ziehen aus.

Unbewusst fasste sich Ophelia zwischen die Beine und rieb mit ihren Fingern über ihre Klitoris, während sie immer unkonzentrierter hinter Josh hertorkelte und mehr Geräusche machte, als es ihre Sicherheit erlaubte. Josh und Abebi sahen sich kurz an, blieben stehen und drehten sich zu der überraschten und sich ertappt fühlenden Ophelia Winthrop um, die in diesem Moment, mit zusammengepressten Lippen und zuckendem Unterleib einen Orgasmus bekam. Josh wendete sich stirnrunzelnd an Abebi, während eine tiefe Röte sich auf Ophelias Gesicht ausbreitete.

„Pass auf sie auf!" sagte er zu dem kleinen Mädchen, gab ihr einen schnellen, aber zärtlichen Kuss auf die sich so sehr nach diesen Zeichen der Liebe sehnenden Lippen und lief dann, nur begleitet von Ajani, weiter.

Abebi setzte sich neben Ophelia, die sich ins weiche Moos hatte fallen lassen, als ihr die Beine nicht mehr gehorchen wollten. Sie schwiegen beide. Das war auch gut so, denn sie waren nicht mehr weit von der Stelle entfernt, an der Abebi die Stimmen der Frauen gehört hatte. Ophelia Winthrop wollte vor Scham im Erdboden versinken. Sie hatte in Joshs und Abebis Gesichtern nur zu deutlich sehen können, dass sie ihren Orgasmus mit nicht zu verbergender Überraschung wahrgenommen hatten. Und sie fragte sich voller Scham, was die beiden jetzt wohl von ihr denken würden. Nach wenigen Augenblicken, als ihre Atmung sich zumindest wieder halbwegs beruhigt hatte, fragte sie dann aber doch: „Wohin geht er jetzt allein?"

Abebi sah die unglückliche Frau an und antwortete: „Er versucht herauszufinden, wie viele Frauen in der Nähe sind. Es ist sicherer, wenn er allein geht."

Ophelia spürte den Vorwurf, der in Abebis Antwort lag. Es war sicherer, wenn Josh allein ging, weil sie, Ophelia Winthrop, ihn und Abebi und auch sich selbst durch ihr unmögliches, unverantwortliches und schamloses Verhalten nur in Gefahr bringen würde. Sie errötete wieder bis in die Haarspitzen und senkte verlegen den Kopf.

Josh war noch ein paar Minuten in der Richtung weitergelaufen, in der sie unterwegs gewesen waren. Als Ajani stehen blieb und witternd den Kopf hob, lauschte Josh angestrengt in den Wald vor sich, konnte aber nichts hören, als nur das Rauschen der Blätter im Wind und das entfernte Grollen der Vulkane. Vorsichtig schlich er weiter und es dauerte nicht mehr lange, bis auch er den Rauch von Feuer und den Geruch von gebratenem Fleisch wahrnahm. Kurze Zeit später glaubte er schon Stimmen zu hören. Ganz vorsichtig schlich er sich an das Lager der Frauen heran. Und je näher er dem Lager kam, umso näher kam er auch dem Boden. Zuerst war er aufrecht gelaufen, dann leicht gebückt, dann kriechend, und als er schließlich das Lager erreicht hatte und vorsichtig ein paar Blätter auseinanderschob, um es überschauen zu können, lag er flach auf dem Boden und Ajani lag ebenso flach neben ihm.

Was Josh jetzt allerdings zu sehen bekam, ließ ihm das Blut in den Adern gefrieren. Um ein kleines Feuer saßen fünf schwer bewaffnete bint al layl essend und sich dabei angeregt, aber so leise unterhaltend, dass Josh nicht verstehen konnte, was sie sprachen. Im Hintergrund standen nackt und an Bäume gefesselt, drei der Schülerinnen von St. Bernadette. Josh erkannte in ihnen Fabienne Matisse, Dunja und die kleine, erst vierzehnjährige Susi, der man ein Bein abgeschnitten hatte. Josh konnte sehen, dass das Mädchen bei Bewusstsein war und fürchterliche Schmerzen hatte. Der Stumpf an ihrem Oberschenkel war anscheinend ausgebrannt worden, um die Blutung zu stoppen. Aber das Schlimmste von allem war, dass das, was die bint al layl sich auf dem Feuer brieten, Susis Bein war. Ein unbeschreiblicher und kaum zu unterdrückender Brechreiz überkam Josh. Ohne zu überlegen sprang er aus seiner Deckung heraus mitten unter die Söldnerinnen, die bei ihrem kannibalischen Mahl saßen. Und es dauerte keine drei Sekunden, da lagen die überraschten Frauen bereits tot oder bewusstlos am Boden. Josh hatte nicht nachgedacht, wie er vorgehen sollte, er hatte einfach nur funktioniert. Die Köpfe der ersten beiden hatte er mitten im Sprung gepackt und so fest aneinandergeschlagen, dass sie danach nur noch eine einzige, blutige Masse bildeten. Die zwei Frauen wirkten plötzlich auf absurde Weise wie zwei Körper mit nur einem Kopf, der aber explodiert zu sein schien. Die Dritte packte er am Hals, während er gleichzeitig der Vierten mit einem Tritt gegen die Schläfe die Wirbelsäule brach und die Fünfte ins Feuer schleuderte, wo sie sich ihren Spieß, an dem noch ein Stück von Susis Bein garte, ins Herz rammte. Josh ließ die Dritte los, die röchelnd zusammenbrach und dann auch wie tot liegenblieb. Dann zog er die Leiche der Letzten aus dem Feuer, nahm sich eines der Messer, mit dem die bint al layl das sich ihr Fleisch geschnitten hatten und befreite die drei verängstigten Mädchen.

„Sind noch mehr von denen da?" fragte er sofort, als er Susi in seinen Armen hielt und Fabienne und Dunja schluchzend zu Boden sanken. Fabienne schüttelte nur den Kopf und es gelang ihr erst nach über einer Minute zu sprechen. Mühsam, so als ob sie seit Jahren nicht mehr gesprochen hätte, antwortete sie schließlich: „Es sind alle tot."

Josh drehte sich zu Ajani und sagte: „Hol Abebi, Ajani!"

Der Panther verstand ihn und verschwand sofort wieder zwischen den Bäumen.

Josh wollte Susi neben Fabienne und Dunja setzen, aber das Mädchen hatte seine Arme um Joshs Hals geschlungen und klammerte sich so fest an ihn, dass er es nicht übers Herz brachte, sie mit Gewalt von sich zu lösen. Also setzte er sich selbst mit ihr neben die anderen beiden Mädchen, schwieg und wartete auf Ajanis Rückkehr mit Abebi und Ophelia.

Es dauerte auch nicht lange, da tauchte der Panther, gefolgt von dem Mädchen und der jungen Frau auf dem Platz auf. Ophelia fasste sich beim Anblick der Toten an die Brust und schrie entsetzt auf; etwas zu theatralisch, wie Josh fand, schließlich hatte die Ex Lehrerin von St. Bernadette in den letzten Tagen schon mehr Tote gesehen, als diese.

Abebi schien die bint al layl überhaupt nicht zu bemerken. Zumindest beachtete sie sie nicht, sondern ging direkt zu Josh. Josh strich ihr sanft über die Wange, schien in Gedanken aber ganz weit weg zu sein. Das war er aber nicht. Er hob seinen Blick in Abebis Augen und sagte leise: „Es tut mir leid, dass Du so viel Leid und Schmerz erleben musst, Abebi. Kein Mädchen sollte sehen und erleben, was Du schon alles gesehen und erlebt hast."

Abebi nahm die Hand an ihrer Wange zwischen ihre kleinen Hände, küsste sie und drückte sie dann wieder an ihre Wange. Dann erwiderte sie: „Ich bin stark, Josh!"

Sie half ihm, sich aus Susis Umklammerung zu befreien. Und dann bat Josh Ophelia, sich um die Mädchen zu kümmern. Ophelia war aber keineswegs gut auf die Schülerinnen von St. Bernadette zu sprechen. Sie alle waren schließlich Zeugen gewesen und hatten sich mitschuldig gemacht, als Veronika Vranja sie wegen ihrer Liebe zu Luigi bestraft hatte. Erst als Abebi sie daran erinnerte, dass sie selbst doch als Lehrerin auch einmal den Weisungen Veronika Vranjas gefolgt war, da ließ sie sich herab, sich unwillig und unbeholfen zu den Mädchen zu gesellen, während Josh die bint al layl untersuchte und feststellte, dass sie alle tot waren, außer der, die er nur am Hals gepackt gehabt hatte. Er nahm ihr alle Waffen ab und fesselte sie mit ihrem eigenen Gürtel. Dann grub er ein Grab für Susis Bein, während Abebi im dichten Wald verschwand und kurz darauf mit Knollen und Blättern verschiedener Pflanzen zurückkam.

Sie schob Susi ein paar Blätter in den Mund und sagte: „Iss! Es hilft gegen die Schmerzen."

Dann bat sie Josh, ihr aus der Kleidung der toten bint la layl etwas zum Verbinden zu bringen, zerkaute ein paar Knollen und trug die feuchte Masse auf Susis Beinstumpf auf. Mit Joshs Hilfe verband sie die Wunde mit dem Turban einer der Toten. Und kurz darauf schlief Susi, durch die Säfte der Blätter vom körperlichen Schmerz befreit, fest ein.

Von Fabienne und Dunja erfuhren sie schließlich, was sich auf der Insel zugetragen hatte, seit der Vulkan ausgebrochen war.

„Was ist passiert?" fragte Josh.

Und Fabienne antwortete: „Als der Vulkan ausgebrochen ist, sind alle auf das Schiff geflohen, mit dem die Söldnerinnen gekommen sind, die euch …"

Sie zögerte, weiterzusprechen. Also vervollständigte Josh den Satz: „Die uns wieder einfangen sollten." Fabienne nickte beschämt.

Solange sie Schülerin von St. Bernadette gewesen war, war das, was Veronika Vranja gelehrt hatte, die Verachtung, Misshandlung, Kastration und sogar Tötung von Männern etwas völlig Normales und Legales für sie gewesen. Sie hatte die Lehren dieser Frau und ihrer Lehrerinnen niemals anzuzweifeln gewagt. Waren hier nicht alle Frauen, vom Küchenpersonal bis zu den muskulösen Sicherheitsdamen von der Wahrheit dieser Lehren überzeugt gewesen? Und waren nicht auch ihre Mitschülerinnen mit Eifer dabei gewesen, wenn sie die Möglichkeit gehabt hatten, mit einem Mann zu spielen? Aber sie verstand auch, dass mit dem Ende von Veronika Vranja und mit dem Untergang des Internats St. Bernadette all das seine Gültigkeit verloren hatte. Ausgerechnet ein Mann hatte sie und zwei ihrer Mitschülerinnen vor Frauen gerettet, die eigentlich ihn hätten einfangen sollen und die zuletzt nicht davor zurückgeschreckt waren, Susis Bein zu essen. Fabienne und ihre beiden Freundinnen waren sich sehr wohl bewusst gewesen, dass mit dem Bein nicht Schluss gewesen wäre. Die bint al layl hätten Susi Stück für Stück aufgegessen. Und danach wäre Dunja oder Fabienne an die Reihe gekommen.

Für einen winzigen Moment kam Fabienne die Frage in den Sinn, ob Josh Barker sie ebenfalls aufessen würde. Aber sie hatte diesen Gedanken für sich selbst noch nicht einmal soweit sortiert, um ihn ganz zu begreifen, als sie ihn schon wieder verwarf. Nein, dieser Mann würde so etwas niemals tun!

„Möchtest Du weitererzählen?" fragte Josh nach einer Weile. Fabienne nickte, war aber noch so in ihren Gedankengängen verstrickt, dass Dunja schließlich das Wort ergriff und den Fortgang der Ereignisse schilderte.

„Wir waren beim Schwimmen. Und als wir zurückgekommen sind, waren die Boote alle weg. Dann sind einige von den Sicherheitsdamen mit einem Trupp von den Söldnerinnen zurückgekommen. Die Boote sind aber wieder zum Schiff zurückgekehrt. Als wir auf den Trupp gestoßen sind, haben sie uns zum Strand geschickt und gesagt, wir sollen dort auf sie warten. Dann haben sie das Internat gesprengt. Wir haben die ganze Nacht am Strand gewartet. Und dann in der nächsten Früh ist der zweite Vulkan ausgebrochen. Der ganze Himmel war ein glühender Regen. Wir dachten, dass er auch uns verschüttet und haben uns am Strand unter Felsen versteckt. Aber die Lava ist nicht so weit hier rüber gekommen. Wir haben gesehen, wie der glühende Regen auf das Schiff gefallen ist. Es hat sofort überall gebrannt. Ein paar haben versucht, sich in die Boote zu retten, Aber sie sind alle verbrannt. Am Nachmittag sind dann die fünf dort zurückgekommen. Sie waren sehr böse, haben uns geschlagen und beschimpft. Aber wir haben ihre Sprache nicht verstanden. Und als wir sie baten, uns von hier wegzubringen, haben sie uns die Kleider vom Leib gerissen und uns gefesselt. Zwei Tage lang hat der Vulkan ununterbrochen Lava ausgestoßen. Dann hat es nachgelassen und es sind nur noch kleine Fontänen herausgeschossen. Solange der zweite Vulkan, der so nah ist, so stark ausgebrochen ist, haben sich die Söldnerinnen auch nicht unter den Felsen am Strand heraus getraut. Erst als es nachgelassen hat, sind drei von ihnen in den Wald gelaufen, während die anderen beiden uns bewacht haben. Ich glaube, sie wollten etwas jagen. Aber die Tiere sind alle von der Insel geflohen. Sie haben lange miteinander gesprochen und immer wieder zu uns hergesehen. Dann haben sie sich Susi geschnappt, und das mit ihr gemacht."

„Der Wald ist voller Nahrung!" sagte Abebi. Sie konnte einfach nicht begreifen, warum die bint al layl Susis Bein gegessen hatten. Aber das konnte wohl niemand der hier Versammelten.

Josh wendete sich wieder an Dunja und fragte sie: „Es gibt also keine Boote mehr?"

„Nein", antwortete das Mädchen und schüttelte den Kopf.

Damit hatte es sich erledigt, dass Ophelia Josh zu der Höhle führte, in der die Boote ursprünglich versteckt gewesen waren. Josh stand auf, blickte nachdenklich zu den Vulkanen und sagte schließlich: „Wir müssen ein Floß bauen!"

Kurz überschlug er, wie viele Personen sie jetzt waren. Marijana, Shadowcat, Lian, Abebi, Susi, Dunja, Fabienne, Ophelia, Hubertus, er selbst und Ajani. Und dann war da noch die noch lebende bint al layl, und irgendwo mussten auch noch Piet und Rotgar sein. Alles in allem also dreizehn Personen und ein Panther. Es musste ein verdammt großes Floß werden, wenn es Platz für dreizehn Leute, einen Panther und genügend Lebensmittel und Wasser für alle bieten sollte, um das Festland erreichen zu können. Josh hätte die Hilfe von Rotgar und Piet sehr gut gebrauchen können, wenn er ein so großes Floß bauen wollte. Aber die beiden waren nicht da. Und Josh dachte sich, dass sie sich um sich selbst kümmern sollten, wenn sie schon nicht da waren, um zu helfen. Also strich er die beiden von seiner Liste. Und als sein Blick auf die kannibalische bint al layl fiel, die gefesselt neben dem Feuer lag, spielte er mit dem Gedanken, auch sie zurückzulassen. In diesem Moment hasste er die Verantwortung, die er sich aufgebürdet hatte. Am liebsten hätte er sich nur noch um Marijana, Lian, Shadowcat und Abebi gekümmert, und natürlich um den treuen Ajani, und hätte die anderen sich selbst überlassen. Aber das konnte er nicht. Piet und Rotgar waren zwei erwachsene Männer, die sich um sich selbst kümmern konnten, und das auch wollten, wie sie deutlich gezeigt hatten, als sie, ohne auf die anderen zu warten, losgeschwommen waren. Aber für die anderen hatte Josh eine Verantwortung übernommen, selbst für die bint al layl, als er sie nicht sofort getötet hatte.

„Elf Menschen und ein Panther!" sagte er mit einem tiefen Seufzer. Dann machte er sich an die Arbeit. Mit dem Säbel einer der von ihm getöteten bint al layl lief er los, um passendes Holz für ein Floß zu schlagen. Abebi begleitete ihn.

„Ich weiß, welches Holz gut schwimmt!", hatte sie zu ihm gesagt. Und das war ein gutes Argument gewesen.

Als erstes liefen sie aber zu dem Baum zurück, in dessen Astgabel Hubertus, Shadowcat und Lian mit der noch bewusstlosen Marijana auf sie warteten. Sie brachten sie zu den anderen, schlugen aber ein neues Lager nahe an der Ostküste der Insel auf.

Die beiden Vulkane rumorten laut und ließen die ganze Insel erzittern, was sie zu größter Eile antrieb. Deshalb nahmen sie sich auch nicht die Zeit, die von Josh überwältigten Söldnerinnen zu begraben. Abebi zeigte Josh und Hubertus, der natürlich mithalf, die Bäume, deren Stämme sich für ein Floß eigneten, weil sie leicht waren und gut schwammen. Dann bat Josh sie aber, genügend Proviant für alle zu sammeln, was sie mit Unterstützung von Ophelia, Fabienne und Dunja tat, während Shadowcat und Lian nicht von Marijanas Seite wichen, und sich auch um Susi kümmerten und die bint al layl bewachten, die inzwischen erwacht war und sie stumm und feindselig beobachtete.

Josh und Hubertus schlugen Holz, bis die Sonne unterging. Hubertus' Hände waren von blutigen Blasen übersät und selbst Joshs Hände zeigten deutliche Spuren dieser Arbeit. Trotzdem gönnten sie sich keine Pause, schafften alles Holz zum Strand und banden es mit Hilfe Abebis und Shadowcats mit Lianen zu einem großen Floß zusammen. Über ihnen schimmerten die Sterne und über den beiden Vulkanen lag ein unheimlicher, rötlicher Schimmer in der Luft.

Im Lager packten die anderen die Lebensmittel so, dass sie transportfähig waren. Nur Lian rührte keinen Finger, sondern wiegte Marijana still in ihren Armen und gab Susi etwas zu essen und Trost, als sie erwachte.

„Du könntest ruhig auch mithelfen, Lian!" sagte irgendwann Dunja, die Lian mit wachsender Verärgerung beobachtete. Aber Lian antwortete ihr nur ganz ruhig: „Das tue ich, auch wenn Du es nicht sehen kannst."

Dann bekam Dunja aber unerwartet Unterstützung von Ophelia, die ziemlich barsch meinte: „Ich gebe ja zu, Du hast Dich schon ganz nützlich gemacht. Aber im Moment sitzt Du nur faul rum, während wir alle schuften."

Lian sah Ophelia überrascht und ungläubig an. Sie war unendlich enttäuscht. Unfähig zu antworten, drückte sie nur Marijana noch fester an ihr laut pochendes Herz und spürte einen leichten Druck von Marijanas Hand. Ophelia gab damit aber noch keine Ruhe, sondern fühlte sich durch Lians Schweigen bestärkt und fuhr ungerührt fort: „Ich werde Josh erzählen müssen, dass Du Dich ständig vor der Arbeit drückst und alle anderen für Dich mit schuften lässt."

„Lass sie doch!" warf da Fabienne ein, die fühlte, wie sehr Ophelia Lian Unrecht tat. Aber Ophelia hatte sich in Rage geredet, fuhr Fabienne an: „Halt Dich da raus!" und fuhr dann an Lian gewandt fort: „Wenn Josh erfährt, dass Du Dich geweigert hast, uns zu helfen, dann wird er …"

Niemand hatte bemerkt, wie Hubertus im Lager erschienen war. Plötzlich donnerte seine Stimme mit einer Kraft, die ihm keiner zugetraut hätte, in Ophelias Rede: „Nichts wird er! Wenn Lian sich um ihre Schwester kümmert, der es nicht so schlecht ginge, wenn diese Mädchen und Josh nicht alles gewagt hätten, um uns zu retten, dann ist das tausendmal besser, als wenn jemand so Undankbares wie Du hier Unfrieden zu stiften versucht."

„Ich stifte keinen Unfrieden. Ich erwarte nur, dass in dieser Gruppe, die aufeinander angewiesen ist, jeder seinen Teil dazu beiträgt, dass wir heil hier rauskommen!" verteidigte sich Ophelia.

Hubertus lachte bitter und erwiderte: „Für einige von uns ist es leider schon zu spät, um heil hier raus zu kommen. Denk mal drüber nach."

Dann wendete er sich an Lian und sagte tröstend zu ihr: „Achte einfach nicht auf sie."

Lian hatte keine Angst davor gehabt, was passieren würde, wenn Ophelia Josh irgend etwas erzählen würde. Josh und sie standen sich so viel näher, als Ophelia sich jemals vorstellen konnte. Die Enttäuschung brannte nur so sehr in ihrem Herzen. Sie belohnte Hubertus mit einem traurigen Lächeln. Und im nächsten Moment erschien auch schon Josh selbst im Lager und fragte: „Ist alles fertig verpackt?"

„Das wäre es, wenn alle mitgeholfen hätten!" erwiderte Ophelia schnippisch. Josh sah sie fragend an und da konnte sie sich nicht mehr zurückhalten. Sie warf sich an Joshs Brust und platzte mit schlecht gespielter Verzweiflung heraus: „Ach Josh, siehst Du denn nicht, wie Dich einige hier nur benutzen wollen?"

Josh suchte mit gerunzelter Stirn, auf der deutlich sichtbar ein großes Fragezeichen stand, Lians Augen. Die zog aber nur eine vielsagende Grimasse und zuckte mit den Schultern. Josh nahm Ophelia bei den Schultern und drückte sie von sich weg. Da brach Ophelia in Tränen aus und flehte Josh so leise flüsternd an, dass die anderen es nicht hören konnten: „Ich weiß, Josh; die Mädchen sind unbeschreiblich schön und sie sind jung. Es ist nur natürlich, dass Du Dich zu ihnen hingezogen fühlst. Aber sie sind nicht gut für Dich, sie nutzen Dich aus, sie spielen mit Dir, sie wissen nichts von echten Gefühlen. Nimm mich mit! Lass uns beide auf das Floß gehen und …"

Josh ließ Ophelias Schultern los und fiel ihr so laut ins Wort, dass auch die anderen es hören konnten: „Ich nehme Dich mit, so wie ich alle mitnehme; Nein, das stimmt so nicht: Wir alle nehmen Dich mit!" Dann kniete er sich zu Lian, küsste zuerst sie ganz zärtlich und dann Marijana in ihren Armen.

„Wem können wir trauen?" fragte er Lian flüsternd. Die schüttelte aber nur den Kopf und antwortete: „Ich weiß es nicht, mein wunderschöner, geliebter xiǎojījī."

Josh lächelte sie matt an.

„Xiǎojījī!" wiederholte er langsam und bedächtig, so als ob er sich den Klang dieses Namens erst wieder ins Gedächtnis zurückrufen müsste. Seit Tagen waren Josh und die Mädchen schon zusammen, und während der ganzen Zeit waren sie nackt gewesen. Josh hatte immer wieder seine Blicke auf den Gesichtern und Körpern der Mädchen ruhen lassen. Er liebte die kleinsten Eigenheiten in ihren Gesten und Bewegungen. Er liebte Ihre Stimmen, er liebte es, zu beobachten, wie sich ihre Brüste beim Atmen hoben und senkten. Er liebte alles an ihnen. Er liebte, verehrte und begehrte die vier Mädchen, wie noch nie zuvor ein Mädchen geliebt, verehrt und begehrt worden war. Aber die Situation, die permanente Spannung, die Sorge, vor allem um Marijana, die an der Schwelle des Todes stand, das alles ließ keine erotischen Gedanken in ihm zu. Und er wusste, dass die Mädchen ebenso fühlten, wie er. Solange Marijana nicht zumindest wieder bei Bewusstsein war, solange sie nicht sicher wussten, dass sie ihre Verletzungen überlebte, solange konnte keine von ihnen an ihr eigenes Vergnügen denken, solange konnte keine von ihnen ein Vergnügen empfinden. Aber die Liebe brannte in allen von ihnen, heißer als die brodelnde Lava in den Vulkanen, die die Insel beben ließen.

„Meine wunderschöne yīndào!" flüsterte Josh, bedeckte Lians Lippen noch einmal mit einem Kuss, der so zart war, wie der Flügelschlag eines Schmetterlings und spürte zum ersten mal seit Tagen wieder eine Regung in seinem Penis, die er aber sofort unterdrückte, was ihm nicht schwer fiel, wenn sein Blick auf Marijana fiel, die noch immer ohne Bewusstsein war.

Er erhob sich mit Marijana auf seinen Armen und fragte Hubertus: „Trägst Du Susi zum Floß?"

Hubertus antwortete nicht, sondern nahm wortlos das einbeinige Mädchen auf seine Arme und lief voraus zu dem Platz am Ufer, wo Shadowcat und Abebi mit Ajani das Floß bewachten, während Josh zu Ophelia, Dunja und Fabienne sagte: „Packt alles zusammen!"

Da Marijana jetzt gut aufgehoben in Joshs Armen lag, half Lian ohne weitere Aufforderung von Ophelia mit, die restlichen Lebensmittel zu verstauen und zum Floß zu schaffen.

Aus den Burnussen der bint al layl hatten Abebi und Shadowcat versucht, ein brauchbares Segel herzustellen. Aber ebenso, wie für alles andere, war die Zeit sehr knapp gewesen. Das immer bedrohlicher werdende Grummeln der Vulkane und das deutlich zunehmende Beben der Insel erlaubten keine langwierigen Verbesserungsversuche, wenn etwas nicht perfekt gelang.

Die Gruppe war fast fertig damit, alle Vorräte zum Floß zu schaffen, als plötzlich Rotgar und Piet am Strand auftauchten. Josh war der einzige, der noch fehlte. Er war noch ein letztes mal zum Lager zurückgekehrt, um die gefesselte bint al layl zu holen.

„Hallo, was haben wir denn da?" rief Rotgar schon von weitem. Nachdem er Josh nicht unter den Anwesenden entdecken konnte, vermutete er, dass dieser letztendlich doch noch bei der Flucht vom Vulkan von der Lavawelle erwischt worden war. Das gab ihm, wie er glaubte, die

Autorität, sich als Herr des Floßes aufspielen zu können.

„Worauf wartet ihr?" fragte er streng und befahl: „Schiebt das Floß ins Wasser! Piet, Du gehst ans Ruder!"

Piet gehorchte augenblicklich, obwohl das Floß noch halb auf dem Strand lag. Da trat aber Lian nach vorne und sagte: „Du hast hier nichts zu befehlen, Rotgar!"

Rotgar hatte einen viel zu großen Respekt vor Lians Tritten und sonstigen Kampftechniken, als dass er gewagt hätte, sich auf einen offenen Kampf mit ihr einzulassen. Auf einer Seite des Floßes hatte er aber die Waffen der bint al layl entdeckt. Blitzschnell griff er nach einem der Maschinengewehre, entsicherte es und schoss eine kurze Salve als Warnung über die Köpfe der am Strand versammelten Gruppe.

„Geht alle zurück!" befahl er den überrumpelten Flüchtlingen und fuhr dann, an Piet gewandt fort: „Schieb es ins Wasser, Piet!"

„Das könnt ihr nicht machen!" schrie Hubertus, während er sich aus der Gruppe nach vorne drängte. Aber ein paar Schüsse, die den Sand vor seinen Füßen aufspritzen ließen, brachten ihn sofort zum Schweigen und zum Stehen.

Die beiden Verwundeten, Marijana und Susi, waren die einzigen, die sich schon auf dem Floß befunden hatten. Rotgar hatte sie nur aus dem Augenwinkel betrachtet und hielt sie für tot. Als das Floß schwamm, befahl er Piet: „Schmeiß die Kadaver ins Meer! Wir sind kein Leichentransport!"

Da sich bei Piet aber beim Anblick der nackten Körper schon wieder eine anschwellende Erektion deutlich machte und er nicht wusste, wie er, weiß Gott wie lange Zeit auf einem Floß ohne Sex überstehen sollte, bat er Rotgar: „Können wir nicht wenigstens eines der Mädchen mitnehmen?"

Rotgar selbst war auch kein Kostverächter. Er hätte sich selbst schon gerne in der Höhle über Marijana, Lian, oder Shadowcat hergemacht. Aber sie hatten unter Joshs Schutz gestanden. Und dass dieser Mann nicht zu unterschätzen war, hatte er allzu deutlich gezeigt. Abgesehen davon hatten auch die Mädchen selbst dazu beigetragen, dass er es nicht wagte, ihnen zu nahe zu kommen. Ophelia war eine hübsche, junge Frau, und Fabienne und Dunja waren noch hübscher, und außerdem jünger, als sie. Aber sie hatten sicherlich keine Erfahrung, ganz im Gegensatz zu Ophelia. Ophelia kannte er. Und er wusste, dass sie alles machte, was er von ihr verlangte. Sie hatte Talent und absolut nicht die Courage, sich gegen ihn aufzulehnen. Deshalb entschied er sich für sie.

„Komm her, Ophelia!" sagte er mit befehlsgewohntem Ton. Ophelia war während der letzten Monate schließlich der einzige Mensch gewesen, dem ihm und seinesgleichen erlaubt gewesen war, Befehle zu erteilen. Zögernd kam Ophelia auf Rotgar zu, während er die anderen mit seinem Maschinengewehr in Schach hielt. Ophelia fürchtete sich vor Rotgar. Aber sie sah in ihm jetzt auch ihre Chance, als einzige der Gruppe, zu der sie bis jetzt noch gehört hatte, die Insel zu verlassen. Sie fühlte insgeheim sogar so etwas wie Schadenfreude gegenüber Lian, mit der sie gerade noch diesen lächerlichen Disput gehabt hatte.

Ich würde für sie sterben! rief sich Hubertus wieder ins Gedächtnis. Während Lian und Shadowcat anscheinend nur Piet im Auge behielten, um sofort einzuschreiten, wenn er wirklich versuchen sollte, Marijana oder Susi ins Meer zu werfen, passte Hubertus den Moment ab, in dem Ophelia zwischen ihn und Rotgar kam. Als das der Fall war, sprang er plötzlich vorwärts und schubste Ophelia gegen Rotgar, der allerdings in dem Moment schon von Lians Fuß an der Schläfe getroffen, in den feuchten Sand fiel.

„Wie hast Du das denn gemacht?" fragte Hubertus, der so auf sich selbst konzentriert gewesen war, dass er nicht gesehen hatte, dass Lian zur gleichen Zeit, in der er losgestürmt war, wie von einer Feder geschnellt, losgesprungen war. Und als er jetzt zum Floß blickte, sah er Shadowcat über dem betäubt auf den zusammengebundenen Stämmen liegenden Piet Klarson stehen.

In dem Moment kam Josh auf den Strand gelaufen. Er hatte die Schüsse gehört, die bint al layl, die er mit gefesselten Händen und Füßen auf der Schulter getragen hatte, fallen lassen und war sofort losgerannt. Als er jetzt in der Morgendämmerung den Strand erreichte und sah, dass Shadowcat und Lian alles unter Kontrolle hatten, war er unendlich stolz auf die beiden so umsichtigen und tapferen Mädchen. Und vor allem war er froh, dass weder ihnen, noch sonst jemand etwas passiert war. Er murmelte nur etwas betrübt: „Jetzt müssen wir die beiden wohl doch auch mitnehmen!"

Dann sagte er zu Lian und Shadowcat: „Es ist besser, ihr fesselt sie!" und fügte, von ungeduldiger Hast erfüllt, weil der Vulkan im Westen von neuem anfing, Lava auszuwerfen, hinzu: „Ich hole die Söldnerin!"

Damit lief er auch schon wieder zurück in den Wald, aus dem er eben gekommen war. Als er kurz darauf mit der gefesselten Frau auf der Schulter wieder beim Floß erschien, schien das Meer im Bereich der Küste, durch das Zittern der Insel zu kochen.

Sie setzten das Segel und ruderten mit vereinten Kräften, um aus dem Bereich der Vulkane zu kommen. Irgendwie vermuteten alle, dass die Insel hinter ihnen im Meer versinken würde. Aber solange sie sie noch am Horizont sehen konnten, war die Insel noch da und die Rauchsäulen der Vulkane, die nach Süden hin den Himmel verdunkelten, waren noch lange zu sehen, als die Insel schon längst hinter dem Horizont verschwunden war.

Nach einigen Stunden mühsamen Ruderns drehte plötzlich der Wind und blies so stark nach Westen, dass sie nicht dagegen ankamen, obwohl Josh und Hubertus aus Leibeskräften ruderten und die Segel einholten, um dem Wind keine Angriffsfläche zu bieten. Als dann wieder die Insel mit den

Vulkanen, die jetzt alle beide ihr Feuer in den Himmel spuckten, am Horizont auftauchte, breitete sich eine fast abergläubische Furcht auf dem Floß aus.

„St. Bernadette gibt uns niemals frei!" flüsterte Dunja und bekreuzigte sich.

Darauf erwiderte Ophelia düster: „Wir haben der Insel unsere Seele verkauft!"

Rotgar lachte die beiden aus, fürchtete sich dabei aber selbst auch mehr, als er sich und den anderen eingestehen wollte. Dunja achtete nicht auf sein Lachen, sondern antwortete mit gedämpfter Stimme auf Ophelias Bekenntnis: „Nicht der Insel; Veronika Vranja!"

Und nach einer bedeutungsvollen Pause fuhr sie flüsternd und mit der beschwörenden Feierlichkeit einer Prophetin fort: „Und die ist jetzt in der Hölle und wartet auf uns. Sie ruft nach uns!"

„Könnt ihr bitte einfach die Klappe halten!?" bat da Piet Klarson und jammerte: „Das kann man sich ja nicht mit anhören, und ich kann mir nicht mal die Ohren zuhalten."

Das konnte er allerdings nicht, denn seine Hände waren ihm sicher auf den Rücken gefesselt. Josh sah ein, dass es keinen Sinn hatte, dass Hubertus und er mit den beiden provisorischen Rudern weiter gegen den Wind ankämpften. Hubertus hatte bis zur Erschöpfung gekämpft. Er hatte nicht vor Josh aufgeben wollen, und er dankte Gott dafür, als Josh endlich sagte, dass sie es gut sein lassen sollten.

„Wir versuchen nur, so weit nach Norden auszuweichen, dass wir außerhalb der Reichweite der Vulkane bleiben!" sagte Josh schließlich.

Und Rotgar spottete: „Sieht so aus, als wärst Du doch nicht so klug, wie Du denkst, Barker!"

Josh sah Rotgar ruhig an und fragte ihn: „Hast Du irgendwelche Vorschläge, wie wir gegen den Wind ankommen, Rotgar?"

Rotgar richtete sich mit seinen ebenfalls auf den Rücken gefesselten Händen in sitzende Haltung auf und wendete sich plötzlich an alle.

„Habt ihr das gehört?" fragte er sie und fuhr, ohne auf eine Antwort zu warten, fort: „Der große Held hat in Wahrheit keine Ahnung, wie er uns an Land bringen soll."

Josh war es einfach zu dumm, sich gegen Rotgars Beschuldigungen zu verteidigen. Er hatte niemanden gezwungen, mitzukommen. Das musste er nicht erklären. Das wusste jeder. Rotgar, der anscheinend in Rudys Fußstapfen getreten war, nachdem der nicht mehr lebte, nutzte Joshs Schweigen, um mit seinen Hetztiraden fortzufahren.

„Er hat euch allen nur was vorgemacht. In Wahrheit ist Josh Barker nur ein mieser kleiner Mistkerl, der für sich allein alle Frauen beansprucht, während er uns andere Männer, die wir noch welche sind, …" an dieser Stelle sah er ziemlich hämisch und verächtlich Hubertus an, der dem Blick beschämt auswich, „bindet oder, wenn sich ihm die Gelegenheit bietet, sie umbringt."

Es war ausgerechnet der wankelmütige Lüstling Piet Klarson, der, wie vorher schon den abergläubischen Frauen, jetzt Rotgar die Meinung sagte, indem er ihn fragte: „Hältst Du Dich jetzt, wo Du nicht mehr der Speichellecker von Rudy bist, für den großen Anführer, Rotgar? Tu mir einen Gefallen, und halte einfach Dein verlogenes Maul."

Rotgar wollte sofort aufbrausen, aber Piet sprach mit erhobener Stimme weiter, und erstickte den Versuch damit sofort im Keim.

„Ich hab ja auch schon viel Mist gebaut, seit mich das Mädel dort, ..." dabei nickte er in Lians Richtung, "gerettet hat. Und ich gebe offen zu, dass ich sie ... na ja egal. Jedenfalls wären Du, ich und Ophelia mausetot, wenn das Mädchen und Josh uns nicht gerettet hätten."

Dass auch Shadowcat an der Befreiung der Gefangenen beteiligt gewesen war, hatte Piet nicht wirklich mitbekommen, und dass ohne Abebi und Marijana die ganze Befreiungsaktion auch nicht stattgefunden hätte, konnte er gar nicht wissen, weil ihm dafür die Informationen sämtlicher Zusammenhänge fehlten. Aber immerhin erkannte er die Retter an, die er als solche erlebt hatte.

„Du mieser, kleiner ..." begann Rotgar, zerrte an seinen Fesseln und wand und bäumte sich so energisch auf, dass Josh um die Sicherheit der Leute, auf dem für so viele Personen ziemlich engen Floß, fürchtete.

„Schluss jetzt!" fuhr er Rotgar an, packte ihn an den Schultern und drückte ihn wieder auf die Holzstämme.

In dem Moment, als alle Aufmerksamkeit auf die sich streitenden Männer gerichtet war, wälzte die von Josh überwältigte bint al layl plötzlich die Vorräte über die Kante des Floßes und sprang hinterher ins Wasser. Irgendwie war es ihr gelungen, sich unbemerkt von ihren Fesseln zu befreien.

Shadowcat zögerte keinen Augenblick. Mit dem entsetzten Ausruf: „Der Proviant!" sprang sie sofort hinterher, um zu retten, was noch zu retten war, denn dass sie ohne Verpflegung, und vor allem ohne Wasser, das Festland erreichen würden, war aussichtslos.

Die Insel St. Bernadette, der sie schon wieder so nahe waren, sank langsam tiefer ins Meer und wurde dabei unter einer Schicht aus glühender Lava und Asche begraben. Dort konnten sie sich also mit keinen frischen Lebensmitteln und Wasser mehr eindecken. Aber zu allem Überfluss entwickelte die sinkende Insel einen so starken Sog, die überall im Bereich vor der immer weiter kippenden Nordküste Strudel bildete, auf die das Floß langsam zugezogen wurde.

„Rudert!" schrie Josh und sprang in der selben Sekunde an der Seite von Lian schon Shadowcat hinterher, um Trinkwasser und Lebensmittel zu retten. Aber die Bündel sanken schnell. Shadowcat, Lian und Josh konnten kaum die Hälfte der Vorräte auf das Floß zurückbringen, während die entflohene Gefangene in schnellen und gleichmäßigen Zügen nach Westen schwamm. Mit dem schwerfälligen Floß wäre es unmöglich gewesen, sie wieder einzuholen. Und was hätte es bringen sollen, sie schwimmend zu verfolgen?

„Eine weniger, mit der wir unsere Rationen teilen müssen!" meinte Rotgar zynisch, als Josh und die beiden Mädchen wieder auf das Floß kletterten. Weder Josh, noch Lian oder Shadowcat, machten sich die Mühe, Rotgar zu antworten. Josh löste sofort Ophelia und Fabienne ab, die auf seinen Zuruf das Ruder übernommen hatten. Und Lian und Shadowcat verstauten die geretteten Vorräte diesmal so sicher, dass sie nicht einfach wieder über die Kante des Floßes geschoben werden konnten.

Nur Hubertus, der sich tapfer wieder am zweiten Ruder abmühte, fragte Rotgar: „Wieviele Vorräte hast Du denn gesammelt, Rotgar, dass Du glaubst, mitbestimmen zu können, wie sie geteilt werden?"

„Wenn wir aus dem Sog nicht rauskommen," meinte Josh besorgt, „dann braucht sich keiner von uns mehr Gedanken darüber zu machen, wie die Vorräte geteilt werden."

Ohne mit dem Rudern aufzuhören, suchte Josh die Blicke von Shadowcat, Lian und Abebi. Er las in ihnen die selbe Verzweiflung, die auch ihn selbst erfasst hatte. Plötzlich kam ihm ein Gedanke und er sagte zu den Mädchen: „Bindet die beiden los!"

Die Mädchen zögerten, weil sie den beiden gefesselten Männern, vor allem Rotgar, nicht vertrauten. Aber Ophelia, die begonnen hatte, die Mädchen zu hassen, denen sie ihr Leben und ihre Freiheit verdankte, deren unvergleichliche Schönheit, Anmut und Geschmeidigkeit sie so sehr fasziniert und deren unglaubliche Fähigkeiten sie bewundert hatte, weil Josh sie liebte und weil sie Josh für sich haben wollte – auch wenn sie die Chance genutzt hätte, nur mit Rotgar und Piet Klarson auf dem Floß zu entkommen – Ophelia folgte sofort Joshs Weisung und band die beiden Männer los, wohlwissend, dass sie damit die Karten für die Mitglieder, dieser kleinen, verzweifelten Gruppe, neu mischte.

Rotgar stand langsam und lauernd auf, rieb sich die von den Fesseln schmerzenden und tauben Handgelenke und streckte sich. Dann kam er, mit einem Seitenblick auf die Maschinengewehre, langsam und drohend auf Josh zu. Josh ließ sich davon aber nicht beeindrucken, sondern deutete auf die Strudel vor sich, auf die sie unerbittlich zutrieben.

„Packt bei den Rudern mit an!" sagte Josh ernst. Rotgar folgte Joshs Wink und erkannte das Unausweichliche. Wenn sie jetzt nicht zusammenhielten, würden sie alle sterben. Er nickte so, als wenn er derjenige wäre, der die Gefahr als einziger abschätzen könnte und half Josh an dessen Ruder, während Piet auf Hubertus' Seite mit anpackte.

Rotgar hatte noch kaum drei Ruderschläge gemacht, da meinte er: „Wir sollten das Floß erleichtern!"

Da weder Josh, noch sonst jemand antwortete, fuhr er fort: „Wenn wir zumindest die beiden Toten ..."

„Noch ist keiner von uns tot!" fiel Josh ihm ins Wort. Aber Rotgar beharrte: „Sie sind überflüssiger und nutzloser Ballast!"

„Wir können später ausdiskutieren, wer von uns überflüssig ist! Und jetzt rudere!" antwortete Josh.

In dem Moment packte Lian das Bündel mit den Waffen und warf es ins Meer, wo es sofort unterging. Rotgar machte den Versuch, noch nach dem Bündel zu greifen. Aber es war zu spät.

„Warum hast Du das getan?" fuhr er Lian herrisch an.

Lian stand inzwischen bei Josh an dessen Ruder und half ihm gemeinsam mit Shadowcat. So ruhig, wie die Anstrengung des Ruderns, die sie mit aller Kraft, die ihr kleiner Körper zu entwickeln in der Lage war, es ihr gestattete, antwortete sie: „Um Ballast abzuwerfen."

Im Gegensatz zu dem Gespann Josh – Rotgar, die ihre Kräfte und Bewegungen beim Rudern nicht aneinander hatten anpassen können, war für alle sichtbar, mit welcher Harmonie jetzt Josh, Lian und Shadowcat ruderten. Ihre Bewegungen waren völlig im Einklang miteinander, sie bildeten eine kraftvolle und unmöglich zu beschreibende, nackte Einheit voller Anmut und Schönheit.

Ophelia wendete sich von diesem Anblick ab, der sie wie ein Stich ins Herz traf, weil sie erkannte, dass sie selbst niemals an Stelle dieser Mädchen sein würde. Und Rotgar brauste vorwurfsvoll auf: „Die Waffen hätten wir noch gebrauchen können!"

„Wozu?" fragte Josh nur. Und als er sah, dass er Rotgar damit in Verlegenheit brachte, fragte er: „Damit Du allen Ballast, mit dem Du Deine ..." Dieses „Deine" betonte er ganz besonders, „mit dem Du Deine Rationen hättest teilen müssen, aus dem Weg hättest schaffen können?"

Rotgar warf einen kurzen, prüfenden Blick nach vorne auf den Strudel, aus dessen Sog sich das Floß durch die vereinten Anstrengungen der Ruderer langsam befreite. Und als er das erkannte, verzog sich sein Mund für einen kurzen Moment zu einem heimtückischen und boshaften Lächeln. Er glaubte, dass das niemand bemerkt hatte, aber als er einen schnellen Blick über die kleine Gruppe schweifen ließ, sah er Abebis Augen voll auf sich gerichtet. Er wich ihrem Blick aus, überlegte dabei aber schon, ob er das kleine, schwarze Mädchen, das ihm von allen am schwächsten erschien, und in dessen Schoß, noch immer ohne Bewusstsein, Marijana lag, nicht einfach über die Kante schubsen sollte. Noch war das Floß nicht aus dem Sog des Strudels heraus. Josh und die anderen beiden Mädchen würden nicht wagen, mit dem Rudern aufzuhören, nur um ein Mädchen zu retten. Marijana und Susi hinterher zu werfen wäre die Sache von zwei Sekunden. Und vielleicht könnte er sich bei dieser Gelegenheit auch gleich

Ophelias, Fabiennes und Dunjas entledigen. Die Vorräte waren jetzt sehr knapp. Und wahrscheinlich würden die anderen es ihm sogar danken, wenn das Trinkwasser erst knapp werden würde.

Der Plan war gut. Rotgar erhob sich auf die Knie und kroch auf Abebi zu. Die hatte ihn aber nicht aus den Augen gelassen und seine Gedanken an den Zügen seines verschlagenen Gesichtes ablesen können. Behutsam bettete sie Marijanas Kopf neben sich auf einen der Turbane der bint al layl, kniete sich auch hin und schloss die Augen.

Rotgar spürte plötzlich einen eigenartigen Druck im Kopf. Als er den Druck abzuschütteln versuchte, um weiter auf das kleine, nackte Mädchen, das mit geschlossenen Augen schon fast in Reichweite seiner Hände vor ihm kniete, zuzukriechen, war es, als ob ihn eine undurchdringliche, unsichtbare Wand daran hindern würde, weiter vorwärts zu kommen. Innerlich raste er, aber äußerlich fühlte er sich wie ein Gelähmter. Alles in ihm verkrampfte sich, als er mit Schaum vor dem Mund versuchte, seine Hand nach Abebi auszustrecken. Und dann öffnete Abebi plötzlich ihre schwarzen Augen und ihr Blick traf Rotgar wie ein Rammbock ins Gesicht. Er spürte noch, dass er zurückgeschleudert wurde, dann wurde es schwarz.

Josh nickte Abebi lächelnd zu. Und auch Lian und Shadowcat lächelten sie stolz an. Sie alle hatten Rotgar nicht aus den Augen gelassen. Und keiner von ihnen hätte gezögert, sofort seinen Posten am Ruder zu verlassen, wenn die Sicherheit Abebis oder Marijanas ein Eingreifen erforderlich gemacht hätte. Aber Abebi hatte es ganz allein mit der Kraft ihres Geistes geschafft, Rotgar zu besiegen.

„Soll ich ihn wieder fesseln?" fragte sie unsicher Josh. Josh nickte und antwortete: „Ist besser, glaube ich."

In dem Moment sagte plötzlich Marijana: „Ein Boot!"

Josh, Lian, Shadowcat und Abebi sahen wie auf ein Kommando zu Marijana, die die Augen geöffnet hatte und zum Horizont blickte. Abebi war sofort wieder bei ihr, ohne dass sie Rotgar gefesselt hatte. Sie drückte ihre erwachte Schwester vor Freude weinend an ihr Herz und küsste sie immer wieder, während Josh und Lian ihr vor Glück strahlend dabei zusahen, ohne aber mit dem Rudern aufzuhören.

Shadowcat war Marijanas Blick gefolgt und sagte auf einmal: „Marijana hat recht. Dort ist ein Boot am Horizont!"

Alles blickte plötzlich in die von Shadowcat bezeichnete Richtung. Aber obwohl sie die Augen zusammenkniffen und sie mit den Händen beschatteten, konnte doch niemand entdecken, was Marijana und Shadowcat zu sehen glaubten. Josh musste jetzt sogar Hubertus und Piet daran erinnern, dass sie noch nicht ganz aus dem Sog des Strudels heraus waren und dass jede Unterbrechung beim Rudern sie unweigerlich wieder auf ihn zutreiben würde. Als er dann aber selbst den Horizont im Norden absuchte, entdeckte er ein kleines, weißes Etwas, das kaum mehr, als die

Schaumkrone auf einer Welle zu sein schien.

„Du siehst es, oder?" fragte ihn Shadowcat, während sie im Einklang mit Josh und Lian unermüdlich ruderte. „Ja", antwortete Josh, der befürchtete, dass ein Boot am Horizont neue Probleme bringen würde. Aber dieses Boot war der einzige Hoffnungsschimmer, den sie jetzt hatten.

Da passierte die Katastrophe. Rotgar, auf den bei der Entdeckung eines Bootes niemand mehr geachtet hatte, war aus seiner Betäubung erwacht und sprang so plötzlich, dass nicht einmal Ajani, der sich ganz offensichtlich sehr unwohl auf dem schwankenden Floß fühlte, ihn daran hindern konnte, mit all seinem Hass und all seiner Wut auf Abebi zu, packte sie und schleuderte das überraschte Mädchen brutal ins Meer. Da Abebi Marijana in ihren Armen gehalten hatte, wurde auch die mit in die Fluten gerissen. Allerdings verlor auch Rotgar selbst den Halt und stürzte den beiden hinterher.

Obwohl Abebi selbst keine gute Schwimmerin war, ließ sie Marijana nicht los und hielt sie über Wasser. Im selben Moment schien aber irgend ein Riese am Grund des Meeres einen Stöpsel gezogen zu haben. Der ursprüngliche Strudel verschwand und ein anderer tat sich in ihrer unmittelbaren Nähe auf und erfasste augenblicklich die Schwimmer und das Floß.

Josh zögerte keinen Augenblick, Abebi und Marijana in den Schlund des Strudels hinterher zu springen. Und es tat ihm gut, Shadowcat und Lian an seiner Seite zu wissen.

Das Floß war nicht mehr zu retten. Selbst Ajani spürte das und sprang den Menschen, zu denen er gehörte, todesmutig hinterher.

Alle anderen auf dem Floß zurückgebliebenen, schrieen panisch durcheinander und klammerten sich an die Stämme des Floßes, das nicht vermocht hatte, sie von St. Bernadette fortzubringen. Keine Macht der Welt konnte dieses Floß jetzt noch retten.

Josh, Lian und Shadowcat schwammen in den Trichter, durch den Abebi mit Marijana schon gewirbelt wurde. Sie schwammen, als würden sie an einem Baggersee ein Wettschwimmen veranstalten. Ruhig und kraftvoll waren ihre Bewegungen, so dass sie Abebi und Marijana bald erreichten. Sie ließen sich nicht anmerken, dass sie sich für verloren hielten. Aber als sie dann alle zusammen waren, schrie Josh prustend gegen das Tosen des Strudels an: „Keiner von uns wird hier sterben! Habt ihr verstanden? Wir schwimmen bis ganz nach unten und untertauchen den Strudel."

Er nahm Marijana aus Abebis Armen und schien das in die Tat umsetzen zu wollen, was er vorgeschlagen hatte. Und da es ohnehin unmöglich war, aus dem rotierenden Trichter zu entkommen, folgten ihm die anderen Mädchen. Lian entdeckte Ajani und versuchte, ihn zu erreichen, während Shadowcat sich ängstlich an Abebis Seite hielt, um ihr jederzeit beistehen zu können. Ajani, der ebenfalls Todesängste ausstand, schwamm sofort auf das kleine, chinesische Mädchen zu, als er es auf sich zukommen sah. Es war nicht ungefährlich für Lian, den vor Panik wild um sich schlagenden Panther an sich zu ziehen. Als sie ihn dann aber erreicht hatte, überließ sich Ajani völlig apathisch ihren zarten, und doch so starken Armen. Und auf Abebis hilfesuchenden Blick schlang Shadowcat ihre Arme sofort um ihre kleine, wie ein Spielball umhergeworfene Schwester.

Josh hatte einmal gelesen, dass Experten dazu raten, nicht gegen einen Strudel anzukämpfen, sondern zu versuchen, nach unten zu schwimmen und den Strudel zu durchtauchen. Aber als er in den tiefen Schlund des sich wie eine Schlange windenden Schlauches blickte, der sich bis in die Eingeweide der Erde hinabzuziehen schien, fragte er sich, ob diese Experten jemals einen solchen Strudel gesehen hatten.

Weiter oben kämpfte Rotgar noch verzweifelt gegen den Strudel an. Und darüber brach das Floß, durch die gewaltigen Kräfte, die darauf einwirkten, auseinander. Einige Baumstämme und der Proviant wurden hochkatapultiert und fielen dann in freiem Fall in den tiefen Abgrund des alles verschlingenden Strudels.

Rotgar wurde von einem dieser Baumstämme an der Schulter getroffen und dabei auch aus dem fast senkrecht abfallenden Schlund gerissen, in dem er rotierend nach unten gezogen wurde. Im freien Fall stürzte er an den Mädchen und Josh vorbei, voraus in die unbekannte Tiefe. Wäre der Anblick nicht so schrecklich gewesen, hätte der vor Todesangst laut brüllende Rotgar, der, an den Baumstamm geklammert, an ihnen vorbeisegelte, durchaus eine absurde Komik besessen. Aber im Moment hatte keiner von ihnen soviel Humor, um lachen zu können. Das Schicksal aller schien diesmal wirklich besiegelt zu sein.

Josh fragte sich, wie weit sie sich wohl schon unter dem Meeresspiegel befanden und wie hoch wohl der Wasserdruck sein würde, wenn sie tatsächlich am Grunde dieses Strudels versuchen würden, diesen zu durchtauchen. Da plötzlich schien es in der tiefen Dunkelheit, des sich endlos nach unten ziehenden Wirbels, zu blitzen. Josh und auch den Mädchen war sofort klar, was das bedeutete. Der Vulkan hatte sie wieder aufgespürt. Und diesmal gab es keine Höhle, in der sie sich vor ihm verbergen konnten. Laut donnernd schloss sich der Trichter unter ihnen. Der Baumstamm samt dem an ihn geklammerten, noch immer brüllenden Rotgar schoss wieder an ihnen vorbei, dem Licht des Tages entgegen, und auch Josh, die Mädchen und die übrigen Opfer des Strudels wurden mitsamt den Baumstämmen, die einmal ein Floß gewesen waren, wie von Geisterhand wieder nach oben gehoben und viele Meter hoch aus dem Meer gespuckt, auf dessen Oberfläche sie laut platschend zurückfielen. Sofort suchten alle Halt an den Stämmen. Josh übersah die Überlebenden mit einem schnellen Blick. Es waren tatsächlich noch alle da. Selbst die einbeinige, kleine Susi klammerte sich zitternd an einen Baumstamm.

Der Vulkan hatte sie nicht verschluckt, wie Josh befürchtet hatte. Er hatte den Strudel, der sie verschlingen wollte, ausgelöscht, und den darin Gefangenen die Freiheit wieder gegeben.

Die Insel St. Bernadette war verschwunden. Nur die Spitze des Vulkans, der einmal der landwirtschaftliche Betrieb gewesen war, ragte noch als ein kahles, feuerspeiendes Mahnmal aus dem Meer.

„Das glaubt uns kein Mensch!" flüsterte Marijana in Joshs Armen und sich gemeinsam mit ihm an einen Baumstamm klammernd. Sie befand sich in einem Zustand zwischen Ehrfurcht und Hysterie, obwohl sie zu zweiterem normalerweise nicht neigte. Josh küsste sie zärtlich. Er war glücklich darüber, dass sie noch am Leben war und dass sich ihr Zustand durch die Gewalt des Strudels offensichtlich nicht verschlechtert hatte, und fragte sie lakonisch: „Wem sollten wir das auch erzählen?"

„Das Boot," rief Shadowcat, während sie mit Abebi auf Josh und Marijana zuschwamm, „es kommt auf uns zu!" Auch die anderen hörten Shadowcats Ruf. Sie konnten die Umrisse der Yacht, die inzwischen schon viel näher war, jetzt auch erkennen. Laut schreiend und winkend schwammen Rotgar, Piet, Fabienne und Dunja auf die Yacht zu. Auch Ophelia und Hubertus schrieen aufgeregt und winkten, schwammen aber nicht auf die Yacht zu, sondern klammerten sich nur krampfhaft an die Baumstämme, die sie über Wasser hielten.

„Erkennt ihr es?" fragte Shadowcat. Abebi konnte es nicht erkennen, weil sie es nicht kannte. Josh, Lian und Marijana erkannten die sich nähernde Yacht, auf der sie nach St. Bernadette gekommen waren, aber sofort.

„Das ist Jess!" rief Marijana freudig. Und gemeinsam schwammen sie, die Baumstämme, an die sich Susi und Ajani klammerten, vor sich herschiebend, auf die rostige ‚Mother of Pearl' zu.

Eine viertel Stunde später befanden sich alle Überlebenden an Bord von Jessicas Yacht. Überglücklich umarmten Josh und die Mädchen ihre Retterin, die gar nicht erbaut darüber war, plötzlich einen Panther als Passagier zu bekommen. Die Begrüßung der übrigen Geretteten verlief etwas kühler. Dass sich Jessica und Ophelia nicht mochten, war nicht zu übersehen. Auch den anderen Männern begegnete Jessica, die jetzt als einzige an Bord bekleidet war, misstrauisch und distanziert. Und von den drei weiteren Schülerinnen sorgte sie sich nur um Susi, der sie neben Marijana sofort eine Koje zur Verfügung stellte. Die anderen beiden, Fabienne und Dunja, hatte sie nur kurz begrüßt. Bei den Schülerinnen wusste Jessica anscheinend nicht, wie weit sie schon von Veronika Vranjas zerstörerischem Männerhass infiziert worden waren. Dafür hatte sie der Insel schon zu lange den Rücken gekehrt, auch wenn sie noch als Kurier für Veronika Vranja tätig gewesen war.

Jessica stellte Ophelia und den sieben Schülerinnen Kleidung von sich zur Verfügung. Josh, Rotgar, Piet und Hubertus mussten sich mit Badetüchern zufrieden geben, die sie sich als Wickelröcke um die Hüften banden.

„Wohin soll ich euch jetzt bringen?" fragte Jessica Wolter, als alle notdürftig versorgt waren. Niemand hatte sich anscheinend bisher Gedanken darüber gemacht, wo er hinwollte. Mit dem Floß hatten sie einfach nur versuchen wollen, die nächstbeste Küste zu erreichen. Aber Jessica hatte die Möglichkeit, sie in einem Hafen abzusetzen, von dem aus jeder seiner Wege gehen konnte.

„Am besten wäre es, wenn Du uns nach Palmeira zurückbringen könntest", antwortete Josh auf Jessicas Frage. Da fragte aber sofort Rotgar: „Palmeira? Wo liegt das?"

„Auf den Kapverden!" beantwortete Jess die Frage.

Rotgar fragte sofort weiter: „Das sind Inseln, oder?"

Und auf Jessicas „Ja." fragte er ziemlich barsch: „Was soll ich auf einer Insel? Ich war lang genug auf einer Insel. Hast Du Karten?"

Nach einem skeptischen Seitenblick auf Josh, dem Rotgars Art gar nicht gefiel, antwortete Jess wieder mit einem „Ja."

„Zeig her!" befahl Rotgar.

Jess breitete die Karte auf dem Tisch aus, um den die Erwachsenen saßen.

Josh wäre lieber zu den Mädchen an Deck gegangen. Aber sein wachsendes Misstrauen Rotgar gegenüber zwang ihn dazu, am Tisch der Erwachsenen zu bleiben.

„Wo sind wir hier?" fragte Rotgar, als er die Karte überblickte.

„Hier!" antwortete Jessica und zeigte ihm den Punkt mit dem Finger auf der Karte.

„Okay!" sagte Rotgar langgezogen. Dann deutete er auf die Küste von Guinea und befahl: „Du bringst uns hier hin?"

Jessica blickte fragend zu Josh. Der zuckte mit den Schultern, wendete sich dann aber mit der Frage „Was sollen wir in Guinea?" an Rotgar und erklärte, ohne eine Antwort abzuwarten: „Die Kapverden sind von hier am nächsten. Wir müssen uns dort bei den Behörden melden und ..."

Bei dem Wort ‚Behörden' entstand plötzlich ein aufgeregtes, lautes Durcheinander. Von den Behörden wollte überhaupt niemand etwas wissen.

Lian, die an der Tür zur Koje gestanden und zugehört hatte, kam jetzt herein und flüsterte Josh ins Ohr: „Kannst Du bitte mal raufkommen, Josh?"

„Entschuldigt mich bitte." bat Josh und folgte Lian an Deck zu Shadowcat, Abebi und Marijana, die lieber in der Sonne, als in der engen Koje unter Deck lag. Halb auf Marijana lag Ajani, dem das Schwanken auf der Yacht anscheinend weniger ausmachte, als auf dem Floß.

„Was ist los?" fragte Josh besorgt, als er bei den geliebten Mädchen war.

„Die Behörden!" antwortete Lian skeptisch und so leise, dass man sie unter Deck nicht hören konnte. Josh sah sie fragend an und Lian fuhr fort: „Was willst Du ihnen erzählen? Unsere Ausweise sind mit dem Rucksack untergegangen. Leider auch die Zeichnung, die Du von uns gemacht hast."

„Was meinst Du?" fragte Josh, der zwar eine vage Ahnung hatte, aber nicht wirklich wusste, worauf Lian hinaus wollte.

„Ich meine:" antwortete Lian, „Was willst Du ihnen von uns erzählen? Was glaubst Du, werden sie mit uns machen? Wir drei …" dabei deutete sie auf Marijana, Shadowcat und sich, „kommen wahrscheinlich wieder ins Heim. Aber was ist mit Abebi. Wohin würden sie sie bringen?"

Josh sah Abebi angestrengt überlegend an. Jetzt verstand er, was Lian meinte. Sich an die Behörden wenden, würde bedeuten, dass sie wieder getrennt werden würden.

Getrennt von Marijana, Lian, Shadowcat und Abebi. dachte sich Josh. Nein, das durfte nicht geschehen. Das durfte niemals geschehen.

Oh, diese verdammte Bürokratie, dachte er sich. Irgendwie musste man doch melden, was geschehen war. Aber wie sollten sie dann all die Toten erklären? Wer würde ihnen glauben? Und wenn man ihnen glaubte, würde man dann vielleicht sogar ihn einsperren? Ausweispapiere brauchten sie aber auf jeden Fall wieder, und zwar auch für Abebi! Und was war mit Ajani? Der gehörte doch schließlich jetzt auch mit zur Familie. Den durfte er doch sicher auch nicht als Haustier mit nach Deutschland nehmen. In Joshs Kopf drehte sich alles.

„Schade, dass die Zeichnung weg ist", sagte er zerstreut, während er seinen Blick über den Horizont schweifen ließ, so als ob er dort Antworten finden könnte.

„Josh?" rief Jess vom Eingang zur Kajüte.

Josh sah sie verwirrt an und antwortete: „Guinea ist in Ordnung!"

Vorläufig war es das zumindest. Jessica wunderte sich zwar über Joshs geänderte Meinung, glaubte aber, eine Ahnung von der Ursache dafür zu haben, und verschwand wieder unter Deck, um den anderen Joshs Entschluss mitzuteilen, und um Josh und den Mädchen noch ein wenig ungestörte Zeit miteinander zu gönnen.

Viel Zeit blieb ihnen aber nicht, denn kurz darauf kam schon Hubertus an Deck und fragte bescheiden: „Störe ich?"

„Nein", antwortete Josh höflich, obwohl ihn im Moment jeder störte, der ihn daran hinderte, mit seinen geliebten Mädchen allein zu sein. Aber die Yacht war nicht groß genug, dass sich alle aus dem Weg hätten gehen können. Das musste er genauso akzeptieren, wie alle anderen.

„Es gibt ein Problem!" sagte Hubertus beim Näherkommen und erklärte dieses Problem auch gleich. „Frau Wolter hat nicht genug Sprit, um Guinea erreichen zu können. Deswegen besteht sie darauf, zuerst zu den

Kapverden zu fahren, um die Tanks aufzufüllen."

Josh zuckte mit den Schultern und fragte: „Und wo ist das Problem dabei?"

„Rotgar glaubt ihr nicht und …"

In dem Moment hörte man schon an Deck, dass es unten laut wurde.

Kann es denn niemals aufhören? fragte sich Josh und lief dabei schon los, um notfalls eingreifen zu können. Und Lian folgte ihm, ohne zu fragen.

Rotgar hielt Jess am Kragen ihrer Bluse gepackt und schrie sie an, als Josh in die Kajüte stürzte.

„Lass sie los!" befahl Josh, packte dabei aber schon Rotgars Handgelenke und befreite damit Jess aus seinem Griff.

„Sie will uns nicht an die Küste bringen!" schrie Rotgar aufgebracht Josh an.

Aber Josh antwortete ruhig: „Das kann sie ohne Sprit nicht."

Damit schubste er Rotgar verärgert zurück.

„Ihr steckt doch alle unter einer Decke!" schrie Rotgar weiter. Josh war kurz davor zu explodieren. Er verlor nicht leicht die Beherrschung, jetzt schrie er aber auch zurück: „Kannst Du einfach mal Danke sagen, wenn Dir jemand das Leben rettet und nicht immer nur auf alle Leute losgehen?"

„Danke?" fragte Rotgar spöttisch. „Etwa zu der? Die ist doch auch eine von denen! Die war doch früher auch mit dabei. Frag doch Hubertus."

Josh warf Jess einen fragenden Blick zu. Sie hatte ihm erzählt, dass sie selbst Schülerin auf St. Bernadette gewesen war. Was erwartete er jetzt also? Er wusste es selbst nicht. Er dachte sich nur, dass sie anders war.

Jessica spürte Joshs Blick.

„Frag ihn doch, ob er jemals gesehen hat, dass ich mich an irgendeiner Gräueltat der Mädchen von St. Bernadette beteiligt habe", forderte sie Josh auf. Josh blickte wieder zu Rotgar und der beantwortete die Frage, ohne dass Josh sie noch einmal wiederholen musste, mit einem mürrischen Achselzucken.

„Wir fahren zu den Kapverden!" sagte Josh. "Wir müssen froh sein, wenn Jessica uns mitnimmt."

Die Fahrt zu den Inseln verlief ruhig. Rotgar hielt sich zurück und Josh leistete Jessica wieder oft Gesellschaft am Steuerstand, oder löste sie ab, wenn er nicht mit Lian, Shadowcat und Abebi an Marijanas Seite wachte.

Josh saß schon eine ganze Weile schweigend neben Jessica und genoss den Blick auf die vier Mädchen und Ajani, die sich auf dem Kajütendach eingerichtet hatten. So friedlich und entspannt hatte er sie Ewigkeiten nicht gesehen. Zumindest kam es ihm so vor, als ob es Ewigkeiten gewesen wären, die sie auf St. Bernadette verbracht hatten. Jessica beobachtete Josh aus dem Augenwinkel.

„Du liebst sie sehr!" sagte sie nach einigen Minuten, während denen sie den Ausdruck auf seinem Gesicht und den Glanz in seinen Augen studiert hatte.

Josh sah sie an und fragte: „Ist das so offensichtlich?"

Jessica nickte verständnisvoll lächelnd.

„Mhm!" machte Josh. Er war weder überrascht, noch versuchte er, sich vor Jessica zu verstellen. Nach ein paar weiteren schweigsamen Minuten fragte Josh: „Hab ich mich eigentlich schon bei Dir bedankt?"

Jessica lachte amüsiert, aber dezent und leise auf und antwortete: „Du und die Mädchen da oben, ihr seid die einzigen, von denen ich ein Danke zum Hören bekommen habe. Nein warte, ich will niemand Unrecht tun. Bowles hat sich auch für seine Rettung bedankt."

Josh nickt und sagte: „Danke auch für Deine Warnung, Du weißt schon, der Zettel, den Du mir bei meiner Ankunft zugesteckt hast."

„Ich wünschte", erwiderte Jessica schuldbewusst, „ich hätte die Courage besessen, Dir gleich alles zu sagen, anstatt Dich in die Höhle des Löwen zu schicken."

„Wieviele Männer hast Du denn nach St. Bernadette gebracht?"

„Einschließlich Dir nur drei, aber das sind trotzdem drei zuviel."

Wieder setzte ein langes Schweigen ein, bis Jessica Josh bat, ihr alles zu erzählen, was auf St. Bernadette passiert war, seit sie ihn und die drei Lara-Mädchen dort abgeliefert hatte. Josh schüttelte den Kopf und antwortete: „Das würdest Du mir nicht glauben!"

Jessica sah ihn fragend an und erwiderte: „Warum sollte ich Dir nicht glauben?"

In dem Moment kam Lian zu den beiden und schmiegte sich mit unbekümmerter Selbstverständlichkeit an Josh. Josh legte seinen Arm um ihre Schulter, beugte sich zu ihr und dann trafen sich ihre Lippen zu einem zärtlichen Kuss, der sich aber in seiner Innigkeit immer weiter steigerte, bis Jessica die beiden dadurch unterbrach, dass sie sich von einem Schauer erfasst, plötzlich schüttelte.

„Was ist los?" fragte Josh errötend. Er hatte Jessicas Anwesenheit innerhalb einer Sekunde vergessen, als er Lians Lippen auf seinen gespürt hatte, und fühlte sich jetzt wie ein kleiner Junge, der mit vollem Mund und verschmiertem Gesicht dabei ertappt wurde, wie er heimlich von der Schokolade genascht hatte. Ein Leugnen war unter diesen Umständen nicht möglich.

Jessica antwortete nicht. Es fröstelte sie noch immer, obwohl es ein lauer Abend war. Es wäre ihr peinlich gewesen, die Erregung zu beschreiben, die sie bei der zärtlichen Vertrautheit und Liebe, die sie zwischen Josh und Lian beobachtet hatte, gefühlt hatte. Innerlich hatte sie sich schon lange von Veronika Vranja befreit. Aber einen Mann, der sie liebte und den sie lieben konnte, den hatte sie nicht gefunden, einen Mann wie Josh.

Nein, dachte sie sich traurig, *so einen Mann gibt es nur einmal!*

Jessica lächelte die beiden halb verlegen, halb träumerisch an und sagte dann zu Lian: „Josh meint, ich würde ihm nicht glauben, wenn er mir erzählt, was auf St. Bernadette passiert ist. Magst Du es mir erzählen?"

Lian sah fragend in Joshs Augen, Josh nickte, zärtlich und verliebt lächelnd, und Lian begann die Erzählung mit den Worten: „Ich fürchte, Du wirst es auch mir nicht glauben."

Sie erzählte wahrheitsgemäß, was sich während ihres nur wenige Tage dauernden Aufenthalts auf der Internatsinsel zugetragen hatte, verschwieg dabei aber einige Details, die sie, ihre Schwestern und Josh betrafen, wie zum Beispiel die telepathischen Fähigkeiten, mit denen sie untereinander kommunizieren konnten, Shadowcats Gabe im Umgang mit Tieren, die genauen Abläufe der Kämpfe und auch die inzwischen ohnehin offensichtliche Beziehung, die zwischen ihnen bestand.

Als Lian geendet hatte, starrte Jessica sie nur ungläubig und mit offenem Mund an. Während sie zugehört hatte, war ihr Blick in einer Mischung aus Ehrfurcht und Bewunderung zwischen der Erzählerin, Josh und den anderen drei Mädchen mit Ajani auf dem Dach der Kajüte hin- und hergewandert. Jetzt schüttelte sie nur sprachlos den Kopf und Josh meinte zu Lian: „Siehst Du, sie glaubt uns nicht."

Jessica hob abwehrend eine Hand und entgegnete darauf: „Nein, nein, nein, das hab ich nicht gesagt! Ich, äh, … ich …"

Sie stockte. Und nach kurzem Überlegen hatte sie eine Erklärung für ihr Problem gefunden.

„Da fehlt was in Deiner Erzählung!" sagte sie mit der Überzeugung einer Seherin zu Lian.

„Da fehlt irgendetwas, was euch betrifft!"

Ein kurzer Blick, den Lian und Josh wechselten, überzeugte sie davon, dass sie Recht hatte. Und nachdem sie ihre Gedanken sortiert hatte, fuhr sie, sichtlich überzeugt von dem, was sie sagen wollte, fort: „Dass ihr beiden und die dort oben, einschließlich des Löwen …"

„Des Panthers!" korrigierte Lian.

„Des Panthers!" setzte Jessica neu an. „Dass ihr euch liebt, das sieht ein Blinder! Aber da ist irgendwas zwischen euch, das … keine Ahnung …"

Sie blickte in Joshs und Lians Augen und erkannte, dass die beiden sie nur zu gut verstanden.

„Ihr wisst, was ich meine!" sagte sie. „Zwischen euch ist etwas, das stärker ist, als eine normale Liebe, auch wenn das blöd klingt."

„Nein, das tut es nicht!" erwiderte Lian ganz leise, mehr zu sich selbst, aber doch so, dass Josh und auch Jessica es hören konnten.

Und Josh stellte die orakelhafte Frage: „Sieht man uns die Jahrhunderte denn schon an?"

Die Frage war nicht ernst gemeint. Trotzdem antwortete Jessica: „Nein. Aber man spürt sie!"

Jürgen Lill

Der Blick, den Josh und Lian jetzt wechselten, sprach Bände. Sie selbst schwiegen für den Rest des Abends und während einer schlaflosen Nacht.

Am nächsten Tag verbrachte Hubertus viel Zeit bei Jessica am Ruderstand. Die beiden waren sehr schweigsam und beobachteten immer wieder Josh und die Mädchen an seiner Seite mit einem ganz eigenartigen Ausdruck des Verstehens, oder vielleicht auch, des Verstehen wollens. Und als die beiden schließlich ins Gespräch kamen, drehte sich dieses wie selbstverständlich auch um den Gegenstand ihrer Beobachtungen.

„Jetzt reden sie über uns", sagte Shadowcat flüsternd zu den anderen.

Abebi sah zu den beiden am Steuerstand und erwiderte: „Aber sie reden nicht schlecht über uns."

Kannst Du hören, was sie sagen, Abebi? fragte Shadowcat stumm, und Abebi antwortete in der selben Weise: *Ich könnte es, wenn ich wollte, so wie Du auch.*

Shadowcat blickte Abebi fragend an, und Abebi erklärte ihr: *Du kannst viel mehr, als Du denkst, Takenya, Magaskawee, Shadowcat, Victoria, oder welche Namen Dir auch immer gegeben worden sind.*

Mein Herz, dachte sich Shadowcat. ‚Mein Herz' war der schönste aller Namen, und Josh hatte ihn ihr gegeben!

Sie ließ sich zurückfallen, legte ihren Kopf in Abebis Schoß und blickte an der kleinen, braunen Gestalt nach oben. Trotz der heimlichen und gierigen Blicke der Männer an Bord hatte sich Abebi, so wie diese, auch nur ein Tuch als Rock umgebunden. Ihr Oberkörper war noch immer nackt. Josh hatte versprochen, sie zu seiner Mutter mitzunehmen. Und Abebi sah ein, dass sie in Deutschland Kleidung würde tragen müssen. Aber nicht hier, nicht unter der sengenden Sonne des Äquators. Und außerdem, dachte sie sich, gab es an ihrem Körper ohnehin nichts zu sehen, was die Männer interessieren würde. Dabei hatte sie aber das Gefühl, dass ihre winzigen Brüste bei jeder flüchtigen Berührung von Josh, und auch von ihren Schwestern, anschwellen würden. Aber auch wenn das nur Einbildung war, fühlte es sich gut für Abebi an. Sie spürte, dass sie dabei war, eine Frau zu werden.

Von diesen Gedanken erregt, beugte sie sich wie zufällig über Shadowcats Gesicht, bis ihre winzigen Knospen deren warme und weiche Lippen berührten.

Shadowcat musste sich nicht bitten lassen. Sie ließ ihre Lippen ganz sanft über Abebis erregte kleine Brustwarzen gleiten, fühlte mit geschlossenen Augen die Konturen dieser winzigen, unerfahrenen Knospen und sog tief den angenehm würzigen Geruch von Salz, Sonne und Wind auf Abebis warmer Haut ein.

„Ihr werdet beobachtet!" raunte Josh, und Abebi erhob sich wieder, obwohl ihr das nicht leicht fiel.

Alle außer Susi waren an Deck. Es war nicht möglich, auch nur die kleinste Zärtlichkeit auszutauschen, ohne dabei beobachtet zu werden.

Shadowcat bemerkte, dass sich Rotgar schnell abwendete, als sie die Augen öffnete und in seine Richtung blickte. Kurz darauf stieg Rotgar die Treppe nach unten und Shadowcat folgte ihm, von einer bösen Vorahnung geleitet. Und wirklich, als Shadowcat die Tür zur Kajüte öffnete, beugte sich Rotgar über Susi. Mit einer Hand hielt er ihr den Mund zu, mit der anderen hatte er die Decke von ihrem nackten Körper, dem ein Bein fehlte, gezogen. Shadowcat hatte die Tür bewusst laut geöffnet. Rotgar fuhr herum und zischte sie an: "Was willst Du hier?"

„Nach Susi sehen, so wie Du auch!" antwortete Shadowcat.

Rotgar zischte aber weiter, ohne die Hand von Susis Mund zu nehmen: „Jetzt hast Du sie gesehen. Verschwinde!"

In dem Moment kamen hinter Shadowcat aber schon Josh, Lian, Abebi und Hubertus die Treppe nach unten. Rotgar sah ein, dass er machtlos gegen diese Übermacht war. Er ließ Susi augenblicklich los, brüllte den sich hinter Shadowcat aufreihenden aber aufgebracht entgegen: „Warum könnt ihr alles haben? Lasst mir doch wenigstens den Krüppel!"

„Du bist so erbärmlich, Rotgar!" sagte Shadowcat voller Abscheu, ging an ihm vorbei und nahm Susi tröstend in ihre Arme.

„Es ist besser, Du gehst wieder nach oben!" sagte Josh zu Rotgar und machte ihm Platz, damit er auf der schmalen Treppe an Deck steigen konnte. Lian und Hubertus folgten ihm. Josh und Abebi gingen aber ebenfalls zu Susi, die in Shadowcats Armen schluchzte und nach ein paar Minuten, als sie sich wieder etwas beruhigt hatte, sagte: „Das ist die Strafe!"

Shadowcat tröstete das reumütige Mädchen, während Abebi Josh wieder nach oben zog. An Deck meinte sie dann: „Sie fühlt sich sicherer, wenn sie mit einem Mädchen sprechen kann."

Josh verstand. Er nickte und folgte ihr zurück auf das Dach der Kajüte.

Als die ‚Mother of Pearl' schließlich Brava passierte und in den Halbkreis der Kapverdischen Inseln einfuhr, war eine allgemeine Spannung unter den Passagieren der rostigen Yacht deutlich zu spüren. Im Bereich anderer Schiffe und Yachten zogen sich plötzlich alle freiwillig unter Deck zurück, selbst Josh und seine Mädchen, nebst Ajani.

„Es wird Zeit, uns Gedanken darüber zu machen, was weiter geschehen soll", meinte Josh, der sich mit Lian, Shadowcat und Abebi in einer Ecke der Kajüte um die Koje gedrängt hatte, in der Marijana und Ajani lagen.

„Rede mit Jessica!" schlug Marijana vor. „Sie kennt sich hier aus."

„Ja", stimmte Lian zu, „sie hat vielleicht eine Idee. Was sollen wir in Guinea?"

Josh nickte bedächtig. Die Mädchen hatten Recht. Er hatte ja ohnehin vorgeschlagen gehabt, dass sie zu den Kapverden fahren. Guinea war nicht seine Idee gewesen.

„Ich rede mit ihr!" sagte er, stand auf und stieg die Treppe nach oben an Deck.

„Wird's Dir unten zu eng?" fragte Jessica, als Josh bei ihr erschien.

„Das auch", antwortete er. „Aber ich wollte Dich um Deinen Rat fragen."

Jessica blickte Josh erstaunt an.

„Du willst meinen Rat?" fragte sie überrascht.

„Ja", antwortete Josh und setzte sich neben sie. Jessica konnte nicht verbergen, dass sie stolz darauf war, von Josh um Rat gefragt zu werden, sagte aber ganz souverän: „Schieß los!"

Josh legte ihr seine Probleme und die der Mädchen, die ihm am Herzen lagen, dar. Er erklärte ihr, dass sie keine Papiere mehr hatten, dass sie nicht wussten, wohin, oder an wen sie sich wenden konnten, um nach Deutschland zurückzukommen, ohne voneinander getrennt zu werden.

„Was wollt ihr in Deutschland?" fragte Jessica verwundert.

Josh musste nicht lange überlegen, was er darauf antworten sollte. „Meine Mutter besuchen!"

Jessica musterte ihn wieder auf ihre eindringliche Art, mit der sie zu verstehen gab, dass Josh noch immer ein Rätsel für sie war. Trotzdem glaubte sie zu verstehen, was diesen Abenteurer nach Hause trieb.

„Du willst den Segen Deiner Mutter für Dich und vier Mädchen haben?" fragte sie, halb besorgt, halb sich über ihn lustig machend. Und als Josh nicht gleich antwortete, fragte sie weiter: „Befürchtest Du nicht, dass Du die arme Frau damit überforderst?"

Josh wusste keine Antwort darauf und Jessica fragte schneller weiter, als es ihm möglich war, sich eine zurechtzulegen: „Warum bleibst Du mit den Mädchen nicht einfach hier?"

„Ich hab ihnen versprochen, dass ich sie meiner Mutter vorstelle!" antwortete Josh jetzt.

„Und Du hältst natürlich Deine Versprechen!"

Das war das, wie Jessica Josh wirklich einschätzte, von Grund auf ehrlich und anständig – auch wenn sein Lebenswandel sich momentan außerhalb des Erlaubten bewegte. Josh vermutete aber einen leichten Zynismus in Jessicas Äußerung und sah sie mit zusammengekniffenen Augenbrauen an. Als Jessica das bemerkte, lachte sie leise und sagte: „Sieh mich nicht so böse an, Josh. Ich glaube, ich kenne Dich inzwischen ein bisschen."

Joshs Gesicht entspannte sich wieder und Jessica sagte nach kurzem Überlegen: „Ich kenne jemand, der jemand kennt, und so weiter, der euch Ausweise besorgen kann, ... ganz legal!"

„Ganz legal?" fragte Josh skeptisch.

Jessica zuckte mit den Schultern und antwortete: „Naja, zumindest sind die Ausweise echt. Es sind halt spanische."

„Das wäre nicht das Problem. Aber wir haben kein Geld."

„Das ist allerdings ein Problem!" erwiderte Jessica nachdenklich. „Aber da kann vielleicht der Freund helfen, von dem ich gesprochen habe."

Josh blickte Jessica erwartungsvoll an, und sie erklärte ihm: „Nach allem, was Lian von euren Abenteuern auf St. Bernadette erzählt hat, müsst ihr verdammt gute Kämpfer sein, auch wenn sie das versucht hat, runterzuspielen. Glaub mir Josh, ich kenne die muskelbepackten Kampfsäue, die dort für die Sicherheit zuständig waren, und vor allem kenne ich auch Tatsu Li! Wer einen ernsthaften Kampf gegen die nicht nur überlebt hat, sondern sogar als Sieger daraus hervorgegangen ist, der muss schon was ganz Besonderes sein! Also, der Freund, von dem ich sprach, der einen Freund hat, und so weiter, der hat einen kleinen Dampfer für Touristen. Aber ..."

„Welschow, oder so ähnlich", unterbrach Josh Jessica, „Kapitan Welschow!"

„Du kennst ihn?" fragte Jessica überrascht. Und Josh erzählte ihr die Begebenheit von dem Abend in Palmeira, als Kapitan Boris Welschow ihn um Hilfe gebeten und anschließend davor gewarnt hatte, nach St. Bernadette zu gehen.

„Tja, Du hättest auf ihn hören sollen, Josh!" meinte Jessica, nachdem Josh geendet hatte. Josh schüttelte aber den Kopf und widersprach ihr.

„Wir mussten zu dieser Insel, weil Abebi dort auf uns gewartet hat."

„Hättet ihr euch nicht woanders verabreden können?" fragte Jessica. Josh schüttelte lächelnd den Kopf. Er machte gar nicht den Versuch, zu erklären, dass sie damals noch nicht einmal eine Ahnung von Abebis Existenz gehabthatten, und dass es vom Schicksal vorherbestimmt gewesen war, dass sie sich auf St. Bernadette, nicht zum ersten mal, aber zum ersten mal in diesem Leben, begegnen sollten.

„Das ist wieder dieser Blick!" sagte Jessica, die versuchte, Joshs Lächeln zu deuten.

„Welcher Blick?" fragte Josh und Jessica antwortete: „Der Blick, bei dem ich spüre, dass zwischen Dir und diesen Mädchen irgendetwas ist, was ... keine Ahnung, ... aber es ist unglaublich stark!"

„Ja!" bestätigte Josh nur, ohne ihr eine Erklärung zu liefern.

„Und", fragte Jessica nach einer Weile, „soll ich Dich und Deine Freundinnen zu Boris bringen? Ihr könnt ihm helfen. Und er kann Euch helfen."

„Ich frage sie", antwortete Josh, stand auf und ging unter Deck.

Die Mädchen hatten nichts dagegen, dem alten, sympathischen Kapitan zu helfen. Jetzt, wo St. Bernadette hinter ihnen lag und nur noch ein düsterer Schatten der Vergangenheit war, waren sie frei, seiner Bitte nachzukommen. Sie hofften zwar, dass sie Gewalttätigkeiten verhindern konnten, wenn es wirklich zu Übergriffen von Jugendbanden kommen sollte, aber sie fürchteten sich auch nicht besonders.

„Schlimmer, als auf St. Bernadette kann es auch nicht werden", meinte

Lian. Und damit war die Entscheidung getroffen.

Josh ging wieder an Deck und teilte Jessica den Beschluss mit, den er mit den Mädchen getroffen hatte. Daraufhin änderte Jessica sofort den Kurs. Bisher hatte sie auf Sal zugehalten, jetzt schwenkte sie um in die Richtung auf Santo Antão zu, wo der Ausflugsdampfer Kapitän Boris Welschows im Hafen von Porto Novo lag. Über Funk kündigte sie dem befreundeten Kapitän ihre Ankunft und eine Überraschung an.

Rotgar kam an Deck gestürmt und fragte aufgebracht: „Warum haben wir den Kurs geändert?"

Jessica antwortete ihm, wohin sie fuhren, und dass Josh mit den vier Mädchen und Ajani sie dort verlassen würde.

Kapitän Boris Welschow wunderte sich nicht wenig, Josh Barker mit seinen drei Begleiterinnen, aus denen jetzt vier geworden waren, samt eines ausgewachsenen, schwarzen Panthers an Bord seines Dampfers steigen zu sehen.

„Na das ist aber eine Überraschung", sagte er und streckte Josh seine Hand entgegen. „Sie noch einmal wieder zu sehen, hätte ich ehrlich gesagt, nicht erwartet."

Jessica erzählte dem Kapitän in kurzen Worten, was Josh und den Mädchen auf der geheimnisvollen Internatsinsel widerfahren war und verriet sich ihm gegenüber erst durch diesen Bericht. Kapitän Welschow hatte bisher nämlich keine Ahnung davon gehabt, dass Jessica Wolter selbst Schülerin auf St. Bernadette gewesen und anschließend als Kurier für die Leiterin des Internats tätig gewesen war. Er schüttelte ungläubig den ergrauten Kopf, obwohl Jessica die Abenteuer des Lehrers und seiner Schülerinnen nur angedeutet und ihre Flucht vor allem dem Vulkanausbruch und dem Untergang der Insel zugeschrieben hatte.

„Wozu ihn mit Details belasten, die besser unerwähnt bleiben?" fragte sie später Josh, als sie sich von ihm und den Mädchen wieder verabschiedete.

Fabienne, Dunja und Susi hatten sich auf Drängen Joshs ebenfalls dazu bereiterklärt, Jessicas ‚Mother of Pearl' bereits auf den Kapverden zu verlassen, damit Susi in ein Krankenhaus gebracht werden konnte.

„Als Schülerinnen und Waisen wird euch nichts weiter geschehen, als dass ihr in ein anderes Internat oder Heim kommt. Verschweigt einfach, was ihr auf St. Bernadette lernen solltet, vergesst es am besten und versucht, ein normales Leben zu führen", gab er ihnen beim Abschied mit auf den Weg.

Rotgar, Piet und Ophelia beharrten nach wie vor darauf, von Jessica an die Küste von Guinea gebracht zu werden. Josh hatte ein schlechtes Gefühl dabei, Jessica schutzlos mit diesen beiden skrupellosen Männern allein zu lassen. Aber Hubertus versprach, sie nötigenfalls zu beschützen.

„Wir sehen uns bestimmt wieder!" sagte Jessica, als sie Josh zum

Abschied auf die Wange küsste und auch die Mädchen herzlich umarmte.

Kapitan Boris Welschow wollte Josh und den Mädchen getrennte Kabinen auf seinem Dampfer mit dem schönen Namen ‚Nereide‘, ‚Meerjungfrau‘ herrichten lassen. Aber auf Joshs etwas unbeholfenes Räuspern besah sich der gütige alte Seemann die Truppe aus einem Mann, vier Mädchen und einem Panther noch einmal genauer und meinte plötzlich: „Eigentlich kann ich so viele Kabinen gar nicht entbehren, wenn wieder Touristen auf das Schiff kommen. Ich gebe euch die größte Kabine und denke, ihr werdet euch dort schon einrichten."

„Danke Kapitan!" erwiderte Josh.

Der alte Seemann brummte irgendetwas unverständliches, führte seine Gäste dann persönlich in die Kajüte und sagte: „So, und jetzt schreibt mir mal eure Kleidergrößen auf, damit wir euch was Vernünftiges zum Anziehen besorgen."

Josh und die Mädchen taten es und Kapitan Welschow ließ sie allein in der Kajüte zurück, damit sie sich erst einmal einrichten konnten, obwohl sie nichts besaßen, womit sie sich ihr vorläufiges, neues Heim hätten verschönern können. Aber das brauchten sie auch nicht. Die Kajüte am Heck des Dampfers war groß und geräumig, anscheinend für eine ganze Familie gedacht. Sie hatte nicht nur kleine Bullaugen, durch die sie nach draußen blicken konnten, sondern ein großes, bis zum Boden reichendes Panoramafenster, das sich über die Heckseite des ganzen Schiffes zog. Das Bad war klein, aber komfortabel ausgestattet. Und der Raum selbst war hell und wie für eine Königsfamilie eingerichtet. Aber vor allem das große Doppelbett zog magisch die Blicke aller auf sich. Nachdem sich alle frisch gemacht hatten und Josh seinen verwegen wirkenden Bart abrasiert hatte, ließen sie sich erschöpft und glücklich auf dieses Bett fallen. Marijana war die einzige, die sich wegen ihrer noch nicht verheilten Wunde auf eines der einzelnen Betten legte. Den Vorschlag, auch sie in ein Krankenhaus zu bringen, hatte sie vehement mit der Begründung abgelehnt, dass sie alles bei sich hatte, was sie zum gesund werden benötige.

Endlich waren sie allein, endlich waren sie nur für sich. Keine Gefahr bedrohte sie und niemand beobachtete sie. Das Bett fühlte sich gut an. Ein frisches Bett, wie lange hatten sie so etwas nicht gehabt. Die Bettwäsche duftete nach Lavendel. Ajani war der einzige, der diesen Geruch nicht zu mögen schien. Er legte sich in einen Sessel und schlief ein, während er sein sich im Bett wälzendes Rudel neugierig beobachtete.

Zuerst hatte sich Josh auf Marijanas Bettkante gesetzt. Er hatte ihre Hände in seinen gehalten. Und auch Abebi, Shadowcat und Lian hatten sich um Marijana versammelt, bis diese plötzlich gesagt hatte: „Also ich an eurer Stelle wäre schon längst da drüben im Bett."

Und als die anderen noch immer gezögert hatten, von ihrer Seite zu weichen, hatte sie sie ungeduldig aufgefordert: „Jetzt geht schon. Ich sehne mich genauso sehr wie ihr, nach euren Berührungen. Aber ich werde sicher nicht schneller gesund, wenn ihr euch meinetwegen zurückhaltet. Ganz im Gegenteil: Wenn ich sehe, dass ihr glücklich seid, geht es auch mir besser! Also los, ab mit euch!"

Josh und ihre drei Schwestern küssten Marijana der Reihe nach und Marijana konnte in den Küssen all ihre Liebe schmecken. Sie war glücklich, als sie die nackten Körper derer, die sie liebte, geschmeidig in das große Doppelbett steigen sah, wo sie als zärtlich sich berührendes und küssendes Knäuel bald friedlich ineinander verschlungen einschliefen. Sie veranstalteten keine Sexorgie, sondern waren glücklich, sich gegenseitig berühren und küssen zu dürfen, die Haut der anderen zu riechen und sich mit unendlicher Zärtlichkeit einfach in den Armen zu liegen.

Alle Strapazen der letzten Tage und Wochen wichen von ihnen, sie warfen alle Schmerzen ihrer Körper und ihrer Seelen von sich und wurden gemeinsam wieder stark und gesund. Sie gaben sich gegenseitig so viel Stärke, Vertrauen, Zärtlichkeit und Halt, sie gaben sich so viel Liebe, dass sie sich selbst beinah verloren, um sich dann doch nur in den anderen wiederzufinden. Jeder von ihnen war bereit, sich selbst für die anderen aufzugeben. Sie hatten die Grundessenz der Liebe selbst gefunden, reinigten sich durch sie und lebten sie in völliger Harmonie.

Während der nächsten Wochen nahm der Ausflugsdampfer seinen Betrieb wieder auf. Josh, Lian und Shadowcat sorgten dafür dass Kapitan Welschow, die Besatzung und auch die Passagiere der Nereide von den überhand nehmenden Gewalttätigkeiten der Jugendbanden, die gar nicht alle nur aus Jugendlichen bestanden, unbehelligt blieben, während sich Marijana durch Abebis Pflege rasch erholte.

Nach etwa einem Monat trafen die Pässe für Josh und die vier Mädchen ein. Und auch für Ajani war ein Impfpass ausgestellt worden. Der zahme Panther war mit der Zeit immer mehr zum Maskottchen und auch zur Attraktion des Ausflugsdampfers geworden.

Marijana hatte für eine Galionsfigur, die Boris Welschow für seinen Dampfer in Auftrag gegeben hatte, Modell gestanden. Aber der Künstler war nie zufrieden mit seiner Arbeit gewesen, weil er, wie er sagte, niemals eine so perfekte Schönheit zu schaffen in der Lage sein würde, wie er sie in Marijana leibhaftig vor sich bewundern konnte.

Nachdem sich herumgesprochen hatte, dass die Nereide unbekannte Beschützer hatte, die es verstanden, Gewalttätigkeiten im Keim zu ersticken, hörten die Übergriffe auf Ausflugsdampfer auf den Kapverden bald völlig auf. Und schließlich war es so weit, dass Josh Kapitän Welschow, den er als Freund inzwischen beim Vornamen anredete, an einem lauen Sommerabend bei einem Glas dunklen Rotweins mitteilte, dass es Zeit für ihn und die Mädchen wäre, nach Hause abzureisen.

„Damit rechne ich schon seit Tagen", erwiderte Welschow traurig, als er diese Mitteilung von Josh angehört hatte. Er legte seine raue Hand auf Joshs Arm und sagte: „Ich glaube, ihr werdet in Deutschland nicht mehr glücklich werden, mein Junge. Wann immer Du aus den Zwängen eines geordneten Lebens wieder ausbrechen willst; Du weißt, wo ich bin. Und das gilt natürlich auch für die Mädchen."

Josh nickte dankbar und antwortete: „Wir kommen sicher wieder, vielleicht eher, als es Dir lieb ist."

Da hellte sich Boris Welschows Gesicht wieder auf und er erwiderte, während er die Gläser nochmals füllte: „Darauf trinken wir!"

Die beiden stießen an und kurz darauf ging Josh in die Kabine, die er mit den Mädchen teilte, um den letzten Abend an Bord mit ihnen zu verbringen.

Da auch Marijana wieder vollständig genesen war, sagte Shadowcat, als Josh wieder bei ihnen war: „Wenn das heute unser letzter Abend auf der Nereide ist, dann ist es an der Zeit, dass wir gemeinsam eine Reise unternehmen."

Josh und auch Shadowcats Schwestern sahen sie fragend an. Abebi war wahrscheinlich die einzige von ihnen, die wusste, was Shadowcat meinte. Sie ergriff das Wort und sagte: „Setzt euch alle im Kreis auf den Boden und nehmt euch an den Händen."

Langsam dämmerte es auch den anderen, von welcher Reise Shadowcat gesprochen hatte. Neugierig und erwartungsvoll gehorchten sie. Rechts neben Josh saß Shadowcat, dann kamen Marijana, Lian und Abebi schloss auf Joshs linker Seite den Kreis.

„Schließt eure Augen!" sagte Shadowcat leise. Sie taten es alle und ließen sich von Shadowcat und Abebi in das Land ihrer Vergangenheit führen, in das Land einer Vergangenheit, in der sie sich in einem früheren Leben schon einmal begegnet waren, in der sie gelebt, geliebt und gelitten hatten.

Aber das ist eine andere Geschichte!

Als sie aus diesem Traum, aus dieser Vision, aus dieser gemeinsam erleben Erinnerung wieder erwachten, fühlten sie sich erschöpft und müde, aber glücklich. Sie wussten endlich, wer sie gewesen waren, was sie gewesen waren und was sie in dieser früheren Existenz verbunden hatte. Der Brunnen ihrer Liebe war tief, tiefer als sie es selbst begreifen konnten, und er konnte niemals versiegen. Ihre Liebe war immer gewesen und sie würde auf ewig weiter bestehen. Sie war unendlich wie der Kreis, den sie am Boden ihrer Kajüte sitzend bildeten.

Lange saßen sie noch so beisammen. Niemand von ihnen sprach ein Wort. Jeder ließ die Bilder, die sie gesehen hatten, in seinem Geist nachwirken, ohne den Kreis zu unterbrechen. So saßen sie Hand in Hand bis spät in die Nacht. Erst als sich Ajani meldete, der nach draußen wollte, erhoben sie sich und spazierten gemeinsam an Deck des Dampfers.

„Es ist wunderschön hier!" sagte Marijana, das Funkeln der Sterne bewundernd. Die Zeit, die sie an Bord der Nereide gemeinsam verbracht hatten, hatte die Erinnerung an St. Bernadette mit dem Mantel der Liebe und des Glücks überdeckt. Sie alle fürchteten, dieses Glück in Deutschland wieder zu verlieren. Aber die Mädchen waren von einer nicht zu beschreibenden, freudigen Spannung erfüllt, weil sie Joshs Mutter kennenlernen sollten. Auf der einen Seite fürchteten sie sich, aber auf der anderen Seite glaubten sie fest daran, dass die Mutter eines im Herzen so vollkommenen Mannes wie Josh, sie nicht ablehnen könnte.

Josh versprach ihnen außerdem, dass sie bald wieder zurückkehren würden. Ajani würde als Pfand dafür hier zurückbleiben, weil es nicht einfach wäre, ihn mit nach Deutschland mitzunehmen und weil es für ihn auch mit so großen Strapazen verbunden wäre, die Josh ihm nicht zumuten wollte.

Geld hatten sie bei Kapitan Welschow genug verdient, dass sie sich die Flüge für sich leisten konnten. Und wenn sie nicht allzu lange in Deutschland blieben, dann würde es auch noch für den Rückflug zu den Kapverden reichen.

Am nächsten Morgen holten Jessica und Hubertus Josh und die Mädchen ab und brachten sie nach Sal, von wo ihr Flug ging. Jessica und Hubertus waren irgendwie ein Paar geworden, als sie gemeinsam nach Guinea gefahren waren, um Rotgar, Piet und Ophelia an der Küste des afrikanischen Festlandes abzusetzen. Hubertus war damals an Bord der ‚Mother of Pearl' geblieben. Und seitdem waren die beiden zusammen und führten eine Beziehung auf der Basis einer langsam sich entwickelnden aufrichtigen Freundschaft, die sehr viel Zeit bedurfte, um ein gegenseitiges Vertrauen aufzubauen, das dann aber umso tiefer wurde.

Josh und die Mädchen genossen den Flug. Sie waren ausgelassen und fröhlich, schenkten sich bei jeder sich bietenden Gelegenheit kleine Aufmerksamkeiten und Zärtlichkeiten, und ließen keine Chance ungenutzt, um sich gegenseitig zu berühren.

Auf Boris Welschows ‚Nereide' waren sie völlig frei gewesen. Zwar hatten sie sich in der Öffentlichkeit auch zurückgehalten, aber in ihrer Kabine und in einsamen Buchten hatten sie ihre Liebe ungehemmt gelebt.

Hier, in diesem Flugzeug, das sie zurück in die Heimat brachte, bekam plötzlich alles wieder den prickelnden Reiz der Heimlichkeit, in der alles geschehen musste. Und keiner von ihnen hätte leugnen können, dass er dieses Gefühl des Unerlaubten genoss.

Sie begaben sich wieder in Gefahr, das wussten sie. Aber sie taten es mit aller gebotenen Vorsicht. Und als sie schließlich in Frankfurt aus dem Flugzeug stiegen, waren sie alle erschöpft von den erotischen Spielchen, die jedem von ihnen mehr als nur einen Orgasmus während ihrer Reise über den Wolken beschert hatten.

Mit dem Zug fuhren sie in die Stadt, in der Joshs Mutter wohnte. Und am frühen Abend klingelte Josh an ihrer Tür. Er hatte seinen Besuch nicht angekündigt, geschweige denn, dass er in Begleitung von vier Mädchen nach Hause kommen würde, mit denen er gedachte, den Rest seines Lebens zu verbringen, in guten, wie in schlechten Zeiten. Bis jetzt hatte er den Gedanken daran, wie seine Mutter diese Nachricht wohl aufnehmen würde, immer etwas beiseite geschoben. Das Wissen, dass er seine Mutter so liebte, wie man nur eine Mutter lieben kann, und dass er Marijana, Lian, Shadowcat und Abebi so sehr liebte, wie noch niemals ein Mann eine Frau auf diesem Planeten geliebt hatte, hatte ihm immer genügt. Als er aber jetzt vor der Tür der Wohnung stand, in der seine Mutter wohnte, mit den vier Mädchen hinter sich im Treppenhaus, da fühlte er doch plötzlich einen Kloß, der ihm im Hals steckte.

Er hörte die langsamen Schritte seiner Mutter. Und dann öffnete sich die Tür.

„Josh!" sagte seine Mutter voll freudiger Überraschung. Die beiden fielen sich in die Arme und küssten sich vor Freude und Rührung. Als sie ihn dann auf Armeslänge von sich schob, um ihren Jungen betrachten zu können, sagte Josh: „Ich bin nicht allein, Mama!"

Er wich zur Seite und machte damit den Blick auf Marijana, Lian, Victoria und Abebi frei, die in erwartungsvoller Unsicherheit mit Blumen in den Händen eine Reaktion von Joshs Mutter erwarteten. Sie sah sie lange an, ohne Joshs Hand loszulassen, studierte nacheinander die Gesichter der Mädchen und sagte schließlich: „Ihr seid also die, die das Herz meines Sohnes in ihren kleinen Händen halten!"

Weder die Mädchen, noch Josh wussten, wie seine Mutter zu dieser Erkenntnis gelangt war. Sie wussten nicht einmal, wie sie diese Erkenntnis von Joshs Mutter deuten sollten. Aber während die Mädchen noch irritiert und Rat suchend zu Josh blickten, sagte seine Mutter schon: „Jetzt guckt nicht so betreten. Glaubt ihr, eine Mutter spürt nicht, wenn ihr Sohn sein Herz verloren hat?"

Damit öffnete sie ihre Arme und sagte: „Willkommen, meine Kinder!"

Und die Mädchen zögerten nicht, sich, wenn auch zurückhaltend und bescheiden, von Joshs Mutter umarmen zu lassen.

Die Mädchen erkannten bald, dass Joshs Mutter eine herzensgute Frau war. Während sie den Rest des Sommers bei ihr verbrachten, sprach sie sie niemals auf ihr Alter an, oder auf das ihres Sohnes. Vielleicht sah sie in ihnen so etwas wie die Enkelkinder, die sie niemals hatte, obwohl sie wusste, in welcher Beziehung Josh zu den Mädchen und sie zu ihm standen.

Als dann der Sommer zu Ende ging, fragte Josh die Mädchen: „Wie soll es jetzt weitergehen? Soll ich euch hier in einer Schule anmelden? Oder wollt ihr zurück zu Boris?"

Den Mädchen fiel die Antwort nicht leicht. Sie hatten sich immer darauf gefreut, wieder auf Onkel Boris' Nereide zurückzukehren. Und sie vermissten auch alle Ajani. Aber während der Zeit, die sie bei Joshs Mutter verbracht hatten, bei dieser gütigen Frau, die auch sie mit all der Liebe einer Mutter überhäuft hatte, da hatten auch sie gelernt, sie zu lieben. Nie zuvor hatten sie sich so geborgen im Schoß einer Familie gefühlt, wie während der letzten Wochen. Trotzdem antwortete Marijana: „Wir sind glücklich, wenn wir nur mit Dir zusammen sein dürfen, Josh!"

Josh nickte bedächtig und erwiderte: „Meine Mutter würde gerne einmal eine Reise machen. Hättet ihr was dagegen, wenn sie uns begleitet?"

Die Mädchen fielen Josh glücklich um den Hals, so dass er sich ihrer nicht erwehren konnte. Aber das wollte er auch gar nicht.

In Begleitung von Joshs Mutter kehrten Josh und die vier Mädchen auf die Kapverden zurück.

Es dauerte nicht lange, da kamen sich Kapitan Boris Welschow und Joshs Mutter Hildegard Barker näher. Und im nächsten Frühjahr heirateten sie.

Josh, Marijana, Lian, Shadowcat, Abebi und Ajani hatten indessen eine alte Segelyacht erstanden, die sie mit sehr viel Liebe wieder seetüchtig gemacht hatten. Und als Joshs Mutter und Boris Welschow in den Hafen der Ehe einliefen, setzten Josh und die Mädchen die Segel und nahmen Kurs auf die Abenteuer, die ihnen das Leben noch zu bieten hatte.

Aber auch das ist eine andere Geschichte …

ÜBER DEN AUTOR

Jürgen Lill ist ein Künstler mit Leib und Seele. Begonnen hat er als Stuntman, bevor er Schauspielunterricht genommen und neben Filmauftritten, wie zum Beispiel als Elefantenreiter in „Asterix & Obelix gegen Caesar", vor allem auf Bühnen in Deutschland und Österreich Erfolge gefeiert hat. Von Karl Mays ‚Dr. Karl Sternau' und ‚Old Shatterhand' über Alexandre Dumas' ‚Aramis' bis hin zu ‚Hercules' hat er immer wieder in Heldenrollen geglänzt. Doch das Spielen allein hat ihm nie genügt. Er wollte immer selbst etwas erschaffen und hat deshalb schon früh begonnen, zu schreiben und zu fotografieren.

So konnte er unter anderem schon einige Kurzfilme und ein Theaterstück selbst realisieren. Neben dem Schreiben von Drehbüchern und Theaterstücken hat er sowohl Gedichte als auch erotische Kurzgeschichten veröffentlicht und war außerdem als Bildjournalist und Pressefotograf tätig.

Erotik ist ein Handlungselement, das Jürgen Lill immer wieder gerne einsetzt; manchmal dezent, manchmal provokativ, aber niemals nur zum Selbstzweck. Im Mittelpunkt seiner Geschichten stehen immer die Menschen. Und die bereiten ihm öfter als ihm lieb ist Probleme, denn die Protagonisten seiner Abenteuer verselbstständigen sich beim Schreiben regelmäßig, so dass am Ende oftmals eine ganz andere Geschichte herauskommt, als die, die er eigentlich schreiben wollte.

Sein erster Roman „Die Mädchen von St. Bernadette" ist nicht nur eine Liebesgeschichte voll prickelnder Erotik, sondern auch ein ganz großes Abenteuer.